KB239181

료녕성·흑룡강성 채록 민담집

료녕성·흑룡강성 채록 민담집

Series of Korean Literature at China

이 전집은 대산문화재단의 2007년 해외한국문학연구 지원을 받았습니다.

연세국학총서 **73**
중국조선민족문학대계 29

료녕성·흑룡강성 채록 민담집

연변대학교 조선문학연구소
김동훈·허경진·허휘훈 주편

보고사

◉ 권 철

중국 연변대학 조문학부 졸업. 연변대학 조문학부 교수로 재직하며 민족연구소장을 역임하고, 현재 조선문학연구소 고문으로 있다. 저서로『광복전조선민족문학연구』,『중국조선족문학』 등이 있다.

◉ 김동훈

중국 중앙민족대 중문학과 졸업, 중앙민족대와 연변대 교수를 거쳐 현재 상해공상외대 한국어 학부장으로 있다. 연변대조선언어문학연구소 소장, 북경대조선문화연구소 고문 역임. 저서로는『중국조선족구전설화연구』,『조선족문화』,『중국조선족문학사』(공저),『간명한국백과전서』(주필),『중국조선족문화사대계』(총주필) 등이 있다.

◉ 허경진

한국 연세대 국문학과 및 동 대학원 졸업. 목원대 국어교육과 교수를 거쳐 현재 연세대 국문학과 교수로 있다. 2005년부터 중국 연변대 겸직교수로 재직중이다.

◉ 허휘훈

중국 연변대 조문학부 및 동 대학원 졸업. 문학박사. 현재 연변대 조문학과 교수로 있다. 연변대 조선문학연구소 소장, 연변민간문예가협회 이사장이다. 저서로『조선민간문화연구』,『조선문학사』(공저),『중조한일민담비교연구』(주필) 등이 있다.

연세국학총서73
····················
중국조선민족문학대계 29

료녕성·흑룡강성 채록 민담집

초판 1쇄 발행 _ 2010년 6월 15일

주편자 _ 김동훈·허경진·허휘훈
        연변대학교 조선문학연구소
발행인 _ 김흥국
발행처 _ 도서출판 보고사
등 록 _ 1990년 12월(제6-0429)
주 소 _ 서울시 성북구 보문동 7가 11번지 2층
전 화 _ 922-5120/1(편집) 922-2246(영업)
팩 스 _ 922-6990
메 일 _ kanapub3@chol.com
홈페이지 _ www.bogosabooks.co.kr
ISBN _ 978-89-8433-430-4(94810)
        978-89-8433-401-4(세트)
정 가 _ 38,000원

* 잘못된 책은 바꾸어 드립니다.
* 저자와의 협의에 의하여 인지는 생략합니다.

간 행 사

　우리 조상들이 중국 땅에 이주해온 이후, 오랜 역사를 통해 탁월한 저력으로 독자적인 문화를 창출해냈고 또한 많은 문화유산을 물려주기에 이르렀다. 그 가운데 우리 조상들의 알찬 삶의 지혜와 다양한 경험들이 축적되어 있다. 바로 이 때문에 문화유산 중 큰 비중을 차지하는 구비문학과 기록문학이 소중하며, 다시 읽어야할 보전(宝典)으로 남게 되었다.

　과경(跨境)민족으로서의 중국 조선민족은 19세기 후반이래로 수차의 문화적 격변의 시대를 살아왔다. 이른바 개화기의 격류 속에서는 전통문화와 서구문화사이의 갈등, 한문학과 국문문학 간의 교체를 경험했고, 식민지시대에는 국문문학의 문체혁신과 일제에 의해 책동된 전통문화의 쇄멸 말살이라는 시련을 겪기에 이르렀다. 이런 변화와 역경 속에서도 중국 땅에 망명하였거나 이 땅에서 유·이민 혹은 정착민으로 생활해온 우리 겨레의 지조 있는 애국문인들은 결코 붓을 던지지 않았다. 류인석, 김택영, 신규식, 신채호, 안중근, 리상룡, 김정규, 김소래, 최서해, 염상섭, 주요섭, 최상덕, 강경애, 현경준, 김창걸, 안수길, 박영준, 황건, 김조규, 윤동주, 박팔양, 이육사, 함형수, 리학성, 천청송, 김학철, 윤해영, 채택룡, 설인 등 헤아릴 수 없이 많은 문학도와 시인, 작가들이 바로 필설로 그 시대를 증언해온 대표적인 지성인들이다.

　그들 중에는 고국을 떠나 갈바람에 흩날리는 낙엽처럼 정처 없이 떠돌다 두만강, 압록강을 건너와 허허 넓은 만주벌판, 낯선 이국땅 서러운 추녀 밑에서 간도아리랑을 부른 망향시인이 있었고 하늬바람 불어치는 산해관을 넘어 북경, 서안, 상해, 무한 등 천년고도에 떠돌이로 남아 언론매체를 빌어 '천고'를 울리고 '진단'을 노래하고 청구의 '광명'을 만방에 호소한 청년전위가 있었는가 하면 백산, 흑수, 송료, 제로, 태항, 중원의 고전장에서 융마일생을 수놓아 가며 목숨을 바친 무명용사도 있었다. 여순, 나가사끼, 후꾸오까의 감옥에서 단지혈맹의 뜻을 굽히지 않고 다리를 절단해가면서도 끝까지 혁명의 지조를 지켜왔거나 끝내 '한 점 부끄럼 없이' 꽃처럼 피어나는 피를 민족의 제단 앞에 바친 암흑기의 푸른 별들도 있다. 그들은 문자에 앞서 몸으로 지탱해온 삶 그 자체가 더 고결하고 값진 것으로 여겨왔던 것이다. 그들의 피와 땀으로 가꾸어온 문화의 숲은 헌걸찬 우리 민족의 에너지를 부단히 충전시켜 주는 불멸의 혈맥, 끈질긴 생명력의 고동으로 무성하게 자라고 있으며 영광과 비애의 굴곡, 흥망과 성쇠의 기복이 교차되는 수많은 역사 주체의 명멸을 간직한 채 굳건하고 강인한 기백으로 오늘날까지 민족의 정기를 면면히 이어주고 있다.

그들이 남긴 풍부한 문학유산은 그동안 중외(中外)학자들에 의하여 적지 않게 발굴 연구되었으나, 지금까지의 연구는 단편적인 자료에 근거를 둔 것으로서 그 진면목을 체계적으로 파악하기에는 역부족이라고 할 수 있다. 이런 의미에서 중국 조선족과 광복 전 재중 한인, 조선인들의 문학 자료를 체계적으로 발굴, 정리, 출판하는 것은 정체(整体)적인 민족문학연구에서 대단히 중요한 작업이 아닐 수 없다. 그들이 남긴 문학 자료는 지금도 중국각지와 해외의 여러 도서관, 박물관, 문서보관소에 신문, 잡지, 일기, 필사본, 프린트본, 활자본 등 형식으로 흩어져있다. 이런 현실을 감안하여 본 대계는 선배들이 중국 땅에 남긴 문학 자료들을 집대성하여 후세인들로 하여금 문화민족으로서의 자긍심을 갖게 하고 애국애족의 정신을 계승 발양하며 문학, 언어, 역사, 민속, 언론, 사회 등 여러 분야를 망라한 학계인사들에게 21세기 중국 조선민족문화의 새로운 비약을 위한 계통적인 연구 자료를 제공하는데 그 목적과 의의가 있다.

중국조선민족문학의 진수를 정리, 간행하기 위한 계획이나 준비 작업은 연변대학 조선언어문학연구소(현재의 조선문학연구소)의 창립과 더불어 20세기 80년대부터 본격적으로 시작되었다. 권철교수를 비롯한 연변대학 조선언어문학연구소의 조선문학 관계 선배학자들은 1950년대부터 벌써 재중조선인

문학자료 수집에 착수하였고 1990년에는 권철, 조성일, 최삼룡, 김동훈 등 네 연구원의 공동 집필로 된 《중국조선족문학사》를 공개출판하기에 이르렀다. 1992년 연변대학 조선언어문학연구소(현재의 조선문학연구소)는 한국 숭실대학교 인문대학과의 공동연구과제로서 소재영, 권철, 김동훈, 조규익 교수를 중심으로 집필한 《연변지역조선족문학연구》를 펴냈다. 같은 시기에 김영덕, 최문식 교수를 비롯한 연변대학 고적연구소에서는 《류린석전집》, 《김택영전집》, 《윤동주유고집》, 《한양가》, 《연변조사실록》 등 중국지역에서 발굴, 정리한 17권의 민족고전을 출판하였다.

　이와 동시에 문학현장의 사실을 증언하기 위해 두 연구소 산하의 수십 명의 연구원들은 연변의 각 현시와 북경의 백림사, 상해의 서가회, 남경의 용반리, 심양시 서류보관소 그리고 하얼빈, 대련, 서안, 남통 등지의 도서관, 박물관 등 중국 국내 수백처의 자료관을 누비면서 우리 민족의 해방 전 문학자료들이 흩어져 실려 있는 《천고》, 《진단》, 《천고》, 《진단》, 《독립신문》, 《민성보》, 《북향》, 《만선일보》, 《카톨릭소년》, 《광복》, 《신한청년》, 《조선의용대통신》, 《한민》, 《연변문화》 등 신문과 잡지, 그리고 지난 세기 초부터 이 땅에서 유전되었던 《백두산민담》, 《장백산강강지략》, 《초등소학수신》용 우화집과 《싹트는 대지》, 《재만조선인시집》, 《혈해지창》 등 최초의 소설집, 시집 및 극본들을 속속 발굴하였으며 무려 1,500만자에 달하는 작가문학 자료와 800여 수의 민요, 2,000여 편의 전설과 민담을 수집하였다. 그들은 하늘을 비상하는 나비가 아니라 발로 땅을 기어 다니는 지네와 같이 지나간 역사와 문화현장에 파고들어 문학현상 자체를 자기의 피부로 촉감하고 확인함으로써 오늘의 이 방대한 민족문학대계의 탄생을 준비하였던 것이다.

　본 대계의 출간과 관련하여 우리는 다음과 같은 몇 가지 원칙에서 이 사업을 추진키로 하였다.

　첫째, 본 대계에는 중국 조선족 작가와 재중 한국인, 조선인 작가들이 건국(1949년) 이전에 창작한 시, 소설, 일반 산문, 극작품 등 일체의 문예작품들을 수록한다.

　둘째, 우리 문학의 세 가지 큰 갈래인 조선문 문학, 한문문학, 구비문학을 통해 역사적으로 이룩한 모든 양식을 함께 수록한다. 먼저 건국 전에 창작된 작품을 30권에 나누어 1차적으로 간행하고 이를 더욱 확대하여 진정한 의미의 문학대계가 되게 한다.

셋째, 구비문학작품은 건국 전에 수집된 것과 건국 후에 수집된 것을 망라하며, 그 내용이 해방 전에 이미 구전으로 전승되었음을 감안하여 이를 모두 1차 간행분에 포함시킨다.

넷째, 언어상으로나 역사적으로 가치가 있는 일부 원전은 원전과 현대어역을 동시에 수록한다. 현대어역을 통하여 한문과 원전의 감상을 가능하게 하고 정확한 원전의 제시로 그 연구의 자료가 되게 한다. 단 일부 한시와 고문은 번역 사업이 미처 미치지 못해 원문만 그대로 싣기로 한다.

다섯째, 건국 전의 작가문헌은 그 문체들이 발생한 시대적 선후를 염두에 두면서 한시, 현대시, 소설, 산문, 희곡 순으로 배열하고 구비문학은 민요, 전설, 민담 순으로 배열한다. 건국 이후의 작품은 대부분 쉽게 찾아볼 수 있는 것들이어서 2차적으로 그 출간을 계획해보려 한다.

1차 간행에 교부된 작품집 목록은 아래와 같다.

제1-3권 한시집
제4-6권 시집(조선문)
제7-13권 소설집
제14-16권 산문집
제17권 희곡집
제18권 민요집
제19권 문헌설화
제20-21권 전설집
제22-27권 민담집
제28-29권 중국에 번역 소개된 문학작품
제30권 별책(색인)

끝으로 본 대계가 편집 출판되는 동안 관심 있는 모든 분들의 협력과 질정을 바라며 어려운 가운데도 이 사업에 동참해주신 편찬위원, 책임편자, 역주자 여러분과 연변대학 고적연구소 임원들에게 감사드린다.

그리고 본 사업의 취지를 이해하고 편집비를 지원해주신 한국 대산문화재단, 2005년도 연세특성화지원금으로 「중국내 한국관련 문헌자료집성사업단」을 지원해주신 한국 연세대학교의 후의에 감사드리며, 아울러 편집과 교정에서 제작에 이르기까지 노고를 아끼지 아니한 보고사 여러분께도 고마움을 표한다.

2005년 12월 26일

중국 연변대학교 조선문학연구소 전 소장 김동훈
중국 연변대학교 조선문학연구소 소장 허휘훈
한국 연세대학교 국학연구원 허경진

편집위원 명단

명예주필: 권　철
주　　편: 김동훈, 허경진, 허휘훈
감　　수: 권　철, 전성호

편찬위원: **중국**　권　철(연변대 조선문학연구소 고문, 교수)
　　　　　　　　김경훈(연변대 조선-한국학학원 부교수, 문학박사)
　　　　　　　　김동훈(원 연변대 조선문학연구소 소장, 교수)
　　　　　　　　김병민(연변대 총장, 교수, 문학박사)
　　　　　　　　김영덕(원 연변대 고적연구소 소장, 교수)
　　　　　　　　김호웅(연변대 조선-한국학연구중심 주임, 교수, 문학박사)
　　　　　　　　리광일(연변대 조선-한국학학원 교수, 문학박사)
　　　　　　　　전성호(원 연변문학예술연구소 소장, 연구원)
　　　　　　　　채미화(연변대 조선-한국학 학원 원장, 교수, 문학박사)
　　　　　　　　최문식(연변대 민족연구원 원장, 교수)
　　　　　　　　최삼룡(연변문학예술연구소 연구원)
　　　　　　　　허휘훈(연변대 조선문학연구소 소장, 교수, 문학박사)

　　　　　　일본　오오무라 마스오(일본 와세다대 교수)

　　　　　　한국　고운기(연세대 국학연구원 연구교수, 문학박사)
　　　　　　　　김영민(연세대 국문과 교수, 문학박사)
　　　　　　　　김　철(연세대 국문과 교수, 문학박사)
　　　　　　　　유중하(연세대 중문과 교수, 문학박사)
　　　　　　　　이경훈(연세대 국문과 교수, 문학박사)
　　　　　　　　전인초(연세대 중문과 교수, 문학박사)
　　　　　　　　최유찬(연세대 국문과 교수, 문학박사)
　　　　　　　　표언복(목원대 국어교육과 교수, 문학박사)
　　　　　　　　허경진(연세대 국문과 교수, 문학박사)

책임편집 : 전성호
편 찬 자 : 전성호, 림승환, 리창인, 장동운

이 ≪대계≫는 다음과 같은 요령으로 엮었다.

1. 중국 조선족의 기록, 구비문학작품을 비롯하여 재중한인(韓人), 조선인이 중국 지역에서 창작한 작품들을 함께 수록하였다.

2. 20세기 전반기에 창작 발표된 문학작품을 일차적 선제대상으로 확정하였다.

3. ≪대계≫ 각권의 출판은 한시, 현대시, 소설, 산문, 희곡, 민요, 전설, 민담 순으로 배열하였다.

4. 한시와 기타 한문(漢文)으로 쓰인 원전은 매 편마다 원문을 앞에 싣고 역문을 뒤에 함께 수록하여 상호 참조하기에 편리하도록 하였다.

5. 원전에 나오는 일부 지명, 인명, 전고, 방언과 알기 어려운 글자, 누락, 오기 등에 대해 필요한 주를 달았다. 주석표기는 원문(혹은 역문)에 번호를 붙이고 해당 면 하단에 각주(脚注)함을 원칙으로 하였다.

6. 고한문 원전은 번체자로 표기하고 이해가 어려운 한자어의 경우에는 괄호 안에 한자를 넣어 병기하였다.

7. 간행사와 일러두기 그리고 해설은 한국에서의, 작품의 맞춤법·띄어쓰기·외래어 표기는 중국에서의 현행 조선말 규범원칙을 따르되, 어학적·민속적 가치가 높은 해방 전 원전은 원문 그대로 수록하였다.

8. 본문은 연변의 표기방식대로 실었으며, 해설은 한국의 표준법에 맞추어서 윤문하였다.

9. 이 ≪대계≫에서 사용한 주요 부호는 다음과 같다.

   1) (   ) : 음이 같은 한자를 병기함.

   2) [   ] : 음은 다르나 뜻이 같을 때나 혹은 풀이한 한문을 병기함.

   3) ≪ ≫ : 책명, 작품명, 대화나 인용을 나타냄.

   4) 〈 ? 〉 : 불확실한 경우를 나타냄.

   5)   □   : 원전 또는 원문에서 누락된 문자를 나타냄.

   6) 주석은 ①②로 표시하여 해당 면 하단에 표기함.

차 례

료녕성 편

[부록]

해제

료녕성·흑룡강성 채록 민담 읽기

전성호

1

이 민담집은 료녕성에서 채록하여 묶은 민담집들인 ≪짜개바지≫[1], ≪천안삼거리 능수버들≫[2] 등과 룡강성에서 채록하여 출판한 민담집들인 ≪삼돌이와 호랑이≫[3], ≪팔모진주≫[4] 등에 수록된 196편의 민담들을 한데 모아 ≪료녕·흑룡강 지역 채록 민담집≫이라는 이름으로 다시 묶는다. 연변대학 조선문학연구소에서 연구자들에게 계통적인 연구자료 제공을 위하여 기획한 "중국조선족 문학대계" 편찬작업의 일환이다.

필자는 연변대학 조선문학연구소의 기획과 포치에 의하여 이미 연변과 기타 지구에서 채록한 향토전설(항일전설 포함)이거나 지명전설들을 모아 각기 책으로 묶었었고 또 필요에 의하여 10권으로 된 ≪황구연전집≫을 더듬은데 뒤이어 이번에 흑룡강성과 료녕성에서 채록하여 출판한 상술한 민담집들을 읽으면서 일찍 20세기 40년대 초반에 렴상섭이 하였던 말을 두고 다시 생각을 해보게 된다.

1941년에 렴상섭은 중국에 이주한 이주민 작가들이 내는 첫 소설집 ≪싹트는 대지≫[5]의 서문을 쓰면서 "우리 만주개척민은 호미나 바가지 밖에 가지고온 것이 없으나 그 바가지에는 생활이 담겨 있고 그 호미 끝은 거칠은 정서를 돋구

---

1) 료녕인민출판사, ≪짜개바지≫. 1984년 6월 제1판.
2) 료녕민족출판사, ≪천안삼거리 능수버들≫. 1985년 12월 제1판.
3) 흑룡강조선민족출판사, ≪삼돌이와 호랑이≫. 1985년 11월 제1판.
4) 흑룡강조선민족출판사, ≪팔모진주≫. 1989년 10월 제1판.
5) 신형철 편집, 재만조선인작품집 ≪싹트는 대지≫. (1941년 만선일보사 간행.) 서문 참조.

기에 넉넉하니 여기에도 문학은 자랐다.…"고 하였다. 물론 옳은 말이다. 충분히 수긍할만한 말이다. 또 렴상섭이 이 말을 한 그 목적과 동기가 무엇인지 완전히 리해된다.

하지만 지금 다시 꼬집어 생각해보니 그 말에는 어딘가 부족함이 있었던것 같다. 대부분 땅을 잃고 허덕이는 무리(파산된 농민)들로 이루어진 우리 민족 이주민들이 살길을 찾아 남부여대하여 이곳에 올 때 지녔던 물건들은 얼핏 보기에는 지게나 호미, 바가지 따위들이였다. 다른것이 더 없었다. 다시 말하면 빈주 먹으로 이 땅에 들어왔다는 말이다. 하지만 곰곰이 생각해보면 꼭 그런것뿐이 아니였다. 더 중요한것이 있었다. 그것인즉 바로 민족의 넋과 민족의 숨결이 배여있는 정신적인것들이다. 다시 말한다면 그들은 "구비문학"이라는 이름으로 통칭할수 있는 풍부한 민간이야기들을 가지고 이곳에 이르러 초막을 짓고 땅을 일구면서 정착을 하였고 또 그러한 이야기들로 마음을 달래면서 생활을 영위해 왔던것이다.

이런 상황에 대비하여 김재권은 ≪황구연전집≫을 묶으면서 그 머리말에서 "우리 조선족의 조상들이 살길을 찾아 이 땅에 올 때 쪽박에 담고온것은 바로 몇알의 씨앗과 민간이야기입니다."6) 라고 말하였다.

그러니 중국에 이주하여온 우리 민족의 문학은 비단 그 바가지에 담긴 생활과 호미 끝으로 돋군 "거칠은 정서"뿐이 아니라 더 중요하게는 그들이 가지고 온 상술한바의 풍부한 정신적인 유산에 힘입어 산생하지 않았나 하는것이 필자의 생각이다. 그것도 그럴것이, 김동훈은 "구비문학은 문학사의 서막을 열어준,…… 인민창작의 기념비"7)라고 규명하지 않았던가.

2

주지하다싶이 민담은 구전설화에서 양적으로 가장 많고 형태도 다양하며 내용도 매우 풍부하다. 여기에는 순수 환상적인것이 있는가 하면 생활적인것도

---

6) 김재권 수집 정리, ≪황구연전집≫(공10권). 연변인민출판사, 2008년 2월 제1판, 머리말 참조
7) 김동훈, <조선족구비문학개관>. 임범송·권철 주필, ≪조선족문학연구≫. 흑룡강조선민족 출판사, 1989년 6월 제1판, 159쪽 참조.

있는데 이와 같은 생활적인것에도 환상적인것이 끼여있다. 그리고 이와 같은 생활적인것이 절대적인 다수를 차지한다. 뿐만아니라 풍자적인것, 우스운 이야기(소화)도 섞이어있다. 그러면서도 이러한 민담들은 모두 소박하나마 인민들의 지향과 념원, 희망 등을 표현한다.

흑룡강성과 료녕성에서 채록하여 묶은 민담집들에 수록된 민담들의 상황도 례외가 아니다. 여기에는 물론 생활적인 이야기가 가장 많다. 그리고 이러한 생활적인 이야기에서 보면 우리 민족의 전통적인 가치관에 의하여 엮어진 권선징악의 주제가 당연히 절대적으로 중요한 비중을 차지한다. 적지 않은 민담들이 직접 이것을 주제로 하여 엮어졌는가 하면 다른 부류의 주제를 취급한 민담들도 거기에는 정도 부동하게 권선징악의 내용이 담겨져 있다.

상술한 민담집들에서 이런 권선징악의 주제를 체현한 대표적인 민담들로 우리는 <복둥이와 민둥이>, <금병아리>, <항아리에 물린 지주>, <신기한 복숭아>, <쌍둥이 형제>, <산삼>, <저승에 갔다온 이야기>, <장재아비 이야기>, <지게사당>, <금전 백냥>, <작형제>, <보배독>, <단방귀 사시오>, <섣달그 믐날 손님대접을 잘한 덕분에>, <착한 거지아이>, <안해와 첩>, <고약한 량반의 끝장> 등을 떠올릴수 있다.

민담 <복둥이와 민둥이>는 두 형제를 이야기 정면에 내세웠는데 동생은 복둥이는 평소에 어머니에게도 효도하면서 매사에 착했기에 후에 와서 호랑이의 도움을 받아 김진사네 무남독녀의 병도 고쳐주고 물때문에 고생을 하는 마을에 물곬도 찾아줄수 있어 나중에 김진사의 무남독녀를 안해로 맞아 오붓한 가정도 꾸리고 행복한 생활을 누릴수 있었다. 하지만 형 민둥이는 욕심 많고 게으른데다가 안해마저도 게으르고 심통이 바르지 않아 어머니의 속을 몹시 태웠다. 뿐만아니라 그는 동생에게도 악한 짓을 많이 하여 나중에는 온 가정이 파산되고 자신도 범의 밥으로 되고 만다. 착한 성품을 지니고 착한 일을 많이 해야만 잘되고 악한 성품을 지니고 악한 일을 많이 하면 벌을 받는다는 도리를 설명한것이다.

민담 <금병아리>도 보면 어머니를 모시고 소금장수를 하여 살아가고있는 주인공 소년이 착한 성품을 지니고 착한 일을 많이 하였기에 그날도 한 가난한 할머니를 동정하였다가 복을 받아 금싸락을 낳는 병아리를 얻어 잘살게 되고 반면에 마음이 악하여 항상 남의 등을 쳐먹고 살아온 건넌마을 부자는 아무리 소금장수 소년이 복을 받은것처럼 모방하였지만 끝내 벌을 받아 죽고 만다.

이밖에도 민담 <항아리에 물린 지주>에서는 억쇠를 비롯한 선량한 사람들은 잘되고 욕심 사납고 악착한 지주는 탐욕을 부리다가 죽음을 당하는 이야기를 엮었고 민담 <신기한 복숭아>에서는 마음이 고운 쓴녀는 나중에 복을 받아 잘살게 되고 심보가 고약하여 많은 죄를 진 계모 홍씨는 천벌을 받아 시체도 찾지 못하게 되는 이야기를 엮었으며 민담 <쌍둥이 형제>에서는 마음이 착한 동생은 나중에 안해도 얻고 잘살게 되지만 마음이 악하고 탐욕스러운 형은 나중에 벌을 받아 죽고 마는 등 이 부류의 민담들은 거의 모두 착한 사람에게 좋은 결과를 안겨주고 악한 사람에게 벌을 내리는 스토리로 구성되였다. 특히 민담 <고약한 량반의 끝장>에서는 마음이 고약하기로 그지없는 한 부자가 머슴의 삭전을 떼먹기 위해 머슴을 죽이려다가 자기가 죽는 이야기를 엮고있다.

이와 더불어 권선징악의 민담들에서 보면 이미 <복둥이와 민둥이>에서 보았듯이 적지 않은 민담들에 효도에 관계되는 내용이 들어있다. 다시 말하면 이러한 권선징악의 주제의 민담들에서 효도에 관한 문제가 자연 주요한 자리를 차지하게 된다는 말이다. 이러한 이야기들은 거의 모두 부모에게 효도해야 잘되고 그렇지 못하면 벌을 받는다는 내용을 강조하고있다. 이를테면 민담 <약초>에서 보면 주인공 령리는 소경인 어머니에게 효도할뿐만아니라 마음씨도 매우 착한 인물이다. 그리하여 그는 산에 가서 나무를 하고 오다가 상처를 입은 한 로인을 구해주었는데 결국 그 로인의 가르침을 받아 산에 가서 약초를 구하여 어머니의 눈도 뜨게 하고 그 약초로 마을사람들의 병을 치료해주어 모두 무사히 살아가게 한다. 반면에 웃마을에서 사는 마음이 악착한 지주는 이 약초를 빼앗아갔다가 오히려 탐욕스럽게 먹고 그만 온 몸이 녹아 물이 되고 만다. 그후 령리는 다시 산에 가서 그런 약초를 구해다가 가난한 사람들의 병을 고쳐주면서 어머니를 모시고 오래오래 잘 살았다고 한다. 실로 효도의 문제를 내세우고 권선징악을 설교한 민담의 전형이라 할수 있다.

이 밖에도 효도의 문제를 둘러싸고 엮은 민담인 <양자와 딸 삼형제>에서는 키운 양자는 효성이 지극하기에 결국 잘됐지만 재물에 눈이 어두워 아버지에게 효성하지 않았던 세딸은 모두 거지로 됐다는 이야기를 엮었고 <개똥보리밥>은 효성이 지극한 며느리가 비록 개똥에 섞인 보리쌀이지만 시어머니를 굶기지 않기 위하여 그것으로 어머니에게 밥을 지어 대접했기 때문에 하늘도 그 정성에 감복하여 그녀에게 금덩이를 내려보낸 이야기를 엮었다.

비록 그 내용이 권선징악으로 엮어지지 않았다 하더라도 상술한 민담집들에서 보면 우리 민족의 민족적인 풍속에 기준한 효행과 효행에 관한 문제를 다룬 민담이 매우 많다. 이를테면 <효자 이야기>, <효부의 절>, <지렁이국>, <시아버지 팔려던 이야기>, <흉년세월에 아버지 환갑 차린 이야기>, <아버지와 두 딸>, <작두효자>, <로인을 사온 이야기>, <효자노릇>, <아홉동이의 "물">, <효자 리경화>, <효자 룡덕이>, <등짐장수와 귀신 량주>, <어미를 살려준 강아지> 등 많은 민담들이 그러하다.

그중 <효부의 절>이 가장 대표적이다. 이 민담은 치매에 걸린 늙은 시어머니를 모시는 한 며느리의 눈물겨운 효행담을 엮었는데 이 며느리의 효행에 온 나라가 다 엎디어 절을 했고 임금까지도 감동되어 나라의 효부라는 칭호를 내림과 더불어 효부비까지 세워줬다는 이야기이다. 그리고 <효자 이야기>는 홀로난 어머니를 위하여 새롭게 아버지를 모셔오는 이야기를 엮었고 <흉년세월에 아버지 환갑 차린 이야기>는 그토록 어려운 처지에서도 자신들이 굶으면서 아버지의 환갑상을 차린 이야기를 엮었으며 <아홉동이의 "물">, <효자 리경화>, <효자 룡덕이> 등은 전기적인 색채속에서 효성이 지극한 인물들을 그렸다.

이처럼 효행에 관한 문제를 다룬 민담들에는 "기로형"이라 할만한 민담들도 있다.

이른바 "기로형(棄老型)" 민담이란 "늙은 부모를 산채로 버리던 래력을 이야기한 유래담"8)을 가리킨다. 상술한 민담집들에서 보면 <고래장 이야기>, <부모 괄시가 제괄시> 등이 그러하다. 민담 <고래장 이야기>는 악착한 왕자가 자기 아버지의 왕위를 찬탈하고는 민심을 누르기 위하여 륙십 넘은 로인을 모두 고래장을 시키라는 명을 내렸는데 바로 이때 북방의 외적이 이 나라를 노리면서 사신을 보내여 까다로운 수수께끼를 낸것을 한 신하가 고래장터에 숨겨둔 늙은 이들이 맞추는 바람에 나라는 위험에서 벗어났고 이로부터 고래장 제도가 없어

---

8) 김관웅, <"기로형"민담의 비교연구>. 김동훈·허휘훈 편, ≪중조한일민담비교연구≫. 료녕민족출판사, 2001년 10월 제1판, 227쪽.

졌다는 이야기를 엮었다. "기로형"민담의 전형적인 이야기라 할수 있다. 그리고 <부모괄시가 제괄시>는 한 불초자식이 자기의 늙은 어머니를 고래장을 시키려고 지게에 지고 산으로 갔다가 지게마저 버리고 돌아오려 할 때 따라갔던 그의 아들이 앞으로 자기가 아버지를 버릴 때 쓰겠다면서 아버지가 버린 지게를 다시 가져오려는것으로부터 계시를 받고 아들이 다시 어머니를 모시고 오는 이야기를 엮음으로써 "기로형"민담의 골격을 이루고있다.

이 밖에도 민담 <시아버지와 며느리>, <시아버지 팔려던 이야기> 등은 효성이 지극한 아들들의 효심에 의하여 시아버지를 버리고싶어하던 며느리들이 자기의 고약한 마음을 고치는 이야기를 엮었고 민담 <어미를 살려준 강아지>는 강아지마저 제 어미를 위하는데 사람이 어찌 자기의 부모를 버리겠느냐 하는 이야기를 엮었으며 민담 <로인을 사온 이야기>는 착한 심성을 가진 부부가 오히려 남의 늙은이를 모시려 했기에 복을 받은 이야기를 엮었다.

3

상술한 민담집에는 또 지혜담이 특히 많아 인기를 모은다. 이를테면 <짜개바지>, <귀신을 잡아먹은 사람>, <저승에 갔다온 이야기>, <천하잡놈 방학진>, <곶감 먹고 자실하다>, <묘한 장기수>, <곰보안해를 얻은 황대감>, <장인에게 닭을 판 이야기>, <신세 고친 돌쇠> 등이 그 보기로 되겠다. 그중 민담 <짜개바지>는 천하게 자란 한 더벅머리총각이 꾀를 써서 장가를 든 이야기를 엮었고 민담 <귀신을 잡아먹은 사람>은 귀신의 존재를 부정하는 김룡덕이라는 사람이 "귀신을 잡아먹는다"는 명목으로 건너마을의 좌수로 하여금 원래의 약속대로 자기의 딸을 머슴에게 시집보내게 한 이야기를 엮었으며 민담 <저승에 갔다온 이야기>는 한 가난한 사람이 "저승에 갔다왔다"는 명목으로 그 마을 부자를 꼼짝 못하게 한 이야기를, 민담 <천하잡놈 방학진>은 방학진이라는 사람이 지혜롭게 나다닌 이야기를, 민담 <곶감 먹고 자실하다>는 서당의 아이들이 꾀를 써서 훈장의 곶감을 훔쳐먹은 이야기를, 민담 <묘한 장기수>는 한 더벅머리총각이 지혜로 임금과 장기를 겨룬 이야기를, 민담 <곰보안해를 얻은 황대감>은 한 녀인이 지혜로써 자기의 시누이를 황대감에게 시집보낸 이야기를,

민담 <장인에게 닭을 판 이야기>는 한 사람이 꾀를 써서 자기를 항상 무시하는 장인을 골탕 먹인 이야기를, 민담 <신세 고친 돌쇠>는 돌쇠라는 총각이 지혜롭게 원님을 속이고 신세를 고친 이야기를 각각 엮었다.

이와 같은 지혜담에서 가장 대표적인 이야기로 전기적인 색채를 띠고있는 <김선달 이야기>를 들수 있다. "봉익 김선달"에 관한 이야기는 우리 민족 항간에 비교적 널리 퍼져있다. 민담집 ≪팔모진주≫에 채록된 <김선달 이야기>에서는 김선달이 서당에서 글공부를 하던 이야기며 그가 장가를 드던 이야기며 그가 임금으로부터 "봉익"이라는 호를 하사받은 이야기며 똥을 먹고 똥을 먹인 이야기며 안부자를 도와 권부자를 골려준 이야기 등을 엮었다.

이와 같은 지혜담에서 보면 지혜로 악세력과 투쟁하여 전승한 이야기가 적지 않다. 그리고 앞에서 이미 살펴보았지만 <항아리에 물린 지주>, <고약한 량반의 끝장> 등을 비롯한 많은 민담들은 그것이 권선징악의 성격을 가지면서도 동시에 지혜담으로 된다. 이를테면 <깍쟁이 지주를 골탕먹인 '중'>, <고약한 량반의 끝장>, <소의 침도 거름이라네> 등이 그러하다. 민담 <깍쟁이 지주를 골탕먹인 '중'>은 "중"으로 가장한 한 농민이 "하루 24시간을 30시간으로 연장시켜달라"는 욕심쟁이 지주를 지혜롭게 골탕 먹인 이야기를 엮었는데 여기에는 악한 자에 대한 징벌의 성격이 짙게 배여있다. 그리고 민담 <고약한 량반의 끝장>이나 민담 <소의 침도 거름이라네> 등에도 농민들이 지혜로써 고약한 착취자를 징벌하거나 골탕 먹인 내용이 담겨져있다.

이 밖에도 <버들잎>, <지혜로운 포수>, <팔모진주> 등 민담들은 그 악세력의 형상을 구체적인 인간의 모습으로 설정하지 않았지만 환상적이고 상징적인 의미의 이야기를 통하여 지혜로써 악세력을 전승한 사실을 엮었다. 이를테면 민담 <버들잎>에서는 사람들을 해치는 악세력으로 마귀를 등장시켰고 민담 <지혜로운 포수>에서는 그 악세력으로 호랑이를 등장시켰으며 민담 <팔모진주>에서는 그 악세력으로 구렁이를 설정하는 등이 그러하다. 이러한 민담들에 설정된 마귀나 호랑이, 구렁이 등은 모두 인간사회에서의 악세력들을 상징하면서 이러한 민담들로 하여금 환상적이고 동화적인 색채를 가지게 한다. 민담에서의 이와 같은 환상적인 성격 내지 환상적인 민담은 사람들에게 "무제한한 희망과 포부를 안겨주며 용감한 모험정신과 아름다운 동정심을 발양시킨다."[9)]

이와 같은 지혜담에서 특히 이채를 돋구는 이야기는 어린이들의 총명담이다. 그중 민담 <총명한 돌이>는 백년불우의 왕가물이 들어 사람들이 물때문에 고생을 하고있는데 더구나 곽지주라는 한 부자가 샘물마저 독점하여 사람들이 마실 물조차 없어 죽어가는 때에 정의감이 있고 지혜가 있는 돌이라는 소년이 나서서 곽지주가 차지하고있는 샘물을 찾아온 이야기를 엮었고 민담 <목동과 임금>은 한 나어린 목동이 임금을 설복한 이야기를 엮었으며 민담 <칠세소동>은 한 고을의 원님이 그 마을의 인물 고운 청상과부에게 눈독을 들이고 까다로운 수수께끼를 내는것을 이 과부의 어린 아들이 원만하게 해답함으로써 원님으로 하여금 어머니에게 얼씬거리지 못하게 한 이야기를 엮었다. 그리고 민담 <초립동이 량반의 묘를 옮기다>는 일곱살 나는 한 어린이가 자기 할머니의 묘자리 우에 함부로 쓴 량반의 묘를 옮겨가게 한 이야기를, 민담 <생선 굽는 냄새와 엽전소리>는 한 머슴군의 나이 어린 아들이 나서서 부자가 하던 방식대로 부자를 골려준 이야기를, 민담 <원놀음>은 소를 잃은 한 농부가 소를 잃고 찾아다니다가 아이들이 놀고있는 "원놀음"의 덕분에 소를 찾는 이야기를, 민담 <아들이 공포 갚은 이야기>는 한 아이가 나서서 나라의 공포를 갚지 못하여 이제 죽임을 당하게 된 아버지를 대신하여 군수를 설복함으로써 아버지를 죽음에서 구원한 이야기를, 민담 <말문이 막힌 천자>는 중국의 천자가 "하늘을 덮을수 있는 큰 채를 만들어 바치라"는 엉뚱한 요구에 온 나라가 어쩔바를 모를 때 한 어린이가 나서서 하늘이 몇자나 되는지 알려주면 만들겠다고 함으로써 천자의 말문을 막아버린 이야기를 각각 엮었다.

보다싶이 상술한 어린이의 총명담에는 상대방이 제기한 문제에 대답하고 새로운 문제를 제기하는것이 하나의 공통한 특징으로 되고있다.

특히 우리 민족의 이러한 어린이 총명담은 흔히 어린이가 아버지를 대신하여 나서서 부자가 음흉한 목적을 가지고 내는 수수께끼를 알아맞춤과 더불어 혹은 자신이 다시 엉뚱한 수수께끼를 내서 부자를 이김으로써 부자의 음모가 파탄되게 하고 아버지를 구원하는 스토리로 이루어졌다. 이를테면 <돌이>, <왼쪽이다,

---

9) 김동훈, <조선족구비문학개관>. 임범송·권철 주필, ≪조선족문학연구≫. 흑룡강조선민족출판사, 1989년 6월 제1판, 167쪽.

왼쪽> 등 민담들이 대표적이다.

민담 <돌이>에서 보면 주인공 돌이는 총명하기로 소문이 높았다. 그런데 어느날, 원래 탐관오리라 마음이 고약하기로 짝이 없는 이 마을의 리대감이 돌이의 누이에게 눈독을 들이고 돌이의 아버지 김첨지를 불러서 "내기"를 하자고 하면서 만약 자기가 이기면 김첨지의 딸을 가지고, 자기가 지면 개똥참외밭 한뙈기를 주겠다고 하였다. 그리고 그가 문제를 내는데 첫번째 문제는 가마 하나에다 밥을 지어서 그릇 쉰개에 밥을 담아 가져오라는것이고 두번째 문제는 십리밖에서 펄펄 끓는 고기국을 가져오라는것이였다. 이에 총명한 돌이는 첫번째 문제에 대한 답으로 진짜로 쉬여 진물이 나고 악취가 풍기는 밥을 가지고와서 쉰밥이라 하였고 두번째 문제에 대한 답으로 오리 두 마리를 끓인 국물을 가져옴으로써 한마리의 오리에 다른 한마리의 오리를 합쳐 "십리"를 대체하였던것이다.

민담 <왼쪽이다, 왼쪽>에서 보면 청수라는 농부가 마누라의 병치료때문에 한 마을의 고부자에게서 돈을 빌려 썼는데 속통이 먹통처럼 검은 고부자가는 돈 오십냥을 빌려주면서 내기를 하자고 하였다. 그러면서 만약 자기가 지면 그 돈 오십냥을 받지 않을뿐만아니라 거기에 십배를 덧붙여 부림소까지 갖추어 주고, 만약 자기가 이기면 지금 청수가 가지고있는 논 다섯마지가를 내놓아야 한다는것이였다. 이에 청수라는 그 농부는 돈을 빌리지 않을수 없어 빌리긴 하지만 그 후과때문에 고민하지 않을수 없었다. 그런데 그의 아들이 아버지를 대신하여 나서서 고부자가 내는 수수께끼를 훌륭하게 답하였을뿐만아니라 오히려 고부자가 답할수 없는 수수께끼를 내여 고부자로 하여금 엄청난 대가를 치르게 한다.

4

주지하다싶이 민담은 대체로 서민들의 사랑을 받고 또 서민들속에서 유전되면서 서민들에게 희로애락을 안겨주는 서민의 문학이다.

력사적으로 많은 "한"을 지니고 살아온 우리 민족 서민들의 민담들에는 억울한 죽임을 당한 원혼이 나타나 새로 부임하는 관리에게 자기의 억울함을 호소함으로써 그 관리의 힘을 빌어 원한을 푸는 이야기들이 비교적 많다. 그 대표적인 모티프가 고전소설 <장화홍련전>이다. 억울하게 죽임을 당한 원혼이 나타나서 신임사또에게 그 억울함을 하소연함으로써 원한을 푼다. 서민 자체의 힘으로써 는 그 원한을 풀수 없었기때문이였다.

료녕성과 흑룡강성에서 채록하여 묶은 상술한 민담집들에서도 보면 이와 같 은 이야기들이 있어 흥미롭다. 이를테면 <아랑이>, <양주목사> 등 민담들이 그러하다.

민담 <아랑이>는 밀양고을 리사또의 딸이 유모와 짜고든 서울 오부사에게 살해된후 아랑이의 시녀였던 스랑이가 원혼으로 가장하여 나타나 신임 밀양사 또의 앞에 나타나 아랑이의 원통한 죽음을 호소한다. 이 이야기에서 보면 아랑이 의 원혼이 직접 나타나지 않고 아랑이의 시녀였던 스랑이가 아랑이의 원혼으로 가장하여 나타났다는것이 이 류형의 원형 모티프와는 좀 차이가 있어 어딘가 서운한 느낌을 주지만 그런대로 흥미롭다.

이와는 달리 민담 <양주목사>는 비록 뒤에 이어지는 이야기가 새롭게 양주목 사로 된 관리의 영명함과 공정함을 칭송하는 이야기로 넘어가고있지만 이야기 전반부분인 억울한 안건을 처리하는 과정에서는 죽은 자의 원혼이 나타나 신관 에게 자기의 억울함을 호소하는 그 모티프 원형을 그대로 유지하고있다. 이야기 는 대체로 이러하다. 양주 서교의 리첨지의 규수가 삼년전에 본관의 한 나으리의 수청을 거절했다는데서 모해를 입어 억울한 죽임을 당했는데 양주에 새로운 목사가 파견되자 그녀의 원혼이 나타나서 자기의 억울함을 고소하였다. 그런데 양주에 파견된 목사는 그 원혼의 말을 듣기도 전에 자신이 놀라서 기절하여 죽고 말았다. 그리고 양주에 파견되는 목사들마다 모두 그렇게 죽어버렸다. 일이 이렇게 되자 양주에 목사로 내려가려는 사람이 없어졌다. 그리하여 나라에서는 양주목사를 해보겠다는 사람을 구하고있었다. 량반이건 서민이건 가리지 않는 다는것이였다. 이때 한 더벅머리총각의 꿈에 소복단장을 한 이 원혼이 나타나서 자기의 억울함을 하소연한다. 깨고보니 꿈이였다. 하지만 이 꿈으로 하여 이 더벅머리총각은 자기가 양주목사로 가야 하겠다는 마음을 굳히고 자진하였다. 이에 임금은 다른 방법이 없었던지라 이를 허락하였다. 이 더벅머리총각이 양주 목사로 부임되자 과연 그 원혼이 다시 나타나 자기의 억울함을 상세히 알렸고 양주목사로 된 이 더벅머리총각은 나비로 변신한 원혼의 가르침을 받아 범인을 처단함으로써 양주에 다시 정기가 일어나게 하였다.

상술한 민담집들에서 보면 원혼이 나타나는 이야기로 또 <지게사당>, <보배독> 등이 있다. 그런데 이런 이야기들은 원혼이 관리의 앞에 나타나 자기의 억울함을 호소하여 원쑤를 갚는 스토리가 아니라 그 원혼이 착한 사람의 앞에 나타나서 자기가 억울하게 죽었지만 제대로 안장되지 못하여 지금 고통을 받고 있으니 자기를 바른 곳에 묻어달라는것을 호소하고 연후에 그 은공을 갚는 이야기로 엮어졌다.

앞에서 말하다싶이 민담은 서민의 문학이다. 그러니 자연 설음 많은 서민의 립장을 대변하기 마련이다. 이에 따라 우리 민족의 민담들에는 서민의 립장에서 량반을 조소한 이야기들이 많다. 료녕성과 흑룡강성에서 채록한 상술한 민담집들에서 보아도 <도적벼슬>, <사천고을 원님과 백씨부인>, <귀락당과 당나귀>, <팔자땜>, <개다리>, <배사공 처녀>, <어리석은 선비와 종 막동이>, <중의 아들로 된 량반>, <두 사돈>, <배씨올시다>, <무능한 원>, <량반을 욕질한 훈장>, <어사를 욕질한 농사군>, <왼쪽이다, 왼쪽>, <량반과 농부댁> 등 민담들이 모두 이렇게 혹은 저렇게 량반을 조소하고있다.

반면에 서민들의 사랑을 받고 또 서민들속에서 유전되는 우리 민족의 민담들에는 또 서민이 "입신출세"하여 량반으로 되는 민담도 적지 않다. 그것은 신분적으로 천대를 받는 위치에서 살아가는 서민들이 자신들도 한번 인격을 갖추고 큰 소리를 치면서 사람답게 살아보고싶었던 그 간절한 념원을 민담을 통해서나마 실현하고자했기때문이다. 앞에서 보았던 민담 <양주목사>가 바로 그러한 이야기의 대표로 된다. 이 민담의 주인공 더벅머리총각은 원래 아무런 권리도 힘도 없이 그저 고스란히 땅을 뚜지며 살아가는 순수한 서민이였다. 하지만 그는 당시 관가의 타락에 비분강개하여 한번 관리로 되여 세상을 다스려볼 생각을 가지게 되었고 또 양주목사로 되어 많은 비리를 저지른 탐관을 처단했던것이다.

이 밖에도 료녕성과 흑룡강성에서 채록한 민담집들에서 보면 <어사된 숯쟁이 아들>, <보황금>, <볼목데기가 사또 되다> 등 민담들이 모두 서민으로부터 분투하여 "입신출세"를 하는 이야기로 엮어졌다.

그중 <어사된 숯쟁이 아들>이 대표적이다. 이 민담은 백두산기슭 어느 시골에서 숯을 구워 생활하는 가정에서 태여나 얼마후 고아로 된 한 아이가 글공부를 하여 과거시험을 보아 어사로 된 이야기를 엮었다. 이 아이는 고아로 된 후 문전 걸식을 하면서 떠돌아다니다가 한 서당에서 아이들이 글 읽는 소리를 들었고 그 소리에 매혹되여 서당 기둥에 기대서 귀동냥을 하다가 서당 훈장의 중시를 받게 되였고 그로부터 이 서당에서 나무를 패고 불을 때면서 글공부를 하기 시작하였다. 이 서당의 훈장인즉 서울의 한 문장가의 아들로서 사회에 대한 불만으로 하여 벼슬을 버리고 은거생활을 하고있었던것이다. 아무튼 이 훈장에게서 삼년동안 공부를 하면서 학문을 익힘과 더불어 김성문이라는 이름까지 가지게 된 이 아이는 이 훈장과 그 안해가 갖추어 주는 로비까지 가지고 과거시험 보러 떠났다. 그는 서울로 가는 도중에 인가가 희소한 산속에서 한 귀틀집을 만났고 거기서 현명한 녀인을 만나 그녀의 계시로 입신출세의 뜻을 더욱 굳혔다. 그후 그는 갖은 유혹을 물리치고 갖은 곡절을 겪어가면서 끝내 과거시험에 응시하여 장원급제를 함으로써 입신출세를 하게 된다.

우리 민족의 민담들에 "택서"(사위감 고르기) 이야기가 많은것도 이런 각도에서 생각해볼 필요가 있다. 비록 앞의 민담들에서처럼 "입신출세"까지는 이어지지 못하더라도 장가를 잘 들어 신세를 고쳐보려는 소박한 념원의 표출이 아닌가 싶다. 상술한 민담집들에서 보아도 <사위감 고르기>, <글 짓고 장가든 이야기>, <장사 잘하는 사위>, <새끼 세발>, <거짓말 세마디>, <금돌로 집을 지은 수돌이>, <상도와 리씨네 딸 삼형제>, <굳은 땅에 물이 고인다>, <솜씨 잰 총각과 처녀>, <노란 능금>, <사위감을 떠보다>, <일녀삼주> 등 민담들이 그러하다. 이러한 민담들은 거의 모두 훌륭한 딸을 둔 집에서 이러저러한 조건을 내걸고 사위감을 고르는 이야기로 엮어졌는데 사위감으로 선택된 총각은 자연 복을 누리게 되는 결과로 이어진다. 서민들의 념원을 담은 이야기라 하지 않을수 없다.

5

원래 우리 민족의 민담들이 그러하듯이 료녕성과 흑룡강성에서 채록한 상술한 민담집의 민담들도 필자가 앞에서 더듬었던 그 정도의 분류나 갈래로 완전히 다 귀납해낼수 있는것이 아니다. 이밖에도 많은 부류의 민담들이 있다. 그중에는 우리 민족 녀인들의 심성을 담은 민담들이 감동적이다. 이를테면 <아리랑>,

<광일이와 광월이>, <팔모진주> 등 민담들이 대표적이다.

민담 <아리랑>은 우리 민족의 대표적인 민요인 "아리랑"을 두고 황해도 곡산 땅을 배경으로 하여 한 젊은 부부의 의미심장한 이야기를 엮었다. 이들 부부는 황해도 곡산의 깊은 산속에서 가난하게 살고는 있었지만 아주 다정하고 행복했다. 당시 나라 사정은 어려웠지만 벼슬아치들은 국정은 돌보지 않고 사치하고 방탕한 생활에 빠져있었으며 백성들의 등골을 긁기에만 혈안이 되어있었다. 하여 도처에서 농민봉기가 일어났다. 이에 정의감이 강한 남편이 가만 있을수 없었다. 그는 삼년 기약으로 안해와 작별하고 결연히 싸우러 떠났다. 안해는 남편을 기다리기로 굳게 마음을 먹었다. 약속한 삼년이 거의 가까워오는 어느날, 이 고을 곽좌수의 아들이 미색을 탐하여 이 집에 뛰여들어 성화를 부렸다. 물론 녀인은 먹은 마음을 굽히지 않았다. 하지만 공교롭게도 이때 약속시간이 다 되어 집에 돌아오던 남편이 자기의 안해가 다른 남자와 어울려 있는것을 보고 오해하여 안해를 버린채 다시 떠나버렸다. 녀인은 무정하게 떠나는 남편을 애타게 부르며 은장도로 자기의 목숨을 끊는다. "아리랑"이야기의 대부분이 부부간의 리별 속에 녀인의 정절을 칭송하였다.

이와는 달리 <광일이와 광월이>, <팔모진주> 등 민담들은 녀인들이 자기들의 그 깨끗하고 한결같은 마음으로 사랑을 굳게 지키는 이야기를 엮었는데 역시 우리 민족 녀인들의 윙프나강의 심성을 잘 드러내고있다. 그런가 하면 또 <버섯은 왜 하루 피고 질가요?>와 같은 민담은 녀인을 주인공으로 다루긴 했지만 앞의 민담들과는 달리 잠시적인 고생을 이기지 못하여 남편을 버리고 변절하였던 녀인의 후회와 그 종말을 썼다. 인간사회의 모습이 꼭 같을수 없음을 말해주는듯 싶다.

상술한 민담집에서 우애담도 적지 않다. 그중 <삼거리 능수버들>, <화목한 가정>, <죽마고우>, <리씨가문의 둘째며느리> 등 민담들이 대표적이다. 이러한 민담들은 사람들 사이의 애틋한 우애의 이야기를 다루어 인간세상의 아름다움을 만끽하게 한다. 그중 민담 <삼거리 능수버들>은 장가를 가는 문제를 두고 형제간의 우애를 엮었고 민담 <화목한 가정>은 한 보통가정의 화목한 모습을 보여주었으며 민담 <죽마고우>는 능히 생사라도 같이 할만한 친구사이의 남다른 우애를 보여주었다. 그리고 민담 <리씨가문의 둘째며느리>는 며느리의 역할로 형제가 화목을 도모하는 이야기를 엮었다. 모두 사람들에게 많은 감동을 준다.

상술한 민담집들에는 또 "창세"설화라 할만한 민담인 <칠성별>이 있는데 이 민담은 또 우리 민족에게 많이 류전된 "훗어미 박해"형 설화의 모습을 가지기도 하였다. 훗어미의 박해에 의하여 일곱 형제가 하늘에 올라가 칠성별이 되었고 그때로부터 하늘에는 칠성별이 있게 되였다는 이야기이다.

이와 더불어 상술한 민담집들에서 "훗어미 박해"형 이야기를 례를 든다면 <신기한 복숭아>, <흰 옷을 즐기게 된 이야기>, <퉁소>, <덕룡이와 복녀> 등 이야기들을 떠올릴수 있다. 그중 <신기한 복숭아>가 가장 대표적이다. 이 민담은 흥씨라는 한 훗어미가 쓴녀라는 선실 딸을 박해하다가 나중에 자기가 죄를 입는 이야기를 엮었다.

그리고 상술한 민담집들에는 또 쥐가 손톱을 먹고 량반으로 변하여 주인행세를 한 이야기들이 있는데 이를테면 <쥐뿔도 모른다>, <량반과 쥐량반>, <쥐× 도 모르는 년> 등이 그러하다.

이밖에도 상술한 민담집들에는 "백조처녀"형[10]의 민담이라 할수 있는것으로 <왕송이와 선녀>가 있고 "야래자"형[11] 민담의 변종이라 할만한 민담으로 <삼태자 삼정승>이 있으며 "천혼"형[12] 민담 혹은 "셋째 딸"형 민담이라 할만한것으로 <우의정의 셋째딸>이 있다. 그리고 "액땜"형 민담으로 <죽을번한 시골총각>, <죽을 고비를 세 번 겪은 총각> 등이 있고 "곳감"형[13] 민담으로 <어비3>, 글자풀이거나 기타 입담으로 <문자우환>, <명씨와 안씨>, <무식쟁이 손우수가다>, <너 때문에 나도 망신>, <쉰첨지가 조 한섬 바치다>, <굼일불이출문>, <오불관이라>, <유식한 놈 볼기를 맞다>, <정구죽천>, <당나귀정씨의 유래>, <서당훈장과 나무군총각> 등이 있으며 "동식물 보은"담으로 <인삼처녀>, <삼돌이와 호랑이> 등이 있고 동물이야기로 <개미의 생일놀이>, <벼룩이와 이와 빈대>, <원숭이와 게>, <빨쥐>, <가재미와 메기>, <고양이는 왜 똥누고 파묻는가?>, <꿀이 왜 만병통치약이 못되는가?> 등이 있으며 봉건혼인의 페단을

---

10) 김동훈 허휘훈 주필, 《중조한일민담비교연구》. 료녕민족출판사, 2001년 10월 제1판, 518쪽 참조.
11) 김동훈 허휘훈 주필, 앞의 저서. 137쪽 참조.
12) 김동훈 허휘훈 주필, 앞의 저서. 466쪽 참조.
13) 김동훈 허휘훈 주필, 앞의 저서. 235쪽 참조.

공소한 민담 <작아도 남편>, 탐욕성을 질타한 민담 <샘> 등이 있지만 구체적인 서술을 약한다.

하면서도 료녕성과 흑룡강성에서 채록하여 묶은 상술한 민담집들에 있는 인물전기의 색채를 가지고있는 민담들과 풍물전설들에 대해서는 좀 이야기할 필요를 느낀다.

이미 앞의 "효자"담에서 살폈던 <효자 리경화>, <효자 룡덕이> 등과 "지혜"담에서 살폈던 <김선달 이야기> 등은 전설적인 성격을 가지면서 인물전기의 색채를 가지는 민담들이다. 또 상술한 민담집들의 <신유복>, <박어사 출도>, <장수 감덕룡>, <숙종대왕>, <나도 밤나무>, <김생전>, <전백록뫼앞을 지날 때는>, <첫날밤에 있은 일>, <아라한의 이야기>, <도원수로 된 정기룡>, <강감찬이 선간장기를 둔 이야기>, <육신승천한 양봉래>, <사명당 리석규> 등도 거의 모두 전기적인 색채를 가진 전설들에 해당한다.

그리고 <오녀산>, <압록강 이야기>, <독교바위>, <련꽃 이야기>, <쇠경대>, <굴암돼지우리>, <망아산>, <두루미산>, <장재아비 이야기>, <원한늪과 룡바위>, <자라산 유래> 등 민담들도 우리는 풍물전설로 읽을수 있을것이다.

≪료녕·흑룡강 지역 채록 민담집≫으로 다시 묶는 과정에서 구술자와 정리자에 의하여 이루어지고 출판사에 의하여 문자화된 원형을 존중하는 원칙을 지켰음을 밝혀둔다.

료녕성 편

복둥이와 민둥이

멀고먼 옛날, 호랑이가 담배피울 때의 일입니다.

어느 산간벽촌에 한 어머니가 아들형제를 데리고 살았습니다.

동생은 복둥이라고 했는데 정말 착한 어린이였습니다. 그는 어머니의 말을 고분고분 잘 들었고 어머니를 도와 일도 잘하였으며 먹을것이 생겨도 어머니부터 갖다드리군 하였습니다.

형은 민둥이라고 불렀는데 이름 그대로 민하기 그지없었습니다. 욕심 많고 게으르며 인정머리도 없는 애였습니다. 먹을것이 생기면 혼자 먹겠다고 복동이를 내쫓군 하였습니다. 그러나 일을 시키면 안하겠다고 억지를 부렸고 어머니의 말을 영 듣지 않았습니다.

어머니는 민둥이때문에 무지 애를 태웠습니다. 그런대로 복둥이가 일을 잘 도와주어 굶어죽지는 않고 살아가게 되였습니다.

이럭저럭 민둥이 나이 이십이 되여 장가를 들었습니다. 장가까지 들고나니 그 미욱이 더해졌습니다. 부처 오누이라더니 정말 안해도 그와 맞먹는 편이였습니다. 제 미욱에 안해의 미욱까지 합치고나니 민둥의 미욱은 배로 늘어날수밖에 없었습니다. 어머니는 속태우던 나머지 병으로 세상뜨고 말았습니다.

어머니가 세상뜨자 민둥이는 복둥이를 내쫓았습니다.

쫓겨난 복둥이는 사처로 류리걸식하면서 날품팔이도 하고 삯나무도 하여 돈 밑천을 좀 모아 장사를 하였습니다. 이렇게 한 2년 아글타글한 보람으로 돈냥이나 모으게 되였습니다. 마음 착한 복둥이는 돈이 좀 생기게 되니 형님생각이 났습니다. 게다가 조카가 태여나서 일년이나 되였다는 소식도 들은바가 있어 조카에게 옷감이라도 사다주어야 삼촌구실을 한다고 생각되여 민둥이네 집을 찾아가게 되였습니다.

민둥이네 살림은 말이 아니였습니다. 집은 다 찌그러지고 초이영도 해 덮지 않아 다 썩었고 밭고랑처럼 골이 줄줄이 났습니다. 방안 형편을 보면 삿이 없어 짚거적을 깔았는데 그것도 비가 새서 뭉텅뭉텅 썩었습니다. 어린애는 실 한오리 걸치지 못했고 어른들은 때국이 잘잘 흐르는 너덜너덜한 옷을 입고있었습니다.

내외간이 다 게으르고 일을 싫어하다보니 먹을것도 없거니와 땔나무도 없어 거지동냥을 해가며 연명하고있었습니다.

이런 형편에 복동이가 어린애 옷감을 떼가지고 찾아오니 반갑게 대해주었습니다. 복동이는 형님의 살림형편이 너무도 말이 아니여서 큰맘 쓰고 좁쌀도 몇되 사다주고 형네 내외간의 옷도 한 벌씩 해주었습니다. 그리고 산에 가서 땔나무도 좀 해다놓았습니다.

민둥이는 복동이가 어떻게 돈을 모았는지 궁금하여 물었습니다.

《이자식, 넌 어떻게 돈을 모았니?》

《네. 품팔이도 하고 나무도 해 팔아서 그걸 밑천으로 장사를 했어요.》

《장사를 하면 돈을 벌수 있니?》

《네. 잘하면 돈을 좀 벌수 있지요.》

장사하면 돈을 벌수 있다는 말에 민둥이는 군침이 동하였습니다.

《그럼 나하구 함께 장사를 하자꾸나!》

《그럽시다.》

복동이는 형님의 말을 거역할수 없어 응낙했습니다.

이튿날, 민둥이는 복동이를 따라 떠났습니다. 그는 복동의 뒤를 따라 걸으면서 엉뚱한 생각만 하였습니다. 황금은 흑사심이라더니 복동의 몸에 있는 몇냥 돈이 욕심났고 거기에 음심이 동하였던것입니다.

점심때가 기울자 큰 고개를 넘게 되였는데 아름드리 나무가 빼곡이 들어찬 숲속이여서 길이란 형체도 찾기 어려웠습니다. 후미진 비탈목에 이르자 민둥이는 몽둥이로 복동이의 머리와 어깨를 연방 내리쳤습니다. 복동이는 맥놓고 걷던 중이라 불시에 내리치는 몽둥이의 격타에 정신이 아찔하여 스르르 모로 쓰러졌습니다.

민둥이는 복동이의 몸을 뒤져 돈을 몽땅 꺼내여 자기 몸에 지니고 돌아섰습니다. 돌아서서 몇발자국 걷느라니 복동이가 뒤로 와서 덮쳐드는것만 같았습니다. 민둥이는 마음이 놓이지 않아 되돌아와서 칡넝쿨로 복동이를 묶었습니다. 두발목도 한데 꽁꽁 묶어 옴짝달싹 할수 없게 했습니다.

이때 복동이가 정신을 차리고 자기를 묶고있는 민둥이를 보고

《형님!》 하고 불렀습니다.

≪이자식, 형님이 다 뭐냐. 내 너를 죽여버릴려도 동생이라서 살려둔다.≫

≪형님! 돈은 다 가져요 그런데 왜 나를 꽁꽁 묶어 매나요? 나를 풀어줘요.≫

≪이자식, 풀어주면 날 따라와서 죽이구 돈을 도로 뺏을라구. 가만있다가 밤이 되거든 승냥의 밥이나 되거라.≫하고 민둥이는 꽁무늬를 뺐습니다.

복둥이는 허기증이 난데다가 몽둥이에 얻어맞고나니 맥이 진했습니다.

≪사람 살리오. 사람 살리오!…≫

복둥이는 동안 두고 맥없이 부르짖군 하였습니다.

그럭저럭 날이 저물었습니다. 지나가던 도사가 실개미소리처럼 들려오는 ≪사람 살리오.≫ 소리에 발길을 돌려 복둥이가 묶이워있는 곳을 찾아왔습니다.

≪소년은 어찌하여 여기에 묶이워있소?≫

≪저는 령을 넘어오다 강도를 만나 돈을 뺏기고 묶이웠소이다. 도사님, 저를 구해주십시오.≫

복둥이는 형이 자기를 묶어놓고 돈을 앗아갔다는 실말이 차마 나가지 않았습니다.

≪소년은 마음이 착한데 어째 내앞에서 거짓말을 하오?≫

≪정말입니다. 어찌 도사님을 속이겠습니까?≫

도사는 복둥이를 풀어주고 어디로 가는가고 물었습니다.

≪별로 방향은 없습니다. 어디 가서 품팔이나 해볼가 합니다.≫ 하고 복둥이가 대답했습니다.

도사는 복둥의 모습을 샅샅이 훑어보더니 측은한 마음이 들어 안내해주었습니다.

≪고개밑에 내려가면 사찰이 있는데 소년은 거기 들어가 부처님앞에서 하루밤 자고 가오. 나는 길이 바빠 같이 가지 못하겠소.≫

복둥이는 도사가 가리켜준 곳으로 갔습니다. 날이 캄캄 어둡자 절에 다달았습니다. 하도 기진하여 부처앞에 찾아가 누워 혼곤히 잠들었습니다. 얼마간 자다가 그만 선뜩한 기운에 깨였습니다. 새끼범 한 마리가 꼬리에 물을 묻혀서 복둥이의 얼굴에 끼얹고있었습니다, ≪그건 어쩌자고 그러는거냐?≫

다른 범이 물었습니다.

≪어쩌긴, 깨여나거든 냠냠 먹으려고 그러지.≫

≪백호님이 사찰안에서 함부로 사람을 잡아먹지 말라고 하지 않더냐?!≫

≪그럼 내 백호님이 오시거든 물어보고 먹을테다.≫

이윽하여 ≪흐르륵, 흐르륵≫ 소리가 나더니 범들이 밀려들어왔습니다.

새끼범은 백호에게 다가가서 물었습니다.

≪저기에 사람이 하나 있는데 내가 먹으면 안되나요? 난 저 사람을 보니까 막 구미가 동해서 못견디겠어요.≫

백호는 어슬어슬 복둥이께로 다가와 냄새를 맡아보더니 새끼범에게 호령했습니다.

≪너는 어서 가서 신령산(범들만이 알고있는 신기한 효력이 있는 약)을 가져다가 이 애에게 먹여라. 이 애로 보면 마음 착하기로 이름난 복둥이다. 동기간에 우애하고 어머니께 효성 있고 인간 도리를 알고 지키는 어진 애다. 이런 사람을 해치면 천벌을 받는 법이니 도와줘야 한다.

복둥이는 자는척하면서 범들이 하는 말을 모두 들었습니다.

이윽하여 새끼범이 약가루를 가져다 입에 대더니 물을 떨구어 넣어주어 복둥이는 그 약을 저도 모르게 삼켰습니다. 그랬더니 지긋지긋 아파나던 몸이 개운해지며 시장기도 없어지고 정신이 맑아졌습니다. 그 약은 정말로 신비한 효험이 있었습니다.

≪그 애는 자게 버려두고 우리끼리 이야기나 하자. 그런데 오늘저녁엔 떠들거나 웃지를 말아라. 저 애가 깨여나지 않게.≫하고 백호가 호령하였습니다.

≪백호님, 저 버들골 어구에 있는 바위동 소식을 들었습니까?≫한 범이 말을 꺼냈습니다.

≪무슨 소식인데?≫ 하고 백호가 되묻자 그 범은 말을 이었습니다.

≪사람이 아무리 총명하다구 해도 어떤 일은 우리만큼 모르거든요 바위동엔 샘이 없어서 골안에 들어가 물을 길어다 먹습니다. 왕복 이십리가 넘지요 그래서 바위동 오십호 남녀로소가 모두 떨쳐나서 우물을 파느라고 감자밭 뒤지듯이 동네 골목마다 모두 파헤쳤지요. 그래도 샘물을 찾지 못했어요. 지금은 하는수 없어 샘물을 찾아주는 사람에게는 돈 오백냥을 주고 기와집 삼간에 밭도 서너마지기 주겠다고 방을 내붙였답니다.≫

≪그럼 너는 사람보다 총명하다면서 무슨 수가 있느냐?≫ 하고 백호가 위엄

있게 물으니 그 범은 머리를 갸웃거리며 흥미진진하게 말을 이었습니다.

《그 동네 복판에 아름드리 버드나무가 있는데 그 나무만 뽑으면 맛좋은 샘이 터질겁니다. 그 동네엔 그 한곳밖에 샘곬이 없거든요.》

《그뿐인가요.》 다른 범이 자기도 뒤지지 않으려고 말꼬리를 나꾸어갔습니다.

《버들골에서 한 이십리 가면 선비동이 있는데 그 동네에는 선비들이 많이 살지요. 그중에 김진사네는 재산도 많고 땅도 많지만 자식이라곤 무남독녀 외딸인 채옥이뿐이지요. 그런데 인물이 절색이요 문장도 능하고 음식물정 맑고 침선질은 누구도 당하지 못한대요. 금이야 옥이야 키워오던 그 딸이 꽃나이 열여덟에 병들어 누웠는데 식음은 전폐하고 실성한 사람처럼 헛소리만 친답니다. 그래서 명의란 명의는 다 청해다 보였으나 병을 못 고쳤지요. 딸이 죽게 되였는지라 안타까운 나머지 행여나 구할수 있을가 하여 방을 내붙였답니다.》

《그 방문은 뭐라고 썼다더냐?》

《뭐긴 뭐라고 썼겠어요. 내 딸 병을 고쳐주는 사람은 사위를 삼겠다.— 이렇게 썼지요.》

《그 애의 병은 어떻게 고쳐야 하나?》하고 백호가 물었습니다.

《그거야 식은죽 먹기지요. 그 집 토방돌을 들추면 뽑길이나 잘되는 지네가 있는데 그것만 달여 먹이면 단 이틀도 못되여 완쾌되지요!》

《허허, 그럼 그 집 사위질은 네가 하게 됐구나.》하는 백호의 말에 모든 범들이 짜그르르 웃어댔습니다.

《웃지들 말아요. 제가 사람이라면 그 어여쁘고 착하고 글 알고 재간 있는 각시를 얻겠는데 인간으로 태여나지 못한게 한입니다.》

그럭저럭 날이 새여 범들이 슬렁슬렁 헤여져갔습니다.

복둥이는 범들의 말을 듣느라고 잠을 이루지 못했다가 날이 희붐히 밝자 절에서 나왔습니다. 우선 위중하게 앓고 있는 김진사의 딸부터 구해야겠다는 생각에서 선비동을 찾아 떠났습니다.

복둥이는 한나절 걸어서야 선비동에 다달았습니다. 그는 사람들게 물어서 곧바로 김진사네 집으로 찾아갔습니다. 대문 셋을 들어서니 고래등같은 기와집이 앉아있는데 그 옆에는 사랑채와 막간채가 달려있었습니다. 복둥이는 사랑방

문앞에 가서 인기척을 했습니다.

《주인님 계시옵니까?》

《거 뉘시오?》 하는 대답소리와 함께 문이 열리더니 반백이 넘은 로인이 장죽을 손에 들고 내다보았습니다.

《저는 지나가던 길손이온데 댁에 급한 환자가 계시다기에 들렸습니다.》

《그럼. 우선 들어와서 얘기하게나.》

그 로인은 바로 김진사였습니다. 그는 복둥이를 사랑방에 들여놓고 물었습니다.

《임자는 병을 보러 왔다는데 그래 의학책을 몇권이나 읽었나?》

복둥이는 사실대로 대답했습니다.

《의학책이라곤 한권도 읽지 못했습니다.》

《아니, 의학책도 읽지 못하고 병을 보겠다는건가? 거 참, 당돌하기두.》 김진사는 아니꼬운 생각이 들었습니다.

《의학책을 만권 읽었다는 명의도 못고친 병인데 임자가 어떻게 고쳐보려고 그러는가? 공연한 욕심은 부리지 말게나.》

《저는 재물을 탐내여 온것도 아니요 녀색을 탐내여 온것도 아닙니다. 다만 사람의 생명을 구하자는 생각에서 예까지 찾아왔습니다. 의학책을 많이 읽은 명의들이 와서 못고쳤으니 이 병은 틀림없이 의학책을 읽지 못한 사람이 고치는 병입니다. 저를 그렇게 믿지 못하신다면 저는 물러가겠습니다. 허나 아씨님의 생명이 경각에 달렸음을 명찰하십시오.》 하고 복둥이가 일어서 나가려 하니 김진사는 누그러들며 복둥이를 눌러앉히였습니다.

《임자말이 지당하네. 채옥의 병이 위중함을 나도 잘 아는바네. 이 지경에 사람을 택해가며 병을 보이겠나? 헌데 자네 옷이 초라한데 피는 왜 묻히고 다니는가?》

《네. 고개를 넘어오다 도적을 만나 돈을 뺏기고 얻어맞아 이 몰골이 되였습니다.》

《그럼, 옷을 갈아입고 안채에 가서 병을 보도록 하게.》

김진사는 사람을 시켜 옷을 내오게 하였습니다. 복둥이는 세수하고 옷을 갈아입었습니다. 그리고 김진사를 따라 안채의 채옥이 있는 방으로 들어갔습니다.

방은 살뜰히 거두었는데 벽이며 방바닥이며 으리으리하게 닦아놓았습니다. 채옥은 이불을 깔고 누웠는데 머리칼이 흐트러졌고 얼굴이 초췌하였습니다. 인기척이 나자 채옥이 눈을 뜨고 살피는데 초췌한 얼굴에도 어여쁨이 가시지 않았고 시달린 눈길에도 살뜰한 마음씨가 다소곳이 드러났습니다. 과연 일색녀인이였습니다.

복둥이는 채옥이의 옆에 앉아 바라보다가 맥을 짚어보려고 손을 내놓으라 하였습니다. 채옥은 내외를 하며 벽을 안고 돌아누워버렸습니다.

≪병을 고치는 처지에 내외는 무슨 내왼고?!≫하는 아버지의 엄령에 채옥은 할수없이 바로 누우며 손을 내놓았습니다.

복둥이는 맥을 다 보고나서 김진사와 함께 사랑방으로 나왔습니다.

≪어떤가? 고칠만 한가?≫

≪네. 제가 장담하고 고치겠습니다. 우선 사람들을 시켜 아씨님 방문앞 토방돌을 들추십시오. 거기에 한뽐 넘는 지네가 있을테니 그것을 약탕관에 달여서 먹이면 이틀내로 효험이 있을겁니다.≫

김진사는 사람들을 시켜 토방돌을 들췄습니다. 과연 뽐반가량 되는 지네 한 마리가 있었습니다. 부랴부랴 그것을 달여서 채옥에게 먹였습니다. 그렇게도 안달복달하며 잠도 못이루고 볶아대던 채옥이는 그 약을 먹자 나른하여 잠을 자기 시작했습니다.

≪약이 과연 효험이 있나봐요.≫

김진사 마누라가 딸이 잠든것을 보고 사랑방에 나와 령감에게 말하였습니다. 채옥이가 병든 이래 김진사댁은 딸의 곁을 떠나지 못했던것입니다. 그만큼 병자가 들볶았던것입니다.

≪두고 봐야지!≫ 김진사는 이렇게 대답하면서도 딸의 병을 고치게 된가부다고 은근히 기뻤습니다.

복둥이는 바위동으로 떠나려고 했습니다. 그곳 사람들이 매일같이 물때문에 고생하니 한시바삐 그 고생을 덜어주려는것이였습니다. 그러나 김진사 내외가 굳이 만류하였습니다. 이틀만 더 묵으면 채옥의 병이 낫는걸 보고 가라는것이였습니다.

이틀이 지나갔습니다. 채옥은 일어나서 세수하고 몸단장을 했습니다. 몸이

거뜬하고 기분이 상쾌하며 기운이 난다고 밥도 많이 먹었습니다.

김진사는 복둥이가 딸의 병을 고친것이 기쁘기도 했거니와 수상쩍기도 하여 조용히 물었습니다.

《임자는 의학책 한권 못읽고도 이렇게 병을 잘 고치니 그 영문을 모르겠네.》

복둥이는 사실대로 말했습니다. 절에서 법들의 말을 들었다는걸, 그래서 아씨님을 구하려고 급기야 이곳부터 찾아왔다는것을 고스란히 말했습니다. 그러자 김진사는 무릎을 탁 치며 말했습니다.

《과연 그렇고나! 내 딸의 병은 하늘이 고쳐준것이요, 내 딸의 배필도 하늘이 정해준것이로다! 임자, 이제는 내 사위로 되였으니 채옥이를 만나보고 그담에 볼일이 있으면 떠나가게나!》

김진사가 부리나케 안채로 들어가더니 이윽하여 복둥이더러 채옥의 방으로 들어오라는 기별이 나왔습니다.

복둥이는 천천히 걸어 채옥의 방으로 갔습니다. 복둥이가 방에 들어서니 채옥이가 일어서며

《저의 목숨을 구해주신 은인께서 사례 절을 받으세요.》 하고 큰절을 하였습니다.

김진사는 《하, 하, 하!》 하고 너털웃음을 하고나서

《그렇지, 그렇구말구, 여부가 있나. 이 사람으로 보면 너의 구명은인이다. 알고 보니 너의 병은 하늘이 고쳐준것이요 이 사람도 하늘이 너의 배필로 정해주었다. 천정배필이란 말이다. 채옥아, 너의 의향은 어떻냐?》

채옥은 다소곳이 머리를 숙인채 아버지의 말에 대답했습니다.》

《하늘의 뜻이요, 부모의 령이온데 제가 어찌 마다하겠습니까. 목숨 구해주신 은인을 정성다해 한평생 잘 섬기겠습니다.》

복둥이는 채옥이와 김진사를 번갈아 쳐다보며 사양조로 말했습니다.

《저로 보면 무식하고 재주 없어 둔하기 그지없습니다. 게다가 부모 없고 교양 없어 인정, 물정 모르는 턴데 문재 높고 일재주 있고 교양 높은 아씨님껜 너무도 짝이 기운가 합니다.》

이 말을 듣자 채옥은 딱 잘라 말했습니다.

《은인께서 저를 마다하시면 할수 없으려니와 그렇지 않은터엔 제가 어찌

은인을 저바리며 하늘의 뜻과 부모의 령을 어기겠습니까! 은인께서 저를 마다하신다면 저는 한평생 집에서 부모를 섬기며 출가하지 않겠어요.≫

이 말이 하도 기특하여 복둥이는 맘이 내켜 응낙하였습니다.

≪그렇다면 황공하오나 제가 어찌 아씨님을 마다할수 있으며 저바릴수 있겠소이까!≫

이 말을 듣자 김진사내외는 좋아서 어쩔바를 모르고 쩔쩔맸습니다.

김진사네 집에서 약혼잔치가 벌어졌습니다. 선비동의 그 많은 선비들이 모두 찾아와서 채옥의 병이 완쾌된것과 훌륭한 사위를 보게 된것을 축하하며 술을 나누었습니다.

이튿날, 복둥이는 바위동으로 갔습니다.

바위동에 이르니 집집마다 괴괴했습니다. 모두 버들골로 부침하러 떠난 모양이였습니다.

복동이는 동네를 한바퀴 돌며 살펴보았습니다. 골목마다 물을 찾느라고 네댓길씩, 여라문길씩 파헤쳤습니다. 동네 한판에는 과연 아름드리 버드나무가 한그루 외로이 서있었습니다. 그것은 이 동네의 유일한 나무였습니다. 버드나무앞에 백보가량 나가서 새로 지은 아담한 삼간 기와집이 있는데 그것은 샘곬을 찾는 사람에게 주려고 동네사람들이 모여붙어 지은 집이였습니다.

복둥이는 어느 집에 사람이 있나 하고 골목곬목 돌아다녔습니다. 한 집앞에 이르니 정지방에서 인기척이 났습니다. 복둥이는 마른기침 하며 사립문앞에서 주인을 찾았습니다. ≪주인님 계시옵니까?≫

≪주인님은 밭에 나갔어요. 무슨 일이 있으세요?≫ 하고 젊은 아낙네가 정지문을 빠끔히 열고 내다보며 물었습니다.

≪지나가던 길손인데 갈증이 나서 물 한사발 청합니다.≫

이윽하여 젊은 아낙네가 사발밑굽에 흐르는 물을 행주치마로 훔쳐닦으며 나왔습니다. 물사발을 받아들고 보니 뒤모금 될가말가했습니다. 복둥이는 그것을 홀딱 마시고나서

≪갈증이 심해서 물을 좀 더 청합시다. 한사발 푼푼히 주시우.≫하고 더 청했습니다.

그 아낙네는 사발을 받아들고 들어가더니 한사발 그뜩 떠가지고 나왔습니다.

복둥이는 그 물사발을 받아들고 뒤모금 마시고는

《에—물맛도 별하군.》 하며 길바닥에 쩔— 쏟아부었습니다.

젊은 아낙네는 눈살이 꼿꼿하여 바라보더니 물사발을 받아쥐고 새초롬해서 돌아 들어가면서 쫑알푸념을 했습니다.

《원, 참, 별 량반 다 보겠네. 이 물이 어떤 물이라구 십리밖에서 길어온 물인데 길바닥에 부어던져. 원 정말 매정한 량반두 보다 처음이겠네.》

복둥이는 그 아낙네의 뒤를 슬금슬금 따라들어가며 사과하였습니다.

《아주머, 제가 실수를 한것 같습니다. 여기에는 물이 그렇게도 귀합니까?》

《귀하다니요. 물 한동이 길으려면 땀 한동이 흘려야 해요. 그런 사정도 몰라 보시고 물을 쏟아던져요.》

《참, 대단히 죄송합니다. 그럼 제가 샘곬을 찾아드릴테니 우물을 하나 파시지요.》

샘곬을 찾아주겠다는 말에 홀딱 반하여 젊은 아낙네는 기분이 돌아섰습니다.

《정말인가요? 그렇게 되면야 여북이나 좋겠어요.》

《거야 여부가 있습니까! 꼭 샘곬을 찾아드리지요.》

《그럼 여기서 좀 기다리세요. 제가 가서 남정네들을 모셔오겠어요.》

젊은 아낙네는 말도 채 끝맺지 못하고 휭하니 나가버렸습니다.

한식경이나 지나서 젊은 주인과 로인 몇분이 헐레벌떡 숨가쁘게 찾아왔습니다. 그들도 샘곬을 찾을수 있다는 말을 듣고 반가운김에 잰걸음으로 찾아 왔습니다.

《아니 어느분이 샘줄을 찾는다던가?》 하고 한 로인이 숨가쁘게 물었습니다.

《바로 저분이예요》 하고 젊은 아낙네가 대답하자 그 로인은 복둥이를 유심히 훑어보더니

《아니, 선비동 김진사네 사위가 아닌가!》 하고 의아해하였습니다.

그 로인은 바로 바위동 존위인 박초시인데 김진사네 약혼잔치에 찾아갔던분 입니다.

《김진사 사위라니? 그 명인말인가? 그분이라면 영낙없이 샘줄을 찾아내지. 여부가 있나.》

사람들은 이렇게 수군덕거리며 신심을 가졌습니다.

복둥이는 동네 존위인 박초시더러 점심때 온 동네사람이 모두 버드나무앞에 모이도록 알리게 하였습니다.

복둥이는 그 집에서 점심을 잘 대접받았습니다. 주인 아낙네가 점심밥상을 들여다놓으며

≪아까는 몰라보고 역정김에 말실수를 했어요. 많이 량해하세요.≫

≪별말씀을 다 하십니다. 그거야 저의 잘못이니 욕을 한대도 탓하겠습니까.≫

복둥이는 점심을 먹고나서 버드나무 있는데로 나갔습니다. 거기에는 벌써 동네사람들이 모였는데 박초시가 뭐라고 일장설을 늘였습니다.

복둥이가 오는것을 보자 군중들속에서

≪저기 오신다. 바로 저분이야!≫

≪저분이 바로 명인이신가!≫ 하고 수군덕거렸습니다.

박초시는 복둥이가 오는것을 보고 어떻게 하라는가? 어디를 어떻게 파라는가 알려달라고 청하였습니다.

복둥이는 모인 사람들게 말하였습니다.

≪여러분, 이 마을에는 샘굿이 이 한곳밖에 없습니다. 그러니 어떤 애로가 있더라도 파야 합니다. 바로 이 버드나무밑이 샘굿입니다. 먼저 버드나무를 찍어내고 그다음 흙을 파고 뻗은 뿌리를 찍으며 뽑아냅시다. 뿌리만 뽑아내면 샘이 솟을겁니다.≫

복둥이의 말이 끝나자 박초시가 서둘러서 버드나무를 찍기 시작했습니다. 낮이 퍽 기울어서야 버드나무를 찍어냈습니다. 그리고는 그 변두리를 파기 시작했습니다. 흙은 굳지 않았으나 굵직한 나무뿌리들이 얼기설기 뒤엉켜 사방으로 뻗은 판이여서 무진 애를 먹었습니다. 도끼로 찍으며 파며 사람들은 힘든줄도 모르고 일을 제껴냈지만 어스름이 깃들 때까지 한길 깊이도 파지 못했습니다. 날이 어둡자 솔강불을 달아놓고 일들을 계속했습니다. 샘물을 판다니까 기쁘기도 하고 신기하기도 하여 온 동네 남녀로소가 모두 일터에 나와있었습니다.

한밤중이 되여서 서너길 파내려갔습니다. 복둥이는 온 동네의 바줄을 모두 모아다가 뿌리 두들기에 매고 남녀로소 모두 달라붙어 바줄을 당기게 하였습니다. 힘을 합쳐 당기고 당기니 뿌리 두들기가 움찔거리다가 쭉 뽑아져 나갔습니다. 그러자 거기에서 샘이 콸콸 솟아오르는데 수량도 많았거니와 맑기도 했습니다.

≪물나온다!≫

사람들은 이구동성으로 웨쳐대며 저마다 한사발씩 떠서 마셔보았습니다. 물맛도 아주 좋았습니다.

온 동네가 들끓기 시작했습니다. 밤중으로 술상을 차리고 복둥이를 대접하며 늙은이 젊은이 할것 없이 둥실둥실 춤을 추었습니다.

박초시는 복둥이에게 술을 권하며 말했습니다.

≪자네는 명인이고 우리 동네의 은인이네. 술 한잔 들고 인제는 이 동네에 눌러 살게나. 친견으로 부모도 안계신다니 여기에 집을 잡고 같이 락을 누려보세나.≫

이리하여 복둥이는 박초시네 집에 머물러 있으면서 삼간 기와집을 잘 꾸려놓았습니다. 복둥이는 바위동 사람들이 모아준 쌀만 해도 일년을 먹고 남을만했습니다. 그리고 이 집 저 집에서 닭이요 닭알이요 돼지고기요 소고기요 하고 가져다주었고 풋나물, 밭남새도 푼푼히 먹을수 있게 되였습니다.

이러구러 한달이 지나니 김진사가 박초시를 내세워 빨리 택일하고 성례를 갖추자는 기별을 했습니다.

잔치날을 앞두고 복둥이는 동네 어른들과 아주머니들께 잔치차비를 해달라고 내맡기고 민둥이를 찾아갔습니다. 그것은 후행갈 사람을 택하다가 그래도 친형이 있는 이상 형을 데리고 가야 한다고 생각했기때문입니다.

민둥이는 복둥이가 자기 집에 들어서는것을 보고 깜짝 놀랐습니다.

≪아자식, 승냥이밥이 된줄 알았는데 어떻게 살아났니?≫

≪구인이 있어서 살아났어요.≫

≪그래?! 그럼 뭘 하려고 우리 집엘 찾아왔나?≫

≪형님, 나는 바위동 어른들이 도와줘서 살아가다가 이번에 장가를 들게 되었어요. 그래서 형님을 후행으로 모시고가자고 찾아왔어요.≫

≪우수 가면 뭐 좋은 수가 생긴다던? 난 싫다.≫

≪그래도 동생이라곤 나 하나뿐인데 형님이 안가면 누가 가겠소.≫

≪난 래일부터 웃마을에 삯마당질 가겠다. 거기 가면 기장찰밥을 해주겠다고 했는데…≫

≪형님, 후행가면 기장찰밥보다 더 좋은것을 줘요. 닭도 통마리로 튀해놓고

떡도 높이 괴여 담아주고 엿자박, 지짐닭알…형님이 이틀에도 못다 잡숫게 주지요. 그리고 형님이 가면 내가 돈도 좀 구해드리지요.≫

≪그거 정말이냐?≫

≪틀림없어요.≫

≪글쎄, 먹을것두 많이 주구 돈도 주겠다면야 내 가지.≫

민둥이는 일어서서 갈 차비를 하였습니다.

복둥이는 형님의 옷이 루추한것을 보고 준비해온 옷을 내놓으며

≪형님, 내 옷을 입고 갑시다.≫ 하였습니다.

민둥이는 옷을 갈아입고 방문을 나섰습니다. 그러자 민둥의 안해가 뒤로 따라나오면서 소리쳤습니다.

≪여보, 거 헌 섬거적때기라두 가지고 가우. 떡이랑 고기랑 많이 준다는데 뭣에 담아가지구 오겠소?≫

≪아주머니, 걱정마우, 내가 다 무명보에 싸서 보내드리지요.≫

민둥이는 바위동에 와서 머물렀다가 잔치날이 되여서 수레를 타고 후행을 가게 되였습니다.

생전 처음으로 후행을 가게 되니 무둥 기뻤습니다. 이제 가서 훌륭하게 차린 큰상을 받아먹을 생각을 하니 벌써부터 구미가 동하여 군침을 넘기군 했습니다. 그는 장가는 갔었지만 상은 받아보지 못했던것입니다.

신행행차가 선비동에 이르니 대반이 나와서 맞아들였습니다. 먼저 김진사네 앞집으로 들어갔습니다. 옛날엔 신행이 오면 처갓집으로 맞아들이기전에 중간 다른 집에 들려서 간단한 주안상을 차려놓고 술을 한잔씩 나누며 후행, 신랑과 대반이 서로 인사를 한 다음(그러느라면 잔치집에서도 신랑을 맞아들일 차비가 다되는것입니다.) 다시 잔치집으로 모셔다 앉히는 법이 있습니다. 이것을 선당 든다고 합니다. 그래서 먼저 김진사네 앞집에 들려 서로 인사를 나누게 되였습니다.

대반이 쪽상에다 짠지쪽과 지짐점, 술잔을 받쳐가지고 와서 방안에 놓고 술을 부었습니다. 민둥이는 기색이 달라졌습니다. 이건 거짓말이 분명하다고 생각되여 부아가 났습니다. 그는 황소눈을 흡뜨고 쪽상을 뚫어지게 넘겨다보고 두덜거렸습니다.

《아자식, 뭣두 주구 뭣두 주구 많이 준다더니 그래 이거 단가? 난 괜히 왔다. 가서 샀마당질이나 했더면 기장찰밥이나 실컷 얻어먹을걸…》

복둥이는 너무 무안하여 잠자코 있으라는 신호로 남모르게 민둥의 옷깃을 잡아당겼습니다. 그러자 민둥이는 더욱 부아가 나서 어성을 높였습니다.

《아자식, 왜 그러니? 네 옷을 빌려 입고 왔다구 그러니. 내 당장 벗어줄게.》

복둥이는 그러지 말라고 한 노릇이 더욱 불집을 일구게 될줄은 예상하지 못했습니다. 그래서 이번에는 아무렇 고아대고 망신을 하건 말건 가만 내버려두겠다는 배심으로 잠자코 있었습니다.

그러는데 잔치집에서 나오라는 기별이 왔습니다. 복둥이는 민둥이와 함께 대반의 안내를 받으며 김진사네 사랑방으로 들어갔습니다.

방에 들어서보니 사주에 병풍을 둘렀는데 거기에는 명산고적과 송학장청, 그리고 고요한 바다에 돛배 뜨고 갈매기 훨훨 날아예는 그림이며 선녀들이 무지개 타고 춤추는 그림들이 있었습니다. 자리는 비단요를 서너겹 깔았는데 눈부시게 으리으리하였습니다. 민둥이는 대반의 안내로 웃목에 앉았습니다. 그는 기분이 좋아졌습니다. 정말로 꿈같았습니다. 이렇게 화려한 방에 비단요를 겹겹이 깔고 앉으니 온몸이 자리에 잦아드는듯 푸근하여 좋아서 어쩔바를 몰랐습니다. 그는 입을 함박만큼 벌리고 두루 살피다가 말했습니다.

《아자식, 좋긴 좋구나. 이건 나라 왕이 앉은 자리와 같구나.》

이렇게 기뻐하는데 놀라운 일이 또 벌어졌습니다. 장정들이 상을 맞들어 들여다놓는데 과연 푸짐하였습니다. 복둥이가 말한것보다 더 굉장하였습니다. 큼직한 수탉을 통마리로 놓았고 떡이며 콩과자며 엿자박 등을 어찌나 높이 괴였는지 사람이 가리워 보이지 않을 지경이였습니다.

민둥이는 입이 귀밑까지 돌아가더니 두손으로 두무릎을 탁 치며 감탄하듯 말했습니다. 《야! 이거, 이럴줄 알았더면 내인들, 아이들 다 데리고 올걸, 어쨌든 됐다. 마당질 해주고 기장찰밥 얻어먹기보다 퍽 낫구나!》

그리고는 소매도 걷어올리지 않고 닭부터 들어내려 놓고 뜯어먹기 시작했습니다.

복둥이는 대반의 권을 받고 국수를 먹었습니다. 민둥이는 복둥이가 먹는것을 힐끗힐끗 쳐다보더니 먹던 닭각을 놓고

≪이자식, 너 닭을 안먹을려면 내나 주렴!≫ 하고 복둥이 상에 놓여있는 닭을 집어오려고 손을 내뻗쳤습니다.

≪형님, 그건 좀 있다 내가 먹을래요.≫

≪글세, 먹겠다면…≫하고 민둥이는 서운하게 손을 움츠리고 다시 주저앉아 닭각을 들고 게걱스레 먹어댔습니다. 닭을 다 먹고는 엿자박이며 떡이며 괴여놓은것을 뽑아먹었습니다. 그러면서 중얼거렸습니다.

≪제기할것, 이걸 큰 버치에다 담아놓았으면 집어먹기나 좋지. 대뚝하게 괴여놔서 먹기도 말째구나.≫

상 받는 구경을 하느라고 방문을 열어놓고 툇마루에 모여서 들여다보던 사람들은 웃음을 참지 못했습니다. 아낙네들은 입을 싸쥐고 돌쳐서 내뛰였고 사나이들은 털어놓고 ≪허허≫ 웃기도 하였습니다. 복둥이는 무안하여 얼굴이 붉어졌으나 시치미를 떼고 모르는척하였습니다.

이윽하여 상을 물리게 되었습니다.

심부름꾼들이 들어와서 상을 맞들고 나갔습니다.

민둥이는 눈알을 흉물스레 굴리며 상 물리는것을 보고있더니 부아가 나서 말했습니다.

≪이자식, 넌 뭐 무명보에 싸서 보내주마 하더니 다가지고 나가는구나! 네 닭각도 다 내간다. 음, 이럴줄 알았더면 헌 섬거적때기구 새구 가지고 와서 주어 담았을걸 그랬구나!≫

≪형님, 이제 다 보내줘요. 저분들이 가지고 나가서 그대로 보에다 싸요.≫

≪정말이냐?≫

민둥이는 그제야 마음이 좀 놓이기는 했으나 딱히 믿을수가 없었습니다.

민둥이는 신혼한 복둥이네 집에서 며칠 묵고 떠나게 되였습니다.

복둥이는 돈 백냥을 형에게 주면서

≪이것이면 한해는 살림할수 있어요. 장사라도 하면 그런대로 살림을 이어나갈수 있어요.≫ 하고 당부하였습니다.

민둥이는 돈까지 많이 받아가지고 가게 되여 여간 기뻐하지 않았습니다.

≪이자식, 참말이구나. 이건 일년 삯일한것보다 낫겠다!≫

민둥이는 어기적어기적 걸어갔습니다. 돈도 지고 큰 상소물도 지고 가자니 여간 힘들지 않았습니다. 워낙 일이라곤 싫어하는 터여서 그것도 가지고 가는것이 역겨워났습니다.

≪제길, 먹고가는편이 낫겠다.≫

그는 보짐을 풀어놓고 먹었습니다. 먹다가는 다시 싸지고 가고, 가다가는 다시 풀어놓고 먹었습니다. 이렇게 하루를 걷고나니 상소물은 다 먹어버렸습니다.

≪돈은 어쩐다?≫

돈만은 아무리 무거워도 던지고싶지 않았습니다. 어떻게든 더 있었으면 하는 생각이였습니다. 그런데 장사를 하면 돈을 벌수 있다던 동생의 말이 떠올라서

≪에라! 우선 장사를 해서 돈을 더 많이 벌어가지고 집으로 가자.≫ 하고 다짐했습니다.

그는 발길을 돌려 동이골로 갔습니다. 동이장사가 돈을 번다는 말을 들은적 있기때문이였습니다.

그는 동이점에 가 동이를 사서 삯군을 얻어 지워가지고 동네로 나왔습니다. 멀리도 가고싶지 않았습니다. 동이골에서 동이장사를 벌려놓고 밤낮 지켜보며 삯군더러 ≪사시오!≫를 웨치게 하였습니다. 그러나 오는 사람마다 도리머리를 저으며 ≪동이점에 가서 사지. 거기 가면 값도 헐하고 고르기도 좋은데…≫ 하면서 가버리는것이였습니다.

이렇게 대엿새 지나고나니 역겨워났습니다. 밤낮 동이만 지키고 앉아있어도 사가는 사람도 없고 배고플 때엔 밥을 사먹군 했으나 그것도 마음 펴고 먹지를 못했습니다. 부아가 난 민둥이는 빨리 집으로 갈 생각밖에 나지 않았습니다.

(제기할것, 눅거리로 팔아버리자.)

이렇게 생각한 민둥이는

≪동이 사시오. 눅거리, 눅거리동이올시다.≫하고 웨쳐대게 하였습니다.

지나가던 사람이 ≪값이 얼마요?≫ 하고 물으면

≪주는대로 받겠소이다.≫하고 대답하고 하였습니다. 사람들은 제맘대로 돈을 내놓고 동이를 가져가군 하였습니다. 눅거리동이가 팔린다는 소문이 퍼지자 사방에서 사람들이 모여들어 하루새에 다 팔리게 되였습니다.

동이를 헐값으로 팔고 삯군의 품값까지 치르고나니 백냥 돈이 열냥도 남지 못했습니다. 민둥이는 일여덟냥밖에 안되는 돈을 가지고 집으로 갔습니다.

집문을 열고 들어서니 안해와 아이가 굶어서 죽었습니다. 민둥이의 안해는 게으르기 한정 없어 민둥이가 맛있는것을 가져다주기만 기다리고있다가 굶어죽었던것입니다.

《제기랄! 큰상 받고 잘 먹었기에 일이 잘되는가 했더니 사람은 사람대로 죽고 장사는 장사대로 밑지고… 일이 막 안되는 판이구나.》

민둥이는 안해와 아이의 시체를 거적에 싸서 장례를 치렀습니다.

장례까지 치르고나니 돈은 판판 다 부려먹었습니다. 그는 무너져가는 집안에 벌렁 누워서 구멍이 숭숭한 지붕을 멍하니 바라보며 명상에 잠겨버렸습니다. 돈도 없고 안해도 없게 되니 돈을 많이 벌고 어여쁜 안해를 맞아 아기자기 살아가는 복둥이가 부러워났습니다. 그는 또 복둥이를 찾아 떠났습니다.

빨리 걸으면 하루길이지만 민둥이는 하루낮 내 걷고도 그 이튿날 낮이 퍽 기울어서야 바위동에 당도했습니다. 그동안 먹지를 못하고 보니 여간 배고프지 않았습니다.

복둥이네 집에 당도하자 인사말도 채 끝나지건에 채옥에게

《제수님, 밥부터 좀 해주구려. 배때기가 어찌나 고픈지 죽겠수다!》하고 청을 댔습니다.

채옥은 시형에게 인사말도 다 하지 못하고 부엌으로 내려갔습니다.

민둥이는 배가 고팠지만 복둥이가 잘살게 된 비밀을 알아볼 그 심정이 더 절박했습니다. 그래서 물었습니다.

《이자식, 넌 장사하면 돈을 벌수 있다구 그랬는데 난 장사하구나니까 백냥이 여덟냥되구말더라.》

《그거야 장사를 잘못해서 그렇지요.》

《잘못해서가 뭐냐. 그런데 그때 내가 너를 때려눕히고 꽁꽁 묶어매고 돈을 빼앗았댔는는데 넌 무슨 재간으로 살아났니?》

복둥이는 너무나도 로골적으로 말하는것이 거슬렸습니다. 채옥이가 들을가봐 낮게 말하라는 뜻으로 부엌쪽으로 눈짓을 하였습니다. 그랬더니 민둥이는 어리석게도

《이자식! 내 말은 들은척하면서 왜 자꾸 색시만 내다보느냐? 색시가 그리도 고우냐?》하고 더욱 어망차망하게 말하는것이였습니다..

≪이자식, 이번엔 내가 꼭 알아야 하겠다. 네가 살아나게 된것두 또 이렇게 잘살게 된것두 모두 알고싶다. 그걸 알아야 나도 잘살수 있지 않겠니.≫

민둥이가 하도 간청하여, 복둥이는 자기가 어떻게 살아났고 어떻게 채옥의 병을 고쳐주었고 어떻게 바위동에 샘곬을 찾아주었다는것을 지지콜콜이 다 말해주었습니다. 다 듣고나자 민둥이는·

≪됐다. 나도 살아갈 구멍수가 생겼구나!≫ 하고 무릎을 탁 치더니 히죽벌쭉 웃으며 좋아했습니다.

밥상이 들어왔습니다. 소반에 맞상을 놓았는데 민둥이에게는 큰 밥바리에 무둑하게 밥을 담아놓았습니다. 채옥은 밥 한그릇과 짠지그릇을 들고 들어와서 방바닥에 놓고 먹으려 했습니다.

민둥이는 눈이 길쭉해지며 두루 살피더니 채옥의 밥그릇을 덥석 잡아들고

≪제수님, 이 밥도 마저 나를 주우. 이것까지 먹어야 시장기나 면하겠소.≫ 하며 자기의 상옆에 가져다놓았습니다.

채옥은 얼굴이 홍당무우처럼 상기되여 ≪부엌에 또 있어요.≫ 하고 부엌으로 나가버렸습니다.

사실 부엌에 밥이 더 있을리 만하였습니다. 복둥이가 근검하게 살림을 하며 아껴 먹고아껴 입고 뼈힘 놀려 일해서 벌어먹고 살아가야 한다고 채옥이를 단속하였던것입니다. 채옥이도 허투루 랑비하지 않으며 부지런히 일하겠노라고 다짐했습니다. 그래서 밥도 언제나 알맞춤히 지어서는 다 먹군 하였습니다. 그러니 어떻게 부엌에 여남밥이 있겠어요.

이튿날 아침이였습니다. 조반을 마치고 복둥이가

≪형님, 이젠 어디로 가지 말고 우리 집에 함께 있자요.≫ 하고 민둥이에게 권하였습니다. 민둥이는

≪안돼, 여기서 뭘하겠니? 나도 내 살길을 찾아야지.≫ 하고 대답했습니다.

복둥이는 형에게 주려고 돈꾸레미를 꺼내서 짐차비를 했습니다. 그런데 민둥이가

≪애, 돈 열냥이면 된다. 그렇게 많이 해선 뭘하니.≫ 하는것이였습니다.

형님도 세파에 부대끼더니 인간 도리를 알게 되여 사양을 하는가 생각한 복둥이는 그대로 가지고 가라고 우겼습니다. 그러니 민둥이는 기여코 거절했습니다.

《아자식, 나도 좀 운이 트이나 보자꾸나. 열냥만 다우. 그리고 너도 나와 함께 가자.》 복둥이는 돈 열냥을 몸에 지닌 민둥이를 따라 길을 떠났습니다. 채옥이는 마음이 놓이지 않아 따라나오면서 민둥이에게

《아주버님, 안녕히 다녀가세요.》 하고 작별인사를 한 다음, 복둥이에게

《몸조심하시고 편히 다녀오세요.》 하고 나직이 인사를 하였습니다.

민둥이는 전보다 걸음이 빨랐습니다. 기뻐서 흥얼흥얼 콧노래도 부르며 걸어갔습니다. 복둥이는 형이 흥겨워하는 양을 보고 저도 모르게 홍치가 있었습니다. 그는 형이 홍치가 난 연유를 전혀 모르지는 않았습니다. 낯이 기울어 큰고개에 당도했습니다. 민둥이는 몽둥이를 집어서 복둥이에게 주며

《넌 이걸 들고 내뒤를 따르라.》고 시켰습니다.

고개마루에 당도하자 민둥이는 외진 곳으로 가더니 복둥이를 불렀습니다.

《아자식, 그 몽둥이로 나를 때려라.》

《형님을 어떻게 때려요. 난 못하겠습니다.》

《아자식, 죽으려느냐. 그래 너만 고운 색시 얻고 돈 모으고 잘살겠니? 나도 좀 그렇게 살아보자꾸나. 아자식, 잔말 말구 어서 나를 때리고 여기에 묶어놓아.

복둥이는 형님의 엄령이라 어기지 못하고 마지못해 몽둥이로 때리는 시늉을 하였습니다.

《아자식, 힘껏 때리라구. 좀 힘껏 피가 나게 때리라는 말야.》

복둥이가 좀 더 세차게 때려 어깨죽지에서 피방울이 떨어지게 되니

《됐다. 인젠 나를 묶어놓아라. 그리구 내 품에 있는 돈 열냥을 가지고 가라.》고 하였습니다.

복둥이는 형이 하라는대로 하는수밖에 없었습니다.

민둥이는 《사람 살리오. 사람 살리오.》 하고 부르짖기 시작했습니다.

날이 어슬어슬해질 때 어떤 도사가 와서 민둥이에게 물었습니다.

《어찌하여 여기에 묶이웠소?》

《도사, 나는 도적을 만나 돈을 뺏기고 여기에 묶이웠소. 내 목숨을 좀 구해주오.》

《내 거짓말을 믿는것은 아니지만 우선 풀어주니 날도 저물었는데 저 아래 절에 가서 밤을 새고 가오.》 하고 도사가 알려주었습니다.

민둥이는 기뻤습니다.

(그러면 그렇지. 나도 인제는 운이 트이는가부다. 그거야 틀림없지.)

풀려난 민둥이는 급기야 절로 내려왔습니다. 내려오면서도 산더미같이 쌓인 돈과 어여쁜 각시가 번갈아 눈앞에 나타나군 하여 혼자서 벌쭉 웃군 하였습니다. 민둥이는 절간에 들어서자 부처앞에 드러누워 자는체를 냈습니다.

밤이 들자 범들이 모여들기 시작했습니다. 먼저 들어온 새끼범이

《응, 또 사람이 있구나. 내 백호님께 물어보고 잡아먹을테다.》 하며 돌쳐나 갔습니다.

백호가 들어왔습니다. 그는 민둥이를 샅샅이 냄새 맡고나서

《애들아, 이놈을 보아라. 이놈은 고약하기 그지없고 인간 도리도 모르고 사는 놈이니 오늘 처단해야 한다.》 하고 호령하였습니다.

그 말이 떨어지기 바쁘게 새끼범이 나서며

《제가 잡아먹겠어요.》 하고 달려들었습니다.

《안된다! 명산대찰에서 사람을 잡아먹으면 부처님이 부정탄다. 저 앞산 숲속 으로 끌고가라!》 범들이 우르르 달려들어 민둥이를 맞물고 나갔습니다. 바로 이때 문득 복둥이가 뛰여 나왔습니다. 복둥이는 형을 묶어놓고 안심되지 않아 여기 와서 숨어있으면서 동정을 살폈던것입니다. 그는 백호를 막아서서

《백호님, 저분은 저의 형님인즉 이번만 용서하십시오. 배가 고프시다면 제가 돼지라도 잡아오고 소라도 잡아 올리며 요구대로 해드리겠습니다.》 하고 사정 하였습니다.

《우리는 배가 고파 저놈을 잡아먹는것이 아니다. 악한자를 처단함이로다.》

《그래도 이번만 살려주시면 후에 사람질을 할수 있지 않겠습니까.》

《어림두 없다. 이 민둥이놈은 콩팥이 좀먹고 허파가 썩어나서 이러는게니 다시 사람질 할리는 만무하다.》

이렇게 말하고 백호는 큰범에게

《복둥이를 집에 데려다주라.》 하고, 숲을 향해

《어서 처단을 내리라.》 하고 호령하였습다.

복둥이는 범에게 업혀 꼼짝도 못하고 집까지 왔습니다. 형을 구하고싶은 마음 은 간절하였으나 그로서는 어쩔수가 없었습니다.

미련하고 불측한 민둥이는 끝없는 욕심 끝에 이렇게 처단당하고 말았습니다.

복둥이는 부지런히 일하고 동네사람들과 화목하고 서로 도우며 백년까지 잘 살았다고 합니다.

리창하 구술 / 소민 정리 / 1979년 무순에서 수집

어사 된 숯쟁이 아들

지금으로부터 500여년전의 일이였다. 백두산기슭 어느 시골에 한 젊은 부부가 숯구이를 하여 근근히 살아가고 있었다. 구차하게 지내기는 하지만 옥동자를 본 후로는 금이야옥이야 하고 기르면서 웃음꽃이 피여나게 되였다.

그런데 애가 일곱살나던 해, 염병이 돌아 애 부모는 세상을 뜨고말았다. 고아로 된 이 애는 시골에서 이집 저집 다니며 문전걸식을 하게 되였다. 목구멍이 포도청이라 밥동냥을 하여 살아가게 되였다.

락엽이 우수수 설레이는 늦가을에 여라문살밖에 안되는 이애는 정처없이 가다가 한 글방에 들게 되였다. 글읽는 랑랑한 소리에 정신이 팔린 그는 글방 뜰악의 기둥에 기대여서서 글읽는 소리를 듣고있었다.

글방 훈장은 글을 배워주다가 밖을 내다보고 의아쩍어 물었다.

《애, 넌 뭘 하는 애냐? 뭣 때문에 예 와 서있느냐?》

그제야 제정신을 차린 이 아이는 허리굽혀 인사하고 대답했다.

《부모를 잃고 고아로 되어 떠돌아다니는 몸입니다. 방금 글읽는 소리를 듣고 하도 부러워 들여다보는중입니다.》

거지긴 해도 총명한 아이라고 생각한 훈장은 또 물었다.

《애, 그러면 너 우리 글방에서 나무를 패고 불이나 때면서 공부를 하는게 어떻겠냐?》

고마운 훈장의 덕분에 이애는 글방에 자리를 잡고 불때는 일을 하게 되였다.

매일 불을 때면서 짬만 있으면 글공부를 하기 시하였다.

글방의 훈장이≪가르 그으라≫하면 그도 따라서 부지깽이로 가로 긋고 ≪내리 그으라≫하면 그도 따라서 또 내리 긋군 하였다. 이렇게 매일과 같이 열심히 공부하다보니 이 애는 서당 학생들보다 더 잘 배웠다.

이것을 알게 된 훈장은 이 애를 불러놓고 말했다.

≪애, 넌 오늘부터 아침저녁으로만 불을 때고 낮에는 저 학생들과 같이 글공부를 하거라.≫

훈장이 이 애를 자기앞에 앉혀놓고 글을 배워주는데 글을 읽으라면 그 글읽는 소리가 청산류수와 같았으며 한자를 배워주면 두자를 알고 열자를 배워주면 백자를 알았다. 이렇게 공부하다나니 또 몇해가 지나 열댓살이 되였다.

어느날 훈장은 이 애를 자기 앞에 불러 앉히고 권고하였다.

≪애야, 넌 우리 글방에서 다섯해를 공부했는데 지금은 이 훈장한테서 더 배울것이 없느니라. 그러니 앞날을 생각하여 우리 글방에서 떠나가거라.≫

이 애는 훈장의 문하를 떠나고싶지 않았지만 앞날을 위해선 떠나지 않을수가 없었다.

떠나는 날 아침, 훈장의 안해는 나들이옷 한 벌을 꺼내주고 엿도 달여 한보자기 싸주면서 가다가 배고프면 요기나 하라고 하였다. 훈장은 성부지명부지한 이 애에게 김성문이라는 이름까지 지어주고 멀리 바래주면서 말했다.

≪성문아, 너 큰길을 따라 가다가 마음에 드는 글방이 있으면 들어가서 또 글공부를 하거라.≫

성문이는 정처 없이 가다가 배고프면 엿을 먹고 먹고는 또 가군 하였는데 달포가 되다보니 엿도 다 없어졌다.

그런데 어느날 가다가 랑랑한 글소리를 듣고 또 글방을 찾아들어갔다. 들어가서 훈장에게 자기의 래력을 이야기한즉 글방에 불을 때면서 글공부를 하라는것이였다.

이 서당 훈장은 워낙 서울의 한 문장가의 아들로서 사회에 대한 불만으로하여 벼슬을 버리고 은거생활을 하고있었다.

성문이는 이 글방에서 한 3년동안 불때는 일을 하면서 또 글공부를 하였다. 예와 다름없이 아침저녁으로 불을 때고 낮에는 학생들과 같이 서당공부를 하였다. 성문이는 누구보다도 공부를 더 잘하였다.

3년째 되는 어느날, 밤낮을 가리지 않고 정성을 몰붓던 훈장은 김성문이를 자기 앞에 불러놓고 당부하였다.

≪애 성문아, 넌 우리 서당에서 세해를 공부했는데 이젠 이 훈장한테서 더 배울것이 없느니라. 넌 앞날 나라를 위해 큰일을 할수 있겠으니 더 열심히 공부하거라. 명년봄에 서울에서 과거시험을 치게 되는데 그 시험준비를 잘하여라.≫

이 훈장은 과거시험을 쳐본 경험이 있는지라 자주 시제를 내놓고 써보라고 했다. 성문이는 필을 들고 일필휘지 써내려갔다. 그가 쓴 글을 본 훈장은 번마다 놀라지 않을수 없었다.

이듬해 춘삼월이였다. 성문이는 서울에 가서 과거시험을 쳐보려고 글방을 떠나게 되였다. 훈장과 훈장의 안해는 로비도 주고 엿도 달여 한보자기 싸주고 멀리까지 바래주었다.

성문이는 과거급제하려는 결심을 품고 가다가 배고프면 엿을 먹고 먹고는 또 가군 하였다. 어느 하루는 인가 없는 원시림지대에 들어갔는데 그만 해가 저물었다. 수림속에서 길을 잃고 헤매다나니 옷은 여러군데나 찢겨지고 손은 거북등같이 터졌다.

이때였다. 어디에서 개짖는 소리가 들려왔다. 소리나는 쪽으로 가본즉 귀틀집 한 채가 있었다. 집마당에 들어서서 인기척을 하고 주인을 찾았다.

≪주인님 계십니까?≫

≪예, 누구신데 이 밤중에 찾아오셨나요?≫하는 녀인의 목소리가 울려나왔다.

≪저, 서울에 과거보러 가는 행객인데 날이 저물었기에 하루밤 페를 끼칠가 해서…≫ 그 말에 문을 빠끔히 열고 녀인이 말하였다.

≪부모님께서는 일이 있어 나가시고 제가 혼자 집을 보고있는데…들어오시지요.≫

성문이는 로독이 들었는지라 렴치불구하고 웃방문을 척 열고 들어가 일별해 보니 처녀는 련당안의 련꽃같이 천하 일색이였다. 처녀는 손님이 입은 옷이 허줄한것을 보고 농안에서 새옷 한 벌을 꺼내주면서 갈아입으라고 하였다. 그리고는 부엌에 내려가 기장밥을 지어 밥바리에 수북이 담고 갖가지 반찬까지 한상 잘 차려주었다. 성문이는 배가 출출하였던지라 게눈감추듯 밥을 먹고 상을 물렸다.

밤이 깊어가 처녀는 웃방에 손님의 자리를 펴주고 주무시라 하고는 자기는 아랫방에 내려와 누웠다.

이 한 밤에 성문이는 자리에 들기는 했으나 물 본 기러기요, 꽃 본 나비라 싱숭생숭한 생각이 가슴속을 파고들어 좀체로 잠을 이룰수가 없었다. 그는 살그머니 아랫방에 내려가 처녀의 이불속에 발을 들이밀었다. 그러자 처녀는 손님의 발을 도로 내밀었다. 또 한번 발을 들이미니 그저 또 내밀었다. 총각은 좀 더 담이 커져 또 발을 들이밀었다. 이때 처녀는 총각의 발목을 꼭 잡고 말했다.

《아니 남자대장부로서 맘이 있으면 말씀할것이지, 그리 졸작하게 놀건 뭐예요.》 처녀는 잠간 무엇인가 생각하더니 말을 계속하였다.

《오늘밤 아버지 어머니가 안계시는데 우리 둘이 백년가약을 맺자면 조상께서라도 아뢰여야 되잖아요?

그리고는 일어나 부엌에 내려가더니 작은 상을 가져오고 맑은 물 한사발을 떠다 상우에 놓고는 또 부작을 써서 바람벽에 붙였다. 처녀와 총각은 조상을 찾아뵈자고 나란히 무릎을 꿇었다. 그리고는 세 번 큰절을 하였다. 처녀는 또 생뚱같이 먼저 벌을 받아야 된다는것이였다.

《아니, 벌은 또 무슨 벌이요?》

《내 부모슬하에서 자란 녀자몸으로서 부모 모르게 배필을 뭇는다는것은 마땅치 않기에 벌을 받아야 하지요. 당신도 또한 초면인 길손으로서 이런 대사를 처리하자고 하니 마땅히 벌을 받아야 해요.》

《그럼 어떻게 벌을 받아야 되오?.》

《옷을 벗은후 끈으로 동여놓고꾸지람하면서 때리지요.》

처녀는 총각더러 자기를 동여놓고 먼저 훈계해달라고 권했다. 총각은 처녀를 끈으로 동여놓고 회초리로 몇 번 살짝 때리며 말하였다.

《아니, 이거 아무리 급하기로 낳아 기른 부모도 모르게 서방을 얻어?》

이번에는 총각이 벌을 받을 차례였다. 처녀는 손님을 꽁꽁 묶어놓고 회초리로 알몸뚱이를 무정하게 때렸다.

《아니, 과거보러 가는 큰 뜻을 품고 서울가는 길손이 뭐 남의 규중녀를 희롱하겠다고? 그래도 불쌍히 여겨 옷을 갈아입히고 고기반찬에 기장밥까지 대접하고 또 따스한 방에 잠자리까지 펴주었는데 뭐 날 희롱하겠다고?》처녀는 과연 정식으로 아프게 때리는것이였다.

≪아이구 아가씨, 용서해주오. 죽을죄를 지었소, 다시는 안그러겠소.≫

총각이 애걸복걸하자 처녀는 끈을 풀어주면서 말하였다.

≪다시는 이런 맘을 먹지 말아요! 과거에 급제하려는 단 하나의 큰뜻만을 품고 가기 바래요.≫

≪예, 제발 한번만 용서해주시오.≫

≪밤도 깊었는데 어서 웃방에 올라가 주무세요.≫

총각은 기신기신 웃방으로 올라가 숨기는 했으나 잠이 올리 만무했다. 뜬눈으로 날을 밝히다가 이른 새벽에 일어나 뺑소니치려 하는데 어느새 눈치 챘는지 처녀는 못가게 막아섰다.

≪우리 부모는 사흘후에야 오셔요. 부모네 오시기전까지 우리 집에서 몸조리해가지고 떠나세요.≫

처녀의 정겨운 눈길에서 고마움을 느낀 총각은 못이기는체 하고 사흘을 묵었다. 그새 닭곰도 해주어 잘 먹다보니 기운이 부쩍 났다.

길 떠나는 날, 처녀는 멀리 바래주면서 당부했다.

≪과거에 급제할 큰뜻만을 품고 가세요. 나는 당신이 장원급제할 그날을 손꼽아기다리겠어요.≫

이렇게 성문이는 리씨댁의 처녀와 리별을 고하고 길을 떠났다. 길은 의연히 원시림지대의 길이였다. 밤이 되어도 인가라곤 없으니 그냥 걷는수밖에 없었다. 달도 없는 야밤에 그냥 가느라니 귀틀집 한 채가 나타났다. 눈을 좀 붙이고 가야 했기에 그 집 마당에 들어서서 주인을 찾았다.

≪주인님 계십니까?≫

≪예, 누구신데 밤중에 와서 찾습니까?≫

한 녀인의 목소리였다.

≪과거보러 서울에 가는 사람인데 날이 저물어 하루밤 페를 끼칠가 해서 찾아왔습니다.≫

녀인은 문을 열어주면서 어서 들어오라고 하였다. 들어가 본즉 방은 단간방인데 녀인 혼자 있었다. 다 어디 가고 혼자 있느냐고 물은즉 부모와 남편은 친척집에 놀러 갔는데 사날후에야 온다는것이였다.

새각시는 부엌에 내려가더니 잠간사이에 음식을 한상 차려가지고 올라와서 어서 들라고 하였다. 잘 대접을 받고난 성문이는 녀인이 펴놓은 윗목 자리에 누웠다. 성문이는 자리에 눕자 코를 골며 깊이 자고있었다.

한밤중이 지나도 잠을 못이룬 새각시는 싱숭생숭한 생각을 억제하지 못하고 그만 발을 손님의 이불안에 들이밀었다. 성문이는 교훈이 있는지라 새각시의 발을 내밀었다. 그러나 발이 또 들어왔는데 성문이는 또 내밀었다. 일이 이렇게 된바에야 하고 생각한 새각시는 담이 커져서 또 발을 들이밀었다. 이때 성문이는 녀인의 발목을 또 밀어내면서 말하였다.

《아니, 오늘밤에 한방에서 자는것만해도 미안한데 제발 이러지 말아주오.》

《남녀가 한방에서 자게 됐으니 얌전해도 같이 잤다할것이 아닌가요.》

녀인의 이 소리를 듣고 성문이는 잠간 생각하던 끝에 말하였다.

《아니, 하루밤을 살아도 조상을 찾아 뵙고 살아야 하지 않겠소.》

녀인은 《그까짓거야 못할게 뭔가.》라고 생각하면서 손님이 하라는대로 상을 차려 오고 맑은 물 한사발을 떠다놓았다. 성문이는 부작을 써서 바람벽에 붙이고는 녀인과 같이 나란히 무릎을 꿇고 큰절을 세번 했다. 이만 했으면 됐으리라고 생각하는데 손님은 또 뚱딴지같이 벌을 받아야 한다고 하였다.

《아니, 벌은 또 무슨 벌이예요? 어떻게 받는가요?》

《잘못을 뉘우치게 먼저 곤장을 맞아야 되는거요.》

성문이는 녀인더러 자기를 먼저 끈으로 동여놓고 훈계를 하라고 했다. 그래서 그 녀인은 끈으로 손님을 동여놓고 회초리로 살짝살짝 때리는체하면서 뇌까렸다.

《아니, 과거보러 가는분이 주인집 유부녀를 희롱하려 들다니…》

이번에는 새각시에게 벌을 줄 차례였다. 성문이는 끈으로 새각시를 돼지꽁지 듯 꽁꽁 묶어놓은 다음 부엌에 내려가 굵직한 물푸레아치를 한줌 쥐고 올라와서 사정없이 후려갈겼다.

《아니, 당신은 제 랑군이 있으면서도 손님과 부정한 행실을 하려 하니 도덕에 어긋나는 일이라 벌을 받아야 마땅하오.》 새각시의 몸에는 피멍이 들었다.

《아이고 아이고! 용서해줘요. 다시는 안그러겠어요!》

녀인이 손이야 발이야 하고 빌기에 풀어주었다. 그리고나서 손님이 윗목에

가 누우니 새각시는 찍소리없이 아랫목에 가 누울수밖에 없었다.

이튿날아침, 성문이는 또 계속 서울로 가는 길에 나섰다.

산이 막히면 산을 넘고 물이 가로 흐르면 물을 건너 낮과 밤이 따로 없이 가고 가고 또 가서 끝내 서울성안에 들어섰다.

속담에 밥은 열곳에 가 먹어도 잠은 한곳에서 자랬다고 성문이는 먼저 한 허줄한 주막에 들어가 잠자리부터 잡았다.

이튿날 아침였다. 과거에 응시할 명함을 드리려고 온 서울바닥을 다녔지만 시골의 가난한 숯쟁이 아들이라 명함을 드리지 못했다. 과거시험을 치려던 큰뜻은 십년공부 나무아미타불이 된 격이였다.

어느날 밤, 성문이는 서울거리에서 돌아다니는데 밤중에 홍두깨 내밀듯이 검은 그림자 몇이 달려들더니 그를 묶어 가죽자루에 넣고 잡아매는것이였다. 서울에 보쌈이라는것이 있다더니 틀림없이 보쌈에 든것이였다. 성문이는 꼼짝달싹 못하고 들리워서 어디론가 갔다. 한참 가죽자루를 메고 가다가 뚝 멈춰서서 척 내려놓은 그자들은 가뭇없이 사라져버렸다.

밤이 깊어서 웬 사람이 가죽자루를 풀어주는것이였다. 성문이가 그안에서 나와보니 그는 꽃같은 녀인이였다. 방은 난생처음으로 보는 화려한 방이였다.

녀인이 성문이를 보고 물었다.

《당신은 뭘하는 사람인데 이렇듯 기구한 신세가 되었어요?》

《예, 저는 숯쟁이 아들입니다. 시골에 살다가 글방에 가 공부하였는데 과거보려고 서울에 왔으나 명함을 드리지 못하고 헤매다가 이 신세가 됐습니다.》

《당신은 무슨 소원이 있는지요?》

《예, 과거급제의 큰뜻을 이루지 못하고 이 신세가 된것을 원통히 생각합니다.》

공든 탑이 무너지랴. 총각은 필묵을 척 들어 래력을 일필휘지 써내려갔다. 말이 네 굽을 들었다놓는듯한 글씨를 본 녀인은 그제야 사연을 총각에게 알려주었다.

《나는 정승의 딸인데 무남독녀애요. 지금 혼사자리를 찾고있는데 한도사가 말하기를 나는 후살이를 해야 죽을 운을 때울수 있다고 했어요. 그리하여 우리 부모는 걸식하는 사람을 하루밤 나의 옆에 붙잡아났다가 새벽에 죽여치우고는 나를 후살이하는것처럼 하려 했어요.》

동정심이 생긴 정승의 딸은 총각을 구할 방도를 생각했다. 그는 농안에서 눈부신 장식품을 꺼내여 명주실로 총각의 배에다 띄워주면서 래일 이른 아침, 라졸들이 와서 가죽자루에 넣어 강가에 메고 가서 던지려 할 때 ≪아, 보물이 아깝구나! 보물이!…≫ 라고 큰 소리로 말하라고 당부했다.

이튿날 새벽이였다. 아닌게 아니라 라졸 몇이 들어왔다. 정승의 딸은 돈을 꺼내 라졸들에게 주면서 말했다.

≪가다가 막걸레나 사 마셔요.≫

라졸들은 가죽자루를 메고 나섰다. 강가로 가는판이다. 가다가 길옆 주막집앞에서 한 라졸이 말했다.

≪좀 쉬여갑세.≫

그말에 가죽자루는 땅에 내려졌다. 바로 이때였다.

≪이 한목숨이 죽는것은 아깝지 않으나 이 보물이 아깝구나! 이 보물이…≫ 하는 말이 가죽자루안에서 들려나왔다.

≪네까짓게 뭘 보물이 있다구?≫ 하고 라졸이 말하였다.

그러자 다른 한 라졸이 말하는것이였다.

≪그건 몰라.≫그리고는 가죽자루를 풀어놓았다.

≪여러분, 내 웃옷을 들고 배를 만져봐주십시오.≫

이 말이 떨어지기 바쁘게 라졸들은 욱 달려들어 그의 배를 만져보았는데 과연 금은보화가 많이 들어있었다. 금은보화를 나누어가진 라졸들은 흐뭇해서 입이 함지박만해졌다. 그런데 한 라졸이 말했다.

≪여보게들, 우리가 이자의 보배를 앗아가지고도 그를 죽이기까지 하면 너무하지 않은가. 그러니 이자를 뇌주고 가죽자루에 돌이나 몇 개 넣어 물에 띄우면 어떨가?≫

≪거 좋네. 그럽세.≫

≪이 사람 아무 소릴 말고 멀리 떠나가세.≫하고 말하며 ≪거지≫를 뇌주고 라졸들은 주막집으로 들어갔다.

구사일생으로 보쌈에 들었다가 살아난 성문이는 또 다시 원래의 허줄한 주막집에 찾아갔다. 이 주막집에 있으면서 일을 제 집일처럼 잘해주었다. 주막집 로파는 그가 마음에 들어 그를 양아들로 삼았다.

주막집 로파는 딸이 하나 있었는데 정승집 딸의 시녀로 있었다. 어느날 딸이 집에 왔을 때 로파는 양아들을 보고 말하는것이였다.

≪자네 누이가 왔네.≫

난생처음 누이란 말을 듣게 된 성문이는 기쁘기가 한량없었다. 성문이는 누이 벌 되는 사람에게 과거에 응시할 명함을 못드린 사연을 말했다. 누이벌 되는 그 사람은 이 사연을 듣고 돌아가 정승의 딸에게 말했다. 정승의 딸이 정승에게 이 사연을 말하여 끝내 명함을 드리게 되였다.

과거볼 날이 드디어 닥쳐왔다. 팔도강산 선비들은 새옷을 입고 말타고 와서 우쭐거리지만 숯쟁이 아들인 성문이는 허줄한 옷을 입고 시험장에 들어가 한쪽 구석에 앉았다.

시간이 되자 붉은 종이에 쓴 과거시제의 글귀를 내붙였다. 시제를 보니 글방 훈장의 말씀이 생각나는지라 자신만만한 성문이는 일필휘지 쭉 썼다.

성문이는 남먼저 써서 바쳤다. 그러나 선비들은 벌집쑤신듯 웅성웅성하며 제자리를 뭉개고있었다.

이로부터 며칠 지나서였다. 성문이는 장원급제 되여 조정에 불리워갔다. 조정 에 들어가니 하인들이 나와서 관대옷을 입혀주고 어사화를 꽂아주고 흰말에 태우더니 서울의 장안 네거리를 도는데 남녀로소 장사진을 이루고 구경들을 하고있었다.

이런 때 정승댁에선 장원급제한 사람을 골라 사위로 삼는 일이 많았다. 좌정승 김세하는 집에 과년한 딸이 있는지라 하루는 성문이를 불렀다.

≪자네 올해 나이 얼마인고?≫

≪예, 열아홉입니다.≫자네 배필을 무었는고?≫

≪예, 시골에 미혼부가 있사옵니다.≫

≪음, 내 자넬 보니 나무랄데 없는지라 사위로 삼고저 하는데 자네 생각은 어떤고?≫ ≪예, 저는 숯쟁이 아들로서 별로 배운것 없고 또 어찌 정승집 따님과 짝이 될수 있겠사옵니까? 더구나 방금 여쭈신바와 같이 시골에 미혼부를 둔 저로서 어찌 그럴수있겠나이까.≫

≪음, 자네의 말이 과히 틀리지는 않네. 그러나 자네는 이미 장원급제한 사람 으로서 배필도 량반집 고관의 딸과 무어야 할게 아닌고? 어사된 사람이 어찌

시골의 한낱 천한 여자와 배필이 될수 있는고?≫

≪여쭈옵기 황송하오나 소인의 생각은 한 총각이 한 처녀와 배필을 무으려 언약했다면 그 신의를 저버리지말아야 하는줄 아오이다. 숯쟁이 아들로 있었을 때나 어사로 된 오늘에나 시골의 그 처녀에 대한 저의 일편단심은 움직이지 않으려 하옵니다.≫

성문이의 정직하고 순박한 말에 정승은 아쉬운 마음은 있으나 더 설복할 방법이 없어 머리를 끄덕일뿐이였다.

어사가 된 숯쟁이 아들 김성문은 얼마 지나지 않아 라졸 수백명을 거느리고 북방으로 시찰을 나가게 되였다. 가는 길에 이전에 은혜 입은 두 귀틀집을 찾아보게 되였다.

두 번째 들렸던 그 귀틀집에 들려서는 주인을 찾아보고 금은보화를 주어 잘살게 했다. 첫 번째 들렸던 그 귀틀집에 들려서는 자기를 깨우쳐주며 과거에 급제할 큰뜻만을 품고 가게 해준 처녀와 상봉했다. 처녀는 출가하지 않고 그의 장원급제하는 날을 기다리면서 가슴속에 사랑의 씨앗을 묻어왔다.

리씨댁 규중녀의 송죽 같은 절개, 안팎 없는 참된 사랑, 그 은덕 그 사랑을 성문이는 해와 달이 다하도록 잊을수 없어 백년가약을 맺었다.

어사 된 숯쟁이 아들 성문이는 안해와 함께 라졸들을 거느리고 문전걸식하던 고향에 돌아가 훈장들을 찾아 뵙고 탐관오리들을 처단하고나서 다시 서울로 올라갔다.

리광수 구술 / 리광 정리

짜개바지

옛날 옛적, 한 마을에 ≪짜개바지≫라고 별명을 가진 더벅머리총각이 어머니와 함께 살고있었습니다. 짜개바지는 아이들이 오줌똥을 가리지 못할 때 입는 옷이 아닙니까. 그런데 ≪짜개바지≫는 어렸을 때 좀 부실해서 그랬는지 살림이 너무도 구차해서 그랬는지 어쨌든 나이가 예닐곱살이 되도록 짜개바지를 벗지 못하고 자랐으니 자연히 그런 별명을 듣게 되였습니다. 하지만 사람들에겐 누구나 한가지 재간은 다 있다는 격으로 ≪짜개바지≫도 원숭이 부럽지 않게 나무에 오르내리기를 잘했습니다.

세월은 어찌도 빠른지 ≪짜개바지≫ 나이도 어느덧 이구십팔이 되였습니다. 그렇지만 ≪짜개바지≫라는 별명은 그냥 따라다니고있었습니다. 하지만 남이야 자기의 별명을 부르겠으면 부르고 말겠으면 말고 그냥 어머니를 도와 산에 가면 나무를 한짐씩 해오고 들에 가면 장정들 부럽지 않게 일도 잘했습니다. 뿐만아니라 ≪짜개바지≫는 올가미를 놓아가지고 남들이 잡지 못하는 날짐승, 길짐승도 아주 잘 잡아오군 했습니다. 그러던 어느날 ≪짜개바지≫는 어머니에게 말했습니다.

≪어머니, 나도 이젠 장가를 가야겠습니다.≫

어머니는 너무도 기막혀서 투박하게 쏘아주었습니다.

≪아니, 이 녀석아, 아침을 먹으면 저녁쌀이 근심되는 형편에 장가가 다 뭐냐.≫

≪어머니, 말 못하는 산새들도 짝을 뭇고 지내는데 나라고 외톨이신세로 한평생 보내겠습니까. 헌신짝도 임자가 있는법이니 혼사말을 떼러 한번 가기 바랍니다.≫

≪그게 누구네 가문인데 그러냐?≫

≪앞집 마님댁 딸이 있지 않습니까. 어제밤 꿈을 꾸니 <신령님>이 내려와서 점지하더라고 말씀하십시오.≫

이 말을 들은 어머니는 놀라지 않을수 없었습니다. 그것은 마님댁으로 치면 이 마을에서도 손꼽히는 부자요, 게다가 무남독녀 외동딸인데 그게 어디 될말입니까. 그야말로 ≪짜개바지≫는 하늘이 높고 땅이 넓다는걸 모르고 하는 소리지요.

어머니는 ≪짜개바지≫가 일찍이 아버지를 여의고 의지가지없는 자기의 손에서 천하게 자란것이 가련하기도 했지만 부처님도 노여워할 철부지 말에 가슴은 막 칼로 오려내는것만 같았습니다. 그렇다고 무턱대고 욕하고 때릴수도 없어 어머니는 마님댁 딸은 하늘의 별따기보다도 어려운 일이니 아예 그런 생각은 말고 다른데 좋은 자리가 있는가 알아보자고 구슬리였리였습니다. 그러나 ≪짜개바지≫는 쫄리우는 집안 살림과 어머니의 애처로운 처신을 조금도 아랑곳하지 않고 두가지중에 한가지를 고르라는 욱다짐을 부리는것이였습니다. 그 하나는 아들이 송장된것을 북망산에 메고 가겠는가 하는 것이고 다른 하나는 또 어머니가 봉변을 당할번하고 마님댁에 혼사말을 떼려 가겠는가 하는것이였습니다. 진퇴량난에 빠진 어머니는 절로 나오는 한숨과 흐르는 눈물을 억제하면서 떠나갈수밖에 없었습니다. 어머니는 무거운 발을 힘겹웁게 옮기면서 어떻게 말을 꺼냈으면 좋겠는가 하고 고개를 기우뚱기우뚱하며 마님댁에 이르렀습니다. 때마침 소풍하고 있던 마나님이 어머니에게 먼저 소리치는것이였습니다.

≪어째서 내 집을 엿보는거지? 뭐라도 훔쳐갈게 있어 그러나?≫

≪아니옵니다. 마님.≫

≪그런데 왜 황새목을 해가지고 끼웃끼웃 살피지?≫

어머니는 말을 그대로 꺼냈다간 꼭 큰 벼락이 떨어질것만 같아 몸이 으쓱으쓱해지며 입이 좀체로 열리지 않았습니다.

마님은 ≪짜개바지≫ 어머니가 옴두꺼비모양으로 두눈만 슴벅슴벅하면서 죄없는 치마자락만 꼬깃꼬깃하고 있는것이 우습기도하고 이상하기도 하여 고양이 수파 쓴다는 격으로 예전과는 달리 꼬치꼬치 캐묻는것이였습니다.

≪그래 돈을 꾸러 왔나, 쌀을 꾸러 왔나?≫

≪오늘은 돈을 꾸러 오지도 않고 쌀을 꾸러 오지도 않았사옵니다.≫

≪그렇다면 무슨 일이지?≫

≪사실은 저…≫

≪빨리 말을 하게. 말을 해야 알게 아닌가?≫

어머니는 한참이나 벙어리 차접이 되고 말았으나 그냥 돌아가면 아들은 또 어떤짓을 할지 몰라 말머리를 이리 꼬고 저리 꼬다가 끝내 찾아온 사연을 털어놓고 말았습니다. 그랬더니 마님은 눈살을 찌프리며 호통질했습니다.

≪뭐가 어쩌고 어째! 저년이 넋빠진 소리를 해도 분수가 있지, <짜개바지>가 누구네 아들이라고 그래, 렴치가 없어도 한이 있는 법이지. 그녀석의 아가리를 찢어놓지 못하고 뻔뻔스럽게 청혼하러 와! 요 늙은것부터 아직 혼나보지 못한

탓이니 오늘은 택택히 맛 좀 보여야지. 애들아, 저 로댁이를 끌어다가 헛간에 매여놓고 똥감태기를 콱 씌워놔라. 다시는 내 집 대문안으로 출입하지 못하게.≫

아니나 다를가 어머니는 자는 범의 수염을 다쳐놓은 격으로 되고말았습니다. 어머니는 후회막심하여 잘못되였다고 손이야발이야 빌었습니다. 그렇다고 마님이 가만히 놔둘수 있겠습니까. 끝내 어머니의 치마자락을 벗기고 볼기짝을 열번이나 후려갈기게 했습니다.

어머니는 혹떼러 갔다가 혹붙여가지고 왔다는것처럼 아들 혼사말 떼러 갔다가 호된 욕에다 매까지 맞았으니 그 분함을 누구에게 하소해야 옳을지 쏟아지는 눈물만이 오뉴월 소낙비 내리듯 했습니다.

그렇지만 ≪짜개바지≫는 어머니가 어찌된 정황인지 알지도 못하고 묻는것이였습니다.

≪어머니, 가신 일이 성사되였나요?≫

≪이놈아, 성사가 다 뭐냐. 하마터면 상사로 될번 했다.≫

≪어머니 나도 그런 짐작은 하고있었습니다. 음지가 있으면 양지도 있는 법인데 요다음엔 앙갚음할 때가 있을겝니다.≫

≪짜개바지≫는 어머니의 애달픈 심정을 손톱만큼도 못알아줄뿐만아니라 오히려 두고보란듯이 무엇인가 깊은 생각에 잠겨있었습니다. 그와는 반대로 어머니는 자기가 청상과부된 다음 그래도 아들이라고 그 애 하나를 믿고 살아왔는데 결국은 천대와 멸시를 면하지 못하고 나날을 보내니 애처로운 신세타령이 땅이 꺼지게 났습니다.

말은 여기서 잠깐 바꾸어지는데 마님댁에선 어쩌겠습니까? 뒤뜰의 비슬나무 아래에 갖추어놓은 칠성당에 엎디여 밤이면 밤마다 계속 비는것이였습니다.

비나이다 비나이다
칠성님께 비나이다
무남독녀 내딸에게
천지신복 내리소서.

꽃과같은 내딸애기

하느님은 아시리다
인품좋은 사위감을
점지하여 주옵소서.

　이렇게 마나님은 정화수 한동이를 꼭꼭 단하에 받쳐놓고 세번씩 큰절을 올리면서 빌고 또 빌었습니다. 그런데 지성이면 감천이라더니 하루밤에는 아니나 다를가 비술나무 꼭대기에서 웅글진 목소리가 들렸습니다.
　≪여봐라, 천지신명은 지성어린 네 마음에 감복되여 좋은 혼처를 알선하자고 하였는데 너는 천하에 용서치 못할 망녕된 죄를 범했거늘 너는 아느냐. 심산속에 옥이 있고 개천에서 룡이 난다는것을 왜 아직도 모르고 <짜개바지> 어머니에게 인간으로서는 하지 못할 릉욕을 가했느냐. 래일 당장 찾아가 엎드려 사죄하고 그 자리에서 머리를 풀어 가위로 벤 다음 동서남북 신령님께 두 번씩 큰절을 올리고 <짜개바지>와 그의 어머니에게도 고개 숙여 한번씩 절을 하면서 너의 화를 면토록 해라. 만일 네가 거역하는 날이면 너의 사위감은 고사하고 청천벽락을 보내여 그 자리에서 단매에 처참하게 되고말것이니라. 그럼 나는 간다. 고개를 들고 볼지어다.≫
　마님은 느닷없는 호령에 마치도 얼음구멍에 빠진 쥐모양으로 꼼짝달싹 못하고 벌벌 떨고있다가 끝말을 듣고서야 겨우 고개를 들어보았습니다. 검푸른 하늘엔 벌건 불덩이가 훨훨 날아가고있었습니다. 마님은 ≪신령님≫이 정말로 내려와 분부하는 령으로 생각하고 그 이튿날로 ≪짜개바지≫네 집으로 찾아갔습니다. 정말로 송장치고 살인내는 격이 되고말았습니다. 그래서 자기의 체면을 무릅쓰고 ≪짜개바지≫ 어머니에게 잘못했으니 용서해달라고 사정하면서 머리까지 풀어 베고 이때까지 해본적이 없는 큰절을 코가 땅에 닿도록 꾸벅꾸벅 올렸습니다.
　이때 ≪짜개바지≫는 모르는척하고서 웃방에 들어앉아 올무를 만들며 빙긋이 웃고만 있었습니다.
　마님은 눈물코물 다 흘리면서 앞으로는 꼭 이웃사촌처럼 좋게 보내겠다고 몇 번이나 다짐을 하고야 돌아서게 되었습니다.
　≪애, 이게 도대체 어찌된 일이냐? 정말 알고도 모를 일이로구나!≫

≪그게 다 <신령님>의 분부라고 하지 않습니까. 두고 보십시오. 래일 모레면 또 그쪽에서 혼사를 정하자고 청하러 올겝니다. 그때면 어머니도 큰소리를 떵떵 치십시오. 그러면 마님은 고양의 앞의 쥐가 되고말것입니다.≫

≪짜개바지≫는 다음날 마님이 찾아오면 어떠어떻게 하라고 어머니에게 알려 주었습니다. 그제야 어머니는 아들이 산에 가서 싸리를 베다가 등을 만들고 올무를 놓아 수리개를 잡아온 야릇한 행동을 알아차리게 되었습니다. 그런데 마님은 마님네대로 ≪신령님≫이 하강하셨다가 상천하는것을 친눈으로 봤다고 소문은 내면서 그후부턴 자기의 귀동딸까지 함께 매일 밤 청수에 머리 감고 칠성당에 엎디여 공을 드리기에 여념이 없었습니다. 그랬더니 비슬나무꼭대기에서 ≪신령님≫의 목소리가 또 들렸습니다.

≪여봐라, 천지신명은 너의 사죄에 감화되여 오늘밤 사위감을 점지하겠노라 만사형통 <신령님>이 산지사방 탐문해본즉 그야말로 너의 집 대들보와 같은 신랑감이 물색되였노라. 그 이름은 모두다 아는 <짜개바지> 도련님이라. 천하에 둘도 없는 천생연분이요, 훌륭한 배필이니 길일길시가 바로 이달 보름날이거늘 절대 거역하거나 지체치 말고 혼사를 거행하도록 해라. 그럼 나는 간다. 고개를 들고 볼지어다.≫

마님과 딸은 ≪신령님≫의 점지에 실망과 기쁨으로 어안이 벙벙해서 하늘만 쳐다보았습니다. 이번에는 전번보다도 더 큰 벌거스름한 불덩이가 꼬리를 흔들면서 구만리 장천에 한들한들 떠돌면서 멀리멀리 사라지고마는것이였습니다.

≪신령님≫이 상천하신후에 마님과 딸은 머리를 맞대고 서글픈 울음을 터뜨렸지만 별수 있습니까. ≪신령님≫의 령대로 모든 것을 처신할수밖에 없었습니다. 그야말로 울면서 겨자먹기라더니 마님은 렴치불구하고 또 ≪짜개바지≫네 집으로 찾아갔습니다. 마님은 소뿔은 단김에 빼야한다고 이번에는 소장, 대장, 례장감까지 보기 좋게 듬뿍 이고서 어기정어기정 걸어갔습니다.

어머니도 오늘은 전날과는 달리 아주 태연스럽게 앉아서 마님이 웬 물건을 친히 가지고 왔는가고 따지였습니다. 그랬더니 마님은 이것은 모두 ≪신령님≫의 분부라고 하면서 사돈을 정하러 왔다는 사연을 장황하게 늘어놓았습니다.

일이 이렇게까지 되고보니 ≪짜개바지≫의 혼사는 어떻게 되였겠습니까? 결국은 잔치날에 쓸 음식이요, 비용이요, 옷이요, 첫날밤에 덮고 잘 이부자리요,

하여튼 모든것을 몽땅 마님댁에서 갖추기로 하고 언약이 떨어졌습니다.

정말로 생각지 않은 복이 하늘에서 떨어진것과 같습니다. 사실 처음에는 어머니가 혼사말을 꺼냈다가 똥감태기를 쓸번했지만 마감엔 마님이 똥감태기를 쓰다싶이 애걸복걸하면서 제 손으로 제 엉덩짝까지 내놓고 때려달라고 빌었으니 그야말로 납작해져도 빈대보다 더 납작해졌습니다.

그래서 ≪짜개바지≫는 돈 한푼 안들이고 비단같이 날씬하고 꽃같이 아름다운 아가씨에게 장가를 들게 되였습니다.

속담에 옷이 날개라고 아니나다를가 ≪짜개바지≫가 장가드는 날 신랑행차 떠나는데 풍물소리 요란하고 견마잡이 후행까지 아주 굉장하게 웅성거렸습니다. 그리고 신랑의 치장을 보면 머리에는 사모요, 몸에는 관띠, 허리에는 서띠요, 발에는 목화였습니다.

그후부터 사람들의 입에선 ≪짜개바지≫란 별명이 영영 없어지고 ≪서방님≫이란 존칭이 오르게 되였습니다. 이에 마을의 처녀들은 ≪짜개바지≫의 황홀한 모습에 어째서 저런 도련님을 미처 몰라봤는가 하고 남모르게 춤만 꿀떡꿀떡 삼키고있었답니다.

장세태 구술 / 장동운 정리 / 1980년 단동에서 수집

금병아리

옛날 함박골이라 불리우는 곳에 한 소년이 홀어머니를 모시고 근근히 살아가고있었답니다. 아버지의 장례를 치르느라고 진 건너마을 부자집의 빚을 갚으려고 어머니는 품팔이를 하고 소년은 소금장사를 하면서 겨우 끼니를 에우며 살아가고있었습니다.

어느날, 깊은 산골에 소금이 잘 팔린다는 소문을 듣고 지게에다 소금을 걸머지고 어느 두메산골로 갔습니다. 한창 걸어가는데 산비탈에 귀틀집 한 채가 있었습

니다. 소년은 그 집 대문을 들어서면서 ≪소금 사십시오.≫라고 했더니 방안에서 꼬부랑할머니가 꼬부랑지팽이를 짚고 나오는것이였습니다. 그 할머니의 초라한 옷차림이나 얼굴에 잡힌 밭고랑같은 주름살은 가난한 생활형편을 너무나도 잘 보여주었습니다. 할머니는 지게 있는데로 다가와서 ≪애, 소금장사, 내 가난하게 살다보니 십여년간 소금구경도 못했다. 나 소금 한숟갈만 주지 않겠나?≫라고 하였습니다. 구미가 동한 할머니는 군입을 다시는것이였습니다. 소년은 할머니의 거동을 보고 불쌍한 생각이 앞섰습니다.

≪네, 그러지요. 나에게도 할머니와 꼭같은 할머니가 계셨는걸요.≫ 소년은 소금자루에서 소금 한되박을 퍼서 할머니에게 드렸습니다.

≪세상에 이런 고마운 일이…≫

할머니의 얼굴에서는 웃음꽃이 활짝 피여났습니다.

≪나도 집에 늙으신 어머님이 계시니깐 더 많인 못드리겠군요. 또 빚을 갚아야 하니깐요. 죄송합니다. 할머니!≫

≪넌 참말 착한 애로구나!≫

소년이 지게를 걸머지고 대문을 나서려는데 ≪애, 잠간만 기다려라.≫ 하며 할머니는 광주리를 들고 나오는것이였습니다. 그 광주리속에는 병아리 몇 마리가 재잘거리고있었습니다.

≪그 병아릴 어쩌자는겁니까?≫

소년은 할머니의 거동이 우습게 생각되였습니다.

≪자, 여기서 마음 드는 병아리를 한 마리만 골라라. 돈이 없어 소금값은 못주 겠구나…≫

≪일없어요, 기르세요. 할머닌 우리 집보다 더 가난한걸요. 소금값은 안받아두 괜찮아요.≫ 소년은 사양하였습니다.

≪애, 이 할머니의 성의로 알구 꼭 한마리만 골라가거라.≫

안받자니 할머니의 성의를 무시하는 것으로 되구 해서 정말 딱한 사정이였습니다. 소년은 마지못해 광주리를 들여다보았습니다. 모두 한배의 병아리들인데 그중 꽁지털이 뭉청 빠져 뻘건 살을 드러낸 꼬마병아리 한마리가 눈을 감고 구석에 웅크리고있는게 제구실을 못할상 싶었습니다.

≪좋은 병아리는 할머니께서 기르세요. 난 요 불쌍한것이나 길러보겠어요.≫

소년이 병아리를 손에 쥐고있는데 삽시간에 그 귀틀집과 할머니가 온데간데 없이 사라지고말았습니다.

그제야 비로소 소년은 이 병아리에 신기한 수수께끼가 있을것이라는 예감이 들어 집으로 돌아왔습니다.

이튿날아침, 소년이 병아리에게 먹이를 주려고 광주리에 다가섰는데 그 병아리가 밤새 금싸락을 소복이 낳았던것입니다. 꼬부랑할머니가 착한 소년에게 복을 주었던것입니다.

이때로부터 소년은 금싸락을 팔아서 빚을 갚고 기와집을 짓고 남부럽지 않게 살면서 가난한 이웃을 도와주었습니다.

낮말은 새가 듣고 밤말은 쥐가 듣는다고 이 소문은 삽시에 이고장 저고장으로 파다히 퍼져갔습니다.

소문은 건너마을 부자놈의 귀에도 들어가게 되였습니다. 부자놈은 평생 남의 등치고 간 빼먹고 살며 돈이라면 동지달에도 벌거벗고 삼십리를 뛴다고들 했습니다. 그놈은 남이 잘되면 제 에미 죽는것보다 더 속아파하는 놈이라 궁둥이가 간지러워 앉아있을수가 없게 되였습니다. 이놈은 어느날, 소년의 집에 찾아와서 ≪너 내 은공을 잊을수 없지?≫ 하고 말하고는 소년이 부자로 된 까닭을 캐여묻는것이였습니다. 착한 소년은 사연의 자초지종을 다 말하였습니다.

한번 횡재하리라 마음먹은 부자놈은 지게에다 소금을 듬뿍 걸머지고 귀틀집 할머니를 찾아 길을 떠났습니다.

한평생 손가락 하나 까딱 않고 남의 등을 치며 살아온 그자가 소금짐을 지자니 이마에서는 비지땀이 흘러내렸습니다. 하나 그의 눈앞에는 금병아리가 삼삼히 떠올랐습니다. 이를 옥물고 가고 가느라니 참으로 귀틀집 한 채가 나타나는것이였습니다.

≪그렇지 바로 저 집이 틀림없겠군.≫

떡줄 사람은 생각도 않는데 김치국부터 마시는 격으로 대문엘 들어서면서 ≪할머니, 소금 받으십시오.≫라고 산이 쩡쩡 울리도록 소리쳤습니다. 그랬더니 할머니가 아니라 백발이 성성한 꼬부랑할아버지가 꼬부랑지팽이를 짚고 나오는것이였습니다. 오라는 까치는 안오고 검정까마귀 온다는 격으로 부자놈은 그만 부아가 터졌습니다.

≪여보, 소금장사 내 살림이 가난하여 십여년간 소금구경 못했소. 나 소금 한줌만 주지 않겠소?≫

꼬부랑할아버지가 떨리는 손을 내미는것이였습니다.

≪난 할머니에게 소금을 주러 왔지 령감태기와 같은 거지에게 소금을 주러 온 사람은 아니요.≫

≪여보, 소금장사 내 소금값을 내리다.≫

≪난 소금값이나 받자는게 아니요. 금, 금, 금병아릴…알겠소?≫

≪아, 그렇소이까? 그럼 내 병아릴 드릴가요?≫ 부자놈은 병아리라는 말에 귀가 솔깃해졌습니다. 정말로 꼬부랑할아버지는 병아리광주리를 들고 나왔습니다. 그제야 군침을 꿀꺽 삼킨 부자놈은 소금을 자루채로 꼬부랑할아버지에게 내놓으며

≪이 소금을 다 받으시오. 근데 이게 틀림없는 금병아리겠지요?≫

≪그렇구말구 이속에 금병아리가 있지. 한 마리 골라가우다.≫

부자놈은 얼음판에 넘어진 소눈깔을 해가지고 들여다보았습니다. 병아리중에서 제일 크고 털이 반질반질 윤기 나는 병아리 한 마리가 눈에 띄였는데 그 병아리는 하루에도 금싸락을 수태 낳을듯하였습니다. 그래서 부자놈은 제일 큰 놈을 골라잡았습니다.

≪이것이 내것이요. 금병아리 헤…≫ 부자놈의 입은 쪼개진 함지짝 같았습니다.

그런데 귀틀집과 꼬부랑할아버지는 어디론가 사라졌습니다. 꼬부랑할머니가 꼬부랑할아버지로 변했던것을 이 부자놈이 알리는 만무했습니다.

부자놈은 기뻤습니다. 눈앞에서 벌어지는 모든 조화가 듣던바와 꼭같아 당장 금더미우에 올라앉게 되였다고 생각하였습니다.

백만장자의 황홀한 꿈을 안고 집에 돌아온 부자놈은 광주리에다 금싸락을 받으려고 비단천을 깔아주었으며 금싸락을 많이 낳으라고 하얀 입쌀을 되박으로 퍼서 병아리에게 주었습니다. 그리고는 남이 볼세라 대문을 꼭 잠그고 콩밭에 앉아서 두부 나오기를 기다리듯 날 밝기만 기다리고있었습니다.

뜬눈으로 밤을 밝힌 부자놈은 동이 트자바람으로 광주리를 제꼈습니다.

≪으악!≫ 혼비백산한 부자놈은 눈이 둥그래 비명을 질렀습니다. 광주리안에

는 금싸락이 아니라 시커먼 구렁이가 입을 벌리고있었습니다. 이발을 사려문 잔인무도한 부자놈은 칼을 빼여들고 방으로 들어가 구렁이를 동강내였습니다. 그랬더니 그 구렁이는 두 마리가 되였습니다.

그중 한놈을 동강내니 또 두 마리로 되였습니다. 그리하여 온 방안에 구렁이가 가득차 빨간 혀를 날름거리며 부자놈한테 달려들었습니다. 부자놈은 칼을 쥔채 입에 거품을 물고 그 자리에 쓰러지고말았습니다.

박룡산 구술 / 박준범 정리 / 1982 무순에서 수집

항아리에 물린 지주

옛날 북도 백리골에 박지주가 있었는데 그는 욕심이 한량없고 속이 엉큼하여 조금이라도 리득있는 일이면 버선발로 뛰여드는 위인이였다.

그는 백리골에서 옥답 백날갈이를 차지하고 어찌도 혹심하게 작인들의 등살을 긁어먹는지 그의 전답을 소작하는 사람들치고 삼년에 경가파산하고 거러지 신세로 령락되지 않은 사람이 없었다. 욕심 많은 놈은 먹고도 굶어죽는다고 이놈은 작인들을 긁어먹을수록 성차지 않아 안달복달하였다. 남들은 년변(년리식)을 배로 받는데 이 박지주놈은 달변(월리식)을 배로 받아먹으니 그야말로 박지주 앉았던 자리엔 풀도 아니날 지경이였다.

어느날 아침 박지주가 사랑간에 앉아서 장죽에 담배를 눌러담아 피워물고 작인들의 등살을 더 긁어먹을 잔꾀를 꾸미느라 골몰하고있는데 하인이 마루아래 와서 끓어앉으며 아뢰였다.

《주인마님, 억쇠에게 보물이 있습니다.》

《보물》이란 말에 박지주는 두 눈꼬리가 뒤더수기로 째져들어가며 물었다.

《억쇠라니? 무슨 보물인데?》

《네, 금년봄에 이사온 작인이옵니다. 그 보물인즉 돈항아리옵니다. 그 항아리

에는 돈이 가득 차 있는데 아무리 꺼내 써도 그냥 그대로 있다고 아룁니다!≫

박지주는 ≪돈항아리≫란 말에 귀가 번쩍 뜨이기는 하였으나 그래도 딱히 믿을수가 없었다.

≪원, 허튼소리! 자넨 염소 물똥누는건 보지 못했나? 억쇠가 그런 보물이 있으면 내 돈 쉰냥은 왜 꿔갔노? 응? 또 억쇠가 그런 보물이 있으면 왜 지금껏 거러지 신세로 살면서 나이 삼십이 다되도록 코 떨어진 녀편네도 하나 못얻었겠나?!≫

≪아니옵니다. 제 눈으로 직접 보았삽니다. 제가 어찌 주인마님앞에서 거짓말을 하겠사옵니까!≫ 하고 하인은 자기가 친히 본 경과를 죽 이야기하였다. 그리고 말을 들을라니 오래지 않아 그 항아리에서는 둥근 금덩이가 쏟아져나오게 된다는것도 말하였다.

여기까지 듣고나니 박지주는 구미가 동하였다. 돈에 눈이 어두운 박지주라 돈나오고 금나오는 항아리가 있다니 군침을 흘리지 않을수 없었다.

박지주는 꿔였던 돈도 받을겸 보물의 허실을 탐지하러 억쇠네 집으로 찾아왔다.

≪자네두 내 신세를 잊지야 않겠지! 자네처럼 떠돌아다니는 놈한테 누가 밭을 주며 누가 돈을 꿔주겠나?! 그래두 내니 말이지! 자네 그 불쌍한 꼴이 하두 보기 안돼서 나도 큰맘 먹고 밭도 주고 돈도 꿔주었지!≫

박지주는 제법 부처님처럼 자비한체를 했다. 억쇠는 고분고분 박지주의 말에 응하였다.

≪거야 다 이를 말씀입니까! 제가 어찌 주인마님의 대은대덕을 잊겠사옵니까!≫

≪그래. 그런데 요즘 나도 하도 궁금해져서 돈이 딱 떨어졌군! 그러니 자네 그 돈을 좀 돌려줄수 없겠나?≫

≪네, 네. 곧 드립지요. 헌데 얼마를 드려야 할지요?≫

≪자네가 내 돈 꾼것이 한달하고도 닷새가 넘었으니 본전 쉰냥에 한달 변이 쉰냥, 또 닷새동안의 변이…가만있자 회계하기 쉽게 엿새로 치고 그것도 열냥, 그러니 모두 합쳐 백열냥만 내면 되네!≫

억쇠는 인차 가져다주마 하고 밖으로 나갔다. 자비심이 많은척하는 이 박지주 놈은 이렇게 혹독하게 등살을 긁어먹었다. 억쇠는 럴녀전 끼고 서방질한다는게 바로 이런놈을 두고 하는 말이라고 생각하니 이가 갈렸다.

《아니, 돈은 방안에 놔두지 않았나? 어디로 나가노?》 박지주가 눈을 디룩거리며 물었다.

《네, 잠간 헛간에 갔다 오겠습니다.》

억쇠가 헛간에 나가자 박지주는 슬그머니 호기심이 생겼다.

(이놈이 보물항아리를 헛간에 놔둔 모양이구나! 어디 어떻게 생겼나 한번 보기나 하자!)

이렇게 생각한 박지주는 인차 억쇠의 뒤를 따라 나갔다. 헛간에 막 들어가려는데 억쇠가 돌아서며 말하였다.

《주인마님께선 밖에서 기다리십시오. 이안은 어둡고 불편합니다.》

억쇠는 헛간문을 닫고 들어갔다. 박지주는 할수 없이 문밖에 남아있게 되었다. 그러나 속이 근질거려 견딜수가 없었다. 억쇠가 어떻게 항아리의 돈을 꺼내는가 엿보려고 하였지만 도무지 엿볼 짬새가 하나도 없었다. 헛간이라지만 모두 흙벽을 했고 문도 함석문이였다. 살펴보니 문고리구멍이 좀 넓어서 엿볼수 있을것 같았다. 그는 문설주에 코를 박고 문고리구멍에 눈을 대고 들여다보았다.

그런데 이게 웬 일인가? 억쇠가 땅에 꿇어앉아서 항아리안의 돈을 한잎 한잎 꺼내며 세고있지 않는가?

《한잎, 두잎, 세잎…열잎…스무잎…》

꼭 한번에 한잎씩 꺼내군 하였다. 군침을 세발이나 흘린 박지주는 욕심주머니가 불어나서 와락 달려들어 그 항아리를 빼앗고싶은 마음이 굴뚝처럼 뻗쳐올랐다.

《어함, 어함!》 헛기침을 하고난 박지주는 《거지 신발하듯 뭐 그리 꾸물거리고있는거야!》 하고 호통치며 헛간문을 벌컥 열어제꼈다.

억쇠는 얼른 돈을 거두어가지고 달려나오며

《방안으로 들어가십시다.》 하고 박지주를 데리고 들어갔다.

방안에 들어서자

《그래 돈은 다 됐는가?》 하고 박지주가 성급하게 물었다.

《황송합다. 쉰냥이 모자랍니다.》

이 말에 박지주는 발끈 성을 내며 호통쳤다.

≪엑끼 이놈! 그럼 그 쉰냥을 언제 갚으려나 엉?≫

≪이제 담배나 한대 피운후에 가서 가져다드리지요.≫

≪이놈 봐라! 담배 한대 피는 새에 무슨 딴수가 생길것 같아? 안돼. 당장 가져와!≫

박지주가 이렇게 추상같이 호령하니 억쇠는 빌붙으며 사정하였다.

≪글쎄 내 돈항아리는 외인을 꺼립니다. 그래서…≫

≪그럼 내 담배를 한대 피며 앉아있을테니 그새 기다린 품값 한냥과 변리 한냥을 더해서 모두 백열두냥을 내야하네!≫

박지주는 붉으락 푸르락하며 앉아 장죽에 담배를 담아 불을 붙여 물었다.

얼마후 억쇠는 헛간에 나가서 돈을 마저 가져다주었다. 모두 백열두냥, 한잎도 드팀이 없었다. 박지주는 돈을 받아 거머쥐고 음특한 눈알을 굴리더니 억쇠에게 물엇다.

≪자네, 내 한가지 물어봄세. 그 돈항아리가 보배항아리라지?≫

≪네, 주인마님께야 어찌 거짓말을 올리겠삽니까, 이실직고하오면 그 항아리는 우리 집의 대물림보배입니다.≫ 억쇠는 정색하고 대답하였다.

≪대물림보배라구? 거짓말! 그게 대물림보배인즉 그전부터 있었겠는데 자네는 저 별방마을에서 내내 서당의 추판살이나 하다가 또 여기 와서도 내 땅을 얻어부치구, 이렇게 늘 가난하게만 살아왔겠나말야?≫

박지주의 말은 위엄이 있었다. 억쇠는, 이 항아리는 대물림보배로서 그전부터 있었지만 산신님을 옳게 공대하지 못했고 재물대감을 잘못 사귄데다가 항아리를 묻은 자리도 풍수가 맞지 않아 그새는 가난하게 살다가 천행으로 명인을 만나 그가 재물대감을 모셔주고 또 풍수를 보아 이곳에 자리를 정해주었다는것, 그래서 이 찌그러져가는 초막집을 비싼값으로 사고 들어 항아리를 묻어놓고 재물대감 고였더니 한달전부터 운이 뻗어 돈이 나온다는것, 또 이제 좀 더 지나면 돈뿐만아니라 금덩어리—원보도 나오게 된다는것을 죽 이야기하였다. 말을 듣고보니 과연 그럴사하였다.

원보가 나오게 된다는 말에 귀가 솔깃해진 박지주는 오금이 녹아들었다. 금방까지 위엄을 부리던 박지주는 메기잔등에 뱀장어 넘어가듯 슬쩍 비위좋게 말을 넘기며 빌붙었다.

《헤헤, 헤헤…자네 그 항아리를 내게 팔게나! 값은 얼마나 받겠는지 그건 흥정하도록 하고 헤헤…》

《글쎄요, 나는 이 항아리 하나면 한평생 잘살수 있습지요 그러니 주인마님께서 정 사시려거든 백날갈이 밭 절반을 내놔야 합니다.》

《그럼, 쉰날갈이를 내놓으란 말이지?》

《네!》

박지주가 가만히 속구구를 해보니 그 항아리에서 대국원보 금덩어리만 나오는 날이면 하루에도 백날갈이 살 돈이 생길것 같았다. 그러니 마다할수 없었다.

《그럼 그렇게 일언으로 정합세! 헌데 언제 그 항아리를 가져가라나?》

《주인마님! 너무 조급해 마십시오. 흥정이 아직 멀었습니다. 그 항아리는 다른 곳에 옮겨가면 풍수가 막혀서 돈이 안나옵니다.》

《그럼 어떡하나? 내가 매일 임자네 집에 와서 돈을 가져다 써야 하겠나?》

박지주 생각해보니 항아리를 이곳에 그냥 놔두는것도 방법이 아니였다. 자기가 늘 지켜있을수도 없고 하니 자기가 없는 짬에 억쇠가 돈을 꺼내다 쓸것 같았다.

억쇠는 박지주의 이런 생각을 짐작하면서 슬쩍 말을 넘기였다.

《그런게 아니라 집을 바꾸면 됩지요! 주인마님께선 내 집에 오고 내가 마님 집으로 이사 가면 그만이 아닙니까!》

박지주도 들어보니 그럴듯하였다. 이 자리에다가 기와집 몇채를 새로 지으면 그만이다.돈은 항아리에서 나오고…이렇게 생각을 굴리던 박지주는 쾌히 응낙하였다.

《그럼 그렇게 하지! 그런데 임자 집은 오막살이가 돼서 몇푼어치 안되지만 내 집은 오칸짜리 기와집이 세채요, 게다가 담이 겹장이고 대문이 세겹이니 집값만 해도 스무날갈이 밭으로는 못가네! 그러니 그대신 밭을 스무날갈이 적게 주면 그만이 아닌가!》

박지주의 음흉한 심보가 드러나자 억쇠는 시치미를 따고 골려주었다.

《그건 안됩니다! 밭 쉰날갈이는 항아리값인데 그건 낮추어서는 안됩니다. 정 그러시다면 항아리만 가져가십시오. 가져간 다음 금이야 나오든 안나오든 나와는 상관이 없으니깐요!》

≪아니, 아니, 그런게 아니라…그럼 그렇게 하지! 집을 그대로 바꾸세나! 하기야 풍수가 좋은 곳이니 풍수값으로 치지!≫

박지주는 집을 바꿀것도 승낙하였다.

≪그다음 또 한가지 있습니다.≫ 억쇠는 마지막 조건을 내놓았다. ≪주인마님께서 이 집으로 이사들 때 소 열마리에 돼지 열마리 잡고 쌀열섬으로 떡을 치고 술 열독을 사다가 산신님께 제사지내고 재물대감 맞아들이고 작인들을 모두 청해 잘 먹여야 합니다!≫

이것도 적지 않은 소비였다. 허나 박지주가 가만히 생각해보니 두말없이 그렇게 해야지 그러지 않았다간 항아리에서 돈이 나올것 같지 않았다. 억쇠도 산신님과 재물대감을 잘 공궤하지 않아서 지금껏 항아리의 돈을 못쓰고 가난하게 살았다지 않는가!

그래서 박지주는 그렇게 할것을 쾌히 승낙하고는 사람들을 청해다가 중견을 세우고 서사를 데려다가 문서를 썼다.

며칠후에는 집을 바꿔들면서 린근동네사람까지 모여서 박지주 제지내는것을 구경하고 하루종일 잘 두드려먹었다.

사실 억쇠의 보배항아리란 가짜였다. 억쇠는 꾀 많고 총명하나 외톨이신세로 가난하여 벌방 서당에서 추판살이를 하다가 나이 삼십이 가까와오니 밭자리나 얻어부치며 장가도 들어 가정살림을 꾸려볼 심산으로 백리골로 와서 박지주의 땅을 부치게 되였다. 그런데 박지주가 하도 극악무도하여 동네사람들의 원성이 높았다. 억쇠는 박지주놈을 패가망신시킬 꾀를 생각하다가 동네 몇몇 장정들과 짜고들어 이런 연극을 꾸며냈던것이다.

억쇠는 박지주의 기와집에 들게 되자 집이 없어 고생하는 사람들게 한칸씩 나눠주고 밭도 작인들게 나눠주었다.

한달이 지나갔다. 박지주는 보배항아리에서 돈이 나올 시간이 차기를 기다리던터라 한달이 차자 누구도 헛간 근처에 얼씬하지 못하게 잡도리를 하여놓고는 자기 혼자 보배항아리 있는데 가서 돈을 꺼내기 시작하였다. 한잎, 한잎 꺼내는데 그냥 나왔다. 박지주는 입이 메기처럼 귀밑으로 내 째지며 좋아하였다. 몇백잎 꺼내고나니 매끌매끌하고 동글동글한것이 손에 마치였다. 쓸어보니 항아리에 가득한데 모두다 틀림없는 원보였다.

(사실 그것은 자갈돌이였다. 그러나 눈으로 볼수 없으니 원보로 생각할수밖에 없었다.) 박지주는 너무도 놀랍고 기뻐서 눈이 꼭두로 치들어 가면서 원보를 손으로 꽉 잡아쥐였다.

≪옳지! 원보다. 금덩이야! 인제는 내가 시골지주가 아니라 일국지상의 대부호가 틀림없겠다. 그저 이렇게 매일 원보만 나오너라!≫

이렇게 혼자말로 중얼거리며 원보를 꺼내려는데 항아리에서 손을 빼낼수가 없었다.

원래 항아리목이란 빈손이나 겨우 들어갈 형편인데 박지주는 살이 져서 손목이 굵고 손볼도 넓고 두터운데다가 거위알 같은 원보덩이를 꽉 쥐였으니 그 손이 빠져 나올수가 있겠는가!

박지주는 끙끙 갑자르며 손을 뽑으려고 무척 모댁질을 하였다. 그러나 그럴수록 손은 항아리목에 꼭 끼였다. 나중에는 손을 뽑아낼수도 다시 들이수도 없이 꼼짝 못하게 되였다.

≪이놈의 항아리가 문다! …쳇, 네가 문다고 원보를 놓아줄 내가 아니로다!≫

박지주는 원보를 더욱 억세게 부르잡고 모댁질쳤다. 손을 뽑으려고 움직일수록 손은 더 항아리목에 꽉 잡히고 손이 항아리에 잡힐수록 박지주는 원보를 더 힘주어 꽉 쥐였다. 이렇게 한결을 모대기고나니 온몸에 땀이 후줄근하였고 옷은 물주머니가 되였다. 그래도 박지주는 땀을 철철 흘리면서 끙끙거리며 안간힘을 다 썼다.…

박지주 마누라는 령감이 헛간에 들어가더니 점심때가 되여도 나오지 않아 먼발치에서 동정을 엿듣다가 끙끙거리며 갑자르는 소리가 연신 나서 문앞으로 다가갔다.

≪령감님, 내가 도와드릴가요?≫

≪저기 물러가! 도와주긴 어떻게 도와준다고 그러나! 얼씬하지 말란데두! 난 지금 원보를 쥐였어! 근데 이놈의 항아리가 내 손을 꼭 물고 놓아주질 않누만! 그러나 뭐라겠나. 들볶아놓으면 이놈도 맥이 진해서 놔주지 않으리! 임잔 어서 멀리 비켜!≫

박지주는 저녁때까지 안달아 했으나 손을 뽑지 못하였다. 밤새껏 또 애를 쓰며 들볶아댔다. 그리고나서 박지주는 기진맥진하여 그 자리에 쓰러졌다. 그러나 원보를 쥔 손만은 조금도 늦추지 않고 꼭 부르쥐고있었다.

보배항아리가 사람을 문다니 모를 일이였다. 박지주마누라는 생각다못해 사람을 보내여 억쇠를 청해왔다.

억쇠는 지주보다 더 현란하게 옷을 차려입고 갓을 쓰고 팔자걸음을 하며 박지주네 초막 마당에 들어섰다.

《자네, 왔구만!》 하자 억쇠는 정색하고

《버르장머리 없이 <자네>가 뭐야! 내가 이 백리골에서 일등가는 지주인데…》 하고 위엄을 부렸다. 여느때 같으면 박지주 마누라는 이 말을 듣고 생벼락을 내렸으련만 지금 처지도 처지려니와 령감을 구해낼 절박한 마음에서 묵새기는수밖에 없었다.

《네, 실례했사와요, 나으리님, 우리 령감님이 지금 항아리한테 물려서 신고를 하고계셔요!》

《오, 그런 일인가!》

억쇠는 헛간문앞에 가서 박지주에게 말을 건네였다.

《항아리가 무는건 괜찮아! 7일이 지나면 칠성님이 도와준단말이야!》

박지주는 기진하여 쓰러져있다가 흠칫 놀라더니 실개미같은 소리로

《썩 물러가! 여기엔 얼씬하지 말란데두!》하고 호령하였다.

《문밖에서 말하는건 일없어! 그런데 신령님이 부정을 타면 일이 다 글러지는 판인데… 그새 방귀라도 뀌지 않았는지…》

박지주는 겨우 머리를 들고 대답하였다.

《방귀다뿐이겠나! 오줌똥도 다 바지에 받았네!》

《큰일났군!》 억쇠는 무척 놀라면서 돌아나오더니 박지주 마누라에게 무당을 청해다가 굿을 하라고 당부했다. 신령님이 부정을 탔으니 자칫하면 영 패가망신하고 만다고…

굿을 하니 동네방네 숱한 사람 모여들게 되여 박지주는 모양이 개잘량이 되고 말았다. 박지주네 오막살이에서 련사흘 굿을 하며 야단쳤는데 굿을 다 파고나니 박지주는 손에 자갈돌을 꼭 부르쥐고 항리아에 물린채 죽어버리고말았다.

리창하 구술 / 소민 정리 / 1982년 장당에서 수집

총명한 돌이

옛날 어느 산골에 돌이라는 아이가 있었다. 그 산골은 물이 맑고 경치가 좋기로 유명하였다. 거울같이 맑은 시내물에서는 오리들이 재롱스럽게 헤염쳐다녔고 소나무가 우거진 뒤산 바위밑에서는 얼음같이 찬 샘물이 콸콸 솟아나고있었다.

돌이가 여덟살되는 해의 여름이였다. 그해따라 이 아름다운 산골마을에는 백년불우의 왕가물이 들었다. 그리하여 마을사람들은 그늘밑에 앉아 한숨만 쉬였다.

《어떻게 해야 하나? 이러구 앉아있다간 모두 말라죽겠구나!》

사람들은 근심에 싸여 별의별 궁리를 다해보았건만 생명을 보전할 묘책이 나오지 않았다. 말못하는 소도 혀를 한발이나 빼물고 헐떡거리고 그늘밑에 누운 개도 낑낑거리며 앓는 소리만 하고있었다.

세상을 모조리 태워버릴듯한 불볕에 들에 나가 일하기 좋아할 사람이 어디 있으랴! 그러나 고개넘에 사는 곽가라는 지주만은 재산을 모으려는 속궁리에 눈이 새빨개졌다. 욕심이 많기로 린근에 소문난 곽지주는 련 며칠 속궁리만 하고 있던 끝에 마침 하늘이 자기를 도와 큰부자가 되게 하는거라고 판단하였다. 곽지주는 무릎을 탁 치며 혼자 뇌까렸다.

《옳지, 수가 났구나! 이 기회에 샘물이나 팔아먹자. 작인들은 농사를 망쳐먹고 굶어죽는다, 말라죽는다 하지만 그런 사정이야 내가 돌봐줄게 아니지!》

곽지주는 졸개 두놈을 시켜 쌀과 가마를 메고 샘터로 가게 하였다. 그리고 자기는 불볕을 무릅쓰고 졸개들의 뒤를 따랐다.

이런 소식을 들은 돌이는 부아가 치밀어올랐다.

《욕심쟁이, 깍쟁이지주, 농사군들은 왕가물에다 굶어죽게 됐는데두 그런 어려운 사정을 봐주기는 고사하고 오히려 샘물을 팔아 더 큰 부자가 되려 해? 홍, 어디보자! 네놈이 샘물을 팔면 내가 사주지!》

돌이는 이튿날 새벽길을 떠나 20리밖에 있는 락타등골금광에 찾아갔다. 돌이는 겨우 여덟살밖에 안되는 어린아이였지만 산골에서 단련되였기에 걸음도 꽤

빨랐다. 돌이는 단숨에 20리밖에 있는 락타등골금광에 가닿았다. 금광 오두막에 들어간 돌이는 금광아저씨에게 곱게 절하고나서 찾아온 사연을 말하였다. 마음씨 좋은 아저씨는 돌이에게 금싸래기를 꺼내주면서 이렇게 말하였다.

≪장하다. 예까지 찾아온게 고맙구나! 까마귀같은 그 지주놈이 샘물을 팔아 더 큰 부자가 되려 한다면 너는 그놈의 샘물을 사서 마을사람들에게 나누어주어라! 그리고 후에 무슨 곤난이 있으면 또 찾아오너라, 내가 도와주마.≫

돌이는 금싸래기를 싼 종이를 빨간주머니에 넣고 선자리에서 집으로 돌아왔다. 돌이는 시내가에 나가서 제일 큰 오리를 한 마리 골라 안고 그 오리밑구멍에 금싸래기를 밀어넣었다. 그리고 곧 고개넘에 있는 샘터로 갔다. 샘터에 가니 욕심쟁이 곽지주는 천막속에 앉아 끄덕끄덕 졸고있었고 졸개 두놈은 어디로 갔는지 보이지 않았다. 돌이는 일부러 헛기침을 하였다. 그리고 일부러 귀야 듣거라 하는 식으로 크게 말하였다.

≪에, 날씨도 참 덥군. 지나가던 길에 물맛이나 좀 보자.≫

그래도 깍쟁이지주는 듣지 못한 모양이였다. 돌이는 더럭바위우에 올려놓은 물사발을 쥐고 옥같이 맑은 샘물을 한사발 떠서 꿀떡꿀떡 마셨다.≪에, 시원하다. 이발이 다 짜릿짜릿해나는군.≫

이 소리에 놀란 지주는 눈을 비비적거리며 보더니 틀을 차리며 호령하였다.

≪게서 물마시는게 뉘 집 애야? 에키, 이놈, 네가 내 물을 공으로 마실수 있느냐? 한잎씩 받는건데 이놈 물값을 내라!≫

≪물값이요? 은전 한잎에 물 한사발이라, 대단한 값도 아니구만! 에, 물맛이 꿀맛이니 한사발 더 마셔야지!≫하고 돌이는 또 한사발 푹 떠서 꿀떡꿀떡 마셨다. 돌이는 다 마시고나서

≪자, 이번에 와서 두사발이나 마셨으니 물값을 올려야겠는데 은전을 올릴 대신 금이나 좀 올리지요!≫

돌이는 오리모가지를 제 얼굴에 가져다대고 ≪오리야 오리, 나의 금오리야, 어서 한알 낳아라.≫하고 오리모가지를 꾹 눌러주니 오리는 금싸래기를 하나 뽈깍 낳는것이였다. 이것을 본 깍쟁이지주는 눈이 휘둥그래졌다.

≪애, 착한 애야. 그게 정말 금을 낳는 오리냐? 어디 한번만 더해보렴!≫

돌이는 못이기는체 하고 같은 방식으로 꼭 눌렀다. 이번에도 오리는 금을

뽈깍 낳았다. 깍쟁이지주는 군침을 질질 흘리면서 바위샘과 금낳는 오리를 아예 몽땅 바꾸자고 하였다. 그러지 않아도 곽지주는 샘물을 한사발도 팔지 못했기 때문에 안이 달대로 달았던것이다. 돌이는 하늘이 준 금오리를 어찌 남에게 함부로 주겠는가, 자기는 이 금오리만 있으면 한평생 놀고먹을수 있다고 하면서 거절하는체하였다. 금오리에게 정신이 홀딱 팔려버린 깍쟁이는 돌이를 놓아주려 하지 않았다.

마지막에 돌이는 점잖은 어른의 부탁이니 아수한대로 바꾸어준다고 하면서 사흘동안 누구에게도 오리를 보여주어서는 안되며 금과 강냉이는 같은 노란색이므로 반드시 강냉이를 먹어야 한다고 말해주었다.

돌이가 오리를 주고 샘터를 바꾸었다는 말을 들은 마을사람들은 너무도 기뻐서 춤을 덩실덩실 추었다. 그리고 집집마다 고개넘에 가서 샘물을 길어다가 한독씩 가득가득 채웠다.

한편 깍쟁이지주는 돌이가 일러준대로 자기가 금오리와 샘터를 바꾸었다는 말을 누구에게도 하지 않았다.

사흘이 지난 다음 깍쟁이지주는 돌이가 알려준 방법대로 혼자 싱글벙글 웃으며 오리를 끌어안고 살살 만지면서 이렇게 뇌까렸다.

≪오리야, 오리, 나의 보배, 나의 금오리야! 어서 금을 낳아다오! 금을 많이많이 낳아서 큰 부자가 되게 해다오!≫

깍쟁이지주는 오리를 자기의 얼굴에 착 붙여대고 오리모가지를 꼭 눌렀다. 과연 오리는 금을 낳았던것이다. 욕심쟁이는 한알만 더 낳아달라며 또 꼭 눌렀다. 이번에 낳은것도 금이겠거니 하고 만져보니 그것은 금이아니라 묽디묽은 똥이였다.

욕심쟁이는 손에 묻은 오리똥을 벽에 대고 썩썩 문지르며 또 말하였다.

≪옳아, 네가 실수했나? 아니 내가 실수했지! 내가 그만 너무 급해나서…≫

욕심쟁이는 틀림없이 금을 낳아주리라고 굳이 믿었다. 그래서 오리를 안고 살살 만지다가 제 얼굴에 대고 오리모가지를 꼭 눌렀다. 먼저번에 혼난 오리는 모가지를 누르는 바람에 꽥소리와 함께 지주의 왼쪽 눈을 톡 찍어놓으며 또 똥을 찔 싸놓았다. 순간, 지주는 왼쪽 눈을 잃고 말았다. 지주는 애꾸눈을 가까스로 뜬채 너무도 바빠서 데굴데굴 굴었다. 그리고 졸개들을 불러놓고 돌이를 잡아오라 명령하였다.

돌이는 잡혀왔다. 돈에 눈이 어두운 욕심쟁이지주는 돌이를 당장 때려죽이고 싶었으나 쓸쓸한 공동묘지에 내다버려 승냥이가 뜯어먹게 한다면 더 속이 시원하리라 생각했다.

졸개들은 좁다란 널판자에 돌이를 꽁꽁 얽어맨 다음 지주가 완쪽 눈을 잃고 애꾸눈이 된것처럼 너도 공동묘지에 가서 승냥이한테 뜯기고 오장륙부를 잃은 후에는 까마귀한테 눈알이나 파먹으라고 해라 하고 돌이를 메여다가 공동묘지에 버렸다.

돌이는 이렇게 꽁꽁 묶이운채 하루밤을 밝혔다. 그렇지만 그는 슬프지 않았다. 깍쟁이지주놈을 혼내놓고 목마른 마을사람들에게 달고도 시원한 샘물을 공급해주었으니 이제 죽은들 어떠랴싶었다.

돌이는 저녁무렵까지 물 한방울 마시지 못하고 누워있었다. 그런데 갑자기 얼마 멀지 않은 곳에서 절랑절랑하는 방울소리가 들려왔다. 총명한 돌이는 방울소리만들어도 그것이 누구라는것을 알수 있었다. 돌이는 배가 고프다못해 식은땀만 빠질빠질 나며 기진맥진했으나 그런 내색은 조금도 없이 오히려 흥얼흥얼 노래를 불렀다.

에헤라 좋다, 데헤라 좋다.
나았네, 나았네, 내 허리병 다나았네.
하늘도 푸르고 마음도 푸르다네.

곽지주의 애비는 곽지주보다 더 무서운 욕심쟁이였으나 이 령감태기는 곱사등이였으므로 고개넘어에 있는 작인들은 배후에서 모두 곱사등이라고 불렀다. 곱사등이는 이번에도 제 병을 떼여볼가 하여 이름난 의사를 두루 찾아다니며 치료하느라 하였으나 돈만 때려넣고 도로 제집으로 돌아가는길이였다.

《게서 노래하는게 뉘 집 애냐?》

돌이는 못들은척하고 계속 노래만 불렀다.

《에헤라 좋다, 에헤라 좋─다!》

《여봐라, 말을 좀 세워라!》

곱사등이는 말안장에서 간신히 내려 돌이의 앞에 와서 또 물었다.

≪너는 뉘집 애인데 무엇이 그리 좋아서 노래를 부르고있는거냐?≫

≪예, 할아버지, 저는 한 농사군의 외아들인데 제가 두살때부터 곱사등이로 됐답니다. 그래서 우리 어머니는 곱사등의 병을 떼여주려고 밤낮없이 정성을 다해 신령께 빌었답니다. 바로 사흘전에 있은 일이였지요. 한 백발로인이 어머니의 꿈에 나타나서 하는 말이 <외독자의 곱사등의 병을 떼여주려 하는가? 정 그렇다면 좁다란 널판자에 아이의 사지를 묶어서 공동묘지에 내다가 버리시라! 사흘만 지나면 결과를 알수 있을것이니 외독자를 버린다고는 생각하지 말지어다!> 하고는 자취를 감추었다 합니다. 어머니는 생각하던 끝에 마을사람들에게 부탁하여 외아들을 버리는셈치고 그대로 하게 하였지요. 그런데 지금은 어떻습니까? 저의 병은 이만하면 다 나은셈이 아닙니까? 이제 하루밤만 더 묵으려 하는데 저는 지금 너무도 기뻐서 노래를 부르고있는거랍니다.≫

이 말을 들은 곱사등이는 돌이에게 달라붙어 사정하였다.

≪내 이 곱사등때문에 평생을 두고 고생하는데 명의라는 명의는 다 찾아다니며 물어보아도 도무지 좋은 방법이 생기지 않는구나. 너는 이만하면 되였으니 욕심을랑 부리지 말고 나와 자리를 바꾸어주려무나. 내 허리를 펴는 날에는 네가 요구하는대로 무엇이나 다 마련해 주마.≫

곱사등이령감태기가 너무 빌붙는바람에 돌이는 또 못이기는체 하고 그렇게 하기로 하였다. 그리하여 말몰이군이 달려들어 돌이를 풀어주고 그대신 욕심사나운 곱사등이를 널판자에 꽁꽁 묶어놓았다.

사흘후였다. 승냥이가 어느새 곱사등의 오장을 다 파먹고 또 까마귀들이 달려들어 그의 눈알을 한창 파먹고있었다. 돌이가 승냥이한테 먹혀버렸으려니 하고 생각하던 애꾸눈은 돌이의 시체가 있기는커녕 오히려 제 애비의 시체만 남아있더라는 말을 듣고 대성통곡하던 끝에 이발을 빠득빠득 갈면서 돌이를 잡으려고 사방에 사람을 파견하였다. 그러나 돌이는 벌써 락타등골금광에 있는 마음좋은 아저씨를 찾아가서 그의 보호를 받고있었기에 이런 위기를 면할수 있었다.

천하의 까마귀는 모두 검다고, 애꾸눈이면 어떠하고 그 애비인 곱사등이면 또 어떠하랴!

무릇 검은 심보를 고치지 않는자는 아무 때나 돌을 들어 제 발등을 까기마련이다.

리신덕 구술 / 송창룡 정리 / 1981년 무순에서 수집

도적벼슬

옛날에 과거를 보고 장원급제를 해야 벼슬을 했다지만 실상은 돈 주고 사서 하는 벼슬이 더 많았다고 한다. 그러나 벼슬을 도적질해서 한다는 말은 아마 듣다가 첫소리일것이다.

옛날 서울에 황판서가 살았는데 그 역시 황금에 눈이 어두운 대감이였다. 그는 슬하에 일점혈육도 없고 조카딸 삼형제와 관도라고 부르는 오촌조카가 하나 있을뿐이였다.

그런데 조카사위들에게는 어떻게 해서인지 모두 벼슬을 한자리씩 제수했지만 가난한 관도만은 하찮은 벼슬도 한자리 주지 않았다. 안달아난 관도가 매부들게 물어보았더니 맏매부는 황판서게 하얀 부루말 한필 사다주고 벼슬을 얻었고 셋째매부는 장식 박아 만든 훌륭한 말굴레를 사다주고 벼슬을 얻었다고 한다.

관도가 가만히 생각해보니 숙부가 고약하였다. 친척간에도 받아먹고야 벼슬을 주는구나!이에 관도는 한 꾀를 생각해냈다. 그는 기회를 엿보다가 황판서의 흰말을 훔쳐서 옻칠을 새까맣게 하여 숨겨두었다.

며칠이 지난후 관도는 황판서 집에 찾아갔다. 마침 황판서는 자리에 누워 있었다.

≪숙부님께서는 몸이 편찮으신가요? 어째서 누워계십니까?≫

황판서는 한숨을 후-내쉬더니 진정을 말하였다.

≪말 말게. 글쎄 며칠전에 내 말을 잃었네. 그건 맏사위가 사다준 말이야! 색깔도 눈같이 하얗게 산뜻하고 걸음도 잘타서 내 마음에 꼭 들었는데…이제 어디 가서 그런 말을 구한단말이냐! 그래 속이 상해서 이러지.≫

황판서의 실토정을 듣고 시기가 되었다고 생각한 관도는 재장담하고 말하였다.

≪숙부님, 너무 심려하지 마십시오. 제가 그 부루말과 비슷한 말을 구해다 드리지요.≫ 이 말을 듣고 황판서는 기분이 좀 돌아섰다.

≪그러면야 여북 좋겠냐. 그런데 네가 무슨 돈이 있어서 말을 사겠냐? 그리구 어디 가서 그런 말을 구하겠느냐?≫

≪그건 넘려 마십시오.≫

그 이튿날, 관도는 새안장에 새굴레를 씌운 검정말을 끌고 황판서를 찾아갔다.

≪숙부님, 제가 말을 한필 구해왔는데 검정말이 돼서 색깔이 맘에 들겠는지는 모르겠습니다. 걸음타기는 매일 반인듯한데 한번 나가서 타보시는것이 좋겠습니다.≫

이 말을 듣고 황판서는 눈이 번뜩 뜨이였다.

≪색갈이야 검은들 뭐라느냐. 걸음만 잘 타면 된다. 어디 좀 타보자!≫

황판서는 말을 타고 장원을 한바퀴 비--잉 돌고나서

≪신통히도 내 부루말과 같구나. 걸음도 그렇게 잘타구. 성미도 그렇게 부드럽구… 음, 내 마음에 꼭 든다.≫ 하며 흡족해하였다.

≪숙부님 마음에 꼭 드신다니 저도 기쁩니다. 그럼 저에게도 벼슬을 한자리 주어야지요.≫

관도는 비위 좋게 청을 댔다. 그러니 황판서도

≪음— 마침 고을에 원자리가 하나 비였는데…≫ 하고 한참 주밋거리더니 ≪구을에 가서 원노릇이나 하렴!≫ 하고 응낙해주었다.

관도는 벼슬을 제수받고 서울에서 백여리 떨어진 고을에 가서 원살이를 하게 되였다.

한해가 지나가고 이듬해 봄이 되였다. 봄이면 만물이 소생하는 법이라 땅속의 풀들이 파름파름 싹트고 나무 매듭에도 뾰족뾰족 새움이 트는데 짐승들은 털갈이를 하였다. 황판서의 말은 어느덧 흰말로 변하였다. 틀림없는 원래의 부루말이였다. 옻칠한 털이 빠지고 새 털이 나오니 원래의 색깔로 변한것이였다. 그러고 보니 황판서는 자기가 조카에게 속은것을 알게 되어 분이 치밀었다.

(이 고현놈! 네놈이 나를 속여?! 내 말을 훔처갔다가 다시 돌려주고 벼슬을

얻어했으니 네놈은 벼슬을 훔친거나 다름이 없다.)

황판서는 생각할수록 관도가 괘씸하여 맏사위를 불러놓고 분부하였다.

≪너 관도놈한테 가서 그놈을 파직시키고 오너라.≫

≪네, 대감님 분부대로 하겠습니다.≫

≪래일 곧 떠나가거라.≫

한편 관도는 맏매부가 자기의 원자리를 지우러 온다는 소식을 듣고 어떻게 하면 돌려세울수 있을가 궁리하였다. 맏매부는 즐기는게 별로 없으나 놀음구경만은 빡하였다. 관도는 그를 돌려세울 꾀를 꾸몄다. 그는 사령들께 여차여차히 하라고 짜놓았다.

황판서 맏사위가 고을에 당도하니 관도가 많은 관원들과 라졸들을 데리고 나와 맞아들였다. 먼저 관도네 집으로 모시고가더니 가자바람으로 연회상을 굉장하게 차렸다. 관도의 권을 받아 푸짐히 먹고 연회를 파하려는데 어디선가 간드러진 노래소리가 들려왔다.

소리나는쪽을 바라보니 앞산우에서 미인들이 노래하며 춤을 추는데 참으로 가관이였다. 앞산이래야 눈앞에 있는 형편이지만 산도 묘하게 생겨 사람들의 홍치를 자아냈다.

≪처남, 저건 무슨 일인가?≫

멍하니 앞산을 바라보고있던 매부가 물었다.

≪다름이 아니외다. 저 산은 하늘의 정기를 받은 산이라 매일 낮이 되면 하늘에서 선녀들이 내려와 한것씩 즐기다가 올라가군 합니다. 저게 바로 선녀들이올시다.≫

≪그런 일인가. 거 좀 구경할수는 없겠나?≫

≪구경하는거야 어려운 일이 아닙지요. 같이 갑시다.≫

관도는 매부를 모시고 구경을 떠났다. 때는 봄철이라 한창 밭갈이를 하고있는데 그 밭사이로 뻗은 길을 따라 산으로 올라갔다. 산정에 올라서니 인간에서 귀빈이 오셨다고 선녀들이 욱 몰려와 인사를 하더니 술을 부어 권하였다.

춤추는것을 구경하고 노래를 들으면서 선녀들이 권하는 술을 한잔 두잔 받아 마시다나니 깜빡 취하게 되였다.

시간이 얼마나 지났는지 모른다.

황판서 맏사위는 정신이 들어 머리를 들고 주위를 살펴보았다. 해가 기울어가는데 산정은 괴괴한게 새 우는 소리조차 들리지 않았다.

≪음, 내가 과히 오래 잔 모양이군.≫

그는 벌떡 일어나 산을 내려왔다. 내려오면서 보니 낮에 올라갈 때에는 얼룩암소를 메우고 밭을 갈더니 이제는 둥글황소를 메우고 밭을 갈고있었다. 그는 이상히 생각되여 농군에게 물었다.

≪낮에는 얼룩암소를 메웠더니 소를 왜 바꾸었소?≫

농군은 소를 세우고 황판서 맏사위를 유심히 훑어보더니만

≪아니, 나야 련사흘을 이 소로 이 밭을 갈고있는데 바꾸기는 뭘 바꾸었다고 그러우? 헌데 당신은 어디 갔다 오는 길이요?≫ 하고 되물었다.

≪글쎄, 낮에 이 산우에 선녀들이 내려와서 춤추는것을 구경갔더니 선녀들이 주는 선주(仙酒)를 받아먹고 취해서 자다가 이제야 깨여나서 내려오는길이요.≫

이말을 듣더니 농군은 앙천대소하였다.

≪하하! 신선놀음에 도끼자루 썩는줄 모른다는 말이 있지 않우! 이 산우에 선녀가 내려와서 논건 3년전의 일이외다. 하하하, 보시우. 거 손님의 망건우에 소나무까지 났구만요.≫ 이 말을 듣고 황판서의 사위는 망건을 쓸어만져보았다. 과연 애솔들이 촘촘히 나있었다.

(신선놀음에 도끼자루 썩는줄 모른다. 과연 그렇고나. 선경(仙境)의 하루는 인간의 3년이라더니 에-라! 어디로 간다? 이 3년에 원을 파해도 벌써 다 파했겠다. 집으로 가는수밖에 없구나.)

황판서 맏사위는 곧바로 서울로 올라갔다.

사실 그 농군은 관도가 시킨대로 소를 바꿔 메웠고 그 선녀들이란 고을 각처의 기녀들을 모아온것이였다. 그리고 망건우에 난 애솔은 그가 취한 다음 물송진을 망건에 바르고 솔아쟁이들을 가져다 붙여놓은것이였다.

황판서는 맏사위가 돌아온 꼴을 보고 부아가 났다.

≪이 무능한 사람아, 너는 그 관도놈의 꾀에 넘어갔구나. 이번엔 둘째가 가보아라.≫

≪네, 분부대로 하겠습니다.≫ 하고 둘째사위가 나서자 황판서는 신신당부하였다.

《너 가되 꼭 명심할바가 있다. 너는 주색을 즐기는 놈이라 술과 색에 반하다가는 또 그놈의 꾀에 넘어갈테니 천만 주색을 금할지어다.》

《네, 분부대로 명심하겠습니다.》

그리하여 이번에는 둘째사위가 관도의 원자리를 지우러 고을로 내려갔다.

걷고 걸어서 시골로 가는데 고을에 거의 가서 강을 건너고나니 술생각이 부쩍났다.

(아직 고을에도 닿지 않았는데 당도하기전에 술을 좀 먹는데야 탈이 없겠지.)

이렇게 생각하면서 주막집이 있는가 하고 두루 살폈다. 나루터에서 멀지 않은 곳에 초가집이 외따로 있는데 젊고 어여쁜 녀인이 문어구에 기대여 서있었다. 그는 이 어여쁜 녀인을 보자 술생각이 더욱 간절해졌다.

《이 염에 주막이 없소?》

《네 바로 저의 집이 주막입니다. 술은 변변치 않으나 한잔 들고 가세요.》 녀인은 아양을 떨면서 반겨맞았다.

《음. 거 좋지.》 하고 그는 방안에 들어가 앉았다.

그 녀인은 날래게 술상을 차려서 들고 들어오더니 섬섬옥수로 술을 부어 권하는데 그의 목소리 또한 은방울 굴리는듯하여 황판서 둘째사위는 오금이 저려났다.

《집에 너 혼자냐?》

《네. 가군님은 어제 장사를 떠나셨는데 한달후에야 돌아오십니다. 날도 저물었는데 여기서 하루밤 류하고 가세요.》

그러지 않아도 술을 마시고 음심이 동한터라 쾌히 승낙하고 거기서 류하게 되였다.

날이 어두워 자리를 펴고 등잔불을 끄고 옷을 벗고 금방 누웠는데 밖에서 문을 두드리며 고함지르는 소리가 들려왔다.

《큰일 났어요. 가군님께서 돌아오셨어요. 당신은 어서 저 상자안으로 들어가세요.》

그 녀인은 구석에 외로이 놓여있는 농짝같은 상자의 문을 열고 그안에 황판서의 둘째사위를 들여보내고 상자문을 잠그었다. 그리고는 불을 켜놓고 나가서 문을 열어주었다.

≪한달이 걸려야 돌아오신다더니 어째서 인차 돌아오셨어요?≫ 하고 녀인이 아양을 떨며 물으니 그 남편이란 자가 풀기없이 말했다.

≪말 마오. 하도 일이 뒤꼴리고 재수가 없어서 대사님을 찾아가 점을 한괘 쳤더니 우리 집안 저 상자에 탈이 있다우. 저걸 당장 꺼내다가 불에 태워버려야 겠소.≫

남편이란 사람이 상자를 덥석 들어 둘러메고 나갔다.

≪세간에 하나밖에 없는 상자를 어째서 불태우려 하세요. 그것만은 놓아두어요.≫ 하고 녀인이 사정사정하였지만 남편은

≪방정맞게스리, 잔말 말아.≫ 하고 메고 나가더니 수레우에 얹었다.

한편 황판서는 둘째사위가 곧 돌아오는데 보물을 한상자 먼저 실어보내니 그것을 집안식구들만 있는 방에서 열어보라는 편지를 받았다.

낮에 보물상자를 받아놓자 둘째조카딸이 언니보고 빈정댔다.

≪흥, 아저씨는 오래비 원자리 지우러 긌다가 망건에다 소나무가지만 달고 왔는데 그래도 우리 량반은 보물상자를 보내오지 않았소.≫

저녁이 되여 집안 식구들만 있는 자리에서 상자문을 열었다. 상자안을 들여다 보던 황판서는 기겁하여 뒤로 나자빠졌다. 그안에는 알몸이 된 둘째사위가 눈이 머룩머룩하여있었다. ≪에익, 이 고현놈! 너도 색에 빠져 또 일을 그르쳤구나! 너도 아무 쓸모가 없는 놈이다. 이번엔 셋째가 가서 관도놈의 원을 파하고 오너라. 너는 놀음도 주색도 즐기지 않고 오직 나에 대한 효성이 극진하니 꼭 성사할 수 있으니라.≫

황판서 셋째사위는 대감의 령을 받고 고을로 내려갔다. 이 소식을 들은 관도는 또 사령들께 여차여차하라고 일러두었다.

황판서 셋째사위가 고을에 당도하여 관도를 만났다. 점심을 먹고나서 원을 파하련다고 말을 꺼내려는데 사령들이 급급히 달려들어와서 급보를 내놓았다. 피봉을 뜯고 보니 황판서내외가 갑자기 사망했다는 부고였다. 셋째사위가 황황 하여 어쩔바를 모르고 쩔쩔매는데 관도가 ≪이거 어쩌겠소. 급히 올라가 보셔야 지.≫ 하고는 사령들께 ≪여봐라, 말을 갖춰드려라.≫ 하고 호령하였다.

셋째사위는 머리를 풀어헤치고 방립을 쓴 다음 말을 타고 서울로 향하였다. 그가 탄 말은 새끼 달린 피매말이였는데 새끼말에게는 범의 가죽을 씌워놓았다.

새끼는 젖먹겠다고 어미말을 따라가고 어미말은 돌려다보니 범이 따르는지라 죽기내기로 냅다 뛰였다. 이리하여 황판서 집에 거의 다달았을 때 말은 과로하여 꺼꾸러지고 사람도 기절하여버렸다.

황판서네 비부쟁이들이 밖에서 들어오더니

≪대감님, 밖에 범이 와서 죽은 말을 뜯어먹고있는데 그 옆에 사람도 하나 쓰러졌습니다.≫ 하고 아뢰였다.

≪다시 가서 똑똑히 보고 오라.≫

황판서의 령에 사람들이 다시 나가보니 바로 대감집 셋째사위가 기절하여 쓰러지고 범가죽을 쓴 새끼말이 죽은 어미말의 젖을 파먹고있었다.

황판서는 세 사위를 모아놓고 말하였다.

≪너희들은 모두 무용지물이다! 그래도 관도가 재주 있는 놈이야!≫

이에 황판서는 세 사위는 모두 파직시키고 관도는 벼슬을 올려주었다고 한다.

리창하 구슬 / 소민 정리 / 1981년 장당에서 수집

별각선생

옛날, 북도 산골에 학문을 일삼는 유명한 로선비가 있었다. 그는 다리가 하나 짧아서 길을 걸을 때면 절룩거렸다. 그래서 그를 별각(蹩脚)선생이라고 불렀다.

별각선생도 제 흠집을 잘 알고있었다. 모든 학문에 막힘이 없지만 다리를 저는 이것은 한낱 고칠수 없는 병집이였다. 그러나 그의 덕행과 신망이 높아 그를 스승으로 모시고저 찾아오는 서생이 많았다. 그러나 무슨 영문인지는 몰라도 별각선생은 찾아오는 서생들을 사흘이 지나서는 돌려보내군 하였다.

어느날 또 한 서생이 별각선생을 찾아와서 아뢰였다.

≪선생님의 가르침을 받고저 고개를 넘고 강을 건너 찾아왔습니다. 선생님의 연박하신 학문을 고스란히 전수받고저 하오니 둔한 저이지만 가르켜주시기 바

라나이다!≫

별각선생은 그의 지성에 감동되여 그를 남겨놓았다.

사흘째되는 날이였다.

별각선생은 서생을 데리고 정원에 나갔다.

≪오늘 우선 길을 걷는 법부터 배우세!≫

별각선생은 앞에서 걸어갔다. 서생은 뒤에서 따라 걷는데 태연하고 름름하여 걸음본새가 훌륭하였다.

별각선생은 불시에 돌아서며 서생을 나무랐다.

≪나는 절룩거리며 걷는데 자네 걸음걸이 어째서 그리도 태연하고 온당한가? 그래 이것이 나를 스승으로 모시고 따라배우는 지성인가?!≫

≪제자로서 스승님을 따라배움은 스승님의 모든 좋은점을 배우고 스승님의 흠점으로 자기를 경계하여 좋은본을 세워야 마땅한줄로 아옵니다. 선생님의 걸음본새 온당지 못하고 위태하여 제자는 그것을 경계하고 온당한 걸음을 배우는 바이옵니다!≫

별각선생은 이 말을 듣고 매우 기뻐하며 서생을 치하하였다.

≪과연 훌륭한 서생이로다. 지금까지 나를 찾아온 서생이 백이 넘으나 모두 내 흠집까지 본받아 배워서 돌려보내군 하였는데 자네처럼 훌륭한 제자는 처음 만나네. 자네처럼 해야 스승한테서 배우고 스승을 릉가하는 훌륭한 선비가 될것이네.≫

별각선생은 이 서생을 제자로 받아들이고 정력을 몰부어 학문을 전수하였다. 그리하여 이 서생은 후에 별각선생보다 더 명망이 높은 선비로 되였다고 한다.

리창하 구술 / 소민 정리 / 1982년 장당에서 수집

아랑이

옛날 밀양고을 리사또가 아랑이라 부르는 무남독녀 외딸을 두었습니다. 그는 서울에서 천리 떨어진 밀양고을의 사또로 부임되여 올 때 귀염둥이 아랑이를 가슴에 싸안고 왔습니다. 학문이 깊고 인자한 리사또는 처가 아랑이를 낳고 산후병으로 신고하다가 세상을 뜬후 후어머니가 들어오면 귀염둥이가 박대를 받을가봐 후처를 얻지않고 유모를 두고 아랑이를 애지중지 키우며 한평생 홀아비생활을 하였습니다.

그는 만백성을 위해 고을을 잘 다스려 백성들의 호평을 받는 명관으로 되였으며 그의 위망은 대단하였습니다.

세월은 걷잡을수없이 흘러 어느덧 18년이 지났습니다.

한창 피여나는 꽃나이에 아랑이는 얼굴에 해나 달이 돋은듯 천하일색의 미인으로 되여 밀양고을뿐아니라 서울에까지 소문이 났습니다.

꽃을 먼저 꺾는 사람이 꽃임자라고 이 소문을 들은 서울 오부시는 침을 흘리며 밀양고을에 행차하였습니다.

그는 오자바람으로 하인을 시켜 아랑이의 거처를 은밀히 알아내고 아랑이의 유모에게 많은 뢰물을 주면서 꾀여 아랑이를 스물네층이나 높은 영남루 루각에 데리고 나오도록 꿍꿍이를 했습니다.

재물에 매혹된 유모는 어느날 그림자처럼 아랑이를 따르는 몸종 스랑이를 강가에 빨래하게 내보냈습다. 팔월추석날, 빨래터에서 스랑이는 유모가 아랑씨를 데리고 담장 뒤문을 빠져 영남루로 가는 뒤모습을 바라보았습니다.

유모의 계책을 알길 없는 천진란만한 아랑이는 유모가 불어대는바람에 홀리워 팔월추석 달구경을 가느라고 영남루에 올랐습니다. 아랑이가 루각 이층에 오르자 뒤를 따르던 유모는감쪽같이 사라지고 사닥다리도 살짝 누가 걷어치웠습니다. 루각에 오른 아랑이는 내려올래야 내려올수 없게 되였습니다. 바로 이때였습니다. 루각 한 모퉁이에서 불쑥 시커먼 그림자가 나타났습니다. 아랑이에게 점점 가까이 다가오는 그 그림자가 바로 얼마전 밀양고을에 행차한 서울 오부자놈이였습니다.

주색에 빠진 오부자놈은 대문짝같은 이발을 달빛에 번뜩이며 아랑이에게 짐 승처럼 덮쳐들었습니다. 사태가 명확해지자 아랑이는 부자놈의 코등을 물고 늘 어졌습니다. 아랑이의 반항에 악이 머리끝까지 치받친 부사놈은 아랑이의 젖가 슴에다 비수를 박았습니다. 아랑이가 숨지자 당황망조한 오부사놈은 아랑이의 시체를 끌어다 대밭에 내버리고 그길로 피흐르는 흉한 코등을 싸쥐고 서울로 삼십륙계 줄행랑을 놓았습니다.

한편 딸 잃은 리사또는 산지사방에 사람을 보내여 탐문케 하고 또 유모를 불러다놓고 아랑이의 자취를 캐여물었습니다. 그러자 유모는

≪아이고 애고 아랑아씨, 달마중가신 아씨 행방불명 웬 말이요, 내 죽고 아랑 아씨가 살아야지, 애고 원통해라 하늘도 무심토나!≫라고 하며 족제비 똥물 싸듯 눈물을 쥐여짜면서 제법 대성통곡하는것이였습니다.

아씨 잃은 스랑이는 동녘에 뜨는 달을 처다보면서 유모가 아씨를 데리고 가던 의심스러운 행동에 생각이 갔습니다. 이때 겁에 질린 덕쇠가 스랑이의 방에 들어 섰습니다. 덕쇠는 천민으로서 유모의 머슴살이를 하는 더벅머리총각이였습니다. 그는 스랑이의 귀에다 입을 대고 방금 유모의 집에서 엿들은 사연을 소곤소곤 아뢰였습니다. 그 사연인즉 유모가 한 머슴을 불러다놓고 술을 부어주면서 오늘 야밤삼경에 스랑이를 칼로 감쪽같이 없애치우라는것이였습니다.

이 말을 듣고 와뜰 놀라난 스랑이는 그제야 살인범이 유모라는것을 확정하게 되었습니다 스랑이는 덕쇠의 도움을 받아 남자로 분장하고, 주인 잃은 가야금을 들고 담장을 넘었습니다.

날이 가고 달이 가도 아랑이의 행방을 알길 없어 리사또는 화병에 걸려 덜컥 자리에 눕게 되였습니다. 자리에 누운 리사또는 애간장을 태우다가 끝내 세상을 뜨고 말았습니다. 그후 나라 임금은 밀양고을에 새 사또를 부임시켰습니다. 그런 데 새로 부임된 사또는 사흘만에 죽어버렸습니다. 임금은 또 새로운 사또를 파견 하였지만 그도 역시 사흘만에 죽어버렸습니다. 이에 무슨 연고가 있다고 느낀 임금은 담이 큰 사람들을 뽑아 밀양고을 사또로 보냈습니다. 영문을 알수 없는 임금은 골머리를 잃게 되였습니다. 그래서 그후로는 누구도 밀양사또로 가려 하지 않았습니다. 그러나 밀양사또자리를 비워둘수는 없어서 임금은 생각 끝에 온 나라에 방을 내붙였습니다.

그 내용인즉 누구나 밀양사또로 부임되기를 원한다면 소원을 들어주겠다는것입니다. 하지만 말만 들어도 소름끼치는 그 소문을 듣고 누가 감히 나서겠습니까? 며칠이 지나도 감감무소식이여서 임금은 가슴이 답답했습니다.

그런데 어느날, 임금앞에 한 사나이가 나타났습니다. 그 사나이는 한평생 백정질해온 천민으로서 량반아치들의 천대를 받아온 사람입니다. 그는 사람이 세상에 태여나서 누구나 한번씩 죽기는 마련인데 천대받느니 차라리 사흘사또 자리에나 한번 올라보고 죽어도 한이없겠다고 생각을 굴리다가 임금을 찾아온것입니다.

《임금님께 아뢰옵나이다. 소인이 밀양사또로 부임되길 원하오니 저의 소원을 풀어주시기 바랍나이다.》

《그대는 무슨 신분인고?》

임금이 묻자 그 사나이는 앞에 공손히 꿇어앉으며 대답했습니다.

《예, 소인은 한평생 백정질해온 천민으로 아뢰옵니다.》

《음, 백정질을 했다, 그럼 간이 큰놈이겠군!》

임금은 만족한 표정을 지으며 령을 내렸습니다.

《여봐라—》

《예—이, 대왕 분부 내리솝서.》

라졸들이 늘어서고 우정승과 좌정승이 지켜섰는데 궁대에 오른 임금은 정중히 령을 내리는것이였습니다.

《본대왕은 그대를 밀양고을사또로 부임하니 그대 어서 행차를 하기 바라네.》

《예—이, 분부대로 하겠사옵니다. 대왕님.》

백정이 사또의 의복단장을 하고 관을 쓰고 가마에 올라앉으니 그의 위풍도 그럴듯하였습니다. 풍악을 울리며 사또일행이 밀양고을에 다달을제 백성들의 구구한 말도 또한 그칠새 없었습니다.

《밀양사또 부임잔치 풍악소리는 야밤삼경에 통곡소리요 삼일사또 그의 운명 추풍락엽신세일세.》

백성들이 뒤숭숭하니 나라 임금도 마음을 너그럽게 먹지 않을수 없었습니다. 그래서 기생을 불러다가 사또에게 술을 붓게 하고 소와 돼지를 잡고 산해진미

상다리 부러지게 차려놓고 고을 백성과 오가는 백성들까지도 술과 안주를 권하였는지라 신사또 부임잔치는 참으로 가관이였습니다.

신사또 부임잔치도 이틀이 지났습니다. 그래서 사또의 종말을 고하는 날도 눈앞에 닥쳐왔습니다. 신사또는 최후의 결전을 준비했습니다. 그는 관청의 온 두리에 들기름불을 켜놓게 하고 짐승의 목을 따던 피묻은 칼을 빼여들었습니다. 그가 평생 배운 재간이란 칼로 목을 따는것이라 그 무엇이 얼핏 나타나기만 하면 칼질할 작정이였습니다. 그런데 밤이 깊어가도 아무것도 나타나지 않았습니다.

(무슨 조화기에 담이 크기로 소문난 숱한 사또들이 이 자리에서 사흘만에 죽어버렸단 말인가? 아마도 흉악한 그 어떤 괴물이 아니면 귀신의 작간일터이지?)

사또가 생각을 더듬고있는데 아닌게아니라 문이 벙싯 열리더니 새하얀 소복단장에 흰 머리칼을 헝클어뜨리고 입에는 뻘건 피묻은 칼을 가로문 녀귀신이 나타났습니다. 녀귀신의 무시무시한 피묻은 입과 불이 번쩍이는 눈, 그리고 그 무엇을 덮칠듯한 날카로운 손톱에 기겁한 사또는 오싹 머리털이 하늘로 곤두서고 등골에서는 진땀이 흘러내렸습니다.

(음, 이런판이였구나)

사또는 녀귀신과 결투할 작정을 하고 칼자루를 으스러지게 틀어잡으며 호령하였습니다.

《너는 사람이냐? 귀신이냐?》

그 녀귀신은 사또앞에 공손히 꿇어앉으며 말했습니다.

《네, 전 녀귀신이옵니다 사또님.》

《녀귀신이 어인 연고로 관청에 뛰여들어 새망스럽게 란동을 치는고?》

《네, 사또님, 전 천추에 씻을수 없는 원한을 풀고저 찾아온즉 번마다 사또들은 모두 기겁하여 넘어져 저의 뜻을 이루지 못했습니다.》

《오냐, 내 알았노라. 너의 씻을수 없는 원한을 아뢰여라!》

《네, 황공하옵니다, 사또님. 저는 전 리사또의 딸 아랑이옵니다. 유모에게 꾀여 영남루에 올라 서울 오부사에게 살해당하였사옵니다. 지금 저의 시체는 대밭속에 있사옵니다. 절 가엽게 여기시여 철천지원쑤를 꼭 갚아주시기를 바라옵니다. 저의 소원이 성취되면 다신 사또님앞에 나타나지 않겠사옵니다.》

≪아, 너의 처참한 죽음 가엾구나! 내 어이 너의 원한을 듣고만 있겠느냐! 흉악한 살인자를 즉시 릉지처참하고 너의 시체를 영남루 앞고개 청산명당에 안장하겠으니 안심하고 고이 물러가거라!≫

≪네, 황공하옵니다. 사또님의 만수무강을 삼가 축복하옵니다.≫

녀귀신은 사또님께 큰절을 올리고 공손히 물러갔습니다.

날이 밝자 죽음의 고비를 넘어선 사또가 만면에 웃음을 담고 관청대에 나타났습니다. 관원들과 백성들은 밀양고을에 영웅사또가 부임했다고 꽹과리를 치고 북을 두드리면서 환호성을 올렸습니다.

사또는 임금께 친서를 보내여 코등 끊어진 오부사놈을 처단케 하고 유모는 항쇄를 채워 압송하였습니다. 그리고나서 사또는 녀귀신이 말한 대밭에 갔는데 과연 아랑이는 죽어서도 눈을 감지 못하고있었습니다.

새로 온 사또는 아랑이의 시체를 영남루 맞은편 청산에 안장하고 깨돌을 깎아 큰 비석을 세워주었습니다. 비석엔 ≪기세 영남루하니 천리원정 대인가로다. 아랑 아랑 아랑 영생불멸≫이라고 비문을 새겼습니다.

어느해 봄날이였습니다. 아랑이의 몸종이였던 스랑이가 아랑이 생전에 즐겨 타던 가야금을 들고 아랑이의 묘지에 찾아갔습니다.

스랑이는 아랑이가 무참히 죽은후 귀신으로 분장하고 사또앞에 나타나 아랑이의 원쑤를 갚아달라고 송사를 했습니다. 그는 자나 깨나 아랑아씨의 인자하고 착한 마음씨를 잊을수 없었습니다. 그는 아랑이가 생전에 좋아하던 곡조에 맞추어 ≪기세 영남루하니 천리원정 대인가로다. 아랑 아랑 스랑 스랑 아랑스랑고개 눈물의 고개≫라는 노래를 달과 해를 두고 부르고 또 불렀습니다. 세월의 흐름과 함께 스랑이의 볼을 타고 흘러내리는 눈물도 그친적 없었습니다.

스랑이는 눈물을 흘리며 날마다 달마다 애간장을 태우다나니 그만 두 눈이 멀어 앞못보는 소경이 되였습니다. 스랑이는 무심한 하늘을 저주하며 아랑아씨 따라 황천길로 같이 가려고 가슴에 비수를 박았습니다.

이때로부터 밀양고을사람들은 애통한 아랑과 스랑의 넋을 노래로 불러왔는데 그 노래는 오랜 세월을 두고 전해오면서 오늘의 ≪아리랑≫노래로 되였다고 합니다.

백락서 구술 / 박준범 정리 / 1981년 무순에서 수집

고래장이야기

고래장이란것은 옛날 한 악착한 왕자가 자기 부친의 왕위를 찬탈하기 위하여 심복을 시켜 부왕을 산장하고 민심을 잃을가 두려워 낸 법이라고 한다. 그 왕자는 왕으로 즉위하면서 자기처럼 모두 륙십 넘은 로인은 고래장을 하라고 령을 내렸다.

그리하여 회갑잔치를 베풀고는 자식들과 친척들은 눈물을 흘리며 로인을 산골안 고래장으로 전송하군 하였다.

바로 고래장을 실시하는 이때 북녘 외적들이 남녘땅을 노려보면서 갖은 수단으로 뜸떠보았다.

먼저 사신을 통해 똑같은 암말 두 마리를 보내면서 어느것이 어미말이고 어느것이 새끼말인가를 가리라고 하였다.

남녘에서는 두 흰말을 궁전가운데다가 놓고 나라 문무백관들이 모여 공론을 하였으나 모두 한숨뿐 가려낼 재간이 없었다. 만약 가려내지 못한다면 얕보고 쳐들어 올것이 뻔했다.

나라의 흥망이 앞에 놓였을 때 한 정승이 고래장에 계시는 부모를 찾아갔다. 정승은 부모님을 뵈옵고 두 흰 암말에서 어미와 새끼를 어떻게 가려내는가를 물었다.

어머님은 깊은 생각에 잠겼다가 아들을 보고 말하였다

≪애, 어느것이 어미말이고 어느것이 새끼말이라는것을 가려내려면 구유에다 여물을 주어 말들이 여물 먹는것을 보면 알수 있느니라. 어미는 자기 새끼더러 많이 먹으라고 여물을 주둥이로 밀어줄것이고 새끼는 어미도 모르고 제가 많이 먹겠다고 덤벼치면서 먹을것이니라.≫

어머님의 말씀을 명심히 듣고있던 아들은 무릎을 탁치면서 ≪아, 어머님 고맙습니다.≫라고 말하고는 바로 임금을 찾아가 두 암말을 가려냈다고 아뢰였다.

나라에서는 두 흰 암말을 가려놓고 북녘나라에 사신을 보냈다. 북녘나라에서는 남녘나라에 인재가 있음을 알고 대경실색하였다. 하나 침략의 야심은 사그라지지 않았다.

그들은 또 뜸떠보려고 사신을 보내여 두번째 문제를 제기하였다. 그 문제인즉 작은 구슬에 오불꼬불 구멍이 뚫어져있는데 그 구멍에다 실을 꿰여오라는것이였다.

남역나라 임금은 삼정승과 륙조판서를 불러놓고 토의를 해봤으나 모두 하늘의 별따기노라고 하였다. 울화가 치민 임금은 그만 자리에 눕게 되였다.

바로 이때 그 정승은 또 고래장에 있는 부모님을 찾아갔다. 부모님앞에 무릎을 꿇고 자기가 온 사연을 이야기하니 두눈을 감고 잠간 생각하던 어머니가 말하였다.

≪애, 그 구슬구멍으로 나갈만한 벌레를 잡아다가 꼬리에 가는 실을 매놓고 그 구슬구멍으로 벌레가 나가게 하면 되느니라.≫ 아들은 또 무릎을 탁 치면서 ≪아! 어머님 고맙습니다.≫ 하고 말하고는 일어나 곧바로 임금을 찾아가 아뢰였다.

신음소리를 내며 앓던 임금은 이불을 차고 일어나 앉으면서 급급히 물었다.

≪뭐, 될수 있다구. 빨리 말해보게.≫

그리하여 두 번째 문제를 풀고 사신을 보내 북녘나라에 알렸다. 북녘나라에서는 또 대경실색하였다. 그러나 품은 야심만은 버리지 않고 또 한번 뜸떠보려고 세번째 문제를 내놓았다.

이번에는 아래우가 똑같은 홍두깨를 하나 보내면서 어느쪽이 우이고 어느쪽이 아래인가를 가려내라는것이였다. 대패로 잘 밀어 아래우가 똑같게 하였는지라 어느쪽이 우이고 어느쪽이 아래인지 분간하기 힘들었다. 그리하여 임금은 또 속상해 자리에 눕게 되였다.

이번에도 그 정승이 또 부모님이 계시는 고래장으로 찾아갔다. 아들의 말을 듣고 잠간 생각하던 아버지가 말하였다.

≪애, 나무란 물에 뜨는 물건이니라. 그러니 그 홍두깨를 물에 띄우면 나무밑은 우보다 무거워 물에 잠기게 되느니라.≫

아버지의 말을 들은 아들은 ≪아, 아버지 고맙습니다.≫ 하고는 곧바로 임금을 찾아가 아뢰였다. 그리하여 북녘의 외적은 남녘나라에 인재가 많다고 생각하고 감히 쳐들어오지 못하였다.

그런데 임금의 병은 낫지 않고 점점 위급해졌다. 그래서 그 정승은 또 고래장에 가서 일국의 명의였던 자기 부친을 모셔다가 임금의 병을 고치게 하였다. 그리하여 열흘도 못되여 임금은 룡상에 올라앉게 되였다.

나라 임금은 몇차례 토의에서 한가지 이상한 기미를 느끼고 정승에게 물었다.

≪자넨 몇차례 그 고명한 수를 어떻게 생각해내였는고?≫

그래서 정승은 임금앞에 무릎을 꿇고 실토하였다.

≪아뢰옵기 황송하오나 세번의 고명한 수는 저의 생각이 아니옵고 저의 부모님의 고명한 생각이옵니다.≫

이 말을 들은 임금은 눈이 둥그래져서 물었다.

≪내 병을 고친 그분 말인고?≫

≪네. 그렇나이다.≫

≪부모님은 어데 계시는고?≫

≪죄송하오나 저의 부모님들은 고래장에 계십나이다.≫

≪음, 늙은이들은 경험이 많아 나라에 유용한 인재라네!≫

임금은 즉시 고래장을 페할데 관한 엄령을 내렸다. 이로부터 고래장이 없어지고 부모들은 만년을 자식들과 같이 있게 되였다 한다.

리계하 구술 / 김순화 정리 / 1978년 신빈에서 수집

사천고을 원님과 백씨부인

옛날 한 대신이 삼대독자 외아들을 두었는데 그는 천자공부 삼년에 하늘천따지도 옳게 못배운 무능한 인물이였으나 애비의 덕분에 사천고을 원님으로 부임받게 되였습니다.

서울에서 사천고을로 내려가자면 부득불 나무배로 강을 건너야만 했습니다 그날 사공은 나루터에 배를 대고 원님과 대비마님이며 라졸들을 맞았습니다.

사천고을 원님의 행차라 풍악을 울리며 원님을 태운 배가 막 떠나려는데

≪여보 사공, 급한 일이 있으니 잠간 기다리시오.≫하며 한 젊은 녀인이 손질하며 오는것이였습니다. 이 광경을 바라보던 원님은 ≪여봐라. 잠간 배를 넘추어라.≫하고 령을 내렸습니다.

≪예―이―분부대로 하겠사옵니다.≫

헐떡이며 나루터에 다가온 녀인은 원님을 아랑곳하지 않고 쓸쓸히 배에 훌쩍 오르는것이였습니다.

인사불성이요, 요망스러운 녀인의 행동에 원님은 대노하였습니다.

≪엉―남녀칠세 부동석이라 일렀거늘 한 계집이 원님 행차에 무슨 새망인고?≫

≪예 원님 황송하옵니다. 원님의 행차도 행차요, 소인의 행차도 행차인줄로 아뢰옵니다.≫

탐화봉첩이라고 태연히 대답하는 녀인을 바라보니 머리칼은 합치르르하고 눈섭은 떠오르는 반달같고, 눈은 맑은 밤하늘의 새별같으며, 입술은 무르익은 앵두요, 코는 복코요, 귀는 백년장수할 명귀요, 살색은 닭알빛같이 고운지라 참으로 보기 드문 천하 절색의 미인이였습니다. 또한 그의 구술도 청산류수여서 원님은 오장륙부가 사르르 녹는듯하여 가슴이 치밀던 울분도 눈감짝할사이에 물거품처럼 사라지고말았습니다.

원님은 누그러지더니 물었습니다.

≪그대는 어디에 사는고?≫

≪예, 사천고을이라 아뢰옵니다.≫

사천고을이란 말에 입을 헤벌린 원님은 까마귀가 꿩 잡아먹을 궁리를 한다고 자기가 당장 사천고을 원님으로 부임되니 저 아름다운 녀인은 손에 쥔 떡이라 생각되여 너털웃음이 절로 나는것이였다.

≪하하하, 허허허…≫ 원님은 앙천대소하며 물었습니다.

≪그대는 무슨 성씨를 쓰는고?≫

≪예, 저의 남편은 백씨오니 저를 백씨

부름이 천만 지당한줄로 아뢰옵니다.≫입에 군침이 돈 원님은 콩밭에 서슬을 친다고 낯가죽 두터운 롱담을 걸었습니다.

≪백씨부인, 성이 백씨라니 방두가 좋겠군.≫

방두가 좋다는 말은 녀성으로서 남자친구들이 많다는 뜻이며 기생이라고 이르는 목욕적인 인사였습니다. 백씨부인은 성을 낼 대신 오히려 태연히 싸늘한 웃음을 지으며 조용히 원님한테 대답하였습니다.

《대비하신 마누라님은 저보다 방두가 백배나 더 많은줄로 아뢰옵니다.》

원님은 기가 막혀 입을 딱 벌렸습니다. 원님을 놓고 기생의 남편이라 하니 이년이야말로 자기의 상투꼭대기에 똥을 쌀 새망스러운 계집이라 당장 릉지처참하고싶었으나 물독 봐서 쥐 못때린다고 낮짝이 수수떡이 된 원님은 입만 쩝쩝 다시고말았습니다.

나룻배는 어느덧 맞은편 강기슭에 이르렀습니다. 원님이 앞에서서 배에 내리려고 하는데 백씨부인은 《오빠, 원님오빠, 먼저 내리세요》하고 원님에게 권고하는것이였습니다. 밤길에 어덕신이 나온다고 원님은 흠칫 놀랐습니다.

《그대는 어인 연고로 이 원님을 감히 오빠라고 놀리는고?》

《예, 원님 황공하옵니다. 한배속에 들었다가 먼저 나간 사람이 남성이면 오빠라고 부름이 천만 지당한 일인줄로 아뢰옵니다.》

《아니 저 저런 새망스러운 계집같으니라구…》

대노한 원님은 이발을 뿌드득 갈면서 삿대질며 호령하였습니다.

《여봐라, 듣거라.》

《예—이—》

《저 천년 묵은 금여우 같은 새망스러운 계집을 꽁꽁 묶고 항쇠를 채워 옥에 가두도록 하라. 내 부임잔치가 끝나는 날 저 계집을 릉지처참하련다.》

《예—이—분부대로 하겠사옵나이다.》

사천고을 별장에 오는 원님은 사흘만에 소와 돼지를 잡고 산해전미를 상다리 부러지게 차려놓고 풍악을 울리며 기생을 불러다가 춤을 추게 하며 부임잔치를 베풀고 있었습니다. 이 잔치만 끝나면 백씨부인은 엄형을 받아야 했습니다

《여봐라 , 백씨부인을 이리로 압공하거라.》

《예—이—》

목에는 항쇠를 채우고 발에는 족쇄를 채운 백씨부인이 끌려나왔습니다. 라졸들은 오찰을 할 황소 다섯필을 끌어내였습니다. 원님이 명령만 내리면 백씨부인은 엄형을 받을 마지막시각이 다가왔습니다.

바로 이때 원님앞으로 웬 두사람이 나타나서 큰절을 드리는것이였습니다.

≪원님께 송사를 올리오니 과분하시오나마 즉시 판결을 바랍나이다.≫

원님은 갓 부임에 첫 송사라 점잖음을 빼며 물었습니다.

≪그대들은 어인 연고뇨?≫

≪예, 소인은 붓장사라 아뢰옵니다. 오늘 행길에서 두자짜리 족제비 한놈을 발견하고 반나절이나 따랐는데 남의 사냥개가 덮쳐들어 그 족제비를 물어죽였습니다. 그런데 그 사냥개 임자는 자기의 사냥개가 잡은 족제비라고 하면서 족제비를 빼앗아갔습니다. 그래서 천인공노할 상소하오니 령지하신 원님께서 판결을 내려주시기 바라옵니다.≫붓장사의 상소가 끝나자 이번엔 사냥군이 원님께 큰절을 올렸습니다.

≪원님께 아뢰옵니다. 소인은 사천고을 사냥군이온데 그 족제비는 분명 제 사냥개가 잡았습니다. 그러니 제가 가져야 함은 삼척동자도 알 뻔한 일입니다. 원님의 영명한 판결을 바라옵니다.≫

어두운 밤 홍두깨 내밀듯 뜻밖의 송사를 받은 원님은 앞이 캄캄하였습니다. 만약 판결을 잘못 내린다면 백성들의 손가락질을 받아 벼슬자리에서 떨어질가봐 겁이 앞섰습니다. 원님은 벙어리 랭가슴 앓듯 끙끙 앓았습니다. 천자문도 옳게 못뗀 원님은 속을 썩이다가 한가지 수를 생각해냈습니다. 세상에서 보기 드문 고매한 재능과 여문 말재주를 가진 백씨부인이 이 송사를 잘 처리할것 같았습니다. 백씨부인을 뒤방으로 압송하게 하고 항쇄와 족쇄를 풀어주었습니다. 그리고는 백씨부인에게 송사의 자초지종을 설명해주고 이 판결을 자기가 지금 판단한 판결과 꼭같게 말하면 백냥의 상금을 주어 집에 돌아가게 하겠노라 하였습니다. 이에 백씨부인은 원님께 되물었습니다.

≪원님의 도량은 어떠하옵니까?≫

≪하하 무슨 때아닌 롱담인고 내 이런 송사 판결 하나 못내리겠느냐! 내 그대를 어여삐 여겨 속죄할 기회를 주니 어서 판결을 내리거라.≫

원님은 량심을 속이고 슬쩍 돌려댔습니다,

≪예, 황송하옵니다. 이 송사 판결은 식은죽먹기라 너무 애간장을 태우지 마시기바랍니다≫

≪음, 누가 애간장을…?≫

원님은 자기의 속을 손금 보듯 들여다보고있는 백씨부인의 말에 기절할 지경이였습니다. 백씨부인은 쓰거운 웃음을 웃으며 말하였습니다.

≪원께 아뢰옵니다. 족제비는 붓장사와 사냥개가 잡았으니 털이 필요한 붓장사에게는 족제비가죽을 주고 고기를 잘먹는 사냥개에게는 족제비고기를 주도록 하옵는것이 좋겠나이다.≫

백씨부인의 조롱섞인 언사에 원님은 요강덮개로 물을 떠마신것처럼 껄끔하였으나 발잔등의 불부터 끄고 봐야 한다고 생각한 원님은 무릎을 탁 치며 일어섰습니다. 평범한 부인에게 개망신을 당하고도 개 핥아먹던 죽사발같은 대갈통을 연방 끄덕이였습니다.

원님은 뒤방에서 어기정어기정 나와 그래도 원님이노라고 점잖음을 빼며 팔자걸음으로 판결대에 올랐습니다. 원님은 송사판결을 기다리는 백성들에게 제법 위엄있게 판결을 내렸습니다.

≪붓장사와 사냥군은 듣거라. 족제비는 붓장사와 사냥개가 잡은것이니 털이 필요한 붓장사에게는 족제비가죽을 주고 고기를 잘먹는 사냥개에게는 족제비고기를 주도록하라.≫ 원님의 송사판결이 내리자 모였던 백성들은 사천고을에 명관이 부임했다고 환호성을 올리며 북과 꽹가리를 울렸습니다.

백씨부인의 타고난 지혜와 재능에 탄복한 원님은 그에게 2백냥의 상금을 주어 집으로 돌려보냈습니다. 그후에도 까다로운 송사가 올라오면 백씨부인을 찾아 판결을 내리게 하여 원님은 한평생 이름 높은 명관으로 명성을 떨쳤다고 합니다.

백락서 구술 / 박준범 정리 / 1982년 무순에서 수집

아리랑

옛날 황해도 곡산땅 어느 깊은 산속에 한 초부가 아릿다운 안해와 단둘이 살고있었습니다. 가나난 살림속에서도 오가는 부부의 정으로 하여 그들의 생활

은 깨가 쏟아졌습니다.

하지만 이 산속에 묻혀사는 초부의 마음속에도 언제나 부당한 인세를 마뜩지 않게 여기는 송죽 같은 지조가 있었으니 그것은 바로 법제에 대한 미움이였습니다. 그때 관아의 벼슬아치들은 부화와 방탕만을 일삼고 나라정사야 어찌되든 백성들의 고혈을 짜기에만 혈안이 되였습니다. 그래서 백성들은 굶기를 부자이밥 먹듯하며 도토리나물죽으로 끼니를 겨우 에우는 형편이였습니다.

어느날 초부는 안해에게 조용히 이렇게 이야기했습니다.

≪여보, 우리 나라는 산천경치 좋고 백성들은 부지런히 일하지만 나라일을 돌보지 않는 부패하고 무능한 벼슬아치들에 의해 백성들이 도탄속에 빠져있소. 방탕한 생활을 일삼고 남의 등골을 긁기에 이골이 튼 놈들을 그대로 두고서야 어떻게 이 나라 백성들이 기를 펴고 살수 있겠소. 지금 우리 나라 도처에서는 농민들이 일어나고 있소. 그러니 내 어찌 이 산속에서 제 편안만을 생각하여 허송세월을 하겠소. 나도 남들과 같이 나라의 백성된 지조를 지켜 싸울 생각이니 외로운대로 삼년석달만 기다려주오.≫

≪랑군님, 안되오리다. 내 어찌 님을 떨어져 한시인들 살수 있으리까. 저도 함께 님을 따라가게 해주십시오.≫

≪여보, 당신이 어딜 간다는거요. 내 가는 곳이 놀이터가 아닌거야 당신도 잘 알지않소.≫

≪아니예요. 랑군님, 살아도 함께 살고 죽어도 함께 죽자던 랑군을 떠나 하루 아닌 삼년석달을 내 홀로 어이 지내리요.≫

≪여보, 당신은 내 가는 길을 막자는거요?≫

눈물을 흘리며 랑군의 얼굴을 빤히 처다보던 안해는 조용히 머리 숙였습니다.

≪랑군님, 죄송하와요. 잠시 정에 묻히여 님 가시는 길에 방해를 준 저를 용서하세요.≫

≪고맙소. 내 이기고. 돌아올테니 부디 날 기다려주오.≫

≪알겠사와요 랑군님, 그래서 이렇게 웃지 않아요≫ 하지만 억지로 웃어보이는 그의 얼굴에는 눈물이 흘러내렸습니다.

≪여보, 눈물을 거두라는데두, 그리고 내가 생각키울 때면 날 보는듯 이것을 보우.≫ 남편은 대물림 은장도를 품에서 꺼내여 안해의 손에 쥐여주고 길을 떠났

습니다.

그날부터 혼자서 밤이면 짐승이 울고 낮이면 메새들만 우짖는 인가 없는 산속에서 살게 되였습니다. 하늘처럼 믿고 땅처럼 의지하고 살아오던 남편을 아슬한 기약속에 정처없는 길로 떠나보낸 안해는 이기고 돌라오기를 매일 시각마다 축원하면서 하루가 삼추같은 나날을 보냈습니다.

광음이 살같다더니 애타는 안해의 가슴을 쓸며 흘러간 세월도 삼년이 지났습니다. 기약된 날자가 가까워올수록 애간장을 태우며 점점 능장을 부리는듯한 알미운 시간을 지루히 보내던 어느날, 초막에는 뜻하지 않은 불청객이 뛰여들었습니다. 그것이 바로 이 고을에서도 부랑자로 이름 높은 곽좌수의 아들이였습니다.

이날 그자는 자기의 수하 궁수들을 거느리고 사냥을 다니다가 산간초막에서 이릿다운 초부의 안해를 보고 군침을 흘렸습니다. 그는 성큼 툇마루로 올라서며 자기는 이 고을 좌수의 아들인데 제 수청을 들면 평생 복을 받는다고 지껄이며 치근거렸습니다.

≪당치 않은 말씀이와요. 저는 유부녀로서 집 떠나신 랑군을 기다려야 하온데…≫

≪아따 집 떠나 삼년이나 소식이 없는 랑군을 기다리며 아까운 청춘을 보낼게 무언고…≫

≪그게 무슨 말씀이요. 저의 랑군 오실 날 이제 열홀기한 있사와요.≫그러자 몸이 달아난 좌수의 아들놈은 달아오른 입김을 확확 내뿜으며 초부의 안해를 껴안으려 했습니다.

이에 초부의 안해는 그자를 힘껏 떠박질렀습니다.

≪이게 무슨 행세이옵니까? 량반이란 귀임들에겐 체면도 없으신가요 하늘에서 벼락이 내려도 랑군을 기다리는 마음 예나 지금이나 일심입니다. 만약 그대로 소식이 없을진대 그때 가서 다시 언약을 해도 늦지 않습니다. 지금 당치않은 일이 생긴다면 소녀는 그길로 자결을 작정하오니 알아 처사하옵시오.≫

초부의 안해는 솟는 해와 뜨는 달 같은 절세의 미인이라 그자는 작첩할 심산으로 불붙는 가슴을 지지누르고 기다릴수밖에 없었습니다.

세월은 흘러 열홀째 되는 마지막날이였습니다.

초부의 안해는 이른 새벽부터 님 떠나간 남산고개를 바라보며 이제나저제나 정든님 나타나기를 눈빠지게 기다렸지만 님은 나타나질 않았습니다.

(아, 정든님아 어이하여 못오시나, 가냘픈 녀인이라 세월 길어 잊으셨나, 심산 벽곡 심었던 정 정막하다 버리셨나, 님 떠나간 남산 고개 삼년 석달 지켰건만 이내 소원 허망하다 아침볕에 이슬 되니 아, 험악하고 모진 세상 어이하여 나하고는 이다지도 원쑤란 말이냐!

님이 없는 이 세상에 내 살아선 무엇하오? 결백할손 고혼되여 저승에 가 님모시고 이 세상에 못다한 정 천세만세 하리로다.)

초부의 안해 이렇게 속다짐했습니다.

같은 날 아침, 초부는 어느 한 주막에 들었는데 두런두런 주고받는 길손들의 이야기소리에 바싹 귀를 강구었습니다. 농민종기군의 대장으로 동분서주하던 초부는 길손들의 이야기를 듣고서야 이날이 바로 안해와 약속된 마지막 날임을 깨닫고 급히 말에 올라 그 남산마루로 달렸습니다. 그 초막이 가까워올수록 초부의 가슴은 점점 높이 설레였습니다.

《안해여, 잘 있었소, 내가.》

초부는 마음속으로 안해를 부르면서 고개마루에 올라 정든 초가를 내려다보았습니다.

순간 초부는 그만 그 자리에 못박힌듯 굳어지고말았습니다.

일편단심 같이 살자고 그렇게도 다짐하던 안해, 그 안해의 등뒤엔 뜻밖에 낯선 사나이가 서있었기때문입니다.

좌수의 아들놈은 이날 새벽부터 잠시도 초부의 안해곁을 떠나지 않았습니다.

해질무렵에 다급한 말발굽소리를 듣고 행여나 행여나 님이 오시는가 하여 초부의 안해는 나와 서서 고개마루를 하염없이 바라보았습니다. 이윽하여 과연 기골이 장대한 장정이 나타났는데 틀림없이 세해전에 자기를 두고 집 떠나신 님이였습니다.

오매불망 그립던 랑군, 한시한초 가슴속에 비여둔적 없는 정든님의 얼굴을 보는 순간 안해는 고여오르는 눈물로 하여 앞이 보이질 않았습니다. 얼굴에 눈물 범벅을 만들며 벗어진 초신도 신을념 없이 마구 뛰여나가며

《랑군님, 왔구려. 여보! 당신은 기어이 날 찾아왔어요!》하며 불렀습니다.

하지만 안해의 뒤에 서있는 외간남자를 본 초부는 땅이 꺼지게 한숨을 내쉬며

≪믿지 못할 여자였구나. 그렇게도 천백번 맹세하고 삼년 세월이 길어 마음 변했구나1≫하고 탄식하며 돌아오던 고개길에 다시 몸을 돌려 뚜벅뚜벅 넘어갑니다.

≪여보! 여보!≫

안해는 피타게 불렀으나 초부는 대답이 없었습니다. 그리하여 정든님 되넘어간 고개애선 서글픈 메아리만 들려올뿐이였습니다.

≪아, 야속코나 정든님아, 날 버리고 어디로 가나!≫

가슴에 설음만 가득찬 초부의 한해는 노래를 불렀습니다.

아리랑(我理郎) 아리랑 아난리요
아리랑 고계(苦界)로 넘어가네
나를 버리고 가시는님은
십리도 못가서 발병나소.
아리랑 아리랑 아난리요
아리랑 고계로 넘어가네.

청청하늘에 잔별도 많고
요내 가슴에 원한도 많네.
아리랑 아리랑 아난리요
아리랑 고계로 넘어가네

노래를 부르며 남산 고개에 올라선 안해는 님 사라진 남쪽을 향해 은장도를 꺼내여 자기 젖가슴을 찌르고 쓰러졌습니다. 훗날 사실의 전후를 알게 된 초부가 다시 리별의 고개를 찾았을 땐 그렇게도 안타까이 자기를 기다리던 안해 대신 남산마루에는 새 무덤만이 쓸쓸히 누워있었습니다.

이때로부터 아리랑은 사람들의 입에서 입으로 류전되여 오랜 세월을 두고 기쁠 때도 이 노래를 불렀고 슬플 때도 이 노래를 불렀습니다. 대대손손 물려주고 이어받으며 지금도 널리 불리워지고있습니다.

도성 구술 / 전룡화 정리 / 1962년 철령에서 수집

양주목사

까마득히 멀고먼 옛날, 양주읍 관할하에 있는 한 두메산골에 조실부모한 더벅머리총각이 살고있었다. 그 총각은 십년을 하루같이 아침이면 연장 메고 나가 부대기를 일구어 식량을 마련하였고 저녁이면 나무를 해다 장에 가 팔아 그 돈으로 책을 사들여 밤마다 초롱불을 밝혀놓고 부지런히 글공부를 하였다.

그때 양주땅의 많은 백성들은 관가의 가렴잡세에 부대끼다못해 살길을 찾아 뿔뿔이 타향으로 헤여졌다. 이에 비분강개한 더벅머리총각은 어쨌든 과거에 급제하여 양주백성들을 잘살게 해야겠다는 비장한 결심을 내리고 부모님의 산소를 하직한 다음 괴나리보짐을 지고 서울로 떠났다.

해종일 발걸음을 다그쳐 땅거미질 무렵에 양주읍에 도달한 더벅머리총각은 요기도 할겸 다리도 쉴 겸 허술한 주막집에 들려 하루밤을 류하게 되였다. 주막에 들고보니 길손들은 초저녁부터 모여앉아 양주목사에 관한 숙덕공론이 자자하였다. 그 이야긴즉 양주고을에 삼년동안 목사자리가 비여있는데 새로 부임하여오는 목사마다 하루밤을 지새지 못하고 송장이 되어 나간다는것이였다. 그래서 지금 조정에서는 량반이건 서민이건 누구나 목사가 되겠다고 자진만 하면 목사가 될수 있다고 한다는것이였다. 그들의 이야기를 유심히 들은 총각은 밤새 이생각 저생각에 잠겨 눈을 붙이지 못하다가 새벽녘에야 살풋이 잠이 들었다.

이때였다. 총각에게로 새하얗게 소복단장을 한 요염한 녀인이 사뿐사뿐 걸어오는것이였다. 그 녀인은 더벅머리총각앞에 와서 무릎을 꿇고 깎듯이 절을 한 다음 애처롭게 하소연하는것이였다.

≪어지신 도련님전에 아뢰옵니다. 소저는 양주서교 리첨지의 규수옵니다. 삼년전에 본관의 한 나으리의 수청을 거절했다 하여 모해를 입었사온즉 억울한 죽음을 당한 소저는 죽어도 눈이 감기지 않사옵니다. 소저의 가슴에 사무친 억울한 사연을 사도님께 아뢰려 하였사오나 삼년동안 사또님들이 소저의 말을 듣기도전에 기절하고 쓰러지는바람에 여직껏 원한을 풀지 못하여였사옵니다.≫

더벅머리총각은 후닥닥 일어났다. 비록 꿈이였으나 총각은 관청나으리들의 소행에 격분하여 이를 부드득 갈았고 그 처녀에 대한 동정심에 다시 잠을 이루지 못하였다.

더벅머리총각이 착잡한 기분에 휩싸여 아침요기를 대강하고 행장을 수습하고 있을 때 한 나으리가 여러 라졸들을 거느리고 주막에 들어와서 양주목사를 선발한다는 임금의 칙지를 읽어주는것이였다. 더벅머리총각은 칙지를 다 읽기 기다려 《내가 하늘에서 점 찍어놓은 양주목사감이노라.》 하고 당돌하게 말하며 의젓이 그들앞에 나섰다.

이 광경을 보고있던 길손들은 얼굴이 백지장처럼 하옇게 질렸고 따라온 라졸들도 눈이 휘둥그래졌다. 그 나으리는 두말없이 더벅머리총각을 사인교에 태워 양주관청으로 모셔갔다. 관청에 도착하자 리방이 임금의 칙지에 좇아 목사의 관복을 정중히 올려바쳤다. 총각이 의관을 정제하고 관인을 인계받게 되자 각방 관속들은 차례로 신임사또에게 배례하였다.

양주모교사로 된 더벅머리총각은 부임 즉석에서 각방 관원들에게 번다한 인사치례와 연회를 페한다고 선포하였다. 비록 중요한 고을의 원님이 되였다 할지라도 더벅머리총각은 백성들의 고통을 잊지 않는지라 저녁에 시녀들이 바쳐온 산해진미의 주안상을 받았어도 목에 걸리여 몇술을 뜨지 않고 그대로 물리였다.

저녁상을 퇴하고 침소에 들어가 누운 양주목사는 좀체로 잠을 이룰수 없어 몸을 뒤척거리다가 끝내 일어나 화촉을 밝혀놓고 자기가 즐기던 책을 찾아 읽었다. 시간이 퍼그나 지나 깊은 밤중이 되여 만물이 잠들고 사위가 괴괴할 때였다. 갑자기 어디선가 돌개바람이 몰아치더니 장지문이 왈칵 열리는것이였다. 양주목사는 정신을 버쩍 차리고 소리나는쪽을 주의해보니 하얀 소복을 한 녀인이 삼단 같은 머리를 풀어헤치고 소리 없이 침소로 들어오는데 일전에 꿈에서 본 그 처녀인지라 양주목사는 놀라기는커녕 일어나 반갑게 맞아주었다.

《내 소녀를 찾으려 했는즉 마침 잘 왔노라. 소녀를 모해한 그 관원이 누구라는것을 주저치 말고 나에게 이실직고함이 마땅하리라.》

그 처녀는 양주목사앞에 꿇엎드려 통곡하면서 아뢰였다.

《어지신 목사님의 은혜가 태산같사와 제 어찌 감히 거짓말씀 드리오리까. 그 관원의 성명은 모르나 그가 이 관청의 요직에 있다는것만은 분명하옵니다. 후일 목사님께서 정사하실 때 소저가 나비로 되여 그 사람머리우를 에돌테니 목사님께서 알아 처사해주시기 바라옵니다. 할말을 다 하였사오니 이제는 한시

름 놓고 뒤골 쑥밭으로 물러가겠사옵니다.≫

양주목사가 그 처녀에게 더 물어보려 하는데 순식간에 그 처녀는 온데간데없이 사라져버렸다. 양주목사는 사건을 해명해보려고 당장 초롱불을 밝혀들고 밤도와 뒤골로 찾아 가서 쑥밭을 샅샅이 뒤져보았다. 그는 끝끝내 처녀의 시체를 찾아 내였는데 그의 몸에는 여직 비수가 꽂혀있었다. 그는 처녀의 몸에서 비수를 뽑아 품에 간수하고 손수 처녀의 무덤을 잘만들어주었다. 그가 밤중에 나가 새벽녘에 돌아온 사실을 관청의 나부랭이들은 물론 쥐도 새도 모르고있었다.

양주목사가 아침 일찍이 기침하여 오래동안 조반을 기다려도 심부름하는 상노아이 하나 얼씬거리지 않았다. 해가 두어발 떠올랐어야 동헌마루에서 통인과 몇 아전이 서로 먼저 들어가라고 밀치락닥치락하는것이였다. 상례대로 여기여 그들은 송장을 보기 꺼렸던것이다.

≪여봐라, 게서 뭘들 하느냐? 빨리 썩 들어오지를 못할가!≫

신임 양주목사의 추상같은 호령에 얼혼이 절반나간 아전들은 귀신이냐 사람이냐 하면서 절절 떨리는 손으로 장지문을 간신히 열고 대령하였다. 그들은 저마다 꿔온 보리자루같이 찍소리 못하고 서있는 품이 한심하기 짝이 없었다. 양주목사는 ≪허허허…≫하고 호탕하게 웃고는 아전들에게 분부하였다.

≪너희들 듣거라, 오늘 조회는 그만두고 래일 조회에는 각방 관원들 모두 시간을 어기지 말고 참가하도록 하여라.≫

사흗날 아침, 양주목사는 점고를 마치고 ≪이 풍요한 양주땅에 민심이 혼란하고 거지가 많아지는것은 본관조정에 간악한 무리가 있기때문이니라. 너희들중 하늘이 용서치 못할 죄를 진 사람이 있거든 당장 나와서 석고대죄하여라!≫ 하고 첫마디부터 엄엄하게 말하였다. 관원들은 아닌보살을 하고있었다.

≪내가 너희들의 일거일동을 손금보듯 환히 꿰뚫고 있는데 그래고 나서는 놈이 없느냐!≫

양주목사는 격분하여 매개 관원들을 뚫어지게 쏘아보았다.

대청안은 물을 끼얹은듯 조용하였다. 이때 노랑나비 한마리가 한 관원의 머리우로 에돌고있었다. 이것을 본 양주목사는 전일 처녀의 몸에서 빼낸 비수를 탁상우에 꺼내놓고 손가락으로 그 관원을 가리키며 ≪리방으로 있다는 네 이놈! 국록을 타먹으며 무고한 백성들을 살해하는 네 이놈! 이 칼을 모르겠느냐? 삼년전에 정숙한 처녀를 죽이고 뒤골 쑥밭에 내버린 돼먹지 못한놈, 그래도 대답이 없느냐?≫ 하고 대성질호 하였다.

리방은 눈앞이 이찔하고 사지가 나른하여 그만 그 자리에 주저앉았다.

양목사는 두말하지 않고 ≪저놈을 당장 끌어내다 릉지처참하여라!≫ 하고 형방에게 분부하였다. 그리고 양주목사는 정중히 ≪각방 관원들은 듣거라, 누구를 물론하고 백성을 해치고 나라를 좀먹는 자는 가차없이 처참할테니 명심하기 바란다. 우리 관청에 리방과 같은 사람이 있다면 속히 죄를 뉘우치고 립공속죄하여라.≫ 하고 훈시하였다.

발없는 말이 천리 간다더니 신임목사의 공정한 처사에 대하여 며칠 지나지 않아 양주성안팎에 백성들의 환성은 높아갔다. 양주목사는 부임한 석달만에 관청에서 삼년동안 미루어온 조서들과 안건들을 말끔히 처리해놓고 시간을 내여 사복하고 백성들의 집을 방문하였다.

양주목사는 양주경내의 까마귀골이란 곳의 한 산굴에 맹수들이 집거하고 있으면서 주위의 백성들을 해친다는 정황을 알게 되였다. 그는 칠월 칠석날 양주경내의 유명한 포수들을 모두 관청에 불러다놓고 풍성한 연회를 베풀어 잘 대접한 다음 즉석에서 당부하였다.

≪포수들, 양주경내의 까마귀골에 있는 요사한 짐승들은 백성들을 해치는 화근의 하나로 되고있는데 우리는 그 화근을 뽑아야겠다. 그런즉 포수들은 까마귀골에 가서 매복하였다가 산굴속에서 나오는 짐승들을 하나도 놓치지말고 처단하여라. 그 누구도 소홀하지 말것을 바란다.≫

그리고 영주목사는 관졸들을 시켜 설마른 쑥대나무 열두수레를 준비해놓았다. 포수들이 갈 때 같이 떠나도록 하였는데 까마귀골로 가는 대오의 그 기세가 자못 호호탕탕하였다.

산굴어구에 가서 관졸들은 양목사의 분부대로 쑥대나무를 무져놓고 불을 지핀 다음 풀무질을 하자 짙은 연기가 산굴속으로 들어가는데 주위의 사람들도 연기에 숨이 막힐것만 같았다. 시간이 얼마 지나지 않아 산굴에서 곰, 승냥이, 여우, 삵팽이 등 별의별 짐승이 쓸어 나오는데 나오는족족 매복해있던 포수들의 화살에 맞아 쓰러졌다. 몇시간도 안되여 죽은 짐승들은 산더미처럼 쌓여있었다. 포수들과 관졸들은, 저녁 일찌기 양주성으로 돌아왔다. 양주목사는 짐승 한 마리를 놓쳤을뿐 몽땅 잡아치웠다는 첩보를 받고 기꺼워할 대신 혀를 끌끌 차며 《달아난 그 짐승이 바로 천년 묵은 여우인데 그게 장차 화근으로 되리라.》 하고 통탄해 마지않았다.

어안간 한달이 지나 단풍이 강산을 물들이는 중추가절을 앞둔 어느날이였다. 서울의 궁성에서는 새 왕지를 맞기 위한 준비가 한창이였다. 그중에도 왕비의 의상을 마련하는 침선비들이 제일 분망하였다. 밤낮으로 일손을 다그치며 정성을 다했건만 번번이 임금의 비위에 맞지 않아 퇴자를 맞고 침선을 고쳐해야 하였다. 하여 그들은 저마다 수심에 잠겨 그날 밤도 침선일에 몰두하고있는데 난데없는 웬 처녀가 인기척을 하고 그들앞에 나타났다. 그 처녀는 두눈에 눈물이 가랑가랑 맺혀가지고 《저는 조실부모한 집없는 소녀이온데 며칠째 끼식을 못하여 렴치불구하고 이렇게 찾아왔으니 용서해주세요.》 하고 처량하게 말하는 것이였다. 침선비들은 그 처녀를 가긍히 여겨 두말 않고 저녁상을 차려주었다. 처녀는 얌전하게 밥을 몇술 뜨고 인차 밥상을 물리였다.

《아씨님들은 무슨 걱정이 있길래 얼굴마다 수심이 ′비꼈나요?》

그처녀는 관심섞인 어조로 눈치 빠르게 물었다.

《처녀야 배고픈 설음만 있겠지만 우리는 그보다 더 큰 근심이 있다오.》

나이 지긋한 침선비가 푸념하였다.

《무슨 걱정이신데, 제가 도와드릴수 없을가요?》

그 처녀는 인정있게 침선비 곁에 다가갔다.

《대전마마의 첫날 의상을 만드는 중요한 일을 처녀가 무슨 수로 돕겠소?》 그들은 처녀의 말을 대수롭지 않게 여기고 제 할 일을 하였다. 그래도 처녀는 실망하지 않고 《제가 한번 시험해 볼가요?》 하고 말하며 한 침선비 손에서 바느실을 빼앗다싶이 받아가지고 바느질을 하는데 그 섬섬옥수는 마치 나비가 꽃밭을 날아예는듯하였다. 그들은 얼빠진 사람처럼 처녀를 멍하니 바라보는데 잠간사이에 마무리해놓은 의상은 황홀하기 그지없었다.

그 이튿날 공저판서가 침선일로 걱정하다가 침선일이 끝났다는 하인의 전갈을 받고 곧장 의상을 구경하러 왔다. 눈부신 의상은 보기만 해도 마음이 흐뭇해졌다. 침선일을 도왔다는 처녀를 훑어보니 그 용모 또한 천하일색이라 공저판서는 인차 어전으로 들어가 임금에게 모든것을 자상히 아뢰였다.

임금은 대희하여 의상보다 먼저 침선에 능하다는 처녀를 어전에 호출하게 하였다. 처녀가 어전에 들어와 임금께 공손히 배례하는데 수태를 머금은 그 모습이야말로 달이 돋는듯, 별이 솟는듯 환하고 아침이슬을 머금은 모란꽃같이 아릿다와 보였다. 임금이 정신없이 그 처녀를 오래도록 쳐다보자 공저판서는 기미를 알고 귀속말로 그 처녀를 후실로 맞으라고 권하였다.

임금의 혼례날, 궁성안은 물론이요, 온 나라가 들끓었다. 문무백관들은 관복을 정제하고 차례대로 임금에게 축배를 드렸다, 임금은 하루아침에 쌍경사라 정실과 후실을 함께 맞게 되니 입이 항아리만큼 커져 문무백관은 물론 궁내의 하인들까지 국고를 터뜨려 후히 상을 주었고 대사령까지 내렸다.

그후부터 임금은 정실보다도 후실에 빠져 국사를 제쳐놓고 대부분 시간을 후실에게 보내였다. 그런데 어느날 후궁이 홀연 병석에 눕게 되였다. 당황망조한 임금은 서울의 명의란 명의를 몽땅 불러들여 후실을 치료해 보았으나 백약이 무효하여 근심이 태산같았다. 며칠동안 후실의 곁에서 안절부절 못하던 임금은 드디여 음식을 전폐하고 드러누웠다.

《소첩의 병을 치료하는데 한가지 좋은 약이 있사오나 상감께서 구하기 어려울것 같사옵니다.》후실은 옆에 가까이 누워있는 임금을 보고 아뢰였다.

《일국의 천자로서 못구할 약이 어디 있으리오. 서슴지 말고 말하라.》

임금은 눈을 번쩍 뜨고 후실에게 다잡아 물었다.

《소첩의 병에는 오직 양주목사의 간이 효험이 있사온데 그걸 어찌 구하오리까?》

후실의 말을 듣고난 임금은 당장 양주목사를 죽이고 그 간을 가져오라고 분부하였다. 양주경내에 들어선 어사는 희희락락하게 태평년월을 보내는 백성들을 보고 양주목사의 선치선덕에 탄복하는바가 없지 않으나 어명을 어걸수 없어 양주관아에 가서 양주목사에게 이실직고하니 양주목사는 선뜻 대답하였다.

《상감마마께서 하찮은 소인의 간이 수요되신다니 기쁘기 한량없소이다. 그러나 소인이 상감마마께 충성을 표하기 위하여 식은 간을 드리기보다 직접 어전에 가서 친히 뜨거운 간을 헌상하려 하오니 어사께서 승낙해주길 바랍니다

어사는 쾌히 승낙하고 양주목사와 함께 그길로 서울로 돌아왔다. 어사 어전에 들어가 임금께 양주목사의 충심을 아뢰니 임금은 크게 기뻐하며 당장 성대한

연회를 베풀어 양주목사를 맞아들였다.

≪짐이 경의 충성에 탄복하느니 경의 소원이 있거든 허물치 말고 아뢰라.≫

임금은 너그럽게 말하였다.

≪소인에게 세가지 소원이 있사온데 그 하나는 소인의 일편단심을 기록하여 <충렬후 양주목사지묘>비를 세워주는것이옵고 또 하나는 양주경내에 룽원을 세워주는것이옵니다.≫양주목사는 태연하게 말하였다.

임금은 고개를 끄덕이며 ≪그다음 소원은 무엇인고?≫ 하고 물었다.

≪마지막 소원은 소인의 집은 삼대 한의로 지내왔사와 어지간한 병은 당석에서 고칠수 있사온즉 마마의 병을 한번 진맥해보는것이 소원이옵니다.≫

임금은 순순히 응낙하고 양주목사를 후실이 거처하는 곳으로 친히 안내하여 후실을 진맥해보게 하였다.

후실은 양주목사를 보자 갑자기 얼굴색이 변하며 ≪내 병은 서울의 한다는 명의들도 고치지 못하는데 한낱 양주목사따위가 어떻게 고치겠사옵니까?≫ 하고 애초에 거절하는것이였다.

≪애첩은 양주목사의 충심을 모르고 하는 말이요. 목숨을 바쳐 애첩의 병을 고쳐주려는 그 지성을 모르면 일후에 화를 입을것이요.≫

임금은 후실을 나무람하고 양주목사더러 진맥하게하였다.

양주목사는 후실의 손맥을 짚어보고 대번에 ≪마마께서 심화병에 걸렸나이다.≫ 하고 말하며 다리맥을 보기 시작하였다. 양주목사의 두 손이 후실의 발목 복숭아뼈에 가닿자 후실의 입에서 여우의 울음소리같은 신음소리가 새여나왔다. 이때 양주목사는 번개같이 후실의 발목을 틀이쥐고 평생 힘을 다하여 마루바닥에 내동댕이쳤다.

마루바닥에 쓰러져있는것은 후실이 아니라 여우의 시체였다. 옆에서 이 광경을 직접 목격한 임금은 혼비백산하여 어쩔바를 몰랐다.

한식경이 지나서야 정신이 돌아온 임금은 양주목사를 붙들고 어인연고인가를 물었다.

≪상감마마께 아뢰나이다. 전일 양주경내에 있던 천년 묵은 여우가 양주경내에 발붙이기 힘들자 미인으로 둔갑하여 어전에 침입하여 상감마마를 꾀하여가지고 나라를 망치려 했은즉 소인이 있음으로 하여 성취할수 없기에 간을 핑계로

소인의 목숨을 끊어버리려 하였나이다. 저 여우를 잡아 화근을 없앴으니 천하가 태평하고 나라가 흥성할줄로 아옵나이다.≫양주목사는 근엄하게 아뢰였다.

임금은 사연의 진상을 알고 대희하여 양주목사의 공을 기입케 하고 그를 좌의정으로 봉하려 했으나 양주목사는 거듭 사절하고 표연히 양주고을로 되돌아가 정사에 힘을 다해 만백성이 칭송하였다 한다.

김영걸 구술 / 박성군 정리 / 1980년 수가툰에서 수집

사위감 고르기

옛날 어느 고을에 백만석이란 부자가 살았다. 그는 이름 그대로 만석부자인지라 본 고을 사람들은 더 말할것도 없고 온 나라치고도 그의 이름을 모르는 사람이 없었다. 백만석의 이름이 이처럼 널리 알려지게 된데는 또 하나의 다른 사연이 있었다. 즉 그에게는 무남독녀 외딸이 있었는데 꽃같은 용모에 총명과 재주를 겸비하여 온 고을의 딸 가진 사람이나 아들 가진 사람이나 저마다 제 생각에서 부러워하였다. 장중보옥으로 애지중지 키운 백만석의 딸이 방년 16세가 되자 사라들은 누가 화용월태의 처녀와 많은 재산을 차지하는가 하여 호기심에 막살이 내릴 지경이였다.

백만석은 어떤 사위를 고를가 하고 밤잠도 잘 못자며 궁리하였다.

명문거족의 귀공자를 고를가, 아니면 글 잘하는 문장가를 고를가? 옛말에 글 잘하는 아들보다 말 잘하는 아들 두라 했은즉 공자왈 맹자왈 글만 알고 세상물정 모르는 ≪책벌레≫는 고를바가 못된다. 그리고 재산 많고 권세 있는 집안을 택함도 나쁘진 않지만 내 재산 내 권세 이미 만인이 부러워하는즉 구태여 더 추구할 필요는 없다. 그래서 이리저리 생각하던 백만석은 어느 하루 사위감을 고른다는 방을 대문밖에다 내붙였다. 그 방문은 이러했다.

오늘부터 백만석가문에서 사위감 고름을 알리노라. 빈부와 문벌을 가리지 않고 누구든 백만석앞에서 거짓말을 하되 세 번 다 ≪거짓말≫이라는 승인을 얻은자는 사위로 될수 있느니라. 일단 사위로 되면 재산 절반을 갈라주리라. 하나 시험에 합격되지 못한자는 지체말고 물러갈지어라.

선임 례부상서 백한국의 아들

백만석 시

×년 ×월 ×일

백만석은 항상 자기 아버지가 례부상서벼슬을 한 일을 자랑으로 생각했기에 기회만 있으면 이 일을 비치군 하였다. 하여 사위감을 고르는 방문에까지도 돌아간 아버지의 관직을 보란듯이 밝혀놓았다.

이 방문이 나붙자 온 나라에 소문이 파다하게 퍼져 글깨나 말깨나 한다는 사람들은 승벽내기로 장마철에 구름 모이듯 백만석네 집으로 찾아들었다.

백만석이 거짓말내기로 사위감을 고르는데는 마음에 드는 사위를 골라보려는 것도 있지만 자기의 재산을 탐내여 어중이떠중이들이 요행을 바라고 중매쟁이를 연신 보내는것이 아니꼽기도 했기 때문이다. 그래서 그들을 골려주고 퇴자를 놓아 다시는 엄두를 못내게 하려는것이였다. 그러기에 거짓말을 잘한다 해도 사위로 되기는 어려운 일이였다. 약빠른 백만석은 그 누가 엉터리없는 거짓말을 해도 그저 ≪그거 참 그럴듯하군≫, ≪그 말도 일리가 있어≫, ≪가능할수도 있지≫ 하고 맞장구를 칠뿐이였다.

바로 이때 이 고을에서 약 60리 떨어진 한 마을에 귀돌이라는 총각이 홀어머니를 모시고 살고있었다. 그때는 남자가 십오륙세 되면 장가를 드는 때였지만 귀돌이는 나이 열아홉살이 건넌산 바라뵈듯하지만 살림이 구차하다보니 딸 주겠다는 사람이 없었다. 그러던 귀돌이는 백만석이 사위감을 고른다는 소문을 듣고 어느 하루 어머니에게 말하였다.

≪어머니, 만석부자 백만석이가 사위감을 고른다는데 나도 한번 가보고싶어요.≫

≪애, 넌 아직 어린애처럼 단순하구나. 그 백만석이가 사위감을 고른다는 수작은 남을 골려주자는거란다. 설사 그가 정말 사위를 고른대도 우리 같은 집을

눈에 두겠니.≫

어머니는 아들이 너무 천진하다고 여기며 쓸데없는 생각을 그만두라고 타일렀다. 그러나 귀돌이는 제 생각이 있는지라 계속 어머니에게 졸랐다.

≪어머니, 밑져야 본전이 아니겠어요? 한번 고을구경이라도 하게 가게 해줘요.≫

아들의 결심이 이만저만이 아니라는것을 엿본 어머니는 더 말리지 않았다. 그리하여 귀돌이는 어머니가 정성들여 만들어준 떡을 싸서 허리춤에 차고 길을 떠났다. 때는 동지달인지라 귀돌이가 백만석네 집에 도착했을 때는 노루꼬리만한 해가 산너머로 자취를 감추고있었다. 귀돌이가 백만석네 집의 커다란 주홍대문을 두손으로 쾅쾅 뚜드리자 문지기가 나와서 문을 열었다.

≪이 자식아, 왜 문을 이리 요란스레 뚜드려?≫

≪저— 날이 저물어 하루밤 묵을가 합니다. 듣자니 이집 주인님은 거짓말 몇마디만 들려줘도 딸까지 준다는 너그러운 어른이라는데 전 하루저녁 묵으며 저녁이나 한끼 얻어먹을가 합니다.≫

≪이놈아, 우리 쥔님이 거짓말을 듣고 딸은 줘도 지나가던 놈 공밥 먹이는 어른은 아니다.≫

≪허! 그럼 밥도 한끼 못얻어먹겠군요. 들어가 알려줘요. 사위감 시험이나 치겠단다구 말이요.≫

그 누구든 거짓말하러 오는 사람은 다 들여보내라는 주인의 분부가 있는지라 문지기는 두말없이 주인에게 전갈하러 안으로 들어갔다.

귀돌이가 들어갔을 때는 백만석은 이미 올방자를 틀고 앉아 기다리고있었다. 귀돌이가 방안에 들어서기 바쁘게 그는 호령을 내렸다.

≪이야기를 시작해라!≫

인사치례같은것은 거치장스러우니 그만두란 뜻이였다. 귀돌이는 손세를 써가며 이야기를 하기 시작했다.

≪농사군이니 농사짓던 이야기를 하겠습니다. 우리 고장에서는 벼농사를 짓지만 여기서처럼 모 안하고 김 안매고 벼 안베고 마당질 안합니다. 논코뜰새없이 바쁜 파종시절이 닥쳐와도 우리 고장 사람들은 삼삼오오 떼를 지어 들놀이요, 산놀이요, 봄놀이만 합니다. 그러다가 시내물이 찰랑찰랑 논판에 흘러들면 기운

센 젊은이들은 높은 뒤산으로 올라가고 로인들과 아낙네들은 민틋한 앞산으로
올라가서 바람세를 봐가며 산우에서 벼종자를 훌— 훌 뿌린답니다. 그러면 앞산
에서 뿌린 종자는 남풍타고 살랑살랑, 뒤산에서 뿌린 종자는 북풍타고 살랑살랑
골고루 산아래 논판으로 내려앉는답니다. 벼종자를 뿌리고 나선 또 할 일이 없어
놀기만 합니다. 벼가 싹이 틀 무렵까지 놀다가 들로 나가 내가에서 세길네길
넘는 고리버들을 베여 논판마다 버들자리를 결어서 씌웁니다. 그러면 벼는 먼저
싹이 터서 버들자리틈새로 올라오고 후에 자란 풀들은 틈이 없어 올라오지 못하
고 죽어버립니다. 이 일이 끝나면 한해 농사를 다 지은셈으로 됩니다. 솔솔 부는
봄바람에 살이 틀 걱정도 없고 무더운 여름볕에 땀흘릴 걱정도 없습니다. 어언간
선기가 나고 찬바람이 슬슬 불어오면 족제비꼬리 같은 벼이삭들이 만풍년의
희소식을 전해줍니다. 그러면 여름내 놀아서 힘이 부쩍부쩍 솟는 젊은이들이
모여들어 버들자리 네귀를 잡고 우썩우썩 치켜들지요 그러면 땅땅 여문 벼알들
이 일시에 쫙 훑이여 눈깜짝할 사이에 논판은 나락산으로 변한답니다.》

《에키 이놈, 거짓말을 해두 분수가 있지.》

백만석은 저도모르게 허허 웃으며 말했다.

《그럼 이번은 합격됐지요.》

《그래, 그래.》

백만석은 쾌히 대답했다.

귀돌이는 두번째 이야기를 시작했다.

《우리 고장에서는 겨울이 되면 눈이 세길 네길 내리 쌓여 집이며 마을이며
몽땅 눈속에 묻힌답니다. 그러면 집집마다 뜨뜻이 불을 때고 들어앉아 하얀 입쌀
밥으로 배를 불립니다. 그러다가 고기생각이 나면 지붕에 구멍을 뚫고 쌀을 한줌
내밀지요 그러면 남산북산에 있는 꿩이란 꿩들은 물론이요 앞강 뒤강에서 살던
물오리까지도 먹을것이 생겼다고 새까맣게 모여오지요. 그때 먹고싶은것을 척
척 쥐여잡아들이면 되지요. 날짐승고기를 먹기가 싫증나면 돼지나 노루를 잡아
먹을수도 있지요. 즉 부엌 지붕에다 큼직하게 구멍을 하나 뚫고 꿩다리 하나를
쑥내밀지요. 그러면 동산에서 사는 메돼지들, 서산에서 사는 노루들이 엄동설한
에 진미가 생겼다고 욱 달려들지요. 바로 이 찰나에 내밀었던 꿩다리를 살짝
감추면 달려오던 짐승들은 꿩고기를 찾는다고 지붕구멍으로 쑥쑥 들어옵니다.

구멍밑은 부뚜막인데 미리 큰 가마를 걸어놓고 물을 설설 끓이고있는지라 떨어진 메돼지와 노루들은 꼼짝 못하고 가마에 출렁출렁 들어가 익어버립니다.

≪이놈자식, 어디서 그런 터무니없는 거짓말을 배왔니.≫

백만석은 저도 모르게 또 소리쳤다.

≪그럼 이번도 합격됐지요.≫

≪그래, 그래.≫

백만석은 이번에도 시원스레 대답은 했으나 속으로는 좀 불쾌하였다. 그는 네놈이 날고뛰는 재간이 있어도 세번째 고비는 못넘기리라 하고 생각했다. 사실 말이지 백만석이가 정신을 바짝 차리고있는 한 거짓말로써 세번째 고비를 넘긴다는것은 어려운 일이였다.

≪자, 세번째 이야기를 시작해라, 이번에 합격이 못돼도 저녁 한끼는 줄게.≫

백만석은 제딴에는 큰소리를 치는것이였다.

그런데 귀돌이는 이야기를 하지 않고 허리춤에서 헝겊뭉치 하나를 꺼내더니 풀고 또 푸는것이였다. 한참 풀어서야 구겨진 종이쪼박을 하나 꺼내가지고 ≪자, 어르신님 이것을 보십시오.≫하고 백만석에게 주는것이였다. 백만석은 무슨 영문인지 몰라 옆에 섰던 심부름군에게 종이쪼박을 넘겨주면서 말하였다.

≪이자식이 별나게 노는군, 애 돌쇠야, 눈 밝은 네가 좀 봐라. 도대체 무슨 수작인가!≫ 종이쪼박에는 이렇게 씌여져있었다.

빚문서

오늘 나는 여차여차한 연고로 김인수한테서 돈 백만냥을 지게 되였다. 내가 이 빚을 못갚으면 내 아들 백만석이 갚을것이다. 백만석이 못다 갚으면 또 그 후손들이 갚을것이다.

김인수가 살았을 때 못다 갚으면 리자까지 계산하여 그 아들 김덕보나 그의 손주 김만산(애명 귀돌이)에게 갚을것을 백번 맹세한다.

백한국

×년 ×월 ×일

돌쇠는 마치 임금의 성지라도 하달하듯 목청을 돋구어 읽어내려갔다.

빚문서를 다 읽고나자 거만스럽던 백만석은 더 말할것도 없고 곁에서 구경하던 손님들과 안팎 머슴들까지도 눈이 휘둥그래졌다. 백만석은 너무나 어처구니가 없어 입을 딱 벌렸다.

≪이놈, 그게 거, 거, 거…≫

백만석의 입안에서는 ≪거짓말이다≫란 소리가 나올듯말듯하다가 끝내 우무러들고 말았다. 세번째까지 거짓말이라고 승인하면 그 많은 재산의 상속자인 천금같은 딸을 거지같은 농사군에게 안줄수 없기때문이다. 그렇다하여 이 빚문서를 진짜라고 승인하자니 백만장자 백만석은 알거지로 되고말것이다. 진퇴량난에 빠진 백만석은 이러지도 저러지도 못하고 속만 썩이다가 ≪에라, 강짜로 모든걸 부인해버리고 말자≫ 하고 생각하였다. 그러나 다시 돌이켜 생각할 때 명문거족의 존엄을 가지고 미거한 농민자식에게 거짓말을 했다는 창피를 당하는것은 차라리 죽는것만도 못한것이라 생각되였다.

실성한 사람처럼 두 눈이 꼿꼿하여 앉아있는 백만석의 머리속에서는 오만가지 생각이 번개처럼 스쳐지나갔고 얼굴에는 식은땀이 송골송골 돋았다. 그는 얼굴이 창백해지다가 점점 검푸르러지더니

≪아이 골치야!≫ 하고 비명을 지르며 앉은자리에서 쓰러졌다.

난데없는 봉변에 놀라난 집안사람들은 법석 떠들며 안방으로 주인을 부축하여 들여갔다. 한참동안 ≪더운물을 끓여오너라. 의원을 불러오너라.≫ 하는 소리가 들려왔다.

한식경이 지난후 돌쇄가 나오더니 주인의 분부를 전했다.

≪도련님을 모셔들이란다. 사흘동안 잔치를 베풀고 온 고을을 청하란다.≫

지혜롭고 마음씨 고운 귀돌이는 꽃같은 백만석의 딸에게 장가를 들었다. 장가 든후 얼마 안되여 백만석이 죽자 귀돌이는 그의 재산을 몽땅 물려받았다. 귀돌이는 그 많은 재산을 몽땅 가난한 사람들에게 나누어주고 자기는 안해와 함께 고향으로 돌아가 어머니를 모시고 부지런히 일하며 깨가 쏟아지게 잘 살았다 한다.

전창화 구술 / 박연 정리 / 1982년 철령에서 수집

귀락당과 당나귀

먼 옛날, 시골에 새로 도임한 부사가 있었는데 부화 사치한 생활에 물젖어있었 습니다. 그는 도임한 그날부터 백성들의 피땀을 긁어모아 덩실하고 큰 집을 지었 습니다. 그 집은 관아도 아니요 사택도 아니요 시골부사가 기녀들을 데리고 춤추 고 노래하며 즐길 곳이였습니다.

집은 화려하게 지어놓았는데 당명을 짓지 못하여 편액을 걸지 못했습니다. 시골부사는 지나가는 선비들을 불러들여 당명을 지으라고 하군 했으나 신통한 이름이 나오지 않았습니다.

그러던중에 한 가난한 선비가 찾아왔는데 옷 모습은 초라하나 행동거지가 량반다와보였습니다. 시골부사는 선비를 상좌에 모시고 당명을 지으라고 필묵 을 갖추어놓았습니다.

시골부사가, 이 집은 어떤 집이란것을 알려주자 가난한 선비는

≪그럼 귀하신분들이 모여서 즐기는 곳이올시다그려.≫ 하고 요점 따서 받았 습니다. 그러자 부사는

≪그렇지, 그렇지, 그런 뜻으로 당명을 짓소.≫하며 기뻐하였습니다.

가난한 선비는 붓대를 휘둘러 ≪귀락당(貴樂堂)≫이라고 큼직하게 써놓았습 니다. 그는 허위와 향락에 물젖은 시골부사가 아니꼬와나서 한번 골려주려고 벼르던 참이였습니다.

시골부사는 대견스럽게 가난한 선비를 바라보고있다가 무릎을 치며 기뻐했습 니다.

≪그러면 그렇지! 수십명이 당명을 지었어도 마음에 드는게 없더니 이것이야 말로 명문명필이로다! 으흠! 귀할 귀자, 즐길 락자, 집 당자— 귀한 사람들이 즐기는 집이라— 바로 그렇지! 여봐라 주안상을 차려라. 현명한 이 선비를 후히 대접하라.≫

그리하여 가난한 선비는 푸짐한 대접을 받고 분에 넘는 찬사를 들은후 가버렸 습니다.

며칠이 지나서 한 비장이 부사에게 충심으로 여쭈었습니다.

≪부사어른께서는 이 당명이 명문이라 하시나 기실인즉 욕이올시다.≫

≪뭐라고?! 어째 욕이라 하는고.≫ 부사는 비위가 거슬렸습니다.

≪바로 보면 귀락당이니 좋은 이름 같사오나 거꾸로 보면 <당나귀>니 욕이 아니오이까!≫

≪에익, 이 무지막지한 놈아? 글을 바로 보는 법이지 거꾸로 보는 법은 또 어데 있느냐? 바로 네가 그런 생뚱같은것을 꾸며내여 나를 욕하는것이로다.≫

≪저는 부사어른께 충심으로 여쭙는바이오며 추호도 악의가 없은즉 널리 살펴 생각하옵소서.≫

≪에익, 용서 못할 놈이로다. 여봐라, 이놈께 족쇄 채워 하옥하라.≫

이 호령소리에 사령들이 달려들어 비장을 끌어내다가 칼 씌우고 옥에 가두었습니다.

시골부사가 기녀들의 값눅은 겉웃음을 진심으로 받아들이며 기뻐하는것은 그들의 얼굴이 반주그레하고 곱살하기때문이요, 허풍같은 찬사를 반겨 듣는것도 그 말이 귀에 달콤하기때문이였습니다. 그러므로 아무리 참된 충고인망정 찬사가 아니면 거역으로 느껴졌습니다.

비장이 옥에 갇힌 이튿날, 한 도사가 지나가다가 귀락당앞에 발길을 멈추었습니다. 그는 한참 살피며 풍수를 보더니 뭐라고 중얼중얼 푸념하였습니다.

≪그 중놈이 뭐 그리 기웃거리며 쑹얼거리는고?! 여기 나서서 크게 말해보라.≫하고 부사가 호령하자 도사는 성큼성큼 나서더니 목청을 돋우어 넘불을 외우듯 말하였습니다.

≪산천풍수 여기 좋아 절을 지으면 명산대찰이요 집을 지으면 명당인데, 당명을 누가지었는지 욕이 대단합니다. 바로 보면 <귀락당> 좋은 이름이나 거꾸로 보면 <당나귀>니 욕이 분명합니다.≫

≪뭐?≫ 하고 부사는 벌떡 일어섰습니다. ≪이놈도 끌어다 가두어라≫

도사는 눈치를 알고 인차 말을 돌렸습니다.

≪잠간만 진정하시고 저의 말을 다 들어보오이다. 거꾸로 보면 당나귀나 거꾸러진 당나귀는 고기밖에 먹을수 없습니다. 나귀고기는 고기중에 으뜸고기요 안주중엔 상주안인즉 그 맛이 극상입니다. 그러니 부사님께서는 이 집에서 바른 이름대로 귀하게 즐기시고 거꾸로 본 이름처럼 상주안만 잡수시겠은즉 여북

좋겠소이까.≫

≪그러면 그렇지. 어서 너 갈 길이나 가거라.≫

이때에야 비로소 부사의 노기가 사라졌고 도사도 죽음을 면하게 되였습니다.

사람들은 원래 오관이 있어 눈으로 보고 귀로 듣고 머리로 생각하고 마음으로 느낀것을 말하군 하였으나 이런 일이 있은후부터 일부 사람들에게는 상전의 낯색을 보아가며 말하고 행동하며 사공 배머리 돌려대듯 말을 에돌려대는 나쁜 버릇이 생겼다고 합니다.

리두성 구술 / 소민 정리 / 1979년 장당에서 수집

우의정의 셋째딸

지금으로부터 수백년전, 한 우의정이 딸 셋을 두고 살아갔습니다.

세 딸은 무럭무럭 자라나 오뉴월 함박꽃마냥 방실방실 피여나기 시작했습니다. 이 세 딸을 꽃에 비할것 같으면 큰딸은 활짝 벌어진 피여난 꽃이요, 둘째딸은 필듯말듯한 부풀어오른 꽃이요, 셋째딸은 입다문 망울진 꽃이였습니다.

우의정은 세 딸을 애지중지 여기면서 후원의 별당에 앉혀놓고 론어, 맹자, 시전, 서전, 주역 같은 사서삼경을 읽게 했습니다. 그렇지만 꽃도 한철이요 사람도 한철인데 나이 찬 아씨들을 언제까지나 가두어놓고 공자왈 맹자왈 할수는 없었습니다. 더구나 옛날에는 남자는 열두살에도 장가를 들고 여자는 열여섯살을 못넘기게 했습니다.

우의정도 이러한 봉건세습에는 어쩌는수 없어 하루는 큰딸을 대청으로 불렀습니다.

≪아버님, 소녀를 불렀사옵니까?≫

≪오냐, 내 오늘 너에게 한마디 묻겠는데 대답을 잘해야 한다.≫

≪무슨 말씀이온지요, 아버님.≫

≪너는 규중처자로서 누구의 은혜로 여태까지 지내오고있다는것을 생각해보았느냐?≫

≪예, 생각해보았나이다. 이것은 뭐니뭐니해도 현명히신 임금님 덕인줄 아옵니다.≫

≪음, 나라 임금을 잊지 않는 지당한 말이로다. 그럼 물러가도록 해라.≫

우의정은 큰딸의 대답에 의리가 있다고 만족해하면서 얼마 가지 않아 출가시켰습니다.

그리고나서는 둘째딸을 불렀습니다.

≪아버님, 소녀를 불렀사옵니까?≫

≪오냐, 너는 규중처자로서 누구의 덕택으로 여태까지 지내오고있다는것을 생각해봤느냐?≫

≪예, 생각해봤나이다. 이것은 뭐니뭐니해도 인자하신 부모님 덕택인줄 아옵니다.≫

≪음, 혈육지정을 소중히 여기는 옳바른 말이로다. 그럼 물러가도록 해라.≫

우의정은 둘째딸 대답에도 도리가 있다고 만족해하면서 큰딸과 마찬가지로 얼마 안가서 출가를 시켰습니다.

다음은 셋째딸이였습니다.

≪아버님, 무슨 말씀이 있사옵니까?≫

≪오냐, 내 오늘 너에게 한마디 묻겠는데 너는 규중처자로서 누구의 힘으로 여태까지 지내오고있다는것을 생각해봤느냐?≫

≪예, 생각해봤습니다. 이것은 뭐니뭐니해도 저의 힘인줄 아옵니다.≫

≪뭐야? 저런 옹졸한년같으니라구.≫

우의정은 천만뜻밖인 셋째딸의 대답에 너무도 노여워 상투끝까지 성이 올랐습니다.

≪여봐라, 이년을 내앞에서 당장 끌어내가거라. 그리고 오늘밤으로 무주 구천동 산골짜기에 던지고 오너라. 제 힘에 산다는 년이니까 내 두고 좀 볼터이다.≫

우의정은 하인들에게 청천벽락같이 호령했습니다.

그러자 우의정 마누라는 급히 달려나와 딸을 나무라면서 무릎을 꿇고 빨리 빌라는것이였습니다.

그러나 셋째딸은 눈만 깜박깜박할뿐 아무런 기색도 나타내지 않았습니다.

우의정은 다소곳이 서있는 그 태도에 더욱 노발대발 소리를 지르며 재촉하였습니다.

《이놈들, 왜 우물쭈물하느냐. 내앞에서 꽁꽁 묶어 내가도록 해라.》

하인들은 무가내라 셋째딸의 팔을 잡아끌자 터벅터벅 밖으로 따라나왔습니다.

우의정 마누라는 안팎으로 뛰여다녔으나 결국은 소용이 없었습니다. 셋째딸은 끝내 하인들의 가마에 실려 떠나게 되였습니다.

하인들은 밤낮 사흘을 가고 또 가다가 적막강산 한 골짝에 토굴인지 초막인지 분간할수 없는 인가를 발견했습니다.

《아씨, 여기서 내리십시오.》

하인들은 떠날 때 마님께서 술값과 로비를 푼푼히 받았는지라 그래도 실수는 있게끔 좀 괜찮다는 곳에 내려놓기로 했습니다.

《수고를 했어요. 편안히들 돌아가요.》

셋째딸은 가마에서 내린 다음 하인들이 산넘어 돌아설 때까지 바라보고있다가 발길을 옮겼습니다. 그런데 정작 옆에 와보니 이것은 숯굽는 가마인데 비탈진 곳에는 사람이 사는듯한 귀틀집이 있었습니다.

《계십니까?》

셋째딸은 주인을 불렀으나 아무런 기척이 없어 할수없이 바깥에 앉아 기다릴수밖에 없었습니다.

해질 무렵이 되니까 건너편 산밑으로 한 사나이가 참나무를 산더미같이 한지게 지고 돌아오는것이였습니다.

셋째딸은 한쪽에 서서 물끄러미 바라보고있다가 이름도 성도 모르는 사나이에게 인사를 올렸습니다.

그랬더니 구척 장신에 쭉 째진 눈을 곤두세운 사나이는 갈퀴같은 손으로 도끼를 쥐고 소리쳤습니다.

《당신은 누구요? 귀신이요, 도깨비요? 내앞에서 당장 없어지오. 그러지 않으면 이 도끼로 박살을 해놓고말테요.》

《저는 사람입니다.》

《사람?!》

사나이는 놀랍다기보다 오히려 어리둥절해서 우아래를 쭉 훑어보았습니다.

목화송이같이 하얀 얼굴에 아련한 몸집, 옷맵시 단아한 녀인인지라 꿈인지 생시인지 모를 지경이였습니다.

셋째딸은 할수 없이 여기로 오게 된 사연을 쭉 들려주었습니다. 그러나 사나이는 곧이듣지 않았습니다. 그도 그럴것이 숯굽는 이런 벽지에서 사람의 래왕을 좀체로 볼수 없는데 더구나 녀자의 홀몸으로 나타났다는것이 여간만 의심스럽지 않았습니다.

셋째딸은 사정도 해보고 애원도 했지만 사나이는 숯굽는 순진성이라 할가 그렇지 않으면 산밖에 모르는 신조라 할가 어쨌든 꿋꿋이 서서 노리고있을뿐 대답을 하지 않았습니다.

≪정 저를 못믿으시겠다면 오늘밤만 여기서 보내게 해주십시오. 래일 마을로 찾아가겠습니다.≫

사나이는 황혼이 깃드는지라 밤길을 혼자 가라 하기도 안되고 그렇다고 집안으로 들게 하기도 어색하여 제멋대로 하라고 모르는척했습니다.

사나이는 이글이글 타고있는 숯가마 굴뚝과 아궁을 한참이나 살펴보다가 자기 혼자 귀틀집으로 들어가버렸습니다.

녀인은 더는 어쩌는수 없다는듯 따라 들어갈수도 없고 그래서 하는수 없이 숯가마옆에 앉아 밤을 새우게 되였습니다.

사나이는 한밤중까지도 까딱 소리가 없더니 새벽녘에야 나와서 좀 측은한 마음이 들었는지 방안에 들어가 좀 쉬라고 했습니다.

≪고마와요.≫

녀인은 한마디 말을 떨구고 별다른 주저심도 없이 쑥 들어갔습니다.

사나이는 숯 꺼낼 준비를 하느라 해가 솟을 때까지 서성거렸습니다.

그러나 녀인은 집안에서 나올줄을 모르고 무엇인가 덜거덕거리고있었습니다. 답답해진 사나이는 집밖을 빙빙 돌다가 점심때가 거의 되였기에 몰래 방안을 들여다보았습니다. 그런데 이게 웬 일입니까. 집안을 깨끗하게 정리해놓고 밥까지 지어 상에 올려놓았습니다.

사나이는 한참이나 망설이고 망설이다 큰맘을 먹고 방안으로 들어가 녀인과 진담을 나누기 시작했습니다.

서로들 말을 주고받고보니 사나이도 조실부모한 숯구이총각이요 녀인 또한 출가전인 요조숙녀라 두 성을 합치기로 약속을 했습니다.

두사람은 정화수 한동이를 길어다놓고 동서남북을 향해 큰절을 올렸고 표주박으로 물을 떠서 삼배주로 마시고 동고동락의 부부가 되였습니다.

이때부터 두사람은 서로 아끼고 사랑하며 자수성가의 길에 들어서기 시작했습니다.

어느날 신부는 홍조어린 동그란 얼굴에 새별같은 눈을 반짝이며 단순호치 맑은 소리로 신랑에게 말했습니다.

《이걸 함께 팔아가지고 말 한필을 사오세요.》

신부는 간직해온 비녀와 가락지 그리고 달비까지 꺼내놓았습니다. 신랑은 안해가 시키는대로 말을 사온 다음 활을 만들어 사냥하는것을 배웠습니다. 그리고 밤이면 등불을 밝혀놓고 안해에게서 글도 배웠습니다.

한해 가고 두해 지나 여러해가 흘렀습니다. 그러던 어느해 조정에서는 말타고 활쏘는 장원을 뽑겠다고 방방곡곡에 방을 내붙였습니다.

이 소식을 들은 셋째딸은 사나이를 불러 어엿한 궁수로 떠나가라고 타일렀습니다.

숯구이사나이도 녀인의 말을 듣고 쾌히 승낙했습니다.

젊은 부부는 밤을 새워가며 행장을 꾸리고 이튿날 새벽에 숯구이사니이는 길을 떠났습니다.

령의정, 좌의정, 우의정 삼정승도 참석한 활쏘기 모임에는 사람들이 물밀듯 모여들기 시작했습니다.

과녁은 무려 백개나 산봉우리에 세워놓았는데 가까운것은 일리길이요 먼것은 오리가 넘었습니다.

어떤 궁수들은 거리가 너무 멀어 신심을 잃고 물러서기도 했고 어떤 궁수는 밑져야 본전이라고 나섰습니다. 구러나 평시에 많이 다루고 련마한 궁수들은 양양하게 사람들의 이목을 끌면서 활쏘기를 했습니다.

제일 마감으로 한 궁수가 말에 뛰여오르자마자 활을 벗겨 만월로 시위를 당기더니 제일 먼것을 겨눠 쏘았습니다. 번개같은 화살은 《씽!》 하고 날아가 과녁을 딱 맞혔습니다. 궁수는 계속 달리는 말에 채찍질을 해가며 련속 활을 당겼는데 아닌게 아니라 백발백중이였습니다.

인산인해로 모인 구경군들은 물론이고 다른 궁수들까지도 환성을 보내며 경탄을 금하지 못했습니다.

이러고보니 장원을 뽑는것은 어렵지 않았습니다. 제일 마감의 궁수를 받들어 상좌에 앉게 했습니다.

령의정은 궁수에게 어데서 어떻게 활쏘기를 배웠느냐고 상세히 물었습니다.

궁수는 천천히 대답했습니다. 농사밖에 모르는 서민이였으나 생계를 유지하려고 심산속에 들어가 숯구이를 하는데 우연히 찾아온 처녀와 백년해로하게 되였다는것과, 말타고 산봉우리를 넘나들며 활로 나는 새와 기는 짐승을 사냥한 자초지종을 쭉 아뢰였습니다.

≪과연 심산속에 옥이 있고 개천에서 룡이 난다는건 이래두고 하는 말이로다!≫

령의정은 무릎을 탁 치면서 절찬을 하고 좌의정은 만면에 웃음을 띠우며 탄복을 보내는데 우의정만은 침울한 기색으로 곰곰한 생각에 잠겨있었습니다.

리근수 구술 / 장동운 정리 / 1981년 단동에서 수집

버들잎

옛날 어느 산기슭에 한 마을이 있었는데 마을의 앞내가에도, 길섶에도 집집의 뜨락에도 수양버들이 휘늘어져 버들골이라 불렀다. 이 마을에는 딸 삼형제를 둔 로인이 살고있었는데 맏딸은 동실이라 하고 둘째는 은실이라 하며 막내는 금실이라 불렀다. 일찍 어머니를 여윈 그들은 아버지슬하에서 자랐다. 그들 네 부녀는 쑥밭을 일구어 농사를 지으면서 로인은 짬만 있으면 산에 가서 나무를 해다 팔았고 딸들은 틈타서 집일도 하였다.

여름철의 어느날이였다. 그날도 로인은 심산에 들어가 삭정이를 한지게 해지

고 돌아섰다. 그런데 바람 한점 없던 개인 날씨는 불시에 광풍이 일며 검은 구름을 몰아왔다. 이때 구슬땀을 흘리던 로인은 비도 피할겸 허리도 펼겸 한 고목밑에 지게를 세웠다. 그런데 순간 산울림이 쩌렁쩌렁 울렸다.

《웬놈이 나무를 도적질해가느냐?》

로인은 어리둥절하여 두귀를 강구고 사방을 살폈으나 아무것도 보이지 않았다. 로인은 지게를 지고 일어서려는데 《못간다. 당장 지게를 내려놔!》 하는 불호령과 함께 바람소리 쇠—일더니 난데없이 거무칙칙한것이 로인의 앞길을 막아섰다. 로인은 흠칫 놀랐다. 그놈은 머리부터 발끝까지 온통 검은데 키는 9척이요 눈은 퉁방울 같으며 입은 불을 토하듯 지지벌겋다.

《령감, 어째 함부로 나의 나무를 도적해가는거냐?》마귀는 트집을 잡았다.

로인은 마음을 진정하며 마귀를 향해 소리쳤다. 《산의 임자는 우리 인간들이다. 내가 이 산에서 나무를 한지도 수십년이 된다. 그런데 무슨 연유로 제것이라 하느냐?》

《하하하, 코막고 답답한 소리 다 듣겠네! 네게 알려주마. 이 어르신은 산중대왕님이니라. 천하를 손금 보듯 하는 이 대왕은 령감 집에 예쁜 딸이 셋이나 있다는것도 알고있느니라. 흐흐흐…》마귀는 능갈치며 지껄여대였다.

마귀의 말을 들은 로인은 정신이 아찔해지고 앞이 캄캄해졌다. 로인은 이를 악물며 버럭 소리를 질렀다.

《이 망측한 마귀놈아, 네놈이 나의 딸을 노리고 있어? 어림도 없다!》

그러자 마귀는 호령했다.

《고집 부려야 쓸데없느니라. 오늘 령감의 목숨을 부지해줄태니 래일아침 해가 바지랑대만큼 떠오를 때 이 고목 있는데로 먼저 큰딸을 데리고 오너라. 만약 분부를 거역한다면 온 집안이 화를 입을줄 알아라!》

천하없어도 딸을 마귀손아귀에 넣을수 없는 로인은 지게막대기를 뽑아들었다. 그러나 마귀는 손가락 하나로 로인의 작대기를 튕겨버렸다. 그리고는 내일아침 다시 만나자고 하며 획—바람을 일구어 어디론가 사라졌다.

로인은 땅이 꺼질듯 한숨을 짓고 천근같은 무거운 발을 옮겼다.

한편 집에 있는 세 딸은 눈이 빠지도록 기다려도 아버지가 돌아오지 않기에 동구밖으로 마중나갔다. 그런데 이상하게도 아버지의 지게짐이 보이지 않았으며 맨몸바람인데도 걸음걸이가 허겁지겁하였다.

세 딸은 ≪아버지!≫ 하고 일제히 웨치며 달려갔다.

딸들의 부름을 들었는지 로인은 그만 기혼하여 인사불성이 되였다. 생강즙을 좀 마시고 깨여났을 때 웬 일이냐고 마을사람들과 딸들이 캐여묻자 로인은 낮에 있은 일을 자초지종 꺼내였다.

세 딸은 서로 부둥켜안고 통곡하였고 마을사람들은 주먹을 휘두르며 마구 욕설을 퍼부었다.

마을에서 좌상으로 불리우는 백발이 성성한 할아버지가 수를 내놓았다. 그리하여 장골 셋을 뽑아 도끼를 갖고 고목주위에 숨었다가 마귀가 나타나면 일제히 달려들기로 하였다.

이튿날, 동실이는 은실이, 금실이와 동네사람들을 눈물로 하직하고 아버지 따라 산으로 갔다. 그들이 고목나무에 이르자 쏵―하고 바람이 일며 마귀가 나타났다. 이때 고목주위에 숨었던 젊은이 셋이 한결같이 마귀를 향해 서리발치는 도끼를 휘둘렀다. 하지만 도끼가 마귀의 몸둥이에 닿자 ≪뎅강, 뎅강!≫ 쇠소리 날뿐 박혀지지 않았다. 마귀는 시뻘건 입을 쩍 벌려 ≪으하하!≫ 하며 험상궂게 웃더니 주먹을 불끈 쥐고 이리 치고 저리 치여 름름한 젊은이 셋을 꺼꾸러뜨렸다. 마귀는 로인앞에 다가서며 ≪흥, 앙큼한 두상, 똑똑히 보았느냐. 오늘의 죄로 래일은 둘째를 데리고 오너라!≫ 하고 호통치고는 동실이를 잡아가지고 어디론가 사라졌다.

그날 저녁, 마을의 백발로인과 젊은이들이 모여 복수의 대책을 상론했다. 신통한 묘책이 없어 모두들 묵묵히 앉아있었다. 그런데 이때 버들골에서 이름난 사냥군이 눈을 빛내며 좋은 방도가 있다고 하였다.

≪제아무리 몸뚱이에 도끼날이 박히지 않는다지만 눈알은 그럴수 없을겁니다. 그러니 활로 그놈의 눈통을 쏜다면 될게 아닙니까!≫

마을분들은 사냥군의 뛰여난 활재주를 모르는바가 아니다. 하지만 생사결판의 길로 혼자 보낼수 없는것이다. 허나 사냥군은 다투어 나서는 젊은이들을 극력 뜯어말리면서 단신행동하기로 했다.

다음날, 은실이는 금실이와 동네사람들을 눈물로 리별하며 아버지를 따라나섰다. 그들이 고목에 이르자 바람소리와 함께 마귀가 나타났다.

이때 맞은켠 숲속에서 오래전부터 기다리고있던 사냥군은 만월이 된 활로 마귀의 퉁방울눈을 겨냥하여 쏘았다. 화살이 씽—하며 날아갔다. 사냥군은 련이어 두 번째 화살을 날렸다.

하지만 이를 어쩌랴. 마귀는 어느새 날아오는 화살을 보았는지 금시에 솥뚜껑같은 손바닥으로 방패처럼 하나하나 막아버리는것이였다. 사냥군은 한통의 살을 몽땅 날렸지만 화살마다 마귀의 발앞에 떨어졌다.

살을 다 쏜 사냥군은 어디서 힘이 솟구쳤는지 팔뚝같은 나뭇가지를 와지끈 꺾어가지고 마귀에게 덮쳐들었다. 은실이와 로인도 달려들었다. 그렇지만 사냥군은 마귀의 주먹에 쓰러지고 로인과 은실이는 그놈의 발길에 채워 넘어졌다.

마귀는 험상궂게 왝왝거렸다.

《죽일놈의 늙다리두상, 아직 막내딸이 남아있으니 뇌둘테다. 래일은 개를 데려오너라!》

마귀는 은실이를 나꾸채여 어디론가 사라져버렸다.

그날 저녁, 금실이네 집은 사람들로 웅성거렸다. 도끼로 찍어도 활로 쏘아도 모두 헛일이니 무슨 딴 훌륭한 계책이 있겠는가? 사람들은 납덩이같은 무거운 침묵속에 잠겼다.

《뱍발할아버지, 아버지와 마을의 여러분,》 금실이가 침묵을 깨뜨렸다. 그는 입술을 사려물며 또박또박 이야기했다.

《우리 언니와 고향사람들을 위해 사냥군아저씨와 오빠들 세분이 목숨을 바쳤지요. 우리가 마귀를 전승하려면 무턱대고 마주 버틸것이 아니라 지혜로 싸워야 한다고 여겨집니다. 그래야 부질없이 생명을 빼앗기지 않고 온 마을이 조난을 면하게 될것입니다.》

《그래, 지당하다. 인간의 슬기로움은 기필코 악마를 타승할것이다.》 백발할아버지는 금실이를 자랑스럽게 바라보았다.

금실이는 제 생각을 털어놓았다. 자기는 홀로 마귀 소굴에 들어갈것이니 아버지도 동리 누구도 따라나설 필요가 없다는것, 이는 마귀의 경계심을 늦추게 하는 수완이라는것, 마귀굴에 들어 그놈에게 수그러드는듯하여 마귀를 꼬임수에 걸리도록 하며 기회를 엿보아 손을 쓰겠다는것이였다. 비록 소녀몸이지만 범의 굴에 뛰여들겠다는 금실이의 다기찬 말을 들은 버들골사람들은 너나없이 감복했다.

이튿날아침, 금실이는 백발할아버지와 아버지를 비롯한 고향사람들의 하늘같은 기대를 아로새기며 집을 나섰다. 마을을 나서면서 소녀는 정든 고향의 버들잎을 한줌 훑어 옷고름속에 고이 간직했다. 아버지가 그립고 고향을 그릴 때면 고향의 버들잎을 보기 위해서였다.

금실이가 고목까지 가자 쏵— 바람소리가 나더니 마귀가 불쑥 나타났다.

《대왕님께서 왕림하셨나이까?》 금실이는 살짝 웃으며 허리 굽혀 인사하였다. 소녀의 고분고분한 소행에 흐뭇했던지 마귀는 너털웃음을 쳤다.

《고대광실 으리으리한 대왕의 궁궐에 심부름꾼 하나 없으니 어찌 허전하지 않겠는가. 그래서 너를…》

《그러나이까. 그러지 않아도 우리 가친을 너그럽게 대해주신 대왕님의 은덕을 보답하기 위해 소녀는 대왕님을 공손히 모시려 왔습니다.》 금실이는 약삭바르게 마귀의 말을 받았다.

《음, 그러면 대궐로 가자. 눈을 감아라.》 쏵— 하고 바람일자 금실이 몸이 허공에 떴다. 순식간에 마귀의 궁전에 이르렀다. 금실이 눈을 뜨고 바라보니 궁궐은 산중에 솟고 눈부시도록 으리으리하나 새 한 마리 지저귀지 않고 인기척 들리지 않아 적적하기 그지없었다.

마귀는 우쭐해서 씨벌이였다.

《호화로운 이곳이 마음에 들겠지? 여기 오면 먹을 걱정 입을 걱정 티끌만큼도 없단다.》

금실이는 마귀의 궁궐이 지옥같아 온몸에 소름이 끼쳤지만 마음을 진정하며 생긋 웃어보였다.

《대왕님을 시중하러 온 몸이 도리여 대왕님의 은혜를 받게 되였으니 이 은공 백골난망이예요.》

《네 말이 달기는 꿀같다만 행실도 다름없는지 지내봐야겠다. 대왕의 분부를 거역한다면 너도 네 언니와 같은 끝장을 볼줄 알아라!》

마귀는 땅굴속으로 들어가 사람의 창자를 한줌 움켜왔다. 그리고는 금실이더러 먹어치우라는것이였다. 금실이는 구역이 올라오는것을 가까스로 참고 얼굴에 웃음을 지으며 말했다.

≪대왕님의 말씀을 뉘들 안들을리 없겠지만 한가지의 청을 받아주세요. 인간은 익은 음식 먹기에 생식하지 못하옵니다,≫

≪음, 그럼 익혀먹도록 해라.≫령을 내린 마귀는 어디론가 가버렸다. 원래 동실이가 잡혀오는 날 마귀는 사람의 다리를 내놓고 그더러 먹으라 하였다. 동실이는 보기에도 끔직하여 마귀가 나간 틈에 구들장을 제끼고 구들골에 다리를 처넣어버렸다. 그런데 마귀는 돌아오자 다짜고짜로 삿자리를 거두고 구들골에서 사람다리를 끄집어내는것이였다. 그리고는 자기의 엄령대로 하지 않았다면서 즉시 동실이를 죽여버렸다. 그 이튿날도 까마귀는 붙잡아온 은실이에게 사람의 두골을 가져다놓으면서 골을 마시라 호령했다. 은실이는 속이 욱 치밀어올라와 두골을 굴뚝안에 홀 던져버렸다. 마귀는 돌아오더니 긴 팔을 굴뚝에 쑥 들이밀어 골통을 꺼내고는 두말않고 은실이를 죽여버렸다.

창자를 바라보던 금실이는 골머리를 앓다가 피뜩 한 꾀를 생각해냈다.

그는 창자를 솥에 넣고 졸이였다. 나중에는 숯으로 되게 만들었다. 그는 숯을 가루내여 입술에 새까맣게 문지른후 나머지는 아궁에 넣어버렸다.

마귀가 돌아왔다.

≪입술은 왜 검해졌나? 창자는 먹었느냐?≫까마귀는 꼬치꼬치 캐여물었다.

≪솥이 너무 달아올라 숯처럼 타진것을 남기지않고 깡그리 먹었습니다.≫금실이는 태연스레 대답했다.

≪음, 과연 분부대로 하였구나.≫

금실이는 마귀의 첫고비를 넘긴셈이였다.

어느날 아침이였다. 금실이가 한창 부엌에서 설겆이를 하고 있는데 난데없이 자기 이름 을 부르는 소리가 났다.

≪금실아, 어서 나오너라!≫

≪금실아, 빨리 집으로 가자!≫

목소리는 애달프게 울려왔다. 이 소리는 다름아닌 두 언니와 사냥군어저씨, 그리고 세 젊은이의 목소리였다.

≪마귀손에 빼앗긴 넋들이 되살아날 수 있을가?≫밖으로 뛰쳐나가려던 금실이는 주춤섰다. 그는 손가락에 침을 묻혀 창문종이에 구멍을 내고 밖을 내다보았다. 아닌게아니라 친인들이였다. 그들은 하냥 뜨락에서 애타게 부르고있는것이

였다. 친인을 바라보는 금실이는 당금 달려가고싶었고 저주로운 마귀소굴을 금시 떠나고싶었다, 그러나 그는 못박힌듯 옴짝하지 않았다.

마귀가 나타나지 않는게 수상하다. 놈의 술책에 빠지지 말아야한다.

바로 이때, 마귀가 홀연 뛰쳐나와 주먹을 휘두르며 사냥군과 젊은들 그리고 두 언니를 때려눕혔다. 워낙 이것은 마귀의 두 번째 꿍꿍이였다. 마귀에게는 주검을 되살리는 신약이 있었다. 그는 두 언니를 살려놓고 금실이도 잡혀왔다고 알려주었던것이다.

≪음, 너는 변심하지 않았구나. 흐하하!≫마귀는 귀밑까지 째여진 입을 크게 벌려 징그럽게 웃어댔다.

그후 또 며칠 지난 어느날 저녁이였다. 마귀는 금실이를 불러놓고 밤에 모기성화에 잠들 수 없으니 모기를 쫓으라고 일렀다.

(살가죽이 쇠붙이같은놈이 하찮은 모기를 두려워하겠는가? 날 떠보려는게 분명하다.)

한시라도 신경은 늦추지 않은 금실이는 마귀놈이 한수 뜨면 그는 두수를 건너 짚었다.

마귀는 자리에 누웠다. 금실이는 잠자코 부채질을 하였다. 마귀는 눈을 감자 드렁드렁 코를 골았다. 금실이는 마귀를 지켜보았다. 한식경이 지나자 마귀의 코고는 소리는 점점 낮아지고 눈을 번쩍 뜨는데 퍼런빛이 뿜겼다. 금실이는 연신 부채질을 하면서 마귀를 뚫어지게 보았다. 눈에 사나운 빛이 어렸지만 낮처럼 눈동자가 구을지 않았다. 마귀의 잠자는 습관을 알게 된 그는 당장 가위를 찾아 놈의 눈통을 콱 찌르고싶었지만 마음을 진정했다.

(서뿔리 행동하다간 랑패보고 만다.)

이같이 런 사흘밤을 지낸 어느날 아침, 마귀는 기지개를 하며 일어났다. 금실이가 부채를 쥐고 다소곳이 앉아있는것을 본 마귀는 ≪네 지성이 감천이로다. 오늘저녁부터는 모기를 쫓지 않아도 되니라.≫ 하고 말하였다. 금실이는 세번째 고험을 넘긴 셈이다. 마귀놈을 슬슬 구슬려보자고 여긴 금실이는 짐짓 아양을 떨었다.

≪아유. 대왕님의 치하를 받으니 저로서는 도리여 창피합니다. 대왕님을 모시러 왔으니 밤마다 대왕님께서 편히 주무시도록 시중하겠습니다.≫

그러자 마귀는 금실이야말로 대왕의 둘도 없는 충신이요, 하느님이 내리신 천복이라 하였다. 금실이는 수집은듯 얼굴을 붉히며 허리굽혀 치성을 올렸다.

《대왕님의 말씀 과분하옵니다. 산보다 높은 대왕님의 은정 일구월심 잊지 않고 보답하고저 불바다에도 뛰여들려 맹세한 소녀입이다. 무슨 분부가 없으십니까?》

《그래, 대왕님께 충실한 너에게 오늘부터 이 궁궐을 맡긴다. 열쇠꾸레미를 받거라.》

《그리고—》마귀는 삽시에 안색이 흐려지며 말을 잇지 못했다. 무슨 심중한 우려가 있겠다고 직감한 금실이는 마귀앞에 썩 나서서 주먹을 부르쥐며 맹세하였다.

《대왕님의 령이라면 이 몸이 릉지처참 되더라도 물러서지 않겠나이다!》

《참 기특하다. 넌 대왕의 단 하나인 가장 충실한 신하가 아니냐. 너는 이 약을 받아 두어라. 이 약은 신약인데 죽은 넋도 되살린단다. 가령 내가 모해받아 저승으로 가게 되면 이 약을 코에 조금 묻혀라. 그러면 이승으로 돌아올것이로다.》

《대왕님은 천하에 둘도 없는 무적장군이온데 누가 감히 해치려 들겠습니까. 덤벼드는자들이야 하룻강아지 범 무서운줄 모르는격밖에 안되지요.》

《네 찬사에 내 마음 후덥다만 대왕 우려 다름아니라 짐이 제일 꺼리는것은 버들잎이란다. 버들잎이 나의 귀나 코로 들어가기만 하면 그만 끝장이란다. 그러니 너는 어느 귀신같은놈이 버들잎으로 대왕을 해치지 못하게 지키거라. 만약 짐이 재난을 당하게 되면 즉시 그 신약으로 대왕을 구하거라.》

《대왕님의 천만분부 소녀는 하늘 향해 다짐하며 오매불망 잊지 않겠습니다.》

모든 비밀을 알아낸 금실이는 복수할 때가 되였다고 생각했다.

며칠후, 금실이는 갖은 반찬 푸짐히 차리고 술도 여러 항아리 안아왔다. 금실이는 마귀가 녹초되도록 련속 술을 권했다. 미구하여 곤드레만드레 취한 마귀는 자리에 눕자마자 퍼런빛 뿜는 방울눈 곧게 뜨고 죽은듯이 ,잠들었다. 금실이는 얼른 옷고름을 뜯었다. 심장이 튀여 나올듯 높뛰였다. 버들잎이 손에 쥐여졌다. 고향의 버들잎, 마르긴 했어도 록색 빛을 잃지 않았다. 금실이는 이를 사려물고 두근거리는 마음을 억누르며 마귀의 귀구멍과 코구멍에 버들잎을 쑤셔넣었다. 그러자 마귀는 푸들거리며 긴 숨을 몰아쉬고는 네각을 뻐드렸다.

금실이는 안도의 숨을 내쉬고 열쇠꾸레미와 약병을 들고 땅굴로 달려갔다. 굴속에는 사람들의 시체와 해골들이 가득찼다. 금실이는 차례로 시체들의 코에 보약을 조금씩 발랐다. 그러자 죽었던 사람들이 깊은 잠에서 깬듯 사지를 쭉 펴며 벌떡벌떡 일어섰다. 동실이, 은실이, 사냥군과 세 젊은이도 되살아났다. 두 언니는 동생을 부둥켜안고 흐느꼈다.

≪칼탕쳐 죽여도 성차지 않을 마귀놈은 어디 있는가?≫

사람들은 금실이를 따라 밀물처럼 마귀 있는데로 갔다. 그들은 손에 잡히는대로 마귀에게 몽둥이를 안겼고 돌로 내리깠다. 다시는 마귀의 침해를 받지 않고 마귀놈이 영원히 살아나지 못하도록 마귀궁궐을 불살랐다. 삼단같은 불길이 마귀와 마귀소굴을 삼켜버렸다.

그리하여 버들골 사람들과 함께 로인은 큰딸 둘은 시집을 보내고 셋째딸은 사위를 맞아들여 시름없이 농사지으면서 오붓이 잘살았다 한다.

김만화 구술 / 태춘호 정리 / 1982년 무순현에서 수집

팔자땜

옛날 어느 한 곳에 거부는 아니지만 자그마한 고을에서는 그래도 갑부라고 일컫는 황첨지가 고래등같은 기와집을 쓰고 살았습니다. 그런데 량반이 못되다 보니 아무리 부자라고 하지만 길 갈 때 감히 말도 타지 못하고 다니였습니다. 그래서 속으로 늘 량반을 부러워하다가 아들녀석이 나이 차자 량반과 혼사하면 체면이 서리라고 여겨 살림이 아주 군색한 배좌수네와 혼사를 정했습니다.≫

잔치날이 되자 신랑집에선 권세는 없으나 돈냥이나 있는데다가 량반가문과 혼사를 맺었는지라 아래웃 마을이 들썩하게 잔치를 차렸습니다. 한편 신부집에서도 딸 시집보내는데 별로 차리진 못했지만 사돈집괴 짝질세라 배좌수가 친히 상객으로 갔습니다.

그런데 이 배좌수란 위인을 놓고 말하자면 몇 대 웃대에서는 감사자리를 했다지만 배좌수대에 와서는 아주 망하고말아 지금은 조반석죽도 극난한 살림을 한다나봐요. 그래서 이번 상객으로 오는김에 배꼽이 쑥 나오도록 실컷 먹고 가겠다고 벼르고 왔습니다. 하 그런데 막상 도착하니 예상외로 사돈집에서 얼마나 하늘같이 떠받들며 귀인대접을 하는지 배좌수도 사람 많은데서 체면 차리느라 나오는 닭알침을 꿀꺽 삼키고 겨우 간에 기별이나 갈 정도로 먹었습니다.

전에는 상객으로 온 사람이 당일에 돌아가지 않고 하루밤씩 묵어가는 법이여서 배좌수도 사돈집에서 밤을 지내게 되였습니다.

밤이 깊어지자 주인집에서는 며칠을 두고 잔치준비에 눈코뜰새 없이 돌다보니 고단해서 어른 아이 할것 없이 모두 노그라 떨어졌습니다. 그러나 배좌수는 배에서 나는 꼬르륵 소리를 들으며 이리 뒤척 저리 뒤척 잠을 못이루고있었습니다. (차려들여왔을 때 실컷 먹었을걸…)하고 후회하면서 그는 눈을 지그시 감고 억지로 잠을 청했습니다. 그런데 될턱이 있겠어요? 눈을 감으니 향기 그윽하던 탁주, 청주, 소주며 큰상에 고여놓았던 통닭, 소갈비 고기점이며 보기에도 먹음직하던 송편, 중편, 인절미며 그밖에도 갖가지 지짐붙이와 과일들이 연해연방 떠올라 군침이 슬슬 돌았습니다.

(에라, 수염이 석자라도 먹어야 량반이랬다.)

배좌수는 참다못해 일어나 앉아 대통에 불을 다는척하며 동정을 살폈습니다. 귀를 강구어 들어보니 사방이 쥐죽은듯 고요하고 방문을 빠끔히 열고 살펴보니 부엌간에 불이 환한데 인기척이라곤 조금도 없었습니다.

(에라, 기회가 좋구나.)

배좌수는 남이 볼세라 대통을 놓고 발뒤축을 고이고 살금살금 부엌으로 내려갔습니다. 부엌에 들어가니 놋초대에 대초불을 대낮같이 밝혔는데 그는 볼이 터지게 닥치는대로 입에 걸어넣었습니다. 자라병에 담아놓은 상객에게 드릴 청주도 병채로 기울여버렸고 그릇그릇 담아놓은 안주도 손으로 막 집어먹었습니다.

실컷 먹고난 그는 배도 부르고 게트림도 나오는데 부엌을 한번 휘―둘러보았습니다. 그런데 정신이 버쩍 들도록 선반우에 깨끗이 닦아놓은 놋그릇들이 눈에 띄였습니다. 뚜껑을 착 해서 덮어놓은 술종지, 장종지, 주발대접, 함이며 그옆에 놓인 반병들이, 놋양푼까지도 참 탐이 날 지경이였습니다.

옛날에 바늘도적이 소도적 된다고 음식을 실컷 훔쳐먹고난 그는 인젠 그릇까지 들고 갈 생각이 들었습니다. 그래서 놋그릇 담을 광주리도 찾을새도 없는지라 제 중우를 훌렁 벗어서 아랫도리를 꾹 잘라매고는 놋그릇을 하나하나 손에 닿는 대로 모조리 주어담았습니다. 그리고는 쓰다버린 새끼오리를 주어 대충 짐바를 만들어 걸머지고 일어나려 했으나 일어설수가 없었습니다. 그것은 술을 급히 마셔 주기가 확 올랐기때문입니다. 한참동안 모지름을 써서 겨우 반쯤 일어났다가 그만 벌렁 주저앉았습니다. 그래도 일어나 보려고 뒈번 안간힘을 써보다가 안되니 한숨 쉬여가지고 일어나려 하였는데 그만 노그라져 그대로 잠들고말았습니다.

새벽닭이 홰를 치자 부엌군들이 아침상을 차리려고 부엌문을 열었습니다.그런데 웬 사람이 두루마기만 입고 중우는 벗어 한짐 해지고 큰대자로 늘어져 세상 모르고 코를 골고있었습니다. 그래서 빨리 나와 도적 잡으라고 고함을 쳤습니다. 그러자 남정들도 나오고 황첨지도 버선발로 뛰쳐나와 보았습니다.

《어이구, 도적은 무슨 도적, 사돈량반 이게 웬 일이시우?》

황첨지는 그래도 사돈이라고 배좌수를 흔들어 깨우는데 그는 짐 진채로 기지개를 하는것이였습니다.

배좌수는 깨여보니 똥 묻은 개낯짝 신세가 되였는지라 창피스러워서 중우도 입지 못한채 사랑방으로 허겁지겁 달려들어가 고개를 푹 숙이고 앉아있었습니다.

《량반네와 혼사를 맺었다더니 량반이 아니라 개차반이로구만.》 하면서 비단보에 개똥 싼 격이라고 여기서도 숙덕숙덕, 저기서도 쑥덕쑥덕 야단이였습니다. 개골망신한 황첨지도 한쪽에 앉아서 하늘만 쳐다보며 후—한숨을 내쉬였습니다.

배좌수가 톡톡히 망신했다는것을 신부도 알게 되였습니다. 얼굴에 모닥불을 들씌워놓은듯 신부도 안절부절 못하였습니다. 엎지른 물은 다시 담지는 못해도 무슨 뾰족한 방책이 없겠는가 신부는 안타까이 이 궁리 저 궁리 했습니다. 그러던 끝에 신부는 대반을 불러 상객 거처하는 사랑으로 인도하게 하더니 사랑방 뒷마루에 부복하고 부친께 다음과 같이 아뢰였습니다.

《아이고 아버지, 이게 무슨 일이시옵니까, 전에 아버님께서 제 사주가 세여 상부할 팔자랍시며 시집보낼 때 저를 데리고 첫길에 가셔서 인간전에 대망신을 하셔야 저의 팔자땜을 할수 있답시더니 오늘 미천한 이 녀식 때문에 그런 망신을 하셨습니까!≫ 흑흑…신부가 느껴울자 황첨지도 속으로 빤하지만 사돈 흉이자 내 흉 아니냐고 생각하고는 짐짓 무릎을 탁 치며

≪그럼 그렇겠지, 딸자식이 상부하면 내 아들 죽는것이 이닌가!≫하며 반죽 좋게 받아넘기였습니다. 그후부터 황첨지네 집에서는 며느리를 천금같이 여기고 량반 부럽다는 소리를 다시는 입밖에 내지 않았습니다.

방수선 구술 / 서정화 정리 / 1981년 신민현에서 수집

어비

지척을 분간할수 없는 캄캄한 어두운 밤이였습니다. 큰 범 한 마리가 송아지를 훔쳐다 잡아먹으려고 부자집 외양간에 들어섰습니다.

밤도 이슥히 깊어 세상이 정적속에 잠들고 있었습니다. 그런데 방안에서 어린 애 우는 소리가 들려왔습니다. 엄마는 애를 달래느라고 무등 애를 썼습니다.

≪애, 울지 말아, 승냥이 온다!≫

그래도 아이는 그냥 울었습니다.

≪애, 울지 말아, 범 온다!≫

그래도 아이는 그냥 울었습니다.

≪울지 마, 울지 마. 어비 온다!≫

그러자 아이는 울음을 뚝 그쳤습니다.

범은 ≪어비≫가 뭔지 모릅니다. 그러나 어쨌든 승냥이보다도, 범보다도 세상에서 가장 무서운 짐승이라고 생각했습니다. 그러자 무서움이 앞섰습니다.

그런데 바로 이때 소도적이 외양간으로 살금살금 다가왔습니다. 바스락소리를 들은 범은 어비가 오는가부다 생각하고 겁을 먹고 소들 짬에 끼여들어가 엎드렸습니다. 소도적은 살진 소를 고르느라고 소엉치를 하나하나 만져보았습니다. 그러다가 소들 짬에 끼여있는 범의 엉치를 만져보니 유별나게 살이 포동포

동하였습니다. 물론 소도적은 여기에 범이 엎드려있으리라곤 꿈에도 생각하지 못하였습니다.

(이놈의 소가 살이 제법 올랐구나! 이놈을 훔쳐가자!)

이렇게 생각한 소도적은 고삐를 찾으려고 범의 잔등을 어루쓸어 더듬었습니다. 범은 겁에 질려 벌벌 떨다가 화닥닥 일어났습니다. 소도적은 범의 귀를 부여잡고 잔등에 닝큼 올라탔습니다.

(요놈의 소새끼, 네가 일어나면 어쩔 셈이냐!)

범은 ≪어비≫가 등에 올라탄지라

(이제는 영낙없이 죽었구나. 죽더라도 뛰다가 보자!)고 생각하고 냅다 뛰기 시작했습니다. 범의 등에 올라탄 소도적은 귀를 단단히 붙잡고 살진 소가 돼서 빨리도 뛴다고 생각했습니다.

범은 산으로 달렸습니다

소도적은 흐뭇하여 ≪잘도 뛴다. 멀리 뛰여라! 백리밖에 가서 팔아먹으면 누가 알겠나!≫ 하고 중얼거렸습니다.

범은 숲속으로 달렸습니다.

소도적은 의심이 나서 ≪고약한 소새끼로다. 숲속에서도 이렇게 펄펄 나는가?!≫ 하고 쏭얼댔습니다.

범은 밤새껏 달렸습니다. 힘든줄도 모르고 달렸습니다. 범을 타고가는 소도적도 지쳤습니다.

푸름푸름 날이 샙니다.

소도적이 얼핏 살펴보니 소가 아니라 큰 범이였습니다.

≪엑키! 잘못되였구나!≫

범의 등에 탔으나 문뜩 내릴수도 없고 그냥 타고가자니 어떻게 끝장이 날지 모를 일이였습니다.

날이 훤히 밝았습니다. 소도적은 살구멍을 찾으려고 두리번두리번 살폈습니다. 마침 범이 구새먹은 나무를 지나갈 때입니다. 소도적은 닝큼 뛰여내려 구새통안으로 들어가 숨었습니다. 구새통은 한길이나 높고 우에만 구멍이 있었습니다.

범은 잔등에서 ≪어비≫가 내리자 한시름 놓고 산꼭대기 버랑우로 뛰여올라가 앉아 숨을 톱아쉬며 한숨 쉬였습니다.

산우에서 이 광경을 빤히 내려다보고있던 여우란놈이 범을 찾아가서 말했습니다.

≪범아저씨, 어째 좋은 끼니감을 버리고 오셨나요?≫

≪애, 말도 말아!≫ 하고 범은 극도로 지치고 무서움에 말도 변변히 못하였습니다.

≪그, 그건 <어비>라는거야! 세상에서 제일 무서운거야!≫

≪범아저씨두! 우리 함께 가보자요! 어비는 무슨 어비, 세상에 무슨 <어비>가 있다는 말은 듣던바 처음이겠네요!≫

≪처음이라구? 넌 못들어봤어두 난 다 들어서 안다! 그건 분명 어비야!≫

범은 그래도 제가 안다고 뽐내였습니다.

≪범아저씨, 우리 가보자요. 분명 사람인데요. 여기까지 사람냄새가 풍겨오지 않아요?≫

그 말에 범도 코를 벌름거리며 냄새를 강귀 맡았습니다. 과연 사람냄새가 풍겨왔습니다. 범은 어비도 사람냄새가 나는가 하여 의심이 갔고 겁도 났으나 여우를 따라 구새통나무 있는데로 내려왔습니다.

≪범아저씨, 올라가서 구새구멍을 막아요. 내가 나무를 파넘길테니!≫

≪난 싫다. 네가 구새구멍을 막아라. 내가 나무를 파 넘기겠다!≫

여우는 나무에 올라가서 구새구멍을 막아 타고 앉았습니다. 범은 발톱으로 나무뿌리를 파헤치기 시작했습니다.

소도적은 구새통안에서 범과 여우의 말을 듣고있었습니다. 그런데 여우란 놈이 구새구멍을 타고 앉지 않겠어요!

(인제는 영낙없이 죽게 되였구나!)

이렇게 생각한 소도적은 범에게 물려가도 정신을 차려야 한다는데 겁부터 먹지 말고 살 구멍수를 찾아야 한다고 생각했습니다. 머리 들어 두리번두리번 살펴보던 소도적은 한가지 수가 떠올랐습니다. 글쎄 여우란 놈의 삼단 같은 꼬리가 척 늘어져있지 않겠어요 소도적은 자기의 상투끈을 풀어서 여우의 꼬리목을 단단히 잡아매여 당겼습니다.

≪아고고! 이놈이 문다!≫

아파난 여우가 소리쳤습니다.

소도적은 염낭에서 손칼을 꺼내여 여우의 꼬리를 도려내기 했습니다. 여우는 아픔을 이기지 못하여 구새나무우에서 대굴거리며

≪아이고 나 죽는다! 분명 어비로구나! 어비가 틀림없다!≫하고 비명을 질렀습니다.

나무뿌리를 파헤치고있던 범은

≪글쎄, 보라니! 어비가 틀림없다니까두. 잘못하면 나까지 죽겠다!≫ 하면서 돌쳐서서 벼랑우로 도망쳤습니다.…

범은 새끼범을 모두 불러다가 벼랑우에 앉혀놓고 여우를 잡아 등에 걸머지고 골짜기를 걸어나가는 소도적을 보며 말하였습니다.

≪잘들 보아두어라! 저것이 <어비>라는거다! 저건 세상에서 제일 무서운 물건이란다!≫

≪엄마두, 저건 사람인데요!≫

새끼범이 말하자 이미범은 훈시조로 말을 이었습니다.

≪그러기에 너희들더러 잘 보아두라는게다. 척 보기에는 신통히도 사람 같지, 냄새두 사람 냄새가 나구. 그래두 저건 어비야! 나두 저것한테 죽을번했다. 그러니 앞으로 사람을 만나면 멀리서 어비인지 사람인지 똑똑히 갈라본 다음 달려들어 잡아먹어야 하느니라!≫

어미범의 이런 분분가 있은 다음부터 범들은 사람을 보면 멀찌감치서 뒤를 따르거나 눈치를 많이 보며 함부로 달려들지 못한다고 합니다.

리창하 구술 / 소민 정리 / 1982년 장당에서 수집

신유복

지금으로부터 약 400년전, 리조때 일이다. 어느 마을에 신유복이라는 사람이 살고있었다. 아버지가 세상을 뜬후 몇 달 지나 태여났기에 이름을 유복이라 지었

다. 아버지가 어떻게 생겼는지 알지도 못하는 유복이는 어머니의 따뜻한 품속에서 애지중지 자랐다. 그런데 유복이가 일곱살나는 해에 그만 어머니마저 병에 걸려 세상을 뜨고 말았다. 조실부모한 유복이는 하는수 없이 집을 떠나 류리걸식하게 되였다.

유복이는 날마다 낮에 문전걸식을 하고는 밤에 갈곳이 없어 헤매다 남의 집 토방아래서가 아니면 들판의 숲속에서 잠을 자군 하였다.

유복이가 아홉살이 된 어느날이였다. 한 마을에서 밥을 빌어먹고 다른 마을로 발길을 옮기는데 날은 어두워져 지척을 분간할수 없게 되였다. 나어린 유복이는 숲속이 무섭기는 하였으나 할수 없이 풀밭에 쪼크리고 앉아 날을 밝히다가 새벽녘에 그만 잠이 포근히 들고말았다.

이때 팔도를 순회하는 암행어사가 이 마을에 들어 류숙을 하고 아침 일찍 들구경을 나가게 되였다.

해가 동산에 솟아오르는데 유복이가 자고있는 숲속에서는 류달리 하얀 안개가 하늘공중으로 피여오르고있었다.

(무슨 영문일가? 어째 저곳에서만 류달리 안개가 피여오를가?)

이상하게 생각하던 어사는 그 숲속으로 발길을 옮기였다. 숲속에 가보니 한 거지아이가 달콤히 새벽잠을 자고있었다. 어사는 그 애를 깨워 일으켰다. 아이는 달게 자다가 누가 깨우는바람에 놀라 일어났다.

《너는 뉘 집 아이냐? 어찌하여 이 험한 숲속에서 잠을 자고있느냐?》

《전 일찍 부모를 여의고 의지할 곳 없어 류리걸식하다보니 이 지경이 되였습니다.》

아이의 말을 들은 어사는 두손을 맞잡고 긴 한숨을 내쉬며 말했다.

《음, 그러냐, 너 나를 따라오너라.》

유복이는 누구인지도 모르고 머리를 숙이고 그 사람의 뒤를 따라갔다.

어사는 고을에 들어서자 사또를 불렀다. 어사가 찾는지라 사또는 지체없이 대령하였다.

《이 고을에서 뉘 집 딸이 말쑥하게 잘 생겼는고?》

아닌 밤중에 홍두깨 내밀듯 뜻하지 않은 물음에 사또는 그만 말문이 막혔다. 그러나 어떤 령이라고 묵묵부답하랴. 잠간 생각을 해보니 그 언제인가 좌수네 집에 가서 술을 마실 때 좌수 딸들을 본 생각이 났다.

《예, 있나이다. 저 우리 골 좌수네 딸이 괜찮나이다.》하고 사또는 떨리는 목소리로 대답을 하였다.

어사는 시침을 따더니

《음, 그러면 어서 빨리 좌수를 대령시켜라!》하고 령을 내렸다.

암행어사가 출도를 하면 산천초목도 떤다 했으니 어느 령이라 거역하랴! 얼마 지나지 않아 좌수가 대령하였다.

《듣자니 자네한테 딸이 있다는데 이 아이를 데려다 사위를 삼는게 어떠하오?》

《예!》

좌수에게는 청천벽력이였으나 어사의 령이라 할수 없이 어린 유복이를 데리고 자기 집으로 돌아왔다.

이왕지사 데려 왔으니 우선 밥이나 먹게 하고 천천히 말을 꺼낼 판이다.

《애들아, 여기 밥상 차려오너라.》

《예!》큰딸이 대답하고 밥상을 차려들고 왔다. 유복이는 굶주림에 시달리던 차라 렴치불구하고 밥상을 받아 게눈 감추듯 하고 빈상을 물렸다.

한숨을 쉬던 좌수는 하는수 없이 딸을 불렀다.

《애, 큰애 있느냐?》

《예!》

큰딸이 부엌에서 대답하고 방으로 들어왔다.

좌수는 헛기침을 두어본 하고 물었다.

《애, 우리 골에 어사님이 왔댔는데 날더러 이 아이를 사위 삼으라 한다. 너는 어떤고?》

《……》

큰딸은 머리를 수그리고 옷고름만 만지작거리며 아무런 대답도 없었다. 젖내 나는 저 아이하고 기어코 살라면 아예 죽고말리라 생각한 큰딸은 아버지에게 말하였다.

《저는 싫어요.》 이 말이 나오기를 고대하던 좌수는 한마디 권고하는 말도 없이 큰딸을 내보냈다.

죄수는 둘째딸을 불렀다. 둘째딸은 냉큼 뛰며 싫다면서 밖으로 나가버렸다. 그래서 셋째딸까지 싫다면 어디서 처녀를 하나 빼앗아다가 사위를 삼았다 하고 내쫓을 예산이였다.

그런데 셋째딸을 불러다 물으니 그 애는 아무 말도없이 머리만 수그리고있다가 뜻밖의 말을 하였다.

《어사님께서 부친님보고 애를 사위 삼으라 했기에 제가 키워서 랑군으로 삼겠습니다.》

죄수는 기분이 나빴으나 어사의 엄령이 무서워 셋째딸더러 이 아이를 데리고 나가 살라하면서 집에서 내쫓았다.

셋째딸은 다 무너져가는 오막살이 한간을 얻어가지고 유복이를 데리고 살림을 하게 되였다. 그는 코흘리개 동생같은것을 랑군으로 삼고 새살림을 하자니 기가 딱찼다. 랑군이 나이 어려서 품팔이도 할 수 없어 빌어먹을수밖에 없었다. 빌어먹는바에는 랑군을 공부시켜 과거보일 생각을 하였다. 그래서 이튿날부터 유복이를 서당에 글공부보내고 자기는 밥동냥을 하였다.

세월은 흘러 유복이 열다섯살나는 해였다. 그는 서당에서 공부를 잘해 과거보일수 있게 되였다. 그러나 돈이 없어 서울에 갈수 없었다.

셋째딸은 돈을 구하러 친정에 갔다가 두 언니한테 매만 맞고 돌아왔다. 속담에 동냥은 못주나 바가지는 깨치지 말라고 했는데 돈을 주지 못할망정 때리기는 왜 하는가? 에라 엎어진김에 절이라 매맞는김에 본가 고간에 들어가서 쌀이나 훔칠수밖에 없다고 생각했다. 그리하여 그는 야밤삼경에 본가 담장을 살그머니 넘어 고간문을 열었다. 그런데 고간에 방울을 달아놓아 방울소리가 《달라당》 났다. 죄수는 깊은 잠이 들지 않았는지라 고간문 방울소리를 듣고 소리질렀다.

《애들아, 고간에 도적이 들었다.》

그러자 큰딸, 큰사위, 둘째딸, 둘째사위가 일어나 초불을 들고 고간으로 달려나왔다. 사람들이 나오는줄 안 셋째딸은 피해 숨었으나 샅샅이 수색하는바람에 끝내 붙잡히고말았다.

《이년아, 낮에는 와서 돈을 달라고 하더니 밤에 와서는 쌀을 훔쳐!》

두 언니가 때려주는 바람에 또 매만 실컷 얻어맞았다. 막다른 골목에 이른 그는 하는수 없이 자기 머리채를 잘라 달비를 만들어 팔수밖에 없었다.

랑군이 서울로 과거보러 떠날 때였다. 그는 달비를 내여주면서 서울까지 가는 길에서는 밥동냥을 하고 서울거리에 들어가서는 이 달비를 팔아 요기를 하라고 신신 당부하였다.

유복이는 비록 나이 어리지만 총기 있는 아이라 자기가 공부를 하게 된것도 안해의 덕이요, 서울 과거보러 가는것도 안해의 덕이라 안해의 말을 명심하였다.

유복이는 안해와 작별하고 서울가는 길에 올랐다. 그런데 공교롭게도 좌수의 큰사위와 둘째사위도 과거보러 같이 가게 되였다. 두 사위는 세력 있고 돈이 있다보니 말을 타고 가게 되고 유복이만은 도보로 그들의 뒤를 타박타박 따라가게 되였다.

본래 유복이를 천대하고 멸시하던 그들이라 데리고 가기는 고사하고 도리여 못가게 방애하였다. 유복이는 그들이 보이지 않으리만큼 떨어져 그들의 뒤를 간신히 따라갔다.

드디여 유복이도 서울에 들어섰다. 서울거리에서 달비를 팔아 붓과 종이 참먹을 사다나니 돈이 얼마 남지않아 한 두부방집을 찾아갔다.

유복이가 두부방집을 찾아온 사연을 자초지종 말하자 주인할머니는 반가이 맞으면서 들어오라고 하였다. 마침 그 할머니는 자식 없이 혼자 지내는 처지라 유복이더러 자기 집에 있으면서 과거를 보라고 하였다.

과거날은 드디여 왔다. 유복이도 고래등같은 기와집 뜨락에 들어섰다가 뜻밖의 봉변을 당하였다. 좌수의 두 사위가 달려들어 과거시험장에서 유복이를 내쫓았다. 유복이는 생각할수록 분하고 원통하였다.

하나 유복이는 과거시제를 보고 쫓겨나왔는지라 대문밖에서라도 쓸 생각이 있어 종이와 먹, 붓을 꺼내였다. 일필휘지 쭉 써넣고나니 마음은 흐뭇하였다. 과거를 본 사람들이 다 돌아간후 유복이는 시험장에 들어가 보았다. 시험장은 쥐죽은듯 조용하였고 시관들도 퇴근하고 없었다. 시간은 이미 늦었다. 그러니 시답을 누구에게 주고 간단말인가? 무거운 발걸음으로 대문밖을 나온 유복이는 애달프게 통곡을 하다가 과거시답을 대문옆 기와장에 끼워넣고 두부방 할머니네 집으로 돌아왔다.

한편 유복의 처는 나어린 남편이 서울에 간후 집에서 칠성단을 만들어놓고 하느님께 빌었다. 며칠이 지난 어느날 밤이였다. 그는 남편이 룡을 잡아타고 하늘공중으로 날아가는것을 보고 왜 혼자만 가는가고 땅을 치며 통곡을 하다 깨고보니 꿈이였다. 필경 남편이 과거에 급제할 꿈이였다.

그런데 며칠 지나 좌수의 두 사위는 락방하고 돌아왔는데 유복이는 돌아오지 않았다. 그리하여 유복의 처는 날마다 기다리며 눈물로 세월을 보내는판이였다.

유복이는 이왕지사 얻어먹는 형편이라 과거급제를 발표하는것을 보고가려고 두부방 할머니네 집에서 할머니 일손을 도와드리며 그날을 기다렸다.

과거를 본 그날 밤이였다. 전례없이 대문이 환하였다. 바깥출입을 하던 시관들은 모두 놀라면서 도깨비불에 홀리지나 않았는가 의심하였다. 대문께서는 점점 빛을 뿌리였다. 필경 대문쪽에 무엇이 있겠다고 생각한 시관들은 조심조심 대문주위를 살펴보았다. 그래서 그 기와장을 들치고 보니 글발이 씌여진 종이장이 있었다. 시관들은 그것을 가지고 방에 들어와 대초불을 켜놓고 보니 그것은 과연 옥필이였다. 이번 과거시답에서 제일 잘 지은 문장이라 시관들은 신유복이를 장원으로 택하였다.

며칠 지나 유복이는 과거시험장에 들어가 보았다. 고래등같은 기와집앞에는 장원급제 신유복이라고 쓴 큰 글자가 나붙었다. 이에 유복은 시관을 찾아가 큰 절을하고 명함을 올리였다. 나라에서는 유복에게 어사복과 마패를 발급하였다. 어사복과 마패를 받은 유복이는 뜨거운 눈물을 흘리였다.

그리운 남편이 장원급제하고 돌아오리라 생각했던 안해는 돌아오는 남편의 행색을 보고 그만 락심하였다. 하나 그가 죽지 않고 돌아왔으니 안해는 기쁘게 맞이하였다.

이튿날이였다. 유복이는 안해더러 음식상을 잘 차리라고 하였다. 안해는 무슨 영문인지 모르고 정성껏 차렸다. 유복이는 돌아가신 할아버지, 할머니, 아버지와 어머니를 잊지 못하여 상을 차려놓고 제를 지냈다.

이때 좌수네 큰딸과 둘째딸은 유복이네 집에 전례없이 불빛이 환한것을 보았다.

《저것들이 무엇을 하느라고 저렇게 불을 환히 켰을가?》

의심이 간 좌수네 두 딸은 유복이네 집에 가서 창문사이로 몰래 들여다보니 부부간이 꿇어앉아 절을 하고있는것이였다.

(옳지, 저놈들이 우리를 망하라고 빌고있구나. 빨리 가서 아버지께 알려드려

야지.)

두 딸의 말을 들은 좌수는 성이 상투끝까지 올라서 당장 때려죽일 놈이라고 욕을 퍼붓고는 몽둥이를 들고 좌수가 앞서는데 딸들 또한 뒤따라나섰다. 유복이네 집에 가서 창구멍으로 들여다보던 좌수는 갑자기 그 자리에 못박히고 말았다. 좌수는 유복이가 장원급제했다는것을 알고 몽둥이를 던지고

≪얘들아, 저놈이 장원급제했구나! 장원급제!≫

이튿날, 서울에서 떠난 라졸들이 좌수네 집에 도착했다. 라졸을 본 좌수는 이젠 영락 없이 죽었다고 생각하며 사시나무 떨듯 떨고만 있었다. 그런데 라졸을은 신유복이를 찾기에 좌수는 숨을 죽여가며 그들을 데리고 유복이네 집으로 갔다.

유복이는 라졸들을 데리고 고을에 들어가서 좌수의 두 사위를 불렀다. 그들 둘은 자기들이 한 짓이 있는지라 이젠 꼭 죽는줄 알았다. 그런데 뜻밖에도 음식 네 상을 차리라고 하니 한시름 놓게 되였다. 음식상이 다되자 유복이는 장인과 장모, 처형을 청했다. 장인은 이게 마지막 대접이리라 생각하고 막 먹지만 처형 둘은 무슨 감투끈인지 몰라 우두커니 보고만 있었다.

≪내가 고을을 떠나기전 마감으로 한끼 대접하려는데 들지 않다니 아직도 나를 얕보는가!≫

어사는 좌수의 두 사위를 불렀다.

≪너희들은 음식을 어떻게 차렸기에 처형들은 먹지를 않느냐?≫

≪여봐라≫

≪예―익!≫ 라졸들이 대령했다.

≪저 두놈을 끌어내다 곤장 50개씩 안겨라!≫

≪예―익!≫

라졸들은 마치 미친개 끌어내듯 줄줄 끌어내다 곤장을 안겼다.

음식상을 물린후 유복이는 진정을 쏟아놓았다.

≪아버님, 어머님! 전 임금의 령을 받들고 래일 서울로 올라가게 됩니다. 집안의 과거지사는 다 잊어버립시다. 이제부터는 마음을 옳게 먹고 서로 오가며 친절하게 지낼것을 원하옵니다!≫

그리고나서 이튿날 어사 유복이는 안해를 데리고 서울에 올라가 만백성을

돌보며 잘살았다 한다.

최성옥 구술 / 김순화 정리 / 1979년 신빈진에서 수집

개다리

　먼 옛날, 령남땅 어느 두메산골에 두집이 있었는데 한집은 서울에 내놓아도 곱을수 있는 부옹이였고 다를 한집은 그 부자집에서 머슴을 사는 땅 한푼 없는 가난한 집이였습니다. 부자집에는 무남독녀 련화가 있었고 머슴집에는 외독자 차돌이가 있었는데 그들 둘은 어려서부터 서로서로 정이 들었습니다.

　낮말은 새가 듣고 밤말은 쥐가 듣는다고 그들 사이를 눈치챈 부자는 련화와 차돌이가 만나는것을 엄금하였습니다.

　그러던 어느날 부자는 린근읍의 명문거족의 도련님을 사위로 물색하고 혼사를 맺어주려 하였습니다.

　《가친께서 어찌 종신대사를 처리하는데 인품을 보지 않고 가문만 보고 결정하옵니까? 소저는 일찍 차돌이와 언약을 맺었는즉 가친께서 용서하시길 바라옵니다.》

　련화는 추호도 당황하지 않고 부친의 의향을 거절하였습니다.

　딸의 소향에 노기충천한 부자는 당장 련화를 규방에 가두어놓고 두문분출하게 하였습니다. 화가 동한 부자는 종로거리에서 뺨맞고 한강에 나가서 눈을 홀기듯 분풀이 할데 없으니 애매한 차돌이네를 내쫓았습니다.

　차돌의 부모는 끼식도 곤난한데다 심화병에 걸려 선후로 세상을 떴고 차돌이도 주야장철 련화를 생각하며 벙어리 랭가슴 앓듯 하다가 끝내 숨지고 말았습니다.

　그리하여 부자는 마음 놓고 련화를 규방에서 내놓았습니다. 련화는 규방에서 풀려나오는 그날로 차돌이네 집을 찾아갔습니다. 그는 머슴들을 통해 차돌이가 죽었다는것을 알게 되였습니다.

련화는 그길로 차돌의 무덤을 찾아가서 두팔로 무덤을 안고 하늘이 꺼지게 통곡하였습니다. 그후에도 그는 짬만 있으면 아버지 몰래 차돌이의 무덤을 찾아 갔고 무덤을 깨끗이 손질하여주었습니다

그런데 이상하게도 차돌의 무덤우에 조 한이삭이 자라났습니다. 정성들여 가꾼 련화는 팔월추석날 탐스럽게 무르익은 조이삭을 소중히 꺾어서 품안에 넣고 집으로 돌아왔습니다.

그는 밤에도 그 조이삭을 품에 안고 잤습니다. 그런데 두어달 지나자 련화는 태기가 있게 되였습니다

그동안 여러곳에서 청혼이 들어왔으나 련화는 모두 퇴자를 놓았습니다. 몇 달이 지나자 련화의 배는 남산만해졋습니다. 이 사연을 알고 화가 동한 부자는 당장 련화를 집에서 내쫓았습니다. 련화는 무거운 몸으로 몇날며칠을 걸어서 한적한 산중에 늙은 량주가 살고있는 집에 들리여 류하게 되였습니다.

련화는 그집에 와서 며칠 지나지 않아 해산하게 되였는데 덩실한 귀동자를 낳았습니다. 그는 아이의 이름을 조이삭에서 생긴 자식이라 귀곡자(鬼谷子) 라 고 불렀습니다.

련화는 늙은 량주를 도와 길쌈을 하였고 자기가 지니고 온 장식품을 팔아 그 돈으로 귀곡자를 애지중지 키웠습니다.

귀곡자는 총명한지라 한자를 배워주면 열자를 알고 열자를 배워주면 백자를 알게 되여 어머니슬하에서 학문을 깊이 닦았습니다. 귀곡자는 어머니를 도와 길쌈도 하고 나무도 하는외에 의학공부를 하였는데 몇 년내에 고금중외의 책들 을 다 탐독하여 성년이 되였을 때는 화타에 못지않은 명의로 가근방에 소문이 자자하였습니다.

귀곡자는 백성들의 병을 무료로 치료해주었기 때문에 날마다 귀곡자네 집으 로 병보러 오는 사람이 수백명이나 되였습니다.

이때 고을의 원님이 다리의 부스럼병으로 앓고있었는데 령남의 명의라는 명 의는 모조리 청하여 치료해보았으나 백약이 무효였습니다. 그리하여 원님이 수 심에 잔뜩 잠겨있을 때 원님의 부하 서리가 귀곡자라는 사람이 병을 잘 고친다는 소문을 듣고 원님에게 아뢰였습니다.

≪존귀하신 원님께 아룁니다. 소인이 귀곡자라는 숨어있는 명의를 탐문했사

오니 그놈을 데려오면 원님의 병을 꼭 고칠수 있을가봅니다.≫

≪소문난 명의들도 내 병을 고치지 못했는데 숨어있는 민가의사가 어찌 내 병을 고치랴. 허튼소리 말아라.≫

원님은 도리머리를 하였습니다.

≪소인이 머리를 내걸고 보증하오니 나에게 관졸들만 따라보내면 가차없이 그놈을 데려오겠나이다.≫

서리는 목을 길게 빼고 손으로 목을 베는 시늉을 하며 장담하였습니다.

원님은 밑져야 본전이라 생각하고 서리의 청을 승낙하였습니다.

서리는 말을 타고 몇 관졸들의 옹위하에 사기충천하여 밤도와 귀곡자네 마을로 길을 재촉하였습니다. 서리가 귀곡자네 집에 도착하였을 때는 새벽이건만 병보러 온 사람들이 수십명 잘되게 줄을 지어 있었습니다. 서리는 말안장에서 내리지도 않고 거들먹거리며 말을 몰아 귀곡자네 집 창가에 가서 채찍으로 창문을 치며 호령하였습니다.

≪귀곡자, 네 듣거라! 지금 본 고을 원님이 병중에 있으니 지체하지 말고 얼른 나를 따라 나서거라.≫

≪새벽부터 기다리는 수많은 환자를 두고 나는 이곳을 떠날 수 없는줄로 아뢰오.≫

귀곡자는 서리를 거들떠보지도 않고 태연자약하게 거절하였습니다.

≪뭣이 어쩌고 어째? 원님이 중하냐? 백성이 중하냐? 원님의 엄령을 거역하면 엄벌을 받을것인즉 어서 썩 나서지 못할가?≫

서리는 노발대발하였습니다.

≪원님도 사람이고 백성도 사람이니 병을 보려거든 원님을 이리로 모셔오시오.≫

귀곡자는 안병부동하였습니다.

화가 상투끝까지 난 서리는 관졸들을 시켜 귀곡자를 묶어 군청으로 압송하게 하였습니다.

군청에 도착한 서리는 귀곡자를 보고 당장 원님의 병을 고치라고 우격다짐하였습니다.

≪나으리의 다리는 백약이 무효인줄로 아뢉니다.≫

귀곡자는 원님의 환처를 진맥해보고 말하였습니다.

≪네 이놈, 만약 내 병을 고치치 못한다면 산목숨으로 이 군청을 벗어나지 못할줄 알아라.≫

원님은 대노하였습니다.

≪나으리의 다리를 고치려면 병든 다리를 자르고 피줄이 같은 다른 사람의 다리를 찾아 맞춰야 하나이다.≫

≪다른 사람의 다리야 얼마든지 있지 않는가. 내 병만 고치면 되니 그런 넘려는 말고 어서 병을 고치도록 해라.≫

원은 인차 서리를 시켜 귀곡자를 데리고 감옥에 가서 피줄이 같은 죄인을 잡아오라고 분부하였습니다.

귀곡자는 감옥에 가서 한나절이나 죄인을 살펴보고 군청으로 돌아와 원에게 아뢰였습니다.

≪옥주에 죄인들이 비록 많기는 하지만 나으리와 피줄이 같은 사람이라곤 한사람도 없습니다.≫

≪그렇다면 온 고을 백성들가운데서 피줄이 같은 사람을 찾도록 해라.≫

≪시간이 급하여 그럴수 없습니다. 이 군청에 한사람이 있긴 합니다만 나으리께서 그 사람의 다리를 쉽게 자를수 있겠는지 의문이옵니다.≫

귀곡자는 침착하게 말하였습니다.

≪어느 사람인가 빨리 여쭈어라. 내 당장 그 사람을 잡아올테다.≫

원의 턱아래서 에돌던 서리는 공 세울 기회를 놓칠세라 귀곡자에게 덩달아 재촉하였습니다.

귀곡자는 원님에게 다가가서 무어라 귀속말을 하였습니다.

≪서리놈의 다리피줄이 나와 같단 말인가? 그럼, 서리의 다리라도 잘라야지.≫

귀곡자의 말을 듣고 원님은 희색이 만면하여 큰소리로 웨쳤습니다.

천만뜻밖에 자기의 다리를 자르라는 원의 호령이 떨어지자 혼비백산한 서리는 ≪원님, 내 다리만은 안됩니다. 어찌 충복의 다리를 자르겠습니까?≫ 하고 원의 발부리에 풀썩 주저앉아 애걸복걸하였습니다.

≪원님이 중하옵니까? 저 사람이 중하옵니까?≫ 귀곡자는 서리를 쏘아보며 말하였습니다.

≪아무럼 내가 중하지. 여봐라, 저놈을 당장 끌어내여 다리를 잘라라!≫

원은 형리를 시켜 서리를 대청 한복판에 큰 대(大)자로 눌러놓고 당장 다리를 자르게 하였습니다.

서리는 죽는다고 고래고래 소리쳤으나 끝내 다리를 잘리우고말았습니다.

귀곡자는 원의 앓는 다리를 자르게 하고 인차 서리에게서 자른 성한 다리를 원의 다리에 맞추어놓고 무슨 약가루를 뿌려주어 원은 빨리 완쾌되여 잘 걸어다닐수 있게 되였습니다.

서리는 피방울이 뚝뚝 떨어지는 잘리운 다리를 끌고 원에게 다가가서 ≪원님 나도 걸어다닐수만 있게하여 주옵소서.≫ 하고 닭똥같은 눈물을 뚝뚝 흘리며 간청하였습니다.

원은 귀곡자에게 옥중의 죄인들중 한놈을 골라서 서리의 다리를 맞춰주라고 분부하하였습니다.

≪옥중의 죄인들 피줄이 나으리의 피줄과 같지 않아서 저 사람의 다리를 잘랐는데 옥중의 죄인들 다리로 어찌 저 사람을 고쳐줄수 있겠나이까?≫

귀곡자는 머리를 흔들었습니다.

≪그래도 저놈이 나에겐 충복인데 눈을 펀히 뜨고 죽일순 없지 않느냐? 어떻게 하던 방법을 대여라.≫

원은 귀곡자에게 억지를 썼습니다.

귀곡자는 한참동안 말없이 침묵을 지켰습니다.

이때 문지기개 한 마리가 대청안으로 들어왔습니다.

귀곡자는 개를 가리키며 ≪나리님, 저 개의 피줄이 서리의 피줄과 같사오니 저 개의 다리로 서리의 다리를 맞춰주면 어떻겠습니까?≫ 하고 원에게 물었습니다.

≪개다리도 좋지, 저 서리의 다리만 고쳐주면 상을 후히 주겠노라.≫ 원은 기뻐하였습니다.

귀곡자는 개다리를 잘라서 서리의 잘리운 다리에 맞춰주고 약을 발라주어 서리도 걸을수 있게 되였습니다.

귀곡자는 개도 생명을 가진 동물이라 불쌍히 여겨 고약을 개다리처럼 빚어 개의 잘리운 다리에 맞춰주고 약을 써 개도 걸을수 있게 되였습니다. 그러나 개는 고약으로 만든 다리를 몹시 조심하여 오줌을 쌀 때면 그 다리를 약간 쳐들 군 했는데 그 버릇이 지금껏 전해지고 있습니다.

그리고 후세 사람들이 서리처럼 상전에게 아첨하며 상전의 기세를 믿고 백성들에게 못된짓이란 못된짓을 다하는 놈들을 보고 개다리라고 부르는것도 이 이야기에서 나온 말이라고 합니다.

김영걸 구술 / 박성군 정리 / 1982년 5월 소가툰에서 수집

배사공 처녀

멀고 먼 옛날이였습니다. 청수골이란 마을에 아버지와 딸 옥란이가 나루터에서 배사공질을 하면서 없는 실림이나마 나날을 즐겁게 보내고있었다.

어머니를 일찍 여의고 아버지의 슬하에서 자라는 옥란이는 매일과 같이 아버지를 따라 나루터에 나가 재롱을 부리며 놀군 하였다.

세월은 흘러 어느덧 옥란이 나이 열일곱살에 잡히였다. 례의범절이 바른데다 마음씨가 비단같았고 몸매가 물찬 제비처럼 쪽 빠져 미끈한데다가 얼굴까지 한떨기 피는 련꽃처럼 아릿다와 린근 부락에서는 옥란이에 대한 칭찬이 자자하였다. 그중에서도 사춘기에 들어선 총각들은 맘속으로 은근히 옥란이를 사모하였다.

발없는 말이 천리 간다고 옥란의 효성이 심청이 못지않고 인물 또한 춘향이 왔다가 울고 간다는 소문이 파다히 퍼지자 중매군들이 구름이 모여들듯 찾아들기 시작하였다. 그러나 옥란이는 불쌍하고 외로운 아버지를 단 하루라도 더 모시며 도우려는 심정에서 문지도리에 불날 지경으로 찾아오는 중매군들을 모두 집안에도 아예 들어서지 못하게 하였고 지분거리며 달라붙는 렴치코치 없는 총각들에게 곁눈도 한번 팔지 않았던것이다. 하여 사람들은 옥란의 효성과 결곡한 마음을 더욱 칭찬해마지않았다.

그러던 어느날이였다. 청수골에서 한 시오리 떨어진 마을에 사는 부자집에서

한 로마님을 띄워 푸짐한 례물까지 보내여 청혼하러 왔다. 옥란이는 그 로마님을 보자 대뜸 이마살을 찌프리며 얼굴이 댕댕해져 개 쫓듯 쫓아보냈다. 그것은 옥란이도 그 부자집 아들이 어떤 위인이란것을 풍편에 들어 잘 알고있었기때문이였다. 원래 그 부자집 아들은 사람됨이 좀 부실한데다가 집에 돈깨나 있다고 대가리를 잔뜩 쳐들고 다녔으며 또 려염집 유부녀를 마음대로 희롱하며 난봉을 피우는데도 이골이 난 부랑자였다. 그런데다 서당에나 며칠 다니며 먹물이라도 좀 먹었다고 반병 술처럼 출렁거리며 세상물정을 제딴에는 혼자 다 아는체 하였기에 사람들은 그자를 보기만 해도 똥이 무서워서가 아니라 더러워서 피하는 격으로 비실비실 자리를 뜨군 하였다.

옥란이는 그 로마님을 쫓아보내고서도 분이 내려가지 않아 가슴이 오르내리였다. 인간 사촌 같지도 못한게 다 재물의 힘을 믿고 자기에게 청혼하러 사람을 보냈다고 생각하니 옥란이는 수모를 당한듯 더없이 분하고 치가 떨렸다.

한편, 중매쟁이를 보낸 부자집 아들은 눈이 빠지게 기다리며 제 좋은 생각에 입이 떡함지만하게 벌어졌다.

(세상에 돈을 싫다 할 사람이 어디 있담? 고년이 산지사방에서 들어오는 청혼을 다 마다한것은 아마 날 생각해서인지도 모르지. 오늘 로마님이 례물까지 듬뿍 들고 갔으니 아마 이게 어디서 덩굴채 굴러온 떡호박인가고 얼싸 좋다 맞아들였겠지. 하하하…)

떡줄 사람은 생각도 안하는데 김치국부터 마시던 부자집 아들은 팥죽 같은 땀을 뻘뻘 흘리며 허둥지둥 문안에 들어서는 로마님을 보자 반색하며 엉거주춤 일어나 맞이하였다.

≪그래 말을 떼던가?…≫

희색이 만면해 기뻐 날뛰던 그자는 로마님의 겨드랑이에 끼워져있는 례물보따리를 보자 입이 얼어붙은듯 뒤말을 잇지 못했다.

숨이 턱에 닿아 두꺼비처럼 헐떡거리던 로마님은 밑둥 잘리운 나무토막처럼 펄썩 방바닥에 주저앉으며 넉두리를 하였다.

≪어이구 말두 마슈. 참말로 방자한 계집이지유. 도련님을 어찌두 쌍스럽게 험구하는지 난 밸이 나서 돌아오구말았지유. 아휴, 숨차라.≫

집안에도 들어서지 못하고 미친개 몰리우듯 후줄근해 쫓겨나온 자기의 망측한 꼴에 대해서는 일언반구도 언급하지 않고 눈감고 아웅하는 격으로 있는것 없는것 보태가며 혀돌아가는대로 지불거리는 로마님의 수작을 듣고 부자집 아들은 밸이 머리끝까지 치밀어 야단이였다. 요사스런 로마님은 돈잎이라도 하나 더 짜내려고 부자집 아들이 광기를 부리는것을 보자 깨고소해서 붙는 불에 부채질을 더 세게 하였다.

《도련님, 그깟년이 아니면 규수가 없겠나유. 아예 싹 마음을 돌리시유.》

부자집 아들은 그제야 정신이 들었는지 《뭐, 마음을 돌리라구? 내가 그렇게 만만히 물러설줄 아는가?》라고 흰소리를 치고는 닭알침을 꿀꺽 삼키였다.

그 이튿날이였다. 부자집 아들은 화려하게 옷을 차려입고 부채질을 하면서 거들먹거리며 나루터로 어정어정 걸어왔다.

나구터에 다달으니 가는 날이 장날이라고 마침 배가 저쪽에서 손님들을 싣고 이쪽으로 오고있었다. 배우에서 삿대질을 하는 처녀가 한눈에 안겨오자 부자집 아들은 닭알침을 꼴깍꼴깍 삼키며 눈이 멍해 넋없이 그 처녀만 쳐다보고만 있었다.

(허참, 통채로 삼켜도 비린내가 안나겠구나!)

부자집 아들은 노젓는 배우에 오매에도 그리고그리던 처녀가 혼자뿐인것을 보자 너무도 기뻐 어쩔줄 몰랐다. 사실 여느때는 아버지와 딸이 함께 배를 저었는데 오늘은 아버지가 몸이 불편해 나오지 않고 딸 혼자 노를 저었던것이다.

(응, 고년을 내가 데리고 살지 못할바엔 오늘 톡톡히 망신을 줘 이후부턴 얼굴도 들고 다니지 못하게 해야겠다.)

부자집 아들은 속으로 음흉한 생각을 하고있는데 배가 나루터에 다달았다. 손님들이 하나씩 뭍으로 뛰여내렸다. 부자집 아들은 눈이 화등잔만해가지고 게걸스레 처녀를 올리보고 내리훑고 하며 군침을 삼키였다.

이윽하여 배에 오른 부자집 아들놈은 노루꼬리만치 아는 《공자》, 《맹자》, 《사서》, 《오경》의 글귀들을 곱씹어보고나서 혼자노라는 자세로 처녀곁을 향해 어슬렁어슬렁 다가가 얼굴에 억지웃음을 게바르며 입을 열었다.

《이보 배사공처녀, 내가 오늘 당신의 배우에 올랐으니 나를 뭐라고 불러야 하는가 어디 좀 말해보오?》

부자집 아들의 말이 떨어지자 배우의 손님들은 모두 어처구니가 없다는듯 혀를 차며 눈을 흘기였다. 원래부터 얄미웁게 보아오던데다 오늘 이렇게 백일하에 려염집 처녀를 모욕하는 쌍스런 말을 하자 너무나도 모두 소낙비같은 저주의 눈총을 쏘았다. 더욱이 더벅머리총각들은 그자가 또 한마디만 지껄이면 면상을 후려칠듯이 주먹까지 불끈 쥐고 황소숨을 씩씩 내쉬였다.

그런데 참 이상한 일이였다. 악한것에 대해선 면도칼갈던 배사공 처녀는 부자집 아들의 말을 못들은척 아무런 내색도 내지 않고 고개를 다소곳이 숙인채 삿대만 더 힘있게 저었다. 이윽하여 배가 나루터에 가 닿자 손님들이 뭍으로 뛰여내리려고 술렁대였다. 부자집 아들은 도고한 사람들의 기세에 겁을 집어먹었던지 남먼저 비실비실 배전으로 걸어갔다. 이때였다. 처녀는 이마에 송골송골 내돋은 땀방울을 손등으로 문지르고나서 낮으나 엄한 목소리로 말하였다.

《여보시오 저 손님, 당신은 지금 내 배속에서 나가려 하는데 그럼 당신은 나에게 뭣이 되오?》

처녀의 말이 떨어지자 배안은 웃음판으로 변하였다. 남성들은 마치 묵은 체중이 떨어진듯 너무도 시원해 너털웃음을 쳤고 녀성들은 배를 끌어안고 선자리에서 맴돌며 아유아유 죽겠다고 포복요절했다 그중에서 총각들은 부자집 아들놈의 면상에다 상앗대질을 하며 앙천대소하였다.

부자집 아들은 처녀의 말뜻을 알아듣지 못하고 뗑해 서있다가 자기옆에 서있는 로인에게 나직이 물었다.

《령감, 이자 저 처녀가 뭐라고 했나?》

《이 고얀놈아, 누구보고 했나야? 네놈이 심보만 고약한줄 알았더니 말버릇마저 쌍스럽구나. 그러니 욕을 먹어도 싸지 싸.》

《핫핫핫!》

《호호호!》

배우에서 폭소가 일어났다.

그제야 처녀를 망신시키려다가 도리여 제가 개꼴망신을 한줄 알고 그자는 껑충 뭍으로 내리뛰였다. 그런데 안되는놈은 뒤로 자빠져도 코가 깨진다고 배가 한쪽으로 기우뚱하자 부자집 아들은 물속에 첨벙 빠져버렸다. 부자집 아들이 욱욱하며 발버둥칠수록 물은 입안으로 코구멍으로 더 꼴깍꼴깍 들어갔다. 처녀는 그자의 꼴이 하도 망측한것도 있거니와 잘못하다간 살인죄를 뒤집어쓸가봐 삿대를 내밀어주었다. 부자집 아들은 물에 빠진 개새끼처럼 후줄근해서 벌렁벌렁 뭍으로 기여올라가더니 걸음아 날 살려라 하며 줄행랑을 놓았다.

사람들은 또 한바탕 통쾌하게 웃고나서는 총명하고 지혜로운 처녀에게 존경과 흠모의 눈길을 보냈다. 처녀도 얼굴에 흐뭇한 미소를 지으며 뭍으로 내리는 손님들을 거들어주었다.

발없는 말이 천리 간다고 이 일이 있은후부터 돈깨나 있다는 부자집의 활량들은 이 처녀 말만 들어도 벌벌 떨며 다시는 범접을 못했다고 한다.

배현남 구술 / 김 배 정리 / 1959년 심양에서 수집

약초

멀고 먼 옛날이였습니다.

이 세상 어느 한곳에 령리라고 부르는 한 소년이 있었는데 그는 세살에 아버지를 여의고 앞 못보는 어머니의 품속에서 자랐습니다. 령리의 집은 매우 구차해서 땅 한푼 없었습니다. 하여 매일 산에 가서 나무를 해다가 팔아 잡곡들을 바꾸어 하루하루 앞못보는 어머니를 정성껏 공양하며 근근득식으로 살아나갔습니다. 어머니에 대한 령리의 지극한 효성이야말로 가근방에 소문이 자자해서 사람마다 칭찬을 아끼지 않았습니다.

그러던 어느날이였습니다. 이날도 령리는 나무를 한짐 해지고 산에서 내려왔습니다. 그리고는 매일과 같이 산아래 우산처럼 우거진 그 고목아래에다 지게짐을 세워놓고 한쉼 쉬려고 자리를 잡고 앉았습니다.

바로 이때 갑자기 어디서인지 이상한 소리가 들려왔습니다.

령리는 자리에서 벌떡 일어나 귀를 강구고 들어보니 저 앞 관목숲속에서 어떤 로인의 가냘픈 신음소리가 들려왔습니다.

≪아이구. 사람 살려주오! 응, 응, …≫

령리는 인차 나무를 부리워버리고 빈 지게를 지고 그곳으로 달려갔습니다.

그런데 그 관목숲속에 들어가보니 아무도 없었습니다. 분명 여기에서 난 소리였는데 왜 없을가? 령리는 이상하게 생각하면서 돌아서려 했습니다. 바로 이때 처량한 소리가 또 은은히 들려왔습니다.

≪아이구 사람 살려요.≫

령리는 인차 관목숲속에서 나와 귀를 강구고 들어보았는데 저 큰 바위 부근에서 전해왔습니다.

령리는 또 그곳으로 부랴부랴 찾아갔습니다. 그러나 또 아무도 보이지 않았습니다.

그래서 돌아가려는데 저 산꼭대기에 있는 초막에서 그 신음소리가 또 들려왔습니다.

그래서 급급히 그 산꼭대기에 톺아올라갔는데 역시 빈 초막이 그를 맞아줄뿐이였습니다.

맥살이 풀린 령리는 그만 그 자리에 폴싹 물앉고 말았습니다.

어느덧 해는 기울고 어둠이 깃들기 시작했습니다. 앞 못보는 어머니가 애타게 기다릴것이라고 생각된 령리는 돌아서려 했습니다. 그런데 그 앓음소리가 더 크게 들려왔습니다.

≪아이구 사람 살려주오. 사람을…≫

고요한 저녁안개속에 이 소리는 더욱더 애처롭고 처량하게 어린 령리의 가슴을 치며 들려왔습니다.

앓는 사람을 내버려두고 돌아갈수 없는 령리는 계속 소리나는쪽을 찾아가는데 시커먼 동굴이 하나 나타났습니다.

≪아이구 사람 살려주오…≫

앓음소리는 동굴속에서 들려왔습니다.

령리는 동굴밖에 지게를 벗어놓고 굴안으로 들어갔습니다.

굴안은 캄캄해서 아무것도 보이지 않았습니다.

령리는 한발자국한발자국 더듬어 들어갔습니다. 함창 들어가니 굴우에 구멍이 있는지 희끄무레한 빛이 흘러들어왔는데 과연 어떤 로인이 다리에 상처를 입고 앉아있는것이 보였습니다. 령리는 안도의 숨을 몰아쉬고 로인앞으로 다가

갔습니다.

《할아버지, 어떻게 되여 이 동굴속에서 신음하고 계십니까?》

《아이구, 이게 웬 천사냐! 어떤 착한 애가 이렇게 찾아왔느냐! 영낙없이 죽는 줄로 알았더니 이젠 살게 되였구나!》

로인은 감았던 눈을 뜨고 자리에서 일어나려 했습니다.

《할아버지, 가만 계셔요, 제가 업고 나가겠어요. 그런데 어떻게 되여 상처를 입으시고 여기에 와계십니까?》

《오늘아침에 나무하러 나왔다가 범한테 물려 여기까지 왔는데 다리를 상해서 돌아갈수 있어야지!》

《할아버지, 범은 왜 할아버지를 이곳에 두고 가버렸습니까?》

《귀신이나 알 노릇이지. 내사 죽었으면 이 고생이야 안하지!》

《할아버지, 제등에 업히세요.》

령리는 로인을 업고 동굴에서 나와 지게에다 잘 앉히고 돌아오기 시작했습니다.

고개를 넘고 또 넘고 풀속을 헤가르고 수림속을 지나오다나니 령리는 지칠대로 지쳤습니다.

지게우에 앉은 로인은 이 모든 것을보고

《애, 착한 애야 좀 쉬여서 가자!》 하며 지게우에서 내렸습니다. 그리고는 껄껄 웃으시며 말했습니다.

《애, 넌 정말 착한 애로구나! 암! 착한 애는 하늘이 보답해주느니라!》

로인은 두루마기를 헤치고 주머니에서 무엇을 꺼내여 령리에게 주는데 눈부시게 빛났습니다.

《자, 이건 무슨 금보배도 은보배도 아니지만 가져가거라. 이것을 가져다가 닭우리애 넣어두어라. 그러면 너에게 천복이 찾아들것이다.》

령리는 그것을 받아들고 보았습니다. 색깔이나 모양이 닭알같은데 닭알보다 클뿐이였습니다.

령리가 머리를 들고 할아버지게 더 캐고 물으려는데 어찌된 영문인지 로인은 온데간데없어졌습니다. 령리도 어느새 왔는지 자기집앞에 와 있지 않겠습니까!

이튿날이였습니다. 령리는 로인님의 분부대로 그 알을 닭우리에 넣고 숨어서 밤낮 살펴보았습니다.

령리에 집에는 검정암탉 한 마리가 있었는데 매일 닭알 한알을 낳았습니다. 령리는 날마다 이 닭알을 쪄서 어머니께 대접하군 했습니다.

오늘도 검정암탉은 알을 낳고 꼬꼬댁거리면서 홀 날아나오는것이였습니다.

바로 이때였습니다. 홍두깨 같은 구렝이 한 마리가 스르륵스르륵 닭우리에 기여들었습니다. 구렝이는 먼저 닭알을 꿀꺽 삼키고는 옆에 있는 버드나무에 몸을 감아 닭알을 터쳐버리는것이였습니다. 그리고는 다시 와서 그 알을 꿀꺽 삼키고 또 버드나무에 몸을 감아 비틀었습니다. 그러나 알은 터지지 않았습니다. 구렝이는 용을 써봤으나 역시 터지지 않았습니다. 그래서 할수 없는 구렝이는 나무에서 내려와 뒤산으로 스르륵스르륵 올라가기 시작했습니다. 령리는 구렝이 뒤를 바싹 따랐습니다.

구렝이는 산을 넘고 골을 지나 가고 또 가더니 한 츠렁바위앞에 이르렀습니다.

구렝이는 잠간 숨돌리고 또 츠렁바위우로 툋아올랐습니다.

바위우에는 풀들이 무성하고 이름 모를 꽃들이 활짝 피여 아름다운 꽃동산을 이루었습니다.

구렝이는 이풀 저풀 살펴보더니 이파리가 특별히 푸르고 윤기 도는 풀앞에 가서 그 실오리같은 혀로 풀잎을 핥기 시작했습니다. 그러자 구렝이의 온몸이 부르르 떨렸습니다. 그래도 구렝이는 계속 그 풀을 핥는데 얼마 안지나 불룩하던 배는 불룩하지 않게 되었습니다.

구렝이는 속이 시원한지 대가리를 흔들거리며 바위에서 내려와 어디론가 사라져버렸습니다.

령리는 이상한 생각이 들어 구렝이가 핥던 그 풀을 살펴보았습니다. 그 풀은 꽃도 없는데 그윽한 향기가 풍기는것이였습니다. 하도 신기해서 령리는 그 풀을 뿌리채 뽑아가지고 집으로 돌아왔습다.

집에 돌아온 령리는 그 풀을 헌 소래에다 옮기고 봉창턱에 놓았는데 집안은 향기가 차넘쳤습니다. 이 향기를 맡은 령리는 온몸이 거뿐해지는것 같았고 어머니도 속이 쉬원해진다고 하면서 매우 즐거워했습니다.

이튿날 아침이였챕니다. 아침 일찍 일어난 어머니는 기뻐 말했습니다.

≪애, 오늘아침엔 어쩐지 기침도 안나고 허리도 좀 펴지고 팔다리도 가볍구나!

또 이 눈도 좀 보이는구나.≫

≪뭣이요?!≫

령리는 어머니가 좀 보인다고 하기에 기뻐서 어머니의 손을 덥석 잡았습니다.

≪어머니, 내가 보이지요?≫

≪그래 좀 보이누나! 그런데 애, 난 아무 약도 먹지 않았는데 이게 웬 일이냐?≫

령리도 이상하게 생각했습니다. 그러다가 문득 그는 어제 있은 일이 생각났습니다.

(저 풀향기를 맡고 눈을 뜨게 되였으니 저 풀은 명약이 틀림없구나!)

그래서 령리는 어머니더러 그 풀잎을 핥아보라고 했습니다. 그러자 어머니의 눈은 밝아지고 굽었던 허리도 펴졌습니다. 과연 이 풀은 만병통치의 약초였습니다.

며칠 안지나 이 소문은 가근방에 퍼져 가난한 사람들은 병을 고치러 찾아왔습니다. 이때마다 령리는 무효로 찾아온 사람들의 병을 고쳐주었습니다.

발 없는 말이 천리 간다고 이 소문은 고래등같은 기와집을 쓰고 사는 웃마을의 김지주네 귀에도 들어갔습니다.

욕심이 한정 없고 심보 또한 솥밑같이 검은 김지주놈은 그 약초가 탐났습니다. 그래서 량식을 싣고 령리네 집에 와서 약초를 바꾸자고 하였습니다.

≪듣자하니 네게 약초가 있다던데 그 약초를 바꾸자고 이 많은 량식을 싣고 왔다.≫

그러나 령리는 이에 응하지 않았습니다.

≪말씀만은 고맙습니다. 그 많은 량식으로 우리 모자는 한평생 먹고 살수 있지만 가난한 백성들의 병은 고칠수 없습니다. 그러니 이 풀만은 내놓을수 없습니다.≫

할수없이 집에 돌아간 김지주는 더 많은 금을 수레에 싣고 와서 령리에게 말했습니다.

≪오늘은 네가 대대손손 먹고 살수 있을만큼 금을 가지고 왔으니 그 풀을 이리 내놓아라!≫

그러나 령리는 그 많은 금으로 우리 모자는 대대손손 먹고 살수 있지만 가난한 백성들의 병만은 고쳐줄수 없기에 이 풀을 내놓을수 없다고 거절했습니다.

그러자 김지주놈은 본성이 드러나고 말았습니다.

≪이 덜된 애비 없는 후레자식아, 네 에미를 불쌍히 여겨 봐주는데도 이 꼬라지냐, 여봐라!≫

≪예-익!≫

≪금은 도로 싣고 가고 저 풀을 가지고 돌아가자!≫

개다리놈들은 똥 본 개처럼 달려들어 그 풀을 가져가려 했습니다.

≪안된다. 이 풀만은 가져가지 못한다!≫

령리는 풀을 끌어안고 주지 않으려 했으나 놈들은 령리를 꺼꾸러뜨리고 약초를 빼앗았습니다.

집에 돌아온 김지주놈은 그 약초를 달이게 했습니다. 허로 핥아도 만병통치이니 달여서 먹으면 평생 병이란 모르고 장생불로할것이라고 그는 생각했습니다.

저녁을 치른후 김지주놈은 녀편네와 함께 그 달인 약초를 마시고 땀을 푹 내려고 뜨끈뜨끈한 구들에서 비단이불을 덮어쓰고 누웠습니다.

이튿날 아침이였습니다. 해가 한발이나 솟아올랐지만 김지주와 그의 녀편네는 일어나지 않았습니다. 그래서 아들놈이 들어가보니 비단이불밑에서 악취가 풍기는 물이 흘러나왔습니다. 그래서 이불을 들어보니 이게 웬 일이겠습니까? 지주놈과 녀편네는 살이 녹아 물이 되고 뼈다귀만 남았습니다.

욕심이 사람을 죽인다고 김지주놈은 약초를 한꺼번네 달여먹었으니 녹지 않을수 있겠습니까!

한편, 령리는 다시 그 츠렁바위에 가서 약초 한포기를 더 캐다 이전처럼 가난한 사람들의 병을 고쳐주면서 어머니를 모시고 오래오래 잘살았다고 합니다.

김월기 구술 / 김송학 정리 / 1981년 개원에서 수집

메밀병

옛날, 어느 시골에 늙은 량주가 딸과 사위를 데리고 함께 살았다. 딸네 부부간의 금슬은 좋으나 사위가 게을러서 늙은 량주의 속을 태웠다.

삼복철, 메밀부대기를 낼 때였다. 불 지난 땅을 파엎자니 땅에선 불김이 홧홧 안겨오르고 하늘에선 뙤약볕이 내리 지지는데 바람마저 한점 없어 숨이 턱턱 막히고 땀이 비오듯하였다. 게다가 쩝쩔한 땀방울이 눈굽에 스며들면 눈이 막 아려났다.

게으른 사위는 일이 역겨워났다. 때마침 장모가 메밀종자를 이고 왔다. 능청스런 사위는 호미를 그 자리에 던지고 참나무숲으로 냅다 뛰였다. 장인령감은 그 광경을 멍하니 바라보다가 딸을 시켜 그 연유를 물었더니, 사위는 메밀을 보거나 메밀냄새를 맡거나 하면 며칠씩 죽게 앓는 ≪메밀병≫이 있다는것이며 그래서 장모가 메밀을 가져오기에 멀리 피한다는것이다.

장인령감은 나이 50이 넘도록 살았으나 ≪메밀병≫이란 말은 처음 듣는지라 의심이 다소 갔지만 별도리가 없었다. 그리하여 늙은 량주는 딸을 데리고 밤늦도록 일해서야 다 묻었다. 어느덧 가을이 되여 메밀을 거둬들이고 마당질하여 찧었다. 그것도 사위는 멀찌감치 피했다 매골에 메밀농사라, 그러고 보니 사위는 일을 얼마 하지 않았다.

어느날, 하루종일 일하고 저녁에 어두워서 국수틀을 차려놓고 국수를 누르게 되였다.

≪자네, 우선 밖에 나가 먼데 가서 피해있다가 우리가 메밀국수를 다 눌러먹고 거둔 다음 들어와서 밥을 먹게나!≫

장인은 이렇게 사위를 당부하여 내보냈다.

사위는 배가 고파났지만 어쩌는수 없었다. 비실비실 문을 나서는데 안해가 따라 나왔다. 그는 안해에게 실토정을 하였다.

≪여보, 난 지금 배가 고파 죽을 지경이요. 국수를 누르거든 나부터 한사발 가져다 주우!≫

≪아니, 당신은 어쩌자고 메밀국수를 잡수시려우! 당신은 <메밀병>이 있는

데…≫

안해는 눈이 커졌다.

≪여보, 내가 <메밀병>이 있다는건 거짓말이요. 메밀부대기 파먹기가 하두 급해나서 그런 거짓말을 한거요. 내가 국수야 오죽 잘 먹는다구!≫

어안이 벙벙하여 한참 있던 안해는

≪그럼 먼데 가시지 말고 이 소구유뒤에 꼼짝 말고 앉아있어요. 내가 국수를 가져다드릴테니!≫하고 당부하였다.

사위는 소구유 뒤에 숨어앉아 꼬르륵꼬르륵 소리나는 주린 배를 쓸어만지면서 이제나도제나하고 기다렸다. 얼마후에 인기척이 나더니

≪여보세요!≫하고 안해가 불렀다.

≪아뿔싸! 급히 가져오느라고 국수물을 안쳤어요. 내 가서 국수물을 가져올테니 기다려요.≫ 안해는 국수그릇을 구유머리에 놓고 돌아서 들어갔다.

이윽하여 누군가 또 다가오더니 말도 없이 국수그릇에 무었인지 막 들부어넣었다. 넘쳐나도 아랑곳하지 않고 그냥 부었다. 사위는 하도 답답하여 국을 그만 부으라는 뜻으로

≪국, 그만, 국, 그만 하고 들릴듯말듯 나직하게 말했다.

국물을 다 붓고나서 ≪철도 다 갔구나, 고마니가 다 우는구나!≫하며 돌아서는 목소리를 듣고보니 장모였다. 사실 장모는 뜨물을 가져다가 소구유에 부었던것이다. 그러나 사위는 육수물을 갖다 쳐준줄로 여기고 속으로 ≪아무렴, 어미야 딸 편이지!≫ 하며 그 국수를 단숨에 다 먹고나서 국물을 꿀꺽꿀꺽 들이켰다. 먹고나니 텁텁하고 시큼시큼한게 별맛이였다. 구역이 나더니 울컥 토하였다. 그는 련신 토하고나서 다시는 국수를 먹지 못했다. 롱담이 진담이 된다더니 국수 서너그릇쯤은 게눈 감추듯하던 그가 다시는 메밀음식을 먹지 못하게 되였다. 그는 영낙없는 ≪메밀병≫에 걸렸다.

리창하 구술 / 소민 정리 / 1982년 장당에서 수집

신기한 복숭아

하늘의 신선이 금강산에 내려와 살았다던 아득한 옛날에 있은 일이다. 금강산 높은 봉우리밑에 한 수재가 살고있었는데 소년에 상처하고 재취하였다. 후처는 흉씨라고 하는데 마음이 음흉하여 흉씨라고 했는지 아니면 원래 성이 흉가인지는 알바 없으나 그의 생김새를 볼작시면 눈은 가시눈이요 입은 더위먹은 가물치 입인데다가 반반한 가죽에 입쌀알만한 구멍 두 개 난것이 그의 코요, 두볼은 뒤뿜씩이나 늘어졌도 목이란 전혀 없어 머리가 어깨우에 당실하게 올라앉았다. 겉보기가 속보기라고 생김새 이럴진대 그의 마음 고울리 없었다.

수재의 슬하에는 전처 몸에서 낳은 딸 하나를 두었는데 이름은 쓴녀라 했다. 흉씨 아무리 흉하기로 수재의 단속이 엄하여 어쩌지 못하고 쓴녀에게 극진한체 하였다. 그러다가 흉씨 몸에서 또 딸 하나를 보았는데 이름을 귀녀라했다. 흉씨 친딸에게 정을 기울리면서 전실 자식은 점차 미워하게 되였다. 수재의 많지 않은 가산을 외독으로 물려받을 욕심이 불타오르다나니 쓴녀가 눈에 든 가시로 되였다. 그러다가 수재가 청춘에 요절하니 계모는 쓴녀에게 구박이 자심하였다.

쓴녀 나이 이팔이 되자 꽃같이 피여나는데 사내 자라면 장가들고 녀아 자라면 시집가기 마련이라 그을 시집보낼 때 가산을 반반할 생각을 하니 밥맛이 떨어졌다. 주자니 아깝고 안주자니 수재의 유촉이요, 법에 붙인 보장이라 어쩌는수 없었다. 흉씨는 볼살을 늘어뜨리고 얼굴이 찌뿌드하여 개이지를 않더니 볼따귀 살에서 심술이 나온다고 음흉한 계교를 생각해냈다. 그는 자리 펴고 누워 쓴녀를 불러 말했다.

≪내 병이 극중하나 백약이 무효하다. 오늘 명산대찰의 로승이 왔기로 점을 한꽤 쳤더니 금강산봉우에 고목을 심어놓고 날마다 물을 주어 살려 키우면서 그 고목에 꽃이 피고 열매가 맺힐테니 그 고목열매가 내병에 약이란다. 그러니 너는 제일 높은 앞봉우에 고목 한 대 갖다 심고 매일 한번씩 물을 길어 올려다 주거라. 날이 가고 달이 가고 해가 바뀌면 그 고목에 꽃이 피고 열매가 맺히리라. 내 그열매를 먹어야 살아나겠다.≫

쓴녀는 이것이 계모의 흉계인줄 알면서도 그래도 부모의 엄령이라 어기지 못하였다. 그는 앞봉우에 고목 한 대 심어놓고 매일 한번씩 물을 길어다주었다. 봉우리는 높고 높아 어뜩새벽에 물동이 이고 떠나면 한숨도 쉬지 않고 부지런히 걸어가야 한낮이 기울어 봉우에 닿을수 있었고 물을 주고는 곧바로 돌라서서 반달음으로 내려와야 어슬녘에 집에 당도하군 하였다.

쓴녀가 물을 길어 이고 떠나면 흉씨는 일어나서 진수성찬 차려놓고 귀녀를 데리고서 띠를 풀고 량껏 먹고는 남은 음식을 모조리 시궁창에 부어버리고 쉰밥 한그릇만 남겨놓군 하였다. 흉씨는 쓴녀를 시달려 죽게 하려는것이였다. 잘 먹이지 않고 고된 일에 지치게 하면서 점점 쇠진하여 죽어버리기를 고대하고있었다.

이러구러 한달이 지나 춘삼월 호시절이 돌아왔다. 백화가 만발하고 뭇새가 노래하며 금강산 산천경개 또한 아른다와 모든 것이 생기를 띠는데 오직 고된 일에 시달리는 쓴녀만이 날로 시들어갔다. 얼굴이 초췌하고 몸은 여위여 뼈만 남고 기운이 진하여 물동이 이고 간신히 걸음을 옮기였다.

그러던 어느날, 물을 주고 돌아서 내려오는데 봉아래 바라보니 피파 늙은 할머니가 성성한 백발을 날리며 허리굽은 그 몸으로 물동이를 이고 걸어가고 있었다. 윈손으로는 동이를 잡고 오른손으로는 지팽이를 짚으며 떨리는 다리를 간신히 옮겨디디는데 그 경상은 차마 그대로 볼수 없었다. 쓴녀는 어디서 힘이 솟구쳐나왔는지 나는듯이 달려내려가

≪년로하고 허약하신 할머니께서 어찌 이 무거운 물동이를 이고 가시겠습니까? 제가 가져다드릴테니 앞에서 길이나 안내해주세요!≫하며 할머니의 물동이를 받아 이였다.

할머니는 ≪고맙다, 고마와! 나는 저 뒤봉 중턱으로 간다. 너도 허기져서 기진맥진하겠는데 어떻게 남의 일까지 도와나서느냐?!≫ 하며 찬탄하였다.

≪할머니 저야 젊었으니 허기진들 기운이 없으리까만 할머니야 년로하시니 많이 잡수신들 기운이 나겠습니까! 이웃할머니 일이자 우리 할머니 일이지요, 우리 할머니 일이자 이웃할머니 일이 아니옵니까! 다 같이 금강산에서 살면서 어찌 내 일 남의 일을 가리겠습니까?!≫

≪네 마음은 참으로 금강산보다도 아름답구나! 참 너는 겉도 곱고 속도 곱고…≫ 로인은 이렇게 찬탄하며 길을 재우쳐 걸었다.

뒤봉 중턱에 다달으니 삿자리만큼 평평한 곳이 있는데 그것이 로인의 집이라

면서 물동이를 내려놓으라 하였다. 쓴녀는 동이를 내려놓고

≪할머니 안녕히 계셔요!≫ 하며 깍듯이 인사하고 돌아서려는데

≪애, 이런 법이 어디 있냐?! 거기 좀 섯거라!≫ 하더니 나물섞인 조겨떡을 쥐여주며 ≪먹어라, 나는 이런것밖에 없다. 그러나 네 형편에 이것을 탓하겠냐! 그래도 이것이 부자놈의 인삼록용보다 나으니라!≫ 하고 말하였다.

쓴녀는 ≪할머니, 고마워요!≫ 하고 인사를 올리고 돌아서 내려오며 단 두입에 그 겨떡을 다 먹어버렸다. 그런데 그 떡을 먹으니 속이 후련해지고 기운이 부쩍 나는지라 힘든줄도, 오력이 아픈줄도 몰랐다. 쓴녀는 기운이 나서 집으로 돌아갔다.

집에 당도하니 한밤중이 되였다. 계모는 자리에서 벌떡 일어나 노발대발하며 욕을 퍼부었다.

≪이년! 춘삼월 꽃이 피면 규방처녀들 마음에도 도깨비가 들어앉는다더니 이년아, 이 무인지경 첩첩산중에 어떤 외간남자를 숨겨두고 날기는줄 모르고 희희락락거리다가 삼태성 바라보며 한밤중에 왔느냐! 이 더러운년! 가문을 더럽히고 부모에게 불효한 발칙한년! 그래놓고도 뻔뻔스레 낯짝을 들고 집이라고 찾아와!≫

계모는 부지깽이로 쓴녀를 내리패다가 부지깽이 부러지니 호미자루로 때렸다. 귀녀는 어머니 분부대로 쓴녀의 머리꿀채를 거머쥐고 잡아눌렀다.

쓴녀는 아무리 맞아도 조금도 아픈 감이 없었다. 계모는 근력껏 내리패다가 맥이 진해서야 호미자루를 던지며 윽벌러댔다.

≪이년! 다시 한번만 더 이런 일이 있으면 가랭이를 찢어놓을테다.≫

쓴녀는 억울하게 매맞고 애매한 루명을 썼는지라 밤새 잠을 못이루고 울기만 하였다. 이팔청춘 꽃나이에 루명 쓰고 사느니 차라리 한목숨 끊어 모든 것을 보지 않고 잊어버리려고도 생각했다. 그러나 쓴녀가 죽으면 부모와 조상의 선산은 누가 돌보며 제사는 누가 지내랴! 흉씨는 이런 일에 손을 아니대니 불쌍하신 아버지, 어머니 사당은 누가 모시랴!

야속한것이 목숨이라 차마 끊지 못하고 계속하여 앞봉의 고목에 물을 날라다 주었다. 그런데 먹지 못해도 배가 고프지 않았고 일이 고되여도 힘이 들지 않았다.

이러구러 세월이 흘러 백과가 무르익는 초가을이 되였다. 그날은 쓴녀는 고목

에 물을 주고 돌아내려오는데 봉밑을 바라보니 또 그 파파 늙은 할머니가 무엇을 이고 간신히 걸어가고있었다. 쓴녀는 급히 달려가서

≪할머니, 이건 또 무엇을 이렇게 무겁게 이고 가시나요? 제가 가져가드리지요!≫하며 얼른 받아 이고 할머니를 따라 걸었다.

할머니는 앞에서 길을 안내하며 어딘지 모를 곳으로 자꾸만 걸어갔다. 쓴녀는 할머니의 짐을 이고 할머니를 따라 하루밤 하루낮을 꼬빡 걸어갔데. 이튿날저녁, 해가 서산에 기울어질무렵에야 어느 봉우리밑에 당도하였다.

≪나는 다 왔다. 그 짐을 내려놓아라!≫ 할머니는 짐을 받아 내려놓더니 ≪하루 한껏 굶어서 시장하겠는데 이거나 먹어라!≫ 하며 광주리 씌운 보를 젖히는데 거기에는 푸르고 불깃불깃한 복숭아가 가득 있었다.

≪네 맘껏 실컷 먹어라. 그러되 씨는 던지지 말고 잘 건사해야 하느니라!≫

쓴녀는 집에서 기다릴것을 생각하여 복숭아 한알을 집어들고 급히 돌아서서 걸었다. 몇발자국 오다가 다시 돌아다보니 그 로인도 복숭아광주리도 온데간데 없어졌다. 쓴녀는 첩첩산중 무인지경에서 길을 찾지 못하고 밤새껏 헤매였다. 그 이튿날 낮에도 산속에서 헤매며 돌아쳤으나 길을 찾을수 없었고 방향도 가릴수 없었다. 그래도 그 복숭아를 먹어서인지 배고픈줄도 힘드는줄도 몰랐다. 밤이 깃들기 시작했다. 쓴녀는 행여나 이곳에 인가라도 있는가하고 산꼭대기에 올라가 사방을 살펴보았다. 눈정신을 가다듬고 하늘을 보노라니 저 멀리서 가물가물하는 불빛이 보였다. 인가가 있는것이 분명하였다. 쓴녀는 어찌도 기뻤던지 단숨에 산을 뛰여내렸다.

첩첩산중 험한 봉우리아래 초라한 초막이 하나 있었다. 쓴녀는 초막앞에 이르자 숨을 할싹이며 주밋거리다가 그래도 큰맘 먹고 주인을 찾았다.

≪주인님 계십니까?≫

≪누구시오?≫ 하며 문을 열고 내다보는것은 더벅머리총각인데 인물이 멀쑥하고 눈이 부리부리한데다가 목소리도 우렁우렁한게 사내대장부다왔다. 총각은 쓴녀를 한참 훑어보더니

≪우선 들어오십시오. 들어와서 말씀을 하십시오.≫하고 방으로 안내하였다.

방에 들어선 쓴녀는 선채로 제 사정을 말하였다.

≪저는 길을 오끼여서 이틀간 헤매다가 인가를 만나서 너무고 반가와서 찾아

들어왔사와요!≫ 쓴녀는 말하면서 방을 돌아보니 단간방이라 ≪어머님은 어디로 가셨나요?≫하고 물었다.

총각은 함참 앉았더니 천천히 말을 꺼내였다.

≪어머님은 안계십니다. 그저 저 혼잔데 이 산중에서 땅을 뚜쪄먹고 살아가는 중입니다. 이 루추한 집도 인가라고 찾아주니 고맙기 그지없습니다. 안심하고 묵어가우. 나는 밖에서 하루밤을 지낼테니 꺼릴게 없습니다.≫ 하고 신을 신고 일어섰다. 쓴녀는 너무도 황공하여 바삐 일어나며 만류하였다.

≪외람되게 어찌 주인을 내쫓겠어요. 제가 밖에서 지내지요.≫

바로 이때 문이 열리더니 그 파파 늙은 할머니가 들어왔다. 쓴녀는 너무도 놀라서

≪할머니가 어떻게 되여 오십니까?≫ 하며 할머니를 부축하여 자리에 모셔 앉혔다.

할머니는 자리에 앉더니 천천히 말을 꺼내였다.

≪나는 범인이 아니라 금강산 봉우에 사는 하늘나라 사람이다. 쓴녀 신세 기구하나 마음씨 하도 고와 너를 구하고자 여기에 내려왔다. 네 이제 집으로 돌아가면 계모의 구박에 죽고말것이니 돌아갈수 없다. 남녀 자라 때가 되면 배필 무어 성가하거늘 너의 부친 생전 소원이 부지런하고 착한 총각을 사위로 삼겠다고 했기로 내 너를 이리로 인도하는바이다. 오늘 이렇게 만났으니 즉석에서 성례하라. 차비도 필요없다. 삼현륙각 잡히고 시집가서 잘사는자 없다더라. 물 한사발 떠놓고 작수성례하고 초박동방에서 백년가약 맺어라!≫ 그리고는 부엌에 내려가서 청수 한사발 떠다놓고 성례를 이루어주고는 가버렸다.

쓴녀 아랫목에 소곳이 앉아 옷깃만 여미는데 신랑쟁이 하는말이

≪이것도 연분인가 보오. 하늘에서 맺어주었으니 천생연분이 분명하오. 로독 들어 곤할텐데 거기 누워 먼저 쉬오!≫

그리고는 이불과 베개를 내려주었다. 총각 혼자 사는 세간이라 이불도 베개도 하나뿐인데 누데기로 기워서 만든것이나 깨끗하게 빨아놓았다.

쓴녀는 누워 자려고 저고리고름을 풀고 치마고름을 푸는데 무엇인가 땅에 떨어지는것이 있었다.

≪그건 뭐요?≫ 하고 신랑이 주어보니 복숭아씨였다. 그는 복숭아씨를 손바닥

에 받쳐들고 유심히 보았다. 그제야 쓴녀는 복숭아씨를 건사하게 된 사연을 차근차근 이야기하였다. 복숭아씨를 들여다보며 쓴녀의 신상담을 듣노라니 기적이 나타났다. 복숭아씨가 점점 빛을 뿌리지 않는가! 하도 신기하여 당혼부부 이마를 마주대고 들여다보는데 나중에는 그 복숭아씨가 노랗고 눈부신 금덩이로 변하는것이었다. 신랑이 하도 신기하여 어리둥절해 있는데 쓴녀가 말했다.

《놀라실것 없사와요. 아까 그 로인인즉 하늘의 신선이라 그이께서 주신 복숭아씨이오니 이것은 하늘이 우리들을 가긍히 여기고 도와주심이 분명한가 하옵니다.》

《하늘도 고마워라! 불쌍한 우리 둘을 부부로 무어 주고 이렇게 재물까지 하사하시는가!》

신랑은 너무도 감격하여 눈물이 글썽해졌다.

쓴녀 부부 금슬이 좋아 깨 쏟아지게 살면서 남편은 밭일을 맡아하고 쓴녀는 삼을 심어 길쌈나이를 하고 옷을 지으며 두 주먹 부지런히 놀리니 바른것 없이 살게 되였다

발없는 말이 천리를 간다고 쓴녀가 잘살게 되였다는 소식은 흉씨의 귀에까지 전해졌다. 그사이 흉씨 집에는 난데없는 도적이 들어 그 많지 않은 가산을 몽땅 털어갔으니 그들 모녀 거지신세로 되여 고생고생해가면서 근근 연명하던 터라 이 소식을 듣자 부랴부랴 차비하고 귀녀와 함께 쓴녀를 찾아왔다.

쓴녀는 계모를 반겨 맞아들이고 잘 접대하였다. 흉씨는 쓴녀가 잘살게 된 경과지사를 성급하게 캐여물었다. 쓴녀는 하나도 숨김없이 자초지종을 말하였다. 그리고는 모처럼 이렇게 찾아오셨으니 여기서 함께 살면 계모를 평생 고이 모시겠노라고 재삼 언명하였다. 그러나 흉씨 제 한 일이 있어 가슴이 찔리는데다가 자기도 한번 다시 잘살아볼 생각이 굴뚝같이 치밀어 귀녀를 데리고 돌아갔다.

흉씨는 집에 돌아오자 앞봉우에 고목나무를 심어놓고 매일 빠짐없이 물을 날라다주었다. 힘들가 애처로와 귀녀는 시키지 않고 자기 혼자 맡아하였다. 일이 고되여 몸을 지탱하기 어려웠으나 그래도 누런 금덩어리를 그려보며 힘을 내였다.

백화가 만발하고 뭇새가 노래하는 봄이 돌아왔다. 흉씨 물을 주고 돌아서 내려오는데 봉아래 파파 늙은 로인이 물동이를 이고 가는것이 보였다. 기다리고 기다리던바라 단숨에 달려내려 로인앞에 와서

≪로인님, 제가 이여다드리지요!≫ 하고 물동이를 받아 이였다.

로인이 앞에서 훨훨 걸어가는데 홍씨는 물동이를 이고 그 뒤를 따라가자니 여간 힘들지 않았다. 게다가 해볕까지 내리쪼이여 온몸에 땀이 비오듯하였다. 너무도 힘들고 역겹고 숨이 턱턱 막히여 홍씨는 살그머니 물동이를 기울여 물을 쏟았다. 그러니 물이 흘러내리며 온몸을 적셔주어 한결 시원하고 다리도 한결 가벼웠다.

홍씨는 로인에게 물을 이어다주었으나 겨떡 하나도 얻어먹지 못하고 돌아왔다. 그러나 그것을 탓하지 않았다. 목이 아린 겨떡은 먹으래도 걱정인데 마침 잘되였다고 생각했다.

홍씨는 또 매일 어김없이 고목에 물을 날라다주었다. 그럭저럭 한여름도 지나가고 백과가 무르익었다. 어느날 홍씨가 고목에 물을 주고 돌아오는데 또 그 파파 늙은 할머니가 머리에 광주리를 이고 가는것이 보였다. 홍씨는 얼른 달려가서 광주리를 받아 이였다.

로인은 앞에서 훨훨 걸어가는데 홍씨는 땀을 뻘뻘 흘리며 뒤를 따랐다. 그러면서도 제 욕심 채울 궁리는 제대로 다하였다.

(이건 틀림없는 금씨복숭아야!)

이렇게 생각한 홍씨는 광주리우로 손을 넣어 만져보았다. 틀림없는 복숭아였다. 그는 자주 씌운 보를 들치고 복숭아를 한알씩 꺼내여 허리춤에 질러넣군 하였다.

(한알만 가지고도 부자가 되겠는데 열댓알쯤 가지면 하늘아래 첫부자로 되지 않을라구!)

홍씨 이렇게 한알한알씩 훔쳐넣은것이 모두 열두알이였다.

봉우리아래 이르자 로인이 광주리를 내려놓아주면서 복숭아를 먹고 가라고 하였다. 홍씨는 마침 잘되였다고 여라문알 조겨먹고 씨를 허리춤에 넣었다. 그리고는 고맙다는 인사도없이 돌쳐서서 바삐 걸었다.

홍씨는 너무도 기뻐서 입을 함박만하게 벌린채 늘어진 볼살을 디룽거리며 걸어갔다. 큰 봉우리밑에 이르러서는 배가 불어나며 아파서 더 가지 못하고 길가에서 뒹굴기 시작했다. 그런데 허리춤에 넣은 복숭아와 복숭아씨는 팔때기같이 굵은 구렝이들로 되여 홍씨의 온몸을 감고 틀었다. 홍씨는 그 자리에서 모대기다가 죽고 말았다. 그런데 일성병력이 울리더니 큰봉이 무너져 흉씨를 깔아덮고 폭우가 쏟아지더니 그 자리에 천길 폭포가 생겼다. 그리하여 흉씨는 죽어서도 시체조차 찾을수 없게 되였다.

귀녀는 어머니가 횡재하고 돌아오기를 눈이 빠지게 기다렸다. 한달이 지나가도 두달이 지나가도 어머니는 돌아오지 않았다.

어느날 어머니가 그리워 눈물로 밤을 새우는데 비몽사몽간에 한 로파가 나타나서

≪너의 어머니는 심보 고약하고 생전에 많은 죄를 졌기로 천벌을 받아 죽었는데 봉우리가 무너지며 시체를 덮고 천길 폭포 쏟아져 내려 길마저 막혔으니 시체도 찾지 못하리라. 그러니 기다리지 말아라! 너도 어미의 추김에 들어 다소 못된 짓을 하기는 했지만 그래도 너는 본성이 착한 애이기로 내 측은히 여겨주는 것이니 앞으로 마음을 고치고 부지런히 일하거라. 너는 쓴녀언니를 찾아가야 살길이 트이리라!≫ 하고 사라졌다.

귀녀는 괴이하게 생각하다가 아무래도 죽은 어머니기에 돌아오지 못한다고 단정하였다. 그는 혈혈단신으로 살아갈길 바이 없어 언니를 찾아갔다.

귀녀가 찾아와서 전후시말을 말하니 쓴녀는 귀녀를 붙잡고 대성통곡하며 말했다.

≪좋아도 내 부모요, 궂어도 내 부모인데 어머니 시체조차 찾을길 없게 되였으니 어찌할고? 귀녀야, 인제 우리는 너와 나 두 자매뿐이야. 어머니는 다르다 해도 한피줄을 물고나온 친혈육이 아니냐! 우리 서로 의지하고 살아가자!≫

그후부터 귀녀도 부지런히 일하고 후에 착한 남편을 얻어 잘살게 되였다.

경개 좋은 산천에서 명산대천의 물을 마시고 자자손손 퍼뜨리니 착한 마음 어진 덕행이 대대로 전해지고 전파되여 금강산의 정기 타고나서 자란 그 사람들 동방례의민족으로 되였다고 하더라.

리정규 구술 / 소인 정리 / 1983년 장당에서 수집

돌이

옛날 한 고을에 김첨지란 사람이 살고있었는데 그는 매사에 청렴정직하고 본분을 지키기로 소문난 사람이였다.

김첨지네 이웃에는 그 고을에 락향한 리대감이 살고있었는데 원래 탐관오리였던 그는 제 버릇 개 주지 못한다고 이웃사람들을 괄시하고 제 욕심만 채우는데 이골이 난 위인이였다.

김첨지 내외는 젊어서 낳은 자식들을 떼우고 늘그막에 오누이를 붙들었는데 딸 순임이는 어려서부터 인물이 출중하고 아들 돌이는 어려서부터 총명하기로 동리 어른들의 칭찬을 받았다.

순임의 나이가 이팔이 되자 인물이 더 환하게 번지여 수정같은 눈, 옥으로 만든듯한 코, 앵두같은 입, 보름달같이 둥근 얼굴이 어여뻐지자 이웃에 사는 리대감으로 하여금 군침을 흘리게 하였다.

오래동안 속꿍꿍이를 하던 리대감은 어느 하루 김첨지를 자기네 집으로 불렀다.

≪자네 나와 내기를 해보자구.≫

≪대감님, 무슨 내기를 하시렵니까?≫

≪내기인즉 자네 가마 하나에다 밥을 지어서 그릇 쉰개에 담아오라는거네. 만약 쉰그릇의 밥을 가져오면 내가 자네에게 개똥참외밭 하루갈이를 주고 만약 그렇게 하지 못하면 자네 딸을 나한테 주게. 기한은 래달 초이레날까지네. 그리 하겠나?≫

리대감은 우격다짐으로 내기를 꺼내였다.

김첨지는 감히 리대감의 내기를 거절하지 못하고 울며 겨자먹기로 그렇게 하자고 대답하고 집으로 돌아와 혼자 속을 썩이며 머리를 꿍꿍 앓았다.

김첨지는 울화가 치밀어 음식을 전폐하고 끝내 병석에 드러눕고 말았다.

김첨지가 병석에 드러눕자 하루종일 밖에 나가 동리 아이들과 미역을 감고 흙장난질에 시간 가는줄 모르는 돌이를 제외하고 김첨지네 모녀는 수심에 잠겨 남몰래 울기만 하였다. 그러던 어느날 저녁, 돌이는 눈치를 채고 조용히 어머니께 물었다.

《집에 무슨 일이 생겼습니까?》

《지금 네 아버지가 울화병이 생겨 몸져누웠는데 만약 아버지가 잘못되기나 하면 우리는 어떻게 살아가겠니, 후유…》

김첨지의 마누라는 땅이 꺼지게 한숨을 지으며 말하였다.

돌이는 어머니의 말씀을 듣고 곧장 아버지가 누워계시는 곁에 가서 물었다.

《아버지, 무슨 연고로 울화병에 걸리셨습니까? 철없는 자식이라도 이 아들에게 이야기해주십시오.》

《그만둬라. 내게 근심이 있다 한들 일곱살난 네가 무슨 뽀족한 수가 있어 내 근심을 덜겠니, 밖에 나가서 놀아라.》

김첨지는 돌이의 말을 시답지 않게 여기고 외면하고 돌아누웠다.

돌이는 아버지앞에 무릎을 꿇고 간곡히 말하였다.

《아버지, 소자가 철이 없다고 하여 부자간에 흉금을 털고 이야기 못할 일이 어디 있습니까? 아버지, 이야기해주십시오, 아버지!》

김첨지는 하도 아들이 기특하게 캐여묻는 바람에 끝내 리대감이 내기하자던 사연을 돌이에게 실토정하였다.

《아버지, 그만한 일에 무슨 걱정을 하십니까? 제가 그날 아버지를 대신하여 갈테니 마음 놓으십시오.》 하고 돌이는 대수롭게 이야기하고 명랑하게 웃으면서 또 밖에 나가 밤늦게까지 놀다가 돌아왔다.

구월 초이레날 아침에 돌이는 동저고리바람으로 리대감네 집 문전에 가서 의젓이 문안하였다.

《리대감께 문안하옵니다. 그새 편안하셨습니까?》

《에끼 고약한 놈, 네 애비는 어디 가고 조무래기 네가 찾아왔느냐? 썩 물러가거라. 어서 돌아가서 네 애비를 이리로 보내여라.》

리대감은 돌이를 보고 대성질호하였다.

《대감님, 사람은 매 한가지가 아닙니까? 저의 부친은 지금 병석에 누워계셔서 오지 못하게 되여 오늘 내기는 그만두는수밖에 없습니다. 만약 내기를 하시겠다면 제가 아버지 승낙을 받고 왔으니 내기를 합시다.》

돌이는 담차게 리대감앞에 떡 버티고 서서 태연자약하게 말하였다.

(어른들도 그런 내기에는 옴짝달싹 못하고 질터인데 황차 조무래기 애가 무슨 별수 있으랴, 차라리 잘되였구나.)

≪그럼, 네가 쉰그릇의 밥을 가져왔단 말이냐? 얼른 여기에 내놓아라.≫

≪예, 여기에 있습니다.≫

돌이는 동저고리품에서 쉬여빠져서 진물이 나는 밥 한그릇을 리대감의 코앞에 바싹 가져다드렸다.

≪이게 어디 쉰그릇 밥이냐? 고약한지고… 네가 감히 나를 조롱하는거냐? 엉!≫

리대감은 노발대발하였다.

≪대감님, 그럼 이게 뭡니까?≫

≪뭐긴 뭐야 쉰밥이지.≫

≪옳습니다. 오십개의 그릇에 담은 밥을 쉰, 쉰밥이라 합니다.≫

돌이는 눈섭도 깜짝이지 않고 또랑또랑 말하였다.

리대감은 갑자기 무슨 말로 대답할수 없어 그만 내기에 지고 말았다.

리대감은 수월히 물러설 위인이 아닌지라 또 내기하여 이길 속셈을 하고 막부득이 땅문서를 돌이에게 주고 집으로 돌려보내였다.

김첨지네 집은 화를 면하고 도리여 복을 얻어와 온 집안 식구가 기쁨속에서 나날을 보내던 어느날, 리대감은 또 김첨지를 자기 집으로 불렀다.

두번째 내기는 십리밖에서 펄펄 끓는 고기국을 자기 집으로 가져와야 한다는 것이였다.

김첨지는 또 불안에 휩싸이게 되였다.

오뉴월도 아닌 동지섣달 추운 날에 십리밖에서 펄펄 끓는 국을 식히지 않고 대감 집에 가져온다는것은 막무가내 일이였다.

김첨지는 아무리 생각해봐도 이번 내기에는 지게 될것이라 생각하니 앞길이 캄캄해졌다.

김첨지 마누라는 남편이 또 병석에 눕게 되자 인차 돌이에게 사연을 이야기하여주었다.

돌이는 털끝만큼도 걱정하는 기색이 없이 명랑하게 웃으며 어머니를 위안하는것이였다.

≪어머님, 근심하지 말아요. 하늘이 무너져도 솟아날 구멍이 있다고 안심하고 계십시오.≫

리대감 집에서 내기하러 오라는 날 아침, 돌이는 어머님께 집오리를 두 마리 잡아서 국을 잘 끓여달라고 말하였다.

≪애, 대감 집에서 말하기를 십리밖에서 국을 끓여오라고 하였는데 우리 집에서 국을 끓이면 어떻게 되느냐?≫

김첨지 마누라는 근심이 태산같았다.

≪어머니, 다른 걱정은 마시고 꼭 오리 두 마리를 잡아서 국만 펄펄 끓여주십시오.≫

돌이는 어머님께 신신당부하고 리대감네 집으로 건너갔다.

≪대감님, 그새 편안하셨습니까? 내 오늘 또 왔습니다.≫

돌이는 대감님께 공손히 인사하였다.

≪그럼, 오늘도 네가 아버지를 대신하여 내기를 하려느냐?≫

리대감은 돌이를 마뜩지 않게 흘겨보며 말하였다.

≪그렇습니다. 그런데 대감님이 전번에 준 땅문서는 대감님의 도장이 찍혀있지 않아 거짓땅문서인줄로 압니다. 체면 있는 대감님께서 거짓말을 하면 하늘이 용서치 않습니다. 그러하오니 오늘은 문서를 쓰고 도장을 꼭 찍어야 합니다.≫

돌이는 털끝만큼도 기가 꺾이지 않고 당돌하게 말하였다.

≪만약 네가 내기에 지는 날이면 네 누나를 준다는 문서에 네 아버지의 도장을 찍겠느냐?≫

대감은 이번에는 영낙없이 자기가 이긴다고 생각하고 득의양양하여 말하였다.

≪문서를 벌써 써가지고 왔습니다. 아버님의 도장도 벌써 찍어놓았습니다.≫

돌이는 품속에서 문서장을 꺼내여 대감님께 멀찍이 보여주며 말하였다.

≪그럼, 그 문서를 내게 맡겨놓고 내기를 하자.≫ 리대감은 약은꾀를 부리려 하였다.

≪이런 큰 내기를 하는데 우리 두 집 사람만 있어서는 안됩니다. 내 관가에 가서 원님을 모셔올테니 원님이 재판이 되여 이기는 사람에게 문서를 주는게 좋겠습니다.≫

돌이는 인차 리대감의 간계를 꿰뚫고 말하였다.

≪그럼 그렇게 하자꾸나.≫

리대감은 마지못해 대답하였다.

≪대감님, 장부 일언 중천금이라고 했사오니 변화가 있어서는 절대 안되는줄로 압니다.≫

돌이는 한마디 말을 덧붙였다.

≪이놈아, 말만 줴치지 말고 얼른 내기를 시작하자, 한시가 바쁘다.≫

리대감은 입에 떨어질 곶감을 생각하고 급히 재촉하였다.

≪그럼, 곧 내기를 시작합시다.≫

돌이는 리대감 집 대문을 나와 날랜 걸음으로 군청에 가서 원님에게 찾아온 사연을 자초지종 이야기하고 원님께서 친히 리대감네 집에 왕림하여 재판해주기를 청하였다.

원님은 원래 청렴한 사람이라 돌이의 청을 선선히 들어주었다.

김첨지 마누라는 벌써 오리 두 마리를 잡아 국을 끓여놓고 돌이를 기다리고있었다.

돌이는 시간 짐작으로 십리길을 갔다올 즈음하여 오리 두 마리를 삶아 끓인 국을 큰 그릇에 담아 뚜껑을 닫고 쏜살같이 리대감네 집으로 달려갔다.

리대감네 집에는 원님이 벌써 와있었다.

리대감은 십리밖에서 국을 가져왔으면 국이 다 식었으려니 생각하고 돌이가 들고있는 국그릇의 뚜껑을 열어제끼며 입을 대고 다짜고짜 한모금 국물을 쭉 들이켰다.

≪앗!≫ 라대감은 온 입안을 몽땅 데고 말았다.

≪이 고약한 놈! 이게 어디 십리밖에서 끓여온 국이냐?≫

리대감은 입술을 부들부들 떨면서 고함쳤다.

≪대감님, 이 오리 저 오리 합하면 십리가 아닙니까?≫

돌이는 태연자약하게 말하였다.

≪그…그렇게 십…십리란 말이냐?≫

리대감은 말문이 막혀 말을 더듬거렸다.

이 광경을 보고있던 원님은 전부터 리대감을 곱게 보지 않던차라 돌이의 말에 일리가 있다고 말하며 리대감의 땅문서를 돌이에게 주었다.

리대감은 지금 금방 입안을 델 때보다 한결 더 입안이 아리고 쓰리여 ≪껙, 껙≫ 게사니 울듯하며 아무 말을 하지 못하였다.

돌이는 내기에 이겨 땅문서를 가지고 집에 돌아와 아버지와 상의하고 땅문서를 헐값에 다른 지주에게 팔고 그 돈으로 산 좋고 물 맑은 타향으로 이사를 가서 집과 땅을 사고 부지런히 일하며 부모를 잘 모시고 잘살았다고 한다.

배영옥 구술 / 박성군 정리 / 1982년 우흥구에서 수집

산포수 천덕이

멀고 먼 백산기슭 한 마을에 유복자로 태여난 아이가 있었는데 천덕이라 불렀다. 천덕이는 어찌도 빨리 자랐는지 오뉴월 오이처럼 배꼽이 떨어지기전에 기여다녔고 한돌이 지나자 막 뛰여다녔다. 속담에 아들은 애비를 닮고 딸은 에미를 닮는다고 천덕이는 밥숟가락만 떨어지면 밖에 나가 돌싸움이 아니면 활쏘기요, 나무깎아 죽마타기 하여튼 논다는것이 온통 이러루한 장난짓뿐이었다. 그러다보니 남의 집 아이들을 울려놓은것도 한두번이 아니요, 저보다 큰 아이들에게 걸렸을 때는 얻어맞은적도 적지 않았다. 그때마다 천덕이는 아프다는 말한마디 없이 끄떡하지 않았으며 코피가 터져도 옷소매로 쓱쓱 문질러 닦을뿐 눈물 한방울 흘리지 않았다.

그러던 어느날, 천덕이는 아이들과 팔매치기를 하다가 동리집 아주머니의 물동이를 깨뜨려놓았다.

겁을 먹은 아이들은 내 꼬리 보란듯이 와르르 꽁무니를 빼고말았으나 천덕이만은 그 자리에 꿋꿋이 서서 깨여진 물동이와 아주머니 눈치만 보는것이었다.

동리집 아주머니는 너무도 어이없다는듯 한숨을 쉬다가 천덕이를 쏘아보면서 한마디 말을 던지고 돌아서는것이었다.

≪애비도 없는 자식이 논다는게 밤낮 쯔쯔쯔…≫

천덕이는 이 말을 듣자 맞아대는것보다 가슴이 더 아팠으나 무안한감에 뒤엉켜 고개를 숙이고 집으로 돌아왔다.

≪어머니, 나에겐 왜 아버지가 없어요?≫

저녁을 짓느라고 부엌에서 서성거리던 어머니는 천덕의 울음섞인 말에 깜짝 놀라지 않을수 없었다.

≪왜 없겠니? 너에겐 훌륭한 아버지가 있단다.≫

어머니는 여태까지 천덕이에게 아버지에 대한 실속말을 해주지 않았다.

원래 천덕이 아버지는 원근 마을에서도 소문난 산포수였다. 한해는 어디서 건너왔는지 천년 묵은 호랑이가 백산봉우리에서 터를 잡고 사람이면 사람, 짐승이면 짐승 무엇이나 다 통째로 잡고 삼켜버린다는것이였다.

사람들은 이 소식을 듣자 대낮에도 혼자서는 나무하러 못다녔고 해떨어지기 바쁘에 문들을 꼭꼭 닫아걸면서 바깥출입을 아예 금해버렸다.

하지만 천덕이 아버지만은 여전히 총을 메고 산길을 넘나들었는데 그만 여직껏 돌아오지 않았으니 묻지 않아도 뻔한 사실이였다.

그렇지만 어머니는 천덕이 하나만을 믿고 살아오면서 남편 없는 기색을 한번도 보이지 않았다.

천덕이가 어렸을 때 아버지를 묻게 되면 언제나 입버릇처럼 대답해주었다.

≪멀리멀리 가셨단다. 네가 크면 사냥하고 오신단다.≫

그러나 오늘은 천덕이가 예전과는 달리 이것저것 따지며 캐는바람에 자초지종을 쪽 예기해주지 않을수 없었다.

≪어머니, 제가 가서 원쑤를 갚겠습니다.≫

어머니는 아들의 당돌한 말에 어이가 없다기보다 담대한 생각에 눈물이 핑 돌았다.

≪호랑이 잡는것이 너희들 장난인줄 아느냐? 너의 아버지는 뛰는 짐승 나는 새를 백이면 백, 천이면 천 다 잡아들였어도 돌아오지 못했단다.≫

≪그럼 어머니, 저도 오늘부터 총쏘는 법을 배우겠습니다.≫

어머니는 아들의 자태가 기특하여 남편의 친구였던 스승을 찾아가게 했다.

이렇게 되여 천덕이는 집을 떠나 삼년이란 세월을 보내면서 총쏘기와 활쏘기 사냥하는 모든 요령을 배웠다.

≪어머니!≫

천덕이의 부르는 목소리에 깜짝 놀란 어머니는 물동이를 이고 선채 아들의 모습을 우두커니 바라보았다.

≪보십시오. 어머니, 물동이우의 바가지를 쏘겠습니다.≫

천덕이는 활을 벗겨 시위를 당기자 화살은 씽-하고 바가지를 뚫고 나갔다. 어머니는 아무말 없이 물동이를 내려놓고 엄숙한 눈초리로 천덕이에게 말했다.

≪그것도 재간이라고 피우느냐? 너의 아버지는 날아가는 새도 척척 떨구군 했단다!≫

그때 마침 반공중에는 독수리 한 마리가 빙빙 돌도있었다. 천덕이는 어머니에게 다시 렵총을 들어보이고 하늘높이 날아가는 독수리를 보기좋게 떨구었다.

≪어머니, 어떻습니까?≫

≪안된다. 너의 아버지는 참대꼬챙이우에서 옷을 벗고 구을렀어도 피 한방울이 안보였다.≫

≪어머니, 알만합니다. 저도 꼭 그렇게 하겠습니다. 두고보십시오.≫

천덕이는 그길로 어머니를 하직하고 또다시 스승을 찾아가 기공법을 배웠다. 세월은 흘러 또 세해가 지났다.

천덕이는 집에 돌아와 마당에다 참대꼬챙이를 고슴도치등처럼 박아놓고 어머니앞에서 자기의 알몸을 매돌 굴리듯 하였다.

≪어머니, 이만하면 갈만합니까?≫

어머니는 여전히 고개를 설레설레 혼들었다.

≪너의 아버지는 한발 굴러 담을 넘고 두발 굴러 지붕을 뛰여넘었어도 그 호랑이를 당해내지 못했는데 아직은 갈수 없다.≫

≪어머니 알만합니다.≫

천덕이는 그날부터 또 뒤산골안에 들어가 높이뛰기와 가로세로 곤두박질 련습을 계속했다.

이와 같이 날이 가고 달이 가고 또 한해가 지나 어머니로서도 천덕이가 가려는 길을 더는 막을수 없었다.

≪어머니, 이젠 갈만합니까?≫

≪아무래도 네 뜻대로 해야지.≫

어머니는 할수 없이 아들의 간청을 허락하고 밤새도록 음식을 만들어 길 떠날 차비를 해주었다.

천덕이는 생사결판의 길을 떠나는지라 어머니에게 큰절을 올리고 첩첩청산을 향해 들어가기 시작했다.

길은 갈수록 험하여 기이한 절벽들이 좌우에 우중충 깎아지른듯하였으나 천덕이는 간난신고를 다 겪으며 천봉만학을 넘고 또 넘어가는데 양지바른 언덕에 로인 한분이 해별을 쪼이고 끄덕끄덕 조을고있었다.

≪로인님, 길 좀 물읍시다.≫

천덕이의 묻는 말에 로인은 깜짝 놀라 눈을 비비는데 두눈섭을 얼른 보니 사람이 아니라 부채살같이 쭉쭉 뻗어나간 호랑이였다.

천덕이는 깜짝 놀라 날쌘 동작으로 총알을 쥐여 이마의 정통을 쐈는데 단방에 얻어맞고 몸부림치는것을 보니 검줄배기 수호랑이였다.

(정신을 차려야지 하마트면 내가 잡힐번했구나!)

천덕이는 경각성을 높이며 또 무인지경을 넘어서는데 느닷없는 젊은 녀인이 함박을 머리에 이고 힐끔힐끔 쳐다보면서 걸어오는것이였다.

≪부인께선 어데로 가시는데 혼자서 이렇게 오십니까?≫

천덕이는 녀인의 동정을 주의깊게 살피면서 말을 하는데 녀인은 두눈에 쌍불을 켜달고 함박으로 갑자기 냅다 갈기는것이였다.

천덕이는 순간 ≪앗!≫ 하는 소리와 함께 날아오는 함박을 얼른 피하면서 떨어지는것을 보니 큰 돌덩이였다.

≪네가 내 <남편>을 죽인 놈이지. 여기서 당장 너를 요정내고 말테다.≫

제 본색으로 나타난 암호랑이는 두발을 추켜세우면서 덤벼들었다.

≪보아하니 너도 사람을 수태 잡아먹었구나.≫

천덕이는 벼락소리를 지르며 달려드는 호랑의 배때기를 툭 찼다.

호랑이는 한쪽으로 쓰러지면서 천덕이의 옷자락을 어느새 물었는지 뭉텅 잘리였다.

천덕이는 얼른 총을 들고 몇방 불질을 했는데 호랑이는 설맞았는지 야웅을 부리다가 꼬리를 빼는것이였다.

천덕이는 또다시 달아나는 호랑이를 겨누고 보기 좋게 쏘았다. 뒤다리를 얻어맞은 호랑이는 몸부림을 한참이나 부리다가 끝내 뻐드러지고 말았다. 천덕이는 숨을 좀 돌리면서 어머니가 마련해준 개나리보짐을 풀었다. 이때 두 귀가 쫑긋하고 꼬리가 뭉툭한 흰토끼 한 마리가 껑충껑충 뛰여와 인사하는것이였다.

≪포수님, 고맙습니다. 우리 토끼자손들이 멸종할번했는데 원쑤를 갚아주어 정말 백골난망이옵니다. 이제부터 우리 토끼들은 여기에 터를 잡고 살아갈수 있게 되였습니다. 그렇지만 포수님 저 앞에 보이는 저 산에는 천년 묵은 호랑이가 있으니 가시지 마옵시오.≫

≪나는 바로 천년 묵은 호랑이를 찾아간다. 그 호랑이를 남겨두고 내 어찌 돌아갈수 있겠니, 난 원쑤를 갚으려고 천년 묵은 호랑이와 싸우려 한다.≫

≪포수님의 장한 포부 막을 길 없사오나 몸을 각별히 류의해야 하옵니다. 하늘같은 은혜를 만분의 일이라도 갚을가 하여 제 몸에 간직해온 약을 드리오니 정신이 흐렸을 때 자시면 환생할수 있습니다.≫

≪고맙다, 토끼야.≫

천덕이는 흰토끼가 캑캑하고 도토리알같은것을 두알 토해주는 약을 품에 넣고 락락장송 밀집한 산곡간을 벗어져 나갔는데 벼랑에 대가리가 연자방아만하고 몸집이 궁궐같고 꼬리가 팔간집 기둥만한 호랑이를 보았다.

호랑이를 본 천덕이는 활시위를 당겼다. 화살은 씽—하고 번개불을 일구며 날아갔는데 호랑이는 꿈쩍도하지 않았다.

천덕이는 련속 활을 쏘았으나 호랑이는 좌우 앞발을 들어 화살을 척척 잡아 꺾어버리는것이였다. 그래서 총을 꺼내여 백발백중으로 호랑이에게 불질을 했는데 역시 허사였다. 약이 오른 천근대호가 가만히 있을리 만무했다. 잘못하다가는 오히려 호랑이 밥으로 될것만 같아 천덕이는 육박전이라도 해서 꺼꾸러뜨리려고 품속의 칼을 빼들었다. 그래서 천덕이는 한발두발 다가서가니 천년 묵은 호라이는 창끝같은 콧수염을 곤두세우며 숨을 쉬는데 부근의 초목들도 흔들거렸다

이에 천덕이는 아랑곳하지 않고 칼을 높이 들어 찌르려는데 호랑이는 룡선풍을 일으키며 후루룩 통째로 삼켜버렸다.

천덕이는 흰토끼가 준 약이 생각나서 얼른 한알을 꺼내 먹었다.

제정신이 돌아온 천덕이는 호랑의 배속에서 다른 한 사람이 또 있다는것을 알게 되였다. 가슴을 짚어보니 아직 숨이 넘어가지 않은것 같아 그에게도 한알을 먹였더니 그 역시 긴 한숨을 푹 내쉬면서 깨여났다.

알고보니 자기 나이와 비슷한 처녀였는데 나물캐려 나왔다가 호랑이에게 업혀온것만을 간신히 기억하고있었다.

그들 둘은 호랑이 배속에서 칼로 배를 째기 시작했다.

《빨리 의원을 대령시켜라.》

천년 묵은 호랑이는 배가 아파 견딜수 없는지라 고래고래 소리를 질렀는데 그때 마침 거북의사가 지나다가 엉금엉금 들어서면서 진맥을 하였다.

《대왕님의 병은 과도히 인명을 해치신 체병인줄 아뢰옵니다.》

《그건 그렇다 하고 냉큼 고칠 방도를 알려라.》

《사지가 끊어지면 이을수 있고 오관이 막히면 씻어낼수 있사오나 대왕님의 병은 삼천세계의 보살님이 오셔도 평복되기 어려울줄 아뢰옵니다.》

《아이고 그럼 이걸 어쩐다. 내 한번 이 세상을 쥐락펴락하려 했는데 이젠 끝장이 되였구나.》

천년 묵은 호랑이는 그만 사지를 쭉 늘어뜨리였다.

천덕이는 처녀와 함께 호랑의 배가죽을 뚫고 밖으로 나와 호랑의 가죽을 벗겼다.

한편, 천덕이의 어머니는 천덕이를 보내놓고 한시도 시름이 놓이지 않아 해질 무렵이면 매일 뒤산에 올라가 이젠가 저젠가 하고 아들을 기다렸다.

그러던차에 천덕이가 한 처녀와 함께 호랑이가죽까지 메고 집에 돌아왔다.

천덕이의 개선에 마을사람들도 뛰여나와 기쁨에 넘쳐 환성을 올렸다.

그때로부터 천덕이는 아버지의 뒤를 이어 산포수가 되였다.

그리고 함께 살아나온 처녀와 배필을 뭇고 어머니를 모시며 화목하게 잘살았다 한다.

정윤장 구술 / 장동운 정리 / 1981년 단동에서 수집

부모 괄시가 제 괄시

옛날에 한 불초자식이 늙은 어머니를 모시고 살았는데 그에게는 열대살나는 아들이 있었다.

어머니가 칠순이 넘어 운신을 잘할수 없게 되자 불초자식은 늙은 어머니를 지게에 지고 산으로 올라갔다. 외딸고 외딴 산간 큰 벼랑밑에 이르자 어머니를 내려놓은 다음 지게를 버리고 돌아오려 하였다.

그런데 따라갔던 아들이 빈 지게를 집어다가 짊어졌다.

≪애, 사람을 져다 던진 지게는 안가져가느니라. 거기 놔두고 가자.≫

아버지가 이렇게 말하자 아들은 입이 뿌루퉁해졌다.

≪이 지게를 가지고 가야 이담에 내가 또 아버지를 져다 던지지요.≫

≪뭐?!≫

불초한 아버지도 마음이 뜨끔하게 질리였다.

(부모 괄시가 제 괄시다. 내가 자식앞에서 불초한 본을 보여주었으니 나중에 앙갚음을 당할것이다.)

이렇게 생각한 불초자식은 아들에게서 지게를 앗아다가 다시 어머니를 지고 집으로 돌아왔다고 한다.

리창하 구술 / 소민 정리 / 1979년 장당에서 수집

개구리 서울구경

옛날 어느 한 산골에 얼룩개구리 한마리가 살고있었다. 그는 평소애 제 목청이 세상 제일이고 제 사는 산골이 천하 절경이라 떠벌였다.

그런데 어느날, 개구리는 서울이 좋기로 참 가관이라는 말을 들었다. 그는

산골태생이고 산골에서 자랐는지라 서울이 아무리 좋다고 해도 자기가 사는 그 산골보다 더 좋을리 만무하다고 생각했다. 그러나 어딘지 못미더운 생각이 드는 때도 있어 그는 서울이 도대체 어떤가 한번 가보기로 작정하였다.

마음 크게 먹은 얼룩개구리는 서울을 향해 길을 떠났다. 이틀 걸려 고개 둘을 넘은 그는 다리맥이 풀리고 숨이 가빴다.

이때 낮잠 자다 깨여나 기지개를 켜던 청개구리가 헐떡이며 기여가는 얼룩개구리를 보았다. 청개구리는 의아쩍어 ≪애, 얼룩아, 너는 어디로 가는 길이냐?≫라고 물었다. 그가 서울 가는 길이라 하자 청개구리는 ≪서울구경? 서울이 뭘 그리 좋다구 그렇게 힘들게 가 그 구경이 낮잠만 못해.≫라고 말하였다. 그는 힘들게 간다는 말에 자존심이 깎이우는지라 있는 힘을 다해 앞산 령마루를 단숨에 뛰여올랐다.

령마루에 오른 얼룩개구리는 가장 높은 산봉우리를 찾아 올랐다

(이 산아래가 서울이라지, 그럼 발뒤축까지 고이고 산아래를 한번 내려다 보자!)

이렇게 생각한 그는 서을쪽을 향해 앞발을 높이 추켜들고 뒤발을 버티고 벌떡 일어섰다. 그는 가장 높은 산봉우리에 올라섰는지라 산아래가 과연 환히 잘 내려다 보이였다. 한참동안 눈여겨보던 그는 홍 하고 쓴웃음을 쳤다. 그의 한눈에 안겨온것은 다름아닌 산골이였다.

≪그러면 그렇지. 서울이 좋다 해두 내 산골보다 못해!≫ 하고 혼자 중얼거렸다.

하긴 그의 눈에 서울이 보일리 만무하였다. 산봉우리에 올라서니 그의 입은 하늘을 향하고 눈은 뒤통수에 넘어가붙고 턱이 서울쪽을 향했으니 턱이 눈이 아닌 이상 그가 어찌 서울을 볼수 있었으랴!

리몽수 구술 / 김순화 정리 / 1978년 신빈에서 수집

삼거리 능수버들

천안삼거리 흥흥
수버들은 흥흥
제멋에 지쳐서 흥흥
휘늘어졌구나 흥흥

이 민요에는 400여년의 세월을 두고 전해내려오는 다음과 같은 이야기가 깃들어있다. 조선의 충천남도에는 천안이라는 고을이 있었다. 그곳에서 남으로 39리가량 나가면 산 좋고 물 맑은 한 시골이 있다. 그 시골에는 량반의 후예인 리씨 부부가 아들 하나와 조실부모한 조카 하나를 데리고 살고있었다.

세월은 류수와 같이 흘러 리씨 부부 머리에는 어느덧 흰서리가 덮이게 되고 아들애와 조카애는 숙성하여 끝날같은 젊은이로 되였다. 웅숭깊은 이들 젊은이는 집에서는 효자요 동네에서는 기둥감인데다가 일에서 호랑이처럼 날쌔다보니 린근동네에서까지 칭찬이 자자하였다.

어느날 한 중매군이 리씨네 집에 찾아왔다. 그는 천안고을에서 한 10리 더 가면 참하기로 소문난 처녀가 있는데 로인님의 아드님을 그 처녀에게 장가보내는게 어떤가고 하였다. 로인은 워낙 아들 조카가 다 숙성하여 그들을 장가보낼 궁리를 한지 오랬으나 딱 맞춤한 자리가 없어서 속태우던차에 색시감이 좋은데다 중매군까지 믿음직한 사람인지라 지지골골 캐여묻지 않고

《자네 거 힘써보게나!》 하고 당부하였다.

한편 처녀네 집에서도 총각의 됨됨이가 어떻다는 소문을 듣고 혼인을 맺을 생각을 하고있던중이라 중매군이 나서자 미주알고주알 따지지 않고 쉬이 대답을 하였다.

옛날에는 한동네가 한 문중으로 무어져있었고 동네마다는 문장어른이 있었는데 무슨 일을 하나 문장어른의 말씀을 들어보아야 했다. 그리하여 리로인은 문장어른을 찾아가 자기 아들이 아무개 딸과 혼사를 맺게 될 사연을 아뢰였다. 올방자를 틀고 앉아 백발수염을 내리쓸던 문장어른은 미간을 찌푸리고 엄하게 리로

인을 타일렀다.

≪이 사람, 자네 건 잘못이네.≫

≪무슨 말씀이옵니까?≫

≪아니, 애비 없는 자네 조카가 있지 않는가. 개가 형이고 자네 아들이 동생인즉 조카를 먼저 장가보내고 아들은 후에 보내야 하지 않겠나? 원 그래 자넨 제 아들을 먼저 장가보낼 셈인가? 이게 그래 의리에 어긋나는 일이 아니구 뭔가?!≫

문장어른의 말씀은 지당하였지만 일이 이렇게 된것도 그 까닭이 있었다. 조카애의 일로 하여 여기저기 말해보았지만 대방에서는 조실부모한 고아라고 꺼리면서 제꺽 나서지 않았던것이다.

집에 돌아온후에도 로인은 조카의 혼사문제를 또 여기저기 말해보았지만 마땅한 자리가 나서지 않았다. 그래서 하는수 없이 아들을 먼저 장가보내기로 마음먹었다. 신랑의 집에서는 신랑의 생년월일을 적은 사주단자와 청혼장을 신부집에 보내주고 신부집에서는 사주에 따라 길흉을 점치여 연길(涓吉) 이라고 써서 봉한 택일단자를 붉은 보에 싸서 신랑집에 보내왔다.

잔치날이 발밤발밤 다가왔다.

신랑과 후행은 잔치 전날에 백마를 타고 신부네 집으로 떠나게 되였다. 그들은 30리 상거한 천안에서 하루밤 자고 낮전에 신부네 집에 대여갈 예정이였다. 후행으로는 그 사촌형이 가게 되였다. 그런데 옛날에는 한날에 여러 집에서 혼사행차를 하다가 서로 길을 비켜주지 않아 길싸움이 벌어지기가 일쑤였다. 하여 마음이 놓이지 않은 신랑의 부친도 뒤따라 떠났다.

천안에서 그들은 객주집에 들었다. 길이 세갈래로 뻗어있다고 천안삼거리라 불리우는 거리옆에 자리잡은 그 객주집은 꽤 큰축이여서 몸채 외에도 사랑채가 여러칸 있었다. 신랑과 후행은 몸채에 들고 신랑 부친은 사랑채에 들었다.

밤이 깊어 손님들이 자리에 눕게 될 때 신랑은 술상을 차려들고 자기와 형이 든 방으로 갔다.

≪형님, 형님, 이걸 받소.≫

≪거 뭐냐?≫

≪막걸리요.≫

≪밤중에 술상은 왜 차려가지고 왔느냐?≫

≪형님, 나때문에 오늘 고생했는데 한잔 들고 편히 쉬오.≫

형은 동생의 권고에 못이겨 한사발 두사발 연거퍼 들이켜다보니 그만 억망으로 취했다.

그가 목이 타는듯한 갈증에 깨여나니 창호지가 이미 희붐히 밝았다.

(아니, 이게 어찌된 일이람?)

형은 머리가 뻣뻣해나기에 다급히 만져보니 정수리에는 상투가 올라앉았고 입은 의복을 보니 신랑옷인지라 그만 아연실색하였다.

(에쿠, 이놈이 제 옷을 나한테 입혀놓았구나!)

덴겁한 형은 부랴부랴 뛰쳐나와 동생을 찾아보았으나 그림자고 보이지 않았다. 속이 바질바질 끓어오른 형은 삼촌이 든 사랑채의 문을 뚜드리고 들어가 간밤에 벌어진 일을 아뢰였다.

쐑벌레에게라도 쏘인듯 흠칫 놀란 삼촌은 다급히 말하였다.

≪그게 정말이냐? 어서 나가 한번 더 찾아봐라.≫

그래서 형은 뛰쳐나가 이골목 저골목 샅샅이 누벼보고 이집 저집 찾아다니며 물어보았으나 보았다는 사람은 하나도 없었다. 가근방에는 없다는 말을 들은 삼촌은 가슴이 덜컹해났다.

≪에익! 이런 변이라구야. 집안을 통 망쳐버리자구 이러는구나. 신랑 없이 신부를 어떻게 맞아온단 말이야. 난 그만 집으로 돌아갈테다.≫

로인은 서리 맞은 가지잎 신세가 되여 무거운 다리를 끌며 귀로에 올랐다.

주막집에 홀로 남은 형은 이생각 저생각 굴렸으나 생각할수록 앞이 막막하고 기가 찬 일이였다.

(동생의 뜻인즉 나를 먼저 장가가라는것이지만 내 어찌 제수 될 사람에게 장가들겠는가! 그런데 안가자니 신부집에서 애타게 신랑을 기다릴것이지. 신부집 낯을 봐서라도 신랑은 꼭 가야 하지 않는가?!…)

그런데 정작 가자니 태산이요 돌아서자니 숭산이였다. 깊은 사념에 모대기던 그는 불현듯 무릎을 탁 쳤다.

(오라, 전라감사의 아들이 이 객주집에 들어있지 않은가! 인물도 좋고 사람이 나무랄데 없으니 거기나 찾아가 보도록 하자!)

그리하여 형은 그 감사 아들이 든 방에 찾아가 손기척을 냈다.

뜻밖에 새신랑이 들어오는것을 본 감사의 아들은 의아쩍어하는데 상대방은 찾아온 연유를 피력하였다.

≪밤중에 홍두깨 내밀듯이 뛰여들어 미안하외다. 이 몸은 조실부모하고 삼촌 네 집에서 자랐는데 사촌동생이 장가가게 되여 후행으로 따라왔더니 동생은 이 형을 먼저 장가가라고 나한테 신랑옷을 입혀놓고 어디론가 가버리지 않았겠나이까. 그러니 울며 겨자먹기로 제가 대리로 가야 할것 같소이다.≫

≪옳소이다. 아무렴 가야 하지요.≫

≪그런데 전 지금 배행할 사람이 없소이다. 청을 들긴 미안하지만 저의 후행으로 재행해주실수 없겠나이까?≫

전라감사의 아들은 이런 좋은 일을 어찌 도와주지 않겠는가 하면서 자기에게도 백마가 있으니 념려말라고 하였다.

해가 장바 한컬레만치 떠올랐을 때 두 사람은 백마를 잡아타고 길에 나섰다. 왈랑절랑 방울을 울리며 신랑일행은 낮전에 신부네 집에 당도하였다.

혼례식은 지체없이 거행되였다. 신랑은 가지고 온 목안(나무로 만든 기러기)을 전안상우에 올려놓고 부채로 세번 밀어 신부 어머니에게 전안하고는 청실홍실 늘어놓은 초례청에서 족두리를 쓰고 례복을 입은 신부와 교배례를 하였는데 신랑은 삼배요 신부는 삼배반을 행하였다. 식이 끝나자 신랑은 큰상을 받았다.

밤이 이슥해지자 손님들이 다 돌아갔다. 신랑은 술상을 차려놓고 후행을 청하였다.

≪저때문에 오늘 퍽 수고했는데 이 술을 들구 편히 쉬시웨다.≫

신랑의 권에 못이겨 후행은 술상에 마주앉게 되였다. 술군이란 아니, 아니, 하면서도 마실 술은 다 마신다더니 그만 녹초가 되여 쓰러졌다. 그러자 신랑은 재빨리 후행의 머리에 상투를 틀어올리고 옷을 벗어 그에게 입히고나서 자기는 후행의 옷을 주어 입었다. 마침 곁방이 신랑방인지라 그는 미닫이문을 가만히 밀고 감사의 아들을 안아서 들여놓았다. 그러고나서 후행방으로 갔다.

고개를 살풋이 숙이고 화촉동방에 홀로 앉아있던 색시는 새서방이 들어온것 같아 곁눈질해보는데 신랑이 글쎄 곤드레만드레 취해 미닫이문가에 누워있지 않는가! 코만 드렁드렁 고는 신랑이 야속하다못해 부끄럼을 무릅쓰고 가까이

다가가본 신부는 그만 어정쩡해났다. 낮에 본 신랑과는 비슷하게 생긴 남자이긴 하나! 어쩐지 다른 사람 같아보였다. 혹시 교배례를 할 때 너무 부끄러워 바로 보지 못한것은 아닌가? 신부가 직접 나서서 소동을 피우며 신랑의 신분을 밝힐 수도 없는지라 신부는 바늘방석에 앉은것처럼 안절부절 못하고 멀거니 앉아 날이 밝기를 기다리는수밖에 없었다.

갈증이 몹시 난 후행이 깨여났을 때에는 이미 새날이였다. 정갈한 신방의 미닫이옆에 옷을 입은채로 누워있는 자신을 발견한 그는 그만 소스라치게 놀랐다.

(아, 이게 어찌된 문세냐? 과시 귀신이 곡할 노릇이로다.)

그는 옷을 보니 신랑옷을 입었고 머리를 만져보니 상투가 틀어져있었다. 원래 총명한 사람인지라 그는 이것이 신랑의 소행이란것을 대뜸 알아차렸다.

일시 어쩔바를 몰라 망설이던 그는 고개를 숙이고 멀찌감치 앉아있는 신부를 슬금슬금 곁눈질해보았다. 참으로 꽃같이 예쁘고 눈같이 깨끗한 색시로서 과시 경국지색이라 마음이 동했다. 집에서도 자기를 장가보내려고 색시감을 물색하던중인데 마침 잘되였다고 생각한 그는 실토정을 하였다.

≪간밤 참 실례했소이다. 전 신랑이 아니올시다. 전 신라감사의 아들이온데… 부모님을 청해오실수 없겠나이까?≫

신부의 량친부모가 들어오자 감사의 아들은 이번 사연을 상세히 여쭈었다.

신부의 부친은 놀라긴 했으나 그 총각이 감사의 아들인데다가 인물이 또한 출중한지라 마음이 동하여 시원스레 말했다.

≪일이 이렇게 된걸 이찌겠나. 아마도 하늘이 맺어준 연분인것 같네. 그러니 자네 마음대로 하게.≫

그리하여 감사의 아들은 새색시를 데리고 집으로 떠나려 하였다. 집에서도 아들 혼사 때문에 궁금해하던차라 훌륭한 색시를 보면 기뻐할것이라 생각했다. 그런데 혼자서 새색시를 데리고 집에 갈수야 없지 않은가! 후행이 있어야 하겠다고 생각하고있는데 장가 왔던 신랑이 집에 돌아가겠다고 하였다.

≪거 무슨 말씀이요. 내가 당신 상객으로 왔는데 당신은 왜 후행으로 못간단 말이요?!≫

그리하여 장가 왔던 신랑은 감사아들의 후행으로 되였다. 신부의 행차가 집에 도착하자 아들은 부모님앞에 가서 공손히 절을 하고 각시를 데리고 온 사연의 자초지종을 아뢰였다. 영문을 알게 된 그의 부모는 새사람을 보니 마음이 확 끌리는지라 두말없이 잔치를 굉장히 차려주었다.

뜻밖에 새 며느리를 잘 맞아들인 전라감사는 후행으로 온 총각을 불러놓고 사람됨을 칭찬하고서 거기 있으면서 공부하라고 권하였다. 삼촌이 기다릴건데어서 집에 돌아가겠다고 말하자 감사는

≪그건 염려 말고 있게. 내가 자네 삼촌한테 알릴터이니.≫라고 하였다. 그래서 그 집에서 묵게 되였는데 감사는 저녁마다 그를 불러다 이것저것 물으면서 공부도 배워주고 시험도 쳐보았다. 그러는 사이에 어느덧 달포가 지났다.

(그자식 꽤 똑똑한 놈인데… 사람이 빠진데 없으니 거 사위로 삼았으면 좋겠군.)

이렇게 생각한 감사는 어느날 아들을 불러왔다.

≪애, 후행으로 온 그 총각 괜찮은것 같은데 너의 매부로 삼는게 어떨가?≫

≪예, 부친님, 저도 그런 생각 해봤사옵니다.≫

감사는 또 부인을 불러 의논했다.

부인까지 찬성하자 감사는 총각의 삼촌에게 한번오라고 기별을 보냈다. 감사가 오라는데 안갈리 없는 일이였다. 리로인이 오자 감사는 반갑게 맞아들이고 사연의 시말을 쭉 이야기하고나서 혼사말을 꺼냈다.

≪그 집 조카를 사위로 삼았으면 하는데 로인님께서는 어떻게 생각히시온지. 좀 상론해보자구 오시라 했소이다.≫

≪감사님, 실로 황송하오이다. 철없는 그 애가 어찌 귀가문의 천금의 배필이 되겠소이까?… 그러문야 좋기는 좋겠지마는…≫

조카의 혼사때문에 골머리를 앓던 리로인은 호박이 넝쿨채로 안겨졌다고 대뜸 응낙하였다. 전라감사의 사위는 삼일만에 새색시를 데리고 삼촌집으호 돌아왔다. 새 며느리가 들어오자 집안는 해님이 솟은듯 달님이 돋는듯 환하였고 화기애애한 기분이 넘쳐났다. 한데 리로인의 마음은 아들 때문에 항상 얼어있었다.

(후―이자식이 어데 가 박혀있을가?)

워낙 리로인의 아들은 그날 밤 천안삼거리 주막집에서 뛰쳐나와 남모르게 서울을 향해 떠났던것이다. 서울에 이른 그는 한 박식한 훈장의 서당을 찾아갔다. 늙은 훈장은 총각이 인물이 잘나고 또한 총명이 과인하여 앞으로 큰 인물이

됨직한즉 그를 받아들여 공짜공부를 시켰다. 하여 리로인의 아들은 머리를 싸동이고 꼬박 3년동안 밤이고 낮이고 공부를 하였다. 그사이에 편지 한장 없었으니 부모된 이들의 애타는 마음이야 오죽했겠는가.

옹근 3년이 지난 어느날이였다. 리로인네 마을앞 큰길에는 뜻하지 않은 사또 행차가 나타났다. 그런데 지나가려니 했던 행차는 그 동리로 들어오더니 리로인네 마당에 가마를 내렸다. 난데없는 풍악소리에 문을 열고 나선 리로인은 그만 그자리에 굳어지고 말았다.

(아? 이게 웬 일이냐?! 일이 생긴게로구나!)

리로인이 멍해 서있는데 가마문이 열리더니 사모관대차림을 한 멀쑥한 젊은이가 나와 로인앞에 공손히 절을 하였다.

《부친님! 그사이 강녕하셨사옵니까?》

《아니 누구시우?》

리로인이 제눈을 믿지 못하여 올리보고 내리보며 세세히 뜯어보니 그 젊은이는 다른사람이 아닌, 워낙 감감 무소식이였던 자기 아들이였다.

《부치님, 불효자식의 절을 받으시옵소서.》

《아니 이게 어찌된 일이냐?》

《부친님, 어서 들어가사이다.》

《저 뒤의 가마에는 누가 탔느냐?》

《황송합니다만 제가 안해를 데리고 왔소이다.》

《엉? 그럼 어서 안으로 안내하여라.》

그래서 얼른 방을 거두고 요을 깔고 새사람을 안내하였다. 새 며느리는 시아버님과 시어머님께 큰절을 곱게 올렸다. 아들은 전후사연을 부모님께 여쭈었다.

《부모님, 그새 이 불효자식은 과거를 보고 장원급제 하였사옵니다. 이번 걸음에 제때문에 걱정하시는 부모님을 찾아뵈러 왔소이다.》

《저 새사람은 뉘집 따님이냐?》

《정승의 따님이옵이다.》

《오, 너는 처복이 있구나!》

전라감사네 집에도 경사를 알렸더니 감사아들도 각시를 데리고 왔다. 그리하여 세 젊은이는 한데 모여앉아 지난날의 의리를 지키고 우정을 맺은 잊을수 없는 이왕지사를 회상하면서 회포를 풀었다.

며칠 지나 세 젊은 부부는 천안삼거리의 주막집에 가 하루밤 묵고 서로 작별하게 되였다. 천안삼거리의 갈림길에서 리로인의 아들부부는 서울로 올라가고 전라감사 아들부부는 전라도로 떠나고 리로인의 조카부부는 대구쪽으로 가게 되였다. 석별을 앞둔 그들은 형제다운 우정을 기념하려고 천안의 갈림길가에 애승이 능수버들을 줄줄이 심었다. 푸르싱싱 자란 능수버들은 휘늘어져 하냥 흐느적거리고있었다. 그래서 후세사람들은 이런 이야기가 깃든 천안삼거리의 능수버들을 노래로 부르게 되였다.

구술: 림병호 / 수집지점: 개주시 서해향 / 수집시간: 1981년 7월

<h1 align="center">태왕비 이야기</h1>

집안시 압록강변의 우무산밑에는 2층집 높이의 정자안에 통돌비석이 세워져있었는데 이 비석에는 손바닥만큼씩 큰 비석문글자들이 1800여자나 새겨져있다. 사람들은 이 비를 태왕비석이라고 부르는데 다음과 같은 전설이 전해지고있다.

지금으로부터 1700여년전 호태왕이라는 임금이 이 비석을 세웠는데 비문에 있는 이야기는 호태왕 12대 이전의 조상들에 관한 전설이다.

그때 장백산의 북녘에는 부여국이라는 나라가 있었다. 나라 임금은 추상왕이라 불렀다. 추상왕은 무예에 능할뿐만아니라 백성들을 사랑하여 명망이 높았다. 한데 왕비를 하나만 둔다고 선포한 국왕은 공교롭게도 왕비가 아이를 낳지 못하게 되였다. 부여국에는 자고로 국왕이 나이 40이 되도록 아들을 두지 못하면 절로 임금자리에서 물러나야 한다는 법이 있다. 그리하여 추상왕은 대낮에도 눈만 감으면 아들이 헛보이고 밤에도 잠만 들면 아들 보는 꿈을 꾸게 되였다. 국왕과 왕비는 물론 나라 백성들도 이를 두고 근심에 싸였다.

그해의 섣달그믐날 밤, 궁궐안에는 노래소리 이미 멎고 궁녀들고 보이지 않았

다. 추상왕과 왕비는 술상에 마주앉아 밤 깊도록 묵묵히 술만 마시고있었다. 그런데 누군가 문득 끄당기는 사람이 있어 국왕은 저도 모르게 따라나갔다. 그 사람을 따라 어느 강변에 갔는데 무언가 번쩍 하더니 그 사람은 오간데 없어졌다. 이에 괴상한 감을 느낀 추상왕은 사방을 자세히 훑어보니 삼면에는 기묘한 큰 산이 병풍처럼 둘러있었다. 동쪽 산은 머리를 남쪽에 꼬리를 북쪽에 둔 룡 같고 서쪽 산은 모양이 비슷한 자매봉 일곱개가 있은데 하늘의 북두칠성 같고 북쪽 산은 구름우로 치솟아 허리에 구름이 감돌고있었다. 남쪽은 탁 트였는데 푸르른 큰강이 흐르고있었다.

추상왕은 이 세 산의 품속에서 흐르는 큰 강줄기를 따라 산책을 하다가 강 가운데 큰 함지가 떠있는것을 보았다. 보아하니 큰 함지속에는 살결이 검고 실팍한 갓난 남자아이가 있었다. 애는 발버둥치며 ≪응아, 응아─≫ 울어대고 있었다. 나무함지가 소용돌이 물에 휩쓸려 잠길 찰나 추상왕은 신도 벗지 못하고 물에 뛰여들어갔다. 물이 가슴팍에 오는데 손을 내밀어 급급히 함지를 잡으려다 그만 함지가 뒤없어지는지라 ≪악─≫ 하고 소리치며 꿈속에서 깨여났다. 깨고 보니 실은 손에 든 술잔이 떨어져 깨졌다.

국왕을 극진히 돌봐드리는 왕비는 제가 애기를 낳지 못하여 국왕께 가져다주는 심리고통을 잘 알고 국왕더러 왕비를 다시 맞아들이라고 몇 번 말하였다. 지어는 자결하는 것으로 국왕이 다시 왕비를 맞게 하려 했으나 국왕은 말 듣지 않았다. 술이 과하여 정신 잃은 국왕을 본 왕비는 국왕을 꼭 끌어안고 대성통곡을 하였다. 그제야 정신이 돌아온 국왕은 왕비의 눈물을 닦아주고 부축하면서 침대에 올랐다.

추상왕은 잠자리에 들었으나 잠들 수 없어 장밤 생각을 굴렸다.

(방금 있은 꿈을 보아 하느님이 나에게 왕자를 보내주려고 하니 때를 놓치지 말아야지. 한데 천하에는 강물이 천만갈래로 흐르니 어데 가서 그 강물과 나무함지를 찾을수 있겠나. 옳지 부여국 이것에는 사방 몇천리 다 벌판이니 꿈속의 그곳엔 삼면 다 산으로 둘러있지 않는가. 여기서 강물은 다 얕아 밑바닥이 보이나 그곳의 강물은 깊지 않은가. 듣자니 백두산을 넘어가면 맑고 푸른 큰 강이 있다던데 혹시 그곳이 아닐가?)

이튿날은 정월초하루라 문무관원들이 추상왕을 찾아 설맞이 인사를 올리는데 추상왕은 남쪽으로 가서 사냥을 하고 유람을 하겠다고 대신들에게 말했다. 왕비와 대신들이 앞에 나서서 말렸으나 추상왕은 전례 없이 고집을 부렸다.

추상왕은 심복 세사람만 거느리고 좋은 말을 타고 좋은 활을 차고 채찍을 휘두르며 남쪽으로 달리는데 잠간사이에 까마아득하게 멀리 달렸다.

그들은 말잔등에서 먹고 말안장에서 자기도 하며 밤낮없이 남쪽으로 달렸다. 그들은 천갈래의 물을 건느고 만여개의 산을 넘어 어느날 말안장같은 한 산마루에 올라 멀리 내다보았다.

바라보니 큰 강이 동쪽에서 서쪽으로 흐르는데 강물은 금방 물속에서 나온 숫오리의 깃마냥 푸르디푸르렀다. 아마 이게 사람들이 말하는 압록강일게라고 생각하니 어쩐지 눈에 익은 곳이라 꿈에 왔던 곳이 틀림없었다. 과연 동쪽엔 룡산이 있고 서쪽엔 칠성산이 있고 북쪽엔 우무산이 있었다. 추상왕이 기뻐 말엉치에 채찍을 안기자 말은 화살같이 강변에 이르렀다. 하지만 나무함지를 찾을수 없고 어린애도 보이지 않았다. 그래서 울적한 심정으로 눈물이 그렁해진 추상왕은 강심을 바라보며 말했다.

≪내 평생에 선덕을 쌓아왔건만 보응이 이렇단 말인가?!≫

바로 이때 멀지않은 곳에서 녀인의 울음소리가 들려왔다. 이상한 일이였다. 이곳엔 사방백리 인가라곤 없는데 어찌 사람의 울음소리가 있을수 있는가? 그래서 울음소리 나는 쪽으로 가보니 한 장발처녀가 얼굴을 싸쥐고 우는것이였다. 추상왕은 말에서 내려 그 녀인을 일으켜주었다. 보아하니 까만 눈에 박씨 이발, 붉은 입술, 날씬한 키, 정말 미인이였다. 추상왕은 룡포자락으로 그녀의 눈물을 닦아주면서 물었다.

≪애, 무슨 일로 하여 그리도 슬피 우느냐?≫

≪저의 머리카락이 물속 바위에 짓눌려있사오니 제발 살려주옵소서.≫

처녀는 이렇게 대답하며 국왕앞에 무릎 꿇고 고개 숙여 절을 했다. 그래서 처녀의 머리태를 살펴보니 과연 길이 십장이 넘는 광채 뿜는 새까만 머리카락 한 끝이 바위밑에 물려있었다.

추상왕이 큰 칼을 뽑아 그녀의 머리카락을 뭉텅 잘라버리려 하는데 그녀는 급급히 추상왕의 손목을 잡으며 사정했다.

≪안되옵니다. 저의 머리카락은 많지도 적지도 않고 딱 천오리인데 매 오리마

다 저의 목숨과 이어져있사와요. 한오리라도 끊으면 전 끝장이옵니다.≫

추상왕은 세 하인에게 령을 내려 물속의 그 큰 바위를 들어 옮기라고 하였다. 하지만 그 바위돌은 움쩍도 안했다.

≪보아하니 내가 친히 나설수밖에 없구나.≫

추상왕이 룡포를 벗고 물속에 들어가 평생의 힘을 다 내여 ≪악—하고 힘을 쓰자 바위돌이 버쩍 들렸다. 순간 처녀는 얼른 머리채를 빼냈다. 추상왕은 물속에서 나왔다. 온몸은 얼어 입술은 새파래졌다. 그녀는 강변에 불을 놓아 추상왕의 몸을 녹여주고 물속의 큰 고기 몇마리를 잡아다 물에 구워 대접하였다.

추상왕이 그녀에게 고맙다는 인사를 남기고 밀잔등에 올라앉아 떠나려고 하는데 처녀는 말앞을 막아서며

≪절 살려주사와요!≫하고 또 애걸했다.

≪음, 내가 할 일이 뭐 또 있느냐?≫

그러자 처녀는 입을 열었다.

≪어르신님은 모를거옵니다. 전 본래 하백의 딸이온데 인간세상에 나가 살려한다고 강신령이 벌을 주어 머리채를 짓눌리우게 되였나이다. 만약 어르신님이 절 데려가지 않으면 소녀는 또 그들한테 붙잡히게 되옵니다.≫

≪그래, 그럼 어데 갈 예산이냐?≫

≪소녀는 어르신님이 부여국의 국왕이란것을 알고있사와요. 소녀는 궁녀가 되여 국왕님의 은혜를 갚으려 하나이다.≫

추상왕은 생각에 잠겼다. 나이 마흔에 가까워가건만 왕자가 없어 왕자리라도 지키기 어려운데 어쨌든 처녀를 구하고 보자.

그리하여 추상왕은 그녀의 새까만 머리채를 걷어주고 한 하인의 말을 넘겨주어 같이 온 길을 따라 부여국으로 돌아왔다.

하백의 딸은 부여국에 온후 예쁘고 총명하고 부지런하여 인차 추상왕과 왕비의 총애를 받게 되였다.

그런데 몇 달이 지난후 궁내에서는 뜻하지 않은 소문이 돌았다. 그는 음탕한 녀인이라고 남몰래 간통하여 임신을 했다는 소문이 돌았다. 이에 대노한 국왕은 그녀를 궁전에 불러들여 질문했다. 이에 하백의 딸 — 소녀는 고개를 숙여 땅에 대고

≪소녀는 죽어 마땅합니다. 국왕님, 목숨만 제발 살려주십사와요≫하고 말했다. 들어보니 과연 그러한지라 화가 동한 추상왕은 대성질호했다.

≪이 천한년, 천리길을 불문하고 너 한목숨 건져주었는데 그래 감히 궁법을 어긴단 말이냐!≫

이에 하백의 딸 하염없이 흐느끼면서 하소했다.

≪은혜로운 왕님, 왕님의 은정은 바다보다 깊어 소녀는 입궁한 그날부터 종일 왕님을 보살펴주었사온데 어찌 감히 그런…≫

추상왕은 주먹으로 상을 탕—치며 을러멨다.

≪바른 소리 못할가! 어떤 자식과 간통했느냐?≫

≪소녀는 궁전에 들어온후 날마다 몸가짐에 주의했사온데 어찌 감히 간통하겠나이까! 한데 날마다 한낮이 되면 한줄기의 강한 해빛이 소녀의 몸을 비치군 했사와요. 집안 구석에 숨어있어도 빛은 지붕을 뚫고 들어와 비쳤나이다. 한반달이나 그러하더니 소녀는 저도 모르게 잉태하게 됐나이다.≫

하지만 국왕은 모든걸 다 믿을수 없어 궁녀들에게 그녀를 잘 감시하라고 령을 내렸다.

여덟달이 지난후 하백의 딸은 1년 두달만에 세수대야만한 괴상한 태를 낳았다. 그 괴태가 땅에 떨어지자마자 하백의 딸은 목숨을 거두었다. 그녀를 지키던 한 궁녀가 괴상한 태를 추상왕과 왕비께 보였다. 왕비는 보자마자 피 흐르는 살덩이를 얼른 무인지경에 내던져 승냥의 밥이 되게 하라고 했다. 사흘이 지난후 그걸 지켜보던 사람이 돌아와서 말하는데 그걸 해치기는커녕 둘러싸고 보호해주더라는것이였다.

추상왕은 그것을 말구유에 던져 말이 먹게 하라고 했다. 하지만 말도 풀만 먹지 그것은 다치지도 않았다.

추상왕은 또 길바닥에 내던져 차바퀴에 눌려 부서지게 하라고 했다. 하지만 오가는 차마다 차바퀴는 그것을 훌쩍 뛰여넘으면서 깔아뭉개지 않았다.

추상왕은 이에 놀라 후궁에 가져다놓고 보검을 꺼내 조심스레 피덩이 살껍질을 벗다 한데 이게 웬 일인가! 그속에서 검실검실하고 실팍한 어린애가 나왔다. 얼굴을 들여다보니 어쩐지 면목이 있어 생각하니 꿈에 구해주려던 바로 그 애와 같았다.

추상왕은 이에 급급히 애기를 두 손에 받쳐들고 하늘을 우러러 ≪하느님이 나를 구원하고 우리 부여를 구원해 보낸 아들이로다!≫라고 했다.

이때에야 추상왕은 자기가 꿈속에서 나무함지속의 애를 본것과 자기가 압록강변에 가서 그 애를 찾던 사연을 왕비에게 이실직고했다.

추상왕과 왕비는 기뻐하며 그 애를 왕자로 삼고 추년왕이라 부르기로 하였다. 그리고 그 애를 낳은 딸을 명당자리 찾아 안장해주었다.

추년왕은 무럭무럭 자라 다섯 살엔 말 탈줄 알고 열 살엔 무예에 출중해졌으며 백성들에 대해선 인자하였다.

추상왕이 세상뜬후 그는 왕위를 물려받았다. 왕위에 오른 추년왕은 추상왕의 유언을 지키고 자기의 생모—하백의 딸을 잊을수 없어 부여국의 서울을 남쪽으로 옮겨갔다. 남쪽엔 압록강이 흐르고 동쪽엔 룡산, 서쪽엔 칠성산, 북쪽엔 우무산이 병풍처럼 둘러있는 곳으로 서울을 옮겨 국호를 새로 정하였다.

그후 추년왕이 세상을 뜨고 그의 20대 자손인 호태왕이 집정할 때 번영했는데 호태왕은 개국선왕을 기념하기 위하여 많은 사람들을 보내여 압록강물속의 그 큰 바위를 끌어 옮겨다가 태왕비석을 세우고 비문을 새겨놓았는데 이것이 바로 지금까지 전해지고있는 태왕비의 전설이다.

구술자: 리택홍 / 수집지점: 집안시 / 수집시간: 1984년 8월

오녀산

환인현성에서 동북쪽을 바라보면 8키로메터 떨어진 혼강가에 하늘이 무너지면 떠받칠듯이 우뚝 솟은 오녀산이 보인다. 오녀산은 력사상 ≪오녀산홀성골성≫, ≪오령산≫이라고도 불렀다.

이 산성은 기원전 37년에 주몽이 북부여에서 나와 고구려를 세우고 동명왕으로 된후 홀승골성을 쌓고 사십성상 나라를 다스렸던 고구려개국의 옛 성터이다.

혼강가에 깎아지른 절벽이 병풍처럼 둘러선 오녀산성의 주봉은 장방형으로서 길이 1500메터, 너비 250메터, 해발 804메터이다. 오녀산의 주봉에 오르는 길은 남면에 단지 한사람씩 오를수 있는 갈지자형의 험한 벼랑길뿐이다. 오녀산성의 중심에는 주봉이 있는데 주봉우에는 푸른 하늘을 담은 천연못 《천지》가 있다. 못의 길이는 14메터, 너비는 6메터, 깊이는 2메터이고 둘레의 길이는 수십메터나 된다.

오녀산의 경치는 아주 수려하다. 산에 올라 아스라한 산아래를 굽어보면 동남쪽으로 장백산 남쪽기슭에 뿌리를 두고 흐르는 혼강이 산성을 감돌아 압록강으로 굽이쳐 흘러들고 서쪽으로 하다강이 너울져 흐르며 북쪽으로 대동구강이 흐르고있다. 산세가 웅장하고 산비탈에 사시장철 푸르른 소나무 등이 혼성림을 이루고있다.

그리고 오녀산에서 남쪽으로 25키로메터 떨어진 곳에는 구름을 뚫고 솟은 연통산이 있는데 이 연통산은 정다운 남매가 서로 그리는듯 오녀산을 쳐다보고 있다.

오녀산은 본래 오룡산이였고 연통산은 본래 부산이였는데 《오녀산》, 《연통산》이라고 부르게 되였다. 《오녀산》, 《연통산》이라고 부르게 된데는 옛날부터 전해오는 전설이 있다.

옛날 옛적 오룡산기슭에 한 마을이 있었는데 이 마을에는 용감하고 무예가 높은 륙남매가 살고있었다.

그때 북부와 서부에서는 외적들이 끊임없이 쳐들어오군 하였다. 그럴 때마다 륙남매는 마을사람들을 데리고 싸워 적들을 물리치군 하였다.

그러다가 어느 한차례의 싸움에서 실패를 본 륙남매는 마을로 돌아갈수 없게 되였다. 부득이한 사정에 다섯 자매는 오룡산으로 오르고 그들의 오빠는 적들의 포위속에 잘못 들어 생사무지로 되였다.

오룡산에 오른 다섯 자매는 계속 무예도 련마하는 한편 농사일도 하였다. 그리하여 오룡산은 싸움터의 근거지로 되고 생활의 보금자리로 되였다.

날이 가고 달이 바뀌여져 어느덧 몇해가 지난 어느날이였다. 오룡산에서 《문닫이벼랑》(깎아지른 절벽이 량옆에 치솟아있고 그사이로 달구지 한 대가 겨우 지날 수 있는 정도로 길이 남면의 벼랑으로 통한 유일한 길이다.)을 지켜보던 다섯 자매는 ≪적정≫을 발견하고 싸울 준비를 하였다. 한데 동정을 보니 적군 같지 않았다. 한 장군이 군사를 거느리고 오는데 그는 다름아닌 다섯 자매의 오빠였다.

륙남매는 몇해만에 서로 만나서 눈물을 흘리며 이야기를 나누었다.

≪오빠는 어데 갔다가 인제야 오시나요?≫

≪군사중임을 맡은 몸이니 마음대로 할수 있나! 그때야 막부득이한 사정이였지!≫

≪오빠는 왜 군사를 거느리고 이렇게 오시나요?≫

≪오룡산은 군사요새지니까 늘 다투는 곳이 아니니. 그러니 내가 이 오룡산에 군사를 둔치고있겠으니 너희들은 마을에 돌아갔다가 군정이 있으면 호응하는게 어떻니?≫

다섯 자매는 마을에 돌아갈리 없었다. 오빠는 할수 없이 부산에 돌아가서 둔치게 되였다. 오빠는 떠나면서

≪오룡산이 군사요새이기는 하나 퇴로가 없어. 만약 적들이 쳐들어오면 봉화대에 불을 질러 신호를 하여라. 이건 군사암호야.≫라고 일렀다.

어느날 밤, 다섯 자매는 봉화대에 불을 놓았다. 홰불은 밤하늘을 태웠다. 때마침 부산에서 군사를 조련하던 오빠는 오룡산 봉화대의 홰불을 보고 급히 오룡산으로 달려왔다.

오빠는 갑옷을 입고 투구를 쓰고 긴 창을 들고 백마를 잡아타고서 병사를 거느리고 화살처럼 달려왔으나 사방은 쥐죽은듯 고요하였다.

한편 봉화를 올렸으니 그리운 오빠가 오리라고 믿은 다섯 자매는 보통차림으로 마중갔다.

≪아니, 어찌된 일이냐?≫

≪오빠 놀라지 마세요, 오빠가 약속을 지키겠는지 해서 시험을 해보았어요.≫

≪장부일언이 중천금이라 남자대장부 어찌 실신할리 있겠나! 다시는 그러지 말어.≫ 이 일이 있은후 몇 달이 지난 어느날이였다. 오룡산기슭의 마을을 향해 오는 군사가 나타났다. 이때 다섯 자매는 오빠가 자기네를 떠보느라고 군사를 거느리고 오는줄로만 생각하고 싸울 태세를 취하지 않고 있었다.

한데 외적들은 맹공격을 시작하였다. 날아오는 화살은 비발치는듯 하였다.

적들이 문단이벼랑을 점령한후에야 다섯 자매는 봉화대에 불을 질렀다. 검은 연기는 하늘높이 타래쳐 올랐다.

그런데 부산에 있는 오빠는 이번에도 시험삼아 불지른줄로 여겼다.

다섯 자매는 적들이 물밀듯이 달려드는바람에 산우에서 고수하는수밖에 없었다. 적들은 오룡산기슭을 겹겹이 에워싸고 남면의 그 벼랑길로 올라오기 시작하였다. 다섯 자매는 목숨을 내걸고 용감히 싸웠지만 적들을 당해내기 힘들었다. 다섯 자매는 활을 쏘다가 화살이 떨어져 나무통을 굴리고 나무통이 떨어지자 돌을 굴리며 싸웠다. 적들은 다섯 자매를 생포하려고 미친듯이 달려들었다 다섯 자매는 검을 휘두르며 맞받아 싸웠다. 하지만 아무리 무예가 비상하고 용맹할지라도 끊임없이 달려드는 적들을 당해낼수가 없었다. 지칠대로 지친 다섯 자매는 그냥 더 싸우면 사로잡힐 위험이 있어 한쪽으로 싸우면서 후퇴하여 천지에 이르렀다. 사태는 극도로 위급해졌다. 피투성이가 된 맏이는 더는 싸울수 없게 되자 천지에 풍덩 뛰여들었다. 그것을 본 네 동생은 이를 옥물고 그냥 싸웠다. 그러나 당해내지 못하고 절벽 끝에 이르러 눈물을 뿌리며 뛰여내렸다.

바로 이때였다. 절벽중턱에서 하얀 안개가 뭉클 솟아나 오르더니 네 동생을 감싸안고 절벽안으로 사라졌다.

한편 오룡산 봉화대의 연기는 다섯 자매의 절개에 머리 숙여 땅속으로 들어가 다시 부산에서 연기가 솟아오르자 그제야 오빠는 오룡산이 정말 위태로운줄 알고 부랴부랴 군사를 휘몰아 오룡산으로 왔다. 그러나 때는 이미 늦었다. 오룡산은 함락되고 다섯 자매는 생사무지였다. 악이 머리끝까지 치밀어오른 오빠는 오룡산을 에워쌌다.

바로 이때였다. 홀연 천지에서 검은 구름이 타래치더니 번개가 번쩍 하늘을 쪼개고 적들을 몽땅 쓰러눕혔다. 그런후 검은 구름은 걷히고 하늘은 씻은듯이 맑아졌다.

이때로부터 이 고장 사람들은 다섯 자매의 싸움터이고 보금자리였던 오룡산을 ≪오녀산(五女山)≫이라고 부르게 되고 부산에 연통처럼 연기가 솟았다 하여 부산을 ≪연통산(烟筒山)≫이라고 부르게 되였다고 한다.

구술자: 김명성 / 수집지점: 환인현 류가구촌 / 수집시간: 1984년 1월

압록강 이야기

오늘의 동북 남쪽에는 백두산 천지에 원천을 두고 땅밑 돌틈으로 흘러내려 내물로 되고 산벼랑의 협곡을 따라 큰 강물로 되여 821키로메터 흘러 서해바다에 들어가는 압록강이 있다.

그 압록강이 언제 어떻게 생겨 흐르게 되였는가 하는데는 지금까지 전해지고 있는 전설이 있다.

호랑이가 담배 피우던 옛날 옛적에는 이곳에 압록강이란 강이 없었고 백두산 근처에는 인가라곤 없었다. 그저 갖가지 무성한 나무며 풀숲이 꽉 들어찬 곳에서 호랑이요, 곰이요, 승양이요 한 흉악한 짐승들이 독판치면서 살았고 사슴이요, 노루요, 토끼요, 다람쥐요 한 약한 짐승들이 눌리워 기를 못펴고 살았으며 기러기요, 백학이요, 공작새요 한 날짐승들이 살고있었다. 그야말로 백두산 수림속은 들짐승, 날짐승들의 세상천지였다. 그중에서도 호랑이가 산중 대왕으로 우대되여 어떤 일이든 다 이 호랑이가 좌우지하게 되였다.

그러던 어느해였다. 이곳에 전에없이 크나큰 가물이 들어 입을 벌리고 돌도 불탈 지경이 되였다. 그래서 제세상이라 날판치던 짐승들이 목이 말라 터질 지경이 되였다. 산중 대왕인 호랑이도 목이 말라 할할거리고 날짐승도 물 있는 곳을 찾아 보금자리를 떠났던것이다.

그러던 어느날이였다. 여우가 산중 대왕 호랑이를 찾아와서 눈알을 판들거리면서 제 생각을 호랑이에게 여쭈었다.

≪대왕님, 기러기가 말하는데 저 동쪽 산꼭대기에 천지란것이 있답니다. 그 물을 어떻게 해서 끌어오기만 하면 우리가 살수 있답니다.≫

목이 갈해 죽을 지경이였던 호랑이는 반가운 소식인지라 두 눈을 크게 뜨고 얼른 여우보고 말했다.

≪여우씨, 자네 수단도 있고 또 말재주도 좋지 않은가. 그러니 한번 갔다오게.≫

그러자 여우는 뾰족한 머리를 내 흔들며 말했다.

≪대왕님, 그 일이 대단히 어려운 일이니 저 혼자로는 안될겁니다. 제야 다리가 짧고 꼬리가 길어서 빠르게 걷지 못하지 않습니까. 그러니 몸매도 미끈하고

얼굴도 예쁜데다 다리까지 길어 빨리 갈수 있는 저 꽃사슴이 이 일에 나서는것이 좋을듯합니다. 그러면 저도 같이 가렵니다. 대왕님, 저의 죄송한 말씀 들어주시옵소서.≫

호랑이는 구수하게 엮어대는 그 소리를 들어보니 도리가 있는지라 인차 꽃사슴을 불러들였다. 산중대왕의 앞에 왔는지라 꽃사슴은 가슴이 두근두근 뛰는데 호랑이가 말을 건늬였다.

≪애, 꽃사슴아. 너는 이 산속에서 사는데 공이 적어 한등급 낮지를 않느냐. 그래 기회를 주겠으니 이번에 저 백두산 꼭대기에 여우랑 같이 갔다오너라. 가서 그 천지 물을 여기로 끌어오도록 힘써보란말이다. 그러면 이 대왕님이 너의 신세를 고쳐주련다.≫

이 말을 들은 꽃사슴은 복잡한 생각이 머리를 채웠으나 호랑이앞에 있는지라 우선 머리 숙여 응답부터 하였다. 꽃사슴은 기러기 말을 못들은게 아니다. 백두산천지 물은 옥황상제가 선녀들을 내려보내서 미역 감는 곳으로 봉해놓고 또 거부기를 천지간수대장으로 보내 밤이고 낮이고간에 지키게 하였다. 그러니 천지 물을 끌어오기란 하늘의 별따기보다 더 힘들다는것을 꽃사슴도 알고있었다. 하지만 산중 대왕의 령이라 거역하면 당장 호랑이밥이 되고말 신세라 예서 죽기보다는 가서 공을 세워보는 편이 더 좋겠다고 생각되여 응답을 했던것이다.

하여 꽃사슴과 여우는 천지 물을 끌어오려는 대계를 품고 백두산을 향해 떠나게 되였다.

이때 곰, 승냥이 따위들은 목이 말라 물 끌어올리는것을 바라면서도 저따위들이 물을 끌어올린다구 하며 입을 삐쭉거렸다. 하지만 노루요, 토끼요, 다람쥐요, 공작새요, 백학들은 목이 말라 물 끌어오는것을 바라면서도 일이 상서롭지 않으리라 짐작되여 여우를 원망하면서 꽃사슴을 불쌍히 여겨 눈물로 바래주었다.

떠나갈 때 다람쥐는 꽃사슴과 여우에게 각각 삼씨 한알씩 주면서 굶어 허기질 때나 갈해 목이 탈 때 그 삼씨를 입에 넣고 몇 번씩 빨라고 당부하였다. 그리고 공작새는 자기 깃털을 두개 뽑아 하나씩 주면서 가는 길에 벼랑이든가에 막혀 오르내릴수 없을 때에는 그 깃털을 훅 불면 날아오를수도 있고 날아내릴수도 있다고 알려주었다.

오는 정이 있으면 가는 정도 있다고 꽃사슴은 자기 머리의 뿔을 하나 꺾어 그들에게 남겨주면서 이 사슴이 생각날 때면 그 뿔을 보라고 하였다. 그러나 리속이 밝은 여우는 그저 선물만 받아가지고 길을 떠났다.

꽃사슴과 여우는 산중대왕의 령을 받고 백두산을 향해 나는듯이 달렸다.

달리고 달리고 또 달려가면서 산천초목이 반겨 미소지으며 한들한들 손저으면 그들도 쉴세라 꼬리를 내혼들어 감사의 뜻을 표시하면서 달렸다. 달리다가 목이 마르면 삼씨를 입에 넣고 빨면서 달렸다. 달리다가 배고파 허기지면 또 그 삼씨를 입에 넣고 빨면서 달렸다. 삼씨를 빨 때마다 배가 부르고 기운이 솟아 계속 나는듯이 달렸다. 달리다가 벼랑이 막아나서면 그 깃털을 혹 불어 날아올라가 계속 달렸다. 낮에 해가 쨍쨍 쪼이면 숲속 그늘밑으로 달리고 밤이 되면 달빛을 빌어 밤과 낮이 따로 없이 계속 달렸다. 다리 짧은 여우는 좀 쉬여가자고 했으나 다리 긴 꽃사슴이 계속 달리는지라 여우도 할수 없이 계속 달렸다. 이렇게 밤낮 사흘을 달려 꽃사슴과 여우는 끝내 백두산 절정에 올랐다. 올라서 천하를 굽어보니 림해천리 끝이 없고 둥그런 천지 물 보기만 해도 속이 시원해졌다.

이에 꽃사슴 생각되는바가 있었다.

(아, 과연 듣던 소문과 틀림없구나! 저 푸른 물을 조금만 끌어내려도 백두산기슭의 모든 생명을 다 살리겠는데… 그들은 날 눈빠지게 기다릴텐데 어서 내려가서 천지 물을 끌어가야지.)

이때 여우도 생각되는바가 있었다.

(아, 과연 듣던 소문과 같구나! 저 푸른 물을 조금만 끌어내려가도 산중 대왕 호랑이가 얼마나 좋아하랴! 그러면 내신세도 고쳐져 상팔자가 될거지.)

이리하여 꽃사슴과 여우는 그 깃털을 혹 불어 잠간사이에 천지물가로 내려갔다. 천지물가에 이른 그들은 각기 제생각을 굴리며 조급해나서 하늘의 옥황상제도, 천지에 내리는 선녀들도, 천지간수대장 거부기도 다 잊어버리고 두 팔을 걷어올리고 천지물가의 흙부터 파헤치기 시작하였다.

꽃사슴과 여우가 방금 흙을 좀 파헤치고있느라니 어디선가 산울림소리가 들려왔다.

《거-뉜데-감히-예 와서-선경땅—파헤치노-…》

그래서 머리를 들어 앞을 내다보니 천지 물 한가운데서 둥그런 검은 거물이 나는듯이 달려오고있었다. 점점 가까와져서 보니 머리가 뾰족한 천지간수대장

거부기였다.

거부기는 천지간수대장인 자기의 허락도 없이 땅을 파헤친다고 하여 대노하였다. 그러나 가까이 와서 바라보니 예쁜 꽃사슴인지라 노기는 온데간데없이 사라졌다. 거부기는 앞에 있는 여우에 대해서는 본체만체하였다. 그저 그 꽃사슴이 고와서 이리 뜯어보고 저리 뜯어보며 하다가 물었다.

≪꽃사슴아, 너는 집에서 놀지나 않고 뭘 하러 왔느냐?≫

꽃사슴은 머리 들어 거부기를 바라보니 입가엔 군침이 질질 흐르고 눈은 도적눈 같은지라 더럽고 겁기가 났지만 마음을 진정하고 억지로 웃음을 띄우며 대답했다.

≪거부기아저씨, 제발 비옵니다. 백두산기슭 천지 물이 흐르게 해주십시오. 지금 그곳의 생명들은 말라 죽어가고 있습니다.≫

꽃사슴은 거부기앞에 꿇어엎디여 애걸을 했다. 거부기는 꽃사슴을 이리저리 보면서 말했다.

≪내 옥황상제님께 보고를 올려보내겠으니 나와 같이 가자.≫

꽃사슴은 물길을 내려는 한가지 소망을 가지고

≪거부기아저씨 고마워요.≫ 하고는 거부기를 따라 나섰다.

이때 여우도 따라나서자 거부기는

≪여우야, 넌 예 있거라. 꽃사슴이만 가면 된다.≫라고 하여 여우는 못가에 남아있게 되였다.

(흥, 너 혼자 따라갈려구. 어디 두고 보자. 나는 굿이나 보다가 떡이나 먹으련다.)

거부기는 천지 못가운데에 있는 자기 집으로 꽃사슴을 데리고 갔다. 집안에 들어서자 철대문을 철렁 채웠다. 거부기는 꽃사슴을 자기 방에 데리고 들어가서 ≪허허허-≫ 하고 징그러운 웃음을 웃으며 말했다.

≪이 머저리 꽃사슴아, 옥황상제란 하늘에 있지 어디 여기에 있냐? 이곳은 내가 살고있는 방이야, 이 예쁜 꽃사슴아, 네 모습이 내 간을 다 녹여주누나 어서 어서 나한테 안겨 자보자꾸나.≫

순간 꽃사슴은 이놈의 거부기한테 잘못 걸렸다는것을 느꼈다. 그는 막 덮쳐드는 거부기를 밀치고 뿔로 박고 발로 걷어차고 했으나 힘이 장사같은 거부기를 당해낼 재간이 없었다. 그리하여 꽃사슴이 거부기한테 정복당할 순간이 되였다.

바로 이때 밖에서 철문을 요란하게 뚜드리면서 보고하는 뢰성벽력같은 소리가 들렸다.

≪보고! 천지간수대장님, 선녀들이 미역 감으러 내려왔는데 왜 아직 영접하러 나오지 않습니까?≫

그리하여 거부기는 아쉬움만 남긴채 할수 없이 꽃사슴을 집안에 감추어놓고 문을 밖으로 잠그고 선녀들을 마중하러 갔다.

집안에 갇히운 꽃사슴은 도망하려 했으나 철대문이 잠겨져 나갈수 없었다. 오직 선녀들의 도움이나 받아야 나갈수 있을것 같았다. 어떻게 하면 선녀들의 도움을 받을수 있을가? 생각하고 생각하던 끝에 선녀들에게 자기 소식을 전하는 수를 생각하였다.

이에 꽃사슴은 다람쥐가 준 삼씨를 철문으로 내보내서 천지 물에 띄웠다. 삼씨가 물에 뜨자 선녀들이 보고 그게 뭘하는것인가고 거부기에게 물었다. 당황해난 거부기는 자기가 띄운건데 그것은 바로 선녀들이 미역 감을 때 살결이 더 희여지게 하려고 그랬다고 꾸며댔다.

한편, 삼씨를 내보냈으나 아무런 소식이 없어 꽃사슴은 또 공작새가 준 깃털을 문틈으로 혹 불어 내보냈다. 깃털이 물에 뜨자 선녀들이 또 그것을 보고 거부기에게 그게 뭘하는것인가고 물었다. 이에 또 당황해난 거부기는 자기가 깃털모양의 배를 만들어 선녀들이 뱃놀이를 하게 하려 했다고 능청스레 엮어댔다.

두번씩이나 신호를 보냈으나 아무런 소식이 없게 된 꽃사슴은 그 고운 자기 꼬리를 입으로 물어 끊었다. 그는 너무도 아파 대성통곡하였다. 그리고 흐르는 피는 문틈으로 흘러 천지 물을 물들이게 되였다. 피물을 보게 된 선녀들은 의심스러운 눈길을 주고받고있는데 또 웬 슬픈 울음소리가 들려왔다.

≪누가 저렇게 슬피 울가? 또 저 피물은…≫

선녀들은 천지간수대장 거부기를 끌고 소리나는 곳인 못 한가운데로 들어갔다. 울음소리는 더 똑똑히 들려왔다. 그들이 다가간 곳은 바로 거부기가 사는 집이였다. 거부기는 할수 없이 자기 집의 철대문을 열어주었다.

그렇게 되어 선녀들은 한창 울고있는 꽃사슴을 발견하였다.

꽃사슴은 선녀들을 만나자 거부기의 올가미에 걸렸던 분한 사연을 자초지종

하소연하였다.

선녀들은 먼저 천지에서 건져낸 그 삼씨로 사슴이 물어 끊은 꼬리의 아픈 상처를 치료해주었다.

그리고나서 선녀가운데서의 맏이가 거부기를 엄하게 꾸짖고 처리결과를 선포했다.

≪거부기야, 너는 본래 동해바다 룡왕의 죄인이였는데 그 죄를 씻기도전에 또 죄를 범했니라. 그래 옥황상제께 아뢰여 천지간수대장을 다시 보내게 하련다. 그리고 너는 용서할수 없어 백두산밑에 눌러놓으련다.≫

꽃사슴은 그제야 선녀들에게 백두산기슭에 큰 가물이 들어 수많은 생명이 목말라 사경에 처해있어 백두산천지 물을 끌어오게 할것을 오매불망 소원한다고 아뢰였다.

이에 선녀들은 지상의 생명들을 불쌍히 여겨 옥황상제 모르게 천지 못속에 구멍을 하나 뚫었다.

선녀들이 천지물이 흘러내리게 구멍을 뚫어놓자 꽃사슴은 그 은공을 해와 달이 다할 때까지 잊지 않을것이라고 찬양하였다. 그리고나서 못가에서 무료하게 기다리고있던 여우와 같이 몇날 몇밤을 또 달려 돌아왔다.

돌아온후 여우란 놈은 산중대왕 호랑이에게 요사한 보고를 올렸다. 꽃사슴이 천지에 가서 거부기와 죽자살자 간통했다고 중상하고 자기는 선녀들 도움으로 천지 못속에 구멍을 뚫어 천지물이 흐르게 됐다고 여쭈었다. 산중대왕 호랑이는 그사이 꽃사슴과 한 약속을 벌써 가맣게 잊어버리고있었다. 그리하여 꽃사슴은 예나 지금이나 또 업수임을 받게 되였다.

한편, 선녀들이 천지 못속에 구멍을 뚫어놓아 천지 물은 그 구멍으로 흘러나와 백두산 서쪽으로 흐르는데 굽이굽이 산벼랑협곡을 따라 흐르는지라 벽강이라 부르게 되였다.

그 벽강은 물속에서 갓 나온 숫오리마냥 푸르디푸르러 이 고장의 후세사람들은 ≪압록강≫(鴨綠江)이라 고쳐 부르게 되였다고 한다.

구술자: 리택홍 / 수집지점: 집안시 / 수집시간: 1984년 8월

독교바위

집안시 지구촌에서 바라보이는 압록강 남안기슭의 위원군과 고산진이 잇다은 곳에서 독로강이 압록강으로 흘러드는데 이 두강이 합수되는 곳에 독교바위라는 바위가 있다. 이 바위를 멀리서 바라보면 마치 옛날 새각시들이 시집 갈 때 타고 가던 가마 같고 가까이에 가서 보면 독교바위는 깎아놓은것 같고 독교바위의 앞뒤에는 낮은 바위들이 줄지어있어 독교채같고 그 독교채좌우에는 올망졸망한 바위들이 대칭되게 줄서있어 교군군과 같다. 이 바위를 ≪독교바위≫라고 부르게 된데는 지금까지 전해오는 전설이 깃들어있다'

먼먼 옛날, 압록강 남안기슭의 고산마을에 몸둥이가 절구통같고 눈이 사발같고 입이 함박같고 손이 갈구리같은 한 사람이 있었는데 그는 심사가 가마밑굽같아 그의 해를 입지 않은 사람이 없었다.

그는 온 마을의 땅과 산을 독차지하고 가혹한 지세는 물론이고 누구든지 산의 나무 한그루도 다치지 못하게 하고 압록강에서 마음대로 고기도 잡지 못하게 하였다. 그는 제집에다 많은 일군들을 두고 우마같이 부려먹고는 가을에 가서 삯전 한푼 주지 않고 도리여 먹은값, 입은 값, 잔값을 가외로 더 받아내였다. 그는 곡간에 쌀이 썩어나고 방에서 고기가 썩을지언정 당장 굶어죽게 된 사람을 보고도 동냥 한푼 주는 법이 없었다. 세상 사람들은 중에게 시주하여 선도를 닦는다지만 그는 요행 지나가던 중이 시주를 청해도 몽둥이를 휘둘러 대문밖으로 내쫓는것이다.

하지만 간악한 집안에도 현명한 사람이 있었는바 그는 그 집안의 맏며느리였다. 맏며느리는 본래 가난한 집안에서 태여나 갖은 고생을 다 겪은 인물 좋고 덕행이 높은 처녀였다. 그러나 살림이 구차한 탓으로 그 간악한놈의 손에 걸려 그 집의 바보아들에게 시집을 왔던것이다.

시집이라 와보니 신랑은 얼굴이 두꺼비상같고 제 나이조차 거꾸로 세는 바보천치이고 시애비는 감기고뿔도 남을 안줄 놀부심사라 차마 눈뜨고 그 행실을 볼수가 없었다.

어느날, 이웃집 가난한 로인이 굶어 누운 어린자식들에게 미움이라도 쑤어

먹이려고 할수없이 그 집에 찾아와 쌀되박이라도 꾸어달라고 손이 발이 되게 빌었다. 그러나 시애비는 동정이는커녕 몽둥이를 휘둘러 반죽엄을 만들어 내쫓았다.

이 거동을 지켜보고있던 맏며느리는 너무도 무참하여 어쩔바를 모르다가 슬그머니 곡간에 들어가 쌀 한동이를 퍼이고 물길러 가는척하고 나가 그 로인의 집에 가져다주었다.

한데 이 일이 시애비한테 발각될줄이야 어찌 알았으랴. 시애비가 제 며느리도 못미더워 쌀독에 표적을 해두는줄 미처 몰랐던것이다. 그리하여 쌀은 되찾아오고 며느리는 줄욕을 먹었다.

그후부터 시애비는 곡간의 열쇠를 제 허리에 차고 다니며 끼니마다 쌀을 떠내주는것이였다. 하지만 굶주린 사람들을 도와주려는 며느리의 선한 마음을 막을 수는 없었다. 며느리는 끼니마다 떠주는 쌀에서 얼마간 덜어놓고 밥을 했다. 그러니 시애비는 함포고복 배터지게 먹으나 며느리는 배를 졸리지 않으면 안되였다. 이렇게 덜어놓은 쌀을 동이에 담아 이고 나가서 굶주리는 사람들게 주군하였다.

그리하여 감지덕지 백배사례하는 마을사람들은 날마다 부처님께 기도를 올려 악한 시애비는 천벌을 받게 해주고 착한 며느리는 만복을 누리게 해달라고 빌고 또 빌었다. 민심이 천심이라고 마을사람들의 기도는 부처님을 감동시키고 부처님은 옥황상제를 감동시켰는지 옥황상제는 즉시 한 선관을 하계하여 이 일을 처리하게 령을 내렸다.

어느날, 람루한 옷을 입은 한 늙은 중이 헌 바랑을 지고 지팽이에 의지하여 그 집에 찾아와서 시주를 청하였다. 때마침 토방마루에 나앉아 바람을 쐬던 주인은 제버릇 개주랴 몽둥이를 휘둘러 중을 대문밖으로 내쫓았다.

이때 부엌에서 저녁밥을 짓고있던 며느리는 중을 불쌍히 여겨 찬밥 한그릇과 끼니마다 남겨놓았던 쌀을 담아가지고 물길러 가는척하고 따라나가 샘터에서 그 쌀을 주었다.

찬밥과 쌀을 받은 그 늙은 중은 고맙다고 두손모아 사례를 하며 말하였다.

≪래일 저녁 5시에 집에 큰일이 생길것인즉 부인은 부디 4시전으로 그 집을 홀로 떠나 압록강가로 나오시오 떠나올 때 절대 뒤를 돌아보지 마시오 이 일은

천기니 루설치 말며 시간을 어기지 마시오.≫

말을 마친 중은 어데론가 사라졌다.

그날 밤, 며느리는 새옷을 갈아입고 래일의 큰일을 기다리느라 잠 못이뤘다. 이튿날은 화창한 날씨였댔으나 4시가 되자 검은 구름이 모여들고 광풍이 일기 시작하였다.

(아, 과연 큰일이 생기려는 모양이구나!)

며느리는 대사의 말을 명심하고 제때에 강가로 나갔다. 강가에 가니 어제 왔던 그 중이 가마 한 채를 마련해놓고 기다리고 있었다. 그 중은 어제와 달리 선관의 옷을 입었는데 풍채 름름하고 위풍이 당당하였다.

며느리를 본 그 선관은

≪부인, 어서 교에 오르시오. 그리고 뒤에서 제아무리 고아대도 절대 뒤를 돌아보지 마시오!≫라고 재삼 당부하면서 교문을 열어주었다. 부인이 오르자 교군들은 교를 메고 나는듯이 앞으로 내닫는데 뒤에서는 일진광풍이 일며 시석을 흩날리고 폭우가 쏟아져내리는것이였다. 그러자 시애비, 시에미, 바보남편, 어린아들의 아우성소리가 귀청을 째며 들려오는지라 부인의 마음은 찢어지는듯 아팠다. 좋건 싫건 그래도 때가 묻은 집이 아닌가! 마귀소굴같은 그 집에 무슨 정이 있으랴만 제살붙이인 아들의 아우성소리엔 부인의 구곡간장이 다 뒤번질 경이였다.그러다가 갑자기

≪엄아,나 죽어!≫하는 애처러운 소리에 부인은 그만 저도 모르게 뒤로 몸을 돌렸다. 그러자 부인이 타고가던 가마는 즉각에 돌로 굳어져버렸는데 이 바위가 오늘의 ≪독교바위≫로 되였다고 한다. 청천벽력과 함께 그 마귀의 소굴은 산산 박산나고 그 집터자리에는 큰강이 져서 검푸르른 물이 압록강으로 흘러드는데 이 강이 바로 오늘의 독로강으로 되였다고 한다.

구술자: 리광수 / 수집지점: 집안시 영수촌 / 수집시간: 1988년 8월

련꽃 이야기

압록강의 북안기슭에 자리잡고있는 집안시의 성밖 동쪽에는 큰 련못이 있다. 이 련못은 둘레가 1키로메터쯤 되는데 해마다 칠팔월이 되면 못가의 수양버들이 록음짙고 련꽃향기 그윽하여 손님들을 끌어들인다. 이 련꽃엔 오늘까지도 전해지고있는 전설이 있다.

옛날 옛적, 압록강은 집안시의 룡산기슭을 스쳐 흘러 황해로 들어갔다 한다. 황해룡왕은 아들이 둘이 있었는데 형은 활룡, 동생은 산룡이라 불렀다. 그들 둘은 룡궁에서 적막을 느끼고 인간세상에 나가 산수를 구경할 뜻을 룡왕에게 엿쭈었다. 이에 룡왕이 동의하자 두 아들은 기뻐 싱글벙글 웃으며 황해에서 나와 압록강을 따라 거슬러 올라갔다.

어느날, 그들은 지금의 집안시가 있는 압록강의 중류에 이르렀다. 바라보니 강줄기가 평원의 복판으로 흐르고있는지라 그에 의해 기름진 땅 벌판이 량쪽으로 갈라졌다. 이에 애석하게 생각한 그들은 강줄기를 옮겨 벌판을 더 많이 만들려고 생각했다.

그리하여 그들 둘이 룡으로 변하자 산이 떠나갈듯 천둥이 울더니 강은 남산기슭으로 자리가 옮겨지고 원래의 강바닥자리에는 크고작은 웅뎅이가 생겼는데 그곳엔 물이 고여 못이 생겼다.

세월이 흘러 못가엔 비옥한 땅이 생겨 사람들이 모여 살게 되였다. 이 선량한 사람들가운데는 조실부모한 한 류씨수양총각이 고독하게 살고있다. 총각은 마음 좋고 인물 또한 출중하며 손재간도 있어 마을사람들의 칭찬을 받았다. 이젠 나이 스물이 넘었는지라 늙은이중매군도 나서자만 총각은 자기 같은 가난뱅이에게 처녀가 들어오면 행복은 고사하고 고생만 하게 된다고 하면서 돌려보내군 하였다.

어느날 총각은 산에 갔다 돌아오다가 어떤 건달들이 뉘집 처녀를 잡아가는것을 보았다. 이에 총각은 막대기를 들고

≪꼼짝 말고 서라. 그녀를 다치기만 하면 죽을줄 알라.≫하며 나는듯이 달려들었다. 달려드는게 혼자인지라 놈들은 제법 큰소리로 ≪너 이놈, 예가 어디라고

감히 손을 대. 오늘 죽고싶으냐?≫하며 맞서 싸움이 벌어졌다. 총각이 막대기로 이리 치고 저리 치니 비록 놈들은 칼을 쥐긴 했으나 총각을 당해낼수 없었다. 그리하여 뿔뿔이 도망치고말았다.

놈들이 달아난후 그녀를 살펴보니 이팔청춘 처녀임에 틀림없다. 묶이운 손목을 풀어주니 그녀는 꿇어앉으며

≪정말 고마워요. 우리 모녀를 구해주어 감사해요≫라고 했다. 그래 살펴보니 멀지 않은 곳에 그녀의 어머니가 피못에 쓰러져있다. 처녀는 달려가 끌어안으며 ≪어머니, 어머니. 모두 나 때문에 어머니도 이 지경이 됐어요. 전 죽고싶어요≫라고 하며 우는데 눈물은 제방뚝이 터진듯 쏟아지는것이였다. 총각은 울고만 있어 무슨 쓸데 있나 하며 제가 앞에 나서서 맥을 짚어보았다. 그저 기절했을뿐 숨지지는 않았는지라 그녀의 어머니를 업고 자기 집으로 왔다.

원래 총각이 구해준 처녀의 이름은 련꽃이였다. 그녀는 련꽃처럼 예뻤을뿐만 아니라 그녀의 아버지가 자기의 결백함을 대를 이어 물려주려고 딸애를 련꽃이라 했던것이다.

한데 련꽃을 탐내고있던 마을의 건달들은 련꽃을 잡아가려 했다. 그녀의 아버지가 막아나서자 건달들은 그녀 아버지를 눈에 든 가시로 여기고 암해하고 사흘후엔 련꽃을 데려간다고 으름장을 놓았다. 그래서 모녀는 할수없이 그 마을을 떠나 이곳 압록강변을 찾아왔는데 길에서 또 도적패를 만나 그런 일이 생기게 되였던것이다.

총각은 자기 집에 그녀의 어머니를 업고 왔으나 아직 정신을 차리지 못하고있는지라 의원을 청하러 나갔다. 그 틈에 처녀가 어머니의 피흔적을 씻어주고 상처를 처리해주니 어머니는 정신을 차리기 시작했다.

딸애한테서 사연을 들은 어머니는 이 고장엔 맘씨 고운 사람들도 있다며 뜨거운 눈물을 흘렸다.

총각은 의원을 청해와서 봐주었다. 며칠 지나자 어머니의 기력은 점점 회복되였다. 총각은 모녀의 편리를 봐주느라 밤엔 밖의 초막에 나가 자군 했다. 이를 안 모녀는 감격되여 눈물을 흘리지 않을수 없었다. 그후 총각은 낮에 일하러 나가고 처녀는 집에서 옷을 씻고 밥도 짓군 하였다. 그리하여 총각은 하루 삼시 더운밥을 먹게 되면서 비록 초가집이나 화기 돌기 시작했다.

어느날 총각이 일을 끝내고 돌아오니 그녀가 물고기를 가져가지고 올라왔다. 이 물고기는 그녀가 강가에 나가 빨래를 하다가 손으로 잡았다는것이다. 이에 처음으로 그녀를 찬찬히 보던 총각은 두 볼에 해와 달이 뜬듯 환하고 련꽃처럼 예쁜것을 발견했다. 모녀가 총각집에 있은지도 벌써 한해가 지났다. 어느날, 어머니는 마을의 로인을 청한후 혼사말을 꺼냈다.

≪이 집 총각은 우리 모녀를 구해준 은인이애요.≫

로인은 이에 고개를 끄덕이였다.

며칠이 지난후 처녀의 어머니는 눈을 감고 인간세상을 떠났다. 마을사람들의 도움으로 어머니를 안장하고 로인의 중매로 총각은 련꽃과 혼사를 맺었다. 그런데 어느날 련꽃을 탐내던 그 건달들은 졸개들을 거느리고 련꽃 잡으러 왔다.

원래 놈들은 모녀가 도망간후 수소문하여 여기에 와있는것을 알고 달려온것이다.

≪여봐라, 그녀를 잡아내라. 그 총각녀석 키를 낮추라.≫

바로 이때 로인의 중매로 총각과 처녀는 혼사문제를 얘기하고있었다. 건달들이 뛰여들었는지라 총각은 결사전을 벌렸으나 혼자 당해낼수가 없었다. 이때 ≪어서 도망해요. 날 생각지 말고.≫ 련꽃이 소리치면서 총각을 밖으로 내밀었다.

련꽃은 자기때문에 총각과 마을사람들이 해를 입게 된다고 생각하고 뛰쳐나갔다. 이어 놈들은 련꽃을 붙잡으러 뒤따랐다. 련꽃은 나는듯이 뛰여 련못가에 이르렀다. 놈들의 손에 들바엔 깨끗이 죽어버리자고 결단을 내린 련꽃은 ≪나 먼저 가요!≫라고 한마디 남기고 풍덩 련못에 뛰여들었다. 바로 이때 천둥이 울고 비바람이 불고 하늘땅은 새까매졌다. 그러다가 날이 개이고 서천에 무지개 걸렸는데 그놈들도 보이지 않았다. 한데 이게 웬 일일가?! 못에 련꽃이 활짝 피고 바람에 흔들리는 련잎소리는 마치 ≪수양, 몸 주의 해요!≫라고 속삭이는듯 했다. 못가에는 류씨 수양총각이 서있다. 련꽃을 바라본다. 마치 련꽃의 웃는 모습을 보는듯, 마치 련꽃의 정어린 말을 듣는듯하다. 눈물을 머금고 못가에 섰다! 예서 얼마나 서있었는지 몇 번이나 해 지고 달 떴는지 모른다. 묵묵히 서서 속삭이는 련꽃을 바라본다.

≪련꽃 너 어데 있나?≫

≪수양, 내 예있다!≫

련꽃이 뛰여나와 수양곁에 서서 어깨를 어루쓸며 둘이 천천히 못가를 산책하는것 같다.

한데 바람이 가볍게 불어오자 류씨 수양이 보이지 않았다. 수양이 섰던 곳엔 수양버들 한그루가 자라고있었다. 수양버들은 팔을 내민듯 휘늘어진 가지로 웃는듯한 련꽃을 어루만지듯 스치군 한다. 아마 구천에 가서도 서로 잊지 못해 사랑의 손길을 내민듯싶다.

구술자: 리택홍 / 수집지점: 집안시 / 수집시간: 1984년 8월

쇠경대

집안시에서 압록강을 따라 하류로 100여리 떨어진 곳에 지구촌이 있는데 지구촌에서 압록강 흐름을 거슬러 올라가느라면 강을 가로막아 누운 큰 돌산을 볼수 있다. 이 돌산을 이 고장에선 쇠경대라 부른다. 쇠경대를 멀리서 바라보면 굳게 닫힌 큰 돌문과 같고 가까이에 가서 바라보면 돌문을 열어 강물이 흐르는것이 보인다. 이 돌문에 대해선 지금까지 전해오는 전설이 깃들어있다.

옛날 옛적, 쇠경대는 돌문이 막혀있었다 한다. 그때 압록강물은 백두산천지에서 흘러내려와 쇠경대에 부딪치게 되는데 그 큰 돌산을 흘러 넘을수 없어 물길을 돌려 북쪽으로 흐르게 되였다. 그 쇠경대의 남쪽기슭에는 100여호의 인가가 있었는데 그 마을사람들은 우물물을 마시며 살아갔다.

바로 큰 가물이 든 어느해였다. 우물은 말라 밑바닥이 드러나고 밭갈이는 고사하고 마실 물도 없어 100여메터나 높은 쇠경대 돌산을 넘어가서 압록강의 물을 길어오지 않으면 안되였다. 그리하여 압록강의 물을 길어오다가 벼랑에서 떨어져 목숨을 잃은 사람도 적잖았다.

그 쇠경대마을에는 쇠돌이라는 한 총각이 있었다. 조실부모한 그는 이웃집의 보살핌속에서 자라났다. 마음이 선량한 그는 압록강물을 끌어들여 마을사람들

의 고통을 덜어주려고 쇠경대를 쪼아 돌문을 내겠다고 나섰다. 이에 마음이 동한 마을사람들은 강냉이떡도 모두어 등짐에 넣어주고 아껴 마시던 물도 조롱박에 쏟아넣어주면서 떠나보냈다.

쇠경대에서 쇠돌이는 낮과 밤이 따로 없이 돌문을 내려고 돌을 쫏다보니 손은 터져 피가 나고 얼굴은 타서 검해졌으나 물러서지 않았다. 강냉이도 떨어지고 물도 한모금밖에 남지 않았으나 쇠돌이는 산에서 내려오지 않았다. 오직 압록강 물을 마을에 끌어드리려는 일념뿐이였다.

어느날 대낮에 굶주린데다가 갈증까지 심해져 쇠돌이는 그만 정신을 잃었다.

해가 서산에 걸렸을 때야 그는 정신이 들었다. 그를 부르는 소리가 들려 눈을 뜨니 목도채만큼 굵은 흰뱀이 보였다. 이상히 생각한 쇠돌이는 어디서 오셨는가고 물었다. 이에 흰뱀이 말했다.

《전 령해왕의 세 번째 공주애요. 9년전 압록강의 흐름을 따라 뱃놀이를 하다가 괴물을 우연히 보았어요. 이 괴물은 절 잡아다가 처로 삼겠다고 했으나 제가 말을 듣지 않자 큰 돌로 절 이렇게 눌러놓고 천년 형벌을 내렸지요. 한데 오늘 뜻밖에도 물길을 내느라 내 몸 가까이까지 돌을 쪼아 절 구해주었어요!》

《아, 그러하다면 어서 집으로 돌아가오.》

그러나 흰뱀은 눈물을 줄줄 흘리면서 말했다.

《내 몸엔 족쇄가 있어 갈수 없어요.》

이에 살펴본즉 과연 은빛나는 족쇄가 잠겨져있었다. 쇠돌이는 가까스로 일어나 큰 망치를 들고 힘있게 족쇄를 내리치니 번쩍 빛이 나며 족쇄는 열렸다. 하지만 흰뱀은 갈념을 않고 말했다.

《전 900년이나 물 한 모금 마시지 못했어요. 물이 없으면 전 한발자국도 뗄수 없어요.》

입술이 다 말라터진 쇠돌이가 물조롱박을 넘겨주자 흰뱀은 나머지 물을 다 마셔버렸다. 한데 괴상하게도 물을 마신 흰뱀은 눈깜할 사이에 흰 룡이 되여 꼬리를 내저으며 떠나갈념을 하지 않았다. 이에 쇠돌이는 또 물었다.

《룡아, 왜 떠나질 않느냐?》

그러자 흰 룡이 입을 열었다.

《당신은 절 구해준 구명은인이애요. 그래서 보답을 하고 떠나려고 해요. 룡수

염을 가지면 백병이 생기지 않아 장생불로할수 있어요.≫

하지만 쇠돌이는 도리머리쳤다.

≪그럼 룡비늘을 드리지요. 그것을 가지면 금, 은, 진주를 수없이 얻을수 있어요.≫

그래도 쇠돌이는 돌이머리쳤다.

≪그럼 내 입안의 룡구슬을 드리지요. 그것을 가지면 세상에서 가장 예쁜 처녀를 얻을수 있어요.≫

하지만 쇠돌이는 또 머리를 가로저었다. 이에 이상히 여긴 백룡은 ≪그럼 무엇이 수요되나요?≫라고 물었다.

그제야 쇠돌이는 속심을 내놓았다.

≪정말로 도와주려 한다면 이 쇠경대를 열고 압록강물을 끌어내여 마을사람들을 구해주기 바란다.≫

백룡은 쇠돌이의 선량한 마음에 감동되여 고개를 끄덕이고 꼬리를 저으면서 쇠경대를 열어줄 뜻을 표시했다.

그날 밤이였다. 일경이 되자 강우에 안개가 자욱히 껴 앞이 보이지 않았다. 야경이 되자 강물이 불시에 불어나는데 몇리밖에서도 물소리를 들을수 있었다. 삼경이 되자 대야문을 쏟는듯 큰비가 쏟이지면서 번개가 번쩍 하는데 은빛룡이 하늘에서 내려와 날카로운 발톱으로 쇠경대를 덥섭 잡는다. 순간 ≪짜악—≫하는 하늘땅을 울리는 소리와 함께 쇠경대는 쭉 갈라졌다.

이튿날, 비가 멎고 날씨 개였는데 비단띠같은 푸른 강물이 쇠경대 갈라진 곬으로 흘리내려 말라터진 땅을 적시자 말랐던 싹들도 살아나고 마을사람들도 살길이 열렸다.

이때로부터 압록강물을 끌어들인 사연을 잊을수 없어 마을사람들은 그냥 쇠경대라 부르게 되였는데 그 이야기가 오늘까지 대에 대를 이어 있다.

구술자: 리광수 / 수집지점: 집안시 영수촌 / 수집시간: 1988년 8월

흰 옷을 즐기게 된 이야기

우리 겨레는 흰 옷을 입기 좋아하고 흰 양말을 신기 좋아하고 흰 수건을 쓰기 좋아하며 띠까지도 흰 띠를 띠기 좋아한다. 이렇게 된데는 전해지고있는 이야기가 있다.

옛날 한 중년부인이 딸 둘을 데리고 살아가고있었다. 하나는 백화(白花)라 부르는데 그 애는 전처가 낳은 딸이고 하나는 홍화(紅花) 라 부르는데 그 애는 자기가 후처로 들어와서 낳은 친딸이다.

이 계모의 슬하에서 자라는 백화는 날마다 궂은일을. 도맡아 하고 매나 욕도 밥먹듯 했다. 그러나 홍화만은 둘도 없는 보배라 날마다 치장시켜주고 손에 궂은 물이라도 묻을세라 애지중지 고이고이 키워가고있었다.

세월이 흘러 두 딸애는 제법 처녀티가 보였다. 백화는 거치른 무명옷을 입기는 했으나 날씬한 몸매에 배꽃처럼 예뻐 선녀같았다. 홍화는 빨간 비단옷을 온몸에 감치기는 했으나 키가 작고 생김새 또한 추물이여서 볼꼴 없었다.

그래도 계모는 은근히 백화를 누르고 자기 살붙이 홍화를 내세워보려고 애썼다. 어느날 계모는 천짜기내기를 내걸었다. 내기하는 날 아침엔 백화에겐 콩을 삶아주었고 홍화에겐 찰떡을 해주었다. 배고프면 찰떡을 먹으면서 천을 많이 짜라는 뜻이다.

그런데 일손이 빠른 백화는 철거덕철거덕 신나게 짜면서 배고프면 콩을 몇알씩 먹으면서 천을 좋게 많이 짰다. 하지만 멀쩡한 홍화는 일솜씨가 굼뜬데다가 배고플 때마다 찰떡을 손가락으로 집어먹어 손이 찐덕거려 일손이 더욱 더디고 짜낸 천의 질도 나빴다. 그러다보니 계모의 생각과는 달리 백화는 더 명성을 떨쳤다. 이에 계모는 부아가 터져 죽을지경이였다.

(어디 두고보자 한번 톡톡히 골탕을 먹여줘야지.)

계절이 바뀌여 엄동설한이 되였다. 어느날 계모는 백화를 불러 산에 가서 고사리 한광주리를 꺾어오라고 하였다. 꺾어오지 못하면 집에 들어올 생각도 말라고 으름장을 놓았다. 온산이 흰눈이 덮였는데 어데 가서 고사리를 해온단말인가? 과연 기막히는 일이다. 그러나 백화는 광주리를 이고 집문을 나설수밖에 없었다.

백화는 광주리를 이고 터벅터벅 산으로 갔다. 가고 가다가 그는 자기 친어머니의 무덤을 찾아갔다. 무덤앞에 이르러 무릎을 꿇고

≪어머니, 나의 어머니. 이 불쌍한 딸을 살려줘요. 이 눈보라치는 겨울에 어데 가야 고사리를 꺾을수 있을가요?≫

백화는 섧게 울며 넉두리를 하는데 어머니 무덤이 쭉 갈라지더니 그속에서 어머니가 나타나는것이였다. 이게 생시냐, 꿈이냐?

어머니는 무덤에서 나오더니 어데론가 걸어가고있었다. 백화는 어머니 뒤를 따라 걸어갔다. 갈수록 날씨는 따뜻해지고 갈수록 설산은 청산으로 변해졌다. 한곳에 이르니 온 산은 고사리천지인지라 허리를 펼 사이도 없이 단숨에 고사리 한광주리를 수북이 꺾었다. 고사리가 자란 땅속에 금도 묻혀 있었으나 그 금도 아랑곳 않고 고사리만 꺾었다. 한광주리 찬 다음에야 허리 펴고 일어서니 어머니는 오간데 없고 자기 혼자만이 외로운 산속에 있었다. 백화는 정신을 가다듬고 고사리광주리를 무겁게 이고 돌아왔다.

거짓말 할줄 모르는 백화는 흰 옷입은것마냥 깨끗한 마음으로 고사리해온 자초지종을 계모한테 이실직고했다.

계모는 그 고사리보다 금이 있더란 말에 더 귀가 벌쭉해졌다. 그래서 이튿날에는 백화 대신 홍화를 내세워 산에 가게 하였다. 떠나갈 때 어머니는 딸한테 산에 가서 고사리보다 금을 파오라고 연신 당부했다.

홍화는 광주리를 이고 집문을 나섰다. 그는 당장 금덩이가 광주리에 담겨질것만 같았다. 그는 걷고 걸어 백화가 말한대로 백화 어머니 무덤앞에 이르렀다. 그가 눈물을 짜며 말을 하니 과연 무덤이 또 갈라지면서 어머니가 나왔다. 그래 어머니를 따라 한곳에 가니 과연 고사리천지가 나타났다. 그리고 눈부신 금도 있었다. 홍화는 고사리는 꺾지 않고 금만 파서 광주리에 담았다. 광주리가 차자 허리 펴고 일어서니 어머니는 오간데 없고 자기 혼자만이 낯선 산속에 남아있었다. 그런데 이게 웬 일인가? 광주리에 금덩이를 주어넣었는데 왜 얼음덩이로 되여버렸는가? 그런대로 그는 얼음덩이를 한광주리를 이고 집으로 오는 길에 올랐다. 그는 걸으면서 머리에 인 광주리에 담긴것이 금덩어리로 변할수가 있다고 생각했다. 집에 이르러 광주리를 내려놓고 보니 변한것이 아니라 여전히 얼음

덩이였다.

이것을 본 계모는 부아가 잔뜩 올라 홍화를 꾸짖기 대신 백화를 불러다놓고 왜 거짓말을 했느냐 하며 한바탕 때렸다. 백화는 이래저래 억울하기만 했다.

또 세월이 흘러 5월 단오절이 왔다. 계모는 자기 딸 홍화를 데리고 단오절놀이에 가면서 백화에게 두가지 일을 맡겼다.

《애, 백화야. 내 돌아오기전에 물독 세 개에다 물을 길어다 가득가득 채우고 조 300근을 다 찧어놓아라.》

한해에 한번밖에 없는 단오절놀이에 가지 못하는것도 서운하였지만 홍화는 데리고 가면서 자기는 집에서 밑 빠진 독 세 개에 물 채우고 조 300근이나 찧으라 는것이 기가 막혀 실성통곡을 했다.

그런데 이게 웬일인가?! 물독안에서 꾸룩꾸룩 소리가 나기에 들여다보니 청 개구리가 한번 꾸룩 소리 내면 물이 불어나고 두 번 꾸룩 소리 내면 또 물이 불어나 독에 물이 가득 찼다. 그러자 청개구리는 뛰여나와 다른 독에 들어가는것 이엿다. 이렇게 세독에 물을 채워놓은 청개구리는 뛰여나와서 훌 날아가는데 파랑새로 변하는것이였다.

그런데 이게 또 웬 일인가?! 파랑새는 수백마리의 파랑새를 불러다 뜨락의 조를 한알한알 까기 시작하는것이였다. 조를 다 까고는 날개로 훌훌 껍질을 다 날려 조알만 남게 되였다. 그러다보니 조 300근도 힘 안들이고 다 찧어놓은 셈이 되였다.

물을 세독 채우고 조 300근을 다 찧어놓은 백화는 단오절놀이에 갈 생각으로 집문을 나섰으나 낡은 옷에 낡은 신이라 갈수 없어 자기 신세를 한탄하여 섧게 울었다. 그러자 하늘에서 상자 하나가 떨어졌다. 그래 그 상자를 열고 보니 하얀 새 옷, 하얀 새 신, 하얀 새 양말이 있었다. 그는 너무도 기쁜김에 몽땅 꺼내여 소복단장을 하였다. 옷이 날개라더니 정말 깨끗하고 말쑥하고 예뻤다. 선녀가 왔다가 울고 갈것같았다.

백화가 소복단장하고 단오절놀이터에 나타나자 선녀아닌 그 선녀를 구경하느 라 사람들은 인산인해를 이루었다. 이때 계모도 무슨 좋은 일이나 생겼는가 해서 인파를 헤치고 들어가 보느라니 저도 모르게 눈알이 뒤집혀졌다.

(이게 백화계집애가 아니냐?! 웬일이냐? 누가 단장시킨 노릇이람.)

불같은 질투심이 솟았다. 하여 계모는 주먹을 내두르면서

≪이 망할년의 계집애, 누가 널 여기 오라구 했나? 집에서 일이나 하라고 했지 놀러 다니라고 했냐? 그래 물도 다 긷고 조도 다 찧었느냐? 웅?≫하고 찬서리를 일으켰다. 그래도 부아가 사라지지 않은 계모는 백화를 끌어내여 냉큼 집으로 가라고 쫓았다.

백화는 급히 쫓겨가다보니 흰 신 한짝이 벗겨졌는데 그 신도 찾아 신지 못하고 쫓기였다.

이때 그 정경을 지켜보고있던 한 마음씨 고운 총각이 그 신을 넘겨주는 순간, 두 눈길이 마주쳤다. 예쁜 처녀요, 멋진 총각인지라 서로 정겨운 눈길이 오가게 되였다.

이것을 알게 된 계모는 계모대로 제 속궁리가 있어 그들 둘의 혼사를 동의하였다. 그리하여 신랑이 이튿날, 신부집에 례장을 가지고 오도록 약속을 해놓았다.

그리고나서 계모는 백화를 데리고 장식품을 사준다고 하며 집문을 나섰다. 장식품을 사들고 돌아올 때 늪가에 이르러 계모가 말했다.

≪백화야, 래일 신랑이 오게 되는데 너 오늘 몸을 깨끗이 씻어야 하지 않겠느냐. 이 늪에서 몸을 씻거라.≫

그래서 백화는 옷을 벗고 물에 들어섰다. 이때 뒤에서 계모가 콱 미는바람에 백화는 키넘는 물속에 밀려들어가 콜록거리다가 물속에 빠져들어가고말았다.

그제야 계모는 집에 돌아와서 백화가 단오절 때 입은 뭇사람들의 인기를 끌었던 그 흰 옷과 흰 신을 상자에서 꺼내여 자기 딸 홍화에게 입혀보았다. 그러나 백화보다 키 작고 백화보다 발 크고 백화보다 용모 초라한 홍화인지라 몸에도 맞지 않고 발에도 맞지 않고 얼굴에도 어울리지 않았다. 그래서 백화의 옷과 신과 양말은 옷상자에 도로 넣어둘수밖에 없었다.

이튿날이였다. 그 총각은 말 타고 례장을 가지고 신부집에 오다가 늪가에 이르러 늪 한가운데 흰 꽃이 떠있는것을 보았다. 꽃이 하도 깨끗하고 아름답기에 경마군더러 가 건지라고 하였으나 꽃을 건질수가 없었다. 그래서 총각이 친히 가서야 건질수가 있었다. 총각은 그 흰 꽃을 신부에게 주려고 소중히 들고 신부 집에 왔다.

이때 신부집에서는 계모와 빨간 옷을 입은 홍화 둘이 마당에 나와서 신랑을

맞아주었다. 총각은 신부가 빨간 옷을 입은데다 보아하니 어제 본 그 예쁜 모습이 아닌지라 이상스레 생각하면서 어제 입었던 그 흰 옷은 어쨌는가고 물었다.

그리하여 계모는 그 옷상자를 가져다 뜨락에 놓았다. 이때 총각이 상자를 열었다. 그리고는 올 때 늪가에서 건져온 흰 꽃을 상자안의 흰 옷우에 정성스레 놓았다. 그런데 이게 웬 일인가?! 상자안에서 선녀같은 처녀가 나오더니 소복단장한 모습으로 아릿답게 뜨락에 서있었다.

그 처녀는 바로 백화였다. 백화는 총각을 보자 눈물을 흘리면서 하소연을 하였다. 총각은 그제야 신부 백화가 억울하게 천대받다가 원한을 품은채 늪속에 사라지게 된 자초지종을 알게 되였다.

한편, 계모와 홍화는 제 지은 죄가 있는지라 손발이 저려 도망치다가 늪가에 이르러 늪에 빠져 죽었다.

그리하여 총각은 그 흰옷단장을 한 백화와 백년가약을 맺고 행복하게 살았다고 한다.

이때로부터 흰색은 깨끗하고 고상하고 아름다운 상징이요. 길상의 상징으로 되여 우리 겨레의 깨끗한 마음씨를 나타내는것으로서 우리 겨레는 흰 옷을 입기 좋아하는 백의동포로 세상에 알려졌다고 한다.

구술자: 김명성 / 수집지점: 환인현 류가구촌 / 수집시간: 1984년 1월

굴암돼지우리

집안시애서 압록강 흐름을 따라 한 100여리 내려가면 지구촌이라는 마을이 있다. 이 지구촌마을을 에돌아 흐르는 압록강을 바라보면 강이 깊지는 않으나 물살이 급한 한곳에 굴암돼지같이 생긴 큰 돌을 찾아볼수 있다. 이 ≪굴암돼지≫는 머리를 물우에 내놓고 두 뒤다리는 강바닥을 힘있게 딛고있다. 드리고 그 ≪굴암돼지≫ 주위에는 여라문마리 돼지새끼들이 엎디여있는것처럼 돌들이 널

려있다.

이 ≪굴암돼지우리≫에 대해선 오늘까지도 전해오는 전설이 있다.

옛날 옛적, 압록강변의 지구촌에 리씨성을 가진 한 집이 있었는데 어머니가 외동아들을 데리고 근근득식 살아가고있었다. 어머니는 집안일을 하고 아들은 날마다 돼지먹이를 했다. 그래서 마을사람들은 그 애를 ≪돼지보개≫라 불렀다. 그 총각은 굴암돼지 한 마리에다 돼지새끼 여라문마리를 몰고다니며 먹였다. 이렇게 그들 모자는 돼지를 키워 팔아 살림을 꾸리고있었다.

한데 어느날,≪돼지보개≫총각에게 중매군이 나섰다. 마음이 착하고 일 잘하니 나무랄데 없는지라 이웃마을에 사는 강씨 성을 가진 댁에서 처녀를 주려고 하였다. 이에 어머니는 기뻐 승낙은 했으나 총각은 말문을 겨우 열고 ≪우리집은 가난합니다.≫라고 한마디 던지고는 또 돼지를 몰고 나갔다. 며칠이 지난 어느날, 중매군은 이웃마을의 처녀를 데리고 찾아왔다. 어머니는 처녀를 보고 기뻐하며 음식상을 차려 대접하려고 서둘렀다. 아들이 압록강에서 잡아온 물고기도 지졌다. 밥상을 들여다놓고 처녀총각은 마주앉혔는데 뜨락에서 인기척소리가 났다.

≪하, 이집은 정말 잘 사누만. 지지고 볶는데 멀리까지 코를 찌르누만.≫

창문틈으로 내다보니 이고장의 악패 오가놈이였다. 그놈은 문을 척 열고 한발자국 들여놓고는 강씨댁의 처녀를 눈박아보더니 으름장을 놓았다.

≪듣거라. 물고기세 빚을 내거라!≫

≪우린 고기배도 없는데 무슨 고기세란 말이요?≫

어머니가 말하자

≪밥상의 그 고기는 하늘에서 떨어진것이냐?≫

≪그건 우리 애가 돼지먹이를 하면서 틈타 돌틈에 손을 넣어 잡은 고기요.≫

≪이 강은 내 강이다. 이 강물고기를 먹으니 세금을 내지 않으면 되느냐? 고기 한 마리를 잡아도 한해 세금을 내야 되느니라. 사흘내에 내지 못하면 이 집의 색시를 빚 대신으로 내놔야 한다.≫

하루가 지났다. 이틀이 지났다. 그러나 누구도 말이 없었다. 사흘째되는 날 낮이였다. 보아하니 북소리 요란한데 오가놈이 꽃배를 타고 의기양양해서 오는 판이다. 이를 본 ≪돼지보개≫총각은 도끼를 들고 한바탕 해보려는 무엇이 당기는 바람에 돌아보니 굴암돼지가 옷깃을 문것이였다. 굴암돼지는 마치 무엇을 아는듯이 고개를 끄덕거렸다. 그리고 오가놈의 배를 보고 주둥이를 아래우로 흔드는것이였다. 그러더니 돼지새끼 여라문마리를 거느리고 압록강에 가서 다 쩜벙쩜벙 뛰여들어 오가놈의 배를 맞서 가는것이다.

이때 오가놈이 앉은 배는 바로 소용돌이 있는 험한 곳으로 오고있었다. 한데 굴암돼지는 큰돌로 변하여 굳어져 강을 막아섰고 돼지새끼들도 돌로 굳어져 돼지우리를 만들어 놓았다. 오가놈은 물이 깊지는 않으나 물살이 센데다가 갑자기 큰 돌이 앞에 나타났는지라 피할길이 없어 배가 그 큰돌에 부딪쳐 산산 박산 났다. 그리하여 오가놈은 고기밥이 되였다. 강안에 서서 구경하던 ≪돼지보개≫는 인차 뛰여들어가 어머니에게 기쁜 소식을 알렸다.

이날 밤, 총각은 처녀와 같이 백년해로의 기약을 맺었다. 이로부터 리씨댁의 세식구는 천 짜고 고기 잡고 돼지를 기르면서 즐거운 나날을 보냈다. ≪굴암돼지우리≫의 이름은 이때로부터 전해지기 시작하였다 한다.

구술자: 리택홍 / 수집지점: 집안시 / 수집시간: 1984년 8월

망아산

개주시 웅악성에 가면 웅악역에서 동쪽으로 약 2리 떨어진 곳에 작은 산이 외로이 서있는것을 볼수 있는데 그 산우에는 탑 하나가 우뚝 솟아있다. 멀리서 바라보면 마치 어떤 사람이 산꼭대기에 올라서 멀리를 바라보는것만 같다. 바로 웅악성 8대명승지의 하나로 된 이 망아산에는 옛날부터 전해오는 전설이 깃들어 있다.

옛날옛적에 웅악성 동쪽에 있는 작은 산기슭에 김씨라고 부르는 한 녀성이 아들을 데리고 살고있었다.

그 녀자는 애지중지 키워온 아들을 끔찍이도 사랑했다. 아들을 위해서는 온갖 정성을 다 기울였다. 어두운 밤이면 콩알만큼한 등불밑에서 삯바느질을 하면서

곁에서 공부하는 아들의 모습을 훑어보군 하였다. 그때마다 마음은 기쁘기도 하고 어딘가 모르게 슬프기도 하였다. 날씨가 차면 그 녀자는 아들에게 옷을 걸쳐주었고 겨떡으로 끼니를 에울 때에도 아들이 배를 곯게는 하지 않았다.

어느덧 10년이란 세월이 흘렀다. 아들도 나이들고 그 녀자도 귀밑머리에 서리가 앉기 시작하였다. 아들은 하루하루 학식이 늘어나고 그 녀자는 하루하루 얼굴에 주름살이 늘어났다.

그러던 어느날, 10년공부를 마친 아들은 황해바다를 건너 서울로 과거보러 가게 되였다. 그 녀자는 첫날옷과 가락지를 팔아서 로비를 장만해주었다.

아들이 집을 떠날 때 그 녀자는 멀리 바다가에까지 아들을 바래다주며 신신당부하고 또 하였다.

≪애야, 길을 걸을 때에는 큰길로 다녀라. 오솔길에는 사나운 짐승이 있단다. 주막에 들 때에는 큰 주막에 들거라. 작은 주막에는 도적이 있단다. 그리고 목이 마를 때에는 샘물을 조심해 마셔라. 샘물에는 독사가 있단다. 벗을 사귈 때에는 정직한 벗을 사귀여라. 불한당은 사귀지 말어라. 불한당은 사람을 해치느니라…≫

저 하늘가에까지 바래다주며 이야기한들 이 어머니로서의 당부 끝이 있으랴!

또한 어머니를 작별하는 아들의 마음인들 오죽하련만 아들은 ≪어머니!≫하고 부르고는 모든것을 눈물과 함께 마음속에 삼켜버렸다. 아들은 끝내 어머니를 하직하고 서울행 돛배에 몸을 실었다. 돛배는 바다 저쪽으로 사라지고 바다가에는 황혼이 깃들었지만 그 녀자는 실신한 사람처럼 그냥 그 자리에 못박힌듯 서있었다.

세월은 류수같이 흘러 하루 또 하루가 지나 한달이 되였고 한달 또 한달이 지나 일년이 되였고 해와 달이 바뀌여 어느덧 10년이 또 지났다. 꽃은 폈다 지고 또 철따라 피고 기러기떼는 강남 갔다가 또 철따라 오건만 기다리고 기다리는 그 아들만은 종무소식이였다. 첫해에 그 녀자는 창문가에서 아들을 기다렸고 다음해에는 길가에 나서서 아들을 기다렸고 그다음해에는 산에 올라가 멀리 바다 한끝을 바라보며 아들을 기다렸다. 산은 비록 높지 않지만 가파로와 톺아오르기 힘든데 비바람부나 눈보라치나 가리지 않고 그녀자는 날마다 산에 올라갔다. 그 녀자는 날마다 산에 올라가 아들을 기다리고 또 기다렸건만 아들은 보이지 않았다. 그녀자가 본것은 망망한 대해뿐이고 그녀자에게 안겨준것은 뼈속까지 파고드는 찬바람뿐이였다. 그 녀자의 눈물은 청석우에 떨어지고 또 떨어져 바위에는 구멍 두 개가 패여졌다. 그 녀자의 통곡소리는 들을수록 가슴아파 새들마저 어디론가 멀리 날아나버렸다. 그래서 망아산기슭에 살고있는 사람들에게는 다음과 같은 노래가 불리우고있다.

> 망아산 망아산 외로운 망아산
> 아들을 기다려 망아산 되였네
> 어머니 눈물에 바위도 패이고
> 어머니 통곡에 가슴도 저려나
> 아―산새도 우며 떠나가네

한편 어머니를 작별한 아들은 집을 떠난지 이틀만에 해상에서 태풍을 만나 불행하게도 다시는 어머니의 슬하에 돌아오지 못하게 되였다. 하건만 아들의 소식을 알길 없는 어머니는 여느때와 같이 또 산에 올랐다.

그리던 어느날, 그 녀자는 쨍쨍 내리쪼이는 해볕을 받으며 산봉에 서있다가 그만 그 자리에 쓰러졌다. 이때로부터 그 녀자는 영영 집으로 돌아오지 못하고말았다. 산기슭에 살고있는 사람들은 그 녀자를 불쌍히 여겨 그 녀자가 늘 서있던 산꼭대기에다 벽돌로 작은 기념탑을 세워주었다. 이 기념탑은 멀리서 보면 사람같아 보인다. 그리고 그 산은 아들이 돌아오기를 기다리군 하던 산이라 후세 사람들은 그때로부터 이 산을 망아산(望兒山)이라 부르게 되였다 한다.

구술자: 김승옥 / 수집지점: 심양시 / 수집시간: 1984년 5월

두루미산

경박호남쪽 못가운데 경박호 8경의 하나로 불리우는 두루미산이 있다. 이 산에는 산림이 무성하고 나뭇가지마다에는 두루미새끼들이 먹이 달라 지저귀고 어미두루미들은 먹이들을 물어오느라 무리지어 들락날락하여 심산에 한결 생기를 돋구어주고있다.

해마다 호수가 풀리면 이 고장 사람들은 배를 저어 이 심산에 와서 두루미똥을 가져다 거름으로 쓰군 한다. 하지만 누구나 새똥을 말끔히 쓸어가지 않고 3분의 1쯤 남겨놓는 여기에는 예로부터 지금까지 전해지고있는 전설이 있다.

까마아득한 옛날, 이 고장에 호수가 없을 때 일이였다. 물고생을 하던 사람들이 하느님께 빌며 치성을 드려서인지 옥황상제는 한 선관더러 인간세계에 내려가 물길을 내주라고 령을 내렸다. 령을 받은 선관은 하계하여 산을 갈라 물길을 내주려고 하였다. 그런데 내려와 살펴보니 남북 길이가 100리나 되고 동서 너비가 조롱박형으로 되였는지라 호수를 만들면 물고생도 없고 경치 또한 좋은 명승지로 될수 있었다.

그리하여 선관은 골안의 북쪽에다 주둥이 아홉 개 달린 돌주전자를 놓고 남쪽에다는 주둥이 아홉 개 달린 금주전자를 놓았다. 그리고는 두 물주전자를 한 시에 기울였는데 이구는 18이라 열여덟개의 아가리에서 흐르는 물은 열여덟줄기의 강이 되여 흐르는지라 조롱박같은 골안엔 삽시에 물이 가득차서 큰 호수가 되였다.

이 두 주전자는 세상에 드문 보배이다. 금주전자는 물이 흐를뿐만아니라 금물도 흐르고 진주까지도 토한다. 하지만 세월이 흘러 후세 사람들은 그 보배를 모르고 그저 북쪽엔 돌주전자, 남쪽엔 금주전자가 있다는것만을 알고있다.

날이 가고 달이 가고 해가 바뀌다보니 못가에는 사람들이 많이 모여살게 되였다. 그들은 부지런히 산에 밭을 일구고 못에 고기를 길러 남부럽지 않게 살아갔다.

못 남쪽기슭의 한 부락에는 마흔이 넘은 한 사나이가 있었는데 오씨라 불렀다. 그는 헤염을 잘 쳐 물에서 네댓시간 있는것쯤은 아무것도 아니였다. 한데 그는 먹는데는 감돌이, 일에는 배돌이라 농사는 물론 고기잡이도 안하고 사냥도 하지 않다보니 가마엔 거미줄쳐 동쪽부락에 가 얻어먹고 서쪽부락에 가 얻어먹군 하였다. 그러다보니 사람들의 눈에 티가 되여 미움을 받게 되였다.

어느날 밤, 오씨는 남의 돼지 한 마리 훔쳐가지고 배를 저어 섬산에 갔다. 그는 섬산에서 튀해먹으려고 서두는데 난데없이 ≪오씨! 오씨!≫ 하고 부르는 소리가 났다. 그바람에 그는 가슴이 철렁했다.

(야밤삼경! 이런 곳에 사람이 있단말인가? 내가 돼지 훔치는것을 누가보고 예까지 따라왔단말인가?)

그가 돌뒤에 몸을 숨기고 동정을 살피는데

≪오씨, 어서 오게. 당신을 벼락부자가 되게 해주겠소.≫하는 틀림없는 말소리가 들렸다.

벼락부자가 될수 있다는 말을 들은 그는 염통주머니가 흔들흔들해서 소리난 쪽으로 갔다. 찾아가 보니 한 여윈 늙은이가 돌바위우에 앉아있다가 몸을 돌려 웃으면서 말했다. ≪오씨, 벼락부자가 될수 있는 구멍이 있는데 자네 마음에 들겠는지 모르겠네.≫

≪예, 어서 말씀해주시옵서.≫

오씨 비록 게으르나 벼락부자란 말엔 귀가 벌쭉해서 발벗고나서려 했다.

≪이 못속에는 주둥이 아홉 개 달린 금주전자가 있는데 그것은 금물을 내뿜고 진주를 토한다우. 자네 그 금주전자를 꺼내오기만 하면 우리 둘은 천하에 없는 재물주가 될거네.≫

오씨가 믿기 어려워 생각에 잠긴것을 본 늙은이는

≪자네 믿기 어려우면 한번 들어가보지. 못의 남산기슭을 따라 들어가면 아홉 번째 있는 돌에 석굴이 있는바 금주전자는 그 석굴속에 있다우.≫라고 알려주었다.

오씨가 들어보니 늙은이의 말은 롱담이 아니였다. 못속에 과연 석굴이 있고 또 금빛이 번쩍이는 금주전자도 있었다. 젖먹던 힘까지 냈으나 별수가 없었다. 오씨는 빈손으로 나와서 본 그 정황을 늙은이에게 아뢰였다.

늙은이는 그제야 좀 더 자상히 알려주었다.

≪그 금주전자는 쉽게 가져올수 없네. 가져오자면 만년숲을 가지고 못물을 말리워야 하네. 그런데 내가 금열쇠로 열어야 하네.≫

오씨는 멍해졌다. 어델 가야 그 만년숲을 해올수 있겠는가? 그의 심사를 꿰뚫어본 늙은이는 인차 말했다.

≪만년숲은 아무곳에 있네. 일년 365일 그냥 불붙고있는데 누구도 옆에 갈수 없네. 가려면 젊은이 81명이 있어야 하네. 젊은이 81명이 나의 방화복을 입고가야 그 만년숲을 가져올수 있네.≫

(한데 젊은이 어데 가서 81명을 데려오나?) 오씨 근심에 싸였는데 늙은이가 벙글 웃음지으며 말했다.

≪이 일은 힘들다면 힘들고 쉽가면 쉽네, 성의만 있고 결심만 있으면 못해낼거 없네.≫ 오씨는 그제야 근심에서 헤여나와 늙은이에게 말했다.

≪말씀하시옵서. 금주전자를 가져올수만 있다면 무슨 일이라도 다 해내겠습니다.≫

≪그럼 좋네. 내 작은 뱀 한 마리를 줄테니 가져가게. 이 뱀은 못하는 일이 없네. 물을 산에 끌어올수도 있고 물을 부락에 끌어갈수도 있네. 그러니 이렇게 하게.≫하고 늙은이는 자기의 묘책을 이야기했다.

오씨는 작은 뱀을 가지고 부락에 돌아왔다.

이튿날 밤, 오씨는 작은 뱀을 호수에 놔주었다. 그러자 작은 뱀은 큰 이무기로 되여가지고 파도를 일구며 가는것이였다.

이때 하늘에서 세수대야 물을 쏟듯이 비가 쏟아져 호수는 막힌 담벽을 밀듯이 부락에로 흘러들어 집은 물에 잠기고 짐승들은 물에 떠내려가고 사람들은 돌아갈 집이 없어졌다.

이러한 때 오씨는 사람들에게 말했다.

≪여러분, 사람을 해치는 호수물이 그냥 넘쳐흐르면 우린 살수 없습니다. 그러나 호수물을 말리우기만 하면 우린 이 못바닥에다 만경옥답을 일굴수 있습니다. 그때엔 물걱정할것도 없으니 얼마나 좋습니까!≫

큰물에 밀대를 놓은 부락사람들은 그 말에 귀들이 벌쭉해졌다. 오씨는 말을 이었다. ≪어제 난 한 신선을 만났댔습니다. 그는 아무 곳에 만년숲이 한그루 있는데 그 나무를 찍어다 호수에 넣으면 호수물을 없앨수 있답니다. 한데 그 나무는 81명의 같은또래 젊은이가 일심협력해야 끌어올릴수 있답니다.≫

하긴 부락사람들도 그 이야기는 처음 듣는바는 아니지만 누구도 그 만년숲에 가까이 갈수없었다.

《우리 여기서 젊은이 81명 뽑기는 힘들지 않으나 불붙는 그 나무에 가까이 갈수 없다우!》

그러자 오씨가 얼른 말을 막았다.

《그건 문제없습니다. 그 신선에겐 방화복이 81벌이나 있다니 빌릴수 있습니다. 누구도 불에 델 위험은 없습니다.》

그리하여 마을사람들은 마음을 놓고 젊은이 81명은 오씨를 따라 산에 올라갔다. 이때 그 여윈 늙은이는 젊은이들을 기쁘게 맞으며 방화복을 내놓았다.

아무 곳에 있는 만년숲의 불길은 아홉자 높고 한키로메터밖에서도 델수 있다. 그러나 젊은이 81명은 뜨거운줄 모르게 불길 가까이에 갔다. 그런데 만년숲에서 갑자기 뱀혀같은 81줄기의 불길이 81명에게로 덮쳐드는것이였다. 순간 방화복을 입은 그들은 홀 날아 그 만년숲에 겹겹이 둘러싸 잡는바람에 불길은 인차 꺼졌다. 이때 한쪽켠에서 지켜보던 오씨는 불길이 꺼지자 만년숲을 끌어안고 배를 저어 못가운데 있는 섬으로 갔다. 섬에 이르자 그 늙은이는 기뻐 한바탕 오씨를 치하해주고 그 만년숲을 호수에 던졌다. 그러자 못에서 81마리 날아가는 새가 보였는데 실은 81벌의 방화복으로 변화되여 늙은이가 그 옷을 걷어들인것이다.

이때 갑자기 호수물은 가마물마냥 끓고 하늘땅은 어두워졌다. 하루가 안되여 만년숲은 호수물을 졸였다. 못바닥이 드러나자 오씨와 그 늙은이는 산에서 내려갔다. 이때 그 늙은이는 속궁리를 했다.

(이 금주전자를 내 혼자 가지면 얼마나 좋으랴. 주전자를 쥔후 저 젊은이를 굴속에 처넣고 돌로 입구를 막아 놓으면 영영 나오지 못하리라.)

한데 오씨는 오씨대로 제 속궁리를 하였다.

(내 혼자 이 금주전자를 써야지. 저 늙은이가 열쇠로 금주전자를 연후 돌로 늙은이를 치면 그만이지.)

이렇게 그들 둘은 제나름대로 제 생각을 굴렸다. 이때 호수물이 마르자 하늘의 옥황상제가 알고 대노하였다. 옥황상제는 인차 구천구백구십구마리의 신선두루미를 불러놓고 어서 인간세계에 내려가서 금주전자를 지키라고 령을 내렸다. 그리고 우신 아홉을 불러놓고 어서 인간세계에 내려가서 구름을 몰아다 못에 물을 채우라고 령을 내렸다. 이에 신선두루미와 우신은 령을 어길세라 못에 내려왔다.

한편 금주전자를 훔쳐 독차지하려는 그 늙은이는 열쇠를 열고 한손으로 금주전자를 잡고 또 한손으로는 오씨를 굴속에 처넣으려는데, 오씨 또한 돌을 들어서 그 늙은이를 치려는 순간, 그들의 머리우에 날아온 그 신선두루미들이 하늘을 뒤덮고 소리치며 그들 둘의 머리에다 똥줄을 갈기는것이였다. 새똥은 떨어지면서 썩돌로 변하여 그들을 답새기였다. 그들 둘은 새를 피할래야 피할수도 없고 또 쫓을래야 쫓을수도 없었다. 그리하여 썩돌은 쌓여 산을 이루고 재물에 눈 어두운 그들 둘은 생매장되였다.

이때 천둥이 울더니 대살같은 비가 쏟아져 만년숲의 불은 꺼지고 하루가 못되여 밑이 드러났던 곳에 물이 차 호수가 되였다.

이 일이 있은후부터 두루미들은 밤낮 이 섬산을 떠나지 않고 대를 이으면서 금주전자를 지켜왔다고 한다. 그래서 사람들은 이때로부터 못가운데의 이 섬산을 두루미산이라고 부르고 재물에 눈 어두운 사람을 새똥으로 생매장한 곳이기에 지금까지도 사람들은 두루미의 새똥을 말끔히 쓸어가지 않고 남겨두는 습관이 전해지고있다고 한다.

구술자: 천일 / 수집지점: 동경성 / 수집시간: 1984년 9월

시아버지와 며느리

옛날, 어느 한 시골의 가난한 집에 늙은 량주가 아들 하나를 데리고 근근득식으로 살아가고있었다. 그러다가 안로인이 세상을 뜨게 되니 부자간의 생활이란 더 말이 아니였다. 령감은 날마다 산비탈 뙈기밭에서 등뼈가 휘도록 일을 하지만 가난은 그림자처럼 떠날줄 몰라 아들 하나를 학교에도 보내지 못하였다.

아들은 매일 아버지를 따라 산에 가서 수걱수걱 일하지 않으면 안되였다.

오랜 세월을 두고 막일에 알힘을 뺀 령감은 몸집이 겨릅대같이 되고 말았다. 그럭저럭 세월은 흐르고 흘러 아들이 스무나문살 되자 장가들어 며느리를 맞아들이였다.

그런데 며느리는 고된 일에 늙어버린 이 시아버지를 공대하지 않았다. 음식도 맛나게 해드리지 않았고 옷도 빨아드리지 않았다. 며느리는 시아버지가 보기 싫어 죽을 지경이였다. 그러다보니 시아버지의 눈에도 며느리가 점점 거슬려 미운 사람 고운데 없는 격으로 되였다. 이렇게 살아가는 시아버지는 얼굴색이 가맣게 죽어가고 몸은 피골이 상접하여 볼모양 없게 되였다.

한데 아들은 아들 마음으로 불쌍한 아버지를 볼 때마다 가슴이 아파나고 안해의 행실이 가증스럽기만 하였다.

석삼년 끙끙 앓다가 어느날 아들은 장마당에 갔다 와서 안해에게 이렇게 말하였다.

《여보, 오늘 내가 장마당에 가보았는데 늙은이를 팔고 사고 합데. 글쎄 뚱뚱한 령감은 돈을 턱없이 많이 받습데. 우리도 아버지를 몸보신 잘 시켜 뚱뚱해진 다음 장마당에 갖다 팔까?》

안해는 귀가 벌쭉해졌다. 보기 싫어 죽을 지경인 시아버지를 그저 남을 줘버려도 춤출 심정인데 돈받고 팔기까지 한다니 이거야말로 꿩먹고 알먹는격이라고 여겼다.

《랑군님, 그거 참 좋은 수예요. 그렇게 하자요.》

며느리는 깨고소해하며 찬동해나섰다.

《그런데 늙은이를 뚱뚱해지게 하려면 하루도 건네지 않고 세가지 일을 꼭꼭 해야 하오. 그렇게 할수 있겠소?》

《랑군님, 세가지 일이라 무엇들인가요?》

《여보, 꼭 그렇게 하겠다며는 알려주지. 오늘부터 말이요 저녁이면 아버지가 주무시기전에 웃방에 올라가서 이부자리를 펴드리고 <아버님, 편안히 주무시세요> 하고 공손히 인사하오 그리고 아버지가 잠드시기전에 과일을 들고 들어가서 <아버님, 잠이 오지 않을 때는 이걸 잡수세요> 하고 권하오. 또 아침에 아버지가 일어나시기전에 웃방에 올라가서 요밑에 손을 넣어보고 <아버님, 간밤에 구들이 차지 않았습니까?> 하고 물어보오. 그래 날마다 이런 세가지 일을 할수

있겠소?≫

며느리는 전혀 마음에 내키지 않는 일이긴 하지만 시아버지를 남줄 생각이 들어 대답하였다.

≪아이 참, 그거야 문제없지요.≫

그날부터 며느리는 사과와 배를 많이 사다두고 저녁이면 웃방에 올라가서 요와 이불을 펴면서 ≪아버님, 편안히 주무시세요.≫ 하고 다소곳이 머리를 수그리며 말하였다.

(허, 해가 서쪽에서 뜨려나? 며늘애기가 이게 웬 일인가?)

시아버지는 돌아보지도 않고 응답도 하지 않았다. 시아버지는 자리에 누웠지만 며늘애기가 왜 이럴가 하는것을 생각하다나니 잠들수가 없었다. 그런데 며느리가 또 들어와서 ≪아버님, 잠이 오지 않을 때는 이걸 잡수세요≫ 하면서 과일을 머리맡에 놓는것이였다.

(우리 며늘애기가 정말 효성이 있는 모양인가?!)

시아버지는 이생각 저생각이 갈마드는 바람에 종시 잠을 이룰수가 없었다. 그래서 며느리가 갖다놓은 과일을 하나 먹어보니 속이 참 씨원해났다. 그리고나서 편안히 잠들었다.

아침이였다. 날이 훤히 밝자 시아버지가 일어나기도 전에 며느리가 들어와서 손을 요밑에 넣어 구들을 짚어보고는 ≪아버님, 간밤에 구들이 차지 않았습니까?≫ 하고 살뜰히 묻는것이였다.

(그렇지! 우리 며늘애기가 효성이 있구나!)

며느리는 어느 하루도 빠칠세라 시아버지를 공대하는 세가지 일을 하군 하였다.

며느리가 어떤 꿈을 꾸고 있든간에 시아버지는 시아버지대로 날이갈수록 고마운 생각이 짙어갔다. 잠자리에 누울 때마다 이부자리를 펴주는 며느리를 감사히 생각하고 시원한 과일을 먹을 때마다 머리맡에 신선한 과일을 놓아주는 며느리를 감사히 생각하고 밤에 따듯한 방에서 편한 잠을 잘 때마다 아침에 꼭꼭 들어와서 요자리밑에 손을 넣어보는 며느리를 감사히 생각하군 하였다.

이리하여 날이 감에 따라 얼었던 시아버지의 마음은 녹아 가슴속에 난류가 흘러들었다.

(참, 저런 마음씨 고운 며느리를 나무리다니! 내가 잘못 생각했지!)

그후로부터 며느리가 부엌에서 바삐 돌 때면 시아버지도 부엌에 내려가 나무를 팬다, 불을 땐다, 돼지물을 떠다준다 하면서 분주히 돌았다. 이렇게 말없이 며느리를 도와주게 되자 며느리는 마음속으로 고맙게 생각하였다.

(시아버님께서 어떻게 되여 이러실가?)

마음 편안하고 얼굴에 웃음이 가시지 않는 시아버지는 매일매일 음식도 맛있게 잘 들고 밤잠도 잘 자게 되다보니 점점 하루가 다르게 몸이 나기 시작하였다.

며느리는 효성이 지극해져 시아버지 공대를 잘한다는 소문이 동네방네에 퍼지자 집집의 령감로친네들과 마음 착한 며느리들이 문턱에 불이 나게 찾아와 며느리에게 구구히 칭찬을 해주었다. 시아버지를 보고 로인들은 ≪허, 령감이 며느리를 잘둬서 복을 누리누다.≫ 하였고 며느리들은 ≪아버님, 장수하시겠어요.≫ 라고들 말하였다.

그런데 시아버지를 팔아치우려던 이 집 며느리는 동네 사람들의 칭찬을 받을 때에도, 시아버지가 자기를 성심껏 돌봐줄 때에도 말 못할 사연으로 하여 자책을 느끼며 머리를 수그렸다.

(지난날 내가 왜 한평생 고생하여오신 시아버님을 잘 공대하지 못했던가?!)

이리하여 며느리는 언제 그런 꿍꿍이가 있었던가싶게 시아버지를 잘 공대하고 시아버지 또한 며느리를 잘 받들어주게 되였다. 하여 밉던 사람이 고와보이고 고와보이니 미운데가 없게 되였다.

아기자기하게 나날을 보내던 어느 하루, 아들이 안해의 마음을 떠보려고 물었다.

≪여보, 우리 아버지가 인젠 뚱뚱보가 되였는데 장마당에 모셔다 팔가? 뭉치 돈을 받을수 있는데.≫

안해는 대답 대신 그만 무안해서 낯을 붉혔다.

≪아니, 여보, 왜 말이 없소?≫

≪아이 참, 랑군님도 뭘 그렇게 남의 속을 허비는가요? 지난날 제가 불효자식이였던것을 꾸지람해줘요.≫

이 말에 아들은 너무도 기뻐서 호탕하게 웃었다.

이때로부터 이 집에는 남다른 새 생활이 시작되여 아들며느리는 늙으신 아버지를 모시고 화목하게 살았다 한다.

구술자: 박명국 / 수집지점: 해림현 민주촌 / 수집시간: 1980년 10월

퉁소

옛날 옛적에 한 부부가 아이를 낳아 애지중지 키우며 시골에서 살다가 안해가 몹쓸 병에 걸려 일찍 세상을 떴다. 그리하여 할수없이 애가 여라문살 되던 해 아버지는 후어머니를 맞아들였다.

그런데 후어머니가 들어온후 전처의 애를 제새끼처럼 따듯이 대해주지 않다 보니 애도 정이 없어 어머니라 부르지 않는것이였다. 그런데다 또 밤이면 저 부처끼리 잤으면 딱 좋겠는데 이 철부지가 언제나 끼여들어 자려 하기에 눈에 가시로 보였다. 그래서 애가 잠든것 같아서 옮겨 눕혀놓느라면 어느새 알고 또 그들 둘 새에 끼여드는것이였다. 후어머니는 잠자리에서 더없이 밉게 구는 애가 영 미워 죽을 지경이였다.

(요놈새끼가 왜돼지지 않는지 몰라. 벼락이라도 쳐갔으면 좋으련만.)

후어머니는 이런 생각을 하던 끝에 한가지 법계를 궁리해내고 점쟁이 로인을 찾아갔다.

≪로인님 안녕하셔요?≫

≪아니 어찌하여 이렇게 왔소?≫

≪다름아니라 점쳐보러 왔어요. 제가 금전을 후하게 드리겠사오니 요구하는 대로 쳐주시기 바래요≫

≪그래 무슨 일인데?≫

≪우리 집에는 고물같은 애새끼가 있어가지고 가군님하구 잔재미있게 살지 못하게 하지요. 그러니 그놈 새끼를 없애치우는 점괘나 나오게 해주셔요.>.

≪그래 어떻게…≫

≪가군님을 보내오겠사오니 그에게 말씀드리셔요. 저의 병은 고놈 새끼 생간을 먹어야 떨어지게 된단는 점괘가 났다구 말이예요.≫

점쟁이 로인은 이 계모는 궤계다단한 녀자라는 속부치가 갔다. 하지만 돈에 눈이 어두운 점쟁이 로인은 그러마 하고 응낙을 했다. 집에 돌아온후 어머니는 종일 가도 밥 한술가락 안뜨고 물 한모금 안마시면서 꿍꿍 생병을 앓고 있었다. 그러다가도 남편이 집을 나가기만 하면 눈이 아홉이 되여 입이 미여지게 밥을 퍼넣었다. 의사가 와서 침을 놓으려 하면 안맞으려 하고 약 먹으라고 주면 몰래 버렸다.

그러던 어느 하루, 우거지상을 한 녀편네가 남편 보고 말하였다.

≪참 내 병은 이상해요. 나을상하다가도 더 도져요. 아무리 생각해도 조화인데 가군님이 점쟁이를 찾아가봐야 하겠어요.≫

물 본 기러기요, 꽃 본 나비인 남편은 에미네가 고와 오금을 못쓰는 터에 그 말이 떨어지기 바쁘게 집을 나섰다.

≪로인님, 우리 마누라가 죽게 앓고 있는데 어디 좀 점이나 쳐주시우다.≫

≪거 안됐구만, 어디 점을 쳐보기우.≫

그리하여 생년월일을 물어보고 손가락을 꼽으며 중일중일하다가 이 늙다리는 눈을 껌벅이며 말하였다.

≪아이구, 난 말 못하겠수다.≫

≪아니 말씀 못하시겠다니요?≫

≪점괘가 놀랍게 났는데 어디 한번 잘 쳐보겠수다.≫

로인은 눈을 슴벅이면서 또 꼭같은 점괘가 나왔다 말하였다. 남편은 무슨 노릇이나 하라는대로 하겠으니 점괘를 그대로 알려달라고 졸랐다.

≪자네가 노여워하지 않겠는가? 이건 내가 욕먹을 일이구, 또 못할 짓인데…≫ ≪아, 일없수다. 내가 할수 있는 일이라면 하고 할수 없는 일이라면…≫

점쟁이는 못이기는척 하고 시치미를 뚝 떼고 말하였다.

≪집에 아이 하나 있구만. 그 애 간만 먹이면 병이 직방 낫게 되우. 한데 이런 노릇을 어떻게 하겠수.≫

이 말을 들은 애아버지는 기가 딱 찼다. 아버지 아버지하면 졸졸 따르는 외독자를 어떻게 없애랴…

(후처의 생명이 오락가락하니 어쩐담. 그런데 에미네는 데리고 잘수 있고 애는 또 낳을수 있지 않는가. 에라 모르겠다.)

속담에 후처에 감투 벗어지는줄 모른다더니 남편은 모진 마음을 먹고 단걸음 쳐 돌아왔다.

《가군님, 점괘가 어떻게 났습디까?》

《……》

남편은 멀거니 앉아있다가 한참만에야 입을 뗐다.

《아니 글쎄 아이 간을 먹어야 병이 낫는다고 하지 않나. 이걸 어쩌나?》

《아이구, 그걸 어쩌나?》

《그래도 당신 병은 고쳐야 하지 않겠소. 애는 또 낳으면 되는거려니 생각하고 큰마음 먹고 그렇게 하지.》

《아이구, 어쩌나? 아무래두 가군님 시키는대루 해봐야 하는가 봐요.》

남편이 그런 독한 마음을 먹기는 했으나 어찌 제가 손쓸수 있겠는가? 그 애는 서당에 공부하러 다니는데 그 서당은 한 2리 밖에 있다. 서당으로 가는 도중엔 도살장집 로인이 살고있다. 남편은 이 로인을 찾아가 사연을 말하고 돈을 톡톡히 줄테니 그렇게 해달라고 꿍꿍이를 당부하였다. 제 에미네가 고와 제 새끼도 몰라 보는 애아버지가 간후 도살장로인은 그 애가 자기 집 문앞을 지나가기를 기다렸다. 낮이 기울어 학생들이 돌아오는데 마침 그애도 끼여 오고 있었다. 로인은 애를 불러 들어오게 하였다.

애를 보니 부리부리한 두눈은 새별같이 빛나고 한창 피여나는 얼굴엔 반가운 웃음을 한 가득 피웠는데 로인은 량심의 가책을 받지 않을수 없었다. 그는 생각 끝에 한수가 떠올랐다.

(에이씨, 네년놈들이 사람간인지 개간인지 알거가 뭐냐…)

그리하여 로인은 벼락같이 개를 잡아 개간을 가지고 애에게 말하였다.

《애, 내 좀 급한 일이 있어 잠간 어디 갔다 오겠는데 너 집을 좀 봐다오.》

《예, 갔다오십시오.》

로인은 단걸음에 그애 아버지네 집에 왔다.

《계시우? 이거 간을 가져왔수다. 뜨근뜨근할 때 자시우. 애는 내가 감쪽같이 처리했으니 가볼것두 없수. 이 일을 남이 알면 큰일나우다.》

남편은 간을 받아가지고 녀편네에게 먹으라면서 주었다.

≪아이구, 그걸 어떻게 먹겠어요? 좀 나가요. 내 혼자서 비우를 돋구어 먹겠으니.≫

후처는 사람들이 나간후 혼자 살그머니 외양간에 나가 그 생간을 아무 흔적없게 처리해버렸다. 얼마간 지나 남편이 들어와 먹었는가고 물었다.

≪가군님, 먹었어요. 정말 겨우 넘겼어요.≫

하루밤 지나서 남편은 또 병이 차도가 좀 있는가고 물었다.

≪참 속이 씨원해요. 앓던 사람 같지를 않게 펄쩍 정신 들어요.≫

에미네를 구해냈으니 어쨌든 됐다 하고 남편은 불행중 다행으로 여겼다.

한편 도살장로인은 돌아가자바람으로 애를 붙안고 사연을 자초지종 숨김없이 알려주었다.

≪애 이 불쌍한것아, 너 들어봐라. 요새 네 애비가 나한테 찾아왔다갔다. 네 에미가 죽게 앓고있는데 점을 쳐보니 네 생간을 먹어야 낫는다고 점쾌가 나왔다 하더라. 그래 네 애비가 생각다 못해 나를 찾아와 네 간을 얻어달라고 비라리하더라. 그래 나는 네 애비앞에서 그래주겠다고 응답은 했다만 네 애비가 돌아간 다음 생각하고 생각해보니 이건 사람가죽을 쓴 짐승의 행실이라 나는 시퍼런 칼을 들고 내 집개를 잡아 그 개간을 꺼내가지고 너네 집으로 갔다왔다. 일이 이렇게 됐으니 넌 이곳에 더 지체해있을수 없다. 내가 갈 차비를 좀 해줄테니 어서 빨리 멀리 떠나버리고 말어라. 이 가련한 애야.≫

애는 로인의 정성과 눈물이 배인 요기거리를 들고 하염없는 눈물을 쏟으며 이른 새벽 정처없이 길을 떠났다. 다리쉼 한번 옳게 하지 못하고 그냥 종일 걷고 나서 온몸이 녹작지근하여 그만 길가에 폴싹 주저앉아 사르르 잠들고말았다. 그런데 꿈에 한 백발로인이 앞에 나타나서 타일러주는것이였다.

≪예, 넌 길떠난 애 같구나. 어서 일어나거라. 해가 서산에 기운다. 너의 머리맡에 참대나무 세대 서있는데 그 복판 참대의 세번째 마디를 칼로 끊어서 퉁소를 만들어가지고 떠나거라. 어서.≫

도정신해 듣다가 훌쩍 깨여나보니 허수한 꿈이였다. 하도 이상하여 두리번거리노라니 정말 참대 세대가 보란듯이 서있었다. 그애는 다짜고짜 일어나 호주머니칼로 복판 참대를 잘라 퉁소를 만들었다. 퉁소를 한번 불어보니 소리가 제법 잘 났다. 그래서 한곡조 구슬프게 잘 넘기는데 웬일인지 궁둥이가 땅에서 들리여 하늘공중에 둥둥 떠올라가는것이였다. 그러다가 퉁소소리를 점점 낮추니 다시 내려오게 되여 땅에 내려앉았다. 이리하여 애는 신기한 퉁소를 소중히 싸가지고 정처없이 또 길을 떠났다.

날이 저물어 새들도 깃을 찾아 들었는데 불쌍한 애는 제집 없어 가다가다 한 기와집에 들어갔다.

≪주인님 계십니까? 지나가던 길손인데 하루밤 페를 끼칠가 합니다.≫

≪음, 거 뉘 집 애인데 이 밤중에 찾아왔노?≫

≪예, 전 부모님을 여의고 이렇게 떠돌아다닙니다.≫

그렇겠다고 인정한 주인은 애를 사랑방에서 자게 하였다. 아침에 밥을 먹고 떠나가려고 인사를 하는데 그 애가 마음에 든 주인은 자기 집에서 소여물이나 썰어주고 잔신부름을랑 하면서 있으라고 하였다. 그리하여 그는 이집의 소먹이 머슴으로 되였다.

이 집 주인 김진사는 딸이 셋이 있는데 맏딸과 둘째딸은 그 애를 보기만 하면 ≪야, 야, 물러가, 더러워.≫ 하고 코를싸쥐였다. 그런데 막내딸만은 웬 일인지 애초부터 그를 측은히 대해주었다. 그가 배고풀가 걱정하여 먹을것을 몰래 갖다 주기고 하고 터부룩한 머리를 썩썩 긁는것을 보면 참빗과 얼게빗을 갖다주기도 하였다. 온 식구가 말타고 나들이 나갈 때면 그 애를 말옆에 엎디라 하고 한사람 한사람 그 애를 밟고 올라탔지만 셋째딸만은 ≪애, 어서 일어나거라, 나절로도 올라탈만해.≫ 하고 말하였다.

그러던 어느 하루, 저 건너집 리진사네가 환갑잔치를 한다고 청첩이 왔다. 린근동네의 진사들은 다 모이는판이다. 김진사네도 말을 타고 가려고 애를 말옆에 엎디게 하였다. 온 식솔이 다 디디고 올라탔는데 유독막내딸만은 또 그 애를 밟지 않으면서

≪애, 오늘 집 잘 지켜라, 응.≫ 하고 다정히 일러주고는 가버렸다.

집에 혼자 남은 애는 집안을 두루 살펴보다가 벽에 진사옷이 한벌 걸려있는것을 발견하였다. 그 옷을 벗겨다가 입어보니 자기도 그럴듯해보였다. 신바람난김에 오늘 자기도 잔치집에 가볼 생각이 들어 밖에 나가 보니 백마 한필이 있었다. 그는 먹을 가져다 백마에다 치질하여 얼룩말을 만들었다. 그리고는 안장을 내다

놓고 퉁소를 가지고 말을 탔다. 길에 버젓이 나가니 멀리서 보아도 의젓한 진사님이 오고있는지라

《여봐라, 저기 진사님이 오신다. 어서들 저 진사님을 맞아들여라.》 하고 리진사가 령을 내렸다.

그래서 집안사람들이 나가 진사님이 오셨는가고, 어서 들어오시라고 하면서 부산을 떨었다. 사람들의 존중을 받는 이 진사 아닌 진사는 자기는 저 고개너머에 있는 진사노라고 떳떳이 말하였다. 그래 그는 진사들 상에 가 앉아 진사대접을 잘 받았다. 뒤이어 오락판이 벌어졌다. 다들 그 진사를 보고 한마디 부르라고 청을 들었다. 그는 퉁소나 불어보겠다고 하였다. 퉁소면 퉁소고 모두들 들어볼 생각이 들어 귀를 가시였다. 그런데 글쎄 퉁소를 한곡조 구슬프게 넘기는 그 진사는 궁둥이를 구들에서 떼고 진사들 머리우로 둥둥 날아오르는것이였다. 이때 모두 경탄해마지 않았다. 여러 진사와 진사댁들은 름름한 체구에 부리부리한 두눈이 새별같이 빛나는 진사를 바라보며

《아― 딸이 있으면 저런 젊은 진사를 사위로 삼았으면 오죽 좋으랴!》 하고 부럽게 말하였고 또 많은 진사집 딸들은 저런 젊은이를 랑군님으로 삼았으면 한평생 원이 없겠다고 탐내여 말하였다. 젊은 진사는 퉁소소리를 낮추어 다시 구들에 내려앉았다. 좌중이 재청을 하는데 그는 일이 바빠 돌아가겠노라 하고 떠나려는데 주인집에서 사과며 사탕 같은것을 그에게 주었다. 집으로 돌아와서 진사옷을 벗어 제자리에 걸어놓고 바깥에 나가보니 하늘이 도와선가 소낙비가 쏟아져 백말에 먹칠한것이 말끔히 씻겨져 얼룩말은 백마로 되였다. 그는 다시 머리를 터부룩하니 허클어뜨리고 아무 내색 없이 또 집을 지키였다. 이윽해서 김진사가 돌아왔다.

《여보라, 이리 와 엎드려라.》 하고 그는 호령을 내렸다. 진사와 그의 딸 둘은 그애 잔등을 밟고 말에서 내렸다. 그러나 셋째만은 여전히 디디지 않고 내렸다. 저녁에 이 집에서는 저녁밥을 하지 않았다. 그래서 셋째는 몰래 부엌에 두었던 가마치를 갖다가 그 애에게 먹으라고 주었다. 밤은 깊어졌다. 다들 혼곤히 잠들었을 때였다. 소먹이머슴애는 가지고 온 사과를 셋째딸에게 줄 생각이나 문앞에 가서 문을 똑똑 두드렸다.

《누구요?》

《나예요, 난, 난 셋째누이 생각이 나서 자실걸 가져왔는데 좀 자셔요.》

《아니 이게 뭐게?》

《사과지요. 오늘 나도 리진사네 집 잔치에 갔댔어요. 이 사과는 그 집에서 가져왔지요.》

《아니, 뭐라고?》 하고 말한 셋째딸은 깜짝 놀랐다.

《퉁소를 불며 대감들 머리우로 떠오르던 사람이 바로 내라오.》

《아! 그래!!》 하고 감탄해마지 않는 셋째딸은 얼굴에 모닥불을 끼얹은듯 달아올랐다. 사실 이 셋째도 그 잔치집에서 신기한 재간을 가진 의젓한 이 젊은 이를 보며 《저런 사나이를 남편으로 삼았으면》 하고 남몰래 생각했던것이 머리에 떠올라 절로 낯이 뜨거워났던것이다.

《셋째누이, 나한테 퉁소가 있어요. 이 퉁소를 불면 날수 있어요. 옷은 진사님 옷을 입고 갔댔어요.》

셋째딸은 또 한번 낯을 홍당무같이 붉히고 가슴을 놀래우며 제발 자기네 집 사람들의 못난 행세를 용서해달라고 빌었다. 그리고 이런 대단한 사람을 놓쳐서 는 안되겠다고 생각하고 지체없이 아버지 방으로 총망히 달려갔다.

《아버지, 아버지, 어서 일어나시라요.》 하고 말문을 떼고 계속 말하였다.

《아버지, 오늘 환갑잔치에서 퉁소를 불던 사람이 뉜지 아시나요? 바로 우리 집 사랑채에 있는 그 소먹이머슴이여요. 난 이 젊은이를…》

아버지는 이 말에 귀가 벌쭉해졌다.

《애, 정말 그 사람이 우리 집 머슴애란 말이냐? 그런데 출가는 차례로 가야 하느니라. 그러니 그 사람을 맏사위로 삼아야 하는가부다.》

이리하여 맏딸과 셋째딸은 싱갱이질을 하게 되였다.

《애들아, 인젠 그만들 떠들어라.》 하고 아버지가 말을 하였다.

《너희들 다 제 도리가 있는데 할수 없이 그 사람 말을 들어보고 정할수밖에 없다.》

김진사는 소먹이 머슴군을 불러들여 이 사연을 말하였다. 잠자코 듣고있던 그는 사양조로

《진사님, 뭘 저같은 사람한테 댁의 귀녀를 주려고 하십니까?》 하고 말하 였다.

그 말에 김진사는

≪자네 따게 생각지 말게. 지난 일은 우리가 잘못했으니 까맣게 잊어버리게. 그저 어느 딸애가 마음에 드는지 시원히 말해주게.≫하고 미안을 표시하며 간청하였다.

≪보건데 무던한 가정이온데 셋째누이가 더 각별히 사랑해주었사옵니다. 저 보고 장가들라면 전 셋째누이한테 가고싶사옵니다.≫

이리하여 외로운 소먹이머슴애는 김진사집 셋째딸과 배필을 무었다.

그런데 그해에 백년불우의 큰 홍수가 져 그애의 아버지와 후어머니는 하늘이 벌을 주어서인지 그만 산골 물사태에 밀려가고 말았다. 그리고 은인인 도살장로인은 그들 젊은 부부의 부친으로 모셔져 함께 행복하게 살았다 한다.

구술자: 박명국 / 수집지점: 해림현 민주촌 / 수집시간: 1980년 10월

화목한 가정

옛날 어느 한 시골에 늙은 량주가 젊은 아들 며느리를 데리고 살고 있었다. 그들 네 식솔은 서로 아끼고 존경하며 화목하게 살아가고 있었다.

어느날 며느리는 가마안에 빨래를 넣고 아궁이에 장작을 가득 지폈다. 빨래는 얼른 부글부글 끓기 시작하였다. 물독에 물이 적은것을 본 며느리는 물길러 나가면서 시어머니에게 당부하였다.

≪어머님, 제가 물길러 나가는데 저 빨래가마를 좀 봐주세요.≫

시어머니는 며느리의 당부를 받고 장작을 아궁이에 더 넣었다. 미구에 김이 부엌에 자욱히 서리고 가마안의 물이 다 쫄아들어 빨래가 단 가마에서 누렇게 괄았다.

≪에구, 이 정신 봐 이걸 어쩌나…≫

시어머니가 울상을 해가지고 있는데 며느리가 물동이를 이고 들어왔다.

≪애야, 내가 불을 잘못 봐서 빨래가 수태 누래졌구나.≫

≪어머니, 그건 다 제 탓이예요. 제가 물을 빨리 길어왔더라면 타지 않았을거예요.≫

하지만 시어머니는 시어머니대로 안달아하는데 시아버지는 로친과 며느리의 말을 듣고 있다가 불쑥 끼여들었다.

≪여보, 그건 당신 탓도 아니고 며늘아기 탓도 아니요. 내가 장작을 조금만 부엌에 갖다놓았더라면 빨래가 타지 않았을거요. 그러니 다 내 불찰이요.≫

시어머니와 시아버지가 한창 안달아하는데 아들은 안해와 아버지의 말을 듣고나서 얼른 받았다.

≪아버지, 이건 아버지 탓도 아닙니다. 제가 만약 장작을 조금만 패여놓았더라면 아버진 장작을 조금밖에 안아들이지 않았을겁니다. 그러니 이거야 제 탓이 아니고 뭡니까!≫

무슨 궂은 일이 생겨도 이렇게 서로 제가끔 제가 끌어안는 이집에선 서로 눈을 부릅뜨거나 목에 피대를 세운적 없고 언성도 한번 높여본적 없이 화목하게 잘 살았다 한다.

구술자: 박명국 / 수집지점: 해림현 민주촌 / 수집시간: 1980년 10월

보황금

옛날, 조선 경상도 탁주라는 고을에 소승상이라는 사람이 김씨부인을 데리고 살면서 아들 하나를 키웠는데 이름을 소리현이라 불렀다.

김씨부인은 후원에다 계화나무를 한그루 심어놓고 날마다 물을 주며 정성껏 가꾸었다. 이 나무는 김씨부인이 아들을 낳는 해에 처음 꽃이 피였다. 그런 후로는 영 죽어버린듯 피지 않다가 아들 소리현이 과거보러 떠나는 해에 한번 피였다.

(이게 무슨 징조일가? 내 아들이 과거에 급제할 징조겠지!)

김씨부인은 은근히 기뻐하였다.

소리현의 안해 정부인은 몸가진지 여러달 되였지만 소리현은 부인을 데리고 길을 떠나기로 하였다. 떠나기 전날부터 정씨부인은 남편에게 드릴 라삼을 짓고 있었는데 그만 불꽃이 떨어져 라삼섶에 구멍이 났다. 과거 보러 떠나는 남편에게 어떻게 이런 옷을 입히랴! 부인은 그 라삼을 자기가 입기로 하고 새로 또 하나 지어 남편에게 주면서 시름 실린 말을 하였다.

≪여보세요, 이번 길이 불운해보이니 가지 않으면 좋겠어요.≫

과거급제에 급급한 소리현은 부인의 말을 들은척도 안하고 부인을 데리고 황금 수백냥과 평소에 즐겨 타던 보황금이란 악기를 가지고 길을 떠났다. 륙로로 가다가 큰 강을 만나 배를 타게 되였는데 배에 오른다는것이 그만 공교롭게도 도적패의 배에 올랐다. 도적들은 배를 제곳으로 몰지 않고 도적소굴로 몰았다. 도적패의 두목인 서홍이는 예쁜 정씨부인에게 눈독을 들인데다 또 황금 수백냥이 있다는 기미를 알고 소리현을 없애치우려고 칼을 빼들었다.

이때 도적두목의 동생벌되는 서용이가 나섰다.

≪형님, 그거 끔찍스레 칼로 찔러죽이는것보다 나무에 얽어매여 강에 던져 저절로 죽게 하는것이 낫지 않겠소?≫

들어보니 동생의 말도 그럴듯한지라 서홍이는 소리현의 수족을 삼바로 꽁꽁 묶어서 긴 장대기에 얽어매여 강물에 던졌다.

도적두목은 황금 수백냥과 보황금을 얻은데다 예쁜 정씨부인까지 차지하게 된지라 입이 함박만해서 연회를 베풀었다.

이때 서용이가 정씨부인은 현숙한 부인이요, 자기 형은 정실이 있는 도적이라 둘이 같이 살 처지가 못된다고 생각하며 정씨부인을 도망치게 할 궁리를 하였다. 그래서 독주를 사다가 형에게 권했다.

≪형님, 오늘 황금 수백냥을 얻고 또 미녀까지 얻어서 동생도 기쁩니다. 그래 형님에게 대접하려고 명주를 가져왔습니다.≫

(내 동생이 언제나 내가 하는 일을 아니꼽게 생각했는데 오늘따라 어떻게 되여 명주까지 사왔을가? 음, 형제간이니 마음이 돌아선 모양이군!)

서홍이는 이렇게 생각하며 권하는 술잔을 받아 쪽쪽 따랐다. 연거퍼 석잔을 든 도적두목은 곤드레만드레 자리에 누웠다. 도적패의 다른것들도 거나하게 마시고 이리저리 나자빠졌다. 술을 드는둥마는둥한 서용이는 좋은 기회라 생각하고 정씨부인이 있는 방에 가서 문을 두드렸다. 문을 연 정씨부인은 서용이를 보자 자기를 해치러 온줄 알고 부들부들 떨었다.

≪부인, 겁내지 마시오. 난 부인을 도우러 왔습니다.≫

정씨부인은 그의 말을 믿을수가 없었다.

≪오늘밤으로 지체 말고 떠나시오. 저 사람들은 술에 취해서 귀를 베가도 모르게 자고있으니 빨리 떠나시오.≫

서용이가 항금 수백냥을 주면서 로비로 쓰라고 하자 정씨부인은 눈물을 흘리면서 사절하였다.

≪이 몸을 구해주는것만 해도 감사한데 어떻게 그것까지 받겠어요!≫

≪이 황금은 우리것이 아니라 당신네한테서 빼앗은것이니 사양말고 가지고가시오.≫

서용이는 정씨부인에게 황금꿍지를 메워주며 일렀다.

≪어떻게 하나 날밝기전에 저 산너머 벼랑밑 강가에까지 가서 신을 벗어놓고 오솔길로 도망치시오. 그러지 않으면 술깬 사람들이 따라잡을수 있습니다.≫

정씨부인은 도적굴에서 도망하여 허둥지둥 어둠속을 헤쳐갔다. 고개를 하나 넘으니 과연 강이 있었다. 그는 강가에다 신을 벗어놓고 오솔길로 도망쳤다.

술에 취해 밤새 자다가 술이 좀 깬 도적두목은 예쁜 정씨부인 생각이 나서 부인 방으로 들어갔다. 들어가보이니 정씨부인은 고사하고 그림자도 보이지 않았다. 부아가 동한 도적두목은 서용이를 데리고 말을 달렸다. 고개너머 강가에 이르니 신 한컬레가 있었다.

≪형님, 이 신을 보면 분명 물에 빠져 죽은것 같습니다.≫

이때 서용이 잠간 생각을 하다가

≪사람이 물에 빠져 죽으면 사흘만에 뜬다는데 그날 봅시다.≫

그래서 그들 둘은 집에 돌아갔다가 사흘후 저녁녘에 또 강가에 갔다.

≪사흘이 되면 뜬다는데 웬일로 아무것도 안보이느냐?≫

≪아마 우리가 늦게 온 탓이 아닐가요? 그날 아침에 빠져 죽었으니 오늘아침이 딱 사흘이 되는데 이미 떴다가 떠내려갔겠습니다.≫

그리하여 도적두목은 할수없이 돌아오고 말았다.

정씨부인은 그날 밤새껏 걸어 날이 밝을 무렵에야 한 절간이 있는 곳에 이르렀다. 정씨부인은 그 절간을 찾아들어갔다. 들어가 보니 마침 녀승들만 있는 절간이였다.

정씨부인은 지친 탓인지 절간에 온날 밤으로 몸을 풀어 옥동자를 보았다. 절간에서 아이를 낳게 되자 대사가 황망히 찾아와서 말했다.

《절에서 애기소리가 나면 백성들이 부정타고 말할것인즉 녀승이 되려면 애기를 버리고 애기를 기르려면 이곳을 떠나오.》

남편을 잃은 정씨부인이 유복자였던 아이를 버린다는것은 가슴 터질 일이였다. 그렇다 하여 절간에서 나오면 도적이 뒤에서 따를것 같기에 나올수도 없었다.

정씨부인은 애기를 품에 안고 종일 울다가 할수없이 자기 라삼으로 애기를 싸서 길가의 큰 버드나무아래에 갖다놓았다. 그러고나서 옷을 갈아입고 녀승이 되였다.

도적두목은 정씨부인을 놓친것이 분했다. 그 부인이 정말 죽었겠는가 하는 미타한 생각이 들어 찾아보러 또 말타고 떠났다. 길가의 큰 버드나무밑에서 애기가 《빽 ―빽 ―》우는 소리가 나기에 말에서 내렸다. 곁에 가서 라삼을 헤치고 보니 귀동자였다.

(에라, 아들자식 하나 없는데 이 귀동자나 안아다 유모를 두고 키워보자.)

그래서 도적두목은 애기를 안고 도적굴에 돌아갔다.

정씨부인은 녀승이 되였으나 혹시 도적패들이 절간에 올가봐 발편잠을 못잤다. 그러다가 어느날 그는 대사님에게 말하였다.

《대사님, 우리 여기는 산도 높지 않고 골도 깊지 않은데 산높고 골깊은 곳으로 자리를 옮기는것이 좋을가 하옵니다.》

《명승지로 자리를 옮기면 좋기는 하련만 손에 쥔것이 있어야지!》

《얼마나 있어야 되나요?》

《월봉산 자회암이란 곳에 자리를 옮기면 산높고 골깊어 좋기는 하겠지만 칠백리길에 황금 수백냥이 없이는 어림도 없지.》

그러자 정씨부인은 황금 삼백냥을 내놓으면서 떠나자고 하였다. 이리하여 월봉산 자회암으로 자리를 옮겼는데 가본즉 거기엔 녀승도 많고 남승도 많았다. 거기서 정씨부인은

≪만경창파에 떠내려가 원혼이 된 내 남편의 원한을 풀어주옵소서. 길가에 버린 내 귀동자의 목숨을 돌봐주옵소서.≫ 하고 날마다 기도를 드렸다.

그런가 하면 도적두목은 도적두목대로 얻어간 애기를 서랑이라 이름 짓고 유모에게 맡겨 키웠다. 서랑은 잘도 자라 어느덧 여덟살이 되여 서당공부를 하였는데 한자를 배워주면 열자를 알고 열자를 배워주면 백자를 알았다. 그리고 도적두목은 소리현의 유물인 보황금을 서랑에게 주어 배우게 하였다.

세월이 흘러 서랑이는 서당공부를 끝내고 서울로 과거보러 가게 되였다. 집을 떠날 때 그는 도적두목이 준 황금과 사랑하는 보황금을 가지고 떠났다. 황금은 로비와 식비로 쓸것이고 보황금은 가다가 심심하면 가지고 놀자는것이였다.

서랑은 과거보러 가는길에 옷 없는 사람에겐 옷 살 돈을 주고 식량 없는 사람에겐 식량 살 돈을 주면서 선을 쌓았다.

어느날, 서랑이는 길을 가다가 하도 목이 말라 샘터에서 빨래하는 한 녀인에게 랭수를 청하였다.

그런데 그 녀인은 물을 뜨다가 서랑이를 보자 깜짝 놀라며 바가지에 뜬 물을 쏟치고 말았다.

≪손님, 랭수를 마시면 속탈나기 쉬우니 우리 집에 들어가서 탁주나 한사발 마시고 가세요≫

≪지나가던 길손이 어떻게 남의 집에 들어가 페를 끼치겠습니까!≫ 하고 서랑이는 사양하였다.

그러나 그 녀인은 또 청하였다.

≪일없어요. 우리 집에는 70고령인 할머니 한분밖에 안계셔요. 걱정말고 들어가시지요.≫

그래서 서랑이는 못이기는척하고 녀인을 따라 그 집에 들어가 외당에 척 걸터앉았다. 그 녀인인즉 김씨부인의 하녀이다. 하녀는 내당으로 들어와 김씨부인께 벼슬하러 떠나가신 소리현 상전님과 모습이 똑같은 손님을 데리고 왔는데 들어오게 하라는가고 물었다. 그러자 김씨부인은

≪거, 얼른 들어오라구 하여라≫ 하고 분부하였다.

손님이 내당에 들어오자 김씨부인은 그를 유심히 뜯어보았다. 과연 집 떠나간 아들 소리현의 모습과 신통히도 같았다.

김씨부인은 서랑이를 보자 아들 소리현을 보는듯하여 설음이 북받쳐올랐다. 서랑이는 로부인께 인사를 하고 내당에서 나왔다. 해가 저물어졌는지라 서랑이는 하루밤 묵어갈수밖게 없었다.

밤에 서랑이는 심심한지라 가지고 온 보황금을 꺼내 한곡조 타기 시작하였다. 그러자 내당에 앉아있던 김씨부인이 귀를 기울였다.

(이상한 일이다. 어쩌면 우리 집 보황금과 꼭같은 소리가 날가?)

김씨부인은 하녀에게 외당에 나가보라고 분부하였다. 나가보니 손님이 보황금을 타는데 집에 걸어놓은 그 보황금과 똑같았다. 그래서 부리나케 내당에 들어와 부인께 아뢴즉 부인은 손님을 다시 데리고 들어오라고 분부하였다.

≪길손이 보황금을 잘 타는것 같은데 어디 내앞에서 한번 타보게나.≫

그래서 서랑은 가지고 온 보황금으로 한곡조 타는데 김씨부인의 방에 걸어놓은 보황금도 같이 소리를 냈다. 김씨부인은 서랑의 보황금과 자기 방의보황금을 한번 더 유심히 바라보았다.

≪우리 령감이 살았을 때 오동나무 한통을 절반 짜개서 보황금 두개를 만들었다네. 똑같게 두개를 만들어서 하나는 큰아들 소리현이 서울에 과거보러 갈 때 가지고 가고 하나는 집에다 뇌두었다네. 그런데 이사람 어쩌문 자네 보황금이 우리집 저 보황금과 그렇게 같을가?≫

서랑이 마음속에는 풀수 없는 매듭이 하나 맺혀졌다.

(그럼 우리 아버지가 이 할머니의 아들 되시는 분을 모해하지 않았을가?)

서랑이는 외당에 나와서 자리에 누워 장밤 뜬눈으로 있다가 신새벽에 떠나면서 과거를 본후 또 찾아와서 뵙겠고 인사를 하였다. 그러자 김씨부인은 자기 아들을 찾게 해달라고 부탁하였다. 서랑이는 꼭 그렇게 하겠노라고 한마디 남기고는 그 집을 나섰다.

서랑이는 서울에 올라가서 과거를 보았다. 서당에서 글공부를 잘했는지라 그는 과거에 급제하고 암행어사가 되여 팔도를 순찰하러 내려오게 되였다.

서랑이는 김씨부인을 찾아가다가 월봉산 자회암에 이르게 되였다. 이때 자회암에 있는 녀승 정씨부인은 암행어사가 내려왔다는 소문을 듣고 자기의 원서를 어사에게 드리고저 원님 있는 고을로 떠났다. 가는 길에 한사람을 만나 진상을 알아보고저 물었다.

《여보세요, 말씀 좀 물어보자요. 이 고장에 내려온 어사가 도적의 아들이라는데 그 말이 정말인지요?》

《아, 그렇지 않습니다.》 하고 그 사람은 대답해주었다.

사실은 그 사람이 바로 도적의 가문에서 나온 암행어사 서랑이였다.

《무슨 억울한 일이 있으면 저에게 말씀하시오. 제가 암행어사에게 전해드리지요.》

정씨부인은 망설이다가 큰 마음먹고 그 사람에게 원서를 내밀었다. 그 사람은 원서를 받아들고 어디론지 사라졌다.

그런데 도적들이 큰 강물에 던진 정씨부인의 남편 소리현은 어떻게 되였는가? 그는 긴 장대기에 실려 큰 강을 따라 바다에 흘러들어갔다. 이때 바다에서 한 어부가 고기배를 타고 고기를 잡고 있는데 떠내려오는 그 사람을 발견하고 자기 배에 안아 올려놓았다. 소리현은 더운 물을 좀 마시자 정신이 돌아왔다.

《어부님, 저같이 불행한 인간을 살려 뭘 하겠습니까? 차라리 죽는편이 낫지요.》

《웬 소리를 사내대장부로서 세상에 났다가 아무리 큰 불행이 있은들 자결해서야 되겠소? 몸을 잘 보양해가지구 원을 풀어야 대장부가 아니겠소. 우리 섬에는 훈장이 없어 그러는데 선비께서 권학을 하는게 어떻겠소?》

어부의 권고에 소리현은 서당의 훈장이 되였다.

세월이 흘러 소리현이 서당에서 권학한지도 열아홉해가 되였다. 하나 고향에 계시는 어머님 생각과 도적패의 손에 든 안해의 생사운명에 대한 근심은 하루도 잊혀진적이 없었다.

바로 이러는 때 이 섬에도 암행어사가 내려왔다는 소문이 돌았다. 소리현은 원서를 써서 품속에 넣고 어사를 만나면 주려고 날마다 탐지하였다. 그런데 어사는 도적놈의 아들이라는 소문이 돌아 서뿔리 원서를 줄수도 없게 되였다. 그래서 망설이다가 지나가는 한 손님을 불러 물어보았다.

《여보시오, 이번에 내려온 어사가 도적의 아들이라는데 그 말이 정말인가요?》

《아, 그렇지 않습니다.》

(사실은 그 사람이 바로 암행어사 서랑이였다.)

《송사할 일이 있으면 저에게 말하시오. 제가 어사에게 전하지요.》

소리현은 망설이다가 그 사람에게 원서를 꺼내주었다.

원서 두통을 받아본 어사는 그제야 마음속의 매듭이 풀리게 되였다. 그는 한시가 바쁘게 라졸들을 거느리고 월봉산 자회암에 가서 녀승 정씨부인을 찾았다.

≪어머니! 19년전에 막다른 골목에서 애기를 길가에 내버렸다는데 제가 올해 열아홉살입니다. 어머니께서 섶에 구멍난 라삼에다 애기를 싸서 길가에 내버렸다는데 제가 오늘까지 건사해온 라삼이 바로 섶에 구멍난 라삼입니다. 아버지께서 서울에 과거보러 가실때 보황금을 가지고 가다가 도적에게 빼앗겼다는데 제가 가지고있는 보황금이 바로 도적두목이 준것입니다.≫

정씨부인은 어사의 말을 듣다가 눈물을 흘리였다.

≪나의 아들아! 네가 살아있구나! 불쌍한 애야, 이 에미를 실컷 욕해다우!≫

어사는 라졸들을 시켜 어머니를 교자에 모시고 고을에 돌아왔다.

어사는 라졸들을 시켜 바다섬 어촌에가서 권학을 하고있는 소리현을 교자에 모셔왔다. 정씨부인은 도적패들이 붙잡아 강에 던진 남편을 만나리라고는 꿈에도 생각 못했는데 이렇게 만나게 되니 믿기 어려울 정도였다. 그리하여 소리현은 빼앗겼던 안해를 찾았고 어사는 친부모를 찾게 되였다.

어사는 또 라졸들을 시켜 도적소굴에 가서 도적두목 서홍이와 그의 동생 서용이를 잡아오게 하였다.

≪서홍, 머리를 들고 누가 왔는가 보아라!≫

엄령에 도적두목이 머리를 들고 보니 어사의 오른쪽에는 소리현이 앉아있고 왼쪽에는 정씨부인이 앉아있었다. 죽은줄 알았던 사람들이 눈앞에 있는것을 본 두목은 자기 동생을 쏘아보며

≪네탓에 내가 화를 입는다.≫ 하고 원망하였다.

≪예가 어디라고 발광하느냐! 네놈의 칼에 수많은 사람의 피가묻었은즉 네놈은 마땅히 죽일 놈이다!≫

어사의 령이 내리자 라졸들이 그놈을 끌어내려는데 소리현이 권고해나섰다.

≪죄를 볼진대 저 도적두목을 죽여 마땅하다. 하나 세상에 친아버지나 양아버지나 다 애를 키운 은공은 있는 법이다. 그러니 저놈을 죽일수는 없다. 그런데 손에 많은 사람들의 피가 묻었으니 그냥 둘수는 없고 하여 무인공산에 정배를 보내는게 어떠냐?≫

그리하여 도적두목 서홍이는 인가 없는 황막한 곳에 정배가게 되였다.

그리고 서용이는 소리현을 살리고 정씨부인을 구해냈은즉 어사는 그 은공을 잊지 않고 고을의 원자리를 주었다.

어사는 아버지 어머니를 모시고 할머니 김씨부인이 손꼽아 기다리는 고향으로 떠났다. 교자 세개가 줄을 지어 고향땅에 들어섰다.

한편 아들이 과거보러 떠난후 19년이 되는 그해에 계화나무에 또 꽃이 펴서 무슨 회사가 있으리라 생각하고 날마다 손꼽아 기다리던 김씨부인은 아들 며느리와 어사인 손자가 온다는 소식을 듣고 지팽이를 짚고 뜨락에 나섰다. 과연 교자 세개가 줄을 지어 김씨부인네 마당으로 들어왔다.

≪어머니! 그간 고생 많이 하셨습니다.≫ 하고 아들 며느리가 큰절을 올리고

≪할머니! 이 손자의 절을 받아주십시오!≫ 하고 어사가 큰절을 드리자 19년만에 아들 며느리를 만난데다 출세한 손자까지 찾게 되였으니 김씨부인의 기쁨이야말로 비길데 없었다. 아들 소식을 알아보러 서울에 갔던 령감 소승상은 이미 세상을 떠서 해골이 되였으니 그 슬픔이야말로 그지없었다. 일희일비의 눈물을 흘리던 김씨부인은 그만 설음이 북받쳐 대성통곡하였다.

온 집안 식솔은 단란히 모여 몇날 몇밤을 두고 가슴속에 서렸던 이야기들을 주고받으면서 웃고 울고 하였다.

어사 서랑은 친아버지 성을 따서 소랑이라 부르게 되였고 나라의 임금께 이 사연을 아뢰고서 할머니와 부모를 모시고 서울에 올라가 잘 살았다 한다.

구술자: 김명성 / 수집지점: 환인현 류가구촌 / 수집시간: 1982년 10월

어리석은 선비와 종 막동이

옛날 옛적, 어느 한 시골에 김씨성을 쓴 한 선비가 있었다. 그는 어리석고 무능하기로 소문난 선비였으나 사람들은 그 앞에서 김생원님이라고 불렀다. 그

생원님 집에는 종살이를 하는 사람이 있었는데 그를 막동이라고 불렀다. 막동이는 불덤방물덤벙하면서 어디나 삐치기 좋아하였다.

어느날 신비는 출세를 해볼가 해서 서울에 과거보러 가겠다고 하였다. 그 세월에 시골의 한 선비가 출세를 하자면 서울에 가서 과거를 봐야 하였던것이다.

이때 막동이는 서울에 한번 가보고 싶은 생각이 간절한지라 생원님을 나귀등에 모시고 나귀몰이군이 되여 서울길에 나서겠다고 자진하였다.

선비 생각해보니 막동이란 놈 행실이 거칠어 믿음성이 없고 경거망동해 큰 실수나 하지 않을가 근심되여 안된다고 하였다.

하지만 막동이란 놈은 종살이신세라 집 울타리를 벗어나지 못했는데 서울이 어떠냐 한번구경도 하고 싶어 시중을 잘 들겠노라고 바짝 졸라붙었다. 하긴 생원님도 나귀타고 서울을 가자면 나귀몰이군이 있어야 하고 또 끼때를 돌봐주고 잠자리를 돌봐줄 사람이 있어야하는지라 그런대로 그럼 그러라고 응낙을 했다.

화창한 봄, 어느날이였다. 흰 두루마기를 입은선비는 책보따리를 뫼자형으로 만들어 잔등에 지고 나귀등에 올라앉았다. 막동이란 놈은 짚신감발을 하고 나귀몰이군으로 나서서 나귀를 몰고 서울길에 올랐다.

선비는 과거시험을 옳게 보겠는지 근심에 싸여 밤잠도 옳게 못자고 밥맛도 떨어졌으나 막동이란 놈은 서울구경하게 되였는지라 기뻐서 간밤 잠도 잘자고 밥맛도 부쩍 올랐다.

길 떠난지 얼마 되지도 않았는데 악동이가 입을 열었다.

《생원님, 출출해오는데 점심밥을 먹고 갑시다.》

《이놈아, 아침밥을 언제 먹었게 벌써 점심밥 타령을 하느냐?》

《생원님, 점심밥을 나귀궁둥이에 오래 달아두면 똥으로 될겁니다.》

하지만 선비는 점심생각이라곤 전혀 없었다. 간밤에 잠을 설쳐서 그냥 푹 자고만 싶었다.

선비가 나귀등에 앉아 졸다가 깜빡 잠들었을 때 막동이는

(에라 모르겠다. 별식에 군침이 도니 먼저 먹고나 보자.)

생각하고는 점심밥을 살짝 꺼내 게눈감추듯 먹어버리고 그 빈 밥 그릇에 나귀똥을 담아 싸가지고 제자리에 달아놓았다.

가고가고 보니 대낮이 되였다. 그제야 속이 썰썰해오는지 선비는 점심을 먹자

고 하였다.

그래서 막동이는 자리를 잡아 나귀를 세우고 밥보를 풀어헤치는데 이게 무어냐? 웬 고약한 냄새가 코를 찔렀다. 들여다보니 밥그릇에 나귀똥이 담겨져있었다.

《이놈아, 점심밥은 어떻게 했냐?》

《생원님, 내가 뭐라 합디까. 점심밥을 오래 두면 똥으로 변한다고 그러지 않습니까!》

그래 말문이 막힌 선비는 더 쓰다달다 말치 않고 점심을 굶은채 나귀등에 올라앉아 계속 갔다.

가다보니 한 시골의 장터를 지나게 되였다.

《애, 막동아, 저 장터에 가서 팥죽이나 있으면 한사발 사오너라.》

그래 막동이는 나귀를 나무그늘밑에 세워놓고 장터로 달려갔다. 가보니 과연 팥죽이 있었다. 그 팥죽 역시 별식인지라 군침이 돌았다. 어떻게 하면 요걸 내가 먹을수 있을가? 옳지! 수가 있어. 막동이는 손가락을 팥죽사발에 넣어 휘저으면서 왔다.

《이놈아, 손가락은 왜 넣느냐?》

《생원님, 팥죽사발에 머리 이가 떨어져들어가서 그걸 건지는중입니다.》

《에익, 더럽다. 이놈 너나 먹어》

그래서 혼자 팥죽 한사발을 다먹어치웠다.

선비는 부아가 났다. 점심을 굶었으니 허기져 맥도 없었다. 선비는 또 나귀를 타고 길을 재촉했다.

가다가다 길가에 한주막집이 나타났다.

《애, 막동아, 보아하니 저 집이 주막집 같은데 가서 막걸리 있거든 한사발 사오너라.》

《예, 기다리십시오. 얼른 갔다오겠습니다.》

막동이 달려가 보니 과연 주막집이라 막걸리도 있었다. 그래 한사발을 샀다. 사고보니 또 평시에 마실수 없었던 막걸리인지라 구미가 부쩍 돌았다. 어떻게 하면 요걸 마실수 있을가? 옳지! 수가 있어. 막동이는 또 막걸리사발에 손가락을 넣어 휘저으면서 왔다.

《이놈아, 왜 또 손가락을 넣느냐?》

≪생원님, 막걸리사발에 코물이 떨어져들어가서 그걸 건지는중입니다.≫

≪에익, 더럽다. 이놈 너나 마셔≫

그래서 혼자 막걸리 한사발을 다 쭉 마셨다.

선비는 막둥이녀석때문에 점심을 굶었는지라 부아가 올랐지만 꾹 참을수밖에 없었다.

(네놈이 날 골려줘. 어디 두고 보자.)

그 두사람은 또다시 서울행 길에 올라 가고 또 갔다. 가다가 어느 한 큰 강가에 이르게 되였다. 강변에 떡판같은 넙적한 큰 석판이 있는것을 보고 선비는 석판우에 올라가 다리를 강가쪽으로 펴고 책보따리를 머리맡에 놓고 누웠다. 누워서 막둥이더러 다리를 주물라고 하였다. 막둥이는 주물기 시작했다. 허기증에다 로독까지 겹쳐 선비는 단잠이 들었다. 이때 막둥이는 책보따리를 살짝 들어 선비의 발밑에 놓고 자기는 머리맡에 와 앉았다. 선비는 한숨 자고 깨여나면서 기지개를 켜는것처럼 하며 다리를 갇접었다가 갑자기 쭉 펴며 발로 내찼다. 그바람에 발밑에 놓은 책보따리가 첨벙 강물에 떨어졌다. 선비는 막둥이를 강에 차넣는다는게 실은과거보는데 없어서는 안될 책을 차넣었는지라 눈앞이 캄캄해졌다.

≪생원님, 책은 왜 물에 차넣었습니까?≫

선비는 하도 어이가 없어 묵묵부답이였다.

(이 막둥이놈때문에 내가 망하는구나. 책마저 없어졌으니 과거시험을 어떻게 본담.)

선비는 다시 나귀등에 올라앉고 막둥이는 나귀를 몰아 또 서울행 길에 올랐다. 강건너 벌지나 시골고개 넘으면 또 강이요, 벌이요, 고개인지라 몇날몇밤을 그렇게 가고 가고 또 가다보니 서울에 들어서게 되였다.

선비는 서울의 한 대감집을 찾아갔다. 대감집 문앞에서 선비는 막둥이에게

≪이놈아, 나귀를 잘 보라. 서울이란 곳은 눈감으면 코 베가는 곳이란다.≫라고 열당부를 해놓고 대감집에 들어갔다. 하지만 막둥이는 막둥이대로 제 속궁리가 있었다.

(서울이란 곳은 시골과 달리 나귀값이 비쌀게다. 이놈의 나귀를 팔면 부자되여 이놈의 종살이를 면할수 있을게 아닌가. 에라 모르겠다. 그런데 어떻게 파나? 옳지. 수가 있어.)

막동이는 얼른 나귀를 끌고나가 지나가는 길손에게 팔아버렸다. 한데 나귀고삐는 칼로 툭 끊어 남겨놓았다. 막동이는 능청스레 제자리에 돌아와 한손엔 나귀고삐를 쥐고 다른 한손으로는 자기 코를 싸쥐고 고개를 숙이고 있었다.

그제야 선비는 대감집에서 일을 보고 나왔다. 나와 보니 나귀는 보이지 않고 막동이가 코를 싸쥐고있는것이였다.

《이놈아, 나귀는 어떻게 되였느냐?》

《예, 나귀고삐는 그냥 쥐고 있었는데…》

《이놈아, 나귀는 보지 않고 왜 코를 싸쥐고 있나?》

《생원님이 서울이란 곳은 눈만 감으면 코베가는 곳이라고 하지 않았습니까! 그래 코를 싸쥐고 있었습니다.》

하도 어이없어 선비는 더 말치 않았다. 소귀에 경읽기라 이젠 열당부도 소용없다. 이에 선비는 비상한 수를 쓰지 않을수 없었다. 그래서 막동이를 불러 앉혀놓고 또 당부를 하였다.

《막동아, 이젠 나귀도 없으니 네가 없어도 된다. 너 먼저 고향으로 돌아가 내 편지를 전해라.》

선비는 편지를 써서 막동이에게 넘겨주며 지체 말고 가서 어서 전하라고 또 열당부를 하였다. 낫놓고 기윽자도 모르는 막동이니 편지를 뜯어도 읽을수 없는지라 선비는 마음 놓고 주었다.

막동이 난생처음 서울에 와서 세상구경을 하고 싶었으나 선비께서 인차 돌아서라니 그럴수밖에 없었다. 그는 품속에 편지를 넣고 환향길에 올랐다.

가고 가고 또 가다가 길가의 한 방아간집을 지나게 되였다. 한 부자집 부인이 애를 업고 방아로 콩메주를 찧고 있었다. 막동이는 그 집에 가 콩메주를 날라주며 일손을 돕다가 말했다.

《아주머니, 힘드신데 애를 저에게 넘겨줘요. 내가 봐드리지요.》

부인은 허리가 아픈데다 길손의 말이 고마와 애를 넘겨주었다.

한데 막동이는 한손에 애를 안고 또 한손으로는 콩메주를 방아틀에 넣어주다가 갑자기 애를 땅에 넘어뜨렸다. 애가 울고 있으니 부인은 애를 달래느라 분주히 돌아쳤다.

이때라고 막동이는 콩메주를 가지고 줄행랑을 놓았다.

막동이는 콩메주뭉치를 보짐에 넣어지고 길을 다그쳤다.

그는 가고 가고 또 가다가 한 꿀장사군을 만나게 되였다. 막동이는 배가 출출해오는지라 장사군보고 꿀을 한되 사자고 하였다. 꿀장사군은 꿀을 한되 떠서 막동이가 콩메주로 빚은 메주되에다 쏟았다. 꿀 한되를 다 쏟았으나 꿀은 메주에 스며들어 메주되에 차지 않았다. 그러자 막동이는

《손님의 되는 문제가 있소. 한되가 안되오. 난 사지 않겠소.》 하며 꿀을 도로 꿀장사군의 되에 넘겨 쏟았다. 장사군은 부아가 났으나 어쩌는수 없어 그저 넘겨받을수밖에 없었다.

그리하여 막동이는 꿀 스며들어 단 메주덩이를 싸가지고 또 길을 떠났다.

막동이는 가고 가고 또 가다가 길에서 한 대사님을 만나게 되였다. 인가 드문 길에서 대사님은 허기증이 났던 차라 막동이가 단 메주를 좀 주어 맛있게 먹었다. 이에 고맙다는 인사를 남길때 막동이 한가지 청을 들였다.

《대사님, 저에게 편지 한통이 있는데 봐주시옵서.》

그래 대사는 편지를 받아 읽어보았다.

《…나는 막동이란 놈때문에 점심을 굶었고 책보따리도 잃고 나귀도 잃었으니 그놈을 죽여 없애오…》

막동이가 들어보니 기막히는지라 당장 대사님께 또 청을 들였다.

《대사님, 제가 가지고 가는 단 메주를 다 드릴테니 그 편지를 제가 부르는대로 써주십시오.》

대사는 막동이의 청을 받아주었다. 그리하여 막동이가 부르는대로 편지를 썼다.

《…나는 막동이 덕분에 잘 먹고 잘 자면서 서울에 무사히 왔소. 막동이가 가거든 종 문서를 불사르고 땅도 서마지기 떼주고 집도 한채 주어 잘 살게 해주오…》

대사가 고쳐쓴 편지를 막동이에게 넘겨주자 막동이는 두손 모두어 고개숙여 인사를 올리고는 약속대로 가지고 온 콩메주를 몽땅 대사에게 드렸다. 그리고는 또 길을 떠났다.

그리하여 몇날 몇밤을 지나 끝내 고향에 돌아왔다.

선비 부인은 막동이 혼자 돌아와 섭섭함이 없지는 않았으나 편지를 개봉해보

니 막동이 덕에 과거도 볼수 있게 되였다니 기뻐 마음을 놓게 되였다. 그리고 편지속의 부탁이 지나치긴 하나 남편의 부탁인지라 두말없이 분부대로 해주었다.

그러다보니 종살이 하던 막동이가 종 문서를 태워 없애고 새집에 들고 땅도 있게 되여 팔자를 고친 셈이였다.

한데 몇달이 지나 서울에 갔던 선비가 돌아오게 되였다. 고향에 돌아온 선비는 막동이가 죽었으리라고 짐작했는데 죽기는커녕 팔자를 고쳤으니 어찌된 일인가고 자초지종을 묻고는 대성질호하였다.

《이 죽일놈아, 네놈이 아직 살아있느냐! 내앞에 와 썩 꿇어 엎디라!》

선비는 몽둥이를 들어 막동이를 반주검이 되게 때려놓고는 가죽주머니에 넣어 물에 띄우라고 엄령을 내렸다.

불려온 사나이 몇몇이 가죽주머니를 메고 강가로 나갔다. 불길한 행사리엔 술 한잔을 들고 하는지라 강변에 가서 그들은 가죽주머니를 큰 돌우에 놓고 먼저 주막집에 들어갔다.

이때 한 소경이 그 큰 돌옆을 지나다가 이상한 소리를 듣고 물었다.

《여보시오. 무엇이랍니까?》

《도적놈들이 나를 보쌈에 넣었는데 죽는건 겁나지 않으나 내 몸 허리에 찬 금은 보배도 썩게 되는게 안타깝습니다.》

남의 사정을 잘 뵈주는 소경은 도적한테 붙잡혔다니 얼른 다가가 풀어주었다.

보쌈에서 나온 막동이는 몸에 있던 돈 몇푼을 소경에게 주며 고맙다는 인사를 남기고는 걸음아 날 살려라 삼십륙계 줄행랑을 놓았다.

그제야 주막에서 그 사나이들이 나왔는데 보니 막동이는 보쌈을 풀고 나와 오간데 없어졌다. 닭쫓던 개 하늘 쳐다보듯 잠간 멍하니 서있는데 한놈이 여차여차하자고 꾀수를 내놓았다. 그래 그들은 보쌈에다 막동이 대신 큰 돌을 넣어가지고 큰 강물에 내던졌다.

그로부터 몇해가 지난 어느날, 막동이는 그 김씨 선비를 찾아갔다. 그는 새옷으로 단장하고 그 선비한테 《은혜》를 《보답》하러 갔다.

《생원님, 계십니까?》

《뉘긴데 어서 들어오십시오..》

그래 막동이는 문을 척 열고 들어섰다.

≪그간 편안하셨습니까? 소인은 오늘 생원님의 <은혜>를 <보답>하러 왔사옵니다.≫

선비는 죽은줄로만 안 그막동이놈이 돌아왔는지라 무슨 도깨비 감투끈인지 몰라 속이 철렁하였다. 그러나 겉으로는 반가운체했다.

≪아니, 은혜에 보답한다는게 무슨 말인고?≫

그제야 막동이는 선비가 자기 꾀수의 그물에 한코 걸려들었다고 생각하고 일장설화를 풀었다.

그는 룡궁에 가보니 그렇게 눈부시게 화려하고 금은보배가 가득가득 쌓여있는데 령왕님이 마음 고와 달라는대로 다 주고 룡왕님 막내딸한테 장가들어 잘 사노라고 하였다.

이때 선비가

≪그래 어떻게 은혜에 보답하려냐?≫라고 물었다. ≪예, 생원님, 오늘 와서 생원님과 온 식솔을 모셔가려고 하옵니다.≫

어리석은 선비는 그 빛이 번쩍하는 금은보배가 한가슴 안겨오는지라 귀가 벌쭉해서 응답을 했다.

길일을 택한 어느날, 선비네 식솔은 이사준비를 해가지고 떠나려 했다. 이때 막동이는 룡궁에 가면 무엇이나 다 있기에 빈몸으로 가면 된다고 하였다. 그리하여 나들이 새옷이나 갈아입고 빈몸으로 떠났다.

큰 강가에 이르렀다. 막동이는 선비더러 먼저 들어가라고 하였다. 선비가 먼저 물에 들어섰는데 키 넘게 되자 두손을 허우적거렸다.

≪보십시오. 생원님이 빨리 들어와 같이 가자고 손을 흔듭니다. 부인님, 들어가십시오.≫

부인이 들어섰다. 부인도 물이 키넘게 되자 손을 들어 허우적거렸다. 그러자 꽃같은 딸이 따라가려고 나섰다.

이때였다. 막동이가 앞에 나서 딸의 손목을 잡으며 말했다.

≪아씨는 가지 마오.. 룡궁은 무슨 룡궁, 가면 끝장이요.≫

그리하여 막동이는 그 처녀를 데리고 그 재산도 가지고 선비네 집에서 잘 살았다고 한다.

구술자: 한룡국 / 수집지점: 림구현 민주촌 / 수집시간: 1980년 10월

재미난 골에 범 난다

옛날 어느 시골에 한 녀인이 외아들을 데리고 살았다. 외아들이 다나니 금이야 옥이야 키우며 곱다고만 어루만져 애는 점점 버릇이 나빠지고 코대만 쳐들더니 나중엔 에미 말도 귀등으로 듣게 되였지.

일하기는 싫은데 먹고는 싶고 고약한 버릇만 점점 커지더니 결국엔 건달뱅이가 되였는데 거기다 손버릇까지 나빠졌지뭐.

제 버릇 개 못준다고 손버릇은 점점 못돼져서 이 근간에 소문이 자자해졌지. 땔나무가 떨어지면 산에 가 해올 대신에 남의 집 나무무지에서 훔쳐오고 감자철 때면 두더지처럼 남의 집 감자 캐기, 강냉이철이 되면 남의 강냉이를 따다 구워 먹기, 좌우간 온갖 못된 짓이란 못된 짓은 다 해댔지.

아들놈이 이래서 남의 말밥에 오르니 어머니는 기가 막히고 구곡간장이 다 타서 재만 남을 지경이 됐지뭐.

어느해 늦가을 어느날이였지.

견물생심이라고 산골의 조밭에 개꼬리 같은 조이삭 누렇게 익은것을 본 아들놈은 제것도 아니면서 마음이 흐뭇해졌지.

《오늘밤엔 저 조이삭을 잘라와야지!》

날이 어둑어둑해지자 아들은 큰 자루를 허리춤에 지르고 골안의 조밭에 갔는데 밤이니 누구도 볼수는 없겠지만 가슴은 그래도 두방망이질을 해댔지.

자루가 불룩하게 조이삭을 잘라 넣었을 때 난데없이 골 안쪽에서 시뻘건 쌍불이 나타나겠지.

《저게 뭔가? 나야 못봤겠지?!》

그런데 그 쌍불은 점점 자기한테로 다가오겠지뭐.

《엉! 밤에 호랑이 눈이 쌍불로 보인다던데…》

문득 이런 생각이 미치자 그때야 혼이 나간 아들은 자루를 둘러메고 냅다 뛰기 시작했지. 한데 쌍불은 그냥 뒤를 따라오더래. 머리끝이 곤두서고 숨이 턱에 닿아서 뛰였지만 제가 호랑일 당해내. 점점 가까워오니 그제야 자루를 집어 던지고 걸음아 날 살려라 하고 줄행랑을 놓았지.

이렇게 뛰는데 집 한채가 나타났지. 그 집 대문가에 이르러 대문을 열려는데 웬걸 호랑이가 와락 덮쳤지뭐.

≪사람 살리오─≫

아들은 외마디소리를 치고는 그만 호랑이한테 물려가버렸지.

이상한 소리를 듣고 집주인이 밖에 뛰여나와 보니 아무것도 보이지 않아 두루 살피다가 땅바닥을 내려다보니 피자국이 있거던. 그래서 동네사람들을 불러 광솔불을 해들고 피자국을 따라 올라가 보았는데 가는 길섶에 초신 한짝이 떨어져 있겠지.

≪분명 호랑이가 사람을 물어갔고나.≫

사람들은 피자국을 따라 그냥 올라가노라니 이번에는 길섶에 자루가 하나 떨어져있겠지.

≪이게 웬 자루야? 음! 조이삭을 훔치다가 물려간 모야이구나?!≫

피자국을 따라 다시 가노라니 과연 호랑이가 조밭머리에서 사람을 잡아먹고 두골만 남겨놓았더란 말이야. 나중에 알고 보니 글쎄 그 도적질 잘하는 건달뱅이 외동아들이였지뭐.

그래서 그때부터 사람들은 ≪재미난 골에 범난다.≫는 이야기가 전해 내려왔대.

구술자: 정원경 / 수집지점: 환인현 류가구촌 / 수집시간: 1984년 1월

문자우환

지금으로부터 몇백년전, 한문을 진서라 하고 조선글을 언문이라 하여 한문만 숭상하고 조선글을 천하게 보던 때 있은 일이다. 그때 글깨나 안다는 사람들이 모여앉기만 하면 글귀를 지어서 말하군 했는데 시 한수도 지을줄 모르면 사람축에 들지 못하였다.

바로 이런 때 어느 시골에 밤낮 한문만 숭상하는 젊은이가 있었다. 그는 무슨

말을 하나 입버릇이 되여 한문투로 말하군 하였다.

어느날 밤이였다. 호랑이가 그 젊은이의 집에 달려들어 장인을 물어갈 때 급해난 사위는 문밖에 뛰여나와 급급히 소리쳤다.

≪남산의 백호가 북촌래하야 후벽파지하고 오지장인을 착거하오니 유총자는 지총래하고 유창자는 지창해하고 유궁시자는 지궁시하고 무총, 무창, 무궁시자는 지장래하라! 속속래구요. (南山之白虎北村來, 後壁破之, 吾之丈人捉去之. 故有銃者持銃來, 有槍者持槍來, 有弓矢者持弓矢來. 無銃無槍無弓矢者持杖來. 速速來救, 速速來救.)≫

그 뜻인즉 남산의 백호가 북촌에 와서 뒤벽을 뚫고 나의 장인을 물어갔으니 총 있는 사람은 총을 들고 나오고 날창 있는 사람은 날창을 들고 나오고 활 있는 사람은 활을 들고 나오고 총도 없고 날창도 없고 활도 없는 사람은 몽둥이 들고 나오시오. 빨리빨리 와서 구해주시오 하는 말이였다.

아닌 밤중에 벅적 고아대는 소리를 듣고 동네사람들은 문을 열고 나섰으나 무슨 소리를 하는지 알아들을수 없었다.

젊은 사위는 속에 불이 일 지경이였다. 이웃사촌이라구 동네사람들의 도움을 받을가 해서 목이 쉬도록 애타게 웨쳤으나 나와 도와주는 사람은 한사람도 없었다. 그리하여 백호는 장인을 물고 깊은 산속으로 들어가버렸다.

이튿날, 화가 동한 그 젊은이는 고을의 원을 찾아가 어제밤에 있은 일을 고하였다. 간밤의 일을 들어버니 괘씸하기 짝이 없는지라 원은 사령을 시켜 동네사람들을 몽땅 불러오게 하였다.

≪이웃사촌이라는게 너희들은 호랑이가 사람을 물어가는것을 보고도 본체만체했느냐? 그래 그렇게도 인정이 돌 같단 말이야?!≫

원이 욕을 하는데 한 백성이 썩 나서며 아뢰였다.

≪예, 황송하오나 한가지 아뢰올 말씀이 있나이다.≫

≪무슨 일인지 말할지어라.≫

≪원님, 저 사람이 어제밤에 뭐라 소리쳤는가 물어봐주옵소서.≫

이에 원은 그 젊은이보고 물었다.

≪음, 자네 어제밤에 뭐라 소리쳤나?≫

≪예, 남산의 백호가 북촌래하야 후벽파지하고 오지장인을 착거하오니 유총

자는 지총래하고 유창자는 지창래하고 유궁시자는 지궁시하고 무총, 무창, 무궁
시자는 지장래하라! 속속래구요, 속속래구요라고 웨쳤사옵니다.≫

≪야, 이 우둔한 놈, 호랑이가 장인을 물고 가는데 뭐 백성들이 알아듣지 못할
한문투로 소리친단 말이냐. 그러구두 고해바치러 와. 이놈 잘못은 네놈한테 있다.
여봐라— 저놈을 엎어놓고 곤장 쉰개를 안겨라!≫

원의 령인지라 사령들은 달려들어 곤장을 안기는데 젊은이는 얻어맞으면서
중얼거렸다.

≪벌남산지초목하여 맹타오지비비해 애야비비이요! (伐南山之楚木, 猛打吾
之肥臀, 哀也肥臀矣！)≫

그 뜻인즉 남산의 초목을 베여가지고 나의 어깨를 힘껏 치니 아이고 어깨가
아프구나 하는 말이다.

한문투를 쓰는데 버릇된 젊은이는 때려도 그 꼴인지라 원은 정배살이를 보내
려고 하였다.

조실부모한 젊은이는 친척이라곤 삼촌 하나밖에 없었다. 삼촌은 정배살이를
가게 될 조카를 붙잡고 락루하면서

≪애, 니 생각해봐라, 한문을 숭상해도 분수가 있지 아니 사람이 죽게 되였는
데 두 그냥 한가하게 남산지백호가 복촌래하야라고 해. 너 정배를 가면 어떻게
혼자 살겠니?≫

하고 말하는데 조카란 자식은 한쪽 눈이 먼 삼촌을 보고

≪아행배소하니 량인의 제읍에 루삼행이요.(我行配所兩人涕泣淚三行.)≫ 라
고 하는것이였다.

그 뜻인즉 정배가는 나를 바래며 울기는 두 사람이 우는데 눈물은 세줄기밖에
없다는것이였다. 원은 그 꼴을 보고 하도 어이없어 다시 엄령을 내렸다.

≪에익 고현놈, 저놈은 미치광이다. 저 버르장머리는 고치기 어렵다. 정배구
나발이구 다 걷어치워라.≫

그리하여 정배살이는 면하게 되였다. 원은 젊은이를 보고 한번 더 타일렀다.

≪이놈아, 다시는 한문투로 말 말아. 남이 다 알아듣는 말을 하란말이다.≫

그러자 젊은이는 얼른

≪예, 갱과천산하야 차후로는 불용문자하오리다.(更過遷善此後不用文字)≫

그 뜻인즉 허물을 고치고 좋은사람이 돼서 후에 다시는 한문투를 쓰지 않겠다는것이였다.

그리하여 원은 호랑이가 장인을 물어간 일을 판결하려다가 그만두고말았다 한다.

구술자: 박윤걸 / 수집지점: 개주시 서해향 / 수집시간: 1982년 6월

쌍둥이형제

어느 한 마을에 쌍둥이형제가 살고있었다.

형은 키가 난쟁이고 몸이 절구통 같고 눈이 가로 째져 금하나 그은것 같고 입은 돼지입 같았다. 욕심 사나와 먹을것 입을것을 혼자 차지하였다. 그러나 일에는 질색이여서 동생을 머슴처럼 부려먹었다.

동생은 훤칠한 키에 희멀끔하게 생기고 마음씨 또한 착하고 일이라하면 꿀벌마냥 부지런히 하였다.

한날 한시에 생긴 손가락도 길고 짧은것처럼 이 형제는 쌍둥이라고는 하지만 생김새나 마음씨나 다 판판 달랐다.

형은 동네에서 내버려도 누가 데려가지 않을 패라운 여자를 데려들어왔는데 둘이 단짝이 되여 동생을 구박하고 천대하였다.

어느날, 동생이 종일 밭일을 하고 처벅처벅 맥없이 돌아오는데 형이 마당에 나와

≪일을 안하고 왜 그렇게 일찍 돌아오느냐. 당장 일하러 가거라.≫라고 불호령을 내리며 불이 번쩍 일게 뺨따귀를 후려쳤다.

형이란게 어떻게나 되게 갈겼던지 눈에서 피가 흘렀다. 동생은 손으로 눈을 싸쥐고 밖으로 나와 그길로 정처없이 발가는대로 갔다.

이때 웬 호호백발할머니가 앞에 나타나서 묻는것이였다.

≪애, 넌 무슨 서러운 일이 있어서 그렇게 슬피 우냐?≫

동생은 난생 처음 살뜰하게 관심하는 말을 들어보았다.

≪할머닌 어데 계시는분이온데 이렇게 돌봐주시나이까?≫

동생은 할머니의 물음에 뜨거운 눈물을 흘리면서 자기는 고아로서 형이⋯ 아니 일하다가 넘어져서 눈을 다치고 정처없이 간다고 아뢰였다.

할머니는 동생의 눈을 보더니 애처로운 생각이 들어

≪애, 근심 말어. 네 눈은 고칠수 있다. 저 산을 넘고 넘어 가느라면 한 츠렁바위가 있겠는데 그 밑에 가면 바위틈에서 수정같은 샘물이 솟아오를테니 그 샘물에 눈을 씻으면 나아질게다.≫

≪할머니, 정말 고맙사옵나이다.≫ 하며 큰 절을 하고서 쳐다보느라니 그 할머니는 벌써 어데론가 사라지고 없었다.

동생은 할머니가 가리킨 쪽으로 산을 넘고 넘어 그 츠렁바위밑으로 갔다. 가보니 과연 수정 같은 샘물이 솟아나오고 있었다. 동생은 그 샘물에다 눈을 한번 씻었다. 그러니 쑤셔나던 아픔도 척 멎었다. 또 한번 샘물에 씻으니 눈이 시원해졌다. 그래 세번째로 약수에 눈을 씻으니 그제는 앞이 환히 보였다.

앞이 탁 열려 푸른 하늘 푸른 산에 취해있는데 어디서 무엇인가 똑또그르 굴러내려왔다. 그래 눈길을 돌려보니 그것은 큰 호두알만한 개암알이였다. 그래 한알 집어 까먹으려다가

≪이건 가져다 형을 줘야지.≫ 하며 호주머니에 넣었다. 한데 또 한알 굴러내려오는지라 이번엔 까먹으려다 말고

≪이건 가져다 형수에게 줘야지.≫ 하며 호주머니에 넣었다. 좀 있으니 또 한알 굴러내려오는데 이번엔 제가 까먹으려다 말고

≪아니 내가 먼저 먹다니 형과 같이 먹어야지.≫ 하며 호주머니에 넣었다.

동생은 눈을 고치고 또 개암 세알을 가지고 형을 찾아가다가 땅거미가 져서 밤샐 곳을 찾았다. 하지만 인가가 없었다. 계속 찾느라니 한 귀틀집이 나타났다. 그는 포수막이겠지 하고 귀틀집에 들어갔다. 바닥에 마른 풀을 모아놓고 큰 대자로 자리에 누웠는데 천사만념이 떠오르는지라 잠들수 없었다. 달빛이 스며드는데 들리는건 귀뚜라미소리뿐이였다. 밤깊어 풋잠든 동생은 비몽사몽간에 인적기가 나는것을 들었다. 밖에서 발자국소리와 괴상하게 말하는 소리가 들려왔다.

그것이 정말 도깨비인가부다 하고 정신을 바짝 차리고있는데 이즈막해서

≪야 우리 이 집에 들어가서 한바탕 놀고 가자.≫ 하는 괴상한 소리가 났다.

동생은 숨을 곳을 찾다가 천정에 올라갔다. 천정에서 숨을 죽이고 있느라니 그것들이 문을 열고 들어오는데 여겨보니 머리뿔이 소뿔 같고 코가 매부리 같고 눈알이 퉁방울 같고 키가 나무다리 같은 도깨비들이였다. 그런것들이 저마다 보따리를 하나씩 들고 들어왔는데 한 여라문은 잘되는것 같았다.

≪야, 이곳이 참 좋구나. 우리 한바탕 놀아보자.≫

그러면서 들고 온 보따리들을 풀고있었다. 보니 빛이 반짝반짝 나는 금방망이에 은방망이, 금그릇에 은그릇, 금북에 은북, 금술잔에 은술잔들이였다. 보물들을 희한하게도 꺼내놓고는 또 술이며 안주들을 내놓고 ≪부어라, 마셔라≫ 하면서 한바탕 먹고 마셔댔다. 취흥이 도도해지자 금북에 은북을 치면서 목을 빼고 노래하는거로, 제 장끼대로 어깨를 들썩이고 궁둥이를 내두르며 춤을 추는거로 모두 발광을 부리는것이였다.

이때 도께비들의 놀음판에 홀려 제정신없이 구경하던 동생은 무심결에 개암 한알을 딱, 깼다. 한데 그 소리는 기상하게도 우뢰소리 같았다.

≪야, 이거 무슨 소리냐?≫

도깨비들이 어리둥절해졌다. 개암 한알을 또 딱 깨니 우뢰소리가 또 나는지라

≪아이쿠, 이거 집이 무너지는것 같구나.≫

도깨비들은 금방망이고 무어고 돌볼 겨를도 없이 걸음아 날 살려라 하며 모두 줄행랑을 놓았다.

동생이 천정에서 내려와 보니 그 좋은 보물들이 여기저기 널려져있었다. 그는 욕심이 확 나서 그 금방망이, 은방망이, 금그릇, 은그릇, 금북, 은북을 정신없이 걷어서 한짐 걸머지고 귀틀집을 나섰다.

하느님이 도왔는지 횡재한 동생은 달빛을 빌어 줄달음질로 가는데 길가에서 난데없는 신음소리가 났다.

(이 밤 심산속에 나밖에 없겠는데 웬 소릴가?)

잠간 귀를 기울이니 분명 신음소리였는데 그 소리는 점점 더 커졌다.

(이게 사람을 홀리는 여우의 작간이 아닐가? 틀림없는 여자의 목소리긴 한데…)

머리 돌려 지나쳐 가려니 신음소리는 더 커지는것이였다. 그래서 동생은 세번만에 큰마음을 먹고 소리나는데로 찾아갔다. 가보니 웬 소녀가 누워 신음하고 있었다. 흔들어주어도 깨나지 못하고 있었다. 아직 온기는 있었다.

이때 갑자기 호호백발할머니가 말해주던 생각이 떠올라 그 소녀를 업고 그 츠렁바위밑 샘물터로 찾아갔다. 땀벌창이 된 동생은 가자마자 소녀에게 샘물 한모금을 먹이였다. 그러자 소녀는 화기가 돌기시작하고 또 한모금을 먹이니 소녀는 눈을 뜨고 세번째로 또 한모금 먹이니 소녀는 말문을 열었다.

≪내가 어데 왔는가요?≫ 하며 묻는것이였다.

동생은 이때에야 한시름 덜고 소녀를 찬찬히 뜯어보니 세상에 둘도 없는 아릿다운 묘령소녀였다.

소녀는 눈물이 글썽하여

≪그대는 뉘신데 이렇게 절 구해주었습니까?≫ 하며 섬섬옥수로 총각의 손목을 꼭 잡는것이였다.

≪애, 넌 어떻게 되여 예 와서 정신을 잃었느냐?≫

그러자 소녀는 사연의 자초지종을 피력하였다.

소녀의 집은 예서 멀리 떨어진 한 시골에 있는데 가난이 원쑤로 아버지는 부자집에서 나무를 해주고 어머니는 부자집에서 빨래를 해주면서 근근득식 살아왔다. 한데 슬하에 일점 혈육이 없어 속을 태우다가 칠성님께 빌고 요행히 태기 있어 무남독녀를 낳았는지라 금이야 옥이야 하며 키웠다. 늙은 량주 애를 키워 나이 이팔이 되자 부자집에서 눈독을 들였다. 부자집엔 제구실 못하는 장가 못간 머절사한 총각이 있었는데 이 소녀의 집에 청혼했다. 아버지가 청혼을 받아주지 않으니 밤중에 졸도들을 보내여 아버지를 묶어다 살해하고 강제로 소녀를 끌어다가 부자집 사람으로 만들려고 하였다. 하지만 소녀는 아버지 원쑤를 갚을 겸 또 부자집 머저리총각의 안해가 되지 않으려고 밤도망을 했다. 어덴가 행방없이 가고 있는데 호호백발 할머니를 만나 길안내를 받고 산을 넘고 넘어 그 츠렁바위밑 샘터로 가다가 그만 채 못가고 날이 저물었다. 날 저무니 무섬증이 콱 나서 기혼하고 말았다. 그런데 마음 좋은 이 총각이 구해주었다고 하면서 소녀는 총각의 손을 또 꼭 잡는것이였다.

총각은 소녀를 품에 안고 날을 새웠는데 동쪽에서 붉은 해가 솟아 그들 둘을 곱게곱게 비쳐주었다. 그들은 그 샘물로 세수를 하니 정신이 펄쩍 들고 또 한모금씩 마시니 배고픔도 없어졌다. 총각은 금보따리를 지고 처녀는 은보따리를 이고 앞서거니 뒤서거니 하며 벌방으로 나갔다. 벌방에 나간 그들은 금방망이, 은방망이를 팔아 동네사람들도 도와주면서 닐리리 기와집을 지어놓고 잘살게 되였다.

한데 동생이 잘산다는 이 소문은 형의 귀에도 들어갔다. 형은 동생을 찾아가서 어떻게 하여 잘살게 되였느냐고 물었다. 동생은 형한테 쫓겨난후의 시말을 이실직고하였다.

모든 내막을 알아낸 형은 자기도 부자가 되고 싶어서 산에 가서 개암을 땄다. 첫 개암을 따서는 《이것은 내가 먹고》 하면서 호주머니에 넣었다. 두번째 개암을 따서는 《이것도 내가 먹고》 하면서 호주머니에 넣었다. 세번째 개암을 따서는 《이것도 또 내가 먹고》 하면서 호주머니에 넣었다. 개암 세알을 가진 형은 그 귀틀집에 찾아가서 대들보에 올라가 숨어있었다. 밤이 깊어지자 도깨비들이 모여들어 먹고 마시느라 야단들이였다. 이때 형이 개암 한알을 딱 깼는데 도깨비들은 소리를 듣고는

《또 저 소리가 나는구나. 우리 보물을 훔쳐간 놈이 또 왔어. 그놈을 잡아내자.》 라고 두덜거리면서 집안 구석구석을 몽땅 훑었다. 그리하여 형은 도깨비들에게 붙잡히웠다. 도깨비들은

《이 도적놈을 가만 놔두어서는 안된다. 단단히 혼내우자.》 하며 형의 코를 붙잡고 방망이로 뚝딱, 뚝딱 쳤다. 그래서 코가 한발이나 늘어났다.

형은 한발이나 늘어난 코를 잡고 서리맞은 풀잎이 되여 집에 돌아왔다. 그길로 그는 시름시름 앓다가 그만 죽고말았다.

그리하여 죄는 지은데로 가고 덕은 닦은데로 간다는 속담이 생긴것 같다.

구술자: 리광수 / 수집지점: 집안시 영수촌 / 수집시간: 1983년 7월

목동과 임금

지금으로부터 몇백년전에 있은 일이다.

나라에 탐관오리들이 득실거려 백성들은 뼈빠지게 일해도 입에 풀칠하기 힘들었다. 그리하여 백성들의 원성은 날따라 높아만갔다.

바로 이러한 때 두메산골에 사는 총명하고 대담한 한 목동이 어지러운 정사에 불만을 품고 한번 임금을 찾아가 말해볼 생각을 하였다.

그런데 성부지명부지한 시골의 한 목동이 임금을 만나보려고 한다는 소식을 들은 임금은 목동의 지혜를 한번 떠볼 셈을 하고 있었다.

어느날이였다. 시골에서 온 목동은 임금과 면담하게 되였다.

《시골의 이름 없는 목동이 임금님을 뵈옵나이다.》

《음, 무슨 일이 있는고?》

《예. 소인은 나라 정사에 대하여 올릴 말씀이 있사옵나이다.》

(머리에 피도 안마른 녀석이 나라정사에 대해 할 말이 있다구? 홍, 얼마나 난놈인지 심심풀이로 떠보야지.)

임금은 이런 생각을 하며 말하였다.

《너 듣거라. 내 묻는 말을 먼저 대답하거라.》

《예. 무슨 말씀이온지 어서 하시기 바라나이다.》

《그래 이 세상에서 무엇이 가장 높은지 아느냐?》

임금이 나라에서 높으니까 가장 높은 사람은 임금이라고 대답할것이라 임금은 짐작하고 있는중이였다.

《예. 그것은 왕관이옵나이다.》

이 뜻밖의 대답에 얼굴이 퍼르뎅뎅해진 임금은 되물었다.

《왕관은 사람이 아닌데 왜 가장 높다고 하느냐?》

《백성들이 그러는데 한 나라에선 임금님이 높다고 합디다.》

《그렇지. 그럼 임금님이라고 할것이지 왜 왕관이라고 하느냐?》

《예. 임금님이 높지만 왕관은 임금님의 머리우에 있으니 임금님보다 더 높은 것은 왕관인가 하나이다.》

이 대답에 임금은 어이없어 입을 딱 벌리였다. 나라의 임금이라도 왕관을 벗으면 누가 임금으로 봐주랴. 덕재가 어떻든 의관만 있으면 우쭐하는 판이다. ≪의관박대 호로자식≫이라고 의관을 그처럼 중히 여겨 임금은 룡을 두른 도포를 입고 또 왕관을 쓰게 된것이다. 그래서 목동은 임금보다 더 높은것은 왕관이라고 하였다.

임금은 들어보니 그말도 그럴듯한지라 더 캐여 묻지 않고 말머리를 돌려 다른 문제를 내놓았다.

≪애, 그건 그만하고 이 세상에서 사람의 목숨을 좌우지하는 사람은 누군지 아느냐?≫

사람의 목숨을 살리고 죽일수 있는 사람은 임금이므로 세상에서 사람의 생명을 좌우지하는 사람은 임금이라고 대답할것이라 생각학고 있는중이였다.

≪예. 의사옵나이다.≫

이 뜻밖의 대답에 또 얼굴이 퍼르뎅뎅해진 임금은 되물었다.

≪의사가 뭐 그리 권력이 커서 그러느냐?≫

≪이 세상에서 아무리 벼슬이 높고 사람을 쥐락펴락한다 해도 의사를 따르지 못한다고 소인은 아뢰옵나이다. 어느 고을의 원님이라도 늙어 병들면 의사를 청해서 병을 보이기 마련인데 의사가 고치지 못하겠다고 한마디 하면 끝장나고 마나이다. 임금님도 마찬가지로 병환에 계시면 의사를 청해 의사 말을 듣게 되지 않나이까.≫

이 말을 들어본 임금은 자기도 늙어 병들면 의사를 청해야 하는 것만큼 목동의 말이 그럴듯하다고 생각되여 말을 더 잇지 못했다.

(참, 요놈이 고약하긴 하지만 서뿔리 굴어선 안되겠구나.)

목동을 얕잡아보던 임금은 한풀 꺽이워 좀 누그러들며 또 물었다.

≪애, 사람이 병든 다음에는 어떻게 해야 병을 떼겠느냐?≫

≪예. 병에 걸린 다음에는 먼저 무슨 병인가 알아야 하나이다.≫

≪음, 그렇지.≫

≪그런데 이병을 알아내는 사람이란 의사밖에 없나이다.≫

≪음, 그렇지.≫

≪그리고 병을 치료하자면 약이 있어야 하나이다.≫

≪음, 그렇지.≫

임금은 어떻게 하면 무병장수하겠는가를 생각하다가 실토정을 하였다.

≪애. 나는 지금 한가지 병이 있다.≫

≪무슨 병환에 계시옵나이까?≫

≪밥을 먹고나면 잘 내려가지 않고 앞가슴이 무드특해지는데 너 무슨 수가 없겠느냐?≫

≪예, 수가 있사옵니다.≫

(백성들은 날마다 해볕을 쬐여가며 고된 일을 하게 되니 아무 음식을 먹어도 가슴에 걸리기는커녕 너무도 잘 내려간다. 그런데 이 임금은 매일 매끼 잘 먹고 손가락 하나 까딱 않고 고 노니 가슴에 얹혀질수밖에 더 있으랴. 그래, 그렇지 백성들처럼 일을 손에 쥐여보게 해야 하겠다.)

목동은 임금을 모시고 들판으로 나갔다. 한 깊숙한 웅뎅이 옆에 닿자 목동은 입을 열었다.

≪임금님, 소인이 아뢰옵나이다. 저 임금님께선 이제부터 매일 아침 일찌감치 일어나시여 남모르게 여기 오셔서 저 언덕받이의 흙을 한삽씩 열삽을 떠서 웅뎅이에다 처넣으시옵소서. 이렇게 석달 열흘을 어김없이 꼬박 수고하시느라면 임금님의 병세는 나아질겁니다. 석달열흘이 지나서 소인은 또 약을 가지고 오겠삽나이다.≫

(그 어느 신하도 내 병을 고쳐주겠다고 말하는 놈이 없었는데 네가 내 병을 고쳐주겠다니 반갑구나. 버르장머리 없는 고약한 놈이긴 하지만 그 말이 그럴듯하니 들어봐야지.)

≪음, 후에 내가 먹을 불로초를 구해가지고 오너라.≫

≪예, 언약대로 석달열흘후에 꼭 약을 가지고 오겠삽나이다.≫

이튿날이였다. 목동이 말해준대로 임금은 의관을 벗고 남모르게 일찍 일어나 언덕받이에 나가 흙을 한삽, 두삽 떠서 웅뎅이에 처넣었다. 이렇게 석달열흘을 일하다보니 몸도 좋아지고 아무리 밥을 많이 먹어도 언제 밥을 먹었던가싶게 배가 촐촐해났다. 그러다보니 밤잠도 잘 오는것이였다.

어느덧 석달열흘이 지나 목동이 언약한대로 찾아왔다.

≪임금님, 석달전의 목동이 찾아왔삽니다. 보아하니 흙은 다 파 옮겨졌는데

병환은 어떠하시나이까?≫

≪애, 그 병은 다 고쳐졌다. 네 말이 과연 옳더구나.≫

목동의 지혜에 감탄한 임금은 목동을 반가이 맞아들였다.

그리하여 나라 임금의 총애를 받게 된 목동은 과거에 급제하여 참대쪽에다 화인을 한 어사패쪽을 타고 암행어사로 되여 항간에 다니면서 탐관오리들을 처단하고 백성들의 원한을 풀어주었다고 한다.

구술자: 김현근 / 수집지점: 연길시 / 수집시간: 1981년 8월

칠세 소동

옛날 어느 한 마을에 일곱살 나는 총명한 아들을 둔 한 과부가 있었다. 그는 몸매가 물 찬 제비 같고 모습 또한 련꽃같이 예뻐 눈독을 들이는 사람이 있었다.

어느날, 고을의 원님은 그 청춘과부의 소문을 듣고 한번 만나볼 생각 있어 말을 타고 찾아갔다.

이때 과부는 밭김을 매고 있었는데 보아하니 과연 세상에 드문 미인인지라 원은 청을 내놓았다.

≪게 듣거라. 오늘 나하고 내기를 하자. 내기에서 지면 그 대신 내 말을 들어야 하니라.≫

청춘과부는 김매다 말고 멍해 섰는데 원님은 내기를 걸었다.

≪김을 매는데 오늘 하루 김줌을 몇줌이나 매느냐? 내 저녁에 올테니 그때 대답을 해라.≫

과부는 근심에 싸여 일이 손에 잡히지 않았다.

≪애, 사또가 김줌을 세라고 했는데 무슨 재간으로 세겠니?≫

≪엄만 걱정두 많네. 그건 걱정 말고 김이나 매라요. 내가 대답하겠어요.≫

≪야, 네가 뭐라고 대답하겠니?≫

《아무렇게 답복하던 엄만 걱정 말아요.》

과부는 그래도 마음을 놓지 못하고 그럭저럭 김을 매다나니 저녁때가 되였다. 아닐세라 고을의 원은 말을 타고 왔다.

《오늘 몇줌이나 김을 맸느냐?》

그런데 어머니 대신 칠세 소동이 척 나서며

《원님, 그건 쉽습니다. 우리 어머니 김맨 김줌은 그저 원님이 오늘 말타고 행차하는데 말이 발을 몇번 옮겼는가 하는것을 알면 됩니다.》 라고 대답했다.

고을의 원은 하루종일 말을 탔는지라 말이 발을 몇번 옮겼는지 자기도 알수 없었다. 그래서 첫번째 내기에서는 지고 말았다.

《그럼 두번째 내기를 말하겠으니 명심해 듣거라.》

《예.》

《내일부터 사흘내로 돌멩이로 배를 하나 무어서 가져오거라.》

나무로 배를 무으라고 해도 사흘에 뭇기 힘들겠는데 돌멩이로 무으라니 이게 될 일이냐? 그래서 근심에 잠긴 고부는 식음을 페하고 끙끙 앓고 있었다.

《예, 사흘내로 돌배를 무으라니 무슨 수가 있냐?》

《엄만 별걱정을 다 해요. 내가 대답하겠으니 마음 놓고 밥 자시고 일해요.》

사흘이 지났다. 고을의 원는 과부를 불러들였다.

《사흘내로 돌배를 하나 무으라고 했는데 무어났느냐?》

이때 옆에 섰던 칠세 소동이 어머니대신으로 척 나서서 대답을 했다.

《예. 돌배는 무어났는데 한가지가 없어서 가져오지 못했습니다.》

《한가지라니 무엇이냐?》

《예. 돌멩이로 배는 무었는데 모래닻줄이 없어 못 가져왔습니다. 원님, 모래닻줄을 하나 구해주십시오.》

그러자 고을의 원은 급급히 입을 열었다.

《에끼. 이놈아, 세상에 모래로 닻줄디리는 법이 어데 있느냐?》

이에 칠세 소동은 말꼬리를 놓칠세라 얼른 들이댔다.

《원님, 모래로 닻줄 디리는 법이 없는데 그럼 돌멩이로 배 뭇는 법은 어디서 봤습니까?》

그리하여 고을의 원은 말문이 막혀버리고 말았다

≪그럼 세번째 내기를 말하겠으니 명심하거라.≫

≪예. 원님 말씀하십시오.≫

≪애, 너 총명하기가 이만저만이 아니구나. 한번 글짓기 내기를 해보자. 슬픔 비자를 넣어서 글 세구만 짓거라.≫

≪예.≫

칠세소동은 원님앞에 끓어앉아 생각을 굴리다가 말했다.

≪원님, 지은 글을 말하랍니까?≫

≪음. 말해봐라.≫

소동 칠세 실부비
아모 청춘 과부비
빈궁 백성 포착비

(小童七歲失父悲
我母靑春寡婦悲
貧窮百姓捕捉悲)

그 뜻인즉 이러하다.

소동 칠세에 아버지 잃은게 섧도다.
나의 어머니 청춘에 과부된게 섧도다.
가난한 백성을 맘대로 붙잡는게 섧도다.

칠세 소동의 글을 들어본 고을의 원님은 탄복하여 혀를 끌끌 차고나서
≪참 훌륭하구나. 애, 너 어머니를 모시고 돌아가거라.≫ 라고 말했다.
그리하여 칠세소동한테 내기에서 진 고을의 원은 닭 쫓던 개 지붕 쳐다보기가
되고 소동은 과부어머니를 고이 모시고 잘 살았다고 한다.

구술자: 김명성 / 수집지점: 환인현 류가구촌 / 수집시간: 1984년 1월

글짓고 장가든 이야기

옛날 한 고을의 선비에게는 애지중지 키워온 딸이 있었다. 그 딸은 용모 일월 같이 환하고 마음씨 비단결같이 고와 인근동네에 짜 소문나서 총각을 가진 집들에서는 은근히 욕심내고있었다.

딸의 나이가 이팔청춘 꽃나이 되자 글공부를 잘한 사위감을 고르려고 선비는 글짓기내기를 하는 방을 내붙였다.

딸의 이름이 가련(可憐)이라 누구든지 가련이란 이름 글자를 넣고 글 여덟구를 잘 지으면 사위로 삼겠다는 내용의 방이였다.

그리하여 가련이를 욕심내는 글개나 안다 하는 총각을은 구름처럼 모여들기 시작하였다.

이런 때 난봉군으로 소문난 한 부자집 아들이 가련이를 탐내고 있었다. 낫놓고 기윽자도 모르는 그는 돈을 주고 글귀를 사서라도 가련이를 제사람으로 만들고 싶은 생각이 굴뚝 같았는지라 가련이란 이름으로 글귀 여덟구를 지어주는 사람에게는 돈을 천냥 주겠노라고 하였다.

이 소문을 들은 한 시골의 총명한 총각이 그 부자집 아들을 찾아갔다. 부자집 아들은 돈을 절반을 먼저 줄터이니 글을 지으라고 하였다. 이에 응한 시골총각은 지필묵을 들어 일필휘지 글 여덟구를 써내였다.

기명가련생가련
불견가련심가련
가련차의전가련
가련역유심가련
(其名可憐生可憐
不見可憐心可憐
可憐此意傳可憐
可憐亦有心可憐)

그 뜻인즉 이러하다.

그 이름이 가련하니 살림도 가련하겠다. 가련이를 보지 못하니 내 마음도 가련하구나. 가련한 이 뜻을 가련에게 전해다오. 가련이도 역시 가련한 마음이 있겠다.

이 글귀를 받은 부자집 아들은 꽃같은 가련이가 당금 제품에 와 안기기라도 하는것처럼 생각되여 나머지 돈 절반을 마저 주고 지체될세라 그 고을의 선비네 집으로 줄달음쳐갔다.

한데 글귀를 받아 본 선비는

《자네는 가련에게 전하라는 부탁을 가지고 왔구만.》하고는 호기심이 부쩍 난 기분으로

《그 글지은 총각은 어디 있는 사람이요?》

그러자 부자집 아들은 시침을 따고 대답하였다.

《선비님, 이 글귀는 바로 제가 지은것입니다.》

《자네가 지었다구? 그럼 왜 <가련한 이 뜻을 가련에게 전해다오>라고 했느뇨?》

말문이 막힌 부자집 아들은 더 어쩌는 재간이 없었다. 그래서 글임자는 자기가 아니라 저 시골의 아무개 총각이노라고 곧이곧이대로 말하였다.

그리하여 왕청같이 성부지명부지한 시골총각은 돈도 가지고 꽃다운 색시도 얻었지만 부자집 아들은 부옇게 돈 잃고 망신만 톡톡히 당하고 말았다.

구술자: 윤순삼 / 수집지점: 류하현 오성촌 / 수집시간: 1981년 7월

새끼 세발

옛날 어느 두메산골의 한 집에 한 과객이 찾아갔다.

나이가 스물이 넘도록 빈들빈들 놀기만 한 이 게으름뱅이 과객은 그 집에서

새끼 잘 꼬는 사람을 사위로 삼겠다고 방을 내붙인것을 보고 찾아들어갔다.

《주인장 계십니까?》

《누구시오?》

《지나가던 사람이옵니다. 방을 보니 이 집에서 새끼 잘 꼬는 사위를 얻겠다고 하였는데 그렇사옵니까?》

《아, 그렇네, 그렇네. 자넨 새끼를 잘 꼬는지?》

《뭘 잘 꼬겠습니까. 그저 제 탁에치나 꼽지요.》

《하루 저녁에 얼마나 꼬는고?》

《그저 삼간집에 벼짚을 추겨놓았다간 꼬군 하옵니다.》

길손의 말을 들어보니 과연 새끼 잘 꼬는 훌륭한 총각을 만났는지라 주인은 기뻐서 부산을 떨며 어서 들어오라고 야단이였다.

과객은 웃방에 들어가서 정성 고여 무드기 담아준 기장밥을 한끼 잘 먹었다. 첫날밤은 벼짚을 추겨놓지 않아서 새끼를 꼬지 않았다. 그는 자라에 누워 다리를 쭉 펴고 단잠을 잤다.

이튿날, 령감은 벼짚을 방안에 가득 추겨놓고 로친은 또 기장밥을 해서 하루 삼시 잘 대접하였다.

《자. 자네 오늘 저녁은 새끼를 꽈봐야 하지 않겠나?》하고 령감이 말을 꺼내자 길손은 《꼽시다!》하고 선뜻이 대답했다.

새끼를 빨리 꼰다니 한사람은 뒤에서 당기기도 해야 할것 같아서 령감은 딸보고 당부했다.

《애, 넌 가서 새끼꼬리를 당겨주거라.》

과객은 새기를 꼬기 시작하였다. 한데 새끼를 꼴 사이도 없이 뒤에서 당기는 바람에 손님은 앞으로 또 당기군 하였다. 밤새도록 뒤에서 당기면 앞으로 또 당기군 하여 하루밤 사이에 바지밑구멍이 다 터졌다.

이튿날 아침, 령감은 손님방에 들어가 보았다. 추겨놓은 벼짚은 그냥 있고 꽈놓은 새끼는 보이지 않았다.

《간밤에 자네 새끼를 얼마나 꽜느냐?》

《예, 한 서너발 꽜습니다.》

《뭐야, 이놈같으니라구. 사위노릇은커녕 너 밥값도 못벌겠다. 어서 썩 나가

라.≫

≪주인님, 가기는 하겠지만 내가 꾼 그 새끼는 가지고 가야겠습니다.≫

그리하여 새끼 세발을 가지고 쫓겨난 손님은 다시 길을 떠났다.

때는 엄동설한이라 과객은 가다가다 한곳에 이르러 얼음강판을 건느게 되였다. 한데 강복판에 콩깍대기를 싣고 가다가 짐이 터져서 가지도 못하고 그냥 있는 소발구가 있었다. 발구군은 새끼를 가지고 오는 길손을 보고 얼른 말을 건늬였다.

≪여보시오, 발구짐을 매게 그 새끼를 좀 쓸수 없겠습니까?≫

≪아, 이 새끼가 어떻게 온줄 알고 달라 하오.≫

그래도 달라붙어 하도 사정하는바람에 못이기는척하고 들이댔다.

≪정 그렇다면 콩깍대기 세광주리하고 바꿔주오.≫

발등에 떨어진 불부터 끄고 봐야 한다고 짐군은 할수없이 콩깍대기 세광주리 주고 새끼 세발을 바꿨다.

그리하여 과객은 콩깍대기 세광주리를 지고 또 길을 떠났다. 가고가다 인가 없는 외딴 곳에서 물동이를 가득 실은 말발구를 만났다. 말은 종일 굶었는지라 배가 홀쭉해서 힘을 쓰지 못하고 있었다.

바로 이때 말주인은 손님을 보고 말했다.

≪여보, 그 콩깍대기를 팔지 않겠소?≫

≪아, 이 콩깍대기가 어떻게 온줄 알고 달라 하오.≫

말주인은 그래도 달라붙으며 손이 발이 되게 사정하는 바람에 과객은 못이기는척하고 또 들이댔다.

≪정 그렇다면 물동이 세개와 바꿔주오.≫

물동이 하나도 모르겠는데 세개나 달라고 하니 말주인은 대답을 못하고 머리만 긁적이고 있었다. 그러자 과객은 싫으면 그만두라고 하면서 어정어정 걸어갔다. 말은 굶어 당장 주저앉을것 같지, 그 사람을 놓치면 또 말먹이를 가진 사람을 만나기도 힘들것 같아서 다시 길손을 불렀다. 그래 물동이 세개를 주고 콩깍대기 세광주리를 바꿨다.

그리하여 과객은 물동이 세개를 지고 또 길을 떠났다.

가다가다 어느날 한 마을을 지나게 되였다. 한데 마을의 한 집에서 젊은 색시가 우물가에 나앉아 슬피 우는것이였다.

≪부인은 무슨 일로 그리 슬피 우오?≫

≪우리 집 시어머니가 세상을 떴어요. 그리고 삼대째 대물림보배 물동이를 그만 깼어요.≫

≪근심 마오. 내게 물동이 세개 있는데 그것을 주겠소. 그리고 시어머니 시신도 내가 처리해주겠소.≫

생각해보니 죽은 사람은 널집을 해서 내다 묻어야 할판인데 후사를 책임지겠다니 며느리는 허락을 하였다.

그리하여 과객은 로친을 산사람처럼 가장해서 지게에다 지고 또 길을 떠났다.

가다가다 어느날 또 한 마을을 지날 때였다. 길가의 한집에서 대사를 치고 있는데 배가 출출해난 길손은 잔치집을 찾아 들어갔다. 뜨락의 우물가에다 지게를 벗어 작대기로 버텨놓고 죽은 로친을 지게에 기대놓았다. 그리고는 방문을 척 열고 들어섰다.

≪주인님, 실례합니다. 전 팔십 고령인 어머니를 모시고 가다가 하두 속이 썰썰해나서 요기나 좀 하고 가려고 들어왔습니다.≫

≪음, 그렇다면 어서 올라오시오.≫

과객은 구들에 올라가 잔치집 손님들 틈에 끼여앉아서 한끼 대접을 잘 받았다. 그가 갈길이 바빠 먼저 실례해야 하겠다고 인사하고 일어서는데 주인은 어머니께 드리라고 하며 잔치음식을 싸주기까지 하였다.

바로 이때 잔치집의 부인네들이 우물에 물 길으러 나갔다가 우물가에 한 로친이 있는것을 보고 권했다.

≪여보, 좀 비키세요.≫

≪…≫

≪여보, 좀 비키시라요.≫ 하며 지게다리를 살짝 좀 다쳤는데 그만 미끄러져 로친의 시신은 우물에 쑥 빠져들어갔다. 그래서 사람 구하라고 급한 소리를 치는 때 과객이 음식을 들고나오다가 보고

≪아니 음식이 아까우면 아까왔지, 우리 어머니를 우물에 밀어넣을건 뭐요?≫ 하며 바짝 대들었다. 그러자 뛰여나온 주인은 바빠나서

≪년세도 높은데 이제 어찌겠소? 그대신 돈을 한주머니 주겠으니 돌아가서

한평생 잘사오.≫ 하며 빌었다.

이에 길손은 못이기는척하고 돈주머니를 받아가지고 잔치집을 나섰다.

그리하여 과객은 돈주머니를 메고 또 길을 떠났다.

어느날 가다가다 해가 저물어 한 오막살이집을 찾아들어갔다. 들어가 보니 집에는 모녀가 있는데 어머니는 병에 걸려 자리에 누워있었다. 가난이 원쑤여서 약 한첩 못쓰고 딸은 락루하며 애간장만 태우는 판이였다. 늙은 량주가 무남독녀를 애지중지 키워 나이 이팔이 될 무렵 령감은 세상을 뜨고 지금은 어머니마저 자리에 드러누웠으니 딸의 신세 기막혔다. 한데 과객은 하루밤을 묵으며 제 생각에 잠겼다. 보아하니 처녀의 생김새 보름달같이 환하고 눈동자 새별같이 빛나고 몸맵시 물찬 제비같은지라 처녀를 아내로 삼고 돈주머니를 털어 약을 지어다 로친의 병을 고쳐줄 꿈을 꾸었다.

이튿날 아침, 길손은 로친앞에 돈주머니를 내놓으며 인사를 올렸다.

≪하루밤 신세졌습니다. 이게 얼마 되지 않사오나 약을 지어다 병을 고치십시오.≫

≪신세는 무슨 신세, 아, 그 많은 돈을 어찌 받겠소. 고맙네!≫

고마움에 로친도 락루하며 제 생각에 잠겼다. 길손은 떠돌아다니는 사람이긴 하나 마음이 비단같이 고와보이고 키꼴이나 한데다가 인물 또한 환하니 사위감 나무랄데 없다. 이에 처녀 어머니는 자리에 누워 속심을 내 놓았다.

≪자네, 우리 딸이 눈에 거슬리지 않거든 떠나가지 말게, 어떤가?≫

로친의 말이 떨어지자 길손은

≪어머니, 이 사위 절을 받으십시오!≫ 하며 큰절을 올렸다. 그리하여 과객은 꽃같은 처녀를 아내로 삼고 늙은 장모를 모시고잘 살았다 한다.

구술자: 김명성 / 수집지점: 환인현 류가구촌 / 수집시간: 1982년 10월

게으름뱅이 총각

옛날, 한 시골에 일년 365일을 지나도 세수 한번 하지 않는 게으름뱅이 총각이 있었다.

어느해 봄철이였다. 남들이 씨붙임을 다 끝내갈 무렵 그는 어머니의 성화에 못이겨 조종자 자루를 둘러메고 밭으로 나갔다. 밭에 가서 구뎅이를 하나 깊숙이 파고는 조종자를 몽땅 한곳에 쏟아놓고 묻었다. 그리고는 남먼저 집으로 돌아왔다.

《애, 조씨를 어떻게 뿌렸기에 벌써 돌아왔느냐?》

《어머닌 근심 말고 굿이나 보다가 떡이나 잡수시오..》

여름철이 되여 조싹들이 뾰족뾰족 돋아나기 시작했다. 기음맬 때가 되였으나 손끝하나 움직이지 않는 게으름뱅이 총각은 또 어머니의 꾸지람을 듣고서야 자리를 떴다. 밭에 나가보니 조싹들이 수북이 다박솔처럼 올라왔다.

(홍, 남들은 한고랑 한고랑 기음을 매면서 땀을 벌벌 흘리지만 난 말이야 앉은 자리에서 한대만 남겨 놓으면 다야.)

그는 제일 큰 조싹 한대만 남겨놓고 나머지는 몽땅 뽑아버렸다. 그리고는 또 남먼저 집으러 돌아왔다.

《애, 기음을 어떻게 맸기에 벌써 돌아왔느냐?》

《어머닌 근심말고 굿이나 보다가 떡이나 잡수시오.》

가을철이 되였다. 남들은 가을걷이를 거의 끝내가는데 게으름뱅이 총각은 어머니의 성화에 못이겨 하는수 없이 밭에 나갔다. 가보니 노루꼬리만한 조이삭 하나가 바람에 흔들리고 있었다. 그는 한손으로 조이삭을 쑥 뽑아들고 신이 나서 흥얼거리며 돌아왔다.

그 꼴을 본 어머니는 부아가 나서 아들을 내쫓았다. 아들은 쫓겨나면서 말했다.

《어머닌 이게 <보배조이삭>인것도 모르고 맹탕 야단이애요. 이제 두고봐요.》

그리하여 게으름뱅이총각은 그 조이삭 하나를 가지고 길을 떠났다.

《보배조이삭을 사시오. 보배조이삭을 사시오!》

그는 목쉬게 사구려를 불렀으나 사람들은 사기는커녕 밸빠진 우습강스러운

놈이라고 코웃음만 칠뿐이였다.

날이 저물어 게으름뱅이 총각은 한 집에 가서 하루밤을 지내게 되였다. 그는 보배조이삭을 한쪽 구석에 놓고 잤다. 이튿날 해가 하늘중천에 걸려서야 그는 일어났다. 일어나 보니 조이삭이 보이지 않았다. 그래서 두리번거리며 찾고있는데 주인이 물었다.

《아니 젊은이 , 조이삭은 어데 놨댔나?》

《저 구석에 놨댔습니다.》

구석을 찾아보니 쥐구멍이 하나 있었다.

《젊은이, 쥐가 물어간것 같은데 어찌겠소?》

《나의 그 조이삭을 훔쳐먹은 그 쥐를 잡아주십시오. 잡아주지 않으면 전 못떠나겠습니다.》

주인은 반나절이나 품을 들여서야 쥐 한마리를 잡아주었다. 쥐를 가진 게으름뱅이총각은 쥐장사를 하러 떠났다.

《보배쥐를 사시오, 보배쥐를 사시오.》

하지만 쥐를 사기는커녕 욕하는 사람뿐이였다.

《얼빠진 사람도 있다. 다들 쥐만 보면 때려죽이는 판인데 쥐를 팔다니 원.》

김빠진 뽈마냥 풀이 죽은 게으름뱅이총각은 해가 저물어 또 한 집에 가서 하루밤을 지내게 되였다. 그는 쥐를 한쪽구석에 있는 그릇에 놓고 주인이 차려준 저녁밥을 게눈감추듯 한그릇 없애고는 자라에 쓰러졌다. 이튿날, 해가 중천에 떠올라서야 그는 눈을 떴다. 일어나보니 그 쥐가 간데온데 없었다.

《주인님, 이 그릇에 놓았던 보배쥐를 보지 못했습니까?》

《여보게 젊은이, 그게 고양이 밥그릇인줄 몰랐댔나? 고양이가 먹었겠소.》

그러자 게으름뱅이총각은 주인을 보고 청을 들이댔다.

《주인님, 나의 보배쥐를 잡아먹은 고양이를 주십시오 주지 않으면 전 못떠나겠습니다.》

주인은 할수없어 쥐대신으로 집고양이를 주었다.

고양이를 가진 게으름뱅이총각은 고양이장사를 하러 떠났다.

《보배고양이를 사시오. 쥐 잘 잡는 보배고양이를 사시오.》

반나절 소리를 치며 돌아다니다가 은냥 조금 받고 고양이를 팔았다. 은을 손에 쥔 게으름뱅이총각은 흐뭇하여 주막집으로 들어가서 먹고 마시고 하며 고양이값을 톡톡 다 털어버렸다. 게으름뱅이총각은 얼근한 김에 한 고래등같은 기와집을 찾아가서 대문을 쾅쾅 두드렸다.

≪거 뉘인데 이 밤중에 문을 두드리소?≫

≪예, 소인은 고개너머 마을에 사는데 길가다 날이 저물어 하루밤 페를 끼칠가 하옵니다.≫

≪음, 그렇다면 들어오너라.≫

주인은 잠자리를 내주었다. 잠자리에 든 게으름뱅이총각은 한밤중이 되여 소피보러 나갔다가 뒤마당에 있는 말 한필을 보았다. 다시 잠자리에 들어 이궁리 저궁리로 잠 못이루던 그는 꼭두새벽에 살그머니 나가 말을 타고 줄행랑을 놓았다. 닫는 말에 채찍을 안기여 종일 가다가 어둠이 깃들 때에야 한시름을 놓고 한 초가집에 찾아들어갔다.

초가집에는 령감 로친이 딸 하나를 데리고 근근득식으로 날을 보내고 있었다. 게으름뱅이총각은 선녀같은 이 집 딸을 보자 그만 홀딱 반해버렸다. 처녀를 자기 색시로 삼으려는 총각은 밤새도록 생각하던 끝에 한 수가 떠올랐다. 그는 말을 외딴 곳에 감춰놓고 돌아와 잤다.

이튿날 새벽에 밥 지으러 일어난 로친은 밖에 나갔다가 뒤울안의 말이 없어진 것을 보고 붙안고 집에 들어와서 령감에게 알렸다. 령감도 뒤더수기를 북북 긁으며 근심이 태산같았다. 게으름뱅이총각은 속으로 은근히 기뻐하면서 드렁드렁 코를 골면서 자는체하였다.

주인이 말이 없어졌다고 하자 화닥닥 일어나 뒤울안에 가 보고 온 그는 으름장을 놓았다.

이 집 뒤울안에 매여놓은 말이 없어진것이 아주 이상합니다. 내놓지 않으면 송사를 걸어보아야 하겠습니다.≫

젊은이, 글쎄 우리도 이상하게 생각되네. 우리가 잠든새에 도적이 든것 같네.≫

그러나 어데 가서 찾으랴! 주인은 근심에 싸여있는데 총각은 때를 놓칠세라 청을 들이댔다

≪주인님의 후한 마음과 생활형편을 봐서 송사는 걸지 않겠습니다. 그대신 한가지 청이 있사온데 따님을 저와 배필 못게 해주시기 바랍니다.≫

아닌 밤중에 홍두깨 내밀듯한 청을 듣고 놀라기는 했으나 찬찬히 총각을 훑어보니 룡의 눈섭에 봉의 눈이요, 기골이 름름하고 풍채 당당한지라 늙은 량주는 마음이 동하였다. 소뿔은 단김에 빼랬다구 총각은 바싹 재촉하여 그만 늙은 량주는 혼인을 허락하였다. 그러나 딸은 말을 듣지 않았다. 이때 총각은 기회를 놓칠세라

≪아버님, 우리 집 어머니께 먼저 선을 보여야 하겠습니다.≫ 하고 말하고는 처녀를 명주자루에 넣어 독수리가 병아리를 채가듯이 둘러메고 이 집을 떠났다. 가던 길에 숨겨놓은 말을타고 기분이 나서 코노래를 부르며 집으로 가는판이였다.

점심때가 될 무렵 어느 한 마을을 지나가게 되였다. 한데 가는 날이 장날이라고 때마침 한 집에서 잔치를 하고 있었다. 배가 출출하고 목까지 컬컬해진 게으름뱅이총각은 색시를 넣은 명주자루와 말을 우물가에 남겨놓고 부랴부랴 잔치집에 들어갔다.

이때 우물가에서 남새를 씻던 부인들은 ≪날 좀 놓아줘요.≫하는 가냘픈 목소리를 듣고 어리둥절하여 자루아가리를 풀었다. 풀고 보니 처녀애가 나타났다. 처녀애의 눈물겨운 하소연을 들은 부인들은 처녀를 다른 곳에 숨겨놓고 자루안에다는 두부비지를 가득 넣고 자루 아가리를 다시 졸라매여놓았다.

술이 거나하게 취한 게으름뱅이총각은 나오자 자루를 둘러메고 말을 타고 세상이 녹두알만해져 흥타령을 부르며 집으로 가고있었다. 한참 걷다보니 바지가랭이가 축축하게 젖어드는지라 살펴보니 물이 뚝뚝 떨어지고 있었다.

≪아가씨, 잠간만 참아주오. 이젠 집에 거의 다 왔소.≫

처녀에게 소피를 보게 하지 않았다는것이 생각난 게으름뱅이총각은 능글능글 웃으며 말을 걸었다.

집뜨락에 들어선 게으름뱅이총각은

≪어머니, 어머니! 어서 빨리 나와 앞집에 가서 쪽도리 얻어오고 뒤집에 가서 돗자리를 얻어다 잔치를 준비해요.≫하고 소리쳤다.

오래간만에 아들의 기뻐하는 말소리를 듣고 지팽이를 짚고 나와 아들을 한참이나 넋없이 바라보던 어머니는 아들이 재촉하는 바람에 그것들을 얻으러 앞집, 뒤집으로 갔다. 게으름뱅이총각은 그제야 명주자루 아가리를 풀었다.

≪아니, 이게 웬 일이냐?!≫

게으름뱅이총각은 이렇게 저혼자 소리치고는 웃지도 울지도 못하고 그 자리에 실성한 사람처럼 서있었다.

어머니는 지팽이를 짚고 쪽도리와 돗자리를 얻어가지고 오는데 게으름뱅이아들은

≪어머니두 참, 귀도 과히 잡수셨구만요. 누가 그런것을 얻어오라 했나요. 앞집에 가서 양념장을 얻어오고 뒤집에 가서 간장을 얻어오라고 하지 않았어요.≫라고 하였다.

어머니는 자루에 가득찬 비지와 얼떨떨해있는 아들을 번갈아보고나서 말하였다.

≪애야, 듣거라! 예로부터 일러오기를 ＜일하지 않고 먹는 밥은 도적밥이라＞ 하였단다. 그런데 넌 먹기만 좋아하고 일하기 싫어하니 어찌 잘살수 있겠니! 애야, 이제부터라도 정신을 차리고 부지런히 일해라. 그러면 잘살게 될게다.≫

그제야 일장춘몽에서 깨여난듯 아들의 두 눈은 점차 살아나는 숯불처럼 이글거렸다.

구술자: 리택홍 / 수집지점: 집안시 / 수집시간: 1982년 8월

장사 잘하는 사위

전에 밤나무골이란 곳에서 령감 로친이 딸을 하나 키우고 있었다. 딸은 자라 이팔청춘 꽃나이가 되여 사위감을 고를 때가 되였다. 늙은 량주는 이런 생각 저런 생각을 하던 끝에 장사를 잘하는 총각을 사위로 삼는다는 방을 내붙였다.

어느날, 한 과객 총각이 방을 보고 이 집을 찾아 들어왔다.

≪주인님, 저는 방을 보고 찾아 들어왔습니다.≫

≪음. 그런가. 자네 장사를 해보았나?≫

≪예, 그저 제 앞탁에치나 합니다.≫

이리하여 과객총각은 이 집에 묵게 되고 대접을 잘 받게 되였다.

며칠이 지난 어느날 령감은 무명 한필을 총각앞에 내놓으면서 말하였다.

《자네, 이것을 가지고 장사를 해보게.》

《예.》 하고 대답한 총각은 뫼산자 보짐을 지고 장사길에 나섰다. 무더운 여름에 길을 걷자니 목에서 겨불내가 나는리라 저 버드나무골의 외딴집에 찾아 들어가서 랭수 한사발을 청했다. 한데 생면부지의 아가씨가 랭수사발을 들고 나오는데 그 몸매 물찬 제비 같고 그 모습 련꽃 같았다.

총각은 행수 한사발을 단숨에 달게 들이켜고나서 짐을 내려 풀어놓으면서 댁에서 무명천을 사지 않겠는가고 물었다.

《네, 천은 마음에 듭니다마는 돈이 없어서 사지를 못하겠어요.》

싱숭생숭해진 총각은 아가씨의 말을 듣고 이런 저런 생각을 해보다가 장사홍정을 내걸었다.

《자, 이 무명천이 마음에 든다 하니 한필을 다 주겠습니다. 그대신 아가씨의 손목이나 한번 잡아봅시다.》

뜻밖의 홍정에 아가씨는 잠간 속궁리를 해보았으나 손목 한번쯤 잡히는건 큰 문제 아니요, 무명천 한필을 얻게 되는것은 할만한 일이라 허락한다는 눈길을 주었다.

그리하여 장사군 총각은 그 아가씨의 섬섬옥수를 한번 잡아보고는 홍정한대로 무명천 한필을 주고 홍타령을 부르며 돌아왔다.

집에 오니 령감은 천을 얼마 받고 팔았는가고 물었다. 이에 총각은 외상 놓고 왔다고 쓸쓸히 대답하였다.

며칠이 지나 령감은 비단 한필을 꺼내놓으면서 말하였다.

《자네 이것을 가지고 또 장사를 해보게.》

비단 한필을 받아쥔 총각은 입이 함박만해가지고 또 장사길에 나섰다. 총각은 곧바로 그 버드나무골 아가씨네 집으로 찾아갔다. 그 아가씨가 초면도 아니요, 구면인지라 총각은 서슴치 않고 비단천을 내놓으면서 말했다.

《이것은 보기 좋고도 값싼 비단천입니다. 사십시오.》

아가씨는 그 비단천을 보니 눈이 새물거리고 만져보니 매끄동매끄동한것이 치마저고리 한벌을 해 입었으면 똑 제일일것 같은지라

≪예, 천은 마음에 꼭 듭니다마는 돈이 없어서 사지 못하겠어요.≫

총각은 한참 이런 저런 생각을 해봐다가 두번째 홍정을 내걸었다.

≪자, 이 비단천이 마음에 든다 하니 한필을 다 주겠습니다. 그대신 아가씨와 입이나 한번 맞추어봅시다.≫

이 두번째 홍정에 아가씨는 또 잠간 속궁리를 해보았으나 초면에 손목 한번 잡히웠으니 큰 문제 아니요, 비단천 한필을 얻게 되는것은 할만한 일이라 또 허락한다는 눈길을 주었다.

그리하여 장사군총각은 그 아가씨의 앵두빛 입술에 입을 한번 쪽 맞추고는 홍정한대로 그 비단천을 주고 신바람이 나서 돌아왔다.

집에 오니 령감은 천을 얼마 받고 팔았는가고 물었다. 총각은 이번에도 또 외상 놓고 왔다고 름름히 대답하였다.

또 며칠이 지나 령감은 세루 한필을 꺼내놓으면서 말하였다.

≪자네 이 세루를 가지고 또 장사를 해보게.≫

세루 한필을 받아쥔 총각은 꿉벅 허리 굽혀 인사를 하고 오금에 바람을 일구며 장사길에 또 나섰다. 총각은 또 그 버드나무골 아가씨네 집으로 찾아갔다.

한데 령감은 이 총각이 누구한테 두번씩이나 외상놓이를 하는가 의심이 가서 몰래 총각의 뒤를 살금살금 따랐다. 총각은 그 아가씨네 집으로 들어갔는데 령감은 밖에서 낌새를 알아내려고 기다리고 있었다.

총각은 세루를 내놓으면서 말하였다.

≪이것은 질좋고 구하기 힘든 세루입니다. 사십시오.≫

아가씨는 그 세루를 보니 욕심이 나서 만져보았는데 여간만 부들부들하지 않는지라

≪예, 천은 마음에 꼭 듭니다마는 돈이 없어서 사지 못하겠어요.≫

총각은 또 제좋은 생각을 하다가 세번째 홍정을 내걸었다.

≪자, 이 세루가 마음에 든다 하니 한필을 다 주겠습니다. 그대신 배꼽이나 한번 맞추어봅시다.≫

이 세번째 홍정에 아가씨는 또 잠간 타산을 해보았는데 손목도 잡히우고 입도 맞추었으니 배꼽 한번 맞추는것쯤은 큰문제 아니요, 세루 한필을 얻게 되는것은 할만한 일이라 또 한번 허락한다는 눈길을 주었다.

그리하여 장사군 총각은 배를 드러내여 그 아가씨와 배꼽을 한번 딱 맞추었다. 이때 그 아가씨는 한번 더 배꼽을 맞춰달라고 하였다. 하지만 총각은 싱숭생숭한 심사를 눌러버리고 자기는 흥정한대로 한번밖에 맞추지 않는다고 하였다. 그런데 아가씨는 받은 무명천 한필 돌려줄터이니 한번 더 맞추어달라고 하였다. 총각은 못이기는척하고 두번째로 배꼽을 맞추었다. 그런데 아가씨는 비단천까지도 돌려줄테니 배꼽을 한번 더 맞추어달라고 사정하였다. 총각은 또 못이기는척하고 세번째로 배꼽을 맞추어주었다. 이래도 그 아가씨는 만족해하지 않았다. 그래서 그 아가씨는 세루도 받지 않고 돈까지 500냥을 줄터이니 마음대로 하라고 하였다.

그리하여 총각은 무명 한필, 비단 한필, 세루 한필을 그대로 다 받아서 뫼산 자보짐을 해지고 돈 500냥을 돈가방에 불룩이 넣어가지고 덜썽덜썽 돌아오게 되였다.

한편 밖에서 탐지하고 있던 령감은 총각의 말소리를 듣고 먼저 집에 돌아왔다.
《여보 로친, 그 총각이 이만저만이 아니네. 과연 대단한 장사군이 틀림없네.》
그리하여 령감은 언약대로 그 장사 잘하는 총각을 사위로 삼았다. 이때로부터 이 과객 총각은 꽃다운 처녀를 안해로 삼고 장사를 하며 잘 살았다 한다.

구술자: 김명성 / 수집지점: 환인현 류가구촌 / 수집시간: 1987년 2월

왕송이와 선녀

먼 옛날에 있은 일이다. 어느때의 어느 집 자손인지는 딱히 알수 없지만 왕송이라고 부르는 사람이 살고 있었는데 오늘까지도 그에 대한 이야기는 전해지고 있다.

어느 한 시골에 늙은 랑주가 일점혈육 없이 가난하게 살아가다가 마흔이 넘어서 아들 하나를 보았다. 그래서 잡으면 부서질가, 놓으면 날아날가 하며 애지중

지 키웠다. 이 애가 왕송인데 그가 열살잡히는 해에 아버지는 몹쓸 병에 세상을 뜨고 어머니혼자 외동아들을 데리고 살아가게 되였다. 한데 어머니는 쪼들리는 생활에 뭘 옳게 자시지도 못하고 나어린 아들 왕송이를 키우느라 마음고생도 많아 그만 앞이 보이지 않더니 영 봉사로 되고 말았다.

세상엔 효자가 많다지만 왕송이에 비길 애는 없을상싶었다. 그는 일년 열두달 비바람이 부나 눈보라가 치나 언제나 어머니에게 죽물이라도 따듯이 대접하려고 산에 가 나무를 해다가 팔군하였다. 때로는 어머니의 손을 잡고 이집 저집 문전걸식도 하군 하였다. 맛나는 음식이 생기면 언제나 먼저 어머니에게 드려 잡수시게 하였다. 이리하여 어머니의 얼굴에 혹시 웃는 모습이 띄우기만 하면 더없는 기쁨을 느끼군 하였다.

어머니에게 그처럼 효성을 다하지만 헐벗고 굶주리다보니 어머니에게 따듯한 밥 한끼도 지어올리지 못했다. 어머니도 몹쓸 병에 걸렸는데 약 한첩도 달여드리지 못하여 왕송이가 열여섯살나는 해에 어머니는 세상을 하직하고 말았다.

고아가 된 불쌍한 왕송이는 하늘도 무심하고 땅도 무정하여 류리걸식을 하게 되였다. 바로 이때였다. 나라의 황후는 병에 걸려 날로 축해지고 생명이 위급해갔다. 나라의 명의란 명의는 다 청했으나 무슨 병인지 진단을 내리지 못하고 좋다는 약은 다 써보았으나 황후의 병은 점점 더 엄중해지기만 하였다. 하여 나라 왕은 수심에 잠겨 생각다 못해 한 도사를 청해 점을 쳐보았다. 도사 하는 말이 장생불로초를 써야만이 나을수 있다는것이다. 한데 이 불로초는 부모에게 효성이 지극한 효자 왕송만이 캘수 있다는것이다. 그리하여 국왕은 사면팔방으로 탐문하다가 한 시골에서 왕송이를 찾았다. 왕송이는 국왕앞에 불리워갔다.

≪너 이름이뭐냐?≫

≪예. 왕송이라 부르옵나이다.≫

≪애, 듣거라 나라의 황후께서 병이 위급하여 장생불로초가 급히 수요되니 너 사흘안으로 캐오너라. 캐오지 못하면 네 키를 낮추리라.≫

국왕의 령이라 어찌 거역하랴만 몇천년을 두고 불로초를 본 사람이 없고 캔 사람도 없으니 무슨 수가 있으랴! 왕송은 왕궁에서 나와 남쪽으로 무거운 발걸음을 옮겼다.

걷고 또 걸어 산이면 얼마를 넘었고 강이면 얼마를 건넜는지 모른다. 옹근 석달 열흘을 걸어 이름 모를 어느 높은 고개마루에 올랐다. 령마루에는 큰 소나무 한그루가 있는데 그 소나무 그늘밑에는 웬 호호백발로인 한분이 앉아있었다. 보아하니 적어도 80고개는 넘어보였다. 이 로인은 산전수전을 다 겪었을것이니 에라 물어나 보자 하고 생각한 왕송은 백발로인앞에 가서 엎드려 큰절을 올렸다. 이에 백발로인은 흰 수염을 내리쓸며 말하였다.

≪애야, 이 고개를 넘어 내려가면 큰 버드나무 한그루가 있고 그 나무곁에는 새파란 호수가 있느니라. 넌 그 버드나무위에 가 숨어서 호수를 바라보거라. 그러면 세 선녀가 호수에 내려와서 목욕을 할터인데 그 셋째 선녀의 옷을 감추거라. 그러면 그는 너의 아내로 되고 또 장생불로초때문에 근심할 필요도 없게 될것이느니라. 한데 그 선녀의 옷은 어린애 넷 있기전에는 돌려주지 말거라.≫

≪예 알겠습니다.≫

왕송이 고개 숙여 대답하고 머리를 들어보니 백발로인은 오간데 없었다. 왕송은 로인의 말대로 그 버드나무뒤에 숨어 조급히 기다리는데 과연 무지개를 타고 선녀 셋이 호수가로 내려오는것이였다. 내려와서는 고운 옷을 벗어 정히 놓고 호수에 들어가는것이였다. 선녀들이 물속에 들어가 한창 목욕을 할 때 왕송은 셋째 선녀의 옷을 살짝 들어 가슴에 품고 다시 버드나무뒤에 가 숨었다.

세 선녀는 목욕을 다 하고 나왔다. 옷을 찾아 입는데 셋째는 옷을 찾지 못해 안달아 맴돌이쳤다. 두선녀는 할수 없이 셋째선녀를 남겨놓고 먼저 하늘에 올라갔다.

바로 이때였다. 버드나무뒤에서 왕송이 불쑥 나왔다. 선녀는 낯모를 총각이 문득 나타나자 부끄러워 안절부절 못하며 얼굴을 싸쥐고 몸을 돌렸다. 이때 왕송이도 게면쩍어 얼굴을 살짝 붉혔다. 왕송이 백발로인의 분부대로 사연을 아뢴즉 선녀는 환한 얼굴에 웃음을 띄우며 정답게 말했다.

≪전 천궁의 생활에 싫증을 느끼고 인간세계에 내려와 생활하고 싶은 생각이 간절했어요. 아마 우리 둘은 하느님이 맺어주는 연분인가봐요.≫

그리고는 손을 들어 휘젓는데 큰 버드나무아래에 고래등 같은 삼간 기와집이 척 나타났다. 그리하여 왕송이와 옥황상제의 셋째딸 공주는 배필을 묻고 왕송은 농사를 짓고 공주는 천을 짜면서 꿀보다 더 달콤한 나날을 보내게 되였다.

천궁에서는 사흘이 지났지만 인간세계에서는 3년이 지났다. 왕송은 공주와 어느덧 아들 셋을 두었다. 어느날 왕송이가 공주의 품에 머리를 두고 누웠는데 공주는 남편의 머리카락을 만지며 정겨웁게 피력했다.

≪가군님, 우리 둘이 만난지도 3년이 되고 애들도 셋이나 되는데 그래 날 아직도 못믿겠어요? 이젠 옷을 돌려줘요.≫

(정말, 우리 둘이 만난지도 3년이 되고 애들도 셋이나 되니 설마 천궁으로 다시 돌아가랴!)

왕송이는 옷 감춘 곳을 알려주고 그만 사르르 잠들었다.

≪우르릉 쾅!≫하는 우뢰소리에 놀라 왕송이는 깨여났다. 눈을 번쩍 뜨고 보니 곁에 색시가 없고 애들도 보이지 않고 기와집도 꿩 구워먹은 자리였다. 그는 돌베개를 베고 잔디밭에 누워있었다. 그야말로 일장춘몽으로 되였다. 그는 하늘을 우러러 처자를 피타게 불렀건만 아무런 대답이 없었고 대지에 엎드려 땅을 치며 처자를 목놓아 불렀건만 아무런 대답이 없었다. 하여 또다시 백발로인을 찾아갔다.

왕송은 무거운 발걸음으로 그 고개마루에 올라갔다. 올라가니 백발로인이 또 앉아있었다. 그는 로인님앞에 가서 무릎 꿇고 큰절을 하고 자초지종을 이실직고한즉 로인은 박씨를 세알주면서 분부하였다.

≪애, 내 다 알고있다. 박씨를 주니 가져다 심어놓고 잘 가꾸어라. 잘 가꾸면 박넝쿨이 하늘로 뻗어오를테니 넌 그 넝쿨을 잡고 천궁으로 올라가라. 그러면 색시를 만나고 애들도 찾을수 있느니라…≫

≪예, 명심하겠습니다.≫

고개 숙여 대답하고 머리를 드니 로인님은 또 오간데 없었다.

왕송이는 로인의 분부를 명심하고 박씨를 심어놓고 정성들이니 싹트고 넝쿨이 뻗어 옹근 석달 열흘이 되자 하늘가에 닿았다. 왕송이는 그 넝쿨을 잡고 몇날 몇밤을 올라 끝내 천궁에 이르렀다.

천궁에 올라 궁문을 척 열고 들어서니 그 세 아들이 뜨락에서 놀다가 소리쳤다.

≪어머니, 어머니! 아버지가 왔어요!≫

≪뭘, 너 아버지가?!≫

뛰여나와보니 과연 밤낮 그리던 남편이였다.

≪가군님, 어떻게 올라왔어요?≫

《여보, 박넝쿨을 타고 올라왔소.》

천궁에서 만난 왕송이와 공주는 그립던 정을 몇날 몇밤을 두고 나누었다.

천궁의 옥황상제는 공주가 인간세계에 내려가 배필을 묻는것을 달갑잖게 생각했다. 한데 왕송이 천계에 와 찾아뵙고 인간세계에 데리고 가게 해달라고 간절히 바라니 당면에 거절하기 뭣하고 해서 또 사위를 떠볼 셈으로 세가지 생꾀를 내놓았다.

《네 이미 가정을 이루고 아들 셋을 두었다만 세가지 일을 해야만 데리고 갈지어라.》

《부왕께서 어서 말씀하시옵소서.》

첫째는 이 천궁의 뜨락에서 세 처남을 찾아내라는것이였다. 뜨락의 구석구석을 찾아보았으나 사람의 그림자도 하나 없었다. 그래 골머리를 앓는데 색시가 귀띔하기를 이 뜨락 가운데 꽂아놓은 바늘 세개를 찾으라는것이였다. 그래 쉽사리 바늘 세개를 찾아 바느실로 한대 꿨다.

《애, 처남들아, 그곳이 어둑컴컴한데 뭐 좋니. 여기로 오려마.》 하며 바느실을 잡아당기자

《아이구, 아이구!》 하는 죽는 소리를 치더니 세 처남이 눈앞에 나타났다. 바로 그 실은 세 처남의 코를 한데 꿰여 잡아당겼기에 소리를 친것이다. 왕송이는 이렇게 세 처남을 찾아 옥황상제에게 뵈였다.

둘째는 이 천궁의 뜨락에서 장모를 찾아내라는것이였다. 그래 뜨락 구석구석을 찾아보았으나 사람 그림자 하나 없었다. 그래 또 골머리를 앓는데 색시가 문앞에 큰 굴암돼지가 있을 텐데 그게 바로 장모 라고 귀띔해주었다. 그래서 그는 쉽사리 문앞의 큰 굴암돼지를 찾을수 있었다. 왕송은 발로 돼지허리를 툭툭 차며 몰고 가서

《아니 장모님은 될게 없어서 꿀꿀 돼지로 되였습니까?》 라고 했다.

그러자 부왕은 화가 동해서 더 어려운 생꾀를 내놓았다.

셋째는 부왕이 큰아들더러 하늘밖에 화살을 쏘게 하고 왕송더러 가서그 화살을 찾아오라는것이였다. 구만리 장천을 벗어나 어데 가서 찾으랴. 막막한 일이라 또 시름겨워 앓는데 색시가 여윈 말을 골라 타라고 귀띔했다. 왕송이는 천리마인 여윈 말을 타고 한식경이 못되여 하늘밖 남대문에 이르렀다. 왕송은 남대문에

박힌 그 화살을 쭉 뽑아 잔등에 꽂고 말고삐를 당겨 돌아섰다.

(이번에야 인간세계에 돌아가 기와삼간 지어놓고 깨알이 쏟아지게 백년해로 할수 있겠지!)

한데 난데없는 큰 까마귀 한마리가 날아와 입으로 화살을 물더니 쭉 빼가지고 날아가는것이다. 왕송이는 맹랑해서 멍하니 바라보는데 또 난데없는 수리개 한마리가 날아와 까마귀의 입에서 화살을 쭉 뺏는것이였다. 그런데 구름틈새에서 참새 한마리가 씽 날아와 수리개의 입에 문 그 화살을 홀 뺏아가지고 구름속으로 사라지는것이였다.

빈주먹으로 터벅터벅 돌아온 왕송은 고개를 숙이고 있는데 색시는 웃으면서 말을 꺼냈다.

≪가군님, 그 까마귀는 저의 큰언니이고 그 수리개는 저의 둘째언니이고 그 참새는 저였어요.≫

≪그럼 그 화살은…≫

색시는 화살을 내놓으며 남편더러 빨리 옥황상제에게 가져다 드리라고 하였다. 옥황상제는 세가지 생꾀를 내놓았지만 왕송이를 이기지 못하였다. 하여 왕송은 처자를 데리고 인간세계에 돌아오게 되였다. 왕송이 천궁에서 떠나려 할 때 옥황상제는 보물을 골라가지고 가라 하였다. 왕송은 색시의 분부대로 보물 세가지를 골랐다. 하나는 여윈 말이요, 하나는 밭갈이소요, 또 하나는 하늘의 개였다. 왕송이와 공주는 천리마잔등에 올라앉고 세 아들은 밭갈이소잔등에 올라앉아 개를 데리고 천궁을 떠났다.

인간세계에 돌아온 왕송이는 또 그 큰 버드나무 아래에 고래등 같은 삼간 기와집을 짓고 아릿다운 공주와 같이 아들 셋을 두고 남부럽지 않게 살아갔다.

그런데 무더운 여름 어느날이였다. 왕송의 색시가 버드나무아래에서 바느질을 하고 있는데 낯모를 웬 사냥군이 산꿩을 잡아가지고 와서 말하였다.

≪아주머니, 미안하지만 랭수 한사발을 주십시오!≫

왕송의 색시는 얼른 이가 시린 샘물을 한사발 떠서 주었다. 그런데 그 사냥군이 꿩을 땅에 놓고 랭수를 마시는 사이에 개가 물어 그만 꿩이 죽어버렸다. 죽은 꿩을 본 사냥군은 웬 영문인지 땅에 주저앉아 통곡을 하는것이였다. 이에 왕송의 색시는 이상히 여기고 영문을 자세히 물어보니 병들어 죽어가는 나라의 왕후가 산꿩을 먹겠다고 하여 잡은건데 사흘내로 잡아가지 못하면 키를 낮추겠다고 한다는것이였다.

이에 왕송의 색시는

《걱정 말아요. 산꿩을 한마리 주면 되잖아요.》 하고는 종이 한장을 가져다 가위로 몇번썩썩 베니 신통히도 꿩같아보이는데 그가 입으로 혹 불자 종이꿩은 그만 두날개를 푸드득푸드득치는 산꿩으로 되였다. 산꿩을 받아쥔 사냥군이 자기 눈을 의심하며 그 부인을 자세히 뜯어보니 정말 하늘의 상아씨에 비길가 인간세계에서 찾기 어려운 미인이였다. 사냥군은 그가 바로 왕송의 색시임을 알게 되였다.

그 사냥군은 왕송의 안해에게 감사를 드리고 곧바로 왕궁으로 갔다. 사흘째되는 날 국왕에게 산꿩을 드리면서 꿩잡은 사연을 자초지종 아뢰자 국왕은 그 여자가 세상에 둘도 없는 미인이란것에 마음이 동하여 하루가 급해 왕송을 잡아 들이라고 신하와 부하에게 령을 내렸다.

그리하여 왕송은 또 왕궁에 불려들어갔다. 국왕은 엄하게 물었다.

《넌 무엇때문에 장생불로초를 캐오지 않느냐?》

《예, 진시황도 불로초를 구해먹자고 숱한 사람을 시켜 명산대천을 샅샅이 찾았지만 못찾았사옵니다. 세상에 장생불로초가 있다면 진시황이 어찌 땅에 묻혀 진토가 되였겠사옵니까?》

이에 말문이 막힌 국왕은 음흉한 눈알을 디룩거리며 생꾀를 내 놓았다.

《그러면 너 사흘내로 웃을줄 아는 꽃과 말할줄 아는 물을 가져오너라. 만약 가져오지 못하면 그대신 너의 아내를 왕궁에 들여보내여라.》

근심이 태산같아 왕송은 고개를 떨구고 집에 돌아왔다.

《이 일을 어찌하나?》

《여보세요. 무슨 일이 생겼어요?》

그제사 국왕의 명령을 입밖에 내놓았는데 색시는 대수롭게 말을 받았다.

《여보세요, 걱정 말아요.》

왕송의 색시는 옥황상제에게 보내는 편지 한통을 써서 개의 목에다 매고 개를 천궁에 보냈다. 사흘이 못되여 개는 웃을줄 아는 꽃 한송이와 말할줄 아는 물 한병을 가지고 돌아왔다. 왕송은 한시라도 지체할세라 그 천리마를 타고 눈 깜박할 사이에 왕궁에 이르렀다.

국왕은 본래 되는대로 하늘의 별따기 같은 말을 했는데 정말 가지고왔다니 흠칫 놀랐다. 국왕은 왕송을 불러들여 자기앞에서 시험을 해보라고 령을 내렸다.

≪애, 꽃을 웃겨봐라.≫

왕송이 손바닥에 꽃을 놓고 ≪꽃이야, 웃어라!≫ 하자 꽃은 꽃잎을 나풀거리면서 ≪호호호!≫ 웃음소리를 냈다. 그러자 등달아난 국왕은 ≪야, 물이 말하게 해봐라!≫ 라고 했다. 이에 왕송은 병마개를 열고 ≪물이야, 말해봐!≫ 하자 병속에서 말소리가 났다.

≪콸콸, 콸콸, 죽일놈의 국왕!≫

그러더니 병속에서 ≪콸콸, 콸콸≫ 물이 쏟아져나오는데 순식간에 물바다가 되여 국왕은 물에 잠겨 죽고 말았다.

국왕이 수중고혼이 된후 왕송이가 국왕의 보좌에 올라앉게 되여 나라의 백성들도 태평스러운 생활을 하게 되였다 한다.

구술자: 김은순 / 수집지점: 환인현 / 수집시간: 1984년 8월

중의 아들로 된 량반

지금으로부터 한 500년전의 일이다. 어느날, 서울장안거리의 한 정자밑에 량반들이 모여앉아 한창 장기를 두고 있었다. 그러는데 웬 중이란 사람이 양반들 앞에 오더니 목탁을 두드리며

≪적선하시오, 적선하시오.≫ 라고 말하였다.

≪이놈아, 네 사는 고장엔 량반이 없느냐? 왜 예까지 왔느냐?≫

≪예, 소승 사는 고장엔 량반이 없사옵니다.≫

≪뭐? 사람 사는 고장에 량반이 없다구?≫

장기두던 량반네들이 쌀쌀한 눈길을 중한테 던지고 있는데 중은 중대로 대틀

을 차리고

《예. 소승사라는 고장엔 량반이 한분 태여났다가 사망된후로는 량반이 없습니다.》

《그래 그 사망된 량반은 누구시냐?》

《예, 리왕님이 올시다. 바로 리성계올시다.》

《이놈아, 그런 량반 말구 우리와 같은 량반 말이다.》

《예. 어르신네 같은 량반은 말x에 파리붙듯 했사옵니다.》

그렇게 되자 뜨거운 가마우에 오른것 같은 량반네들은 이구동성으로 고함쳤다.

《이놈, 이 고현놈. 뭐 어찌구어째? 여봐라, 저놈을 당장 매달고 쳐라.》

급해맞은 중은 허리를 굽히고 두손을 맞비비며

《대미같은 량반님네, 벼겨같은 소승을 용서해주옵시오.》 하고 애걸복걸하였다.

들어본즉 량반은 입쌀에 비기고 중을 벼겨에 비겼는지라

《하, 그놈 말 잘하네. 그만 놔주고 말자구.》

그래서 중은 요행히 놓여나와 뺑소니치면서

《아들네들 잘 있게.》라고 조롱하였다.

《아들》이란 말을 들은 량반들은 또 그놈 고현놈이라고 떠들썩했다.

《하, 저놈이 돌아가면서까지 욕을 하는군.》

《훙, 가면서뿐이요? 마주앉아서도 욕하는걸 우린 모르고있었네.》

《뭐요?》

《아니, 대미같은 양반님네, 벼겨같은 소승을 용서해달라고 하지 않았나. 대미(大米)는 벼겨속에서 나왔으니 아들인것이고 벼겨는 쌀알을 낳았으니 부모로 된것이 아닌가. 결국은 량반이 아들로 되고 중이 아버지가 되였네. 그래서 가면서도 아들네들 잘 있으라고 말한거네.》.

량반들은 그제야 중의 아들이란 욕을 먹게 되였다는것을 알게 되였으나 그때는 중이란 사람은 그림자도 볼수 없었으니 그저 맹랑할수밖에 없었다.

구술자: 김명성 / 수집지점: 환인현 류가구촌 / 수집시간: 1984년 1월

박어사 출도

옛날 옛적에 있은 일이다. 어느해 서울에서는 3월15일에 과거를 본다고 팔도 강산에 방을 내붙였다. 이 소식을 들은 한 시골에 사는 농군의 아들도 과거를 볼 차비를 하였다. 그는 박문수라 하는데 눈정기가 있고 재질이 비상하여 한가지를 들으면 열가지를 안다. 그는 춘삼월 호시절에 큰 뜻을 품고 서울로 가는 길에 올랐다.

어느날이였다. 그날도 그는 걸음을 재촉하고 있는데 뒤에서 승교를 멘 사람들이 부산하게 헛소리를 치면서 오는것이였다. 가마문이 활 열린데로 일별하니 희색이 만면한 젊은 여자가 앉아있다.

(보아하니 부자집 색시 같은데 차림새를 보면 부모상이거나 남편상을 입었건만 어찌하여 저리도 희색이 만면할가?)

무엇이나 세심히 관찰하는 문수는 의심이 생겨 그 승교를 뒤따랐다. 한 큰 마을에 들어서는데 그들은 마을에서도 제일 큰 고래등같은 기와집으로 들어가는것이였다.

(에라, 날도 저물어가는데 오늘밤은 이 집에서 자고나 가자.)

≪주인님 계십니까?≫

문수는 대문밖에서 주인을 찾았다. 시녀가 나와 손님을 맞이하였다. 문수는 시녀를 따라 주인 있는 방앞으로 가서 시녀가 문을 열 때 얼핏 보니 칠순에 가까와보이는 한 노인이 이불을 펴놓고 누워있었다. 그는 손님이 왔다는 말을 듣고 겨우 눈을 뜨고 말을 하였다.

≪젊은이는 뉜데 무슨 일로 왔소?≫

≪예, 저는 시골 농사군의 아들 박문수라 하는데 서울에 과거보러 가는길입니다. 오늘 날이 저물어 하루밤 페를 끼칠가해서 들렀습니다.≫하고 례의범절이 밝은 문수는 주인에게 인사말삼아 드렸다.

≪음, 서울 가는 손님이면 우리 사랑방에 가서 하루밤 묵어가게.≫

≪주인님 명함을 어떻게 쓰십니까?≫

≪리대감이라 하네.≫

≪리대감님, 어데 불편하옵니까?≫

노인은 한숨을 후유 쉬고나서 ≪아픈데는 없네.≫라고 말하였다.

≪그런데 어찌하여 병기가 돌고 수심에 잠겼사옵니까?≫

≪글쎄, 젊은이가 묻는건 고맙소마는 내 속타는 일이야 하늘이나 알고 땅이나 알지 그 누가 알겠나. 젊은이는 알아야 도움은 없고 구차할뿐일거네.≫

≪예. 도움 드리질 못할망정 좀 말씀이나 해주실수 없사옵니까?≫

그제야 노인은 가까스로 일어나 구들이 꺼지게 한숨을 쉬며 사연을 말하기 시작하였다.

≪젊은이, 우리 집엔 자네 같은 젊은이가 있었는데 지난 2월에 잔치를 하여 새 며느리를 맞아들인 첫날밤에 불행하게도 아들은 범에게 물려갔네. 이런 기막힌 일이 세상에 또 어디 있겠나? 우리 며느리는 청춘과부로 한생을 독수공방해야겠으니 천하에 이런 답답한 일이 또 어디 있겠나?≫

노인은 또 구들이 꺼지게 한숨을 쉬였다.

≪대감님, 일이 이렇게 된바하곤 새 며느리를 봐서도 미음을 좀 잡수시고 몸을 돌보셔야 하겠습니다.≫

문수는 사랑방에 와서 저녁을 먹고 자리에 누웠다.

(노인은 아들을 잃었고 며느리는 청춘과부가 되였는데 어찌하여 며느리가 희색이 만면할가?)

달빛이 창문을 비치는데 밤 열시가 되였어도 잠을 이루지 못한 문수는 달빛을 안고 산책하고싶은 생각이 들어 문을 열고 나섰다. 사랑방북쪽으로 참대나무가 줄느런히 서있는데 그쪽에서 문득 인적기가 나는지라 문수는 숨어 살펴보니 젊은 남녀가 이마를 맞대고 무엇인가 속삭이는것이였다. 보아하니 여자는 이집 며느리가 틀림없었다. 남자는 중키에 회색 옷을 입었는데 하관이 빠진 용모였다. 그들도 무슨 기미를 차렸던지 죽림속으로 사라져 더는 볼수 없었다.

(음. 웃음속에 칼을 품는다더니 그 며느리에게 틀림없이 문장이 있구나. 저 남자는 어떤 사람일가?)

이튿날이였다. 문수는 좀 더 의문을 풀어볼 생각이 있어 조반을 먹은후 하루 더 묵어가겠다고 주인에게 말하였는데 노인은 동의하였다.

젊은이들의 이런 일은 왕왕 돈냥이나 있어 글공부를 하는 서당에서 잘 생겼다.

회색 옷을 봐서도 농사군 같지는 않았다. 문수는 고개너머 마을의 서당에 찾아갔다. 한 훈장이 열명의 학생을 가르치고 있었다. 그속에 짐작이 가는 회색 옷을 입은 학생이 있었다. 쉴참을 타서 훈장에게 인사를 하고 그 학생의 정황도 알아봤다. 그 학생은 령너머 사는 최호범이라는 학생이였다. 전후사연을 알았지만 권세가 없는지라 손을 댈수 없는 문수는 그저 앞날을 꿈꾸었다.

다음다음날 , 문수는 그 노인에게 작별인사를 하고 또 서울로 가는 길에 올랐다. 때는 춘삼월이라 봄바람에 겨워 수양버들가지도 흐늘흐늘 춤을 추는것 같았고 하늘에 떠도는 흰 구름처럼 둥둥 떠가는듯싶었다. 걸음발을 재촉하다나니 3월 14일 정오엔 한강다리를 건너 서울거리에 들어섰다.

3월 15일 과거 볼 날은 드디여 다가왔다. 이날따라 하늘엔 구름 한점 없고 동녘엔 붉은 노을이 붉게 탔다. 팔도강산 선비들은 새 옷을 입고 말 타고 와서 우쭐거리지만 시골농군의 아들인 문수는 허줄한 옷을 입고 시험장에 들어가 한쪽 구석에 앉았다.

시간이 되자 붉은 종이에 쓴 과거시제의 글귀를 내붙였다.

≪하운다기봉≫

문수는 본디 총명한데다 글공부를 하였는지라 자신만만하여 일필휘지 쭉 썼다.

여름구름 기괴한 산봉우리 이뤘도다
여름날 구름짙은 대낮인데
뜬 구름 스스로 산봉우리 이뤘도다
중은 보고 구름절간 있잖을가
학은 보고 소나무 없다 한하도다
번개빛은 나무군 도끼날 번쩍임인가
누가 산은 움직이지않는다던고
저녁바람 불어치니 날려가도다

문수는 마지막에 박문수라 이름 석자를 써넣고 남먼저 바쳤다. 그러나 선비들은 벌집 쑤신듯 웅성웅성하면서 제자리를 뭉개고 있었다.

이로부터 며칠 지나서였다. 문수는 장원급제되여 어사패를 받았다. 조정에서는 팔도강산을 친히 돌아다니면서 살인, 방화, 강도, 도적, 강간하는자들을 조사하고 처리하라고 권리를 주었다.

머칠 지난 어느날, 어사 박문수는 라졸들을 불러놓고 4월20일 령남 서산동 고을에 모이라 령을 내리고 제각기 길을 떠났다. 문수는 헌옷을 입고 헌신을 신고 낡은 삿갓을 눌러쓰고 길을 떠났다.

4월 20일이였다. 라졸들이 모여와 분부를 기다리고 있는데 어사 박문수는 서산동 고을의 대청에서 어사출도를 불렀다.

《듣느냐?》

《예—익.》

《저 서산동 큰 마을에 가서 리대감이란 노인을 데려오너라. 그 노인은 병으로 앓고 있을것인즉 승교를 가지고 가서 메고 오너라.》

《예—익.》

산너머 서산동은 멀지 않은지라 한시간이 못되어 노인을 승교에 태워 메고 왔다. 노인은 어사앞에 꿇어앉아 벌벌 떨고있었다.

《묻노니 노인의 아들은 어떻게 되였는고? 노인은 어찌하여 수심에 싸여있는고?》

노인은 자초지종 이야기하고 며느리는 효성이 있다고 덧보태는것이였다. 박어사는 자기가 병문안을 할 때 들은 말과 같은지라 라졸들더러 여관집에다 모시고 대접을 잘 하라고 분부했다. 그리고는 불호령을 내렸다.

《듣느냐?》

《예—익.》

《저 산너머 서산동에 가서 최호범을 꽁꽁 결박해가지고 오고 저 리대감 집에 가서 그 며느리를 결박하여 잡아들여라.》

라졸들은 두패로 나누어 달려가서 그 둘을 잡아왔다.

《이년놈들 제 죄를 알겠는가? 사람들 앞에서 죄다 말하여라.》

어사출도란 말에 가슴이 두근닥근 방망이질하던 최호범은 이 지경이 되고보니 변명할 여지도 없이 줄줄 바른대로 말했다.

《전 죽을 죄를 지었습니다. 저 여자가 시집가기전에 전 그와 밀통하다가 시집가는 날 따라가서 여인과 함께 신랑을 죽였습니다.》

≪그럼 그 시체는 어떻게 처리했느냐?≫

≪그 집 후원의 연못에 던졌습니다.≫

박어사는 이에 즉시 고을의 원님에게 사람들을 동원하여 연못의 물을 퍼내라고 분부하였다. 누구의 령이라고 지체하랴. 온 고을사람들을 동원하여 물을 퍼내고 보니 원한 품은 주검이라 모색도 변치 않고 고요히 누워있었다. 리대감 아들을 본 고을의 사람들은 눈물을 금치 못하며 날을 받아 산에 고이 모셨다. 그리고 새 며느리와 최호범은 즉시 키를 낮추어 민분을 풀었다. 이에 사람들은 시를 지어 박어사를 찬송하였다.

총명한 박어사님 출도호령 떨어지니

귀신도 겁을 내고 망나니들 벌벌떠네

범 물어갔단 아들 연못에서 건져내니

신묘한 그대 공적 어느 뉜들 감탄찮으리.

박어사는 고을의 원님더러 리대감 집을 돌봐주라고 분부하고나서 라졸들을 거느리고 헌옷을 입고 령남쪽을 향해 길을 떠났다.

구술자: 문영화 / 수집지점: 심양시 신성자구 / 수집시간: 1980년 7월

청춘과부와 문대감

옛날 서울 장안가에 높은 담을 두른 한 벼슬집에 아들 셋을 출세시킨 한 과부가 외로이 살고있었는데 그 과부와 문대감에 대하여 이런 이야기가 전해지고 있다.

그 과부는 젊어서 남편을 잃고 애들 셋을 키우고 있었다. 량반가정이다보니 생활은 궁색하지 않으나 남편이 없어 스산하고 외로웠다.

어느날 막내를 재우느라 자장가를 부르는데 담너머에서 남자의 글 읽는 소리가 들려왔다. 《맹자》를 읽는 소리였다. 별당후원에 파묻혀있던 과부는 남자의 목소리를 듣고 있느라니 저도 모르게 마음이 싱숭해져 잠들수 없었다. 그래서 담장곁에 가서 그 소리를 듣군 하였다.

담너머에는 문씨라는 선비가정이 있는데 그 집도 대대로 벼슬하고 있어 문벌이 혁혁한 가문이다. 그 집에선 날에 날마다 글을 읽고 있는데 과부는 그 소리에 쏠려지는 바람에 점점 담이 커져 담을 넘어가 마당안에서 듣군 하였다. 대체로 어떤 사람이 글을 읽는지 궁금하여 한번은 창문 구멍을 뚫고 들여다보았다. 수재 총각이였다. 그는 아주 열심히 글을 읽고 있었다. 청춘과부는 글 읽는 소리를 듣다듣다 마음이 싱숭해져 문을 가만 살짝 열고 방안에 들어섰다. 들어섰으나 구들에 올라갈 용기는 없었다.

하지만 총각은 돌아보지도 않고 참대로 깍은 꼬챙이로 내리짚으며 얼음강판에 박 굴리듯 줄줄 읽었다. 반나절 계속 읽었다. 그래도 과부는 나올 생각이 없었다. 그러나 또 구들에 올라갈 용기는 없었다. 정신 나간 사람처럼 장승같이 그냥 멍하니 서있었다.

반나절이나 읽던 수재는 책을 척 덮고 돌아앉았다. 난데없이 웬 젊은 녀자가 눈앞에 서있었다. 여겨보니 보통집의 녀성이 아니라 행세나 하는 집의 녀성이 틀림없었다.

《성현들이 이르기를 남녀 7세 부동석이라 했는데 례의지국인 우리나라에서 이게 무슨 짓이냐. 외간남자의 방에 어떻게 들어왔느냐?》

여자는 말없이 고개만 숙이고 있었다.

《구들에 올라서라.》

그러니 올라설수밖에 없었다.

《돌아서라!》

시키는대로 돌아설수밖에 없었다.

《치마를 우로 쳐들어라!》

절에 간 색시라 저지른 일이니 할수 없어 치마를 쳐드는데 총각은 꼬챙이로 녀자의 종아리를 쳤다. 그 녀자는 아프다는 말도 못하고 울지도 못했다. 종아리는 터져 피가 흘렀다. 이웃집의 한 남자가 남의 녀자를 때린다는것은 례의에

어긋나지만 례법을 어겼으니 이와 같은 녀자는 곤장으로 교육을 해야 한다고
했다.

《이젠 돌아가거라.》

애꿎게 매만 맞고 집에 돌아온 청춘과부는 섧기도 하고 분하기도 하였다.
상처는 곪아터졌다가 다 아물었지만 영원한 생채기를 남겨놓았다. 하지만 누구
한테 하소연할수도 없었다. 그저 이를 사려물고 아들 삼형제를 길러냈다.

세월이 흘러 애들이 자라 어른이 되고 청춘과부는 늙어 로친이 되였다. 아들
셋은 다 과거에 급제하여 맏이는 령의정이 되고 둘째는 병조판서가 되고 셋째는
라조판서가 되였다. 세 아들이 효성을 다하니 늙은 어머니는 근심걱정이 없고
더 그리운게 없었다.

한데 어느날, 초당에서 세 아들이 옥신각신 말싸움을 하고 있었다.

《형님 생각이 옳지 않아요.》

《너들 생각이 옳지 않다.》

어머니는 꽤씸하게 여겼다. 모친의 귀에까지 들리게 싸우는지라 성이 나서
초당으로 나갔다.

《애들아, 모두 거기 앉아 듣거라. 너희들은 사서, 심경을 다 읽고 립신양명해
서 조정에 들어가 있는데 뭣이 어째서 형제간에 싸움을 하느냐?》

이때 맏아들이 《죄송합니다. 어머님이 아실 일이 아닙니다.》 라고 하자 모친
이 물었다.

《요놈, 너들이 아는 일을 어미가 알며는 안되느냐? 대체 무슨 일로 아웅다웅
하느냐?》

《어머니, 말씀 올리기 참 어렵습니다. 이건 조정의 일입니다. 지금 문대감께
서 감옥에 있는데 사형을 받게 됩니다.》

《어째서?》

《며느리를 통간한 죄로 옥살이를 하고 있습니다.》

문대감은 아들 하나밖에 없었다. 아들을 장가보낸후 몇달 안되여 아들이 죽었
다. 대가 끊어진 늙은 대감은 젊은 며느리를 데리고 살아갔다. 집에는 하인들도
두었는지라 문대감은 낮에도 순시를 돌고 밤에도 순시를도는 습관이 있었다.

어느날 대낮에 문대감은 지팽이를 짚고 별당 후원으로 순시를 나가다가 자기

며느리가 은행나무밑에서 낮잠을 자고 있는것을 보았다. 한데 몸엔 천 한오리도 걸치지않고 누워잤다. 하인들도 왔다갔다하는데 젊은 녀성이 저렇게 자다니 보고 그냥 돌아올수 없어 문대감은 가까이도 못가고 먼데서 지팽이로 옆의 홑이불을 들어 며느리몸에 덮어주었다.

한데 이게 웬 일일가? 죽은듯이 자고있던 며느리가 후닥닥 일어나면서 지팽이를 잡고 으악 소래기를 지르는것이 아니겠는가!

《시아버지가 날 강간하려 해요.》

버선목이면 뒤집어나 보이련만 하인들도 노인앞에서 며느리의 행실을 무슨 방법으로 밝혀놓으랴?!

하인들은 본가집에까지 알려주었다. 본가집에서는 《시아버지가 며느리를 강간했다.》고 들고 일어나 나라 조정에 상소했다.

조정에서는 이 소식을 듣고 당장 문대감을 잡아다 옥에 가두라고 령을내리고 나서 어떻게 처리하겠는가를 논의하였다. 사형하자는 의견도 있었다. 그러나 맏아들 령상은 부동의하였다. 그래서 형제간에는 당장 죽이자거니 말자거니 하며 피대를 세우고 다투었다. 맏아들이 《문대감은 오늘날까지 나쁜 일 한 적이 없는데 그래 며느리에게 손댈리 있는가?》라고 하자 동생들이 아니 땐 굴뚝에 연기 날가 하며 증인 하인들도 있으니 그런 령감은 반드시 처형해야 한다고 하였다.

이때 문대감의 덕행을 잘 알고 있는 과부어머니는 문대감이 칠성판에 올랐는지라 자기 신상의 사연을 가지고 말하지 않을수 없게 되였다.

《애들아, 그 문대감이 아니였다면 너희들이 조정의 그 자리에 앉을수도 없단다. 그리고 그 대감의 덕행을 알려거든 내 종아리를 보아라.》

어머니는 종아리의 생채기를 세 아들에게 내보였다. 청춘과부로 있을 때 마음이 생숭하여 글 읽는 그 문씨네 집에 들어갔다가 매를 맞은 사연을 쭉 이야기하였다.

그때 그 문도령이 색을 즐겼다면 청춘으로서 날 그냥 됬겠는가. 오늘 그 대감이 죽게 되였으니 자식들앞에서 이 비밀을 끄집어내지 않을수 없다고 하였다.

그제야 작은 아들들도 어머니의 말씀이 지당하다고 하며 수긍하였다.

《너희들 가서 그 대감님을 석방하도록 해라.》

그래서 이튿날 아침조회때에 임금앞에 아뢰려고 하는데 령의정이 오지 않았다. 령상이 늦게 오자 임금이 물었다.

《령상은 오늘 아침 왜 이렇게 늦어졌는가?》

《예. 황송하옵니다. 오는 길에 공판할 일이 생겨서 공판을 하다보니 늦어졌습니다.》

《무슨 공판 했느냐?》

《예. 오다보니 모기하고 진드기가 서로 싸움합디다.》

《왜 싸우던가?》

《예. 진드기는 모기보고 자기는 먹기만 하고 똥을 싸지 못해 속이 답답하니 그 긴 주둥이로 자기 밑구멍을 뚫어달라고 했는데 모기란 놈은 안그러겠다고 하는바람에 싸움이 붙었습니다. 모기란 놈이 말하기를

<밑구멍을 뚫어달라구? 지금 조정에선 문대감을 잡아가두고 키를 낮추려고 한단다. 문대감은 알몸뚱이가 된 그것이 보기 거북하여 홑이불로 덮어주려다가 억울하게 잡혀 죽게 되였단다. 내가 만약 밑구멍을 뚫어주려다가 잡히면 룽지처참을 당하겠는데 왜 그러겠는가>라고 합디다.》

령상의 말을 들어본 임금은 문대감이 억울하게 잡혀 죽게 되였다는 말이 아닌가고 하자

《사실 애매합니다.》라고 대답했다.

그러자 임금은

《그럼 문대감을 석방해라.》라고 엄령을 내렸다.

그리하여 늙은 과부는 칠성판에 오르려던 문대감을 놓여나오게 하고 출세한 아들 삼형제를 데리고 만년을 편안히 보냈다고 한다.

구술자: 박희찬 / 수집지점: 철령시 우의촌 / 수집시간: 1983년 7월

두 사돈

가난한 집과 부자집의 두 사돈간에 있은 이야기이다.

옛날, 항간의 어느 한 가난한 집에서 외동딸을 두었는데 생김새 춘삼월 봄빛에 피여나는 도화꽃 같고 마음씨 비단고름처럼 곱고 착한데다 일에는 쉼 없이 흐르는 물처럼 부지런해서 가근방에 칭찬이 자자했고 소문은 한입 두입 건너가 한 정승의 귀에까지 들어갔다.

그 정승은 집에 외동아들을 두었는데 마땅한 며느리감을 물색하던중이였다. 그러다가 한 상놈의 집 딸이 좋기로 이만저만이 아니라는것을 들었다. 상놈집이긴 하지만 인물 절색이고 마음씨 착하기만 하면 며느리 삼으리라 작심하고 어느 날 가난한 집에 찾아갔다.

가서 보니 한쪽 볼에 해가 돋고 한쪽 볼에 달이 돋은듯 보던바 처음이라 마음에 확 들어 혼사말 꺼냈다.

정승집에서 혼사말을 꺼내니 가난한 집에서 마다할리 없었다. 그래 허혼하였다.

어느날 딸이 친정집에 왔다가 돌아가게 되였다. 가난한 집에서는 정성 다해 조찰떡을 해서 딸에게 주고 노인도 따라 사돈집에 갔다.

한데 부자집에서는 이 찰떡도 안먹는지라 조찰떡을 보고

《여봐라, 저 조찰떡을 슬그머니 돼지물독에다 쏟아넣어라. 그리고 우리 사돈님이 저 매골에서 왔는데 이밥을 못잡숴봤을터인즉 쌀을 절구에다 잘 찌어서 이밥을 지어라.》

그리하여 시종들이 기름기 돌게 이밥을 잘 지어 드렸다. 가난한 집 사돈은 처음으로 이밥을 보는지라 숟가락을 물에 적셔 밥을 떴어야 될것을 마른 숟가락으로 푹 떴다. 그래 기름기 도는 이밥이 숟가락에 찰떡처럼 척 들러붙어 떨어지지 않았다. 그래서 사돈은 입으로 숟가락을 자꾸 뜯었다. 이때 부자집 사돈은 보다가

《아니, 사돈은 개혼이 들어서 자꾸 뜯구만 있소?》 하며 핀잔주는것이였다.

이에 가난한 집 사돈은 사돈집에서 개천대를 받았는지라 생각할수록 기가

막혀 밥술을 놓고 그길로 돌아오고 말았다. 노인은 돌아오자마자 로친네보고
말했다.

≪난 이번에 사돈집에 가서 개천대를 받구왔소.≫

부자집사돈의 행실을 들은 로친은

≪여보, 다음에 그 사돈을 한번 청합시다.≫고 했다.

어느날 부자집 사돈은 아들 며느리와 같이 이쪽 사돈집에 왔다.

그래서 로친은 사돈대접을 하자고 좁쌀을 가지고 절구에다 찧고 또 찌었다.
혹 불면 날아가게 찌였다. 밥을 지어 밥바리에다 꼭꼭 눌러 가득 담았다. 로친은
밥상을 들고 올라가서

≪사돈님, 우린 산골에서 살다보니 입쌀이 없어서 조밥을 지었는데 많이 자시
우.≫하고 권했다.

부자집 사돈은 조밥을 먹어보지 못했는지라 조밥을 보니 구미가 돌았다. 그래
서 숟가락을 들고 밥을 한숟가락 푹 뜨는데 밥은 수루루 한상에 다 흩어져 떨어
졌다. 그리하여 부자집 사돈은 고개를 숙이고 흩어진 그 밥알을 주어먹는데 로친
이 서있다가 넌지시 물었다.

≪아니 사돈님은 닭의 혼이 들었소. 왜 자꾸 주어먹기만 하우.≫

그래서 부자집 사돈은 톡톡히 망신당하고 돌아갔다 한다.

이에 옛날 사람들은 혼인관계를 맺자면 문벌이 어슷비슷해야 한다고 하였다.

구술자: 리광수 / 수집지점: 집안시 영수촌 / 수집시간: 1982년 7월

거짓말 세마디

옛날 어느 고을에 어떤 부자가 살고 있었다. 그는 무남독녀를 하나 두었는데
시집보낼 때가 되였다. 그래서 대감집에 청도 해보고 장사군에게 말도 해보았지
만 다 싫다는것이였다. 그리하여 거짓말 세마디 잘하는 놈에게 딸을 주겠다고

소문을 냈다. 그랬더니 팔도강산에서 거짓말깨나 한다하는 사람들이 구름처럼 모여들렀다. 모여들어서 거짓말을 하나 ≪거짓말이지≫, ≪거짓말이지≫, ≪그렇겠지≫ 하면 그만인것이다. 마음에 드는 사위감이 있으면 세번만에 ≪거짓말이지≫하면 되겠지만 마음에 들지 않는지라 ≪그렇겠지≫하고 퇴자를 놓군 하였다.

그런데 시골의 어느 한 총각이 이 소문을 듣고 불원천리하고 찾아왔다. 그는 이 집에 들어와 마루에 털썩 앉으면서 말하였다.

≪아, 몹시 무덥군.≫

≪어디서 오는 손님이요≫

≪예. 전 령남에서 옵니다. 날씨가 어떻게 무더운지 그 냉수나 한그릇 주실수 없습니까?≫

주인장이 하인을 시켜 물을 한사발 떠다드렸다. 길손은 한사발 쭉 들고나서 말했다.

≪그런데 예선 왜 무덥게 지냅니까?≫

≪아니, 자네 있는 곳에선 어떻게 지내나?≫

≪예. 우리 있는데서는 삼복철에 신선하게 지냅니다.≫

≪아니, 예보다 더 무더울텐데 어떻게 그리 지내나?≫

≪예. 우리 있는데서는 큰 독을 몇백개씩 준비해놓습니다.≫

≪그래서?≫

≪그 독을 높은 산에다 놔둡니다. 겨울에 칼바람이 불어오면 독을 북쪽으로 기울어지게 놓습니다. 그러면 찬바람이 독안에 들어가지 않겠습니까. 찬바람이 들어찬 다음에 소가죽을 덮고 꽉 묶어놔둡니다.≫

≪그래서?≫

≪삼복철이 되면 그 독들을 남쪽으로 기울어지게 놓고 쇠꼬챙이로 구멍을 뚫습니다. 그러면 칼바람이 쏵 ―나오는데 소리는 요란스럽고 날씨는 신선해집니다.≫

≪허, 거짓말이지. 자넨 거짓말을 해두 분수없이 대단하게 하네.≫

≪헤, 한마디 했습니다.≫

총각은 또 이야기를 시작했다.

≪주인님, 내 오면서 보니 예선 농사를 참 별나게 합디다.≫

《아니 자네네 있는데선 농사를 어떻게 하기에 그러나?》

《예. 우리 있는데선 참 쉽게 합니다. 우리 고장에선 논을 척수로 재서 네모반듯하게 만듭니다.》

《그래서?》

《봄갈이할 때는 논을 잘 고르게 해놓고 양철을 논 네귀에 맞게 베서 논판에다 깔아놓습니다. 양철에다는 송송 구멍을 뚫어놓습니다. 그리고 벼씨를 그 양철에다 뿌리고 비자루로 활활 쓸면 씨는 그 구멍안으로 다 들어갑니다. 그리하여 씨는 싹터 구멍으로 올라옵니다. 그리고 우린 김을 매지 않습니다. 물을 대면 벼는 자라지만 풀은 양철아래에 깔려서 자라지 못합니다.》

《그래서?》

《가을할 때는 우린 양철 네귀를 버쩍 듭니다. 그러면 벼알만 훑어놓게 되는데 그것을 마대에 쏟아 넣으면 됩니다. 우린 이렇게 식은죽먹기로 농사를 짓습니다.》

《허, 거짓말이지. 그렇게 농사해서 되겠는가?》

《헤, 두마디 했습니다.》

길손은 하루밤을 묵고 아침에 띠날 차비를 하면서 주인장에게 말했다.

《주인님, 이 문서를 보십시오.》

《아니 문서는 무슨 문서냐?》

《예, 이 집 할아버지때 일입니다. 이 집 할아버지는 우리 할아버지한테 빚을 만냥 졌습니다. 만냥 빚은 이 문서에 적혀있습니다. 문서를 보십시오. 전 빚받으러 왔습니다.》

(야, 요놈이 거 괜찮은 놈이구나. 거짓말이지 하면 거짓말 세마디를 하게 되여 딸을 줘야겠구, 그렇겠지 하면 돈 만냥을 내야 할판이 아닌가!)

《에이, 거짓말을 해두 분수가 있지 그렇게 하는 법이 어디 있나?》

그리하여 할수없이 시골의 총각에게 딸을 줬다. 그래서 그 총각은 장가들고 잘살았다 한다.

구술자: 림병호 / 수집지점: 개주시 서해향 / 수집시간: 1981년 8월

왈패처녀

이 이야기는 평북 정주군에서 있은 일이다.

때는 바로 리조말기, 양반이 상놈을 보고 눈이 커도 죄로다, 수염이 많아도 죄로다 하고 이놈 저놈 하며 때리고 돈 빼앗고 하는 험악한 세상이였다. 더군다나 상놈집의 녀자들이란 천대와 속박속에서 사람이 사람구실을 못하는 때였다.

곽산이라는 곳에 한 김좌수라는 사람이 있었는데 그는 딸을 하나 두었다. 딸은 자라 이팔청춘이 되였다. 한데 술 마시고 사람을 때려 가근방에 소문이 자자해진 왈패처녀로 되였다. 좌수집의 딸이 이렇게 왈패질을 하는지라 그 누구도 막아나서는 사람이 없었다. 김좌수도 너무 안타까와서 나무로 깍은 놈이라도 딸을 달라면 얼른 집어주겠다고 했다.

한편 곽산의 고개너머에는 정계에서 물러나 집에 돌아와 있는 김도사라는 사람이 있었는데 그는 아들 셋을 두었다. 김도사는 김좌수집의 딸이 왈패 처녀란 소문을 듣고 그것도 그럴만한 남다른 좋은 점이 있다고 생각하고 자기 셋째아들의 배필로 맞아들일 작정을 했다. 그리하여 어느날 중매군을 내세웠는데 중매군이 오자 김좌수는 얼른 허혼하였다.

좌수네 집에서는 택일하여 시집보낼 준비를 하고 있었다. 한데 왈패처녀는 나가 술을 와짝 더 마시는데 눈에 술이 줄줄 나오도록 마시고 이리 비칠, 저리 비칠 갈지자걸음으로 집에 들어오는것이였다. 그때마다 김좌수는 화가 동했다.

≪야, 이년아, 내일모레면 시집가야겠는데 그 모양이 돼가지고 어떻게 가?≫

이때 김도사네 집의 시어머니 될 녀자는 패랍기로 이만저만이 아니라는 소문이 났다. 그 집에선 며느리 둘을 봤는데 밥상을 들고 들어가서 같이 앉아 밥을 먹어보지 못했다. 하지만 그 세월에 며느리들은 어데가 말할데가 없었다. 그래서 왈패처녀의 어머니가 근심끝에 말하였다.

≪애야, 너 시집의 시어머니가 갈범같다 하더라. 너 가면 죽게 고생할것 같구나.≫

≪어머닌 참 걱정두 많군요. 아 뭘 늘그대기한테 쪽지우겠어요. 어머니보다 난 먼저 알고 있어요.≫

어머니는 련며칠을 두고 잠 못이루었으나 딸은 쿨쿨 잠만 잘자는것이였다.

잔치 전날이였다. 처녀집 쪽에서 후행가려고 하는 사람이 없어 삼촌을 찾아갔다.

≪삼촌, 내일 후행가요.≫

≪야, 싫다. 너하구 갔다간 내 망신하겠다.≫

≪삼촌, 내 오늘까지 그랬지 내일부턴 안그래요. 맹세해요.≫

≪정말이냐? 그럼 가지.≫

잔치날이였다. 때는 7월 염천이라 날씨는 무더웠다. 왈패처녀는 대기를 타고 산고개에 올랐다. 이때 처녀가 소리쳤다.

≪이봐요, 여기 내려놓아요. 좀 쉬여 가자요.≫

그리하여 4인교를 내려놓았다. 그러자 처녀는 4인교문을 훌 열고 나와 옷을 활활 벗으면서 말했다.

≪아, 꽤나 더워. 무슨 날씨가 이리 더울가!≫

≪그럼 안돼. 옷을 입으라구.≫

새서방이 권고하는데 색시는

≪뭐 어째요, 내 자유요. 더워서 벗는데 뭐 어쨌단 말이요?!≫ 하며 내쐈다.

처녀는 바람에 땀을 들이고나서 옷을 척척 입더니 ≪자 갑시다.≫ 하고 말했다.

이에 삼촌은 기가 차서 ≪내가 오늘 잘못했구나. 이젠 톡톡히 망신당했구나.≫ 라고 혼자소리를 했다.

일행은 4인교를 메고 고개를 넘어 내려가는데 난데없이 노루 세마리가 휙 길을 가로 건너는것이였다.

≪하, 재수 없네. 신부의 첫행 길에 짐승이 길을 가로 건너니 나쁜 징조구나.≫ 하며 저마다 웅성웅성할 때 처녀가 4인교문을 척 열고 말했다.

≪무슨 잔말들이요? 이건 내가 시집가서 아들 삼형제 두게 될 징조요. 셋이 다 벼슬하게 될거란 말이요.≫

들어보니 그 말도 그럴듯했다. 그래서 그들은 또 4인교를 메고 내려갔다. 내려가는데 길가의 한 집에서 북장구소리가 뚱땅뚱땅 들려왔다. 그 소리를 들은 처녀는

≪이봐요, 여기 좀 내려놓아요!≫ 하고 또 소리쳤다. 처녀는 4인교 문을 척

열고 나와서

≪내 오늘이 마지막이야. 오늘 못 놀면 놀지 못해. 사람이 태여나서 제몸을 제 마음대로 쓰지 못하면 가치를 잃는거요. 내 가서 좀 놀다 가야겠어.≫ 하며 그 소리나는 집으로 갔다. 처녀는 그 집에 가서 새장구 메고 뚱땅거리며 춤을 한바탕 추고나서야 돌아와 가자고 하였다.

그들은 또 내려가기 시작했다.

새 서방네 집엔 셋째며느리를 구경하자고 동네사람들이 모여들었다. 신부는 4인교에서 문을 척 잡아제치고 내려 척척 걸어들어갔다.

≪야, 저 색시 참 훌륭하구나!≫

≪야, 저 처녀를 데려와 이 집안이 망하겠구나.≫

동네사람들은 왈패처녀를 두고 좋다거니 궂다거니 하며 뒤공론질을 분잡하게 하였다.

신부방에 큰상이 들어왔다. 신부의 대각은 시고모가 앉았다.

(시어머니가 갈범같다고 하는데 처음부터 질을 들여놓아야지.)

신부는 생각을 굴린 끝에 차반상이 들어왔을 때 닭알 세알을 얼른 감추었다.

≪오시느라 시장하겠는데 이젠 좀 드세요.≫하며 대각이 이것저것 집어주려고 하자 신부는

≪사람은 태여날적에 팔다리를 쓰라고 내놓았으니 내손으로 내 먹고싶은걸 집어먹겠어요. 되겠지요!≫ 하며 제가 저가락을 잡았다. 그래서 대각은 멍해 앉아있었다.

이때 신부 저가락을 잡고 한번 훑어보고는

≪뉘가 과방인지 이 앞에 들어오게 해주오!≫

시오촌이 과방을 섰는데 대각이 곁눈질하며

≪무슨 일이 잘못되였어도 좀 참아주오.≫ 라고 했으나 신부는≪어서 빨리 들어오게 해주오!≫ 라고 했다. 그래 할수없이 과방이 들어왔다.

≪신부께서 무슨 일이 있는지요?≫

≪이 큰상을 봐요. 뭘 잘못된게 없는가요? 신랑 신부가 시집장가를 가는 첫날 상에 닭알 세알을 놓는데 그것을 먹고 아들셋을 낳으라는 뜻이지요. 그런데 이 상엔 왜 닭알이 한알도 없어요.?≫

상을 보니 닭알이 없는지라 ≪예. 잘못했습니다.≫하고 사과하고 물러갔다.

큰상을 물렸다. 김도사네 집엔 귀신단지를 모셔놓고 누구나 다 새로 오는 사람은 배례를 하군 했다. 그래서 새신부도 안내되여 들어갔다. 신부는 시렁우에 놓은것을 보고 ≪이건 뭐요?≫ 하고 묻자 ≪그건 조상대감이고 이건 귀신도깨비≫라고 대각이 말하자 새 며느리는 두각없이 이것저것 꺼내서 내동댕이 치는것이였다. 그리하여 집안은 란장판이 되고 말았다.

신부는 사흘만에 첫날옷을 갈아입고 아침밥 지으러 내려갔다. 이때 시어머니가 열쇠뭉치를 차고 내려와서 쌀독에 쌀이 적어졌다느니 팥독에 팥이 적어졌느니 뭐니 하고 잔소리를 하였다. 새 며느리는 시어머니의 열쇠뭉치를 다짜고짜 나꾸채며 말했다.

≪시어머니, 아들 삼형제 두고 며느리 셋 두고도 창고열쇠 찰려면 뭘 하려 며느리 셋을 데려왔습니까? 가만있으면 며느리들이 밥해서 대접할텐데 그게 뭡니까? 이젠 나이 값을 해야 하지 않습니까?≫

시어머니는 신부가 좔찮은 왈패라는것을 알고 대꾸하지 않고 방으로 들어갔다.

≪만동서 어데 갔소? 만동서 이리 와요.≫

만동서가 나오자 신부는 열쇠뭉치를 넘겨주며 그걸 가지구 가서 쌀을 떠오라고 하였다. 사람으로 태어나서 제 자유를 제가 찾아야지 남한테 빼앗기구 어떻게 사는가? 그 창고열쇠는 응당 만동서가 차야 한다고 했다. 그제야 만동서는 시름 놓고 쌀을 떠내왔다.

신부는 아침밥을 하는데 쌀에 물을 조금 넣고 주물적거리다가 가마에 푹 쏟아놓고 두껑을 꽉 닫고 불을 막 땠다. 밥은 와직와직 탔다. 그러나 누구도 말을 못했다. 가마두껑을 여니 탄내가 콱 올라왔다. 이렇게 탄 밥을 대접하니 먹을수 없었다. 시부모는 그저 먹는 시늉을 하다가말았다.

점심때가 되였다. 물을 가마에 많이 붓고 쌀을 한줌 넣어 끓여 줄줄 흐르게 담아 들여갔다. 그러니 입에 맞을리가 없었다.

저녁때가 되였다. 이번엔 쌀을 일여덟번 일어가지고 물을 맞춤히 두고 불을 딱 맞게 때여 밥이 고슬고슬하게 재쳤다. 반찬도 각이 나게 썰어 구미 돌게 했다. 두 손으로 밥상을 들고 들어가서 꿇어앉아 드리는 솜씨를 보니 보통이 아니였다.

≪아침에 지은 밥은 입에 맞지 않아 안잡수신것 같고 점심에 지은 죽도 입에

맞지 않아 안잡수신것 같아서 저녁엔 정성 다해 지었사오니 많이 잡수십시오.≫

그러자 시부모들은 두끼를 굶었는지라 게 눈 감추듯 얼른 밥사발들을 축냈다.

밤이 되여 셋째며느리가 집안식솔들을 한자리에 모여 앉게 하고는 먼저 말을 뗐다.

≪내 시집 와서 왈패스레 놀았기에 첫인상은 나쁘리라 생각합니다. 그러나 성격이 그러니 할수 없습니다. 한데 그 조상대감이요., 귀신도깨비요 하는것을 모시라니 허리가 굽혀지지 않습니다. 사람이 산사람을 모셔야지 없는 귀신을 모실게 뭡니까? 그래서 난 내동댕이쳐버렸습니다. 그리고 시부모께 음식대접을 아침과 점심처럼 할것이 아니라 저녁처럼 해드려야 하겠습니다.≫

새 며느리의 말을 듣고 늙은이도 속이 좀 풀리긴 했으나 만만치 않은 신수라 전처럼 며느리들을 대하지 않았다. 이때로부터 며느리들은 시부모를 잘 공대하고 시부모는 아래사람을 사랑하게 되여 보기 드문 화목한 가정으로 되였다 한다. 그래서 곽산에 왈패처녀의 이야기가 오늘까지 전해내려왔다고 한다.

구술자: 박윤걸 / 수집지점: 개주시 서해향 / 수집시간: 1984년 6월

귀신 이야기

사람들은 흔히 좋은것도 귀신에 비하고 나쁜것도 귀신에 비한다. 하지만 귀신을 본 사람은 누구도 없다. 그래서 어느날 사람들은 귀신이 있느냐 없느냐 내기를 한적이 있다.

입심 좋은 한 걸작이 내기조건을 내걸었다.

≪누가 재떡을 해가지고 야밤삼경 공동묘지에 가서 뫼자리마다 떡 하나씩 놓고 돌아오겠는가? 정신을 잃지 않고 제대로 하고 돌아오면 우리가 한턱 내고 만약 혼이 나가서 한곳이라도 빼놓고 돌아오면 진것으로 치고 간 사람이 한턱내야 한다. 누가 나서겠는가?≫ 이때 한 젊은이가 척 나섰다. 그는 다랭이에다

재떡을 해 넣고 코를 베가도 모를 캄캄한 밤에 공동묘지로 떠났다.

한데 내기를 건 사람은 그 젊은이가 묘지로 가기전에 먼저 가서 한 뫼자리옆에 숨어있었다. 혼자 뫼를 지키자니 당금 죽은 사람이 일어서는것만 같아 모골이 송연해졌다.

때가 되니 과연 그 젊은이는 혼자 와서 뫼자리마다 다니며

≪엣따, 너도 하나 떡을 받아라.≫ 하곤 재떡을 하나씩 놓는것이였다. 그런데 한 곳에 가서 ≪엣따, 너도 하나 떡을 받아라.≫ 하자 ≪나에게 떡 하나 더 다오≫ 하는 말소리가 났다. 틀림없는 사람의 말소리가 났다. 하지만 그 젊은이는

≪야 하나도 빠듯이 돌아가는데 둘씩이나 달라고 그래. 개소리 말라. 안줘.≫ 하며 욕을 하고 더 주지 않았다. 그는 뫼자리마다 재떡을 하나씩 다 놓고 돌아왔다.

돌아온 그 젊은이는 내기를 건 사람들한테 말을 했다.

≪귀신이 다 뭐야, 귀신이 없어. 한데 한 곳에 가니 <나에게 떡 하나 더 다오> 하는 놈이 있습데. 좀 이상하긴 해.≫

≪그래 뭐라고 대답했나?≫

≪개소리 말라고 했어. 하나도 빠듯이 돌아가는데 둘씩이나 주겠는가. 그러니 까 대답하지 않았어. 그래도 아무치도 않습데. 귀신이 다 뭐야, 없어.≫

사람들은 흔히 뭘 잘해도 ≪야, 자넨 귀신처럼 잘하네≫라고 말한다. 그렇지만 귀신을 본 사람은 없으니 그저 말로만 귀신 귀신 할뿐이다. 그러다보니 그 젊은이 가 내기에서 이겼는지라 내기에 진 사람들이 한턱 내서 잘 먹고 잘 놀았다 한다.

구술자: 김명성 / 수집지점: 환인현 류가구촌 / 수집시간: 1984년 1월

홍통사와 김통사

이 이야기는 리조말기에 있은 일이다.

어느해인가 리조의 왕이 청나라에 통사를 파했는데 홍통사와 김통사가 압록

강을 건너 이웃 나라 연경에 갔다. 국사의 일로 청나라에 갔는지라 두 통사는 연경에서 왕 뵈올 날을 기다리며 며칠 묵게되였다.

그런데 연경거리에서 김통사는 밤마다 기생집에 드나들다보니 가지고온 돈 5천냥을 다 부려먹었을뿐만아니라 꿔쓰기까지 하여 빚 5천냥을 졌다.

하지만 홍통사는 밤거리에 나서지 않았다. 그는 왕을 만나볼 일념만을 갖고 기다리고 있었다. 한데 대낮에 연경거리를 한번 돌아보다가 통고가 나붙은것을 자상히 본즉 한 녀인은 아버지를 구하기 위해서 몸을 파는데 하루밤에 3천냥이라는것이였다. 만약 보름내로 빚을 물지못하면 아버지를 잡아간다는것이였다.

이 통고를 본 홍통사는 생각되는바가 있어 그녀의 집에 들어갔다. 방안을 살펴보니 구차한 형편이였다. 홍통사는 집주인에게 인사말을 건네였다.

《내 돈을 내고 갈터인데 처녀나 봅시다.》

처녀는 얼굴을 숙이고 돌아앉았다.

홍통사가 돌아가려 하자 그녀는

《제발 절 살려줘요》 하며 애걸하는것이였다. 이에 홍통사는 《난 한번 보기만 하면 되오.》 라고 한마디 말하였다.

그녀는 눈물이 글썽해서 입을 열었다.

《우리 집은 할아버지때부터 빚을 져 쌓이고 쌓여 이젠 아버지가 감옥에 가게 될 형편이 됐사와요. 그래서 할수없이…》

《오, 착한 효녀로구나!》

홍통사는 돈 3천냥을 처녀앞에 내놓았다. 그녀는 절을 하며 가지 말라고 권하였다. 그러나 기어코 돌아가려 하는지라 처녀는

《선생님, 성씨는 어떻게 부릅니까? 그리고 댁은 어데 있습니까?》하고 물었다.

《저는 통사로 연경에 온 조선사람입니다.》

그리하여 홍통사는 돈 3천냥을 쓰고 돌아왔다.

며칠 지난 어느날, 청나라 임금을 만나 나라의 일을 본 두 통사는 조선에 돌아왔다.

조선에 돌아온후 김통사는 물론 홍통사도 돈 3천냥을 쓰고 돌아왔기에 관직에서 물러났다.

홍통사는 철직을 당하고 산골에 들어가 삼농사를 하여 빚을 다 물어주었다.

어느해, 나라에서는 또 청나라에 통사를 보내게 되였다. 나라의 빚을 다 물었을뿐만아니라 연경에서 남을 도와좋은 일을 했다는것을 알게된 조정에서는 또다시 홍통사를 보내기로 했다.

홍통사가 청나라에 간다는 소식을 들은 김통사는 홍통사를 찾아와서 부탁을 했다.

≪홍형, 연경에 가서 왕씨에게 말씀을 잘 전해주오. 우리 집에선 몹쓸 병에 다 앓아누웠기에 빚을 제때 물지 못한다고 말이오.≫

김통사는 왕씨한테서 먼저 2천냥, 후에 또 3천냥을 꾸다보니 빚은 5천냥 지게 되였다.

홍통사는 나라의 일로 혼자 연경에 갔다. 연경에 간후 왕씨에게 김통사의 부탁도 전했다.

한데 왕씨는 홍통사의 전하는 말을 듣고 빚을 독촉할 대신 오히려 돈을 더 보내주면서 병을 잘 치료하라고 하였다.

홍통사는 나라의 일을 다보고 돌아왔다.

그후 청나라의 왕은 병으로 새상을 뜨고 아들이 왕위를 계승했다.

새로 즉위한 왕은 왕비를 구하게 되였는데 연경의 왕씨가문에 있는 처녀가 알선되였다. 그는 연꽃마냥 예쁘고 마음씨 또한 고와 왕의 눈에 들었다.

왕씨댁의 처녀는 왕비가 되여 왕궁에 들어왔으나 기분 없어 음식도 잘 들지 않았다. 그리하여 임금은 무슨 소원이 있느냐고 물었다. 이에 왕비는 한가지소원이 있다고 아뢰였다.

≪예. 다른게 아니라 저의 부친이 빚때문에 잡혀가게 될 무렵에 조선에 있는 홍통사가 저의 부친을 구해주었사나와요. 전 그이를 영원히 잊을수 없어요.. 그이를 한번 만날수 있게 해줘요.≫

이에 왕은 왕비의 소원을 풀어주고 안동(지금의 단동)에다 큰 녀인숙을 차리고 조선에서 청나라로 들어오는 손님은 모두 접대를 잘하라고 령을 내렸다. 그리고 조선의 손님은 누구나 다 이야기를 한컬레씩 하게 권하라고 하였다.

여러해 지난 어느날, 때마침 홍통사가 세번째로 또 연경에 들어가게 되였다.

이 소식을 알게 된 김통사는 또 홍통사를 찾아와서 청나라 왕씨에게 전할 부탁을 아뢰였다.

≪홍형, 연경에 가거들랑 그 왕씨에게 또 말을 전해주오. 김통사네 식구는 병으로 다 세상을 떴다고 말이오. 그래서 빚을 물지 못하게 되였다고말이오.≫

홍통사는 압록강을 건너 청나라의 안동녀인숙에 들었다. 조선손님은 누구나 다 이야기 한컬레씩 해야 한다고 하여 홍통사도 한컬레 하게 되였다.

≪지금으로부터 몇년전의 일입니다. 조선의 한 통사가 청나라에 들어가서 빚 때문에 몸을 팔지 않으면 안될 한 처녀를 구해준 일이 있습니다.≫

이렇게 말머리를 떼자 왕비가 찾으려 하는 사람을 찾게 되였는지라 녀인숙에선 인차 왕의 분부대로 홍통사를 연경에 모셔갔다. 홍통사가 왕궁에 들어서자 왕비는 마중나오며

≪아버지, 이제야 오십니까?≫ 하고 불렀다.

≪아니, 누구신데 절 이렇게 부릅니까?≫

≪아, 절 구해주고도 모르십니까! 지나간 날, 돈 3천냥을 주어 우리 부친을 구하지 않았습니까! 그 은혜 백골난망이 와요.!≫

그제야 전후사연을 알게 된 홍통사도 기뻐 왕후의 부축을 받으며 궁으로 들어갔다. 그리하여 조선의 홍통사는 청나라 임금과 왕후의 후더운 특별접대를 받게 되였다.

그런데 그해 조선에서 임진왜란이 일어났다. 왜놈들이 이웃나라 조선을 침략하게 되자 청나라 임금은 왜놈들이 조선을 침략하는데 이웃 나라인 우리가 어찌 보고만 있겠느냐, 조선에 청병을 파하여 도와야 한다고 령을 내렸다.

이에 청나라군대를 파견하여 조선을 도와 왜적을 물리친 이야기는 오늘까지도 전해지고있다.

구술자: 홍순갑 / 수집지점: 심양시 / 수집시간: 1984년 4월

황천굿

옛날 무당들을 청해다 굿을 할 때 죽은 사람의 영혼을 위하는 황천굿에서는 흔히 일곱째 공주이야기가 무당의 입에서 노래로 불리우군 한다.

옛날 옛적, 한 젊은 대왕이 있었는데 그는 한 어여쁜 처녀를 왕후로 맞을 길일을 받게 되였다. 한데 점쟁이가 올해 결혼하면 일곱 공주를 낳을것이고 내년에 결혼하면 왕자를 낳을것이라고 했다. 하지만 대왕은 한시가 열시간 같고 하루가 열흘 같은지라 어서 결혼식을 거행토록 하라고 했다.

결혼식은 왕의 명령대로 거행되여 대왕은 왕후를 맞아들였다. 몇달이 못가서 왕후는 잉태를 하였다.

왕은 장차 태여날 아이가 왕자인지 공주인지를 몰라 점을 치니 딸이라는것이였다. 몇달후 태여난 아이는 과연 공주였다.

세월은 흘러 그후 두번째 태여난 아이도 공주였다. 세번째, 네번째 난 아이도 공주였다. 행여나 하여 또 낳은 다섯째, 여섯째도 공주였다.

대왕과 왕후는 기가 막힐 지경이였다. 그래도 맥을 버리지 않고 이제 일곱째는 왕자이리라고 믿었다. 하지만 일곱째도 또 딸을 낳는지라 왕후는 기절하고 대왕은 꼴보기 싫다며 내버리라고 령을 내렸다. 신하는 버리더라도 공주의 신분이니 이름이나 지은 다음에 버릴것을 간청하였다.

대왕은 버릴 자식이니 바리공주라 이름 짓고 왕후는 어명을 거역할수 없어 옥함속에 바리공주를 넣고 애의 신분을 적은 쪽지를 넣었다. 무정한 라졸들은 옥함을 안고 바다에 가서 던졌다.

옥함은 파도에 밀려 떠내려갔다. 한데 바다의 한 늙은 어부가 옥함을 보고 건져내였다. 그리하여 바리공주는 구원되였다.

늙은 부부는 그 애를 키우게 되였다. 아이는 총명이 과인하여 몇해가 지나자 학문이 능통하고 재주도 신기했다. 때론 아버지, 어머니가 누구냐고 찾기도 하였다. 그때마다 하늘과 땅이 부모라고 대답을 해주었다.

이 애가 자라 소녀가 된 어느해였다. 대왕과 왕후는 한날 한시에 병석에 드러눕게 되였다. 팔도의 고명한 의사를 찾아보이고 치료했으나 병은 점점 더 심해지기만 했다.

대왕은 할수 없어 점쟁이를 찾았다. 점쟁이는 병을 보고 나서 서천 서역국에 있는 약수를 먹어야만 나을수 있다고 하였다. 한데 이 약수는 대왕의 바리공주만이 구해올수 있다고 하였다.

그리하여 대왕은 일곱째 공주를 버린 벌을 받는다고 생각하며 크게 탄식했다.

왕후는 공주들을 불렀다.

≪너희들 듣거라. 어느 공주가 서천으로 가서 약수를 구해오겠느냐?≫

이에 첫째 공주는 ≪충성스런 신하들도 못가는데 제가 어찌 가겠습니까?≫ 둘째 공주는

≪남자들도 못가는데 제가 어찌 가겠습니까?≫ 셋째 공주는 ≪전 대궐밖에 한번도 나가보지 못해 동쪽이 어딘지, 서쪽이 어딘지도 모릅니다.≫ 넷째, 다섯째, 여섯째 공주들은 ≪언니들도 못가는 곳을 제가 어찌 가겠습니까?≫ 하고 거부하였다.

그리하여 왕후는 금이야 옥이야 하며 애들을 길렀건만 소용없는지라 실성통곡하였다.

공주들은 방에서 물러나오면서 집안의 재산을 생각하며 어서 죽기만을 고대하였다.

대왕은 할수 없어 바리공주를 찾으라고 나라의 고을마다에 왕령을 내렸다. 그러나 바리공주는 감감 무소식이고 대왕과 왕후의 병은 점점 더해가기만 하였다.

한편 바리공주는 늙은 량주를 모시고 한 산골짜기 오두막집에서 살고 있었다. 그러던 어느날 한 백발로인이 뜨락에 나타나서 대왕과 왕후의 병이 위급하니 어서 환궁하여 부모님의 병을 고쳐주라고 하고는 연기처럼 사라졌다.

이 사연을 들은 늙은 량주는 그제야 바리공주의 신분과 데려다 키우게 된 사연을 이실직고하였다.

바리공주는 이에 허리 굽혀 양부모께 작별을 고하고 친 부모를 찾아 떠났다.

궁궐을 찾아 들어선 바리공주는 대왕과 왕후앞에서 허리 굽혀 인사를 올리였다. 그리고 가지고 간 쪽지도 내놓았다. 대왕이 친필로 써서 옥함에 넣었던쪽지인지라.

≪일곱째공주야! 네가 내 딸이 분명하구나. 너를 버린 이 애비를 용서해다오.≫ 하며 바리공주를 얼싸안았다.

하루밤을 궁궐에서 보낸 바리공주는 이튿날 부모의 병에는 서천 서역국의 약수를 구해와야 고칠수 있다는 말을 듣고 길을 떠났다.

바리공주는 무작정 서쪽으로 걸었다. 몇날 몇밤을 걷고 보니 앞에 큰 산이 나타났다. 그는 험산을 뚫아 산꼭대기에 올랐다. 올라서니 두 시선이 마주앉아 바둑을 두고있느것이 보였다.

바리공주는 두 시선을 찾아 서천 서역국으로 가는 길이 어디냐고 물었다. 그러나 바둑군은 들었는지 먹었는지 묵묵부답이였다. 며칠이 지나 바둑을 끝내고야 웬 사람이냐고 묻는것이였다. 그래 사연을 말하니 효성에 감동이 되였는지 그제야 ≪저 건너 맞은편 산에 가서 밭가는 로파에게 물어보아라.≫ 하고는 하늘로 올라가고말았다.

바리공주는 또 산을 내려 맞은편 산으로 갔다. 산중턱에 이르니 한 백발로파가 밭갈이를 하고 있었다.

≪할머니, 서천 서역국으로 가는 길이 어디입니까?≫하고 공주가 물었다.

로파는 길 묻는 값으로 밭갈이를 해달라고 하였다. 바리공주는 밭갈이를 끝냈다. 그러자 씨뿌려달라고 하여 씨도 다 뿌렸다. 그러자 곡식을 거둬달라고 하여 가을까지 해주었다. 그제야 로파는

≪저 산너머 길을 무한정 가다보면 빨래하는 녀자가 있을것인즉 그 녀자에게 물어봐라.≫하고는 사라졌다.

바리공주는 또 산을 넘고 들판을 지나 가느라니 시내물이 흐르는데 한 중년 녀자가 빨래를 하고 있는것이 보였다. 그래서 가까이 가서 물었다.

≪아주머니, 서천 서역국으로 가는 길이 어디입니까?≫

그러자 그녀는 검은 천을 던져주면서 검은 천이 흰천으로 될때까지 빨래하면 알려주겠다는것이였다.

그래 할수없이 빨래를 하는데 하늘이 효성에 감동되였는지 검은 천은 눈부신 흰빛으로 변하였다.

그제야 그녀는

≪이 개울을 따라 계속 가면 절로 길을 알게 될것이다.≫ 라고 알려주고는

사라졌다.

바리공주는 개울물을 따라 가고 또 가니 큰 강이 나타나 앞을 가로막았다. 강을 건널 방법이 없어 두손 모아 하늘에 비니 금거북들이 나와 다리를 놓아주는지라 무사히 건넜다.

강을 건넌후 절벽길을 지나고 가시덤불길을 헤쳐나가니 한 우물이 있는데 세 선녀가 울고 있는것이였다. 선녀들은 물동이가 깨여져 울고 있는지라 바리공주는 물동이를 원래대로 고쳐주었다. 그러고나서

《서천 서역국으로 가는 길이 어디입니까?》 하고 물으니 한 선녀가 나서서 길을 자세히 알려주었다.

선녀가 알려준대로 또 몇개의 산을 넘어 약수가 있는 곳에 갔다.

약수터 가까이에 가자

《산 사람이 올수 없는 저승에 오는 사람이 누구냐?》 하며 키가 구척이 넘는 거한이 불쑥 나타났다.

《예. 저는 일곱째 공주입니다. 부모님의 생명을 구하고자 약수를 구하러 왔습니다.》

《음, 그래. 내가 약수 지키는 무장신선이다. 약수값을 가져왔느냐?》

약수값을 잊고 왔다고 하자 그 값으로 3년 물 길어오고 3년 불 때고 3년 아이를 낳아달라고 하였다.

그리하여 바리공주는 무장신선과 결혼하고 아들 일곱을 낳았다. 바리공주는 부모의 병이 위급하니 어서 지상으로 돌아오라는 소식을 듣고 약수 세방울을 가지고 남편과 아들을 데리고 환궁의 길에 나섰다.

궁궐에 돌아오니 대왕과 왕후는 세상을 떴다. 바로 장례행렬이 시작되고있는 판이다. 바리공주는 장례행렬을 헤치고 들어섰다.

《아버님, 어머님, 소녀가 이제야 돌아왔습니다.》

그러자 여섯 공주는

《네가 뉘인데 감히 대왕의 장례식에 뛰여드느냐? 썩 물러가라.》고 했다.

《언니, 언니들 절 모르겠습니까? 서천으로 약수 구하러 갔던 바리공주애요》

라졸들은 바리공주를 내쫓으려고 했으나 그는 물리치고 상여속의 부모에게 약수를 먹이였다.

한방울을 먹이자 뼈가 살아나고 두방울을 먹이자 살이 살아나오고 세방울을 먹이자 대왕과 왕후는 눈을 번쩍 뜨고 일어났다.

≪네가 서천의 약수로 우리를 살렸구나! 애, 일곱째공주야!≫

장례행렬은 다시 돌아 집으로 들어갔다. 대왕은 바리공주를 보고 말했다.

≪일곱째 공주야, 너에게 무엇으로 보답할가?≫

그러자 효녀 일곱째 공주는 다 마다하고 황천길 가는 죽은 사람의 령혼을 안내하는 일을 맡고 제사밥이나 얻어먹고 살겠다고 하였다 한다.

구술자: 한룡국 / 수집지점: 림구현 민주촌 / 수집시간: 1980년 10월

산삼

멀고먼 옛날, 백두산줄기를 따라 서쪽으로 뻗은 로일령골안에서 있은 일이다.

구름도 쉬여넘는다는 로일령에서 남쪽으로 몇십리 빠져나가면 산기슭에 여러 문호 자리잡은 한 마을이 있었다. 이 마을 길 북쪽의 뒤집에는 눈까풀이 늘어지고 볼따귀가 살이 축 처진 사람이 살았는데 어찌나 욕심이 많았던지 돼지라고 소문이 났다. 길 남쪽의 앞집에는 황소같이 일 잘하고 일년 열두달이 다 가도 이웃집과 말 한마디 다투는 법이 없는 사람이 살았는데 남의 집일을 제일처럼 해주어 무던하다고 동네에서 칭찬이 자자했다.

어느해 늦가을이였다. 뒤집 사람이 앞집에 찾아와서 산에 산삼 캐러 가자고 하였다. 로일령에서는 호랑이가 이따금씩 나타난다는 소문이 났기에 앞집 사람은 섬뜩한 생각이 들었다. 하지만 막대기 휘둘러도 거칠것이 없는 살림이다보니 산삼이나 캐서 생활에 보태볼 생각이 부쩍 들어 같이 가겠다고 말하였다.

두 사람은 밤에 깔고 누울 개가죽과 사흘 끼니를 제가끔 싸넣은 되산자보따리를 걸머지고 산길을 떠났다. 아름드리나무가 들어찬 골안에 들어가 산발을 타고 이산저산 넘는판이였다. 가을철이라 배 고프면 산열매 같은것을 따먹기도 하였

다. 진종일 헤맸지만 산삼은커녕 그 빛도 못보았다. 그리하여 산기슭 돈들막에 개가죽을 깔고 새우잠을 자고 이튿날 이골안 저골안 해종일 돌아다녔지만 역시 헛물을 켜고말았다. 그래 산골짜기에서 또 하루밤 눈을 붙이고 날이 훤히 밝자 산삼을 찾아 떠났다. 산길을 사흘이나 걷다보니 다리맥이 풀리고 먹을것이 떨어져 하는수 없이 이젠 돌아갈 생각을 하며 걷는데 앞에 험한 낭떠러지가 나타났다. 가까이 가본즉 수십길도 넘을듯 깍아지른 벼랑이였다. 그 아래를 내려다보니 멍석 몇잎 펼만한 풀밭이 있는데 무엇인가 류달리 눈부신것이 보였다. 그래서 행여나 하고 눈을 비비며 여겨본즉 잎사귀가 다섯개씩 달리고 가운데 새빨간 꽃이 핀 산삼이 눈에 띄였다.

(아, 산삼이로구나! 산신령님이 유정하여 가난한 우리를 돌봐주시는 모양이구나! 저 삼을 캐면 우리도 허리 펴고 살아볼수 있지!)

앞집사람이 이렇게 생각하는데 뒤집 사람은 그에게 물었다.

《이 사람아, 산삼은 보이는데 이 낭떠러지를 내려가야 캐지 않겠는가? 어떻게 하면 내려갈수 있을가?》

《허 참, 여보게 그건 근심마소. 지금 칡덩굴이 많으니 그것을 걷어다 바줄을 꼬아 한사람이 줄을 잡고 한사람이 내려가면 되잖겠나.》

《옳네. 자네 생각이 맞네.》

그래 두 사람은 마음이 흐뭇하여 부리나케 칡덩굴을 베여다 바줄을 꼬았다. 그리고 뒤집 사람은 자진하여 우에서 바줄을 잡고앞집사람은 바줄을 허리에 질끈 동이고 줄을 늦추어주는데 따라 벼랑을 차며 내려갔다.

십여길 벼랑을 내려간 앞집 사람은 희색이 만면하여 산삼뿌리를 다칠세라 한 뿌리 두뿌리 정성껏 캐냈다. 캐서는 머리수건에 정히 싸서 칡덩굴바줄에 매였다.

《여보게, 어서 바줄을 당기라구. 산삼을 줄에 매놨네.》

뒤집 사람은 신이 나서 줄을 잡아당겼다. 달려올라온 산삼을 두손으로 받쳐들고 들여다보는 뒤집 사람은 입이 헤벌쭉해가지고 침을 흘리며 저 혼자 팔자 고칠 생각을 하였다.

(야 ―보배삼을 팔면 밭을 사고 기와집을 짓고 마을에서 으뜸가는 부자로 되여 팔자를 고칠수 있지 않겠는가! 그런데 내 손에 든 이 삼을 절반이나 저 사람을 주면 얼마나 아까운가? 허, 그렇지 칡덩굴바줄을 내려보내지 않으면 저

녀석이 올라오지 못하고 굶어죽을것인즉 그러면 이 산삼은 모두 내것으로 되지 않느냐!)

욕심 많은 뒤집 사람은 아예 바줄을 집어던지고 산삼을 싸넣은 보따리를 지고는 혼자 집으로 돌아오고 말았다.

뒤집에서 산삼캐러 갔다 돌아왔다는 소식을 들은 앞집부인은 뒤집에 찾아가서 황황히 물었다.

≪우리 애 아버지는 왜 돌아오시지 않나요?≫

≪참 내 가서 알리려던 참인데 마침 잘 왔소. 글쎄 이틀을 찾았지만 산삼은 구경도 못해서 사흘째 되는 날은 우리 둘이 갈라져 찾기로 약속하고 헤여졌소. 한낮이 되여 약속한 곳에 가보았는데 앞집사람이 오지 않았소. 담배 몇대 피울동안 기다려보면서 불러보기도 했소. 사람은커녕 그림자도 얼씬치 않았소. 이렇게 애태게 기다리다나니 날은 저물어지고 해서 할수없이 혼자서 돌아왔소. 아마 내일에나 돌아올는지, 어디 기다려보우.≫

앞집부인은 근심이 태산같아 우거지상을 해가지고 집에 돌아와서 밤새 기다렸다. 그러나 감감 무소식이였다. 이튿날도 눈빠지게 기다렸지만 아무 기별도 없었다. 호랑이 잘나는 로일령인지라 맹수를 만나지나 않았는가 하는 생각이 들자 속이 바질바질 타들었다. 앞집 부인이야 어찌 굴뚝같이 시커먼 뒤집사람의 그 심보를 환히 보아낼수 있었겠는가!

한편 앞집사람은 뒤집 사람이 바줄을 걷어올린후 다시 내려보내지 않고 뺑소니치고말았기에 소래기를 쳐봤지만 들려오는것이란 산울림뿐이였다. 인가라곤 볼수 없는 심심벽곡이라 구해줄 사람도 없었다. 해는 서산에 뉘엿뉘엿 기울어가고 배는 꾸룩꾸룩 소리를 내였다. 그래 행여나 먹을것이 있겠는가 하여 풀숲을 헤치다가 또 산삼 한뿌리를 발견하였다. 보아하니 한 백년 묵은 삼인것 같았다. 허기찬김에 그 산삼잎을 한잎 뜯어 입에 넣고 씹느라니 이상하게도 허기증이 뚝 떨어졌다.

(아, 신령님도 사람을 알아보는 모양인가? 이 잎을 아껴먹어야겠군.)

앞집사람은 날이 어두워가기에 잠자리를 찾아보다가 한 석굴을 발견하였다. 석굴은 여러문발이나 되게 깊숙한 곳인데 비바람을 막을수 있었다. 게다가 바위틈에서는 이가 시린 샘물이 흘러나오는지라 갈할 때 목을 추길수 있었다. 그리하여 개가죽을 바위돌에 펴고 드러누웠다. 누워서 생각할수록 기가 막혀 잠들수가 없었다. 집에는 처자가 기다리고 있으니 어떻게나 살아서 돌아가야 하였다.

하여 그는 낮이면 산삼을 잘 손질하여 두고 밤이면 석굴에서 산삼잎을 씹고 때를 에때우며 하루하루를 보내였다. 어느덧 겨울이 지나고 또 봄이 왔다. 이렇게 산에서 몇백날을 살다보니 집 떠날적에 입은 베 적삼과 베 바지가 떨어져 살이 비죽비죽 나왔다. 그리고 간을 먹지 못해서인지 온몸에 털이 길게 자라고 머리칼과 수염이 텁수룩하게 나와 본래 모습을 찾아보기 어려웠다.

한편 착한 앞집부인은 집에서 남의 삯일을 해주며 아들을 데리고 고생스럽게 살아갔다. 그러나 뒤집 사람은 그 산삼을 팔아가지고 땅을 사고 기와집을 짓고 부자가 되여 돈을 흥청망청 써가면서 잘사는 판이였다.

어느해 봄철이였다. 이날도 앞집 사람은 석굴에서 나와 산삼에 북을 돋구어지고 꿀벌들이 꽃을 찾아와 꿀을 빚는것을 보며 봄꿈을 꾸는데 난데없이 검은 구름이 손에 잡히울만치 낮게 드리워 몰려오고 바람이 세차게 불더니 번개가 번쩍이고 우뢰가 우르릉하더니 벼랑우에서 큰 나무가 뿌리채로 뽑혀 내려오는 것이였다. 비가 멎고 날이 개인후 잘 살펴보니 벼랑우에서 떨어져내린 나무가 신통하게도 벼랑을 올라갈수 있는 사닥다리로 되였다. 앞집사람은 너무도 기뻐 하늘이 무너져도 솟아날 구멍이 있다더니 참말 그렇구나 하며 그 나무가지를 잡아타고 벼랑을 올라왔다. 올라오기는 했지만 몸에 걸친 베옷이 거의 다 떨어지고 또 머리는 텁수룩하고 몸에는 털이 자랐는지라 사냥군들이 산짐승으로 잘못 보고 쏘지나 않겠는가 하여 낮에는 숨어있다가 밤이 되면 걷고 걸어 제집으로 돌아오게 되였다. 몇날 몇밤을 걸어 제집 마당에 들어섰으나 처자를 놀래우지 않게 하고 또 뒤집 사람의 눈을 피해야 하였기에 그는 변소가까이에 숨어서 부인이 나오기를 기다렸다. 아닐세라 부인이 잠자리에 눕기전에 나왔다. 바로 이때였다.

≪여보, 내가 돌아왔소!≫

≪아니 누구신데 날 불러요?≫

≪여보, 내 목소리를 못 알아듣겠소?≫

≪아이고나. 애 애버지 아니게요? 이게 어떻게 된 일이세요!≫

≪쉬 ―≫

그제사 남편은 자기를 보고 놀라지 말라고 하면서 나무가지에서 불쑥 나왔다. 부인은 귀신같은 사람을 보고 가슴이 철렁했지만 자기 남편인지라 얼른 데리고 집안에 들어갔다. 3년만에 아내와 아들을 만났으니 그 기쁨, 그 사연을 한달을 두고 말한들 다 말하지못알 지경이였다.

먼저 남편에게 옷를 갈아입히고 머리를 깎아주니 모습은 옛모습으로 되였지만 몸에 난 털만은 일시 방법이 없었다. 그리하여 남편은 낮이면 김치움안에서 지내고 밤중이 되면 집안에 들어와 자군 하였다. 이렇게 달포가 지나니 몸에 난 털은 빠지기 시작하였다.

그러던 어느날 새벽 앞집 사람은 고을의 원님을 찾아 길을 떠났다. 원님을 만난 앞집사람은 억을한 사연을 자초지종 아뢰였다.

≪원님께 한가지 억울한 일을 아뢰여 해결하고저 소인이 오늘 찾아왔나이다.≫

≪음, 무슨 일인고?≫

이리하여 3년전에 마을의 뒤집 사람과 같이 산삼 캐러 산에 갔다가 억울하게 된 사연을자초지종 이야기하였다.

앞집 사람의 송사를 들은 원님은 그렇겠다고 머리를 끄덕이며 집에 가서 기다리라 하였다. 그리고는 그 마을의 뒤집 사람을 불러다 물었다.

≪이 사람, 3년전에 자네네 집 앞집 사람과 같이 산삼 캐러 갔던 일이 있는가? 어디 자초지종을 말해보게.≫

뒤집 사람은 짚이는데가 있어 가슴이 철렁 내려앉았지만 시치미를 뚝 떼고 눈을 슴벅이며 같이 산에 가서 둘이 헤여져 산삼을 찾다가 만나지 못하고 혼자 돌아왔기에 그의 행방을 모른다고 엉큼하게 꾸며댔다.

≪음, 그게 사실인가?≫

두쪽 말을 다 들어보았지만 어느 말이 옳은지 판단하지 못하고 있는데 리방이 옆에서

≪원님, 이 일은 두 사람의 말만 들을것이 아니라 두 사람 부인의 말도 들어보면 좋겠나이다.≫ 하고 방법을 귀띔해주었다.

그리하여 원님은 한날 한시에 두집 부부를 모두 붙잡아다 서로 모르게 따로 나무통안에 넣고 먼저 뒤집의 부부에게 엄포를 놓았다.

≪너 이놈, 앞집 사람을 죽이려고 했으니 그 죄로 오늘은 네년놈 둘을 강물에

던져 처단하련다.≫

그러고나서 또 앞집사람이 들어있는 통곁에 가서

≪너 이놈, 죄없는 사람을 무함했으니 그 무함한 죄로 오늘은 네년놈 둘을 강물에 던져 처단하련다.≫ 하고 마찬가지로 엄포를 놓았다..

그리고는 라졸들을 시켜 뒤집 부부를 넣은 나무통을 먼저 메고 강가로 가게 하였다. 강가에 이르어 나무통을 내려놓고 쉬는 참이였다.

≪너희들 듣거라. 이놈은 통안에 있으니 달아날수 없다. 이젠 다 왔으니 바쁘지 않다. 너희들은 저 주막집에 가서 술이나 마시고 와서 이놈을 강에 던져라.≫ 라고 원님이 말하자 모두들 주막집으로 갔다. 그런데 원님이 감쪽같이 그곳에 숨어있는줄 모르고 통안에 있는 부인은 볼부은 소리를 하였다.

≪아이구, 당신두 그사람을 그렇게 해놓고 돌아왔으니 혹시 죽지 않고 돌아돌 수도 있지 않우? 욕심이 사람을 죽이는가봐유. 그가 살아 돌아온것 같으우. 그러니 우리야 이렇게 될수밖에 없지 않우.≫

원님은 또 라졸들을 시켜 앞집사람을 넣은 나무통을 메고 강가로 오게 하였다. 라졸들이 나무통을 메고 강가에 이르렀을 때 원님이 또 령을 내렸다.

≪너희들 듣거라. 이놈은 통안에 있으니 달아날수 없다. 이젠 다 왔으니 바쁘지 않다. 너희들은 저 주막집에 가서 술이나 마시고 와서 이놈을 강에 던져라.≫

그리하여 라졸들은 주막집으로 가는데 원님은 또 감쪽같이 숨어서 동정을 살피다가 통안에 있는 부인의 하소연을 들었다.

≪여보, 원님도 야속해요. 어쩌면 이다지도 우리 사정을 몰라줄가요? 글쎄 산삼을 캐가지고 와서 같이 나누어가지면 다 잘살건데 그 뒤집 놈의 심보야말로 승냥이심보이지. 지금 뒤집 놈은 돈 있고 권세가 있게 되였지만 우리는 가난하고 권세가 없으니 어느 누가 돌봐주겠어요. 우리는 원한을 풀지도 못하고 오늘 수중 고혼이 되게 됐으니 이 일을 어쩌나요.≫

이때 마음씨 착한 남편은 애타는 가슴을 억누르고 부인을 위안하였다.

≪여보, 사람이란건 죄가 있어야 벌을 받아 죽지. 죄없이야 죽는 법이 어디 있소? 우리를 강물에 던진다 해도 룡왕은 우리를 알아줄거요.≫

사실의 진상은 백일하에 드러났다. 고을의 원님은 뒤집 사람이 앞집사람을 죽이고 혼자 잘 살려고 했음을 똑똑히 알았다.

≪너희들 듣거라. 저 뒤집년놈을 당장 끌어내다 키를 낮추게 해라!≫

고을 원님의 추상같은 엄령이 떨어지자 라졸들은 일제 히 ≪예─이─≫하고 즉시 그자를 처단하였다.

이리하여 앞집 사람은 놓여나와 뒤집 사람이 가지고있던 땅과 고래등같은 기와집을 가지고 처자를 데리고 잘 살았다 한다.

구술자: 최기선 / 수집지점: 류하현 륙도구촌 / 수집시간: 1980년 1월

광일이와 광원이

옛날 옛적, 천하 명승 금강산(金剛山)기슭에 궁강마을이란 아담한 마을이 있었다. 그 마을 사람들은 금강의 정기를 타고 나서인지 아니면 금강의 맑은 물을 마시며 자라서인지 사람마다 선량하고 마음씨 고와서 화목하게 살아갔다.

그 마을 동쪽에는 솔골이라고 부르는 그리 깊지 않은 골짜기가 있었다. 골안에는 사철 푸른 소나무가 무성하고 기슭에는 소털 같은 잔디가 무성하여 포단을 펼쳐놓은것 같았다.

이 솔골 어구에는 시내물을 사이두고 양지쪽에는 김씨성을 가진 어진 농부가 살고 음지쪽에는 리씨 성을 가진 선량한 농부가 살고있었다. 그 두집은 개울을 사이두고 살면서 친혈육은 아니지만 이웃사촌이라 형님, 동생하면서 서로 도우며 의좋게 살아갔다.

그런데 그들 두 가정에도 점점 깊어져가는 수심이 있었으니 그것은 두집 다 슬하에 일점혈육이라곤 없는것이였다. 두집 어른들 나이 마흔이 되여오나 슬하에 자식 하나 없어 고적함을 금할수 없었다.

그러던 어느날 금강산 심산속을 지켜 사는 한 호호백발 로승이 목탁을 치며 집앞에 와서 건립을 청하였다. 목탁소리를 들은 두집 부인들은 각각 쌀 한되박씩 퍼가지고 나와 로승의 배낭에 쏟아넣어주며

≪약소하오나 정성으로 받아주세요.≫ 하고 깍듯이 인사를 올렸다. 이에 로승은 시주책을 꺼내여 성명, 주소를 적으면서 무슨 소원이라도 없는가고 물었다.

≪예, 대사님 딴 소원이야 있겠소만 마흔이 되여오나 슬하에 일점혈육이라곤 없어 주야장천 수심만 깊어가옵니다.≫

두 부인의 소원을 듣고난 로승은 백발수염을 내리쓸면서

≪정성이 지극하면 돌우에도 꽃이 피는 법입니다. 부인들께서 저 금강산골안에 들어가 사랑바위밑에 깨끗한 곳을 골라 칠성단을 쌓고 해뜨는 아침과 달뜨는 저녁마다 금강산 <산신령>님께 치성을 드리소서. 구구는 팔십일, 팔십일일을 치성을 드리오면 자연 소원성취가 되오리다.≫ 라고 하고는 떠나갔다.

그날 밤 두집 부인들은 남편들과 함께 마음을 합쳐 정성껏 치성을 드리기로 작심하였다. 이튿날부터 두집 부부는 함께 솔골로 올라가 사랑바위밑에 가장 깨끗하고 경치좋은 곳을 골라 반듯한 큰돌로 칠성단을 무었다. 그리고는 해뜨는 아침에는 리씨네가 치성을 드리고 달뜨는 저녁에는 김씨네가 치성을 드리기로 하였다. 그날부터 제 부부끼리 소복단장을 하고 칠성단에 올라가 정갈한 금강수를 한그릇 떠서 단우에 놓고 단밑에 꿇어앉아 령험하신 신령님께서 자식 하나 점지해주소서 하고 빌고 또 빌었다. 두집 부부는 눈이 오나 비가 오나 그처럼 하루같이 극성을 몰부었다.

이럭저럭 세월은 흘러 구구는 팔십일, 팔십일일이 되는날, 그날은 바로 쟁반같은 둥근달이 솔밭너머에서 둥실 떠오르는 팔월 보름날 밤이였다. 두집 부부는 행여나 무슨 기별이 있겠는가 하고 마음이 산란하여 뒤치락거리면서 잠을 이루지 못하고 있었다. 그러다가 밤이 퍽 깊어서여 두 부인이 어렴풋이 잠들었는데 제각기 남가일몽을 얻었다. 양달집 김씨 부인은 꿈에 동산마루에 둥실 떠오르는 달님속에서 한 선녀가 날아내리더니 부인의 품에 와 안기며

≪저는 월궁항아의 시녀였사온데 신령님의 령을 받고 부인 슬하로 왔사오이다. 어여삐 여겨주옵서.≫하는지라 부인은 화뜰 놀라 깨여났다. 아와 거의 같은 시간에 음달집 리씨 부인도 꿈을 꾸는데 동산마루에 둥실 떠오르는 해님속에서 한 일궁동자가 날아내리더니 부인의 품속으로 날아드는지라 리씨 부인 역시 화뜰 놀라 깨여났다.

꿈에서 깬 두 부인은 아무리 생각해도 그 꿈이 심상치 않은 꿈인지라 얼른

남편들을 흔들어 깨우고 방금 꾼 꿈이야기를 하였다. 그러자 남편들도 그 시각에 꿈을 꾸었노라고 하며 이것은 틀림없는 길몽이라고 했다.

이때 불꽃처럼 피여나는 환희속에서 그들은 서로 꼭 끌어안았다. 원래 치성드리는 기간 정결을 위해 잠자리를 달리하고 부인은 아래방에서 남편은 웃방에서 잠을 잤다. 그렇게 참고 기다리다가 팔십일일만데 그립던 정을 나누느라니 신혼부부처럼 재미를 보았다. 창밖의 밝은달도 두몸이 한몸되고 네다리가 제비꼬리 된것을 비쳐주었다.

과연 두 부인은 그날부터 태기 있어 십삭만에 거의 같은 시각에 리씨부인은 옥동자를 낳았고 김씨부인은 선녀같은 딸을 낳았다. 두 집에서는 서로 상론하여 이름을 짓는데 남자애는 광일(光日)이라 짓고 여자애는 광월(光月)이라 지었다. 두집 부부는 광일이와 광월이를 불면 날가 쥐면 꺼질가 금이야 옥이야 하고키우는데 그들은 옥토에 떨어진 씨앗인양 일취월장 자라났다.

덧없는 세월은 어느새 흘러 애들이 일곱살 잡히자 음달집 리씨네가 광일이를 서당에 보내게 되자 양달집 김씨네도 상론끝에 광월이를 남복을 차려입혀 같은 서당에 보내였다. 두 애는 총명과 재질이 과인하여 하나를 배워주면 열을 알고 열을 배워주면 백천을 통달하는지라 신동이라고 가근방에 소문이 자자하였다.

이 서당에는 운일이란 별호를 가진 훈장이 있었다. 그는 학식이 높고 인품 또한 청수같아 학생들에게는 물론 온 마을 사람들에도 존경을 받는 학자훈장이였다. 그는 벼슬하려던 념원을 헌신짝처럼 집어던지고 조용하고 인품좋은 이 마을에 찾아와 서당을 꾸리고 후대양성에 전력을 다하였다. 그는 광일이와 광월이를 각별히 총애하며 자기의 모든것을 다 전수해주었고 광일이와 광월이 역시 자기들의 총명재질로 훈장이 주는 모든것을 다 받아들였다.

어느덧 세월은 흘러 광일이와 광월이는 벌써 이팔청춘 열여섯살에 잡아들었다. 남달리 숙성한 광일이는 옥골선풍호남아로, 광월이는 화용월태가인으로 자라났다. 그들은 학문도 훈장을 초월할 지경으로 늘었고 덕행도 훈장 못지 않았다. 세월이 흐름에 따라 광일이와 광월의 정은 점점 깊어만 갔다. 그리하여 서당에 가도 함께 가고 집에 와도 함께 왔다. 글을 써도 함께 쓰고 글을 읽어도 함께 읽었다. 글을 지어도 광일이가 운을 떼면 광월이가 다음 구를 짓군 하였다. 여름이면 솔골에 들어가 옥같은 개울물에서 미역도 같이 감았고 포단을 편듯한 잔디밭에서 함께 딩굴기도 하였다. 골육같이 친하게 지내는 사이에 차차 나이가 들면서는 서로 더욱 그리워서 잠시도 떨이지려 하지 않았다. 광일이와 광월이의 가슴속에는 몰래 순박한 사랑의 씨앗이 깊이 묻혀지고 마침내는 야들야들 싹트게 되였다. 남녀구별이 하늘과 땅 같던 그 시절에 그들 한쌍은 원앙이 청류에서 노는듯한지라 량친부모들은 며느리를 보려는 마음도, 사위를 보려는 마음도 간절하여 아이들의 혼례를 차려주기로 상정하였다. 그래서 택일을 한다, 혼수품을 준비한다 하며 비뻐 서둘렀다. 어른들의 기미를 알아차린 광일이와 광월이는 마다하지 않고 설레는 마음안고 그날이 오기를 손꼽아 기다리고 있었다. 그들 둘은 나래라도 돋친듯 훨훨 날것만 같은 기분이였다.

잔치날은 하루하루 다가오고 있었다. 그런데 화혜복소기요 복혜화소복(禍兮福祈倚, 福兮禍祈伏)이라 그런 기쁨속에도 불행이 살금살금 다가오고 있음을 어찌 알았으랴. 잔치를 앞둔 며칠전 광일이가 갑자기 두 눈통을 움켜쥐고 눈알이 터질것 같다고 데굴데굴 굴러대며 야단을 쳤다. 그래 두집의 부모들은 의원을 청해온다, 약을 먹인다 하였으나 백약이 다 무효라 눈은 점점 더 아파났다. 며칠이 지나자 눈앞이 까막나라가 되더니 그만 소경이 되고 말았다. 광일이는 땅을 치고 가슴을 두드리며 통곡하였다. 량친부모 기가 막히고 구곡간장이 다 타서 재만 남을 지경이였다. 광월이 또한 가슴이 터지고 마음은 등잔심지처럼 바질바질 타기만 하였다.

광월이는 이때부터 아무 수집음도, 주저도 없이 밤이고 낮이고 광일이 곁을 떠나지 않았다. 광월이는 광일이의 눈이 되고 손이 되고 발이 되였다. 미음도 한술한술 떠먹이고 약도 먹여주었다. 부드러운 손길로 어루만져주고 다정한 말로 위안을 해주었다. 그러나 날이 갈수록 광일이의 두 눈은 더해만 갔다.

광일이는 처음에 행여나 하는 마음이 앞서 광월이의 뜨거운 정성도 고스란히 받아들였다. 그러나 갈수록 자기 눈병이 더해가니 광일이는 그만 모진 마음을 먹었다. 약은 다 써도 효험이 없으니 부모님만 못살게 하는 소용없는 일이고 광월이는 앞길이 구만리 같은 청춘인데 자기곁에서 허송시킬수 없었다. 그리하여 광일이는 약도 먹지 않고 광월이의 정성도 받아들이지 않았다. 광일이는 하루 아침새에 목석으로 변했다. 그저 미음 몇술씩 먹을뿐이였다.

며칠이 지나 광월이는 광일이의 아픈 가슴 가라앉혀주려는데 광일이는

≪난 모든것이 귀찮다. 광월이도 이젠 내앞에서 얼씬 말라. 이제부터 네 갈길 네 가고 내 갈길 내 가자!≫하고는 벽을 안고 돌아누워 까딱도 않고 있었다. 어두운 밤에 홍두깨라 멍해있던 광월이는 갑자기 솟구치는 설음을 참지 못하고 울었다. 광월이는 싫어하건 좋아하건 가릴것 없이 광일이의 몸우에 덮쳐 얼굴에 얼굴을 비비며 울었다. 광일이 눈에서도 구슬같은 눈물이 흘러 떨어졌다. 그들 둘은 서로 부여잡고 흐느꼈다. 한참만에야 광월이가 입을 열었다.

≪광일이, 우린 살아도 함께 죽어도 같이 죽자고 마음 다진 사이야. 네가 이렇게 된후 네가 울면 나도 울고 네가 가슴을 뜯으면 나도 가슴을 뜯었어. 난 한평생 너의 눈이 되고 너의 손이 되고 너의 발이 되여 너와 고락을 같이 할것을 마음 다진 사람이야. 이건 고칠수 없어. 그리고 세상에 만병을 다스리는 만병통치약이 있다는데 왜 못고치겠니. 우린 앞길이 구만리같은 청춘이니 마음을 크게 먹고 기다리자구. 우린 어쨌던간에 부부야. 부모가 정해준 부부야. 하늘이 정해준 부부야…≫.

광일이는 듣는지 마는지 까딱 않고 있는데 두 눈에서는 눈물만이 하염없이 흘러내렸다. 광일이는 와락 광월이를 그러안고 마음껏 애무해주고 싶은 충동을 느꼈다. 그러나 그렇게 할수 없었다. 광일이는 리지가 앞섰다. 그의 애무를 받아서는 안된다. 광일이는 벌떡 일어나며 광월이를 밀어버렸다.

≪광월아, 난 너를 사랑하지 않어. 영원히 내앞에 나타나지 말어. 내앞에 또 나타나면 난 당장 죽고말겠어.≫

광월이는 잠시나마 광일이의 아픈 가슴을 달래려고 방문을 나서고 말았다. 그후에도 두집 부모들은 광일이를 이모저모 달래보았으나 모두 허사였다. 집에 돌아온 광월이는 생각할수록 광일이가 불쌍했고 또 광일이가 자기를 이해하지 못하는것이 야속했다. 그렇다고 광월이도 광일이를 이해하지 못하는것은 아니였다. 광일이의 소행은 모두다 광월이를 위한것이란것을 알고있다. 두집 부모들도 광일이를 달래다못해 인제는 광월이를 달래였다.

≪광월아, 인젠 광일이를 잊고말라. 광일인 더 믿을 사람이 못돼.≫ 그러나 광월이의 님 향한 일편단심은 변할길 없었다. 광월이는 몇날 몇밤을 눈물과 한숨으로 지새우면서 한가닥 희망과 결심을 굳혀나갔다.

어느날 광월이는 자리에서 일어나 몸단장 정히 하고 운일스승을 찾아갔다.

광월이는 스승을 만나 인사를 건넨후에

≪스승님, 광일이의 병을 인젠 고칠 가망이 없겠습니까?≫하고 단도직입적으로 물었다. 스승도 제자 광일이의 눈병에 대하여 모진 심려를 다하고있는터였다. 그는 학문뿐만 아니라 이만저만 아닌 의술도 가지고 많은 사람들의 질고를 풀어주기도 했으나 광일이의 눈병만은 속수무책이였다. 삼신산의 불로초나 구해서 먹으면 어떻겠는지 다른 약은 효험이 없었다. 광월이의 질문에 한참 침묵을지키다가 스승은 말했다.

≪참, 딱한 일이로고. 하기야 <천불생무록지인이요 지불생무명지초> (天不生無祿之人, 地不生無名之草)라 했으니 사람이 나면 먹을것이 생기게 되고 병이 나면 고칠 약이 생기게 마련인데 지금까지 그런 약을다 찾아내지 못했더라. 참 유감토다.≫

스승의 말을 다소곳이 듣고있던 광월이는 호기심에 끌려 그 무슨 답안이라도 얻어내려는듯 되물었다.

≪스승님, 이제라도 그런 약을 누가 찾아낸다면 광일이의 눈병을 고칠수 있겠습니까?≫

≪있고말고. 이곳은 산 좋고 물 맑아 없는 약이 없고 없는 보물이 없느니라. 금강산에서만도 약재 수백여종을 찾았느니라. 어느 뉘 뜻이 있어 백두산에서 한라산까지 금강산에서 설악산에서 묘향산에서 계룡산에서…명산대천을 서캐훑듯 샅샅이 훑는다면 그럼 명약을 찾을수 있겠지만 그게 어디 졸한 일인가?≫

≪스승님, 그렇다면 제가 한번 나서보렵니다. 어떨가요?≫

긴 한숨을 툫던 스승은 놀라운듯 광월의 얼굴을 바라보다가

≪장하구나. 하나 연약한 소녀의 몸으로 될 일인고? 안되지 안돼. 생각과는 다르니 광월이 그런 생각 말어라.≫라고 하며 허허 웃었다. 그러나 광월이는 스승앞에서 비장한 결심을 피력하였다.

≪스승님, 녀자라고 남자가 하는 일을 못하겠사옵니까! 전 광일이를 구하는 길이라면 한목숨 바칠겁니다. 스승님, 제발 도와주십시오.≫

광월이는 눈물을 흘리며 스승앞에서 무릎꿇고 일어나지 않았다. 스승은 여러모로 광월이를 달랬으나 일녀포한육월상(一女抱恨六月霜)이라 소녀 한번 먹은 마음 굽힐수 없었다.

그제야 스승은 무가내라는듯 머리를 끄덕여보이며

≪정 그렇다면 소원성취될는지 한번 시험해보거라.≫하였다. 그리고 항간에 널려있는 편방을 수집하는데 대하여, 약초를 캐고 제약하는데 대하여, 객지생활에서 조심할데 대하여 열당부를 하였다. 뿐만아니라 자기가 한평생 아껴온 의서와 제약도구를 담은 망태도 넘겨주면서

≪광월아, 이건 내가 평생 아끼며 읽고 써오던거다. 내 이젠 인생갑자 한고개를 올랐으니 너에게 넘겨준다. 기어이 성공하길 바란다.≫라고 말을 하고는 락루하며 작별을 고했다.

광월이는 집에 돌아와 두집 부모님을 한데 모시고 집 떠날 의향을 이실직고하였다. 부모님은 놀라 기겁했으나 드팀없는 광월의 결심앞에서는 어쩌지 못하였다.

≪이 불효자식은 집을 떠나가옵니다. 10년을 기약하고 떠납니다. 10년이 넘어도 돌아오지 않으면 광일이의 눈병약을 찾지 못하는줄로 알아주세요.≫

광월은 광일이를 만나지 않고 기다려달라는 부탁만을 남기고는 남장을 하고 의서와 필묵이 든 보자기와 제약도구가 든 약망태를 메고 뒤도 돌아보지 않고 발가는대로 바람부는대로 정처없이 길을 떠났다.

집떠난 광월이 부평초같이 떠돌아다니며 마을만 만나면 다 들려서 채약을 한다는 사람이거나 의술을 안다는 사람이라면 다 찾아가서 가르침을 받았다. 또 병중에 있다는 병자를 찾아가서는 무슨 병인가? 무슨 약을 쓰는가? 효험이 어떤가를 물어 기록하였다. 이렇게 한동안 처방과 약명을 익혀가지고는 산에 올라가 그런 약초를 채집하군 하였다. 채집한 약초를 가지고 다시 마을로 내려와 병자에게 써보고 그 효험결과를 기록하군 하였다. 이렇게 이 마을에서 저 마을로, 이 산에서 저 산으로 전전하면서 얼마나 약초를 캐고 뜯었는지 모른다. 여름만 되면 광월이는 대개 산에서 살았다. 령을 넘고 벼랑을 톺고 골짜기를 누비면서 이름 모를 갖가지 약초를 캐고캤다. 때로는 벼랑에서 떨어져 죽을번했고 때로는 심산유곡에서 길을 잃어 헤맸으며 때로는 호랑이밥이 될번도 한적이 한두번이 아니었다. 살이 찢겨 피가 흘렀고 손톱, 발톱이 닳아 떨어졌다. 그렇게 곱던 화용월태 지금은 찾아보기 어렵게 되였다. 겨울만 되면 광월이는 대개 산에서 내려와 마을에서 살았다. 마을과 마을을 찾아다니며 병자들을 치료해주었고 또 새로운 약처방도 찾고 찾았다. 그러는 사이에 광월이의 의술은 높아만 갔다. 전에 모르

던 약재와 처방을 많이 찾아냈고 전에 못 고치던 병도 척척 고쳐냈다. 하지만 광월이는 만족을 몰랐다. 광일이의 눈병을 고치는 약을 꼭 찾아내고야말겠다는 일편단심은 변할줄 몰랐다. 광월이는 금강산을 다 훑고는 백두산으로, 백두산을 다 훑고는 묘향산으로 이렇게 북쪽에서 다 훑고는 남쪽으로 설악산, 한라산에까지 명산이란 명산은 다 훑었다. 또 마을이란 마을을 다 찾아다니였고 의원이라는 의원은 다 찾아다니며 가르침을 받았다. 그리하여 광월이는 천하에 헤아릴만한 명의로 되였다. 그는 가는 곳마다에서 사람들의 절찬을 받았다. 광월의 손이 미치면 못고치는 병이 없었다.

광월이가 집을 떠난지도 어언간 10년이 넘어간다. 그동안 광월이는 일시도 광일이를 잊은적이 없고 부모님들을 잊은적이 없다. 당장에 돌아가서 광일이를 얼싸안아주고싶고 부모님들을 모시고 싶었다. 그러나 광월이는 아직도 광일이의 눈병을 고칠수 있는 유효한 약과 처방만을 찾아내지 못하고 있었다.

(안된다. 이대로 돌아갈수 없다. 내 죽기전에 광일이의 눈병을 고쳐줄 약을 꼭 찾아내야 한다.)

광월이는 또다시 금강산에 들어가서 벼랑이며 골짜기며 산꼭대기를 빗질하듯 샅샅이 훑었다, 어느날 광월이는 너무나 지쳐 잠간 다리쉼을 하려고 큰 바위우에 앉았다. 그의 팔과 다리는 나무가지에 긁히고 가시덩굴에 찔려 피가 흘렀고 얼굴은 땀에 절고 볕에 타서 얼얼하였다. 눈도 쓰려서 뜰수 없었다.

바로 이때였다. 어데선가 짐승들의 찍찍하는 쇠된 소리가 들려왔다. 그래 무심히 눈길을 돌리니 멀지 않은곳에서 큰 뱀 한마리와 족제비 한마리가 싸우고 있었다. 한참 서로 물고 뜯고 하더니 족제비란 놈이 뱀에게 물리웠는지 눈에서 피가 줄줄 흘러내렸다. 그러자 족제비란 놈은 더 싸울넘을 못하고 쫓기우다가 바위로 기여올라오더니 바위틈에서 솟아나는 샘물에다 대가리를 들이밀었다가는 꺼내고 꺼냈다가는 또 들이밀고 하였다. 한참 그러느라니 흐르던 피는 멎고 두눈은 말끔해졌다. 그 정경을 까딱없이 주시하던 광월이는 족제비가 자취를 감추자 일어나 그리로 가 보았다. 바위틈으로 수정같이 맑은 샘물이 송글송글 솟고있다. 광월이는 엎드려 샘물을 한모금 마셔보았다. 과연 시원하고 또한 별맛이였다. 방금까지 타는듯한 목안이 시원해나고 갈증도 뚝 떨어졌다. 광월이는 또 샘물에세수를 해보았다. 그러자 아리고 쓰리던 얼굴도 더는 아프지 않고 청신

한 느낌을 주었고 눈도 쓰라지 않았다. 광월이는 또 샘곁에 앉아 팔과 다리에 입은 상처부위에다 샘물을 끼얹어보았다. 그랬더니 아픔도 멎고 시원해났다.

≪야, 약수다! 약수!≫

광월이는 이 새로운 발견에 도취되여 저도 모르게 웨쳐댔다.

광월이는 이 약수를 가지고 많은 병자들을 치료해주었다. 이 약수는 매우 좋은 지혈제요, 소염제요, 진통제요, 청량제였다. 이 약수는 외상을 치료하는데 좋은 약이였다. 그러나 광일이같이 속에서 생긴 병에는 특효를 볼수 없었다.

(세상에 광일이의 눈병을 고치는 약은 과연 없단말이야?)

광월이는 그래도 낙심하지 않고 내금강, 외금강, 해금강을 골고루 참빗질했다.

어느날 광월이는 지친 몸을 좀 쉬려고 아늑한 곳을 찾아 앉았다. 때는 마침 봄날이라 따사로운 해볕이 지친 몸을 포근히 감싸주었다.

그런데 꿈인지 생시인지 갑자기 푸른 하늘이 안개속에 몽롱해지더니 눈서리같이 흰 수염을 길게 드리운 호호백발 할아버지 한분이 도포를 입고저 금강산 상상봉에서 훨훨 날아 광월이앞에 와서 척 서는것이였다.

≪애 광월아, 넌 아직도 잠을 자고 있느냐! 광일이 명재경각하니 어서 집에 돌아가서 구하거라. 넌 이젠 벌써 광일이의 눈병을 고쳐줄 의술도 있고 약도 찾아냈느니라. 병은 눈에 난 병이나 그게 오장륙부와 관계되니 여러가지 약을 조합해 써야 하느리라. 지금 너는 광일이를 해빛 보게 해줄수 있게 되였느니라. 너의 정성이 너무나 갸륵하여 금강산의 산신령인 나도 감복되여 금강산의 약재들을 적은 이 의서고 주느니 가지고 가거라.≫하며 광월이의 손에 책을 넘겨주고는 인사도 받을새 없이 사라졌다.

이에 소스라쳐 깨여난 광월이는 손에 쥐여진 책을 대충 펼쳐보았다. 금강산의 갖가지 약재를 적은 보물같은 의서였다. 바로 광월이가 10년을 두고 찾고찾던 책이였다.

(이젠 집에 돌아가자. 어서 돌아가서 광일이를 구해야지.)

손꼽아 헤여보니 집떠난지도 10년이 넘어 언약을 어겼는지라 광월이는 행장을 대강 수습해가지고 ≪선산≫ 금강산을 내렸다.

한편 광일이는 비록 앞을 보지 못하면서도 광월이가 돌아올 날을 손꼽아 기다리며 억세게 살아갔다. 세월은 야속하여 두집 부모들은 앞 못보는 광일이를 혼자 남겨놓고 세상을 떠나갔다. 홀로 남은 광일이는 밥동냥을 하며 광월이가 돌아올 날을 기다렸다. 무정한 세월은 10년이 지나갔다. 언약한 시간도 지났는지라 광일이의 유일한 정신지주는 일거에 무너지고 말았다.

(광월이는 약을 끝내 찾지 못한 모양이구나. 아마 광월이도 저승에 갔을거다. 내 광월이 없이 살아 무엇하나. 나도 같이 따라가련다. 광월아, 광월아!)

광일이는 이날부터 일체 식음을 전폐하고 자리에 드러누웠다. 하루, 이틀, 사흘…이젠 정신도 아리숭해져 그저 실오리같은 숨만 붙어있을뿐이였다.

광월이는 10년이 지나 집에 돌아왔다. 그는 돌아오자바람으로 광일이를 붙안고 가지고 온 금강산의 약수를 한술한술 떠먹여주었다. 그러자 정신이 돌아온 광일이는 광월이를 붙안고 통곡하였다.

광월이는 광일이를 구완하기에 전력을 다했다. 그는 스승님이 준 의서와 ≪산신령≫님이 준 의서를 펼쳐놓고 또 자기가 10년동안 쌓아놓은 경험과 의술로써 광일이의 눈병을 치료하는데 달라붙었다. 한첩, 두첩, 세첩 명약에다, 한술, 두술, 세술 약수에다, 몰붓는 정성에 광일이의 눈은 점점 아픔이 없어지기 시작하였다. 광월이는 이 약, 저 약, 이 처방, 저 처방 다 써보면서 모든 정력과 힘을 다 바쳤다. 그리하여 광일이의 눈엔 먼동이 트기 시작하더니 끝내는 광명을 되찾게 되였다. 진정 돌우에 꽃피고 가슴가슴에 기쁨이 넘쳤다. 광월이의 지극한 정성에 광일이는 다시 해빛을 찾았다. 그리하여 광일이는 꽃같이 아름답고 달같이 환한 광월이를 다시금 볼수 있게 되였다. 그들 둘은 얼싸안고 울고 웃었다.

그로부터 얼마 지나후 광일이와 광월이는 금강산 약수터에 집을 옮기고 금강의 정수 한사발떠놓고 마주앉아 백년해로가약을 맺고 행복하게 살면서 자식도 2남 2녀를 두었다. 그러면서 둘은 합심하여 금강의 약재를 계속 연구했고 수많은 병자들을 치료해주었을뿐만아니라 후손들에게 남겨줄 의서도 썼다. 그들의 저술은 먼 후일 세상에 나온 ≪동의보감≫의 기초로 되였다고 전해지고있다.

구술자: 리광수 / 수집지점: 집안시 영수촌 / 수집시간: 1995년 3월

샘

옛날 어느 한 마을에 인생갑자 한고개를 넘은 늙은 량주가 슬하에 혈육 한점 없이 살고 있었습니다. 령감은 늘 산에 가서 등골이 휘도록 땔나무를 하였고 손톱발톱이 닳아 빠지도록 힘에 부치는 일이란 일은 다 했건만 집안살림은 피여나지 못하고 점점 더 가난해졌습니다.

그런데 어느날이였습니다. 령감은 이날도 산에 나무하러 갔습니다. 기기괴괴한 층암절벽밑에서 령감은 잠간 다리쉼을 하다가 당장 와르르 무너져내릴것같은 이끼긴 바위짬에서 솟는 수정샘을 보았습니다. 속이 달아난 령감은 샘물을 마시기 시작했습니다.

한데 이런 변이라구 있겠습니까?! 한모금 마시니 정신이 펄쩍 들고 두모금 마시니 온몸에 힘이 부쩍 오르고 세모금 마시니 령감은 주름살 하나 없는 젊은이로 변해버렸습니다. 그래서 그는 날듯한 기분으로 담배 한대 피울 사이에 나무를 산같이 한짐 해지고 성큼성큼 집으로 돌아오고 있었습니다.

령감이 돌아올 때가 됨직하면 로친은 언제나 동구밖으로 마중나가군 하였습니다. 그런데 오늘따라 눈빠지게 기다리는 령감은 오지 않고 웬 젊은 사나이가 나무짐을 지고 땅이 꺼지도록 쿵쿵 구르며 오고 있지 않겠습니까! 그래 로친은 그 젊은이를 막아나섰답니다.

≪저―말 좀 묻자구. 한 로인이 나무를 지고 이 마을로 오는것을 보지 못했수?≫

≪하하하!≫ 히고 젊은이는 대답대신 너털웃음을 터뜨렸습니다.

≪아니 검은 머리 파뿌리된 우리 로친이 제 령감도 몰라보다니!≫

이 말에 로친은 희색이 만면해서 말했지요.

≪령감, 이게 원 영문이요. 어떻게 되여 갑자기 몰라보게 젊어졌나요?≫

≪하, 오늘은 재수가 붙었지. 아니 글쎄 그 바위짬에서 흘러나온 약수를 마시고나니 이렇게 갑자기 젊어지질 않겠수.≫

≪아이구 령감, 령감은 젊어져 주름살이 펴지고 혈기왕성하지만 이 로친은 주름살이 고랑 친 늘그대기인데…참 어찌하겠어요?≫

≪허참, 로친두 공연한 걱정을 사서 하는구려. 내일 나와 함께 산에 가서 그 약수를 마시면 될게 아니겠소.≫

그 이튿날이였습니다. 로친은 령감을 따라 산에 가서 샘물을 한모금 마시고 두모금 마시고 또 세모금 마셨습니다. 그랬더니 아닌게아니라 로친도 새파랗게 젊은 녀인으로 변하였습니다. 이로부터 젊어진 량주는 손 맞잡고 벌면서 아기자기 잘 살아갔습니다.

그런데 공것이라면 비상도 먹는 뒤집 늙은이는 앞집 량주가 젊어진것을 보고 ≪여보게, 당신네들은 어떻게 되여 젊어졌소?≫하고 물었습니다.

앞집 로친은 젊어지게 된 사연을 자초지종 말하였지요.

≪음, 그러면 나도 샘물 마시러 가겠네.≫

뒤집 늙은이는 그길로 갓을 쓰고 두루마기를 입고 샘물 마시러 떠났습니다. 샘물을 찾은 늙은이는 꿇어 엎디여 샘물을 마시기 시작했지요. 과연 한모금 마시니 정신이 펄쩍 들고 두모금 마시니 기운이 부쩍 나고 세모금 마시니 주름살하나 없는 젊은이로 변했습니다.

속담에 바다는 메워도 사람의 욕심은 못채운다고 욕심 많은 뒤집 늙은이는 세모금 마신 다음 부질없이 한모금 더 마셨답니다. 그러자 홀떡 어린애로 변해버렸지요. 욕심이 사람을 잡는다고 어린애로 된 갓을 쓴 늙은이는 두루마기안에서 ≪빽― 빽―≫ 울고 있었습니다.

앞집 령감은 뒤집 늙은이가 보이지 않자 산으로 터벅터벅 찾아갔습니다. 샘물터에 가보니 한 어린애가 ≪빽― 빽―≫ 울고 있지 않겠습니까? 그래 그것을 알아본즉 그 어린애가 바로 뒤집의 늙은이였답니다.

구술자: 리창하 / 수집지점: 무순시 장당 / 수집시간: 1980년 11월

지혜로운 포수

  옛날에 이런 일이 있었대. 산골 한 오막살이집에 지혜로운 포수가 있었는데 그는 호랑이를 아흔여덟마리나 잡았는데 그 소문이 아근동네에 쫙 퍼져 모르는 사람이 없었다고 그래.

  그 포수는 호랑이 두마리를 더 잡아 백마리를 채우려고 뫼산자보따리를 해지고 나팔과 총을 메고 호랑이사냥을 떠났대.

  심심산골로 들어가는데 골안이 어찌나 깊은지 하루종일 가도 끝이 안나더래. 일락서산에 해는 꼴깍 넘어가고 날이 어슬어슬해지는데 인가라곤 보이지 않더라나. 그래두 포수는 시내물을 따라 그냥 골안으로 들어갔대.

  밤이 이슥하도록 들어가느라니까 한 곳에 불이 빤히 보이더래. 포수가 그 불빛을 찾아보니 반갑게도 자그마한 귀틀집 창문에서 비쳐나오는 불빛이더래. 포수는 거기서 하루밤 묵을생각이 들어 그 집 뜨락에 들어서서 주인을 불렀다.

  ≪주인장 계십니까?≫

  ≪누구시오?≫

  ≪예, 전 포수올시다. 날이 저물어 하루밤 페를 끼칠가 합니다.≫

  그 말에 늙은 주인이 문을 열고 말하더래.

  ≪우리 집에는 재밤중이면 호랑이란놈이 오군 해서 위험하우다.≫

  ≪주인님, 전 호랑이사냥을 떠난 포수올시다. 하루밤만 묵어가게 해주십시오.≫

  늙은 주인은 쾌히 응낙하고 손님을 맞아들였대. 포수는 웃방에 자리를 잡았지만 호랑이가 이 집에 오군 한다는 말에 깊은 잠을 이루지 못하고 이제나저제나 하고 기다리는데 아닌게아니라 야밤삼경이 되니 ≪따웅―≫소리를 치며 호랑이가 오더래. 포수는 숨을 죽이며 동정을 살피고 있는데 호랑이란 놈이 창문 창호지를 째며 엉뎅이를 들이대더래. 요때 포수는 번개 같은 생각이 들어 가지고 온 나팔을 호랑이밑구멍에 콱 들이박았대. 그랬더니 말이지, 호랑이란놈은 무엇인지 선뜩한것이 밑구멍을 찌르는 바람에 ≪뿡, 뿡―≫ 방귀를 뀌며 꼬리 빳빳이 내뺐대. 방귀소리가≪뿡, 뿡―≫ 하고 나는데 따라 나팔소리가 ≪빵, 빵―≫나더래. 이렇게 나팔소리가 나자 호랑이는 뒤에서 어비라도 따라오는줄 알고 ≪뿡, 뿡―≫하고 줄방귀를 뀌며 걸음아 날 살려라하고 냅다 뛰였대. 그럴수록 ≪빵, 빵―≫ 하는 나팔소리도 연해연방 울렸대. 나팔소리가 더 세질수록 호랑이는 기겁한 나머지 피똥을 갈기며 네굽을 놓다가 그만 삐뚜룩해지고 말았대.

이튿날 동이 트자 포수는 자기의 나팔을 찾으려고 두루 돌아다니며 살피다가 땅에 흘린 피똥을 보았대. 포수는 그 피똥을 고스란히 따라 가고 가느라니 과연 황소같은 호랑이가 나자빠져있더래.

포수는 이렇게 아흔아홉번째 호랑이를 총 한방 안쏘고 나팔덕에 잡았다고그래.

호랑이 아른아홉마리를 잡은 포수는 한마리를 더 잡아 백마리 채울 마음으로 또 골안을깊이 들어갔대. 하늘도 보이지 않는 록음 우거진 수림속을 지나서 머루랑 다래랑 넝쿨넝쿨 뒤엉킨 속에 들어가 은신하고 맞은켠 산기슭을 바라보았대. 그런데 그 산기슭에서는 웬 일인지 호랑이와 갖가지 짐승들이 득시글거리며 바삐 돌아치고 있더래. 포수는 눈을 비비고 그쪽을 찬찬히 내다보았대. 해빛이 쩅쩅한 그 양지쪽기슭에는 어머호랑이 한마리가 도사리고 앉아있고 그 앞엔 노루랑 사슴이랑 토끼랑 메돼지랑 부지기수의 산짐승들이 있고 새끼 호랑이들은 이것저것 구해오느라 발이 땅에 닿을새 없이 돌더래.

짐승들이 하도 많아 포수는 총을 쏘지도 못하고 그저 다래넝쿨속에서 한참 이 광경을 지켜보고만 있었지.

해가 한발이나 되게 떠올랐을 때 어미호랑이가 입을 열더래.

≪애들아, 너희들은 내 생일날에 맛있는 짐승들을 많이 차려놓았구나! 그런데 한가지가 없구나. 사람고기가 없는것이 섭섭하구나!≫

그 말이 떨어지게 바쁘게 새끼호랑이들이

≪방금 저 다래넝쿨속에 사람이 있는것을 보았습니다.≫ 라고 대답을 하더래.

≪그렇다면 그 사람을 냉큼 잡아오너라!≫ 하고 어미호랑이는 말했대.

호랑이들이 주고 받는 말을 빠침없이 들은 포수는 바짝 정신을 차렸지. 그러나 몸 뺄새없이 숱한 호랑이들이 바람같이 포수한테 몰려들었대. 이렇게 되여 포수는 옴짝 못하고 잡히우고 말았대. 그래서 포수도 노루나 사슴들과 같이 고양이앞의 쥐 신세가 되여 어미호랑이앞에 앉아있었다나.

사람까지 잡아오자 어미호랑이가 흐뭇한 마음으로 입을 헤벌쭉이 벌리더래.

≪애들아, 생일상에 이렇게 많이 차려놓았는데 어느것부터 먹을가?≫

그러자 새끼호랑이들이 맛 좋은 사람부터 먹으라고 하더라지.

≪한데 저 사람을 어떻게 먹을가? 통째고 삼킬까 씹어 먹을가?≫

그러자 새끼호랑이들이 또 고까짓것 통채로 홀딱 삼켜도 성차지 않겠는데 뭐 씹을것이 있는가고 하겠지.

칠성판에 오른 포수는 간이 콩알만해지고 등골이 써늘해 있는데 어미호랑이는 홍이 도도해서 벌건 아가리를 쩍 벌리고 단번에 포수를 통채로 꿀꺽 삼켜버렸지.

어머나! 그 포수는 어떻게 되였을가?

어미호랑이 배속에 들어간 포수는 범에게 물려가도 제정신만 차리면 산다는 말을 믿고 정신을 바짝 차리고 장도칼로 호랑이 배때기를 빡, 빡 긁기 시작했다고 그래.

사람을 통채로 삼킨 어미호랑이는 배때기가 살살 아파나자 먹고 죽을것을 잡아왔다고 나무람하면서 천둥같이 성이 나서 이리 뛰고 저리 뛰며 새끼호랑이들을 마구 물어 메쳤대. 그바람에 어미호랑이 생일에 왔던 새끼호랑이들은 다 뻐드러지고 말았지. 그리고 배때기를 쩰수록 더 야기를 부리던 어미호랑이는 포수가 배때기를 째고 나오는통에 그만 너부러지고말았대.

포수가 호랑이 배속에서 나오니 산기슭엔 부지기수의 호랑이들이 쓰러져있고 잡아온 산짐승들은 살 때를 만났다고 뿔뿔이 삼십륙계 줄행랑을 놓았다나.

그리하여 포수는 총 한방 쏘지 않고 장도칼로 호랑이 한마리가 아니라 수십마리를 잡았대.

포수는 호랑이 가죽을 벗겨 산더미같이 짊어지고 흥얼거리며 집에 돌아왔대. 지혜로운 포수는 집에 돌아와서 호랑이 가죽을 팔아가지고 잘 살았다고 그래.

구술자: 리금봉 / 수집지점: 집안시 영수촌 / 수집시간: 1952년 1월

호랑이가 은혜 갚다

호랑이가 담배피우던 아득히 먼 옛날에 있은 일이래.

어느 두메산골에 늙은 량주가 아들 하나를 데리고 살았대. 스무나무살나는 아들은 가난이 죄가 되여 장가도 못들고 착하신 늙은 부모를 모시고 날마다 산에 가서 나무를 해다가 장에 갖다 팔아서 겨우겨우 살아갔다고 해.

그러던 어느해 겨울, 이 시골에 백여년래 보기 드문 큰 눈이 내렸대. 산에 들에 한길 넘게 눈이 와서 사람들은 바깥출입도 어렵게 되고 산짐승, 날짐승도 먹이를 찾지 못해 눈알이 씨뻘개졌대. 그러니 산중대왕이란 호랑이도 산짐승이 적어지자 배를 졸리게 되였대.

그런데 어느날 밤, 호랑이가 이 늙은 량주의 오두막뜨락에 와서 ≪따웅—따웅—≫ 소리를 지르며 울다가 가버리더래. 그런데 웬 일인지 앞뜨락에선 그냥 바스락거리는 소리가 나더래. 그래서 로인이 문을 빠끔히 열고 내다보니까 뜨락에 새끼호랑이 세마리가 토방에 옹크리고 있더래. 그래서 로인은 아들한테 분부했대.

≪애, 호랑이새끼가 밖에 있구나. 어서 집안에 안아들여라. 눈이 수북이 내려 호랑이도 먹을것이 없어 제 새끼를 인가에 갖다놓은 모양이다.≫

고양이같은 호랑이새끼들이 따듯한 구들목에 엉치를 붙이고 앉으니 허리를 쭉쭉 펴는데 참 귀엽더래. 늙은 량주는 귀동자나 본것처럼 호랑이새끼한테 좁쌀죽을 쒀먹이면서 정성껏 자래웠대.

며칠이 지난 어느날 밤인데 또 뜨락에서 ≪따웅—≫ 하는 호랑이소리가 나더니 쿵 하고 무엇인가를 메치는 소리가 나더래. 그런 다음에는 아무 동정도 없었대. 그래 로인이 또 문을 빠끔히 열고 내다보았다나. 내다보니 글쎄 노루 한마리를 토방에 메쳐놓고 가버렸대. 로인은 입이 함지박이 되여 아들한테 말했대.

≪애, 호랑이가 노루를 물어다 놓았구나. 제 새끼한테 먹여달라고 그런게다. 어서 들여다 튀하자.≫

그래서 안로인이 물을 끓여주어 두 부자는 잠간사이에 노루를 튀해서 께달아

매놓고 날마다 호랑이새끼한테 좀씩 먹였대.

눈이 펑펑 쏟아지던 겨울이 지나고 어느새 새움 트는 봄이 돌아왔대. 한데 어느날 밤, 또 뜨락에 호랑이가 와서 《따웅—따웅—》 소리지르면서 가지를 않더래. 로인은 번개같은 생각이 들어 아들에게 말했대.

《애, 어미호랑이가 제 새끼 찾으러 온 모양이구나. 너 얼른 호랑이새끼를 뜨락에 내다놓아라.》

손때 묻은 호랑이새끼를 내다놓자 어미호랑이는 기쁜김에 새끼를 데리고 산골로 들어가더래.

그로부터 얼마 지난 어느날 밤이였대. 또 호랑이가 와서 《따웅—따웅—》 소리를 지르며 무엇을 쿵 내려놓고 돌아갔대. 이상한 생각이 들어 로인이 또 문을 빠끔히 열고 내다보았대. 내다보니 글쎄 송아지만큼 큰사슴 한마리가 토방에 있더라나.

호랑이가 은혜를 갚느라고 사슴을 물어온것이지. 그래서 찌그러져가는 오두막에서 살아온 늙은 량주는 이 사슴을 팔아 새 삼간집을 번듯이 지어놓고 흥겹게 살았대.

삼복철이 된 어느날 밤, 또 호랑이가 뜨락에와서 《따웅 —따웅 —》 소리를 지르더래. 좀 지나 호랑이가 간것 같은데 무슨 인기척소리가 나더래. 그래서 로인이 또 문을 빠끔히 열고 내다보대. 글쎄 이번에는 웬 처녀 하나를 토방에 놓고 갔더라나.

《아니, 이게 웬 일이냐? 사람을 물어다놓았구나! 애, 얼른 저 처녀를 안아다 따스한 아래목에 눕혀라!》

더먹머리 총각은 얼른 그 처녀를 안아다 따스한 구들에 눕혀놓고 이부자리를 덮어주었대. 처녀는 숨은 붙어있었으나 정신은 영 버리고 있더래. 그래서 온 식솔이 서둘러 손발을 주물러준다, 쌀미음을 쒀 입에 떠넣어준다 하며 한참 볶아쳤대. 하루쯤 지나니까 처녀는 정신을 차리더래. 얼굴이 발가우리해가지고 화기가 도는것을 보니 과연 보름달같이 환하고 꽃같이 어여쁘더래.

그 처녀는 정신이 들자

《예가 어디예요?》 하고 묻더래.

그래서 로인은 아무곳이라 알려주고나서 《처녀의 집은 어디 있느뇨?》 하고

물으니까

≪우리 집은 서울에 있어요≫하고 대답하더래.

실은 호랑이가 서울의 한 정승네 뜨락에서 처녀를 몰어온거래. 록음방초 우거진 한여름이라 정승의 딸이 후원을 산책하는중에 느닷없이 센 바람이 일더니 호랑이가 담을 훌 넘어와서 처녀를 물어갔대.

처녀의 말을 듣고 로인은

≪부모님네 얼마나 근심걱정하겠나. 애야, 얼른 이 처녀를 수레에 태워 데려가거라.≫ 하고 분부하더래.

그 말이 떨어지기 바쁘게 처녀는 심중에 있는 말을 꺼내더래.

≪아버님 어머님, 무슨 말씀을 그렇게 하시옵니까? 절 낳은 이도 부모요, 저의 목숨을 구해준이도 부모가 아니오이까! 제가 이 은혜를 갚지 않고 어찌 돌아가겠나이까! 전 일편단심 아버님과 어머님을 모시겠나이다.≫

동네사람들도 처녀의 말에 일리가 있다고 하면서 며느리로 삼는게 좋겠다고 권고했대. 그래서 더먹머리 총각은 정승의 딸한테 장가를 들었다나.

몇달이 지난 어느날 며느리가 본가에 갔다 오겠노라 하더래. 그래서 젊은 부부가 수레 앉아 정승네 집으로 가게 되였다나.

난데없이 집뜨락으로 수레가 들어오니 정승은 하인에게 나가보라고 분부하였대. 하인이 나가면서

≪어디서 오는 손님입니까?≫ 하고 묻자 ≪몰라보겠어?≫ 하고 그 색시가 반문하더래.

그제야 정승의 따님이라는것을 안 하인은 씽― 달아들어가 정승에게 아뢰였대. 그러니 정승은

≪그게 무슨 소리야? 내 딸은 호랑이한테 물려갔는데 어떻게 살아오겠느냐≫ 하며 버선발로 뛰여나가는데 딸도 수레에서 뛰여내려 달려오며

≪아버님, 어머님! 호랑이한테 물려갔던 이 딸이 왔나이다!≫ 하고 인사를 올렸대.

그바람에 생면부지인 사위도 부모님전에 무릎 꿇고 넓적 절을 드리더래.

≪이것이 하느님께서 맺어준 인연이로구나!≫하며 정승은 쾌히 응낙해주었대.

정승은 딸을 구해낸 늙은 량주도 서울에 모셔오고 총명한 사위도 공부시켜

과거 급제시켜 모두 다 잘 살았다고 그래.

구술자: 림병호 / 수집지점: 개주시 서해향 / 수집시간: 1982년 6월

인삼처녀

먼먼 옛날, 백두산줄기가 뻗어내린 어느 한 깊은 골안에 산삼캐기로 업을 삼는 늙은 량주가 아들 하나를 두고 살고 있었다. 바깥로인은 날마다 아침 푸름하여 산삼 캐러 심산에 들어가고 안로인은 날마다 집안일을 돌보면서 귀염둥이 총각애를 애지중지 키우고 있었다. 그 애는 태여나서 조숙하기로 석달이 안되여 산꼭대기에 올라가고 담이 크기로 승냥이, 호랑이도 겁내지 않고 날쌔기로 돌팔매질을 하면 화살보다 더 빠르게 명중하는것이였다. 과연 그 애는 생김새가 옥선풍이요, 총명이 과인하여 총애를 받았다.

총각애는 점점 커가면서 날마다 혼자 산에 가서 놀기를 좋아했다.

그러던 어느날, 총각애는 산골물을 따라 가재랑 돌쫑개랑 잡으며 올라가다가 한 뾰족산벼랑 아래에서 아주 깊어보이는 푸른 못을 보았다. 그는 못가에서 고기잡이를 하려다가 물우에 꽃 한떨기가 떠있는것을 보았다.

《아니, 이게 무슨 꽃이냐? 어디서 생겼을가?》

총각애는 혼자 중얼거리며 보고 또 보았다. 찬찬히 보니 그것은 물우에 비낀 꽃이였다. 어데 이런 환한 꽃이 있을가 하고 생각하며 총각애는 사위를 두리두리 살폈다. 이건 틀림없이 바위우의 꽃이 비낀것이라 생각하고 뾰족산 벼랑을 기여올라가 보니 과연 그곳에 꽃 한떨기가 방긋 피여있었다.

꽃은 높이가 서너자 돼 보이고 잎은 손바닥만한게 십여층이나 둘려있었다. 그 꽃이 하도 탐스럽고 고와 총각애의 마음은 황홀해졌다.

그런데 이게 웬 일일가? 총각애가 곁에 가 들여다볼수록 꽃은 점점 더 커지면서 더 붉어지는것이였다. 꽃에 반한 총각애는 그날부터 날마다 이곳에 와서 정성

껏 꽃을 가꾸어 주었다. 총각애는 해종일 꽃을 동무하여 놀았다. 해질무렵이면 꽃을 덮어주기도 하고 바람이 세차게 불 때면 바람막이 바자를 세워주기도 하였다. 그리하여 꽃은 날마다 더 예뻐져갔다.

한데 꽃이 나날이 더 탐스럽게 피여나자 못난이들이 달려들기 시작하였다.

어느날, 세귀눈인 뱀이 스르륵스르륵 기여오더니 대가리를 곤두세우고 꽃을 물려고 하였다. 그때 총각애는 생명의 위험도 무릅쓰고 덥석 달려들어 나무대기로 후려쳤다. 혼쌀이 난 뱀은 어디론가 자취를 감추고 말았다.

어느날 또 송곳이발를 드러낸 쥐란놈이 눈알을 판들거리며 달려들더니 꽃을 물려고 하였다. 그때 또 총각애는 몽둥이로 탕 쳤다. 혼쌀이 난 쥐는 꼬리 빳빳이 내뺐다.

총각애는 붉은 꽃을 보며 생각에 잠겨 혼자소리를 하였다

《너 꽃도 말할줄 안다면 얼마나 좋겠니! 말도 할수 있고 걸을수도 있다면 우리 둘이 손잡고 산에 들에 놀이를 다닐수 있잖아. 그리고 우리집에 가서 어머니 아버지한테 인사를 하고 놀수도 있지!》

이튿날도 총각애는 다름없이 꽃을 찾아갔다. 한데 이상한 일이였다. 붉은 꽃은 온데 간데 없고 바위우엔 새빨간 옷을 입은 처녀애가 앉아있었다. 그 처녀애는 멀리서 총각애를 보고 손짓하며 부르는것이였다.

《애, 어서 빨리 이리 와!》

총각애는 헐떡거리며 바위우에 올라갔다. 올라가니 얼굴이 해달같이 환하고 눈정기 또한 불같이 이글거리는 귀여운 처녀애가 자기를 반겨 맞이하는것이였다. 그들 둘은 초면이자 구면이요, 만나자 소꿉동무가 되여 그림자같이 붙어다니며 놀았다.

총각애와 처녀애는 손을 잡고 산꼭대기로 올라가는데 만사를 겁내지 않는다 하는 총각애건만 처녀애를 따라가기가 여간만 힘들지 않았다. 그러자 처녀애는 고개를 갸웃거리며 종알거렸다.

《애, 넌 날 따라오기가 힘들어? 그럼 식은 죽 먹기로 걸을수 있는 방법을 대줄가?》

《무슨 수가 있어?》

《그럼 내 말을 들어. 내가 입을 벌리라면 입을 벌리고 내가 눈을 감으라면

눈을 감아.≫

총각애는 하라는대로 입을 벌리고 눈을 감았다. 그러고 있느라니 무슨 씨원한 물이 목구멍으로 흘러들어가는것이였다. 그리고 나서 얼마 안지나 웬 일인지 총각애는 힘이 부쩍 나고 두 다리가 가벼워져 날것같았다. 그래서 산꼭대기를 단숨에 올라갈수 있었다. 처녀애와 총각애는 이렇게 해지는 줄도 모르고 산놀이 하다가는 배가 출출해지면 처녀애의 음식을 나누어먹기도 하였다.

그러던 어느날 총각애는 오지 않았다. 처녀애는 눈이 빠지게 기다렸으나 총각애는 오지 않았다. 그러다가 낮이 기울어질 무렵에야 총각애가 풀기없이 터벅터벅 걸어왔다.

≪너 오늘은 어째 인제야 오니?≫

총각애는 고개를 떨구며 기여들어가는 소리를 하였다.

≪어머니 병났어. 여태 병시중 들다 왔어.≫

≪무슨 병이니?≫

≪난 모를 병이야≫

≪걱정 마 내가 약물을 줄게. 나의 약물을 마시기만 하면 병이 뚝 떨어져. 그리고 20년, 30년은 병에 걸리지도 않아.≫

그 말에 총각애의 얼굴엔 시름기가 걷히였다. 처녀애는 약물이 들어있는 조롱박을 가져다 총각에게 주었다.

≪얼른 갖고 가서 식전에 마시게 해야 해.≫

부리나케 집에 돌아온 총각애는 처녀애가 말한대로 어머니에게 약물을 올렸다. 어머니는 그 약물을 몇모금 마시자 언제 앓았더냐싶게 병이 뚝 떨어졌다. 힘도 부쩍부쩍 났다. 총각애는 기뻐서 처녀애한테로 줄달음쳐갔다.

≪예, 우리 집에 가자. 우리 아버지가 오래. 고맙다고 밥 한끼 해주겠대.≫

그러자 처녀는

≪안돼. 난 남의 집 밥을 먹지 않아. 난 산물만 마시고 살아.≫ 하고 말하였다.

발없는 말이 천리 간다고 약물을 마시고 병을 고쳤다는 소문은 바람같이 펴졌다.

이때 이 골안의 동네선 고질병으로 앓고있는 한 늙은이가 있었다. 그는 약물 마시고 병 고쳤다는 이 소문을 듣고 자기도 좀 마셔보자고 찾아왔다. 마음씨 착한 총각애 어머니는 남은 약물을 내주었다. 그 약물을 가지고 집에 돌아가 몇모금 마신 늙은이도 언제 병에 신음했더냐싶게 병이 뚝 떨어졌다. 한데 늙은이는 약물에서 인삼내가 나는것을 알고 그 총각애를 불러 물었다.

《애, 이 약물을 어데서 가져왔느냐?》

이때 총각애는 약물을 누가 주더라는 말을 하지 말라던 처녀애의 당부가 생각나서

《이건 내가 샘물에서 길어온겁니다.》 하고 시침을 뚝따고 대답하였다.

《어느 샘물이냐?》

총각애가 대답을 똑똑히 못하자

《이건 너네 집 샘물이 아니라 인삼물이야. 실말을 해. 누가 주더냐?》 하고 늙은이는 캐여물었다.

말이 궁해진 총각애는 더는 기일수 없어 뾰족산 꼭대기에 있는 붉은 옷을 입은 처녀애가 주었다는것을 고지식하게 털어놓았다. 그러자 늙은이는

《음, 그렇지. 인삼물이 틀림없군. 인삼물을 마셨으니 장생불로하겠군.》 하고 함박꽃웃음을 지었다.

오리무중에 빠진 총각애를 보며 늙은이는 말을 이었다.

《넌 모른다. 그 처녀애가 바로 <인삼처녀>란다. 한근도 넘는 천년 묵은 삼은 사람으로 변한단다. 그 인삼처녀를 갖다가 가마에 쪄서 먹기만 하면 장생불로하게 된단다. 어때, 그러지 않을려냐?》

늙은이는 조급증이 났다.

《우리 같이 가자꾸나. 네가 길잡이를 해라. 난 네 뒤를 따라가마. 가다가 인삼처녀가 나타나면 넌 실꿴 바늘을 그의 옷깃에 꽂고 머리채를 꽉 잡아라. 그럼 내가 잡을수 있어.》

총각애는 도리질을 하였다.

《난 싫어요. 그를 붙잡아선 안돼요. 어떻게 그를 해친단 말입니까!》

늙은이는 성이 났다.

《네가 뭘 알아. 그 인삼처녀를 잡기만 하면 너네 집이나 우리 집이나 다 부자가 된단 말이야. 그러니 우리 내일 같이 가보자꾸나.》

늙은이는 약속이나 한듯이 말했다..

이튿날 이른 새벽에 총각애는 부랴부랴 그 처녀애한테로 가서 어제 일을 쭉 말해주었다. 그러자 처녀애는 뒤저참하며 놀랐다.

≪아이구, 큰일났구나! 난 너같은 사람이 아니라 <인삼처녀>야. 네가 날마다 나를 동무해주기때문에 난 고마와서 매일 너하고 놀고 또 너 어머니 병도 고쳐주었어. 그 약물을 내가 주었다고 말했으니까 그 늙은이가 날 잡으러 올게 아니니.≫

인삼처녀는 눈물을 떨구며 말을 이었다.

≪그 늙은이가 와서 날 잡으면 난 죽는판이고 날 잡지 못하는 판이면 네가 혼날게다. 참 이걸 어쩌겠니?≫

≪난 아무렇게 되든 널 해치겐 할수 없어.≫

그러자 인삼처녀는 한 꾀를 내놓았다.

그들 둘은 동쪽을 향해 달렸다.

한편 그 늙은이도 미심쩍은 생각이 들어 아침 일찍 총각애네 집으로 갔다. 가보니 총각애는 없었다. 그래서 늙은이는 인사말도 남기기 바쁘게 나와버렸다.

늙은이는 부랴부랴 그 뾰족산 벼랑을 찾아갔다. 과연 거기에는 아이들 둘이 있었다. 한데 애들은 늙은이를 보자 동쪽으로 달아나기 시작하였다. 늙은이는 인삼처녀를 붙잡으려는 일념으로 죽기내기로 내뛰다보니 가시나무에 옷이 찢기고 몸이 피투성이가 되였다.

두 처녀총각은 산골물을 따라 도망치다가 또 한 뾰족산 벼랑앞에 이르렀다. 그 벼랑아래에는 푸른 물이 감돌아 흐르고 있는데 인삼처녀는 예서 또 한가지 꾀를 내놓았다.

≪애, 우리 도망치지 말고 이 칼벼랑에 올라가 쉬자. 그러다가 늙은이가 따라오거든 넌 눈을 감고 내 잔등에 업혀. 겁나 말고.≫

둘은 바위우에 올라갔다.

얼마 지나지 않아 늙은이가 헐레벌떡거리며 쫓아왔다. 인삼처녀를 올려다본 늙은이는 숨돌릴 사이도 없이

≪요것이 어데로 도망칠테냐!≫하며 바위를 붙안고 톺아오르기 시작하였다. 한데 귀신이 곡할 노릇이지 거의거의 올라가고있는 순간 총각애를 업은 인삼처녀는 감쪽같이 사라졌다. 그러자 뾰족산 칼벼랑 아래 푸른 물엔 한떨기 꽃이 환하게 비끼며 꽃무지개가 걸리는것이였다. 황홀한 이 광경에 얼떨해진 늙은이

는 그 인삼처녀를 붙잡으려고 허우적거리다가 그만 뚝 떨어져 물귀신이 되고 말았다.

그후 인삼처녀와 총각애는 보이지 않았다. 그래서 어떤 사람들은 그들이 깊은 원시림속 백두산에 들어가 산놀이하면서 여기 저기 가는곳마다 인삼종자를 뿌려놓아 백두산에 인삼이 많다고 한다.

총각애는 인삼처녀 떠날수 없고
인삼처녀 총각애 떠날수 없네
일 잘하고 맘씨 착한 사람들
그들 한쌍 찾자면 어렵지 않네

구술자: 천일 / 수집지점: 녕안시 동경성 / 수집시간: 1985년 9월

쥐뿔도 모른다

사람들은 흔히 아무것도 모르면서 아는 소리를 치는 사람을 보고 ≪쥐뿔도 모른다≫고 하는데 이 말에는 예로부터 전해오는 우스운 이야기가 있다.

옛날 옛적, 한 시골에 좌수벼슬을 하는 서씨란 령감이 살고 있었다. 그는 집에 일군을 두어가면서 농사를 지었는데 곡식낟가리가 하도 많아 어느해에도 마당질을 몽땅 해본적이 없었다. 그러다보니 마당에 무져있는 곡식낟가리는 한해 두해 해를 넘기여 낟가리밑에는 쥐란 놈이 둥지를 틀고 살게 되였다. 알곡식을 먹고 사는 쥐는 하루가 다르게 뼈가 자라고 살이 올라 개꼬리만해졌다.

어느해 가을이였다. 이집 일군들은 삼년 묵은 콩낟가리를 헐며 마당질을 하기 시작하였다. 이리하여 늙은 쥐의 보금자리가 털리게 되였는지라 쥐란 놈은 이 판국에 변신술을 쓰게 되였다. 여우가 늙으면 녀자로 변신한다더니 낟가리에서 훌 나온 이 늙은 쥐는 령감으로 변신했다. 그런데 더 이상한것은 변신한 쥐는

키도 서좌수와 같고 얼굴 생김새도 신통히 서좌수와 같아 그가 집안에 척 들어서
자 꼭같은 령감이 둘이여서 어느 사람이 진짜 서좌수인지 도무지 분간할수 없게
되였다. 로친도 어느 사람이 자기 령영감인지 알수가 없고 아들도 어느 사람이
자기 아버지인지 알수가 없었다.

그런데 두 령감은 서로 제가 이 로친의 령감이요, 이 아들의 아버지노라고
하면서 아귀다툼질을 하였다. 정말 소가 다 웃을 일이였다. 그래서 두령감은
천둥인지 지두인지 모를 지경으로 목에 피대를 세워가며 싸워댔지만 결판을
볼수 없는지라 할수 없이 고을의 원님에게 소송을 걸게 되였다.

밭일이나 집안일 할것 없이 손톱 하나 까딱하지 않고 살아온 서좌수는 집안
살림에 가장집물이 무엇이 있고 얼마나 있는지 알리 만무하였다. 그러나 변신한
늙은 쥐는 거의 매일이다싶이 부엌에 드나드는터이라 모든것을 빤히 꿰뚫고있
었다.

원님의 령을 받고 불리워간 두 령감은 각기 집안 가장집물에 대하여 말하게
되였다. 변신한 늙은 쥐는 가마가 어데 몇개 걸려있고 숟가락이 어데 몇개 놓여
있다는것까지도 술술 내려엮었지만 집일에 들어서서는 깜깜인 서좌수는 콩이다
팥이다 하고 빠개놓고 말해야 할 순간에 꿀먹은 벙어리가 되였는지라 주인은
고사하고 아예 나쁜놈으로 치부되여 판결을 받게 되였다.

《이놈은 가짜 서좌수인즉 당장 끌어내다 곤장을 백개 안겨라!》 하고 원님이
엄령을내리자 《예—이》하면서 라졸들이 달려들어 개가죽을 뒤집어 씌우고
끌어내다가 복날개 패듯 곤장찜질을 하였다. 서좌수가 반주검이 되여 척 늘어지
자《에이, 더러운 놈 이젠 너부러졌구나.》하고 말한 라졸들은 그를 내버리고
돌아갔다.

한편 개구멍으로 통양갓을 굴려낼 늙은 쥐는 서좌수네 집에 들어가 《주인》
이 되여 날마다 입이 헤벌쭉해가지고 꿀같은 나날을 보내는데 로친도 다름없이
한덩어리가 되여 붙어살아가는 판이였다.

그런데 생벼락을 맞은 서좌수는 실낟같은 목숨이나마 붙어있어 죽음은 면하
게 되였다. 그렇다 해도 쑨 죽이 밥 되랴! 이젠 억울함을 어데가 고소할데도
없는 서좌수는 지팽이에 몸을 싣고 산골로 지향없이 들어가다가 날 저물어 한
귀틀집에 찾아갔다.

≪주인 계십니까?≫ 하고 겨우 소리를 질렀는데 한 늙은이가 문을 열고 나와 물었다.

≪뉘시요? 어찌하여 밤중에 이렇게…≫

≪예, 지나가던 길손인데 날이 저물어 하루밤 페를 끼칠가 해서…≫

≪오, 어서 들어오시우.≫

이리하여 서좌수는 서리 맞은 가지잎이 되여가지고 방으로 들어왔다. 온몸이 피투성이 된것을 본 주인은 의아쩍어 또 물었다.

≪로인, 어찌하여 이 지경이 되셨수?≫

하소연할 곳이 없었던 서좌수는 실토정을 하였다.

≪아이구, 말도 마소. 기막힌 봉변을 당하고 집에서 쫓겨났수다. 아 글쎄 우리 집엔 묵은 곡식낟가리가 무덕무덕 있었는에 이번에 마당질을 하다가 개꼬리 같은 늙은 쥐를 하나 봤수다. 그런데 웬 영문인지 쥐란 놈은 보이지 않고 나와 꼭 같은 령감 하나가 우리 집에 들어와서 <이 집은 나의 집이요, 이 로친은 나의 로친이요, 이 아이는 나의 아들이요.> 라고 하는것이 아니겠수. 그래서 나는 그 령감과 옥신각신 싸우다가 할수없이 고을에 소송을 걸었는데 그만 나는 지고 실컷 얻어맞고 쫓겨나 이 꼴이 되였수다. 참 기가 막혀서 원.≫

이 귀틀집에서 사는 백발로인은 포수였다. 그는 사연을 자초지종 듣고 머리를 끄덕이며 그렇겠다고 하면서 자기와 같이 있으면서 사냥을 하자는것이였다. 총을 한자루 내주며 총 쏘기 연습을 하라고 하여 이튿날부터 날마다 새 쏘기 연습을 하였다. 매일 총을 쏘다보니 점점 이력이 터 날짐승과 들짐승을 사냥하면서 그럭저럭 세월을 보내는 판이였다. 그러던 어느날 까마귀가 날아가는것을 보고 포수가 말하였다.

≪로인, 저 날아가는 까마귀를 쏴보시우.≫

이때 서좌수는 까마귀를 겨누어 ≪땅—≫하고 한방 쏘았다. 그 소리와 함께 명중된 까마귀는 날개죽지를 축 늘어뜨리고 떨어졌다.

≪로인, 그만하면 멀리 호랑이사냥을 떠날수 있수다. 지금 서울 장안에는 큰 호랑이가 나타나서 사람을 자꾸 물어가는 일이 있는데 나라에서는 명포수를 청해다 그 호랑이를 잡으려고 했지만 잡지 못하고있수다. 그러니 어디 로인이 가서 그 호랑이를 잡아보시우. 그런데 그 호랑이란 놈은 중으로 변신해가지고

서울 남대문으로 들어갔다가 나오군 한다우. 매일 중 셋이 들어간다우. 그 세 중을 만난다면 한가운데 선 중을 쏘시오. 그 한가운데 중이 진짜 범이라우. 그 범을 잡은후 배를 가르고 배속의 새끼를 꺼내 싸가지고 집으로 돌아오시우.≫ 하고 당부하였다.

서좌수는 총을 메고 뫼산자보따리를 지고 서울길에 올랐다. 가고 가고 쉼없이 간 보람으로 달초가 못되여 서울 남대문에 당도한 그는 길목을 지키면서 중이 나타나기를 기다리고 있었다. 남대문에는 서울 장안에 나타나는 큰 호랑이를 잡는 사람에게는 후한 상금을 준다는 큰 글자 광고가 척 나붙었다. 나라의 명포수들이 팔도에서 모여들었지만 누구도 잡질 못했다. 서포수가 길목을 잡고 담배를 뻑뻑 피우고 있는데 아닌게 아니라 중 셋이 나타났다. 서포수는 한판에 선 중놈에게 총을 겨누고 방아쇠를 당겼다. 총소리와 함께 그 중놈은 ≪따웅—≫ 소리를 지르며 요동을 치는데 여겨보니 그것은 황소같은 호랑이였다. 호랑이는 요동을 치다가 길가에 나가 힌들 나넘어졌다. 그러자 서포수는 칼로 범의 배를 갈랐다. 과연 큰 고양이 같은 범새끼가 있었다. 그놈을 보에 싸가지고 서좌수는 돌아왔다.

고양이범을 본 백발로인은 수염을 내리쓸며 서좌수를 보고 의미심장하게 말하였다.

≪로인, 그 고양이범을 큰 소매안에 넣어가지고 집으로 돌아가시우. 집에 가면 무슨 방법이 있을거우다.≫

그리하여 서좌수는 고양이범을 소매안에 넣고 자기 집으로 돌아왔다. 아침 일찌기 와서 기척도 없이 문을 뚝 떼고 들어섰다. 로친네는 그때까지도 ≪령감≫ 하고 자고 있었다. 뱀이 왈칵 치민 서좌수는 이불을 발칵 잡아제끼였다. 한데 ≪아니 이게 웬 일일가?≫ 서좌수의 소매안에 있던 고양이범이 훌쩍 나오더니 같이 누워 자는 놈의 목을 물어 메치는것이였다. 그통에 찬찬히 보니 그게 바로 개꼬리 같은 그 늙은 쥐란 놈이였다. 이에 주인 서좌수는 어이없어 자기 로친보고 한마디 던졌다.

≪아니, 로친네, 그래 쥐도 모르고 같이 살았소? 과연 쥐뿔도 모르는군.≫

이때로부터 사람들은 무지한 행위를 야유하여 쥐뿔도 모른다고 하였다 한다.

구술자: 박명국 / 수집지점: 림구현 민주촌 / 수집시간: 1980년 10월

명씨와 안씨

옛날 서울에 명씨와 안씨라는 사람이 있었는데 명씨는 좌정승이고 안씨는 우정승이였다. 그들 두 승상은 정계에서 물러나 시골에 내려가 한 마을에서 살게 되였다.

두 승상은 내직으로 있던 사람들이라 농사일은 깜깜이고 그저 장기나 두면서 세월을 보내는데 사이가 이만저만이 아니였다.

한데 한번은 농담을 잘못 걸어 옥신각신하며 명씨와 안씨의 성씨 유래까지 캐게 되였다.

어느날 명씨는 안씨보고

≪당신은 무당의 후손이요.≫라고 했다. 즉 갓머리아래 계집녀 한자라 계집이 갓을 썼다고 해서 그렇게 놀려준것이다. 아무리 듣기 좋은 노래라도 한두번이야 듣기 좋지 자꾸 들으면 듣기 싫은 법이다. 하물며 듣기 싫은 말을 자꾸 하니 안씨는 골이 났다.

(저 명씨에게는 무슨 문장이 없겠는가?)

안씨는 날마다 이리저리 생각을 굴려보는데 어느날 중이 바랑을 늘이고 동냥하러 안씨네 집에 왔다.

(예로부터 산속의 중은 무슨 꾀가 많다더라. 저 사람을 청해서 한번 물어봐야겠다.)

안씨는 제 궁리가 있는지라 ≪대사님, 어서 들어오십시오.≫ 하고 말했다.

≪예, 황송하옵니다.≫

이런저런 이야기끝에 안씨는 명씨한테 놀려대던 이야기를 꺼내면서 명씨를 골탕 먹일 무슨 수는 없겠느냐고 물었다.

≪예, 수가 있습지요. 대감님들이 장기를 둘 때 제가 찾아갈테니까 대감님은 대사는 어느 절에 사느냐라고 물으십시오. 그러면 제가 <옛일전팔립월복기삼토촌에 있습니다.> 라고 말하겠습니다. 이것은 황룡사(黃龍寺)라는 말인데 안씨는 앉아있다가 <아, 황룡사에 있구만>라고 말하십시오. 그 다음에는 <대사님 성을 뭐라고 부릅니까?>라고 물으십시오. 그다음 문제는 제가 수를 쓰겠습니다.≫

라고 했다. 그래 그렇게 하기로 언약했다.

이튼날이였다. 명씨와 안씨는 처마밑 널마루에 나앉아 장기를 두는데 명씨가 또 ≪무당의 후손 얼른 쓰게≫하면서 또 놀려주는것이였다.

이때 중이 집앞을 지나가고 있는데 안씨 하는 말이 ≪대사님 들려 쉬여가십시요.≫라고 하자 중은 ≪예, 황송합니다.≫ 라고 말하며 들어가 마루에 걸터앉았다.

≪대사님은 어느 절에 계십니까?≫

≪예, 옛일전팔립월복기삼토촌에 있습니다.≫

≪아, 황룡사에 있구만. 한데 무슨 성씨를 씁니까?≫ 이때 중이

≪변변치 못한 명씨 올시다.≫ 라고 대답했다. 그러자 듣고 있던 명씨는

≪이 고현님, 변변치 못한 명씨라고. 어째서 변변치 못한 명씨라고 하느냐?≫하며 성을 버럭 냈다.

≪예, 그런 사연이 있사옵니다.≫

≪무슨 사연이 있느냐?≫

중은 천천히 명씨 성을 달게 된 사연을 말했다.

≪우리 어머니가 일찌기 과부로 됐답니다. 한데 우리집 곁에는 월광사와 일광사가 있는데 그 일광사 중과 월광사 중은 다 우리 어머니한테 다녔답니다. 그렇게 다니다보니 어머니 태기 있어 나를 낳았답니다. 한데 월광사 중의 아들인지, 일광사 중의 아들인지 알수가 없어서 일자와 월자를 따다가 붙여 저의 성을 명씨라고 했답니다.≫

명씨가 안절부절 못하고 있다가

≪이 고약한 놈, 이놈 잡아 때려라!≫하고 일어설 때 중은 걸음아 날 살려라 하며 줄행랑을 놓았다.

그런 일이 있은후부터 명씨는 제 성자랑을 하지 못하고 또 안씨를 놀려주지 못했다고 한다.

구술자: 김현근 / 수집지점: 연연결시 / 수집시간: 1983년 8월

무식쟁이 손우수 가다

한 시골에 머슴까지 두고 제 밥술이나 먹는다 하는 집이 있었는데 그 집 아들은 벌판의 한 부자집 딸을 보았다.

이 두 집에서는 택일하고 결혼잔치를 하게 되였는데 총각네 집에서는 손우수 갈 사람이 없어 근심이 태산같았다. 사돈집은 문관댁이라 유식하여서 무식한 총각네 집에서는 어느 누구도 손우수로 가서 큰상 받는것을 되게나 꺼려하였다. 이렇게 온 집안이 근심걱정하고 있는데 그집 머슴군이 눈치를 채고 캐여물었다.

≪주인님, 뭘 그리 걱정하옵니까?≫

≪홍, 임자 알면 뭘 해.≫

≪아니, 알면 안되옵니까?≫

주인은 속이 타던김에 머슴이고 뭐고간에 속 씨원히말하였다.

≪글쎄 아들 장가보내야 하겠는데 손우수 갈 사람이 없어 그러지 않나.≫

≪주인님, 정 그러면 제가 가보겠나이다.≫

≪뭘? 그래 자네가 가서 쾌 큰상 받을수 있단 말이냐?≫

≪그들도 사람인데 뭘 그리 겁나하시나이까.≫

≪음, 그럼 자네 가보게.≫

이리하여 잔치날이 되자 머슴군은 새 옷을 입고 신랑을 데리고 떠났다.

녀자집에 가서 큰상을 받는데 대각을 앉은 사람은 보니 관모를 쓰고 있는 품이 학식이 있어보였다.

(음, 내가 먼저 선손을 써야지. 저 령감이 먼저 입을 떼면 내가 대꾸놓기 힘들게 아닌가.)

손우수로 간 머슴군은 이렇게 생각하고 먼저 대각을 보고 말꼭지를 뗐다.

≪사둔님, 듣사옵건대 댁은 소문난 문관댁이온데 실례일진 모르겠으나 물어봐야 하겠습니다. 오늘 오는 길에 수풀림에서 아래에 뱀사자를 쓴 글자를 보았는데 그것이 무슨 글자오이까?≫

대각은 머리를 이리 기우뚱 저리 기우뚱 하며 생각을 굴렸지만 그런 글자가 없는지라 알수 없었다.

≪사둔님, 오는 길에 또 나무목아래에서 쌀 미자를 쓰고 쌀미아래 돌 석자를 쓴 글자를 보았는데 그것은 무슨 글자오이까?≫

그런 글자도 없는지라 대각은 말문을 열지 못하고있었다.

≪사둔님, 오는 길에 또 돌 석 밑에 물 수 한 글자를 보았는데 그것은 무슨 글자오이까?≫

그런 글자도 없는지라 대각로인은 그냥 입을 봉하고 있었다.

그러는 가운데 단자상이 올라왔다. 그것은 지필묵을 놓은 상이였다.

손우수는 무식한 머슴인지라 단자문을 보았으나 영 알아낼수가 없었다. 그러나 보는체하며 이리저리 생각을 했다.

(음, 내가 먼저 선손을 써야지. 단자군이 물으면 대꾸놓기 힘들게 아닌가.)

≪자네 내 부르는것을 받아쓰게.≫

≪예.≫

≪쏘륵 사자를 먼저 쓰게.≫

단자군은 아무리 생각해보아도 듣던바 처음이고 먹던바 꼭지라 쏘륵사자는 없는 글자인즉 쓸수가 없었다. 그래 단자군은 붓대를 잡고 껍껍해 앉아있자 손우수는

≪찰떡 떡자를 쓰게.≫ 라고 말하였다.

이것 또한 듣던바 처음이고 먹던바 꼭지라 단자군은 그 식이 장식으로 붓대를 잡고 껍껍해 앉아 있었다.

손우수는 또

≪그럼 첨벙 수자를 쓰게.≫ 라고 하였다.

이것 또한 듣던바 처음이고 먹던바 꼭지라 단자군은 그식이 장식으로 붓대를 잡고 껍껍해 앉아 있었다. 그러자 손우수는

≪아니, 사둔집은 문관댁이라고 소문났는데 어찌하여 이따위 무식쟁이가 들어오느냐. 단자고 뭐고 썩 나가거라.≫ 하고 으름장을 놓았다. 이렇게 되자 단자군들은 더는 들어올 엄두도 못내고 슬슬 피해버렸다.

이렇게 무식쟁이 머슴이 손우수로 가서 지혜롭게 논 덕에 큰상 받아 잘 먹고 신부를 데리고 무사히 돌아왔다.

한편 신랑네 집에서는 무식쟁이 손우수를 보내고 바늘방석에 앉은것처럼 조마조마해하다가 신부 가마가 들어오는것을 보고 안도의 숨을 쉬였다. 주인이

《자네 가서 어떻게 둘러 꽤붙였나?》 하고 묻자 머슴은

《제가 선손을 써보았는데 아무것도 모릅니다. 아 글쎄 쏘륵 사자도 하나 쓰지 못합니다.》

《쏘륵 사자라니 그건 어떻게 쓰나?》

《수풀림 아래에 뱀 사한것이 쏘륵 사자가 아니옵니까.》

《음?》

《뱀이 수풀속을 지나갈 때 쏘륵하지 않사옵니까.》

《그래 또 뭘 선손 썼나?》

《찰떡 떡 자를 쓰라 했는데 쓰지 못합디다.》

《찰떡 떡 자라니 그건 또 어떻게 쓰나?》

《나무목아래에 쌀미하고 쌀미아래에 돌 석한 글자가 아니옵니까.》

《음?》

《떡칠 때 떡메는 나무고 가운데 놓인건 쌀이고 밑에 놓인건 돌이 아니옵니까.》

《그래 또 뭘 선손 썼나?》

《첨벙 수자를 쓰라 했는데 쓰지 못합디다.》

《첨벙 수자라니 그건 어떻게 쓰나?》

《돌석아래에 물수한게 아니옵니까.》

《음?》

《돌을 물에 던지면 첨벙하지 않사옵니까.》

이 일이 있은후로 집주인은 자기 집 머슴을 무식쟁이로만 보지 않았다 한다.

구술자: 김명성 / 수집지점: 환인현 류가구촌 / 수집시간: 1984년 1월

너때문에 나도 망신

전에 한 젊은이가 색시를 데리고 길을 가는데 한 사나이가 그 색시 옆을 지나며 흑 하고 코방귀를 뀌였다. 그러자 색시는 남편을 보고

《여보, 저놈이 내옆을 지나며 흑 했어요.》

《뭐, 그놈이 흑 했어.》

젊은이는 그 사나이를 불러세우고 다짜고짜로

《자네 왜 남의 부인 옆을 지나며 흑 했나.》 하고 따지자 그 사나이는

《나는 흑 하지 않았소》 라고 하는것이였다. 둘이 옥신각신 다투었으나 결판이 나지 않아 둘이 함께 관가를 찾아갔다.

고을의 원님앞에서 젊은이가

《원님, 저녀석이 우리 부인보고 흑 했습니다.》 하고 고소를 하자 그 사나이는

《저는 그 부인보고 흑 하지 않았습니다.》 라고 반박해나섰다.

고소를 들은 원님은 그 사나이를 보고

《저 사람은 널 보고 흑 했다고 하는데 넌 정말 흑 하지 않았단 말이냐?》 하고 따지고들었다.

한 고을의 원님이란 사람까지 흑 하는 소리를 내는것을 듣게 된 그 원님의 부인은 기가 딱 차서 자기 령감인 원님을 불렀다. 원님은 부인한테 가서 무슨 일이 있느냐고 묻자 부인은

《아니 여보, 망나니들이나 흑 하면 했지 원님이라는 당신까지 흑 할건 뭐애요.》 하며 나무람하였다. 이때 옆에서 그 소리를 듣고있던 딸이

《아니 망나니들이나 흑 하면 했지 어머니까지도 흑 할건 뭐애요.》 하며 책망하였다.

온 집안사람이 다 흑 하는데 전염되였는지라 화가 동한 원님은 송사를 온 두 젊은이를 보고

《야 이놈들아, 네놈들 때문에 나도 망신을 했어. 어서 썩 물러가지 못하겠느냐!》 하고 불호령을 내렸다.

그래서 송사를 갔던 두 젊은이는 욕사발을 먹고 돌아왔다 한다.

구술자: 김명성 / 수집지점: 환인현 류가구촌 / 수집시간: 1987년 2월

쉰첩지가 조 한섭 바치다

옛날 한 시골에 옛말이라 하면 빡 하고 달려드는 한 로인이 있었다. 그래서 하다못해 집앞을 지나는 과객이라 해도 옛말을 좋아하는 사람이라면 불러들이군 하였다.

어느날 한 과객이 찾아들어왔다.

《자네 옛말을 할줄 아는가?》 로인의 물음에 길손은 안다고 하였다.

그러자 로인은 기장밥을 한사발 무득히 담아 그 과객에게 잘 대접하였다. 그리고나서 로인은 옛말을 들으려고 구들 한가운데 불러 앉혔다. 그러나 손님은 밤이 깊었는데도 옛말 할 엄두도 내지 않고 뀌온 보리짝처럼 앉아만 있더니

《내일 아침에 옛말 합시다.》 라고 엉뚱한 말을 하는것이였다. 그래서 그 로인은 이튿날 아침 또 푸짐히 차려 잘 대접하였다. 또 한끼 대접하였으니 이젠 옛말이 쏟아져 나올것이라고 생각한 로인은 그 손님의 입만 쳐다보고 있었다. 한데 그 과객은 옛말은커녕 신을 신고 신들메를 잡아매여 떠나려고 했다.

《아니 손님 ,그게 무슨 짓이요? 옛말을 한다고 한사람이 그저 얻어먹고 떠날 작정이오?》

《예, 신들메를 매고 옛말을 하지요.》

때는 봄철이라 논밭도랑물이 흐르고 거기에 왁새가 있었다. 과객은 그 왁새가 날아오는것을 보면서

《왕서방이 저기 날아오우다.》하고 말하였고 또 왁새가 먹이를 찾느라고 끼웃끼웃하는것을 보면서

《왕서방이 두리번두리번하우다.》라고 말하였고 또 왁새가 청개구리를 잡아

먹는것을 보면서

　≪왕서방이 흐물적하우다.≫하고 말하고는 떠나버렸다.

　그후로 로인은 밤만 되면 로친, 아들, 며느리앞에서 ≪왕서방이 저기 오우다.≫, ≪왕서방이 두리번두리번하우다.≫, ≪왕서방이 흐물적하우다.≫ 란 우스개소리를 하군 하여 온 집안 식구들을 웃겼다.

　어느 하루 때마침 동네 왕서방이 하도 배가 고파 그 로인네 집 마당에 와서 삶은 팥을 훔쳐먹다가 왕서방이란 소리를 듣고 도적이 제발 저려 로인을 찾아 머리를 구들에 대고 조아리며 잘못을 빌며 다시는 그런 말을 말아달라고 했다 한다.

　그러던 어느날 또 한 과객이 그 로인네 집에 찾아들었다. 그 과객은 천도교 주문 ≪세천주조화등 영세부망만사지≫를 외운다는게 그만주문을 잊어

　≪쉰첨지 조 한섬 어영 먹고 말았지≫라고 외웠다.

　그 과객이 떠나간후 로인은 또 밤이 되면 자주 식솔들 앞에서

　≪쉰첨지 조 한섬 어영 먹고 말았지≫라고 우스개소리를 하군 하였다.

　어느 하루, 때마침 동네 쉰첨지가 그 말을 엿듣고 자기는 조 훔쳐먹은 일 없는데 왜 저럴가? 아마 자기 조상이 먹은 모양이야 하고 생각한 그는 로인을 찾아와서 조 한섬을 바치며 다시는 그런 말을 말아달라고 사정했다고 한다.

구술자: 리광수 / 수집지점: 집안시 영수촌 / 수집시간: 1995년 3월

금일 불이출문

　옛날 한 시골에 무슨 일을 하든간에 신수책에 씌여진대로만 하는 고집불통 로인이 있었다.

　궂은비 내리는 스산한 가을의 어느날, 로인은 이부자리를 펴놓고 누워있었다. 이때 밖에서

≪앞집 할아버지 계십니까? 뒤집에서 개장국을 끓여놓고 할아버질 오시라 해요.≫하는것이었다.

이 말을 들은 로인은 먼저 신수책을 펴놓고 보았다. 거기에는

≪금일불이출문(今日不易出門)≫이라고 적혀있었다. 오늘은 문출입을 하지 말라고 한것이다. 그런데 출출한 김에 개장은 먹어야겠는지라 로인은 뒤집에 가려고 하였다. 그는 어쨌든 대문으로 나가지 않으면 된다고 생각하고 돌각담이 헐린 구멍으로 빠져나갔다.

뒤집에 가서 땀을 흘리며 개장국 뒤사발 제긴 로인은 흐뭇해서 어두운 밤에 집에 돌아와 돌각담 구멍으로 들어오다가 그만 각담돌이 떨어지는바람에 머리를 치웠다.

그 순간 부친은 급한 소리를 질렀으나 아들은 먼저 신수책을 펴놓고 보았다. ≪금일불이동토(今日不易動土)≫라고 적혀있었다.

≪부친님, 오늘은 불이동토라 했으니 내일 아침까지 기다려주십시오.≫라고 소리질렀다.

이튿날 아침에 아들이 나가보니 부친은 피 흘리다 죽고 말았다 한다.

구술자: 리광수 / 수집지점: 집안시 영수촌 / 수집시간: 1995년 3월

성급한 놈 부인까지 잃다

한 시골에 성급하기로 우물에 가 숭늉 달라고 할 사람이 있었다.

어느날 그는 개장집에 가서

≪주인닌, 개장 한그릇 주시오.≫하고는 개장값도 먼저 내놓고 상을 두드리며 어서 가져오라고 호통을 쳤다.

그러자 주인은 개장국 한사발을 들고 들어와서 어서 들라고 하며 개장국을 상우에다 콱 쏟았다.

≪아니, 왜 이래?≫

≪자네 개장국을 끓이기도 전에 달라는데 그릇을 빨리 내야 하지 않겠소!≫

그래 겉가마도 안끓는데 속가마부터 끓던 그는 주인하고 징장거리다가 돈도 못찾고 성이 상투밑까지 올라 집에 돌아왔다. 그는 집에 들어서자마자

≪허 분해죽겠어.≫하며 야단쳤다.

그러자 부인은 농안의 옷가지를 꺼내가지고 급급히 나가면서 말했다.

≪당신이 죽겠다기에 난 가요.. 난 딴데 시집가려고 먼저 떠나가요.≫

그리하여 성급한 그 사람은 개장값 내고 개장도 못먹고 부인마저 잃고 맹랑한 독수공방신세가 되였다 한다.

구술자: 리광수 / 수집지점: 집안시 영수촌 / 수집시간: 1995년 3월

불목데기가 사또 되다

옛날 한 시골뜨기가 벼슬을 해보려고 서울 닐리리 기와집 대감네 집에 찾아갔다. 돈 몇푼은 길에다 다 부려먹고 빈 털터리가 되였는지라 벼슬은 고사하고 대감네 집의 불목데기가 되였다.

어느날 대감이 바깥출입을 하고 없는 사이에 이 시골뜨기는 주인대감의 옷을 입고 대감의 감투를 쓰고 대감이나 된듯이 좋아하였다. 그러는데 대감이 팔자걸음을 치며 들어오고 있었다. 시골뜨기는 어쩔 사이 없어 얼른 집안 병풍뒤에 가 숨어서 대감의 행세를 살펴보고 있었다. 그 시골뜨기가 지척에 숨어있는줄 몰랐던 대감은 제 세상같이 마음 푹 놓고 몸종을 불렀다. 그리고는 자리를 펴게 하고 능청스레 몸종의 손목을 잡으며 한번 음양지락을 해보려고 꼬드기였다. 이때 그 몸종이 말뚝같이 무감각하게 서있는데 숨어서 보던 시골뜨기가 나타나 어두운 밤에 홍두깨 내밀듯 제노라 훈계를 했다.

≪이 몸종년, 대감님께서 하자는대로 행하지 않고 뭘 그러고 섰느냐!≫

불시에 얼굴빛이 수수떡이 된 대감은 체면이 똥묻은 개 낯짝이 되였는지라 이 시골뜨기 불목데기에게 사또 한자리를 주어 내려보냈다.

그래 불목데기 시골뜨기는 분수에 맞지 않게 사또 노릇을 하고 있었다. 그러는 사이에 해가 지나 사또자리를 내놓아야 할 판이였다. 하지만 그 자리를 내놓으라고 하기만 하면 소대가리에 박죽을 그려 대감님께 올려보내면서 으름장을 놓군 하였다. 벼슬자리 내놓으라면 뒤죽박죽이 되게 해놓겠다는 뜻이니 남모르게 켕기는데가 있는 대감은 하는수 없이 그 시골뜨기사또를 미워도 그대로 내버려두는수밖에 없었다.

우둔한 놈이 범 잡는다고 그 시골뜨기는 사또노릇을 오래오래 해먹었다고 한다.

구술자: 리서기 / 수집지점: 류하현 양성촌 / 수집시간: 1995년 3월

담배대 재판

어느 시골의 한 로인이 장마당에 가서 장을 보다가 담배생각이 나서 긴 담배대를 왼쪽 겨드랑이에 끼고 왼손바닥에 잎초를 오른손으로 비벼 부시고있었다.

그런데 웬 젊은이가 로인의 뒤에 와서 그 담배대를 자기 겨드랑이에 끼고 한손에 잎초를 놓고 다른 한손으로 비벼 부시는것이였다. 이때 로인이

《누구게 남의 담배대통에다 담배를 담으려고 하냐?》라고 쏘아붙였다.

그 젊은이는

《로인님, 이 긴 담배대는 내것이오다.》라고 서슴없이 대꾸하였다.

그러자 로인은 화가 동해서

《뭐라구? 이건 나의 담배대야!》하고 맺고 끊듯이 말하였다.

이렇게 둘은 긴 담배대 하나를 놓고 내해니 네해니 하면서 옥신각신 입씨름을 하였다.

≪이 녀석아, 가자. 저 고을의 원님한테 가자.≫

≪갈려면 갑시다. 누가 겁나할줄 아시오.≫

그리하여 그 로인과 젊은이는 원님한테 소송하러 갔다.

둘은 원님앞에서 제각기 제 할말을 하였다.

소송을 듣고난 원님은 로인과 젊은이를 보고 둘이 등을 맞대고 앉으라고 하였다. 그리고는 하인을 시켜서 똑같은 긴 담배대 두개를 가져오게 하여 그들 둘한테 하나씩 주면서

≪이제부터 담배를 피워보게.≫라고 분부하였다.

그 분부에 로인과 젊은이는 담배를 쟁여 피웠다.

로인은 대통에 담배재가 소복이 타오르자 앞에 있는 책상다리에다 대통을 착 대고 눌렀다가 또 뻑뻑 피우는것이였다.

그런데 젊은이는 대통에 담배재가 타오르자 엄지손가락으로 대통의 담배재를 눌러놓고나서 또 뻑뻑 피우는것이였다.

고을의 원님은 둘한테 담배대를 내려놓고 자기쪽을 향해 돌아앉으라고 하고는 판결하기 시작하였다.

≪젊은이, 듣게 그 담배대가 로인님건가, 자네건가? 사실대로 말해보게. 실토정하지 않으면 벌을 주려네.≫

이때 하인과 라졸과 구경군들이 욱 몰려들었다.

≪젊은이는 나를 속이지 못하네. 젊은이는 본래 곰방대를 피우던 습관이 있어서 긴 담배대 대통의 재를 엄지손가락으로 눌렀지. 저 로인님은 긴 담배대를 피우던 습관이 있어서 책상다리에다 대통을 대고 눌렀네. 그러니 그긴 담배대는 저 로인님의것이네. 그러니 젊은이 말은 무근거한 억설이네.≫

세살적 버릇이 여든까지 간다고 그 젊은이는 진상이 밝혀지자 고개를 뚝떨구고 실토정할수밖에 없었다.

구술자: 윤순삼 / 수집지점: 류하현 오성촌 / 수집시간: 1981년 7월

오불관이라

이전에 한 활량과부가 녀인숙을 차리고 살아갔는데 어느날 붓장사와 소금장사가 와서 하루밤 묵어가게 되였다. 그 장사치들은 인색하기 짝이 없어 어찌하면 숙박료를 물지 않을가 생각을 굴리다가 여차여차 묘한 꾀를 생각하고 주인을 불렀다.

활량과부는 손님방에 들어가 두 장사치와 무릎을 맞대고 앉았다.

《저, 주인아주머니, 적적하실텐데 우리 내기나 하는게 어떻습니까?》

소금장사가 먼저 말을 꺼냈다.

《무슨 내기예요?》하고 과부가 물으니 소금장사는 얼른 말을 이었다.

《글귀 짓기 내기를 합시다. 만약 우리가 지면 요금을 곱으로 내고 만약 주인아주머니가 지면 숙박료를 면하게 해주는것이 어떻습니까?》

《좋아요!》과부는 선뜻이 응하였다.

《헌데 먼저 운을 떼세요.》 하고 과부가 제기하자 속이 흐뭇해난 붓장사는 《오불관》(吾不管―나는 상관치 않노라)을 내놓았다. 이에 소금장사가

《그거 참 좋군! 내 먼저 짓지!》 하고 맞장구를 치며 글귀를 지어 읊었다.

아지차상에 유염하니 (我之車上有鹽)
매지매지지후에 (賣之賣之之後)
함불함은 오불관이라(咸不咸吾不管)

그 뜻인즉 나의 수레우에 소금이 있으니 팔고난 다음에 짜고 안짠것은 내 모르노라 이다.

이어서 붓장사가 글귀를 지어 읊었다.

아지낭중에 유모필하니 (我之囊中有毛筆)
매지매지지후에 (賣之賣之之後)
용불용은 오불관이라(用不用吾不管)

그 뜻인즉 나의 주머니속에 붓이 있으니 팔고난 다음에 쓰고 안쓰는것은 내 모르노라이다.

그러자 활량과부 무릎을 탁 치더니

아지량각중에(我之兩脚中)
유보혈하니(有寶穴)
허지허지지후에(許之許之之後)
충불충은 오불관이라(沖不沖吾不管)

그 뜻인즉 내 다리사이에 보배구멍이 있으니 허락하고 난 다음에 뚫고 안뚫는것은 내 모르노라 하고 글귀를 지어 읊는것이였다.

주인과부가 글귀를 모를줄 알고 얼려넘기려던 두 장사치는 눈이 휘둥그래졌다. 그들은

≪아주머니 글귀가 참 훌륭합니다.!≫하고 탄복하고나서 요금을 배로 물고 이튿날 아침 떠나갔다 한다.

구술자: 소민 / 수집지점: 심양시 / 수집시간: 1994년

개미의 생일놀이

까마아득한 옛날에 있은 일이래. 어느 시골의 풀이 무성한 강가에 개미 한마리가 살고 있었다. 그리고 그 무성한 풀숲에는 여치 한마리가 살고있고 그 강가에는 물총새 한마리가 살고있었대. 개미와 여치, 물총새는 서로 가까이 살면서 좋을 때나 나쁠 때나 변함없이 서로 오가며 사이좋게 지냈대.

어느날 개미는 한해 먹을것을 개미굴에 장만해두느라 부지런히 오가며 일하다가 문득 자기 생일날을 생각했대.

지난해 여치의 생일날에 생일잔치하던 생각이 떠올랐대.

(여치의 생일놀이에 물총새도 큰 붕어를 물고 와서 지지고 볶으며 이밥도 갖다놓고 참 잘 먹고 잘 놀았지.)

그래 개미는 하던 일을 놓고 생일놀이 잔치준비를 하려고 했대. 한데 마침 여치와 물총새가 놀러 왔다나.

《여치씨, 물총새씨, 참 잘왔네. 오늘이 바로 나의 생일날이네. 그래 자네들을 모시러 가려던 참이네.》

《개미형, 생일을 축하하네. 이렇게 놀러 오다보니 생일선물을 못가지고 빈손으로 왔네. 여치씨, 우리 가서 선물을 준비해가지고 옵세.》

물총새기 여치보고 선물준비하러 가자고 했으나 개미가 말렸대. 잔치상을 차리지도 않았는데 가지들 말고 자기를 도와 잔치상을 차려달라고 했다나.

그래 그들 셋은 생일놀이 잔치상 차리느라 분주히 돌았대. 밥이요, 과일이요, 갖가지 반찬이요 다 갖추었는데 생선 한마리가 없었대.

이때 개미가 여치와 물총새보고 제가 생선 사러 장터에 갔다오겠다고 했지. 그러자 물총새가 제가 가겠다고 자원해 나섰대. 물총새는 한평생 강에서 물고기를 잡아먹고 살다보니 고기잡이에는 이력이 터 식은죽 먹기로 잡을수 있기때문이였지.

그런데 여치가 나서며 제가 가겠다고 했다나. 자기는 물총새처럼 쉽게 고기를 잡을수가 없어서 고기낚시를 집에 사다놨는데 한번 시험해보겠다는거였지.

그래서 개미와 물총새는 여치보고

《그럼 자네 가서 한번 시험해보게.》하고 말하고 떠나보냈다고 그래.

여치를 보내놓고 개미와 물총새는 부지런히 서둘러 잔치상을 상다리 부러지게 차려놨지.

그런데 아침에 떠난 여치가 점심에도 오지 않고 해가 기울어가는데도 오지 않았대. 그래서 조급해난 물총새가 말했대.

《여치가 고기를 잡지 못해 부끄러워 오지 못하는게 아닐가? 아니면 고기를 잡아가지고 거기서 혼자 먹느라고 그러지 않을가?》

이에 개미가 말했다.

《여치가 그럴리 없어. 아마 무슨 일이 생긴것 같아.》

더 기다릴수 없는지라 개미는 집을 지키고 물총새가 알아도 볼겸 고기잡으러 떠났대.

물총새는 잠간 사이에 큰 붕어 한마리를 잡아왔대.

이때 개미가 얼른 칼을 집어다 붕어 배를 가르기 시작했다나. 물총새는 고기밸을 따지 않고 통채로 맛있게 먹을수 있으나 개미는 밸이 쓰겁다면서 보드러운 살코기만 먹는 습관이 있어 배를 가르는거였대.

그런데 이게 웬 일이야! 붕어배를 쭉가르자 여치란 놈이 붕어배속에서 나왔대. 여치는 나오면서

≪허, 더워 죽을번했네.≫하며 손으로 자기 이마의 땀을 썩 닦았대.

그런데 또 별일이 생겼지. 여치가 이마의 땀을 닦아내는데 그 이마가 우로 홀렁 까지면서 뾰족한 세모꼴이 됐대.

실은 여치가 고기잡으러 가서 고기를 낚다가 큰 붕어의 고리밥이 되여 붕어배속에서 온몸이 더워졌는지라 이마가 까진거지.

붕어배를 째던 개미는 여치의 그 꼴을 보고 너무도 우스워 더 참을래야 참을수 없어 배를 끌어안고 끝없이 웃고 웃다가 그만 허리가 실오리처럼 가늘어졌대.

이때 물총새는 여치의 그 꼴을 보고 웃고 웃다가 허리가 실오리처럼 된 개미를 보고 겁이 더럭 났지. 그래 자기는 웃지 않으려고 두발로 자기 입부리를 꼭 잡고 눌렀다나. 그런데 물총새 그 작고 곱던 입부리가 보기 흉하게 길다랗게 늘어졌대.

이때로부터 여치 이마는 머리끝까지 홀렁 벗어진채 뾰족해지고 개미허리는 실오리같이 가늘어지고 물총새 입부리는 길다랗게 늘어났다고 해.

구술자: 한룡국 / 수집지점: 림구현 민주촌 / 수집시간: 1980년 10월

벼룩이와 이와 빈대

까마아득한 옛날에 있은 일이였다. 벼룩이와 이도 글공부를 하고 서로 글을 지어내기를 하였다.

어느 하루, 이가 벼룩이를 만나서 오늘은 마음껏 놀자고 하자 벼룩이는 어떻게 놀가 하고 물었다. 그러자 이가 대답했다.

《우리 글짓기내기를 하자구.》

《아 그거 좋아.》

《그럼 너 먼저 지으라.》

한데 벼룩이는 이보고 먼저 지으라고 권하였다. 이렇게 서로 권하다가 벼룩이가 먼저 글을 짓게 되였다. 뭐라 지었는가 하니

똑똑 앙상루하니
단견 밀진이로다.

똑똑이란 똑똑 뛴다는 보통말이고 앙상루란 평탄한 상우에서 뛰여가니까 단견밀진이라 손가락 하나 가진 사람밖에 보이지 않는다는것이다. 벼룩이는 손가락으로 눌러잡으니 사람의 손가락 하나만 보일수밖에 없다.

그 다음은 이가 글을 짓게 되였는데 뭐라 지었는가 하니

슬슬 요중행하니
불견 정무인이로다

슬슬이란 슬슬 돌아다닌다는 소리이고 요중행이란 허리가운데를 돌아다니니까 불견정무인이라 아(牙)를 가진 사람은 보이지 않는다는것이다. 이는 손톱만 보일수밖에 없다.

벼룩이와 이는 글을 지어놓고 서로 질세라 제가 잘 지었다고 옥신각신 야단이였다. 그러다가 벼룩이가 방법을 내놓았다.

≪애, 우리 여기서 말다툼 말고 저 빈대선생을 찾아가보자.≫

≪음, 그거 좋아.≫

그래서 벼룩이와 이는 빈대를 찾아갔다. 빈대는 벼룩이와 이가 지은 글을 다 듣고나서 말문을 열었다.

슬슬 요중행하니 불견 정무인이라 입 삐뚤어진 사람밖에 보이지 않는다는것이 더 잘 되였다는것이다.

빈대의 재판을 들은 벼룩이는 그만 밸이 왈칵 올라와서 뒤발로 그 빈대가슴팍을 냅다 찼는데 그바람에 벼룩은 한길올리 뛰고 빈대는 뒤로 번뜩 나가넘어졌다. 빈대는 정신을 잃고 있다가 이가 간 다음 정신을 차려 가슴을 만져보니 피가 뻘겋게 뭉쳤다. 그래서 빈대는 이때로부터 앞가슴이 빨개졌다고 한다.

구술자: 윤순삼 / 수집지점: 류하현 오성촌 / 수집시간: 1981년 7월

원숭이와 게

호랑이가 말을 하던 머나먼 옛적에 있은 일이였습니다. 어느날 원숭이가 장보러 가는데 게 한마리가 중뿔나게 길을 막아서며 말을 걸었습니다.

≪형님, 형님. 어디 가시우?≫

≪아, 자넨가. 난 장보러 가는 길이네.≫

≪형님, 형님. 나도 장마당에 갈 일이 있는데 같이 가면 어때요?≫

≪응, 그럼 같이 갑세.≫

엉기적엉기적 기여가는 게를 보고 원숭이는 제 잔등에 올라앉으라고 하였습니다. 게는 원숭이의 잔등에 올라탔습니다. 해가 중낮이 되도록 가다보니 배가 출출해났습니다.

한 마을에 들어섰을 때였습니다. 원숭이가 게한테 이렇게 슬쩍 물었습니다.

≪자네 배고프지 않은가?≫

≪배고프우.≫

≪그럼 자네 내 시키는대로 해보게나!≫

≪형님, 형님. 무슨 수가 있어요?≫

≪저 굴뚝 높은 집에서 떡치는 소리가 나는데 가 보는게 어때?≫

≪형님, 그렇게 하자요.≫

원숭이와 게는 군침을 흘리며 그 집으로 갔습니다. 집 가까이에 이른 원숭이는 게보고 잠간 서있으라고 하고는 저 혼자 그 집 뒤창문쪽으로 갔습니다. 혀끝으로 문창호지를 살짝 구멍내고 들여다보니 한 아주머니가 부엌에서 찰떡을 치고 있는데 어린애는 방에서 쌔근쌔근 낮잠을 자고 있는것이였습니다.

(옳지, 수가 나는구나.)

원숭이는 씽 달려와 게보고 이렇게 말했습니다.

≪저 집에서 지금 한 아주머니가 찰떡을 치고 있는데 애긴 방에서 달게 자고 있네. 자네 몰래 들어가서 어린애 궁둥이를 꼬집어놓고 나오게나.≫

원숭이의 분부를 받은 게는 방에 살살 기여들어가서 어린애 궁둥이를 꼬집었습니다.

≪앙—앙—≫

갑자기 어린애가 자지러지게 울자 애 어머니는 떡치던것을 내치고 정신없이 방에 들어왔습니다. 그사이에 원숭이는 떡을 훔쳐가지고 집을 나와 꼬리 빳빳이 내빼다가 큰 고목나무에 올라갔습니다. 배가 촐촐해난 이 원숭이는 나무우에서 눈이 아홉이 되여 목이 메게 떡을 먹어대고 있었습니다. 그런데 게가 나무밑까지 따라왔던것입니다.

≪형님, 형님. 나 떡 좀 줘요!≫

≪오냐, 기다려, 좀 줄게.≫

그러고서도 원숭이는 언제 주겠다고 말했던가싶게 제 입에만 자꾸 쑤셔넣고 있었습니다. 떡이 얼마 남지 않게 되자 게는 한가지 꾀를 생각해냈습니다.

≪형님, 형님. 사람들이 그러는데 찰떡을 먹을 때는 나무꼬챙이에 꿰서 먹는다구 해요. 그래야 맛이 더 난대요.≫

≪정말?≫

원숭이는 사람들이 하는 짓이라면 흉내 못내는 일이 없는지라 썩은 나무꼬챙이를 꺽어가지고 떡을 꾹 꿰였습니다. 떡을 먹으려고 막 드는데 그만 나무꼬챙이가 뚝 부러져 떡이 땅바닥에 떨어졌습니다.

이때 호박이 떨어졌다고 생각한 게는 그 떡을 넙떡 집어가지고 쥐구멍으로 쏙 들어가고 말았습니다. 원숭이는 떨어진 떡까지 다 먹을려고 훌쩍 뛰여내렸으나 쥐구멍으로 들어갈수 없었습니다. 그리하여 쥐구멍에 대고 원숭이는 말하였습니다.

≪이놈아, 너 떡을 내보내련 안내보내련? 안내보내면 이 구멍을 막아놓을테야.≫

떡을 내보내지 않자 원숭이는 궁둥이로 구멍을 꽉 막아버렸습니다. 숨이 막힌 게는 막다른 골목에 이르렀는지라 집게발로 원숭이 궁둥이의 털을 마구 쥐여뜯었습니다. 처음엔 근질근질해나더니 점점 아파나고 나중엔 못견디게 아파났습니다. 원숭이가 궁둥이를 들고 보니 털이란 털은 몽땅 빠지고 살만 빨갛게 드러난데다 피멍까지 졌습니다.

그때로부터 원숭이는 궁둥이에 털이 나지 않고 빨갛게 되였다고 합니다. 그리고 게는 본래 발에 털이 없었는데 원숭이 궁둥이의 털을 마구 뽑다나니 그 털이 게발에 옮겨져 털이 있게 되였다고 합니다.

구술자: 윤순삼 / 수집지점: 류하현 오성촌 / 수집시간: 1981년 11월

빨쥐

빨쥐는 왜 낮에 나와 다니지 못하고 어두운 밤에도 날지 못하고 어슬어슬 땅거미가 질무렵에야 나와 날아다니나? 여기엔 이런 이야기가 깃들어있대.

옛날 옛날, 아주 옛날이였지. 이 세상에 있는 날짐승과 길짐승이 무리싸움을 했대. 길짐승은 힘이 세지만 날짐승은 날아가는 재주가 있어서 싸움은 쉽사리 승부가 나지 않았다. 어떤 때는 길짐승이 이기고 어떤 때는 날짐승이 이기기도

했대.

그런데 날수도 있고 길수도 있는 빨쥐는 날짐승이 지면 길짐승 편에 가서 붙고 길짐승이 지면 날짐승 편에 가서 붙군 했더래. 빨쥐는 간에가 붙고 염통에 가 붙고 하다나니 어느쪽에도 가담하지 못했지.

한데 날짐승과 길짐승의 싸움은 결판이 나지 않아 담판을 하게 됐더래. 담판을 해서 밤눈이 밝은 길짐승은 밤에 나와 다니면서 먹을것을 찾게 하고 잘 나는 날짐승은 낮에 나와 날아다니면서 먹을것을 찾게 담판을 했더래.

이때 날짐승과 길짐승은 다 빨쥐는 어떻게 하겠는가고 물었더래. 승부 편을 봐서 간에 가 붙고 염통에 가 붙군 하는 빨쥐는 두쪽에서 다 제편이 아니라고 따돌리는바람에 할수없이 낮도 아니고 밤도 아닌 때에 나와서 먹을것을 찾게 됐더래.

그래서 이때로부터 빨쥐는 어둡지도 않고 밝지도 않은 어슬어슬할 무렵에만 나와서 먹을것을 찾는대.

구술자: 김명성 / 수집지점: 환인현 류가구촌 / 수집시간: 1984년 1월

가재미와 메기

호랑이도 담배를 피우고 물고기도 말을 하던 옛날 옛적이였대.

어느날 밤, 가재미는 돌집에서 자다가 꿈을 꾸고 해몽을 해보려고 메기를 찾아갔대. 무슨 꿈인가구? 글쎄나 저 가재미가 꿈에 줄을 타고 하늘에 올라갔다 내려왔다나, 또 허리춤에다 빨간 띠를 두르고 룡가마를 타보았다나.

하늘에도 날아보고 룡가마도 타보았으니 운이 틀 꿈같아서 가재미는 싱글벙글 입을 다물지 못하고 메기네 움집을 찾아갔더래. 꿈 이야기를 들은 메기는 대가리를 한구석에 박고 꼬리를 흔들흔들하면서 한참 생각하다가 입을 넙적 열었대.

≪그 꿈은 말이야 심상치 않은 꿈이야.≫.

≪어째서 그렇단 말이냐?≫

≪흥, 줄을 타고 하늘에 올라갔다 내려왔다 한건 말이야 낚시를 물 징조야, 그리구 허리춤에다 빨간 띠를 두르고 룡가마를 타본건 말이야 칼날에 허리를 찍히고 가마에 삶기울 징조야.≫

이 해몽을 들은 가재미는 너무도 화가 동해서 당장 메기 대가리를 발로 꽉 집어놓았대. 본래 대가리가 둥글사하던 메기가 집히워 그만 납작해졌대.

얼혼이 쑥 빠졌다가 제정신 든 메기가 두리번두리번 살펴보니 가재미가 자기 곁에 엎드려있더래. 그래 메기는 죽은 시늉을 하고 있다가 펄떡 일어나면서 가재미 볼따귀를 이리 찰싹 저리 찰싹 후려쳤대. 이쪽 볼따귀를 후려치니 이쪽 눈이 저쪽으로 몰려가고 저쪽 볼따귀를 치니저쪽 눈이 이쪽으로 몰려와서 본래 두 눈이 멀찌감치 박혀있던것이 그만 단번에 한데 몰리게 되였대.

이때로부터 메기의 대가리는 영 납작해지고 가재미의 두 눈은 영 한데 몰리고 말았다나.

구술자: 윤순삼 / 수집지점: 류하현 오성촌 / 수집시간: 1981년 7월

흑룡강성 편

삼돌이와 호랑이

호랑이 담배 피우고 노루 사슴이 말했다는 멀고먼 옛날이였습니다. 야산기슭에 외딴 오두막 한 채가 있었는데 거기에는 여라문살 먹은 어린 아들 하나를 데리고 사는 늙은 량주가 있었답니다.

아버지는 병으로 앓아누운지 벌써 몇 년이 되고 어머니도 늙어서 바깥일을 할수 없었답니다. 그리하여 어린 삼돌이가 나무하여 쌀을 조금씩 사다가는 겨우 하루하루를 근근득식하며 살아갔답니다.

어느날 오후였습니다. 이날도 삼돌이는 뒤산기슭에서 나무를 한짐 해놓고 숨을 돌리고있었습니다. 그런데 갑자기 오른쪽 산비탈로부터 어린 사슴한마리가 헐떡거리며 달려 내려왔습니다. 삼돌이 앞까지 엎어지며 쓰러지며 달려온 어린 사슴은 삼돌이에게 목숨을 살려달라고 애원했습니다.

≪애야, 착, 착한 애야, 날 숨겨주렴, 뒤에 포수가 날 쫓아오고있단다. 제발 날 살려주렴.≫

어린 사슴을 불쌍히 여긴 어린 삼돌이는 제격 나무단속에 어린 사슴을 숨겨주었습니다. 아니나 다를가 얼마 지나지 않아 사냥군이 활을 들고 헐레벌떡 뒤쫓아 달려왔습니다.

≪애야, 금방 여기로 새끼사슴 한마리가 달려오는것을 보지 못했느냐?≫

≪못봤어요. 아저씨, 산에 지름길이 많고 많은데 어느 길로 간줄 알겠어요. 아까 저쪽 비탈로 무엇이 달려가는것 같더니 그게 아닐가요.≫ 하며 삼돌이는 시치미를 뚝 따고 왕청같은 곳을 가리켜주었습니다.

≪그래.≫

사냥군은 썩 믿어지지 않아하면서도 방법없이 삼돌이가 가리킨쪽으로 달려갔습니다. 사냥군이 멀리 사라지자 삼돌이는 어린 사슴을 꺼내주었습니다.

≪사슴아, 포수가 멀리 갔으니 인젠 빨리 집으로 돌아가거라. 집에서 너의 부모들이 얼마나 기다리겠냐.≫

≪참 고맙다. 착한 애야, 이 은혜를 무엇으로 갚겠느냐. 무엇이 소원인지 말해 보렴, 내 힘껏 보답하마!≫

《은혜는 무슨 은혜라고 그러냐. 빨리 가거라. 포수가 또 오겠다.》

삼돌이가 아무리 빨리 가라고 재촉하여도 어린 사슴은 이대로 돌아가면 부모들이 꾸중한다면서 기어이 무엇이 소원인지 말하라는것이였습니다.

그러나 남을 도와주는것을 좋은 일로 알고있는 삼돌이는 대가를 받으려 하지 않고 빨리 돌아가라고 사슴을 재촉하였습니다. 하지만 어린 사슴도 생명을 구해준 은인에게 꼭 보답하려 하였습니다.

어린 사슴이 너무도 요구하는바람에 삼돌이가 곰곰이 생각해보니 아버지 병구환이 자기에게는 가장 큰 소원이였습니다. 그래서 그 일을 어린 사슴에게 말했더니 사슴은 고개를 다소곳하고 한참 생각하고나서 이렇게 말하는것이였습니다.

《착한 애야, 금은보화를 탐내지 않고 아버지 병구환이 소원이라니 넌 정말 착한 애로구나. 래일 아침 해가 솟을무렵 앞산고개를 넘어가면 그곳에 맑은 샘물이 있단다. 그 샘옆에 참대나무가 한그루 있을것이니 그 대를 꺾어서 활을 만들고 아지로는 화살을 만들어 석달열흘을 련습하거라. 지금부터 석달열흘이 되는 날 아침에 화살 세가치만 가지고 앞산고개 열두고개를 넘어가면 그곳에 인삼밭이 있을것이다. 그 인삼을 캐여다 아버지께 달여드리면 아버지 병은 씻은듯이 나을것이고 한결 젊어질것이다. 그런데 그 화살 세 개는 가장 긴급한 대목에만 써야 한다. 나의 말을 꼭 명심하거라. 자, 그럼 다시 만나자.》

말을 마친 어린 사슴은 삼돌이가 고맙다는 인사도 할새없이 어디론가 자취를 감춰버렸습니다.

어린 사슴의 말을 명심한 삼돌이는 그 이튿날 아침해가 솟을무렵 샘터를 찾아갔습니다. 샘터옆에는 참말 어린 사슴의 말대로 참대 한그루가 서있었습니다.

나무하던 낫으로 그 참대를 찍어가지고 집으로 돌아온 삼돌이는 그 즉시로 활과 화살을 만들어 그날부터 활쏘기련습을 다그쳤습니다. 아침저녁으로도 련습하고 나무하다가 쉬는참에도 련습했습니다. 이렇게 낮이 바뀌고 밤이 바뀌여 어느덧 석달열흘이 되는 전날 저녁에 삼돌이는 어머니를 마당에 모시고 자기의 활재주를 보여드렸습니다. 백보안의 물건은 말할것도 없고 아츨한 백양나무에 달려있는 잎사귀도 어느것을 겨누고 쏘면 어느것이 떨어졌습니다. 어머니는 참말로 어린 아들의 활재주에 감탄하였습니다.

《애야, 네가 언제 이런 활재주를 배웠느냐, 참 기특하다.》

이때에야 삼돌이는 사연의 여차여차함을 어머님께 말씀드리고 래일새벽에 길을 떠나야겠노라 하였습니다. 그랬더니 어머니는 펄쩍 놀라는것이였습니다.

≪안된다. 너의 소행은 기특하나 너보다 한다는 포수들도 살아 들어간 사람은 많으나 살아 나온 사람은 없느니라. 너 어린 나이에 어디로 간다고 그러냐, 절대 안된다.≫

≪어머니, 절대 안심하십시오. 천번 죽어도 아버지 병만 구할수 있다면 전 원이 없겠습니다. 전 이미 결심을 내렸으니 보내주십시오. 꼭 인삼을 캐가지고 돌아오겠습니다.≫

어머니가 아무리 안된다고 하여도 삼돌이의 군은 마음은 움직이지 않았습니다.

이튿날새벽, 삼돌이는 행장을 하고 집을 나섰습니다. 등에는 자그마한 괭이 한자루와 활을 메고 옆구리에는 시퍼런 낫 한자루와 어머니가 정성담아 볶아준 콩 한주머니, 화살 세개를 차고 길을 떠났습니다.

산기슭까지 따라나선 어머니는 삼돌이의 손을 잡고 눈물을 흘리며 재삼 부탁하였습니다.

≪길에서 부티 몸조심하거라. 산짐승들을 주의하거라. 인삼은 못캐도 일없으니 부디 몸 성히 빨리 돌아오거라.≫

≪네! 어머님의 말씀을 명심하겠습니다. 그럼 제가 돌아올 때까지 부디 몸건강히 계십시오. 그럼 꼭 인삼을 가지고 돌아오겠습니다.≫

어머님께 절을 올린 삼돌이는 눈물을 뿌리며 길에 올랐습니다.

삼돌이 마음은 한시가 급했습니다. 날개라도 돋쳤으면 열두고개를 훨훨 날아 넘어가고싶은 마음이였습니다. 험한 산고개를 한고개 넘어서니 깊은 산속에는 벌써 어둠이 깃들기 시작하였습니다. 날이 어두워지니 야수들의 울음소리가 사방에서 들렸고 짐승들이 옆으로 무리쳐 지났습니다.

배가 고프면 닦은 콩 한줌씩 먹고 목이 마르면 샘물을 찾아 마시면서 하루종일 쉬지 않고 높고 험한 봉을 넘다나니 삼돌이는 피곤과 졸음이 마구 밀려들었습니다. 그러나 한시바삐 열두고개를 넘자는 생각에 그는 낫을 틀어쥐고 앞만 보며 밀림을 헤치고 나갔습니다.

이렇게 두번째 고개를 올라서는데 느닷없이 ≪따웅!≫ 하는 호랑이 소리가 울려 그만 등골에서 식은땀이 흘러내렸습니다. 삼돌이는 걸음을 멈추고 사방을 살펴보았습니다. 어둠을 뚫고 자세히 보니 멀지 않은 큰 소나무 옆에서 큰 호랑이 두마리가 소나무를 빙빙 에돌면서 울부짖고있었습니다.

삼돌이는 저도 몰래 활을 내렸지만 호랑이들이 자기를 거들떠보지도 않기에 도로 활을 메고 걸음을 떼는데 어쩐지 호랑이들의 울음소리가 더없이 애처롭게 들여왔습니다. 다시 걸음을 멈추고보니 호랑이들이 나무를 둘러싸고 맴돌이치다가는 두발로 나무를 핥으면서 우를 쳐다보며 울부짖고있었습니다.

삼돌이가 하도 이상하여 나무우를 쳐다보니 바위돌만한 커다란 독수리가 호랑이새끼를 발에 차고 나무우에 앉아있었습니다.

(아, 이런 영문이였구나!) 삼돌이는 그것을 보고 차마 발길이 떨어지지 않았습니다.

(저 짐승들이 새끼를 잃었다고 저리도 안타까와 하는구나. 남의 새끼를 채간 저 악독한 독수리를 잡아야겠다.)

여기까지 생각이 미친 삼돌이는 낫을 옆구리에 차고 활을 꺼내들었습니다. 그러나 어두운 밤이다나니 자칫하면 화살이 빗나갈 위험이 있었습니다.

홀연 삼돌이의 머리에는 가장 긴급할 때 화살을 쏘라던 어린 사슴의 말이 떠올랐습니다.

이때 독수리는 사방을 두리번거리며 날아가려고 날개를 쳐들고있었습이다. 삼돌이는 온 정력을 기울여 활시위를 당겼습니다.

《윙—》 하는 소리와 함께 화살은 면바로 독수리의 대가리를 꿰뚫었습니다. 그러자 독수리는 그만 아래로 내리박혔습니다. 그바람에 발에 찼던 새끼호랑이도 땅에 떨어졌습니다. 이때 밑에 있던 호랑이들은 떨어지는 새끼호랑이를 등으로 받아내리고는 너무도 좋아 핥아주고 비벼주며 어쩔바를 몰라했습니다.

일이 성사되였다는 기쁨과 더불어 호랑이들이 반가와하는 모습을 바라보느라니 삼돌이의 눈에서는 눈물이 나올 지경이였습니다.

이때 호랑이들도 누가 자기들의 새끼를 구원해주었는가고 두리번거리다가 삼돌이를 발견하였습니다. 삼돌이는 호랑이들에게 손을 저어보이고는 길을 재촉하였습니다.

한참 가다가 뒤를 돌아본 그는 깜짝 놀랐습니다. 굴세 커다란 호랑이가 어슬렁

어슬렁 뒤를 따라오고있지 않겠습니까.

(다른 한 마리는 새끼를 핥아주고있는데 아마 이놈은 날 잡아다가 새끼에게 먹이려는 모양이구나.)

이런 생각이 들자 삼돌이는 머리카락이 곤두섰습니다. 그런데 이상한것은 삼돌이가 서니 따라오던 호랑이도 그 자리에 서는것이였습니다. 어쩐지 범이 자기를 해칠것 같지는 않았습니다. 그래서 뒤를 돌아다 보지 않고 부리나케 앞으로 걸어갔습니다.

밤은 점점 깊어갔습니다. 이렇게 어둠을 헤치며 걸어가는데 갑자기 굶주린 이리떼들이 눈에 시퍼런 불을 켜고 삼돌이에게 달려들었습니다.

삼돌이는 다시 활을 벗겨들고는 활시위를 당겨 앞에서 덮쳐드는 이리를 향해 쏘았습니다. 이리는 《캥》 하는 소리와 함께 삼돌이의 앞에 와 나딩굴었습니다. 그걸 본 다른 이리들은 삼돌이를 에워싸고 빙빙 돌았습니다.

이젠 화살 한 대밖에 남지 않았습니다. 삼돌이는 마지막 화살을 겨누어들고 이리떼를 쏘아보았습니다.

마침내 이리떼들이 또다시 덮쳐들었습니다. 삼돌이는 두발을 쳐들고 달려드는 큰 이리의 아가리를 겨누어 힘껏 활을 쏘았습니다.

이리는 목구멍에 화살을 맞고 그 자리에 푹 꼬꾸라졌습니다. 삼돌이는 이때라 하고 활을 던지고 허리에서 낫을 빼여들자 이리떼들한테 덮쳐들어 마구 휘둘러댔습니다. 그러나 어린 힘에 지칠대로 지친 삼돌이는 끝내 쓰러지고말았습니다.

어느때가 되였는지 찬 물방울이 후두둑 얼굴에 떨어지는바람에 삼돌이는 눈을 떴습니다. 정신을 차리고보니 하늘에는 뭇별들이 총총하였습니다.

(난 지금 어디에 누워있을가?)

다시 눈을 감고 생각해보니 금방 겪은 일이 생각났습니다. 그래 사방을 돌아보니 이리 몇놈이 피를 흘리며 자빠져있고 다른 놈들은 보이지 않았습니다.

(이리떼들이 왜 나를 뜯어먹지 않고 달아났을가?)

이렇게 그가 괴이하게 생각하고있는데 여직껏 바위돌인줄로만 알았던 시커먼 것이 또 삼돌이의 얼굴에다 꼬리로 물을 뿌리는것이였습니다. 자세히 보니 다름 아닌 아까 뒤따르던 호랑이였습니다.

삼돌이는 마지막 결판을 하려고 낫을 찾았으나 낫은 온데간데없었습니다.

그런데 호랑이는 기척을 들었는지 삼돌이의 옆에 엎디여 꼬리로 자기 등을 툭툭 치더니 《으흐흥》 하고 울부짖는것이였습니다. 무슨 영문인지 알길 없는 삼돌이는 꼼짝도 못하고 죽은듯이 그 자리에 누워있었습니다. 그러니 호랑이는 앞발로 삼돌이를 건드리면서 또 《으흐흥, 으흐흥.》 하며 꼬리로 등을 치는것이였습니다. 그제야 삼돌이는 호랑이가 자기의 등에 타라는줄을 알았습니다.

이 호랑이가 바로 삼돌이가 구해준 그 새끼호랑이의 어미였습니다. 여직껏 삼돌이를 뒤따라오면서 보호해주었고 이리떼를 몰아주었으며 또 태워다주려고까지 하는것이였습니다.

삼돌이는 성큼 일어나 호랑이등에 올라앉았습니다. 그러자 호랑이는 몸을 일쿠더니 달리기 시작하는데 어찌나 빠른지 바람소리만 귀전에서 윙윙 울렸습니다.

산을 몇고개 넘은 호랑이는 천천히 멈춰서더니 땅에 엎디여 《으흐흥》 하였습니다. 이와 때를 같이하여 앞이 훤해지는것이였습니다. 호랑이가 두 눈에 불을 켰던것입니다.

앞을 내다본 삼돌이는 후닥닥 뛰여내려 달려갔습니다. 그곳에 바로 꼬마사슴이 말하던 인삼밭이 있었던것입니다.

정신없이 인삼을 한묶음 캐고나니 동녘하늘이 휘붐히 밝아오기 시작했습니다. 이때 호랑이가 옆으로 오더니 또 땅에 엎디여 꼬리로 자기 등을 치는것이였습니다.

삼돌이는 인삼묶음을 안고 호랑이등에 올라탔습니다. 이윽고 쉭 하는 바람소리가 나더니 눈깜짝할 사이에 어느새 집앞의 산기슭에 도착하였습니다.

삼돌이가 내려서 호랑이의 대가리를 끌어안고 연신 쓰다듬으며 《고맙다.》고 인사를 하니 호랑이도 《으흐흥》 하며 턱으로 빨리 집으로 가라고 하는것이였습니다.

《고맙다! 호랑아, 너두 어서 집에 가거라, 너의 새끼가 기다리겠다.》

삼돌이는 인사를 마치고 부리나케 집으로 달려 내려왔습니다. 집문앞에까지 와서 산기슭을 올려다보니 그때까지도 호랑이는 그 자리에 지키고 섰다가 삼돌이가 손저억 가라고 하자 그때에야 산이 떠나갈듯 《따웅》 하며 어디론가 사라졌습니다.

이처럼 착한 삼돌이가 호랑이새끼를 구해준 덕으로 인삼을 캐다가 아버지께 달여드리니 아버지는 병도 씻은듯이 나았고 한결 젊어졌습니다. 그리하여 삼돌이는 아버지 어머니를 모시고 행복하게 살았답니다.

리끌룡 구술 / 리광수 정리

귀신을 잡아먹는 사람

옛날예적에 귀신을 잡아먹는다는 김룡덕이라는 사람이 살았습니다. 이 사람이 귀신을 잡아먹는다고 소문이 난데는 아주 재미있는 이야기가 있습니다.

김룡덕은 집이 너무 가난하여 산너머 친척집에 한번 놀러가고싶어도 손에 들것이 없다나니 항상 생각뿐이였습니다.

그러던 어느 여름날, 룡덕이는 궁리 끝에 고기나 잡아서 가지고 가자고 고기잡이를 떠났습니다. 고기잡이를 하다나니 정말 생각과 같이 큼직한 고기 한 마리를 잡았습니다.

인젠 친척집에 갈만 하였습니다. 그래서 고기를 들고 친척집으로 가다가 고개마루에 누가 놓았는지 꿩그물에 꿩 한 마리가 걸려있는것을 보았습니다. 그대로 지나가려다가 그 꿩이 임자오기전에 달아나거나 다른 짐승들이 먹어치울것 같았습니다. 고기와 바꿔가면 보기도 좋고 또 친척집에서도 반가와할것이며 한끼 잘 끓여먹을것 같았습니다. 그래서 고기와 꿩을 바꿔가지고 친척집에 가서 잘 끓여먹고 저녁때까지 놀다가 집으로 돌아왔습니다. 마을에 들어서니 사람들이 모여 서서 웅성웅성 떠들어대고있었습니다. 그래서 룡덕이는 무슨 일이 생겼는가고 마을사람들에게 물었습니다.

≪말도 마오, 우리 동네에 큰일이 났소. 아니 산에다 놓은 꿩그물에 글쎄 물고기가 걸렸더라오. 그래서 점을 쳐보니 무당이 하는 말이 산신령이 물고기로 변했는데 잘못하다간 큰일난다우. 그래서 돼지를 잡아놓고 산신령께 산신제를 지내

는 길이오.≫

그 말을 들어보니 우습기 그지없었습니다.

(내가 한 일이니 내가 오늘 산신령이 됐구나.) 룡덕이는 사실대로 자기가 그랬다고 말하려 하다가 이미 산신령이 된바에 고기까지 먹어야겠다고 생각하곤 척 나서서 말했습니다.

≪여러분 걱정을 마십시오, 내가 귀신을 잡아먹겠습니다. 내가 귀신을 먹어치우면 그 죄는 나 혼자만 쓰고 여러분은 태평무사할것 아닙니까. 그러니 그 물고기를 탕쳐서 끓여오십시오.≫

이 말에 마을사람들은 모두 놀라서 야단이였습니다. 미쳤다느니 죽을라고 환장했다느니… 하지만 룡덕이는 룡덕이대로 그 고기를 가져다 밸을 따서는 국을 끓여 훌훌 다 먹어 치우고 마을사람들에게 말했습니다.

≪금방 내가 귀신을 잡아먹었으니 여러분들은 안심하십시오. 벌을 받으면 내 혼자 밥을것이니 여러분은 안심하고 돌아가십시오.≫

이렇게 룡덕이가 ≪귀신≫을 잡아먹은후 한달, 두달이 지나도 정말 아무 일도 생기지 않았습니다. 이렇게 되자 룡덕이가 귀신을 잡아먹는다는 소문이 마을에 쫙 퍼지기 시작하였습니다.

이 소문이 한입 건너 다른 마을에까지 퍼졌습니다. 마침 건너마을 좌수집에 귀신이 들었습니다. 매일 밤마다 귀신이 나와서 당나무 주위를 돌면서 똑딱거리는데 며칠후이면 집안이 망한다는것이였습니다. 이러니 좌수집에서는 큰 두통거리가 생겼습니다.

어느날 건너마을에 귀신 잡아먹는 사람이 있다는 소문을 들은 좌수는 즉시 하인더러 룡덕이를 데려오라고 하였습니다.

한편 정말 귀신을 잡아먹으러 오라니 룡덕이는 끔쩍 놀랐습니다. 이때에야 룡덕이는 크게 한탄하였습니다.

≪내가 그때 사실대로 말했을걸 그랬구나. 인젠 이름이 이렇게 났으니 큰일났구나.≫

그러나 인제 와서 사실대로 말해봤자 좌수가 믿을것 같지 않고 가자니 귀신을 잡아먹는 재간은 없지 참으로 호미난방이였습니다. 그러나 세력있는 좌수가 부르는데 룡덕은 감히 안갈수 없어 하는수 없이 갔습니다. 좌수집에 간 그는 선참 집주위와 당나무를 돌아보는것처럼 하고는 이 집의 귀신이 보통귀신이 아니여서 하루이틀에 잡을것 같지 않으니 기일을 넉넉히 달라고 하면서 또 자기 방에는 밥 날라주는 사람외에 누구도 들어오지 말라고 그럴듯하게 꾸며댔습니다.

하지만 방안에 들어앉아서 며칠동안 아무리 골을 짜내도 귀신을 잡아먹을 방법이 없었습니다. 이제는 이 집에서 죽었구나 하고 속을 태우면서 어떻게 하면 살아나갈것인가고 궁리하였지만 도무지 뾰족한 방법이 생각나지 않았습니다.

그러다보니 약속한 날자가 다가왔습니다. 좌수는 오늘저녁부터 귀신을 잡는다니 잘 대접하려고 상에다 큼직한 고기를 구워서 들여보냈습니다. 그 고기를 본 룡덕이는 갑자기 귀신생각이 번쩍 나서 ≪귀신이다!≫하고 불시에 소리를 질렀습니다.

그 소리에 상을 들고 들어오던 하인이 그만 질겁하여 상을 덜거덕 내려놓더니 룡덕이의 앞에 엎드리며 제발 목숨만 살려달라고 머리를 땅에 조아리며 비는것이였습니다.

≪제발 목숨만 살려주십시오. 저는 귀신이 아니라 사람인데 제발 절 잡숫지 마십시오. 바른대로 말하겠습니다.≫

≪음, 벌써부터 알고있었다. 그러나 네놈이 어쩌는가 보느라구 가만히 내버려두었는데 인젠 바른대로 아뢰라.≫

이때라고 룡덕이는 제법 큰소리로 호통쳤습니다.

≪예! 저는 삼년전에 이 집으로 들어온 머슴입니다. 그때 주인이 저를 보고 삼년동안 일만 잘하면 딸을 주겠다기에 품값도 받지 않고 이날 이때까지 부지런히 일을 하였습니다. 그러나 이미 삼년이 지났는데도 주인은 이피탈저피탈하며 또 삼년을 더 일해야 한다는것이였습니다. 내가 더는 일하지 않겠다면서 딸도 싫으니 삼년동안의 품값을 달라해도 주지 않았습니다. 그래서 제가 귀신놀음으로 주인을 골려준것입니다.≫

≪음, 알만하다. 그럼 오늘저녁부터 귀신놀음을 싹 걷어치우고 가만히 있거라. 내가 알아서 처리할테니.≫

≪예! 감사합니다.≫

하인이 물러간후 룡덕이는 주인을 불렀습니다. 그리고는 그날부터 귀신을 잡기 시작했습니다. 집근처와 당나무 주위를 빙빙 돌면서 어둑한 곳에 가서는 몽둥이로 한번 치고는 귀신이 죽는 괴상한 소리를 지르고 또 한번 치고는 쩝쩝 먹는 소리도 내면서 분주히 돌다가 들어와서 주인에게 말했습니다.

《이 집에 귀신이 너무 많아서 하루저녁에 다 잡아먹을수 없습니다. 그리고 이 집의 귀신은 원귀가 돼서 잡아먹기 힘듭니다. 집에 딸때문에 생겨난 귀신인데 그 아무개라는 머슴에게 딸을 주면 귀신도 방법없이 가버리고맙니다. 만약 그렇지 않으면 내가 잡아먹어도 또 생겨나고 이 집도 며칠 안가서 귀신 때문에 망하게 됩니다.》

이 말을 듣자 좌수는 그만 기겁을 해서 그런 머슴이 있는데 래일이라도 당장 사위를 삼겠으니 제발 귀신만 잡아달라는것이였습니다.그러니 룡덕이는 귀신은 걱정말고 딸을 래일로 당장 혼사를 치러 그 머슴에게 주면 귀신은 래일저녁으로 다 잡아먹겠다고 장담하였습니다. 그 이튿날 좌수는 정말 그 머슴을 사위로 삼고 큰 잔치를 치렀습니다. 저녁에 룡덕이는 당나무주위를 빙빙 돌면서 몽둥이로 이리 치고 저리 치며 귀신이 죽는 소리를 찍찍 내고 잡아먹는 소리도 쩝쩝 내면서 바삐 돌았습니다. 그리고는 귀신을 몽땅 잡아먹었다고 말했습니다.

이렇게 되어 머슴은 장가를 잘 갔고 귀신도 없어졌습니다. 그후부터 룡덕이가 귀신을 잡아먹는다는 소문이 린근부락에 널리 퍼져서 귀신도 다시는 나타나지 못했습니다.

심도은 구술 / 리광수 정리

효부의 절

옛날 조선 황해도 봉산에서 있은 이야기입니다.

한창 논김철인데 그날도 일군들은 김을 매다가 점심때가 되어 다들 자기네 농막에 들어가 점심을 먹었습니다. 그런데 한사람만은 계속 논김을 매고있었습니다. 어찌된 일인지 아직도 안해가 점심을 가져오지 않았던것입니다. 점심때가 퍼그나 지났는데도 오지 않으니 그 농군은 김을 매다가는 서서 길을 내다보고 보다가는 또 김을 매군 하였으나 종시 안해가 점심을 이고 오는것이 보이지 않았습니다.

다른 사람들이 낮잠을 자고 담배까지 피우고 오후일을 시작하려는 때에야 안해가 점심을 이고 부랴부랴 달려왔습니다.

안해가 늦게 왔다고 부아가 잔뜩 난 그 농군은 다짜고짜 안해의 귀쌈을 갈겼습니다. 그런데 안해가 조용히 뭐라고 설명하는듯하더니 노기중천했던 남편이 갑자기 안해앞에 엎드려 절을 꾸벅꾸벅하는것이였습니다.

(야, 이거 무슨 큰일이 있는 모양이다!) 하고 다른 사람들이 놀라서 어리둥절해있"는데 그 가까이에서 보고있던 사람들이 하나 둘 따라서 꿇어앉아 그 녀인을 향해 절을 하는것이였습니다.

(필경 여기에는 절해야 될 그 무슨 사연이 있는 모양이다.) 하고 일군들은 덩달아서 절을 하기 시작하였습니다. 그리하여 이 사람도 절, 저 사람도 절, 그만 온 들판에 절판이 벌어졌습니다. 그러니 지나가던 사람들도 절, 오는 사람도 절, 이렇게 온 황해도에 절이 퍼졌는데 나중에는 온 조선이 절판이 되어 서울 장안까지도 절판이 되였습니다. 모두들 무슨 절인지 모르나 앞사람이 하니 따라서 절을 하기 시작하였던것입니다.

이때 임금이 내다보니 글쎄 장안의 만백성이 만사를 전페하고 다 절을 하는판이였습니다. 자기에게다 하는것이 아니라 바깥으로 하는 절이여서 도대체 무슨 놈의 절인지 도무지 알수가 없었습니다.

노발대발한 임금은 사령들을 불러 당장 이 절의 래원을 알아오고 이 절을 시킨놈을 붙잡아오라고 호령을 내렸습니다.

하긴 이 바쁜 농망철에 온 나라가 만사를 전페하고 영문 모를 절들을 하고있으니 큰일이 아닐수 없었습니다. 그래서 사령들이 급히 달려나가면서 이놈을 붙잡고 물어보고 저놈을 붙잡고 물어봐도 다 모르겠다는것이였습니다. 그저 앞사람들이 하니 따라했다는것이였습니다. 그누구를 붙잡고 물어봐도 전부 한다는 대답이 모두 한가지였습니다.

이렇게 차츰차츰 조사해 나가다보니 황해도 봉산땅까지 찾아나왔습니다. 그 곳에 와서야 겨우 그 사람을 찾게 되었는데 그때까지도 그 사람은 안해에게 절을 하고 있고 안해는 눈물을 흘리며 울고있었습니다. 하여 사령들은 다짜고짜 그 사람을 붙잡아 두들겨댔습니다.

≪네 이놈, 어찌하여 처를 때리고 또 금방 절은 웬 절을 했느냐? 네놈의 절 때문에 온 나라에 절이 퍼졌는데 임금님이 당장 네놈을 잡아들이란다.≫하면서 사령들은 그 사람을 끌고갔습니다.

≪네 이놈, 네 죄를 알겠느냐? 네놈의 절 때문에 만백성이 만사를 전폐하고 절을 하였는데 네 죄 열 번 죽어 마땅하다. 어서 웬 절인지 영문을 아뢰거라.≫

≪네! 황송합니다. 천만번 죽을 죄를 졌는데 사실은 이러하나이다. 오늘 점심 때가 되었는데 소인의 처가 점심을 가져오지 않았습니다. 남들이 점심을 다 먹고 낮잠까지 자고 오후일을 시작할 때에야 점심을 이고 나왔습니다. 소인은 화김에 달려가서 불문곡직하고 귀쌈을 몇개 때렸습니다. 그런데 소인의 처가 하는 말이 점심을 안쳐놓고 급히 빨래하러 개천에 갔다오니 팔십먹은 우리 모친이 닭고기 생각이 나서 닭 한 마리를 잡아 가마에 안쳐놨다면서 푹 고아달라 하더랍니다. 그래 가마를 열고보니 우리 모친이 오망을 써서 갓난 손자애를 끓는 가마에 넣었더랍니다. 그래서 우리 처는 그런 기색이라고는 조금도 없이 몰래 아이를 내다 파묻고는 다시 닭을 잡아서 대접하고 나오다나니 그렇게 늦었습니다. 이처럼 시부모에게 효성이 지극한 녀성이 또 어디에 있겠습니까. 그래서 너무나 감격하여 절을 한것인데 이렇게 큰절로 변할줄은 몰랐습니다. 죽을 죄를 졌으니 임금님의 처벌을 바랍니다.≫

임금이 듣고보니 참말로 훌륭한 며느리였습니다.

≪음, 과연 효부로다. 그 절 역시 나라의 절이 될만하다. 참말로 효부에게 하는 만백성의 절, 나라의 절이로다!≫

임금은 그 즉시로 그 농군의 안해에게 나라의 효부란 칭호를 사여하고 효부비까지 세워줬답니다.

류한필 구술 / 리광수 정리

지렁이국

옛날 한 시골에 소경어머니를 모시고 사는 가난한 젊은 부부가 있었습니다. 아들은 어머니께 효성이 지극하나 며느리는 언제나 시어머니를 괄시하였습니다. 그래서 하루는 안해를 불러놓고 말했습니다.

≪여보, 내가 한 서너달 외지로 돈벌이 갔다오겠는데 혼자서 어머니를 모시느라 고생하겠소. 그런데 듣자니 지렁이국을 끓여 먹이면 사람이 빨리 죽는다고 하더구만, 그러니 내 없는 사이에 저 버들방천에 가서 지렁이를 파다가 어머니에게 국을 끓여드리오. 하루에 한때씩도 좋고 빨리 세상뜨게 하겠으면 때마다 끓여드려도 좋소.≫

며느리는 그러지 않아도 시어머니가 빨리 죽었으면 하던 참이라 남편이 이런 방법까지 대주니 정말 기뻤습니다.

그래서 남편이 떠나가기 바쁘게 며느리는 그 이튿날부터 지렁이를 파러 갔습니다. 강가 버들방천에 가서 버드나무뿌리를 파보니 과연 지렁이가 가득하였습니다. 지렁이를 가득 파다가 대소고리에 담아가지고 강가에 나가 깨끗이 씻어온 다음 그걸 물독에 가득 담궈놓고는 때마다 시어머니께 국을 끓여드렸습니다.

시어머니는 무슨 국인지 딱히 모르나 참 오래간만에 맛있는 국을 잡수셨습니다. 그런데 여직껏 괄시만 받고 때시걱도 제대로 얻어 잡숫지 못하던 그는 아들이 뭐라하고 갔기에 며느리가 이렇게 구수한 고기국을 매일 끓여주는지 하는 이상한 생각이 들었지만 며느리의 마음이 돌아섰나부다 하고 생각을 달리하고는 끼니마다 한사발씩 맛나게 잡수시였습니다. 그런데 도대체 무슨 고기이기에 이처럼 구수하고 맛이 있나싶어 아들이 돌아오면 보여주자고 때마다 한 마리씩 건져서 노전밑에 넣어두었습니다.

드디여 석달이 지나서 아들이 돌아와보니 어머님께선 몸도 많이 좋아졌고 기분도 아주 좋아졌었습니다. 그래서 들어서자바람으로 안해에게 인사를 했습니다.

≪그동안 어머님을 모시느라 수고 많이 하였소.≫

≪그런데 어찌된 일이애요? 어째 지렁이국을 잡수시면 빨리 세상뜬다더니

어머님은 몸만 점점 나고 인차 세상뜰것 같지 않습니다.≫

≪하하하, 어쨌든 수고 많았소.≫

아들이 웃으면서 어머니 방에 들어가 어머님께 인사를 올리니 어머니는 며느리자랑부터 하는것이였습니다.

≪너 인제야 돌아왔느냐? 네가 간후에 네 처가 때마다 고기국을 끓여주는데 참 구수하고 맛있더라. 그래서 난 잘먹었다. 내 맘에도 내 몸이 많이 좋아진것 같구나. 나대신 며느리에게 인사를 잘해라.≫

≪예, 그렇습니까? 잘된 일이구만요. 그런데 무슨 고기국을 끓여줍디까?≫

≪글세, 나도 잘 모르겠더라. 그래서 네가 오면 보이자고 이 노전밑에 넣어뒀니라. 무슨 고기인지 너 꺼내보아라.≫

아들이 노전을 들고보니 그 밑엔 말라서 꽛꽛해진 지렁이들이 가득하였습니다.

≪아이구 어머니, 이게 지렁이구만요.≫

≪뭐 지렁이? 지렁이가 그렇게 맛있단말이냐? 어디 나 좀 보자.≫

≪그바람에 어머니는 눈을 번쩍 떴답니다. 지렁이국을 많이 잡숫고 몸이 좋아지니 자연히 눈이 뜨인것이랍니다.

이처럼 아들은 안해의 못된 버릇을 떼고 어머니 눈도 고쳤답니다. 그때로부터 며느리는 시어머니께서 눈이 나았고 또 몸이 좋아져서 일도 도와주니 시부모를 잘 공대했으며 온 가정은 아주 화목하게 잘살았답니다.

김점주 구술 / 리광수 정리

바보신랑

옛날 한곳에 바보신랑이 있었습니다. 이 바보신랑은 집에 땔나무가 없어도 안해가 시키지 않으면 해를 생각도 안하는 반편이였답니다.

하루는 안해가 땔나무가 떨어졌으니 산에 가서 나무를 해오라고 시켰습니다.

《여보, 오늘은 산에 가서 나무를 좀 해오세요.》

《그럼 가지. 그런데 무슨 나무를 해오라오?》

《때기 좋게 단나무를 몇단 해오세요.》

그래서 바보신랑은 도끼를 가지고 산으로 갔습니다. 산에 가서 나무를 하나 툭 찍고 혀를 대보니 그 나무는 달지 않고 쓰거웠습니다. 그래서 또 다른 나무를 툭 찍고 혀를 대보았더니 역시 쓰거운 나무였습니다. 이렇게 하루종일 온 산골의 나무를 다 찍어서는 맛을 봐도 쓰겁지 않은것이 없었습니다. 안해는 단나무를 해오라 했는데 단나무는 한그루도 없었습니다. 저녁때가 되자 바보신랑은 하는 수없이 빈손으로 집으로 돌아갔습니다. 안해는 이상해하며 물었습니다.

《하루종일 어디 가서 무얼하다가 오셨는지 왜 나무 한단도 못해왔어요?》

《아, 글쎄 단나무를 하자니 어디 있어야 해오지. 제길, 맨 쓰거운 나무뿐이더라니까. 온 산을 헤매며 다녀도 단나무는 한그루도 없습데, 그저 숱한 고생만 했다니까. 그러니 빈손으로 오는수밖에 없지.》

참 코막고 답답한 일이였습니다. 토막나무가 아니라 한단 두단 하는 단나무를 해오라 했더니 글쎄 달달한 나무를 찾아다녔으니 빈손으로 오는수밖에 없지요. 안해는 너무도 어이가 없어 아무 말도 못했습니다.

그 이튿날은 아예 무슨 나무가 있으면 무슨 나무를 해오라고 시켰습니다. 그런데 그 주제에 수레를 얻어다주면 많이 해오겠다 하기에 이웃에 가서 사정사 정하여 수레를 빌어다줬답니다.

수레를 몰고 산으로 간 바보신랑은 그래도 나무 여러대를 찍자면 힘드는줄은 알았던지 큼직한 나무를 한단 찍어서 단번에 한수레를 채울 작정으로 소수레를 들이대고 나무를 찍었답니다. 뚝힘은 있어서 한창 찍으니 그 큰 아름드리나무가 넘어갔습니다. 그러나 그 큰 나무가 넘어지니 그만 수레가 박산나고 소도 깔려 그 자리에서 죽어버렸답니다. 그러니 나무도 실어못오게 되고 도끼만 꽁무니에 차고 맹랑해서 집으로 돌아가는수밖에 없었습니다.

집으로 돌아가는 길에 늪가에서 물오리들이 떼를 지어 물우에서 놀고있는것을 보았습니다. 그대로 집에 가면 욕먹을줄은 알았던지 오리래도 잡아가면 덜 욕하겠지 하고 바보신랑은 오리무리에 대고 도끼를 힘자라는대로 뿌렸습니다.

그러나 오리는 한 마리도 맞지 않고 후닥닥 날아가버리니 도끼만 물에다 잃고말 았습니다.

멍하니 날아가는 물오리만 바라보던 바보신랑은 도끼마저 잃은채 빈손으로 어슬렁거리며 집으로 돌아갔습니다. 도중에 마을앞에 와서 도랑을 건너자고 하는데 돌다리밑에 고기들이 헤엄쳐다니는것이 보였습니다.

(옳지 됐다. 아무거나 좀 잡아가자.) 바보신랑은 바지를 벗어서 도랑아래에다 떡 벌려놓았습니다. 그리고는 위쪽에 가서 쉬쉬하며 고기를 내리쫓았습니다. 아래까지 내려와보니 고기가 잡히기는커녕 바지가 떠내려가고 없었습니다. 큰 야단이 났습니다. 맨몸에 바지만 입고 다녔는데 바지가 떠내려가고 없으니 알몸 으로 어떻게 마을에 들어서겠습니까? 그래서 숲속에 앉아서 날이 어둡기만 기다 렸습니다.

바보신랑은 모기가 엉뎅이를 물어뜯지만 겨우 참아서 날이 어두워져서야 슬 금슬금 집으로 들어갔습니다. 안해가 보니 바보신랑은 해오라는 나무는 고사하 고 남의 집 소수레를 마사먹고 소까지 죽인데다가 도끼도 잃고 바지마저 잃어버 리고 돌아오지 않겠습니까. 성이 날대로 난 안해는 남편을 죽어라고 욕을 하였지 만 원래 바보여서 소귀에 경 읽기였습니다.

그 이튿날 안해는 또 쌀이라도 좀 얻어오라고 남편을 처갓집으로 보냈습니다. 처갓집에서는 오래간만에 사위가 왔다고 국수를 눌러 대접했습니다. 귀한 음식 인데다 게걸이 감식이라 한사발을 게눈감추듯이 다 먹고나니 모자랐습니다. 그 러나 체면은 좀 있어 더 달라는 소리는 못하고 억지로 참았습니다.

저녁에 자리에 누운 바보신랑은 그 국수생각이 어찌나 나는지 도무지 잠들 수 없었습니다. 장밤 이리 뒤척 저리 뒤척 하다가 밤중이 되여 가시집 식구들이 다 잠들자 슬금슬금 부엌으로 내려갔습니다.

부엌에는 가시어머니가 신총을 삼겠다고 삼을 삶아놓은것이 한함지 있었습니 다. 바보신랑은 그 삼실을 저녁에 먹던 국수로 알고 너무도 좋아서 손으로 입에 정신없이 밀어넣었습니다. 한함지를 다 먹고나니 배가 불룩하고 마음도 흐뭇했 습니다.

제자리에 드러누운 그는 새벽이 되자 배가 어찌나 아파나는지 견딜수가 없었 습니다. 이리 딩굴고 저리 딩굴다가 밖으로 뛰여나와 터밭에 뒤를 보자고 앉았습니다. 그런데 그 삼실을 먹은것이 다 한끝이라 한참 낑낑 갑자르며 누고 일어서면 끝이 들려서 어쩔 방법이 없었습니다.

그래서 바보신랑이 주위를 살펴보니 강냉이밭이라 그 삼실을 이쪽 강냉이 끝걸이에다 한쪽 걸고 다시 끌어다가는 저쪽에다 걸며 온밭에다 널어놨습니다. 이렇게 삼실을 다 누고나니 속이 편안하였습니다. 그다음 들어와 아침늦게까지 실컷 잤습니다.

새벽이 푸름해서 가시애비가 삼실을 말리려고 일어났습니다. 삼실은 해뜨기 전에 이슬에다 널어야 잘 마른답니다. 그래 부엌으로 내려다보니 함지에 삼실이 없었습니다. 이상해서 바깥에 나가보니 온 터밭 강냉이 끝걸이에 실종이 하얗게 널려있었습니다.

(밤중에 사위방에서 소리나기에 변소보러 가는가 했더니 벌써 이렇게 다 널어놨구나.) 하고 생각한 가시애비는 여간 기뻐하지 않았습니다.

≪그러면 그렇지, 남들은 바보라고 하지만 내 사위가 제일이다. 얼마나 부지런한가 봐라. 새벽에 내 먼저 일어나 삼을 다 널어놓은것만 봐도 틀림없는 살림꾼이다.≫

바보신랑은 이렇게 생전 처음으로 가시애비한테서 칭찬을 받아보고 쌀도 많이 얻어왔답니다.

리정옥 구술 / 리광수 정리

효자이야기

옛날 한 시골에 늙은 어머니를 모시고 사는 두 부부가 살았습니다. 아들은 얼마나 효성이 지극한지 있는것없는것 어머니를 대접하지 못해 애를 쓰고 저녁이면 이부자리를 펴드리고 아침이면 꼭꼭 밤새 편안히 주무셨는가 문안을 하였습니다. 며느리도 남편 못지 않게 시어머께 효성이 지극하였습니다.

그러던 어느날 새벽, 아들이 변소에 나왔다가 어머님이 편안히 주무시는가싶어 달빛에 어머니 방을 들여다보니 이부자리는 펴놓은대로 있는데 어머니가 계시지 않았습니다. 놀라서 사방을 다 찾아보았으나 어디로 갔는지 보이지 않았습니다. 한참 찾다보니 날이 희붐히 밝아오는데 어머니가 밖에서 슬그머니 들어와 자리에 눕는것이였습니다.

아들은 어머니를 놀래우지 않으려고 한동안 지나서 들어가 문안을 올렸습니다. 그랬더니 어머니는 이전과 같이 자리에서 일어나는것이였습니다. 이상하게 생각되여 며칠을 지켜보니 매일 그 시간이면 어디로 나갔다가 돌아오군 했습니다. 그래서 하루는 어머니의 뒤를 밟아보았습니다.

때는 늦은 가을이라 내가에 얼음이 살짝 일었는데 어머니가 맨발로 그 내가를 건서는 앞마을로 가는것이였습니다. 그래 따라가보니 짚신을 결어 팔아서 겨우 연명하는 혼자 사는 로인네 집으로 들어가는것이였습니다. 집앞까지 따라가며 가만히 엿들으니 로인이 기다리다가 반갑게 어머니를 맞이하는것이였습니다.

로인이 그 찬물에 어떻게 건너왔느냐 하며 빨리 올라오라 하니 어머니가 하는 말이 새벽에 일어나서 잠은 오지 않고 지루하여 이렇게 나왔는데 인젠 오지 않고는 못견디겠다는것이였습니다. 로인도 이때 되면 자연히 기다리게 된다는 것이였습니다.

이때 어머니가 또 하는 말이 오래지 않아 땅속에 들어갈 처지에 령감이 욕심나서 매일 오는것이 아니라 너무도 심심하여 말동무를 찾아왔다고 하자 령감도 그 말이 옳다는것이였습니다.

아들이 들어보니 참말로 그러했습니다. 자기는 저녁이면 안해와 아들이 있으니 시간가는줄 모르지만 늙은 어머님은 말동무도 없으니 그처럼 적적해하는것이였습니다. 아들은 불효성스러운 자신을 두고 몹시 후회하였습니다.

한참 이야기를 주고받더니 어머니는 아들이 깨여나기전에 돌아가야 된다면서 자리에서 일어서는것이였습니다. 아들은 어머니 먼저 집으로 돌아왔습니다. 집에 와서 생각하니 어머니가 매일 그 찬물로 다닐 일이 걱정되였습니다. 그래서 그 내가에다 징검다리를 놓았습니다.

그 이튿날, 또 어머니를 따라가보니 로인이 하는 말이 누가 놓았는지 다리를 놓아서 찬물을 건널 필요는 없게 되였지만 그 다리를 어떻게 건너왔느냐고 묻는것이였습니다. 그러니 어머니 하는 말이 엉금엉금 기다싶이하며 건너는 왔지만 찬물에 발을 안 담그니 신선같다는것이였습니다.

그 소리를 들은 아들은 매일 어머니를 기여건너게 하는것이 말이 아니라고 생각되였습니다. 그래서 그날 저녁 안해에게 자기 생각을 말했습니다.

≪내 어릴적에 들을라니 불쌍한 늙은이를 모시면 만복하고 자식들도 잘 큰다는데 우리도 불쌍한 늙은이 한분을 모셔오는것이 어떻소? 그러면 어머니도 말동무있게되여 적적해하시지 않고 얼마나 좋겠소?≫

처음 듣는 말이라 무슨 영문인지 알수 없었으나 안해는 남편의 의견을 동의해 나섰습니다.

≪당신이 하는 일이 여부있겠습니까. 알아서 처리하세요.≫

이렇게 합의를 본 그들 내외는 그 이튿날로 송아지를 잡고 술을 받아놓고 동네 어른들을 청해왔습니다. 그리고는 마을 늙은이들에게 내가 앞마을 불쌍한 늙은이를 아버지처럼 모시려 하는데 어떻습니까 하니 모두들 참 기특한 행실이라면서 찬동하는것이였습니다. 그래서 당장에 수례를 몰고가서 그 로인을 모셔다가 마을 로인들과 인사를 시켰습니다. 마을 늙은이들은 그 로인이 참 훌륭한 아들을 두었다고 부러워마지않았습니다.

황옥순 구술 / 리광수 정리

아버지와 두 딸

옛날 한 시골에 두 형제가 살았습니다. 형은 일찍 안해를 잃고 어린 두 딸을 데리고 살아가자니 말이 아니였습니다. 형은 생각하던 끝에 두 딸을 동생에게 맡기고 객지로 돈벌이를 떠났습니다.

형은 집을 떠나 십여년 고생하여 끝내 많은 돈을 벌었습니다. 그러나 돈을 가지고 갈 일이 걱정되였습니다. 길은 멀지 도적패가 욱실거리는 세월에 돈보따리를 지고 길을 떠난다는것은 정말 위험한 일이였습니다.

때는 마침 겨울이라 그는 생각던 끝에 솜옷의 솜을 뽑아내고 그속에다 돈을 넣었습니다. 그리고는 옷에다가 검댕이를 묻히고 흙탕물을 발라서 거렁뱅이 차림을 하고 길을 떠났습니다. 길에서 도적들을 만나기는 했지만 그 더러운 옷을 걸치고 쪽박을 든 비렁뱅이에게 돈이 있을 줄은 도적들도 생각지 못했습니다. 그러니 아예 묻지도 않았습니다. 이렇게 고생하면서 그는 끝내 동생집을 찾아왔습니다.

집앞에 이르러 동생을 찾으니 제수가 나왔는데 제수도 누군지 알아보지 못하는것이였습니다. 그것도 그럴것이 세월도 흘렀지만 더구나 형편없이 루추한 옷차림새니 알아볼 리가 만무하지요. 형이 자기가 누구라는걸 소개해서야 제수는 시숙인줄 알고 얼른 집으로 모셔들였습니다.

동생은 일하러 가고 없었습니다. 제수가 볼라니 시숙은 거렁뱅이 우에 상거렁뱅이라 남편의 옷을 꺼내주면서 바꿔 입으라고 하였습니다. 그러나 형은 아예 갈아입을념을 하지 않다가 제수가 하도 권하니 마지못해 바꿔 입으면서 그 더러운 옷을 절대 버리지 말고 잘 건사하라고 신신당부하였습니다. 제수가 이 더러운 옷을 나둬서 뭘 하겠는가 하며 버리자 하니 시숙은 겉은 누데기라도 속에는 새솜이 있으니 잘 건사하라고 재삼 일렀습니다.

저녁에 동생이 일밭에서 돌아와보니 형님의 형편은 말이 아니였습니다. 그래서 밤중에 안해에게 종자벼라도 팔아서 형님께 옷 한 벌 지어드리자 하니 안해도 선뜻 동의하였습니다.

그 이튿날 벼를 팔아 새옷을 해드리니 형님은 딸들을 찾아보겠다는것이였습니다. 그때 두 딸들은 이미 다 시집을 갔는데 이웃마을들에 있었습니다.

형님은 올 때 입고온 그 헌옷을 도로 찾아 입고서 먼저 큰딸집으로 찾아갔습니다. 큰 딸은 어디서 이런 거렁뱅이가 왔느냐 하며 쫓던것이 내가 너의 아버지라 하니 마지못해 모셔들였지만 겨우 밥술이나 줄뿐 그 더러운 옷을 갈아입으라는 소리 한마디 없을뿐아니라 모실 생각은 아예 없었습니다.

성이 난 아버지는 둘째딸을 찾아갔습니다. 그러나 작은딸 역시 아버지가 하두 거지차림새라 모시려 하지 않았습니다.

성이 상투끝까지 치솟은 아버지는 나에게 너희들 같은 무정한 딸이 아예 없었다 치자고 마음을 다잡고 작은 딸의 집을 나와 동생집으로 되돌아왔습니다.

≪동생, 딸들도 다 소용없네, 내 신세가 이러하니 어찌겠나, 동생 집에 있으면서 동생네 신세를 봐야겠네.≫

≪형님, 걱정 마시고 여기 계십시오. 나한테 먹을것이 있으면 형님도 잡수실것이 있을거고 내가 입을것이 있으면 형님도 헐벗지 않을겁니다. 그러니 절대 안심하시고 같이 지냅시다.≫

≪고맙네. 그런데 자네야 나와 친형제간이니 문제가 아니지만 제수…≫

≪시숙님, 제수도 동생이지요. 걱정마시고 여기 계십시오.≫

이렇게 되어 형님은 동생네 집에 있기로 하였습니다.

그날 저녁 형님은 그 헌옷을 달라해서 동생더러 겉은 더러우나 속에는 좋은 솜이 있으니 뜯으라 하였습니다. 동생과 제수는 형님이 하도 뜯으라 하니 마지못해 뜯었습니다. 그랬더니 웬걸 그속에는 솜이 아니라 몽땅 돈이 들어있었습니다. 그제야 형님은 전후사연을 이야기하였습니다.

형님이 돈을 많이 벌어왔다는 소문이 딸들에게까지 전해졌습니다. 딸들은 소문듣기 바쁘게 달려와서 서로 다투면서 아버지를 모시겠다는것이였습니다.

이때 아버지는 그날 찾아가던 이야기를 하면서 딸들을 꾸짖었습니다.

≪아버지를 모르고 돈만 아는 네년들 집에는 안간다. 당장 나가거라.≫

그래고도 어쨌든 딸자식이라고 돈을 조금씩 갈라줘서는 쫓아보냈습니다. 그후 형님은 동생의 집에서 만년을 행복하게 보냈습니다.

정점동 구술 / 리광수 정리

작두효자

옛날 어느 한 고을에 늦게야 외동아들을 본 늙은 량주가 살았습니다.

그들은 늘그막에 본 아들이라 하여 불면 꺼질가 다치면 날아날가 금이야 옥이야 길렀습니다. 그러다나니 아들에게 배워준다는것이 ≪애야, 이 비자루로 네 에미를 때려라.≫하는 소리뿐이였습니다.

그러면 아들애는 애비말대로 뽀르르 달려가서 에미를 때리는것이였습니다. 그런데도 에미는 우리 아무개 용타 하며 칭찬해주군 하였습니다.

어느덧 아이가 자라 장가를 들고 아들을 보게 되였습니다. 그러나 한살적의 버릇 여든살까지 간다고 그냥 그 본새대로 애비 에미를 쥐여패는데 늙은 량주는 그것을 장한 일로 알았습니다.

손자도 커서 어느덧 대여섯살이 되여 말도 재잘거리고 뛰여다니게 되었습니다.

하루는 날씨가 추운데 아버지와 아들이 작두로 소여물을 썰게 되었습니다. 아들이 발로 작두를 디디고 아버지가 짚을 메기는데 짚신을 신고 일하려니 발이 얼어들어 말이 아니였습니다.

그때 손자녀석이 헌 고무신바람으로 뛰여나오니 아들 녀석은 인차 일손을 멈추고 토시를 벗어서 제아들의 발을 싸주는것이였습니다. 옆에서 그 광경을 본 아버지는 그만 설음이 겨워 눈물을 흘렸습니다. 아들은 아버지 우는것을 보더니 소리를 버럭 질렀습니다.

≪아버지는 나이 어려서 우오? 또 두들겨 맞아야 알겠소?≫

≪이놈아, 나도 너를 키울 때 이보다 더 귀엽게 키웠다.≫

≪예? 그게 정말이우?≫

≪정말이 아니면 거짓말이겠나? 하늘이 내려다 본다. 너를 너무 곱다고 키워서 내가 지금 이런 복을 받는다.≫

그제야 아들은 자기 잘못을 뉘우치게 되여 바삐 아버지를 안으로 모셔들였습니다.

≪아버지, 그건 내 잘못도 있지만 아버지 어머니 잘못이 더 큽니다. 어릴 때부터 그렇게 저를 배워주었기때문입니다. 그러나 이제부터는 잘 모시겠습니다.≫

그후부터 아들은 정말 아버지 어머니를 공대하고 잘 모시는데 마을에서도 손꼽히는 효자가 됐답니다. 그래서 ≪작두효자≫란 이름이 생겨났습니다.

박병일 구술 / 리광수 정리

리춘보

　함경북도 홍원에 리춘보라는 사람이 살았습니다. 그는 그 고을의 강참판네 집에서 머슴살이를 하고 안해는 남의 삯빨래나 하면서 겨우 살아가고있었습니다. 그런데 나라의 공납까지 많아서 생활은 더구나 구차하였습니다.

　이 마을에는 공납받으러 다니는 풍언이라는 벼슬을 하는 사람이 있는데 올 때마다 제때에 공납을 바치지 못한다고 구박이 대단하였습니다. 그날도 풍언이 공납받으러 왔는데 마당에 들어서며 볼라니 서까래에 희귀한 물건이 매달려있는것이였습니다.

　풍언이 자세히 보니 동자삼이라 그것을 공납 대신 달라고 하였습니다. 그러지 않아도 공납을 못 갖추어 근심하던 춘보안해는 얼른 그걸 내려다가 어서 가져가라고 주었습니다.

　원래 동자삼이라고는 구경도 못한 춘보안해는 며칠전 남편따라 밭에 나갔다가 기음포기라고 뽑은것이 무루같이 생겼기에 가져다 달아매두었던것입니다.

　그때 나라에 대원외대감이라는 국부가 있었는데 바로 이런 좋은 약재를 구하고있었습니다. 누구든지 이런 귀중한 동자삼을 구해오는 사람에게는 천금산에 만호를 봉한다고 하였습니다. 즉 재물도 많이 주고 벼슬도 시켜준다는것이였습니다.

　풍언은 그 동자삼을 가져다가 붉은천에 곱게 싸서는 대감에게 바치려고 군으로 가져갔습니다. 군수가 헤쳐보니 보기 드문 희귀한 동자삼이라 치워두고는 어디서 이따위 몹쓸 물건을 주어왔느냐 하며 풍언을 욕하고는 곤장을 쳐서 쫓아버렸습니다. 그리고 자기가 궤를 만들어 《대감앞》이라 우에다 쓰고 자기 이름을 박아서 도에다 올려보냈습니다.

　김사또가 뜯어보니 동자삼이라 궤짝 대신 금함에다 넣고 제이름으로 대감에게 올려보냈습니다.

　풍언은 군수에게 얻어맞은 그 분풀이를 춘보에게 하였습니다. 쓸모없는 풀뿌리를 주어서 매만 죽도록 맞았다면서 춘보를 육장벌레되도록 때려놓고는 래일모레 오겠으니 공납을 준비해놓으라고 을러메였습니다. 만약 그때까지 공납을 바치지 않으면 옥에 가두겠다는것이였습니다.

춘보안해는 겁이 나서 자기가 시집올 때 가지고 온 가락지, 비녀 등속을 내주면서 어디 가서 피해있다 오라고 춘보를 시켰습니다.

춘보는 집에 있기보다 나갔다 오는것이 좋을것 같았습니다. 집에 있어봤자 공납을 못바쳤다고 옥에 가둘것이니 차라리 이 기회에 서울에 가서 구경도 하고 돈벌이를 할수 있으면 돈이나 벌어오자고 서울로 올라갔습니다.

춘보는 함경도 마천령고개를 넘어가다가 40리령 중간에 있는 주막집에 들려 하루밤을 자게 되었습니다. 그런데 한방에서 같이 자던 손님이 밤중에 갑자기 앓다가 그만 무슨 급병인지 죽어버렸습니다.

주인과 춘보가 그 사람이 어디로 무얼하러 가는 사람인가 알려고 보따리를 헤쳐보니 금함이 있었습니다. 금함의 뚜껑을 열어보니 동자삼이 들어있었습니다. 주막주인의 말에 의하면 그 금함은 김사또가 나라에 바치는 진상이라는것이였습니다.

춘보가 보니 그 동자삼이라는것이 바로 자기의 안해가 기음포기라고 뽑아다 서까래에 달아매둔것을 풍언이 가져갔던것인데 어떻게 돼서 여기로 왔는지, 그리고 어째서 김사또가 대감에게 바치는지 이상한 일이였습니다.

춘보가 이런 사연을 주인에게 이야기했더니 주인도 이런 큰일을 맘대로 못하겠다면서 춘보더러 서울로 가져가라는것이였습니다. 즉 서울에 가 제일 큰 집을 찾아서 리대감을 주면 된다는것이였습니다.

춘보는 마침 서울로 가는 길이라 주막주인이 려비까지 대주니 서울로 올라갔습니다. 서울에 가서 제일 큰 집을 찾아가니 문앞에 보초가 몇층 서있는데 허줄한놈이 왔다고 아예 들여놓지도 않았습니다.

이때 리대감이 루각에서 소풍하다가 대문가에서 떠들썩하기에 하인더러 무슨 일이 났는가 알아오라고 했습니다. 하인이 들어오더니 웬 허줄한놈이 리대감을 찾는다고 하였습니다. 그래서 리대감은 그 사람을 불러들이라고 하였습니다.

《넌 어디 사는 놈인데 왜 날 찾느냐?》

《네, 저는 홍원에 사는 리춘보입니다. 전주리씨올시다.》

《전주리씨? 응.》

대감이 들어보니 자기와 동본동성이였습니다.

≪음, 그래 무슨 일로 나를 찾느냐?≫

춘보는 서울로 오게 된 사실과 주막집에 있었던 일을 자초지종 말하면서 보따리에서 금함을 꺼내 대감에게 드렸습니다. 리대감이 받아서 열어보니 김사또가 보낸동자삼인데 참말로 자기가 요구하는 보물이였습니다.

이때 춘보가 말하였습니다.

≪대감님, 이거 참 이상한 일입니다. 이것이 우리 녀편네가 기음포기라고 뽑아서 서까래에 달아둔것인데 풍언이 공납 대신 가져갔습니다. 그런데 어떻게 여기로 오게 됐는지 모르겠습니다.≫

≪음, 상세히 말해봐라.≫

≪예, 풍언이 며칠 있다오더니 쓸데없는것을 주어 군수에게 죽도록 매를 맞았다 하면서 며칠내로 공납을 바치지 않으면 옥에 가두겠다 하여 저는 이렇게 도망쳐왔습니다.≫

≪음 알만하다.≫

대감이 들어보니 춘보 말이 진정이고 또 자기와 동본동성이라 사람을 시켜 목욕을 시키고 옷을 갈아입히고 관까지 씌워주었습니다. 그리고는 서울구경도 시키고 뒤달 잘 놀게 하였습니다.

뒤달 지나서 대감은 많은 돈을 주면서 그를 집으로 내려보냈습니다. 그러면서 집에 가서도 계속 관을 쓰고 다니라고 하였습니다.

집으로 돌아온 리춘보는 그 돈으로 공납도 물고 쌀도 사고 하며 잘 지냈습니다. 그러나 관은 겁이 나서 감히 쓰고 다니지 못했습니다. 집안에서만 가만히 썼다가 밖에서 기척이 나면 인차 벗어서 감추군 하였습니다.

하루는 관을 쓰고 아침을 먹는데 강참판이 자취도 없이 불쑥 문을 떼고 들어서는바람에 춘보는 미처 어쩔새도 없었습니다. 같잖은 머슴이 량반의 관을 쓴걸 본 강참판은 춘보를 즉시로 붙잡아다 죽도록 두들겨패고는 가시나무우에다 홀딱 벗겨서는 마구 구을렸습니다.

얻어맞고 가시에 찔려서 다 죽게 된 춘보는 겨우 기다싶이 집으로 돌아왔습니다. 그러나 어디가 말해볼데도 없는 그는 매일 안해를 붙잡고 울기만 하였습니다.

하루는 안해가 하는 말이 서울 리대감이 친척이라는데 올라가보라 기에 춘보는 지팽이를 짚고 두번째로 서울로 올라왔습니다.

춘보가 리대감께 사연을 이야기했더니 죽지 않았으면 됐다 하면서 약을 붙여주며 며칠 쉬라는것이였습니다. 상처가 나으니 새옷을 갈아입히고 또 관을 씌워서는 말에 태워 륙군대장쯤 하는 사람에게 경마를 잡히고 거리구경을 내보내는것이였습니다. 며칠이 지난 어느 하루 리대감이 조정에 나가더니 병조판서 강판서를 불렀습니다.

《강판서, 듣자니 자네 강가가 우리 리씨보다 더 무섭다는데 정말인가?》

밑도 끝도 없는 물음에 강판서는 어떻게 대답할줄 몰랐습니다. 필경 원인이 있겠다고 집으로 돌아와 아무리 생각해도 리씨네게 잘못한 일이 없었습니다. 혹시 홍원의 동생이 무슨 일을 저지르지나 않았나 하여 그날로 말을 달려 홍원에 갔습니다.

그런데 강참판도 모를 일이라는것이였습니다. 그러다가 며칠전 춘보가 관을 쓰고있던 생각이 피뜩 떠올라 하인을 시켜 춘보를 데려오라고 보냈더니 춘보가 서울로 올라가고 없다는것이였습니다.

(옳지, 춘보가 리가였지!) 필경 춘보와 관계가 있을것이라고 생각한 두 형제는 그날로 제정신없이 서울로 올라왔습니다.

하루는 춘보가 거리를 도는데 자기 고을의 강참판이 앞에서 오고있었습니다. 기겁한 춘보가 급히 말에서 내리려 하는데 어느새 참판형제가 보고서 말앞에 와 엎디면서 제발 살려달라고 비는것이였습니다.

춘보가 말에서 떨어지다싶이 뛰여내려와 부축하며

《참판님 왜 이러십니까?》하니 강참판은 자기형제 집으로 가서 이야기하자는것이였습니. 그래서 따라가니 세상구경도 못해본 반찬에 술을 대접하면서 리대감께 잘 말해서 우리 두 형제를 구해달라고 강참판이 비는것이였습니다. 즉 전번 일은 잘못했으니 춘보가 요구하는대로 무엇이든지 다 해주겠다는것이였습니다.

춘보가 대감에게 가서 그 이야기를 했더니 며칠 더 거리를 구경하라 하였습니다. 애가 난 강참판형제는 제발제발 사정하였습니다. 강참판은 벼슬이고 재산이고 다 주겠으니 제발 목숨만 살려달라고 춘보에게 빌었습니다.

이번에는 이런 일들을 대감에게 말하니 대감은 그럼 가서 글을 받고 도장까지 받아오라고 하였습니다.

춘보가 강판서네 집에 가서 리대감이 그렇게 시키더라는 말까지 하고 글을 쓰라 하니 강참판은 당장에서 글을 쓰고 도장까지 박아서 주는것이였습니다. 그리고나서 두 형제는 목숨을 살려주어 감사하다고 백번 사례하는것이였습니다.

춘보가 그 글을 가지고 와서 리대감께 보이니 리대감은 춘보를 리참판으로 봉해서 집으로 보내며 백성들을 아끼고 잘 돌봐주는 참판이 되여야 한다고 당부하였습니다.

이렇게 홍원에 리춘보참판이 생겨나서 백성들을 잘 돌봐주니 백성들의 칭찬이 자자하더랍니다.

조득만 구술 / 리광수 정리

사돈과 범가죽

옛날 한 시골에 두 사돈이 살았는데 한사돈은 버덕에 살고 한사돈은 산골에 살았습니다.

하루는 버덕사돈이 산골사돈네가 어떻게 사는가 하고 사위를 앞세우고 산골사돈네 집으로 놀러 갔습니다. 사돈네 집에 가보니 글쎄 남들은 변변한 종이도 없어서 쪼박종이로 창문을 붙였는데 산골사돈네는 범가죽을 창문에 붙여놓았겠지요. 그래서 참 대단하다 하면서 방안에 들어가보니 구들에도 전부 범가죽을 펴놓고있는것이 아니겠습니까.

입을 딱 벌린 버덕사돈은 범가죽을 뒤장 얻어갔으면 좋겠다고 생각했으나 차마 오자마자 달라하기 개면쩍어 말을 못했습니다. 한 이틀 놀다가 돌아오게 되자 버덕사돈은 그 범가죽이 욕심나서 그저 올수가 없었습니다. 그래서 체면을 불구하고 사돈에게 청을 들었습니다

≪저 사돈님, 범가죽이 많은것 같은데 날 한 장 주면 안되겠습니까?≫

≪예? 범가죽이 요구되십니까? 그럼 래일 나하고 범잡으러 갑시다. 요구대로

드리겠습니다.≫

범잡으러 가자니 겁이 났지만 범가죽을 달라한 이상 안가겠다면 인사불성이여서 하는수없이 떠나는수밖에 없었습니다.

그 이튿날 두 사돈은 도끼랑 연장을 장만해가지고 산골로 들어갔습니다. 산골로 깊이 들어가서 한곳에 이르자 산골사돈은 나무들을 두루두루 살펴보았습니다.그러더니 쇠스레나무를 한 대 골랐는데 참대처럼 미끈하게 자란것이였습니다. 산골사돈은 아들을 불러 나무를 땅에 후리더니 버덕사돈더러 끝초리를 쥐라 하였습니다.

무슨 영문인지 모르는 버덕사돈은 달려가서 끝초리르를 쥐였습니다. 그러자 산골사돈은 아들보고 손을 놓으라 하였습니다. 그러니 휘였던 나무가 퍼지면서 그만 버덕사돈이 딸려올라가 매달리게 되었습니다. 그렇게 해놓고나서 산골사돈은 아들과 함께 나무송곳을 깎아 나무주위에다 꽂아놓는것이였습니다.

≪그럼 사돈님, 오늘저녁 수고하시겠습니다.≫

산골사돈은 그저 이 한마디를 남기고는 아들을 데리고 내려가버렸습니다. 버덕사돈이 죽는다고 아무리 소리를 쳐도 사돈이나 아들이나 뒤도 돌아보지 않고 내려갔습니다.

버덕사돈은 이렇게 매달려있을 일을 생각하니 앞이 캄캄했습니다. 그렇다고 뛰여내리자니 밑에 나무꼬쟁들이 꽂혀있어서 그것도 그럴수 없었습니다. 그래서 ≪사람 살리오.≫하고 소리를 쳤습니다. 그런데 사람은 고사하고 날이 어둡기 시작하니 그 소리에 남산에서 ≪따웅≫, 북산에서 ≪따웅≫, 먹을것이 생겼다고 범들이 모여드는데 인젠 그저 범들에게 잡혀먹히는수밖에 없었습니다. 하여 소리도 못치고 그저 두 눈만 꼭 감고있었습니다.

사방에서 모여든 범들은 서로 제가 먹겠다고 훌쩍훌쩍 올리 뛰는데 거의 닿을만 했다가는 떨어졌습니다. 떨어지는 놈들은 그만 나무꼬쟁이에 엉뎅이가 아니면 등허리가 찔리여 아우성치다가는 죽어버렸습니다.

버덕사돈이 이렇게 밤새도록 매달려있다가 날이 밝기에 밑을 내려다보니 황소같은 범 아홉 마리가 죽어 자빠져있었습니다.

날이 밝자 산골사돈이 수레를 몰고 올라오더니 밤에 사돈님께서 큰 수고를 하셨다면서 나무에서 버덕사돈을 내려놓는것이였습니다. 그리고는 부자간이 그

자리에서 칼로 범의 가죽을 썩썩 벗기는것이였습니다. 아홉 마리의 범가죽을 벗기니 한수레 가득하였습니다. 산골사돈은 아들에게 수레를 몰리워 사둔네 집으로 보냈습니다.

버덕사돈이 밤새도록 나무에 매달려있다가 겨우 집까지 오니 로친은 범가죽을 보고 반가와서 좋은 사돈을 만나 이렇게 많은 범가죽을 얻어왔다고 부산을 떨었습니다.

《싹싹 걷어치우오. 그놈 범가죽 때문에 내 죽다살았소!》

령감이 사연을 이야기했더니 로친도 혀를 한발이나 빼들고 도리질하였습니다. 그리하여 그후부터는 산골사돈네 집에 감히 발걸음을 하지 못했습니다.

류한필 구술 / 리광수 정리

장수 김덕룡

옛날 한 고을에 김덕룡이라 부르는 장수가 있었습니다. 그는 어려서부터 힘도 세고 용감한데다가 또 남달리 총명해서 근방에 모르는 사람이 없었습니다.

차차 나이들자 그는 큰뜻을 품고 깊은 산속으로 들어가 도사를 모시고 무예를 닦았습니다. 3년을 배우고 나니 원래 재주가 비상한데다가 무예와 도술을 배워서 세상사람 비할바없이 용맹하였습니다.

이때 나라에 왜적이 쳐들어왔습니다. 이 소문을 들은 덕룡장수는 도사에게 왜적치러 나가겠다고 하였습니다. 그러나 도사는 이제 겨우 삼년을 배워가지고 어디가서 재주를 내놓겠는가 하면서 몇 년 더 배우라는것이였습니다.

《아닙니다, 제가 조선의 대장부로 태여나서 어찌 왜적들이 나라를 침략하는 것을 보고가만히 있겠습니까. 나라를 위해 힘을 다 바쳐 싸우겠습니다.》

덕룡장수의 말은 견결하였습니다. 나라를 위해 나가겠다는 그의 결심은 도사도 막을수 없었습니다.

≪그럼 좋다. 그런데 너의 재주를 좀 봐야겠다.≫

도사는 길옆에 있는 넓고 둥근 큰 바위돌을 가리키면서 그것을 산아래로 구을리되 한발로는 북을 둥둥 쳐서 소리를 내고 한손으로는 칼을 쥐고 량옆의 나무를 모조리 치면서 골짜기까지 내려갔다가 또 그본새로 올라오라 하였습니다. 그러되 한사발의 구류수 (시간을 알리기 위해 한방울씩 떨구는 물) 가 다 떨어지기 전에 갔다와야 한다는것이였습니다.

덕룡장수는 한손으로 바위돌을 구을리고 한손으로 옆의 나무를 치며 내려가자니 미처 발로 북소리를 내기전에 저만큼 내려갔습니다. 그런가 하면 따라 내려가서 북소리를 내자고 발로 차다나면 미처 옆의 나무를 칠새가 없었습니다.

그가 젖먹던 기운을 다 내여 겨우 내려갔다 올라오니 구류수는 한사발이 다 내려가고 다른 한사발도 절반이나 내려갔습니다.

≪도사님, 비록 좀 늦기는 했으나 시키는대로 하였으니 내려가도 되겠지요?≫

≪가만있게. 내 하는것을 보게나.≫

도사가 그 돌을 내려 구을리는데 두다리사이에 끼고 한발로 굴리고 한발로 북을 치며 한손으로는 길가의 돌을 주어서 팔매질하고 다른 한손으로는 초목을 몽땅 베면서 내려갔다 올라오는데 구류수가 절반밖에 내려가지 않았습니다.

≪도사님의 재주는 하늘이 낸 재주이니 세상사람은 못비깁니다. 저의 재간도 왜적들을 물리칠수 있습니다. 그러니 저는 꼭 가야 하겠습니다.≫

≪정 그렇다면 말리지 않겠네. 자네의 나라를 구하겠다는 마음은 좋으나 모든 일에 경솔하지 말고 매사에 조심하게.≫

도사는 이렇게 신신당부하며 장수를 떠나보냈습니다.

덕룡장수가 집으로 돌아오니 일이 안되자고 그랬던지 아버지가 사망되여 초상을 치르게 되였습니다. 덕룡장수는 맏이가 되여 상복을 입고 삼년을 령구앞에서 지켜야 했습니다.

이때 적들은 이미 산너머까지 들이닥쳤습니다. 령구만 지키고 나라 위험을 못본체할 수가 없었습니다. 만약 나라가 잘못되면 무슨 면목으로 세상사람을 대하겠습니까. 그래서 어머니에게 왜적을 치러 가겠다고 허락을 받았습니다. 그러나 어머니는 력대로 효자가 못되면 충신이 못된다면서 기한이 된 다음 가라는것이였습니다. 그러다가 아들이 너무도 안타까와하니 그럼 산마루에 올라가

정황이나 보고 오라고 하였습니다.

덕룡장수가 옷을 바꿔입고 산마루에 올라가보니 왜적들이 산아래에다 진을 쳐놓고 마을의 부녀들을 끌어다가 술상을 차려놓고 희롱하는것이였습니다.

덕룡장수는 부아가 치밀어 견딜수 없었습니다. 그래서 한달음에 왜장앞에 뛰여갔습니다. 그를 본 왜장은 그만 두눈이 휘둥그래졌습니다. 웬 조선사람이 무슨 재간으로 이 창검이 숲을 이룬 곳에 감히 들어왔는가 해서말입니다. 그래서 큰소리로 호통을 쳤습니다.

《넌 웬놈인데 감히 여기로 들어왔느냐?》

그러나 덕룡장수는 대답도 없이 뻗치고 서서 왜장만 노려보았습니다.

왜장은 노발대발하여 왜 이런 놈을 들어오게 했느냐 하면서 졸개들을 욕하였습니다.

《네놈들이 어지 감히 나를 막을수 있다더냐? 만약 나의 재주를 알겠거던 래일 인시에 또 오겠으니 그때 봐라!》

덕룡장수는 말을 마치자 온데간데없이 사라졌습니다.

왜장은 꼭 귀신한테 홀린것 같았습니다. 그러나 래일 또 오겠다하니 그때 다시 보자하고 병사들을 시켜 든든히 지키게 하였습니다.

그 이튿날 인시가 되자 덕룡장수는 과연 왜장앞에 나타났습니다.

《너는 어떤놈인데 무슨 일로 나를 찾아왔느냐?》

그러나 덕룡장수는 그 말에 대답은 하지 않고 너희 군대가 총이 있는데 총을 다 동원하여 나를 쏴 맞춰봐라 하였습니다. 그러니 왜장은 절호의 기회라고 즉시 군사들을 시켜 일제히 덕룡장수를 향해 총을 쏘았습니다. 그런데 총소리와 함께 장수는 온데간데 없었습니다. 인젠 죽었겠지 하고있는데 글쎄 대문으로부터 부채질을 하며 덕룡장수가 천천히 걸어서 왜장앞에 오더니 래일 또 오겠으니 너희 병사들의 투구에 흰종이를 붙여봐라 하고는 온데간데없이 사라졌습니다.

그 이튿날 왜병들마다 투구에 흰종이를 붙이고 보초도 더 삼엄히 지키고있는데 인시가 되니 또 덕룡장수가 왜장앞에 가 서면서 소매에서 종이쪼각을 수북이 쏟아놓는것이였습니다.

《이것이 네놈의 병사들 투구에 붙였던 표식이다.》

왜장이 믿어지지 않아 나가보니 과연 투구에 표가 하나도 없었습니다.

≪투구에 붙은 표도 떼오는줄 모르는 이런 병사들을 데리고 그래도 남의 나라를 침략하려 하느냐? 내 혼자서라도 너희 십만대군을 쥐새끼처럼 여긴다. 그러니 살겠으면 당장 군대를 걷어가지고 조선에서 물러가거라. 그렇지 않다간 당장 이 자리에서 모가지가 날아날줄 알아라.≫

기겁한 왜장은 그날로 군대를 끌고 떠나갔습니다.

그때 마을에 역적이 한놈 있었는데 왜놈이 오면 덕을 보자고 하던것이 덕룡장수 때문에 왜놈들이 물러가게 되니 그만 나라 임금에게 고해바쳤습니다. 즉 김덕룡이 도술이 능하고 재주 비상한데 왜적이 쳐들어와도 아버지의 령구를 지킨다는 핑계로 싸울념은 안하고 오히려 적진에 드나들면서 왜적과 내통했다는것이였습니다.

임금은 사령들을 시켜 당장 덕룡장수를 붙잡아오게 하였습니다.

사령들은 장수를 철사로 결박하여 말에다 싣고 서울로 올라왔습니다. 며칠간 오다가 한곳에 소나무정자가 있으니 덕룡장수는 거기에 가서 쉬고 가겠다고 하였습니다. 그러니 사령들은 죄지은 놈이 무슨 요구가 이렇게 많은가 하며 들어주지 않았습니다.

≪내가 너희들의 위협에 가는줄 아느냐? 임금의 명령이니 가지 내가 안가겠다 하면 네놈들 어떻게 하겠나?≫

덕룡장수가 성을 내면서 힘을 주니 철사가 뭉청 끊어져나갔습니다. 그러자 말우에서 몸을 솟구쳐서 그 소나무정자에 가 앉는것이였습니다.

이때 서쪽하늘로부터 구름떼가 날려오더니 백발로인 한분이 정자에 내려앉는것이였습니다. 덕룡장수가 바삐 일어나 절을 하니 로인이 부추켜 세우면서 말했습니다.

≪보라. 자네가 내 말을 안듣더니 결국 역적으로 불리게 되였다. 그러니 네 이제 가서 나라의 처분을 받고 나에게로 오너라.≫

말을 마친 로인은 또 구름을 타고 가는것이였습니다.

덕룡장수는 다시 말에 올라 임금님앞으로 끌려갔습니다. 임금은 덕룡장수를 보자마자 불호령을 하였습니다.

≪네 이놈, 듣건대 네 재주 비상하다 하는데 왜 나라를 구할 생각은 아니하고 왜적과 내통하였는고, 네놈의 죄 백번 죽어 마땅하다.≫

임금은 덕룡장수가 아무리 역적질을 아니했다 해도 듣지 않고 당장 목을 따라고 하였습니다.

사령들이 달려들어 칼로 목을 쳐도 날창으로 찔러도 덕룡장수는 아파하는 기색조차 없었습니다.

임금은 하도 이상하여 물었습니다.

≪네 죄가 죽어 마땅한데 왜 죽지 아니하느냐?≫

≪자고로 효자와 충신은 하늘이 죽이지 세상사람은 죽이지 못합니다. 내가 역적이 아닌데 어떻게 역적의 루명을 쓰고 죽겠습니까?≫

임금이 보니 과연 이놈의 재주 비상하였습니다. 살려두었다간 자신도 위험할 것 같았습니다.

≪그럼 넌 어떻게 해야 죽겠으냐?≫

≪예, 저를 효자겸 충신이라고 임금님께서 친필로 써서 세상에 알리면 죽어도 원이 없습니다.≫

임금은 그 자리에서 ≪만고충신 김덕룡은 효자겸 충신이다.≫라고 써서 세상에 알리도록 하였습니다.

그러자 덕룡장수는 난데없이 비수를 한자루 꺼내더니 다리에서 비늘을 떠내고는 여기를 때리면 나 죽는다 하였습니다. 그래서 사령들이 달려들어 그 자리를 치니 덕룡장수는 온데간데없이 사라져버렸습니다.

이렇게 효자겸 충신이라는 이름을 세상에 남기고 사라진 김덕룡장수는 다시는 세상에 나타나지 않았습니다.

장수는 사라졌으나 덕룡장수에게 혼이 난 왜적들은 그만 조선에서 물러가버렸으며 다시 침략하려고 생각도 못했답니다.

리정옥 구술 / 리광수 정리

저승에 갔다온 이야기

옛날 한 고을에 부자와 가난한 사람이 앞뒤집에 살았습니다.

그런데 부자는 얼마나 린색한지 고뿔도 남에게 꿔주지 않는 사람이였습니다.

가난한 사람은 자식이 여럿이 되다나니 생활이 형편없이 곤난하였습니다. 설이 돌아와도 당금 가마에 들어갈 쌀이 없었습니다. 그래서 안해를 시켜 부자집에 가서 좀 꿔오라고 했지만 부자집에서는 쌀은 고사하고 욕만 죽어라고 하는것이였습니다.

아이들은 배고프다고 울지 욕먹고 돌아온 안해는 쿨적거리는바람에 남편은 애꿎은 담배만 피우고 앉아있었습니다.

이렇게 담배를 피우며 천장을 쳐다보던 남편은 갑자기 무릎을 탁 지며 안해에게 내 시키는대로 하라면서 여차여차 시켰습니다. 그리고는 자기는 칠성판우에 누워서 포장을 덮고있었습니다.

안해는 남편이 죽었다고 구들장을 쳐가며 대성통곡하였습니다. 아이들은 무슨 영문인지 모르나 어머니가 우니 따라 같이 우는데 과연 초상집같았습니다.

뒤집 부자가 들어보니 앞집에 곡소리 대단한데 무슨 일이 생겼나 하고 그 집에 들어가보니 그 집 남편이 갑자기 죽은것이였습니다. 그래서 부자는 가난한 놈은 죽던살던 관계없다고 그만 침을 탁 뱉고 돌아가버렸습니다.

그 이튿날 아침, 부자가 아침을 먹자고 하는데 갑자기 앞집에서 웃고 떠들며 야단이였습니다. 부자는 저런 미친년놈들이라구야 엊저녁엔 남편이 죽었다고 통곡하더니 오늘아침에는 또 무슨 웃음소리가 저리도 요란한가 하면서 그 집에 가보았습니다.

부자가 너희들은 무엇 때문에 아침에 이 야단들이니 하고 물으니 그 집 안해가

≪우리 주인이 엊저녁에 급병으로 세상떴댔는데 오늘 아침 저렇게 되살아났으니 이보다 더 반가운 일 어디 있습니까, 그래서 이렇게 웃습니다.≫고 아뢰였습니다. 부자가 보니 과연 그 남편이 살아나서 앉아있었습니다.

참 희한한 일이였습니다.

(저놈이 죽었다가 살아났으니 필경 저승에 갔다왔겠군, 그렇지 저승생활이

어떤가 알아보자.) 그래서 부자는 가난한 사람에게 물었습니다.

《그래 자네 저승에 가보구 왔는가?》

《가보다뿐이겠습까, 우리 마을에서 간 사람들은 다 만나보고 왔습니다.》

《그래 정말인가? 그래 모두들 어떻게 지내던가?》

《잘 지내는분도 있고 못 지내는분도 있습니다. 지금 그 집들에 가서 안부를 전해줘야겠습니다.》

《갈것없이 먼저 우리 아버지 이야기를 좀 해보게.》

《그거참 곤난한데요.》

《어째서?》

《잘 지내면 몰라도…》

《도대체 어떻게 지내던가? 빨리 말해보게.》

《저 인간세상에서 나쁜 일을 많이 했다고 염라대왕이 두키나 되는 기둥에 거꾸로 달아매놨는데 먹을것도 제대로 얻어먹지 못하다나니 뼈만 남았고 매일 매를 맞아서 말이 아닙니다.》

《저런, 저걸 어찌나?》

《그래도 내가 갔다고 반가와하면서 날보고 돌아가서 절대 남들에게 말하지 말라고 부탁합디다.》

《그렇지, 제발 남들에게 말하지 말게.》

《그건 그렇고 난 마을에 다니면서 다른 사람들에게 안부를 전해야겠습니다.》

가난한 사람이 일어서려 하는데 부자는 급히 붙잡아 앉혔습니다.

《제발 가지 말게, 다른 사람들은 자네가 저승에 갔다온걸 모르지 않나. 제발 말하지 말게. 그렇게만 하면 난 자네에게 쌀도 주고 고기도 갖다주겠네.》

부자는 부니나케 집으로 달려가더니 설에 먹자고 쳐놓은 떡이랑 고기랑 쌀이랑 잔뜩 가지고 와서 제발제발 사정하는것이였습니다.

가난한 사람은 못이기는척하며 그걸 받아서 설을 잘 쇘답니다. 그후에도 먹을것이 떨어지거나 곤난한 일이 생길 때마다 저승에 갔다온 말을 부자에게 하면 부자는 겁이 나서 또 쌀이랑 돈이랑 갖다주더랍니다.

류한필 구술 / 리광수 정리

천하잡놈 방학진

옛날 경상북도 영상군에 방학진이라는 사람이 살았답니다. 그는 늘 돌아다니기를 좋아하였기에 사람들은 그를 천하잡놈이라 불렀습니다. 기실 그를 천하잡놈이라 부르는데는 이런 사연이 있었습니다.

한번은 그가 서울로 올라가는 길이였습니다. 한참 가다나니 앞에서 감장사가 감을 한짐 지고 마주오고있었습니다.

≪여보, 감장사, 그 감 파는거요?≫

≪예, 팝니다.≫

≪그 감을 한 열푼어치 주오.≫

≪돈을 내시우.≫

≪돈은 내 서울 갔다 올 때 줄게.≫

≪아니, 내가 당신을 언제 보았다구 외상 주겠소.≫

감장사는 별 싱거운놈 봤다는듯이 눈을 흘기며 가버렸습니다. 그 감을 좀 얻어먹자던 노릇이 그만 헛물을 켜고나니 방학진은 그만 감장사를 골려주고싶었습니다. 그때는 마침 가을철이라 농군들이 논밭에서 한창 가을하고있었습니다.

한곳을 바라보니 노랑치마 입은 새각시가 가을을 하고있기에 달려가서 큰소리로 불렀습니다.

≪저기 노랑치마 입은 새각시, 여기로 빨리 나오우. 급한 일이 있소.≫

옆에서 일하던 사람들은 친정집에 무슨 긴한 일이 있어 사람이 온 모양인데 빨리 나가보라고 하였습니다. 그래서 새각시는 부리나케 달려나왔습니다.

새각시가 옆에 다가오자 방학천은 더 바싹 다가서라 하고는 슬그머니 새각시의 얼굴에 입맞추고 냅다 뛰면서 소리를 절렀습니다.

≪아이 저 감장사형님, 이리로 오지 마오. 여기로 오면 큰일납니다.≫

망신당한 각시가 그만 죽는다고 소리 지르니 가을하던 사람들이 달려나왔습니다.

새각시가 옆에 다가오자 방학진은 더 바싹 다가서라 하고는 슬그머니 새각시의 얼굴에 입맞추고는 냅다 뛰면서 소리를 질렀습니다.

《아이 저 감장사형님, 이리로 오지 마오. 여기로 오면 큰일납니다.≫

망신당한 각시가 그만 죽는다고 소리 지르니 가을하던 사람들이 달려나왔습니다. 그러나 그때는 방학진이 이미 도망가버렸고 멋모르는 감장사가 어정어정 걸어오고있었습니다.

≪이놈이 그놈의 형님이라 하더라. 동생볼기를 형이라도 맞아라.≫

마을사람들은 감장사를 엎어놓고 한바탕 두들겨패는데 감짐이 마사져 감들이 사방에 나뒹굴었습니다.

한참 지나서 방학진이 와보니 마을사람들은 가을하러 논밭으로 들어갔고 감장사도 도망을 갔는데 사방에 감들이 널려있었습니다.

≪이거, 큰길에 무슨 감이 이렇게 널렸느냐? 내나 주어먹자.≫

방학진은 그 자리에서 몇 개 잘 주어먹고는 주머니에도 몇 개 넣어가지고 서울로 올라갔습니다.

그가 서울로 올라가다 한곳에 이르니 한집에서 묵을 해놓고 팔고있었습니다. 묵은 도토리묵인데 참 먹음직했습니다. 그래 주인에게 물었답니다.

≪여보 주인, 저 묵을 팝니까?≫

≪예 팝니다.≫

≪그럼 날 한 뒤푼어치 주오.≫

≪돈을 내시우.≫

≪돈은 내 서울갔다 올 때 줄게.≫

≪에익, 그 량반, 재수없이 남은 마수거리도 안됐는데 량반을 내 언제 봤다고 주겠소.≫

주인은 성을 내며 물길러 나갔습니다. 방학진이 마당을 두루 돌아보니 돼지들이 있는데 굴암돼지가 새끼 여라문마리를 데리고있었습니다. 그래서 굴문을 열고 돼지들을 묵그릇에 불러다 대니 좋아라고 먹어댔습니다.

주인이 물길러 갔다오니 돼지들이 묵을 먹는데 그 량반이 옆에 앉아서 구경을 하고있었습니다.

≪아니 이 량반, 돼지가 묵을 먹는데 쫓지는 않고 구경만하오?≫

≪엉, 돼지도 외상먹소? 난 또 돈 내고 먹는줄 알았지.≫

기가 막힌 주인은 아무 말도 못했답니다.

이렇게 가다나니 마침내 서울에 도착하였습니다. 하루는 거리를 돌아다니다가 대변이 마려웠는데 변소를 찾을 방법이 없었습니다. 그래서 담장 두른 부자집을 찾아가서 큰소리로 불렀습니다.

《여봐라, 게 누구 있느냐?》

《예, 누굴 찾습니까?》

《너집 주인님 계시냐?》

《안계십니다. 마나님이 계십니다.》

《그럼 마나님께 여쭈어라. 지나가던 손님이 대변이 마려워 뒤를 보고 가겠다고 여쭈어라.》

종년이 들어가서 마나님께 알렸습니다.

《마나님, 지나가던 손님이 대변을 보고 가겠답니다.》

《안된답니다.》

《아니 내 돈 너덧냥 준다고 여쭈어라.》

《돈을 넉냥 드리겠답니다.》

돈에는 눈이 확했던지 마나님이 그럼 들어와서 빨리 누고 가라 하니 방학진은 돈을 주고 변소에 들어갔습니다. 그런데 종년이 아무리 기다려도 변소에 들어간 사람이 나오지 않기에 마나님에게 알렸습니다.

《대변을 다 봤으면 얼른 가시라고 여쭈어라.》

만약 주인님이 와서 웬 낯선 사람이 변소에 있는것을 보면 큰일날것이라고 생각한 마나님은 급한 소리를 하였습니다.

그래서 종년이 변소문앞에 달려와서 소리질렀습니다.

《손님, 대변을 다 보았으면 빨리 가시랍니다.》

《아니, 내가 이 변소를 샀는데 팔아야 가지.》

종년이 그 소리를 마나님에게 알렸습니다. 마나님은 괜히 못된놈을 만났다고 내심 걱정하면서 아까 받은 돈을 내주면서 어서 돌려보내라고 시켰습니다.

《이 돈을 도로 가지고 얼른 가시랍니다.》

《그래, 그런데 돈은 얼마냐?》

《네. 넉냥입니다.》

《에익, 정신빠진년, 장사에 그래 어디 본전받고 하는 법이 있느냐?》

마나님은 하는수없이 곱을 주겠다고 하였습니다.

≪곱을 드리겠답니다.≫

≪아이구, 내가 그까짓 곱을 벌자고 장사를 해본적이 없다. 안된다고 여쭈어라.≫

마나님이 들으니 그놈의 요는 점점 높아가는데 안주자니 가지 않을것이고 그러다 주인이 오면 큰일나겠구 하여 스무냥을 주겠다고 대답하였습니다.

≪스무냥 드리겠답니다.≫

방학진이 들어보니 똥 잘 눴겠다 돈 스무냥 얻었겠다 그럼 간다고 일어섰습니다.

≪그럼 그 돈 스무냥을 가져오너라.≫

방학진은 이렇게 스무냥을 얻어가지고 부자집을 나섰습니다.

돈냥이나 얻었다고 저녁에 주막집에 가 한상 차려놓고 마시다나니 밤늦게야 주막집을 나섰습니다.

골목을 나서는데 앞에서 순라군이 오고있었습니다. 때는 이미 열두시가 넘어 통행금지시간이라 붙잡히게 도면 벌금을 해야 했습니다. 그래서 길옆 바자굽에 가서 딱 붙어섰지만 결국 순라군에게 들키고말았습니다.

≪그게 웬놈이냐?≫

≪예, 저는 빨래입니다.≫

≪야, 이놈아, 빨래가 어떻게 말을 하느냐?≫

≪예, 저는 단벌이 돼서 통빨래를 씻어 널었습니다.≫

≪그런데 넌 어떤놈이냐?≫

≪저는 시골에서 사는 방학진입니다.≫

≪에익, 잡놈아, 당장 가거라.≫이번에도 벌금을 하지 않게 되었습니다.

며칠 놀다나니 돈이 다 떨어졌습니다. 또 어디 가서 돈을 벌 궁리를 하던 그는 어느날 이른새벽 알몸으로 재무지에 가 딩굴어 새까맣게 해가지고 떠났습니다.

드디여 큰대감네 집 대문앞에 도착한 그는 이리저리 딩굴면서 ≪아이구 배야! 나 죽는다!≫고 소리를 질렀습니다.

아침 일찍 일어난 대감이 소풍하러 나왔다가 당나귀 새끼같이 새까만 짐승이 뒹굴기에 여겨보니 미친사람이였습니다.

대감은 미친놈의 불이 좋은 약이라는 소리를 들은적있는지라 곧 하인을 불러 칼을 잘 갈아가지고 가서 그놈의 불을 짤라오라고 시켰습니다. 하인이 가서 칼을 빼들려는데 방학진이 벌떡 일어나면서 귀쌈을 올리치며 소리를 질렀습니다.

≪야 이놈, 인제야 붙잡았다. 우리 삼촌이 삼년전에 이렇게 죽었어, 내가 살인한 놈을 붙잡으려고 얼마나 고생한줄 아느냐? 네놈이 바로 그놈이구나!≫

≪아니, 아닙니다. 우리 대감님이 시켜서 왔습니다.≫

≪뭐, 너의 대감? 그럼 대감한테로 가자.≫

대감이 보니 그놈은 미친놈이 아니라 똑똑한놈인데 자기가 잘못 걸려들었습니다. 그래서 얼려 보내자니 방학진이 펄펄 뛰며 야단이였습니다.

≪대감, 오늘은 기어이 삼촌의 원쑤를 갚겠수다.≫

대감은 다른 방법이 없었습니다. 쫓아낼라니 나가서 말을 퍼뜨려놓으면 큰 망신을 당할것 같고 해서 대감은 그만 돈 천여냥을 주겠다고 했습니다. 그래서야 겨우 방학진의 입을 막았습니다.

방학진은 이렇게 돈 천냥을 벌어가지고 시골로 돌아왔습니다.

그후부터 서울사람들은 시골 방학진이라 하면 천하 잡놈이라고 모두들 도리를 떨었다 합니다.

조득만 구술 / 리광수 정리

초립동이 량반의 묘를 옮기다

어느해 청명날이였습니다. 한 농민이 일곱살나는 아들을 데리고 어머니 산소에 성묘를 가게 되었습니다.

재물을 차려놓고 애곡을 하며 앞을 바라보니 눈앞에 새로 묻은 무덤 하나가 보였습니다.

농민은 무식하기는 했으나 상례법만은 잘 알고있는터라 제사를 필한후 새 무덤앞으로 가보았습니다. 묘앞에는 돌로 깎아세운 비석 하나가 서있는데 비문을 읽고보니 앞마을에 사는 큰량반의 무덤이였습니다.

옛날부터 묘는 선망한 사람의 앞에 정하는 법을 상례로 하고 뒤에 정하는 법은 없는지라 곁에 서있던 아들이 아버지를 탄하며 말하였습니다.

≪아버지, 왜 묘를 할머니 묘우에 쓰게 했습니까?≫

≪권세있는 량반들이 남몰래 한 일을 낸들 무슨 재간으로 막을수가 있겠냐?≫ 하며 아버지는 한숨을 쉬는데 아들이 자신만만하게 말하였습니다.

≪참 아버지두, 이쯤이야 겁날게 뭡니까?≫

≪그래 네가 묘를 옮기게 할수 있단말이냐?≫

아버지는 하두 어이가 없어서 서글프게 말했습니다.

≪글세 아버지는 걱정마십시오.≫

말을 마친 아들은 집으로 달려갔습니다.

그후 몇달이 지나 팔월추석날이 되였습니다.

아들은 아침 일찍 일어나 제손으로 낫을 갈아가지고 할머니 산소에 와서 깨끗하게 벌초를 했습니다. 그리고는 량반의 무덤으로부터 할머니 묘로 내려오면서 풀을 베여 사람이 다니기 좋게 길을 닦기 시작했습니다.

량반이 산소에 와서 제사를 지내려고 하인들에게 제물을 지워가지고 묘지로 올라와보니 웬 소동이 땀을 뻘뻘 흘리면서 자기 집 산소로부터 아래켠에 있는 무명묘사이의 길을 닦고있었습니다.

≪이놈, 넌 웬놈인데 나의 장자묘앞에 와서 길을 닦고있느냐?≫

량반은 하도 이상하여 소동에게 물었습니다.

소동은 자기가 살고있는 곳과 이름 석자를 알려주고 손을 들어 가리키며

≪저 산소는 저의 조모의 묘이고 이 산소는 저의 조부의 묘가 되였습니다. 알고보니 어른께서는 저의 삼촌되는분이신것 같은데 인사가 늦어 죄송합니다.≫ 하며 절을 곱실 하는것이였습니다.

량반이 듣고보니 엉뚱한 소리라

≪이놈 누구앞에서 허튼소리냐?≫하며 욕을 한바탕 해주려고 하는데 소동이 계속하여 말하는것이였습니다.

≪댁의 큰어른께서는 밤만 되면 홀로 누워있자니 적적하시다고 하면서 나의 조모묘에 와서 밤을 새우고 새벽이 되면 돌아가군 합니다. 일이 이렇게 되었으니 우리 둘사이가 아재비 조카가 된것이 아닙니까?≫

량반이 듣고보니 이놈이 점점 더 터무니없는 미친소리를 하는판이라 부아가 치밀어 당장 쫓아버리려고 하는데 량반의 어머니되는 로파가 땅우에 주저앉으며 통곡하였습니다.

≪아이고, 이런 망측한 일 어데 있느냐? 살아서 더러운짓만 하더니 저승에 가서도 그 버릇 못고쳤구나. 아이고, 이런 망신 어데 있나? 아이고 아이고…≫

소동이 보니 일은 뜻대로 되어가는 판이였습니다.

하여 통곡하고있는 로파앞에 가서

≪글세 어제밤 꿈에는 할머니 묘에 왔다갈 때마다 이슬에 바지가 다 젖는다고 하면서 나보구 풀을 베고 길까지 닦아놓으라 하지 않겠습니까.≫하며 붙는 불에 키질해주었습니다.

량반이 듣고보니 그놈의 말은 망측한 허황지설인데 만약 이 말이 마을에 퍼지기만 하면 량반으로서 낮을 들고 다닐 면목마저 잃게 될터이고 그리고 해마다 청명 추석에 성묘를 해야 할터인데 그럴 때마다 이런 변을 겪게 될터이니 고르고 고르다가 제일 망할놈의 곳에 산을 쓰게 되었다고 입속으로 중얼중얼 풍수령감을 한탄하며 제사도 지내지 않고 집으로 내려왔습니다.

량반이 집에 와서 올방자를 틀고 앉아 생각을 해보니 인제 보름만 지나면 구월달이 되는데 옛날부터 삼구불동총이라 하여 삼월과 구월에는 천묘를 금했으니 더 기다릴수가 없었습니다.

다음날 아침, 량반은 일가친척들을 데리고 가서 무덤을 파서 다른 곳에 옮기더랍니다. 령리한 소동은 이렇게 꾀로 량반의 묘를 옮겼답니다.

구종서 구술 / 강신극 정리

생선 굽는 냄새와 엽전소리

옛날 어느 한 산골에 부자와 머슴이 앞뒤집에서 살고있었습니다.

어느해 늦봄이였습니다. 고역에 시달리던 머슴이 병들어 눕게 되었습니다. 찹쌀이나 있으면 떡을 쳐놓고 단 한때라도 실컷 먹고도싶었고 돈푼이나 있으면 돼지고기를 사다가 삶아놓고 큼직하게 썰어서 소금에 찍어 몇점이라도 먹기만 하면 당장 힘이 나서 일을 할것 같은데 된장국마저 먹어본지가 아득한 옛날같은 신세인지라 더 바랄 여지가 없었습니다.

어느날 점심때였습니다. 앞의 부자집에서 숯불을 피워놓고 마당에서 생고등어를 굽는 구수한 냄새가 바람에 날려 머슴의 코구멍에 솔솔 불어오니 어느새 입에서는 군침이 돌고 배창까지 꾸르륵 울기 시작하여 참기가 어려웠습니다.

머슴이 한창 군침을 질질 흘리며 누웠다 앉았다 안절부절 못하는데 옆에서 놀고있던 일곱살나는 막동이가 슬그머니 밖으로 나가더니 저녁때가 될무렵에 세천어를 잡아 버들가지에 꿰여 들고 들어왔습니다.

머슴은 생각밖에 생선을 먹게 된지라 너무도 좋아서 막동이를 끌어안고 치하하고나서 가마에 물을 붓고 생선국을 끓였습니다. 이윽고 국이 끓자 머슴은 뜨거운 생선국을 퍼들고 훌훌 불며 정신없이 마셨습니다. 그랬더니 온몸에 땀이 축축하게 나고 몸이 한결 가벼워지면서 힘이 솟았습니다. 이렇게 되어 머슴은 다음날부터 일터에 나가게 되었습니다.

그날 부자놈이 농터를 돌아보고있는데 어저께까지 누워앓고있던 머슴이 밭갈이를 하고있었습니다.

(저런, 저자식이 뭘 먹고 병을 고쳤나?) 부자놈은 이렇게 생각하며 머슴이 밭갈이하는 밭머리에 달려갔습니다.

≪자네 병은 다 나았나?≫

≪예, 좀 나았습니다.≫

≪그래 뭘 먹고 병을 고쳤다지?≫

≪예, 별로 약도 못쓰고 그저 생선국을 좀 끓여먹었더니 이렇게 힘이 나서…≫

부자놈은 머슴이 생선국을 먹고 병을 고쳤다하니 돈은 어데서 나고 생선은 또 어데서 생겼는지 의심스러웠습니다.

(이놈이 앓는 통에 농사철을 놓칠번 했더니 이제 무엇으로 봉창을 한다?) 부자놈은 이렇게 생각하며 달려가서 밭갈이하는 소를 멈춰세웠습니다.

《여보게, 자네 형편은 자네보담 내가 더 잘 알고있는데…뭘, 자네가 생선을 먹고 병을 고쳤다구?》

《예, 그렇습니다.》

《그래 생선은 어데서 생겼나?》

머슴은 생선굽는 냄새를 맡고 허기가 나서 겨우 참았다는데로부터 막동이가 세천어를 잡아와서 생선국을 끓여먹은데까지 속임없이 말했습니다.

부자놈은 머리를 기웃기웃하며 다시 물었습니다.

《여하튼간에 병이 다 나았다하니 나도 기쁘네. 그런데 자네가 우리 집에서 굽는 생고등어냄새도 맡았다지?》

《예, 참 구수한 냄새가 납디다.》

《암, 그거야 더 말할 여부가 있나. 그런즉 자넨 분명 그 냄새를 맡고 병이 나은듯한데 그 고기값 절반만은 물어내야 하지 않겠나. 고기는 내가 먹었다쳐도 냄새는 자네가 맡았거든.》

부자놈은 등지고 간빼먹는 놈인데다가 턱없어 못비비는 욕심많고 야박한놈인지라 그한테 걸려들기만 하면 코에 걸면 코걸이요 귀에 걸면 귀걸이라고 강박하는 통에 맞서는 사람들은 늘 매를 맞고 벌봉까지 당해야 했습니다.

머슴이 생각하니 부자놈이 또 행악하려고 걸고드는지라 기가 차고 분하기 짝 없으나 그렇다고 뻗치고 싸울수도 없는 형편인지라 밭갈이하던 소를 풀어 밭머리에 매여놓고 집으로 들어오고말았습니다.

머슴이 집에 홀로 앉아 팔자를 한탄하며 한숨만 짓고있는데 막동이가 밖에서 뛰여들어와 생글생글 웃는 낯으로 아버지를 바라보며 물었습니다.

《아버지, 왜 점심때도 안됐는데 벌써 집에 들어왔습니까?》

《일하고싶은 생각 안난다.》

《또 편치 않습니까?》

《아니야.》

《그럼 어째서요?》

≪네 알 일이 못된다.≫

≪무슨 일인데요?≫

막동이는 꼭 알려달라고 아버지한테 졸랐습니다. 아버지는 막동이가 하도 조르는통에 부자놈이 하던 말을 자초지종 다 이야기해주었습니다.

막동이가 듣고보니 부자놈이 하는짓이 더없이 가소로운데 병석에 있는 아버지를 괴롭힌 일을 생각하니 분에 넘치고 치가 떨렸습니다.

방 안쪽에 앉아서 눈을 깜박깜박하며 생각에 잠겨있던 막동이가 무슨 묘책이 생각났는지 히죽이죽 웃으면서 아버지에게 말했습니다.

≪아버지, 걱정마십시오.≫

막동이는 부자집 마당안에 들어서서 보니 종들이 또 생고등어를 굽느라고 야단법석하고있었습니다.

막동이는 웃방 문가에 가 서서 온 동네가 떠날듯이 고함을 질렀습니다.

≪량반님, 고기값 받으세요.≫

부자놈은 돈이라면 말만 들어도 환장하는 놈인지라 두귀가 번쩍 열려 발로 문을 탁 차고 한쪽손을 문밖으로 쑥 내여밀었습니다.

말동이는 엽전 두잎을 손바닥에 놓고 두손벽을 모두어쥐고 아래우로 흔들었습니다. 잘랑잘랑 엽전 울리는 소리가 가늘게 들려왔습니다.

≪량반님, 이 소리를 들었지요? 고기굽는 냄새값을 다 치렀으니 난 갑니다.≫

말끝을 남겨놓고 막동이는 대문밖으로 사라졌습니다.

부자놈은 엽전 한푼이라도 공짜가 생겼다고 좋아하였더니 당하고 본즉 막동이의 꾀에 속히운지라 하두 분하고 어이가 없어 얼빠진놈처럼 한손을 문밖에 내여민채 멍하니 앉아있더랍니다.

후에 이 사실을 알게 된 머슴은 막동이가 대견한 일을 했다고 얼싸 안고 치하하였답니다.

현승철 구술 / 강신극 정리

원놀음

옛날 한 농군이 강가에 황소를 매여놓고 집에 와서 낮잠을 자고있는데 갑자기 천동이 울고 번개가 일더니 소낙비가 억수로 쏟아져내렸습니다.

농군은 강가에 매여놓은 황소가 걱정되여 맨발바람으로 강역에 뛰여갔습니다.

강변은 물바다가 되고 소를 매였던 풀밭엔 물이 한길되게 고였는데 소도 고삐도 온데간데없었습니다.

농사하는 사람들은 황소를 《농가지보》라고 하였는데 낮잠자는 사이에 소를 잃게 되였으니 당황하지 않을수가 없었습니다. 농군은 날이 어두워질 때까지 강을 따라 오르내리며 찾아보았으나 찾을길이 없었습니다.

농군은 아낙네가 차려주는 저녁상을 한쪽에 밀어놓고 엽전 다섯냥을 옷고름에 매여가지고 앞마을 점쟁이를 찾아가서 점을 쳤습니다. 그랬더니 점쟁이 하는 말이 네발가진 짐승이니 물에서 죽을 넘려는 없고 십중팔구는 어느 백정집에가 있는상싶으니 어서 찾아떠나라는것이였습니다.

이 말을 듣고보니 날이 새기만 하면 소는 사람들의 반찬감이 되고말상싶어서 농군은 엽전 한푼을 점값으로 치르고 밤길을 더듬어 떠났습니다. 동산에 아침해가 솟아오를 때까지 백정집이란 집은 다 찾아다녔지만 소는 무소식이였습니다.

농군은 소를 찾아야 농사를 할수 있고 농사를 지어야 부모처자를 살릴수 있는 신세라 인가가 있는 곳이라면 다 찾아다니기로 결심하고 떠났습니다.

하루는 가다보니 원읍에 당도하게 되였습니다. 어쨌든 오다가다 원이 사는 곳에 이르게 되였으니 이 일을 원님앞에 송사를 해본다고 생각한 농군은 원님앞에 가서 무릎을 꿇고 앉았습니다. 그리고 소를 잊어버리게 된 기왕사를 자세히 원에게 알렸습니다.

원이 듣고보니 송사치고도 막연한 송사인지라 별로 좋은 수는 없고 하여 《듣거라, 어서 물러가서 방을 써서 사방에 붙이도록 하여라.》고 하는것이였습니다.

농군은 원의 분부대로 방을 붙였습니다. 그랬건만 사흘이 넘고 열흘이 다 되도록 소를 찾아다주는 사람도 행방을 알려주는 사람도 없었습니다.

농군은 집에 앉아서 하늘에서 복이 떨어질 때까지 기다릴수가 없었습니다. 하여 또 소를 찾아떠났습니다.

하루는 기다리다가 하두 몸이 지쳐 어느 한 마을앞에서 쉬고있는데 큰길가에서 떠들썩하는 소리가 들려왔습니다. 무슨 일이 생겼나 하여 가까이 가보았더니 수많은 아이들이 마을로 통하는 길가에 모여서 원놀음을 놀고있었습니다. 아이들은 길 한옆에 돌로 성을 쌓아놓고 남북으로 성문을 내였는데 문앞에는 아전과 사령질하는 아이들이 손에 몽둥이를 들고 지켜서서 길가는 사람들을 보고 원님앞에 와서 문안드려야 이 길을 지나갈수 있다고 하였습니다.

농군은 갈길도 바쁜데다가 꼭 이 마을을 걸쳐야 앞마을에 갈수 있는터이라 두눈을 슬쩍 감고 칠팔세 동자앞에 가서 납작 엎드리며 ≪원님, 아뢰옵니다.≫ 하며 큰절을 너붓이 하였습니다.

그랬더니 ≪원님≫은 ≪무슨 연고인가? 어서 알리라.≫라고 하는데 엄엄하게 호령하는 꼴이 아이들의 장난답지 않고 참말 진짜 원님같이 위엄스러웠습니다.

농군은 머리를 땅에 조아리며 납작 꿇어앉아 사실을 말한 다음 롱조섞인 말투로 고명하고 덕망높은 ≪원님≫의 처분만을 바란다고 빌었습니다.

그랬더니 ≪원님≫은 듣거라 하며 호령하더니

≪대상 끝에 남은 곳에 가면 버선밑이라 하는 성씨에 돌기둥이란 이름을 가진 사람이 살고있을터이니 당장 물러가서 찾도록 하여라.≫라고 하였습니다.

애타게 동분서주하다가 오늘따라 소가 있다는 소식을 듣기는 했으나 삼척동자들이 장난삼아 지껄이는 소린지라 믿을수도 없었거니와 더욱이 대상끝이요 버선밑이요 하는 소리가 무슨 뜻인지 알수가 없어서 농군은 얼떠름하니 서만 있었습니다.

그러는데 아전 차림의 한 소동이 와서 농군을 한쪽켠으로 끌고 가며

≪대상 끝에 남은것은 향도가 아닙니까? 성씨는 버선밑이라 하였으니 버선밑이면 신이 아닙니까? 이름은 돌기둥이라 하였으니 석주올시다. 이러하니 어서 향도골이란 곳에 찾아가서 신석주라는분을 찾으면 소를 찾게 될것입니다.≫ 하며 해명해제까지 해주었습니다.

농군은 점도 쳐봤고 원님앞에 송사도 해본 일이 있는지라 소동의 말을 듣고 반신반의하며 향도골이란 곳을 찾아떠났습니다. 하루품이 잘되게 걸어갔더니

참말 향도골이란 곳이 있었습니다. 그곳에 찾아가서 신석주라고 하는 사람이 살고있는가고 물었더니 과연 그런 사람이 있었습니다.

이때에야 농군은 소동들이 원놀음을 놀아도 말만은 진담을 했다고 마음속으로 찬탄하며 신석주댁에 찾아들아갔습니다. 대문을 열고 마당을 살펴보았더니 마당 한구석에 살이 쪄서 윤기가 번들번들한 황소가 여물을 먹고있었습니다. 가까이 가서 눈여겨 보았더니 틀림없는 자기의 소였습니다.

농군은 신석주댁에 감사를 드리고 소잔등에 올라앉아 집으로 돌아왔습니다.

농군은 이렇게 원놀음 노는 령리한 소동들의 덕분으로 소를 찾게 되였다고 합니다.

김수완 수굴 / 강신극 정리

양자와 딸 삼형제

옛날 어느 한 고장에 한 량주가 살고있었는데 살림이 넉넉하였습니다. 평생 아들 하나 못낳고 딸 삼형제를 낳아 호강하게 키우다가 차례대로 출가시키고보니 고독하고 적적하여 사는 재미가 없었습니다.

늙은 량주는 재산이 많은지라 장차 닥쳐올 후사가 념려되여 생각하던 끝에 먼 친척의 자식을 데려다가 양자로 세워놓고 살게 되었는데 날이 갈수록 정이 깊어 친혈육 못잖게 금이야 옥이야 하며 애지중지 키웠더니 양자 또한 부모정 잊지 않고 효성을 바쳤는데 십팔세에 장가를 보냈더니 새며느리 또한 효부여서 일가로소 화목하게 살고있었답니다.

그러던 어느해, 로파가 세상을 뜨게 되여 딸들이 부고를 받고 집으로 오게 되였습니다. 딸들이 집마당에 들어서서 보니 친혈육도 아닌 양동생이 머리에 굴건을 쓰고 상복을 입고 상주가 되여 어머니 령구앞에 서서 애곡을 하고있었습니다.

딸들이 생각하니 장차 아버지마저 세상뜨게 되면 자기 집 재산은 틀림없이 이 상주앞으로 넘어가게 마련이니 애곡하고있는 양동생이 더없이 얄밉고 원쑤처럼 보였습니다.

삼일장을 마치고 딸 삼형제는 한곳에 모여앉아 의론을 하고 애수에 잠겨있는 아버지앞으로 찾아 들어갔습니다. 그들은 친딸이 셋씩이나 되는데 양자는 해서 뭘하느냐 하면서 이구동성으로 양자를 쫓아버려야 한다고 아버지를 강박하였습니다.

아버지는 딸들의 말을 듣자 그런 소리는 인륜도덕에 어긋나는 일이니 다시는 입밖에 내지 말라고 하며 방에서 쫓아버렸습니다.

그런데 언녕 돌아가야 할 딸들이 돌아가지 않고 밤낮없이 아버지를 졸라대며 자기들 삼형제가 종생토록 효성을 다하겠다고 하는데는 아버지도 별 방도가 없었습니다. 하여 터밭과 가정기물을 다 팔아 양아들에게 은전 몇푼 던져주며 가정이 망하게 되였으니 네갈데로 가서 잘살라고 당부한 뒤 나머지 돈을 세몫으로 나누어 딸들에게 주었습니다.

이렇게 되여 늙은 아버지는 그날부터 일년사시절 세 딸집을 돌아다니며 살게 되였습니다. 처음 몇해간은 딸들마다 하루삼시 좋은 음식에 반주까지 떨구지 않고 잘 대접하고 철따라 새옷도 해주어 마음 편안하게 잘 지내게 되였습니다.

이럭저럭하여 석삼년이 지났습니다.

하루는 큰딸이 하두 보고싶어서 불원천리 찾아갔더니 마침 큰딸은 베틀을 놓고 베를 짜고있었습니다. 큰딸은 아버지가 오셨다고 반겨맞으며 방으로 모시더니 얼마나 시정하시냐 하며 밥상을 차려왔습니다. 아버지가 차려온 밥상을 바라보니 아침에 먹다남은 식은밥이였습니다.

아버지는 먼길을 걸어오시느라고 시정하시고 맥도 진한지라 별말없이 다 잡숫고 상을 한쪽에 밀어놓는데 그만 양념간장이 상에서 쏟아져내려 흰 두루마기에 큰 얼룩이 가게 되였습니다. 베틀에 앉아 바라보고있던 큰딸은 본체만체하며 베만 한참 짜더니 갑자기

《아버지 두루마기는 둘째딸집에 가서 빨아달라 하세요.》 하고는 더 거들떠보지도 않고 제일만 하고있었습니다.

아버지가 그 말을 듣고보니 분명 미워서 쫓는 소리였습니다.

아버지는 부아가 나서 망할년, 네 아니면 딸이 없나 이렇게 입속으로 중얼거리며 온다간다 말없이 둘째딸집으로 걸어갔습니다.

둘째딸집 마당에 들어서고 보니 때는 밤중이 되었는데 문을 열고보니 둘째딸이 방에 앉아서 물레질을 하고 있었습니다.

둘째딸은 아버지를 보고 반갑게 인사를 하고나서 방으로 모시더니 밥잡수셨냐는 말 한마디 없이

≪피곤하시겠는데 어서 주무셔요.≫ 하며 베개만 던져주는것이였습니다.

아버지는 분김에 큰딸집에서 걸어온지라 하두 몸이 곤하여 시정한줄도 모르고 자리에 누웠습니다. 이른아침 인시가 되나마나한데 둘째딸이 콩죽 한 대접을 들고 들어와서 아버지를 잠에서 깨워놓고

≪동리에 길사가 있어 온 집 식솔들이 다 가게 되였으니 아버지는 셋째딸네 집으로 내려가세요.≫라고 했습니다.

듣고보니 또 쫓는 소리였습니다. 아버지는 장밤 굶었는지라 콩죽 한 대접을 게눈감추듯 다 마시고 문을 나섰습니다.

아버지는 딸중에서도 셋째딸을 제일 사랑했고 큰딸과 둘째딸에 비하면 효성이 지극하다고 여겼으므로 바라볼 곳은 막동이딸밖에 없었습니다.

아버지가 셋째딸집에 들어서고보니 때는 점심때인지라 마침 온 집안식구들이 상에 마주앉아 소고기국을 먹고있었습니다. 그런데 웬 일인지 그전에는 아버지를 그렇게도 싹싹하게 잘 공대하던 셋째딸이 오늘은 어쩐지 얼굴에 노기를 띠우고 아버지를 왜 언니들 집에 있지 않고 벌써 왔느냐고 질문하는것이였습니다.

믿던 기둥이 부러진다고 아버지는 딸의 말을 듣고 맥을 버리고 땅에 주저앉았습니다. 생각해보니 딸 셋을 낳아 진미성찬 배불리 먹였고 철따라 비단옷 입혀가며 금이야 옥이야 하며 고이 키워서 출가를 시키고는 재산 다 팔아 고루고루 나누어주었더니 이것이 무슨 죄가 되여 오늘 이리 밀리우고 저리 쫓기우는 거지 신세가 되였나싶어 눈앞이 캄캄하였습니다.

아버지는 불효하고도 야박한 딸들을 원망하며 괴나리보짐을 걸머지고 정처없이 발가는대로 떠나고말았습니다.

이렇게 되여 아버지는 류랑걸식하며 여생을 살게 되였습니다. 하루는 가다가 한 마을을 지나게 되였습니다.

아버지가 갈한 목이나 추기려고 우물을 찾아헤매는데 웬 소부가 물동이에 물을 이고 오고있었습니다. 아버지는 물 한바가지 얻어먹자고 소부에게 말했습니다. 그랬더니 소부는 공손히 물동이를 땅에 내려놓고 로인을 눈여겨 뜯어보는 것이였습니다.

≪아버지, 이게 웬 일이십니까?≫

소부는 뜻밖에 생긴 일이라 눈물을 흘리며 반갑게 맞아주었습니다.

아버지가 깜짝 놀라 찬찬히 바라보니 분명 십여년전에 쫓아버린 양며느리가 틀림없었습니다.

≪내가 너희들을 볼 면목이 없구나!≫

아버지가 돌아서서 눈물을 흘리는데 양며느리는 어서 집으로 들어가자고 하면서 물동이를 내던지고 아버지를 부축하였습니다. 아버지가 집에 들어가보니 큰부자는 못돼도 먹고 입고 쓰기에는 풍족한 살림이였는데 방안에는 귀한 동자가 쌕쌕거리며 잠을 자고있었습니다.

아버지는 며느리가 차려다준 밥과 찬에 막걸레 한사발까지 마시고나니 취기가 들어 동자의 옆에 가서 잠들게 되였습니다.

점심때가 되여 양아들이 밭에서 돌아왔습니다. 대문을 열고 마당안에 들어서서 보니 안해가 문앞에서 울고있었습니다. 웬 일이냐고 물었더니 안해가 하는 말이 모처럼 아버지가 찾아오셨기에 막걸레 한사발을 대접했더니 취중에 쉬시다가 그만 아이를 깔아죽였으니 이 일을 어찌느냐고 하는것이였습니다.

그 말을 듣고 아들은 안해앞에 꿇어앉으며 여하튼 아버지가 찾아오셨으니 천만다행인데 이런 불상사가 생긴것도 부모라 이름짓고 따뜻이 모시지 못한 나에게 죄가 있으니 용서를 바란다고 하면서 아버지가 이 일을 알기전에 어서 뒤산에 안아다가 묻어버리자고 하였습니다.

두 부부가 산에 가서 땅을 파놓고 통곡하고있는데 갑자기 맑은 하늘에서 천동이 치더니 죽었다는 아이가 ≪으악!≫ 하고 울기 시작했습니다.

이 일을 알리없는 아버지가 잠에서 깨여 눈을 뜨고 보니 양아들이 옆에서 무릎을 꿇고앉아 파리를 쫓고있었습니다.

양아들을 만나게 된 아버지는 그날부터 마음 편안하게 살게 되였습니다.

또 몇해가 지났습니다. 하루는 아버지가 손자를 데리고 마당에서 놀고있는데 웬 거지들이 대문앞에 와서 구걸하는것이였습니다. 귀에 익은 말소리를 듣고 눈여겨 바라보았더니 웬걸 딸들이였습니다. 아버지는 반갑가보다 분이 앞섰습니다. 하여 딸들을 앞에 세워놓고

≪예로부터 효성이 높으면 천복을 받고 불효하면 천벌을 받는다더니 과연 그 말이 틀림없구나.≫ 하며 당장 물러가라고 호통질을 했습니다.

딸들이 손이야 발이야 비는데 양아들이 방에서 나오며

≪아버지, 이 불효자식탓으로 가내에 불화가 생겼으니 넓게 용서하시고 오늘부터 한집에서 화목하게 살아봅시다.≫ 하며 누님들을 방으로 모셔드리더랍니다.

권석곤 구술 / 강신극 정리

잘 난 이

옛날옛적 어느 한 산골에 근면하고 선량한 부부가 살고있었습니다.

그들은 사십이 넘고 오십고개가 바라보이도록 몸가까이에 일점혈육마저 없었습니다.

두 부부는 자식 없는것도 타고난 팔자이니 팔자에 없는 복을 천지신명앞에 빈다해도 하늘땅이 알아줄리 만무한 일이라고 단념하고 다 늙어가는 여생을 운명에 맡긴채 서로 아끼고 의지하며 화목하게 살았답니다.

그러던 어느해 가을이였습니다. 천만뜻밖에도 부인에게 태기가 있게 되였습니다. 두 부부는 오늘이냐 래일이냐 하며 손꼽아 기다렸더니 십삭이 되어 옥동자를 낳았습니다.

두 부부는 늘그막에나마 슬하에 자식이 있게 되였으니 그 기쁨이 한량없었습니다. 그들은 아들이 남달리 잘났고 또 처음이자 마지막으로 낳았다 하여 아들의 이름을 ≪잘난이≫라고 지었습니다.

날이 가고 달이 지나 백날이 되고 한돌이 지났습니다. 잘난이는 오뉴월 오이 크듯 칠팔월 돌피 자라듯 우썩우썩 자라났습니다. 그래서 세살이 되였더니 그의 키골은 마을의 소동들을 릉가하였고 열살을 먹더니 부모에 순종하며 효심 또한 지극한데 힘도 장사여서 지게가 부러지도록 통나무를 지고다녀도 땀 한방울 흘리지 않았습니다.

두 부부가 자라나는 아들을 보고 흡족하여 대견하게 생각하는데 마을사람들 마저 동리에 효성높은 장사지재가 났다고 칭찬하다보니 잘난이의 명성은 날따라 높아만 갔습니다.

찰떡은 떼기마련이고 말은 보태기마련이라더니 잘난이의 출중한 기력과 덕행을 자랑하는 풍설은 엉뚱하게 번져져서 나중에 날개돋친 짐승처럼 잘난다고 소문이 나게 되었습니다.

발없는 말이 천리간다고 드디여 이 소문은 고을 원님의 귀에까지 미치게 되었습니다. 원이 듣고보니 륙십평생치고 초견초문인데 생각하니 희귀하기도 하고 망측하기도 하지만 이 소문이 사실이라면 그놈을 임금님께 바쳐 평생두고 경모하던 임금님앞에서 꼭 상을 받을수 있을상싶었습니다. 하여 리방아전을 불러 당장 잘난이라는 아이가 어데서 살고있는가 알아오라고 호령했습니다. 그랬더니 과연 그런 아이가 있다는 소식이 전해왔습니다.

원님은 때가 왔다고 희색만면하여 말을 타고 서울로 달렸습니다.

이렇게 되여 잘난이가 잘난다는 역소문은 조정에까지 미치게 되었습니다.

임금은 이 말을 듣고 나라에 하늘을 날아다니는 사람이 태여났다니 큰 성운이 틀 길조라고 하면서 어서 불러들이라고 명하였습니다. 하여 잘난이는 왕명을 받고 궁전 룡문석에 정좌하고 대령하게 되였습니다.

임금님이 룡포를 입고 금관을 쓰고 팔자걸음을 하며 룡상에 와 앉으면서 잘난이를 내려다보니 기골이 장대하여 호기만발한데 용모 또한 남중일색이였습니다.

≪너의 이름이 무엇인고?≫

≪네, 임금님께 아뢰옵니다. 소동은 잘난이라 하옵니다.≫

≪몇살이나 먹었는고?≫

≪네, 상주하기 죄송하옵니다만 소동의 나이 열 살이옵니다.≫

≪듣건대 네가 잘난다고 하는데 과연 그러하냐?≫

잘난이가 듣고보니 임금님께서 엉뚱한 소리를 하는데 분명 자기의 이름을 두고 잘난다고 오해하고있는것이 틀림없었습니다. 하여 사실대로 알려드리려고 머리를 숙이며

≪네, 죄송합니다만 사실은…≫ 하고 말끝을 채 맺지 못하는데 임금님은 흡족하며 껄껄 웃으며

≪과연 장하도다. 천명풍순한 날 네가 상공을 나는것을 보련다.≫라고 말하더니 룡상에서 물러갔습니다.

그날부터 잘난이는 임금님의 특대를 받아 호화한 방에 들어 하루삼시 시녀들이 차려다주는 산해진미를 먹을수 있게 되였으나 도무지 목에 넘어가지 않았습니다. 홀로 앉아 생각하니 하도 많은 이름중에서 하필 잘난이라고 이름지어준 늙은 부모님들이 원망스러웠고 임금님까지 속이고있는 고을 원님이 한없이 미웠습니다. 잘난이는 자식으로 태여나서 량친 부모 못모시고 낯선 타향에서 죽게 되였으니 나오는것도 한숨이요 흐르는것도 눈물뿐이였습니다.

드디여 하늘에 오를 날자가 되였습니다. 임금님은 황가거족들과 조정의 문무 백관들을 거느리고 위엄당당하게 산밑에 와서 곳곳에 의산을 세워놓고 풍악을 울리며 보상루를 추면서 잘난이가 저 높은 산봉우리로부터 날아내려오는것을 보겠다고 기다리고있었습니다.

잘난이는 길도 없는 강파로운 산으로 힘없이 걸어올라갔습니다. 산봉우리에 올라 창공을 쳐다보니 구름 한점 없이 맑았는데 이상하게도 소나무 우뚝 솟은 큰 바위밑에 안개가 자욱하게 끼여있었습니다.

잘난이는 이 산봉우리에서 몸을 던지고 죽을 팔자인지라 산천경개나 보고 죽겠다 생각하고 안개속을 헤치고 소나무 아래로 가봤더니 거기에는 자그마한 담 하나가 있고 물속에는 백학 한 마리가 왼발로 서서 조을고있었습니다.

잘난이는 소나무앞에 꿇어앉으며 머리숙여 부모님의 만수무강을 빌고나서 목놓아 통곡하였습니다.

그런데 안개속에서 창옥을 몸에 걸친 백발로인이 나타나며

≪웬 사람인데 여기 와서 울고있느냐?≫고 물었습니다.

≪저의 이름은 잘난이올시다. 그런데 고을의 원님이 내가 잘난다고 임금님앞에 고하여 지금 당장 이 산봉우리로부터 산밑으로 날아 내려오라고 하니 하두

기가 막혀 울고있습니다.≫

≪하늘이 무너져도 솟아날 구멍이 있다는데 보아하니 장사지재같은 사람인데 눈물 흘려 될말인가.≫ 이렇게 말하면서 백발로인은 품속에서 흰 털부채를 꺼내며

≪이 부채를 풀쳐들게 되면 하늘로 떠오를것이고 부채살을 모여쥐면 땅우에 내릴것이니 어서 받으라.≫ 라고하는것이였습니다.

잘난이가 부채를 받아쥐고 머리숙여 인사하고 앞을 바라보았더니 백발로인은 온데간데없이 사라져버렸습니다.

산밑에서는 빨리 날아 내려오라고 함성이 높았습니다.

잘난이는 무심결에 부채를 펼쳐들었습니다. 그랬더니 날개돋친 백학처럼 둥둥 하늘에 떠 올라갔습니다.

산밑에서 기다리고있던 임금님이 상공을 바라보니 하늘에서 신선이 내리듯이 너울너울 춤추며 잘난이가 날아오고있었습니다. 임금님은 하두 희귀하여 무릎을 치며 ≪과연 장하도다!≫ 하며 칭찬하는데 문무백관들과 하졸들도 손벽을 치고 발을 동동 구르며 함성을 질렀으니 산골안은 큰 경사난것처럼 홍성거렸습니다.

잘난이는 호사좋게 상공을 한번 돈 다음 부채살을 모두어 쥐였습니다. 그랬더니 제비가 물 차듯이 가볍게 땅우에 내리게 되었습니다.

임금님과 그의 신하들은 서로 자기가 먼저 잘난이를 보겠다고 밀고닥치며 모여들었습니다. 그속에는 고을의―원님도 끼여있었습니다. 원님은 그 누구보다도 더 으쓱하여 잘난이앞에 오더니 잘난이가 들고있는 부채를 빼앗아쥐고 제멋대로 쓱 펼쳤습니다. 그랬더니 원님도 둥둥 하늘에 날아올라갔습니다. 원님은 부채를 펼칠줄만 알았지 모두어쥘줄을 몰랐으므로 영영 땅에 내릴수가 없게 되여 바람에 날려 멀리 사라져버리고말았습니다.

임금님은 잘난이를 불러놓고

≪너는 인물이 출중하고 재주가 비범하니 과연 나라의 동량지재가 될만하니 어서 글공부를 하여라.≫ 라고 말하고 훈장까지 선택하여주었습니다.

잘난이가 초삼년을 배우더니 구경을 통달했고 재삼년 배우더니 무예를 정통하여 만호장안에 그와 문무를 견줄자가 없었습니다. 이듬해 잘난이는 과거에

응시하게 되였는데 당연 장원급제하게 되였습니다.

임금은 잘난이를 귀하게 여기시고 그를 부마로 택하고 그에게 국사까지 맡겼답니다.

그후 잘난이는 량친부모 모셔다가 효성을 바치며 임금님앞에 충성을 다하는 훌륭한 사람이 되였다고 합니다.

양민식 구술 / 강신극 정리

길싸움

옛날부터 혼인은 일생 대사라 하여 납채 문명부터 친영에 이르는 륙례를 길일을 택하여 행하는 풍습이 성행되고있었습니다.

어느 하루였습니다. 바로 그날은 일년 이십사기 칠십이후 치고도 제일 좋은 길상날이라 하여 이날따라 수많은 신랑신부들이 잔치를 하게 되였습니다.

한 신랑이 사모관대하고 큰 말잔등에 올라앉아 뒤에 많은 후행들을 거느리고 처가에 친영을 가는데 앞을 바라보니 맞은편으로부터 또 한 신랑이 자기와 꼭같은 차림을 하고 이쪽으로 마주오고있었습니다.

원쑤는 외나무다리에서 만난다더니 친영가는 두 신랑이 면바로 다리머리에서 만나게 되였습니다.

옛날부터 친영가는 행렬들을 갈림길이나 다리옆에서 만나게 되면 서로 자기 쪽의 신랑을 먼저 건너놓아야 길운이 튼다고 하였으니 후행으로 따라오던 사람들이 다리목에 막아서서 서로 자기 집 신랑을 건너게 하겠다고 앞을 다투는데 어느 한쪽도 양보하려 하지 않았습니다.

이렇게 되고보니 말다툼이 생겼고 나중에는 큰 싸움이 벌어지게 되였는데 다리 한복판에서 서로 때리며 치며 하다가 그만 이쪽으로 오던 후행이 다리에서 떨어져 즉사하게 되였습니다.

친영가는 신랑들이 대판싸움을 벌린데다가 살인까지 나게 되었으니 두 집 혼사는 설상가상이 되고말았습니다.

일이 이렇게 되었으니 살인한 쪽의 신랑과 그의 후행들은 곤장맞고 목에 칼을 쓰고 옥에 갇히게 되였습니다.

신랑이 매를 맞고 옥중에 앉아 생각하니 일은 자기 때문에 생겼으니 비록 후행으로 따라오던 사람들이 살인을 했으나 죄를 그들앞에 밀어버릴수가 없었습니다. 하여 신랑은 원님앞에 가서 머리 숙이며

≪인명지중하니 마땅히 소인이 대죄하리다.≫라고 사정하였습니다.

이렇게 되어 후행으로 따라오던 사람들은 곤장 몇 대씩 얻어맞고 옥에서 쫓겨 나오게 되였습니다.

이러한 사실을 알리없는 신부집에서는 새벽부터 상을 차리고 해가 중천에서 서산우에 나불나불할 때까지 눈이 아홉이 되여 기다려도 신랑은 종무소식이였습니다.

신랑집에서도 신랑이 화교에 신부를 태워가지고 돌아오는가 하여 모두 문밖에 나와 목이 빠지게 기다렸으나 돌아오지 않았습니다.

해가 지고 달이 뜰무렵이 되였는데 후행으로 따라갔던 사람들이 절뚝거리며 돌아왔습니다.

듣고보니 길싸움이 나서 살인이 나고 신랑이 옥에 갇혔다는것이였습니다. 이 말을 듣고 신랑의 부모들은 삼대독자 외동아들이 죽게 되였으니 천하에 이런 일이 어데 있는가 하며 통곡하였고 신부댁 부모들은 무남독녀 외딸이 생과부가 되였으니 이런 망할놈의 팔자가 또 어데 있는가 하며 땅을 치며 울었습니다.

규방에 홀로 앉아 울고있던 신부가 생각해보니 부모 량친께서 정해준 인연이라 비록 안면부지한 신랑일망정 일부종사 하는수밖에 없다고 마음먹고 구명출옥할 방도를 생각해내여야 하였습니다.

다음날이였습니다. 신부의 이름 석자를 대고 한번 만나보게 해달라고 간청했습니다. 그랬더니 옥리는 래일아침이면 죽을 사람인데 만나봐서 뭘하느냐 하면서 밖으로 밀어내는것이였습니다.

신부는 주머니에서 은전 다섯냥과 지고온 술 한단지를 옥리앞에 내여놓으며 통사정을 했습니다. 그랬더니 옥리는 은전에 마음이 쏠렸는지 술에 욕심이 갔던

지 어서 돌아가서 잠간만 만나보라고 하였습니다.

신부가 들어가니 오관이 단정하게 생긴 남자가 사모관대하고 목에 큰 칼을 쓴채로 땅바닥에 쓰러져있었습니다.

신부가 밖을 살펴보니 옥리라는놈은 술을 단지채로 들고 마시더니 만취되여 한구석에서 다리를 쭉 펴고 앉아 졸고있었습니다.

때를 노리고있던 신부는 신랑앞에 가서 절을 하며

≪소녀가 바로 당신의 신부될 사람이온데 나의 팔자 기박하여 길사날에 당신께서 이런변을 겪게 되었으니 내 몸 백번 죽어 지당하니 당신께서는 어서 이곳을 피하소서.≫ 하고 눈물을 흘리는것이였습니다.

신랑이 그 말을 듣고 머리들어 신부를 바라보니 자태도 환한데 인품 또한 비단이라 감탄하며

≪그런 말 말고 어서 물러가오. 생사는 팔자에 달렸다는데 내가 죽더라도 당신은 새 남편 얻어 아들딸 낳고 잘살아야 할것이요. 그런 소리 말고 어서 빨리 물러가오.≫ 하며 한숨 짓는데 신부는

≪당신은 삼대독자로 태여났으니 귀가문에 대를 이을 사람이요. 어서 칼을 벗어 나에게 씌워주고 이 자리를 피하소.≫ 하고 간절하게 말하였습니다.

신랑은 신부가 하도 진심으로 권하는바람에 신부의 말대로 하기로 하고 옥에서 뛰여나왔습니다.

다음날 아침 원님은 사형을 집행하려고 죄인을 형장에 끌어내게 되였습니다. 원님이 끌려오는 죄인을 눈여겨 바라보니 살인을 한 사람이 신랑이 아니라 남장한 규수가 틀림없었습니다. 원님은 이 속에는 꼭 연고가 있겠다고 짐작하여

≪이게 웬 일이냐? 바른대로 알려라.≫라고 엄엄하게 호령을 했습니다. 그러자 규수는

≪원님앞에 사실대로 알리겠나이다. 소녀가 바로 신부될 사람이온데 무남독녀 외딸로 고이 자라다가 이구십팔 꽃나이에 부모의 명을 받고 삼대독자와 혼약을 맺어 백년해로 하리라 손꼽아 기다렸더니 내 팔자 사나와 초례상도 못받고 생과부가 되는것이 원통하옵고 신랑은 삼대독자로 태여났으니 그 가문의 대를 이어야 할 사람이오니 차라리 내 한목숨 버리고 신랑을 구할려고 녀분남장하고 원님앞에 왔사오니 어서 이 소녀를 처분하소서.≫ 하며 눈물을 흘렸습니다.

　　원님이 소녀의 말을 듣고보니 그의 덕성이 하도 기특하여 과히 렬녀비를 세워
줄만한 일이였습니다. 원님은 사령들을 불러 살인한 신랑과 그의 후행을 불러들
인 다음 곤장 이십대씩 안기고나서 신랑과 신부더러 어서 집에 가서 성례를
올리고 잘살라고 당부까지 하였더랍니다.

김경선 구술 / 강신극 정리

장기쪽도 약에 쓴다

　　옛날옛적 어느 한 곳에 형제간이 한집에서 살고있었습니다. 형은 부친의 업을
물려받아 의원노릇을 하였고 동생은 문전옥답에서 농사일을 하였답니다.

　　어느 하루였는데 형은 멀리 고개너머로 왕진을 가게 되였고 형수마저 친정에
가게 되였으니 집은 비게 되었습니다.

　　동생은 점심때가 될 때까지 조이밭 두벌김을 대 매여놓고 집마당 한가운데
있는 돌배나무 그늘밑에 돗자리를 펴놓고 낮잠을 자고있었습니다.

　　그런데 한 로파가 대성통곡을 하며 낮잠 자고있는 동생앞에 와서 손자의 눈을
꼭 고쳐달라고 간곡하게 사정하는것이였습니다.

　　동생이 깜짝 놀라 눈을 뜨고보니 웬 로파가 온 얼굴에 피투성이가 된 아이를
안고있는데 두눈알이 빠져서 코등에 달랑달랑 드리우고있었습니다.

　　동생은 아이도 불쌍하거니와 로파가 선생님이라면서 자기앞에 꿇고앉아 병신
만 되지 않게 아이를 고쳐달라고 애걸하는걸 보니 의원이 아니라고 변명할 형편
이 못되였습니다. 하여 동생은 로파를 위안하는 한편 치료할 궁리에 골똘하고있
는데 마침 마당 한구석에 자루가 빠진 호미가 눈에 띄였습니다. 인젠 됐다고
생각한 그는 아이를 받아다가 돗자리에 반듯이 눕혀놓고 빠진 눈알을 눈통우에
맞춰놓고 호미자루를 가지고 와서 아이의 두발바닥을 번갈아 툭툭 쳤습니다.

　　그랬더니 아이는 발바닥이 아프다고 몸을 쭉 펴며 눈을 번쩍 뜨게 되였는데

바로 이 순간에 빠졌던 눈알이 제자리에 들어가 박히게 되였습니다.

손자가 꼭 봉사가 될줄 알았던 로파는 이 광경을 보고 동생앞에 엎드려 감사하다고 꾸벅꾸벅 절만하더니 차후에 꼭 이 은혜를 갚겠다고 하면서 돌아갔습니다.

로파를 보내놓고 동생이 생각을 하니 이만하면 자기도 의원노릇을 할것만 같았습니다. 하여 형의 명주두루마기에다 갓을 받쳐쓰고 괴나리보짐을 싸서 짊어지고 길을 떠났습니다.

산을 넘고 물을 건너 어느 한 마을에 들어섰더니 해가 서산에 나불나불 떨어지고있었습니다. 동생이 몸도 고달프고 배도 고픈지라 잠자리나 찾아야 하겠다고 생각하고 이집저집 다니다가 한 큰 대문앞에 가서 마당안을 살펴보았더니 하인들이 상에 밥과 찬을 차려들고 분주하게 행랑간으로 나들고있었습니다.

동생은 이 집에서 하루밤 자고 가리라 마음먹고 큰 소리로 주인을 찾았습니다.

그랬더니 하인이 대문가에 와서 누구를 찾느냐고 물었습니다.

동생은 길가는 사람인데 하루밤만 묵어가자고 사정을 했습니다. 그랬더니 하인의 말이 이 집은 김대감댁인데 지금 두살먹은 구대독자가 병에 걸려 집안이 부산하니 다른 집에 가서 자라고 하였습니다.

동생은 이 말을 듣고 나도 큰 병은 못고쳐도 감기나 배앓이 같은 병은 고칠줄 안다고 하였습니다.

이 말을 듣고 하인은 방으로 달려들어가더니 웬 령감을 데리고 나왔습니다.

하인은 먼저 로인을 가리키며 이 어른이 바로 김대감님이시라고 동생에게 소개하고 이분이 의원이라고 김대감에게도 동생을 알리는것이였습니다.

이렇게 되여 동생은 김대감댁에서 류숙하게 되였습니다. 행랑에 들어가 보았더니 수많은 의원들이 모여앉아 저녁을 먹으면서 김대감 아들의 병에 대하여 의론하고있었습니다.

다음날 이른아침이였습니다. 김대감이 행랑간에 나와서 오늘은 의원께서 진맥이나 하여달라고 하며 동생을 방으로 데리고 갔습니다.

동생이 앓는 아이를 살펴보니 얼굴은 창호지같이 창백한데 진맥을 해보니 맥이 오는지 가는지 알수가 없었고 다만 코구멍이 펄럭펄럭하고있었으니 겨우 숨만 붙어있는셈이였습니다.

동생은 집에서 늘 형님이 환자를 진맥하는걸 보았는지라 진맥만은 빈틈없이 할수 있었으나 이 아이의 병이 무슨 병이며 무슨 약을 써야 하는지는 알 리가 없었습니다. 그래도 동생은 의원다운 체면을 차리느라고 머리만 끄덕이며 쓰다 짜다는 말 한마디 없이 행랑간으로 나와버렸습니다.

아침을 대수 먹고나서 약화제를 써주어야 하겠는데 약이름도 모르거니와 낫 놓고 기윽자도 모르는 신세인지라 한숨만 쉬고있는데 방구석을 바라보니 장기판이 놓여져있었습니다.

동생은 묘한 수를 찾아낸것처럼 좋아하며 방안에 있는 사람들과 장기를 놀기 시작하였습니다.

장이야 멍이야 하며 신나게 장기를 두고있는데 김대감의 마나님이 와서 무슨 약을 써야 할지 약화제나 써달라고 졸랐습니다.

그랬더니 동생은 내 차가 떨어지는 판인데 급하면 내보다 더 급하겠는가 하면서 거들떠보지도 않았습니다.

이때 아이의 병은 각일각 죽음을 재촉하여 방안에서는 애곡소리가 들려왔습니다. 김대감은 하도 다급하여 맨버선바람으로 행랑간에 달려나와 아이가 눈을 치뜨고 숨을 거두고있으니 명문가족이 멸종하게 되었다고 하면서 내 아들을 살려달라고 동생앞에 와서 통사정을 했습니다.

동생이 이 말을 듣고보니 더 미룰수가 없어서 놀던 장기판을 발로 탁 차며 장기쪽 세 개를 쥐더니 김대감앞에 내밀며

《그렇게도 급하다면 어서 이걸 푹 달여 먹이시오.》 하고는 반듯이 누워 담배만 뻑뻑 빠는것이었습니다.

방안에 모여있던 의원들은 이를 보고 쓴웃음을 짓고 돌아앉았습니다.

김대감이 장기쪽 세 개를 받아쥐고 생각하니 지금까지 백약이 무효하였는데 진때가 묻은 나무쪼각이 혹시 당금 죽어가는 구대독자를 살릴수 있을가 하여 약탕관에 넣고 끓였습니다.

장기쪽을 달인 물을 아이에게 한술 두술 입에다 떠넣었더니 죽어가던 아이가 쌕쌕거리며 잠들기 시작하고 백지같은 얼굴에 혈기가 돌기 시작하였습니다. 이렇게 사흘이 되고 보름이 지나더니 아이는 걸음마까지 떼게 되였고 말까지 번지게 되였습니다.

김대감은 구대독자 외동아들을 살려주었으니 그 은혜는 백골난망이라 동생에

게 많은 은전과 보물을 주었습니다.

이렇게 되여 동생은 당나귀에 은전과 보물을 가득 싣고 집으로 돌아오게 되였습니다. 당나귀를 몰고 사립문에 들어서니 웬 로파가 달구지에 떡과 돼지고기를 싣고와서 형님앞에 절을 하며 손자의 눈을 고쳐준 덕분에 소경을 면하게 되였다고 고두백배 인사를 하고있었습니다.

형은 이 말을 듣고 얼떨하여 어쩔바를 몰라하는데 동생은 당나귀에서 짐을 부리우며 형장께서 왕진을 간후에 자기가 눈알이 빠진 아이를 고쳐준 일이 있다고 말하였습니다.

형이 생각하니 농사일만 할줄 아는가 했던 동생이 며칠사이에 의원이 되여 수많은 은전과 보물까지 벌어왔으니 하도 이상하여 그의 경과를 물어보았습니다.

그랬더니 동생이

≪세상만사에는 도리가 있는 법인데 이 법만 알게 되면 무슨 일 못하겠소. 호미자루가 빠지면 제구멍에 맞춰넣고 자루 꽁댕이를 툭툭 치면 꼭 들어맞는 법인데 눈알이 빠진것도 이 도리와 별다른것이 없다고 생각하고 그 법대로 했더니 그 애도 봉사를 면하였지요.≫라는것이였습니다.

형이 듣고보니 동생이 둔하기는 하나 그 말에는 도리가 있었습니다. 하여 또

≪너는 무슨 연고로 김대감의 아들에게 장기쪽을 달여먹였느냐?≫라고 물었더니 동생은

≪그 아이는 구대독자인지라 밤낮없이 여자들의 손에서 살고있었으니 음기만 성하고 양기가 쇠하여 사경에 이르게 되었은즉 장기는 남정들이 노는 놀음인지라 장기쪽에는 양기가 들어있을터이니 이상 더 좋은 약이 없다고 생각했지요≫라고 대답하였습니다.

형은 동생의 말을 듣더니 두손을 잡아주며

≪네가 과연 내보다 낫구나!≫ 하며 칭찬하더랍니다.

김수완 구술 / 강신극 정리

지게사당

옛날 서울 남산기슭의 판자집 마을에 성이 곽가라는 더벅머리총각이 늙으신 량친부모를 모시고 지게품팔이로 하루하루를 살아가고있었습니다. 그러던 어느 날, 총각이 지게를 지고 이른새벽부터 이골목 저골목 일거리를 찾아 발이 닳도록 돌았으나 일거리가 생기지 않았습니다. 해는 벌써 너울너울 서산으로 기울어져 가는데 일거리를 찾지 못했으니 래일은 어떻게 살아갈것인가 하고 생각하니 한심한 일이였습니다. 하는수없이 맥없는 걸음으로 터벅터벅 한강으로 갔습니다.

목표도 없이 발이 가는대로 강을 따라 걷고있는데 강기슭 모래터에 웬 처녀의 주검이 누워있었습니다. 총각은 불쌍히 여겨 그 시체를 지게에다 지고나와 양지 바른 산비탈에다 묻어주었습니다.

집으로 돌아와 저녁을 먹고난 총각은 래일 살길이 근심되여 긴 한숨을 쉬던 끝에 잠이 들었는데 꿈에 웬 처녀가 나타나서 곱다시 절을 올리는것이였습니다.

≪저같이 천한 주검을 알뜰히 건사하여 안장하여주셨는데 그 은혜 보답할길 없나이다. 다소나마 은혜를 보답할가 하여 찾아왔은즉 저의 말을 깊이 들으시옵소서. 사실인즉 서울시내를 벗어나 동남쪽으로 시오리쯤 가면 무너진 금광이 하나 있는데 원래의 금광주는 금이 나오지 않는다고 집어던진지 오래되여 폐광이 되었습니다. 그 금광을 찾아서 며칠만 더 파면 노다지가 나오겠는데 그걸 모르고있습니다. 그러니 당신이 그것을 찾아 파내시옵소서.≫ 하더니 간데없이 자취를 감추어버렸습니다.

총각이 깨여보니 꿈이였습니다. 꿈이지만 너무도 신통하여 날밝기를 기다려 먼동이 트자 집을 나와 금광을 찾아갔습니다. 꿈과 같이 한 시오리쯤 가니 폐광이 나타났습니다. 총각은 그날부터 계속하여 부지런히 파고 또 팠습니다.

닷새가 되던 날이였습니다. 금광에 들어가보니 안에 안개가 자욱하게 끼여있었습니다. 안개 걷히기를 기다렸다가 계속 파기 시작하였는데 한참 파들어가노라니 갑자기 쿵 하는 소리가 나더니 바위가 무너지며 그속에서 목침덩이만큼 큰 금덩어리가 떨어졌습니다.

곽총각은 너무도 신기하여 옷자락에 싸가지고 나와 보고 또 보며 집으로 돌아왔는데 대번에 큰 부자가 되였습니다. 부자가 된 다음 곽씨는 지게 때문에 팔자를 고쳤다고 사당을 지어놓고 그 지게를 소중히 모셨다고 합니다. 이래서 서울사람들은 지게사당이라면 모르는 사람이 없었다고 합니다.

심재문 구술 / 리은우 정리

아들이 공포 갚은 이야기

옛날 어느 고을에 한 저급관리가 나라의 많은 공포를 졌습니다. (옛날에는 나라 빚을 공포라고 했습니다.) 살림이 구차하다보니 제때에 공포를 물지 못하게 되여 고을 군수는 그 관리를 죽이기로 결정하였습니다. 관리는 일곱살나는 어린 자식과 처를 두고 죽을 일을 생각하니 기가 막혀서 음식을 전폐하고 누워 눈물과 한숨으로 나날을 보내는데 처가 아무리 음식을 권하여도 먹지 않고 그저 죽기만 기다리고있었습니다.

하루는 아들이 아버지에게 물었습니다.

≪아버지, 무슨 일이 있어서 식음을 전폐하고 수심에 싸여있습니까?≫

≪네가 알일이 아니다.≫ 하며 아버지는 어린 아들에게 알려주지 않았습니다. 그러나 아들은 무슨 일인지 꼭 알려달라고 매달렸습니다. 나중에 어린 아들이 군이 캐물으니 아버지는 사실대로 알려주었습니다.

≪우리가 나라의 공포를 졌는데 그것을 갚지 못하여 군수는 나를 죽이기로 하였다. 내가 죽는것은 큰 문제가 아닌데 내가 죽은후 너희들은 어떻게 살아가겠느냐?≫

≪아버지, 걱정마십시오, 공포를 갚을 방법이 나에게 있으니 아버지는 근심마시고 진지를 잡수십시오.≫ 이렇게 아버지를 위로한 어린 아들은 그 다음날 고을 군수를 찾아갔습니다. 군수앞에 간 그는 큰소리로 아뢰였습니다.

≪문안이올시다.≫

《응, 무슨 연고로 왔느냐? 아뢰여라.》

《예, 저의 부친이 나라의 공포를 갚지 못하여 식음을 전폐하고 지금 사경에 처하였기 때문에 제가 찾아왔습니다.》

《응, 그래 공포를 갚지 못하면 응당히 죽어야지 별 수 있느냐?》

《예, 그러하오나 란리란리 공포란이요, 칠세공자 부실란이요, 청춘모친 과부란이옵니다.》

군수가 어린아이의 글귀를 듣고 해석해보니 사실 그러했습니다. 어렵고 어려운것은 공포가 어렵고 일곱살나는 어린 자식이 아버지 잃은것이 어렵고 젊은 어머니 과부되는것이 어렵다는 뜻이였습니다.

《네가 과연 똑똑하다. 장차 나라의 명인이 될 사람이로구나.》 군수는 무릎을 탁 치며 기뻐하였습니다. 그리고 즉시 사형을 면제하고 공포를 취소해버렸으며 그 아이를 데려다가 글공부까지 시켰답니다.

심재문 구술 / 리은우 정리

시아버지 팔려던 이야기

옛날 어느 한 산골에 령감로친이 아들 하나를 키우면서 그럭저럭 살아가고있었습니다. 그런데 아들나이 15살이 되자 어머니는 병환으로 세상을 뜨고말았습니다.

령감 혼자서 아들을 데리고 고생스레 하루하루를 보내다가 아들나이 18세가 되여 장가를 보냈는데 며느리야말로 인물이 곱고 남달리 미끈한 몸매를 가졌습니다. 더구나 여자손이 귀하던 집에 이런 며느리가 들어왔으니 천하에 자기집밖에는 며느리가 없는듯이 떠받드는 판이였습니다.

그런데 유감스럽게도 며느리가 시아버지를 어찌나 괄시하는지 오히려 혼자 아들을 데리고 고생스럽게 지날 때보다도 못하였습니다. 우선 다른것은 그만두고라도 식사를 제대로 대접해야겠는데 말이 아니였습니다. 그렇다고 매일 며느리와 싸울수도 없는 일이라 마음만 썩일뿐이였습니다. 이렇게 되자 령감은 날이 갈수록 수척하여져 피골이 상접하여 볼 형편이 못되였습니다. 그러나 며느리의 박대는 날로 더 심해졌습니다. 아들이 아무리 말해도 막무가내였습니다.

하루는 아들이 장거리에 갔다오더니 안해에게 말하였습니다.

《오늘 장터에 가보니 웬 사람이 령감 팔러 왔는데 몸집도 좋고 뚱뚱한데 300냥을 받겠다고 하더란말이요. 우리도 아버지를 장에 내다가 팔지 않겠소?》

안해는 그렇지 않아도 아버지가 미워서 죽겠는데 팔자고 하니 너무나 좋아서어서 그렇게 하자고 하였습니다. 이때 아들이 하는 말이

《그런데 팔자면 살집도 좋고 근수도 좀 올라야 하겠는데 저렇게 약해가지고야 어떻게 팔겠소?》

《그거야 늙어서 그런걸 어떻게 하겠어요, 할수 없지요.》

《할수 없는것이 아니요, 지금 저대로 팔러 간다면 누구도 사자는 사람이 없을게요, 살이 지고 힘도 세야 사갈게 아니겠소. 그렇게 하자면 한달동안 밤 세말, 대추 세말, 찹쌀 세말을 대접하면 힘도 세지고 살도 진다는데 그렇게 해보는게 어떻소?》

안해는 그 말을 듣고 썩 달갑지 않았으나 얼른 팔아치울 욕심으로 그렇게 하자고 승낙하였습니다. 그래서 그 이튿날, 당장 장에 가서 밤 세말, 대추 세말, 찹쌀 세말을 사다가 매일 밤을 구워서도 대접하고 삶아서도 대접하고 찰밥에 대추, 밤을 넣어 해드리고 하였더니 며칠이 지나자 아버지는 기력이 왕성해지며 혈기도 좋아지고 살집도 오르기 시작하였습니다.

그러던 어느날 안해는 이것만 대접하면 되는가고 물었습니다. 그러자 남편은 이것만 가지고는 안된다면서 그 령감과 비기면 우리 아버지는 겨우 일어서는셈이라고 하였습니다. 그래서 다음 장날 또 나가서 그만큼 사다가 계속 대접하였습니다.

이렇게 한달나마 계속 대접하니 아버지의 건강은 완전히 회복됐을뿐만아니라 젊은이 못지 않게 힘이 좋아졌습니다. 그래서 아침이면 일찍 일어나 마당도 쓸고 나무도 패고 물도 길어다주며 며느리의 일을 도와주었습니다.

며느리는 아버지가 이렇게 도와주니 자연 아버지에게 미안한감이 들었습니

다. 이런 눈치를 알게 된 아들이 하루는 이번 장날에는 아버지를 내다가 팔아야 겠는데 하며 안해를 쳐다보았습니다.

≪그게 무슨 말씀이애요, 요즘 아버지가 내 일을 얼마나 도와주는지 몰라요. 아들이 어찌 그런 소리를 다 합니까?≫ 하고 안해는 도리여 자기 남편을 나무랬 습니다. 그리고 이전에 시아버지를 괄시한것만 생각해도 가슴이 아프다면서 아 버지를 전에없이 잘 모셔가니 시아버지 역시 며느리에 대한 칭찬이 대단하였습 니다. 즉 며느리는 인물도 곱고 마음도 고와서 매일 보약을 써주니 내몸도 이렇 게 좋아졌은즉 일해도 힘이 난다는것이였습니다. 그후부터는 온 집안이 화목하 고 재미있게 살아갔답니다.

박옥녀 구술 / 리은우 정리

흉년세월에 아버지 환갑 차린 이야기

옛날 어느 한 고을에 대흉년이 들어 백성들이 굶어죽게 되였습니다. 그래서 원님은 누구든지 생일이나 환갑을 차리지 못하게 하였습니다. 만약 그 누가 떡을 쳐먹거나 술을 빚는 사람이 있으면 당장 잡아다 목을 베겠다고 엄한 령을 내렸습 니다.

그런데 한가정에서는 마침 류월달에 아버지의 환갑이 돌아오게 됐습니다. 그런데 환갑상을 차리자니 량식이 바닥이 난데다가 더구나 원님의 엄한 명령까 지 있지 차리지 않자니 또 부모의 환갑이라는 것은 단 한번밖에 없는것이여서 어떻게 하면 좋겠는가 하며 두 부부는 근심이 태산같았습니다.

이때 며느리는 이제부터 점심 한끼를 굶고 절약하여 쌀을 모으고 대신 두 부부가 밭에 나갈 때 소금을 가지고 나가 먹고 물을 마시면 되지 않겠는가고 말했습니다. 이래서 두 부부는 그 이튿날부터 소금으로 한끼를 에웠습니다.

이렇게 한해 여름을 절약하여 환갑날이 되자 그들은 술을 뒤사발 빚어 삼베

찌는 움에다 넣어두고 떡도 한그릇 움안에서 쳤습니다. 그리고 닭도 한마리 잡고 명주옷도 한벌 지은 다음 이른새벽에 누구도 모르게 환갑상을 차려놓고 아버지를 깨우면서 날 밝기전에 세수도 하시고 옷도 갈아입으시고 아침식사를 하시라고 하였습니다.

드디여 상을 다 차린 뒤 아들며느리는 술을 부어올리고 절을 하였습니다. 술잔을 받자 아버지가 말하였습니다.

《야, 이거 귀한 술인데 혼자 먹자니 안됐구나. 저 건너마을에 아무개라는 게일 친한 친구가 있는데 가서 모셔오너라.》

친구를 청해오자 아버지는 혼자 술을 마시려니 친구생각이 나서 오라고 하였다면서 함께 술과 음식을 잡숫기 시작하였습니다. 음식이 거의 없어질 때가 되여 건너마을 령감이 말하였습니다.

《이크, 이거 다 나라에서 말리는 일을 했으니 잘못됐군.》

친구는 그길로 관청에 달려가서 고자질을 했습니다.

아들네는 그날 일터에 나가서도 관청에서 호출이 올가봐 은근히 걱정하였습니다. 그러자 안해가 남편을 위로하였습니다.

《목을 베도 내 목을 벨터이니 당신이나 아버님은 근심마세요. 음식은 내가 차린것이니까요.》

그런데 아닌게 아니라 파랭이를 쓴 사령들이 달려오더니 당장 나서라고 호통을 치는것이였습니다.

《백성들이 굶어죽는다고 아우성치는 판에 너희들은 떡을 친다 술을 빚는다 하며 환갑상을 차렸다니 백번 목을 베도 마땅한 일이로다.》

그러자 아버지가 선뜻 나서며 모든것은 나의 잘못이니 목을 베려면 자기의 목을 베라고 하였습니다. 그 말이 떨어지자 아들이 앞에 나서면서 말했습니다.

《오늘이 우리 부친의 환갑날입니다. 그래서 우리 부부는 올봄부터 점심 한때를 소금으로 에우면서 모은 쌀로 아버지 한분 몫만 음식을 갖추었는데 부친께서 친구 한분을 모셔다 대접한 결과 이렇게 되었은즉 저의 잘못이니 저의 목을 베십시오.》

그러자 이번에는 며느리가 나서며 말했습니다.

《그런것이 아니올시다. 음식은 제가 차린것이니 저의 목을 베십시오.》

　관청에서 그들의 말을 듣고 다시 조사해보니 사실 두 부부가 아버지 환갑을 차리려고 소금으로 때를 에우며 모인 쌀이였습니다. 이에 감동된 원님은 고자질한 이웃 령감에게 벌을 주고 마음씨 착한 아들며느리에게는 상을 주었답니다.

리향련 구술 / 리은우 정리

개똥보리밥

　머나먼 옛날 어느 자그마한 산골마을에 젊은 부부가 어머니 한분을 모시고 가난하게 살고있었습니다.

　씨붙임이 한창인 6월의 어느날, 젊은 부부는 아침을 굶은채로 밭으로 나갔습니다. 며느리는 주린 창자를 안고 일밭으로 나가면서도 년로한 시어머님께 아침식사를 대접하지 못한것이 한없이 죄송스럽고 안타까왔습니다.

　≪우리 젊은 사람들이야 랭수를 마시면서라도 배고픔을 참을수 있지만 어머님께서 어찌 참으시겠습니까?≫

　며느리가 효성스러우니 시어머니의 말도 정에 넘쳤습니다.

　≪내 늙은게야 집안에 가만히 누워있으면 될것이지만 온종일 일해야 할 너희들이 배고파서 어찌하겠느냐?≫

　간밤에 흐렸던 날씨는 아른아침부터 비가 내리기 시작하였습니다.

　부부가 비를 맞으며 맨발로 일밭에 나가는데 한참 가다가보니 한곳에 뉘집 개가 보리밥을 먹고 눈 큼직한 똥무지가 있었습니다. 똥은 비에 씻겨가고 하얀 보리알만 소복이 쌓인것이 마치 보리밥을 떠놓은것 같았습니다.

　며느리는 부지중 굶고계시는 시어머니가 생각나 머리에 썼던 수건을 얼른 벗겨 그 개똥보리밥을 싸들고 부리나케 집으로 돌아왔습니다.

　집에 들어서기 바쁘게 그 개똥보리쌀을 씻고씻고 열두번이나 씻어 냄새를 맡아보니 똥내라고는 전혀 없는지라 그것으로 밥을 지었습니다. 밥을 지어 한술 먹어보니 역시 별냄새 없고 제법 구수한 밥맛이 나는지라 어머님께 대접하였습니다.

시어머니를 대접하고 다시 일터에 나와 한창 벼씨를 뿌리고있는데 갑자기 뇌성벽력이 일며 바오래기같은 비줄기가 내리 퍼부었습니다. 그러니 한사람이 나서서 소리질렀습니다.

≪오늘 누가 집에서 죄를 지고나온 사람이 있는 모양이니 어서 멀찌감치 나서시오. 그러지 않다간 다른 사람까지 벼락에 맞겠으니 빨리 나서시오!≫

아무도 나서는 사람이 없었습니다. 이때 며느리가 내가 시어머님께 개똥밥을 대접하였으니 그게 죄가 아닐가 하는 생각이 들어 슬그머니 모판에 나와 멀찌감치 나섰습니다. 바로 그 순간, 천지를 진동하는 쫘르릉 하는 소리와 함께 며느리 발앞에 목침만한 금덩이가 떨어졌습니다. 하늘도 며느리의 효성에 감동되여 금덩이를 선사한것이였습니다. 그리하여 며느리는 금을 팔아 시어머니를 모시고 잘살았다고 합니다.

장이춘 구술 / 리은우 정리

수염이 석자라도 먹어야 한다

수염이 석자라도 먹어야 한다는 말은 아무리 점잖은 사람이라 해도 먹어야 한다는 뜻인데 이 말의 유래는 다음과 같습니다.

옛날 어느 한 고을에 서당이 있었는데 훈장인즉 수염이 시허연 그야말로 점잖은분이였지만 제자들에게는 몹시 엄하여 공부를 할 때는 군입질을 못하게 하였습니다. 심지어 볶은 콩도 호주머니에 넣지 못하게 하였습니다.

하루는 한 제자가 볶은 콩을 넣을데가 없으니 바지가랭이에다 넣고 대님을 꼭 매고 서당으로 왔습니다.

아침에 훈장앞에서 글을 외우는 시간이 되여 제자들이 어제 배운 글을 외우다나니 콩을 갖고간 제자의 차례가 되였습니다. 그런데 그 제자는 글을 제대로 외우지를 못하여 종아리를 맞게 되였습니다.

제자가 목침우에 올라서서 종아리를 내놓느라고 대님을 푸니 웬걸 콩이 와르르 하고 방바닥에 쏟아졌습니다.

회초리를 들고 종아리를 치려던 훈장은 콩이 쏟아지는걸 보더니 회초리를 도로 놓고 한손으로 수염을 옆으로 쓰다듬으며 콩을 주어먹느라고 정신이 없었습니다.

그걸 목격한 한 제자가 물었습니다.

≪점잖은 훈장님도 콩을 잡수십니까?≫

그랬더니 훈장은 ≪수염이 석자래도 먹어야 한다.≫ 라고 대답했습니다.

심재문 구술 / 리은우 정리

화로불에 모인 형제

옛날 평안도 벽동이라는 고을에 조실부모하고 살아가는 두 형제가 있었답니다.

두 형제는 서로 사랑하고 재미있게 살아가는게 아니라 늘 싸우기만 하고 화목하지 못하였습니다.

동네어른들이 귀가 아프도록 타일러도 듣지 않고 눈만 떨어지면 싸움질하였습니다. 그래서 동네어른들은 하는수 없이 고을군수에게 사실을 아뢰면서 버릇을 떼여달라고 청원했습니다.

군수는 이 말을 듣자 즉시 두 형제를 불러들여다가 의복을 홀랑 벗긴 다음 큰 마루방에다 가두어놓고 마루방복판에다는 큼직한 화로에다 숯불을 이글이글 피워놓았습니다.

두 형제는 서로 화로를 복판에 놓고 외면하고 돌아앉아 씩씩거리고있었습니다.

밤이 깊어지자 방안은 점점 추워나기 시작했습니다. 두 형제는 화로불 곁으로 가고싶은 생각이 불붙듯했습니다. 그러나 서로 마주앉기 싫어 화로불에로 다가

가지 않았습니다.

밤이 더 깊어지니 추워서 더는 견딜수가 없었습니다. 두 형제는 이를 덜덜 쪼으며 서로 눈치를 보다가 형이 보지 않는 사이에 동생이 가까이 앉고 동생이 보지 않는 사이에 형이 가까이 앉으면서 점차 화로불 가까이로 다가왔습니다.

마침내 두 형제는 화로불을 마주놓고 앉게 되였습니다. 후더운 화로불을 바라보느라니 두 형제는 저으기 싸운 일이 후회되였습니다. 그리하여 두 형제는 서로 끌어안고 뜨거운 눈물을 흘리며 다시는 싸우지 말고 화목하게 살아가자고 다짐하였답니다.

장이춘 구술 / 리은우 정리

곶감 먹고 자살하다

머나먼 옛날 한 산골마을에 서당이 있어 훈장이 제자들에게 글을 가르치고있었습니다. 하루는 훈장이 글을 가르치다말고 무엇인가 쩝쩝 먹는데 그럴 때마다 제자들은 훈장의 입을 쳐다보며 먹고싶어서 군침을 삼키곤 하였습니다.

며칠이 지난 어느날, 훈장은 글을 가르치다말고 또 쩝쩝 하며 무얼 먹고있었습니다.

《훈장님, 무엇을 잡수십니까?》

《응, 곶감이라는것인데 아이들이 먹으면 죽는것이다.》

한 제자가 묻자 훈장은 이렇게 대답했습니다.

며칠이 지나 훈장이 제자들을 불러놓고 래일 자기는 이웃집 생일에 간다면서 글을 잘 읽으라고 신신당부하였습니다.

《애들아, 훈장님께서 잡수신게 무엇인지 아니?》

훈장이 떠난후 훈장님께 질문하던 제자가 여러 동학들에게 물었으나 모두들 모른다고 골만 저었습니다.

≪그건말이야, 곶감이야. 달콤하고 아주 맛있는거란다.≫

≪곶감…≫

제자들은 입맛만 다시며 말이 없었습니다.

≪너희들 먹고싶지 않니?≫

≪먹고프면 뭘하니. 화중지병(畵中之餠)이지.≫

≪곶감 먹을 방법이 있으니 너희들은 내말만 들어. 이제 내가말이야, 훈장님이 제일 중해하는 담배재털이를 깰테이니 너희들은 곶감이나 먹고서 죽은것처럼 가만히 누워 움직이지말아. 그다음 일은 내가 처리할테니까.≫

그 아이는 이렇게 말해놓고 선반에 올려놓은 곶감상자를 내려놓더니 아이들에게 곶감을 나누어주었습니다.

곶감을 다 먹은 다음 동학들은 시키는대로 죽은것처럼 방바닥에 가로세로 드러누었습니다.

얼마후에 훈장님은 생일집에서 술이 거나하게 취하여 돌아왔습니다. 사당에 들어서니 문밖의 디딤돌우에는 재떨이가 깨여져있고 방안에는 제자들이 모두 드러누웠는데 무슨 영문인지 알수가 없었습니다,

≪너 이놈들, 글공부는 하지 않고 웬 잠들이냐?≫

훈장의 호령이 떨어지기 바쁘게 재털이를 깬 제자가 벌떡 일어나며 아뢰였습니다.

≪예, 그런것이 아니라 재를 쏟다가 그만 훈장님이 제일 귀중히 여기시는 재떨이를 떨어뜨려 깨고 훈장님이 돌아오시면 욕하실가봐 곶감을 먹고 자살하는중입니다.≫

그 말을 듣자 훈장님은 기가 차서 껄껄 웃었습니다.

≪내가 잘못하였구나. 그건 곶감인데 먹으면 죽는것이 아니라 맛있는 과실이란다. 그리 알고 모두들 일어나거라.≫

훈장의 말에 여러 제자들은 비실비실 자리에서 일어나 앉았습니다. 이리하여 제자들은 곶감도 잘먹고 매도 맞지 않았답니다.

리은우 정리

배씨올시다

옛날 한곳에 돈 많은 부자가 살았습니다. 그는 일자무식이여서 낫 놓고 기윽자도 몰랐습니다.

하루는 부자집에 새 머슴을 데려왔는데 가계부에 기입을 해야 했습니다. 부자는 머슴을 불러다 성씨를 물었습니다.

≪너 성씨는 무엇이지?≫

≪저의 성씨는 배씨올시다.≫

부자는 먹과 붓을 가져다놓고 이름을 그려놓았습니다.

이튿날 일하고 돌아와 외양간에다 소를 매는 머슴을 본 부자는 마루에 서서 그를 오만스럽게 쳐다보며 소에게 물을 더 먹이게 하자고

≪공머슴, 공머슴!≫ 하고 불렀으나 배머슴은 아무 대답도 않고 할 일을 계속하고있었습니다.

부자가 몇번 불러도 머슴이 응대하지 않으니 주인을 알기를 거지 발싸개 같이 아는 나쁜놈이라고 생각되여 분이 상투밑까지 치밀어올랐습니다. 그래서 주먹으로 머슴의 뒤잔등을 들이박으며

≪이 사람, 귀 먹었나?≫ 하고 호령하였습니다.

배머슴은 뜻밖의 타격에 어안이 벙벙해나서 부자를 쳐다보며 물었습니다.

≪주인님께서 저를 불렀습니까?≫

≪여보게, 공머슴. 소에게 물을 더 먹이라고 목이 터지도록 불렀는데 귀 먹었나?≫

≪주인님, 저는 공씨가 아니라 배씨입니다.≫

≪엉? 이놈아, 내가 성씨 하나 못 기억할까? 어제 기입한것을 밤자고나서 잊었을라구? 돼먹지 못한게!≫ 주인은 약이 올라 펄펄 뛰였습니다.

≪주인님, 딱한 일입니다. 제가 제성씨를 모르겠습니까?≫

허나 주인은 지려하지 않고 팔소매까지 걷어올리며

≪어디 공씨인가 배씨인가 가계부를 펼쳐보자!≫하고는 머슴을 끌고 자기의 방으로 갔습니다. 머슴이 기입부를 펼치고보니 동그라미만 그려놓고 꼭다리를

그려놓지 않았었습니다.

≪주인님, 여기다 꼭지 하나 더 그렸더면 배씨가 되지 않습니까?≫

부자는 그제야 자기가 기입할 때 동그라미만 치고 꼭지를 그리지 않은것을 후회하며 말문이 막히여 꺽꺽거렸습니다.

황주옥 구술 / 진령 정리

로인을 사온 이야기

옛날 일찌기 량친부모를 잃은 두 처녀총각이 결혼했습니다. 그들은 남들이 어머니 아버지 하고 부르는 소리를 들을 때마다 귀맛이 좋고 부럽기 그지없었습니다.

그러던 하루, 남편이 나무 한짐을 해가지고 장거리로 가져다 팔다가 늙은이를 판다고 방을 내붙인것을 보았습니다. 남편은 급히 집으로 돌아와 안해에게 장거리에서 방을 본 사연을 말했습니다.

≪여보, 자네도 조실부모하고 어머니 아버지라 불러보았으면 죽어도 원이 없겠다 하지 않았소?≫

≪네!≫

≪장거리에 늙은이를 판다는 방이 나붙었소, 래일 모셔오는것이 어떻소?≫

≪모셔오는것은 좋지만 돈이 있습니까?≫

그들 두 부부간은 밤새껏 상의하다가 마을의 돈 많은 김부자네 집에 가 변돈을 놓고 금전 백낭을 꿔왔습니다. 그리고 방의 주소대로 서울로 찾아갔습니다.

늙은이의 집은 서울 한구석에 자리잡고있었습니다. 두 부부가 뜨락에 들어서자 백발이 성성한 늙은이가 그들을 맞았습니다. 늙은이는 낮모를 젊은 부부의 아래우를 훑어보더니 물었습니다.

≪어디서 오신분들인데 뭘하러 오셨소?≫

남편은 장거리에서 방을 본 이야기를 했습니다.

≪할아버지를 모시려고 찾아왔습니다.≫

≪이 사람들아, 제 부모도 싫어하는 세월에 나같이 늙은것을 데려다 송장을 치자고 그러느냐?≫

≪할아버지, 그런것이 아니라 우리 내외간은 조실부모를 하고 부모의 정을 모르고 지냅니다. 생전에 아버지 어머니란 말을 단 며칠만 불러보았으면 죽어도 원이 없겠습니다.≫

늙은이는 이 말에 젊은 부부를 부추겨 일어나게 하고 집안으로 안내하였습니다. 그런데 웬걸 집안에는 금은보화가 수태 있었습니다. 알고보니 늙은이는 서울에서 소문없는 대부자였습니다.

≪내 돈이 없거나 재산이 없어서 그런것이 아니라 이 많은 재산을 물려받을 사람이 없어 방을 내붙인것이로다.≫

로인은 금덩어리를 꺼내주면서 집으로 돌아가라고 했습니다.

젊은 부부는 금덩어리를 받지 않고 늙은이의 무릎아래에 꿇어앉았습니다. 그리고 늙은이를 쳐다보며 고을에 내려와 함께 편안히 지내자고 간청했습니다.

그제야 늙은이는 그들을 엇 일어나라고 부축하면서 두 부부더러 서울로 올라와 함께 살자고 했습니다.

그리하여 늙은 부부는 늙은이를 사려고 꿔온 변돈을 갚아주고나서 서울로 올라와 늙은이를 모시고 평생을 잘살았답니다.

권계치 구술 / 전령 정리

유식한놈 볼기를 맞다

옛날 시골에 한 선비가 있었습니다. 하루는 가시아버지가 몇년동안 가보지 못한 딸집으로 갔다가 돌아가게 되었습니다. 사위는 몇백리 길을 걸어야 할 가시아버지를 홀로 보내기 싫어 모시고 떠났습니다.

그들이 한창 마을어구에 들어섰을 때였습니다. 난데없이 백년 묵은 범이 껑충 뛰여나와 가시아버지를 물고 도망갔습니다. 급해맞은 선비는 앞집 지붕에 올라가서 ≪원산호가 근산래하여 오지장웅 지척구하니 유장자는 지장래하고 유창자는 지창래하야 속출, 속출!≫ 하고 목이 쉬도록 고함쳤으나 누구도 나와 그를 도와주려고 서두는 사람이 없었습니다.

(이곳이 사람 살곳이 못된다. 범에게 사람이 물려가는데 얼굴 내미는놈도 없으니말이다.)

이렇게 생각한 선비는 격분하여 고을 원님에게 고자질하여 톡톡히 혼내워주어야겠다고 욱욱 벼르며 관청으로 들어가 송사했습니다. 원님은 선비의 송사를 듣더니

≪아무리 고을사람들이 야박하기로 생명의 관건시각에 누구도 나와 보지 않다니 그래 당시 자네는 무어라고 했던고?≫하고 물었습니다.

선비는 지붕에 올라가서 웨치던대로 수탉모가지처럼 빼들고 말했습니다.

≪원산호가 근산래하여 오지장웅지척구하니 유장자는 지장래하고 유창자는 지창래하야 속출, 속출!≫

원님은 듣고도 모를 소리인지라 분이 상투빝까지 치밀어 호통했습니다.

≪너 이놈, 그따위 소리를 했기에 누가 나오겠느냐, 이놈에게 곤장 스무개를 안겨라!≫ 라졸들이 우르르 모여 선비의 볼기를 치니 선비는 죽겠다고 고함을 쳤습니다.

원님은 선비에게 다짐받으며

≪이놈아, 다시 그따위 유식한 말을 하겠느냐?≫고 물었습니다. 그러자

≪아이구, 둔이야! 아이고 내 둔이야! 차후 불용문자하오리라.≫ 하고 선비는 소리쳤답니다.

방성국 구술 / 진령 정리

장재아비 이야기

함경북도 경원에서 십여리쯤 가면 우중충한 산이 있는데 그중에 아이를 업고 광주리를 머리에 인 아주머니가 산아래 늪을 돌아보는듯한 인형바위가 있습니다.

바로 이 인형바위에는 이런 이야기가 깃들어있습니다.

수백년전 산아래 늪자리에는 백여호 인가가 사는 커다란 마을이 있었습니다. 이 마을에 가난하게 사는 장아무개라 부르는 농부가 있었는데 그는 매일 산에 가 나무를 베여다 장거리에 가 팔아서 쌀을 사먹으며 살았습니다.

어느날 그는 산아래 나무를 해가지고 돌아오는 도중 산고개를 넘게 되었습니다. 헌데 한 나무아래에 사람그림자가 얼른거리기에 살그머니 가보니 풍수가 산자리를 보면서 여기가 산소를 쓰면 만부자가 되겠다고 중얼대는것이였습니다.

그는 자리를 피해 집으로 돌아왔습니다. 이튿날 이른 아침, 그는 조상의 묘지를 남모르게 옮기여 그곳에 산소를 썼습니다. 그래서인지 그해부터 창고에 쌀이 넘치고 재물이 늘어나기 시작하여 벼락부자가 되었습니다. 그는 금전에 눈이 어두워 다른 사람이야 죽던살던 괸계치 않았습니다. 하여 천방백계로 돈을 끌어모으는데 처음에는 말을 타고 다니던것이 말도 타지 않고 머슴을 쓰면서도 믿기 어려워서 자기가 친히 수사했습니다.

하루는 고등어장사가 그의 집앞을 지나며 ≪고기 사구려!≫ 하고 목이 터지도록 웨쳤습니다. 허나 주인이 손가락 하나 내밀지 않기에 고등어장사는 밸이 치밀어 고등어 한 마리를 울안에다 던졌습니다. 장재아비는 그걸 보자 머슴들에게 ≪이놈들아, 그것이 밥도적이다. 도로 내던져라!≫ 하고 호통쳤습니다.

머슴들은 하는수없이 고등어를 도로 울밖에 내던졌습니다. 그후부터 주인은 머슴들이 고등어냄새를 맡았기에 밥을 많이 먹을가봐 념려되여 한끼에 밥 세순가락씩만 먹게 했습니다. 머슴들은 더욱 배를 주리게 되자 뿔뿔이 도망갔고 집식구마저 굶주림에 못이겨 하나 둘 죽었습니다. 나중에 집엔 두 며느리밖에 남지 않았습니다.

장재아비는 하는수없이 두 며느리를 시켜 집일을 하게 했는데 맏며느리더러 방아를 찧게 하고 둘째며느리더러 밥을 짓게 했습니다.

하루는 방앗간에 간 맏며느리가 돌아오지 않기에 둘째며느리더러 방앗간에 가보라고 했습니다. 그런데 웬걸 맏며느리는 방아확에다 코를 박고 죽었겠지요. 급해 맞은 둘째며느리는 집에 와 장재아비에게 알렸습니다. 그러자 주인은

≪우리 둘만 죽지 않으면 문제가 없다.≫고 했습니다.

그때로부터 둘째며느리가 밥을 짓고 집일을 도맡아 했습니다. 그런데 둘째며느리가 부엌에 내려가 서자 부엌에서 물이 나고 방아확에 가도 물이 나기 시작했습니다. 둘째며느리는 곧 시아버지에게 그 일을 알리였습니다. 그랬더니 장재아비는

≪음, 우리 집에 머슴들이 도망갔다고 하느님이 생각해 며느리더러 물을 긷지 말라고 부엌에 물이 난다. 그것으로 밥을 지어라.≫고 말했습니다.

이때 중이 목탁을 치며 동냥하러 왔습니다. 장재아비는 중에게 소똥에다 찹쌀을 묻혀서 가져다주며 내쫓으라 했습니다.

며느리는 시아버지의 령이니 시키는대로 소똥에다 찹쌀을 묻혀 중에게 주었습니다. 그랬더니

≪자네 시아버지가 너무나 악독하여 좋은 사람들이 모두 불행히 죽어 황천에 가 눈물을 하염없이 흘리며 염라왕에게 신소하였은즉 이 집에 회가 곧 닥쳐올거외다.≫ 하고 중이 말하였습니다.

≪도사님, 이 액화를 어찌하면 소인이 막아낼수 있사오리까?≫

≪자네만은 가엾게 생각되여 알려주네. 당장 이 집을 벗어나 남산에 곧추 오르되 뒤에서 어떠한 소리가 나도 돌아보지 말아야 하네.≫ 하고 중은 말하고 온테간데없이 사라졌습니다. 둘째며느리는 집에 돌아가자 급히 광주리에다 기물을 수습해가지고 어린애를 업고 떠났습니다.

남산중턱에까지 올랐을 때였습니다. 뒤에서 꽈르릉 소리가 나기에 중의 당부도 가맣게 잊고 돌아다본 그는 깜짝 놀랐습니다. 글쎄 자기가 살던 마을이 삽시에 물바다로 변하지 않았겠습니까. 그와 동시에 아주머니는 돌아선채 돌로 변해버렸답니다.

그 아주머니의 화상은 지금까지 함경북도 경원 남산에 있습니다.

그 아래의 늪은 욕심쟁이 장재아비의 손에서 불쌍하게 죽은 사람들이 황천에서 흘린 눈물이 일시에 용솟음쳐 이루어진것이랍니다.

옛날에는 바다에만 파도가 일던것이 그날 장재아비가 물에서 텀벙이며 죽는 것을 본 황천의 령혼들이 너무도 기뻐 손벽을 치다보니 늪에 파도가 일기 시작했는데 지금까지 늪에도 잔파도가 일고있답니다.

김경선 구술 / 진령 정리

백제의 칼

한 고을에 부모에게 효성이 지극한 형제가 어머님을 모시고 살고있었습니다. 하지만 살림이 가난하여 그들 두 형제는 죽도록 일을 했으나 늙으신 어머니 한분을 마음같이 공양하질 못했습니다. 그래 형제는 속을 썩이다 못해 약속하기를 이웃과 상의하여 우리가 돌아올 때까지 어머님을 돌보아달라고 부탁하고 대처에 가 금전을 많이 벌어가지고 와서 어머님을 남부럽지 않게 모시고 잘살자고 했습니다.

이튿날, 두 형제는 북으로 밤과 낮을 가리지 않고 걷다가 대처의 어느 갈림길에서 갈라지면서 십년후 여기서 만나자고 약속하고 봇나무에다 칼로 십자표식을 한뒤 갈라졌습니다.

동생은 눈물을 뿌리며 형님과 작별하고 밤과 낮을 가리지 않고 걷다가 어느 부자집으로 찾아 들어갔습니다.

그 집은 열두칸 가와집에 울안에는 소와 말이 그득했고 창고엔 나락이 차넘쳤습니다. 그는 주인을 찾아들어가 인사하고 머슴살이를 십년하기로 기약했습니다. 그날부터 그는 궂은날 개인날 가리지 않고 부지런히 일했습니다.

어느덧 십년이 되자 십년동안의 삯전으로 동전 백냥을 받았습니다. 그는 동전을 배낭에 넣고서 고향에 계시는 어머님이 그리워 고향을 향하여 부지런히 걸었습니다.

하루는 너무도 배고파 음식점을 찾다가 길어구에 객주집이 있기에 찾아들어가 밥 한끼를 먹고 떠나려고 주인을 찾았습니다.

≪주인님 계십니까?≫

몇번 불렀으나 집안에 동정이 없자 동생은 문을 열고 안으로 들어갔습니다. 집안에는 한 아주머니가 가마목에 앉아 손바느질을 하고있었습니다. 그는 아주머니에게 굽석 인사를 하고 지나가던 불청객이 배가 고파 더는 못가겠으니 밥 한끼만 달라고 했습니다. 그 아주머니는 당황해 어쩔바를 몰라 잠시 망설이더니

≪저의 집안흉을 보는것이 아니라 우리 남편이 강도이니 어서 이 집에서 피하세요.≫라고 애걸했습니다.

≪강도집이래야 털면 먼지밖에 없는 사람에게서 무엇을 빼앗겠습니까? 밥을 좀 주십시오!≫ 라고 동생이 사정했습니다.

그랬더니 그 아주머니는 마지못해 밥 한 그릇을 주었습니다. 그가 밥 한 그릇을 게눈감추듯이 먹고 일어나려는데 문소리가 나더니 주인이 들어서며 첫눈에 객군을 발견하고

≪돈을 내라!≫고 고함치며 커다란 칼을 빼들었습니다. 동생은 십년동안 피땀으로 모은 돈을 차마 내놓을수 없어

≪나에게는 돈이 없습니다.≫ 하고 사정했습니다. 하지만 그는 불문곡직하고 배낭을 들추더니 동전 백냥을 꺼내고는 너털웃음을 웃으며

≪오늘은 호박이 넝쿨채 떨어지는구나!≫ 하며 중얼댔습니다.

≪주인님, 이 돈은 내가 십년동안 피땀으로 모은 돈이외다.≫

≪십년이 아니라 백년이면 어쨌단말인가? 썩 못 물러갈가! 죽고프면 여기서 시끄럽게 굴어!≫

동생은 온몸에 피가 거꾸로 도는것 같았습니다. 이때 강도는 발길로 걷어차며 그를 내쫓았습니다.

마당으로 쫓기여 나온 동생은 캄캄칠야에 갈길이 막막했습니다.

≪나의 돈을 빼앗을망정 이 밤중에 나더러 어떻게 가라고 내쫓는거냐?≫ 하고 문을 두드리며 동생이 웨쳤습니다. 이때 강도는 칼 한자루를 마당에 내팽개치면서

≪이걸 가지고 가라!≫고 웨쳤습니다.

동생은 칼을 가지고 다시 부자집으로 가 머슴살이로 돈을 벌어 집으로 갈수밖

에 없었습니다. 하여 울며 겨자 먹기로 부자집으로 다시 찾아왔습니다.

부자집 주인은 머슴이 하루밤 자고 돌아왔기에 괴이하게 생각되였습니다. 그래서 마중나가 보니 머슴은 손에 보검을 들고있었습니다. 주인은 머슴을 제쳐놓고 칼을 깐깐히 훑어보더니 말했습니다.

≪야! 이놈아. 이 칼은 백제의 칼이다. 이런 보검을…돈 천냥을 줄테니 나한테 팔아라!≫ ≪주인님께서 생각해주십시오.≫

주인은 동전 천냥을 내준 다음 그 외에도 말 한필까지 주었습니다. 그리하여 동생은 동전을 싣고 다시 고향길에 올랐습니다.

동생은 돌아오는 길에 또 전번날 들렸던 강도집 문앞을 지나야 했습니다. 강도는 전번에 자기의 집에서 쫓기여 갔던 사람과 마주치자 칼부터 빼들었습니다.

미친개 눈에는 몽둥이만 보인다고 강도의 눈에는 금전뿐이였습니다.

≪말잔등에 실은것은 무엇이냐?≫고 강도는 물었습니다.

≪떡입니다.≫

≪야, 이놈아, 떡을 지고 밥을 빌어먹느냐?≫라고 말하며 말잔등의것을 헤쳐보았습니다.반짝이는 동전을 본 강도는 두눈이 뒤집힐 지경이였습니다.

≪야, 이 돈은 너의 칼을 판 돈이다. 이 더러운 돈을 너에게 줄테니 전번의 동전 백냥을 돌려다우. 그 돈은 내가 십년동안 피땀으로 번 돈이니 그 돈을 가지고 가 어머님을 잘 모셔야 효성이지 이까짓 돈 만냥이면 무엇하겠느냐?≫

강도가 들으니 세상에 선량하기 그지없는 사람이였습니다. 한편 그가 부모를 모신다는 말에 자기도 십년전에 어머님을 하직하고 돈을 많이 벌어서 어머님을 잘 모시겠다 하며 동생과 봇나무 아래서 작별하던 일이 되살아 올라 가슴이 아팠습니다.

≪대관절 자네는 어디 사람이요?≫ 강도가 물었습니다.

동생은 조선 원산 고을에 사는 김아무개라고 말했습니다.

≪엉? 네가 내 동생이였구나!≫ 갑자기 형님은 동생을 부등켜안고 목놓아 울었습니다. 형님은 더는 동생을 볼 면목이 없었을뿐만아니라 년로하신 어머님을 볼 면목은 더욱 없었습니다.

형님은 동생에게 많은 돈을 내주고는 돌아가 어머님을 부디 잘 모시고 또한 어머님을 보면 형님은 사람질 못하다가 죽었다고 알려드리라고 했습니다.

동생이 고향을 향하여 떠나가자 형님은 칼을 뽑아들고 자결했습니다.

김재순 구술 / 진령 정리

칠 성 별

머나먼 옛날, 그때는 달도 별도 없었을 때였습니다.

어느 첩첩산중에 한 량반이 살고있었는데 하루는 갑자기 아홉 살에 맞아들인 안해가 죽었습니다. 그 량반는 죽은 안해를 생각해 매일 울고 탄식하며 안해 무덤을 떠나지 않았습니다.

그에게는 아들 삼형제가 있었는데 하도 돌아가신 어머님을 생각하여 아버지가 죽자살자하기에 상의 끝에 각기 삼국을 돌아다니며 돌아가신 어머님의 모습과 같은 녀성을 찾기로 하였습니다. 그리하여 무척 고생한 끝에 마침내 한 녀인을 데려왔습니다.

그때로부터 아버지는 수심이 사라지고 후처에게 반하여 죽자살자했습니다.

계모는 올 때 가봉녀를 데리고 왔는데 속으로 칠형제가 살아있어 가정재물을 나누어주고나면 자기 딸에게 차례질 재물이 없겠다고 근심하였습니다. 하여 몇날 며칠 골머리를 앓다가 무당을 찾아갔습니다. 그는 무당에게 많은 금전을 준 뒤 짐짓 자기가 집에 가서 아파서 죽는다 산다 할테니 그때 와서 병을 보고나서 칠형제의 간을 먹어야 낫는다고 남편에게 말해달라고 했습니다. 그날부터 계모가 집에서 아파죽겠다고 울고불고 하니 남편은 하는수 없이 무당을 데려왔습니다.

무당이 푸닥거리를 하며 심상치 않은 태도를 보이니 남편은 속이 안달아 무당에게 초조한 심정으로 물었습니다. 그랬더니

≪말씀드리기 곤난하지만 아들 삼형제의 간을 먹어야 낫겠는데…≫하고 무당이 말했습니다.

남편이 들으니 과연 기막힌 일이였습니다. 안해를 위하여서는 칠형제를 죽여

야 했고 안그러면 안해가 죽어야 하니 기막힌 일이였습니다. 그는 생각다 못해 아들 칠형제를 불러다 놓고 물었습니다.

≪어미니의 급병은 너희들 칠형제의 간을 먹여야 낫는다는데 어떻게 하겠느냐?≫

아버지의 물음에 누구도 말이 없었습니다. 잠시후 셋째가 아버지에게 말했습니다.

≪어머니의 병은 우리들의 간을 먹어야 낫는다니 아버지의 행복을 위하여 우리 칠형제의 간을 빼놓겠습니다. 단 한가지 요구가 있습니다. 그것은 우리 칠형제가 어머님 산소에 가 흙 한삽씩 덮어주는것입니다.≫

≪그러도록 하거라.≫

아버지의 승낙을 받은 칠형제는 친어머님의 묘지앞에 꿇어앉아 절을 하며 슬피 울었습니다

이때 꽃사슴 한 마리가 나와 그들에게 물었습니다.

≪너희들은 왜 여기서 울고들 있느냐?≫

칠형제는 사연을 사슴에게 말했습니다.

≪계모가 칠형제의 간을 먹어야 병이 낫는다니 어찌하겠나이까.≫

≪근심들 말아라. 나에게 방법이 있다. 너희 형제들이 한번씩 나의 엉뎅이를 차면 간처럼 생긴 피덩어리가 나올것이니 그것을 여기다 놓고서 저 나무에 올라가 하늘에 큰절을 올리면 길할것이로다.≫꽃사슴은 이렇게 일러주었습니다. 그래서 칠형제가 꽃사슴의 엉뎅이를 한번씩 차니 아닌게 아니라 간같이 생긴 피덩어리가 떨어졌습니다. 칠형제는 피덩어리를 어머님 묘지앞에다 놓은 뒤 신을 벗어 차례로 놓고서 나무에 올라가 하늘을 향해 공손히 큰절을 드리고 빌었습니다.

큰절을 마치자 홀연 하늘에서 커다란 광주리가 내려왔습니다. 칠형제는 광주리를 타고 하늘로 올라갔습니다.

계모는 집에서 기다려도 칠형제가 돌아오지 않으니 남편을 보고 산소에 가보라고 졸랐습니다. 남편이 후처의 독촉에 못이겨 안해의 산소에 가보니 무덤앞엔 신이 차례로 놓여있고 그앞에는 간이 일곱 개 놓여있었습니다.

≪이놈들이 효자는 효자구나! 큰놈의 간을 작은놈이 빼고 나중에 막내는 제손으로 제간을 빼놓고는 어디론가 가서 죽었구나!≫

애비가 몹시 한탄하며 간을 가지고 후처의 앞에다 내놓으니 계모는 남편이 안볼 때 노전밑에다 감추고 간을 먹어서 병이 나았다며 털고 일어났습니다.

칠형제는 하늘에 올라가 옥황상제께 사연을 자초지종 이야기했습니다. 하느님은 총명한 칠형제를 은하수계의 칠성별로 책봉하여 영원히 지구를 따라 돌며 인간 세상에 있는 미련한 애비와 욕심이 태산같은 계모를 지켜보도록 했습니다. 옥황상제는 인간세상에 령을 내려 애비는 미련한놈이기에 소로 만들었고 계모는 욕심이 태산같다하여 돼지로 되게 했습니다.

그때로부터 인간세상에 소와 돼지가 있게 되었고 지금도 미련한 사람은 소로 욕심많은 사람은 돼지로 비유되였답니다.

방성국 구술 / 진령 정리

새고기 한접, 소고기 열접

머나먼 옛날 시골에 노랭이란 별명을 가진 총각이 있었습니다.

헌데 사람마다 재간이 따로 마련되여있는지라 노랭이는 활쏘기재간이 좋았습니다. 그래서 그는 매일 활로 새를 잡아서 끓여먹는것이 업이였고 락이였습니다.

하루는 부자집 배나무 아래에 앉아서 날아드는 새들을 활로 쏴서 쟁개비에다 끓여먹었습니다.

부자집 딸이 뒤고방에서 하늘천따지를 외우다 창문가로 풍기는 향기로운 고기냄새에 창밖을 내다보니 웬 거지가 쟁개비에다 무엇을 끓이는데 구수한 냄새에 목젖이 방아찧고 군침이 흘러내릴 지경이였습니다. 하긴 평생 맛보지 못한 음식냄새였답니다.

쳐녀가 저도모르게 고방문을 살그머니 열고나와 배나무밑의 거지한테로 가보니 총각이였습니다. 그는 초면이니 물어보기 거북했으나 고기냄새가 어찌나 구미를 돋구는지 잠시 머뭇거리다가 용기를 내여 물었습니다.

≪쟁개비에다 무엇을 끓이나요?≫

총각이 깜짝 놀라 돌아보니 부자집 규수라 대답도 못하고 머리를 숙였습니다.

≪쟁개비에다 무엇을 끓이나요?≫

그제야 총각은 하는수없이 대답했습니다.

≪새고기올시다.≫

처녀는 하늘을 나는 작은 참새고기가 그토록 향기로운 냄새를 풍길줄은 꿈에도 생각하지 못했는지라 총각에게 한점만 맛보자고 했습니다. 뜻밖에도 총각은 다 먹고 없다며 주지 않았답니다. 규수는 저으기 아쉬워하며 래일 또 와 달라고 간청했습니다.

총각은 규수에게 래일 또 오겠다고 응낙하고 집으로 돌아갔습니다

이튿날, 총각은 또 배나무 아래에 와서 새를 잡아 끓였습니다.

규수는 하녀에게 소고기를 크게 한접시 썰어 담아오게 했습니다. 그는 소고기를 들고 총각에게로 다가가 새고기 한점과 소고기 한접시를 바꾸어 먹자고 했습니다. 총각은 새고기 한점을 처녀에게 주고 소고기 한접시를 받아 바꾸어 먹었습니다.

그때로부터 ≪새고기 한점에 소고기 열점≫이란 말이 돌았습니다.

리광선 구술 / 진령 정리

금전 백냥

충청도 시골에 박서방이 살았습니다. 그는 가난하여 천장에는 별이 반짝이고 구들에는 쪼각난 노전 아흔아홉개를 깔았으며 벽에는 얼룩이져있었습니다. 그는 굶기를 부자집 밥먹듯했습니다. 그들 일가가 생계를 유지하기 어려워 모대길 때 모두들 대처에 가면 잘살수 있다기에 가산을 죄다 팔아가지고 대처를 향해 떠났습니다.

어느 하루였습니다. 날은 어두워가고 갈길은 멀어 그들은 객주집을 찾아 들어 갔습니다. 박서방은 하루밤 류하고 갈려고 객주방주인에게 객보하는 한편 숙박료를 갚으려고 허리에다 띠였던 금전꾸러미를 찾았습니다. 그런데 웬걸 금전꾸레미가 온데간데없엇습니다. 급해맞은 박서방은 오던길로 두루 살피며 걸었으나 아무리 생각해도 옥수수밭에서 뒤를 볼 때 떨군것 같아 그곳까지 찾아갔습니다.

어두운 밤중에 뒤를 보던 자리를 찾았으나 금전꾸레미는 보이지 않았습니다. 그는 하도 기막혀 그 자리에 주저앉아 대성통곡했습니다.

≪아이고 인제는 온 집식구가 오도가도 못하고 죽었구나!≫

그는 얼마나 슬피 울었는지 눈이 퉁사발만치 부었고 손발이 무맥해서져 쓰러진채 잠들었습니다.

한밤중이 되여 누구인가 그를 부르기에 눈을 떴습니다. 어슴푸레한 가운데 보니 신체가 웅장한 낯모를 령감이 기다란 흰수염을 쓰다듬으며 빙그레 웃고있었습니다.

≪자네 왜 여기에 누웠나? 이러다는 병에 걸리겠네. 어서 일어나게나!≫라고 말하며 로인은 그를 부축하였습니다.

박서방은 일어나 몸을 간신히 가누고 앉기는 했으나 눈앞이 캄캄했습니다. 앞으로 살아나갈길이 막막했기때문입니다. 늙은이가 또 웬 일인가 묻기에 그는 온 집재산이자 생명인 금전 백냥을 잃어버렸다고 말했습니다.

늙은이는 박서방에게 너무 근심말라더니 팔소매 안에서 금전꾸레미를 꺼내보였습니다.

박서방이 꾸레미를 받아 풀어보니 과연 자기의 금전이였습니다. 그는 기쁨과 감격에 목이 메여 아무 말도 못하고 늙은이에게 굽석 절만 했습니다. 늙은이는 그를 부축하며 어서 집으로 돌아가라고 했습니다. 박서방은 황송해하며 금전 절반을 늙은이에게 드렸습니다.

≪내가 금전을 받을 생각이 있었으면 자네를 찾아 금전을 주지도 않았겠소≫

박서방은 너무도 감격하여 백배 사례하고 주막으로 돌아왔습니다.

주막에서는 사람이 잃어졌다고 사처로 찾아다녔습니다. 날샐녘에 한집식구가 만나게 되자 박서방이 금전을 잃었던 사연을 자초지종 이야기하니 안해는 감격의 눈물까지 흘렸습니다.

이튿날, 그들은 강을 건너 대처땅으로 갔습니다. 대처가 좋다기에 왔으나 가난한 백성의 세상은 예나제나 같아서 산설고 물설은 타향에서 살아가자니 더욱 곤난했습니다.

이곳이 더는 살곳이 못된다고 생각되여 고향으로 돌아가던 그들은 전번에 들렀던 객주집에서 하루밤 묵었습니다. 그날 밤에 소낙비가 얼마나 퍼부었는지 아침에 일어나니 온 천지가 물판으로 변하여 바다와 같았습니다. 그들이 떠날 엄두를 못내고 혹시 배나 있는가하여 강변을 거니는데 저쪽에서 커다란 배 한척이 꽃단장을 하고 달려왔습니다. 알고보니 그것은 신랑이 새색시를 맞으러 오는 꽃배였습니다.

강안에는 숱한 사람들이 나와 구경하고 있었습니다. 그런데 배가 얼마쯤 오다가 강심의 물살이 센 곳에 와 번져지는바람에 《사람 살리우!》 하고 배우의 사람들이 아우성치는것이였습니다. 허나 누구도 들어가 건질 엄두를 못하였습니다.

박서방은 물재주가 없는지라 그저 속이 안달아할뿐 어찔 방도가 나지 않았습니다. 그런데 그가 갑자기 허리에 띤 금전꾸레미가 생각나서 큰소리로 웨쳤습니다.

《누구든지 신랑을 구하는 사람에게 금전 배낭을 줄테다!》

그 소리에 구경군들속에서 한 중년사나이가 썩 나서더니 사품치는 물속에 뛰여들어 죽어가는 신랑을 건져내왔습니다.

금전은 온 집식구의 생명이였지만 박서방은 자기가 한 말이니 하는수없이 중년사나이에게 내주었습니다.

마침내 신랑이 정신을 차리고 그 중년사나이에게 감사를 드리니 중년사나이는

《금전 배낭을 받고 당신을 건졌지 내가 언제 당신을 보았다구!》 하고 대꾸하였습니다. 그 소리에 신랑은 누가 금전을 주었는가 알아보니 박서방이라는 사람이였습니다. 신랑은 박서방에게 넙죽 절을 하더니 박서방과 색시를 데리고 아버지를 뵈러 떠났습니다.

드디어 신랑의 문앞에 이르니 잔치집은 이만저만 홍성하지 않았습니다.

신랑이 아버지에게 길에서 있은 사연을 자초지종 말하니 늙은이는 너무나도 황송하여 버선바람으로 달려나와 박서방을 맞더니 웃방에다 모셨습니다. 이윽

고 큰상이 들어왔는데 박서방은 어쩐지 늙은이가 면목이 있어보였습니다. 그래서 깐간히 훑어보니 대처로 갈 때 금전주머니를 찾아준 늙은이였습니다.

박서방은 늙은이에게 큰절을 하며 전번에 금전을 찾아준 은혜에 감사를 드렸습니다. 늙은이는 더욱 황송해하며 자기 집에 묵어있으라 했습니다. 그래서 박서방네 온집식구가 그 집에서 며칠 잘 접대받으며 묵었습니다.

며칠후 다시 박서방이 떠나려 하자 늙은이는 굳이 만류하면서 고향에 가도 친인이 없을테니 여기서 동생삼아 재산 절반을 줄테니 같이 살자고 하였습니다.

박서방은 늙은이의 말대로 그와 형제를 맺고 오래도록 함께 잘살았답니다.

최경만 구술 / 진령 정리

숙종대왕

옛날 조선에 숙종대왕이란 왕님이 있었습니다. 그 왕님은 현명하였기에 고을마다에는 풍악이 그칠새 없었고 백성들은 안락한 생활을 하였습니다. 그렇지만 숙종대왕은 늘 소복차림을 하고 나라를 순찰하며 백성들의 질고를 헤아렸습니다.

하루는 숙종대왕이 시찰을 떠나 황해도 한곳에 찾아 갔을 때였습니다. 건너편 산을 바라보니 숱한 사람이 인산인해를 이루고있기에 다가가서 웬 일인가고 물었습니다.

《이 고을 김대감의 대상을 치르는중입니다.》

《예 그렇습니까.》

그곳으로 가보니 상제들이 늘어섰는데 백여명은 실히 되었습니다. 상주가 서있는 한복판으로 곡을 하면서 들어간 숙종대왕은 제사상을 마주하고 절을 하며 슬피 울었습니다. 그러는걸 본 맏상주는 그 어른이 아마도 부친의 생전의 친근한 벗인줄로 생각하고 다가가서 조용히 물었습니다.

《어디서 오신 손님이십니까?》

이 사람, 자네는 아마 잘 모를거네. 전에 자네 부친과 나는 매우 가까운 사이였네.

상주가 이 말을 듣고 한상 푸짐히 차려 잘 대접하였더니 이번엔 숙종대왕이 상주에게 물었습니다.

≪그대 부친의 산을 누가 봐주었나?≫

≪뒤마을에 유명한 풍수가 살고있는데 이곳은 <왕자통곡혈>이라 하면서 이 산자리를 정해주었습니다.≫

왕은 그 풍수가 어떻게 자기가 여기 와서 통곡할줄을 알고있을가 하는 생각에 풍수를 꼭 만나보기로 마음먹었습니다.

≪그 풍수네 집은 어디에 있나?≫

≪저 뒤마을에 있습니다.≫

뒤마을에 가 물어서 그 집을 찾아가보니 집은 초간토옥인데 마당앞에는 쑥대가 무성하게 자라고있었습니다. 주인을 찾았더니 집안에서 람루한 옷을 입은 중년이 나와 숙종대왕을 맞아들였습니다. 숙종대왕이 허리를 굽히고 기다싶이 하여 들어가보니 조그마한 방에 손바닥만한 노전을 서른여섯잎이나 깔아놓았는데 그래도 손님이 왔다고 그중에서 제일 넓은 자리에다 모셨습니다. 주인은 손님이 왔는데 저녁밥이나 지으라고 안해에게 눈짓을 했습니다.

≪저녁쌀이 하나도 없습니다.≫

≪그럼 어디 가서 꿔서라도 지어야지…≫

안해가 나가더니 한참 있다가 돌아와서 말했습니다.

≪저 뒤에 만석군네 집에 가 사정을 했더니 꿔주지를 않습니다.≫

≪그 사람이 그럴 사람은 아니겠는데 또 가보오…≫

주인은 이렇게 말하면서도 속으로는 은근히 노여워서 나직이 혼자소리로

≪누구 덕에 만석군이 되었길래?…≫하면서 안해를 데리고 밖에 나가더니 손님이 오셨는데 그 조금 남은 메밀종자로 저녁밥을 지으라는것이였습니다.

숙종대왕이 보니 몹시 가난한 사람이지만 마음씨만은 착하기에 무엇을 할줄 아는가고 직방 물었습니다.

≪그저 지혈이나 대수 좀 볼줄 압니다.≫

≪그렇습니까? 그런데 아까 쌀꾸러 갔다가 못꿔왔다고 할 때 혼자 나직이

무엇이라고 말했습니까?≫

≪아, <누구 덕에 만석군이 되었길래>라고 했습니다. 이전에 그 사람이 저보고 산자리를 봐달라고 사정하기에 제가 봐주면서 <십년이면 만석군이 된다.>고 하였습니다. 그런데 보다싶이 이제 겨우 팔년이 되였는데 벌써 만석군이 되었습니다.≫

≪아, 그런 일이였구만, 그런데 주인님은 남을 만석군이 되게 하면서 왜 자신은 이처럼 구차하게 지냅니까? 주인님은 만석군이 되면 안됩니까?≫

≪아니, 손님께서 모르는 말씀입니다. 이 터는 <왕자담화혈>인데 어떻게 다른 터와 바꿀수 있겠습니까?≫

≪그럼 임금은 어느때에 가서야 만나볼수 있습니까?≫

≪저의 여생중에 아마 꼭 한번 왔다갈겁니다.≫

≪그래 주인님께서는 단지 임금은 만나보자고 이렇게 평생 구차하게 삽니까?≫

≪세상에 임금을 뵙는 일보다 더 큰 영광이 어디 있습니까?≫

숙종대왕이 들어보니 여직껏 팔도강산을 다 돌아보았지만 이처럼 마음이 선량하면서도 경우가 밝고 더욱히 진정으로 나라에 충직하는 사람을 만나기는 이번이 처음이였습니다. 그래 하루밤을 이 집에서 묵고 이튿날아침에 길을 떠나려는데 주인이 마당밖까지 나와서 전송하며 례절있게 묻는것이였습니다.

≪손님은 도대체 어디서 사십니까?≫

≪서울에 있습니다. 이후에 서울에 오게 되면 제일 큰 집이 우리 집이니 찾아드시오.≫

숙종대왕이 뒤말을 맺으면서 지팽이로 땅에 한일자로 쭉 긋고 돌아서 가려는데 풍수가 넙적 엎드려 절을 올리면서 말하였습니다.

≪손님이 바로 제가 여직껏 기다리고 기다리던 임금님이올시다.≫

≪그래 주인은 어떻게 알았습니까?≫

≪말하자면 아주 간단합니다. 흙토(土)자 금 그우에다 한일자(一)를 그었으니 임금왕(王)자가 아니고 무엇입니까?≫

숙종대왕이 들어보니 과연 옳은 분석이였습니다. 그래 주인에게 래년에 과거시험이 있으니 꼭 서울로 올라와서 시험을 치라고 신신당부하고 돌아갔습니다.

그 이듬해 풍수는 대왕이 올라오라던데 서울구경도 할겸 가보는게 좋겠다고 생각하면서 안해가 시집올 때 가져온 값비싼 비녀를 팔아서 려비로 갖추어가지고 서울로 올라갔습니다.

풍수가 시험장에 들어가서 시험문제를 보니 ≪왕자통곡혈≫이였습니다. 다른 사람들은 무슨 뜻인지도 몰라 누구도 알맞은 답안을 못쓰는데 이 풍수만은 인차 무릎을 탁 치며 자신만만하게 ≪왕자담화혈≫이라는 글구를 맞춰 써내여 장원급제를 하였습니다.

이처럼 숙종대왕은 백성들의 질고도 잘 헤아렸으며 인재도 제때에 발견하고 잘 써주었습니다.

최치만 구술 / 김광철 정리

묘한 장기수

옛날 장기두기를 무척 즐기는 왕이 있었답니다. 천하의 장기군은 다 데려다 두어보았는데 적수라곤 없었습니다. 왕도 어지간히 잘 두었겠지만 많은 사람들은 두려워서 왕을 지워놓지 못했던것입니다.

장기멱이나 겨우 볼줄 아는 시골의 한 더벅머리총각이 이 소문을 듣고 왕과 한번 두어보겠다고 나섰습니다. 동네 사람들이 네따위야 가봤자 남이나 웃긴다며 말렸지만 총각은 들은척도 안하고 길을 떠났습니다.

왕궁문앞에 다달아 장기두려 왔다고 하니 신하가 들어가 왕에게 아뢰였습니다. 이어 들어오라는 왕의 하교가 내려 총각은 곧추 왕궁에 들어가 절을 올렸습니다. 왕이 자리를 권하자 총각은 사양도 없이 올라가 척 마주앉았습니다.

왕과 장기판을 벌린 총각은 말이요, 상이요, 하며 제법 두기 시작하였습니다.

그런데 왕이 자세히 보니 당초에 보지 못한 이상한 수였습니다. 실은 아주 수도 모르는 총각이라 손에 잡히는대로 망탕 주어놓았던것입니다. 왕은 그 괴상한 ≪수≫앞에서 어리뻥뻥하였습니다.

그런데 이건 또 무슨 감투끈인지 이제 겨우 각기 일곱수를 썼는데 총각이 판을 밀며 말없이 물러앉는것이였습니다.

≪아니, 어찐 일이뇨?≫

≪소인이 졌습니다. 상감마마의 장기수가 대단하십니다.≫

≪으흐흐…≫

왕은 겉으로 흐뭇하듯 웃음을 지었지만 속으로는 크나큰 의심에 잠겼습니다. 아직은 질 무엇이 하나도 보이지 않는데 어째서 졌다고 할고? 그러나 그렇다고 물어볼수도 없는 처지였습니다. 괜히 물어보았다가 총각이 여차여차하지 않느냐고 하면 오히려 망신할것 같았던것입니다.

≪한판 더 둡시다.≫

≪그래, 두지,≫

두 번째판이 붙었습니다. 이번에도 총각은 몇수 안쓰고 또 물러앉았습니다.

≪어째 또 벌써 물러앉느뇨?≫

≪소인이 또 졌습니다.≫

오리무중에 빠진 왕은 이번에도 캐여물을수 없었습니다.

세번째 판이 또 붙었습니다. 총각은 이번에도 또 몇수 안쓰고 공손히 물러앉았습니다. 이번에야 왕은 알만하다는듯이 수염을 쓰다듬으며 물었습니다.

≪그래 또 졌느뇨?≫

≪아니올시다. 이번엔 상감마마께서 졌습니다≫

≪엉? 음, 그래, 졌지…≫

져버릴수라곤 하나도 안보였지만 자신도 그 수를 보아낸척하고 수긍할수밖에 없었습니다.

장기판을 물리고나서 왕은

≪경은 무슨 소원이 있는고?≫ 하고 물었습니다.

≪밭고랑이나 있었으면 합니다.≫

≪웅 그래…≫

≪소인은 물러갑니다≫

집에 돌아온 총각은 왕과 장기를 두어 이겼다고 하였으나 모두 코방귀만 뀌였습니다. 그런데 웬걸 며칠 지나지 않아 고을의 원님이 내려와 총각에게 많은 밭을 떼주고 집도 큰걸 사주었습니다. 아무개를 돌봐주라는 왕의 령이 있었던것입니다.

마음씨 착한 총각은 밭을 동네의 가난한 사람들에게 고루 나누어주고 훌륭한 안해를 맞아들여 행복한 생활을 하였다고 합니다.

조득만 구술 / 김광철 정리

작 형 제

옛날 한 시골에 김지녀와 리혈용이란 아이가 살았습니다. 두 아이는 아주 친한 사이였습니다.

어느날 두 아이는 서로 맞절을 하고 작형제를 맺었습니다.

≪우리 둘중에서 누구든지 공부를 잘하여 과거에 급제하더라도 서로 업신여길것이 아니라 호상 돌보며 같이 행복하게 살자≫고 약속하고 두 아이는 제갈길을 떠났습니다.

10년후에 리혈용이란 아이가 공부를 해서 정말 고을의 원으로 되여 잘살게 되였습니다. 아직도 구차한 살림에서 벗어못난 김지녀가 이 소문을 듣고 한번 그 집에 찾아갔습니다.

≪내 김지녀가 왔다고 원님앞에 알리여라.≫

하인들이 들어가서 원에게 알렸습니다.

≪그런 사람을 난 모르니 절대 못들어오게 하거라.≫

원의 령대로 하인들이 못들어가게 하자 김지녀도 별다른 재간이 없었습니다. 하여 다음날 원이 화전놀이를 나왔을 때 찾아가서 딱 붙잡고 말하면 제가 모른다 할리 없을게라고 생각하며 집으로 돌아왔습니다.

화전놀이하는 날이 되자 과연 숱한 손님과 기생들이 모여서 뚱땅거리며 흥이

나서 한창 놀고있었습니다. 이때 김지녀가 찾아갔습니다.

≪야, 리혈용아, 날 정말 모르겠느냐?≫

≪저…어디서 저런 거지가 왔느냐? 함부로 원의 이름을 부르는 저놈을 당장 묶어서 강에다 처넣어라.≫

원의 령이라 부하들이 달려들어 김지녀를 꽁꽁 묶어서 수레에다 싣고 강으로 떠났습니다. 이때 옥단이라는 마음씨 착한 기생이 이 광경을 보고 강가까지 남몰래 따라왔습니다. 기생이 보건대 그 거지는 인물도 잘났고 또 똑똑해 보이는데 원님과 전혀 모르는 처지이면 이렇게 하지 않을것인즉 필경 여기에는 무슨 연유가 있겠다고 생각하고 김지녀를 살려내려고 맘먹었던것입니다.

≪여봐라.≫

≪예, 아씨께서 무슨 요긴한 분부가 있사옵니까?≫

≪다름아니라 분명 이 사람에게는 죄가 없은즉 그를 살려주고 너희들은 돌아가서 원에게 한강물에 처넣었다고 아뢰여라. 이 은전 100냥을 똑같이 나누어가지고 술소비나 하거라.≫

≪예, 그럼 그렇게 합시다.≫

은전 백냥에 눈이 뜨인 부하들이 인차 시키는대로 김지녀를 풀어놓고는 돌아거서 원에게 한강물에 처넣어 죽였다고 하자 큰 혹을 떼던진것처럼 원은 아주 흡족해하였습니다.

옥단처녀는 김지녀를 자기 집으로 데려다가 숨겨놓고는 사연을 물었습니다. 사연을 들은 옥단처녀는 저녁상을 푸짐하게 대접하고는 말하였습니다.

≪저 우리 집에 있으면서 마음놓고 공부를 하십시오. 저에게 그만한 뒤를 이어댈 돈은 얼마든지 있으니 그러다가 기회만 생기면 과거를 보면 되지 않습니까?≫

≪그런데 털면 먼지밖에 없는 저로서 또 원님을 노엽힌 죄까지 있는 제가 어떻게…≫

≪그런 말씀을 마시고 제가 시키는대로만 하면 됩니다.≫

옥단기생의 성심성의를 못이겨 그곳에서 일년 너머 공부를 한 김지녀는 옥단처녀가 꾸려준 보따리를 가지고 서울에 과거보러 떠났습니다. 그런데 과거보러 간 김지녀는 가져간 돈만 몽땅 쓰고 도루 거지가 되여 왔습니다.

≪아, 일없습니다. 절대 락심하지 마십시오. 금년에 안되면 래년이 있지 않습니까. 우리 집에 그냥 있으면서 공부를 좀더 잘하여 래년에 또 기회를 보면 되지 않습니까.≫

옥단처녀가 원망할 대신 이처럼 위로해주는데 더없이 감동된 김지녀는 다시 이 집에서 계속 글공부를 하기 시작하였습니다.

며칠이 지나자 또 화전놀이하는 날이 되였습니다.

이번에는 옥단처녀가 미리 귀띔해주면서 한편으로 위로해주었습니다.

≪서방님, 오늘 또 화전놀이를 하는 날인데 그 원님이 자시는것보다 못지 않은 음식과 좋은 옷들을 해드리겠으니 절대 그곳으로 오지 마십시오.≫

≪아, 그럼 그렇게 합시다.≫

옥단처녀는 정말 말대로 좋은 음식과 옷들을 마련해놓고 화전놀이터로 갔습니다. 한참 웃고 떠들며 노느라 야단법석이는 판인데 또 김지녀가 거지옷을 입고서 나타났습니다.

≪야, 리혈용아, 그래 정말 아직도 나를 모르겠느냐?≫

원이 보니 그전에 부하들이 가져다가 한강수에 처넣어 죽였다던 김지녀가 또 살아왔습니다.

≪이놈들, 이게 어떻게 된 일이냐?≫

성이 상투끝까지 오른 원이 령을 내려 사령을 붙들어내다가 곤장을 안기며 따졌습니다.

≪야, 이놈아, 작년에 죽었다던 김지녀가 어이하여 오늘 또 내앞에 나타났느냐?≫

얼벌한 곤장에 배겨낼수 없게 된 사령은 하는수없이 사실의 진상을 그대로 말하였습니다.

≪그럼 이번에는 저년까지 한데 꽁꽁 묶어서 수레에다 싣고 강으로 가되 북을 한번 치면 배에 실어 강에 들어서고 북을 두번 치게 되면 두놈을 다 강에다 처넣어라.≫

그리고는 또 죽이지 않을가봐 원이 직접 나서는데 필경 두사람의 목숨은 위태하였습니다.

어느새 첫 북소리가 나자 두사람을 실은 배는 물에 들어섰습니다. 옥단처녀가 생각해보니 물에다 처넣을 때까지 기다리기보다 자기절로 죽는것이 더 나을것 같아 치마폭을 올리쓰고 먼저 물에 뛰여들려는데 김지녀가 조용히 말하였습니다.

≪무슨 죄를 졌다고 자기절로 죽겠습니까? 물에다 처넣을 때까지 좀더 기다려 봅시다.≫

그래서 두번째 북소리가 나자 할수없이 또 강복판에까지 들어갔습니다. 이제 세번째 북소리만 나면 영낙없이 죽었다고 모두들 마음을 조이고있을 때였습니다.

≪암행어사 출두!≫

산을 울리는 쩌렁쩌렁한 호령소리와 함께 여기저기에서 육모방망이를 든 라졸들이 달려나오더니 그 원의 부하들을 때려눕히고 나중에는 원까지 꽁꽁 묶어 놓았습니다. 그런 다음 강복판에 들어간 배를 저어 나오게 했습니다. 거지옷차림을 한 이 김지녀가 기실 과거시험에서 언녕 좋은 성적으로 장원급제를 한 다음 암행어사가 되여 이렇게 변장을 하고 순시를 내려왔던것입니다.

≪여봐라.≫

≪에이.≫

≪저 원놈을 당장 배에다 실어서 죽여야 하느니라. 인제 첫북을 치면 강에 들어서고 두번째 북을 치면 강복판에 들어가되 세번째 북을 치면 물에 처넣어라.≫

≪예이.≫

암행어사의 령인지라 누가 감히 거역하겠습니까? 그래 인제 정말 북을 한번 치고 두개까지 친 다음 세번 북을 치려고 할 때 그래도 원래부터 마음씨 착한 김지녀가 량심의 말을 하였습니다.

≪네가 하는 행실을 봐서는 백번 죽어도 마땅하다. 그렇지만 어릴적에 맞절로 맺은 우리들의 우의를 봐서 차마 너를 못죽이겠다. 그럴진대 이번만은 너의 목숨을 살려주겠으니 이후에는 인간다운 량심부터 갖추고 올바르게 살아야 하느니라.≫

≪예, 천만지당한 말씀입니다. 소인은 꼭 명심하고 인간다운 량심으로 살아가겠습니다.≫

그래서 암앵어사인 김지녀의 령대로 강복판에 들어간 리혈용을 도루 실어내왔습니다. 그런데 죄는 죄대로 간다고 개였던 하늘에서 삽시에 검은 구름덩이가 모여들더니 요란한 천둥소리와 함께 생벼락이 내리쳐 리혈용은 그만 죽어버렸습니다.

그후 김지녀는 옥단처녀를 안해로 맞아들이고 나라정사를 잘 다스리며 행복한 새활을 누렸답니다.

김일범 구술 / 김광철 정리

보배독

옛날 한 고을에 생활이 아주 유족한 늙은 량주가 살았는데 늘그막에 요행 복딸을 하나 보았습니다.

그러던 딸애가 열한살 때 아버지가 세상을 하직하면서 어린딸에게 유언을 남기였습니다.

≪너는 비록 녀자애라고 하지만 우리 집의 대를 끊지 말고 조상으로부터 모아온 재산과 보물도 남한테 빼앗기지 말고 잘 지켜야 되기에 단단한 마음을 키워야 하느니라.≫

열세살되는 어린 나이에 량부모를 다 여윈 여자애는 몹시 서러웠으나 마음만은 모질게 먹고 어머니의 부탁대로 재산을 보호하며 늙은 젖어멈과 같이 생활을 유지해 나갔습니다. 열일곱살을 먹던 해에 생각밖에 늙은 젖어멈까지 세상을 뜨다나니 여자애가 혼자서 이 큰집을 지키며 살아가야 했습니다.

그러던 어느 하루 저녁이였습니다. 이전부터 이 집의 재산에 독을 들이고있던 세 도적이 이 집에 뛰여들었습니다.

언제나 밤이 되면 문을 꽁꽁 닫아걸고 쟁기를 머리맡에 놓고서야 겨우 잠을 자는 처녀인데 이날 밤도 잠이 들가말가할 때였습니다. 웬 사람들이 대문을 마구 두드리며 야단치더니 문마스는 소리와 함께 세 도적이 뛰여들어왔습니다. 처녀는 처음에는 좀 무서워 났으나 어머니의 말이 떠오르자 담량이 커졌습니다.

≪웬놈이 함부로 들어왔느냐? 당장 나가지 못할가?≫

연장을 쥐고 소리치며 달려나가 보니 다른 두놈은 진귀한 보물을 찾느라 정신 없고 한놈이 어정어정 여자애의 앞으로 다가오고있었습니다. 여자애는 연장으로 사정없이 그놈을 찔러서 죽여버렸습니다. 그런데 어느새 왔는지 다른 한놈이 뒤로 달려들어 여자애의 목을 칼로 찔러죽였습니다.

두 도적놈은 온 집안을 아무리 들춰보았지만 보물도 돈도 없었습니다. 있다는 재산은 너무 컸습니다. 그래서 두리번두리번 다시 돌아보다가 고방에 무져놓은 쌀마대를 발견하고 할수없이 쌀마대만 하나씩 메고 달아났습니다.

날이 밝아서야 이 소식을 알게 된 관가에서 사람을 파견해 조사해보니 일가친척 하나 없는 혈혈단신의 여자애인지라 초상을 치른다는것이 칼에 꽂힌 여자애의 시체를 큰 독에다 거꾸로 집어넣고 집울안의 짚낟가리속에다 대수 묻어놓았습니다. 이렇게 되여 이 집은 주인없는 빈집으로 되였습니다.

그런데 이처럼 훌륭한 집이 빈집으로 있으니 많은 사람들이 이 집을 욕심내고 찾아왔습니다. 그러나 이 집에서 하루저녁을 넘기는 사람이 없었습니다.

그것은 밤중만 되면 새하얀 옷을 입은 여자애가 머리를 풀어헤치고 목에다 칼을 꽂은채로 나타나기때문이였습니다. 그래서 모두들 질겁하여 쫓겨나오고말 았습니다.

이때 이곳을 지나가던 거지중의 상거지인 한사람이 아이 넷을 데리고 찾아왔습니다. 그들은 밤이면 남의 집 담밑에서 아니면 헛간에서도 하루밤을 보내는 형편인지라 이 고을을 지나가다가 소문을 듣고 그 집을 찾아 들어갔습니다.

그 사람이 먼저 혼자 척 들어가보니 쌀도 많고 집안도 어찌나 알뜰하게 꾸려놨는지 정신이 번쩍 드는것만 같았습니다.

그래서 아이들을 데리고 그 집에 들어가서 쌀을 퍼내여 밥을 지어 배불리 먹었더니 아이들은 취한듯 잠자리에 제가끔 곤드라졌습니다. 한참후에 그도 졸음이 밀려 소르르 잠이 들었습니다.

밤중이 되니까 정말 미모의 녀자애가 새까만 치마에 흰 저고리를 받쳐입고 단발을 해얹은 머리에 목에는 칼을 꽂고 나타나는것이였습니다. 이것을 본 그 사람도 막 기절할 지경이였습니다. 제꺽 일어나 정신차려 보니 꿈이였습니다.

(아, 이런 일이 있길래 모두 이 집에서 못살았구나. 그래 우리가 이 꿈을 꼭

이긴다면 이 집에서 계속 살수 있겠지.)

피뜩 이런 생각이 든 거지는 다시 잠들었습니다. 잠결에 그 녀자애가 또 나오더니 이렇게 말하였습니다.

《저를 무서워하지 마십시오 지금 저의 시체는 저 뒤울안의 큰 독안에 거꾸로 넣어있어서 꼼짝달싹도 못하여 대단히 불편합니다. 당신 저의 시체를 꺼내서 다른 곳에 잘 묻어준다면 그 은혜를 절대 잊지 않겠습니다.》

이튿날아침, 거지는 일어나자바람으로 온 울안을 다 찾아보았습니다. 과연 한구석 짚낟가리속에서 큰 독을 찾아냈습니다. 독을 열어보니 정말 목에 칼이 꽂힌 녀자애의 시체가 있었습니다. 비록 죽은 사람이지만 좀 편안하게 묻어줘야 겠다고 생각한 거지는 이웃에 가서 포목 한필을 꿔다가 옷 한 벌과 이불을 해서 시체를 꽁꽁 싸가지고 좋은 곳을 찾아 잘 묻어주었습니다. 그랬더니 그날 저녁에 는 그런 꿈이 오지 않고 다음날 저녁 꿈에는 곱게 옷을 차려입은 녀자애가 나타 나서 인사를 하는것이였습니다.

《당신의 덕분으로 저는 지금 좋은 곳에 자리잡고 편안하게 잘 지내고있습니 다. 그러니 당신이 이제는 이 집의 주인입니다. 래일아침 일찌기 뒤문을 열고 나가서 바깥문턱밑을 파게 되면 자그마한 독이 두개 있을것입니다. 한독에는 금 이 들어있고 다른 한독에는 은전이 가득할겁니다. 먼저 포목값을 인차 물어주십 시오.》

그래 이튿날 거지가 또 녀자애의 말대로 바깥문턱밑을 파보니 과연 자그마한 독이 두개 나왔는데 그안에 정말 금과 은전이 가득하였습니다. 그리하여 처녀애 의 부탁대로 포목값을 먼저 물어주었습니다.

며칠이 지난 어느날 밤중에 또 처녀애가 꿈에 나타났습니다.

《당신과 같은 착한분을 만났기에 인젠 저도 마음놓고 저승으로 명복을 누리 러 갈수 있게 되였습니다. 보물이라는건 찾지 않으면 페물로 되고맙니다. 우리 어머니가 계실 때 묻어놓은 우리 집의 유일한 보배독이 하나 있는데 그 보배독안 에 진귀한 보물들이 대단히 많습니다. 만약 그 보물을 가져다가 나라에 바치면 당신은 물론 저승에 간 저도 만복이 차례질것이고 그러찮으면 천벌을 받을것입 니다. 그럼 안녕히 계십시오. 저는 가겠습니다.》

아침에 일어난 거지가 또 그 녀자애가 가리키는 방향을 따라가서 파보니 정말

반들반들 윤기가 도는 보배독이 나오는데 그안에는 희귀한 보물들이 꼴딱하였습니다. 그리하여 녀자애의 부탁대로 보배독을 나라의 임금에게 가져다 바쳤습니다. 사실의 전후 과정을 들은 임금은 담대하고 선량한 거지에게 상금으로 금전 3천냥을 주었습니다.

거지는 그 금전을 가져다 부근의 가난한 사람들에게 나눠주고 그 집에서 처자들을 데리고 잘살았답니다.

조두남 구술 / 김광철 정리

단방귀 사시오

옛날 한 고을에 부자집 아이와 가난한 집 아이가 서로 앞뒤집에서 살았습니다.

뒤집의 가난한 아이는 앓는 어머니까지 모셔야 하기에 날마다 쪽지게를 지고 산에 가서 나무를 해다 팔아서 겨우 근근득식하지 않으면 안되였습니다.

섣달 그믐날이였습니다. 앞집부자집에서는 설준비를 굉장하게 하느라 야단인데 돈 한푼 없는데다 때거리마저 떨어져 칼날같은 추위도 무릅쓰고 산으로 나무하러 떠나야 할 가난한 아이는 치밀어오르는 설음을 삼키며 맥없이 터벅터벅 산으로 올라가고있었습니다.

가난한 아이가 가다보니 웬 배나무 한그루가 길옆에 서있는데 앙상한 가지에 언배 두개가 달려있었습니다. 그는 배나무에 올라가 배를 따면서 큰것을 설날 아침에 어머니께 대접하고 작은것은 자기가 먹어야 되겠다고 생각하였습니다.

그런데 한참 나무를 하고나니 너무도 배가 고파서 자기가 먹자던 작은 배를 조금 뜯어서 먹었습니다. 먹어보니 생전 처음 맛보는 맛이여서 그만 자기것을 다 먹고 어머니께 드리려던 배마저 다 먹어버리고말았습니다. 그랬더니 갑자기 눈앞이 아물거리고 세상이 녹두알만 하게 보이더니 그만 온몸이 나른해지면서 달콤한 꿈나라에 들어갔습니다.

한창 달게 자는데 갑자기 눈앞에 백발로인이 나타나더니 그에게 말했습니다.

《네가 금방 먹은 배 두 개는 너를 불쌍히 여겨 내가 준것인데 내 시키는대로 하면 복을 누릴것이다. 그러니 내 시키는대로 하게겠느냐?》

《예, 로인님의 분부대로 꼭 하겠습니다. 어서 말씀하십시오.》

《그럼 좋다. 래일은 정월 초하루날인데 거리에 나가서 <단방귀 사시오.>라고 소리치며 돌아다니면 운이 트이니라.》

깨여나 보니 꿈이였습니다. 그래 집에 와서 어머니에게 산에서 있은 사실을 이야기하였습니다.

《보통날도 아닌 정월 초하루날에 나가서 그런 일을 하다니 내 살아있는 한 절대 그런 일을 할수 없다.》

어머니는 어린 아들애의 손목을 꼭잡고 빌다싶이 사정하였습니다. 그러나 아이는 백발로인의 말을 굳게 믿고 이튿날새벽 어머니 모르게 지게를 지고 백발로인이 시키는대로 거리에 나가 《단방귀 사시오.》 하며 돌아다녔습니다.

이때 마침 임금이 급병을 앓고있었는데 백약이 무효라 아무리 맛있는 음식도 입에 대지 않고있다가 정월 초하루날에 《단방귀 사시오》 라는 소리를 듣더니 무슨 맛있는 음식을 파는가싶어 하인을 시켜 아이를 데려다 물었습니다. 아이가 하는 말이 자기는 홀어머니를 모시고 사는데 어제 때거리가 없어 나무하러 갔다가 여차여차한 일이 있어 오늘 이렇게 왔다고 사실대로 말하였습니다.

《그래 단방귀라니 어디 있느냐?》

《저한테 있습니다.》

《그럼 한번 단방귀맛을 보자.》

그래서 아이가 임금의 입에다 대고 방귀를 뀌니 임금은 불시에 정신이 번쩍 났습니다. 맛을 들인 임금이 그 아이의 배안에 있는 방귀를 다 먹었더니 그만 병은 씻은듯이 다 나았고 10년이상은 젊어진듯싶었습니다.

《생각잖던 병을 뗏는데 값을 얼마나 달라느냐?》

《소인은 돈도 모르고 아무것도 모르니 그저 임금님께서 알아서 주시도록 하십시오.》

《음, 그래?》

임금이 들어보니 그 아이가 과연 똑똑하고도 착한 아이였습니다. 그래 하인을 시켜 당나귀등에 큰 돈꾸레미를 실어주면서 말하였습니다.

≪적은 돈이지만 이것을 가지고 외로운 어머니를 잘 모시고 행복하게 살아라.≫

돈을 가지고 돌아온 아이는 궁궐같은 집을 짓고 호의호식하며 어머니를 잘 모시고 가난한 사람들을 돌봐주면서 행복한 생활을 누려갔습니다.

그런데 앞집의 부자집 아이가 볼라니 며칠사이에 가난한 아이가 부자가 됐는데 자기보다 더 큰 부자였습니다. 그리하여 전에는 왼눈으로 거들떠도 보지 않던 것이 가난한 아이한테 찾아와서 어떻게 부자가 됐는가 알려달라고 손이야 발이야 빌며 사정하였습니다.

≪넌 그렇게 많은 돈을 가지고도 또 무엇이 모자라서 알려고 그러니?≫

≪아니야. 그까짓걸 가지고는 대부자가 되자면 아직도 멀었지.≫

≪그래, 그렇다면 알려주마. 참콩 한함지를 물에 불구었다가 갈아서 그 콩물을 배가 자라는대로 다 마시고 내가 다니던 거리에 가서 <단방귀 사시오.> 라고 소리치면서 돌아다니면 될거다.≫

≪그럼 그렇겠지. 내가 이제 대부자가 되어오는걸 봐라.≫

부자집 아이는 집에 가자바람으로 뒤집 아이가 시킨대로 하루종일 콩물을 마시고 마시고 또 마셨습니다. 그리고는 큼직한 돈꾸레미를 그려보며 ≪단방귀 사시오.≫ 라고 고래고래 소리치면서 돌아다녔습니다.

임금이 들어보니 또 어디서 ≪단방귀 사시오.≫ 라고 하니 그전번에 먹어보고 맛을 단단히 들였는지라 하인을 시켜 불러들였습니다. 그리고 이번에는 좀더 맛있게 많이 먹겠다고 꽃방석까지 깔고 앉아서 단방귀를 먹으려 입을 들이댔습니다. 그런데 단방귀는 고사하고 웬걸 역한 구린내를 풍기는 똥물이 임금의 얼굴에 들씌웠습니다. 성이 상투끝까지 올리뻗친 임금은 곤장 200개를 쳐서 부자집 아이를 쫓아냈습니다.

그리하여 돈밖에 모르는 부자집 아이는 부자가 되기는커녕 네각이 불러지게 죽도록 얻어맞았답니다.

김봉한 구술 / 김광철 정리

두꺼비와 처녀애

옛날 한 시골에 어머니, 아버지, 딸 이렇게 세식구가 사는 가정이 있었는데 생활이 매우 구차하였습니다.

부모들이 년세가 많아 힘드는 일을 못하게 되자 매일 처녀애가 산나물을 캐다가 끓여서는 국삼아 밥삼아 때를 에우면서 세식구는 겨우 생계를 유지했습니다.

어느날, 처녀애가 산나물을 캐가지고 집으로 가려는데 어디서 자그마한 두꺼비 한마리가 팔딱팔딱 뛰여서 처녀애의 치마폭에 달랑 매달리는것이였습니다.

≪두꺼비야, 나는 인젠 나물도 다 캐고 날도 저물어 집으로 가야 하니 너도 내려서 집으로 가거라.≫

그러나 두꺼비는 치마폭에 매달리여 떨어지지 않았습니다. 처녀애가 보니 참 이상하게도 어딘가 측은한 생각이 들었습니다.

≪두꺼비야, 그럼 나와 함께 우리 집에 가자.≫

처녀애는 두꺼비를 치마폭에 싸서 집으로 데려와 자기에게 차려진 몫을 같이 나누어먹으면서 한 3년을 길렀습니다.

이 마을 산너머 동굴에는 천년묵은 지네가 있는데 마을에 내려와 처녀들을 잡아가고 사람과 가축을 늘 해치군 하였습니다. 그래서 마을에서는 ≪구신제≫를 지냈는데 말하자면 허물도 없고 인물이 제일 고운 처녀애를 일년에 하나씩 사가지고 산너머 천년묵은 지네에게 바치는것이였습니다.

쪼들린 살림에 날이 갈수록 부모의 얼굴이 수척해져가는것을 그저 보고만 있을수 없어 처녀애는 자식으로서 부모들에게 낳아서 키워준 은정을 보답하려고 모진 마음을 먹었습니다. 그래서 부모들 모르게 자기 몸을 벼 열섬에 팔기로 구신군들과 약속하였습니다.

≪년로하신 어머니, 아버지께서 이제 앉으면 몇해나 더 앉겠습니까? 또 그나마 입에 풀칠하기조차 어려우니 이 한몸 바치더라도 부모님들께서 남부럽잖게 유족한 만년을 편안히 지낼수만 있다면 자식된 저로서도 더없는 행복으로 압니다.≫

이렇게 말한 처녀애는 벼 열섬을 집에 가져다놓은후 아무날 가기로 정하였습니다.

떠나는 날 처녀애가 두꺼비에게 작별인사를 하였습니다.

≪인젠 아무래도 나는 저 먼곳으로 가게 되는데 네나 우리 어머니, 아버지를 잘 지키며 있거라.≫

그런데 두꺼비가 그냥 따라나서며 처녀애의 옷깃에 매달려 떨어지지 않았습니다. 그래 처녀애가 할수없이 품속에 꼭 껴안고 떠나갔습니다.

구신군들을 따라가고 가니까 큼직한 산굴이 있는데 구신군들은 처녀를 굴에다 밀어넣더니 돌아가버렸습다. 하여 처녀애는 눈을 지그시 감고 지네가 와서 잡아먹기만 기다렸습니다.

밤중이 되니 요란한 소리와 함께 커다란 늙은 지네가 기여나오더니 처녀를 향해 독을 뿜기 시작하였습니다. 이때 옆에서 보고만 있던 두꺼비가 어느새 살금살금 기여나오더니 전신의 힘을 다 모아서 불시에 시뿌옇고도 역한 독김을 지네에게 맞받아 뿜었습니다. 그랬더니 늙은 지네는 쿵하고 괴상한소리를 지르면서 쭉 뻐드러져 죽어버렸습니다.

이렇게 구사일생으로 살아난 처녀애는 너무도 좋아서 두꺼비를 꼭 안고 부지런히 집으로 돌아왔습니다. 하지만 너무도 기진맥진하여 두꺼비는 그만 꼼짝하지 못하였습니다. 처녀애가 별의별 좋은 음식을 다 얻어다 먹였지만 원기를 다 뺀 두꺼비 일어서지 못하였습니다.

≪너 때문에 내가 살았는데 네가 죽으면 난 어찌겠니? 네가 죽지 말고 계속 나와 같이 살아야지. 엉엉…≫

아무리 처녀애가 땅을 치며 울어도 이미 잘못된 두꺼비는 조용히 눈을 감고말았습니다. 처녀애는 두꺼비를 마을앞 양지쪽에다 잘 묻고 큼직한 돌비석까지 세워주었습니다. 그리고는 매일 밥을 해가지고 가서 제를 지냈습니다.

그랬더니 일년후에 또 두꺼비새끼 한 마리가 폴짝이며 처녀애네 집으로 찾아왔습니다. 그리하여 원래는 해마다 고운 처녀애를 꼭꼭 바쳐야 되던것이 늙은 지네가 죽고 또 새끼두꺼비가 와서 지켜준 뒤로는 다시는 지네의 해를 입지 않고 모두 편안히 살아갈수 있었답니다.

그래서 지금도 ≪두꺼비를 못살게 굴면 어느때든 꼭 죄를 만난다.≫는 말이 전해지고있답니다.

조두남 구술 / 김광철 정리

나도밤나무

까치박달나무(물박달나무)를 ≪나도밤나무≫라고도 부르는데 여기에는 이런 이야기가 전해지고있습니다.

옛날 한 고을에 률곡선생이라는분이 살고있었습니다.

하루는 늙은 도사가 이 고을을 지나게 되였는데 률곡선생을 보더니 이렇게 말하였습니다.

≪당신은 앞으로 크게 출세할 사람인데 불행하게도 몇년후 어느달 어느날이면 필경 범에게 잡혀갈 팔자로구만.≫

당황해난 률곡선생은

≪도사님, 그러면 어떻게 해야 해를 모면할수 있겠습니까?≫하고 다그쳐 물었습니다.

그러니 도사가

≪방법은 하나 있는데 할수 있겠는지…≫ 하며 머리를 기웃거리는것이였습니다.

≪사람이 하는 일이면 무슨 일이나 다하겠으니 어서 방법을 가르쳐주십시오.≫라고 률곡선생은 애타게 사정했습니다.

≪정 그렇다면 좋네. 그럼 래일부터 급히 밤나무 천그루를 구해 앞마당에 원을 지어 심어놓되 달린 밤이나 떨어진 밤을 한알도 다치지 말고 그것들이 싹터 다시 자라나 숲을 이룰 때까지 어떤 짐승도 침범치 못하게 해야 하네. 그다음 모년 모월 모일이 되면 당신이 그 밤나무 숲우에 올라가 계시면 꼭 무사할거네.≫ 하고 알려준 도사는 어디론지 가버렸습니다.

그리하여 률곡선생은 이튿날부터 밤나무를 구하여 마당에다 심기 시작했습니다. 그러나 구하고 구하다 마지막 한대를 구하지 못해 하는수없이 뜰안에 있는 까치박달나무를 옮겨다 수를 채웠습니다.

세월이 바뀌면서 밤나무가지마다에 무수한 열매가 맺혔다가는 떨어지고 떨어지면서 싹터 자라고 하여 몇년만에는 과연 빽빽한 밤나무가시울타리로 되였습니다.

점심때쯤 되니 과연 도사의 말과 같이 황소같은 호랑이 한 마리가 산에서 뛰여내려오더니 곧추 률곡선생의 집으로 덮치는것이였습니다. 그러다 나무우에 있는 률곡선생을 발견하고는 몸을 솟구쳐 나무우로 덮치는것이였습니다. 하지만 연거퍼 몇번이나 뛰여올았으나 번마다 밤나무가시에 찍혀 떨어지군 했습니다.

호랑이는 두눈에 시퍼런 불을 켜고 펄펄 날뛰였습니다. 그래도 방법이 없게 되자 률곡선생이 옮겨앉은 나무구루를 따라 빙빙 돌아칠뿐이였습니다. 그러다가 마침 까치박달나무에 률곡선생이 옮겨앉자 이때라 하고 호렁이가 휙 달려드는데 뜻밖에도 까치박달나무가 ≪나도밤나무다≫하고 웨치며 내리치는바람에 호랑이는 질겁해 도망치고말았습니다.

이때로부터 사람들은 까치박달나무를 ≪나도밤나무≫라고 부르게 되였습니다.

그리고 률곡(栗谷)이라 부르는것도 밤나무때문에 살았으므로 그렇게 부른다고 합니다.

한상국 구술 / 정귀섭 정리

힘장사와 농부

옛날 한 고장에 집채같은 바위돌도 버쩍 든다는 힘장사가 살았습니다. 힘장사는 자기 힘만 믿고 가는 곳마다 행패를 부렸습니다. 그래서 이고장 사람들은 모두 그를 무서워 피해 다녔습니다. 그러니 그는 더욱 우쭐대며 이고장에는 자기 힘을 당할 사람이 없다면서 다른 고장으로 힘겨루러 떠났습니다.

조선팔도를 다 돌았지만 그와 힘겨루어 볼 사람은 없었습니다.

힘자랑 해볼 곳이 없어 힘자랑도 못해보고 집으로 돌아오던 그는 기분 없이 앞산기슭 너럭바위우에 앉아서 애꿎은 엽초만 태우고있었습니다.

이때는 여름철이라 온몸에 땀이 나 옷이 몸에 딱 붙었는데 갑자기 무엇이 등을 근질근질하게 깨무는것이였습니다. 그러지 않아도 분풀이 할곳이 없어 씩씩거리던참이라 웃옷을 와락 벗고 헤쳐보니 콩알만한 이 한마리가 벌벌 기여가고있었습니다.

≪이놈 잘됐다. 네놈이 감히 이 어른을 물어, 어디 죽어봐라.≫

힘장사는 자기가 앉았던 바위우에 이를 올려놓고 옆에 있는 큼직한 바위를 들어 힘있는대로 내리쳤습니다.

≪네놈이 인젠 죽었겠지!≫ 하고 그 자리를 들여다보니 이는 죽지 않고 돌부스러기속에서 벌벌 기여나오는것이였습니다.

≪엉, 죽지 않았어?≫

힘장사는 끔쩍 놀랐습니다. 이가 이처럼 센줄은 정말 몰랐습니다. 악에 바친 힘장사는 다시 바위를 들어 정신없이 내리치기 시작했습니다. 얼마나 쳤던지 큼직한 바위는 가루가 되였습니다. 인젠 영낙없이 죽었겠지 하고 돌가루를 헤치고보니 글쎄 이란 놈이 죽기는커녕 또 돌가루속을 헤치고 벌벌 기여나오는것이였습니다.

≪이크, 이놈이 아직도 안 죽었구나!≫

초풍할 지경으로 놀란 힘장사는 멍하니 들여다보다가 인젠 힘겨뤄볼 대상이 나섰구나싶어 손에 침을 뱉어서는 씩씩 비비고서 전보다 더 큰 바위 하나를 찾아들었습니다.

이때 길가던 농부가 이 광경을 보고 옆에 와서 물었습니다.

≪여보 힘장사, 무었을 하고있소?≫

≪이를 죽이오.≫하고 힘장사는 바위를 추켜들어 이를 내리 치려 했습니다.

≪뭐, 이를 죽인다구?≫

농부가 자세히 들여다보니 과연 큼직한 이 한마리가 벌벌 기여다니고있었습니다.

≪그래 그런 바위로 요렇게 쬐꼬마한 이를 죽이려고 그러오?≫하고 농부가 물었습니다.

≪말도 마오. 내 바위돌이 가루나도록 내리쳤지만 죽지 않았다오.≫

≪그렇소, 그럼 내 죽이는걸 보오.≫

농부는 말을 마치자 손톱으로 슬쩍 눌러죽이는것이였습니다. 그리고는 두말 없이 갈길을 가버렸습니다.

힘장사는 그만 눈이 퉁사발이 되여 농부의 뒤모습만 쳐다볼뿐 아무 말도 못했습니다.

≪야, 저리도 힘셀 변이라구야! 내가 바위돌로도 죽이지 못하는 이를 손톱으로 죽이다니, 저런 힘장사도 농사짓고 사는데 나도 돌아가 농사나 짓자.≫

힘장사는 들었던 바위돌을 내동댕이치고 집으로 돌아와 다시는 제노라 우쭐거리지 않고 부지런히 농사를 지으며 살았다고 합니다.

한성국 구술 / 정귀섭 정리

량반과 쥐량반

옛날, 어느 한 곳에 한 량반이 살고있었습니다. 그에게는 손톱과 발톱을 깎아서는 자리밑에 넣어두는 버릇이 있었습니다. 그런데 넣어두는 날 밤이면 늙은 쥐가 나와서 그것을 먹어치우군 했습니다. 량반은 그것도 한 개 재미로 여기고 계속 넣어두군 했습니다.

어느 하루밤이였습니다. 량반이 매일 집에 앉아있기가 답답하여 바람도 쏘일겸 마을밖에 나가 소풍하고 돌아오니 자기와 꼭같이 생긴 사람이 자리에 앉아있지 않겠습니까.

가짜량반의 웨침소리를 듣고 온 집안사람들이 다 모여왔습니다.

≪저놈은 어데서 온 고약한놈인지 당장 내쫓아라!≫

≪당신은 누군데 남의 자리를 빼앗아 앉았소?≫ 하고 주인량반이 물었습니다.

≪하! 별놈의 꼴을 다 보겠네. 넌 누군데 내 자리를 빼앗으려 드는거냐, 응? 애들아, 저놈을 당장 내쫓아라!≫

가짜량반은 기고만장해서 어깨를 으쓱으쓱 솟구었습니다. 영문을 모르는 하인들은 량반의 령인지라 달려와 내쫓으려 했습니다. 노한 주인량반은 버럭 웨쳤습니다.

《네 이놈들 눈이 멀었느냐? 주인도 못 알아보고 함부로 어데다 손을 대려는거냐? 썩 물러서지 못할가!》

그의 소리에 놀라 자세히 처다보니 과연 그것도 주인이라 모두 이러지도 못하고 저러지도 못하고있었습니다. 두 량반은 서로 주인이라고 목에 피대까지 세워가며 다투었으나 결론이 나지 않았습니다.

《네가 주인이라면 좋다. 그럼 이 집에 쌀뒤주가 몇이고 쌀이 얼마나 있느냐? 말해봐라.》

이 말에 주인은 기가 죽고말았습니다. 매일 틀고앉아 입혀주는 옷을 입고 턱밑까지 받쳐주는 밥을 먹고 살아온 그는 그런 일에 대해서는 깜깜이였습니다. 하여 꺽꺽거리며 하나도 대지 못했습니다. 가짜량반은 일이 뜻대로 되는지라 더욱 득의양양하여 조금도

어김없이 알아맞히었습니다.

일이 이 지경이 되니 옆에서 구경만 하고 서있던 집안사람들도 가짜량반을 진짜로 여기고 주인량반을 쫓아냈습니다.

쫓겨난 량반은 억울하기 그지없었습니다. 부인도 자식도 자기의 친인을 알아보지 못하고 쫓아내니 그 어데다 말해도 소용이 없을것만은 뻔한 일이였습니다. 이렇게 된 량반은

(믿을 곳도 갈곳도 없이 살아서는 무엇하랴. 차라리 죽어버리는것이 나을것이다.)고 생각하곤 죽으려고 깊은 산속을 향해 정처없이 들어갔습니다.

얼마나 걸었는지 날은 저물어 가던길마저 잊어버리고 사처로 헤매고 다니다가 갑자기 멀지 않는 곳에서 등불이 반짝이는걸 발견했습니다. 무언중 량반은 불빛이 있는 곳으로 찾아갔습니다.

《주인 계십니까?》 량반이 문을 두드리며 물었습니다. 집안에서 한 녀인의 목소리가 들려왔습니다.

《어데서 오시는분이신데 밤중에 이 무인지경으로 찾아오셨습니까?》

《예, 길을 가다 날이 저물어 하루 묵으려 하는데 어떠한지요?》 하니 그 녀인이 두말없이 문을 열어주는것이였습니다.

이튿날아침이였습니다. 녀인은 따뜻한 음식을 맛있게 해들고 왔습니다. 비록 변변치 않은 살림이였으나 대접이 따뜻하고 친절히 대해주기에 갈곳없이 헤매기보다 나으리라 생각하고 또 하루 묵었습니다. 이튿날 역시 마찬가지로 잘 대해주기에

≪난 여기서 며칠 더 묵었으면 하는데 될수 없습니까?≫ 하고 량반이 물었더니 녀인은 두말없이 좋도록 하라는것이였습니다. 이렇게 하루 이틀 묵다보니 정도 들고 갈길도 없고 하여 아예 자기가 집떠나게 된 연고를 녀인에게 이야기하고는

≪당신도 임자없는 사람이고 나도 믿을곳 없는 사람이니 영 같이 사는것이 어떻겠소?≫하고 말했습니다. 그랬더니 녀인은 역시 쾌히 승낙하는것이였습니다.

이리하여 그들은 부부를 맺고 살다가 부인이 잉태하여 어린애를 낳았는데 꼭 마치 범새끼같았습니다. 하지만 그것도 자기의 자식이라고 살뜰히 보살펴 키웠습니다.

이력저럭 몇해가 지난 어느날이였습니다. 아침식사를 끝마친 량반은 후처를 앉혀놓고 이야기했습니다.

≪우리 서로 만난지도 인제는 수년간이 되었는데 그동안 나 때문에 많이 수고했소. 헌데 당신도 알다싶이 나에게는 수년간 갈라진 자식이 있으니 한번 가보려고 하는데 어떻겠소?≫

≪제자식이 누가 그립지 않겠습니까? 내 걱정은 말고 가보십시오.≫ 하며 녀인은 품에 안았던 어린애를 넘겨주며 계속 말을 이었습니다.

≪당신이 가시려거든 이 애도 데리고 가십시오.≫

남편은 어린애를 받아안으며

≪헌데 우리 이 애를 수년간 기르면서 이름도 지어주지 않았는데 오늘 애이름이나 지어줘야 하지 않겠소?≫ 하고 말했습니다.

≪당신은 <고>가고 나는 <양>가이니 둘의 성을 합쳐 <고양>이라 부르면 어떻겠습니까?≫

≪그것도 괜찮은 생각이요. 몇년간 인연도 잊지 않을겸 <고양>이라 부르기오.≫

≪그럼 난 떠나겠소. 당신도 부디 몸조심하오.≫

이리하여 량반은 다시 먼길을 걸어 집으로 돌아왔습니다.

집대문을 들어서는 량반을 보고 깜짝 놀란 가짜량반은

≪야! 저놈이 또 왔다. 어서들 저놈을 쫓아내라! 당장 쫓아내라!≫ 하며 날뛰였습니다.

주인량반도 더는 숙어들려 하지 않고 다짜고짜로 가짜량반의 목덜미를 거머쥐고 일쿴습니다. 이렇게 두 량반이 밀치고 닥치고 하는데 주인의 품속에 들었던 고양이 훌쩍 뛰여나오며서 가짜량반의 멱살을 물어재꼈습니다. 이 돌연적인 습격에 가짜량반은 어찌지 못하고 물리워 땅바닥에 쭉 늘어져 죽었습니다.

늘어진것을 본 순간 모두 놀라지 않을수 없었습니다. 몇년간 량반으로만 믿고 모신것이량반이 아니라 이전에 손톱, 발톱만 먹던 백년묵은 쥐였으니까요.

이 정경을 죄다 보고난 부인과 자식들은 털썩 량반의 앞에 엎드리더니 자기들의 지나간 잘못을 용서해달라고 빌었습니다.

수년간 갈라졌던 가정은 고양의 덕분에 다시 모여 행복하게 살게 되였습니다. 후에 사람들은 ≪고양≫을 부르기 좋게 ≪고양이≫라 불렀으며 우대해주었습니다.

이런 사연으로 하여 오늘날까지 고양이는 쥐와 원쑤로 되였다 합니다.

심도은 수굴 / 정귀섭 정리

무능한 원

옛날 어느 한 고을에 애비의 권세를 물려받아 고을 홍부가 된 원이 있었습니다. 무능하기로 제앞처리도 못하는 주제에 우쭐거리기는 당초에 말이 아니였습니다.

어느 하번은 이런 일이 있었습니다. 이 고을에서 살고있는 한 농부가 수년간 부지런히 일하고 한푼두푼 아끼고 절약하여 송아지 한마리를 샀습니다.

농부의 알뜰살뜰한 보살핌으로 송아지는 아주 빨리 부림소로 자라 며칠후이면 봄밭갈이를 하게 되였습니다.

그런데 들에 내다 매놓은 소가 이웃집의 뜨개소에게 박히여 죽어버릴줄이야 누가 알았겠습니까? 하도 기가 막혀 죄없는 엽초만 빠질빠질 태우고 죽은 소만 쳐다보고있던 농부는 다만 송아지 값이라도 받아보려고 뜨개소의 주인을 찾아 갔습니다.

그러나 짐승이 저지른 일이라 공손히 소값을 내놓을리 만무했습니다. 그리허여 한사람은 소값을 내놓으라니 한사람은 낼수 없다느니 하며 진종일 말씨름을 했어도 문제를 해결하지 못하고 고을 원님을 찾아갔습니다.

≪고명하신 원님, 몇년전 소인이 송아지 한마리를 사서 키웠었는데 뜻밖에도 이 집 소에게 박혀죽었는데 송아지 값이라도 받아야 하지 않겠습니까? 헌데 이 사람이 한사코 주려하지 않으니 고명하신 원님께서 공평한 재판을 해주시기를 바랍니다.≫하고 소 죽은 집주인이 송사했습니다.

≪고명하신 원님, 소인집 소가 비록 남의 소를 떠박아 죽이기는 했으나 필경 짐승의 저지른 일이지 소인이 시켜 한 일이겠습니까? 이렇다고 소인더러 소값을 내라고 하니 어이 될말입니까?≫ 하고 뜨개소주인도 지려하지 않았습니다.

≪음, 그래…이런 연고로 예까지 찾아왔느뇨?≫

말은 비록 시작했으나 애비의 유산으로 흥탕망탕 거들먹거리며 살아온 원님이 언제 이런 일까지 생각해봤겠습니까? 반나절이나 끙끙거리며 궁리했으나 수가 나지 않아 하는수없이

≪이만하면 알만하다. 래일아침 다시 오너라.≫ 하고 미루어버렸습니다.

두 농부가 물러가자 원님이 인차 내당으로 들어가 사연을 이야기했더니 눈만 깜빡이며 듣던 아들이 여차여차하면 되지 않습니까 하는것이였습니다. 그 말을 듣고보니 과연 그럴상싶었습니다.

이튿날이였습니다. 두 농부는 또 원님의 앞에 와 납죽 엎드려 판결을 기다렸습니다.

≪여봐라, 듣거라. 그런 일쯤은 별문제 없느니라. 그 죽은 소가죽을 벗겨 나라에 바치고 고기와 뼈 내장을 판돈으로 송아지 한마리를 사서 2~3년 키우면 큰소가 될게 아니냐?≫ 원님은 밤새 외워뒀던 말을 어린애 ≪가, 갸, 거, 겨≫를 외우듯 줄줄 외워댔습니다.

농부가 들어보니 그것도 그럴상싶어 감사하다 칭송하고 물러나갔습니다.

일을 깨끗이 잘 처리했다고 느낀 원님은 제절로 큰일이나 한것처럼 더욱 시뚝거렸습니다.

며칠이 지난 어느날이였습니다. 이 고을에 아버지를 일찍 여의고 어머님을 믿고 근근득식하며 살아가는 두 형제가 있었는데 그들 어머니가 일을 끝내고 돌아오는 길에 망나니들의 싸움판을 만나 그곳을 피해가려고 돌아서는 순간 공교롭게도 날아가는 돌멩이에 얻어맞아 세상을 떴습니다. 두 형제가 어머니를 찾아갔을 때는 망나니들이 이미 달아나고 살인흉수를 잡을만한 근거도 없었습니다. 하는수없이 원님을 찾아가 사연을 이야기했습니다.

두 형제의 말을 다 듣고난 원님은 전번 소사건을 처리한 경험이 있는지라 더 들어보지도 않고 대수롭지도 않게 뇌까렸습니다.

《너들 듣거라. 그런 일쯤은 별문제 없느니라. 너 죽은 에미 가죽을 벗겨 나라에 바치고 고기와 뼈 내장을 팔아 계집애를 하나 사거라. 그 계집애 석삼년 자라면 에미가 될게 아니냐? 어서 돌아가서 그렇게 하거라.》

《……》

하도 터무니없는 말에 두 형제는 아무 말도 못하고 물러나오고말았습니다.

리정옥 구술 / 정귀섭 정리

버섯은 왜 하루 피고 질가요?

지붕우에 피는 버섯은 하루 피였다가 저녁이면 그 자리에서 폭 썩고만답니다. 왜 그럴가요? 여기엔 이런 이야기가 깃들어있답니다.

옛날 한 마을에 가난한 선비가 살고있었습니다. 집은 형편없이 가난하지만 선비는 붓대를 들고 가마에 들어갈 쌀이 없어도 땔나무가 없어도 관계를 하지 않고 매일 들어앉아 공부만 하였습니다. 하는수없이 안해가 들에 가서 피를 훑어다가 겨우겨우 살아갔답니다. 그러나 남편은 피밥이면 피밥, 된장이면 된장, 그저 주는대로 먹고 3년만에는 과거시험에 장원급제를 하겠다면서 큰 결심을 먹고 공부에만 열중하였습니다. 안해도 고생스럽지만 남편의 결심이 크니 모진 고생을 참으면서 매일매일 피훑으러 다녔습니다.

그러던 어느날이였습니다. 아침에 안해는 전날 훑어온 피를 가마에 쪄서 마당에 널어놓고 또 피훑으러 가면서 남편에게

≪여보세요, 내 오늘 멀리 가니 제때에 돌아올것 같지 못합니다. 그러니 만약 비가 오면 인차 저 피를 걷어 들이세요.≫ 하고 일렀습니다.

점심때쯤 되여 과연 소낙비가 내려 퍼붓기에 안해는 아침에 남편에게 부탁은 했지만 그래도 근심되여 정신없이 집으로 달려왔습니다. 와보니 아니나 다를가 멍석은 멍석대로 비에 젖어있고 피는 물에 몽땅 씻겨가고말았습니다. 그런데도 남편은 비가 오는지 피가 씻겨갔는지 세상모르고 공부만 하더랍니다. 너무도 억울하고 속이 타서 남편을 원망했건만 남편은 ≪거참, 난 몰랐지.≫ 하고 한마디 할뿐 계속 공부만 하더랍니다.

안해는 그날 밤 자리에 누워서 아무리 생각해도 이런 남편을 믿고 살것 같지 못했습니다. 장원급제가 아니라 임금이 된대도 반가울것 같지 않았습니다. 그래서 그 이튿날 새벽에 간다온다 소리없이 집을 떠났습니다.

아침에 피죽이래도 끓여주겠는가고 남편은 아무리 기다려도 소식이 없었습니다. 그래 아랫방으로 내려가보니 안해는 가버리고 없었습니다. 그래도 남편은 또다시 자기 방으로 돌아가 공부를 했습니다. 다행히 옆집 할머니가 알고 때식을 끓여도 주고 가져다도 주고 하여 겨우 그럭저럭 살아갈수 있었습니다.

삼년이 되여 선비는 서울에 가서 과거시험을 쳤는데 뜻대로 통과하였습니다. 이렇게 되여 선비는 한 고을의 원이 되여 벼슬하러 가는 길에 자기마을에 들렀습니다. 원이 자기를 보살펴준 할머니를 모시고 나오다가 산굽이를 넘어가는데 멀지 않은 논판에서 자기의 안해가 피를 훑고있는것이 보였습니다.

그 녀자는 산너머 마을로 시집갔는데 이번에는 술주정뱅이 남편을 만나 역시 피를 훑지 않으면 살아갈수 없었습니다. 남자가 보니 그 녀자인지라 하인들을 시켜 이런 노래를 부르게 하였습니다.

≪도랑건너 저 마누라

오나가나 갱피 훑네.≫

녀인이 들어보니 자기에게 하는 노래라 고개를 들고 보니 자기의 본남편이 가마에 앉아 자기를 내려다보고있었습니다. 녀인은 피광주리를 던져버리고 부랴부랴 달려나와 엎드려 울면서 사정했습니다.

≪서방님, 제발 옛정을 생각해서 저를 데려가십시오.≫

본남편이 놀라 내려다보니 옛안해였습니다. ≪불을 때고 마당을 쓸더라도 서방님을 따라가겠습니다.≫

그러니 본남편이 하는 말이 그럼 마을에 가서 물 한동이를 떠오라고 했습니다. 녀인은 너무도 기뻐 부리나케 마을에 내려가 물 한동이를 이고 왔습니다. 그런데 이번에는 땅에 쏟았다가 다시 담으라는것이였습니다. 그러나 쏟은 물을 어떻게 담겠습니까? 녀인은 그만 실망하여 그 자리에 쓰러져 대성통곡을 하였습니다.

≪당신은 저 쏟은 물과 같소. 오나가나 피훑을 신세니 날 따라갈수 없소.≫

본남편은 이 한마디를 남기고는 가마를 타고 왈랑절랑 떠나가버렸습니다.

녀인은 너무도 안타까와 통곡하며 가마뒤를 따라갔으나 본남편은 다시 뒤도 돌아보지 않았습니다. 녀인은 정신없이 따라가다가 길옆 오두막우에 올라가서 안보일 때까지 보고보고 또 보다가 그 자리에 쓰러져 죽었답니다. 얼마나 속이 타고 타서 죽었는지 그날 저녁으로 썩어버렸답니다. 그 이튿날 그 자리에서 버섯이 자라났는데 저녁때가 되니 폴싹 썩어버렸답니다. 이렇게 되여 지붕우에 피는 버섯은 하루 피고 썩는답니다.

김점주 구술 / 리춘자 정리

맏며느리

옛날 한집에서 아들 삼형제를 뒀습니다. 이 집에서는 삼형제를 모두 장가를 보내여 며느리를 봤는데 원래대로 하면 맏며느리에게 가정살림을 다 맡겨야

했습니다. 그러나 시아버지는 세 며느리들의 지혜와 총명을 시험해본 다음 맡기고싶었습니다.

하루는 시아버지가 세 며느리를 앞에 불렀습니다.

≪오늘 내가 문제를 세개 내겠다. 그러니 너희들 명심하고 알아맞춰보아라. 그래서 누가 잘 알아맞히면 누구에게 살림을 맡기려 한다.≫

그러니 서로들 지지 않겠다고 빨리 문제를 내라고 재촉하였습니다.

≪음, 그럼 좋다. 잘 들거라. 먼저 첫번째 문제를 내겠다. 이 세상에 새들이 많고 많은데 무슨 새가 그중 제일 큰 샌지 누가 맞춰보라.≫

말이 떨어지기 바쁘게 둘째, 셋째 며느리가 ≪황새가 큽니다. 봉황새가 큽니다.≫ 하며 앞다투어 대답하였습니다.

뒤늦게야 맏며느리가 대답하였습니다.

≪제 생각에는 먹새가 제일 큰가 봅니다.≫

그러니 둘째, 셋째 며느리들은 틀렸다고 떠들어댔습니다.

≪세상에 먹새라는 새가 어디 있습니까?≫

그래도 맏며느리는 태연하게 자기 말을 계속하였습니다.

≪바로 만인간이 먹는 먹새가 이 세상에서 제일 큰 새인줄 압니다.≫

≪과연 옳다. 그래도 맏이가 옳게 맞췄구나.≫

시아버지는 흐뭇하여 연신 고개를 끄덕이였습니다.

≪그럼 두번째 문제를 내겠다. 이번에는 잘들 생각하고 대답하거라. 세상에 만가지 꽃이 있는데 무슨 꽃이 제일 고운 꽃이냐?≫

그러자 이번에도 둘째, 셋째는 먼저 맞히겠다고 생각도 해보지 않고 ≪목단꽃이 곱습니다. 무궁화가 곱습니다.≫ 하면서 곱다는 꽃은 다 댔습니다. 이번에도 맏며느리는 마지막에야 대답하였습니다.

≪제가 볼바에는 목화꽃이 제일 곱습니다. 세상사사람들에게 없어서는 안될 꽃이므로 제일 고운줄 압니다.≫

≪역시 맏이가 맞췄다. 훌륭한 대답이다.≫

시아버지는 무릎을 탁 치며 기뻐하였습니다. 그러니 둘째, 셋째는 입이 한발이나 나왔습니다.

≪그럼 마지막 문제를 내겠다. 고개중에서 무슨 고개가 제일 넘기 어려운

고개인지 맞춰들 보아라.≫

≪태백산고개가 넘기 바쁩니다. 지리산고개가 넘기 바쁩니다.≫하며 둘째, 셋째 며느리가 떠들어댔습니다.

그러자 맏며느리는 이렇게 말했습니다.

≪아버님, 보리가 채 여물기전에 제일 식량곤난을 받을 때입니다. 사람들은 이때를 가리켜 보리고개라 합니다. 이 보리고개가 인생에서 제일 크고 넘기 바쁜 고개인줄로 저는 압니다.≫

≪옳다. 세문제를 맏이가 다 훌륭히 맞췄다. 과연 맏며느리 되기에 손색이 없다.≫

시아버지는 못내 기뻐하시면서 가정의 열쇠꾸레미를 맏며느리에게 맡겼습니다.

김경선 구술 / 리춘자 정리

효자노릇

옛날 한 고을에 호로자식이라고 소문난 불효자식이 있었습니다. 그가 부모들을 얼마나 괄시하였던지 언제나 마을사람들의 손가락질을 받았습니다. 나이가 차차 드니 자기도 효자질을 좀 해보려고 했으나 어떻게 해야 효자질을 하는지 몰랐습니다.

또 이 마을에 효자라고 이름난 사람이 있었는데 그에 대한 칭찬은 온 마을에 자자했습니다. 그 사람이 어떻게 하기에 효자라 하는가하고 하루 아침은 불효자식이 일찌기 그 집 문앞에 가서 엿보았습니다.

마침 그때 효자가 일어나서 부모들에게 아침문안을 가는것이였습니다. 뒤따라 가보니 효자는 부모들 방문앞에 가더니 절을 하며 문안을 드리는것이였습니다.

≪아버지, 어머니, 밤새 편안히 주무셨습니까?≫

그러니 방안에서 어머니가 대답하였습니다.

≪오냐, 들어오너라.≫

효자는 방에 들어가더니 이부자리를 개여올리고 나오는것이였습니다.

불효자식이 보니 식은 죽 먹기였습니다. 이런 일쯤은 자기도 할수 있다면서 래일아침부터는 효자질 하리라 맘먹었습니다. 문안을 올리고 이불개는것쯤은 하루에 열두번도 할수 있었습니다.

그 이튿날 새벽, 일찍 일어난 불효자식은 아버지, 어머니의 방문앞으로 갔습니다. 아버지, 어머니가 일어났건 말았건 문앞에 엎드려 절을 하면서 큰소리로 문안을 드렸습니다.

≪아버지, 어머니, 밤새 안녕하십니까?≫

그 소리에 놀라서 깨여난 아버지는 그만 화가 나서 욕을 퍼부었습니다.

≪이놈아, 일어나지도 않았는데 문안은 무슨놈의 문안이냐? 싹싹 걷어치우고 네 할 일이나 하거라.≫

불효자식은 참 억울했습니다. 제딴에는 효자질을 한다고 하는데 잘한다는 칭찬대신에 아버지한테서 욕을 먹고나니 그만 실망하고말았습니다.

≪개코같은 효자는 무슨놈의 효자야, 싹 걷어치우자.≫

불효자식은 이렇게 하루 아침 효자노릇을 해보다가 아버지에게 욕먹은후 끝내 효자가 되지 못하고말았습니다.

박병일 구술 / 리춘자 정리

해몽선생과 부자

먼 옛날, 한 마을에 해몽 잘하는 선생이 있었습니다. 이 마을에 돈많은 부자가 있었는데 해몽선생이 해몽을 잘한다니 도대체 얼마나 잘하는가 보려고 그를 찾아갔습니다.

아침 일찍이 해몽선생을 찾아간 부자는 해몽 세번에 은전 백냥을 걸고 내기를 하자고 했습니다. 부자가 내기를 하자니 해몽선생은 그렇게 하자고 응낙하였답니다.

《그렇게 합시다. 그래 엊저녁에 무슨 꿈을 꾸었습니까?》

《돼지꿈을 꿨습니다.》

해몽선생은 한참 말없이 앉아있더니 해몽하는것이였습니다.

《오늘아침에 잘 잡수시겠습니다.》

부자는 어디 보자하고 집으로 돌아왔는데 이웃집에서 엊저녁에 제사를 지냈다면서 제사음식을 가져왔기에 정말 잘 먹었습니다.

부자는 해몽선생이 어쩌다가 단방귀를 뀌여 알아맞춘게라고 여기고선 이튿날 아침 또 일찌기 해몽선생을 찾아갔습니다.

《어제밤에는 또 무슨 꿈을 꾸었습니까?》

부자가 들어서자 해몽선생이 물었습니다.

《또 돼지꿈입니다.》

《그래요?》

해몽선생은 한참 있더니 해몽하는것이였습니다.

《오늘아침에는 새옷을 입겠습니다.》

부자가 이번에도 두말없이 집으로 돌아오니 마누라가 농짝을 헤치면서 새 두루마기와 바지저고리를 꺼내놓으며 빨리 갈아입고 친정집 조카가 장가를 가니 어서 가자는것이였습니다. 부자가 새옷을 갈아입고 집을 나서다가 생각해보니 해몽선생이 알기는 안다싶어 잔치집으로 가지 않았답니다.

이튿날 부자는 또 해몽선생을 찾아갔습니다.

《오늘은 또 무슨 꿈을 가지고 왔습니까?》

《예, 또 돼지꿈입니다.》

그러자 해몽선생은 무릎을 탁 치며 해몽하는것이였습나다

《또 돼지라. 오늘은 특별히 주의하십시오. 잘못하다가는 톡톡히 물매를 맞겠습니다.》

그 소리에 부자는 코방귀를 뀌였습니다. 그는 속으로 《이 마을에서 어느놈이 감히 나의 보슴털 한대라도 다쳐? 이번에야 무조건 내가 이기겠지.》 하고 생각하며 웃음주머니가 흔들흔들하여 집으로 돌아가는데 마을의 이름난 부랑자녀석이 술을 잔뜩 처마시고 세상이 녹두알만해서 길목에 서있는 꼴이 보였습니다.

부자가 그놈의 꼬락서니가 눈에 거슬려 가던길을 에돌아 다른 길로 가려는데 그자식이 어느새 쫓아와 뒤덜미를 잡아채는것이였습니다.

《이놈, 도망은 어디로 도망쳐?》

부랑자녀석이 다짜고짜로 두들겨패는데 찍소리 한마디 못해보고 부자는 매만 죽도록 맞았습니다.

며칠이 지나 상처가 낫자 부자는 해몽선생을 찾아갔습니다.

《해몽선생, 어쩌면 그렇게 묘하게 알아맞춥니까?》

《그래, 세번 다 맞았지요?》

《예. 딱 맞았습니다. 그런데 어떻게 해몽합니까?》

《부자님, 보십시오 첫날 돼지꿈을 꾸었다고 했으니 첫날 돼지가 울면 배고파 우는게라 주인이 잘먹일것이고 이튿날에도 돼지꿈을 꾸었다고 했으니 잘먹었는데 울어대니 이번에는 잠자리 나빠서 우는게라 새자리를 깔아줄것이니 옷을 잘 입은것과 같고 사흘날에도 돼지꿈이라하니 주인이 생각하기를 잘 먹여도 울고 잘 입혀도 우니 빌어먹을놈 맞아나봐라 하고 실컷 패주기마련이지요.》

부자는 그만 대답할 말이 없었습니다. 해몽선생을 골려주려 한것이 결국은 제가 지고말았으니 아까운대로 금전 백냥을 내놓는수밖에 없었습니다.

신상렬 구술 / 강수봉 정리

무궁주와 송곳

옛날, 한 고을에 나라의 상납을 걷어바치는 심부름을 하는 사람이 있었습니다. 하루는 나라의 상납을 걷어 바치고 술이 거나해서 돌아오다가 길가에서 누워자는 아이를 발견하였습니다. 아이를 깨워서 물어보니 부모도 집도 없이 사처로

다니면서 밥빌어 먹는 불쌍한 아이기에 집으로 데려왔습니다.

집으로 오니 마누라는 웬 거지아이를 데려왔는가고 야단이였습니다.

《술이 원쑤지. 술의 원귀나 붙잡아가라.》

안해는 이렇게 욕하면서도 거지아이를 내쫓지는 못하고 령감이 하라는대로 목욕도 시키고 새옷도 해 입혔습니다.

《이 아이가 불쌍한 아이지만 이후에 커서 어떤 사람이 될지 아는가?》

령감이 로친을 타일러도 로친은 매일 한다는 소리가 《술의 원귀나 붙잡아가라.》는 욕이였습니다. 그러나 아이는 매일 들어도 그게 무슨 말인지 몰라 참 별소리를 한다고 생각할뿐이였습니다.

어느덧 세월이 흘러 몇해가 지나니 아이도 커서 열대여섯살되였습니다. 하루는 주인령감이 아이를 불러놓고 장사를 떠나라는것이였습니다.

《야, 너도 인젠 컸는데 그저 놀아서야 되겠니, 서울로 장사를 가보렴.》

그리하여 아이는 돈 몇백냥을 가지고 배를 타고 서울로 올라갔습니다. 생전 처음 가는 곳이라 초면강산에 어디가 어딘지 모르겠는데다 무슨 장사를 하면 좋을지 더욱 몰랐습니다. 그래서 이리 덤벙 저리 덤벙 다니다나니 돈만 바닥을 내고말았습니다.

(에라. 이러다간 집으로 갈 려비도 안남겠다. 이젠 집으로 가자.)

서울을 나서서 한곳을 자나가는데 송곳을 하나 달아매놓은것이 보였습니다.

(됐다. 저거나 하나 사가자. 만약 집에서 쫓겨나게 되면 어디 가서 송곳을 가지고라도 벌어먹어야겠다.)

이렇게 생각한 거지아이가 값을 물어보니 백냥이라는것이였습니다. 무슨놈의 송곳이 이리 비싸냐? 하면서도 그는 돈 백냥을 주고 송곳을 사서 보따리에 싸가지고 집으로 돌아왔습니다.

집에서는 주인령감이 아이가 장사를 해가지고 돌아올 때가 됐다고 매일 수레를 몰고 부두에 와서 기다렸습니다. 그날도 령감이 와서 기다리는데 아이가 빈손으로 오는것이였습니다.

《야, 장사는 어떻게 되고 빈 몸으로 오느냐?》

《아이구 말씀마시우. 물건을 싣고 오다가 큰 파도를 만나 배가 번져지는바람에 겨우 살아왔습니다.

≪그래, 살아온것만 해도 다행이다. 집으로 가자.≫

령감과 아이가 빈수레를 몰고 집으로 돌아오니 로친은 ≪저놈을 왜 물귀신이 안잡아가고 빈게 오느냐?≫하며 욕을 하는것이였습니다. 그러나 령감은 사흘 지나자 또 돈 천냥을 주면서 장사를 가라는것이였습니다.

≪초굿도 삼년이라는데 한번 안됐다고 그만두겠느냐. 또 가봐라. 큰 장사가 될지 아느냐?≫

그래서 아이는 돈을 가지고 두번째로 서울로 올라갔습니다. 이번은 두번째걸음이라 좀 괜찮았습니다. 그래 두루두루 다니며 돈을 자꾸 썼지만 역시 무슨 장사를 했으면 좋을지 궁리가 나지 않았습니다. 나중에 광목 두필과 큼직한 자루를 하나 샀는데 앞으로 어디가 빌어먹어도 자루가 있어야겠다는 생각이 들었던 것입니다.

물건을 사가지고 나오는데 조리를 파는것이 눈에 띄였습다. 앞으로 밥 얻어먹을 곳이 없으면 남이 먹다남은것이라도 건져 먹어야겠다고 생각한 그는 조리를 사서 자루에 넣고 집으로 돌아오는 배에 앉았습니다.

배가 절반쯤 왔을 때였습니다. 물에서 물바래기가 기여올라오는데 구슬같은 것이 도대체 무엇인지 알수 없었습니다.

(주인로친이 물귀신이 붙잡아가라 하더니 이게 날 잡으러 온 모양이다. 에라, 내가 저놈들을 먼저 붙잡아야겠다.)

거지아이는 이렇게 생각하자 올라오는족족 조리로 건져서 큰 자루에 꼴딱 채웠습니다. 부두에 도착하니 령감이 또 수레를 몰고 나와서 기다리고있었습니다.

≪그래 이번 장사는 어떻게 됐냐?≫

≪아이구, 이번에도 물건을 해오다가 파도를 만나서 겨우 광목 두필만 남고 강에서 술의 원귀인지 물귀신인지 하는것을 잡아넣은것이 한자루 있습니다.≫

≪그럼 됐다. 전번보다 낫구나. 자, 집으로 가자.≫

집으로 온 주인령감은 광목만 집안으로 가져가고 자루에는 무엇이 들었는가 보지도 않고 사랑간에 툭 차넣고는 쇠를 꾹 잠궜습니다.

며칠이 지나 나라에서 임금님의 옷을 지었는데 옷에 달 무궁주를 석되 세홉 구해 바치라는 령이 내려왔습니다. 주인령감은 어디 가서 무궁주를 구할길 없으니 집에서 낑낑 앓고있었습니다. 그럴 때 거지아이가 자기에게 구슬같은것이 있다고 했습니다.

≪내 이번에 장사갔다오는 길에 구슬같은것이 물우로 자꾸 올라옵디다. 정지간에서 마님이 자꾸 말하던 술의 원귀가 아니면 물귀신 같기에 조리로 퍼서 자루에 넣어왔는데 그것이면 안됩니까?≫

≪야, 그게 어디 있니, 빨리 보자.≫

≪저 사랑간에 있습니다.≫

부자간이 나가서 자루를 헤치고보니 과연 무궁주였습니다. 그리하여 그것을 석되 세흡 나라에 올려 바쳤습니다. 그런데 나라에서는 또 무궁주를 뚫을 송곳을 구해오라는것이였습니다. 주인령감이 또 끙끙 앓으니까 아이는 자기에게 송곳도 하나 있다고 했습니다.

≪내 처음 장사 갔다가 신바닥창이나 붙일가 해서 송곳 하나를 백냥 주고 사온것이 있는데 그 송곳이면 안될가요?≫

≪얼른 가져오너라, 어디 보자.≫

가져온 송곳을 보니 과연 그런 송곳이기에 그길로 나라에 바쳤습니다.

임금이 그 송곳으로 무궁주를 뚫어 옷에 달아 입어보니 참말 훌륭하였습니다. 그래서 주인령감을 불러다가 어디서 무궁주와 송곳을 얻었는가를 물었습니다.

주인령감은 거지아이를 데려다 키워서 장사를 두번 보낸 경과며 장사걸음에 송곳도 사오고 배에서 무궁주를 건진 사실을 자초지종 아뢰였습니다. 그랬더니 임금은 그 아이를 데려다가 궁궐옆에다 집을 지어주고 잘살게 하였습니다.

주인로친은 나라임금이 아이를 불러가니 그때에야 눈이 휘둥그래서

≪야, 그놈이 과연 큰일을 했구나.≫ 하며 탄복을 하였답니다. 후에 거지아이는 주인집 령감로친을 모셔다 함께 잘살았다고 합니다.

신상렬 구술 / 강수봉 정리

고양이는 왜 똥 누고 파묻는가?

먼 옛날 금강산아래의 큰 절간에 한 늙은 도사가 살고있었습니다. 그런데 그는 뒤를 계승할 사람이 없어 늘 골머리를 앓고있었습니다. 어느날 늙어죽기전에 조선팔도를 돌아다니면서라도 자기를 계승할 아이를 구해야겠다고 생각한 도사는 행장을 꾸려가지고 길을 떠났습니다.

어느날 저녁, 조선팔도를 돌고 돌던 도사는 한 고을에 들어섰습니다. 지칠대로 지친 그는 하루밤 쉬여가자고 한 초가집으로 찾아들어갔습니다. 마침 집안에는 일여덟살 되여보이는 아이가 놀고있었습니다. 그래서 밥 한끼 먹자고 구걸하니 아이는 두말없이 부엌에 내려가 밥상을 차려오는것이였습니다.

도사가 밥을 배불리 먹고나서 아이의 관상을 보니 똑똑하고 령리하게 생긴것이 잘만 가르치면 앞으로 큰 인재가 되여 자기를 계승할수 있을것 같았습다. 밥상을 물리고 앉아있노라니 아이의 아버지가 돌아왔기에 도사는 늙은이에게 인사를 하고 말하였습니다.

《큰 인물이 될 아이를 집에다 썩이고있습니다.》

자식이 잘될것을 바라는것이 부모의 마음이라 도사의 요구대로 아버지는 아이를 도사에게 맡겼습니다.

도사는 아이를 데리고 절로 돌아오자 그날부터 도를 닦는 법을 배워주고 경서를 읽게 하면서 글공부를 시켰습니다.

어느덧 아이가 절간으로 온지도 삼년이 되었습니다. 도사는 모든것을 다 배워주고 보여주었지만 자기의 방안에는 절대 들어가지 못하게 하면서 변소를 가도 자물쇠를 잠그는것이였습니다.

하루는 도사가 먼곳으로 떠나간 틈을 타서 아이가 도사의 방 자물쇠를 뜯었습니다. 아이가 가만히 들어가보니 방안에는 도사의 이부자리와 자그마한 궤짝이 하나 있을뿐이였습니다. 이불을 들고봐도 아무것도 없고 궤짝을 열어보아도 아무것도 없었습니다.

이상하게 생각되여 다시 궤짝을 밀어제치고보니 벽에 암실이 있기에 손을 넣었습니다. 과연 그 속에는 《변술》이라고 쓴 책이 붉은천에 감겨있었습니다.

그 책을 번져보니 모두 요술을 적은 훌륭한 책이였습니다. 그리하여 그는 그날부터 그 책을 읽고 또 읽으며 외우기 시작했습니다.

도사가 돌아와 방안에 들어가보니 웬걸 아이가 몰래 들어앉아 ≪변술≫책을 훔쳐보고있었습니다. 일을 치기전에 아이를 죽이려고 도사가 손쓰려는데 아이는 이차 백마로 변하여 마구간에 들어가 있다가 도사가 경을 읽으며 자기를 찾자 그만 메추리로 변하여 마구간 똥구멍으로 빠져 도망갔습니다.

도사가 보니 백마가 메추리로 변하여 도망가기에 얼른 매로 변하여 뒤쫓았습니다. 매가 메추리를 거의 따라잡게 되자 메추리는 나무무지속으로 들어갔습니다.

매가 나무단속으로 헤집고 들어가자 바빠난 메추리는 도로 빠져나와 첫날색시의 가마속에 들어가자 수수알로 변하여 색시 옷속으로 들어갔습니다.

도사는 하는수없이 백발로인으로 변하여 산밑에서 기다리다가 가마가 가까이 오자 관상쟁이로 가장하고 색시의 관상을 봐주겠다고 했습니다.

한동안 관상을 보던 백발로인은 첫날옷을 검사해보아야겠다고 말했습니다. 색시가 싫다고 하자 그는 불화가 닥쳤다면서 어서 첫날옷을 벗으라고 했습니다. 그래서 겁이 난 첫날색시는 도사의 말대로 속옷까지 벗어서 보였습니다.

도사는 아무리 손톱으로 눌러보고 찾아봐도 아무것도 찾아내지 못하였습니다. 나중에 버선까지 벗어서 보자고 하여서야 버선목에서 수수 두알을 찾아내였습니다.

도사가 보니 한알은 잘 여문 알이고 한알은 쭉정이인데 그놈이 잘 여문알에 숨었겠는가 아니면 쭉정이알에 숨었겠는가 아무리 살펴보아도 알 방법이 없었습니다. 도사는 아무래도 그놈이 여문알에 들었겠지 하고 참새로 변하여 잘 여문알을 툭 찍어먹었습니다. 이때 쭉정이알속에 숨어있던 아이가 인차 고양이로 변하여 참새를 잡아먹었습니다.

고양이가 새 한마리를 다 먹고나서 한참 있으려니까 똥이 마려웠습니다. 그래서 낑낑 갑자르며 똥을 누었는데 돌아다보니 똥에 도사의 시체가 삭아있었습니다.

(내가 이만큼 된것은 모두다 도사의 성의인데 시체나마 묻어주자.)

고양이는 이렇게 생각되자 똥을 파묻었습니다. 그때로부터 고양이는 똥을 누고 묻어주는 습관이 있게 되었습니다.

전성고 구술 / 최창준 정리

꿀이 왜 만병통치약이 못되였는가?

멀고먼 옛날, 호랑이 담배 피우고 산신령이 만물의 왕노릇을 할 때였습니다.

하루는 산신령이 불치의 병으로 앓고있는데 아무이 좋다는 약을 다 써도 병이 낫지 않았습니다. 그래서 산신령은 만병통치약을 구해오는자를 사람으로 변하게 해주겠다고 하였습니다.

동물중의 령물은 사람이므로 모든 동물들은 모두 사람으로 변하려고 만병통치약을 구하기에 밤낮없이 분주히 서둘렀습니다.

그때 벌의 형제들도 사람으로 변하기 위해 모든 노력을 아끼지 않았습니다. 산과 들을 헤매며 화분을 채집해오며 세상만물의 몸에서 좋다는 보물은 다 채집하여 약을 만들고있는데 딱 한가지 사람의 눈곱이 모자라서 만병통치약을 만들지 못하고있었습니다.

벌들은 골머리를 앓던 끝에 파리를 찾아가 사람의 눈곱을 좀 뜯어다 달라고 사정하였습니다. 하긴 벌들은 자기네가 눈곱을 뜯으러 가면 사람들이 때려죽일가봐 겁이 났던것입니다.

파리는 벌의 말을 듣더니 자기타산이 있어 웃음집이 흔들흔들했습니다.

(사람 눈곱이 만병통치약이라. 그것을 내가 산신령께 바치면 내가 사람으로 변할수 있지.)

그래서 파리는 쾌히 응낙하였습니다. 마침내 파리는 사람이 낮잠을 자는 틈을 타서 눈곱을 잔뜩 뜯어가지고 산신령께 가 만병통치약을 구해왔노라고 우쭐렁거렸습니다.

산신령이 바쁜김에 찬찬히 보지도 않고 눈곱을 받아 먹고나니 퀴퀴한 냄새가 나고 자기 눈에서 눈곱이 내배는것 같았으며 병도 더 심해지는것 같았습니다. 부화가 치밀어오른 산신령은 도로 파리를 붙잡아 땅속에 파묻어 구데기로 되게 하였습니다.

벌은 파리가 사람눈곱을 가져오는가고 아무리 기다렸지만 땅속에 파묻혀 구데기로 된 파리는 영영 돌아올수가 없었습니다. 사람눈곱을 얻지 못한 벌은 만병통치약을 못만들었기에 사람으로 변하지 못하였습니다. 그리고 꿀도 끝내 만병통치약이 못되였다고 합니다.

전성고 구술 / 최창준 정리

아홉동이의 ≪물≫

옛날 조선의 두만강변의 어느 한 시골에 마음씨 착한 더벅머리총각이 아버지를 모시고 살았습니다. 가정이 구차하다보니 그 총각은 안해도 데려오지 못하고 근근득식으로 그날그날을 보냈습니다.

설을 앞둔 어느날 저녁, 아버지가 아들을 불러앉히고 말을 하였습니다.

≪애야, 내 환갑까지 쇠고났으니 내 나이를 다 살았는가부다. 서산에 가도 애수할건 없으되 한가지 일 때문에 죽어도 눈을 못감겠다. 내가 나이 사십에 일점혈육 하나를 보아 너의 에미는 너를 애지중지 키우다가 네가 네살되던 해에 세상을 뜨고말았다. 인젠 너도 스무살이 되였은즉 마땅히 색시를 데려와야지. 그런데 손에 쥔것이 없는데다 내까지 병자랑을 하니 참 기막힌 일이구나. 그런즉 네가 래일 저 대국에 가서 왕생원(의사를 말함)을 찾아 돈도 꿔오고 내 약도 져오너라.≫

일장 설화를 듣고나서 아들은 아버지의 병세를 자상히 물은 다음 하루동안 잡술 음식을 마련해놓고 다음날 어뜩새벽에 산을 넘고 강을 건너 대국으로 갔습니다. 해가 하늘중천에 솟았을 때에야 그는 겨우 왕생원네 집에 도착하였습니다.

본디 왕생원은 총각의 아버지와 교분이 깊은분이였습니다. 총각이 찾아간 의도를 말하자 왕생원은 돈도 주고 약도 세첩을 져주었습니다.

총각은 감사하다고 말을 남긴 다음 부랴부랴 집을 향해 발걸음을 재우쳤습니다. 그래서 해가 서산마루에 뉘엿뉘엿 넘어갈 때 자기 집 문턱을 들어섰습니다.

총각은 아버지께 문안을 드리고나서 돈을 맡긴 다음 그저 아버지의 안색을 살필뿐 머뭇머뭇하기만 하였습니다. 말못할 사연을 감추려는 기미를 본 아버지는 한숨을 후 내쉬였습니다.

≪왕생원은 약 세첩을 져주면서 약종 세가지를 더 넣으라고 합니다. 그 약종을 얻기가 심히 어렵기에…≫

아들은 말끝을 마무리지 못하고 다시 아버지의 얼굴을 올려다보는것이였습니다. 보니까 아버지의 얼굴색은 영 말이 아니였습니다.

기실 그 약종이란 죽은지 3일 되지 않은 세사람의 뇌수였습니다.

총각은 그 약종을 구하려고 이웃에 아버지를 돌봐달라고 부탁한 다음 도끼를 허리에 차고 길을 떠났습니다.

총각이 한 고장에 이르니까 마침 제사집이 있었습니다. 옆집에 가서 물어본즉 죽은 사람은 서른살나는 기생인데 춤도 썩 잘 추거니와 더욱이는 노래를 잘 불렀다는 것이였습니다. 총각은 낮에 기생의 무덤을 알아둔 다음 밤중에 광솔불을 피울 준비까지 해가지고 묘지로 갔습니다.

총각은 무덤을 헤치고 도끼로 죽은 기생의 골을 빠개고 뇌수를 꺼내여 잘 간직한 다음 또 길을 떠났습니다.

하루는 가다가다 한 절당에 이르렀습니다. 마침 절에서도 한창 장사를 치르는 중이였습니다. 한 늙은 중에게 웬 사람이 죽었느냐고 물으니 죽은 사람은 40미만의 중인데 틈만 있으면 벽을 마주하고 누워있더니 죽었다는것이였습니다.

그날 밤중에 총각은 가만히 사당에 뛰여들어 죽은 중의 골을 빠개고 뇌수를 꺼내 잘 간직하였습니다.

또 하루는 시장거리를 지나는데 장거리의 사람들이 닭알 광주리를 안고 달린다 떡함지를 이고 허겁지겁 피한다 하며 복새판을 이루는것이였습니다 총각이 가까이 가서 보니까 키가 훤칠한 사람이 닥치는대로 행패를 부리는것이였습니다. 그판에 한 늙은이와 물어보았더니 그자는 꼬부랑벨만 올라오면 닭알광주리건 떡함지건 닥치는대로 마구 짓밟아놓는 부랑둥이녀석이라는것이였습니다.

그날 밤, 총각은 장거리의 숙박집에서 밤을 지냈습니다. 새벽에 선술마시러 온 사람이 집안에 들어서면서 희한한 소식을 전하는것이였습니다. 그 소식인즉 부랑둥이가 간밤에 모두매를 맞아 죽었다는것이였습니다.

총각은 이튼날새벽에 또 도끼로 부랑둥이의 머리를 빠개여 뇌수를 얻었습니다. 세사람의 뇌수를 다 얻은 총각은 그길로 북쪽을 향해 반달음질을 쳐 3일만에 집에 도착하자 왕생원이 시키는대로 약을 달여 아버지에게 올렸습니다. 약 세첩에 아버지의 병은 효과를 보아서 봄에 접어들어서부터는 아들의 일까지 도울수 있었습니다.

그해따라 농사가 잘되여 돈 한몫을 벌었습니다. 총각은 왕생원에게서 꿔온 돈을 갚고 무던한 색시를 데려오고도 돈이 남았습니다.

그런데 로인이 70세되던 해에 희한한 일이 생겼습니다. 갑자기 로인의 흰머리는 길어졌고 쪼글쪼글하던 얼굴이 좋아져서 바늘귀까지 꿸수 있었습니다. 참 귀신이 곡할 일이였습니다. 그보다 더욱 놀라게 한것은 아버지가 92세나는 해에 머리에서 사슴뿔 같은것이 솟아난 일이였습니다.

99세가 되는 생일날 로인은 아들과 며느리 그리고 손자손녀를 불러앉히고 유언을 남겼습니다.

《애들아, 내가 죽거들랑 내 머리에 난 뿔을 베여두려무나, 일후에 혹시 쓸모가 있을는지≫

로인이 세상을 뜬후 아들은 아버지의 유언에 따라 뿔을 베어두었습니다. 그런데 그 이듬해에 나라에서는 온 나라 백성들더러 모든 보물을 서울에 바치라고 사처에 포고문을 붙였습니다. 그리하여 백성들은 농속의 보물이며 세발가진 돼지새끼며 별의별것들을 가지고 서울로 올라갔습니다.

륙십에 나는 로인의 아들도 아버지의 뿔을 가지고 서울을 바라고 떠났습니다.

서울에 가보니 궁전에서는 임금의 배동하에 이역나라에서 온 대신이 보물들을 살펴보고있었습니다. 로인의 아들은 궁전에 들어서자 사람 뿔을 그들앞에 내놓았습니다.

대국에서 온 대신은 사람 뿔을 보자 만면에 희색을 띠였습니다.

이윽고 임금과 대국에서 온 대신 그리고 문무관원들이 한곳에 모여앉았습니다. 그리고 이역나라대신들의 요청에 따라 로인의 아들도 자리를 같이하게 되였습니다.

이역나라대신은 물 아홉동이를 가져오라고 하더니 신하들더러 물동이에다 사람 뿔을 칼날로 아홉번씩 긁어 넣은 다음 또 무엇을 주면서 골고루 넣으라고 하였습니다. 한동안 지나자 여러가지 음식도 푸짐히 갖추어졌습니다.

대신은 모인 사람들에게 물동이의 물을 한종지씩 따라서 마시게 했습니다.

그런데 그 물을 마시고나서 모두들 더 마시겠다고 떠들어댔습니다. 그리하여 어떤 사람들은 한종지씩 더 마시였습니다.

(내가 하물며 아버지의 뿔을 우린걸 어찌 마실수 있스랴!)

로인의 아들은 속으로 이렇게 생각하면서 대신과 신하들이 극진히 권하였지만 끝내 마시지 않았습니다

한참 지나서 모인 사람들은 제나름으로 좋아서 어쩔바를 몰라했습니다. 팔을 너울너울 놀리며 춤추는 사람, 노래하는 사람, 벽밑에 가서 벽을 마주하고 누워있는 사람, 이리 비틀 저리 비틀 트집을 걸며 싸움질하는 사람, 그야말로 대청은 수라장이 되고말았습니다.

후에 알게 된 일이지만 기실 아홉동이의 물은 술이라는것이였습니다.

로인의 아뚝이 보노라니 사람들은 모두 죽은 세사람들의 꼴을 본받아 하고들 있었습니다. 팔을 너울거리며 노래를 부르는것은 그 기생의 뇌수가 작간한것이고 벽을 마주하고 누워있는것은 그 중의 뇌수가 작간한것이며 트집을 걸며 싸움질을 하는것은 부랑둥이의 뇌수가 작간한 때문이였습니다.

이역나라대신은 사람들을 가져다 조금 끊어서는 조선에 두고 나머지를 몽땅 가지고 조선에서 떠났습니다. 하여 중국의 술은 독하고 조선의 술은 좀 슴슴하다고들 합니다.

윤철준 구술 / 최창준 정리

원한늪과 룡바위

세상에 유명한 입쌀의 산지로 불리우는 향수마을 동쪽에는 300무되는 무연한 늪이 있는데 늪 복판에는 무덤같이 생긴 섬이 봉긋이 솟아있습니다.

안개가 걷힌 고요한 아침이면 북쪽으로 병풍인양 동경성벌을 둘러선 산벼랑과 더불어 우뚝 솟은 바위가 호수의 섬곁에 비껴있어 마치도 무덤을 지켜선

거인과도 같이 보인답니다.

바로 이 늪을 가리켜≪원한늪≫이라 부르고 그뒤에 높이 솟은 바위를 가리켜 ≪룡바위≫라고 부르는데 여기에는 사람들의 눈물을 자아내는 기막힌 사연이 담겨있답니다.

지금으로부터 천여년전의 일이랍니다. 북변땅 흑룡강 북쪽에는 쿠순(克順)이라는 오붓한 마을이 있었습니다.

오래전부터 대대손손 내려오며 살아온 이 마을에는 성녀라는 처녀애와 성남이라는 남자애가 아래웃집에 살고있었습니다. 가난한 집에서 태여난 그들은 점차 어엿한 일군으로 자라나자 서로 돕고 서로 사랑하게 되였습니다.

어느날 이른새벽이였습니다. 갑자기 갑옷을 입고 칼을 찬 수백명의 군사들이 마을에 뛰여들더니 백성들의 물건을 로략질하고 량식을 빼앗으며 초가집들에 불을 질렀습니다.

적수공권인 마을의 남녀로소는 군사들이 내모는대로 마을앞 평지에 섰습니다. ≪에, 백성들은 들으라, 나라에서는 서울을 홀한강에 옮기고 발해성을 쌓기로 하였다. 마을의 청장년들은 3년 기한으로 무조건 성쌓기에 몸바쳐야 하거늘 법을 어기는자는 이 자리에서 목을 벨테다.≫

낯판대기가 검은 두목이 말우에 높이 앉아 호령하는 바람에 마을의 청장년들은 한사람도 남김없이 한쪽에 가섰습니다.

성남이는 그때 나이가 겨우 열여섯살이였으므로 성녀네와 함께 서있었습니다. 그런데 그 군사두목이 채찍을 들어 성남을 가리키며 호통쳤습니다.

≪저 녀석도 나와 섰거라.≫

성남의 부모들이 두목의 말앞에 넓적 엎드려 절하며 빌었습니다.

≪사령님, 3대로 내려오면서 독자인 저 애를 가엾게 여겨주시옵시사, 저 애가 가면 누가 늙은 우릴 돌보겠소이까?≫

≪근심말어. 이제 3년만 지나면 돌아온단 말이야. 여봐라, 어서 저 녀석을 묶어라.≫

두목의 말이 떨어지기 무섭게 졸개들이 달려들어 성남이를 결박하더니 끌어 갔습니다. 성녀가 몸부림치며 막아섰으나 막무가내였습니다. 어느새 군사들이 성남이네를 데리고 산고개를 넘어섰던것입니다.

성남이가 떠나자 성녀는 늙은 시부모를 모실 결심을 내리고 해마다 누에를 하고 베를 짠 돈으로 공양하였습니다. 그동안 고생이 막심하였지만 오직 사랑하는 남편을 위해 이를 악물고 모든 힘겨운 로동을 하여왔습니다.

세월은 흘러 성남이 고역에 끌려간지도 어언간 3년이 되였습니다. 오늘도 성녀는 날마다 기다리고 섰던 앞산마루에 올라갔습니다. 해종일 기다려도 성남이는 돌아오지 않았습니다. 이튿날도 사흘날도 무소식이였습니다. 마침내 성녀는 남편의 생사여부를 알아볼 작정으로 함박눈이 펑펑 쏟아지는 엄동설한에 만리길을 떠났습니다.

토스레저고리에 짚신을 신고 베낭을 멘 성녀는 인적 없이 무시무시한 산림을 헤치고 눈바람 시뿌옇게 이는 벌판을 가로 지났습니다. 낮이면 길을 다그치고 밤이 되면 길가에 우등불을 피워놓고 새우잠을 자면서 만 넉달을 걸어 마침내 로야령에까지 다달았습니다.

성녀의 기특한 마음을 알아주기라도 한듯 만리 설원에 울부짖던 칼바람도 가뭇없이 사라지고 진달래꽃 피는 봄이 돌아왔습니다.

하루는 연분홍 진달래꽃을 꺾으며 높은 산벼랑을 올라서려니까 앞이 탁 틔여 있었습니다. 성녀는 산벼랑에 올라서서 밑을 내려다보았습니다. 글쎄 천길절벽 밑으로는 물갈기 휘날리며 홀한강이 굽이쳐 흐르고 강건너에는 석판벌이 무연히 펼쳐졌는데 멀리에서 수많은 사람들이 일하고있는 모습이 어렴풋이 보였습니다.

성녀는 가슴이 탁 트이는듯싶어 산벼랑을 내려서자 곧장 홀한강에 가로놓인 돌다리로 달려갔습니다. 그가 막 돌다리에 올라서려는데 갑자기 다리목에서 졸고있던 두 파수군이 창을 내들며 앞을 막아섰습니다.

《웬 사람이야. 일체 서울로 들어가는걸 금지하는거야.》

《여보시우, 우리 남편이 일하러 온지도 3년이 되였수다. 3년이 되여도 종무소식이니 만나보러 왔수다.》

《도무지 안될 소릴, 임금께서 이제 만 1년을 더 일해야 한다는 통령을 못들었어? 앙?》

성녀의 말을 들은 파수군들은 코방귀를 뀌였습니다. 하긴 이곳 성쌓기에 끌려온 사람치고 살아서 돌아간 사람이 없으니까요.

≪그럼 제발 내가 여기서 기다린다구 소식만 전해주옵소서…≫

성녀가 애처로운 목소리로 간청하자 늙은 파수병이 그러겠노라고 대답하였습니다.

그날부터 성녀는 강변에 우뚝 솟은 절벽우에 올라가 초막을 짓고 살면서 날마다 남편이 일하는 채석장을 바라보았습니다.

멀리 뽀얗게 먼지 이는 채석장에서는 일군들의 애처로운 목소리가 날마다 들려왔습니다. 그 소리를 들을 때마다 성녀의 가슴은 칼로 저며내는듯 아파났습니다.

(아, 사랑하는 남편은 지금도 고역에 시달릴테지. 이제 1년이면 우린 서로 만나 고향의 부모들을 모시고 살수 있을거야!)

이렇게 생각하며 성녀는 성남의 모습을 그려보았습니다.

한편 한여름의 쨍쨍 내리쬐는 뙤약빛 아래에서 수천수만명의 일군들이 고역에 시달리고있었습니다.

≪짜—짜—≫

굵은 채찍은 사정없이 여윈 로동자들의 몸우에 떨어졌습니다.

≪어기여차, 어기여차…≫

떡판같은 돌을 져나르던 성남이는 파수군이 전하는 뜻밖의 희소식에 가슴이 뭉클하였습니다. 피골이 상접한 성남은 감독놈의 채찍도 아랑곳하지 않고 머리를 들어 북쪽의 산벼랑을 바라보며 ≪성녀!≫ 하고 피타게 불렀습니다.

어느덧 세월은 흘러 무더운 여름도 지나가고 이듬해 늦가을이 되였습니다.

그날도 성남이는 다른 로동자들과 함께 채석장에 끌려갔습니다. 먹지 못하고 입지 못한 성남이가 골병에 든지도 몇달이 잘되였습니다. 하지만 감독놈은 무작정하고 인부들을 고역에 내몰았습니다.

돌공사장의 여기저기에는 로동자들의 시체가 널려있고 백골이 마구 뒹굴었습니다. 무려 40여리나 되는 높은 궁전 성벽을 어느때 가서야 다 쌓을지 아득하였습니다. 백성들의 원성은 하늘에 닿았건만 간악한 궁전의 량반들은 아랑곳하지 않았습니다.

저녁편에 성남이는 마지막 힘을 다하여 수백근 되는 돌을 등에 지고 높다란 언덕으로 기여올라갔습니다. 그런데 얼마 못가서 두 다리가 휘청거리더니 ≪아이쿠!≫하는 소리와 함께 돌웅뎅이에 거꾸로 박히였습니다. 그바람에 성남은 돌에 치여 영영 세상을 뜨고말았습니다.

불행한 소식은 드디여 파수군을 통해 벼랑에 전해졌습니다. 남편이 죽었다는 비보를 받은 성녀의 슬픔은 이루다 헤아릴수 없었습니다. 하여 불쌍한 그 녀인은 땅을 치며 통곡하였습니다.

≪우르릉, 꽝---≫

번개불이 번쩍이고 우뢰가 울더니 광풍이 울부짖었습니다. 그바람에 40리 성벽이 와르르 무너져 내리고 채석장은 무연한 늪으로 변하였으며 성남이 죽은 곳에서 무덤이 솟아올랐습니다.

저녁편에야 하늘이 맑게 개이였습니다. 그런데 통곡하던 성녀는 온데간데없어지고 그대신 벼랑중턱에 커다란 구멍이 뚫려져있었습니다.

상경룡천부에서 날마다 산해진미를 처먹으며 놀음에 빠져있던 황제는 이 천지개벽의 광경에 혼이 절반 나가있었습니다. 그리하여 대신들은 너나없이 황제더러 홀한강기슭에 가 제를 지내라고 권고하였습니다.

며칠후 황제는 황후와 함께 숱한 문무관원들을 데리고 강가에 와서 강건너의 벼랑을 바라고 제를 지냈습니다.

금방 황제가 제를 지내려 할 때였습니다. 갑자기 벼랑중턱의 커다란 구멍에서 흰빛이 번뜩이더니 기다란 물체가 강속으로 내리꼰지는것이였습니다.

뒤이어 강 복판으로부터 커다란 쪽배가 쏜살같이 노를 저으며 달려오기에 멀쩡하니 살펴보던 황제와 군사들은 대경실색하였습니다. 글쎄 허리통이 한아름 되는 구렝이가 입을 딱 벌리면서 눈깜짝할 사이에 제물을 갖춰놓은 상우에 기여오르겠지요.

급해난 황제와 대신들이 도망치려는데 구렝이가 덮쳐들어 한사람도 남김없이 삼켜버리더니 다시 굴속에 들어가는것이였습니다.

그후로부터 사람들은 성녀가 구렝이로 변하여 무덤을 지킨다 하여 그 바위를 룡바위라 부르고 성남이가 죄없이 고역에 시달리다 죽었다 하여 그 늪을 원한늪이라 불렀답니다.

구정자 구술 / 림승환 정리

자라산 유래

발해국 제4대왕때의 일이랍니다. 당시의 황제는 나라를 잘 다스려 명망 높았고 백성들은 여느때없이 풍의족식하게 태평세월을 누렸답니다.

해마다 꽃피는 5월이 되면 대왕은 친히 어림군을 인솔하여 황궁과 백여리 상거한 홀한말갈부(녕고탑)에 가 사위와 함께 살구산속에서 사냥하였습니다.

어느해 이른 봄, 대왕은 애지중지하는 막내아들을 데리고 들놀이를 떠났습니다. 징소리 북소리 요란한 가운데 금갑 입고 투구를 쓴 대왕이 북대문을 나서자 수많은 백성들이 ≪대왕만세!≫를 웨치며 전송하였습니다.

그날 저녁편에 홀한말갈부에 이른 대왕은 부마대장군인 사위의 륭중한 대접을 받았습니다.

이튿날 이른 새벽, 대왕은 사위와 더불어 살구산속으로 떠났습니다. 때는 만물이 소생하는 봄이여서 홀한말갈부 동쪽에 자리잡은 살구산은 흰구름을 하늘에 떠인듯 새하얗게 꽃이 만발하였습니다.

그들 일행이 한창 향기로운 살구꽃 냄새를 맡으며 숲속으로 걷고있을 때였습니다. 홀연 멀지 않은 앞쪽에서 커다란 말사슴 두마리가 화닥닥 놀라 뛰여가고있었습니다. 그걸 본 대왕이 두발로 배허리를 슬쩍 차자 적토마는 네굽을 안고 쏜살같이 뒤쫓았습니다.

대왕은 사슴과 한마장가량 사이두자 등허리에 매였던 보궁을 벗어들고 천천히 살을 다렸다가 깍지를 뗐습니다. 순간 말사슴 한마리가 목에 면바로 살을 맞고 땅에 푹 꼬꾸라졌습니다.

≪대왕만세!≫

뒤따르던 사위와 모든 문무백관들이 일제히 대왕의 활재주에 탄복해마지않았습니다. 실로 대왕의 활재주는 귀신도 따르지 못할만큼 훌륭했습니다.

자그마한 산언덕을 넘어서서 뾰족뾰족 청초가 자란 벌판에 이르렀을 때였습니다. 홀연 풀숲에서 사향노루 한마리가 푸닥닥 뛰쳐나오더니 산마루를 질풍같이 치달아 올랐습니다. 그걸 목격한 부마는 공골말을 질풍같이 몰아 뒤따르더니 기다란 창을 들어 단번에 사향노루의 등허리를 찔렀습니다. 사향노루가 푹 꼬꾸라지자 수하 장수들은 너나없이 박수갈채를 보냈습니다.

그럴즈음에 대왕의 막내아들은 자기의 한무리인 부랑뱅이들을 데리고 오솔길을 따라 심산곡으로 떠났습니다. 응석받이인데다가 무예가 출중하지 못한 그는 종일토록 산속을 헤매였으나 토끼 한 마리도 잡지 못하여 속이 부쩍 달았습니다. 대왕의 꾸지람을 들을가봐 무서웠던것입니다.

점심때에 막내아들은 아무런 사냥물도 얻지 못한채 나래가 떨어진 기러기마냥 맥없이 돌아오는수밖에 없었습니다. 그런데 길가의 숲속으로부터 떡판같이 큰 짐승이 엉기적엉기적 기여가는것이 눈에 띄우자 온몸에 새힘이 솟는듯싶었습니다.

막내아들은 이제야 사냥물이 생겼는가부다 하고 반가와하며 말을 짓쳐 올라가며 검으로 짐승의 등허리를 향해 힘껏 내리쳤습니다. 그런데 괴이하게도 ≪쟁가당-≫ 소리와 함께 불꽃이 번쩍 일며 검이 두동강 나는것이였습니다.

≪아니, 이건 천년묵은 자라로구나!≫

말에서 내려 곧장 그 짐승 가까이로 다가간 그는 깜짝 놀라 웨쳤습니다.

여러 졸개들이 구데기를 만난 똥파리떼마냥 쓸어가보니 아니나 다를가 수백근 되는 늙은 자라가 머리를 목속에 감춘채 꼼짝않고 엎디여있었습니다. 아마도 수백년 잘 묵은 자라였습니다.

≪됐다. 이놈이면 래일아침 큰 상을 받게 되었단말이다.≫

막내아들은 잠시 이 일을 비밀에 붙이도록 하고나서 졸개들더러 어서 자라를 끌어가도록 명령하였습니다.

정오에 이르러 대왕과 수하 장수들은 모닥불을 피워놓고 낮에 사냥한 짐승들의 가죽을 벗긴 뒤 구워먹기 시작하였습니다. 관습대로 그들은 사냥물을 구워먹고 이튿날 조례때에 짐승의 가죽을 가지고 등급에 따라 대왕의 상을 받았던것입니다.

석양녘에 대왕네 일행은 흥겹게 살구산을 내려 성안으로 들어왔습니다. 대왕은 초저녁부터 침상에 누워 하루의 피로를 풀었습니다. 밤은 깊어 오직 경을 알리는 군사들의 목탁소리만 고요한 정적을 깨뜨릴뿐이였습니다.

≪우웅-≫

홀연 새벽녘에 괴이한 짐승의 웅글은 목소리가 들려왔습니다. 군사들이 안절부절 못하여 오락가락하고 거리에선 백성들이 왁자지껄여댔습니다.

단꿈에 들었던 대왕이 벌떡 일어나 시종들에게 웬 일이냐고 물었으나 모두들 머리만 내저을뿐이였습니다.

《우웅-우웅-》

괴이한 짐승의 무서운 울음소리는 홀한말갈부 상공에 메아리쳤습니다. 어떤 사람들은 천지개벽이 일어났는가 놀라기도 하였고 어떤 사람들은 외적이 쳐들어왔는가고 의심도 샀습니다.

이윽고 동이 텄습니다. 대왕은 잠을 설치고나니 슬그머니 부아가 났으나 관례대로 아침조례를 꼭 해야 했으므로 궁전에 들어가 룡의자에 앉았습니다.

이윽고 대신들이 어제 하루 들놀이에서 사냥한 짐승들을 하나하나 대돌밑에 가져다 보이였습니다. 곰, 범, 사슴, 승냥이 같은 짐승의 가죽이 산더미처럼 쌓였습니다.

맨나중에 대왕의 막내아들이 대돌앞에 꿇어앉더니 큰소리로 아뢰였습니다.

《대왕님, 이 아들은 세상에 보기 드문 짐승을 바치오니 삼가 받아주시기 바랍니다.》 그러지 않아도 막내아들때문에 은근히 얼굴이 깎이운다고 우려하던중인데 이같이 기꺼운 소식을 듣게 된 대왕은 웃음집이 흔들흔들해났습니다.

《오냐 , 참 장하다. 어디 네가 잡은 그 짐승을 보자꾸나.》

막내아들이 자리에서 일어나며 뒤를 향해 손짓하자 대문밖으로부터 장정 넷이서 커다란 짐승을 목도해 들여왔습니다. 그런데 대돌밑에 채 내려놓기도전에 그 커다란 짐승이 《우웅-》 하고 무서운 소리로 울부짖었습니다. 그바람에 황제를 비롯한 모든 대신들이 대경실색하였습니다.

《에퀴, 괘씸할시구. 자고로 자라는 땅의 신선일진대 네 언감 신선을 이렇듯 무례하게 구니 그 죄 릉지처참당해도 과분치 않도다. 여봐라 얼른 저자식의 목을 베여 신선님앞에 효시하거라.》

《예이-》

군사들이 우르르 달려와 다짜고짜로 막내아들을 결박하여 밖으로 나가는데 수하 문무백관들이 일제히 황제의 면전에 가 엎드리며 한번만 용서해달라고 빌었습니다.

대왕은 대신들의 면목을 보아서 죽을 죄는 면해주었으나 즉시 곤장 백대를 안기도록 령을 내렸습니다. 그다음 친히 룡상에서 내려서더니 자라의 면전에 가 엎드리며 말하였습니다.

≪신선님, 내 무지한 아들을 두어 이렇듯 신선님을 모독하였사오니 죄송스럽기 그지없나이다.≫

말하고나서 손수 자라의 몸에 얽힌 바줄을 풀어주니 ≪우웅-≫하고 자라는 또 한번 울었습니다. 그러나 이번의 울음소리는 어제밤처럼 무섭게 울부짖는것이 아니라 부드럽고도 처량히 들렸습니다. 그런가 하면 자라의 작은 두눈으로부터 샘솟듯 눈물이 흘러내렸습니다.

대왕은 시종들더러 어서 술이며 산해진미를 가져다 신선님께 대접하라고 령을 내렸습니다. 그러자 자라는 놀라울 정도로 산해진미를 먹고나자 엉기적엉기적 궁전을 벗어나 동쪽의 살구산을 향해 기여갔습니다.

세월은 흐르고 흘러 자라가 돌아간지도 어느새 10년이 지났습니다.

기원 900여년에 료나라는 침략의 마수를 발해국토에까지 뻗쳤습니다. 하여 발해왕의 막내아들이 고수하던 마지막 전선이 무너지고 료군은 바야흐로 홀한말갈부를 먹으려고 달려들었습니다.

하루는 전선에서 퇴각해온 막내아들이 대왕께 급히 아뢰였습니다.

≪전하, 이 아들은 한몸 바쳐 싸웠으나 원체 료군의 병력이 하도 많아 당해낼 길이 없사옵니다. 바라옵건대…≫

그때 대왕은 병석에 누워있는 몸이였으나 홀한말갈부가 적에게 빼앗기에 되였다는 소식을 듣자 침상에서 벌떡 일어났습니다.

≪네 이놈, 평시에 내가 그토록 너를 일깨워주었건만 도무지 무뢰한당의 버릇을 고치지 않더니 오늘 나라를 말아먹는구나. 여봐라. 저녀석을 당장 옥에 가두어라.≫

발해왕은 대노하여 아들을 옥에 처넣은 뒤 그날로 갑옷 입고 투구를 쓴 다음 친히 전선에 나가 지휘하였습니다. 하지만 60고령에 이른 대왕은 자기의 군사적 재능을 몽땅 발휘하여 싸웠지만 각 도읍의 원군들이 미처 당도하지 않아서 고군 작전하는수밖에 없었습니다.

어느날 발해군사는 수십배 되는 적군과 맞다들어 싸운 끝에 숱한 상망자를 내고 퇴각하는수밖에 없었습니다.

적들이 아득바득 뒤쫓아오는바람에 발해군사는 밤 한술 물 한모금 못들고 허기진 가슴을 안고 천애절벽을 넘고있었습니다. 심심산곡이라 이곳 살구산속에는 샘물조차 찾기 어려웠습니다.

≪아, 물이 있었으면…물…≫

병사들은 이렇게 부르짖다가는 길가에 하나 둘 나뒹굴었습니다. 그 정경을 목격한 대왕의 마음은 한없이 쓰라렸습니다. 살구산 꼭대기에서 내려다보니 원쑤들이 살구산을 포위하고있었습니다.

대왕은 너무도 지쳐 한 너럭바위우에 걸터앉아 가쁜 숨만 몰아쉬였습니다. 그러던 그가 갑자기 놀래며 바위우에서 뛰여내리는것이였습니다. 글쎄 바위가 움찔움찔 움직였으니까요. 소스라치게 놀란 대왕이 땅에 내려서서 자세히 살펴보니 그것은 바우돌이 아니라 10년전에 놓아준 그 천년묵은 자라였습니다.

≪아, 신선님이시여…≫

대왕과 군사들은 어인 영문인지 알수 없어 그저 자라의 뒤만 따라들어갔습니다. 드디여 아름드리나무사이로 기여가던 자라가 한 수양버들밑에 가 멈춰서더니 뒤를 돌아다보았습니다.

≪아, 샘이다!≫

대왕과 군사들은 난데없이 샘이 퐁퐁 솟는걸 보자 기꺼움에 넘쳐 웨쳤습니다. 시원하고도 달콤한 샘을 마신 병사들은 저마다 새힘이 솟았습니다. 그래서 포위를 헤치려고 만단의 준비를 다그쳤습니다.

밤중이 되자 발해왕은 군사들을 지휘하여 적진에 뛰여들었습니다. 한동안 피어린 적진이 벌어졌습니다. 칼과 칼이 맞부딪치고 아우성소리가 하늘을 진감하였습니다.

마침 여러 도읍의 원군들도 당도하였습니다. 발해군은 원쑤들을 무찌르고 원군과 회합하여 료군을 여지없이 타격하였습니다. 하여 료나라 군사는 한놈도 도망못하고 전멸되었습니다.

발해왕은 마침내 이 싸움에서 대승전을 거두었습니다. 싸움이 끝난후 대왕은 몸소 살구산으로 찾아갔습니다. 그러나 그 천년묵은 자라는 다시는 나타나지 않았습니다.

발해왕은 자기의 목숨을 구해준 자라를 영원히 기념하기 위해 수만명의 백성들을 동원하여 커다란 자라산을 쌓고 그 자라산 밑에 커다란 돌비석을 세운 뒤 비문을 새기였습니다. 지금도 녕안현성 동쪽에는 자라와 흡사한 산이 하늘을 떠이고 앉아있는데 그 산밑에 가면 맑은 샘이 사시장철 콸콸 솟고있습니다.

박응진 구술 / 림승환 정리

김 생 원

리왕조의 포악한 량반통치를 반대하여 세상에 이름난 농민봉기를 일으킨 홍길동대원수가 사망된지 만 한해가 되는 봄날의 어느날 저녁이였습니다.

황해도 곡산의 첩첩산중에 둥지를 튼 홍길동의 수백명 부하들은 대청에 관솔불을 줄느런히 켜고 앉아 열렬한 토론을 벌리였습니다.

≪대체로 인젠 통수가 없으니 각기 헤여질수밖에 없수다.≫

≪글쎄 낫놓고 기윽자도 모르는 우리가 무슨일을 하자니 엄두도 안나는구려.≫

≪아이고! 대원수께서 터를 잡은 이 산채가 인젠 영 망하게 되였구나! 슬프도다, 슬퍼!≫ 기막힌 사연에 처한 때라 삽시에 대청의 여기저기서 울음소리가 터졌습니다. 바로 그럴 때 한구석에 묵묵히 앉아 애꿎은 담배만 빨던 한 장사가 큰소리로 입을 열었습니다.

≪여보게들, 너무 상심해마시우. 우린 결코 굶주린 백성들을 구원하기 위해 량반놈들의 재산을 털라던 홍길동장군의 유서를 저버려서는 안되오. 내 수소문한데 의하면 저 서울 남쪽에 김생이라는 젊은 선비가 있는데 축지법을 잘하여 수만리길을 눈깜짝할 사이에 왔다갔다하고 차력법을 하여 큰 산도 한주먹에 박산낸다우. 우리 김생을 청해다 우두머리로 세웁시다.≫

≪아따, 그게 참말이라면 오죽이나 좋겠소. 손오공이나 제갈량 같은 인물이 틀림없으니 어서 모셔옵시다.≫

이리하여 모든 도적들은 일제히 김생을 데려다가 그들의 괴수로 모시기로 합의를 보았습다.

한편 서울 교외의 어느 한 초라한 삼간집에는 부모도 형제도 없이 홀로 사는 김생이라는 젊은 선비가 살고있었습니다.

김생의 살림은 막대기 휘둘러도 거칠것 없으리만치 구차하였으나 방안에 들어서면 어디라 할것없이 책이 무데기로 쌓여있었습니다. 책도 모두 의학에 관한 책인데 김생은 밤낮없이 어둑컴컴한 방안에서 홀로 글을 읽고 쓰고 하였습니다.

마을사람들은 김생의 의학술 가운데서도 무엇보다도 그의 침술을 두고 칭찬이 자자했습니다. 한것은 김생은 아무리 중한 환자라 할지라도 대여섯번 침을 놓아 병을 뚝 떼기때문입니다.

김생은 별 성미여서 돈 많고 권세 있는 량반들이 찾아오면 아예 문을 닫아걸지만 돈없고 헐벗은 백성이 찾아오면 버선바람으로 밖으로 뛰여나가 모셔다가는 병을 치료해주군 하였습니다.

이상한것은 이웃의 사람들은 누구도 김생의 래력을 모른다는 점입니다. 혹간 김생이 어릴적부터 산에 들어가 도승을 모시고 도술을 배우는걸 목격했다는 사람들도 있지만 대관절 무엇을 배웠으며 무엇때문에 그가 의학공부에만 열중하는지는 아무도 몰랐습니다.

그러던 어느날 밤중이였습니다. 검은 얼굴에 수건을 동이고 잠방이에 짚신을 신은 웬 장정이 말 두필을 끌고 헬레벌떡 달려오더니 무작정하고 김생의 앞에 꿇어앉아 사정하였습니다.

《의사선생님, 수고스러운대로 한번만 우리 집에 다녀옵시다. 로년하신 어머니가 급병에 걸려 세상을 뜨게 되였사온즉 선생님 아니고는 다른 방법이 없습니다.》

《아하, 이런 딱한 일이라구야. 난 종래로 병보러 나다닌적 없는데. 달리 용한 의사를 찾아보게.》

《스승님, 이 한밤중에 돈 한푼 없이 어디에 가 의사를 모신다는겁니까? 아이구, 불쌍한 우리 어머님은 죽어도 눈을 감지 못하겠구나! 흑흑—》

사나이는 너무도 억이 막혀 통곡하였습니다. 그 몰골을 측은하게 바라보던 김생은 하는수없이 길을 떠나려 작정하였습니다.

이튿날 새벽, 김생은 낯모를 황해도 곡산의 손님과 함께 말에 올라타자 동구밖을 나섰습니다.

김생네가 떠나는걸 보고 마을사람들은 가불간 급병을 고치고 돌아오리라고 믿었을뿐 그처럼 똑똑한 김생이 곡산의 도적에게 속혀 무시무시한 소굴에 빠져들어갈줄은 생각도 하지 않았습니다. 닫는 말에 채찍질하여 만 사흘을 달리자 곡산의 깊은 산중에 들어섰습니다. 강을 건너 산을 넘어도 우중충한 삼림일뿐 인가라곤 보이지 않았습니다.

≪여보게 손님, 도대체 손님의 집은 어디에 있는가?≫

≪앞으로 몇리만 가면 됩니다. 저 앞의 산봉우리밑이 바로 우리 집입니다.≫

두 사람은 또다시 말을 짓쳐 산길을 톺아올랐습니다. 그런데 한 산굽이를 지나려니까 오솔길 복판에 웬 사나이 다섯이 앉아있다가 김생네를 보자 반가와하며 그중의 키가 장대같은자가 김생을 더려온자를 보고 입을 열었습니다.

≪돌쇠, 참말로 의사선생을 모셔왔네 그래.≫

≪두말하면 잔소리지유.≫ 돌쇠는 득의양양하여 대답하고는 김생을 돌아다보았습니다.

≪선생님, 마을사람들이 산골길이 험하다구 가마를 가지고 모시려는거랍니다.≫

≪이런, 난 얼마던지 걸어 올라갈수 있는데…≫

≪마을 젊은이들의 성의이니 사양하지 마시우다.≫

돌쇠의 권고에 못이겨 김생은 가마에 올라탔습니다. 그러자 교군 넷이 어깨에 가마채를 올리더니 부리나케 산봉우리를 향해 올라갔습니다.

드디여 한곳에 이르자 교군들이 가마를 내려놓고 가마에 드리운 발을 열었습니다. 그런데 가마에 앉은 김생은 깜짝 놀랐습니다. 글쎄 그곳은 그 무슨 초가집이 늘어선 인가가 아니라 커다란 동굴이였으니까요.

동굴에는 관솔불이 휘황이 켜져있는데 수백명의 병장기를 든 장정들이 무서운 얼굴을 하고서 일제히 김생을 올려다보고있었습니다. 그들가운데는 늙은이와 아이들도 섞여있었습니다. 김생은 소스라쳐 물었습니다.

≪여봐 돌쇠, 이곳이 어딘가?≫

돌쇠는 아무 말도 없이 묵묵히 서있었습니다. 이때 갑옷 입고 허리에 번쩍이는 칼을 찬 우두머리가 앞으로 썩 나서더니 구령을 불렀습니다.

《여봐라, 어른께서 광림하신다. 절을 올리라!》

《에이—》

두령의 명령이 떨어지기 바쁘게 동굴속의 수백명 졸개들은 땅에 넙죽 엎드려 절을 올렸습니다. 그러나 김생은 어안이 벙벙하여질뿐이였습니다.

(도대체 이게 어찌된 영문인가?… 혹시 이 숱한 무리들은 도적떼들이나 아닌지? 거짓으로 병보러 가자고 하고는 이곳에 꾀여온것이나 아닌지?…)

한창 복잡한 생각에 잠겨있을 때였습니다. 아까 그 두령이 다시 큰소리로 명령하였습니다.

《좌우간 먼 길을 오시느라 고생하신 어른을 위하여 술상을 차려라!》

《에이—》

두령이 명령이 떨어지자 대청 중앙에 김생을 높이 모시고 앞에는 줄느런히 산해진미를 차려놓았습니다. 김생은 병을 먼저 보아야겠다는 일념에서 급히 말했습니다.

《잠간만, 나중에 먹읍시다. 우선 급한 환자를 치료해야겠습니다. 도대체 환자가 어디에 계십니까?》

김생이 물었으나 온 대청안은 물뿌린듯 조용하였습니다. 한동안 지나서야 그 두령이 김생에게 기여들어가는 소리로 말했습니다.

《제발 노여워 마십시오. 기실은 환자란 따로 없지요. 여기 대청안의 수백명 사람이 몽땅 급병에 들었답니다.》

《이건 무슨 뜻이요?》

《아, 어르신님, 우린 몇십년째 홍길동장군의 수하에서 일했답니다. 그런데 대원수께서 세상을 하직하자 앞길이 막막하게 되였습니다.》

김생은 저으기 성이 났습니다. 그래서 대뜸 되물었습니다.

《보아하니 네놈들은 강도들이구나!》

《아니, 그런 말씀 마십시오. 우린 돈 많은 량반을 쳐서 헐벗은 만민을 살리기 위해 싸우는 사람들이지요.》

《응, 그런데 왜 나를 꾀여왔느냐?》

《어르신님, 까놓고 말하면 우리에겐 원수가 필요하답니다. 듣건대 어르신님

께서는 세상물정에 환하신데다가 별의별 도술을 알고계신다기에 이처럼 산채에 모신거지요.≫

≪오냐, 그러니 나더러 강도 괴수질 하란 말이지?≫

김생은 잔뜩 부아가 치밀어 바투 들이댔습니다.

≪제발 우릴 강도로 보지 마십시오. 기실 우린 도적이 아니랍니다. 우린 만백성을 못살게 구는 량반들을 잡아 두드리는 선량한 백성들이랍니다. 말 그대로 강도란 저 백성들의 피를 빨아먹는 량반들이지요.≫

괴수의 말은 김생의 마음에 꼭 들었습니다. 하긴 김생 자신도 기울어진 나라를 되돌려 세우려고 언제부터 마음 크게 먹었기때문입니다.

(옳아, 시험삼아 몇가지 재능을 보여주자.)

김생은 마침내 원수의 직으로 당분간 이 산속에 있기로 대답하였습니다. 그러자 동굴속의 남녀로소는 일제히 ≪만세!≫를 부르고나서 령수를 모신 기쁨을 춤과 노래로 경축하였습니다.

이튿날 김원수는 부하들을 일일이 점검하였습니다. 산채에는 크고작은 동굴이 몇십개였고 남녀로소를 합하여 6, 7백명이였으며 병장기가 수태 있었습니다.

어느 한 동굴에 이르러 보니 굴문은 철창으로 이루어졌는데 안에는 흐느낌소리가 들려왔습니다.

≪이 철문을 열어라. 여기엔 웬 사람이 살고있는거냐?≫

김원수가 호통하자 졸개들이 철문을 열어젖혔습니다. 그런데 동굴속에는 수많은 녀인들이 쇠사슬에 얽히운채 울고불고하는것이였습니다.

≪죄없는 녀인들을 이렇게 고생시키다니. 한사람도 남김없이 되돌려 보내거라!≫

≪예이—≫

해방 받은 녀인들은 저마다 뜨거운 눈물을 흘렸습니다. 그들은 원수께 백배사례하고는 저마다 산아래로 내려갔습니다.

며칠후 김생은 량식창고를 검사하였습니다. 그런데 량식은 이제 열흘 먹으면 밑바닥이 날 정도로 적었습니다. 천여명의 식량을 해결하자면 부득불 큰 부자집을 털어와야 했습니다. 그래서 크고작은 두령들을 불러놓고 의논하였습니다.

≪보건대 단박 량식난이 클것 같다. 어디에 큰 부자가 있는고?≫

≪조선팔도에 큰 부자는 많고 많습지요. 그중에서도 경상도의 이름난 해인사에 보물과 식량이 가장 많답니다. 그런즉 원수께서 어떻게 결심을 내리느냐가 문제입지요.≫

≪그럼 두말할것 없이 해인사부터 짓부시자꾸나!≫

≪안될 일입니다. 일전의 홍길동원수께서도 감히 손대지 못했는데요.≫

≪제길할, 무슨 군소리냐? 래일로 해인사를 털려 떠나겠으니 명령을 어기는자는 참하리라. 알겠느냐?≫

김원수는 허리에 찬 보검을 빼들더니 탁상모서리를 단칼에 베어버렸습니다. 여러 졸개들은 부들부들 떨며 분부대로 하겠노라고 했습니다.

유명한 불교사원인 해인사에는 중이 천여명이나 있어 해마다 백성들의 재물을 략탈하는터에 금은보화가 무데기로 쌓이고 량식이 산더미같이 많았습니다.

이튿날아침, 김생네 수백명 일행은 무려 10여일 걸어서야 해인사로 통한 골짜기의 오솔길에 올랐습니다. 김원수는 우선 수백명의 졸개들을 산속깊이 매복시키고나서 20여명 날랜 사람들만 뽑은 다음 그들을 데리고 산우로 올라갔습니다.

일행의 선두에는 흰 두루마기에 커다란 갓을 쓴 대감이 가마에 높이 올라앉고 뒤에는 졸개들이 보화며 명주 그리고 술, 산해진미를 마수레에 싣고 따라올라갔습니다.

산꼭대기에서 산밑의 으리으리한 행차를 굽어다보던 아이중이 김생네의 전갈을 받고 도승한테 뛰여가 웨쳤습니다.

≪스님, 절을 향해 굉장한 행차가 올라옵니다.≫

≪그래 대관절 누가 올라오기에 이 야단이야?≫

≪저 서울 박재상께서 시찰을 나오셨다가 해인사의 여래불상앞에 불공을 드리려고 찾아온거랍니다. 례물도 대단히 갖고 왔다겠지요.≫

아이중의 말을 들은 도승은 입이 함박만해졌습니다. 지나가던 사람도 불공을 드리면서 돈을 얼마간 바치니만큼 나라의 큰 대감인 박재상이 불공을 드리면서 큰 례물을 하사할건 뻔한 일이였습니다.

드디여 박재상네 행차가 절문앞에 가 멎었습니다. 박재상이 교자에서 내리자 마중나온 수백명 승려들은 구리종소리와 함께 일제히 합장을 하며 ≪나무아미타불 관세음보살…≫ 하고 승려가를 불렀습니다.

재상은 팔보탑을 지나 널다란 법당에 들어서자 향불을 사르고 공손히 절을 하였습니다. 그리고나서 커다란 금궤를 가져다가 뚜껑을 열더니 눈부신 금덩이들과 보물들을 꺼내여 도승과 여러 늙은 중들에게 쥐여주었습니다. 도승은 연신 사양하는척하다가 모름지기 여러 가지 보물들을 받아두는것이였습니다.

그날 저녁 해인사에는 큰 잔치가 벌어졌습니다.

박재상은 온 절간의 수백명의 중들을 대청에 모여놓고 싣고 온 명주며 례물을 나누어준 뒤 술상을 벌렸습니다. 원래 돈과 술에 눈이 어두울대로 어두운 중들인지라 박재상이 후하게 대하자 저마다 웃음집이 흔들흔들해났습니다.

도승과 여러 중들은 서울대감을 믿고 질탕 먹고 마셔댔습니다. 한밤중이 되자 박재상은 마지막 술통 몇개를 가져오라 해서는 아예 대청복판에 갖다놓았습니다. 그런데 웬걸 중들은 술통에 몽혼약이 들어있는줄을 모르고 게걸스레 저마다 한사발씩 술을 퍼마시더니 하나하나 제자리에 쓰러져 뒹굴었습니다.

《아이구 배야! 사람살려! 사람살려!》

애처로운 울부짖음소리가 대청의 여기저기서 울려왔습니다.

《나무아미타불, 이게 웬 일인가? 엉?…》

술에 덜 취한 늙은 도승이 기미를 알아채고 밖으로 내빼려고 할 때는 이미 늦었습니다. 도승의 앞에는 어느새 감투와 두루마기를 벗어던진 박재상이 갑옷에 보검을 쥐고 자기를 겨누고있었습니다.

도승은 더는 도망할 길이 없게 되자 박도를 꺼내더니 자기의 가슴에 꽉 박았습니다.

재상은 즉시 대청을 뛰여나가더니 네 지붕에 불을 달았습니다. 활활 붙는 불을 보고 겨우 정신을 차린 중들이 뛰여일어나 문을 두드렸으나 이미 늦었습니다. 대문은 언녕 자물쇠가 잠겨져있었던것입니다.

이른새벽, 주변의 백성들은 해인사가 불타는걸 보고 너도나도 구경하러 산으로 올라갔습니다.

인산인해를 이룬 백성들은 극악무도한 해인사의 중들이 불타죽는걸 보고 저마다 통쾌하였습니다. 그리고 대돌우에 버티고 선 젊은 장군을 우러러 보았습니다.

《여러 백성들은 들으라. 우리는 다름아닌 홍길동대원수의 후예들이다. 대원수의 유언을 받들어 백성을 못살게 구는 승려들을 징벌하였으니 그대들은 마음

대로 절간의 값지는 물건들을 나누어가지라.≫

박재상의 말을 들은 백성들은 ≪야!≫ 하고 함성을 지르더니 사처로 흩어져 절간을 되는대로 뒤지였습니다.

본래 조선에서도 이름난 절간인지라 방안마다에 값있는 보물들이 많았습니다. 백성들은 저마다 한아름씩 물건이며 량식따위를 들고나오자 산아래로 줄달음쳤습니다.

저녁때에 박재상은 올 때 타고온 교자를 불더미에 집어넣고나서 말에 올라타더니 수백명 졸개들더러 량식과 금은보물들을 말안장에 올리게 한후 산을 내려섰습니다.

기실 그날 해인사에 올라간 박재상이란 다름아닌 김생이였고 시종들은 곡산의 도적떼였습니다. 이렇게 김생은 시퍼런 대낮에 원한에 찬 해인사에 뛰여들어 죄악많은 도승과 수백명 승려들을 결단내고 군량을 마련하였습니다.

≪여보게들, 자네들이 합심한 덕에 이번에 해인사 중들을 감쪽같이 족쳤으니 참 고맙네.≫

곡산에 돌아간 김생은 저녁에 푸짐한 연석을 베풀고 수하두령들을 칭찬하였습니다. 그러자 여러 졸개들이 일제히 웨쳤습니다.

≪무슨 말씀을… 원수님의 신출귀몰의 전술이 없었다면 초개같은 우리로서야 어찌 해인사의 대적을 감당해낼수 있었겠습니까. 여러분, 우리 원수님과 한잔 통쾌히 마시기요.≫

한 두목이 큰잔에 술을 찰찰 부어들고 김생에게 권하자 김생은 두손으로 받아 단꺼번에 굽을 내고나서 천천히 말했습니다.

≪일전에 강원도 강릉골에 악명높은 대부자가 있어 백성을 못살게 군다더니 이번에 그자식을 단단히 혼쭐내주는게 어떻소?≫

≪원수님, 그 강릉 리진사라는자는 험한 산골짜기에 수십채의 궁전같은 집을 짓고있는데 첩첩산중에 외딴길 하나가 통하여있는데다가 한다하는 망나니들이 산을 지키고있어 여간해서는 범접못할줄로 압니다.≫

≪하하하, 까짓것 뭘 대단하다는거요. 며칠안으로 그 부자놈의 재산을 한절반 털테니 두고보구려!≫

이튿날, 김생은 자기의 졸개 한명을 파견하여 리진사의 산채를 살펴보게 했습니다.

한 열흘이 지나 그 정탐군이 김생에게로 돌아와 아뢰였습니다.

《아, 원수님, 그곳 산채의 주위는 천애절벽이고 오직 오솔길 하나밖에 통하지 않겠지요. 소금장사로 가장하고 수색을 당하며 들어가보니 방비가 여간하지 않습데다.》

《그래 리진사는 뭘 하고 있더냐?》

《마침 진사님은 서울로 일보러 가고 집에는 안해가 갓난 독아들을 데리고있는데 글쎄 그 아들이 불시에 중병에 들어 오늘 죽는다 래일 죽는다 하며 온 강원도의 명의들을 다 모셔왔으나 효험이 없다겠지요.》

《음, 잘했다!》

김생은 한동안 골을 짜더니 무릎을 탁 쳤습니다.

《여봐라, 래일로 리진사댁으로 떠나겠으니 당장 행장을 수습하여라!》

《아니, 감히 리진사댁을 치려고요?》

《홍, 고분고분 내가 시키는대로 하면 돼!》

원수의 말을 들은 졸개들은 입을 딱 벌렸습니다. 하긴 홍길동대원수도 언제부터 리진사댁에 손을 대려고 맘먹었으나 결국에는 세상 뜨고 말았으니까요.

이튿날 이른 새벽, 김생은 두령들더러 산채를 잘 지키라 명령하고는 졸개30명에게 각각 커다란 빈광주리 두개씩 말등에 올리게 한 다음 강릉산골짜기를 향해 달려갔습니다.

김생이 산밑에 이르러 보니 길옆에 천년 묵은 소나무 한그루가 서있고 그곁에 작은 사당이 있었습니다. 그리고 사당옆으로 외딴길이 산우로 구불구불 뻗었는데 단 한사람만 오르고 내릴수밖에 없었습니다.

김생은 데리고 온 졸개들더러 몽땅 사당뒤의 숲속에서 기다리라 하고는 저혼자 새하얀 두루마기를 입고서 말을 끌고 산우로 걸어올라갔습니다. 산중턱에 올랐을 때였습니다. 길목을 지키던 키골이 장대한 장정들이 큰칼을 빼들더니 다짜고짜 웨쳤습니다.

《여봐라, 넌 누구인데 감히 리진사댁으로 범접하는거냐? 성명을 대라!》

《소인은 전라도 의원으로서 리지사댁의 외아들이 중병에 시달린다기에 한번 보러 왔소이다.》

김생은 옆구리에서 자그마한 침통을 꺼내들어보이였습니다. 그러자 두 장정은 허리를 굽신하더니 산으로 오르라고 했습니다.

한편 이곳 리진사댁 산채는 오늘도 불도가니처럼 벅적 끓고있었습니다. 하긴 그처럼 귀여워하는 명문가족의 외독자의 목숨이 경각에 달려잇었으니까요. 공중루각이 나래펼친 어마어마한 대청에서는 리진사의 안해가 기혼해 넘어간 아이를 안고 몸부림치며 통곡하고있었습니다. 그럴 즈음에 하인이 대청으로 뛰여들며 급한 소리로 아뢰였습니다.

《마님, 전라도에서 명의가 오셨습니다.》

《어서 모셔들여라.》

리진사의 안해는 아이를 안은채 뛰다싶이 문간으로 걸어갔습니다.

가장한 흰 수염을 쓸면서 걸어오던 김생이 마님을 보자 허리 굽혀 절하였습니다.

《마님, 처음 뵈옵니다.》

《천리밖에서 모처럼 이렇게 오시느라 수고 많아요, 제발 이 아이를 살려주시옵소서. 내 요구하는대로 다 드릴테니!》

김생은 마님이 내미는 아이를 안자 두주먹이 부르르 떨렸습니다. 그리고 가슴속에서 불덩이같은것이 불끈 치밀어올랐습니다.

(만백성의 피를 빨아먹은 원쑤놈의 자식…)

생각같아서는 단박 땅에 메쳐 죽이고싶었습니다. 하지만 한가지 떠오르는 생각, 그것은 피덩이같은 아이한테는 죄가 없다는것이였습니다. 그리고 이 자리에서 아이에게 원쑤를 갚는 날이면 모든 계획이 수포로 돌아갈것이였습니다.

드디여 마음이 돌아서자 김생은 벌거벗은 아이의 가슴에 귀를 댔습니다. 마침, 아직도 숨이 붙어있었습니다. 하여 김생은 안방에 아이를 눕히고 모든 사람들더러 밖에 나가 있으라고 했습니다.

《아이가 살았다! 아이가 살았다!》

창밖에서 귀를 도사리던 마님과 여러 시종들이 일제히 환성을 올렸습니다. 더욱이 마님은 두눈에 감사의 눈물을 줄줄 흘리며 의원의 앞에 와 풀쑥 주저앉더니 절하는것이였습니다.

그날 밤, 리진사댁은 산해진미를 갖춰놓고 의원을 대접하였습니다.

그뒤로부터 3일이 되도록 의원의 정성스런 치료밑에 리진사의 외아들은 병이 다 나아 이전과 같이 짝자꿍하며 재롱을 부렸습니다.

나흘째되는 날 저녁, 갑자기 의원이 마님을 찾아와 말하였습니다.

≪마님, 이젠 아이의 병은 차도가 있는것 같습니다. 이제 산밑의 산신령에게 약소하나마 제물을 차리고 기도를 드리면 만병이 퇴치되고 앞으로 길한 일이 생길줄로 알고있습니다.≫ 리진사댁은 만면에 희색을 띠우며 시종들에게 제물을 갖추어 의원과 함께 산아래로 내려가게 했습니다.

≪여보게들, 산신령한테 잠간 기도를 올리고 나올테니 자네들은 저 소나무밑에 가 기다리게.≫

의원은 시종들의 품에서 아이를 안으며 일렀습니다. 그러자 시종들은 하는수 없이 소나무밑에 가 앉아 한식경이나 기다렸습니다.

의원은 아이를 안고 절간에 들어서는 길로 여래불상을 에돌아 찌그러진 뒤창문으로 빠져나오자 곧바로 무성한 숲속으로 뛰여들어갔습니다. 거기서 마침 며칠전부터 숨어있던 졸개들을 만나자 아이를 넘겨주고 활을 넘겨받자 다시 큰 소나무를 향해 달려갔습니다.

소나무밑에서 멀쩡하니 기도가 끝나기를 고대하던 시종 둘은 한식경이 지나도 소식이 없자 머리를 기웃기웃하며 절간안을 들여다보았습니다. 그런데 의원은 고사하고 아이마저 온데간데없었습니다.

≪큰일났다. 의원이 아이를 빼앗아갔다!≫

시종들이 당황해하며 다시 마당으로 나왔을 때 홀연 시위소리와 함께 소나무에 화살이 날아와 꽂혔습니다. 깜짝 놀란 그들이 아름드리 소나무를 올려다보니 글쎄 화살 끝에 종이쪼각이 꿰여있었습니다. 하도 괴이하여 화살을 뽑은후 종이쪼각을 펼쳐보니 글이 씌여있었습니다. 그러나 낫놓고 기옥자도 모르는 위인들인지라 그들은 종이를 접어들고 무작정 산우로 달아올라갔습니다.

≪마님, 마님, 큰일났어유!≫

≪웬 일이란말이냐?≫

아이의 병이 돌아섰기에 시름놓고 누워있던 리진사댁이 펄쩍 일어나 앉더니 대뜸 웨쳤습니다.

≪저, 저 귀동자가 온데간데없고 글쎄 화살에 이런 종이가 달려있습니다.≫

≪뭣이? 아이고 이 일을 어쩐단말이냐?≫

마님은 기절초풍하여 뒤마디 웨치더니 쿵하고 마당복판에 정신잃고 넘어갔습니다. 금이야 옥이야 키워오던 자식을 잃은 마님의 슬픔은 하늘에 닿는듯싶었습니다.

한동안 지나 정신이 든 마님은 시종이 주는 종이를 펼쳐보더니 아까와는 달리 얼굴에 희색을 띠였습니다. 종이에는 이렇게 씌여있었던것입니다.

아이는 살아있다. 삼일내로 금은 3천냥을 소나무밑에 갖다놓으면 아이를 돌려보내겠으니 그리 알라.
곡산 홍길동 수하 장병

(어이쿠, 이게 어디서 또 생긴 홍길동 수하 장병들이란 말이냐? 재물이 탐나서 일부러 흉계를 꾸민게 틀림없어, 그까짓 재물을 다 주더라도 우리 귀동자를 바꿔와야지!)

마님은 기어이 귀동이를 구해야겠다고 생각되자 그날부터 금은 3천냥을 준비하게끔 호령하였습니다.

사흘째되는 날, 마침내 금은 3천냥을 몽땅 준비하였습니다. 저녁편이 되자 마님은 시종2, 3십명에게 각각 금은을 싼 꾸레미를 메워 오솔길을 내려서자 소나무밑에 갖다 공손히 놓고 돌아섰습니다. 산채로 올라가 이제나 저제나 하고 귀동이가 나지기를 고대하였지만 해가 질 때까지도 아무런 소식도 없었습니다. 이때 마님의 가슴은 불로 지지는듯 탔습니다.

마침내 해가 지자 어스름이 깔리더니 날이 캄캄해졌습니다. 마님은 더는 기다리는 수가 없었습니다. 그래서 시종들을 데리고 다시 산아래 절간으로 내려갔습니다. 마침 쟁반같은 달이 솟아올라 사위는 점차 밝아졌습니다.

절간에서 몇십보 사이둔 곳에 당도한 마님네는 눈이 빠질세라 절간 앞마당을 살펴보았습니다. 마침내 소나무밑의 커다란 청석우에 커다란 보짐이 놓여있는 것이 어렴풋이 보였습니다. 그런데 그 보짐은 꼼짝 움직이지 않고있었습니다. 마님은 부지중 무서움이 앞서 두손에 땀을 쥐였습니다.

(혹시 죽은 귀동이가 아닐가?)

발범발범 다가간 마님은 화닥닥 보짐을 끌어안았습니다. 그래도 보짐은 까딱 않고있었습니다. 너무도 괴이하여 보짐을 살펴보던 마님의 두눈에선 뜨거운 눈물이 왈칵 쏟아져내렸습니다.

≪얘야! 네가 살아있구나!≫

그때까지 쌔근쌔근 단잠에 들어있던 귀동이는 마님의 웨침소리를 듣자 그제야 ≪응아!≫ 하고 울어댔습니다.

마님은 담요를 풀어헤치기 바쁘게 아이를 끌어안고 연거푸 입을 맞췄습니다.

이튿날, 리진사댁에서 귀동이를 찾았다고 큰 잔치를 베푸는 동안 곡산산채에서도 금은3천냥을 벌었다고 큰 연회를 차렸습니다.

≪자, 여러분, 오늘은 사양 말고 마음껏 마시고 놀아들 봅시다.≫

김생은 수백명의 수하들을 돌아보며 흥이 도도하여 말하였습니다. 그러자 졸개들은 권커니자커니하며 먹고 마시기 시작하였습니다. 술이 뒤순배 돌았을 때였습니다. 김생이 커다란 잔에 술을 부어든채 여럿을 향해 장중히 입을 뗐습니다.

≪여러 수하들은 나의 말을 들으라, 내가 자네들의 청에 못이겨 두령으로 된지도 몇달이 지났네그래, 그사이 두어번 내 마음 먹은대로 거사해보았더니 어쨌든 성공을 보았소 내 본시 큰뜻을 품고 어지러운 나라를 구하려 마음먹었던지라 이 산채에서 그냥 도적괴수로 앉아있을수 없거든. 난 래일로 산채를 떠나야겠소.≫

≪아아, 두령님, 우릴 어찌고 떠나시려는겁니까?≫

한동안 온 연석이 와작 들끓었습니다.

≪내가 보건대 여러분들은 날 때부터 도적으로 태여난건 아니지요. 그저 살길이 막막하여 이른바 도적으로 되었다는건 나도 알고있소 저 백성을 못살게 구는 량반무리를 뒤엎자면 아직도 더 힘을 키워야 될것 같소. 그래서 나는 당분간 따로 산속에 들어가야겠소. 그동안 여러분들은 산책의 금은과 재물들을 골고루 나누어가지고 농사일에 힘쓰도록 하시오. 몇 년후에 일단 내가 부르거던 다시 거사하도록 하고…≫

두령의 사리에 맞는 말에 여러 졸개들은 잠시 마을착한 백성으로 눌러있기로 하였습니다.

드디여 사람마다 꼭같이 재물을 나누고 떠나들 가게 되였습니다. 김생은 여러 졸개들과 작별의 뜨거운 눈물을 흘리였습니다. 그다음 말잔등에 올라타자 홀로 북쪽을 향해 달려갔습니다.

김기호 구술 / 림승환 정리

팔모진주

머나먼 옛날 한 산골에 가난한 총각이 살고있었다. 하도 부지런한 덕에 스무살 때 장가를 가게 되였다.

잔치날 총각은 말을 타고 각시데리러 떠났다

뭇새들이 노래하고 호랑나비 춤을 추며 백화만발하여 반기건만 한시 바삐 색시 볼 마음 불같아 닫는 말이 꿈뜨기만 생각되여 채찍만 안길뿐 곁눈 한번 팔지 않았다. 그런데 산등성이에 올라 내리달리려던 말이 갑자기 효용하며 멈춰 서서는 갈기를 세우며 앞발질을 해댔다. 그바람에 말등에서 떨어질번한 총각은 두덜거리면서 내려보니 등허리에 소름이 쫙 끼쳤다. 원래 길 복판에 구렁이 한 마리가 똬리를 틀고있는데 어겹결에 보아도 사발만큼 실한데 서너발은 잘 되놈 이였다. 구렁이는 시뻘건 아가리를 벌리며 싸리대같은 혀를 날름거리고있었다. (잔치날에 이게 웬말이냐? 구렁이가 앞길을 막고 헤치려하니 이란 흉사가 또 어디에 있단말인가?) 총각은 내려가 단방 쳐 죽이고 싶었다. 그러나 길가에 짐승 이라도 죽여서는 안된다고 생각 되여 옆을 비켜 지나가자하니 구렁이가 옆으로 막아서고 에돌아 가자니 또 앞에 와서 길을 막았다.

신랑은 갈길이 바쁘지만 구렁이가 막아서서 갈수가 없었다. 하여 그는 구렁이 한테 빌었다.

≪이 무정한 구렁아, 길을 비켜다오. 내 오늘 새기 데리러 가는 길이니 정 날 잡아먹겠으면 돌아 올 때 잡아먹어라, 신랑이 오기를 고대하는 새기가 불쌍하 지 않느냐? 길을 비켜다오!≫

그러자 구렁이가 너털웃음을 치며 말하였다.

≪너는 장가를 가지만 나는 승천하여 룡이 되여야 하겠다. 오늘이 마지막날인데 너를 잡아먹어야 승천할수 있다. 그러니 잔말말고 내려오너라!≫

성이 날대로 난 총각은 말에서 뛰여내리며 옆에 큰 돌을 주어들고 구렁이의 대가리를 냅다쳤다. 면바로 대가리를 얻어맞은 구렁이는 그만 찍소리도 못하고 쓰러져 죽어버렸다.

구렁이를 죽인 총각은 안도의 숨을 쉬며 말을 타고 색시집으로 갔다.

사흘후 신랑이 잔치를 다 치르고 꽃같은 각시를 말에 태워 집으로 돌아오고있었다. 사흘전 구렁이를 때려잡던 곳에 이르니 죽은 구렁이는 어데간지 없는데 그 옆에 방짝같은 바위우에 죽은 구렁이보다 더 실한 구렁이가 눈알을 부라리며 혀를 날름거리고 있었다. 기절할 지경인 신랑은 하늘을 쳐다보며 탄식을 하였다. (하느님도 무정하지, 내가 못갈 장가를 가나? 왜 갈 때 올 때 구렁이가 날 해치러 나오느냐?)

말우에 앉은 색시도 구렁이를 보더니 그만 혼비백산하여 오돌오돌 떨기만 하였다. 이때 구렁이가 스르륵 길가로 기여나오더니 입을 열었다.

≪네 이놈, 내 너를 사흘째 기다린다. 네놈이 장가를 간다고 나의 안해를 죽일건 무언고? 내 네놈을 잡아먹음으로 안해의 원쑤를 갚겠다.≫

원래 이 구렁이는 사흘전 죽은 구렁이의 짝이였다.

신랑이 미처 대꾸할새도 없이 구렁이는 그에게 덮쳐들어서 그를 물어죽였다. 이 광경을 본 각시는 그만 기혼하여 말잔등에서 떨어졌다. 그러자 구렁이는 꼬리로 각시를 감았다.

어느때나 됐는지 각시가 정신을 차려보니 자기가 바위돌우에 누워있는데 구렁이가 자기를 내려다보고있었다. 겁도 났지만 악에 바친 각시는 구렁이와 생사결단하려고 일어섰다. 그러자 구렁이가 꼬리로 내리누르는데 원래 나약한 여자라 그는 일어설수가 없었다. 구렁이는 각시를 내려다보며 능글지게 말하였다.

≪각시, 내말 듣소 당신 남편이 내 안해를 죽이고 내가 당신 신랑을 죽였으니 인젠 우리 둘이 남았소 그 가난뱅이 신랑을 따라가봤자 평생 고생할것이니 나를 따르면 부귀영화를 누릴것인 즉 나와 인젠 같이 살기오.≫

≪이 미친놈아! 이 원쑤놈아! 내 신랑을 살려내라! 내가 아무리 미친년이기로 사람이 어찌 구렁이와 같이 산단 말이냐! 오늘 내죽고 네죽고 결판을 내보자!≫

≪각시 진정하오. 내가 구렁이지만 나에게 보물이 있으니 구렁이도 사람으로 변할수 있소. 원래 승천하여 룡이 되려 했는데 꽃같은 색시를 보니 승천이고 룡이고 당신하고 살겠소.≫

구렁이는 입안에서 진주를 하나 꺼내는데 팔모진주라 모마다 같지 않은 빛을 뿌리고 있었다. 확실히 보물이였다. 구렁이는 팔모진주를 돌리며 파란색나는 모를 자기 앞으로 놓더니 ≪변해라!≫ 하고 소리치자 삽시에 구렁이는 온데간데 없어지고 훤칠한 총각이 각시앞에 앉아 있었다. 각시는 그만 어리둥절해지고 말았다.

≪자 보오. 이만하면 그 어느 총각보다 못하오? 더욱 당신의 남편보다 몇배 훌륭하지 않소. 우리에게 이 보물만 있으면 근심걱정없이 부귀영화를 부릴수 있소. 어떻소? 나와 같이 살기오!≫

각시는 남편을 죽인 이 원쑤를 찢어죽이고 싶지만 힘으로 당해낼수가 없다는 걸 알았다. 한참 고개를 숙이고 생각하던 끝에 각시는 웃음을 지으며 말했다.

≪좋아요, 내 신랑은 이미 죽었으니 방법이 없군요. 인젠 집으로 돌아갈수 없으니 당신을 따르겠어요.≫

너무도 기뻐난 구렁이총각은 입이 함박만해지고 팔모진주를 집어들고 주어넘겼다.

≪우리에게 이 팔모진주만 있으면 세상 부러울것 없소. 자 보오, 이 빨간색 모는 돈 나오는 모이고 누런색 모는 금 나오는 모이고 하얀색 모는 쌀 나오는 모이고 이 파란색 모는 금방 보다싶이 변하는 모이고 분홍색 모는 옷 나오는 모이고 록색 모는 죽은 사람 살리는 모이고 자지색 모는 만병통치 모이요. 이거면 어떻소?≫

일곱 개모까지 말하고 난 구렁이총각은 마지막 검은색 모만은 말하지 않았다. 이상하게 여긴 색시는 여기에 문장이 있겠다고 따지고 물었다.

≪그 검은색 모는 무슨 모인가요? 왜 말하지 않나요? 다 말해보세요.≫

≪그건, 저…아무 모도 아니니 알 필요 없소.≫

구렁이총각은 얼버무려 넘기려 하였다.

≪인젠 제가 당신을 따르겠다고 하였는데도 못 믿겠으면 그만두시자요. 그럼 절 죽이든지 보내든지 하세요!≫

바빠난 구렁이총각은 마지못해 그걸 알려주었다.

≪저…그럼 알려주겠소. 그런데 절대 함부로 써서는 안되오. 이 검은색모는 누굴 죽으라면 누가 죽는 모이요.≫

≪아! 그래요. 그 팔모진주가 참 희귀한 보물이군요. 어디 나도 좀 보자요. 이리 주세요.≫

≪아, 이거…≫

≪아니 날 못믿겠다는 말인가요?≫

≪아니, 아니. 저…자 그럼 보오.≫

구렁이총각은 색시가 하도 조르니 그만 그에게 팔모진주를 넘겨주었다.

색시는 팔모진주를 받아쥐고 이모저모 훑어보며 돈도 나오라 했다가 쌀도 나오라 해보니 과연 구렁이말대로 무엇이든지 하라는대로 되였다. 인젠 됐다. 네놈 죽어봐라 하고 색시는 번개같이 검은색 모를 구렁이총각에게 돌리면서 ≪구렁이놈 죽어라!≫하고 소리쳤다.

구렁이는 이것이 겁이 나서 그에게 주지 않으려 했는데 색시에게 반해서 줬다가 미처 어쩔새없이 그 자리에서 죽어버렸다.

색시는 구렁이를 죽이고 인차 신랑에게로 달려가 신랑에게 록색 모를 돌리며 ≪살아나라!≫ 라고 하였더니 과연 신랑은 금방 잠에서 깨여난 사람같이 살아났다.

이렇게 지혜로써 팔모진주를 빼앗아 구렁이를 죽이고 신랑을 살려낸 색시는 그와 함께 팔모진주를 가지고 집으로 돌아와 시부모를 잘 모시고 가난한 사람들을 구제하여 아들딸 낳고 잘살았다한다.

전오복 구술 / 리광수 정리

섣달 그믐날 손님대접을 잘한 덕분

옛날 산비탈양지쪽에 한집식솔이 오붓하게 살고 있었다. 어느날 이집의 아들 둘이 머루넝쿨밑에서 놀고 있었다. 그때 홀연 이상한 옷을 입은 사람 둘이 그옆을 지나가고 있었다. 행객가운데의 젊은이가 늙은이를 보고 말했다.

《스승님, 저 머루넝쿨밑에다 집을 지으면 부귀영화를 누릴수 있다 하셨지요?》

늙은이가 대답하였다.

《그래 잘살수는 있으되 화가 뒤따를수 있네.》

《무슨 화가 끼칠수 있습니까?》

《저 머루넝쿨밑에 집을 짓고 살면 홍자만자하게 살수는 있으나 삼년후 섣달그믐날에 들어오는 손님을 잘 대접하지 않았다간 불벼락을 맞게 될거네.》

지나가던 두사람중 늙은이는 도사이고 젊은이는 도사의 제자였다.

머루넝쿨밑에서 놀던 형제는 잘 살수 있다는 행객들의 말에 귀가 벌쭉해졌다. 그래서 둘은 그길로 아버지 어머니에게 금방 들은 말을 옮겨놓았다.

애들 아버지는 구차해서 굶어죽으면 어떻고 삼년을 번하게 살다 불벼락을 맞으면 어떠랴 내 삼년후 섣달그믐날 손님만 잘 대접하면 재난을 피할수도 있겠지 하는 생각으로 머루넝쿨밑에다 집을 지었다.

아니나 다를가 그들이 밭에 나가 땅을 뚜지면 금덩이가 곤잘 나왔다. 게다가 농사도 잘되여 다음해부터 그들은 남부럽지 않게 지냈다. 그 집에서는 잘살수록 지나가던 두 행객의 은혜를 잊을길 없어 지나가던 손님대접을 여간 잘하지 않았다. 그리고 삼년 되는 그믐께부터는 잔치를 차리듯 먹을것을 많이 장만해 놓았다.

드디여 섣달그믐날이 돌아왔다. 이날따라 함박눈이 펑펑 쏟아졌다. 허나 못살 때는 친척들이 발도 들여놓지 않던것이 잘살게 되니 명절 때마다 한구들씩 쓸어들었다. 이번에는 청치를 차린다는 소문을 듣고 친척들과 이웃에서 숱한 사람들이 밀려들었다. 하지만 그 숱한 사람들을 정성껏 대접하였다. 그리고나서 주인은 또 도정신하여 늦게라도 들어오는 손님이 없나하여 밖을 내다보았다.

퍽 늦어서 개가 짖더니 주인 찾는 말소리가 들려왔다. 주인은 버선바람으로 달려나가 문을 열고 손님을 모셔들였다. 들어온 사람은 포수군인양 총을 메고있는것이 솜덩어리에 두눈알을 박아놓은듯 하고 신끈이 꽁꽁 얼어 붙어있었다.

주인은 식구들을 불러 모자를 벗긴다 신끈을 푼다 옷을 벗긴다 손을 녹여준다 화로를 들여온다 하며 분주히 돌아쳤다. 포수군은 웬일인지 몰라 어쩔바를 몰라 하였다. 좀 지나 목욕시키고 새옷을 갈아입힌 다음 음식상까지 갖추어주었다. 음식상을 보니 난생 처음 보는 산해진미여서 먹기전부터 군침이 돌았다. 하루종일 눈속에서 고생하여 지칠대로 지친 포수는 나래는 갑산 가더라도 우선 먹고보자고 주인이 부어주는 술을 댓잔 마시고 음식도 배가 불룩 나오도록 먹었다.

손님은 상을 물리고 권하는 담배를 한대 말아 피웠다. 그러니 자꾸 눈까풀이 내려와서 그만 자야겠다고 하였다. 웃방에는 비단이부자리가 펴놓여있었다.

열정적인 안주인이 말하였다.

《손님, 퍽 곤하시겠는데 어서 주무십시오.》

안주인이 미닫이문을 닫고 나가자 집안은 쥐죽은듯이 고요하였다. 비록 잠이 막 밀려와 눈을 뜰수 없지만 손님은 생각을 굴리였다.

(이집에서 왜 낯모르는 나를 이다지도 잘 대해줄가? 사람들인가, 귀신들인가? 아니면 범이나 여우가 변한 사람들일가?)

손님은 머리맡에 놓은 총을 들고 도정신하였다. 이때 밖에서 바삭바삭 눈 밟는 소리와 도란도란하는 말소리가 들려왔다. 손님이 밖을 내다보니 몇사람이 화로불과 홰불을 들고 이집으로 다가오는것이였다.

《너희들이 우리 굴에다 집을 짓고 잘살기는 한다만 오늘 이 불벼락을 맞아봐라!》

그 소리를 들은 손님은 이집에서 정성껏 대해준 은혜를 못갚아하던차 잘되였다고 사냥총을 겨냥하여 쏘았다. 마침 무철이 확 퍼져나가서 들어오던 몇사람은 그 자리에 폭폭 쓸어졌다.

총소리에 놀란 주인과 손님들은 아우성을 치며 야단법석을 떨었다. 손님이 먼저 총을 받쳐들고 나가보니 죽은것이 백년묵은 불여우들이였다. 원래 머루넝쿨은 이 불여우들의 굴이여서 삼년만에 원쑤갚으러 왔던것인데 그만 손님의 총에 맞아 죽어버렸던것이다.

량학림 구술 / 한택은 정리

곰보안해를 얻은 황대감

옛날 서울에 지위가 높아 대감이요 재산이 많아 만금부자라 불리우는 황씨 성을 가진 령감이 살았는데 마음이 한없이 선량하여 백성을 더없이 사랑하여 주었으므로 칭찬이 자자하였다.

게다가 인물체격이 출중하고 품성이 단정하여 평생 기생 하나 다쳐본적 없고 흐지부지한적도 없었다. 그런데 60살이 당진하도록 슬하에 자식하나 없으니 남들은 아들을 장가보내오 딸을 시집보내오 하면서 기쁨으로 세월을 보내건만 황대감 홀로 날에 날마다 구슬픈 마음으로 한숨만 내쉬였다.

(내가 젊었을 때 작은댁이라도 얻어 살았더라면 혹 자식이라도 보지 않았을 가?)

황대감은 일찍 안해와 친구들의 권고를 싹 거절하였던 일이 후회되였다. 하지 만 이제 와서 후회한들 무슨 소용이 있으랴.

무정세월 양류파라 어느덧 가을이 되여 뜰악의 단풍은 한잎 한잎 땅에 지고 기러기떼 남으로 날아가며 구슬피우니 황대감은 저도모르게 눈물이 쏟아졌다.

(에라, 고달픈 심정 구월산에 가 산천구경으로 달래나 보자꾸나!)

황대감 이렇게 생각하고는 이튿날 떠나는데 수많은 하인들이 따라나서는걸 다 싫다하고 홀로 나귀를 타고 시골로 내려가는데 여러날 걷고나니 구월산밑에 당도하였다.

하루는 길을 재촉하다가 시내가에 이르렀는데 내가에는 푸르싱싱 참대가 자 라있어 경치가 좋기에 대감은 나귀에서 내려 잔디가 깔린 언덕에 앉아 건너편 내가를 바라보았다. 그러던 그는 웬 녀인이 빨래하는 모습에 그만 정신이 황홀해 졌다. 글쎄 월궁의 선녀같이 아릿다운 녀인이 백설같이 흰다리를 내놓은채 맑은 시내물에 발을 담그고 빨래를 하는데 황대감 한번 보니 가슴이 활랑이여 더는 참을수가 없었다.

(아니, 내가 왜 이런담!)

홀제 황대감 이렇듯 자신을 단속하며 돌아섰건만 그럴수록 그녀인이 보고싶 은걸 어쩌지 못하였다. 하긴 서울에서 태여나 여지껏 살아왔지만 그토록 아름다운 여자는 처음 보았던것이다.

황대감 정신이 팔려 보노라니 녀인은 빨래를 다해가지고 함지를 머리에 이더니 일어섰다. 그러자 황대감도 저도 모르게 녀인의 뒤를 따라갔다.

이윽고 숲속을 에돌아 한곳에 당도하니 산기슭에 오붓한 초가집 몇채가 서있는데 녀인은 한 대문에 들어서는것이였다. 황대감은 급한나머지 대문에 막아서면서 말하였다.

≪나는 서울에 사는 황대감이오. 구월산구경을 떠났다가 해가 기울었으니 하루밤만 류하는데 어떠하오?≫

부인은 잠간 생각하더니 말했다.

≪저, 안채에는 들지 못하나 밖의 사랑채에는 드실수 있어요.≫

대감은 백배사례하고나서 문앞에 당나귀를 매놓고 방에 들어갔다. 한참 있으니 신부름 하는 아이가 밥상을 들여오기에 대감은 식사를 끝마치고 자리에 누웠으나 그 녀인의 얼굴이 자꾸 떠올라서 좀처럼 잠이 오지 않았다.

한편 이집은 량친부모가 아들 삼형제 딸 하나를 데리고 화목하게 사는 가정인데 아들들은 똑똑하고 인물체격이 훌륭하나 딸만은 병신이라 입이 비뚤어지고 코도 비뚤러진데다 눈하나마저 멀었으며 얼굴은 곰보이고 다리도 절었다.

아까 내가에서 빨래하던 녀인은 이집의 맏며느리인데 여직 병신시누이를 25살 되도록 시중하자니 고생이 막심하였다.

(아까, 서울의 황대감의 눈치가 이상하기 짝없었지. 오늘밤 저 병신시누이나 한번 시집보내자꾸나.)

맏며느리는 이렇게 생각하자 초가집 벽에 흙바르듯 향기나는 분을 시누이의 얼굴에 잔뜩 쳐바르고 화장을 잘 시킨 다음 밤중에 남몰래 사랑방에 나갔다. 가보니 다른 방은 불이 다 꺼졌는데 황대감만은 초불을 밝히고 낮에 본 녀인이 그리워 이제나 저제나 하고 기다렸다. 그럴 때 밖으로부터 여자의 발걸음소리가 들려오거늘 황대감 자리에서 벌떡 일어나 앉으니 문이 반쯤 열리면서 낮에 빨래하던 녀인이 웃음을 지으며 들어서더니

≪대감님, 왜 주무시지 않아요? 밤도 깊었는데…≫

하면서 곁에 앉거늘 대감 보니 아름다운 자태는 천상의 선녀도 비기지 못할 지경이였다.

대감이 더는 정욕을 이기지 못하여 자리를 편후 초불을 끄고 녀인의 옷을 벗기고 막 그러안으려는데

≪잠간만, 내가 요강을 그만 들여오지 않았어요. 누워서 좀 기다리세요.≫ 하고 말하였다.

이윽고 맏며느리는 옷을 벗은채 밖으로 나가더니 시누이의 옷을 벗겨 제가 입은 다음 요강을 쥐여주면서

≪대감이 하라는대로 해요. 그리고 날이 새면 내옷을 입고 나와요.≫ 라고 부탁하고는 가버렸다.

병신시누이는 옷을 벗은대로 요강을 들자 방안으로 들어와 자리에 누웠다. 그러자 황대감은 너무도 기뻐서 녀인을 그러안은채 온갖 재미를 다보았다.

그런데 세벽녘에 초불을 밝히고 녀인의 고운 얼굴을 다시 보려던 대감은 초풍할만치 놀라 입을 딱 벌렸다. 글쎄 곰보도 개곰보에 입코마저 비뚤어진 녀인이 곁에서 코를 골면서 자고있질 않는가.

≪아차, 날이 새면 이런 망신을 어이하랴. 어서 도망을 치자꾸나!≫

황대감은 급해맞아 대수 옷견지만 걷어안고 밖으로 뛰쳐나와 걸음아 날 살려라 하고 채찍질하여 서울로 돌아갔는데 그바람에 부채와 책 그리고 행장까지 그대로 남겨두었다.

한편 곰보처녀는 해가 궁둥이에 솟도록 세상모르고 잤는데 형님이 깨워서야 기지개를 켜며 일어났다. 그런데 며칠이 지나자 시누이는 이것도 먹고싶소 저것도 먹고싶소 해서 형님은 제가 빚어낸 일이라 찾는 음식을 다 해먹였는데 세월이 흘러 어느덧 십삭이 되니 하루는 배 아파 죽는다고 야단을 쳤다. 하여 맏며느리 하는수 없어 부모에게 알렸더니 아버지가 말하는것이였다.

≪못난 병신도 자식이라 이제 죽는다고 야단이니 의원이나 한번 모시는게 부모의 도리인가 하노라.≫

그러자 며느리는 품속에서 날이 선 식칼을 꺼내 앞에 놓고 꿇어앉은채 지나간 사연을 자초지종 다 이야기하였다.

≪제가 죽을 죄를 지었으니 이 칼로 죽여주십시오.≫

≪죄는 후에 처리하도록 하고 우선 해산부터 시켜라.≫

며칠후 시누이는 과연 달같은 아들 하나를 낳았다. 세월은 류수와 같이 흘러

어느덧 아이는 4살을 먹었는데 인물이 환하고 씨좋은 자식이라 하나를 배우면 열을 아니 어머니는 너무도 기뻐 독선생을 모신다음 10여년을 가르쳤는데 아이의 재간이 뛰여나 글은 명필이요 시를 짓기는 리태백에 못지않았다.

그러던 어느날 어머니와 외숙모가 아이에게 살색비단저고리에 초록색조끼를 바쳐입히고 갓을 씌워 나귀잔등에 앉힌다음 황대감께 주는 서신과 대감이 버리고 간 부채와 책을 주며 타일렀다.

《애야, 너 서울 가면 동대문안에 가서 나라에 이름난 황대감을 찾거라. 그러면 알도리가 있느니라.》

선비 나귀에 올라 수일 채찍질하여 서울에 도착하였는데 인물이 옥골선풍이여서 연도의 보는 사람마다 칭찬하지 않는 자가 없었다. 이윽고 선비는 동대문곁의 주막에 자리 잡고 은근히 황대감을 만나려 하여도 파수가 누구도 들여놓지 않아서 만날 기회가 없어 날마다 우울하게 지내였다.

하루는 보름달이 휘영청 밝은데 잠이 오지 않아 뜰악에서 산보하다가 시누렇게 익은 배나무가지가 담장밖으로 나온것이 보이였다. 선비는 배가 고픈김에 담장에 올라가 큰 배 하나를 따려다가 그만 나뭇가지를 꺾어버렸다.

한편 그날밤 황대감도 잠이 오지 않아 정원을 산보하는데 밖에서 웬 자가 그토록 아끼던 배나무를 꺾기에 부아가 나서 호통쳤다.

《웬 자식이 배나무를 꺾노냐? 애들아, 어서 도둑을 잡아오너라!》

그 소리를 들은 하인 십여명이 우루루 담장에 나가 선비를 밀고닥치며 대감앞으로 끌어오는데 대감이 보니 자기 소년시절의 생김새와 꼭같은 선비가 끌려오거늘 이상한 생각이 들어 하인들을 물러가게 하고 총각을 정자에 앉힌 다음 물었다.

《자넨 도대체 누구인가?》

그랬더니 총각도 말없이 가슴에서 편지 한통과 부채 하나를 두손으로 받쳐 올리기에 대감은 서신과 부채를 보고 깜짝 놀라지 않을수가 없었다.

《네가 바로 내 아들이 분명쿠나!》

다음 그애를 집으로 안내하여 자리에 앉히고 침모를 불러 밖으로 도련님 의복을 한벌 짓되 창고직을 불러 제일 좋은 비단과 갓이며 소를 가져오게 하고 목에 걸 구슬을 가져오게 하여 단장을 시켰더니 황대감 15살 때 그려붙인 화상과

틀림없는지라 대감 대희하여

≪어쩌면 너 애비를 꼭 닮았느냐?≫

하며 한자리에 누워 밤새 이야기를 하다가 해가 뜨니 갓 쓰고 의복 단정히 하고 부인방으로 데리고 가면서 하녀를 불러 부인께 내가 들어간다고 알리게 하였다.

황대감 부인이 그 말을 듣자 소복단장 급히 뜰로 나서는데 황대감이 싱글벙글 웃으며 마주오기에 물었다.

≪대감님, 오늘따라 어이하서서 희색이 만면하셨습니까?≫

≪아들이 찾아왔으니 왜 기쁘지 않겠소?≫

대감이 뒤를 가리키는데 부인이 보니 글쎄 황대감 17살에 장가들 때 신방에 들어오는 그 모습이라. 깜짝 놀라하였다. 그때 그애가

≪어머니, 귀체안녕하십니까?≫

하며 절을 넙죽하기에 부인 그제야 웬 영문임을 알고 역시 기뻐마지않았다.

그해 가을에 아들은 과거를 보았는데 본래 총명한데다가 문필이 뛰여나니 수많은 선비들 가운데서도 첫 자리로 장원급제하니 황대감 내외의 기쁨은 이루 헤아릴수 없었다. 하루는 황대감 부인이 서자를 불러놓고 말을 하였다.

≪네 과거급제한것도 다 너의 어머니가 자식을 잘 공부시킨 덕이니라. 그러니 래일 아버지와 함께 시골로 가 어서 네 어머니를 모셔오자꾸나.≫

황대감 70살이 넘어 또 장가를 간다니 장안의 친구들이 모여와 굉장히 잔치를 벌리고 온갖 풍악을 다 잡히는데 황대감 말을 타고 뒤에는 교군들이 가마 몇채를 멘채 시골로 내려갔다.

한편 구월산의 맏며느리는 조카를 서울로 보낸뒤 여직 소식이 없기로 날마다 시내가에 가 기다리는데 하루는 풍악소리 천지를 진동하며 긴 대렬이 산굽이를 돌아오기에 집으로 달려가

≪시아버지 시어머니께선 급히 옷단장하셔요.≫

하며 남편을 불러 어서 뜨락을 깨끗이 쓸어놓았다. 그러고나서 자기는 시누이를 단장시켰는데 얼마 안있어 뜨락대문이 열리더니 하인들이 우르르 달려들어와 뜨락에 주단을 폈다.

황대감은 말에서 내리자 머리가 땅에 닿도록 절을 하였다.

≪장모 장인께 문안드리옵니다.≫

형님이 시누이를 곱게 분단장시켜 마중하니 이런 경사 산골에 드물었다.

며칠후 황대감은 곰보안해를 서울로 데려갔는데 잔치에 온 손님들 새각시를 보고는 메스꺼워 먹은 음식을 토했으나 황대감 부인만은 벼슬 높은 아들을 보더라도 병신작은댁을 괄시못하고 높이 모셨다.

그후 곰보안해는 꽃같은 딸 하나를 더 낳고 대감가정에서 높이 받들리며 잘살았다 한다.

리영자 구술 / 김현만 정리

죽마고우

옛날옛적 한 시골에 40여호가 사는 마을이 있었는데 비록 산전을 일구어 감자와 보리를 심고 산나물과 산열매를 뜯어먹으며 살았으나 모두 화목하게 지내였다.

마을 동쪽에는 최석복이라는 유족한 사람과 김창록이라는 가난한 사람이 살고있었다.

이웃이 사촌이라고 석복이는 송아지 동무인 창록이를 여러모로 도와주면서 친척보다 더 의좋게 지냈다.

서당에서 공부할 때면 모르는것은 허심히 묻고 아는것은 서로 성의껏 가르치다보니 두사람의 성적은 늘 첫손가락에 꼽히였다. 몇 년후 훈장은 그들에게 큰 읍에나 서울에 올라가서 훌륭한 선생님을 모시고 몇해 더 배운후에 과거를 보라고 권하였다.

그러나 창록이는 갈수 없었다. 배우고싶은 마음은 불붙듯했으나 학비는 누가 대고 년로하신 모친은 누가 부양하겠는가? 그래서 창록이는 석복이 보고 자기몫까지 공부를 잘해서 과거에 급제하여 나라의 인재가 되라고 당부했다.

≪네가 가지 않으면 나도 안가겠다. 사람이 죽음을 대신할수 없듯이 지식을

대신 배울수 없다. 네가 가서 공부하는 동안에 비용은 우리 집에서 댈테니 함께 가자.≫

≪말만 해도 고맙다. 하지만 여직껏 너와 너의 집 신세를 진것만 해도 태산같은데 어떻게 또 신세를 지겠니? 내가 집에서 부지런히 일해서 어머님을 부양하고 너의 집도 보살펴줄테니 어서 떠나라.≫

≪부모팔아 벗을 사귄다는데 너를 두고 내가 어찌 혼자 떠난단말이냐?≫

창록이로서는 실로 ≪듣자니 무겁고 놓자니 깨진다.≫는 격으로 이러지도 못하고 저러지도 할수 없는 딱한 처지였다.

석복의 아버지는 창록이네 집에 찾아와서 모자간을 앉혀놓고 말했다.

≪우리가 아껴먹고 아껴쓰면서라도 자네 모친을 돌봐드리고 자네들의 비용을 대줄테니 아무 근심말고 석복이와 같이 서울에 가 공부하여라. 배움에도 때가 있는 법이니 시간을 아껴가면서 부지런히 공부하여 과거에 급제하여라.≫

≪아주버님, 고맙수다! 얘야, 산 사람 입에 거미줄 치는 법 없느니라. 내 걱정 말고 큰아버님 말씀 명심하여 공부나 잘해라!≫

창록이는 더는 거절할 수가 없었다.

뜻이 있는 곳에 길이 있다더니 서울에 온후 그들은 허술한 사랑칸에 들어 아껴먹고 아껴쓰면서 학업에 정력을 몰부었다. 그들이 3년동안 배운후 과거에 응시했더니 둘다 을과에 급제하여 창록이는 장성읍 군수로 석복이는 이웃 고을인 창성읍 군수로 제수받았다.

새월은 흘러 창록군이 군수로 부임된지 세돐이 되던날 석복이는 창성읍 한 선비의 딸이 인물이 출중하고 학식이 깊고 언행이 비범하다면서 창록의 반려로 소개하였다.

향기 그윽한 꽃에는 꿀벌이 날아들고 학문 높은 사람에게는 학생이 모이는 법이요, 덕망 높은 군수아래에서는 백성들이 태평가를 부르기 마련이라 어진 군수를 만나 풍의족식하게 된 고을 백성들이 군수의 잔치날을 알고 사면팔방에서 모여드는 바람에 동헌 넓은 울안이 사람바다를 이루었다.

창성읍 군수인 석복이는 심부름꾼에게 소돼지를 잡아 수레에 실어보내고 자기는 백마를 타고 그뒤를 따라서 장성읍으로 왔다.

홍성거리던 백성과 손님들이 만포식하고 돌아가는것을 일일이 전송하고나서 창록이는 석복이와 마주앉아 하루동안의 피로를 풀겸 술잔을 기울이며 지난날의 회포를 나누었다. 술이 몇순배 돌자 석복이 정색하고 한마디 했다.

≪군이 오늘 고을의 군수가 되고 또 선녀같은 안해까지 맞았으니 이젠 난 만시름 놓고 죽마고우에서 쫓겨나게 되었네. 하하하.≫

≪안될 말이지. 내가 아무리 녀편네에게 홀딱 반한들 송아지 친구요 죽마고우인 자네와의 의리를 잊을수 있겠나? 나의 오늘이 있게 된건 죄다 군이 도왔기때문이라 이 은혜를 보답하자면 우리 부부가 일생동안 자네 집 청지기노릇을 해도 못다 갚을걸세.≫

≪하하하, 자네 그게 진정이라면 어려울것도 없지.≫

≪장부일언이 중천금이라 했거늘 내 어찌 실언을 하겠나. 자네가 죽으라 해도 난 서슴없이 죽을테니 무슨 소원이든지 말해보게.≫

≪정말이지?≫

≪아, 정말이 아니고!≫

≪후회하면 장부가 아니네!≫

≪그럼 좋네. 오늘밤부터 3일동안 내가 신부방에 들어가 동방화촉을 하겠으니 자네 옷을 벗어주게.≫

실로 꿈에도 생각지 못했던 맑은 하늘의 벼락이라 창록이는 자기의 귀를 의심하였다.

≪자네…≫

≪왜 후회하나?≫

창록이는 금시 심장이 박동을 멈추는것만 같았고 온몸의 피가 거꾸로 흐르는것만 같았다. 순식간에 술이 말짱 깬 창록이는 석복이를 똑바로 바라보면서 생각하였다.

벗을 위해서라면 당장 목숨도 선뜻이 내놓을수 있는 창록이건만 망설이지 않을수 없었다. ≪형제는 사족같고 처자는 의복같다.≫는 사회요 처첩을 수두룩이 두고서도 기생집 출입이 번다한것을 여반장으로 여길 때라 죽마고우로 지내온 정을 봐서라도 거절할수 없는 창록이였다. 창록이 사모관대와 도포를 벗어주니 석복이는 그 자리에서 바꿔입고 두말없이 신부방으로 들어가는것이였다.

창록이는 닭쫓던 개 지붕 쳐다보듯 멍하니 석복이의 뒤모습을 바라보다가

문을 걷어차고 밖으로 나와 하늘을 쳐다보며 긴 한숨을 내쉬였다.

《보아하니 나에게 중매를 서 주기전부터 눈이 맞았는지 모르지, 정말 그렇다면 이건 너무하지 않는가? 아니, 내가 죽마고우를 의심하다니?!》

빈방에 우두커니 앉아 수심과 고뇌속에 장밤을 뜬눈으로 새운 창록이가 새벽녘에야 쪽잠이 들었는데 석복이가 방에서 나와 옷을 벗어주며 주안상을 내오라고 했다.

술상에 마주앉아 석복이는 싱글벙글 웃으며

《자네, 안질에 피발이 선걸 보니 밤잠을 설친 모양일세그려. 왜 후회하나? 그럼 오늘저녁엔 안올라네.》

하며 히죽거렸다.

《장부일언이 중천금이라는데 일구이언 할리 있나. 자, 술이나 마시게.》

창록이는 타는 가슴을 술로 달래기라도 하듯 단숨에 굽을 내였다.

《하하하, 그럼 좋네. 난 돌아갔다가 저녁에 다시 오겠네.》

저녁이 되자 석복이가 정말 또 왔다.

(3일저녁이라 했으니 올수밖에…) 창록이는 이렇게 생각하며 옷을 벗어주었다.

나흘날 밤 창록이는 도살장에 들어서는 황소걸음으로 신부방에 들어갔다. 신부는 그림자처럼 앉아있었다. 창록이는 곁눈질 한번 팔지 않고 상에 마주앉아 머리를 부여잡고 고민과 상념속에 빠져 그날 밤을 지냈다. 닷새, 엿새 이렇게 이레째 되는 날 밤이였다. 여직껏 그림자처럼 앉아잇던 신부가 신랑쪽으로 돌아앉으며 조용히 입을 열었다.

《사또님, 어인 일로 하여 엿새가 지나도록 진지도 안드시고 한숨만 쉬는지요? 부부는 일심이라 하였사오니 무슨 고뇌라도 있으면 나누시기를 소첩은 바라나이다.》

창록이는 귀밑머리 풀어주지 못한 부인앞에서 울분을 토할 수가 없었다.

《사또님, 어이하여 한마디 말씀도 없으신지요? 소첩의 언어 행실에 불칙이라도 있다면 욕하시던지 곤장을 안기시든지 하실 일이지 엿새동안이나 안주도 진지도 안드시고 초대잠을 주무시니 소첩이 보기에도 민망하옵니다.》

그바람에 창록이는 저도 모르게

《뭣이라오?! 그래 첫 삼일동안 동방화촉을 이루고서도 족하지 않단 말씀이

요?≫

　하고 통명스럽게 내쏘았다. 그 소리에 부인이 깜짝 놀라 남편을 바라보았는데 너무 억울하고 기가 막혀서 말은 못하고 입을 벌린채 다물지를 못했다. 이윽해서야 부인이 대답 대신 되물었다.

　≪사또님, 랑군님께선 저의 귀밑머리도 풀어주지 않았고 옷고름도 풀어주지 않으시고 동방화촉이라니 무슨 말씀이옵니까?≫

　≪그게, 그게 정말이요?≫

　≪랑군님이 하신 일을 랑군님이 모르시면 누가 아시옵니까?≫

　부인은 더 말을 잇지 못하고 흑흑 느껴 울었다. 그제서야 창록이는 죽마고우인 석복이가 자기의 의리를 시험하고저 일부러 골려주었다는것을 깨달았다.

　≪여보, 내가 속이 옹졸하다보니 잘못했소이다. 용서하오. 사실은…≫

　죽마고우의 기구하고 랑만에 넘친 지난사와 이번 혼례식의 자초지종을 듣고 난 부인은 울지도 웃지도 못했다.

　≪랑군님, 벗이 없는 사람은 가장 고독한 사람이요. 벗은 인생의 약이라고 하였으니 랑군님과 최사또님의 우정이 하늘이 끝이 없듯이 영원하시기를 빌겠사옵니다.≫

　≪고맙소, 부인!≫

　폭풍우 지난 뒤의 하늘은 더욱 맑게 개이는 법이라. 그들의 사랑은 밤이 지나고 날이 갈수록 더 무르익어갔다.

　그러나 인간의 화복은 조석이 다르다고 어제까지만 해도 한 고을에서 하늘땅을 쥐락펴락하던 창성읍 사또인 석복이는 원살이 3년만에 조정으로 보내는 봉물을 도적맞힌데다가 한당무리와 래왕이 있다는 혐의를 쓰고 하루아침에 원에서 파직되여 강화도로 정배살이를 떠나게 되였다.

　이 소식을 들은 창록이가 준마를 잡아타고 창성읍에 이르렀을 때 석복이는 그림자도 보이지 않았다. 창록이는 목놓아 석복이를 부르며 대성통곡했으나 대답은 메아리뿐이였다.

　흐르는 물같이 빠른것이 세월이라고 석복이가 정배살이를 한지도 10년이 되였다. 석복이는 값없이 태여난 두 아들과 일편단심 자기를 따라 생사고락을 같이 겪은 안해를 데리고 강화도에서 나와 오늘은 이부락 래일은 저부락으로 동낭밥을 빌어먹으며 죽마고우였던 창록군을 찾아떠났다.

몇날, 몇밤을 걸었던지 마침내 장성읍에 이르렀다. 석복이는 처자들더러 정자나무밑에 앉아 땀을 들이게 하고는 혼자서 대문에 다가가 군수님을 만나러 왔다며 자기의 명함을 여쭈었다.

이윽하여 전갈이 나와서 문지기사령을 따라 들어가니 동헌마루에 름름하게 생긴 창록이 수염을 쓰다듬으며 내려다보고있었다.

석복이는 한달음에 달려가 포옹하려다가 쌀쌀한 창록의 눈길에 주춤 멈춰선채 겨우 한마디 말하였다.

≪자네, 날 모르겠나? 석복일세.≫

자기의 이름만 들어도 버선발로 달려나와 반갑게 맞아줄줄 알고 천신만고를 겪으며 찾아왔건만 창록이는 호령을 하였다.

≪홍, 옷주제를 보니 나라의 역적인 네놈이 정배에서 탈출한게 분명하구나, 여봐라 저놈을 잡아다 옥에다 넣어라.≫ 창록이는 뒤도 돌아보지 않고 동헌으로 들어가버렸다.

맑은 하늘의 벽력이라더니 석복이는 그 말 한마디에 눈앞이 캄캄해져 술취한 사람마냥 휘청거리다가 사령들이 붙잡기도전에 땅에 철썩 넘어졌다.

어느때나 되었는지 석복이가 정신이 들어 사위를 둘러보니 철창속이였다.

≪아니, 이럴수가 있나? 여보게 창록군! 아니, 사또님, 날세, 나야! 죽마고우 석복일세!≫

아무리 고함을 지르고 창살을 잡아흔들어봤자 소용이 없었다.

(창록이 장가 가는 날 내가 사흘밤을 신부방에 들어갔더니 그 앙가품으로 내 안해를 랍치해다 희롱하는 모양이구나. 내가 철창속에서 나가기만 해봐라. 네놈을 그저 놔두지 않을테다.)

석복이는 이런 생각을 하다가 (아니 설마 그렇게까지야.) 하며 우선 요기나 좀 하려고 먹을것을 청했더니 생각외로 푸짐한 밥상에 반주술까지 들어왔다.

이렇게 딱 30일동안 갇혀있은후 석복이는 옥에서 쫓겨났다.

떠날 때 석복이가 옥졸에게 처자를 한번만 만나보게 해달라고 졸랐더니 북쪽으로 가다가 제일 큰 기와집에서 처가 지금 첩살이를 한다는것이였다.

석복이는 입에서 신물이 났지만 용빼는 수가 없었다. 한번 가서 마지막으로 얼굴이나 보자고 북쪽으로 가니 아니나다를가 고래등같은 기와집이 나타났다.

《여봐라, 게 아무도 없느냐?》

시비인듯한 곱살하게 생긴 계집애가 대문을 반쯤 열고 얼굴을 내밀었다.

《지나가던 걸인이 하루밤 묵어가잔다고 여쭈어라.》

이윽하여 시비가 《들어오시랍니다.》 하고 대문을 열어주었다. 석복이가 마당에 들어서니 난데없이 은비단옷을 휘감은 귀부인이 버선발로 달려와 무릎을 꿇고

《랑군님! 이제야 오시나이까?》

하며 절을 하는것이였다.

석복이 자기 귀와 눈을 의심하며 귀부인을 뜯어보니 분명 자기의 안해였다. 의포단장이라더니 거지신세가 되여 꼴불견이던 안해의 모습은 오간데 없다. 그녀의 새별처럼 빛나는 눈동자와 장미꽃처럼 아름다운 얼굴을 보느라니 석복이는 부자집 첩으로 들어가 퍽 편안한 모양이구나 하는 생각이 들어 괘씸하기 짝이 없었다.

《애들아, 아버지 오셨다. 어서 나와 인사 올려라!》

눈 깜짝할 사이에 씻은 팥알처럼 오돌찬 두 아들이 손에 책을 쥔채 달려나와 넙죽 절을 올렸다.

《자네들도 와서 인사를 올리게. 이집 어른이시네.》

부인의 말이 떨어지기 바쁘게 두 하인이 달려와 인사를 하였다.

석복이는 두 아들에게 이끌리여 사랑채에 들어갔다. 삼면이 책으로 들어찼는데 지난날 자기의 집에 있던 서재와 꼭같았다.

《여보, 이게 꿈이요, 생시요? 도대체 어찌된 일이요?》

《사또님께서 말씀이 없으셨나이까?》

《사또님이라니 어느 사또 말씀이요?》

《아이 참! 죽마고우시라던 그 군수님이 손수 사람들을 데리고 와서 꾸려주셨사옵니다.》

《뭣이라구?》

《랑군님이 동헌으로 사또님을 찾아들어가신후 얼마 안되여 풍채가 름름하신 량반님께서 나오시더니 랑군님은 사또님과 하도 오래간만에 만나다보니 수일동안 회포를 나누며 지낼것이니 걱정마시고 같이 가자고 해서 가마에 앉아 이

집 옆에 있는 윗집에 와 들었사옵니다. 그리고는 이튼날부터 이 집을 짓기 시작하였는데 어제야 이사를 했사옵니다. 랑군님께서 볼일이 있어서 감영으로 가셨사온데 요즈음 돌아오실거라고 했사옵니다.

부인을 앞세우고 집안밖을 돌아보니 창성읍에 있던 집과 흡사했다.

(이렇게 새집을 짓고 장서까지 마련하자니 한달이 걸릴수밖에…)

묻지 않아도 손금보듯 뻔한 일이였다. 그런 창록군을 일시나마 고깝게 생각한 자신이 못내 부끄러웠다. 정배살이에서도 철창속에서도 눈물이란 모르던 석복이의 두눈에서는 뜨거운 눈물이 소리없이 흘러내렸다.

석복이는 그길로 들어서서 동헌으로 달려갔다.

동헌마루에 서서 지는 해를 바라보던 창록이는 달려오는 석복이를 보자

《허허, 그놈의 거지, 아직도 혼쌀이 안났던 모양이군?》

하며 달려와 석복이를 얼싸안았다.

《여보게 죽마고우! 난 3일저녁이나 자네 속을 태웠는데 자넨 꼭 열배로 앙갚음을 했네그려. 하하하.》

《하하하, 그게 진짜 죽마고우지! 안그런가 응? 핫핫핫.》

두사람의 웃음소리 동헌 뜰안에 차고 넘치였다.

그후 창록군의 도움으로 석복의 억울한 루명이 벗겨지여 석복이는 다시 창성읍 원살이를 하다가 두사람이 한날 한시에 내직으로 소환되여 여생을 의좋게 보냈다고 한다.

김창죽 정리

작아도 남편

옛날 한 집에서 아들을 장가보냈는데 남편은 여덟살이고 안해는 열여덟살이였다. 말이 남편이지 아직도 코홀리는 어린아이라 서당에 다니며 공부를 하였다.

하루는 안해가 밭으로 콩꺽으러 가는데 기어이 따라가겠다하여 데리고갔다. 그런데 돌아올 때 안해가 남편에게 콩단을 지워주니 떨구기만 하였다. 성이 난 안해는 그만 남편의 귀통을 한개 때렸다. 그랬더니 어린 남편은 잉잉 울면서 집으로 돌아갔다.

안해는 너무도 기가 차서 제따위를 어떻게 남편이라고 섬기고 살랴싶어 자기도 콩밭에 앉아서 엉엉 울었다. 한참 울다가 생각해보니 저것이 집에 가서 고자질하는 날이면 그만 시집에서 쫓기여 날것이고 또 그렇다고 쫓기여 본가집으로 가봤자 본가집에서도 욕하여 돌려보낼것인즉 늪에 뛰여들려다가 그래도 생각을 되돌리고 콩단을 이고 집으로 돌아갔다.

안해는 콩단을 마당에 팽개치고 집안에 들어가자 쫓겨날 일을 생각하며 계속 엉엉 슬피울었다.

이때 마침 시어머니가 들오와보니 며느리는 가마목에서 쿨쩍이고 아들은 구들에 앉아서 제 공부를 하고있었다. 그래서 며느리한테 물었다.

《아니, 무슨 일이 새겼냐? 어니 아프기라도 않느냐?》

그래도 며느리가 대답 없이 울고만 있으니 이번에는 아들한테 물었다.

《애야, 너의 각시가 자꾸 우는데 웬 일이냐?》

그러니 아들은 제각시를 돌아보며 대답하는것이였다.

《어머니, 저게 글쎄 나이 열여덟이나 먹었다는게 밭에 가서 콩단을 이워주니 자꾸 떨구는것이 아니겠습니까? 그래서 내가 밸김에 귀통을 한개 때렸더니 섦다고 우는 모양입니다.》

안해는 남편이 그대로 고자질하는가 했었는데 이렇게 이른스레 말하므로 고마운 나머지 그만 눈물을 싹 닦고 일어나 나가서 콩을 까 밥을 지어 대접하며 남편한테 빌었다.

그러자 이번에는 남편이 제법 남편구실을 하느라고 안해를 훈시했다.

《에익 이년, 아무리 작아도 남편은 남편이지. 어디서 그따위 손버릇이 있어? 다시 그런 일이 있다가는 당장 쫓겨날줄 알아라.》

그후부터 안해는 다시는 남편을 작다고 깔보지 못하였으며 그때로부터 남편 공대를 잘 하였다 한다.

남영환 구술 / 리상백 정리

전백록뫼앞을 지날 때는

멀고 먼 옛날, 호랑이가 담배를 피우고 짐승들이 말을 할 때였다. 온성군 주원 동의 산중에 전씨부인이 살았다. 남편이 일찍 세상을 뜨고 부인이 혼자서 베도 짜고 밭농사도 지으면서 살았다.

전씨부인이 40세가 되던 해에 생긴 일이다.

따뜻한 봄날 꽃들이 만발하고 나비들이 너울너울 날아다니여 마음이 싱숭생숭해 난 부인은 뜰악을 거닐다가 집안에 들어가서 베틀에 앉아 베를 짜고있었다. 그때 문득 버스럭 소리가 나드니 흰사슴이 집안으로 뛰여들어와 전씨부인앞에 꿇어앉 뒤에 포수들이 따라온다면서살려달라고 애걸을 하였다. 전씨부인은 사슴을 고방에 감추어주었다.

한참후였다. 사냥군 둘이 활을 쥐고 마당에 와서 전씨부인에게 백사슴을 못보았는가고 묻는것이였다. 전씨부인이 백사슴을 못보았다고 하자 사냥군들은 다른 곳으로 떠났다.

전씨부인이 백사슴을 보고 나오라고 하자 백사슴은 또 무릎을 꿇고앉아 감사하다고 하면서 눈물까지 흘렸다. 백사슴은 전씨부인의 치마자락을 물어당기면서 거기에다 구슬 세개를 뱉아놓으면서 하나는 당장 먹고 두개는 위험한 때 쓰라고 하였다.

전씨부인은 그 자리에서 한개를 먹었다. 백사슴은 또 감사를 드리고서는 벌판으로 사라졌다.

전씨부인은 그때로부터 잉태되여 열달만에 몸을 풀게 되였다. 그런데 쌍둥이를 선것처럼 배가 남산만하여 이틀이나 애를 쓰며 신고를 해도 아이를 낳지 못하였다. 전씨부인은 그 구슬생각이 나서 잘 간직했던 구슬 한개를 먹었다. 그랬더니 전씨부인은 아이를 헐케 낳았다. 하지만 갓난애가 천정에 가 닿아있었다. 전씨부인은 겨우 일어서서 천정에 붙어있는 갓난애를 안아내렸다. 갓난애는 서너달 된 아이만큼이나 우둑지였다.

전씨부인은 아이의 이름을 무어라 지을가고 골을 짰다. 그는 죽은 남편의 성을 따서 성은 ≪전≫가라 하고 사슴이 준 구슬을 삼켜서 낳은 아이라고 하여 이름은 ≪백록(白鹿)≫이라 지었다.

백록은 물오리처럼 무럭무럭 자라 석달만에는 걸을수가 있었다. 그는 물론 말을 할줄도 알았다. 백록은 어머니한테 10년후에 오겠다 하면서 집을 떠났다.

전씨부인은 10년동안을 학수고대하여 아들이 돌아오기를 기다렸다. 그러던 하루 여라문살 되는 아이가 전씨부인을 찾아와서 자기가 아들이라 하면서 무릎을 꿇었다. 전씨부인은 너무 기뻐서 그 아이를 끌어안고 ≪백록아, 나의 백록아!≫하고 불렀다.

며칠이 지나서 이 소문이 한입 건너 두입 건너 온 동네에 퍼졌다. 전씨부인은 아들을 데리고 관청에 가서 전백록의 신세를 쭉 이야기하였다.

관청에서는 온성군수에게 이 사실을 알렸다. 온성군수는 역적이 생겼다 하면서 전백록을 묶어놓고 전씨부인을 내쫓았다. 관청에서는 며칠 지나서 전백록을 죽이기로 결정을 지었다. 전씨부인은 마지막으로 아들을 만나서 흰사슴이 주던 세번째 구슬을 백록에게 주면서 먹으라고 하였다. 그랬더니 도부수가 칼로 백록의 목을 내려쳤으나 오히려 칼이 두동강 나고 백록은 눈깜박하지도 않았다. 관청에서는 백록을 도무지 죽일수가 없어서 그더러 자살하라고 하였다.

전백록은 12시간동안 자기를 룡상에 앉혀주면 자살하겠노라 하였다. 온성군수는 하는수 없어 이 일을 서울에다 고하는수밖에 없었다. 나리의 왕님도 백록을 보니까 아이가 총명이 과인하고 눈에서 정기가 이글이글하기에 살려주면 우환거리라 여겨서 그를 12시간동안 룡상에다 앉혀주는수밖에 없었다.

전백록은 12시간동안 룡상에 앉았다가 내려서 여차여차하면 자기가 죽는다고 알려주었다.

백정들이 백록이 말한대로 그의 왼쪽다리비늘을 뜯고 칼로 세번 찍으니까 백록은 죽어버렸다.

나라에서는 백록의 유언대로 그의 시체를 온성군 주원동 와고리의 참나무골에다 묻어주었다.

그후로부터 전백록의 뫼앞을 지날 때 사람들이 말잔등에서 내리지 않으면 말발이 땅에 붙어 떨어지지 않았고 사람들이 소수레우에서 내리지 않으면 소발이 땅에 붙어 걷지를 못하였다. 하지만 사람이 말잔등우에서 내리기만 하면 말이 걸어갈수 있고 사람이 소수레우에서 내리기만 하면 소가 걸어가는것이였다.

어느 하루 온성군수가 그곳을 지나는데 말발이 땅에 붙어 말이 걷지를 못하였다. 군수는 아랫사람들에게 무슨 연고인가고 물었다. 그저 수레우에서 사람이 내려야 말발이 떨어진다는것만 알았지 무슨 연고인가 하는것은 몰랐다. 군수는 이리 저리 궁리하더니 손으로 무릎을 툭 치면서 술상을 차려오라고 수하사람들한테 분부하였다.

≪전백록씨의 령혼이여, 소원대로 12시간동안 왕위에 앉았는데 아직 무엇이 부족하여 이런 조화를 부리나이까? 내가 오늘 그대 뫼앞에 술을 부어드리니 다시는 말발이나 소발이 땅에 붙지 않도록 해주옵소서!≫

군수는 말을 마치고 전백록의 뫼앞에 술석잔을 붓고 나서 왼발로 백록의 뫼를 세번 차고 또 채찍으로 그뫼를 세번 쳤다. 그리고나서 군수가 말잔등에 올라앉으니까 말은 웽젱 걸어가는것이였다. 그후로부터 사람들이 말잔등에서 내리지 않아도 그 뫼앞을 지날수가 있었다 한다.

박명새 구술 / 최동철 정리

효자 리경화

옛날 어느한 산골에 수족을 못쓰는 앉은뱅이 어머니를 모시고 사는 선비 리경화가 살고있었다.

효성이 지극한 그는 3년동안이나 페학하고 어머니의 병시중을 했으나 어머니의 병은 날따라 중해만 갈 뿐 아무런 효과도 보이지 않았다.

하루는 리경화가 지게에다 어머니를 올려앉히고 강건너 령남땅에서 의원노릇하는 외사촌형을 찾아가 어머니의 병을 봐달라고 청을 들었다.

외사촌형은 자기의 고모와 동생 리경화를 반갑게 맞아드리고 병을 보기 시작했다. 눈을 깜박깜박하며 진맥질을 해보고 팔다리를 만져보던 그는 한숨을 푹 내쉬더니 리경화를 데리고 사랑칸으로 나갔다.

≪동생, 내 고모의 병을 고쳐드릴 의향이 있소?≫

≪있다뿐이겠습니까. 나는 꼭 어머니가 제발로 걸어다니는걸 보고야 말겠습니다.≫

≪정 그렇다면 더두 말구 돈 천량만 내놓게. 천량만.≫

리경화는 이 말을 듣고 외사촌형앞에 꿇어앉으며 사정했다.

≪우리 형편은 형장께서 빤히 알고 계시는데 돈 천량이 나올 구멍이 어디 있습니까. 형님, 어쨌든 어머니의 병만 꼭 고쳐주시오. 그러면 내 평생에 나무상자를 해서라도 약값을 갚아드리겠습니다.≫

≪돈 천량을 가져와야 고치지 못고치겠다.≫

이렇게 외사촌형은 딱 잡아떼고는 밖으로 나가버렸다.

리경화는 외사촌형의 말과 거동을 보자 분에 넘쳐 온몸이 덜덜 떨렸다. 내 어머니면 너의 고모가 아니냐. 죽는 사람을 살려주고 앓는 사람 병을 고쳐주기도 전에 돈부터 내라는 망할놈같으니라구, 어디 두고 보자, 네 아니면 내 어머니 병을 못고칠가.

리경화는 간다온다 인사도 없이 지게우에 어머니를 올려앉히고 대문을 나섰다.

연고를 알바 없는 어머니는 아들의 짊어진 지게우에 앉아서 어디로 가느냐고 물었다.

리경화는 제마음속에 불쾌한 일이 있어도 어머니의 마음 한구석에 그늘이 지게 할수 없었다.

≪어머니, 형님께서 말하기를 팔도강산을 돌아다니면서 물을 갈아 잡수시면 곧 병이 낫는다고 합디다. 한번 그렇게 해봅시다.≫

≪그런 얼빠진 소리 말어라. 팔도강산이 몇천몇만리라더냐? 차라리 나를 강물에 던지든지 저 벼랑아래에 처박고 말어라. 더 살면 몇 년이나 살겠다구 너의 등에 업혀다니겠냐.≫

≪어머니, 그런 말씀 마십시오. 어머니가 안계시면 나는 누구를 믿고 살겠습니까.≫

리경화는 어머니를 지게우에 싣고 발이 가는대로 정처 없이 걸어갔다. 가다가 마을을 만나면 찾아들어가 밥을 빌어먹고 의원도 찾아보았으나 어느 누구도 어머니의 병을 시원하게 고쳐주겠다고 하는 사람은 없었다. 이렇게 삼남벌까지

갔다가 되돌아오는데 하루는 강동땅에 들어서게 되였다. 이제 추지령만 넘어서면 령북땅이다. 리경화는 령밑에서 하루밤을 자고 아침 일찍 일어나서 어머니를 짊어지고 40여리 올리막길을 오르게 되였다.

이날따라 하늘에는 구름 한점 없고 바람 한고치 불지 않는 무더운 날씨였다. 리경화가 진땀을 벌벌 흘리며 강파로운 오솔길을 따라 령을 오르는데 지게우의 어머니는 목이 말라 못견디겠다고 몇번이나 물을 찾는것이였다. 리경화는 그럴 때마다 어머니를 내려놓고 물이 있음직한 곳을 찾아다니며 살펴보았으나 강은 말라붙어 물 한방울도 없었다.

리경화는 어머니를 업고 뛰다싶이 두 다리를 놀리며 추지령 령마루에 올라섰다. 이윽고 그는 어머니를 폭신한 잔디밭에 내려눕히고 또 물을 찾아 떠나려하였다.

≪경화야, 입술이 초들초들 말라드는데 못견디겠다. 물만 먹으면 당장 날아날것 같구나.≫

≪어머니, 여기 누워서 한잠 푹 쉬시오. 내가 가서 물을 구해보겠습니다.≫

리경화는 산골짜기를 훑어내려가며 혹시 물이 고인데가 있는가하여 찾아보았으나 샘물이 솟던 곳은 다 말라붙어 나무잎만 쌓여있었다. 목마른 어머니께 물 한모금마저 못대접한다면 자식된 도리에서 그 이상 더 큰 죄가 없는것만 같았다. 그는 이렇게 생각하며 계속 물을 찾아 다녔다.

이윽고 그가 한곳으로 걸어가며 물을 찾는데 왼발이 갑자기 돌구멍속에 쑥 빠져들어갔다. 혹시 여기에 물이 있지 않을까. 그는 그곳에 엎드려 두 손으로 썩은 가랑잎을 파헤쳤다. 한참 파헤치고 보니 바닥이 들어나는데 웬 바가지 같이 생긴 사람의 두골이 보였다. (혹시 여기에라도 물만 있다면…) 이렇게 생각하며 그는 두골을 정히 받들어 내였다. 그랬더니 그속에 절반쯤 물이 고여있고 그속에 붉으스레한 지렁이 두 마리가 몸을 쭉 펴며 기여가고있는것이 보였다. 그는 나무꼬챙이를 꺾어서 지렁이를 건져 던진 다음 두골을 두손으로 바쳐들고 어머니가 누워계시는 잔디밭으로 갔다.

≪어머니, 물은 구해왔습니다만 이런것인데 잡수시겠습니까? 께끈하면 잡수지 마십시요. 내가 또 찾아보겠습니다.≫

≪목에서 겨불냄새가 나는데 언제 그런걸 가릴새가 있냐? 물이라면 먹겠다. 어서 이리 다오.≫

어머니는 두골을 받아쥐고 꿀떡꿀떡 단숨에 다 마셨다.

≪야, 살것같구나. 참 씨원하다.≫

해가 서산마루로 뉘엿뉘엿 넘어갈 무렵 리경화는 어머니를 지게우에 앉히고 령을 내려가기 시작했다. 령을 내려서니 하늘엔 달이 중천에 뜨고 별이 깜박거리고있었다. 사방을 살펴보니 한 골짜기에 연기가 몰몰 나는 오두막 한 채가 눈에 띄웠다.

리경화는 어머니에게 식은밥이라도 대접시켜야겠다고 마음먹고 오두막집으로 찾아들어갔다.

집주인은 아닌밤중에 찾아온 길손을 코구멍만큼한 좁은 방에 모시고 저녁까지 지어서 대접했다.

리경화가 살펴보니 집사람은 넷인데 방은 겨우 두사람이 누워잘수 있는 형편이였다. 그는 어머니를 업고 헛간으로 나가 북데기를 안아다가 땅우에 폈다. 그리고 어머니를 눕힌후 자기의 저고리를 벗어 덮어주고 자기는 알몸으로 북데기우에 들어누웠다.

아침에 일찍이 일어난 리경화는 어머니의 주변을 살펴보았다. 보니 어머니는 단잠에 들었는데 웬일인지 지난밤까지 딱 가다붙었던 두 다리를 쭉 펴고 반듯하게 누워있는 그 모양새가 앓는 사람같지 않았다. 이게 웬일이냐? 리경화는 어머니를 흔들어 깨웠다.

≪어머니, 어머니가 밤사이에 두 다리를 폈습니다.≫

어머니는 일어나 앉아 의심스런 눈길로 자기의 두 다리를 내려다보더니 좌우로 움직여보았다.

≪이게 웬일이냐? 내 병이 나았구나. 어디 서보자.≫

리경화는 어머니를 부축했다. 어머니는 한걸음 두걸음 다리를 움직이며 마당을 한바퀴 돌았다.

≪지성이면 감천이라더니 너의 덕분에 내가 병을 고쳤구나!≫

리경화는 너무도 좋아서 눈물을 흘리며 어머니의 손을 잡고 기뻐하였다.

이윽고 집주인이 아침을 지어놓고 리경화 모자를 청해들였다.

≪대단히 죄송합니다. 구들이 이렇게 좁다보니 손님들을 밖에서 재웠습니다. 어서 아침을 드시오.≫

≪천만에 말씀입니다. 인가를 의지하고 하루밤 잘 잤습니다. 그런데 몇년래 수족을 못쓰던 어머니께서 이집에 와서 다리를 펴게 되였으니 이보다 감사한 일이 어데 있습니까.≫리경화는 집주인에게 감사를 드리고 고향에 돌아왔다. 집에 와서 생각하니 그때 외사촌형의 처사가 괘씸해나서 견딜수가 없었다.

(개도 안먹는 돈만 알고 병든 제 고모를 모르는척 한 놈을 단단히 버릇을 떼놓아야 하겠다.)

그는 이렇게 마음먹고 어머니에게 간다온다 말도 없이 외사촌형의 집으로 달려갔다.

외사촌형은 사랑방 문을 활짝 열어 놓은채 구들에 앉아서 책을 뒤적거리고있었다.

리경화는 사랑방에 들어서자바람으로 외사촌형의 상투를 한손으로 나꾸채며 호통질을 했다.

≪너도 사람이냐? 너의 고모인 내 어머니의 병을 고쳐달라고 했더니 돈 천량을 내라고 했지. 내 오늘 너에게 단단히 베풀이를 하자고 왔다. 좀 맞아 보아라!≫

그는 주먹을 쥐고 단박 때리려고 대들었다. 그런데 외사촌형은 분을 참아가며 리겨화를 끌어앉히더니 말하였다.

≪내말을 들어보면 너의 밸도 내려갈것이다. 사실은 너의 어머니의 병을 고치려면 천년두골에 쌍룡수라는 구하기 어려운 약을 써야하는데 내재간으로 어디가서 얻는단 말이냐?≫ 네가 정처없이 다니다가 그런 약을 구하면 어머니 병을 고치고 못구하면 못고치는거지. 그래서 내가 짐짓 너의 밸을 돋군거니 그리 알아라. 그래 어머니의 병은 어떠하냐?≫

리경화가 외사촌형의 말을 들으니 추지령 령마루에서 목이 말라 입술이 말라든 어머니에게 지렁이 두 마리가 빠져있는 물을 구해다 드린 일이 생각났다. 그는 걸머쥐였던 외사촌형의 상투를 놓으며 말했다.

≪형님, 무지한 동생을 용서하십시오. 어머니가 제발로 걸어 집까지 오셨습니다.≫

외사촌형은 리경화를 효자라고 칭찬하며 어서 고모를 만나보자며 맨발바람으로 뛰여갔다.≫

김현태 구술 / 강신극 정리

풍수의 산자리

이전에 한 풍수쟁이가 살고있었다. 그는 평생에 남들의 무덤자리를 얼마나 봐주었는지 모른다. 삼정승 륙판사가 날 산자리도 봐주었고 백만장자가 날 산자리도 아들 낳을 산자리도 봐주었다. 이렇게 좋다는 산자리는 많이 봐주었으나 말년에 병이 들어 운명할 때가 다 되였는데도 자기의 산자리는 집사람들에게 알려주지 않았다. 그래서 아들이 아버지에게 물었다.

≪아버지, 아버지의 산자리는 어디에 봐두었습니까? 빨리 말씀하십시오. 어째 봐둔 자리가 없습니까?≫

이때에야 아버지는 천천히 눈을 뜨고 집안을 살피더니 로친이 옆에 있는걸 보고 이렇게 말하였다.

≪글쎄, 봐둔 자리야 왜 없겠냐? 그런데 이 자리에 남이 있어서…≫

≪예? 남이라니요?≫

아들이 이상해서 돌아봐도 자기와 어머니외에 다른 사람이 없었다.

≪아버지 남이라니 무슨 말씀이십니까? 집안에는 저와 어머니뿐인데요.≫

≪글쎄, 너는 아직 잘 모른다.≫

어머니가 들어보니 분명 자기를 두고 하는 말인지라 서럽고 원통하였다. 하긴 검은머리 백발이 되도록 함께 살아왔는데 죽을 때까지도 남으로 따돌리우니 어찌 원통하지 않으랴. 어머니는 설음이 북받쳐 눈물을 훔치며 나가버렸다.

어머니가 나가자 아버지는 아들을 옆에 불러놓고 그제야 자리를 대주었다.

≪내가 죽거든 마을 서쪽 우물에 갔다 넣어라. 그러면 나도 잘되고 너도 이후에 잘 될것이다. 그런데 절대 남하고 말하지 말거라. 네 에미보고도 말하지 말고 가만히 갔다 넣어야 한다. 한편 장례는 장례대로 잘 지내야 하느니라. 알겠느냐?≫

말을 마치고 아버지는 숨을 거두었다.

아들의 울음소리를 듣고 어머니가 들어와서 아들한테 산자리를 물었다. 그러나 아들은 아버지의 부탁이 있으니만큼 그 말을 대주지 않았다. 그러자 어머니는 노발대발하여 아들을 욕하였다.

≪네 애비도 나를 남으로 치더니 너마저 날 남으로 여기는구나. 에구 원통해

라. 나도 죽고 말겠다.≫

≪그런것이 아닙니다. 어머니, 아버지가 누구에게도 말하지 말라해서 그런거 랍니다. 저 어머니보고도…≫

≪시끄럽다. 그래, 산자리는 도대체 봐두었다더냐?≫

≪저…, 마을서쪽 우물에 갔다 넣으라 합디다.≫

≪그래? 네 애비의 원이니 그렇게 하자. 나에게도 알리지 않은 자리니까 훌륭한 자리겠지.≫

그들은 그날밤으로 시체를 가져다 우물에 넣고 그 이튿날 장사를 지냈다. 과연 그후부터 그들의 살림은 펴이기 시작하여 2년도 안돼서 큰 부자가 되였다. 그런데 3년이 되는 해부터 어머니와 아들이 싸움을 하게 되였는데 그 때마다 어머니는 3년전에 아버지 장사를 지내던 일까지 들춰내서는 아들을 욕하였다.

≪네 이놈, 애비 시체를 우물에 처넣은 놈이 무엇이 어찌고 어째?≫

이 소리를 들은 친척들은 ≪저따위 불효자식이 어디에 있느냐?≫하면서 당장 시체를 건져다가 다시 장사지내라고 야단들이였다.

아무리 아버지의 유언에 따라 그랬노라고 해석해도 친척들은 믿어주지 않았다. 이처럼 아들이 말을 듣지 않으니 일가친척들은 우물에 가 아버지의 시체를 건져내였다.

그런데 건져내고보니 아버지의 시체는 곧 룡으로 변하여 승천하려고 아래몸을 움직이였다. 그런걸 알길없는 친척들이 마구 끄집어내니 더는 움직이지 않았다. 그래도 친척들은 잘한다고 시체를 들어다 산에 묘를 쓰고 제를 잘 지내주었다. 그런데 그후부터 그집에 우환이 생기기 시작하더니 얼마 지나지 않아 쫄딱 망하여 빌어먹는 신세가 되였다 한다.

리분선 구술 / 리장수 정리

리씨가문의 둘째며느리

리조 말기에 조선의 삭주골에 두 형제가 살고있었다. 동생은 생활이 좋았으나 형은 먹고입기에도 바빴다. 하여 응당 맏이가 모셔야 할 어머니를 둘째가 모시였다.

때는 7월, 보리고개라. 많은 집들에서 때거리가 없어 헤매였다. 리씨네 맏이는 식량이 떨어져 동생을 찾아갔다. 형은 입이 떨어지지 않았으나 보리 한섬을 꿔달라고 동생에게 통사정을 하였다. 그런데 동생은 자기네도 먹을게 없다면서 딱 잡아떼였다.

맏이는 무거운 발걸음으로 동생네 뒤집 리초시네 집에 가서 보리를 꿔달라고 하였다. 그랬더니 마음씨 착한 리초시는 그렇게 하라고 하면서 보리 한섬을 선뜻이 꿔주는것이였다.

맏이는 보리를 짊어지고 동생네 집으로 갔다. 보리를 널어 말리우자면 짐승들 때문에 전문 사람이 나앉아 지켜야 했기에 동생네 마당에다 보리를 널면 어머니가 돌봐주리라 생각했기때문이였다.

맏이가 어머니보고 보리를 봐달라한 다음 멍석을 펴놓고 보리 한섬을 펴놓았다.

둘째며느리는 시형이 보리를 널어놓는걸 보고 집의 보리도 한섬 꺼내여 시형네 보리와 가지런히 널어놓았다. 어머니는 나가서 발로 보리를 번질 때마다 둘째네 보리를 뒤웅큼씩 맏이네 널어놓은 보리우에다 넘겨놓군 하였다.

며칠이 지나 보리가 다 마르자 맏이는 저녁무렵에 호미를 뒤꽁무니에 차고 와서 보리를 섬에다 퍼넣었다. 그는 보리를 다 퍼넣고 보니까 가져올 때보다 부피가 더 많아보였다. (무엇이나 햇볕을 쪼이면 줄어들기 마련인데 동생네도 보리를 널었는데 아마도 어머니가 동생네 보리를 여기다 넘겨놓았겠지.)

맏이는 섬에서 보리를 몇웅큼 꺼내여 둘째네 보리무지에다 넘겨놓았다. 밖에서는 집안 사람이 보이지 않지만 집안의 사람은 밖의 사람의 일거일동을 똑똑히 볼수 있는 법이다. 둘째며느리는 시형이 보리를 푹푹 퍼서 자기네 보리무지에다 놓는것을 보았다.

그는 보리섬을 지고 가는 시형을 따라 가서 공손히 말했다.

《아주버님, 래일 아침에 조반을 자시고 우리 집에 오십시오.》

시형은 《조반을 자시고 오라》는 말이 아니꼬왔으나 《어려운게 제수라》고 제수의 부탁에 그렇게 하겠다고 응낙 했다.

다음날 시형을 보자 제수는 돈을 드리면서 시장에 가서 고기며 남새를 사오라고 부탁을 하였다. 맏이는 사오라는걸 다 사고도 남은 돈을 둘째네 집에 가져다 주었다. 제수는 시형을 보고 저녁에 식사하러 오시라고 하였다.

저녁무렵에 맏이가 둘째네 집에 이르니까 동생은 술이 얼근해서 구들에 앉아 있었다. 제수는 시형이 집에 들어서자 반갑게 인사를 하고 갖추어 두었던 음식을 밥상에 차려놓고 남편보고 말하였다.

《시아주버님네 송아지를 팔고 어머님이랑 모셔가자 하다가 형님이 바쁘지, 조카들도 많지 하여 여기에다 음식상을 마련하였어요. 날래들 받으세요.》

둘째는 형님네 갖춘 음식이라니까 입이 함박만해서 좋아했다.

둘째며느리는 시형의 술잔에는 절반씩 술을 붓고 남편의 술잔에는 골뚝골뚝 술을 부었다. 둘째는 본디 술이 얼근한데다 공짜술이라니까 《도깨비 개천물 마시듯》 굴떡하면 술잔굽을 내였다. 술을 십여잔 마시자 둘째는 곤드레만드레 취해서 그 자리에 고꾸라졌다.

둘째며느리는 남편이 취해 눕자 호주머니에서 열쇠뭉치를 꺼내여 궤짝문을 열고 밭문서며 집문서며 돈을 꺼내여 두몫으로 나누어 한몫을 시형에게 주면서 여차여차하라고 일러주었다.

그 이튿날 아침, 둘째며느리는 남편을 흔들어 깨웠다. 둘째가 깨여나보니 부인이 머리를 풀어내리고 범처럼 달려드는것이였다.

《당장 갈라지기오. 아주버니네 송아지를 팔고 술상을 차렸다하여 집재산을 절반씩 시형네를 주는것이 후에 황소라도 팔아 큰상 차려오면 나까지 팔아먹겠는걸. 난 기어코 당신과 갈라지겠소.》

둘째가 들어보니 이건 아닌밤중에 홍두깨 내밀듯 통 무슨 감투끈인지 알길이 없어 그는 그저 멍해있을뿐이였다.

이때 문밖에서 《리서방 있소?》 하면서 주인찾는 소리가 들리였다. 그러자 문을 열고 리초시, 박도감이며 최좌상, 김훈장이랑 집안으로 들어오는것이였다. 리초시는 구들우에 올방자를 틀고 앉더니 치하를 하였다.

≪아니, 리서방 글쎄 밭문서, 집문서와 돈을 절반씩 나누어 형에게 주었다지. 암 그렇구 말구. 참 우리 삭주골에 큰 희사가 생겼소. 리서방이 과연 한턱내야 하겠다니까.≫

이말을 들은 둘째는 그제야 제정신이 번쩍 들었다. (원래 술 마시면 사촌 기와집 지어준다더니. 내가 재산을 형에게 절반을 준모양이군. 이렇게 된바하구 엎딘 김에 절이나 하지.)

둘째는 내키지 않았으나 여러 사람들앞에서 좋은말을 하는수밖에 없었다. 하여 모인 사람들은 재차 둘째를 치하하여주었다.

그러자 둘째며느리가 머리를 쳐올리며 말하였다.

≪여러분들의 말씀을 들으니 이 좁은 녀성의 마음도 트이는것 같습니다. 그런걸 전 좁은 생각에 재산을 시형네와 나누었다고 갈라지겠다고 까지 하였댔습니다. 다시 생각하면 참 부끄럽기를 그지없습니다. 오늘 한턱 내겠습니다.≫

추갑수 구술 / 최창준 구술

루명을 벗은 야장쟁이

옛날 마음씨 고운 야장쟁이가 있었다. 그는 비록 살림이 옹색했으나 무던한 처와 어린애 셋이서 오손도손 서로 도우며 재미나게 지냈다.

야장쟁이는 호미, 낫 같은 공구를 만들어 쌀과 바꾸어 생계를 유지했다.

하루는 이 야장쟁이가 소피하러 밖에 나갔다가 야장간 뒤울안에 시체가 있는것을 보았다. 그는 집에 들어가서 안해에게 이 일을 말하였더니 안해도 어찌된 일인가 깜짝 놀랐다.

두 부부는 이 일을 놓고 상론을 하였다. 시체를 멀리 날라다가 물에 처넣겠는가, 땅에 파묻겠는가, 아니면 관가에 알리겠는가 하고 이궁리 저궁리 하여 보았다. 나중에 야장쟁이는 제가 사람을 죽이지 않았는데 무서울게 무엇인가 하며 관가에 가서 집주위에서 시체를 발견하였다고 알리였다.

그때 고을의 원님이 이 시체를 놓고 사람들을 파견하여 조사를 하는 한편에 법의를 시켜 시체를 검사하였다. 원래 죽은 사람은 목을 조여 죽였던것이다. 며칠을 두고 조사를 해봤으나 범인을 잡지 못했을뿐더러 그 아무 선색도 쥐지 못했다.

원님은 더 조사할길이 없으니까 야장쟁이가 사람을 죽였다고 결론을 내렸다.

≪너의 야장간 뒤에서 시체가 나타났으며 살인흉수도 찾을길 없은즉 네가 분명 살인한게로군.≫

원님은 우선 야장쟁이한테 수갑과 족쇠를 채운다음 옥에 가두었다.

보름후에 판결이 내렸는데 야장쟁이를 살인범으로 언도하고 15일후에 사형에 처한다고 하였다.

야장쟁이의 안해는 너무나 속이 바질바질 탔다. 나중에 상소장을 원님에게 올리려고 생각을 한 야장쟁이의 안해는 상소장을 대필할 글방선생을 찾아 술 한단지를 가지고 길을 떠났다.

야장쟁이의 부인이 고개를 넘어 샘물터를 지나가는데 헌 삿갓을 쓴 량반이 술냄새를 맡고 술 한사발만 주면 소원성취할거라고 하였다. 그래서 야장쟁이의 부인은 술 한사발을 떠올리였더니 그 술을 다 마시고나서 ≪부인, 어디로 가십니까?≫ 하고 묻는것이였다.

녀인이 사연을 자초지종 알리였더니 그량반이 ≪술 한사발을 더주면 상소장을 써주겠수다.≫라고 하는것이였다.

헌 삿갓을 쓴 량반이 술 한사발을 더 마시고나서 상소장을 써주겠다고 하였다.

야장쟁이의 부인은 백지 한장을 내놓고 벼루와 먹이며 붓을 꺼내놓았다.

헌 삿갓을 쓴 량반은 샘물을 벼루에 떨구고 먹을 갈면서 물었다.

≪물어볼 일이 있습니다. 집에 다니는 사람들중 수상한 사람은 없습니까?≫

≪있긴 있습니다. 우리 이웃에 사는 한 건달뱅이가 자꾸 나만 보면 집적거립니다. 한번은 날보고 둘이 멀리에 가서 함께 살자고까지 합디다. 과연 그 건달뱅이가 수상합니다.≫

≪그 건달뱅이의 이름은 무엇입니까?≫

≪조달이라 합니다.≫

≪그럼 알았습니다.≫

그 량반은 상소장을 썩썩 써주며 가보라고 하며 ≪뜻대로 안되면 이 상소장을 원님에게 올리시오. 만약 대필한 사람을 찾거던 내가 아무 곳에 있겠으니 와 찾으시오.≫라고 차근차근 알려주었다.

야장쟁이의 부인은 그 량반에게 감사하다고 허리까지 깍듯이 굽히며 거듭 말하였다.

야장쟁이의 부인은 글방선생을 찾아서 상소장을 써 달라고 하면서 술단지를 내려놓았다.

야장쟁이의 부인과 풋면목이 있는 글방선생은 사건의 전후를 상세하게 묻고 나서 번듯번듯하게 상소장을 써주었다.

부인은 이 상소장이면 문제없이 남편을 살릴수 있으리라 생각하고 백배감사를 드리고서 그집에서 나와 직방 원님을 찾아 부랴부랴 잰걸음을 내디디였다.

그는 먼저 글방선생이 써준 상소장을 원님에게 바쳤다. 그랬더니 원님은 상소장을 다 보고나서 도리머리를 흔들뿐이였다.

야장쟁이의 부인은 그 광경을 보고 나서 헌 삿갓을 쓴 량반이 써주던 상소장을 원님에게 올리였다.

원님은 그 상소장을 한참 들여다보고나서 이 상소장을 쓴 김일이란 사람을 대령시키라고 하였다. 원래 그 상소장에는 ≪김일이 대필≫이란 글이 씌여져있었다.

야장의 부인은 약속한 곳에 가서 헌삿갓 쓴 량반을 보고 ≪원님이 오시랍니다.≫라고 하였다.

그 량반을 보자 원님은 이 상소장을 해석해보라고 하였다.

≪모모가 살인하여 강호에 투하하였으니 강호에 죄가 있을리 없지요. 조모가 살인하여 야장간에 버렸는데 죄가 어찌 야장쟁이한테 있을손가?≫

헌 삿갓쟁이가 말을 마치자 조모란 누구인가 따지였다. 조모란 곧 조달이라고 알리면서 그자를 문죄하면 알바가 있으리라고 김일은 자신만만하게 말을 하였다.

원님은 포졸을 보내여 조달을 붙잡아다 문죄를 하였다. 처음엔 아니라고 딱 잡아뗐다. 김일이 옆에서 조달을 보고 쪼지였다.

≪조달, 네놈이 야장 부인을 탐내여 수차 집적거린 일이 있겠지?≫

≪네 그런 일이 있습니다. 하지만 난 살인한 일은 없습니다.≫

≪네놈이 아무날 야장쟁이 부인을 보고 먼 곳으로 탈주해가서 살자고 한일은 없는고?≫

조달은 대가리를 떨구고 말이 없다. 김일은 또 택밑에 바싹 들이댔다.

≪네놈은 야장쟁이 부인을 빼앗기 위하여 몇번이나 야장쟁이를 죽이려 하였다. 그래도 안되니까 사람을 죽여서 그집 뒤울안에 넣고 야장쟁이가 살인하였다고 모함하였다. 야장쟁이가 사형을 당하면 다시 야장쟁이의 부인을 제손에 넣자고 꾀한게 분명하다.≫

조달은 김일이 어찌 제속을 그렇게도 속속 들이 아는가고 놀라서 죄를 승인하는수밖에 없었다.

그제야 깨달은 원님은 삿갓 쓴 량반에게 감사를 드리고 옥장을 불러서 야장쟁이를 무죄석방하게 하고 조달을 하옥시키게 하였다.

야장쟁이의 부인은 남편을 부축하여 김일을 만나보게 하고 그를 집으로 모시고갔다.

김유일 구술 / 최성 정리

장인에게 닭을 판 이야기

옛날 어느 한 곳에 욕심 사나운 로인이 딸 삼형제를 두었는데 큰사위 둘째사위는 돈 그립지 않게 잘살기때문에 장인에게 술을 사간다 고기를 사간다 닭을 잡아간다. 하였으므로 장인의 귀여움을 받았다. 하지만 셋째사위만은 살림이 구차하여 정월초하루에도 술한병 못들고 가다보니 장인은 셋째사위를 아예 사람으로 여기지 않았다.

셋째사위는 장인을 괴씸하게 생각해오던중 하루는 묘한 생각이 떠올랐다. 그래서 안해를 꼬드겼다.

≪여보, 우리 집에 닭알이 몇 개나 있소?≫

≪40여개 있어요. 뭘하자고 그러시죠?≫

≪뭘하자고 그러는게 아니라 내 시키는대로 하오. 닭알을 모두 깨서 노란자위와 흰자위를 갈라서 담은 다음 흰자위속에다 노란자위를 넣고 그대로 찌란 말이오.≫

안해는 남편이 시키는대로 큰 대접에다 닭알을 깨넣고 쪘다. 이윽고 뚜껑을 열고보니 큼직한 통닭알이 되였다. 남편은 안해에게 말했다.

≪여보, 지금 당장 아버지더러 우리 집으로 오시라고 하오.≫

안해는 남편이 시키는대로 친정집으로 가서 아버지께

≪아버지, 오늘은 저의 집으로 가시지요.≫ 하고 친절히 권하였다. 그러자 아버지는 하찮다는듯이 대꾸했다.

≪서발막대 거칠것이 없는 너의 집에 가서는 뭘한단말이냐? 안간다 안가!≫

≪글쎄, 그래도 오늘만은 꼭 저의 집으로 갑시다.≫

아버지는 너무도 딸이 권하는 바람에 사정을 이기지 못하여 딸네 집으로 따라 갔다. 그런데 방에 들어가니 방복판에 작은상이 놓여있고 상우에는 큼직한 놋대접 하나가 놓여있었는데 우에 덮개를 마주 엎어씌웠고 곁에는 간장종지 하나와 수저가 놓여있었다. 로인은 너무도 어이없어

≪저게 뭔데 나더러 저걸 먹으라는거냐?≫ 하며 쓴웃음을 지었다. 그러던 말던 사위는

≪예, 서운해마시고 얼른 올라가셔서 잡숴보십시오.≫ 하고 장인을 방으로 모셔올라갔다.

로인이 대접 뚜껑을 열고 보니 웬걸 난데없이 큼직한 통닭알이였다. 한평생 이렇게 큰 닭알을 본 일이 없는지라 희한하기 짝이 없어

≪야, 이렇게 큰 닭알을 어디서 사왔느냐?≫하고 물었다. 그러자 셋째사위는 시치미를 떼고 대답했다.

≪사오다니요. 집의 닭이 낳은거지요. 우리 집에야 뭐 있습니까. 그저 닭이 매일 큰알을 하나 둘씩 낳는것을 밑천으로 살아가지요.≫

로인은 닭이 욕심나서 마시던 술잔을 내려놓고 닭흥정을 시작했다.

≪여보게 사위, 그 닭을 나에게 팔게나. 값을 많이 줄테니까.≫

≪안됩니다. 장인님, 그게 무슨 닭이라고 판단말입니까.≫

≪그러니까 팔라는거지. 자 얼마나 되겠나? 500냥 은전이면 어떨가?≫

≪글세 안된다니까요.≫

≪그럼, 천냥을 주지. 어떤가?≫

≪이 닭은 평생 나의 둘도 없는 재산인걸요.≫

≪평생재산이라, 그럼 2000냥을 주겠네.≫

사위는 그제야 할수 없다는듯이

≪정말 딱합니다. 장인이 달라하시니 아니줄수도 없고 내놓자니 살길이 막막하고…≫ 어쨌든 현금을 내고 가져가십시오. 그런데 한가지 주의할것이라면 닭을 가져가시되 절대 놀라게 해서는 안됩니다.≫ 하고 당부하였다.

≪념려 말게 알고있으니까.≫

홍정이 끝나자 돈을 받고 닭을 로인에게 주어서 보냈다. 로인은 그것이 귀중한 재산이라 저고리섶에다 싸가지고 조심조심 집으로 가자 부엌문을 들어섰다. 그러데 방정맞게도 문지방밑에 누워있던 개배때기를 디디는 바람에 개가 ≪깨갱≫ 하고 뛰자 닭이 놀라 ≪꼭꾜≫하고 버둥질쳤다.

로인은 온몸에 땀이 바짝 났다. 그런대로 하는수없이 닭을 둥주리에 넣어두었다. 그런데 이튿날 닭이 알을 낳았는데 자그마한것을 낳았다. 그걸 본 로인은 화가 나서 사위집으로 알을 들고 달려갔다.

≪여봐 사위, 이 알을 보게. 사람을 속여도 분수가 있지. 돈을 물려주게.≫

사위는 알을 받아들고 한참 살펴보더니

≪개한테 놀랜후 낳은 닭알이군요. 내 뭐라고 합디까. 천만 닭을 놀래우지 말라고 하였더니 개한테 놀래서 닭을 망쳤으니 인젠 물릴수 없습니다.≫ 하고 말하였다.

로인은 제가 잘못한 짓이라 할말이 없어 그대로 돌아갔다고 한다.

김두근 구술 / 리은우 정리

정구죽천

옛날 어느 고을 량반집에 지나가던 손님이 찾아들었다. 그런데 그 손님인즉 량반은 량반이나 이미 몰락하여 더 살아나갈 일이 막막한 형편인데도 일하기는 죽기보다 싫고보니 두루 돌아다니며 과객질로 연명해가는 건달량반이요, 절반 량반이였다.

속담에 다리 부러진 노루 한곳에 모인다더니 일이 되느라고 이 걸인량반이 찾아든 집인즉 바로 제 할애비 제상에 오르는 밥그릇에서마저 한술이라도 더 덜어내지 못하면 장밤을 끙끙 앓는 유명짜한 구두쇠량반댁이였다.

여하튼 주객이 마주앉자 이리저리 한담하는 중에 어느덧 땅거미가 지게 되였다. 그래도 손님은 자리 뜰념을 안했고 주인량반도 밥상 차릴낌새를 보이지 않았다.

이때 사이문이 열리더니 주인마누라가 메주를 빚어만든듯한 얼굴을 들이밀고 넌지시 한마디 물었다.

《인량복일하오리까?》

《인량복일》이라니, 조선말에 이런 말도 있었던가? 사실인즉, 이 돼먹지 못한 량반부부가 손님들에게 음식 대접하기가 죽기보다 싫으나 체신은 또 지켜야 하겠으니 자기네 부부간만 알아듣게 한자풀이수수께끼로 말하기로 암호가 되여 있었던것이였다. 그러고 보면 《인량복일》이란 《人良卜一》로서 다시 한자로 모여쓰면《食上》이 되니 《진지를 올리랍니까?》하는 말이였다.

그러자 주인량반이 올방자무릎우에 놓았던 바른손으로 점잖게 수염을 내리 쓸면서 말을 받았다.

《월월산산거커든.》

《월월산산》은 《月月山山》이라 《朋出》이 되니 《벗이 가거든》 하는 뜻이라 하겠다.

일이 이쯤 되고 보면 어느 사람같으면 그곳에 눌러앉아 있는것이 송곳방석에 앉은듯하여 자리를 차고 일어나련만 그 걸인량반은 8도거지로 구을대로 다 구을렀는지라 떡심좋게 그대로 눌러앉아있었다. 그런데 걸인량반도 먹물은 먹었는지라 같잖은 량반부부의 주고받음에 화가 부쩍 치밀었다. 그래서 그 걸인량반은 창문건너 먼산을 바라보며 아주 점잖게 한마디 뽑았다.

《록자화중이로고.》

그 말을 들은 량반부부는 당장에 낯이 지지벌개졌다. 《록자화중》은 《猪種》을 풀어쓴 말이니 《돼지종자》란 말이다. 그래도 한 고을에서 내노라는 량반이 《돼지종자》란 욕을 들었으니 어찌 분통이 터지지 않을수 있으랴만 워낙 자기들의 처사가 그러했으니 벙어리 랭가슴 앓듯 못들은척 할수밖에 없었다.

때마침 마당에서 늦게까지 일보던 한 머슴이 이 광경을 보노라니 한심하기 짝이 없었다. 명색이 량반이랍시는 년놈들이 밥한그릇을 두고 내라느니 싫다느니 짓고 까불이는것이 우스워 났던것이다. 게다가 그런 주제에 제법 틀을 차리며 《진서》나 안답시고 떠드는 꼴이 눈에더 시여났던것이다.

머슴은 하늘을 쳐다보며 지나가는 소리로 한마디 뽑았다.

《과시 정구죽천이로다.》

《뭐, <정구죽천>이라?》

주인량반과 걸인량반은 그 머슴의 말을 외우다 말고 입을 딱 벌리고 말았다. 그들은 얼굴에 모닥불이라도 들씌운듯 쥐구멍이라도 찾을 지경이 되였다.

《정구죽천》이란 《丁口竹天》이니 《可笑》로 된다. 다시 말하면 소웃다 꾸레미 터지게 가소롭다는 뜻이였다. 한데 그런 말이 발바닥의 버선보다도 못하게 보는 머슴의 입에서 거침없이 흘러나왔음에랴!

50년대 연길시 공원에서 한 로인이 한 이야기

오국안 정리

량반을 욕질한 훈장

머나먼 옛날, 서울에 어떤 돈 많은 량반이 살고있었다. 그에게는 귀동아들이 있었는데 서당에 보내여 공부시키자니 다른 애들에게 업시움을 당할가봐 두려웠다. 그래서 량반은 훈장을 집에 모셔왔다.

그런데 량반은 훈장에게 줄 삯전을 깍으려고 무등 애를 썼다. 이걸 눈치챈 훈장은 량반을 얄밉게 보고 한바탕 골려주려고 기회만 엿보았다.

어느날 훈장은 량반의 아들을 불러다 놓고 글을 가르쳤다.

≪산은 높고 물은 흘러 흐르도다.≫

먼저 훈장이 읽으면 량반의 아들이 인차 받아외우기로 되였지만 량반의 아들은 소대가리처럼 둔하여서 도저히 외워내지 못하였다. 그래서 늘 아래와 같이 엉뚱하게 외웠다.

≪산은 흘러 흐르고 물은 높고 높더라.≫

훈장이 백번 천번을 읽어주어도 그 모양이자 훈장은 밸이 울컥 치밀었다.

(이따위 아들놈을 두고 삯전까지 깎자구?)

훈장은 량반의 하는짓이 생각할수록 괘씸해나서 이번에는 이렇게 가르쳤다.

≪령리한 량반들은 이밥을 잡수시고 우둔한 소새끼는 짚만 먹도다.≫

량반집 아들은 기를 쓰며 그 글을 거꾸로 외웠다.

≪우둔한 량반새끼들은 짚을 먹고 령리한 소님들은 이밥만 잡숫도다.≫

며칠 지나자 량반은 아들이 글공부를 어떻게 했는가고 알아보려고 하였다.

≪요새 배운것들을 외워보아라.≫

량반의 아들은 무릎을 꿇고앉아서 외워댔다.

≪우둔한 량반새끼들은 짚을 먹고 령리한 소님은 이밥만 잡숫도다.≫

그 말을 들은 량반은 노발대발하며 아들놈의 귀통을 후려치고 훈장을 쫓아가니 웬걸 훈장은 언녕 집으로 도망가고 없었다.

박옥순 구술 / 진승기 정리

김선달 이야기

서당에서 글공부를 하다

공자왈 맹자왈 지껄이진 못할망정 제이름자나 써야 하지 않겠느냐고 애비가 선달을 서당에 보내였다.

천자문을 외우느라고 애들이 눈을 딱 감고는 매 한자 외울 때마다 모이 쫏는 병아리처럼 고개를 꺼떡거린다.

선달이란 놈이 옆의 애와 우린 좀 헐케 외우자고 짜고들었다. 훈장이 보니 다른 애들이 고개를 두 번 꺼벅할 때 선달이네들은 한번밖에 꺼떡 안한다. 자세히 들어보니 옆의 애가 ≪하늘 천≫하면 선달이는 ≪따 지≫하고 ≪가물 헌≫하면≪누르 황≫하고 받는다.

훈장이 들어보니 그 방법이 그럴듯한 방법이라 생각하고 그식으로 해본다. 훈장이 ≪집우≫하면 애들이 ≪집주≫하고 받아넘긴다. 이래서 훈장이 선달을 밉지 않게 보아 바깥나들이를 할 때면 데리고 다녔다.

하루는 볼일이 있어 서포에 갔다가 돌아오는 길에 기림골에 이르렀다. 더운 날씨에 목이 갈해 못견디겠다. 국수집앞에 이르니 들여다보니 안에는 사람이 꽉 찼다. 그래서 집앞 버드나무밑에 자리잡고 앉은 훈장이 국수 두그릇을 사기가 아쉬워 선달에게 넌지시 ≪너두 국수를 먹을라냐?≫하고 물으니 선달이 알아채고 ≪전 생각이 없습니다.≫한다. 훈장이 돈을 꺼내주며 국수를 받아오라고 일렀다.

한참만에 선달이 국수를 받아들고 오는데 훈장이 보니 선달이 저가락으로 국수를 자꾸 뒤저긴다.

≪어째서 그러느냐?≫

≪그만 재채기를 하는바람에 코물 한방울을 이 국수에 떨구어서 지금 그 코물 방울을 찾고있습니다.

훈장이 화가 나지만 갈증을 참을길없어 국수집에 달려들어갔고 선달은 선달대로 받아온 국수를 맛나게 먹었다.

서당에서 글 읽는 아이치고 훈장의 회초리 맛을 누가 모르랴! 그런데 이 훈장은 사무러워서 제꺽하면 회초리를 내둘렀다. 점심참에 애들은 집으로 밥 먹으러 가고 훈장은 낮잠을 자는게 버릇이다.

훈장이 깊이 잠들어 코를 골고있을 때 선달이 마른 쑥을 버무려 뜸감을 만들었다. 하나는 주먹만하게, 하나는 콩알만하게 만들어가지고 작은것은 불을 달아 훈장의 코끝에 얹어놓고 큰것은 불을 달아 제코에 놓고는 훈장옆에 누워서 자는 체를 했다.

≪에크!≫하고 소리를 지르며 훈장이 코를 싸쥐고 일어나보니 선달의 코등에는 주먹만한 뜸이 막 타들어가고있다.

≪얘야, 빨리 일어나거라. 어떤 못된놈이 널 아예 죽일려구 큰걸 놨구나!≫

선달이 훈장의 믿음을 얻어 천자문을 착실히 외울수 있게 된건 두말할것없다.

선달이 장가를 들다

녀석이 열일곱살이 되는 해 이웃동네 리서방댁에서 청혼이 들었다. 그때만해도 딸 둔 집에서 아들가진 집에 청혼을 해온다는건 희한한 일이였으니 김선달의 애비가 좋아서 헤벌죽해졌는데 한편으로 의혹도 생겼다.

(내 새끼에게 남다른데가 있어 근처에 소문이 났는데 저쪽에서 청혼을 해온걸 보니 무언가 좀 미심쩍다. 아무튼 그 녀석하고 의논은 해봐야겠다…)

저녁상을 물리고 리서방이 자식을 불러앉힌다.

≪애, 이녀석, 이웃동네 리서방헌테 열여섯살잡힌 딸이 있는데 우리 집에 청혼을 해왔구나. 네녀석은 소문난 망나니인데도 글쎄 저쪽에서 청을 드는걸 보아 아마 좀 병신스러운데가 있는것 같으나 여하간 나는 마음이 동한다. 넌 어떠냐?≫

선달이 딱 잡아뗀다

≪난 싫소. 내가 그 애를 아우. 나기는 잘났으나 얼렁뚱땅을 하는덴 으뜸이래서 나같은건 어림도 없다우. 내말을 고분고분 들으려 않을건 뻔하구 늘 나를 골리려들테니 난 싫소.≫

내새끼가 저래봐두 이만저만한 놈이 아닌데 리서방네 딸이 한술을 더뜬다? 거 참 희한한 일이군! 데려와야겠다.

이렇게 속다짐한 선달애비가 아들 녀석을 눌러놓고 청혼을 했으며 이윽하여 혼례를 치렀다.

동네에 민씨성을 가진 량반이 있어 동네땅을 독차지하고 동네사람들에게 반작을 부치게 하는데 량반들이 땀흘려 지은 곡식을 타작마당에서 거둬가는것 외에 어찌나 량반냄새를 피우는지 동네사람들이 그놈의 뒤잔등에 자리가 날만큼 손가락질을 하고 미워하건만 어찌랴. 세월이 그러했으니.

민씨에게 외동아들이 하나 있어 글읽기를 아니하고 도적고양이처럼 제멋대로 자라났다. 본시 반병신이나 되는 위인이나 못된짓은 도맡아하고 또 그꼴에 반죽이 좋은 놈이 돼서 오입질에는 이골이나 좀 반반한 새악시를 보기만 하면 쉬파리 엿덩이에 달라붙듯 비위좋게 치근거린다.

이놈이 선달이처에게 반하여 치근닥거리기를 벌써 예닐곱번인데 선달의 처 역시 밉지 않게 대할뿐더러 어떤 때에는 슬쩍 추파를 던져주기까지 하니 이놈의 간장이 막 녹아날 지경이다.

하루는 부처간에 말을 주고받았다.

《민가네 그 돼지새끼가 글쎄 나한테 눈짓손짓을 해온지가 벌써 여러날이 되오.》

《그래서 당신이 어쨌소?》

《내 그놈을 밀처내지도 당기지도 않구 어떤 땐 눈짓을 해주었더니 그놈이 요새는 제정신이 아니라우.》

《이놈새끼를 한번 된욕을 보이기오.》

그날 밤 자정이 넘어서 선달 내외가 제집 남새밭 울타리 밑에다 큼직한 구뎅이를 팠다. 길이가 자반이나 되게 파놓고는 제집 뒤간에서 된 똥을 퍼다가 구뎅이에 부어 넣는다. 그리고는 갈대를 한 벌 깔고 벼짚을 덮고 그 우에다 흙을 고루 펴놓았다.

이튿날 조반을 치른후 때가 되기를 기다리든 선달이 우정 지게를 지고 낫들고 초신각반을 든든하게 차리고 나선다.

아나나 다를가 얼마를 가지 않아 민가와 마주쳤다. 민가가 넌지시 인사만을 건넨다.

《선달이 어데가나?》

《봉래산에 나무하러 가우.》

≪봉래산이 20리길인데 종일 걸리겠는걸.≫

≪그래서 점심밥도 가지고 간다우.≫

민가놈이 옳거니 하고 웃음주머니가 흔들거리지만 겉으로는 ≪거참 수고를 하겠네.≫ 하고는 가던 길을 간다.

민가놈이 선달의 집으로 다가가니 선달의 처가 남새밭에서 열무김치감을 솎으고있다. 오늘따라 그 얼굴이 예쁘기가 보름달 같고 살작 걷어올린 처마밑으로 오동통한 종다리가 엿보이니 이놈의 정신이 벌써 허궁에 떠서 ≪아이구, 오늘은 제발 날 좀 살려주오.≫ 하고 통사정을 한다.

선달 처는 눈을 곱게 할근거리며 똥구뎅이쪽으로 옮겨가면서 대강 무를 솎는다. 민가놈이 애걸하며 선달 처를 따라다니다가 마침내 ≪우직!≫ 하는 소리와 ≪에쿠!≫ 하는 비명이 한꺼번에 터지더니 민가놈의 똥구뎅이에 빠져 어쩔바를 몰라한다.

선달의 처가 달려가서 넌짓이 손을 잡아끌어주니 민가가 발을 빼고나오는데 아래동아리는 온통 똥범벅이다 선달의 처가 새된 소리로 욕을 퍼붓는다.

≪어떤 상놈의 새끼가 여기에다 똥을 모아 두었느냐 말이야! 아이구, 나리가 이게 웬일이오? 빨리 이리오시우.≫

그는 민가를 끌고 뜨락에 들어서자 대문빗장을 지르고는 빨리 옷을 벗으라, 빨리 몸을 씻으라 하며 볶아친다. 홀딱 벗은 민가놈이 대야의 물로 몸뚱아리를 씻는데 선달의 처는 ≪에구 원 상투와 잔등에까지 똥물이 튀였네.≫ 하고는 물동이의 물을 대가리 꼭대기에 퍼붓는다.

때는 초가을이라 추위는 아직 몇백리밖에 있다하지만 차디찬 우물물 한동이를 뒤집어쓴 민가놈이 오동지섣달에 개불알 떨듯 와들와들 떨며 이발이 마주치는 소리가 떡떡 들릴 지경이다.

선달의 처가 민가놈을 집안으로 밀어 들이고는 문을 제꺽 닫아버린다. 민가놈이 방안에 들어가보니 방석을 깔아놓은 방은 걸려있는것도 개여놓은것도 없다. 불은 삼년이나 지피지 않았는지 차기가 그늘편의 돌판과 같아 떨기를 그칠수가 없는데 별안간 문을 탁 차고 김선달이 뛰여들었다. 손에 낫을 든 김선달과 홀딱 벗은 두손으로 부끄러운곳을 가리우고 부들부들 떠는 민가놈이 마주섰다.

≪나리, 이게 도대체 어찌된 일이시우!≫

≪선달이, 날 좀 살려주오.≫

≪아낙네 혼자 있는 집에서 옷을 홀딱 벗었으니 나리고 개나리고 낯짝 볼것 없이 내 관가에 고발을 해야겠소. 내가 나리를 등시포착을 한 셈이니 나리가 릉지처참을 당하는 꼴을 내가 봐야겠소.≫

민가놈이 제놈 조상의 제사 때보다도 더 납작 땅바닥에 엎드려서 나쁜짓을 한사코 안했으니 제발 살려달라고 애걸을 한다. 나쁜짓을 안했다니 그만 믿을수 없다 호통하며 김선달이 안해를 불러들이는데 안해가 들어서며 깜짝 놀랜다.

≪내 이놈의 망나니새끼를 장작개비로 패주니까 똥줄을 갈기면서 달아나던데 어느새 여기 와서 옷까지 벗었네≫

낮든 사람과 홀딱 벗은 놈 사이에 홍정이 벌어졌고 홍정은 아퀴를 지었다. 량반인 민가는 상논 열마지기를 떼내여 상민 김선달에게 준다고 문서를 쓰고 수결을 놓았다. 이래서 김선달은 살림이 펴이게 되었고 민가놈은 선달의 그림자 가 얼른거리기만해도 피하군 하였다.

임금으로부터 봉익이란 호를 받다

평양에 임금이 내려온단 소문이 어느새 한간에까지 퍼져 감사로부터 평백성 에 이르기까지 괜히 떠들썩하였다. 이 소문을 들은 선달이 발에 물집이 생길 지경으로 순안장, 룡성장, 강동장으로 돌아치더니만 중화장에 가서 산 수탉 한마 리를 사들고 들어왔다. 크기가 거위만하고 닭의 면도는 애기손바닥만 한게 피색 이 연연하고 털빛갖이 장꿩의 그것보다 더 곱다.

선달의 처가 이런 희한한 닭은 처음 봤노라며 잡아먹기가 아쉽다고 하니 선달 의 말이 임금한테 바치런다고 한다. 며칠을 먹이를 잘해주고 어디 다칠세라 보살 피는데 어느덧 임금이 평양에 행차하는 날이 다가왔다.

그날 아침에 선달의 처는 닭털에 동배기름까지 발라놓으니 빛이 더 난다. 닭을 보자기에 싸들고 숱한 사람들속에 끼여 경제동에서 서문동 어간에 쭈그리 고 앉아있던 선달이 임금의 행차가 멀리 보이자 한두발자국 앞에 나가 보자기를 풀고 닭을 머리높이 쳐들고 엎드렸다.

임금이 이 광경을 보고 행차를 멈추게 하고 선달을 가까이 불러 ≪너는 누구인데 어찌하여 이러고있느냐?≫고 하문하니 선달이 엎드린채 엮어대기를 자기는 아무개라 하는데 어제밤 꿈에 제집 지붕에 봉황새가 내려앉은것을 보았고 아침에 잠에서 깨여보니 과연 봉황새가 지붕에 앉아있기에 오늘은 임금이 왕림하시는 날이니 필시 하늘이 임금께 봉황새를 내리신것이기에 임금께 봉공하려 한다는것이다. 임금이 들으며 그 말속에 충성이 절절하다.

어떤 임금은 룡을 숭상하고 어떤 왕은 봉황을 더 좋아한다는데 아무튼 봉황이 하림하였다는건 길중의 대길이 아닐수 없다. 보매 수탉이 분명하나 짐도 본적이 없는 봉황을 저 백성이 어찌 알랴. 더구나 몽중길조이니 이런 대길이 또 어디 있으랴!

왕은 선달의 행실을 갸륵하게 여겨 ≪봉황≫을 받아들이고 당장에서 선달에게 ≪봉익≫이란 호를 하사하였으니 이래서 선달은 량반중에 서게 되었던것이다. 선달에겐 본 이름이 따로 있었으나 바로 이때로부터 선달님이 되여 봉익이 김선달의 이름은 평양도 바닥에서뿐만아니라 서울 장안에까지 유명하게 되였다.

평양감사 또한 기뻐했으니 자기치하에 이런 ≪충성≫스러운 백성이 나서 임금앞에서 자기 품위도 올라갈것니 말이다. 그래서 선달은 영문안에 불러들여 잔치를 베풀었고 상등무명 열필에 청나라비단 열필을 내주었다.

자 이렇게 되니 온 평양이 김선달의 일로 와자지껄하게 됐고 선달의 집안은 물론이요, 온 동네가 큰 잔치라도 치르는듯했다.

밤에 자리에 누운 부부가 속삭인다.

≪여보, 당신이 왕을 얼려넘겼구려.≫

≪왕이나 량반들이 아무 하는 일 없이 백성들한테 거들먹기리기만 하고 그들이 먹고 쓰는것이 죄다 백성들의것인데 할수만 있다면 속이고 얼려서 빼앗아내야한다.≫

똥을 먹히우고 똥을 먹이다

련관정을 지나 을밀대로 올라가느라면 왼쪽 우거진 숲속에 청명사란 절이 있다. 사전(寺田)이 넉넉하고 부처님 믿는이들이 공물바치는것이 또한 적지가 아니하여 스물이 넘는 중들이 먹고입기를 괜찮게 한다.

주지승이 선달을 믿게 보지 아니하고 선달이 또한 그와 한담하기를 즐겨서 자주 절간출입을 했다. 이 절간의 음식이 육붙이가 없을뿐 흰밥에 깨소금 버무린 산나물이며 참기름에 묻힌 여러가지 소찬이 별맛인데 선달은 중들이 맛좋은 음식을 치러먹을 때면 어김없이 발을 들여놓군 했다.

반가운 손님도 하루이틀이 그렇지 차수가 쌓이고보니 중들이 선달을 괘씸하게 보기 시작했지만 부처님모시는 스님이 밥같이 먹자는 말을 안할수도 없는 일이다. 그래서 중들이 지나친 작란을 꾸며내였다.

하루는 송편을 빚게 되였는데 떡을 빚으면서 하는 말이 선달이 떡냄새 못맡을리 없고 또 올터이니 이번엔 좀 욕을 보이자고 짜고들어 말똥을 주어다가 송편 한 개에 넣고 빚었다. 그리고 기다리니 아니나다를가 선달이 오는것이 보인다. 중들이 반가히 맞아 마침 잘 왔노라하며 떡 얹은 밥상을 선달앞에 가져다놓는다. 조청에 버무린 팔보송이를 넣고 참기름 바른 떡을 별로 씹지도 않고 생키는 판인데 떡 한개를 물어뜯으니 이게 웬 일인가 말똥이 들어있다. 선달이는 ≪돌을 씹었군.≫ 하고 뱉어낸 다음 떡 잘 먹었노라 점잖게 인사를 하고는 집으로 돌아갔다. 중들은 저놈 다시는 안올거라고 쾌자를 불렀다.

선달이 집에 돌아오더니 처에게 콩을 갈아 비지를 만들되 끓이지는 말고 생것으로 두사발만 빨리 해내란다. 자기는 뒤지속에서 고약을 찾아내여 그것을 밤알만큼 오려내여 녹여서는 똥구녕 웃켠에다 붙여놓았다. 그리고는 생비지를 두그릇이나 재끼고 랭수까지 한대접 들이키고는 엉뎅이를 잔득 쳐들고 한참 엎디여 있을라니 배속에서 돼지새끼 꿀꿀거리는 소리가 난다. 막 터져나오는 똥을 참으려고 안간힘을 쓰면서 절간을 향해 걸어갔다.

주지승이 내다보니 선달이 울상을 하고 어기정거리며 올라온다. 웬일이냐고 물었더니 선달이 하는 말이 딱 못보일 곳에 종처가 생겼는데 앉지도 서지도 못할 형편이라 녀편네한테 내보일수도 없고 자네하고 나 사이야 허물이 없으니 제발 좀 봐달라고 울상을 하고 청한다. 말똥을 먹인데다 이런 곤경을 겪는 선달을 중이 불쌍히 여겨 보자고 나섰다. 잠방이를 걷어내리고 엉뎅이를 벌리니 똥구멍우에 고약이 붙어있다. 중이 고약을 뗄려고 손을 가져가니 선달이 소리친다. 거저 떼면 아파서 견디느냐고 제발 입김으로 붙여서 녹이고 떼라고 중이 역하기는 하나 앓는 사람 위하자고 붕어새끼입을 해가지고 ≪호 ----≫ 하고 분다.

이때라고 선달이 참고 참았던 똥구멍을 탁 풀어놓았다. 마른벼락 치는 소리가 났다. 장마철의 박연폭포인들 어찌 이보다 더 세랴! 똥물이 막 살에 들여박힐듯 알머리에, 얼굴에, 눈에, 입에, 코구멍에까지 똥물이 뿜어박힌다. 중이 막 기절해 자빠졌는데 선달은 시원할 때까지 다 갈긴 다음에 소리치며 볶아낸다.

≪원, 이런 변이 어디 있담! 내가 설사까지 만나 이런 실수를 했군!≫

김선달은 말코지에 걸어놓은 장삼을 모조리 벗겨내여 제것부터 닦고는 중의 대가리며 온 몸을 막 버물려놓는다. 방바닥과 옷가지란 옷가지는 몽땅 똥천지가 됐다.

≪참말 안됐네. 참말 안됐다니까, 내 이제 후일에 사과하러 오려네.≫김선달은 말을 맞히고 천천히 자리를 떴다.

안부자를 도와 권부자를 골려주다

어릴적부터 이웃에서 같이 자란 안(安)부자와 권(權)부자는 수염이 길어서도 좋은 벗인데 이 권씨가 글개나 안다고 우쭐대기를 잘하는 위인이라서 안씨를 보기만하면 ≪무당의 자식≫이라 놀리군 했다. 안자가 계집이 갓을 쓴 글자이니 갓 쓴 계집이란 무당밖에 없다는것이다. 안씨가 분하기는 하나 분을 풀어볼 방법이 없어하든터인데 하루는 선달을 만나 섧은 이야기를 하니 선달이 다시는 그런 말 못하게 도와주겠다고 선선히 나섰다. 안씨더러 래일 언제쯤 권씨를 청해다가 마루에서 장기를 두라고, 그리고 중이 찾아가거든 여차여차하라고 일렀다. 그리고는 청명사에 올라가서 중들중의 한사람을 골라 자세하게 일러주고 이튿날 그중을 데리고 안씨네 집을 알려주고는 자기는 밖에서 살폈다. 장기를 두고있는 두 량반앞에 중이 들어와 나무아미타불을 외운다. 안씨가 넌지시 어느 절에서 왔으며 성씨를 어떻게 쓰느냐고 묻는다. 중의 말이 저의 성은 말씀드리기가 거북하다고 한다. 안씨가 뭐 거북할게 있느냐고 말해보라고 다우치니 중이 말한다.

≪저의 모친이 서방을 잃은 뒤에 혼자서 고생하며 살았더이다. 동네의 량반들이 홀로 사는 청춘과부를 늘 어찌나 못살게 굴었던지 저의 모친은 핍박에 못이겨 리씨성을 가진 량반과 채씨성을 가진 량반, 엄씨성을 가진 량반, 최씨성을 가진 량반에게 몸을 더럽히게 되었다 하나이다. 그러던중 태기가 있어 저를 낳았는데

도대체 누구의 자식인지 딱히 알수가 없어서 리씨에게서 나무목자를, 채씨에게서 초두를, 엄씨에게서 입구자 둘을, 최씨에게서 아래동이를 떼여다가 권세 권(權)자를 만들어 저에게 권씨성을 붙여주었소이다.≫

안씨가 쌀되를 후히 퍼내주고 중을 돌려보낸후 권부자에게 ≪여보게, 자네는 누가 애비인지도 딱히 모르는 자식이네그려!≫ 하고 웃으니 남을 골려주기를 즐기던 이 량반에게 무슨 할말이 있겠는가! 그래서 다시는 무당의 자식이니 뭐니를 못하게 되였다.

강수봉 정리

착한 거지아이

옛날 한 고을에 열뒤살 난 어린아이와 륙십여세 되는 늙은이가 마을안을 돌아다니며 밥을 빌어살아가고 있었다.

젊어서부터 투전판으로 돌아다니고 더구나 늘그막에 때늦은 난봉까지 피우다보니 늙은 거지는 집안 재산을 다 탕진해버리다 못해 얼마 되지 않는 전답마저 떼우고 거리바닥을 싸다니며 문전걸식을 하지 않으면 안되였다.

어려서 조실부모한 어린아이는 심기 고약한 형수앞에서 눈치밥을 먹다 못해 집을 뛰쳐나왔다. 그래서 이 아이는 사발을 얻어들고 남들이 먹다 남은 음식을 얻어 허기진 배를 달래면서 거리바닥을 오르내리고있었다. 다리 부러진 노루가 한굴에 모인다고 두 거지는 서로 똑같은 처지를 하소연하면서 마을 뒤에 있는 다리목에 찾아와서는 잠자리를 같이 하군 하였다. 소슬한 북풍이 불어치는 겨울 밤이면 서로 등을 맞대고 새우잠을 자는가하면 제각기 먹다 남은 음식도 간수했다가 바람이 잠풍한 털석막앞에서 나누어먹군 하였다.

그러던 어느 하루였다. 어린 거지와 마주앉아 저녁을 에우고있던 늙은 거지가 갑자기 입을 떼였다.

≪애, 래일부터 너는 웃동네에만 다니고 아래동네에는 오지 말아라!≫

이 말을 듣고있던 어린거지는 늙은 거지의 못된 심보에 언녕 속짐작이 갔으나 어른의 앞이라 더 다른 소리를 하지 못하고 ≪좋을대로 하세요!≫하고 응답을 하였다.

원래 이 마을 복판에는 남북으로 큰길이 나있는데 서쪽을 가리켜 웃동네라 부르고 동쪽을 가리켜 아래동네라고 불렀다. 웃동네에는 때시걱도 제대로 이어 대지 못하는 가난뱅이들이 살고 아래동네에는 관찮게 사는 사람들이 살고있었 다. 어린거지를 웃동네에로 쫓아버리고 자기 혼자만 아래동네를 독차지하고 밥 을 얻어먹으면 좋은 음식이 많이 차례지리라 믿고있던 늙은 거지였던것이다.

그런데 이튿날부터 눈앞에 벌어지고 있는 정형은 늙은 거지의 상상과는 판판 다른것이였다. 매일저녁 다리밑에 있는 털석막앞에서 만날 때 보면 거지아이는 주머니가 불룩하게 음식들을 담아가지고 오는데 늙은 거지는 밥 한숟가락도 얻어먹지 못하고 빈배를 끌어안고 헐헐거리면서 돌아오는것이였다. 웃동네에 살고있는 구차한 사람들은 비록 살림살이가 아주 쪼들렸지만 마음만은 비단결 처럼 곱고 동정심이 많은 분들이라 어린것이 이빠진 사발을 들고 문앞을 지날 때면 집안으로 데리고 들어가 따뜻한 누룽지밥도 떠주고 어떤 집에서는 강에서 잡아온 물고기국도 뜨거운채로 사발에 떠주는것이였다. 그래서 어린거지는 매 일 배부르게 얻어먹고 털석막으로 돌아오군 하였다. 그런데 아래동네에로 돌아 다니는 늙은 거지의 처지는 그야말로 말이 아니였다. 그곳에 사는 사람들은 심보 가 고약해지고 점점 더 깍쟁이로 변하는지라 누룽지 한쪼각 던져주지 않았다. 그래서 털석막으로 돌아올 때마다 늙은 거지의 낯색은 언제나 푸르뎅뎅하다못 해 마치 모진 염병을 앓고난 사람처럼 시꺼멓게 죽어가고있었다.

어느 하루였다. 그날도 뉘엿뉘엿 지고있는 해를 동무하여 늙은 거지는 무거운 다리를 이끌고 초막으로 향해 오고있었다. 늙은이가 집안에 들어서자 거지아이 가 반갑게 맞이하였다.

≪아바이가 요새 몸이 편치 않은것 같아서 오늘 우정 밥을 얻어왔지요.≫

어린거지는 이밥 한사발과 손바닥만한 고기점도 양재기에 담아 내놓으면서 두손을 뒤로 감추는것이였다.

≪아바이, 이것이 무엇인지 알아맞춰요!≫

《애, 도대체 무엇이길래 그리 감추느냐?》

늙은 거지는 숟가락이 부러지게 밥을 떠넣으면서 물었다.

《오늘 웃마을 떡쇠네 집에서 모를 내겠지요. 그집에서 한병 얻었지요!》

하면서 어린거지가 두손을 내놓는데 거기에는 병사리가 쥐여져있었다.

《허허, 어디서 난 감주냐? 오래간만이구나!》

감주병을 마주보던 늙은 거지는 너른 입이 떡 벌어지면서 병을 와락 채다가는 거꾸로 쳐들고 굴꺽굴꺽 마시기 시작했다.

그런데 이때 늙은 거지는 밥을 얻어다주는 어린거지가 고맙게 생각되기는 고사하고 자기가 웃마을에서 동냥을 하면 맛좋은 음식들이 더 많이 생기리라 하고 못된 궁리를 하고있었다. 그래서 늙은 거지는 두 눈을 거슴츠레 뜨고 어린 거지를 쳐다보며 느물느물 웃고있다가 갑자기 마루바닥에 있는 모래 한줌을 쥐며 어린거지의 눈을 향해 뿌리였다. 어린애는 《앗!》 하고 외마디소리를 지르며 손으로 두 눈을 감싸쥐고 어쩔바를 몰라 동동 뛰고있었다.

《네 이놈, 래일부터 다른 마을로 찾아가! 다시 이 동네에 나타나거든 다리갱이를 분질러놓을줄 알아!》 하고 늙은 거지는 으름장을 놓았다.

어린거지는 포악한 늙은 거지앞에서 그동안 낯을 익힌 마을 사람들을 작별하고 정처없이 머나먼 길을 떠나지 않으면 안되였다. 배고프면 산열매를 따먹고 목이 갈하면 시내물을 움켜먹으면서 첩첩 깊은 산중 오솔갈을 걸어가고있었다.

늙은 거지에게 쫓겨난 이튿날도 모래가 들어간 눈은 그냥 몹시 아파났다. 두 눈이 퉁퉁 붓고 눈물이 계속 났다. 그래서 저녁무렵 길가 큰돌우에 걸터앉아 눈을 문다지면서 울고있는데 지나가던 길손들이 아이를 발견하고 오줌물로 눈을 씻어보라고 하였다. 어린 거지가 밥을 담던 양재기에 오줌을 누어 눈을 씻어보니 과연 동통이 멎어지고 눈을 약간 뜰수가 있었다.

해는 저물어가고 인가 없는 황막한 들판에서 어린 거지는 어데서든지 로숙할 만한 곳을 찾아야만 했다. 멀리 한곳을 바라보니 산비탈 후미진 곳에 아름드리 참나무 한그루가 눈에 안겨왔다. 어린 거지는 아무래도 저 나무우에 바라올라가 서라도 밤을 새우고 래일 다른 방도를 찾아야하겠다 생각하고 그리로 다가갔다. 땅에서 자다가는 산짐승들이 접어들수 있었기에 어린 거지는 겁이 났던것이다. 어린 거지가 그 나무를 쳐다보니 몇십년을 묵은 나무가 세가닥으로 아치를 쳐서 그우에 꽤나 몸을 둘수가 있었다.

밤이 이슥하여 어렴풋이 잠이 들었을 때였다. 어디선가 두런두런하는 말소리가 들려오는것 같았다. 어린 거지는 꿈결로만 생각하였는데 다시 귀를 귀울여 들어보니 분명 나무아래로부터 사람말소리가 들려오는것이였다. 이때 아닌 밤중에 인가도 없는 곳에 웬 사람들의 말소리가 들려오는가하고 의심이 버쩍 든 어린 거지는 숨을 죽인채 말소리에 귀를 기울리기 시작하였다. 그중 한사람의 말소리가 똑똑히 들려왔다.

《이 앞고개를 넘어가면 한 마을이 있소 그 마을 맨 앞줄에 한 부자가 살고있었는데 덩실한 기와집에 재산도 이만저만이 아니라오. 그런데 금년 정월부터 어떻게 된 영문인지 그집 식솔이 한달에 한사람씩 죽어나가는데 열식구가 다 죽고 지금은 열다섯살난 막내딸 하나밖에 남지 않았다오. 래일 저녁이면 그 딸마저 죽는다오. 그것은 그집 친정에 몇십년을 묵은 지네가 있어 한 짓이지. 글쎄 그놈이 한번씩 독침을 내쏘아 뺄으면 사람이 죽어나가지우. 그 지네를 잡자면 한자 되는 참대집게로 집어서 끓는 기름가마안에 넣으면 된다오. 이렇게 하면 다시는 재앙을 받을 념려가 없겠는데 사람들이 아직도 그 방법을 모르고있으니 참으로 한심하단 말이네.》

그사람의 말이 끝나자 또 한사람이 나서면서 이야기를 받았다.

《저 동쪽마을에는 물이 기름처럼 귀하여 길가던 손님들도 밥을 얻어먹을수는 있어도 물은 한모금도 얻어마시지 못한단 말이우. 몇십리 먼곳에 가서 물을 길어다 먹으니 별수가 있나? 참 한심한 일이지. 하긴 마을남쪽에 있는 상공당만 허물면 청청옥수가 얼마든지 솟아오르겠는데 수문을 꽉 막아놓았으니 어찌겠소?》

그러자 다른 한사람이 《이 부근 사람들은 눈은 있어도 황금을 알아보지 못하니 평생 구차하게 살수밖에 없지. 서쪽마을 비탈진 골안으로 들어가면 두덩이의 황금이 호랑이의 눈처럼 빛을 뽐고있는데 사람들 눈에는 그것이 도깨비불처럼밖에 보이질 않으니…참으로 기막힌 노릇일수밖에》

이처럼 말을 주고받는 동안 어느새 자정이 지나갔다. 그런데 이때 《어서들 그만하게, 우리의 비밀을 인간세상에 이렇게 마구 이야기해서야 되겠나?》라는 말소리가 들리더니 인차 잠잠해지는것이였다. 그것은 하늘에 살고있는 신선들이 땅에 내려와서 한곳에 모인다음 주고받는 이야기였던것이다. 신선들은 인간 세상의 비밀을 죄다 알고있었다.

이때 나무우에 올라앉은 어린 거지는 꼼꼼히 생각하여보았다. 사람, 물, 황금 이 세가지중에서 응당 어느것부터 찾아야 하겠는가? 황금만 찾으면 단번에 벼락부자가 되여 한평생을 호의호식하며 다시는 거지노릇을 하지 않아도 될것이요, 우물 하나만 파주어도 마을사람들의 덕을 받아 얼마든지 잘 살수있지 않겠는가? 하지만 사람을 구하는것이 제일 큰 도리라고 생각한 어린 거지는 그 걸음으로 앞마을로 달려갔다. 앞줄에 있는 으리으리한 기와집을 찾아 주인을 부르니 아닌게아니라 열댓살 되는 소녀가 문을 빠끔히 열고 바깥을 내다보았다.

《길가던 손인데 하루밤을 묵어갈가 하니 방을 하나 빌려줄수 없겠소?》 하고 어린 거지가 물었다. 소녀는 자기 귀를 의심하며 어린 거지를 빤히 쳐다본다.

《손님은 길을 잘못 들지 않았나이까? 앞으로 목숨을 부지해나가려거든 어서 다른 집을 찾아가세요!》

소녀가 이렇게 말하자 어린 거지는 시치미를 뚝 떼고 무슨 연고로 그렇게 말을 하느냐고 다시 캐여물었다. 소녀는 그제사 눈물을 지으며 시실의 자초지종을 이야기해주는것이였다. 소녀의 일장설화를 조용히 듣고있던 어린거지가

《딱히 그럴진대 내가 오늘 저녁 이집에서 묵으면서 사람을 구할 방도를 대줄테니 아씨는 내가 시키는대로만 하여주소.》

하고 여차여차 부탁이 많았다. 한가닥의 삶의 희망이라도 놓칠수 없는 소녀는 어린거지를 안방으로 공손히 모셔드렸다.

어스름한 초저녁이 되자 어린거지는 소녀더러 주안상을 차리게 하고 마을의 장정 네분을 모셔오게 하였다. 그다음 큰 가마에다 기름을 골똑 붓고 펄펄 끓이라고 분부하였다. 이윽고 담대하고 건장한 네 사나이가 이 집을 찾아왔다. 이때 술상에 마주앉은 어린 거지는 네 장정에게 술을 권하며 자기가 찾아온 뜻을 이야기하고 오늘저녁 내가 시키는대로만 하여달라고 부탁하였다.

자정이 지났다. 장정들은 사닥다리를 타고 천정으로 올라갔다. 아닌게아니라 대들보만큼 실한 지네 한마리가 한창 용을 쓰고있었는데 지붕우의 기와가 움찔움찔 하는것이였다. 네 장정은 큰 소리를 지르며 달려들어 참대집게로 지네를 꽉 눌러 짚은 다음 사닥다리를 조심조심 내려와 끓는 기름가마에다 처넣었다.

한참 지나자 지네는 기름속에서 다 녹아버렸다. 이렇게 소녀는 죽을 고비를 넘기게 되었다.

소녀는 너무도 기쁜김에 주연을 크게 베풀어 동네분들을 청하고 어린 거지의 높은 덕을 칭송하였다. 그후부터 소녀와 어린 거지는 한집에서 오누이마냥 다정하게 지내였다.

그러던 며칠후였다. 소녀는 살려놓았으나 동쪽마을사람들이 그냥 물고생을 하는 일을 잊을수 없었던 어린 거지는 3일간 정성껏 목욕재계하고 신선께 불공을 드리였다. 그는 소녀더러 자기가 며칠간 나갔다가 돌아올테니 기다려달라고 당부한 다음 집을 나섰다.

어린거지는 하루길을 걸어 동쪽마을로 들어가 한 집을 찾아 문을 떼고 들어섰다. 그가 길가던 손인데 목이 말라 물 한사발 마시려 왔노라니까 주인은 난처한 기색을 보이며 손님이 배가 고파 밥을 빌면 대접할수 있으나 물만은 못주겠다고 하였다.

≪그렇다면 내가 이 마을에 우물을 파줄테니 마을에서 제일 높은 어른을 찾아주시오.≫ 하고 어린거지가 부탁하였다.

이윽하여 주인은 마을의 어른을 모시고 왔다. 어린 거지는 그 어른을 모시고 함께 마을남쪽을 향해 걸어갔다. 거기에 과연 상공당이 있었다. 어린 거지가 이 마을에서 물을 잡수시려면 이 절당밑을 파야겠는데 부득불 상공당을 허물어야겠다고 하자 그 어른의 말이 이곳은 마을을 돕고있는 신주를 모시는 곳인데 물을 못마실지언정 어찌 상공당을 허물수 있겠느냐고 펄쩍 뛰였다.

이때 상공당을 허문다는 소문이 퍼지자 마을에서는 숱한 사람들이 모여들어 의논이 분분하였다. 절당을 마사야 한다는 사람, 마스지 말아야 한다는 사람들로 각이한 의견들이 서로 물려서려 하지 않았다. 그때 어린거지가 사람들 앞에 썩 나서며 큰 소리로 말하였다.

≪이 절당을 마스고 우물을 파면 앞으로 여러분들이 마음대로 물을 마실수 있고 또 다른 자리를 골라 새로 절당을 번듯하게 지으면 일거량득이 아니겠소!≫

하니 모두들 그말에 일리가 있다고 합의를 보았다.

이리하여 마을사람들이 길일을 택하여 절당을 마스고 우물을 파기 시작하였는데 불과 한길도 파나마나해서 수정같은 옥수가 분출하는데 물맛이 또한 감로

수였다. 마을 사람들은 너무 기뻐서 어쩔바를 몰랐다. 그들은 풍성한 주연을 베풀고 어린 거지를 높이 모시였다.

이틀이 지난후 어린 거지는 이제 남은 한가지 일마저 마무리하여야 하겠다고 서쪽마을이 있는 골안을 찾아갔다. 골어귀를 들어서기도 전부터 산마루로부터 번쩍이는 빛이 보이였다. 그 빛을 따라 차츰 거리가 가까와지자 땅바닥이 갈라진 곳이 두군데나 보이였다. 빛은 그속으로부터 뿜어져 나왔다. 어린 거지는 공손히 두손 모아 하느님께 정성을 올린다음 조심조심 흙을 파기 시작하였다. 한식경이나 흙을 파내자 글쎄 주먹만큼한 두덩이의 황금이 나타나지 않는가? 황금덩이를 고이 간직하여 집으로 돌아온 어린거지는 그제야 자기가 집을 며칠간 떠났던 사연을 소녀에게 곧이곧대로 들려주었다. 소녀는 어린 거지의 착한 소행에 더구나 관심이 되였다. 이만하면 구차한 사람들을 위해 덕도 많이 쌓았고 재산도 많이 얻었으니 더는 걸인생활을 하지 말고 한집에서 함께 살자고 청을 들었다.

먹을것 입을것 걱정이 없고 재산도 많아 부러움이 없지만 마음씨 착한 어린 거지는 그전에 함께 보냈던 늙은 거지의 처지가 어떻게 되였는지 아침저녁으로 애절한 생각에 잠기군하였다. 하루는 소녀가 어린 거지의 이상한 표정을 보았는지라 왜서 갑자기 수심에 잠겨있는가고 물었다. 어린 거지가 자기의 속심을 솔직히 털어놓았더니 소녀의 말이 그럼 닷새후 걸인잔치를 베풀어 세상 걸인을 잘 대접하고 그 늙은 걸인도 찾아보는것이 어떠냐고 하는것이였다. 그 말에 어린 거지는 너무 감동되여 소녀의 손목을 꼭 잡아주었다.

이튿날부터 이 집에서는 전국 걸인들을 모신다는 방문을 널리 내걸고 주연을 크게 베풀어 푸짐한 잔치를 차리였다. 날마다 찾아오는 걸인들은 배가 모자랄 지경으로 진수성찬을 만포식하고는 돌아갔다.

잔치를 베풀어 닷새째 되던날 저녁무렵이였다. 한 늙은거지가 찾아오는데 옷이 람루하기 말이아니였다. 로인이 가까이 와서야 어지러운 몰골을 더듬어 이전에 함께 구걸을 하던 그 늙은 거지라는것을 알게 되였다. 어린 거지는 그를 불쌍히 여겨 그 자리에서 따뜻한 물을 떠다가 목욕을 시키고 깨끗한 옷을 갈아입혀 상좌에 모셔 앉히고 푸짐한 대접을 하였다. 어린 거지가 하느님의 덕분으로 오늘날 잘 살게 되였는데 옛 정분을 못잊어 로인을 찾았으니 이제부터는 근심걱정 없이 한집에서 함께 살자고 하니 늙은 거지는 크게 감동되여 눈물을 떨구었다.

늙은 거지가 얼마동안 잘 먹고 잘지내니 어느덧 원기도 회복되여 한결 정신이 났다. 하루는 늙은 거지의 생각에 이놈이 어찌하여 갑자기 벼락부자가 되였는지 몹시 궁금증이 났다. 그래서 어린 거지를 불러 사연을 간깐히 물어보았다.

마음 착한 어린 거지는 늙은이를 친할아버지처럼 믿어주는 처지라 그날 다리목 밑에서 눈에 먼지가 들어가서 울며 헤매던 때로부터 참나무우에서 로숙하다가 들은 이야기의 자초지종을 쭉 들려주었다.

고약한 심보를 아직까지 버리지 못한 늙은 거지는 느런 황금을 자기 혼자서 독차지하고 싶었다. 그날 저녁 늙은 거지가 자기절로 눈에다 먼지를 뿌려넣고 늙은 참나무에 올라가 밤을 새우노라니 아닌게아니라 밤중이 되여 말소리가 두런두런 들려왔다. 귀를 기울이고 듣던 중 서쪽마을안에 아직도 채 파내지 못한 황금이 있다는 소리에 그는 정신이 번쩍 들었다. 늘은 거지는 날이 휘붐히 밝아오자 자리를 차고 일어나 그 골안을 찾아 허둥지둥 달려갔다. 아닌게아니라 멀리서부터 바라보니 번득이는 빛광이 보이였다.

≪오냐! 황금이 저기 있구나!≫ 하고 막 달려가던 늙은 거지는 불빛을 십여메터 앞에 두고 그만 숨지고 말았다. 그것은 호랑이의 화등잔 같은 눈에서 뿜겨져 나오는 빛이였기때문이다.

박명새 구술 / 리종남 정리

첫날밤에 있은 일

박진사의 둘째아들과 허좌수의 무남독녀 외딸이 잔치를 하고 첫날밤에 동방에 들었는데 갑자기 신부가 밑도 끝도 없이 그저 헤헤하고 크게 너털웃음을 웃어대는 바람에 신랑이 이 꼴을 보고 (야참 이상한 녀자다. 이게 틀림없이 미친 사람이겠다.) 이렇게 생각이 들어 벌떡 일어나 앉아 벗었든 옷을 주어입고 간다 온다 말 한마디 없이 쥐영쥐영 자기 집으로 돌아갔다.

박진사 부부가 야밤삼경에 돌아온 아들을 보고 깜짝 놀라며 ≪야, 웬일이냐? 장가를 간다고 아침에 차려보냈드니 하루가 못되여 돌아왔으니 이게 대체 웬일이냐?≫ 하며 락담을 하였다. 그런데 아들은 그저 ≪그녀자 못쓰겠습니다.≫ 한마디뿐이였다. 그러니 박진사 내외가 하도 답답해서 아들을 보구 캐고물었다.

≪못쓰겠다니 병신이드냐, 그렇지 않으면 행실이 불칙하드냐? 못쓰면 어데가 못쓰겠드라고 딱 찍어서 말해야 할것 아니냐?≫

그러니까 아들이 사실대로 말을 한단 말이거든. 박진사가 듣고보니 가문이 좋고 처녀의 용모가 출중하다고 해서 정한 혼사인데 고르고 고르다가 쥐 골랐단 말이거든. 그런들 별수 있나. 다 써 놓은 죽인데. 박진사 속을 태우다가 어찌된 일인지 씨원히 사둔령감에게 물어바야 하겠다 생각하고 편지를 써서 하인을 시켜 띠워보냈단 말이야.

신부집에서는 첫날밤에 가버린 사우가 언제나 돌아오는가고 애타게 기다리고 있는데 사둔집에서 편지가 왔단 말이거든. 허좌수가 이 편지를 읽어보니 사우의 잘못이 아니라 자기 딸의 불찰때문에 사둔집과 분쟁이 생겼거든. 그래서 로친을 불러놓고 한바탕 성풀이를 한다음 어서 규방에 가서 딸아이에게 사유를 물어보라고 했단 말이야.

허좌수의 마누라가 규방에 들어가서 딸에게 따지였거든. ≪야 이런 일이 고금에 어데 있다드냐? 너는 어떻게 되여 첫날밤에 신랑을 내 쫓아서 부모앞에 망신될 짓을 했느냐? 어서 내 앞에서 말해봐라!≫

그랬드니 딸이 대답을 하였단 말이야. ≪어머니두, 내가 왜 제 랑군을 쫓겠습니까? 사실은 동방에 들어누웠는데 눈이 말뚱말뚱해서 잠이 안오는데 들을라니 건너방에서 쥐라는 놈이 서로 맛있는 음식그릇을 독차지하겠다고 싸움질을 하는데 얼럭고양이가 당반에서 내려다보구 <이놈들아, 너희들이 다 처먹으면 다 잡아먹겠다.>고 으릉대였어요. 쥐들이 바빠서 도망을 치다가 글쎄 꿀독에 빠졌는데 제발 살려달라고 고양이 앞에 비는 소리를 듣고 하도 우스워서 웃었드니 이 웃음소리를 듣고 랑군께서 내가 미친사람인줄 알고 나가버린것 같습니다.≫

이러한 사연을 알고 허좌수가 박진사에게 회답편지를 써서 하인시켜 보냈거든.

박진사가 사둔령감의 편지를 뜯어보니깐 쥐와 고양이가 하는 말을 엿듣고 웃었다구 했단말이거든. (야, 참 별일이군. 사람으로서 어떻게 짐승의 말을 알아듣는단 말인가? 이일이 사실이라면 내가 한번 가서 사실여부를 밝혀봐야 하겠구나.) 이렇게 작심하고 다음날 아침에 나귀에 올라타고 허좌수댁으로 가는 판이지.

이때가 어느 때냐 하면 삼사월 봄철이라 제비가 새끼를 쳐서 둥지에다 두고 벌거지를 잡아다 먹이는 이런 때란 말이야. 박진사가 사둔집 대문에 들어가 마루에 척 올라서면서 보니깐 상기둥에 제비가 둥지를 틀구있거든. 그래 거기서 제비 새끼 한마리를 쥐여서 도포 소매에 넣고 방에 들어가 앉아있으니깐 사돈들이 나와서 인사를 하는데 돌아봐두 자기 자부된 사람이 없거든. 그래서 허좌수에게 ≪사돈, 나는 자부를 만나볼려고 불원천리하고 왔는데 내 앞에 청해 오면 어떻겠습니까?≫ 라고 하였거든. 한참 있드니 자부가 들어와서 인사를 하고 한쪽 구석에 무릎을 꿇고 앉는단 말이거든. 박진사가 바라보니 사람은 허물할곳 없이 단정하구 귀엽게 생겼단 말이거든.

이때에 박진사가 문을 쓱 열고 마당옆의 매화나무를 가리키며 ≪저 나무우에 제비들이 앉아서 지지배배 울고 있는데 어째서 저 야단이요?≫ 하고 자부에게 물었단 말이야. 그랬드니 자부가 귀를 기울려 제비가 우는 소리를 듣더니 ≪예, 지금 저 제비들이 새끼를 잊어버리고 피부용(皮不用), 골부용(骨不用), 오자 방송, 방송(五子放松, 放松)≫ 하며 울고있습니다.≫

박진사가 이 말을 듣고보니 과연 짐승의 말을 알아듣는 여자란 말이거든. 그래 당장 집에 와서 아들을 불러놓고 말하였단 말이야. ≪너의 색시 과연 재주가 과인하여 짐승의 울음소리를 해석할줄 아는 사람인데 네가 무지하여 경솔하게 실수를 했으니 어서 가서 너의 장인장모앞에 사죄를 바라거라!≫ 그래서 첫날밤에 갈라졌든 신랑 신부가 다시 살게 되였는데 이 여자가 누구냐하면 리조 영조때에 팔도어사로 이름을 떨치는 암행어사 박문수의 어머니였다오.

김현태 구술 / 강찬화 정리

효자 룡덕이

부모의 슬하를 맴돌던 열두살 잡힌 용덕이 눈물로 어머니와 작별하고 아버지 원쑤를 갚으러 정처없이 떠날 때는 리조말기였다. 그애의 아버지는 일본놈들이 쳐들어오자 한 고을의 감찰직위를 버리고 농촌에 내려가 평민이 되였다.

늦여름철의 어느 하루, 김감찰은 나무하러 뒷산에 올랐다. 오색초목이 울창한데, 이태 삼년 묵은 팔뚝같은 나무를 도끼로 찍어 큰단으로 묶기에 여념이 없었다. 김감찰이 힘내여 나무를 찍다 도끼가 빗나가며 발등을 찍었다. 김감찰은 베적삼 옷깃을 찢어 상처를 싸는데 아들 룡덕이가 점심밥 보따리를 들고 산에 올랐다.

《에라, 손의 피나 씻고 보자.》

김감찰은 도끼를 그 자리에 놓은채 산하 시내가로 손씻으러 갔다. 그 순간이였다. 6척키, 퉁방울 눈이 어슬렁 나타나더니 일언반구도 없이 그 도끼를 집어가려 한다.

《우리집 도끼옵니다. 왜서 가져가나요…》

《응, 웬 잔소리냐?》

흉한 얼굴에 도끼를 들어 찍으려 드니 용덕이 기절하여 쓰러졌다. 점심요기를 하려고 아들을 찾던 김감찰이 겁에 질려 아들을 이끌고 집에 돌아왔다.

《쾅—쾅—》

마구 두딜기는 널대문소리에 삐꺽, 문이 열리더니 도끼를 든 산림검찰이 불쑥 들어왔다.

《도끼자루에 김순사라고 씌여 있으니 틀림없이 살인자는 이집 주인이로다.》

여음이 떨어지자마자 김감찰의 두손목에 쇠수갑이 채워지니 뒤집어보일 보선목도 아니라 그래도 끌려 갈수밖에 없었다. 하여 일가친척 없는 룡덕 어머니의 처량한 울음소리는 낮과 밤을 이어 갔다.

룡덕은 어머니의 통곡소리 가슴을 파고 드는데 도끼 들어 찍으려든 퉁방울눈이 눈앞에 얼른거리며 전신에 소름이 끼쳤다. (바로 그놈이 원쑤다. 그놈을 찾아 눈깔 빼서 꽁무니에 박고 손목을 자르고 목을 잘라야 한다.)

룡덕은 속다짐하며 넓적 어머니앞에 무릎을 꿇었다.

《어머니, 아무리 운들 무슨 쓸데 있습네까? 원쑤 갚으러 떠나려 하오니 허락하옵소서…》

《뒤산에 고목나무인들 내속만 더 썩으랴, 너까지 내 옆을 떠나려하니……》
어머니 눈물 비오듯 한다.

《어머니―아버지의 소식이나 탐문하려 하니 허락하옵소서.》

어머니는 기특한 아들의 효성에 목이 메고 피눈물이 방울져 속심을 째는듯하나 아들의 청에 순응할수밖에. 이윽하여 신들메기 조여매고 보리밥덩어리, 괴나리보짐을 걸친 룡덕이 어머님과 작별하고 집문을 떠났다. 《원쑤를 갚고야 발길을 돌리리라.》 룡덕은 코고작은 장마당마다 발자국을 남기며 만고풍상을 어린 한몸에 맞받으며 몇주야를 상가지구 신세로 떠돌아다녔다.

고달픈 몸, 휘청이는 다리 어머니의 품이 한없이 그리웠다. 하지만 어머니의 울분을 여직껏 풀지 못하는것이 한스러웠고 아버지 위태로움이 또한 걱정되여 룡덕이는 땅거미진 어스름을 타고 읍으로 향하였다.

읍 부근에 당도하였을 때다.

《너, 어디로 가는 길인고?》 그믐밤에 홍두깨 내밀듯한 물음에 저으기 놀란 룡덕이 눈여겨보니 순사복차림한 장정이였다.

《예, 저는 부모동생 하나 없사온데 읍거리로 걸식하러 가는 길이옵니다.》

《갈매기도 제집이 있다했거늘, 너, 무서워말고 실속말을 하여라. 혹 내가 거들어 줄수 있으니…》

《예, 사실은 어른앞에 헛말을 한것이 죄송하옵니다.…》

룡덕은 사실의 여하를 순사에게 여쭈었다.

《개미는 작아도 탑을 쌓는다 했으니, 너의 뜻을 끝까지 이루어 보아라.》

순사는 룡덕의 손에 거스름용돈까지 쥐여주었다. 여기에서 배심이 자란 룡덕인 인산인해로 복새판을 치는 읍내 장마당을 오르랑 내리랑 하며 만나는 키다리 얼굴을 쳐다보아도 찾는 몰골은 종시 나타나지 않는다. 어느새 서산마루에서 너울거리던 해가 자취를 감추었다. 원쑤는 외나무다리에서 만난다고 했거늘, 룡덕이가 원쑤를 만날 외나무다리는 어디에 있을가?

지친 몸을 상점문앞 쪽널에 맡기고 혼곤히 잠든 룡덕이 와뜰 놀라 깨여보니 웬 사람이 자기한테 걸려 넘어졌다. 이사람인즉 읍장마당 감독이였는데 보매 걸린것이 어린애였는지라 가련한 심포에 룡덕이를 데리고 자기집으로 향하였다. 한식경이나 걸었을 때라 몸이 오싹 떨리고 머리칼이 곤두서는감에 룡덕이 뒤를 돌아다보니 웬 키다리놈이 따라오고있었다. 뒤따르는 자에 대해선 아랑곳하지 않는 감독은 룡덕을 길도중에 있는 주막안으로 안내하여 주숙처를 부탁하고는 주막문을 나섰다. 때를 같이 하여 뒤따라오던 키다리가 불쑥 주막안에 들어와 구석진 온돌에 자리잡는데 얼굴생김이며 퉁방울눈이 찾는놈과 같으나 구리수염이 더 있을뿐이다.

(저놈의 구리수염이 가짜가 아닐가?) 룡덕이 생각을 굴리고 있는데 마침 길에서 만났던 순사가 주막안에 들어와서 룡덕이에게 눈치를 한다. 룡덕이 밖에 나가 의심함을 순사에게 여쭈자 순사는 사람들을 집주위에 포위하여 놓았다. 이슥하여 룡덕이는 키다리옆에 잠자리를 정하고나서 말을 건늬였다.

≪나리를 어디서 꼭 본적 있는가 합네다.≫

≪죽일놈 같으니라고 너, 웬말이냐?≫

≪보매, 나리는 사람을 많이 죽여본적 있나 봅네다.≫

옳거니, 글커니 말다툼이 벌어지는데 룡덕이 그놈의 수염을 잡아채니 과연 가짜수염이였는지라 그자는 선불맞은 날짐승처럼 날뛰며 덮치려 했다. 그 찰나 매복했던 순사일행이 6척키 퉁방울놈을 체포하였다.

그 이튿날로 무죄석방된 룡덕의 아버지가 집에 도착하였는데 아들—룡덕이도 잇따라 집에 도착하여 세식구는 손잡고 기쁨의 눈물을 쏟았다.

박음묵 구술 / 류춘자 정리

개꿀망신한 사돈총각

옛날 버덕에 살고있는 한 령감이 딸 둘에 아들 하나를 두었었다. 큰딸은 버덕에 시집가고 둘째딸은 노루사슴이 뛰여다니는 깊은 산골에 시집갔다.

어느해 봄, 콩심을 철이 닥쳐왔는데 그 전해에 박자가 몹시 두드려 콩농사가 안되여 콩종자가 없었다. 령감은 산골에 사는 둘째딸이 사는 고장에 박자도 내리지 않고 콩농사도 잘 되였다 하기에 그곳에 가 콩종자를 얻어오려고 생각하였다. 그런데 소식이나 알아보고 가야겠다고 생각은 했어도 령감이나 아들이나 무식하기에 편지 쓰지 못하고 콩알을 구들에 널어놓고 백지에다 그 모양대로 동그라미를 가득 그려 딸집에 보냈다.

산골사돈네는 바깥사돈은 없고 안사돈과 아들 둘에 며느리 둘이 지냈다.

산골사돈이 버덕사돈의 편지를 받고 보니 백지에 동그라미만 가득 그려보냈으니 도대체 무슨 영문인지 알길 없었다. 혹시 사돈집에서 돈이 없어 그러는가 해서 엽전을 가져다 대조해보니 그런것이 아니였다. 혹시 먹을 식량이 없어 그런가고 입쌀이며 좁쌀이며 기장쌀을 가져다 비겨보아도 그림과 같지 않았다.

(지금은 콩 심는 철이라 지난해 버덕에 박자가 몹시 와서 아마도 콩종자를 좀 얻자는것이겠군)

이렇게 생각을 한 안사돈은 콩종자를 한공기를 퍼다가 구들에 쏟아놓고 종이의 그림과 대조해보니 심통한지라 인편에 콩종자가 있으니 어서 와 가져가라고 전갈을 보냈다.

버덕사돈은 전갈을 받자마자 아들을 보고 빨리 사돈집에 가서 콩종자를 가져오라고 하였다.

이튿날 버덕의 젊은 사돈이 아침 일찍 일어나서 길을 떠났다. 길은 멀고 산골에 인가가 없어서 점심도 먹지 못하고 저녁때에야 둘째누이네 집에 도착하였다.

버덕사돈이 집에 들어서자 한참 저녁을 먹고있던 산골사돈네가 모두 반가이 그를 맞아주었다. 인사수작이 끝난후 버덕사돈이 온 사연을 이야기하자 누이가 말하였다.

≪동생, 콩종자는 준비해놓았으니 념려말고 배가 고프겠는데 저녁이나 먹으렴.≫

말을 마친 둘째누이는 죽 한사발을 떠올렸다.

그러잖아도 온종일 굶은데다가 잣죽의 구수한 냄새에 목젖이 막 방아를 찧었다.

이때 안사돈이 며느리를 나무랬다.

≪아이구, 이사람아. 사돈총각이 어찌다 왔는데 어떻게 이런 시산한 죽을 대접

하겠느냐? 어서 내려가 장작불을 피우고 기장밥이나 해서 한그릇 대접하렴.≫

≪동생, 버덕에서 이런 잣죽을 먹어보았나? 시산해 말고 잣죽이나 많이 먹어라. 래일 아침에 기장밥을 줄게.≫

둘째누이가 말을 마치자 동생은 밥상을 마주하고 훌훌 불며 잣죽을 먹기 시작하였다. 죽을 반사발이나 먹었을가 할 때 안사돈이 말을 하였다.

≪사돈이 어찌다 왔는데 죽을 올려서 참 안되였습니다. 시산한 죽이라도 많이 드십시오.≫

그런데 원래 고정한 버덕사돈은 저가락마저 그만 놓고 말았다.

≪예, 많이 먹었습니다.≫

버덕사돈은 말을 마치고 상에서 물러앉았다.

누이와 매부만 있다면 허물없이 중참이라도 달라고 하여 먹으련만 사돈이 계시고하여 서운한대로 웃방에 올라가 갓을 벗고 두루마기를 훌훌 벗은 다음 잠방이까지 벗어버리고 알몸둥이로 잠자리에 누었다.

≪이사람, 잣죽이 많이 남았는데 쉬지 않게 창에 들여다 놓게. 창에 들쥐가 있을테이니 좀 높이 올려놓고 덮개를 잘 덮어놓아야하네.≫

≪예, 알겠어요.≫

버덕사돈이 들어보니 배를 불리게 될 기회가 닥쳐왔다. 이때 둘째누이가 사랑칸에 내가는 소리가 들려왔다.

한참 지나서 인기척이 없어지자 사돈총각은 옷입을 생각도 잊어버리고 홀딱 벗은채로 사랑칸에 찾아들어갔다. 버덕사돈이 사랑채에 들어서니 구수한 잣죽 냄새가 풍기는게 참을수 없게 하였다. 버덕사돈은 손으로 마구 잣죽을 퍼서 입에 넣다가 함지채로 들이킬 욕심으로 함지를 두손으로 안고 일어섰다. 그런데 그순간 무엇이 그의 상투를 쥐여 잡아당기였다. 버덕총각이 머리채를 아무리 나꾸어채도 헛수고뿐이였다. 그렇다고 함지를 놓으려해도 탕소리가 날것 같지, 상투를 만져보려해도 함지를 안았으니 손을 뺄수가 없어 과연 진퇴량난이였다. 그래서 하느님께 빌었다.

≪제발 상투를 놓아줍소서. 그러면 방에 들어가 고이 자겠나이다.≫

가는날이 장날이라더니 그날 따라 산골사돈의 맏며느리가 해산할 날인데 순산이 아니여서 시어머니도 등이 달아 마당에서 돌아치고있는데 마침 사랑에서 중얼거리는 소리가 들려왔다. 그래서 안사돈이 혹시 사랑에 도적이 들었나하여 등불을 켜들고 달려가 문을 열었다. 그랬더니 버덕사돈이 발가벗고 죽함지를 안고 천정의 나무갈고리에 상투가 걸려 오도가도 못하고 서있는 망칙한 장면을 보았다. 그래서 안사돈은 둘째며느리를 불렀다.

≪야, 이사람아. 내 뭐라고 하던. 오래비 얼마나 시장하였으면 글쎄 저렇게…≫

둘째며느리가 얼른 일어나 시어머니 손에 든 등불을 받아들고 사랑에 들어가 보았더니 그 지경인지라 죽그릇을 받아내려놓고 상투에 걸린 갈고리를 벗겨낸 다음 코신을 벗어 동생의 엉뎅이를 되게 때리며 욕사발을 퍼부었다.

≪야, 이 되지 못한것아. 그렇게 배가 고프면 누이보고 죽을 달라해서 먹을거지. 사돈앞에서 이게 무슨 개꼴망신이냐? 어서 제방에 들어가 자빠져 잠이나 자지 못해?≫

버덕사돈이 생각해보니 한심하기 그지없었다. 온종일 굶고 고생한데다가 개꼴망신하고 매까지 맞았으니 기딱막힌 일이라 자기 자던 방이 어덴지도 모르고 아무칸이나 들어가 이불속에 머리를 쳐박고 장꿩처럼 궁둥이를 하늘로 쳐들고 씩씩거리며 울고있었다.

원래 때마침 맏며느리가 몸을 내리지 못하고 신고하다가 변소로 나간뒤에 버덕사돈이 잘못 그 자리에 들어 갔던것이다.

안사돈은 맏며느리가 온종일 신음하던것이 조용해지니 무슨 일이라도 생기지 않았나하여 맏며느리칸의 문을 열어보았다. 희미한 등불아래 맏며느리가 바지도 압지 않고 엎디여 궁둥이를 쳐든게 두다리 중간에 주먹만큼한것이 달려있기에 이제야 몸을 내리는줄로만 여겼다.

한편 둘째며느리는 금방 자리에 누웠는데 밖에서 또 무엇이라 떠드는 소리가 나자 귀를 강구었다.

≪이사람아, 힘을 바싹 쓰라니. 헐떡거리지만 말구 힘을 바싹 줘야 한다니…≫

시어머니가 맏동서보고 하는 소리였다. 아마 맏동서가 몸을 내리는가부다 생각한 둘째며느리는 급히 그칸으로 들어가 아이를 받으려 하였다. 그런데 가까이에 간 둘째며느리는 그만 또 기겁을 하였다. 원래 이불속에 머리를 틀어박은 사람은 맏동서가 아니라 자기의 오라비였다.

이렇게 버덕에서 사는 사돈총각은 산골 사돈집에 가서 콩종자를 얻으려 하다가 두번이나 개꼴망신을 하고 콩종자도 얻지 못하고 꽁무니를 뺐다.

김형철 구술 / 정귀섭 정리

금돌로 집을 지은 수돌이

먼 옛날, 한 고을에 소문이 짜하게 잘 사는 부자가 있었는데 풍의족식에 생활이 유족한 그에게도 일촌간장 다독이는 일개 가슴 아픈 일이 있었다. 그것인즉 슬하에 부모의 재산을 이어받아 조상을 빛내일 아들이 없고 일점혈육 딸 하나를 둔것이다.

해가 가고 달이 감에 따라 이 딸은 세상에 보기 드문 미인으로 자랐는데 그에 따라 부모의 심사도 빠질빠질 타서 재가 들어앉을 지경이였다. 그도 그럴것이 딸이 과년해지니 자연 배필을 무어주어야 하였는데 어찌 금이야 옥이야 하며 애지중지 기른 자식을 사탕 쥐여주듯 남에게 주겠는가 하는것이였다. 하지만 남혼녀가는 어길수 없는 인생지법인지라 늙은 량주가 석달열흘 머리를 부둥켜안고 짜낸 생각이 딸을 장래라도 고생을 시키지 않게 부자집에 출가시키는것이였다.

하여 정화수를 떠놓고 신령님께 백만장자 사위를 점고해 달라 손이야 발이야 빌기를 마친 다음날 방을 내붙였는데 거기에는 ≪나의 딸의 혼처를 마련하려 하는데 천하의 제일부자로서 총각이 총명하면 인연을 맺어주려 한다.≫고 하였다.

방이 나붙자 원래 녀중일색으로 소문이 짜하였던지라 이름 있고 한다하는 부자집 귀공자들이 구름같이 모여들었다. 그러나 주인령감앞에서 자기집 가산을 손꼽아 헤아려 바치고 나면 ≪가산이 그렇게 많지 않구만!≫ 하는 한마디에 퇴자를 맞고 맥없이 오던 길을 되돌아가는수밖에 없었다.

처음 몇해간에는 팔도강산에서 구름처럼 찾아드는 사람들도 많더니 이즈음에는 발길도 멎었으니 량주가 정화수를 떠놓고 신령앞에서 다진 맹세가 박산날

지경이였다. 하여 로친은 과년한 딸의 장래를 걱정하여 눈물로 하루하루를 보내면서 령감과 이미 했던 맹세를 걷어치우자고 성화를 부렸다. 그러나 령감은 좀 더 기다려보자고 로친을 달래였다.

이럴즈음에 한 고을에 조실부모하고 의지가지없어 가가호호 돌아다니며 머슴살이를 하는 불쌍한 더꺼머리 총각이 있었는데 그 이름은 수돌이라 불렀다.

수돌이는 일찍 이런 소문을 들었다. 하지만 버젓이 입고 나설 옷가지와 결혼식을 치를 집조차 변변치 못한 처지에 부자집 딸을 데려올 엄두도 못내고 있었다. 그런데 일락서산 저녁만 되면 쓸쓸한 자기 신세를 한탄하면서도 그 부자집 딸을 데려오고싶은 굴뚝같은 욕망만은 눅잦힐수 없었다. 하여 동창이 희붐히 밝아오자 마을의 로인장을 찾아갔다. 그는 자기가 궁리해낸 생각의 자초지종을 하나도 빠짐없이 로인장에게 여쭈었더니 로인은 쾌히 응낙하며 동네사람들을 동원시켰다. 원래 마음 착한 사람들이 모여사는 곳이라 얼마 안되여 모든 준비를 완비하게 갖추고 날을 택하여 견마잡혀서 떠내보냈다.

부자가 사는 곳은 해변가였다. 때문에 부자집 하인들은 아침이면 황홀한 바다의 해돋이를 구경하고 저녁무렵이면 분홍 락조 비낀 바다의 아름다운 경치를 흠상하군 하였다. 그런데 하루는 뉘집 귀공자인지 멋들어진 의복을 입고 온종일 눈언저리에 손채양을 해가지고 바다만 하염없이 바라보는것이였다. 땅거미가 어둑어둑 깃들어가는데도 그는 떠날넘을 하지 않고 그냥 바다만 바라보고 있기에 하도 이상하여 주인령감께 알렸더니 하인더러 가서 알아오라고 하였다. 하여 그 하인은 단걸음에 달려가서 그 공자에게 물었다.

《당신은 뉘시온데 어찌하여 하루종일 바다만 바라보고있는지 그 연고를 알려줄수 없습네까?》

그러자 이 공자는 자기는 아무아무 고을에 살고있는 아무갠데 며칠전에 금년에 부리고 처리할 소들의 코뚜레감이 없어 저 바다속에 있는 섬으로 배를 보내여 한배 가득 해오라 보냈는데 여쩍껏 돌아오지 않아 기다리는중이라고 알려주었다. 이 말을 들은 하인은 부리나케 달려가 주인에게 곧이곧대로 아뢰였다. 부자집 령감은 하인의 말을 듣고보니 금시초문이라 이 세상에 그 많은 부자들을 보아왔지만 소코뚜레감을 한배씩 해온다는 소리를 못들은데다가 또 새파란 총각이라니 귀맛이 버쩍 당기여 어서어서 모셔오라는것이였다.

수돌이는 못이기는척 하면서 하인을 따라 부자집으로 성큼성큼 발길을 돌리였다. 처음으로 으리으리한 집에 들어선 수돌의 눈은 몹시 부시였다. 주인령감과 마주앉아 인사수작을 나눈뒤 수돌이는 이 령감의 물음에 자기의 래력을 거짓절반 섞어가며 엮어대였다.

≪소인은 세도가 뜨르르한 가문의 귀공자인데 조실부모하고 홀몸으로 외롭게 지내고있사오나 부모가 물려준 가산이 충족하여 생활은 천하일부가 부럽잖게 유족하옵니다.≫

부자령감이 이 말을 듣고 다시 뜯어보니 오관이 단정하고 례의범절이 또한 바른지라 마음이 부쩍 동하여 자기 딸의 선을 보이고 사위됨이 어떤가고 물어보았다. 총각이 머리 들어 보매 그 딸의 용모가 절색인데다 마음씨 또한 유순할것 같아 즉석에서 허혼하였다.

이렇게 되자 부자집에서는 오매에도 애태우며 기다리던 혼사가 매우 쉬이 이루어졌다면서 사위를 보내지도 않고 대사를 답론하여 이번에 아예 혼례를 치르고 부인을 데려가라는것이였다.

수돌이는 못이기는척하고 견마군에게 부탁하여 마을의 로인장께 소식을 전하고 아무날자에 가마를 보내오고 한달말미로 집까지 얻어놓게 하였다.

이러는 새에 수돌이는 부자령감내외의 지극한 사랑을 받으며 혼례까지 치르고 마을에 돌아오게 되였다. 동네에서는 고래등같은 집을 비워내여 신방을 꾸리고 모두다 자기의 일처럼 기뻐하며 분주히 보내는지라 실로 일등부자의 잔치도 무색케 하였다.

수돌이는 꿈같은 첫날밤을 지낸 다음 이튿날 새벽부터 밖에 나갔다는 저녁 늦게야 돌아오군 하였는데 그의 말을 빈다면 전원을 살펴본다는것이였다. 그러나 사실은 한달 말미로 빈 집이라 집을 돌려주기전에 자기의 집을 지으러 다닌것이였다. 마을에서 떨어진 편벽한 골짜기에 들어가 돌을 캐여서는 메여날라서 초가삼간집을 짓기 시작하였는데 날이 감에 따라 집형체가 다 되어갔다.

하루는 자기의 안해를 불러놓고 자기들의 전원으로 가자고 이르고는 안해를 앞세우고 길을 떠났다. 이때 마을사람들도 적지 않은 가장집물을 마련해보냈지만 근심이 태산같아 숨조차 쉬지 못했다. 그런데 안해가 집문앞에 이르자 입을 딱 벌리고 눈을 홉뜨는것이였다. 이에 당황해난 수돌이는 안해를 붙잡고 사실의 전후과정을 이야기하려는데 안해가 도리여 수돌이를 붙잡고 말하였다.

≪이것이 무슨 망녕된 짓이예요. 아무리 돈이 많기로서니 어찌 금돌로 집을 짓고 살겠나요. 어서 이 집을 지은 금돌을 팔아 동네사람들에게 나누어주고 함께 잘 살자요.≫

이에 깜짝놀란 수돌이는 그제야 자기가 원래는 몹시 가난하여 장가도 못들었던 이왕지사를 자초지종 이야기하고 안해와 합수하고 마을사람들과 함께 잘 살았다고 한다.

김병수 정리

안해와 첩

옛날 한 시골에 소문난 부자집이 있었는데 이집 주인은 안해를 얻어 일년도 되지 않아 자식이 없다하여 첩을 얻었다.

첩이 한집에서 살아가자니 큰 싸움은 없었으나 조용치 못함은 뻔한 일이였다.

하루는 주인이 먼 곳으로 장사를 떠나게 되여 행차차림을 하며 안해한테 물었다.

≪내가 집을 떠나 2년후에 올터인데 내가 오면 당신은 무엇을 해주겠소?≫

안해가 대답했다.

≪저는 해와 달과 같은 아들을 낳아 길러서 당신 집에 대를 이어올리시지요≫

주인은 너무도 좋아서 안해의 손을 잡으며 칭찬을 했다.

≪암, 그럼 그렇겠지. 그래도 안해가 안해이지.≫

주인은 이번에 첩에게 물었다.

≪애첩은 내가 갔다오면 무엇을 해주겠소?≫

첩은 애교를 부리며 말했다.

≪네, 저는 당신께서 오신다는 날자를 알게 되면 단감주 한동이를 만들어놓았

다가 머리에 이고 10리길을 마중가 컬컬한 목을 추겨주겠어요.≫

주인은 혼자말로 중얼거렸다.

≪안해에게 아들이나 딸이 하나라도 있으면 저런 년들을 전부 쫓아낼터인데…≫ 주인은 말을 마치고 먼 길을 떠나갔다.

주인이 집을 떠나후 아홉달이 지나 안해는 아들을 낳았다.

안해는 주인이 이 떡판같은 아들을 보시면 얼마나 반가와하실가 하며 아들을 안고 기뻐하였다.

하루는 주인님께서 오신다는 기별이 와서 모두 대문밖까지 마중을 나가야 했다.

안해가 마중가려고 아기를 업자하는데 첩이 들어오더니 자기가 업고 뒤따라가겠다고 아기를 빼앗으며 그를 떠밀기에 안심하고 마중 나갔다.

첩은 집에서 아기를 죽이기로 마음먹고 아기를 외나무다리 우에다 갔다 놓고는 물에 빠져 죽기를 기다리고있었다.

그런데 아기는 다리우를 기여가며 ≪엄마, 엄마≫ 하면서도 물에는 떨어지지 않았다.

첩은 다시 아기를 안아다가 돼지굴에다 집어넣고 돼지가 뜯어먹기를 기다렸다. 그런데 돼지는 아기를 먹지 않고 주둥이로 이리저리 밀어내기만 하였다.

첩은 너무도 이상하여 가슴이 두근거려 망설이고있노라니 때마침 웬 중이 동냥하러 집에 들어왔다.

첩은 중의 배낭을 빼앗으며 말하였다.

≪우리가 식량을 배낭에다 담아올리리다.≫

첩은 뜰안으로 들어가더니 아기를 배낭에다 넣어 중에게 메워주었다.

≪어서 이 쌀을 메고 가세요 우리집 주인이 오시면 식량을 허비한다고 야단할 것이니 빨리 가세요.≫

대문밖까지 밀려나간 중은 배낭을 무겁게 메고 가노라니 갑자기 등에서 아기가 우는 소리가 나기에 깜짝 놀라 배낭을 내려놓고 보았다. 그 중이 보니 아닌게 아니라 배낭안에는 귀엽고도 포동포동한 남자아이가 들어있었다.

그래서 중은 아기를 안고 다니며 동량젖을 먹여가면서 친자식처럼 곱게 키웠다.

한편 주인은 안해의 안내를 받고 대문안으로 들어오며 첩을 보고 웃는 얼굴로

말했다

≪빨리 아기를 데리고 와서 이 애비를 대면하게 하우.≫

주인이 말이 끝나기도 전에 첩은 떠들어댔다.

≪아니, 저 버새가 아들을 낳는다면 나는 룡을 낳겠소.≫

안해는 아이가 보이지 않으니 정신없이 집안팎을 다 찾아보다가 그만 아이가 온데간데 없자 정신을 잃고 쓰러지고 말았다.

어리석은 주인이 첩의 말만 듣고 정신을 잃은 안해를 마구 때리며 큰 소리로 말했다.

≪전 마땅히 남편을 잘 공경하며 거짓말을 말고 애첩을 이끌어야 할터인데 그렇지는 못할망정 남편에게 새빨간 거짓말을 하다니 더러운 년 같으니라구 이제부턴 애첩의 몸종질이나 하여라.≫

안해는 너무도 맹랑하고 원통하였으나 어찌할 방법이 없어 죽으려하다가 다시 이를 악물고 크게 마음을 먹었다.

≪내 자식 죽지 않고 살아있으면 만날 날이 있을것이다. 고생 끝에 락이 있을것이니 내가 죽지 말고 살아서 이를 악물고 저년이 시키는 일을 하고보자.≫

세월이 흐르고 흘러 어느덧 15년이 지났다.

하루는 늙은 중이 젊은 청년을 데리고 와서 그집 주인을 찾으며 말했다.

≪이집에서 어린 아기를 저에게 주어 제가 잘 길러 댁에 돌리려 왔사오니 어서 아들을 받으시지요. 어느분이 아이의 어머님이신지요? 기실 15년전의 어느 날, 이집에 제가 배낭을 메고 동량하러 왔을 때 한 녀성이 저의 배낭을 빼앗아선 식량을 꽉채워 저에게 메워주며 빨리 가라고 밀어냈겠지요. 대문밖을 나서서 길가던 도중 등뒤에서 갑자기 아이의 울음소리가 터져나오길래 배낭을 헤쳐보 았더니 포동포동한 남자아이가 들어있겠지요 그때 저는 이집의 영문을 몰라 아이를 돌려주지 못하고 동량젖을 먹이면서 여태 길러서 인젠 16세가 되였습니 다. 인젠 부모를 찾아주려고 데리고 왔사오니 대관절 어느분이 이 아이의 어머님 이고 또한 애아버지는 누구시오!≫

이 말을 들은 람루한 옷을 입은 안해는 맨발로 뛰여나오더니 중앞에 무릎을 꿇고앉아 눈물을 흘리며 말하였다.

≪참말 감사하옵니다. 우리 아들을 살려주시옵고 손수 키워서 부모까지 찾아

주시오니 이 은공은 무엇으로 갚겠나이까!≫

안해는 아들을 끌어안고 목메인 소리로 주인에게 말했다.

≪당시 주인님께서는 첩의 말만 들으시고 저를 첩의 몸종으로 15년간 모진 일을 다 시키다보니 인젠 골수에 병이 들어 이지경이 되였사오니 이 일을 어찌한단 말입니까? 그리고 주인님의 은공은 어찌 갚는단 말입니까?≫

아들은 어머님을 일으키며 말했다.

≪어머님, 일어나세요. 저는 이 은공을 갚기 위하여 주지님의 양제로 되였습니다.≫

어머님은 눈물을 닦으며 말하였다.

≪너 참말 잘했구나!≫

그 말에 주지가 양제에게 일러주었다.

≪어서 너의 부친님께 절을 하여라.≫

아들이 부친께 절을 하자 부친은 정신이 아찔해나고 눈앞이 캄캄해났다.

주인은 안해앞에 무릎을 꿇고 엎디더니 빌었다.

≪지난일이 잘못되였으니 나를 용서해주오.≫

이때 주지는 주인을 부축하였다.

≪첩의 말만 들으면 이럴수가 있소이다. 인젠 일어나시여 오늘부터는 어찌할 의향인지 말씀하시지요.≫

그말에 주인은 이를 부득부득 갈더니 말했다.

≪여보 내가 저년한테 얼리워 못할 일을 했으니 한번만 용서하오. 만약 임자의 마음이 풀리지 않으면 처벌하여도 달갑게 받겠소. 이젠 아들까지 찾았으니 이 자리에서 죽어도 난 원이 없소.≫

안해는 눈물젖은 얼굴로 속심이 없는 남편을 쳐다보며 일러주었다.

≪인젠 알만하시지요. 전 정말 진실한 마음이 있으나 첩은 간사하고 교활하며 죽이자는 마음뿐이라는걸 알으셨지요.≫

주인은 첩에게 얼리운 일이 너무도 분하여 웨쳤다.

≪인젠 나도 알게 되였소 저년을 쫓아버리겠소.≫

주인은 첩을 보고 이렇게 호령하였다.

≪너년 듣거라 인젠 좋은 입성 다 벗어놓고 이집에서 당장 떠나가라.≫

≪댁의 몸종으로 살터이니 밥이나 먹여주십시오.≫ 첩의 말을 들은 아들은 대뜸 욕설을 퍼부었다.

≪어서 나가오. 목숨을 살려준것만하여도 대단한데 밥까지 먹여달라는 렴치가 어데 있소? 더러운 년 같으니라구. 비자루로 쓸어버려야 알겠소?≫

그리하여 첩은 할수없이 이집을 나서고 말았다.

주지는 주인께 이렇게 일깨워주었다.

≪주인동생, 세상에 좋은 첩이 얼마나 되며 좋은 서모가 얼마나 되오리까. 앞으로는 절대 이런 짓을 하지 마시오.≫

주지는 이어서 양제에게 말을 남기었다.

≪앞으로 너는 부모님을 잘 공경하고 훌륭한 사람이 되거라.≫

말을 마친 주지는 먼곳으로 떠나갔다.

이리하여 이집에서는 로년에 아들을 찾고 서로 가정화목을 도우며 재미있게 살았다.

박채봉 구술 / 조병조 정리

등짐장수와 귀신량주

옛날 한 등짐장수가 잡채를 짊어지고 이고을 저고을 돌면서 생계를 유지해나가고있었다. 때는 춘말하초라, 등짐장수가 하루는 산길을 지나다가 산을 벗어나지 못하고 날이 어두워졌다. 린근에 인가가 없고 하여 등짐장수는 한쌍의 봉분옆에다 자리를 잡았다. 그는 무거운 짐을 벗어놓고 건량을 꺼내서 먹고나니 로독이 올라 저도모르는 사이에 잠이 들고 말았다. 그런데 삼경이 지나 두런두런 하는 말소리에 잠을 깨여 귀를 기울리니 두 량주의 말소리였다.

≪여보 마누라, 오늘이 당신의 제삿날이니 어서 가보우.≫

≪아따 두상두 내 혼자서 뭘락고 간다우. 같이 가유.≫

《하 마누라. 오늘저녁에 처음으로 우리 집에 손님이 오셨는데 어떻게 손님을 놔두고 간단 말이유. 당신 혼자 얼씨덩 갔다가 오우.》

《휴, 그럼 내 혼자 인츰 갔다오겠수. 손님 잘 보살피시우.

등짐장수는 하회를 볼 양으로 그냥 누워있었다. 사경이 지나서야 로친이 돌아왔는지 다시 말소리가 들렸다.

《하 돌아왔수? 그래 잘 대접받구 왔수?》

《휴, 참. 빌어먹을 눔의 자식같으니. 세상에 원 그것도 자식이라고 고이 길렀더니 원.》

《여보 마누라, 무슨 일이 생겼수? 도대체.》

《여보 령감두상, 하 글쎄 내가 상을 받으려고 가니까 말이유…》

하고 로친은 갔던 이야기를 시작하였다.

이 늙은 량주는 본래 산너머 동네에 사는 김서방네 량친 부모였는데 오늘이 곧 김서방 모친의 제사날이였다. 김서방은 세상 뜬 모치의 제사상을 차리려고 닭을 잡고 백옥미로 떡을 빚고 푸짐히 장만을 하였다. 삼경이 되자 김서방은 제사상을 차리려고 하였다. 이때 로친은 상을 받으려고 상앞에 앉아있었다.

《여보 빨리 챙겨 들여오우. 졸음이 와서 어디 원.》

《아따 바빠하긴, 누군 뭐 한가하우? 죽어서 흙이 다 된지도 옛날인데 무얼 안다고 창문보구 넓적넙적 절질이유, 절질…》

이때 구막장 옆에서 놀던 어린 아들이 제어미가 가마에서 김이 문문 나는 삶은 닭을 꺼내는것을 보다 먹겠다구 칭얼대였다.

《그래 죽은 귀신보다 네가 먼저 먹어라.》

애 에미는 닭의 다리 한쪽을 뚝 떼여서 아이손에 쥐여주었다. 그래서 다리 한짝을 잃은 닭이 찌부뚱하게 상에 올랐다.

녀편네와 아들의 행실을 보고있던 김서방은 이렇게 말하는것이였다.

《그럼. 많이 먹고 빨리 커야지.》

로친이 혹시나 자기 녀편네의 행실을 꾸짖을줄로 알았던 아들의 입에서 이런 말이 튕겨나오자 화가 동하였다. 그는 벌떡 일어나는 길로 가마옆에 서서 게걸스레 닭의 다리를 뜯고있는 손자녀석을 콱밀어 설설 끓고있는 국가마에 빠져 한쪽 다리를 데게 하고서 제사상을 거들떠보지도 않고 돌아왔던것이다.

《하, 로친두 원, 그 철없는것이 무엇을 안다고 그랬소? 허이, 불쌍한것이.》

《아따 두상두 그게 무슨 큰일이유! 덴 발이야 낫지 않으리요. 세상에 그것보다 더 화난일이 어디 또 있을락꼬. 하기사 국가마에 덴것이 잘 낫지는 않지만두. 남산에 가면 너구리굴이 있는데 거기 가서 오소리를 잡아다가 기름을 내서 그 기름을 바르면 인차 나을게 아니유? 원 별걱정두.》

《답답할사 마누라. 이일은 우리만 알지 갸들이 어찌 알텐고?》

이때 먼곳에서 닭이 홰를 치고 먼동이 푸르스름하게 되자 문득 말소리가 멎어버렸다.

등짐장수가 일어나 생각해보니 간밤에 꿈같은 일이나 필경은 그저 일이 아니라 생각되였다. 그리하여 그는 곧 길을 떠나 얼마쯤 가니 한 동네가 나지는데 선 곳이 동네 남쪽이라 두루 살피다가 한 곳에 너구리굴을 발견하였다. 등짐장수가 다가가보니 한창 똥을 져내고있는 오소리가 보였다. 등짐장수는 지게 벋치개로 오소리를 때려잡아 기름을 빼고 고기를 구워먹은후 마을로 내려갔다. 동네에 들어가 물어서 김서방네 집을 찾아가니 아닌게 아니라 두 내외가 아파서 뒹굴며 울어대는 아들을 달래였다. 김서방은 한숨만 풀풀 쉬고 녀편네는 눈물 코물 쥐여짜며 별난 제사를 다하면서 아이 다리를 데웠다면서 넉두리를 해대고있었다. 그래서 등짐장수는 지나가던 사람인체 하며 물었다.

《여보시오 주인, 어떤 일루 신새벽부터 이러시우? 무슨 불상사라두 생겼수?》 등짐장수가 물었다.

《후유, 어제밤에 우리 모친의 제사가 드는 날인데…》

김서방이 간밤에 있은 일을 이야기하는데 등짐장수가 들어보니 어제밤에 자기가 들은것과 꼭 같은지라 오소리기름을 아이 다리에다 발라보라고 하였다. 김서방이 그걸 받아서 발라주었더니 뒹굴며 울던 애가 울음을 그치고 잠을 드는 것이였다.

두 내외는 신의를 만났다하며 상을 차려 등짐장수를 후히 대접하였다. 상을 물리자 김서방을 보고 등짐장수는 입을 열었다.

《김서방, 세상을 뜨신 부모님이라 하여도 자네를 낳은 부모가 아니요? 제상을 차리려면 직심으로 해야지 남의 눈이 무서워서 억지로 해서야 어디 되겠소?》

등짐장수가 간밤에 들은 일을 말하였더니 김서방 내외는 얼굴에 부끄러운 빛을 띄우며 머리를 못들었다. 등짐장수는 길이 바쁘다며 길을 떠나갔다.

등짐장수는 오소리기름을 가지고 다니며 불에 덴 사람을 만나면 그것을 바르게 하였더니 모두 잘 나았다.

그때로부터 지금까지 ≪화상엔 오소리기름≫이란 말이 민간에 퍼졌다고 한다.

림명석 구술 / 서종식 정리

해당화로 된 소녀

옛날 동해바다 명사십리근처에 선비라고 부르는 어여쁜 소녀가 있었다. 하얀 모래가 비단같이 깔려있는 명사십리에 거울같이 맑고 새파란 물이 잔잔히 출렁이고있었다.

선비는 날마다 아침밥만 먹고나면 명사십리 바다가에 나가 하루종일 놀다가 해가 서산으로 기울어가는 저녁때에야 집으로 돌아오군하였다. 달밝은 밤에는 밤이 깊어도 집에 돌아가지 않고 바다가에서 고운 조개도 잡고 어여쁜 새들과 노래도 부르며 놀았다. 종달새가 지종지종 노래부르고 울긋불긋 여러가지 꽃들은 곱게곱게 피여 벌과 나비가 자유롭게 날아들던 어느 봄날이였다. 선비는 아침 일찍 일어나서 홀로 구슬같은 잔잔한 물결이 모래밭에 가만가만히 부딪치는 명사십리로 나갔다.

선비는 물가에 쪼크리고 앉아서 자기의 얼굴이 비치는 거울같은 물속을 바라보고있었다. 물결은 잠자는듯 고요한데 그 물에 비친 선비의 얼굴은 참말로 어여뻤다. 선비는 지금까지 자기의 얼굴이 그같이 어여쁜줄은 깜깜 모르고있었다. 달나라에 사는 선녀이면 어찌 비기고 룡궁에 사는 궁녀이면 어찌 비기랴 싶게 아름답게 생겼으니까. 이렇게 어여쁜 얼굴이 선비의 눈에 보일 때 그는 기쁘고 즐겁고 자랑스러워 어쩔줄 몰랐다. 그래서 선비는 그 그림자를 떠날줄 모르고 못박혀 앉아서 맑은 물속에 비치여 나타난 자기의 얼굴을 바라보면서 시간이

가는줄 모르고있었다.

때마침 선비와 친하게 놀든 파랑새가 날아와서 ≪선비야!≫하고 불렀다. 그러나 선비는 아무 대답도 하지 않고 물속에 비친 그림자만 보고있었다. 그러니까 파랑새는 선비의 어깨에 올라앉아 우는 목소리로

≪선비! 선비! 지금 우리 애기새가 다리 부러져서 다니지 못하고 울고만 있으니 네가 가서 좀 고쳐주려무나. 어서—≫하고 애걸하였다.

그러나 선비는 귀찮은듯이 파랑새를 뿌리치며 대답하였다.

≪싫다, 싫어. 너의 애기새가 다리 부러져 운다한들 이 어여쁜 얼굴울 버리고 어찌 가겠니. 나는 안간다 안가.≫

파랑새는 섧게 울면서 날아가버렸다. 이때 또 선비의 친한 동무 토끼가 뛰여와서 ≪선비야! 선비야!≫하고 불렀다. 그러자 선비는 역시 대답도 하지 않고 물속만 바라보고있었다.

토끼는 급한듯이 선비의 어깨를 흔들면서 애걸하며 졸라댔다.

≪선비야! 선비야! 지금 우리 어머니가 바위우에서 떨어져 허리를 상하여 앓고있으니 네가 가서 좀 고쳐주려무나. 어서. 선비야.≫

선비는 여전히 귀찮은듯이 토끼를 떠밀어치면서 뒤도 돌아다보지도 않았다.

≪싫다 싫어. 너의 어머니가 허리 부러져 죽는다한들 이 어여쁜 얼굴을 버리고 어찌 가겠니? 나는 못간다 못가.≫

토끼도 할수없이 한숨을 길게 쉬면서 깡충깡충 뛰여갔다.

선비는 토끼가 간뒤에도 모든것을 잊어버리고 그 물속에 비친 그림자만 정신없이 바라보며 기쁨을 이기지 못하다가 마침내 이런 노래를 불렀다.

하늘같이 푸른 바다 그 물속에
빛나고 참스러운 둥근달보다
내 얼굴은 더더욱 아름다와요
파랑새의 애기가 운다하여도
토끼의 어머니가 죽는다해도
난 몰라요 내 얼굴을 못떠나요

이렇게 고운 목소리로 노래를 부르며 기쁨에 넘쳐서 어쩔줄 모르고있을 때에 어데로부터인지 난데없는 무서운 목소리로 부르는 노래 고요한 해변가에 우렁차게 울려왔다.

선비야 선비야 내말 들어라
가엾이 토끼엄마 죽어가고
애처롭게 애기새는 울고있는데
가보지도 아니하는 무정한 너는
벌을 주어 어여쁜 네 얼굴
또다시 못보게 하리라

선비는 이 노래소리를 듣고 너무도 이상하고 무서워서 눈을 들어 사방을 살펴보았다. 그때 저편 깊은 바다우에 시꺼먼 구름이 일어나더니 점점 한데 뭉쳐 나중에는 아주 커다랗고 무서운 귀신이 되여 그의 앞에 나타났다. 선비의 무서움이 어떠하였을가?

그 괴상한 귀신이 커다란 입을 열어 꾸짖는듯 큰소리로 말하였다.

《이 무정하고 악착스러운 선비야! 지금부터 너는 그 자리에서 영원히 떠날수 없이 되여 한가지 나무로 변하리라.》

선비는 그만 가슴이 내려앉는듯 벌벌 떨리고 무서워서 일어나 달아나려고 하였으나 일어날수가 없었다. 힘을 다하여 겨우 일어난 때는 벌써 선비의 조그마한 발이 나무뿌리가 되여 땅속에 파묻히고 거기에서부터 다리, 배, 가슴, 머리가 모두 변해서 그렇게 아름답고 어여쁘던 선비는 그만 애처롭게 한떨기의 해당화 나무로 변하여서 영영 바다가에 있게 되고말았다.

그래서 지금도 해당화는 바다가에 외로히 피여서 자기의 그림자만 바라보고 있다고 한다.

김두필 정리

말없는 공주

고구려초기의 한 임금은 슬하에 일점혈육이라곤 하나도 없어 날마다 슬피 보냈는데 년세가 많아 왕위를 직계에게 넘겨주자 해도 넘겨줄 사람이 없었다.

통탄하던 끝에 하루는 임금이 복술을 청하여놓고 은근히 물었다.

≪내 슬하에 자식 하나 두지 못하여 후사를 맡길수 없으니 어찌하리오?≫

≪전하, 왕비께서 허락하시기만 한다면 칠성당에 백일기도를 드리옵소서. 반드시 효험을 보실줄로 믿습니다.≫

그 말을 들은 고구려왕은 왕비에게 사연을 전하였는데 왕비도 자식걱정에 쌓여있던차라 선선히 응낙하였다. 그리하여 왕과 왕비는 일체 정사를 버리고 명산대천에 가 칠성당을 무어놓고 정화수를 받쳐놓은후 백일동안 치성을 지극히 드렸다. 그런데 아니나다를가 정성이 지극하면 돌산에 꽃이 핀다고 석달열흘후에 왕비에게 태기가 있게 되니 임금의 기쁨은 한량없었다.

≪도대체 아들이냐? 딸이냐?≫

하인들도 날마다 이렇게 수근덕이며 어서 왕비께서 몸을 풀기만 고대하였다. 마침내 십삭이 되여 왕비가 몸을 풀게 되였는데 일체 외인을 막고 쥐도 새도 드나들지 못하게 방비하였다.

≪응아—응아—≫

내실에서 들려오는 고고성소리에 임금이 룡상에서 벌떡 일어서는데 하인이 달려나와 여쭈었다.

≪전하, 왕비께선 귀동이를 낳은줄로 아룁니다.≫

그 소리를 들은 임금은 너무 기뻐 덩실덩실 춤까지 췄다. 어찌 그뿐이랴. 왕자를 낳았다는 소문이 퍼지자 온 나라 백성들까지도 기뻐 날뛰였다.

왕자는 무럭무럭 잘도 자랐다. 부모들은 단 하나밖에 없는 왕자를 금이야 옥이야 하며 애지중지 키웠는데 어느새 여덟살을 먹었다. 그런데 너무 곱게 기르다나니 아무짓이나 다 하였다. 하루는 왕자가 궁녀들에게 이렇게 떼를 썼다.

≪누나, 금덩어리로 공 세개를 해줘 응?≫

궁녀들이 너무 기가 막혀 해주지 못하겠다고 하자 왕자는 진종일 울며 야단이였다. 그래서 하는수없이 부모전에 아뢰였더니 왕비는 두말없이 금쟁이에게 부탁하여 금공 세개를 만들어왔다.

어느날 아침, 왕자는 여느때와도 같이 금공을 구울리며 놀다가 공이 대문밖으로 구불기에 저도 따라나왔다. 나와 보니 하늘은 구름 한점 없이 맑고 들판은 푸르른 청초로 덮여있어 더없이 상쾌하였다.

왕자가 멀거니 공을 쥔채 먼 산을 바라볼 때였다. 마침 근처의 샘물터로부터 한 녀인이 머리에 동이를 이고 왕자의 앞길로 걸어왔다.

(금공이 깨지는가 아니면 물동이가 깨지는가 보자구나!)

이렇게 생각한 왕자는 손에 들었던 금공을 들어 물동이를 향해 힘껏 던졌다. 그러자 탁 소리와 함께 물동이 박산나면서 안에 들었던 물이 와르르 쏟아지며 녀인의 온 몸을 적셨다. 녀인은 분이 치밀어 주먹을 불끈 쥐였으나 앞에 선 아이의 화려한 옷차림을 보자 깨여진 물동이쪼박을 거두어쥐더니 말없이 나가버렸다.

저녁에 자리에 누운 왕자는 물동이를 깨던 생각을 하곤 픽 웃었다. 그 재미가 대단하였던것이다.

이튿날 왕자는 또다시 어제 물동이를 깨던 곳에 이르러 그 녀인이 오기만 기다렸다. 아나나 다를가 한식경이 지나니 어제 만났던 그 녀인이 다른 물동이를 이고 또 그의 앞으로 걸어오고있었으므로 왕자는 금공을 들어 또 쳤다. 이렇게련 사흘동안 물동이를 마스는데 마지막 날에 그 녀인이 왕자를 쏘아보며 이렇게 쏘아붙였다.

《왕자, 왕자는 이후에 죽어도 말없는 공주한테서 죽으리라.》

그날 녀인의 말을 들은 왕자는 궁궐에 들어가자 몹시 앓기 시작하였다. 임금과 왕비는 세상의 한다하는 명의를 다 모셔들여 왕자를 치료하였으나 허사였다.

나중에 임금이 복술을 또 모셔왔다. 복술은 앓아누운 왕자를 이윽히 들여다보더니 은근히 물었다.

《왕자, 이게 웬 일이요?》

그러자 왕자가 병이 든 래력을 떠듬거리며 이야기하였다.

《저, 며칠전 금공을 가지고 놀다가 녀인이 이고가는 물동이를 세번이나 깼는데 그 녀인이 나보고 <왕자는 이후에 죽어도 말없는 공주한테서 죽으리라.>고 하기에 이렇듯 앓습니다.

≪오, 원래는 이런 사연이였구려.≫

복술은 그제야 원인을 알고 그 녀인을 찾기로 하고 온 서울에 방을 붙였다. 그랬건만 종시 그 녀인의 행처를 알길 없었다. 그러자 복술이 임금께 여쭈었다.

≪이는 신선이 틀림없사옵니다. 앞으로 왕자에게 큰 복이 차려질줄로 믿습니다.≫

하긴 복술의 말을 들으면 그럴듯하나 당장 사경에 처한 왕자의 모습이 더없이 불쌍하기만 하였다.

잠시후 복술이 괘를 내오더니 임금께 다시 아뢰였다.

≪전하, 이제 왕자를 살리자면 말없는 공주를 찾아야 하옵니다. 듣건대 서천에 말없는 공주가 있다하니 꼭 만나게 방법을 대야겠습니다.≫

그 말을 곧이들은 임금이 왕비께 말했다.

≪마누라, 내 왕위를 계승할 저 애를 위하여 서천나리에 가 말없는 공주를 꼭 모셔와야겠소.≫

이튿날 임금은 문무백관을 모두어놓고 상의하였다. 그랬더니 여러 신하들이 모두 계하에 엎드려 서로 왕자를 모시고 서천으로 가겠노라고 하였다. 그리하여 임금은 수십명의 신하에게 금은 수천냥을 하사하고 서천으로 떠나게 하였다.

고구려사람으로서는 처음 떠나는 길, 산설고 물설은 곳으로 가고 또 가고 료동반도를 지나 서쪽 대사막으로 떠난지 몇년이 되였다. 하건만 왕자의 병은 그전 그대로 죽지는 아니하니 사신들은 수년을 하루와 같이 가마에 메고서 가고 또 갔다.

당시 중국은 여러개 나라로 분할되였으므로 고구려 사신들의 고생은 막심하였다. 하루는 사신들이 지친 다리를 끌고 한 주막에 들어서니 파파 늙은 로친이 마중하였다.

≪저 서천이 어딥니까?≫

≪아직도 멀고 멉니다.≫

사신들은 그 말을 듣자 기가 막혔으나 또다시 산을 넘고 령을 넘지 않으면 안되였다. 천신만고하여 인가가 들어선 마을에 가 주막에서 자고 아침에 일어나니 동쪽 하늘에 난데없이 칠색무지개가 비껴있는데 웬일인지 살기가 있어보였다. 그래서 주막 로파게 물었다.

《해가 솟으면서 웬 살기입니까?》

《서천나라의 공주가 말은 하지 못하나 그 아름다움이 칠색으로 비껴서 그렇나이다.》 《그럼 서천나라 서울이 멀지 않은 모양이구려.》

《네, 래일이면 도착할수 있습니다.》

서울이 가깝다고 하자 고구려의 사신들은 큰 공을 세우려고 아침 일찍 왕자를 모시고 길을 떠났다. 그리하여 저녁편에 서천나라 서울 대문에 당도하였다.

거리에 들어서니 골목마다 사람들이 붐비는데 입은 옷차림이며 하는 행동이 고구려사람들과는 판판 달랐다. 그곳 사람들은 초롱에 앵무새를 잘 키우는 모양이였다.

《사구려, 사구려, 500냥을 내시오.》

《이 앵무새는 말을 잘 하고 남을 잘 구원하는 새요.》

고구려의 한 신하가 장사군에게로 가더니 임금이 준 돈으로 앵무새를 초롱채로 사들고 왕자에게로 왔다. 그러자 왕자는 좋아서 말을 주고받기 시작하였는데 한동안 지나자 앵무새가 이렇게 말했다.

《왕자님, 내 말없는 공주한테 인도하리다.》

앵무새가 왕자의 사연을 어찌 알고있는지 참 이상하였다. 뒤이어 앵무새가 또 말하였다.

《내 알려드리리다. 서천공주 나이 열여덟이요. 말못할 지경으로 아름다워서 아침마다 하늘에 비치옵니다. 그런데 공주는 말 한마디도 못하기에 임금은 여태 속을 썩이고있습니다. 그래서 누구든 공주를 말 시키는 사람이면 부마로 삼겠다고 하지만 오는 사람마다 말을 못시켰답니다. 이 서울 성벽은 순 백골로 쌓았습니다.》

《그건 왜?》

《수천수만의 사람들이 공주를 말 못시키고 머리를 잘리웠으니까요. 왕자도 위험이 큰즉 조심하십시오. 나라의 비밀이 탈로날가봐 사형에 처하니 말입니다.》

그 말을 들은 왕자는 근심이 태산같았다. 그날밤 여러 신하들은 이전에 물을 길어다 동이를 깬 고구려 녀인의 말을 생각하곤 모두 서천나라에 온걸 후회하였다.

장밤 뜬눈으로 새우고나서 이튿날 아침 왕자와 여러 신하들이 일제히 앵무새에게 빌었다.

≪거룩하신 앵무새님, 제발 일이 성사하게 하여주옵소서.≫

그러자 앵무새가 말을 했다.

≪공주의 방에는 누구도 출입 못한답니다. 오직 임금님의 분부대로 한사람만 들어갈수 있지요. 오늘 왕자께선 날 도포속에 잘 간직한 다음 들어가옵소서. 들어가면 궁궐의 등불우에 갓을 달았는데 그 우에 날 올려놓으십시오. 그다음 여차여차 하면 공주가 말을 할것입니다.≫

한낮이 되자 동방의 왕자가 왔다는 전갈이 궁궐에 들어갔다. 서천임금은 몹시 기뻐하며 령을 전했다.

≪어서 고구려 왕자를 모셔들여라. 우리 딸이 석삼년 되여도 말 한마디 못했으니 내가 죽기전에 왕자가 말시켜주면 오죽 좋으랴.≫

이윽고 왕자가 궁궐로 들어서니 서천나라의 문무백관이 줄느런히 들어섰는데 룡상에는 서천임금이 정좌하고 그 곁에는 아릿다운 공주가 서있었다.

공주가 궁궐로 들어서는 고구려 왕자를 바라보니 옥골선풍 미남자인데 그 행색 또한 고금에 으뜸이라 해도 과언이 아니였다.

왕자, 임금전에 절하고나서 오게 된 사연을 여쭈니 임금은 대희하여 이야기를 주고받다가 내실로 들어갔다.

문무백관들도 잠시 자리를 피하니 인젠 공주와 왕자만 남게 되였는데 공주 말없이 부끄러워 이마를 숙이는 사이에 왕자는 옷소매속의 앵무새를 갓등우에 살짝 올려놓았다.

≪내 공주를 보려고 이역땅 수만리 밖에서 간난신고를 겪고 찾아왔으니 말씀 좀 합시다.≫

≪……≫

왕자가 몇 번이고 이렇게 청했으나 공주는 묵묵부답이였다. 이때였다. 홀연 갓등우의 앵무새가 말했다.

≪내가 화제를 꺼내겠으니 공주님과 왕자께선 얘기나 하십시오.≫

공주는 난데없이 갓등우에서 앵무새가 말하므로 이상히 생각하였다. 공주는 이윽히 앵무새를 바라보더니 피식 웃었다.

≪화제를 꺼내시오.≫

왕자가 앵무새에게 청들었다. 그러자 앵무새가 인차 화제를 꺼냈다.

《옛날 한 목공이 나무를 깎아 인간을 만들었지요. 그다음 옷을 입혔답니다. 그런데 말을 못하니 인간의 가치가 없게 되였지요.》

《그래도 사람으로 쳐야하지 않습니까?》

왕자가 이렇게 말하자 앵무새가 면박을 주었다.

《아니요. 말을 못하니 사람이 아니지요.》

《난 꼭 사람으로 보는데요.》

왕자는 팔을 걷고 한바탕 쟁론하였다. 그들이 옥신각신하는걸 목격한 공주는 속이 갑갑하여 더는 참을수 없었다. 그래서 무언간에 한마디 던졌다.

《사람은 말을 해야 가치가 있지요. 고구려왕자는 이런 도리도 모르시는가요?》

《아, 공주가 말을 한다!》

왕자와 곁에 서있던 서천의 궁녀들은 일제히 환성을 올렸다. 내실에서 그 소식을 들은 서천임금은 너무도 기뻐서 이렇게 말했다.

《이게 정말이란 말이냐?》

이윽고 임금과 왕후가 방안으로 달아들어가니 공주는 생글생글 웃으면서

《불효녀식으로 18세가 되도록 말 못했으니 이 죄를 어찌하리까. 대신 절일랑 받으소서.》

하며 넙죽 땅에 엎드렸다. 그러자 부모 자식이 얼싸안고 기쁨의 눈물을 한없이 흘렸다.

《죄 없는 사람을 죽여 백골로 성을 쌓았으니 그 잘못이 크구나. 인젠 네가 말을 하니 지나간 일 영영 잊고 어서 왕자와 길사를 정하도록 하자꾸나.》

왕후가 이렇게 말하자 임금도 한탄하며 대답했다.

《우리 고구려 왕자로 사위를 삼으리다.》

말하고나서 온 서천나라의 범죄자를 일부 석방하고 일부 감죄시키니 만백성이 만세를 불렀다. 다음 길사를 정하고 잔치를 차리니 온 나라가 흥성흥성하였다.

여러달동안 잘 보내고나서 마침내 왕자는 공주를 데리고 고구려땅으로 오게 되였다. 오는 길은 기쁜 길이였다. 찾아갈 때는 천신만고를 겪었지만 올 땐 훨훨 날아오는듯 싶었다.

드디여 고구려땅에 들어서자 왕자는 국경군수를 불러다 말했다.

《내 수년전에 서천나라로 떠난 왕자일진대 말없는 공주와 백년가약을 맺고 이제야 돌아왔으니 어서 임금님께 소식 전하라.》

이윽고 국경군수 소식을 임금전에 전하자 반가운 소식 듣고 임금이 대희하며

《이게 웬 말이냐? 떠난지 수년에 소식 한번 없더니…》

하며 왕후와 문무대신들과 함께 마중을 나오는데 멀리 서쪽 하늘가로 칠색무지개가 곱게 비껴있었다.

드디여 왕자와 공주를 모신 수레가 임금전에 당도하였다.

《사죄합니다.》

왕자와 공주가 수레에서 내려 부모전에 절하니 부모들이 아들과 며느리를 부여잡고 기쁨을 금치 못하였다. 그걸 목격한 문무대신들과 서울의 백성들도 너무도 기뻐서 춤을 추고 노래를 불렀다.

이렇게 되여 애어린 왕자의 못된 병은 약으로가 아니라 서천의 왕비가 고쳐주었다. 그런가 하면 서천의 왕비는 또한 동방의 왕자를 만났기에 말을 하게 되였다.

이런 인연이 있은후 고구려와 서천나라는 세세대대로 내려오면서 형제처럼 보냈다 한다.

최창윤 구술 / 림승환 정리

배좌수 황천길

함박눈이 펑 펑 쏟아지던 어느 겨울날 벽동고을의 좌수—배덕수는 군수의 부름을 받고 동헌으로 들어갔다.

《소인 대령이오.》

섬돌아래에서 허리를 굽혀보이며 배좌수는 성명을 통했다.

《근간에 듣자니 배좌구 고향마을 백성들이 어차피 경을 치르고야 말 큰 일을 저지르고있다면서…》

좌수의 문안을 듣는둥 마는둥 벽동군 군수는 물음부터 꺼냈다.

그야말로 느닷없는 물음이였다.

(어차피 경을 치고야 말 큰 일이라고… 그렇다면 강하면에 모반을 꾀하는 사람이라도 있단 말인가?… 그러나 설마한들…)

짧은 순간이지만 여러가지 생각을 더듬던 배좌수는 마침내 두루 얼버무리기로 마음먹었다.

≪황송하오나 너무나도 급작스러운 하문인지라 소인은 진정 사또님의 묻는 뜻을 모르겠소이다.―≫

≪강하면(江下面)백성들이 얼어붙은 압록강을 타고 대국땅을 제집 뒤뜨락처럼 드나들며 나무도 찍어오고, 짐승도 잡아온다면서… 그래 강하면 사람인 좌수가 어찌 이런 일을 모를수가 있을고?≫

군수의 말은 힐문조로 넘이갔다.

≪황송하옵니다. 사또님! 소인이 비록 강하면에 가서 있기는 했습니다만은 그간 고뿔로 자리보전을 하다보니 그런 일은 쇠통 모르고있었소이다.≫

배좌수는 입으로는 이렇게 얼려넘겼지만 가슴은 쿵! 쿵! 높뛰고있었다.

리조시절의 관리임용을 놓고보면, 지방수령들은 직접 국왕의 파견을 받는것이지만, 고을의 좌수는 그 고을 사람으로 충당하는것이 관례였다. 그러니까 제고장 사람이였던 배좌수가 어찌 그런 일을 모르랴? 오직 관장만 속여넘기면 된다고 생각하고있었을뿐이지.

≪정녕, 그렇다면 더 따지고 묻지는 않겠지만…≫ 로련한 아전의 거짓말을 참말로 곧이들었는지, 아니면 늙다리 지방 토호의 체신을 봐주느라고 그랬던지는 잘 알수 없는 일이지만 군수는 자기가 묻는 연유를 설명하는데 그 뜻인즉 접때 조선 조정으로 패조해 왔던 청나라 사신은 압록, 두만 량강 류역에 살고있는 조선사람들이 함부로, 대청제국 황실의 발상지인 강북으로 드나들고있다는 것을 지적하고나서 만약 조선정부에서 이를 절대적으로 단속하지 않는다면 좋은일이 없을거라고 으름장을 놓았다는것이다.

(아! 일이 이처럼 시끄럽게 번져질줄이야…)

동헌에서 물러나온 배좌수는 한달음에 강하면으로 내려오자 동네 존위를 비롯한 소임들을 불러가지고 곧추 강가로 나갔다.

실컷 퍼붓고난 눈은 멎었는데 마치 한마리 잠든 은룡처럼 구불구불 동쪽으로 뻗어진 압록강에는 수북하니 흰 눈이 쌓여있었다.

멀리 대안을 바라보니 띄염띄염 사람들의 그림자가 움직이고있는것이 희미하게 보인다.

이윽고 삼삼오오 떼를 지은 사람들의 무리가 이편으로 건너오기 시작하는데 혹자는 나무통을 끌고 오기도 하고 혹자는 무엇인가 등에 짊어지기도 했다. 마치 장보러 갔던 장군들이 파장이 되여 집으로 돌아오는듯하는 행렬속에는 제법 소발구를 메운 사람까지 섞여있었다.

《허, 허… 저기가 어데라고 함부로… 과연 하늘이 얼마나 높은지, 땅이 얼마 넓은지도 모르는 무지막지한 놈들이로구나!—》

멀거니 강을 건너오는 사람들의 행렬을 바라보는 배좌수의 입에서는 이런 소리가 저절로 나왔다.

《저, 천벌 맞을 놈들을 어찌했으면 좋을고?》

배좌수가 옆에 서있는 마을의 존위를 돌아다보며 묻는 말이였다.

《좌수님께 아뢰옵기는 황송하옵니다만 가혹한 정치는 범보다 더 무섭다는 옛말이 있지 않소이까?!》

가슴팍까지 채수염을 내리 드리운 존위의 대답이였다.

《엉!?… 한개 마을의 자존이라고 하는 존위의 입에서 어찌 그런 모반대역으로 치죄될 소리가 나올수 있을고?》

배좌수는 심지어 자기의 귀를 의심할 지경으로 놀라는 모양이였다.

그렇다! 인군을 원망한다는것은 결코 볼기짝이나 얻어맞는데 그칠 그런 죄가 아니였으니까!

그러나 존위는 오히려 태연하기만 했다.

《황송하오나 좌수님! 법은 멀고, 지기는 가깝다는 말과 같이 좌수님의 지기 지은 입고있는 소인의 지나친 말이였는가 봅니다.》

지체의 높고 낮음은 다르지만 한 고장에서 같이 늙어오는것을 턱대고 돌려대는 존위의 수작이였다.

《음…》 존위의 말에 신음소리에 가까운 이런 한마디를 내뱉는 배좌수는 잠잠하니 말이 없었다.

토지는 물론 공유에 속해있던 산림, 천력, 목장, 심지어 시내물까지도 관가의 소유가 아니면 토호들의 개인소유로 전락되고 말았던 시절이였으니까 존위의 말을 과분하다고 할수 있으랴!

바야흐로 깃들어오는 황혼녘의 추위에 발이 얼어드는것도 의식하지 못한채 멍청하니 서있던 배좌수는 맨 나중으로 강을 건너오던 농군 한사람을 불러세웠다.

≪여봐라! 저 길이 무슨 길인지 아는고?≫ 배좌수는 강바닥에 뚜렷이 생겨난 길을 가리켜 보이며 물었다.

≪아뢰옵기 황송하오나 저 길은 배좌수 황천길인줄 아뢰오.≫

상대가 고을의 좌수임을 알아본 농군이 두 손을 마주잡아 보이면서 하는 대답이였다.

≪뭘!? 배좌수 황천길이라구?≫

≪네, 그렇소이다.≫

다시 물어도 역시 같은 대답이였다.

(낫놓고 기윽자도 모른다는 농사군의 입에서 저런 소리가 나오다니 그렇다면…)

생각하면 할수록 배좌수의 머리는 떨떨해지기만 했다.

배좌수는 잘 몰랐을는지 모르나 그 길은 진정 배좌수가 황천으로 가는 길이였다.

청산을 눈앞에다 두어두고 차디찬 온돌우에서 떨고있을 사람이 어데 있으랴! 그것도 한해 두해가 아니고.

강하면 사람들은 한집 두집 가만히 강건너로 도주했다. 아니 강하면뿐아니라 강산면 사람들, 내기면 사람들도.

몇해가 지나는 사이에 강하면 건너편 산속에 새로운 마을 조선사람들의 마을이 생겨났다. 그러나 그대신 배좌수는 금부에로 붙잡혀가고.

배좌수의 황천길!

이러한 길이 대체 몇갈래나 있었는지?

최금산 정리

신세 고친 돌쇠

옛날, 고을에서 좀 떨어진 산간벽촌에 돌쇠라고 부르는 한 총각이 살고있었다.

그는 나이가 서른이 되도록 장가를 못가고 매일 숯을 구워 팔아 그날 그날을 살아가는 외톨이였다. 하두 째지게 가난한 처지에서 새옷이란 입어보지 못했고 밥도 배불리 먹어보지 못했으나 좋은 닭에서 생겨났던지 머리만은 남달리 총명했다.

어느 하루 돌쇠는 숯을 걸머지고 고을로 내려갔다. 뚝뚝 떨어지는 땀을 주먹으로 연신 훔치며 성문어귀에 다달아보니 숱한 사람들이 모녀들어 복작거리고있었다. 돌쇠는 웬 판국인지 알고싶어 숯짐을 한켠에 벗어놓고 사람들 속을 헤집고 들어갔다. 들여다보니 넙적넙적한 붓글씨로 쓴 방문이 붙어있었다.

그는 숯 굽는 일에선 훈장질이라도 할만했으나 글에는 눈뜬 소경인지라 곁사람의 신세를 지는수밖에 없었다.

《여보시오, 저 방에다 무어라 썼소?》

젊은 선비가 방을 바라보다가 총각에게 알려주는것이였다.

《다름 아니라 고을 원님의 외동아들이 숫구멍에 부스럼이 나서 한다하는 의원들을 청해다 좋다하는 약은 다 써보았으나 아직 병을 떼지 못하고 있다는구려. 만약 누구든지 그 병만 고쳐주면 빈부귀천을 가리지 않고 후하게 상을 주겠다고 하였구만.》

글방샌님의 말을 들은 돌쇠는 고맙다고 고개를 꾸벅해보이고는 제자리로 돌아와 숯짐을 걸머지고 성안으로 발걸음을 옮겼다.

숯짐을 연신 추석거리며 거리에 들어선 그는 사구려 소리를 길게 뽑으면서 생각을 굴리였다.

(세상에 태여나 한번도 거짓말로 남을 속여본적은 없었다만 도적놈 같은 원님을 속이는것 쯤이야 하늘도 용서해주겠지, 삼수갑산을 가더라도 칼끝을 물고 뜀질하듯이 한번 그놈과 겨뤄보리라.)

어벌통이 크게 궁리를 먹은 돌쇠는 이전에는 석량에 팔던 숯을 두량에 얼른 팔아치우고 방문을 떼여들고 원님을 찾아 관아로 갔다.

초라한 행색이라지만 아전의 인도를 받아 원님앞에 나타난 돌쇠는 그럴듯하게 거짓말을 꾸며 댔다.

《소인은 성밖 외딴 곳에서 사는 돌쇠라 하는 사람이온데 원님께서 써부치신 방문을 보고 이렇게 찾아와 알현하는바이 올시다.》

《그럼 자네가 나의 아들의 병을 고쳐낼수 있단 말인고?》

원님은 정말이냐 하는 듯이 돌쇠에게 물었다.

《황송하신 말씀입니다만 소인의 부친께서 생전에 이 자식에게 물려주신 의술과 밀방이 있어 그만한 병은 고칠수 있는줄로 아뢰옵니다.》

원님은 수천금을 탕진해가면서 잘 하는 의원들을 불러다 좋다는 약은 써보았지만 효험이 없었던차라 물에 빠진 놈이 검불이라도 붙들듯 앞뒤를 재일새 없이 돌쇠를 안으로 청해들여 산해진미를 대접하고 비단자리에 깍듯이 모셨다.

난생 처음으로 진수성찬의 대접을 푸짐히 받은 돌쇠는 시치미를 뚝 떼고 병자의 손목을 쥔채 맥도 보고 숫구멍의 동창도 살펴보았다.

한식경이나 진맥하던 돌쇠는 혹시나 해서 손에 땀을 쥐고 선 원님을 돌아보며 능청스레 말했다.

《원님, 보건대 자제분의 병은 얼마든지 치료할수 있을것 같습니다. 래일부터 날마다 더운 소금물로 동창을 씻어주고 소인이 조약한 약을 쓴다면 가불간 병이 근치될줄로 아뢰옵니다.》

돌쇠의 능청스러운 말을 딱 곧이들은 원님은 기뻐 어쩔줄 몰라하며 갑절 더 대접을 잘하였다.

그날 저녁 진수성찬을 만포식한 돌쇠는 밥상에 흘린 밥알들을 슬그머니 주어 모아 손바닥으로 짓이겼다. 그리고는 그것을 다시 벽에다 대고 또 마구 구을려 나중에는 분간 못할 정도로 약알인지, 때덩어린지 새까만 알맹이를 새알만큼 크게 만들었다.

병을 고칠수 있다고 횐소리를 치긴 했지만 방문도 볼줄 몰라 딴 사람의 신세를 진 돌쇠가 알기는 무얼 알랴. 하지만 칼끝 물고 뜀질하자고 작정한 그인지라 끝까지 해보려 마음먹었다.

그까짓 부스럼에 숱한 돈을 팔며 약을 썼으니 아무 때든 꼭 병이 나을거야.

배포유한 마음에서 좋은 비단 이부자리를 덮고 하루밤 달게 자고 아침 일찍 일어난 돌쇠는 병자의 상처를 더운 소금물로 빡빡 씻어주고 새까맣게 비벼 만든 《약》을 물에 풀어 먹이였다.

돌쇠가 이렇게 련 며칠을 두고 치료하느라니 아닌게 아니라 병자의 동창이 말끔히 가셔지기 시작하였다.

이것을 보고 원님은 몰론 그동안 치료하느라 무진 고생을 다한 의원들도 깜짝 놀라들 했다.

처음에 초라한 몰골을 가진 돌쇠를 은근히 없신여기던 의원들은 이제 와서 병을 고쳐내자 돌쇠를 천하 명의라고 깍듯이 개여올리며 모두 그의 앞에 부복하면서 조심스레 묻는것이였다.

《신의님, 병인의 병명은 무엇이라 하옵니까?》

《음! 병명은 〈천두창〉이라 하나이다.》

근 삼십년을 고뿔 한번 한적이 없는 돌쇠는 무식하기는 해도 워낙 령리한지라 일신에서 숫구멍이 제일 높은 곳에 얹혀있으니 하늘 《천》자에 숫구멍이 머리에 붙었으니 머리 《두》자에 부스럼 《창》자를 붙여 《천두창》이라 능청스레 주어붙였던것이다.

《그러하옵시면 선생님께서 쓰신 약명은 무엇이라 하옵니까?》

《음, 내가 이 병에 쓴 약의 이름은 락반식에 벽상토라 하우다.》

이번에도 돌쇠는 아주 그럴듯하게 주어붙였다. 그는 제나름으로 밥상에 떨어진 밥알이니 《락반식》이라 했고 벽에 흙을 비벼 넣었으니 《벽상토》라 했던것이다.

멋들어지게 원님과 의원들을 속여넘긴 돌쇠는 원님이 내주는 돈을 태연스레 받아 걸머지고 귀로에 올랐다. 헌데 아무리 생각해봐도 우습기만 한 돌쇠는 속으로 비웃었다.

《이 미욱한 놈들아, 세상엔 우연한 일도 있을수 있다만은 병이 다시 발작했을 경우 나처럼 약을 쓰다간 불쌍한 놈을 그저 죽이고말줄 알거라. 이 돌쇠어른은 네놈들 덕으로 신세를 고치게 됐으나 고맙다는 말도 없이 가노니 너희들도 잘 있거라.》

흐뭇한 기분으로 활개치며 집으로 돌아온 돌쇠는 원님이 준 돈으로 장가를 들고 문전옥답까지 마련하여 잘 살다 죽었다고한다.   박승길 정리

죽을번한 시골총각

옛날 한 시골에 마음이 아주 어진 총각이 살고있었다.

하루는 총각이 서울이 하도 좋고 볼만하다기에 서울구경을 떠났다. 시골에서 살다가 처음으로 서울거리에 오다나니 길을 잘 몰라서 이리저리 헤매며 닥치는 대로 구경하는수밖에 없었다.

이때 얼굴이 반반하게 생긴 한 녀성이 아양을 떨며 총각을 얼려서 저의 집으로 데리고 가자 동품하려 하였다. 원래 마음이 어진 총각은 뭣 모르고 따라가다나니 그녀성의 얼림수에 들었던것이다. 그 녀자가 한창 수작을 거는판에 그 녀성의 남편한테 발각되였다. 그래도 굴러먹은 녀인이라 골이 빨리 돌아서 인차 남편보고 총각이 자기를 강탈했다고 소리를 질렀다. 이윽고 포졸들이 달려와서 다짜고짜 총각을 붙잡아갔다. 얼마후 총각은 시퍼런 대낮에 유부녀를 강탈했다는 죄로 목을 잘리우게 되였다. 억울하지만 어디 가서 말할곳이 없는 총각은 한밤중에 남들이 주의하지 않는 틈을 타서 도망쳤다. 이른새벽에 서울거리를 벗어난 총각이 산길을 따라 정신없이 뛰고있는데 앞에서 웬 사람이 길을 막으면서 호통치는 것이였다. 머리를 들고 올려다보니 소경이 막대기를 짚고 서있었다.

≪야, 이놈아. 남의 집 유부녀를 강탈한 네가 어디로 도망치겠느냐?≫

총각은 척 땅에 마주 엎디며 빌었다.

≪사실 그런 일이 아닌데 저는 정말 억울합니다. 이 일을 어떻게 하면 모면할수 있습니까? 방도만 있다면 그 은혜를 백번 죽어도 잊지 않으렵니다.≫

≪음 모면할수야 있지. 그러자면 꼭 서울에 있는 황판관을 찾아가야지 별다른 수가 없느니라.≫

황판관한테 가면 영낙없이 죽는다는것은 불보듯 뻔한 일임을 너무나도 잘 아는 총각인지라 절대 가지 못하겠다고 딱 잡아뗐다.

≪자네 정 그렇다면 나도 할수 없군. 그래도 서울에서는 황판관이 제일인데…≫

소경의 말에 마음이 동한 총각은 될대로 되여라고 황판관을 찾아갔다. 조용한 기회를 빌어 황판관에게 사실의 자초지종을 다 말하였다. 그랬더니 황판관이 한참 생각하고나서 래일 사시전에 아무곳에 오라고 하였다.

총각이 약정한시간대로 그곳에 가니 황판관은 없고 포졸들이 모여서 제발로 찾아온 총각을 붙잡아 묶어놓고 황판관이 오면 죽인다고 을러멨다.

한시경, 두시경을 기다려도 황판관이 오지 않기에 앉아 기다리던 관리들도 노하여 참다못해 한마디를 하였다.

≪저, 어째서 황판관은 시간이 다 되였는데도 여직 오시지 않는가? 거좀 알아보면 어떠오?≫

이때 마침 황판관이 헐떡거리며 그곳에 나타났다.

≪황판관, 오늘 왜 이렇게 늦었는가?≫

≪에이, 죄송스럽게 되였습니다. 다름 아니라 오다가 참 괴상한 일을 목격하다나니 좀 늦어졌습니다.≫

≪그래 어떤 괴상한 일인가?≫

≪저, 오는 길에서 어애와 등애가 싸우지 않겠습니까?≫

≪응, 그런 신기한 일도 있는가?≫

≪아, 글쎄 어애가 소불알을 어떻게나 많이 뜯어먹었는지 당금 배가 터질 지경인데도 등애보고 <내 좀 더 먹겠는데 내 밑구멍을 좀 뚫어달라.>고 하자 등애가 하는 말이 <야, 이놈아, 시골총각은 유부녀에게 넘어가 동품도 못하고 오늘 죽게 되는데 내가 너의 생밑구멍을 뚫고 괜히 내목이 떨어지자구 안된다. 안돼!>라고 하면서 옥신각신 싸움을 하는것이였소. 그런데 그 <유부녀에게 넘어갔다.>는 말은 무슨 뜻인지 모르겠소.≫

≪음, 그럼 강탈이 아닌듯 싶군그래.≫

들어보니 아주 그럴듯한 이야기였다. 그래서 그 강탈당하였다는 유부녀와 총각을 다시 데려오게 하고 곤장을 안기며 따지니 과연 유부녀의 수작이였다. 하여 원래 죽이려고 하던 총각을 그 자리에서 무죄석방하고 행실이 나쁜 유부녀는 곤장 백개를 더 안겨서 쫓아버렸다고 한다.

조종식 구술 / 고봉천 정리

네 아들이 네 아들, 내 아들이 내 아들

그전 조선 경기도에 박아무개란 사람이 살았다. 그는 사십에 첫아들을 봐가지고 영 귀엽게 키웠다. 그 아들은 어느덧 스물이 넘어서 또 장가를 갔다. 그 다음해에 박아무개는 환갑이 지나 손자까지 척 보았다. 아들을 키울 때도 귀하게 키웠지만 손자란 놈을 애지중지 키우며 손에서 놓으려 하지 않았다. 무슨 색다른 음식이 있어도 손자를 찾아주었다.

어느 하루 아침이였다. 박아무개는 한창 댑싸리 비자루로 마당을 쓸고있었다. 그런데 불현간에 손자녀석이 어디서 잡았는지 팔뚝만한 물고기를 들고오는것이였다.

《야, 이자식, 거 고기를 어디서 가져오나?》

《방금 저쪽 개울물에서 붙잡았습니다.》

《구래 그 고기를 나한테 가져오냐?》

《아니, 내 집에 들어가 보구서…》

손자놈은 대답조차 방정히 못하고 꼿꼿이 제집으로 달아나는것이였다.

박아무개는 혼자 (고놈 고약하다. 그렇게 곱다하고 좋은 음식을 감추어두었다간 주었지만… 할수 없구나.)라고 생각을 굴리였다.

로인이 마당을 다 쓸고 집안으로 들어가서 대통에다 초담배를 담아 풀썩풀썩 피우고있었다.

이슥해서 자기 아들이 고기를 들고 덜렁 들어왔다.

《아버지, 이 물고기를 잡수시오.》

《너는 이 물고기를 어데서 가져왔니?》

《방금 아들놈이 개울에서 잡았다고 합디다.》

《원래 고놈 할아버지 달라할 땐 안주더니 제 애비한테 이 물고기를 가져갔구나.》

그러길래 예로부터 네 아들이 네 아들, 내 아들이 내 아들이란 말이 나왔다.

조종식 구술 / 고봉천 정리

어사를 욕질한 농사군

벼가을이 한창 바쁜 때인데 어사가 출도하게 되니 고을에서는 길을 닦으라고 백성들에게 령이 내렸다. 지금이나 이전이나 우에서 명령이 내려오면 안하고는 배겨내지 못하는 법이라 농민들이 벼가을을 하다 말고 길닦이에 나섰다. 그 가운데는 성격이 과한 사람이 하나 있어서 욕살을 퍼부었다.

≪제길, 오늘은 어사가 온다. 래일은 대인이 온다 부역만 시키니 아마 그놈들은 먹지 않고 사는 놈들인지 벼가 당장 눈속에 들어가게 되였는데 길을 닦으라니 미친놈들이 아니고 뭔가?≫

때마침 어사가 지나가다가 농사군의 욕설을 듣고나서 분하기 짝없었다.그래서 어사는 한번 단단히 경을 치워놓아야겠노라며 별렀다. 어사는 날이 저물기를 기다렸다가 농사군의 뒤를 따라 그집으로 찾아갔다.

≪주인량반 계시우? 과객이 날이 저물어 하루밤 신세를 지려고 들어왔습니다.≫

≪비록 집안은 너저분하나 류하고 가셔도 됩니다.≫

농사군의 안해는 손님을 웃방으로 모셔들였다. 손님은 어딘가 모르게 일반 백성같지 않아서 저녁상을 잘 갖춘다음 도대체 어떠한 사람인지를 알기 위하여 손님 밥사발우에 뉘 한알을 살짝 올려놓았다.

어사가 밥상을 받고보니 상을 잘 갖추었는데 뚜껑을 열고보니 하얀 이밥우에 뉘가 한알 있는지라.

(이것은 필경 <당신은 뉘시오?>하는 뜻이로구나.)

이렇게 생각을 한 어사는 뉘 한알을 집어던지고 식사를 다 하고난 다음 나는 어사란 뜻으로 고기가시를 모아놓고 그 아래에다 넉≪四≫자를 써놓은 다음 상을 물렸다.

이때 농사군의 안해가 상을 들고 내려와 살펴보니 고기가시밑에 넉≪四≫자를 써놓았는지라 어사임을 알고서 깜짝 놀랐다. 그래 자기 남편에게 말하였다.

≪여보, 저분이 어사요. 당신이 오늘 무슨 잘못한 일이 있는 모양인데 아마 큰일 났어요.≫

≪당신이 그걸 어떻게 아오? 그가 어사인지, 꼭감인지 말이요?≫

≪내가 답변을 받아보았는데 틀림없는 어사요. 당신이 아마도 볼기를 맞게 되었소.≫ ≪여보, 그럼 어떻게 하면 되오?≫

안해는 한가지 꾀를 생각해냈다.

≪오늘 저녁에 거짓말 제사를 지내기오. 그래 제사가 끝난 다음 당신은 손님을 깨워서 제사음식을 잡수라고 권하면서 이렇게 이야길 하오. 그러지 않다간 볼기를 맞을거요.≫

남편은 안해가 시키는대로 그날 저녁에 ≪제사≫를 지내고 밤중이 되여서 손님을 깨웠다.

≪여보시오, 손님, 일어나시오.≫

손님은 무슨 영문인지를 몰라 주인이 깨우니 어리벙벙해 하였다.

≪그런게 아니라 오늘이 우리 아버진지 뭔지 하는 령감이 뒈진 날인데. 그래서 제사인지 생일인지 차렸어요, 썩어지려면 일찍이나 썩어지던지 할게지, 한창 벼가을이 바쁜 이 시절에 죽어서 나까지 고생 시키지 않소? 자 그런줄이나 알고 어서 음식이나 자시오.≫

두 사람은 음식을 먹기 시작하였다. 음식을 먹으면서도 농민은 계속 쌍스러운 말로 욕설을 퍼부었던것이다. 어사는 본래 이집에 들릴 때에는 한번 그의 버릇 떼려 생각하였던것이다. 허나 지나보니 농사군의 마음씨가 나쁜것이 아니라 평상시 입버릇 그렇게 돼먹은 것으로 생각하곤 이튿날 떠나면서 감사하다고 인사까지 깍듯이 하였다 한다.

김일기 구술 / 리은우 정리

도원수로 된 정기룡

옛날 어느 한 고을에 발목에 다섯개 점이 있다하여 오성이란 성명을 가진 량반이 살고있었는데 돈 있고 권세가 있어 그를 오성대감이라 불렀다.

그러던 어느 하루, 오성대감은 산책하러 나섰다가 길가에서 7세좌우의 거지옷을 입은 어린아이를 만났다. 오성대감이 어린아이를 보니 비록 가난한 집 아이여서 옷은 람루하게 입었지만 령리하고 영특하게 생겼는지라 마음에 들어 물었다.

≪애야, 너는 누구의 아들이냐?≫

≪대감님, 저는 조실부모한 고아입니다.≫

≪너 이름이 무엇이냐?≫

≪정기룡이라 부릅니다.≫

≪응, 그럼 너는 어찌하여 여기에 있느냐?≫

≪저는 류랑걸식하며 돌아다니는 길입니다.≫

고아란 말에 오성대감은 기쁨을 금치 못하며 말하였다.

≪애야, 나와 같이 우리 집으로 가자꾸나, 너는 우리집에 와서 심부름이나 들면 내 너를 키워주겠다.≫

조실부모하고 류랑아로 된 정기룡은 자기 친부모를 만난것처럼 선뜻 응낙하였다. 그리하여 정기룡은 오성대감의 머슴으로 되였다. 그런데 오성대감의 아들이 매일 서당에서 글공부를 하나 정기룡하고 비할 때마다 천지차라. 그럴 때마다 오성대감은 늘 정기룡을 칭찬해주군 하였다. 오성대감의 아들은 아버지가 정기룡을 칭찬할적마다 정기룡을 미워했으며 정기룡도 오성대감아들의 미음을 받는다는것을 눈치채고 장기시합에서 늘 할수없이 져주군 하였다.

그러던 어느날 정기룡은 오성대감의 분부대로 발을 씻어주었는데 대감님의 발목에 점이 다섯개 있는지라 말하였다.

≪대감님, 대감님은 발목에 점이 다섯개 있지만 저는 다리에 점이 7개나 있습니다.≫ ≪나도 언녕 알았다. 그러니 너도 앞으로 큰일을 하겠구나.≫

날이 가고 달이 감에 따라 오성대감의 아들은 갈수록 정기룡을 미워한 나머지 정기룡을 불러놓고 장기시합을 하자고 청을 들면서 만약 누가 지면 목을 자를 내기를 할것을 요구하였다. 멍하니 서있는 정기룡을 본 오성대감의 아들은 정기룡이 말이 없자 대들었다.

≪왜 죽기 싫어서 장기시합을 하지 않겠느냐?≫

≪아니, 시합해도 결정대로 하지 않을것 같아 근심된다.≫

≪대장부 일언 중천금이라. 어찌 결정을 저버릴수 있는가?≫

　그리하여 정기룡과 오상대감의 아들은 장기시합을 진행하였다. 늘 장기시합에서 이긴 오성대감의 아들은 우쭐거리며 장기를 둔 결과 지고말았다. 장기시합에서 이길줄만 알았던 오성대감의 아들은 정기룡한테 지고말았으니 벨을 이기지 못하여 칼을 정기룡한테 던져주면서 죽이라고 하였다. 정기룡은 오성대감 덕분에 구사일생으로 살아난데다가 이 집에서 커온 이상 오성대감의 아들을 차마 죽이지 못하고 칼로 상투만 베여버렸다.

　이튿날, 정기룡은 이전과 마찬가지로 대감님 앞에 끓어앉아 문안을 드렸다.

　《대감님, 밤새 편안히 주무셨습니까?》

　오성대감이 오늘아침에 자기 아들이 보이지 않자 정기룡하테 물었다.

　《내 아들은 어찌하여 오지 않는가?》

　정기룡은 오성대감에게 자초지종을 말하였다. 정기룡의 말을 듣고난 오성대감은 아무 말도 없이 한숨만 쉬는것이였다.

　세월은 흐르고 흘러 어느덧 3년이란 세월이 지나갔다. 그때 왜놈들이 조선을 침범하자 고을에서는 정기룡을 도원수(군사를 관계하는 총지휘자)로 임명하고 오성대감의 아들을 량식을 날라들이는 직무를 맡겼다.

　정기룡은 왜놈들을 몰아내기 위하여 오성대감의 아들을 시켜 서울에서 천여리 되는 고을에 가서 량식 500석을 준비하라고 명령하였다. 오성대감의 아들은 도원수의 명령인만큼 울며 겨자먹기로 말을 타고 밤에 낮을 이어 달려서야 겨우 한 고을에 도착하였다. 그러나 기한이 지난데다 왜놈들이 량식을 빼앗아 량식을 구하지 못하고 말았다.

　며칠후 정기룡은 오성대감아들을 불러들이고는 따지였다.

　《그대의 중임인 량식 500석을 준비하였는가?》

　집에서 우쭐하였지만 군대에서 지위가 낮은 오성대감의 아들은 기여들어가는 소리로 량식을 구하지 못했다고 하였다.

　《그대는 나라의 군법을 어겼으니 감옥에 들어가 아무날에 너의 목을 베여야겠다.》

　오성대감의 아들은 군법인만큼 어찌지 못하였으나 혹시나 하는 생각에 구원의 손길을 아버지에게 뻗치였다.

　오성대감이 편지를 보고서야 자기 아들이 군법을 어겨 죽음의 고비에 닥쳤음을 알았다. 오성대감은 자기 아들의 죽음에 대해 원통한 나머지 편지를 정기룡한테 전하였다. 정기룡은 오성대감의 편지인지라 봉투를 열고 보니 그것은 아무 글자도 없는 백지였다. 그는 속으로 생각을 하였다.

(오성대감도 군법을 어겼으니 할 말이 없는 모양이구나.)

그후 정기룡은 도원수로 있으면서 왜놈들을 몰아내고 나라를 잘 보위하였다고 한다.

현순옥 구술 / 현명운 정리

맹꽁이

옛날 어느 한 시골에 백씨성을 가진 농군이 살고있었다. 그는 연장 하나 안사고 전문 남의것을 빌려 쓰면서 농사짓는 나쁜 버릇이 있어 지어는 손만 좀 놀리면 돈 한푼 안들이고도 갖출수 있는 깍구리나 마당비짜루 같은것도 이집저집으로 빌러 다녔다 그래서 사람들은 그를 이름대신 맹꽁이라고 불렀다

하루는 그의 동생이 놀러와서 술상에 마주앉아 이야기를 나누게 되였다.

《형님, 우리 동네 점방에 참 좋은 가을낫이 왔습데. 한가락 사지 않을라우?》

《그런것까지 다 돈주고 사? 그 돈이면 술이나 사먹겠다.》

《형님두 원, 가을이 눈앞인데 낫도 없이 벼를 손으로 쉐뜯을라우?》

《넌 정말 모르는구나? 빌려 쓰면 될걸 아닌가. 빌려 쓰다나면 연장이 절로 생긴단 말이야.》

이때 류씨라는 농부가 찾아왔다.

《여보, 자네는 정말 렴치도 없네그려. 남의 낫을 썼으면 제때에 돌려줘야지 원 돌이 되도록 집에 두고 쓴단 말이요. 사람이 좀 체면이 있어야지.》

그러자 맹꽁이 백씨는 제쪽에서 뗑하는것이였다.

《아니 내가 언제 그 집 낫을 썼다고 이 야단이요.》

≪작년가을에 그래 우리 낫을 빌려가지 않고 어쨌소?≫

≪나는 그런 일이 없소. 근거가 있으면 내놓소.≫

≪그래 우리 집 낫걸개에서 뽑아간건 뭐요?≫

≪어디 낫걸개가 있었소. 처마밑에 있었지. 그걸 내가…아 아닐세.≫

뜻밖에 들이대는 류씨의 질문에 그만 어망결 자인하고 말았으니 하는수 없이 빌려온 낫을 돌려주지 않으면 안되였다.

이 일이 있은후 맹꽁이는 낫 한가락 공짜로 얻을 궁리때문에 밥맛을 잃고 며칠동안 잠도 못자고 끙끙 앓았다고 한다.

구정희 정리

덕룡이와 복녀

옛날 한고을에 무남독녀를 데리고 사는 두 내외가 있었다. 그런데 안해가 강보를 벗어나지 못한 딸자식을 두고 세상을 하직할줄이야 누구 알았으랴! 그 딸애의 이름이 복녀였다.

복녀의 아버지는 후실을 맞아드렸다. 후실로 들어온 복녀의 계모는 몇해간 복녀를 잘 대해주었으나 제딸이 있은후부터는 눈에 든 가시처럼 여기며 늘 구박을 주었다. 어떻게 해서든 전처의 딸자식을 내쫓을 궁리만 하다보니 먹을것 입을 것을 제대로 줄리 만무했다.

하루는 계모가 밖으로 나간뒤 복녀가 시렁우의 마른 누렁지 한덩이를 훔쳐먹다가 계모한테 들키웠다. 그렇잖아도 근덕지를 잡지 못해 눈에 불을 켜던 계모는 다짜고짜로 식칼을 찬장에서 꺼내여 복녀의 오른손목을 잘라버린후 내쫓았다.

불쌍한 복녀는 길객이 되여 정처 없이 떠돌아다니며 주린 창자를 채우군 하였다. 그날도 복녀는 탈탈거리며 한동네에 이르렀다. 마을 앞켠에 담장을 두른 후원배나무에 주먹만한 참배가 가지 휘도록 달린것을 본 복녀는 담장밑에 쪼그리고 앉아 날이 어둡기만 기다렸다. 어둠이 깃들자 복녀는 담을 넘어 배나무우에 올라가 배를 따먹기 시작하였다. 복녀가 다른 나무가지에 달린 배를 따려고 나무가지를 휘여잡는데 나무가지가 뚝하고 부러졌다.

이때 ≪누가 감히 우리 배나무에 올랐느냐?≫ 하며 남자의 걸걸한 말소리가 났다. 그제야 제정신이 든 복녀는 겁이 나 배나무우에서 내려 사시나무 떨듯 떨고만 있었다. 후원 별당에서 저녁공부를 하던 이집 도령이 소피하러 나왔다가 나무가지가 끊어지는 소리를 듣고 그곳으로 찾아갔다.

도령이 그 애를 찬찬히 들여다보니 옷을 헐게 입은 여자애인데다 오른 팔에 손목이 떨어졌기에 동정부터 생기였다.

≪넌 어찌 되여 밤에 여기와 있느냐?≫

복녀는 젊은 주인이 묻자 엎디여 절을 하면서 너무 배가 고파서 배를 따먹는다고 하였다. 그리고선 복녀는 계모가 학대를 하다가 손목을 끊어버리고 내쫓더란 말까지 하였다.

워낙 천성이 어질고 착한 도령은 소녀의 말을 듣고 불쌍이 여겨 부평초마냥 정처없이 떠돌아다니는 소녀를 자기 별당의 서재에다 감춰두고 보살펴주었다. 도령은 자기 몫으로 가져오는 음식을 더 많이 가져오라고 하여서는 복녀와 나누어먹었다.

세월은 류수처럼 흘러흘러 도령의 나이가 18세 되고 복녀도 이팔청춘 나이가 되였다. 복녀는 속도 덜 태우고 음식도 잘 먹어서인지 인물이 환하여 지였다. 그래서 도령은 복녀를 갈수록 끔찍이 대해주었고 복녀 역시 도령의 깊은 정 감지덕지하여 높이 받들었다. 두 사람 사이에 사랑이 싹트기 시작하였다.

꼬리가 길면 잡힌다고 어느 날 도령의 밤시중을 하는 시녀가 이 눈치를 채고 주인에게 일러바쳤다.

주인은 몹시 놀라서 아들을 대령시켰다.

≪들은즉 네가 언감생심 부모의 허락도 없이 처소에 웬 소녀를 감춰두고 있다지? 덕룡아, 이 일을 이실직고하지 않다간 큰일 날줄 알아라!≫

덕룡은 부친의 말을 듣고 등골에 땀이 푹 났다. 이미 엎지른 물인지라 덕룡은 변명할 길 없이 사실대로 여쭈었다.

부모들은 도령이 미장가전에 그것도 하찮은 천한 계집과 이런 수작이 있다는 소문이 날까봐 즉시 그 계집을 내쫓으라고 호령을 하였다. 하지만 덕룡이 자기도 집을 떠나면 떠날지언정 복녀만을 내쫓지 못하겠다고 나눕는 바람에 도령의 부모들은 호미난방이 되였다. 부모들은 이렇게 마른 나무가지 꺾듯 하다간 아들에게 무슨 변이라도 생길가 저어하여 잠시 눈을 감아주고 차차 달래보는수밖에 없다고 여기였다.

그때로부터 반년이 지나 덕룡이는 서울로 공부하러 올라가게 되였다. 덕룡이 떠나기 전날 저녁에 복녀와 갈라지기가 아쉬워서 자긴 일편단심 변할수 없으니 돌아올 때까지 꼭 기다려 달라고 천당부만당부 하였다. 그리고 자기의 부모에게도 복녀와의 관계를 솔직히 알려주면서 장차 과거를 본후 안해로 맞아 서울에 데려가겠다고까지 여쭈었다.

하지만 도령의 부모들은 아들과의 약속을 지켜줄수 없었다. 천한 복녀가 자기들 가문에 며느리로 들어올수 없는만큼 아들이 없을 때 방법을 대야만 하였다 그들은 서울의 아들한테 편지를 띄워서 복녀가 군서방질을 하였다는것 알리면서 복녀를 내쫓았다고 하였다.

의지가지없게 된 복녀는 몇달동안을 떠돌아다니면서 밥을 빌어먹다가 길에서 몸을 내리웠다. 복녀에게는 유리걸식하면서 사흘에 한때도 배불리 먹지 못하는 처지니 젖인들 있으리오. 복녀는 발길이 가는 대로 이리저리 가다보니 임진강 나루터에 다달았다. 굽이쳐 흐르는 강물을 하염없이 바라보는 복녀, 만사에 뜻이 없고 오직 죽을 생각밖에 없었다. 죽겠다고 마음을 먹으니 제 한몸 죽는건 아깝지 않으나 등에 업힌 어린것이 불쌍하기 그지없었다. 복녀는 피눈물 쏟으며 하늘을 우러러 아이만을 보호해달라고 빌었다. 복녀가 아이를 등에서 내려 강뚝에 둔후 막 강물에 뛰여들려는 때였다. 그새 잘리웠던 손이 다시 이어지다니 이게 웬 말인가? 복녀는 꿈인지 생시인지 분별하기 어려워 허벅다리를 꼬집어본 후야 꿈이 아니라는걸 알았다. 이때 하늘에서 우렁찬 목소리가 들려왔다.

≪그대는 너무 슬퍼하지 말지어라. 홍진비래, 고진감래라 하였거늘 변심 말고 꿋꿋이 살아가면 부귀영화 있으리라.≫

복녀는 하늘을 처다보았으나 사람이 보이지 않는지라 하느님이 자기를 도와줌을 알고 죽을 생각을 단념하였다. 복녀는 다시 강보에 아기를 싸 업고 나루배를 타고 강을 건너 살길을 찾아 떠났다.

마음만 곱게 쓰면 귀인이 도와준다고 복녀가 한 동네에 이르렀는데 잘사는 집에서 밥을 먹으라고 넉넉히 주는것이였다. 집주인은 복녀를 불쌍히 여겨 이것 저것 꼬치꼬치 캐묻더니 나중에 자기 집에서 잔일을 하는것이 어떤가고 말하였다. 복녀 보매 주인량반이 선량하여 그 집에서 일을 하겠다고 하였다.

한편 서울로 올라간 도령은 그곳에서 삼년동안 공부를 하고 과거를 보아 장원 급제를 하였다. 암행어사로 된 그는 마패를 차고 길에 나섰다. 이 기간에 덕룡은 집으로부터 보내온 편지를 받아 자기가 떠난 다음 복녀가 행실이 나빠 집에서 쫓기워났다는 소식을 알았다. 하지만 도령은 복녀가 그런 계집이 아니란걸 잘 알고있기에 복녀가 이땅우에 살아있기만 하면 하늘 끝에 가서라도 꼭 찾겠다고 다짐을 하였다.

더룡이 집에 가니까 부모가 대가문의 규수를 안해로 맞아드리자 하였으나 그는 복녀를 찾아 문을 나섰다.

덕룡이 이르는 곳마다에서 복녀의 처소를 탐문하였다. 과연 한 동네에서 복녀가 아이를 데리고 량반집에 머슴으로 있다는걸 안 덕룡이는 허술한 옷차림을 해가지고 복녀를 만났다. 덕룡이가 복녀를 만나 ≪복녀, 날 모르겠소?≫ 하니까 복녀는 자기의 눈 을 의심하였다. 복녀는 목소리마저 변하지 않은 도령을 못 알아볼리가 없었다. 복녀는 기뻐서인지, 슬퍼서인지 눈물을 쏟았다. 덕룡이는 주인집에 감사하다는 말을 남기고 안해와 아들을 데리고 집으로 향하였다.

부모들은 더 반대하는수가 없어서 그들 둘이야 말로 천생배필이라 하면서 성례까지 하여주었다.

복녀는 이전에 자기를 모함하고 내쫓았던 부모를 극진히 잘 섬기고 덕룡이와 한마음이 되여 잘살았다.

김광근 정리

말문이 막힌 천자

옛날 중국의 한 천자가 속국인 조선에 하늘을 덮을수 있는 큰 채를 만들어

바치라고 령을 내렸다. 천자의 령을 받은 조선의 왕은 온 나라 방방곳곳에 채를 만들수 있는 사람을 구해들이라고 엄명을 내리고 며칠 기다렸으나 아무런 소식이 없었다. 이에 조선의 왕은 조급하여 더는 앉아 기다릴수가 없어 친히 신하 몇사람을 데리고 팔도강산을 참빗질 하다싶이 다니며 수소문 하였으나 선뜻이 나서는 사람이 없었다.

그러던 어느 하루 왕은 산간벽지에 산재하여 살고있는 한 초가집을 찾아들어 갔다. 주인집에서 임금님의 행차가 들어오자 너무나도 뜻밖이여서 어쩔바를 몰라하였다. 왕은 자리를 잡고 앉아 찾아오게 된 영문을 주인에게 알려주었다. 그랬더니 아버지 곁에서 눈을 깜짝거리며 듣고있던 9살나는 어린아이가

《그까짓껏 내가 만들 수 있어요.》 하고 나서는것이였다. 아버지는 너무도 당황하여 아이를 끌어당기며 책망했다.

《버릇없이 임금님 앞에서 무슨 짓이냐?》

왕은 아이를 도로 끌어다 자기의 무릎에 앉히며

《하하, 대단한데. 어떻게 하면 만들수 있을가? 어디 말좀 해보렴.》하고 물었다. 그러자 아이는

《그건 여기서 말하지 않겠어요. 이제 천자 앞에 가면 말하겠어요.》 라고 대답했다. 이에 왕은 너무도 미덥지 않아

《네가 정말 만들수 있단 말이냐?》 하고 다짐받으려 하였다. 그러자 아이는 자신있게 대답하였다.

《예, 제가 꼭 만들수 있어요.》

임금은 아이의 자신 있는 말을 듣자 그 길로 꽃가마를 마련하여 아이를 태운 다음 중국의 천자에게로 보냈다. 중국의 천자는 꽃가마가 도착하자 호기심을 가지고 바라보았다. 그런데 웬걸 가마에서 웬 자그마한 어린이가 내리더니 앞에 와서 엎드렸다.

《네가 하늘을 덮을수 있는 채를 만들 수 있느냐?》 하고 천자가 물었다. 그러자 아이는

《예, 제가 얼마든지 만들 수 있습니다. 그런데 천자님께서 하늘이 몇자나 되는지 그 자수를 알려주십시오. 그러면 곧 만들겠습니다.》

천자는 아이의 말을 듣자 하늘이 몇자나 되는지 도무지 알수가 없었다. 그래서

그만 말문이 막혀버렸다.

홍택경 구술 / 리은우 정리

시어머니와 며느리

　조선 한 고을에 아들 삼형제를 둔 집이 있었다. 아들 삼형제 중 맏이와 둘째는 이미 성혼을 하여 가정을 이루었는데 시어머니가 두 며느리를 몹시 박대하였다. 성질이 포악하기로 소문이 난 시어머니는 온 집안의 살림을 좌우지하고 있었는 바 며느리들이 끼니를 지을 때면 되박을 틀어쥐고 쌀알을 헤여 주다싶이 하였고 심지어 아궁이에 때는 나무마저 가지를 세여 주다싶이 하였다. 며느리들은 집안 식솔들과 한 밥상에 마주앉아 밥을 먹기는커녕 매일 부뚜막에서 식어버린 누룽지밥에 나머지 반찬으로 대수 주린 배를 달래군 하였다. 그뿐인가, 며느리들은 철을 맞춰 반반한 옷을 바꿔 입기는 고사하고 무명토스레옷에 발가락이 쑥쑥 내다보이는 메투리를 신고 밭에 나가 무거운 일을 하지 않으면 안되였다. 이리하여 그 집 시어머니가 암펌처럼 표독스럽다는 소문이 원근에 펴지기 시작하였다.

　이렇게 되자 그 집 셋째가 색시를 맞아보기가 여간 어렵지 않게 되었다. 벙어리 삼년, 귀머거리 삼년, 무서운 시집살이도 시집살이려니와 포악한 시어머니를 모시겠다고 어느 처녀가 그 집으로 시집 갈 엄두나 내겠는가? 고이고이 자래운 딸을 범의 아구리에 밀어넣기 달가와할 집이 없었다. 이래서 한해두해 세월은 속절없이 흘러가고 셋째아들도 한살두살 나이가 늘어나게 되였다.

　그러던 어느 하루였다.

　그 고을에 살고있든 김부자의 딸이 셋째아들에게로 시집을 오겠다고 매파를 보내왔다. 이 말을 들은 딸의 부모들이 성이 천둥같이 나서 딸을 불러다 닦달을 하였다.

　≪너 이년 미치지 않았느냐? 그 집 시어머니가 호랑이처럼 사납다고 다들

외우고있는데 네가 자청하여 들어가다니 자기 스스로 불구덩이에 들어가는것이 아니고 무엇이냐? 절대 그런 소리를 다시 외우지 말아라.≫

≪아버지 어머니 걱정 마세요. 부모님슬하에서 소녀 어릴적부터 사서오경 다 읽고 삼강오륜 다 기억했은즉 료리 침선 막히는 일 없을진대 시어머니 한분쯤은 얼마든지 모실수 있을것이니 저의 결심 막아주지 마세요.≫

딸은 쟁쟁 울리는 목소리로 진정을 토하며 머리를 숙이고 절을 올리였다.

그때는 부모의 말이라면 하늘의 뜻이라고 믿어왔건만 딸의 결심 하두 강경하여 그 누구도 그 마음을 돌려세우는수가 없었다. 이래서 김부자네는 울며 겨자먹기로 딸을 허혼하고 말았다.

성례를 올릴 그 전날이였다.

김부자의 딸이 몸종을 조용한 곳으로 불러다 이르기를

≪애야, 래일이면 내가 성례하는 날인데 너는 내가 시키는대로 술 반잔을 따라 시부모님께 올려라. 그러면 알 도리가 있을터이니 아무리 괴로워도 찍소리 말고 내 시키는대로 하여라.≫

하고 잔치날 여차여차하라고 자세한 일들을 부탁하였다.

잔치날이 되자 신부가 시부모님께 인사를 올리게 되였다. 당상에 시부모를 높이 모신 신부는 자기의 몸종더러 술을 따라 두손 받들어 올리게 하였다. 몸종은 술 반잔을 따라 공손히 올리였다.

이때였다. 신부의 표정이 험상궂게 일그러지며 몸종에게로 다가가더니 다짜고짜 머리채를 움켜쥐고 뀌쌈을 갈기면서 마루바닥에 태를 치여 놓았다.

≪이 불칙한 년, 존엄하신 부모님께 어디 언감생심 술을 반잔만 부어드리는 법이 있느냐?≫

하며 몸종을 호되게 꾸짖었다. 몸종이 어쩔바를 모르고 사시나무 떨듯 온몸을 부들부들 떨고있는데

≪이년아, 냉큼 일어나 새로 술을 붓지 못할가?≫

하고 신부가 추상같이 호령하였다.

이때 몸종이 다시 새 술병을 뜯어 시부모님들께 찰찰 넘치도록 술을 따라 올리였다.

술잔을 받아든 시어머니는 두 손끝이 바르르 떨리며 감히 술잔을 입에 가져가

지 못하였다. 그때에도 신부는 당상아래 무릎을 꺾고 고운 눈을 아래로 깔고 절을 올리는것이였다.

몸종의 불찰을 보고 추상같이 성이 난 신부앞에서 시어머니는 가슴이 두근두근 뛰고 기가 푹 꺾이였다.

《새 며느리가 만만치 않은데! 까딱 잘못 서둘다가는 앞으로 큰 경을 칠라!》

이렇게 시어머니는 며느리의 술을 받아 단모금에 굽을 내는수 밖에 없었다.

시부모와 시형들에게 술을 다 올린 신부가 다시 두 동서를 찾았다. 그때까지도 두 동서는 신부의 인사를 받을 엄두도 못내고있었다. 그냥 부엌간에서 시중이나 들던 두 동서는 잔치날 자기에게까지 큰 인사가 차례지리라 꿈에도 생각지 못했던것이다. 그래 할수없이 때자국이 얼룩덜룩한 치맛자락을 걷어쥐고 대청에 나가서는데 신부가 동서들 앞에 사뿐사뿐 다가와 고운 자태로 무릎을 꿇어앉는것이였다.

《크나큰 집안 살림을 맡아하시느라고 고생인들 오죽했겠나요!》

신부는 손수 찰찰 넘치게 술을 부어 두 동서에게 올리였다.

이 집에 시집와서 처음으로 이렇듯 큰 인사를 받는 두 동서의 눈에 뜨거운 눈물이 줄줄흘러내리였다. 이때 신부가 몸종더러 미리 준비했던 비단보자기를 가져오도록 하였다.

이윽고 신부가 두 동서앞에 옷 두벌을 내놓는데 그것은 백설같이 흰 옥양옥 저고리에 열두폭 깜장 비단치마였다.

이렇듯 후더운 정과 은근한 례의범절로 시부모를 높이 모시고 형제간에 화목을 도모하니 평소 며느리들을 몹시 박대하던 시어머니가 사나운 성깔을 버리지 않을수 없었다. 그때로부터 시어머니는 셋째며느리의 말이라면 고분고분 듣지 않는것이 없고 집안살림도 몽땅 며느리들에게 맡기였다고 한다.

리봉희 구술 / 김춘남 정리

상도와 리씨네 딸 삼형제

옛날 경상남도 어느 자그마한 마을에 상도라고 부르는 총각이 있었다. 로총각이다보니 량친 부모는 아들의 혼사 때문에 골머리를 앓고있었다.

그러던 어느날 한 마을에 사는 중매군 로친이 상도네 집에 찾아갔다. 그 로친은 아무곳의 리씨네 딸 삼형제가 있는데 연년생이다보니 시집나이가 다 된다는 것이였다. 이 말을 들은 상도의 량친 부모는 제 아들더러 딸 삼형제중 어느 딸도 좋으니 빨리 중매군을 따라가서 혼사말을 떼라고 들볶아댔다.

상도는 제눈으로 당사자를 보고 처사해야 하겠다 하면서 리씨네 집으로 갔다. 중매군은 상도총각이 어찌어찌 좋고 부모 또한 무던한데다 집형편이 넉넉하다고 입에 침이 마를새 없이 말해대는것이였다.

그때만 해도 과년한 딸이 셋이 있는데다 상도총각이 인물 잘났지, 말을 씨원씨원히 잘해서인지 리로인이 딸 삼형제를 불러다 총각과 대면시키는것이였다.

상도가 보니까 과연 리씨네 딸 삼형제는 체격이나 인물맵씨 모두 엇비슷한게 다 마음에 드는것 같았다. 하지만 상도총각은 혼사일은 한평생의 대사라 자기 마음에 드는 처녀를 택해야 하겠다고 마음을 먹었다.

상도는 리씨네 딸 삼형제의 마음씨를 떠보려고 집안에서 슬쩍 나와 출입문앞 길에다 비자루를 가로 놓았다. 그리고선 먼발치에서 지켜보고있었다.

처음 맏딸이 비자루를 보더니만 발길로 툭 차면서 중얼중얼 하며 걸어나갔다. 뒤를 이어 둘째딸이 나오더니 그비자루를 보고서도 못본체 제갈길만 가는것이였다.

좀 지나서 셋째가 나왔다. 그는 문밖의 비자루를 조용히 집어서 문옆에다 조심스레 세워놓았다.

상도는 리씨네 딸 삼형제의 행동을 눈여겨 보았다. 그는 이것 한가지 일만으로 결론을 내릴수 없다고 생각을 하였다.

마침 오후가 되였다. 그집에서는 사과 한광주리를 가져왔다. 맏딸은 사과껍질을 뭉청뭉청 깎아서 제혼자 먹어댔다. 둘째는 사과껍질을 얇게 벗겨서 먹는것이였다.

셋째는 사과 두개를 더운 물로 씻어서 껍질을 벗긴 다음 하나는 중매군에게 드리고 하나는 총각에게 주었다. 그다음 사과 하나를 더운 물에 씻어서 깍지 않고 먹으려 하였다.

바로 그때 한 늙은 봉사로파가 지팽이를 짚고 문을 열어제끼고 마주서서 물 한사발을 떠달라고 하였다. 맏이는 그 봉사로파를 보자 ≪제앞도 못보는 주제에 길을 떠나다닐건 뭐람. 독이 그앞에 있으니 제절로 떠 마시구려.≫ 하고 하였다. 둘째는 듣는지 마는지 거들떠보지도 않고 제사과만 먹어댔다.

셋째는 막 먹자하던 사과를 들고 문옆에 가서 그 로파에게 드리고 물 한사발을 떠서 공손히 그 로파한테 쥐여주었다.

이걸 목격한 상도총각은 마음에 짐작이 갔다. 그는 속으로 (녀자라면 우선 마음부터 고와야 하지. 암 그렇구말구.) 라고 생각을 굴리였다. 그는 중매군보고 셋째가 마음 든다고 귀띔을 하였다.

최창준 구술 / 강백룡 정리

굳은 땅에 물이 고인다

옛날 한 시골에 늙은 량주가 딸 하나를 데리고 살았다. 딸이 시집갈 나이가 됐는데 가세가 구차하니 살림을 잘하는 사위를 삼으려고 하였다. 소망하던중 하루는 사위감이 있는데 인물체격이나 말하는 품이 고르던중 제일 훌륭하였다. 아껴가며 살림을 잘 할것 같고 자기 딸 하나는 잘 먹여살길것 같았다. 그리하여 그 자리에서 약혼말을 뗐다. 약혼날 총각이 하는말이 지금은 잔치를 못하고 5년 후에 재산을 모아서 잔치를 하겠으니 집의 딸을 데리고 종자와 공구를 가지고 떠나겠다는것이였다. 한번 말뗴면 평생 죽을 때까지 남편 따라 살아야 하는것이 조상의 법이라 장인, 장모도 방법 없이 하자는 대로 하는수밖에 없었다.

그 이튿날 령감로친이 콩종자요, 감자종자요, 조이종자요 보따리로 꾸려주니 딸은 총각의 뒤를 따라 떠났다. 5년동안 가서 재산을 모아와서 잔치를 하자하니 그말도 그럴상 싶어서 두말 않고 총각을 따라 나섰다.

이렇게 떠난지 이태가 지나고 삼년, 사년이 지나도 딸과 사위는 종무소식이다. 행방조차 기별이 없었다. 로친이 거짓말쟁이 총각에게 얼려서 딸을 따라보내여 귀중한 딸만 잃어버렸다고 매일 바가지를 긁으면서 찾아오라고 령감을 조르지만 령감도 별방도가 없었다. 행방도 모르는 딸을 어디 가서 찾는단 말인가?

이렇게 세월이 지나 5년이 가까워오지만 전혀 소식이 없으니 령감이 하는수 없이 찾아나섰다. 며칠을 두고 찾았지만 찾을 길이 없었다. 이렇게 정처 없이 사방으로 찾아다니다 나니 하루는 한 양지바른 곳에 이르렀는데 앞이 확 트인 곳인데 벌판도 있고 넓은 강도 흐르는것이 참 살기 좋은 곳이였다. 앞을 내다보니 한곳에 아담한 초가집 한 채가 있었다. 그래 그집으로 찾아가니 곡식가리가 산처럼 쌓여있고 돼지요, 소요, 닭들이 무리져 그 곡식가리에서 곡식을 막 퍼먹고있었다. 참 별세상에 온것 같았다. 어느놈의 집인데 이처럼 잘사나싶어 주인을 찾아 들어가보니 글쎄 이집이 그렇게 찾던 자기 딸네 집이였다.

사위는 일나가고 없고 딸이 있다가 아버지를 보고 반가와 달려나와서 아버지를 모셔 드리고 그동안 그리웠던 정을 풀어놓는것이였다. 그럭저럭 앉아서 그동안 지내던 사정들을 이야기하다나니 사위도 밭에서 들어오고 저녁이 돼서 밥상이 들어오는데 상에 죽만 두사발 놓여있었다. 한사발은 아버지앞에 놓고 한사발은 남편앞에 놓고나니 딸의 몫은 없었다. 딸은 배아프다고 핑계대고 저녁을 먹지 않았다. 굶지는 못하고 서운한데로 저녁이라고 차려진 죽 한사발을 먹었지만 속이 내려가지 않았다.

무슨 영문인지 참 알고도 모를 일이였다. 곡식가리는 짐승들이 다 퍼먹는데 사람은 죽물을 먹고 더군다나 5년만에 아버지가 찾아왔는데 술상은 못차려도 죽만 한사발 대접하니 게다가 딸은 죽도 한사발 차례안지니 무슨 놈의 살림살이를 하는지 모르겠다. 물어보려다가 처음걸음에 사위앞에 말이 나가지 않아 그만 두었는데 더욱 이상한것은 저녁 잠자리에 누우면서 볼라니 딸의 머리맡에는 방치가 놓여있고 사위의 머리맡에는 낫이 놓여 있었다.

무슨놈의 판국인지 참 알수가 없었다. 이년놈들이 늙은 애비가 미워서 밤중에 애비를 때려죽이려고 하는 수작이 아닌가 싶었다. 저녁도 제대로 못 얻어먹은데다 황당한 김에 잠을 제대로 이루지 못하고 뜬눈으로 날을 새웠다. 딸과 사위는 고단한지 저녁술 놓기 바쁘게 눕더니 코를 골며 잤다. 생각 같아서는 그밤중으로 떠나오고싶었으나 차마 떠나지 못하고 도대체 어떻게 하나보자고 참았다.

이튿날 아침에 일어나니 아침 밥상이 올라오는데 또 엊저녁처럼 밥을 딱 두그릇만 올려놨다. 보나마나 딸의 몫은 없었다. 정말 미친놈들의 행사라싶어 딸이 붙잡고 며칠 더 놀다 가라는것도 뿌리치고 그날로 집으로 돌아왔다. 돌아와서 아무리 생각해도 사위를 잘못 삼은것 같았다. 살림은 고사하고 딸을 굶겨 죽일것 같았다. 당장 딸을 데려오고 혼사를 걷어치우고 싶었으나 한번 정한 혼사를 마음대로 할수 없는 법이라 속만 끙끙 앓았다. 너무 고르면 쥐 고른다더니(눈먼 사위 얻는다) 그 꼴이구나 하고 자기탓만 하였다.

어느덧 5년이 차니 사위는 말한대로 재산을 모두 거두어 가지고 딸과 함께 와서 잔치를 하겠다는것이였다. 하는수없이 잔치날을 받았지만 그때 속에 맺힌 령감은 사위와 따지고들었다.

《잔치를 하자니 잔치는 해주겠는데 전번에 갔을적에 행사는 무슨 놈의 행사들인고? 곡식낟가리는 짐승개가 퍼먹는데 사람은 죽물을 대접하고 또 우리 딸은 그나마 죽물 한사발도 차례 안지니 무슨 놈의 살림을 그렇게 하나, 응?》

《예, 그때 노엽게 됐습니다. 그러나 우리가 처음 가서 약속을 한것이 있어서 그렇게 한것입니다. 그때 약속하기를 누구측에서 손님이 찾아오면 손님이 누구든지 불문하고 누가 굶기로 하였던것입니다. 아까와서인것이 아니라 굳은 땅에 물이 고이는것처럼 그렇게 굳건해야 재산을 모일수 있지 않습니까? 그래서 보시다싶이 이렇게 버젓하게 살림밑천을 갖추어 왔습니다.》

《음, 그말은 옳은 말일세. 그런데 자네들 머리맡에 낫과 방치를 놓고 자는것은 또 무슨 연고인가?》

《예. 그것은 5년동안 서로 침범하지 말자고 맹세했는데 혹시 누가 어길가봐 방비를 하느라고 그런것입니다.》

《음, 그래, 그런걸 나는 무척 놀랐지. 자네 말을 듣고 보니 내가 사위를 제대로 삼았네. 자네야 말로 참 굳은 사람일세.》

이렇게 되여 《굳은 땅에 물이 고인다》는 속담이 생겨나게 되였다.

사위와 딸은 정식으로 혼례를 갖추어 잔치를 하고 고래등 기와집에 문전옥답

마련해놓고 늙은 량주를 모시면서 아들딸 낳고 오래도록 행복하게 살았다 한다.

류한필 구술 / 정귀집 정리

세 사위 내기하다

옛날 한 집에 세 사위가 있었다. 맏사위와 둘째사위는 말도 잘하고 둘러치기도 잘했다. 그러나 유독 셋째사위만은 수집고 말재주도 없었다. 그래서 세 사위가 한자리에 모여앉기만 하면 언제나 맏사위와 둘째사위는 셋째사위를 골려주는것이 일수였다.

그러던 어느 한해였다. 설이 지나 대보름날이 되였는데 세 사위가 또 장모앞에 모여앉아 귀밝이술을 마시다가 술이 거나하자 맏사위가 문제를 꺼냈다.

≪오늘저녁 내기를 하는것이 어떤가?≫

그러자 둘째사위는 또 막내사위를 놀려줄 기회가 왔다고 어서 그러자고 맞장구를 쳤

≪좋소. 형님이 먼저 시제를 내오.≫

내기를 한다니까 정주간에 있던 딸들은 자기남편이 지지나 않나하여 서로 목을 빼들고 방안에 앉은 그들을 들려다보느라 정신이 없었다.

이때 맏사위가 말했다.

≪그럼, 내가 먼저 내지. 오늘저녁은 누가 날랜가 내기하는게 어떤가?≫

그러니 둘째사위는 좋다고 야단이였다.

≪좋소. 그럼 형님 먼저 말해보오.≫

그러나 셋째사위는 그저 잠자코 두 형님들이 하는짓만 쳐다 보고있었다.

장모는 온순한 셋째가 말 한마디 없는걸 눈치채자 이번에도 몰려댈가봐 걱정되여 목을 빼들고 딸들속에 끼여들었다.

먼저 맏사위가 말머리를 뗐다.

≪내가 시뻘건 화로불우에 기러기털을 떨궈놓고 30리를 달려갔다왔더니 그때까지도 기러기털이 타지 않고 그대로 있더라.≫

둘째가 인차 그말을 받았다.

≪형님, 그게 무슨 그리 대단하오. 나는 술잔에다 바늘을 떨궈놓고300리를 달려갔다왔더니 그때까지도 바늘끝이 술잔밑굽에 가라앉지 않았습니다.≫

이번에는 막내사위의 차례인데 막내사위는 그저 빙그레 웃기만하고 말할념을 아니 하였다. 그러니 맏사위와 둘째사위는 빨리 말해보라고 조겨대면서 만약 말하지 못하겠으면 술상에서 물러나 녀성들이 있는 정주칸으로 가라고 하였다.

그 광경을 목격한 장모는 애타서 못견딜 지경이였다. 그래서 안달아나 발을 구르다가 그만 ≪뽕≫ 하고 방귀를 뀌였다. 그 방구소리를 듣자 셋째사위가 인차 말문을 열었다.

≪내가 장모의 방구소리를 듣고 삼천리를 걸어갔다왔더니 그때까지도 장모의 밑구멍이 오물어 붙지 않았습니다.≫

그말에 그만 맏사위와 둘째사위는 말문이 막혀 내기에서 지고 말았다.

장모는 자식들 앞에서 망신을 당하여 그만 얼굴이 홍당무우가 되었지만 그래도 막내사위가 이겠다고 여간 기뻐하지 않았다고 한다.

류한필 구술 / 리광수 정리

어미를 살려준 강아지

옛날 옛적에 조선 함경도의 한 깊은 산중에 십여호 되는 마을이 있었다. 이 마을에는 모두 가난한 사람들이 살고있었는데 개울옆집이 그중 제일 못살았다. 그집 량주는 늘그막에 아들을 보았는데 열여섯살에 장가든 다음해에 손자를 보고 삼년만에 손녀까지 보게 되였다. 그리하여 의집에서는 손자, 손녀를 구들복판에 앉히고 웃음으로 꽃을 피웠다.

세월이 흐르고 흘러 그집 손자, 손녀가 십여살 먹자 늙은 량주가 일을 못하게 되니 살림은 더없이 구차하였다. 속담에 가난이 싸움 붙인다더니 그 화목하던 가정은 싸움이 끊칠새가 없었다. 그중 며느리와 시어머니 사이에 늘 옥신각신 하다보면 큰 싸움이 일어나기가 일수였다. 그래서 아들이 안해를 조용히 앉혀놓고 여러번 타일렀지만 노상 그본새였다. 며느리가 따로 세간나가겠다고 떠들썩하니 인제는 영상스러워서 아들은 하는수 없어 개울옆에다 초가집을 지어놓고 아버지 어머니를 모시였다.

원래 구차하던것이 쫓겨나다싶이 나온 늙은 량주의 집형편은 아침 먹으면 점심 거리가 근심되였다. 하여 동네에서 쌀도 조금씩 가져다주고 감자랑, 강냉이랑, 마늘이랑 가져다주어 이럭저럭 지내는 형편이지만 량주의 마음만은 편안했다.

며느리는 부모를 내놓고 제살림을 하니 좋다고 홍얼홍얼했으나 시집살이하는 건 아들이였다. 아들은 매일 아침 일찍 일어나 아버지네 집 굴뚝에서 연기가 나면 마음 놓고 제할 일을 하군 하였다. 그는 때론 안해 몰래 먹을걸 가져다 아버지에게 드리기도 하였다.

그러던 어느 하루였다. 안해가 잉어 두 마리를 남편에게 주면서 부모님께 가져다드리라고 하였다. 남편은 싱글벙글 웃으면서 (저게 인젠 철이 드는가부다.) 생각하며 아버지네 집으로 터벅터벅 걸어갔다.

늙은 량주는 잉어 두 마리를 받아놓고 동네어른들을 모셔다 대접하자고 상론하였다. 그리하여 로친은 한가마물을 부어넣고 끓이고 령감은 들판에 나가 달래를 캐다가 고기가마에 넣었다. 어머니는 아들집에 가서 아들더러 잉어고기를 맛보라하였다. 그런데 며느리는 집에서도 잉어고기를 끓였다하면서 남편을 보내지 않았다.

한편 며느리는 오늘이냐, 래일이냐 하며 부고가 오기만 기다리였다. 원래 며느리는 잉어고기에 독약을 넣었던것이다. 그런데 달래를 넣었기에 독약을 무효하게 만들었던것이다. 그런걸 모르고 늙은게 둘다 죽어서 부고를 못전하는가 하여 남편더러 앞집에 나가보라고 했다. 남편은 속내를 모르고 안해가 갈수록 철이 든다고 속으로 흐뭇해하였다.

남편은 삼복철인데 큰개를 잡아 아버지 어머니께 대접하자고 하면서 칼을 썩썩 갈았다. 안해는 속으로 (두송장이 어떻게 개고기를 먹는다구.) 이렇게 생각하면서 어서 가보고와서 어미개를 잡아도 된다고 하였다.

남편은 갈던 칼을 수돌옆에 놓고 아버지네 집으로 향하였다. 그런데 평시에는 주인을 따라다니며 꼬리를 흔들던 강아지가 칼곁을 떠나지 않았다.

그런데 남편이 앞집에 갔다와서 부모들이 잘 계시더라고 하면서 개를 잡자고 칼을 찾으니 칼이 온데간데 없었다. 안해와 아이들에게 물어봐도 모른다는것이였다. 정말 귀신이 곡할 일이였다. 하여 온집 식구가 집 안팎을 왈칵 뒤집었으나 끝내 칼을 찾지 못하여 그날 어미개를 잡지 못하였다.

이튿날 아침, 남편이 개자리를 바꾸어 주자고 개굴에 깔았던 벼짚을 끌어내니 그밑에 칼이 있었다. 남편이 꼼꼼히 생각하니 자기가 칼을 갈 때 강아지가 지켜보고 옆집으로 갈 때 따라가지도 않았던것이 생각되였다. 분명 강아지가 어미를 잡는다는걸 알고 사람이 없는 틈에 칼을 물어다 감춘것이였다. 남편은 눈물이 핑돌았다.

너무나 감격된 남편은 안해를 불러놓고 말했다.

≪여보, 이것 보오. 강아지가 칼을 물어 굴에다 감추었소. 강아지도 낳아 키워준 어미정을 아는구만. 그러니 우린 강아지보다 못하오!≫

아무리 독한 안해라도 말못하는 짐승의 기특한 일에 그만 목이 메였다. 안해는 흐느껴 울면서 자기가 잉어에다 독약까지 넣었다고 실토하고나서 이제부터라도 부모를 잘 모시겠다고 다짐하였다. 그리고 즉시로 내외가 가서 아버지 어머니를 모셔다 화목하게 잘 지냈다고 한다

최형수 구술 / 최창준 정리

서울깍쟁이와 개성깍쟁이

조선땅에서 철길이 놓인지는 대개 백여년전의 일이라고 생각된다. 철길이 갓 놓인 때 부산으로부터 신의주에로 향하는 급행렬차에서 생긴일이다.

두 사나이가 부산역의 렬차안 걸쌍에 마주 앉아 발차시간을 기다리면서 수인

사를 하였다.

≪손님은 어디로 가는 길이우?≫

≪서울로 올라가는 길이우다.≫

서울에서 산다는 사나이가 이렇게 대답하자 맞은켠의 사나이는 자기는 개성에서 산다며 자아소개를 하였다.

이윽고 발차시간이 되자 렬차는 서서히 역구내를 떠나기 시작하였다. 때는 록음이 방창하는 시절이라 날씨가 몹시 무더웠다. 서울사나이가 부채를 들고 부채질을 하는데 그 정상이 몹시 우tm웠다. 글쎄 부채질을 한다는게 부채가 아까와 살을 세개만 펼쳐들고 흔들어대고 있지 않는가?

≪자식은 머리가 안돌아도 분수가 있지!≫

그 광경을 물끄러미 쳐다보던 개성 사나이도 보따리에서 부채를 꺼내들고 부채질을 하였다 그런데 그 사나이는 부채를 흔드는게 아니라 부채를 펼쳐든채 자기 머리를 한창 흔들어대고 있었다. 부채가 다슨다고 아끼는 수작이였다. 워래 이들 두사람은 린색하기로 소문난 깍쟁이로서 하나는 서울깍쟁이요, 다른 하나는 개성깍쟁이라고 불렀다.

렬차는 끝이 없이 펼쳐진 삼남벌을 달리고있었다.

한동안 말이 없이 덤덤히 앉아있던 두 깍쟁이가 서로 말을 주고받기 시작하였다.

≪자네 메투리는 얼마동안을 신었나?≫

서울깍쟁이가 신고있는 짚신바닥이 별로 반들반들한지라 개성깍쟁이가 먼저 말을 떼였다

≪이신 말인가? 반년은 신었네!≫

짚신을 아무리 아껴 신어도 보름동안 신으면 아주 오래 신는다고 하는데 이미 반년을 신었다하니 그속에는 필시 그럴듯한 이야기가 있을것이라고 개성깍쟁이가 궁금해하는데 서울깍쟁이가 이렇게 말했다.

≪난 말이네, 집문을 나설 때는 신을 신고 떠나지. 길을 걸을 때는 신을 벗어쥐고 걷다가도 사람들을 만나면 다시 제격 신고 걷다가 사람들이 지나가면 도로 벗어들고 가지. 그러니 남들이 보름밖에 못신는 신을 반년이나 신을수 있지.≫

서울깍쟁이가 제법 머리를 흔들어대면서 자랑을 늘여놓았다. 그런데 개성깍쟁이가 자기 발을 툭툭 쳐보이며 더 큰 소리를 칠줄이야!

≪여보게 내신을 보라구! 자네 신고있는 메투리보다 더 윤기나지 않는가?≫

서울깍쟁이가 쳐다보니 개성깍쟁이의 짚신이 그리 낡은 축이 아니였다. 그래서 부지중 궁금증이 생긴 그는 한마디 물었다.

≪자네 짚신은 얼마동안을 신었나?≫

≪신은지 일년이 되네!≫

≪일년이라구? 자네 너무 불지 않는가?≫

서울깍쟁이가 입을 딱 벌리였다.

≪나는 말이지, 집문을 나설 때는 신을 신고 사람이 없을 때는 신을 벗어들고 걷다가도 사람을 만나면 인차 신을 신고 제자리에 멈춰선채 먼 산을 쳐다보면서 이소리저소리를 하다가 사람들이 지나가기를 기다린단 말일세.≫

서울깍쟁이는 자기가 신을 아주 아낀다고 여기고있었는데 개성치의 말을 듣고보니 자기는 그자의 발뒤축에도 다가서지 못할 지경이였다. 그래서 어이없이 입을 하 벌리고 차창밖을 쳐다보고있었다.

렬차가 얼마나 달리였는지 오래지 않아 서울역에 도착하였다.

≪먼 길에서 처음만나 친구로 사귀니 몹시 반갑네. 앞으로 다시 만납세!≫

하며 서울깍쟁이가 렬차에서 내리며 작별인사를 하였다.

렬차가 뒤시간 더 달린 다음 개성사람도 차에서 내리였다. 개성깍쟁이가 집에 도착한지 며칠 지난뒤였다.

그는 새로 사귄 서울친구로부터 부쳐온 편지를 받았다. 그런데 그 편지가 말이 아니였다. 담배종이만한 편지지에 모 월 모 일이면 생일이니 술자시러 오라고 썼는데 아래에는 가불간 회답을 바란다고 써있기까지 하였다.

개성깍쟁이는 그 편지지 뒤면에 생일술 마시러 꼭 간다고 몇글자 적어서는 회신을 띄웠다.

생일날이 되자 개성깍쟁이는 서울로 향하였다. 서울깍쟁의 집까지 찾아간 개성깍쟁이는 별로 이상한 감이 들었다. 생일이면 손님들이 북적북적하겠는데 집안으로 드나드는 사람들이 얼마 보이지 않았다. 더구나 한심한것은 며칠전에 보냈던 담배종이만한 그 편지로 창문종이가 째진데를 발랐다는것이였다. 개성깍쟁이는 쓰거운 입만 쩝쩝 다시다가 서울깍쟁이를 만나 왜서 손님들이 보이지 않는가고 물었다.

≪우리 서울사람들은 생일을 차려도 이웃 손님들을 청하는 법을 모르네. 자네야 원지에서 온 귀객이니 어서 안방으로 들어가세.≫

하며 서울깍쟁이가 대답을 하였다.

이윽고 개성깍쟁이는 주인이 이끄는대로 안으로 들어가 자리를 정하고 앉았다. 얼마 지나지 않아 그집 안사람이 주안상을 받쳐들고 들어왔다. 거기에는 수수한 반찬이 대여섯가지 챙겨져 있었다. 상 한가운데 올려놓은 잉어는 사람의 눈을 몹시 끌었다. 거의 팔뚝만한 잉어를 여러가지 양념을 쳐서 지지여 올렸는데 보기만 해도 울대가 부지런히 방아를 찧을 지경이였다. 그것은 서울거리에서는 아주 보기 드문것이였다. 개성깍쟁이는 오래간만에 잉어맛을 보게 되였다고 여간만 좋아하지 않았다. 이윽고 주인이 술을 따라 권하였다. 그래 습관에 따르면 손님은 반드시 주인이 집는대로 음식을 먹어야했다. 술이 석잔 지났는데도 주인은 풋남새만 집을뿐 잉어지짐을 다칠념을 하지 않았다. 개성깍쟁이가 썰썰이 나서 쩔쩔매고있는데 한참 지나 보려니까 주인이란 자식이 저가락을 가지고 잉어대가리쪽으로부터 꼬리까지 한번 쓱 문다지여서는 입으로 가져가 쭉 하고 빨아먹는것이였다. 개성깍쟁이는 주인 하는대로 저가락질을 하다보니 고기 한점 먹어볼수 없었다. 이래서 술잔은 여러번 기울렸지만 잉어지짐은 껍질도 벗겨지지 않은채 그대로 놓여있었다 개성깍쟁이는 주인의 눈치를 살피며 풋나물반찬만 집어먹는수밖에 없었다. 이때 술기운도 채오르기전에 주인은 배가 불렀다면서 수저를 내려놓는것이였다. 그바람에 개성깍쟁이도 상에서 물러나지 않을수 없었다. 상우에 통채로 나가는 잉어를 쳐다보는 개성깍쟁이의 속은 감주독처럼 부글부글 괴여올랐다.

집에 돌아온 개성깍쟁이는 한번 봉창을 해보리라 하고 단단히 벼르고있었다. 일이 공교롭게 될라니 그달말에 개성깍쟁이도 생일을 치르게 되였다. 개성깍쟁이도 똑같은 편지지에 똑같은 내용으로 서울친구에게 생일술 먹으러 오라고 기별을 띄웠다.

소식을 받은 서울깍쟁이는 속으로 여간만 기뻐하지 않았다.

드디어 개성깍쟁이의 생일날이 돌아왔다. 서울깍쟁이는 생일음식을 많이 먹으려고 아침끼니도 치르지 않은채 새벽부터 길을 걸어 허위허위 몇십리를 단숨에 달려갔다.

개성깍쟁이네 집도 생일날이라 하지만 드나드는 사람이 보이지 않았다. 십여일만에 만난 두 깍쟁이는 몇마디 수인사를 나눈뒤 시원한 사랑채에 들어가 주안상을 받기로 하였다.

한동안 지나니 술상이 들어왔다. 서울집에서 차렸던 음식보다 별로 낫지 않았다. (너 촌놈같은 녀석이 내 생일 잉어지짐은 한점 먹지 못했어도 나는 오늘 네가 차려놓은 잉어를 기껏 먹고가는것을 보아라!) 하고 속으로 별렀다.

술상에 마주앉은 서울깍쟁이는 허기진 배를 끌어안고 음식을 시작하기만을 눈이 빠지게 기다렸다. 그런데 주인이 술주전자를 들기도 전에 맹랑한 일이 발생하였다. 글쎄 파리 한 마리가 앵하고 날아들어오더니 상 한가운데 받쳐놓은 잉어 대대가리에 내려앉을줄이야! 주인은 두 눈이 똥그래지며 파리를 쏘아보는것이였다. 파리란 놈은 기름기 번지르르한 잉어우를 몇 번 왔다갔다하더니 다시 앵하고 날어서 문밖으로 사라져버리는것이였다. 그 광경을 쳐다보던 주인이 술주전자를 다시 내려놓고 맨버선바람으로 바깥을 향해 쫓아나가는것이였다.

서울깍쟁이는 술상을 마주해 앉아있었으나 주인이 자리에 없는지라 수저를 들수가 없었다. 이리하여 서울깍쟁이가 아침부터 굶은채로 고달프게 앉아있는데 얼마 지나지 않아 그집 네편네가 들어왔다.

《손님께서는 벌써 수저를 놓으셨나요?》

주인집 네편네가 제법 인사를 올리며 곱게 말하였다.

《네, 네. 생일음식 아주 잘 먹었수다!》

서울깍쟁이는 배가 몹시 고팠으나 음식을 잘 먹었다고 대답하지 않으면 안되였다.

주인녀편네가 음식상을 들고나간 뒤에도 주인녀석이란 놈은 종시 돌아오지 않았다. 배가 고픈것은 더 말할데도 없고 더구나 두 눈을 편히 뜨고 생일음식을 놓쳐버리다니 서울깍쟁이는 《이놈자식, 한번 경을 쳐놓아야지!》하고 벼르던것이 더구나 말이 아니였다. 홀로 앉아 주인녀석이 돌아오기만을 눈이 빠지게 기다리고있으며 애꿎은 담배만 뻑뻑 빨고있었다.

그제야 주인이 숨이 턱에 닿아 헐떡거리며 집안에 들어서는것이였다

《자네 음식 잘 자셨나? 그동안 자리를 비워놔서 미안하네!》 하고 주인이 인사말을 하는데 서울깍쟁이는 푸르딩딩한 기색으로 좋다궂다 말이 없다가

《그래 자네는 어디로 갔다오는 길인가?》하면서 퉁명스런 어조로 물었다.

≪나 말인가? 일이 참 맹랑하게 되었어, 잉어지짐우에 앉았던 파리를 쫓아서 5리나 달려갔지. 그제사 그 파리란 놈이 맥이 진했던지 길가 나무에 내려가 앉더군, 그래서 내가 살금살금 다가가 파리를 탁 쳐서 잡은 다음 두 날개쭉지를 쥐고 파리입과 뒤다리에 묻어있는 기름을 빨아먹고 돌아오다나니 그만 늦어지였네. 참 미안하게 되었네.≫

이 말을 듣고있던 서울깍쟁이는 그만 입을 딱 벌리였다. 그는 자리에서 일아나 주인을 작별하지 않을수 없었다.

최창준 구술 / 리종남 정리

솜씨 잰 총각과 처녀

어느 한 마을에 무남독녀로 곱게 자란 처녀가 있었다. 처녀의 인물맵씨 고운것은 이를데없거니와 일솜씨가 하두 빨라서 원근에 소문이 자자했다. 새벽에 일어나자바람으로 삼을 베다가 강물에 불궈낸 다음 인차 삼실을 들여 베틀에 올리고 베를 짜서 옷까지 지어입을수 있다하니 그 처녀의 일솜씨가 얼마나 빠른가 하는 것은 가히 상상할수도 있는것이다.

부모들의 덕행이 올바르고 가문이 깨끗한데다가 집안이 유족하여 처녀한테로 문턱이 다슬 정도로 중매군들이 찾아들었다. 몸짐이 든든하고 마음씨 착한 총가들이 숱해 청혼을 하였으나 처녀는 자기처럼 일솜씨가 빠른 총각을 랑군님으로 섬기겠다고 하면서 하루아침 사이에 한쌍의 논밭에 벼모를 알뜰히 낼수 있는 총각이면 동의하겠다고 조건을 내여놓았다. 아무리 일솜씨가 빠르다고 한들 이렇게 많은 일을 어떻게 순식간에 해재낄수 있단 말인가? 처녀의 높은 요구앞에서 총각들은 슬슬 뒤로 물러서지 않을수 없었다.

그러던 어느 하루였다 남산 저쪽마을에서 살고있는 한 총각이 찾아와 처녀가 내놓은 조건에 응해보겠다고 자청해나섰다. 마침 모를 내는 철이라 처녀는 총각더러 모를 내보라고 시켜보았다.

이튿날 어뜩새벽이 되자 총각은 처녀의 논밭에서 벼모를 꼽기 시작하였다, 옛말에 이르기를 번개불에 담뱃불을 붙인다더니 총각의 일솜씨가 대단히 빨랐다. 혼자서 모를 찌고 자기절로 날라다 벼모를 내는데 일솜씨가 이만저만이 아니였다. 이리하여 해가 중천에 걸리기도 전에 총각은 한쌍의 논에 벼모를 보기좋게 다 내였다.

그런데 모꼽기가 끝난 다음 처녀가 논밭을 돌아보더니 그 총각한테 거절을 할줄이야! 물이 졸졸 흐르는 논고마다 물에 뜬 벼모들이 뱅뱅 돌아가고있었던것이다. 돌아보니 배를 띄운 벼모가 적지 않았다. 총각의 일솜씨가 서툴렀다. 처녀는 총각의 일솜씨가 서투르다고 하면서 총각한테 타박을 주고 돌려보내는것이였다. 무정하고 무정하다. 처녀를 원망하던 총각은 무거운 발걸음을 떼지 않으면 안되였다. 오래동안 처녀를 사모해오던 총각은 락심천만한 나머지 두고 보자. 네가 잘 살면 어느때까지 살겠는가 하고 처녀에게 앙심을 품기까지 하였다.

며칠 지난뒤였다. 처녀가 산나물을 뜯으려 앞산을 향하고있었다. 이 소식을 들은 총각도 처녀를 따라 산비탈을 오르기 시작하였다. 포동포동한 아치솔 같은 고사리며 상긋한 향기를 뿜는 취, 그리고 먹음직한 낙시싹을 찾아 처녀는 한걸음 한걸음 깊은 산속으로 향하고있었다. 중낮이 되자 처녀가 메고있는 광주리가 거의 차가고있었다. 산이 깊어질수록 산나물이 더욱더 먹음직하고 탐스러웠다. 어서 광주리를 채우고 집으로 돌아가야지 하고 처녀는 일손을 부지런히 놀렸다. 이리하여 처녀는 저도모르는 사이에 심심산중 벼랑끝까지 이르게 되였다. 거기에도 탐스런 산나물들이 얼마든지 있었다. 처녀는 부지런히 광주리를 채우느라고 여념이 없었다.

그때였다. 처녀의 앞에 난데없는 총각이 불쑥 나타났다.

《어마나!》 처녀가 기급한 소리를 지르며 손등을 입가로 가져갔다.

《놀라지 말고 나를 쳐다보아라. 내가 도대체 누구인가?》

흰 수건으로 머리를 질끈 동이고 붉은 팔뚝을 걷어 부친 젊은이가 처녀의 앞에 장승같이 버티고서있었다. 젊은이를 유심히 쳐다보던 처녀는 며칠전에 자기에게 거절을 당하고 쫓겨간 총각임을 인차 알아보았다. 그래서 가슴이 섬쩍해지며 처녀가 콩콩 뛰는 가슴을 부둥켜안고 있으려니까

《한쌍의 논에서 몇포기의 모가 뜯게 무어 대단해서 청혼하려 온 사람을 거절해 버린단 말이냐! 네년이야말로 요귀와 다름없는 계집이니 이 세상에서 없애버려야 한다!》

말을 마친 젊은이가 온몸을 발발 떨고있는 처녀를 덥석 그러안아 벼랑아래로 내려 꼰져 메치였다.

그런데 공교로운 일은 그때 발생하였다.

절벽밑에 있는 마을에 늙은 부모님을 모시고 근근득식으로 살아가는 총각이 있었는데 야장간을 벌리고 오고가는 길손들을 위해 소철도 신기여주고 마을사람들에게 농쟁기도 쳐주군 하였다.

그날도 야장간에서 일감을 더듬고있던 총각은 《악-》하고 들려오는 비명소리에 흠칫 놀라면서 절벽쪽을 처다보았다.

《도대체 저게 무엇인가?》

야장총각의 눈에는 아래로 꼰져 내려오는 흰 치마자락이 그저 하나의 큼직한 흰 새처럼 보일뿐이였다. 그런데 점점 가까워오는 물건을 바라보던 야장총각은 그것이 사람임을 단정하였다. 그래서 이글이글한 석탄불에 낫을 버려 자루를 맞추어 가지고 싸리를 베여서 큰 광주리를 튼 다음 벼랑우로부터 떨어져 내려오는 사람을 덥석 받아 안았다. 그것은 눈 깜작할 사이에 벌어진 일이였다.

이리하여 솜씨 빠른 총각과 처녀는 백년해로할 언약을 맺고 금슬 좋은 부부로 되였다 한다.

김춘진 구술 / 리종남 정리

노란 능금

멀고 먼 옛날, 어느 시골에 짐승의 말을 잘 알아듣는 이상한 총각이 살고있었다.

하루는 그가 자기 동네보다 더 살기 좋은 동네를 찾아가려고 말을 얻어 타고 정처 없이 길을 떠났다.

그는 길을 가다가 한 자그마한 개울을 건너게 되였는데 개울옆 수풀속에서 이상한 소리가 들려왔다. 고개를 돌리여 소리나는 곳을 바라보니 어여쁜 새끼붕어 세 마리가 풀숲에서 앗…앗 소리를 지르고있었다. 그러나 이 총각의 귀에는 《우리를 구해줘요. 물속에 넣어줘요.》 하고 우는 소리로 들렸다.

마음씨 착한 그는 말에서 내려 그 불쌍한 새끼붕어를 물속에 넣어주었다. 세마리 새끼붕어는 저마끔 물우에 고개를 쏙 내밀고 말하였다.

《아! 고맙습니다. 이 은혜를 죽을 때까지 잊지 않겠습니다.》

새끼붕어는 말하고 나서 물속으로 헤엄쳐 들어가버렸다.

그는 말을 타고 계속 걸어가는데 문뜩 발아래서 무엇인지 괴로워하는 소리가 들리기에 고개를 숙여보니 커다란 개미 한마리가 있었다.

그 개미의 소음소리는 분명 그에게 《우리 나라의 성곽이 무너져요.》 하는 소리로 들렸다.

그래서 그는 불쌍한 개미들을 해치지 않으려고 길을 에돌았다. 그러자 커다란 개미는 감사하다고 하였다.

《아— 고맙습니다. 이 은혜를 죽을 때까지 잊지 않겠습니다.》

그는 별로 개의치 않게 여기고 산길을 따라 자꾸자꾸 들어갔다. 잔잔히 흐르는 개울도 지나고 새파랗게 우거진 숲도 지나서 커다란 나무가 빽빽이 둘러싼 깊은 산속으로 들어갔다. 문뜩 그의 머리우에서 엄지까마귀가 새끼까마귀들한테 말하는 소리가 들렸다.

《애들아! 인젠 너희들도 저마끔 날아가 살아라. 내 늙어서 더는 너희들을 먹여살리지 못하겠다.》

그리고는 나무우의 둥지를 흔들어 새끼들을 떨어뜨렸다. 가엾게도 엄지에게 쫓겨 떨어진 불쌍한 새끼까마귀들 눈물 흘린다.

《아— 여보십시오. 우리는 날개가 크지 못하여 날지도 못합니다. 또 먹을것도 없습니다. 우리에게 먹을것을 좀 주시고 우리를 둥지안에다 도로 얹어 주십시오.》

총각은 불쌍한 까마귀를 도와주고싶었으나 몸에는 아무것도 없었다. 그래서 먹을것을 찾다못해 하는수 없이 자기가 타고 온 말을 죽여서 까마귀밥을 만들어주었다. 그는 새끼까마귀와 말고기를 둥지안에 넣어주었다. 그때 엄지까마귀는 날개를 퍼득거리며 말하였다.

≪아— 고맙습니다. 이 은혜를 죽을 때까지 잊지 않겠습니다.≫

그는 타고가던 말까지 없애고나니 걸어서 길을 축내는수밖에 없었다. 산을 넘고 또 넘어서 겨우 큰 동네에 이르렀다. 그때 이 동네에는 큰 광고가 여기저기에 나붙어있었다.

≪누구든지 왕님의 사위가 되려면 대궐안에 들어와서 시험을 쳐보라.≫

그는 여러 사람이 말리는것도 듣지 않고 즉시 대궐로 찾아가서 시험을 쳐보게 해달라고 하였다. 때마침 왕님의 따님인 공주가 가만히 내다보니까 차림새가 꼭 시골뜨기 같아서 마음에 들지 않았지만 신하를 불러 시험장으로 가게 하라고 일렀다. 그러자 신하는 그를 데리고 큰 바다가에 이르러서 자그마한 금반지를 하나 바다물속에 던지더니 금반지를 찾아오는것이 첫시험이라고 알려주었다. 신하들은 대궐로 가버리고 그 혼자 남았다. 그런데 아무리 궁리를 짜도 심통한 수가 떠오르지 않았다. 갑자기 멀리로부터 새끼붕어 세마리가 나란히 헤염쳐 그의 앞으로 오더니 그중 붕어 하나가 입에서 금반지를 토해놓았다.

≪인제야 많이 졌던 은혜를 갚게 되였습니다. 우리의 목숨을 살려주신 은혜를 갚기 위해 이 금반지를 드립니다.≫

총각은 기쁜 마음으로 얼른 금반지를 왕님께 갖다 바쳤다. 주제넘은 공주아가씨는 또 어려운 문제를 냈다. 열두부대나 되는 좁쌀을 잔디우에 뿌려놓고 새날이 밝기전에 한알도 남기지 말고 주워다 뜰앞에 쌓아놓으라는것이였다.

인제는 모든것이 다 틀렸다고 생각한 그는 안타깝게 속을 태우고있었다. 그러는 사이에 새날이 점점 밝아왔다. 왕님께 하직하고 다시 길을 떠나려고 자리에서 벌떡 일어나보니까 뜻밖에 뜰앞에는 여태껏 걱정하고있던 좁쌀이 그득히 쌓여있고 그밑으로 작은 개미들이 열심히 좁쌀을 물어오는것이 눈에 띄였다. 그중 큰개미가 그를 향하여 말하였다.

≪인제야 많이 졌던 은혜를 갚게 되였습니다. 우리의 목숨을 살려주신 보답으로 이 좁쌀을 한알도 남김없이 날라다 쌓아놓았습니다.≫

때마침 왕님은 공주를 데리고 이번에야 네간놈이 무슨 용빼는 수가 없지 하고 나와 보니 웬걸 좁쌀은 한알도 흘리지 않고 뜰앞에 쌓아놓았던것이다. 그러자 공주아가씨는 왕님을 보고 말하였다.

≪그렇지만 아버님, 저의 남편이 되려면 아직도 생명의 나무에 가서 노란 능금을 따오는것이 남아있지 않습니까?≫

이것도 두 문제보다도 더 어려운것이라고 여긴 총각은 실망하였다. 세상에 태여나서 듣지도 못하고 보지도 못한 생명나무, 노란 능금! 그것은 하늘에 사는 신선이라도 따오지 못하리라 여기는 그는 풀이 죽어 길을 나섰다. 며칠동안 산으로, 들로, 강으로 돌아다녔어도 찾고저 하는 나무는 없고 다리는 더 걸을수 없이 피로하여서 어떤 나무밑에서 다리쉼을 하였다. 그러자 나무우로부터 뜻하지 않던 노란 능금이 한개 떨어졌다. 뒤미처 까마귀 세마리가 내려왔다.

≪인제야 많은 은혜를 갚았습니다. 우리의 목숨을 살려주신 보답으로 이 노란 능금을 따가지고 왔습니다.≫

총각은 그 노란 능금을 가지고 대궐로 돌아가서 왕님께 바치고 어여쁜 공주아가씨와 결혼하여 잘 살았다고 한다.

김민 정리

삿갓과 손자

옛날 한 고을에 잘사는 부자가 있었다. 어느 하루 그는 장거리에 가 삿갓을 사쓰고 머슴들이 일하는 밭으로 갔다.

날씨가 어찌나 더운지 부자는 삿갓을 벗어놓고 나무그늘밑에 앉아 담배통을 물고 빨기 시작했다. 그런데 한 머슴의 아들이 가까이 오더니 부자의 삿갓을 만지작거렸다.

부자는 거지새끼가 감투를 다치기에 으름장을 놓았다.

≪이놈아 어른의 감투는 왜 다쳐?≫

그 말을 들은 그 애는 무서워하는 기색이란 티끌만치도 없이 대꾸했다.

《난생 처음 보는 삿갓이라 그래요.》

《그래 가지고프냐?》

《가지고싶다면 량반의 감투를 주기나 할게?》

《나를 할아버지라 부르고 내 손자질 하면 줄터이다.》

그말을 듣고난 어린애는 부자를 빤히 올려다 보더니 대답했다.

《어르신님은 누구네 집 손자질을 하고서 이 삿갓을 얻어왔습니까?》

량반은 어린것의 말에 하도 기가 막혀 입만 떡 벌린채 대답을 못하고 앉아만 있었다.

전송고 구술 / 진령 정리

깍쟁이 지주를 골탕먹인 《중》

멀고먼 옛날, 한 고을에 고뿔도 남을 주기 싫어하는 한심한 깍쟁이 지주가 살았다. 그는 돈에 눈이 어두워 날마다 불어나는 재산에도 만족함이 없이 어떻게 하면 더 많은 재산을 모으겠는가고 생각을 굴리였다.

그러던 하루, 자기집 앞을 지나가는 중을 불러들여 극진이 대접하였다. 그것은 중들이 재간이 있어 남들이 하지 못하는 일도 할수 있다는 이야기를 들었기때문 이였다.

며칠 잘 대접하고난 지주는 이만하면 나의 청을 들어주리라 하고 중에게 하루 24시간을 30시간으로 연장시켜 달라고 사정했다.

지주의 말을 다 듣고난 중은 천천히 입을 열었다.

《부처님께선 주인님의 생각을 다 알고있사옵다. 모든것이 주인님께 달렸사 오니 주인님께서 한번만 친히 밭에 나가 쉬지 않고 일하시면 그만큼 시간이 연장될것이옵니다.》

지주는 너무 기뻐서 그렇게 하겠노라고 대답하였다.

≪굶어 죽어가는 머슴들도 나를 위해 하루 20시간은 일하는데 하물며 내가 나를 위해 20시간쯤 한번 일하지 못하랴? 하루가 30시간이 되는 날이면 나는 이세상에제일 큰 부자로 될것이다.≫

이튿날, 욕심쟁이 지주는 꼭두새벽에 중을 모시고 밭으로 나갔다. 락화생을 파기 시작하여 첫 한시간은 일이 흥겹고 재미났지만 두시간이 되자 힘이 들어 잠간이라도 쉬고싶었다. 그러나 자기가 쉬면 머슴들도 쉴것이여서 그런대로 계속 일하였다. 샘솟는듯한 이마의 땀을 간신히 닦고 몇시간이나 일했는가 묻고싶었다.

이때 중의 목소리가 울렸다.

≪어서 일하시오. 아직 세시간도 안됐소이다.≫

지주는 다리가 떨려 그만 땅에 주저앉고 말았다. 그렇지만 워낙 욕심꾸러기라 간신히 일어났다. 괭이질할 힘이 없으니 손으로 파기 시작하였다. 한참후 지주는 죽어가는 소리로 물었다.

≪몇시간이나 되였는지요?≫

중이 대답하였다.

≪아직 네시간이나 더 해야 점심때가 되옵니다.≫

이 말을 들은 지주는 손맥이 풀려 그 자리에 쓰러졌다. 그런데 이상한것은 지주가 쓰러지자 중은 어디론가 가버렸다.

전하는 말에 의하면 실상은 농민이 욕심쟁이 지주의 속심을 알아채고 되게 버릇을 가르치려고 중차림을 하고 찾아갔다는것이였다.

김영학 정리

고약한 량반의 끝장

옛날 한 고을에 어떤 량반이 살고있었는데 어찌나 린색하고 고약하였던지 고뿔도 남을 주기 아까와 하였다.

하루는 조실부모하고 일가친척 없는 총각이 하나가 문전걸식하며 다니다가 량반네 집에 찾아와 밥을 빌었다.

≪대감님, 조실부모하고 문전걸식하는 소인에게 은혜를 베푸시와 들다 남은 찌꺼기나마 배부르게 먹게해 주옵시면 고맙겠나이다.≫

량반은 당하에 복지한 총각애를 내려다보다가 이놈을 이삼년만 먹여 자래우면 평생 부려먹을만 하겠다고 생각되여 하인 불러 밥을 먹인후에 총각애한테 말했다.

≪고생스럽게 다니며 빌어먹지 말고 오늘부터 우리 집에서 잔심부름이나 하며 하루 세끼 따뜻한 밥을 먹는게 좋지 않을가? 십년을 일하면 품삯도 후히 주고 녀종과 인연도 맺어주마.≫

총각애가 가만히 들어보니 그렇게 하면 떠돌아다니며 문전걸식하기보다 호강인데 또 십년후이면 취처까지 할수 있다니 고맙게만 생각되였다.

≪대감님께옵서 루추한 저의 몸을 더럽다 아니 하시고 거두어주시겠다니 그 은혜 각골난망이나이다.≫

이리하여 그날부터 량반네 집에서 별별 일을 다 하며 지냈는데 해와 달이 바뀌여서 어느덧 십년세월이 다 지나가게 되였고 총각애도 장성하여 이제는 산에 가서 호랑이를 때려잡을만큼 끌끌한 총각이 되였는가 하면 녀종도 이제는 옷은 루추하게 입었으나 어여쁜 처녀가 되였다.

고약한 량반이 인제 십년을 언약한 때가 되여서 품삯을 계산해보니 티끌모아 태산이라 그 돈이 천냥은 넘었다. 량반은 궁리끝에 총각을 죽여버리리라 생각을 먹고 총각을 불러 분부하였다.

≪자네가 내 집에 온지도 십년이 되였는즉 량반의 도리로서 어찌 자네한테 일구이언 하겠는고. 자네의 혼례를 치러줄테이니 앞늪에 가서 물고기를 잡아와야 되겠네. 허니 나와 함께 가서 잡아오세.≫

한편 량반은 다른 하인들을 불러 총각을 늪에 데리고 가서 여차여차 하라고 분부를 한후 뒤늦게 늪으로 나갔다.

기실 앞늪에 고기는 많으나 물이 깊어 사람이 들어가면 헤어나올수 없었다. 그리고 늪 한쪽에는 칼로 깎은듯한 벼랑이 서있었는데 그 높이가 십여길은 잘 되였다.

이윽고 총각이 벼랑우에 당도하여 아래를 내려다 보는데 숨었던 하인들이 달려들어 어쩔 사이도 없이 총각을 늪에다 밀어서 떨궈버렸다.

량반은 총각이 다시는 물우에 솟아오르지 못하는것을 보고 이제는 죽었겠지 하고 집으로 돌아가면서 흥얼흥얼 콧노래를 불렀다.

그런데 늪속에 떨어졌던 총각은 본래 물재주가 비상한지라 늪속에 빠지자마자 물우로 다시 솟지 않고 자맥질하여 늪가로 나와서 무성한 갈밭속에 숨어있다가 량반이 집으로 돌아간후 젖은 옷을 쥐여짜 입고는 고을의 한 친구네 집에 찾아갔다. 그후 십여일 지나서 량반네 집에 찾아간 총각은 머리를 조어리며 말했다.

≪대감님, 그간 별고 없으시나이까?≫

총각을 본 량반은 초풍할 지경으로 놀랐다. 분명 물에 빠져 죽는것을 제 눈으로 보았는데 살아서 돌아왔으니 참으로 귀신이 곡할 노릇이였다. 하여 량반이 말도 못하고 입만 벌리고 앉았는데 총각이 다시 말하는것이였다.

≪량반님, 소인이 대감님 덕분에 룡궁에 갔다왔습죠. 룡궁에 가보니 정말 지상에서는 볼수 없는 별천지였습니다. 집들은 모두 금기둥에 은기와들이고 간곳마다 산호 진주가 널려있었고 명월 또한 랑랑한데 백성들 먹을것 입을것 거정없이 놀고 먹고 사는곳입니다. 대감의 은혜 태산 같사와 그 은혜를 못잊어 찾아왔사오니 대감께옵서 뜻이 있으면 여기에서 살지 말고 나와 함께 룡궁으로 가시는것이 어떠하시나이까?≫

량반이 들어보니 과연 괜찮았다. 또한 자기가 어릴 때 천상에는 월궁이요 물밑에는 룡궁이란 말을 귀에 박히도록 들어왔음에랴.

감쪽같이 속히운 량반은 즉시 시중군들을 모아놓고 수궁으로 들어갈 준비를 한뒤 며칠후 늪가에 있는 벼랑바위로 올라갔다.

≪량반님 바로 제가 떨어진 곳이 곧 수궁으로 들어가는 첫대문이였나이다. 어서 대감님께서 앞장을 서시와요.≫

총각의 말에 량반은 생각도 해보지 않고 늪에 풍덩 뛰여들었다. 그런데 난생 처음으로 물에 뛰여든 량반은 수궁은 고사하고 숨이 막혀 두 손만 내여놓고 허우적거렸다. 이 꼴을 보고섰던 총각은 나머지 사람들에게 재촉했다.

≪자 어서 차례로 뛰여내리시우. 주인량반이 어서 들어오라고 저렇게 두손으로 손짓을 하나이다.≫

총각에게 속은 량반집 식솔들은 모두 물에 풍덩풍덩 뛰여들었다. 그런데 총각은 당금 뛰여들려는 녀종을 붙들고말았다.

《아니 거기가 어디라고 뛰여드는거요. 세상에 수궁이 어데 있단 말이요. 자, 어서 집으로 돌아가서 량반의 재산을 가지고 전 나한테 시집오고 난 저한테 장가들어 함께 깨고소하게 살자구.》

총각이 녀자의 손목을 잡고 산아래로 내려끄니 그제야 녀종은 영문을 알고 총각을 따라 내려와 총각과 백년가약을 맺고 잘 살아가더라고 한다.

림차함 구술 / 서종식 정리

삼태자 삼정승

옛날 사처로 돌아다니며 동냥을 하는 한 중이 있었다. 하루는 날이 저물어 한 집으로 찾아들어가니 그 집에는 령감이 혼자 살고있었다.

그날 저녁, 그 집에서 령감과 함께 자는데 중이 한잠 실컷 자고 밤중에 소변보러 일어나니 주인령감이 일어나 앉아 무엇인가 앞에놓고

《요놈, 글 읽어라.》 하며 꼬챙이로 때리는것이였다.

중이 하도 괴이하여 가만히 보니 앞에 놓은것은 마른 인피인데 꼭 어린아이와도 같았다. 주인령감은 이렇게 세번 때리면서 글을 읽으라고 하더니 멍하니 들여다보다가 다시 궤짝에 넣고 열쇠를 채우는것이였다.

그 이튿날, 중은 엊저녁의 그 마른 인피가 어떻게 된것인가 물어보기 무엇해서 령감에게 왜 이렇게 혼자 있으며 자식들은 다 어디에 갔는가고 물었다. 그러나 주인령감은 그저 혼자 이렇게 산다고 얼버무리면서 애당초 진말을 하지 않았다. 한번 더 볼수밖에 없다고 여긴 중은 그날도 돌아다니다가 저녁에 또 그 집으로 갔다.

그날 밤, 중이 일찍이 자리에 누워서 기다리는데 아니나다를가 주인령감은

한쪽에 누워서 자는것처럼 하더니 밤중이 되자 일어나더니만 또 그것을 꺼내여 때리며 글을 읽으라는것이였다. 이상하게 생각되나 억지로 물어볼수도 없었다. 주인령감에게 남한테 말못할 사연이 있겠다싶어 그 이튿날 중은 그집을 떠났다.

중은 사처로 돌아다니다가 삼년이 지난뒤 또 그 마을 령감의 집으로 찾아들어갔다. 그날밤도 밤중이 되여 중이 살펴보니 주인령감은 또 예전처럼 마른 주검을 꺼내 앞에 놓고는 때리면서 글을 읽으라는것이였다. 중은 마른 주검이 불쌍하게 생각되여 주인령감이 변소를 나간 틈을 타 궤짝을 열고 그걸 꺼내가지고 도망쳤다.

그 뒤 중은 좋은 자리를 찾아 그걸 묻어주고 아무골 아무개의 아들묘라고 비석까지 세워주었다.

그런데 몇년이지나 시골에 내려오던 한 원님이 과년한 딸을 데리고 그곳을 지나게 되였다. 그들이 그곳에 도착하였을 때였다. 가마에 앉은 딸이 갑자기 배가 아파 죽는다고 야단이였다.

하인들이 그를 내려다가 산모퉁이에 눕혀놓았더니 하참 구을면서 죽는다고 야단치다가 그 자리에서 잠이 들었다. 한식경이나 자고난 딸은 툭툭 털고 일어나더니 인젠 일없으니 가자고 하였다. 그리하여 그길로 시골로 내려왔는데 몇달이 지나니 그 딸의 배가 점점 불러갔다. 나중에 볼라니 아이를 밴것이 틀림없었다.

아버지는 딸이 가문을 망쳤다면서 아예 죽이려고 하였다. 그러자 딸은 죽는것은 일없으나 내말이나 듣고 죽여달라면서 사연을 이야기하였다.

≪저의 배가 부른것은 누구를 봐서 부른것이 아니옵니다. 우리가 시골로 내려올 때 제가 산모퉁이에서 배아프다 하지 않았사옵니까? 그때 제가 산에서 구을다가 잠이 들었는데 꿈에 어떤 총각이 와서 하는 말이 < 우리 이렇게 만난것은 하늘이 낸 인연이요>라고 합디다. 그래서 그때 동품한 일밖에 없습니다. 그런데 이렇게 배가 부르니 저도 어찌된 영문인지 모르겠사옵니다. 그리하오니 아버지께선 알아서 처리하옵소서.≫

그 말을 들은 아버지는 그 이튿날 딸이 누웠던 산모퉁이에 가 보았다. 그랬더니 딸이 누웠던 자리 우쪽에 자그마한 묘가 있는데 비석에는 아무 골 아무 령감의 아들 묘라고 씌여져 있었다. 보아하니 딸이 꿈에 이 묘의 총각과 동품하여서 아이를 밴것이였다. 딸의 말대로 하면 과연 하늘이 한 일이니 다른 방법이 없었다. 또 딸이 평시에 다른 남자들과 만난적도 없으므로 딸의 말을 믿는수밖에 없었다.

그후 달이 차서 딸이 아이를 낳았는데 웬걸 삼태자를 낳았다. 백날이 지난 뒤 아버지는 먹을것 입을것을 많이 갖춰서 딸에게 주면서 너는 그 집 며느리고 아이들도 그집 손자니 모두 그 집으로 가라고 하면서 시골령감네 집으로 보냈다.

하루는 시골령감이 문밖에 앉아있노라니 웬 행차가 오는데 가마를 앞세우고 오는 품이 굉장하였다.

(저기 오는 저 행차는 잘도 꾸려오는구나. 나도 아들을 낳았지만 저런 광경도 못보는구나.)

시골령감이 이렇듯 한숨을 짓고 있는데 그 행차가 바로 자기 집앞에 와서 멈추는것이였다. 너무 뜻밖의 일이라 령감이 무슨 영문인지 몰라 어리둥절해있는데 짐군 하나가 다가와서 아무 로인이신가 공손히 묻는것이였다. 로인이 그렇다고 하자 가마에서 새 색시가 아들 셋을 업고 안고 내려오더니 령감에게 깍듯이 절을 올리며 말하였다.

《아버님, 며느리와 손자들이 인사를 올립니다.》

《아니, 나에게 무슨 며느리며 무슨 손자란 말인가? 사람을 잘못 찾아오지 않았나?》

《아닙니다. 기실은 이렇게 된 일입니다.》

그 색시가 사연을 자초지종 이야기한즉 령감은 꿈을 꾸듯이 멍해있더니 두 눈에서 눈물이 비오듯 쏟아지였다.

《예전에 웬 중이 와서 몇번 자고 가면서 내 아들을 가져가더니…》

바로 이 무렵에 그 중이 또 이 집을 찾아왔다가. 마침 그들의 광경을 목격하고 나서 말했다.

《령감님, 반갑겠습니다. 일전에 난 그것이 하도 불쌍하여 령감님 몰래 가져다가 묻어주었더니 이런 경사가 생겼으니 나도 반갑습니다.》

《아, 대사님, 마침 잘 오셨습니다. 난 그때 대사님을 붙잡으면 생사결판을 내려고 하였습니다. 그러나 덕분에 오늘 이렇게 며느리에 삼태자 손자까지 봤으니 이 은혜를 어떻게 갚겠습니까?》

《은혜는 무슨 은혜라고 그럽니까? 다 령감의 복이지요. 그런데 그 아이는 어떻게 된 사연인지요?》

≪예, 내 오늘 죄다 이야기하지요. 원래 내 슬하에 자식이라고는 그놈이 하나였는데 나서 얼마 안되여 제 에미가 죽자 내가 대신 키웠습니다. 그런데 그 애가 나이가 들어서 서당에 보냈더니 글쎄 놀음만 탐하고 공부를 안하겠지요. 그래 하루는 집에 가둬놓고 어디도 못가게 하며 공부를 하라하였더니 어떻게 된 영문인지 그날 저녁부터 앓기 시작하더니 백약이 무효라 열흘도 못되여 죽고말았습니다. 난 너무도 원통하고 기가 차서 내다 묻지 않고 아랫목에다 그대로 놔두었습니다. 그랬더니 그렇게 말라버렸겠지요. 그후 가져다 버리자니 차마 버릴수 없어 궤짝에 넣어두고 밤이면 꺼내보군 했는데 훗날 대사님이 가져갔지요. 그때 나는 공부를 시키려다가 자식을 죽인 일을 생각하면 너무도 속이 타 그렇게 죽은 아이를 공부하라고 때렸던것입니다≫

≪아, 그렇게 된 일입니까? 그러나 그 아들의 덕분에 인젠 복을 누리게 됐으니 기쁜 일입니다.≫

≪예, 모두가 대사님의 덕분이웨다.≫

이처럼 며느리와 삼태자손자를 본 령감은 만년에 복을 누리면서 오래오래 살았으며 삼태자는 커서 똑같이 삼정승이 되였다 한다.

리분선 구술 / 리장수 정리

소의 침도 거름이라네

먼 옛날 한 고을에 부자와 농부가 이웃을 하고 살았다. 부자는 제것이라면 고뿔도 남에게 주기 아까와하고 남의것이라면 황소라도 통째로 제주머니에 쥐여넣으려고 헤매는 욕심쟁이였다.

어느 하루 부자네 집 소가 외양간서 뛰쳐나오자 이웃집 농부네 밭에 뛰여들어 한창 자라고있는 옥수수를 뜯어먹었다.

이것을 본 농부는 황소를 끌고 부자집으로 찾아갔다.

≪여보세요, 소를 어떻게 매였기에 남의 곡식을 다 뜯어먹게 했습니까?≫

부자는 불룩한 황소의 배를 툭 치며 대수롭지 않게 말했다.

≪거참, 한심하기루. 초복전의 곡식엔 소의 침이 첫째가는 거름이라는걸 자네 몰랐나?≫

이 말을 들은 농부는 상투끝까지 치밀어 오르는 분을 꾹참고 집으로 돌아왔다. 돌아와 생각하니 억울하기가 그지없었다. 그래 자기집 황소를 풀어내여 부자집 밭머리에 놓아버리고 버드니무밑에 앉아 지켰다. 이윽고 해가 서산에 나불나불 할 때 농부가 가보았더니 자반이 되게 자란 옥수수를 소가 뭉청뭉청 뜯어먹어버렸었다.

(이만하면 봉창하구도 남음이 있다.)

농부는 홍얼홍얼 콧노래를 부르면서 소를 몰아 집에다 매놓고 부자놈을 찾아갔다.

≪부자님, 그만 소가 뛰쳐나와 옥수수를 절반 먹었군요.≫

부자는 또 자기 소가 뛰쳐나가 농부의 옥수수를 먹은줄로 알고 대수롭지 않게 대꾸했다.

≪그런것쯤은 별일 없다 하지 않았나. 초복전 곡식에 소의 침은 거름이 된다고 내 벌써부터 말하지 않던가!≫

≪아니, 우리 집 소가 어르신네 옥수수를 먹었단 말입니다.≫

이에 부자는 노발대발하여 펄펄 뛰였다.

≪무엇이? 우리 집 곡식을? 송아지는 어떻게 매놓았기에 우리 집 옥수수를 다 뜯어먹었나?≫

≪주인량반, 초복전에 푸르싱싱하게 더잘 크라고 옥수수에 거름을 주었는데 잘못되였습니까?≫

이에 부자는 말문이 막히여 아무말도 못하고 꺽꺽거렸다.

김경선 구술 / 진승기 정리

죽을 고비를 세번 겪은 총각

조선 강원도 한 깊은 산골에 아들 하나를 둔 량주가 살았다. 그 애의 이름이 한림이였는데 태백산줄기의 정기를 담아서인지 남다르게 굳세였고 더구나 총명이 과인하여 어릴적부터 동네분들의 칭찬을 한몸에 받아오고있었다. 아들을 출세시켜보겠다고 량주는 사시장철 마른일궂은일 가리지 않고 일을 하지 않으면 안되였다.

아이가 섬이 들자 량주는 마을에서 십리 떨어진 서당에 아들을 보냈다.

그러던 어느해 여름이였다. 서울에서 과거시험을 치른다는 소식이 골짜기에도 전해져왔다. 어릴적부터 출세의 큰 뜻을 품고 부지런히 공부를 해온 한림이도 올해 과거에 참가해보겠다고 벼르고있었다. 시험날자가 닥쳐오자 돈 많은 집 아이들은 서울을 향하여 하나둘 떠나가건만 째지게 가난한 한림이네 집에서는 로자를 준비하지 못해 제시간에 아들을 떠나보내지 못하고있었다. 안타까운 나날속에 하루이틀 미루는데 이 딱한 사정을 알게 된 동네 어른들이 한푼 두푼 도와서 겨우 로자를 장만하게 되였다. 이리하여 김치이파리에 주먹밥을 지어 등에 지고 한림이도 머나먼 길을 떠났다. 과거시험을 잘 치르고 꼭 출세하라고 마을사람들은 산마루 고개길까지 나와 오래오래 손을 흔들어주는것이였다.

서울길은 멀기도 하였다. 이틀길만 더 걸으면 서울에 도착하리라. 믿고있던 어느 하루였다. 한림이가 한창 길을 걷고있는데 자그마한 골목 저쪽으로부터 눈먼 장님이 걸어오고있었 다. 대여섯명 되는 까불이 아이들이 그 장님을 놀려대고있었다. 그중 비단옷을 입은 한 아이가 쪼르르 달려가더니 장님이 짚고있는 지팽이를 나꾸어채 가지고는 길옆 수렁창에 처박아넣는것이였다. 지팽이를 잃은 소경이 두 손을 휘저으며 이쪽저쪽 비틀걸음을 치다가 그만 돌부리에 채이면서 허리를 치는 구렁창에 구을러 들어갔다.

≪사람 살리우! 사람 살리우!≫

≪고얀놈 새끼들!≫

이모든 광경을 빠짐없이 목격하던 한림이는 부리나케 아이들을 향해 뛰여가 봉사의 지팽이를 대동댕이친 아이를 찾아 멱살을 틀어쥐였다.

≪못된놈의 새끼, 어른을 괄시해도 분수가 있지!≫

한림이는 그애의 귀쌈을 한대 갈겨놓았다. 그바람에 까불이 아이새끼들이 겁을 집어먹고 뿔뿔이 달아나 버렸다. 한림이는 소경을 수렁창에서 끌어내여 길가에 있는 물도랑에서 옷을 빨아주고 몸까지 깨끗이 씻어주었다.

≪천하에 이런 변이라구야, 오늘 귀인을 만나지 않았더라면…≫ 하고 장님은 연해연송 이 몇마디를 곱씹는데 눈에서 눈물이 줄줄 흘러내렸다.

한림이는 그 봉사를 근처에 있는 음식점에 데리고 들어가 점심요기도 시키고 함께 려인숙에 들기까지 하였다. 온몸을 부들부들 떨고있던 봉사가 저녁녘이 되니 제정신이 드는지 한림이를 향하여 물었다.

≪젊은이는 도대체 어디로 가시는 길이요?≫

≪소년 불재하오나 지금 서울 과거보러 떠난 길이올시다.≫

≪젊은이 마음씨 착하기 한량없고 가슴속 품은 뜻 원대하오. 지금 자네에게 장래의 운수를 점쳐볼가 하는데 어찌 생각하오.≫

≪로인님 분부를 듣겠습니다.≫

장님이 입속으로 중얼중얼 외우면서 손에 쥐고있던 저가락같은 참대들을 두 손 모아 마주 비비다가 이윽고 점괘 하나를 내여놓고는 무슨 영문인지 머리를 절레절레 흔들면서 깊은 한숨을 몰아쉬였다. 한림이가 두 눈이 휘둥그래 로인을 쳐다보는데 봉사의 그늘진 얼굴은 좀체로 펴지지 않았다.

≪로인님, 꺼림없이 말해주시면 소년 장차 알아서 처리하리다.≫

한림이도 걱정스런 기색으로 말하였다. 드디여 로인이 점괘를 풀이하였다.

≪내가 오래동안 점을 쳐왔는데 자네 점괘처럼 불길한적은 없었네. 여하간 자네의 진정을 생각해서 점괘를 풀어줄터이니 앞으로 매사에 각별히 조심하도록 하게!≫

≪그렇게 하리다!≫

≪불원간에 자네가 죽을 고비를 세번 넘게 되겠는데 첫째는 화상이고 둘째는 대리명이고 셋째는 살인죄명을 쓰게 될것이오.≫

봉사의 말을 듣고있던 한림이는 손맥이 탁 풀리는듯 했건만 봉사에게 다시 물었다.

≪선생님께서 장차 저에게 세가지 재난이 닥친다고 하셨는데 그런 재앙을

모면할 방도가 없겠는지요?≫

≪화상을 입으려다 마음만 옳게 먹으면 재난을 피할수 있고 대리명을 서려다가 귀인의 은덕을 입으면 살아날수 있고 살인죄명을 썼다가도 이 주머니를 펼쳐보면 알도리가 있을것이네.≫

이렇게 말한 장님은 한림에게 작은 주머니를 꺼내주면서 죽을 고비를 당했을 때 정 방법이 없으면 풀어보라고 하였다.

그날밤 자리에 든 한림이는 오래동안 궁싯거리다가 이튿날 새벽이 되자 장님을 하직하고 다시 서울길에 올랐다.

그날도 황혼무렵이 되자 한림이는 지친 몸을 이끌고 길가 려인숙에 들게 되였다. 대강 저녁을 치르고 웃방에 자리잡고 이불속에 들려고 하던 때였다. 그 집 녀인이 사이문을 바시시 열고 한림이가 든 방안에 발을 들여놓는것이였다.

손기척도 없이 들어온 녀인을 보고 한림이가 깜짝 놀라며 이불로 몸을 감싸는데 스물댓도 안돼보이는 녀인이 사뿐사뿐 다가와 한림이의 담요밑에 손을 찔러보며 말하였다.

≪구들이 차지 않나요?≫

한림이는 녀인에게 곁눈도 팔지않고 바위처럼 굳어진채 침묵을 지키고있었다.

≪오늘밤 우리집 주인도 안계시는데 제가 동무해드리면 안될가요?≫

녀인이 제법 담이 커지여 한림이의 이불깃을 들고 비비고 들어오려 했다.

≪여우같이 고약한 년, 누굴 감히 얼리려고 들어?≫

한림이는 녀인의 하얀 가슴을 탁 밀쳐놓았다.

이쯤하면 젊은 계집도 무안한 나머지 물러나련만 원체 수많은 사내들을 우려먹던 계집인지라 한림이 같이 생기로 넘치는 젊은 미남자를 손쉽게 넘겨버릴 잡도리가 아니였다.

하여 이번에는 계집이 자기 이불을 안고 들어오더니 한림의 곁에 펴놓고는 옷을 훨훨 벗어던지기 시작하였다. 녀인이 미칠 지경으로 되여 한림이의 몸곁으로 육박하는데 불같은 녀인의 몸에서 향긋한 냄새가 숨막힐듯 풍겨왔다. 한림이의 미모에 홀딱 반한 녀인이 온몸에 실한오리 걸치지 않고 한림이의 목을 끌어안으려는 순간이였다.

그때 갑자기 출입문이 벌컥 열리면서 키가 구척이나 되는 사나이가 들어왔다.

며칠동안 집을 떠나갔다던 계집의 남펴이였다. 사나이가 다짜고짜 젊은 계집에게로 달려가더니 풀어헤친 머리채를 움켜쥐고 바당칸으로 내리 끌었다.

≪더러운 화냥년, 내가 멀리 간줄 알았지? 오늘밤 바깥에서 네년의 일거일동을 다 주시했던 참이다.≫

사내는 독수리 병아리 채가듯 계집을 추켜세우며 빰을 한개 갈기는데 야들야들한 볼이 대뜸 큼직한 손자국이 찍히였다.

≪저따위 계집에게 넘어가지 않는걸 보니 손님이야말로 대가 굳은 사내대장부요. 만일 오늘 저녁 손님이 저년과 잡수작을 했더라면 당장 이집에 불을 지르려던 참이였소. 손님의 깨끗한 마음은 알고도 남음이 있소. 자, 지체말고 어서 이 집을 떠나가게! 약소하나마 이 돈을 받아서 로자로 보태 쓰게!≫

이렇게 말하는 사내가 한림이의 손에 은전 두잎을 넘겨주었다.

그 집 문앞을 빠져나오는 한림이의 마음은 감개무량하였다. 한림이는 그 집을 나와 서울길에 다시 올랐다.

하루낮 하루밤을 지나니 어느덧 안개 낀 서울거리가 보여왔다.

그날은 창창한 하늘에 휘영청 둥근 달이 높이 걸린 보름날이였다. 천가만호 창문마다 밝은 불빛이 흘러나오는데 성악산 보인사의 풍경소리가 은은히 들려왔다.

서울거리를 처음 구경하는 한림이는 모든것이 새로웠다. 그는 발길이 가는대로 남쪽을 향해 걸어갔다. 남대문 높은 담장밑에서 유서깊은 주춧돌이며 아름드리 돌기둥들을 어루만지며 깊은 회포속에 잠겨있을 때였다. 갑자기 세명의 거출진 사나이가 나타나더니 다짜고짜로 한림에게 달려들어 머리우로부터 무슨 부대같은것을 덮어씌워가지고는 슬쩍 둘러메고 냅다 뛰여가기 시작하였다.

≪네놈 오늘저녁만은 계집재미를 보고 래일이면 끝장을 보거라!≫

그중 한자가 지껄이는 소리가 들려왔다. 이윽고 그자들이 한림이를 땅바닥에 내려놓았다. 부대를 열기에 밖에 나와 보니 그곳은 으리으리하고 화려한 대청이였다. 사람들이 부지런히 뛰여다니며 한림에게 세수물을 떠온다 새 옷을 갈아입힌다 하면서 부산을 떨었다. 한참 있노라니 푸짐한 밥상이 들어오는지라 온종일 끼니 한번 제대로 채르지 못한 그는 숟갈이 부러지게 밥을 떠먹었다. 우선 굶주린 배부터 달래고 볼판이다.

또다시 한동안이 지난뒤였다. 처음 보았던 거쿨진 사나이들이 들어오더니 한림이를 이끌고 한곳으로 찾아갔다. 출입문을 열고 집안에 발길을 들여놓던 한림이는 깜짝 놀라지 않을수 없었다. 굵은 초를 높이 켠 방안에는 이름 모를 향기가 가득한데 푸른 소나무아래 백학이 깃을 다듬는 병풍앞에 머리를 쪽져 올린 묘령의 소녀가 아미를 숙이고 고요히 앉아있지 않는가?

한림이는 두근거리는 가슴을 진정하지 못한채 그 자리에 굳어지고 말았다. 등으로 출입문을 밀어보았으나 이미 밖으로 채워놓았다.

≪어서 들어오세요≫ 소녀가 고운 눈길을 살짝 들며 은방울같은 소리로 말하였다. 그러나 한림이는 두 눈을 화등잔같이 뜨고 처녀를 뚫어지라고 쏘아볼뿐이였다.

≪총각요, 겁내지 말아요. 여기는 리정승네 댁이애요. 돈 많고 잘 사는 집에서는 딸을 시집보낼 때면 이렇게 액막이를 한대요.≫

≪액막이라니 그게 무슨 소리요?≫

한림이가 그제사 두근두근하는 가슴을 달래며 기여들어가는 소리로 물었다.

≪큰거리 같은데서 생면부지의 총각을 붙들어다 신방에 끌어들인 다음 하루밤 자게하고는 이튿날 관짝에 넣어 한강물에 처넣어 죽여버리지요. 이렇게 액막이를 하면 처녀는 한평생 근심걱정 모르고 잘 산대요.≫

한림이는 가슴이 덜컹하였고 저도 몰래 머리칼이 쭈볏 일어났다.

이때 처녀가 사뿐 일어나 한림의 곁으로 다가오더니 보드라운 손길로 총각의 손을 잡고 침상우로 끌어당겼다. 한림이는 얼이 빠져나간 등신이 되여 처녀가 이끄는대로 하지 않으면 안되였다. 처녀는 폭신폭신한 담요에 비단이불을 펴놓은 다음 한쌍의 원앙새가 노니는 베개까지 준비해놓고 손수 총각의 옷을 벗기기 시작하였다. 총각은 흐리멍텅한 가운데 쓸개가 드나드는듯 제정신을 차리지 못하였다. 마침내 총각을 이불밑에 밀어넣은 다음 처녀도 옷을 훨훨 벗어던지고 맨 알몸뚱이로 총각 곁에 드러눕는것이였다.

하루밤 사이에 만리성을 쌓는다고 깊은 운우지정을 마음껏 즐겨보는 처녀는 총각이 아깝기만 하였다. 서울장안거리를 다 돌아다녀도 이 총각만큼 싱싱한 젊은이를 구경도 못했던 신부였던것이다. 처녀는 완전히 총각에게 반해버리고 말았다.

신선놀음에 도끼자루 썩는줄 모른다고 젊은 남녀가 끌어안고 인간지락을 마음껏 맛보노라니 어느새 자정이 지나고 저 멀리로부터 수탉이 홰를 치는 소리가 들려왔다. 그제야 총각의 가슴에서 물러나온 처녀가 옷들을 주섬주섬 주어입는 것이였다. 한림이도 따뜻한 이불속에서 빠져나와 제옷을 찾아입기 시작하였다. 이때 처녀가 한림이의 손목을 덥석 잡으며 속살거렸다.

≪자나간 하루밤 정을 어찌 잊겠나이까? 당신처럼 잘난 미남을 죽여버리자니 저의 마음 갈기갈기 쩌지는듯 해요. 그러나 그 길은 피치도 못하는 길이니 앞으로 혹시 도움이라도 있겠는지 당신께서는 사양말고 이 물건을 받아주세요.≫

처녀가 주머니를 꺼내주는데 그 안에 숱한 금은보화가 들어있었다.

≪당장 죽으러 가는 놈이 돈을 해서 뭘 하겠소?≫

≪아니예요. 그래도 쓸모 있을테니 받아주세요.≫

그때였다. 출입문이 벌컥 열리며 큰 관같은 궤짝이 들어오는데 그 뒤에는 어제 그자들이 따랐다. 한림이는 변명할새 없이 우악스런 손아귀에 잡치워 그 궤짝안에 들어가고 말았다.

그자들은 궤짝을 메고 어두운 새벽거리를 뛰여가기 시작하였다. 그자들이 궤짝을 메고 한강가에 도착했을 때였다. 궤짝속에 들어있던 한림이가 발길로 궤짝벽을 차면서 소리를 쳤다.

≪할 말이 있으니 날 내놓아주시오!≫

사내들이 궤짝을 내려놓고 뚜껑을 열어주었다. 한림이가 궤짝속에서 기여나와 그자들 앞에 무릎을 꺾으며 꿇어앉았다.

≪내가 리정승네 딸의 액막이로 하루밤 신랑노릇을 한 다음 이렇게 소리 없는 원귀로 죽어버리는데 멀리 계신 부모님들께 기별이나 전해야 하지 않겠소 당신들도 부모를 모신 사람들이니 나의 간절한 마음 알고도 남음이 있을것이요 여기 금덩이 몇개가 있는데 당신들 나누어 가지고 제발 내 목숨만 건져주오.≫

그자들이 주머니를 쏟아놓고 보니 평생을 먹고 써도 그 돈을 다 쓸것 같지 못했다. 그중 년장하다는 자가 한림이의 원을 들어주기로 하였다.

≪그렇게 합세. 돈은 우리가 가지고 자네는 제갈 길을 가세.≫

이리하여 그자들은 빈 궤짝을 한강수에 처넣어 버리고 한림이는 제정신 없이 자기 거처로 돌아왔다.

산눈도 빼먹는다는 서울거리다. 한림이는 두번이나 죽을 고비를 치르고는 아예 두문분출하고 책읽기에만 전심하였다.

드디어 팔월 한가위날 과거를 보는 그날이 닥쳐왔다. 한림이는 남보다 뛰여난 재주로 과거에 급제하였다. 평생의 청운의 길이 트인것이다. 한림이는 고향 부모님들께 경사스런 소식을 띄우고 장원급제한 방이 나붙기를 기다리고 있었다.

그런데 기다리고 기다리는 방문이 내려오지 않았다. 그때 조정에는 세 정승이 있었는데 모두 꽃같은 딸을 가지고 있었다. 그들은 너나없이 한림이를 사위로 삼으려고 욕심을 부리다나니 과거방도 미처 못내고 있었다. 그러던 어느날 허정승네 집에서 한림이를 사위로 삼게 되였다.

잔치날이 되였다. 한림이는 사모관대차림에 기다란 홍포를 입고 허정승의 딸과 성례를 올리게 되였다. 잔치날 밤에 신부방에 든 한림이는 허정승의 딸이 별로 진정하지 못하는것을 발견하였다. 허정승의 딸은 자리에 들기는커녕 부산히 들락날락하면서 궁둥이에 바늘이 꼽히기나한것처럼 도무지 제자리에 앉아 배기지 못하고있었다.

≪참 괴이하군!≫

여기에 필유곡절이 있으리라 생각한 한림이가 어디 조용히 하회를 기다려보자 마음먹고 밖에 나가 산책하고 있었다.

바로 그때였다. 신부방에서 ≪악!≫ 하는 비명소리가 들려왔다. 화뜰 놀란 한림이가 부리나케 신부방에 들어가보니 신부의 목에 시퍼런 칼이 꽂혀있지 않겠는가? 너무도 황급한 나머지 한림이가 허둥지둥 뛰여나오는데 때는 이미 늦었다. 장승같은 세 사나이가 뛰여들더니 한림이를 붙들어냈다. 이리하여 허정승의 딸과 백년가약을 맺던 그날 밤에 한림이는 살인죄를 쓰게 되였다. 이리하여 한림이의 목을 자르는 날이 각일각 닥쳐오고있었다.

한림이가 죽는 사람도 속말은 할수 있지 않느냐고 소리를 지르면서 가슴에 품고있던 빨간 주머니를 꺼내들었다. 죽을 고비에 이르러 정 방법이 없으면 꺼내보라던 장님의 그 주머니였다. 주머니안에는 누런 종이 한장 들어있는데 흰 백자 세개가 씌여있었다. 이윽고 누런 종이를 사람들이 돌려보아도 그 뜻을 풀이하는 사람이라고는 없었다.

그러던 어느날이였다. 리정승의 딸이 수심에 잠겨 자기의 아버지에게 물었다.

《아버지께선 날마다 한숨을 지으며 수심에 잠겨있는데 도대체 무슨 영문이옵니까?》

《한림이란 총각이 무고한 살인죄를 지어 사형에 처할 림박에 흰 백자 세개를 쓴 누런 종이를 꺼내들었는데 뜻풀이하지 못해 걱정하고 있는 중이다.》

《참, 아버지두, 그 뜻도 몰라요? 그것은 황백삼이란 뜻이야요. 황백삼이란 놈이 허정승의 딸을 죽여버렸어요!》

그제사 리정승은 무릎을 탁쳤다.

(그럼 그렇겠지. 설마 한림이가 자기의 애처를 죽였을라구? 여기에는 꼭 무슨 곡절이 있을것이다.)

이렇게 생각한 리정승이 사람을 풀어 허정승의 딸이 참사한 과정을 파기 시작하였다.

본래 허정승의 집에는 황백삼이라는 하인이 있었는데 수선 그놈을 붙들어다 결박을 지우고 취조를 들이댔다. 그자는 곤장 스무개도 넘기지 못하고 사실 내막을 털어놓기 시작하였다.

황백삼이란 놈은 허정승의 집에서 오래동안 일해온 하인인데 몸이 건장하고 눈치 빠르고 글도 좀 배워 글귀도 대수 읽은 놈이다. 이자가 언녕 허정승의 딸과 눈이 맞아 낮이면 제일을 하고 깊은 밤중이면 허정승의 딸을 찾아 한이불속에서 뒹굴군 하였다. 그러던중 허씨 딸의 잔치날이 닥쳐오자 황백삼이란 놈은 앙심을 품고 한림이를 죽여버리려고 결심하였다. 그리고는 허씨네 딸과 도망하기 위해 담장을 뛰여넘을 바줄까지 다 준비해두고 있었다.

아니나 다를가 잔치날 저녁이 되자 허씨네 딸도 진정하지 못하고 계속 들락날락하고있었다. 밤중이 되자 신부방을 슬금슬금 걸어나오는 그림자가 보이기에 퇴마루밑에 숨어있던 황백삼은 그 그림자를 신부로 알아보고 슬그머니 신부방으로 뛰여들어갔다. 그놈은 신부방에 들어 벽을 마주해 누워있는 사람의 목에 칼을 힘껏 박았던것이다.

사실의 진상은 밝혀졌다. 그리하여 살인죄를 면한 한림이는 되려 리정승의 사위로 되였다.

잔치날, 신부방에 들어서면서 리정승의 딸의 얼굴을 쳐다보던 한림이는 눈물이 와락 쏟아졌다. 액막이를 할 때 돈까지 주면서 목숨을 구해준 처녀가 바로

눈앞에 앉아있었던것이다. 한림이는 그 익숙한 얼굴을 보자 무작정 달려가 신부
의 두손을 으스러지게 꼭 잡았다.

김춘선 구술 / 한택은 정리

≪왼쪽이다, 왼쪽!≫

멀고 먼 옛날, 어느 한 마을에 고씨성을 가진 부자가 살고있었다.

그는 어미와 아비의 피를 어떻게도 신통하게 나눠가졌던지 마치도 돌각담속
에 끼워 자란 조롱박같은 몰골인데다가 속통은 먹같이 시커멓고 욕심은 밑굽
빠진 항아리처럼 무한정해서 늘 남의걸 빼앗다 자기의 아흔아홉섬에 보태여
백섬을 채우는 인간이였다. 게다가 공것을 좋아해 남의집 두엄무지에 난 똥버섯
도 기어이 떠다 제집 두엄무지에 옮겨놓는 천하 없는 욕심쟁이였다.

하루는 그 마을의 청수라는 사람이 고부자에게 돈꾸러 갔다. 청수는 고부자가
어떻게 엉큼한 놈이라는것을 번연히 알면서도 할수 없이 퇴마루에 이마가 닿도
록 머리를 조아리며 사정했다.

≪나으리, 돈을 좀 꾸어주시와요. 마누라가 중병에 걸렸는데 의원을 보이자해
도 돈이 한푼 없외다.≫

조롱박같은 몰골에 거드름을 잔뜩 괴여 올린 고부자는 청수의 사정을 들으며
속으로 못된 궁리를 꾸며 냈다.

≪나두 한창 돈이 딸리는 형편인데… 하지만 한동네에서 같이 살며 모르는척
할수도 없는 일이구려. 여보게, 우리 이렇게 하는것이 어떤가? 내가 지금 돈
오십냥을 꿔주겠네. 그런데 가을에 가서 서로 내기를 걸어서 만약 내가 지면
그 오십냥을 받지 않고 거기다 십배를 덧붙여 부림소까지 갖춰 자네에게 주고
만약 자네가 지면 자네가 지금 가지고있는 논 다섯마지기를 나한테 넘기게. 어떤
가?≫

고부자는 음흉한 눈길로 청수를 바라보며 물었다.

≪내기라니요? 내기를 어떻게 하시자는 말씀이오니까?≫

청수는 바르르 떨리는 목소리로 되물었다.

≪제마음대로 아무 내기나 가리지 말고 세가지씩 준비했다가 가을에 약정된 시간이 돌아오면 비겨보기로 합세.≫

량심이 구새통같은 고부자의 심보를 몰라서 그런것보다 불이 발등에 떨어진 형편이라 만약 그 요구에 응낙하지 않으면 중병에 걸린 마누라를 살려 낼것 같지 못해 청수는 하는수없이 고부자의 요구에 응낙하고 말았다.

돈 오십냥을 꿔가지고 온 청수는 그후부터 매일 한숨으로 세월을 보냈다. 비록 마누라의 병은 의원을 보여 좀 나았지만 대신 매일같이 조여드는 그놈의 내기근심에 가슴을 조였다.

마누라가 하도 이상하여 웬일이냐 물어도 말할념을 못했고 외동아들 해동이가 무릎을 흔들며 안타갑게 물어도 말할념을 못했다. 그러던 어느날, 집안에 붙박혀 랭가슴을 뜯던 청수는 갑자기 아버지를 부르는 아들의 소리에 밖으로 급히 뛰여나갔다.

≪아버지, 꼭대기를 올려다 보세요.≫

그 소리에 아버지가 고개를 젖혀 올려다보니 아들놈이 백양나무 꼭대기 가지를 타고 앉아 내려다보는것이였다.

≪애, 이눔아! 어찌느라 그 높은델 올라갔느냐?≫

청수는 기겁스레 물으며 빨리 내려오라고 웨쳤다.

≪아버지, 옛날 어른들도 부인에게 말못하는 비밀을 아들에겐 말한다고 했습니다. 소자 나이가 인젠 열세살이올시다. 아버지 마음속의 고충을 이 아들에게 솔직히 말씀해주십시오. 만약 아버지께서 정 말씀하지 않으시겠다면 소자는 당장 떨어져 죽어버리겠습니다.≫청수는 아들놈이 정말 땅에 떨어질 잡도리인지라 할수 없이 돈을 꿔올 때 고부자와 내기를 걸게 된 사연을 자상히 말해주고 말았다.

아버지 말씀을 귀담아 듣던 해동은 손벽을 치며 깔깔 웃었다.

≪아버지, 그까짓 일에 그렇게까지 상심해 하실건 무업니까? 그 일은 이후 소자가 알아서 처리하겠으니 이제부터 아버지께선 아무 근심도 마시고 귀체를

보중하십시오.≫

그리고는 약삭빠르게 나무에서 쭈루루 미끄러져 내리는것이였다.

청수는 어린 아들에게 진상을 곧이곧대로 털어놓고도 그냥 가슴을 앓았다.

그러던 어느날 고부자의 부름을 받고 떠나려던 청수는 아들에게 제지당하였다.

≪이눔아, 어른들도 난감한 일을 네가 어떻게 해낸다고 맹탕 헤덤비는거냐?≫

≪안심하세요. 소자가 꼭 이기고 수레에 돈을 가득 싣고 집으로 돌아오겠으니까요.≫해동은 말을 마치고는 뻔질나게 고부자네 집으로 달려갔다.

청수는 열세살 나이의 어린것이 제잡담 접어드는것을 보고 억이 막혀 그 자리에 털썩 주저않고 말았다.

종주먹을 부르쥐고 단숨에 고부자네 집까지 달려온 해동은 고부자의 속통처럼 시커먼 대문을 활짝 열어제끼고 고추 고부자가 틀고 앉아있는 퇴마루 앞으로 다가서며 인사를 올렸다. ≪어르신님의 분부대로 왔소이다.≫

썩 오래전부터 팔을 걷어붙이고 잔뜩 벼르고 있던 고부자는 뜻밖에 보솜털도 채 빠지지 않은 애숭이가 와서 큰소리를 치는지라 한참 어리둥절해났다,

≪내기는 네 아버지와 걸었지 네같은 애숭이와는 걸지 않았어. 썩 물러가.≫

≪아니올시다. 부친님의 허락을 받고 왔으니 어르신님은 주저하지 마사이다. 만약 제가 지면 어김없이 논밭을 넘겨드릴테니 그리 아시고 어르신께서도 돈 오백냥을 실은 부림소를 한켠에 세워 두시옵소서.≫

해동은 앞가슴을 쑥 내밀고 퇴마루에 바짝 다가서며 기세 좋게 올리바쳤다.

≪허허, 맹랑한 눔 같으니라구. 정 그러하다면 좋다. 아들이던 애비던 모두 한긁이니깐 꼭 가릴건 없어.≫

고부자는 적수가 애숭이니깐 웃음집이 혼들혼들해서 더욱 자신만만하여 접어들었다.

≪그럼 내가 첫번째 내기를 내놓지. 오늘 아침 내가 저 구름장 우에다 고추를 널어놓았으니 네가 올라가 그걸 걷어가지고 내려오너라.≫

고부자는 턱을 잔뜩 쳐들고 하늘에 동동 뜬 멍석만한 구름쪼각을 가리키며 말했다.

≪네, 소인이 꼭 그리하겠으니 어르신님이 딛고 올라가셨던 사다리를 좀 빌려 주십시오.≫

해동은 고부자의 코앞에 손을 내밀며 말했다.

≪에끼 이눔, 그처럼 긴 사다리를 어떻게 만든단 말이냐?≫

고부자는 눈을 부라리며 뇌까렸다.

≪어르신님이 그만큼 긴 사다리를 만들지 못하셨다면 소인이 이긴걸로 됩니다.≫

해동은 태연스레 말했다.

≪거참, 그렇기도 하구나.≫

고부자는 물에 빠진 놈처럼 연신 푸푸거렸다.

≪그럼 그건 그렇다하고 이번에는 다른 내기를 하자. 저 나의 창자가 몇굽이를 돌았겠느냐?≫

고부자는 으쓱해하며 턱을 잔뜩 쳐들었다.

≪네, 알만하오이다. 소인이 들여다 보니 어르신님의 창자가 삐뚤삐뚤 딱 아홉굽이를 돌았소이다.≫

≪에끼 이눔, 가죽에 덮여있는 속안을 어떻게 들여다보고 안다더냐?≫

≪소인의 말이 틀림없습니다. 어르신께서 정 믿지 못하시겠으면 방바닥에 반듯이 누우십시오. 소인이 칼로 배가죽을 가르고 어르신께서 친히 보시도록 하겠습니다.≫

≪저런 배가죽을 가르면 어떻게 살아?

≪그럼 소인이 또 이겼습니다.≫

≪어이쿠! 정말 그렇구나!≫

고부자는 랑패상이 되여 볼따귀를 연신 실룩거렸다. 한참동안이나 우거지상이 되여있던 고부자는 마지막 내기를 꺼냈다.

≪그건 그렇다 하고 이번에는 나의 머리카락이 모두 몇대나 되는지 알아맞추거라.≫

고부자는 고추같은 상투가 달린 머리를 수굿이 앞으로 내밀었다.

≪내가 얼핏 헤여보니 더 많지도 적지도 않고 꼭 구만구천대입니다.≫

해동이는 고부자의 상투를 마구 헤집으며 헤는척하다 얼른 대답했다.

≪틀렸다 틀렸어, 내 머리카락이 십만대도 넘어.≫

≪아닙니다. 꼭 구만구천대입니다. 어르신께서 내말을 믿지 못하시겠다면 머

리를 이쪽으로 내보내고 목을 문지방에 바싹 붙히십시오. 소인이 나무패는 도끼로 단번에 어르신님의 머리를 찍어내겠으니 함께 헤여봅시다.≫

해동이는 밖에 나가서 나무패는 도끼를 뽑아들고 퇴마루에 올라서며 말했다.

≪에끼, 저런 고약한놈 봤나. 머리를 떼내면 숨은 어데로 쉰다더냐?≫

≪그렇다면 어르신님이 또 졌습니다.≫

해동은 손에 들었던 도끼를 팽개치며 말했다.

≪어이쿠! 인젠 영 졌구나.≫

고부자는 몸체를 문설주에 기대며 더위먹은 소처럼 헐떡거렸다.

≪어르신님, 인젠 소인이 저 돈을 실은 저 부림소를 끌고가도 되겠지요?≫

해동은 툇마루에서 내려서며 물었다.

≪아 아니야, 네가 내기를 꺼내봐. 나두 너처럼 세가지를 다 이기면 우린 서로 피장파장이 되는거야.≫

고부자는 물에 빠진 놈이 지푸라기라도 잡으려는듯이 허우적거렸다.

≪그럼 좋습니다. 어르신님의 요구대로 해드리지요.≫

해동은 도끼가 박혔던 나무패는 목데기에로 쫑드르르 달려가 두다리를 벌리고 소잔등을 타듯이 사타구니에 끼고 앉으며 고부자에게 물었다.

≪보시다싶이 소인이 목데기를 이렇게 깔고 앉았습니다. 내가 지금 다리를 어느한쪽에 옮겨놓으려는데 어르신님이 보건데 어느쪽 다리를 어느쪽으로 옮겨놓을것 같습니까?≫

고부자는 그만 억이 막혔다. 왼다리를 목데기 오른쪽에 옮겨놓는다고 말하면 해동은 틀림없이 오른쪽 다리를 왼쪽으로 옮겨놓을것이요. 오른 다리를 목데기 왼쪽에 옮겨놓는다고 말하면 해동은 틀림없이 왼다리를 목데기 오른쪽으로 옮겨놓을것이였다. 그래서 고부자는 신경질적으로 대답했다.

≪내가 그걸 어찌 알겠느냐.≫

≪그럼 어르신님이 졌습니다.≫

해동은 목데기에서 일어나서 궁둥이를 툭툭 털며 손가락 하나를 굽혀보였다.

≪이번에는 내가 나으리 앞으로 가겠는데 어느쪽 발로 먼저 자국을 떼겠습니까?≫

고부자는 또 말문이 막혔다. 오른쪽 발로 자국을 먼저 뗼것이라고 대답하면 왼쪽 발로 먼저 뗄것이요. 왼쪽 발로 먼저 자국을 뗄것이라면 틀림없이 오른쪽 발로 먼저 자국을 뗄것이였다. 억이 막힌 고부자는 숨넘어가는 소리로 다음의 내기를 재촉했다.

≪그럼 마지막 내기를 합시다. 내가 돈을 실어놓은 저 부림소를 집으로 끌고갈 때 왼쪽에 서겠습니까 아니면 오른쪽에 서겠습니까?≫

해동은 부림소 서있는 곳으로 다가가서 고삐를 풀어 쥐며 고부자에게 물었다.

≪이놈아, 왼쪽이다, 왼쪽.≫

고부자는 아리랑고개를 넘으려는 숨을 억지로 톺아올리며 단말마적으로 고함질렀다..

≪아니올시다. 어르신님, 소인은 오른쪽에 서서 이렇게 몰고갑니다.≫

해동은 부림소의 오른쪽에서 ≪이랴! 가자.≫ 하며 대문을 향해 걸어갔다.

고부자는 부림소를 몰고가는 해동이의 뒤모습을 멀거니 바라보다가 그만 ≪꾸르륵 떨걱≫ 소리와 함께 뒤로 번져지더니 다시 일어나지 못했다 한다.

박승길 정리

인정 있는 개

옛날 어느집에서 개 한마리를 키웠다. 그런데 매일 아침, 주인이 밥지을 때마다 가마가 끓어서 열어보려고 하면 개가 달려올라와선 가마뚜껑을 딛고 서있었다. 개는 아무리 욕하고 때려도 내려가지 않았다.

하루 이틀도 아니고 매일 그러니 주인은 개를 잡아치워야겠다고 생각하였다. 그러던 어느날 주인이 개를 붙잡고 보니 등허리에 털이 군데군데 빠지고 껍데기까지 벗겨져있었다. 참 이상하였다. 뜨거운 가마뚜껑에 올라서면 발이 데겠는데 등허리가 덴것이 이상했다. 주인은 잠시 개를 잡지 않고 그 이튿날 다시 보기로 하였다.

이튿날이였다. 가마가 끓어서 주인이 또 뚜껑을 열려고 하자 개가 또 달려와서 가마뚜껑을 딛고서더니 이날따라 천반을 쳐다보며 짖어대는것이였다. 그래서 주인이 이상하여 천반을 쳐다보니 우에서 무슨 물이 떨어지는것이였다. 맑은 날에 웬 물이냐싶어 주인이 찬찬히 여겨보니 한발이나 되는 지네가 밥짐을 맡고 보장을 타고 기여와서는 오줌을 싼 다음 구석으로 기여가는것이였다.

(이제 보니 지네의 오줌에 등허리가 데여 털이 빠지고 가죽이 벗겨졌구나!)

주인은 너무도 고마워서 개를 안아내려놓고 약을 발라주었다. 말 못하는 개지만 지네오줌이 밥에 들어가면 그 독에 사람이 잘못 될수있다는걸 알고있는것이 고마웠다. 주인은 그 즉시로 장정 몇을 불러다가 사다리를 놓고 천반으로 올라갔다. 올라가 보니 천반 보장에는 지네가 다닌 자리가 반들반들한데 시뻘건 지네가 구석에 처박혀있었다. 장정들이 쇠집게로 지네를 집자 지네는 요동치며 발악하였다. 그러는걸 그채로 기름가마에 처넣어 죽여버렸다.

그후부터 주인은 개를 무척 사랑했다. 그래서 개가 늙어 절로 죽을 때까지 키우다가 죽은뒤에는 산에 가져다 묻어주었다.

그때로부터 사람들은 자기집에서 키운 개를 잡아먹지 않았다 한다.

리분선 구술 / 리광수 정리

당나귀 정씨의 유래

옛날 옛적에 한 국왕이 있었는데 무능한 성질이 괴벽스럽고 포악하였으므로 밤에 울던 아이들도 《국왕이 온다.》 하면 울음소리를 딱 그치였다 한다.

어느 하루, 정씨국 임금은 궁궐로 나오더니 한 신하에게 이렇게 물었다.

《임자는 성씨를 어떻게 쓰노?》

임금의 이 뜻하지 않는 물음에 그 신하는 얼마간 어리둥절해 하였다. 글쎄 그 신하의 성씨도 나라 정(鄭)자와 똑같은 정자였기에 만약 임금앞에서 함부로 말하였다간 목이 날아날것은 불보듯 뻔한 일이요. 그렇다 하여 조상때부터 불러온 성씨를 간다는것도 말이 아니였다. 급한 김에 그 신하는 꾀가 떠올라 임금에게 제꺽 절을 올리고나서 이렇게 대답하는것이였다.

≪존귀하신 폐하, 소인의 성씨는 당나귀 정씨올시다.≫

임금이 들어보니 금시 초문인지라 그 신하에게 그 ≪정≫자를 써서 올리라고 하였다. 그 신하가 쓴 ≪정(鄭)≫자의 모양새는 실로 당나귀 모양새와 신통히 같았다. 그리하여 임금은 무릎을 탁 치며 ≪허허, 과연 당나귀 정자로구나.≫라고 하며 크게 웃었다고 한다.

이로부터 정(鄭)씨 성을 가진 사람이라면 그 본의 여하를 물론하고 모두 당나귀 정씨라고 불리웠다 한다.

리보인 구술 / 고봉천 정리

공짜만 바라는 공복만

옛날 어느 마을에 공짜라 하면 밤중에도 몇십리를 달려가는 공복만이라고 부르는 사람이 있었다.

하루는 공복만이가 장마당에 갔다 돌아오던 길에 한 주막집을 지나가게 되였는데 향기로운 술냄새와 고기굽는 냄새가 코를 찔렀다.

≪야, 거참 한잔 했으면 좋겠다.≫

공복만이는 군침을 석자나 흘리며 자기도 모르게 중얼거렸다.

이때 마당에 나왔던 주막집 주인이 이 말을 듣고 공짜만 바라는 이놈을 한번 골려주자고 마음먹고

≪새로 들어온 공기술이 맛이 아주 좋으니 어서 들어와서 맛이나 보고 가오.≫하며 잡아 끌었다.

공복만은 공기술이라 하니 공짜술이라 하는가 해서 말 떨어지기 바쁘게 주막

으로 들어갔다.

≪아무데 가나 복 있는 놈은 공짜만 생기누나.≫

공복만은 이렇게 중얼거리며 술상을 마주하고 앉았다.

얼마 안되여 주인은 술과 고기를 가져왔다.

≪어쨌든 공짜가 또 생겼으니 양재물이 돼도 먹어보자!≫

공복만은 배가 나오도록 먹고는 없는 수염을 쑥쑥 다듬으면서 렴치도 좋게 ≪오늘 주인덕에 잘 먹었소!≫ 하고 자리에서 일어나 나가려 하였다.

주막집 주인은 너무도 어이가 없어 공복만을 붙잡고 따졌다.

≪아니 술과 음식을 먹고 술값을 내지 않는 법이 어디 있소?≫

≪아니 값은 무슨 값이요. 공짜술이라면서 먹고 가라 하지 않았소?≫

≪아니 이사람아, 내가 언제 공짜술이라 하던가? 공가술이라 했지. 공씨집에서 빚는 술이니 공가술이라 했지.≫

≪아니 여보게, 금방 공짜술이라 하니 먹었지. 그래 공짜가 아니란 말이요?≫

주막집주인은 공복만이를 보고 어이가 차 더 말이 나가지 않았다.

공짜를 위해서라면 렴치도 없는 놈에게 사리를 따질 필요가 어데 있겠나 하면서 공복만의 뒤덜미를 잡고 한번 혼내주려고 주먹을 쳐들었다.

이때 지나가던 손님들이 주막집으로 들어왔다.

≪주인님, 공씨네가 곤 술이 아주 좋다하기에 맛보려 왔수다.≫

여러 손님들은 술상에 들어앉으면서 자기네들끼리 공씨네가 빚은 술이 이미 부근 마을에까지 소문이 났는데 값도 싸고 맛도 좋은 술이라고 하면서 권커니 작커니 마시였다.

이 말을 들은 공복만은 그때에야 자기가 먹은 술이 공짜술이 아니고 공가가 빚은 공가술이라는것을 알아차렸다. 하는수없이 공복만은 처음으로 자기 주머니를 털어 술값을 치르지 않으면 안되였다.

강판시 구술 / 강백룡 정리

량반과 농부댁

　옛날 조선의 어느 한 고을에 량반과 농부들이 살고있었다

　어느 한 봄철이 찾아오자 미리부터 밭갈이준비를 마친 농부가 때를 놓칠세라 밭갈이에 나섰다.

　어느 하루였다. 농부가 밭갈이에 한창인데 량반이 나귀를 타고 이곳을 지나가게 되였다. 지나가던 량반은 문득 나귀를 멈춰세우고 말을 하였다.

　《여보게 농부, 자네 소가 아침부터 밭갈이 하는데 소가 모두 몇발자국을 걸었나?》

　량반의 뜻밖의 물음에 농부는 《헤여보지 않아서 모르겠습니다.》고 대답하는수밖에 없었다.

　이때 량반은 《그럼 그럴테지. 상놈이니깐!》하고 나귀에 채찍질하며 가는것이였다.

　농부는 멀리 사라져가는 량반의 뒤모습만 보다가 방금의 일이 아니꼬와 이날은 일찍이 집으로 돌아왔다.

　집으로 돌아온 농부는 낮에 일 때문에 기분이 상하여 식사를 대충 하고나서 수심에 잠겨 담배만 뻑뻑 피워댔다.

　옆에서 기색을 살피던 안해는 무슨 일이 있어서 식사를 적게 하는가고 물었다.

　농부는 낮의 일을 자초지종 말하였다.

　한참 듣고 난 안해는 《여보, 당신이 래일 밭에 나가서 일하시다가 그 량반이 돌아오거든 《량반의 나귀는 오는 길에 몇발자국을 걸었는가?고 물으시오.》하고 일러주었다.

　이튿날 농부는 예전대로 밭갈이에 한창인데 전날에 가던 량반이 나귀를 타고 돌아오는것을 보았다.

　농부는 량반이 가까이에 오자 《량반님, 전번에 량반께서 나한테 물었으니 오늘 내가 한가지 묻는것이 어떠합니까?》 하고 말을 걸었다.

　량반은 속심으로 너같은 상놈이 물어본들 무슨 어려운 문제겠냐고 생각하고 나서 《그럼 물어보게.》 하고 대답하였다. 농부는 《량반님의 나귀는 오는 길에

몇발자국을 걸었습니까?≫고 물었다.

량반도 대답거리가 없었다. 량반은 집에서 안해가 시켰으리라 생각하였다. 하여 그는 농부네 집으로 가서 그 부인과 한번 겨루어 보리라고 다짐했다.

농부네 집에 도착한 량반은 방문을 열어보니 미닫이가 닫겨지고 정주간에서는 채소를 써는 소리만 들리였다. 량반은 아무리 녀성이 똑똑하기로 나를 이길소냐? 나의 입 절반으로서도 이년을 이길수 있으리라 생각하면서 종이로 입 절반을 막고 한발을 집안에 들여놓으면서 말을 걸었다.

≪집주인 아주머니, 지금 내가 어느 발을 들여놓았겠는가?≫

농부의 안해는 ≪량반님, 지금 나는 무슨 채소를 썰겠습니까?≫ 하고 되물었다.

대답이 궁해진 량반은 분김에 미닫이를 열어제꼈다. 미닫이가 열리자 농부의 안해는 들어오는 손님의 입에 종이가 절반 막혀있는것을 보았다. 농부의 안해는 문뜩 한 꾀가 생각나서 손님을 한번 골려주려고 마음먹었다.

≪량반님, 우리 소는 저녁이면 부뚜막우에서 밭갈이를 하는데 참 곱게 번져놓았습니다.≫

량반은 하도 어이없는 말에 한마디 물었다.

≪그럼, 소가 부뚜막우에 똥을 쏘면 어쩌나?≫ 농부의 안해는 ≪우리 소의 밑구멍엔 종이를 붙혀서 똥을 못 눕니다.≫고 대답하였다.

령반은 분김에 입의 종이를 인츰 떼였다. 이 거동을 본 농부의 안해는 ≪량반님, 빨리 나가시오 우리 소 밑구멍의 종이를 뜯어서 인차 똥벼락을 맞겠어요≫ 하면서 그 량반을 문밖으로 밀어내였다.

김장록 정리

서당훈장과 나무군 총각

옛날 어느 한 시골에 글깨나 안다고 자세를 부리는 골선비가 서당훈장으로 오게 되었다.

어느날 저녁녘, 서당훈장은 소풍하러 마을길에 나섰다. 때마침 나무짐을 산더미같이 지게에 진 총각이 무어라고 외우며 다가오고 있었다.

이 마을에 오자부터 밭갈이하면서도 ≪천자문≫이며 ≪론어≫들을 외우며 배우는 총각이 있다는 말을 익히 들어온 훈장은 대뜸 짐작이 갔다.

(필시 이눔이렸다. 나무군놈이 나무나 할거지, 주제넘게 글은 무슨 글이야, 마침 소풍하러 나온 사람들도 많고 하니 한번 본때를 보여주어 저놈의 코대를 꺾어놔야지.)

이렇게 생각을 굴린 서당훈장은 그 총각을 불렀다.

≪여보게 총각, 이리 오게나.≫

≪무슨 일이 계십니까?≫

총각은 무슨 일인지 몰라 주춤 서며 물었다. 자연 마을사람들의 시선이 이리로 쏠렸다.

≪내 좀 물을게 있네.≫

≪네 그러시죠.≫

≪자네 올해 나이가 얼만가?≫

≪총각은 이미 소꿉놀이 친구들한테서 훈장이 자기를 벼른다는 얘기를 들었는지라 잠간 머뭇거리다가 대답했다.

≪저, 무어랄가요, 하늘은 높아 사람이 없구요, 밭은 하도 넓어 가이 없다더군요.≫

나무군총각은 이렇게 한마디 말하고는 무거운 나무짐을 추스기며 ≪날이 어두워 가봐야겠습니다.≫하고는 떠나가버렸다.

≪허, 쌍놈은 별수 없지, 묻는 나이는 대답 안하구 풍월같지도 않은 풍월만 외우다니, 미친놈이로고.≫하고 훈장은 어이없게 괘씸하여 혀를 끌끌 찼다.

옆에서 이 광경을 지켜보던 한 제자가 ≪스승님, 무슨 <높다>느니 <없다>느니 하는건 한자로써 나이를 말한것이 아니겠습니까?≫ 하고 물었다.

그러자 훈장은 바짝 성을 내면서 제자를 꾸짖었다.

≪원, 당치도 않은 소리!≫

≪여보시우, 남도훈장.≫

소풍군들속에 있던 김초시가 말했다. 워낙 서당훈장은 고향이 충청도여서 마을 사람들은 《남도훈장》이라고 불렀었다.

《왜 그러시우?》

《삼척동자의 말도 귀담아 들으랬다구, 그 나무군총각의 말이 그저 말이 아닌 것 같소.》

《엉?》

《어디 보우, <하늘이 높아 사람이 없다>하니 하늘 <天>자에 사람 <人>자가 없고 나면 남은 글자가 <二>가 아니겠소?》

《옳거니.》

옆에 섰던 정첨지가 철썩 무릎을 쳤다. 그러자 사람들이 욱 몰려들었다. 정첨지는 아주 신이 나서 목청을 높였다.

《<밭이 넓어 가이 없다>하니 밭전 (田)자에 네변이 없는 자라 바로 <十>자가 아니겠소? 그러니 스물이란 말이구면, 그렇지 않소? 남도훈장!》

정첨지가 남도훈장쪽을 돌아보며 물으니 서당훈장은 언녕 뺑소니치고 말았다.

오국안 정리

사위감을 떠보다

전에 한 시골의 농사군이 사위감을 고르게 되였다. 한 중매군의 소개로 사위감을 보았는데 인물, 맵씨 괜찮지만 똑똑한가를 떠보려 하였다.

사위감이 그 집에 와서 점심을 차렸다. 로친은 자기 령감의 국그릇에다는 고기몸뚱이를 담고 장래 사위감의 국그릇에다는 고기대갈과 꼬리만 담아놓았다.

장래 사위감은 자기 국그릇을 보니 고기대갈과 고기꼬리뿐이고 장래가시아버지의 국그릇엔 알몸뚱이가 무덕이 담겨있었다. 총각은 이집에서 자기를 떠보려 한다는것을 알았다. 총각은 저가락을 가지고 국그릇을 휘휘 저어대기만 하였다.

《이 사람아, 왜 식사는 하지 않고 저가락을 휘젓기만 하는가?》

≪요놈의 고기가 이제 금방 긴 꼬리를 휘젓고 달아났는데 꼬리와 대갈만 남고 몸둥이는 어디로 갔는지 보이질 않아서 그 몸뚱이를 찾느라고 이렇게 휘젓습니다.≫

≪아 그런가? 이놈의 고기가 어느새 몸뚱이는 여기에 뛰여넘어왔는가? 이걸 받으라구.≫

장래 장인은 롱담을 받으면서 고기몸뚱이 두토막을 총각의 그릇에 넘겨놓는 것이였다.

점심상을 물린후 장래 장인과 장모가 이것저것 물어보면서 사위감을 떠보다나니 어느덧 해가 서산에 지니까 저녁상이 올라왔다.

총각이 차려 올라온 밥상을 휘 둘러보니까 자기의 그릇에는 오그래죽물에 오그래가 둬개 띄워져있고 장래 장인의 그릇에는 오그래만 수북히 담겨있었다.

총각은 이집에서 또 자기를 떠보는가부다 생각을 하고 오금매기를 풀고는 바지가달을 걷어올리였다.

≪아, 이사람아, 왜 갑자기 바지가랭이는 걷어올리는고?≫

≪아, 그런게 아니라 오그래죽물에 오그래가 보이지 않아 아무래도 죽그릇에 들어가서 오그래를 찾아내야 할가 해서 그러는바입니다 그려.≫

또 저녁상을 물리고 한담을 하다나니 어둑어둑하여지였다. 중매군이 눈치질 하면서 자리를 뜨자고 하였다.

총각은 눈치를 챘으나 모르는체 하면서 차승 떠날 차비를 하지 않는다. 할수없이 중매군이 ≪이 사람 그만 집으로 돌아가자니.≫ 하고 타이르는것이였다.

총각은 ≪전 이집에 집구경이나 하고 로인네를 보러 온것이 아닙니다. 엎딘바하고 절이라고 전 처녀가 코나 오로지 밝혔는가 보고 가겠습니다.≫라고 늘쩡늘쩡 말을 하였다.

장래 장인과 장모가 생각해보니까 과연 그러하였다. 그래서 안주인이 고방의 딸을 불러내였다.

그 집 딸은 총각이 인물, 맵시 잘났지 똑똑하기에 문틈으로만 보던것이 아예 좋다고 대답소리와 함께 미닫이를 열고나와 앉는것이였다.

이렇게 이집에서는 사위감을 세차례나 떠보고 승낙을 하였던 것이다.

김성옥 정리

아라한의 이야기

아라한은 석가모니의 제자들속에서 가장 정직한 사람이였다.

하루는 아라한이 석가모니의 령을 받고 타향으로 갔다가 돌아오는 길에 소담스럽게 여물어 머리 숙인 조이이삭을 보게 되였다.

가을바람에 쏴쏴 소리를 내며 설레이는 조이이삭을 바라보는 아라한은 개꼬리 같은 이삭이 탐스럽게 여겨졌다. 그래서 그는 축 늘어진 조이이삭 하나를 손바닥에 올려놓고 한참 바라보다가 놓았더니 조이알 세알이 손바닥우에 붙어 있었다.

(아차, 이걸 어쩐담. 선생님께서 늘 남의것을 다치지 말라고 하였는데 조이알 세 개나 손해 끼쳤으니 이 죄를 어떻게 미봉한다.)

아라한은 조이알 세개를 쥐고 돌아갔다.

마침 석가모니가 얼굴에 수심어린 아라한을 의심스레 바라보다가 물었다.

≪잘 갔다왔습니다.≫

≪헌데 무슨 일로 속태우느냐?≫

아라한은 손바닥우의 조이알 세개를 스승에게 보이면서 이실직고하였다.

석가모니는 조이알을 보자 말없이 앉아서 무엇인가 생각하더니 조용히 말문을 열었다. ≪네가 농민이 피땀을 흘려 지어놓은 햇곡식을 다쳐서 손해를 끼쳤으니 그 조이알을 먹고 소가 되여 밭임자네 집에 가서 3년간 일해주고 오너라.≫

석가모니는 종이와 붓을 들고 나와 부작을 한장 써서 아라한에게 주었다.

≪이걸 네가 불에 태워 먹어라.≫

아라한이 부작을 태워 먹고 얼마쯤 앉아있으려니 속심은 사람 그대로 있는데 몸은 소로 변해버리는것이였다.

아라한 스승의 분부대로 조이밭머리에 가서 밭임자를 기다렸다.

그때 밭임자는 조이밭에 날짐승이 들지 않았나 걱정이 되여 밭을 돌아보려고 오다가 볼려니 글쎄 굴레벗은 소가 조이밭머리를 왔다갔다 하고있었다.

(어떤 사람이 소를 놓아서 다 먹게 된 곡식을 해치게 하는것일가?)

밭임자가 두 주먹을 쥐고 불이나케 밭머리까지 달려가 보니 소는 조이이삭 하나도 다치지 않고 밭머리를 따라서 빙빙 돌고만 있었다.

밭임자는 산에 가서 칡덩굴을 꺾어다가 소뿔도간이를 매여가지고 ≪이랴!≫ 하고 끄니 소는 주인을 졸졸 뒤따라섰다.

아라한은 이렇게 밭임자의 집으로 끌려가 봄에는 밭갈이, 여름철에는 후치질, 가을에는 곡식을 실어들이고 동삼이면 나무를 끌어내리면서 3년간을 일하였다.

그러던 늦가을의 어느날이였다. 아라한이 마당에 누워서 무심결에 륙갑하더니 주인집에 당장 화가 밀려들것같았다.

이왕지사 3년동안 일해주었는데 당금 닥쳐올 불화를 막아주지 않고 가면 더 큰 죄가 될수 있겠다고 생각한 아라한은 집주인을 불렀다.

≪주인님!주인님!≫

마침 집주인은 낮잠을 자려고 들어누웠다가 밖에서 주인을 찾는 소리가 들려오기에 바지춤을 쥐고 문을 열며 누구냐고 소리를 쳤으나 사람은 보이지 않았다. 혹시 잘못 들었나하여 주인은 또 자리에 누웠다. 잠이 어슴푸레 들가말가하는데 또 밖에서 주인을 찾는 소리가 들려왔다. 그래서 주인은 문을 열고 내다보니 뜰안에는 소가 누워있을뿐 사람은 보이지 않았다. 주인이 이상스레 생각하며 문을 닫는데 또 주인을 부르는 소리가 들려왔다.

(참, 주인을 찾았으면 문을 열고 들어올것이지…)

주인은 이렇게 중얼거리며 마당으로 나가서 사람을 살펴보았다. 그럴때 소가 말했다.

≪주인님, 제가 불렀습니다.≫

주인은 소가 누워있는데로 어정어정 걸어가 의심스레 물었다.

≪네가 나를 불렀나?≫

≪예, 제가 주인을 찾았습니다.≫

듣고보니 세상에 나서 처음 보는 희한한 일이였다.

≪야, 소가 어떻게 말을 한단말이냐?≫

≪네, 저도 말할줄 압니다.≫

≪그래 무슨 일이 있길래 나를 찾았느냐?≫

≪무족지언이 천리를 간다구. 주인께서 근 3년간 큰 부자가 되였다고 가근에 소문이 자자하여 지금 한당무리들이 주인집의 재산을 털어가려고 오고있습니다.

그러니 주인께서는 그들을 접대할 음식을 미리 갖추어놓는것이 좋을듯싶습니다.≫

주인이 하늘을 쳐다보며 인간도 천문지사를 알기 어려운데 하물며 짐승인 소가 곧 닥쳐올 화근을 알고 나를 도와주려고 하는걸 봐서 절대 등한시 할수가 없겠다고 생각하였다.

주인은 방으로 달려들어가 로친을 불러앉히고 상론하였다.

다음날 아침 집주인은 동리의 장년들을 불러다가 돼지를 몇마리 잡고 떡도 몇구시 친다음 술도 마련해놓고 기다리는데 소가 말을 했다.

≪주인님, 한당무리들이 곧 도착합니다. 먹을것을 가지고 마중을 나가야 하겠습니다.≫ 주인은 마을사람들을 불러다가 음식을 지고이고 십리쯤 되는 곳에 가서 길 량쪽에 술과 안주를 차려놓고 기다렸다.

한참 기다리고있는데 머리에 벙거지를 쓰고 칼과 창을 든 한당무리들이 앞에 황기를 펄럭이며 기세가 등등해서 걸어오고있었다.

주인은 맞받아 나가며 한당무리의 두령한테 넓적 꿇어엎디며 인사했다.

≪먼 길을 오시느라고 수고하셨소이다. 오늘 우리 집에 오신다고 하기에 여기까지 마중을 나왔소이다.≫

두령놈은 그말을 듣고 어리뻥뻥해서 어쩔줄을 몰라하는데 주인은 바가지에다 술을 떠들고 어서 마시라고 권했다. 그러자 한당무리들은 저마다 좋다고 술독을 둘러싸고 굽이 날 때까지 바기지들이를 하였다.

초요기가 끝나자 주인은 한당무리를 데리고 집으로 돌아갔다. 두령놈이 대문에 들어서며 바라보니 마당에는 멍석을 깔았는데 상다리가 부러지도록 만반진수를 차려놓고 자기들을 기다리고있었다.

(내가 너의 재산을 털려 오는줄을 어떻게 알고 이 야단일가?)

두령은 이렇게 생각하며 주인이 정해준 자리에 앉아 만포식 하였다.

≪주인량반, 갓마흔에 첫버선이라구 수십년동안 로략질해먹으면서 돌아다니였지만 오늘처럼 후하게 대접을 받아보기는 처음이요. 주인은 내가 집재산을 털려 오는줄을 어떻게 알았소?≫

≪사실인즉 3년전에 저의집 조이밭머리에서 임자 없는 소를 끌어다가 부렸는데 그 소가 갑자기 말을 하기 시작하였습죠. 당신들이 우리집 재산을 털러 온다는 날자를 그 소가 알려주었소이다.≫

《주인량반, 정말 소가 웃다가 꾸레미 터질 소리를 하는군, 소가 말을 하다니, 그런 터무니없는 우스개소리는 그만두구려.》

《제가 어찌 감히 두령을 속이겠소이까!》

주인의 말을 듣고 두령은 두리번두리번 하며 살피더니 대문앞의 소를 보았다. (저놈의 소가 말할줄은 안다구…)

두령은 의심을 품고 누워있는 소앞에 가서 눈을 크게 뜨고 내려다보고 올려다보고 하다가 무심결에 《이놈의 소가 말을 한다구?》 하며 중얼거리였다.

그랬더니 누워있던 소가 머리를 버쩍 쳐들며 말하였다.

《집짐승도 때가 되면 말할수 있지.》

두령은 그말을 듣고보니 과연 주인이 한 말은 사실인바 신선소가 아니고서는 자기의 의도를 알수가 없으리라 생각하고 급히 소앞에 무릎을 꿇고 앉았다. 그랬더니 소가 말을 하였다.

《기실 난 조이알 세개때문에 이렇듯 소가 되여 3년동안 일해주면서 항상 꺼리끼는 마음을 금할수 없다. 하지만 너희들은 간곳마다 로략질만 하니 그 죄를 무엇으로 갚을테냐?》

두령은 소가 하는 말을 듣고 생각해보니 남은 조이알 세개때문에 소가 되여 3년간 일하여 그 값을 갚아주고있는데 자기들은 날마다 간곳마다 남의 재산을 노리고 살인방화를 일삼고있으니 백번 죽어도 마땅한 일이겠군. 그는 머리를 땅에 밖고 눈물을 뚝뚝 흘리며 말을 하였다.

《오늘에야 저의 잘못을 알았습니다. 제발 용서를 바랍니다.》

《회개자책하는 마음이 있다면 나를 따라가자!》

소는 이렇게 말하며 주인더러 필묵과 선지를 갖다달라고 하였다. 소는 앞발에 붓을 끼워넣고 부작을 한장 쓰더니 주인더러 불에 태워 재가 된다음 물 세방울만 떨궈달라고 하였다. 소는 그걸 혀로 핥아먹는것이였다. 그리고나서 한참 있으니까 소의 허울은 온데간데없이 사라지고 금시 준수한 미남자로 변하였다.

한당무리들은 이 광경을 보자 하도 신비하여 모두 엎드려 머리를 땅바닥에 쪼으며

《죄 많은 저희들을 가엾게 살피시와 그 죄를 용서해주십시오.》

하면서 손을 싹싹 비비며 회개자책하였다.

이윽고 아라한이 집주인앞에 가서 3년동안 잘 있다가 간다하면서 인사를 하고 떠나는데 500명 한당무리가 그의 뒤를 따라섰다.

며칠후 석가모니는 아라한의 인사를 달갑게 받고 한당무리를 바라보며 말하였다.

≪이 사람들이 회개자책하는 마음은 있으나 도적놈의 본성은 못 고칠것같다. 이 한당무리때문에 불안했던 세상을 태평하게 하려고 하니 어서 부작 500장을 써서 불에 태워 먹어라.≫

그리하여 아라한은 한당무리를 줄지어 앉히고 돌아가며 부작을 태운 재를 그들에게 먹였다. 그랬더니 그들은 모두 앉은자리에서 돌처럼 굳어져 부처로 변해버렸다.

그때로부터 절당에 500라한이 있게 되였는데 유정사, 불국사 같은 큰 사원에 가면 500라한이 있다고 한다.

김현태 구술 / 강신극 정리

강감찬이 선간장기를 둔 이야기

강감찬은 삼척 키에 얼굴이 꾀죄죄하게 생겨서 볼꼴이 없었으나 속에는 륙정 륙갑(六丁六甲)을 두어 자기 앞일을 환하게 내다볼줄 아는 사람이였다고 한다.

모년 모월, 중원에서 조선을 얕잡아보고 특사를 보내왔는데 이 특사가 조정에 와서 말하였다.

≪조공(朝恭)때문에 내가 귀국에 왔소다. 귀국에 나하구 장기를 두어 이기는 사람이 있으면 ,조공을 삼년간 면제하되 내가 이기는 날이면 조공을 더 많이 바쳐야 하우다. 그러니 장기를 잘 두는 사람을 불러오도록 하오.≫

그때 조선에서 장기를 제일 잘두는 사람인즉 강감찬이였는데 생김새가 꾀죄죄한데다가 또한 키가 3척밖에 안되니 차마 중원특사앞에 상대시키기 딱하였다오. 그래서 조정에서는 나막신바닥에 밑창을 세충 대고 의관(儀冠)을 몇치 더 높혀 치장하고 중원특사가 들어있는 방에 보냈다오.

강감찬이 팔자걸음을 하며 들어오는 모양을 보고설랑 중원특사가 탄식을 하였다오. 《아, 공이 세치만 작았으면 위인이 되겠는데……참 아쉬운데 그래.≫

《공은 불원천리하고 해동에 장기를 둘라 온 사람이 분명하겠수다.≫

《자신이 있으면 두말 말고 여기와 앉아 한수 겨루어 보자구.≫

두 사람은 이렇게 장기판에 마주앉게 되였다우. 몇수를 두다가 보니 강감찬이 지게 되였거든 이 패국을 어찌 모면할가 하고 골머리를 짜며 한수, 두수 깊이 생각하고 말을 쓰는데 해가 지고 날이 저물었단 말이요. 그래서 래일 다시 승부를 겨루어보기로 하고 서로 물러나서 강감찬이 생각해 보니 장기는 진 장기인데 이렇게 되면 나라에 우환거리가 되여 백성들의 질책은 물론이고 조정으로부터 큰 벌을 받아야 할것이다. 이쯤 하면 차라리 내 한목숨 바쳐서 나라의 부담이야 덜어야지.

이렇게 작심을 한 강감찬은 발길을 의농산(儀農山)쪽으로 돌리고 심산유곡을 따라 터벅터벅 걸었다오. 그런데 백호가 길에 쭈크리고 앉아있거든. (야, 이거 참 잘됐군. 이놈에게 잡혀 먹히우면 내 흔적이 없어질터인즉 백호야, 어서 날 한입에 삼켜다우.) 강감찬은 백호앞으로 바싹 기여들어갔다오. 그런데 귀신이 곡할 일이거든. 백호는 그저 두 눈에 초롱같은 불을 켜고 꼼짝하지 않고 앉아 있단 말이거든. 강감찬은 (세상에 이런 일도 있구나.) 생각하면서 백호의 목을 슬슬 만져주었더니 점점 꼬리를 흔들며 다정하게 굴거든. (옛다, 모르겠구나. 한번 죽기전에 호랭이나 타보자꾸나.) 강감찬은 범 잔등에 올라탔더니 귀등에서 휘파람소리가 나도록 범은 쏜살같이 달린단 말이거든. 범이 한참 달리다가 깊은 산중에 와서 떡 버티고 서있지 않겠나. 그래서 강감찬은 범 잔등에서 내려 사위를 망견해보니 앞산 기슭에 반짝반짝 등불이 보이거든. 그래서 강감찬은 그 등불을 향방하고 찾아가보니 일간초옥이 있었다오.

강감찬은 초옥앞에서 발을 통통 구르면서 주인을 찾으니깐 안에서 청의동자가 문을 열고 얼굴을 삐죽 내밀고 어데서 오는 손님인가고 물었거든.

《난 정처 없이 떠다니는 사람인데 길을 오껴서 이곳까지 당도했은 즉 하루밤 류숙하려 하오.≫

청의동자가 안에 들어갔다가 다시 나와서 들어오라고 알리였다오.

강감찬이 안에 들어가 보니 백발로인이 장기판을 놓고 앉아있었다오. 그 백발로인이 강감찬의 차림새를 보더니 ≪보건대 평민백성은 아닌데 무슨 연고로 야밤삼경에 심산유곡에 들어왔소?≫ 하고 물었다오. 강감찬은 중원특사와 장기를 두던 이야기를 했다오. 그랬더니 백발로인이 그럼 그 기상(棋象) 그대로 장기판에 옮겨놓으라고 하였단 말이요. 그래서 강감찬은 그대로 장기판에다 장기쪽을 놓았다오. 백발로인이 장기판을 보더니만 ≪이렇게 되였으니 질수밖에 더 있소? 래일에는 상을 먼저 쓰구 다음으로 말, 포, 차를 쓰게 되면 이길수 있을 것이요.≫라고 한단말이요. 백발로인의 말을 듣고 강감찬이 곰곰이 생각해보니 그말대로 하면 과연 이김직 하였다오. 그래서 백발로인앞에 감사하다고 인사를 깍듯이 하고 밖에 나온 강감찬은 백호가 그냥 문앞에 쭈크리고 앉아있기에 그 등에 올라탔다오. 한참만에 범이 떠나던 곳에 당도하여 강감찬은 범의 등에서 내려 호랑이의 머리를 쓰다듬어주었더니 범이 어슬렁어슬렁 숲속으로 들어가기에 궁내를 바라보고 걸어갔다오.

강감찬이 궁내에 들어가 보니 중원특사가 먼저 앉아있기에 둘은 또 장기판에 붙었다오. 강감찬이 선수를 쓰면서 상을 쓰니까 대방에는 말을 쓰더라나. 강감찬이 말을 쓰니 대방은 차를 쓰고 강감찬이 포를 옮기니 대방은 졸을 내놓았다오. 이번에 강감찬이 차를 밑줄에 밀어놓았더니 중원특사가 눈이 휘둥그래지였다오.

≪공이 어제는 인간장기를 두드니 으늘 선간(仙間) 장기를 둡니다그려. 내가 지었수다.≫

중원특사는 장기판에서 물러서면서 강감찬의 얼굴을 뚫어지게 바라보면서 오른손 엄지가락을 내미는것이였다. 이렇게 되여 조선에서는 중원에 바치는 조공을 3년간 면제받았다

하더군

김현태 구술 / 강극 정리

≪쥐×도 모르는 년≫

옛날부터 손톱, 발톱을 깎아서 함부로 버리지 말라고 전해지는 말이 있었는데 여기에는 이런 이야기가 깃들어있다 한다.

어느 한 마을에 아들 삼형제를 두고 사는 량주가 있었는데 이 주인의 손톱, 발톱을 깎아서 늘 함부로 버리였다. 마누라가 그렇게 말려도 막무가내였다. 그런데 손톱, 발톱을 던질 때마다 늘 쥐란놈이 그걸 주어먹군 했단다.

령감이 하루는 변소에 가서 뒤를 보는데 큰 쥐 한 마리가 앞에 나타나서 엉뎅이를 땅에 대이고 앞발을 살살 비비면서 하는 말이 주인의 수염 한대, 눈썹 한대, 불거불 한대씩만 뽑아달라고 사정을 한단 말이거든. 령감이 말을 듣고 요놈이 뭘 어쩐다구 이러는가 볼려구 요구대로 주었거든 그러니깐 쥐란 놈이 그것을 입에 물고 달아난단 말이요.

그후 며칠이 지나 한식날이 되여 제물을 갖춰가지고 고향땅에 있는 릉묘에 성묘(省墓)를 가게 되였단 말이요. 며칠만에 집에 돌아온 주인이 마당에 들어서니까 큰 아들이 문을 열면서 어떤 놈인가 하며 내쫓았거든.

≪야, 이놈 봐라. 며칠사이에 네 애비도 몰라보느냐?≫

주인은 ≪마누라, 여보 마누라!≫ 하며 불렀다오. 마누라도 마당에 나와서 ≪우리 주인 량반과 비슷한 사람도 있네. 뭘하러 왔소?≫ 하며 거렁뱅이라고 내쫓게 하였다.

주인은 분김에 송사를 걸었다. 재판날에 판사가 집에 쌀이 얼마 있는가? 논은 몇마지기며 어데 있는가? 창고에 무슨 물건들이 있는가? 하고 물었다오. 주인은 한가지도 제대로 대답을 못하였다오. 하지만 가짜주인은 상세하게 줄줄 엮어대였다오. 그래서 주인은 송사해서도 제집, 제 아들, 제 재산, 제 마누라를 찾지 못하고 분김에 정처없이 길을 떠났다오.

몇날 며칠을 가다보니 주인은 산골에 이르렀다오. 해가 서산에 나불나불하면서 떨어진단 말이요. 그래서 인가를 찾아 한 오두막집애 찾아가서 주인을 찾았단 말이요.

한 녀성이 문을 열고 나오기에 주인은 하루만 재워달라고 사정을 하니까 그

녀성이 순순히 들어오라고 하였다오. 그가 살펴보니 딴사람이 없는것 같아 집주인은 어데 갔느냐고 물었더니 혼자 산다고 하였다오.

≪량반은 자식두 있겠는데 어찌하여 방랑객이 되였습까?≫

녀성이 묻자 령감은 자기의 억울한 사정을 죽 이야기하였다. 이 녀성도 령감이 죽고 가정이 불안하니까 산골에 와 사는 신세라고 한탄을 하는것이였다오. 다리 부러진 노루가 한굴에 모인다고 두 사람은 서로 대방을 불쌍히 여겨 눈물까지 흘리고나서 안주인이 저녁상을 바쳐 올렸다오. 그랬더니 바당에서 검정고양이가 상밑에 와서 앉아 상만 쳐다보고있었다오.

다음날부터 령감은 나무를 해다가 도끼로 쩍쩍 패주고 아침에는 재를 퍼내고 불을 피워주었다오. 그 과부는 일을 거들어주는것도 좋았거니와 말동무가 생겨서 좋아하였는가 하면령감은 잠잘 곳, 먹을것이 있어서 좋아할뿐더러 잠자리에 들어 잔등을 석석 긁어주는게 세상별일 같았다오. 게다가 검정고양이가 손자만치 귀여워서 늘 밥상밑에 먹을걸 주고 어데 가나 데리고 다니였다. 3년을 그곳에서 살다보니 로친한테는 물론 검정고양이한테까지 정이 바짝들었다오.

하루는 로파가 ≪령감, 자식이 아무리 불효자식이라 해도 3년간 갈라졌다 만나면 반가와 할게니 찾아가 보구 옵시다.≫라고 하는것이였다오.

그래서 오던 길로 며칠을 걸어서 제집에 도착하고 보니 검정고양이가 따라갔던것이라오. 하지만 령감은 3년전에 괄세를 당하던 일이 선하여서 좀체로 들어가려 하지 않았다오. 그래서 로파가 주인을 찾고 문안으로 들어가는데 검정고양이도 따라 들어갔다오.

로파는 길가던 사람이 갈증이 나서 물 한모금 얻어 마시려고 들어왔다고 하였다오. 그러니 안주인이 로파를 데리고 바당에 들어가자 뒤에 따르던 검정고양이가 용을 쓰면서 후닥닥 온돌우에 뛰여올라가더니만 글쎄 온돌우에 올방자를 틀고앉은 령감의 멱을 물어 치였다오. 그랬더니 그 령감이 한쪽에 벌러덩 나가 쓰러지였단말이오.

이때 마누라가 령감이 죽었다고 방성통곡하면서 령감의 옷을 잡아흔들었다오. 그러자 아들도 모여서 웬일인가 보더니 ≪아버지≫가 쓰러졌기에 역시 통곡을 하였다오. 이때 밖에서 령감이 집안에 들어가 보니 그 란장판국이라 씽 구들에 올라간 령감은 자빠진 녀석의 옷을 벗겨보니 몸에 털이 부스스 난것이 틀림없는 쥐였다오. 령감은 마누라보고 ≪쥐×도 모르는 년≫ 하고 한바탕 욕살을 퍼부었다오.

김현태 구술 / 허창식 정리

육신승천한 양봉래

양정승이 50이 되는 해에 병이 생겨서 직에서 물러나 외금강 세거라고 하는 아담진 마을에 가서 휴양을 하게 되였는데 그때가 불난불한한 춘삼월이였다오.

어느 하루 양정승이 양지바른 대마루에 앉아 춘흥을 즐기는데 춘곤이 나거든. 그래 목침을 베고 누워 잠이 들자 꿈이 왔단 말이야. 꿈에 하늘에서 해가 뚝 떨어져 자기 입으로 들어가는것이였대.

양정승이 눈을 번쩍 뜨고 일어나 앉아 생각하니 분명 대몽인데 득위할 꿈은 아니고 태몽꿈 같은데 자식을 보면 꼭 한자리 할 꿈이거든. (야 꿈이 이러한데 내가 홀몸으로 여기 와있으니 이일을 어쩐다.)

양정승은 꿈은 그냥 던져버리기 아까와서 옷을 주섬주섬 주어입고 대문을 나섰단 말이야. 한참 마을을 돌아다니며 소풍을 하다가 발가는대로 어정어정 가다보니 봉래산밑에까지 가게 되였거든. (옜다, 이왕지사 여기까지 왔던 김에 봉래암에나 올라가보자. 혹시 꿈 새김할데가 있겠는지.)

이렇게 마음먹고 양정승은 강파로운 산길을 따라 헐덕헐덕하며 올라가보니 석판우에 아름드리되는 정자나무가 서있는데 그 밑에 멍석을 깔아놓은 곳이 있단 말이요. 그래서 그는 그곳에 펄썩 주저앉아서 두리번두리번 사방을 살펴보노라나간 바로 옆에 자그마한 절당이 보이는데 중은 안보이구 웬 라삼을 입은 녀자가 물동이를 옆에 끼고 나오거든. 그래서 양정승은 그를 보고 말을 걸었대.

≪여보 녀승, 내 좀 보기오.≫

그 녀승은 웬 사람이 자기를 부르기에 휘청휘청 앞으로 걸어와서 대답을 하였다오.

≪어째서 그러십니까?≫

양정승이 자기 앞에 와 서있는 녀승을 살펴보니 미인은 못되지만 꽤 곱게 생겼거든. 그는 녀승을 불러놓고 그저 쳐다만 볼수 없어서 다시 물었거든.

≪내가 실수를 하겠는지 모르되 내 그대를 보건대 하속같은데 그렇지 않소?≫

≪로인장이 잘 알아보셨습니다.≫ 녀성이 수집어하며 하는 대답이였다.

≪그래 어째서 절간에 와 있소?≫

≪예, 저의 본가는 경주땅에 있습니다. 제가 18세 되든 해에 충주부사의 둘째 며느리가 되여 철모르는 남편과 같이 아기자기 웃는 얼굴로 화목하게 살았어요. 그러다가 글쎄 남편이 병에 걸려 그만 급사하고 말았지요. 이 일이 있은후에 시부모는 제 행실이 불칙하여 누구와 통간하고 남편을 모해하였다고 하면서 검정소에 저를 거꾸로 앉혀 멀리 쫓아버리자고 했어요. 이 말을 듣고 보니 제 마음은 샘물처럼 깨끗한데 그래도 부모앞에는 망신되는 일이 없도록 해야 하겠다 마음먹고 그날 밤으로 시집에서 뛰쳐나와 지금 이 절간에서 중이 되려고 이렇게 와 있는 거지요.≫

양정승이 여자의 말을 듣고 보니 절당에 와서 피신하고있는 사람인데 그의 처지가 가련하기 짝이 없단 말이야. 그래서 양정승이 한숨을 훅 내쉬며 동정을 하는데 여자가 묻는것이였거든.

≪로인장께서는 어떻게 되여 이 험악한 곳에 홀로 오셨어요?≫

양정승이 이 말을 듣고 보니 순진한 여자앞에서 거짓말을 할수가 없단 말이야. 그래서 자기가 꾼 꿈이야기를 쭉 다해주고 혹시 꿈삭임이나 할가하여 오다보니 봉래암까지 왔다고 말했거든.

그랬더니 여자가 얼굴을 붉히고 머리를 숙이며 수집어하는 어태로 말하였거든.

≪듣고 보니 이상한 일인데요. 저도 방금 낮잠을 자다가 내 품에 안겼던 해가 둥실둥실 춤을 추며 승천하는 그런 꿈을 꾸었지요.≫

양정승이 이 말을 듣고 보니 자기가 꾼 꿈은 태몽꿈이고 이 여자가 꾼 꿈은 자식을 보면 크게 득위할 꿈인데 꿈이 신통히 들어맞았단 말이야. 그래서 그 녀자한테 우리 둘이 대몽을 꾸었는데 굼삭임을 해보자고 하였더래. 그 여자가 얼굴에 수색을 띄우고 머리를 숙이더니 수집어하는 어태로 말하였대.

≪어떻게 대몽을 허실하겠습니까?≫

녀자의 뜻을 보니 양정승은 더 애걸할것도 없이 그녀자와 합궁을 하게 되였대. 그랬더니 글쎄 ≪외눈치기가 소뿔에 끼운다≫는 격으로 이 녀자한테 태기가 있게 되여 열삭만에 정말 귀동자를 낳았단 말이요.

아이를 낳아 3일이 되든 날 아침에 녀자가 양정승께 말씀을 올렸대.

≪로인장은 꿈 그대로 귀자식을 보았으니 기쁜 마음 한량 없겠으나 전 이 자식이 득위하고 승천할 때까지 녀승이 되여 페식, 페침하고 삼십년동안 합장불공 하겠으니 오늘부터 유모를 구해다가 이 아이를 키워주시오.≫

이날부터 그 녀자는 삭발하고 봉래암 불사의 중이 되였단 말이요.

이렇게 되여 양정승이 유모를 데려다가 이 아이를 키웠는데 이름을 봉래산에서 생겨낳다고 하여 봉래라고 지었다오

.이 봉래가 오뉴월에 오이 크듯이 쭉쭉 자랐는데 세살을 먹더니 못하는 말이 없이 재잘거린단 말이야. 여섯살을 먹던 해부터 글을 배워주었더니 아주 제법이지. 받아읽을줄 알구, 외워쓸줄 알았단 말이야.

양정승이 이걸 보구 대견하게 생각하여 집에다 독훈장을 정해다가 공부를 시켰는데 이놈이 배우면 배울수록 총명하고 령리하단 말이요. 이렇게 십오세까지 공부를 했는데 사서오경을 다 통달했으니 선생앞에서 더 배울게 없이 되었거든. 그래서 그해 가을에 대과를 보냈드니 글쎄 문과에 급제해서 한림이 되였단 말이야. 이때에 양정승이 봉래를 앞에 불러놓고

≪래일은 과경을 차려야 하겠다.≫

봉래가 이 말을 듣고 아버지앞에 복지하면서 애걸하였단 말이요.

≪저에게도 생모가 있을터인데 어서 어머님이 계시는 곳을 가리켜주십시오.≫

양정승이 이 말을 듣고나서 마음이 아프고 자식이 가련하게 생각되였단 말이야.

≪봉래산에 올라가면 암자가 있으니 그곳에 가서 경주 김씨를 찾아 내 이름 석자를 대면 너를 알아볼것이다.≫

양봉래가 이 말을 듣고 봉래산에 올라가 보니 정말 암자가 있거든. 그래서 그곳으로 찾아들어가 보니 중이 십여명이 있는데 모두다 녀승이란 말이거든. 그래서 주지를 불러놓고 경주 김씨를 만나보게 해 달라고 부탁을 했거든. 이

주지가 양봉래를 올리 보구 내리 보구 하드니 도령이 금년에 몇살이냐고 묻거든. 그래서 열다섯살이라고 대답을 했드니 주지가 말하였다오.

≪주지께서 생모를 찾아온것 같은데 아직 때가 되지 않았으니 섭섭히 생각하지 말구 돌아갔다가 15년후에 다시 찾아와서 생모를 찾아보도록하오.≫

주지는 말을 끝마치고 쥐영쥐영 녀승당으로 들어간단말거든. 이 말을 듣고 멍하니 서서생각하던 봉래는 생전 처음 어머니를 만나보겠다구 가슴을 들먹거리며 찾아왔다가 생모 그림자도 못보구 돌아가야 하니 하두 애수해서 땅에서 발이 떨어지지 않는단 말이요. 그러나 할수 있나, 봉래는 맥없이 터벅터벅 산에서 내려왔단 말이요.

세월이 류수와 같이 흘러 십오년이 되였는데 양봉래 나이 삼십이 되였단 말이오. 봉래 하루는 대청문을 열고 밖을 내다보니 리화, 도화가 만발했는데 봉접들이 붕붕 날아돈단 말이요. 이것을 보니 마음이 산란해진 봉래는 ≪나무도 뿌리가 있고 물도 줄기가 있다.≫는데 내 나이 삼십이 되도록 생모의 얼굴 한번 못 보았으니 이런 불효자가 어데 있단 말인가. 생각하고 하인을 불러다가 금강산구경을 가겠으니 행장을 갖추라고 분부를 했단 말이요.

그래서 봉래는 팔인교에 올라앉아 금강산을 향해 떠났거든. 금강산에 당도한 봉래는 첫날에 자기의 출생지인 외금강 세거리에 묵으면서 아버지 양정승의 애육지정을 회상해보고 다음날부터는 내금강에 들어가 유정사, 장안사를 돌아보구, 사흗날에는 봉래암으로 올라갔단 말이요.

봉래가 암자에 올라가니 십오년전에 만났던 주지녀승이 그를 반갑게 맞으면서 제때에 왔다하면서 불당을 돌려쌓은 토성을 가리키며 시주의 생모 경주 김씨가 불당안에 있다고 한단 말이거든. 양봉래가 이 말을 듣고 하두 괴이하게 생각되여서 그 연고를 알려달라고 주지에게 이야기를 하였더니 그 녀승이 사실대로 말한단 말이요.

≪31년전에 우리 이 암자에 가환때문에 억울한 루명을 쓰고 피신해와있는 경주 김씨라는 젊은 여자가 있었지. 하루는 그 여자가 낮에 대몽을 꾸고 그 꿈을 허실하기가 아쉬워서 물동이를 옆에 끼고 물길러 나가는척하면서 살펴보는데 마침 양정승이라는 분이 암자앞 정자나무밑에 앉아서 이 여자를 불렀다지요. 그래 그 여자가 양정승앞에 가서 인사를 하고 이야기를 주고받는데 알고보니

양정승도 대몽을 꾸고 꿈삭임을 할곳이 없어서 여길 찾아왔단 말이요. 그래서 인연이 있게 된후 열삭만에 정말 귀동자를 낳았는데 무족지언이 천리행을 한다고 이일을 본가에서 알게 되면 패가망신이요 시가에서 알면 잡아다가 반죽음을 해놓고 칠거(七去)에 부칠터이니 차라리 중이 되여 홍천을 떠남이 좋겠다 생각하였다오. 그 여자는 불당에 들어앉아 아들의 행운을 빌어 육신승천(肉身升天)을 원기(愿祈)하리라 마음먹고 지금까지 30년동안을 이 토성안 불당에 앉아있다오. 그런데 그 여자가 30년전에는 그 누구도 이 불당출입을 금하게 해달라고 간곡히 부탁을 했다오.≫

양봉래 이 말을 듣고나서 더 기다릴수가 있어야지. 그때 당장 하인을 불러 토성에 문을 내라고 명을 내렸단 말이오. 양봉래가 터벅터벅 걸어가서 불당에 쌍다지문을 열고보니 백발이 된 녀승이 자그마한 동불상앞에 앉아있드니 돌개바람에 가랑잎이 날리듯이 허공에 떠오르더니 자취 없이 사라지고 말았단 말이요.

양봉래가 어머니 앉아있든 곳에 가서 절 석자루를 하고 눈물을 흘리며 돌아서서 나오는데 문창에 손가락만큼 크게 쓴 글이 눈에 띄였단 말이요. 봉래가 눈물을 닦고 그 글을 읽어보니 ≪개문인 관문인, 관문인 개문인≫이였다오. (이거 참 이상한데 문을 연 사람이 문을 닫은 사람이구, 문을 닫은 사람이 문을 연 사람이다. 그렇다면 나도 어머니를 따라가야 하겠구나.)

양봉래가 이렇게 생각을 하고 하인들 보구 내가 비루봉을 구경하고 오겠으니 너희들이 여기서 기다리라고 하며 혼자 떠났다오. 그런데 몇날 며칠을 기다려도 봉래가 돌아오지 않았단 말이요. 그래서 몇사람이 비루봉에 찾아 올라가다보니 그곳에도 온데간데 흔적이 없도라우. 후에 사람들은 이것을 알고 양봉래가 지성 높은 생모의 현덕으로 륙신승천을 했다고들 말하드라오.

김현태 구술 / 목민 정리

길몽 꾸고 이국부마가 된 토기쟁이

먼 옛날, 어느 한 고을에 토기쟁이가 녀편녀와 살고 있었다. 어느 하루 밤중에 토기쟁이가 벌떡 일어나서 ≪그것 참 이상한데.≫ 하면서 고개를 개웃거리고있는데 녀편녀가 쪼르르 일어나서 무슨 일인가 따지였다. 꿈이 참 이상하다 하면서 남편은 좀처럼 꿈이야기를 하지 않으니까 녀편네가 뽀로통해한다.

≪아이참 꿈을 꾸었으면 이야기는 하지 않구, 왜 나까지 못자게 하는게요. 참 폐로운 사람 다 봤소.≫

≪꿈은 내가 꾸었는데 당신이 상관할게 뭐요. 제 잠이나 잘게지.≫남편이 톡 쏘는 말이다.

녀편네는 이불을 콱 걷어채가며 ≪남의 단잠을 깨워놓구두, 상관하지 말라구. 그게 그래 될 말이우?≫

서로 지지 않겠다고 고집을 쓰는바람에 부부간 싸움이 벌어졌다. 이래서 동네 사람들까지 알게 되였다.

다음날 아침, 토기쟁이는 꿈이야기를 하지 않아서 부부간 싸움까지 하였다는 소문이 가근에 자자하였다.

부족지언이 천리행한다고, 그만 이 말이 고을 원님의 귀에까지 미치게 되였다. 원님이 이 말을 듣고 생각하였다. (돼지자리에 개꿈이라 무엇이 그래 대단해서 녀편네에게도 꿈이야기를 안해주어 싸움까지 했을가? 필경 대몽을 꾼것이겠다.) 원님은 호조를 불러 당장 토기쟁이를 대령케 하라고 령을 내렸다.

이렇게 되여 토기쟁이는 무릎을 꿇고 이마를 땅에 쪼아리며 원님앞에 대령하게 되였다.

≪이놈, 듣거라! 네가 아무곳에서 사는 토기쟁이가 틀림없겠지?≫

≪네, 과연 그러합니다.≫

≪넌 무슨 꿈을 꾸었길래 녀편네에게도 알리지 않아 밤중에 싸움질을 했느냐? 이실직고하거라!≫

≪네, 황송하옵니다.≫

≪그 꿈이야기를 이 자리에서 해보거라!≫

토기쟁이는 이 말을 듣고 한참동안이나 생각을 하더니 ≪예, 꿈은 과연 대몽이 웨다. 황송하오나 여기서는 말 못하겠습니다.≫ 하고는 고개를 푹 숙이였다.

≪이놈, 여기서는 말 못하겠다니, 그래 내 자리가 낮단 말이냐?≫

≪황송합니다. 말 못할 사연이 있습니다.

원님은 대노하여 더 따져 묻지 않고 토기쟁이를 옥에 가두라고 명을 내렸다.

원이 토기쟁이를 옥에 가두어넣고 며칠 생각을 해보니 (이놈이 국사와 관계되는 꿈을 꾼것이 분명하겠다.) 하여 대도호부사한테 사실을 알리는 글을 써서 리방을 시켜 토기쟁이를 부읍으로 압송하게 하였다.

토기쟁이가 부사앞에 꿇어앉아 생각하니 원님앞에서 자리가 낮아 말못하겠다고 한 탓으로 부사앞에까지 끌려왔은즉 한번 더 삐쳐보면 임금앞까지 감직도 하였다.

부사는 바로 눈앞에 꿇어앉은 토기쟁이를 한참 바라보드니 갑자기 호령을 내렸다.

≪이놈, 여기가 어딘지 알겠니?≫

≪네, 황송합니다, 여긴 부사앞인가 봅니다.≫

≪그럼 그 꿈이야기를 이실직고 하거라!≫

≪황송합니다. 이 자리에서는 말 못하겠습니다.≫

이 말을 듣고 부사는 노발대발하여 주먹으로 상을 탁 치며 당장 투옥시키라고 라졸들에게 령을 내렸다. 이렇게 층계층계 오다보니 토기쟁이는 며칠후에는 과연 임금앞에까지 올라가게 되였다. 이 사이에 토기쟁이는 담이 점점 커지고 또한 재미도 텄다.

(이제 한번만 더 배짱 부려보면 알 도리가 있을것이다.) 이렇게 생각한 토기쟁이는 입을 뗐다.

≪페하앞에 알리겠나이다. 사실 소인은 대몽을 꾸었나이다.≫

≪그 몽사를 짐앞에 알리도록 하라!≫

≪황송하오나 이 자리에서는 상주하기 어려운줄로 알리나이다.≫

이 말을 듣고 임금이 분명 일국지부인 자기를 낮추어보고 하는 소리라. 괘씸하게 생각되여 옥에 가두었다가 능지처참이라고 명하고 룡상에서 물러났다.

토기쟁이가 목에 칼을 쓰고 옥중에 앉아 생각하니 당초에 녀편네한테 꿈이야기를 해주었드라면 촌무사, 관무사 했을걸. 층대층대 쳐서 임금앞까지 와서 당장 죽게 되였으니 참 속절없는 공연한 짓을 했다고 후회하면서 어떻게 하면 살수 있을가 궁리하는데 쥐구멍으로 쪽제비란 놈이 나와서 요사스럽게 까불거리며 감방안을 돌아다니드니 토기쟁의 발꿈치를 툭툭 다치는것이였다.

（이 요사한 놈이 내 몸을 다치는걸 보니 분명 내가 죽을 징조가 옳구나. 네놈이 먼저 죽어봐라.） 그는 발로 쪽제비를 밟아죽이고 앉아있었다. 그런데 그 쥐구멍으로부터 또 쪽제비 한마리가 나왔다. 이 쪽제비는 죽은 놈 앞에 와서 빙빙 돌더니 입에서 손가락만큼 긴 막대기 같은것을 게워놓고 입에다 그걸 물드니 죽은 놈의 시체를 오르재이고 내리재이고 세 번을 재였다. 그랬더니 죽었던 쪽제비가 꿈질꿈질 움직이더니 살아서 그 쥐구멍으로 도망쳤다.

토기쟁이는 （저것이 과연 보물이구나.） 하고 생각고서는 번개같이 일어서서 초신을 벗어 그 쥐구멍을 틀어막고 감방안을 쫓아다니며 그 쪽제비를 발로 차서 붙잡았다.

토기쟁이는 쪽제비 입에서 그 신기한 막대기를 빼앗아보니 그것은 원래 여덟 개 모가 난 수정처럼 말쑥한 팔모여의척이란것이다.

토기쟁이는 그 팔모여의척을 몸 깊이 잘 건사하고 우두커니 앉아서 언제 끌리여나가 죽겠는가 하고 기다리고 있었다.

그러던 하루, 이상하게도 궁궐안에서 웅성웅성 불안한 인적기가 들려왔다. （이게 웬 일인가? 나를 죽이자고 이 야단이 아닐가? 당장 죽드라도 알아보고 죽어야지.） 이렇게 생각을 한 토기쟁이는 창문을 뚜드리면서 옥리를 보고 소리를 질렀다.

《여보, 옥리!》

《왜서 부르는거냐?》

《그런데 어째서 궁궐안에서 저렇게 부산을 떠는거요?》

《이놈 봐라 당장 죽을 놈이 그걸 알아서는 뭘해?》

《여보, 옥리, 당장 죽을 사람이 알아보고 죽자는데 그래 그런 원도 못 풀어준단 말이요?》

이 말을 듣고 동정이 갔든지 옥리는 토기쟁이한테 속삭거리였다.

《죽은 사람의 원도 풀어줄라니 산 사람의 원이야 못 풀어주겠나. 지금 이팔청

춘 꽃같은 공주가 급병에 걸려 황천에 가서 저 야단들이란다.≫

≪그거 참, 안타깝고 애석한 일이구만. 여보, 옥리, 나는 별로 큰 재간은 없으되 죽은 사람을 살리는 재주가 있으니 어서 가서 대감께 알려주오.≫

이 말이 형조판서의 입에서 대감의 귀에 들어가고 내명부로부터 임금께 전달되였다. 임금은 룡상밑에 납작하게 꿇어앉은 토기쟁이를 내려다보며 간청을 하였다.

≪신이 공주를 복생시키기만 하면 짐은 천하를 반분해도 억울함이 없겠도다. 어서 곤궁(坤宮)으로 들어가소서.≫

토기쟁이는 귀부인들의 뒤를 따라 곤궁으로 들어갔다.

만화운석우에 얼굴이 피여난 목란꽃처럼 곱게 생긴 공주가 잠자는듯이 눈을 감고 누웠는데 그 옆에는 황후가 목을 놓아 곡을 하고있었다.

토기쟁이는 곡을 하는 황후앞에 무릎을 꿇고 사례를 하고나서 궁녀를 불러 가마에 물을 끓여오라고 부탁을 한 다음 모두다 곤궁을 떠났다가 공주가 복생하면 들어와보라고 하였다.

방안에 모였던 황후와 귀부인, 궁녀들이 다 물러나간 다음 토기쟁이는 몸 깊이 건사해두었던 팔모여의척을 꺼내여 공주의 머리로부터 발끝까지 내리 재인다. 한번을 재였더니 가는 숨소리가 들리고 두번을 재였더니 얼음처럼 차겁던 몸에 온기가 돌고 세번째 재였더니 공주가 눈을 뜨고 방안을 살펴본다. (됐구나!) 토기쟁이는 동분에 더운 물을 퍼다가 공주의 몸을 깨끗하게 씻어주었다.

공주가 개복했다고 밖에 알렸더니 임금과 황후가 달아들어와서 눈물을 흘리며 기뻐 어쩔줄을 몰라하였다.

임금은 토기쟁의 손을 잡고 ≪신이 죽었던 공주를 살렸으니 감사함은 그지없네. 이 은혜를 마땅히 공주가 일생토록 갚아야 할 터이니 신은 나라의 부마공이 되여야 하겠네.≫라고 하였다.

이렇게 되여 토기쟁이는 부마가 되여 황궁안에서 근심걱정없이 잘 살고있었다. 하루는 임금이 친히 부마의 침소에 가서 중원공주가 갑자기 죽었으니 복생술에 능한 해동의 부모공을 급히 중원에 보내라는 천자 (중국의 황제)의 친서를 내여보이며 당장 서경을 향해 떠나가라고 재촉을 하였다.

동해국의 부마가 된 토기쟁이는 팔모여의척을 몸 깊이 간직하고 불원천리하고 서경에 도착하여 이전에 동해공주를 살리든 그 방법대로 하여 죽었던 중원공주를 복생시켰다.

비애속에 잠겨있던 중원천자는 룡연에 환한 웃음을 지으며 죽은 사람을 살렸으니 공주의 일생을 자네에게 맡긴다고 하며 성대한 잔치를 차려 그를 부마로 맞아들였다.

이렇게 되여 토기쟁이는 이국(二國)의 부마가 되였다. 한달가량 그곳에 묵어 있던 이국부마는 동해로 가 살겠다 하면서 중원공주까지 데리고 조선으로 돌아가서 살게 되였다.

어느 하루 두 공주가 방안에 등촉을 밝혀놓고 동해공주는 동분에 물을 담아 이국부마의 왼발을 씻어주고 중원공주는 은분에 물을 담아 오른발을 씻어주었다. 이것을 보고있던 이국부마는 무릎을 탁 치면서 ≪대몽은 대몽이였구나!≫ 하며 이때에야 꿈이야기를 하는것이였다.

≪글쎄 하늘에서 달이 뚝 떨어지더니 나의 왼쪽 옆구리에 와서 떡 붙고 해가 뚝 떨어지더니 내 오른쪽 옆구리에 와서 떡 붙더구만. 놀라서 깨여보니 꿈이 아니겠소. 그러니 당신은 달이고 당신은 해란 말이요. 이런 대몽을 꾼 덕분에 두 나라의 공주와 배필을 맺아 이렇게 부귀영화를 누리게 되였다오.≫

이때 밖에서 떠들썩하는 소리가 들리기에 이국부마가 수하사람을 시켜 무슨 일인가 알아보라고 하였다. 원래 이국부마의 본처가 알고 찾아왔던것이다. 그의 본처는 궁궐같은 집에서 해와 달 같은 두 공주를 데리고 사는 남편을 보고 놀라지 않을수 없었다. 정말 눈앞에 있는 사람이 그래 야장쟁이였단 말인가? 본처는 도무지 믿어지지 않았다. 하는수 없이 상론하여 본처에게 삼간 기와집을 지어주고 금은보화도 나누어주었다.

김현태 구술 / 목　민 정리

호랑이불알 뗀 이야기

옛적에 조선 갑산부근에 나무군 총각이 살았다. 하루는 나무군 총각이 나무를 한짐 해가지고 읍에 내려가 나무를 팔려고 하였다. 나무군이 하두 많아서 늑거리로 팔자해도 힘들었다. 저녁때 가서야 나무를 팔아 돈을 쥔 나무군 총각은 점심도 대수 요기를 해서 시장기 나서 견딜수 없었다. 이전 같으면 나무를 팔아 쌀을 사가지고 제집으로 갔을것이나 오늘만은 술생각이 나서 음식점으로 들어갔다. 술 한사발에 콩나물 한접시를 먹고나니 술생각이 더 간절하여 총각은 또 술 한사발에 두부 한그릇 사서 먹고 밥 한그릇까지 재끼고나니 배가 불쑥하고 딸딸한게 세상이 녹두알만 하였다.

나무군 총각은 제정신 없이 산등성이까지 왔는데 술기운이 솟구쳐 그만 길가에 쓰러졌다. 어느때나 됐는지 물방울이 뚝뚝 얼굴에 떨어지기에 총각은 눈을 뜨고 살펴보니 별이 총총한게 비는 오는것 같지 않았다. 제집 근처 같지 않기에 총각은 겁부터 나서 정신을 가다듬고 살펴보니 한 대발자국 되는 곳에 짐승이 앉아있는데 눈에 불이 이글거리는걸 봐서 호랑이가 틀림없었다. 호랑이는 꼬리 끝에 물을 묻혀다가 자기 얼굴에 물방울을 떨구기에 혼비백산할 지경이 된 총각은 생각하여 보았다.

(로인들의 말에 의하면 호랑이가 죽은 사람을 먹지 않고 기혼한 사람은 정신 차리게 꼬리에 물을 묻혀 얼굴에 떨군다던데, 이놈 호랑이가 바로 이러는군. 정신만 바싹 차리면 범 앞에서도 살수 있다더라, 어떻게 한다.)

한편 낮에 공연히 술을 마시여 호랑이 밥이 되였구나 하는 후회감도 났다. 총각은 눈을 살며시 뜨고 숨소리마저 죽여가면서 호랑이를 쳐다보았다. 이놈은 수놈인지라 불퉁이 축 처지였다. 총각은 짐승들은 긁어주면 좋아한다든 로인들의 이야기가 떠올랐다. 이래도 죽고 저래도 죽는바 하고 한번 저놈의 불알이나 만져보자 하고 생각하였다. 총각은 범의 불을 슬슬 쓰다듬어주었다. 범이 당장 잡아먹으려니 생각을 하였는데 웬걸 범이 놀라지도 않고 흥흥거리며 바투 들이대는것이였다. 이때라 하고 생각한 총각은 한손으로는 계속 범의 불을 슬슬 만지고 한손으로는 허리에 뒤벌 동여매였던 삼베띠를 풀어서 한끝은 범의 불을 동여

매고 한끝은 옆의 나무뿌리에 비끌어 매여놓았다. 그런 기미도 모르고 범이란 놈은 흐으흥흐으흥거리며 더 빨리 쓰다듬어달라고 낑낑 거리였다.

총각은 만단의 준비를 한 다음 부리나케 몸을 빼며 산비탈로 냅다 뛰였다. 그바람에 깜짝 놀란 호랑이는 화다닥 몸을 일쿠치며 산이 찢어지는 소리를 지르더니 냅다 산밑으로 뛰였다. 혼비백산한 호랑이는 제 갈 길을 가고 총각은 걸음아 날 살려다구 하며 제집으로 발길을 돌렸다. 마을까지 당도한 총각은 온몸에 식은땀이 솟고 사지가 나른하여 한 집옆에 쓰러졌다. 날이 밝자 마을 사람들이 혼미한 총각을 발견하고 집에 들어다가 정신을 차리게 하였다.

마을사람들은 옛말같은 이야기를 듣고 도끼며 삽이며 거리대를 잡고 총각을 길안내로 하여 범하고 싸우던 곳으로 가보았다. 그 자리에는 삼베띠에 큼직한 호랑이의 붕알이 매달려있었고 피자국이 보였다. 사람들은 피자국을 따라 산밑에 내려가 보았더니 호랑이가 쓰러져있었다.

사람들은 호랑이를 끌어다 가죽은 벗겨 술을 사오고 범고기를 삶아서 먹었다. 총각은 제 친구들과 사발만한 호랑이붕알을 구워 먹었다.

조병조 구술 / 리광 정리

사명당 리석규

갑진년에 조선 침략을 꾀하던 일본놈들을 항복시킨 묘향산 보현사의 명승 사명당(四溟堂)의 본명은 리석규였다. 이 사람이 묘향산의 서산대사를 찾아가게 된데는 이러한 사연이 깃들어있었다 한다.

리석규 나이 30이 넘어 상처를 하고 에미 없는 아들을 데리고 지냈다. 그가 40이 되여 후실을 맞아들였는데 그 녀자 행실이 곱고 마음씨 착해서 한때는 잘 살았는데 3년후에 후처가 아들을 낳자 차츰 전실 소생을 학대하기 시작하였다.

전실 소생인 큰 아들이 나이 십륙세가 되는데 계모의 눈칫밥을 먹는게 하두나

불상히 여겨져 리석규는 그 애를 장가보내고 문전옥답에 초가삼간집을 지어 세간을 내였다.

후처는 자기 몸에서 낳은 아들이 오뉴월 오이 자라듯 무럭무럭 자라나는걸 볼 때마다 전실 소생인 큰 아들이 눈에 가시처럼 보였다. (이놈을 없애치워야 내 아들이 가산을 물려받겠는데…) 이렇게 생각을 하던 리석규의 후처는 마을의 백장을 불러다가 동전 몇십량을 쥐여주고 여차여차 하라고 알려주었다.

한편 후처는 남편방에 찾아들어가 아들이 잔치한지 석달이 되였은즉 며느리를 재행보내자고 말을 하였다. 후처는 남편의 승낙을 받고 큰아들을 보고 넌 처가에 갔다가 3일만에 돌아오라고 당부를 하였다.

계모의 속심에 무엇이 들어있는지 알바 없는 전실 소생은 안해를 데리고 처가에 재행을 가서 사흘만에 집으로 돌아오고있었다. 그가 막 소나무숲속길을 지나는데 갑자기 얼굴에 탈을 쓴 놈이 뛰여나와 앞을 막아서며 그의 목에 칼을 박았다.

해가 서산에 지고 날씨가 어득어득 저물어질 때 백정놈이 리석규의 후처를 찾아 얼기설기 새끼로 동인 전실 소생의 머리를 넘겨주었다.

후처가 목에서 떨어진 머리를 받아들고 보니 가슴이 막 훌렁훌렁해서 그것을 어찌 처리할 궁리가 나지 않앗다. (아무데나 감추어 두었다가 래일 어데다 던져야하지) 이렇게 생각을 한 후처는 전실 소생의 머리를 쌍기둥 중천반에 훌쩍 올려던지고선 자기 방에 가서 이불을 쓰고 누워버렸다.

큰아들이 모해된걸 알바 없는 리석규는 그날 밤 일찍이 잠자리에 누웠는데 밤중이 되여 큰아들이 자기에게 자지빛나는 선지피를 내뿜으면서 ≪아버지, 억울하게 죽은 아들의 원쑤를 왜 안 갚아줍니까?≫ 하며 엉엉 우는 소리를 들었다.

리석규는 눈을 번쩍 뜨고 보니 비몽사몽간이였다. (이것 참 괴상한 일이구나.) 그가 다시 누워 잠이 들가말가 할 때였다. 재차 그런 현상이 나타났다.

리석규는 벌떡 일어나 앉으며 (이게 그저 일이 아니겠구나.) 이렇게 생각하며 담배를 피워물었다. 밤은 깊어 자정이 넘었으나 잠이 오지 않고 마음만 산란하여 이궁리 저궁리 하고있는데 이번에는 천정으로부터 원쑤를 갚아달라고 애원하는 큰아들의 목소리가 분명히 귀가에 울려왔다.

리석규는 뜬 눈으로 밤을 새우고 이른 새벽에 머슴을 띄워 사돈집으로 보냈다. 반나절이 지나 머슴이 돌아왔는데 하는 말인즉 도련님은 어제 아침후에 처가집에서 떠나 집으로 왔다는것이다.

머슴의 말을 듣고난 리석규는 간밤에 있은 일을 생각하여보니 큰아들은 분명히 죽은것 같은데 그 연고를 알길이 없어 안절부절하며 가슴을 앓고있었다.

(며느리 행실이 나빠서 간부가 작간한 일일가? 아니면 후실이 한 일일가?) 이렇게 생각하던 리석규는 처갓집에 갔다가 사흘만 놀고 오라고 아들에게 하던 후처의 말이 생각났다.

(옳지, 후처를 한번 족치여 보자.) 리석규는 이렇게 마음을 먹고 식도칼을 들고 내실로 뛰여들었다.

후처는 식칼을 들고 들어온 남편을 보고 우들우들 떨며 웬 일이냐고 물었다.

리석규는 격분에 넘쳐 《내 아들을 내놓아라!》 하며 식칼을 후처의 목에다 가져다 대였다.

《도적이 제발이 저리다》고 후처는 자기가 작간한 일 때문에 속으로 걱정하고있던 차에 남편의 말을 들어보니 사실을 꼭 알고 따지는것 같아 아들을 죽이게 된 전후 사실을 이실직고하며 두 손을 살살 부비며 제발 용서해달라고 빌었다.

리석규는 벼락치는듯한 소리로 죽은 아들을 내놓으라고 호령을 쳤다. 후처 힐끔힐끔 남편의 눈치를 살펴보며 시체는 어데 있는지 모르나 두골은 천정에 있다고 말하면서 손가락질까지 하였다.

이 말을 듣고 리석규는 초롱불을 켜들고 중천반에 올라갔더니 과연 새끼오리로 얼기설기 묶은 아들의 두골이 눈에 보였다. (이년이 어디 두고 보자!) 리석규는 흐르는 눈물을 주먹으로 닦으며 아들의 두골을 자기 저고리섶에 싸가지고 그길로 경치 좋은 곳에 가서 파묻었다.

밤은 깊어 삼경이 되였다. 후처와 그의 소생 둘째아들은 깊은잠에 들었다. 리석규는 동전 몇십량을 보자기에 싸서 허리에 띠고 슬그머니 방문을 나와서 푸나무를 몇단 안아다가 집에다 불을 질렀다.

(한집안 식구들끼리 재산을 탐내여 서로 죽이는 이 박한 세상에서 누구를 믿고 산단 말이냐? 차라리 절간에 찾아가서 속세를 벗어나는것이 상책이겠다.) 리석규는 이렇게 생각하고 묘향산의 서산대사를 찾아갔다.

이때 리석규의 나이 40이 넘었으나 열심히 술법을 배워 그의 이름이 팔도강산에 떨쳤다. 서산대사는 리석규의 뛰여난 재능에 감탄하여 그의 법명을 사명당이라 지어주었다.

임진왜란때 사명당은 서산대사의 추천과 임금의 령을 받고 조선의 사신으로 일본에 건너가 교묘하고 능통한 법술로써 놈들을 항복시키고 해마다 인피 삼백 장에 수총각 불알 세말씩 조공을 받은 일이 있었는데 이 일은 바로 서산대사가 뒤바침을 하고 사명당이 앞에 나서서한 일이라고 한다.

김현태 구술 / 신천웅 정리

이녀 삼주

옛날 어떤 량주가 외동딸을 두었는데 정말 천하일색이였던 모양이라. 인물이 이러하니 늘 중매군이 찾아오는데 문턱이 다 다슬지경이였거던.

딸의 택서를 놓고 두 량주가 늘 옥신각신 말싸움이 생겼는데 서로 제 고집만 부리고 한치도 양보를 하지 않았다.

령감은 내 딸이 고우니 평생 고생하지 않고 살게 큰 부자집의 아들에게 줘야 한다고 작정하였고 마누라는 장차 충열부인이 되게 벼슬깨나 하는 관가에 줘야 한다고 수소문을 하였거던.

규방에서 부모들이 하는 말을 엿듣고 있는 딸은 제가 택한 신랑이 따로 있는데 늘 옥신각신 한단말이야. 그렇다고 나는 이미 봐둔 신랑감이 있다고 부모앞에 고백할수도 없고 그저 속만 바질바질 태우는데 하루는 아버지가 밖에 나갔다오 더니 산넘어 갑부의 아들과 정혼이 되였다 한단 말이야. 그러니 마누라가 있다가 나는 언녕 박진사의 삼대독자한테 혼사를 허락했다고 한단 말이야. 이렇게 되니 또 부부싸움이 생겼단 말이요.

딸이 가만히 생각하니 부모들이 제좋을 대로 택서를 했단 말이야. 그래서 부모앞에 정좌복지하고 말을 했대.

≪소녀는 벌써 삼년이나 뒤마을에 사는 나무군과 백년해로를 다짐하고 밤이

면 서로 상면하고 있나이다.≫

이 말을 듣고 부모들이 노발대발하여 초풍만난 사람들처럼 기혼해 자빠진단 말이요.

그 후 몇달이 지나 가을이 되였는데 하루아침 동쪽과 남쪽으로부터 사모관대한 신랑 셋이 뒤에 꽃가마를 태워가지고 후행을 데리고 집마당에 들어선단 말이요.

이 광경을 보고 딸은 슬그머니 몸을 피해 단숨에 고을 원님을 찾아가서 사실대로 알렸단 말이요.

원님이 이 말을 듣고 행차하게 되였는데 정말 당도해 보니 신랑 셋이 규수집 대문앞에서 서로 먼저 들어가겠다고 싸움하고있단 말이거던.

원은 먼저 규수를 잡아 목에 칼을 씨워 한쪽방에 넣고 아정에게 령을 내렸대.

≪신랑 셋을 얻은 계집년에게 곤장 구십대를 안겨라!≫

그리고 원은 자기앞에 복지하고있는 신랑 셋의 동태를 살폈지.

방안에서는 헤잇헤잇하며 규수를 내리치는 소리가 들리고 규수의 신음소리가 들려왔지. 원이 신랑들을 살펴보니 한놈은 귀를 기울이고 동정을 듣고있고 한놈은 입이 째여지게 하품을 하더니 끄덕끄덕 졸고있고 단 한놈만이 매맞는 규수보다 더 바쁜 표정을 하고 있다가 ≪내가 대신으로 맞겠습니다.≫ 하고 청원한단 말이거던.

이걸 보고 원이 ≪그만해라!≫ 하더니 두 량주를 불러 앞에 복지시키고 ≪누가 한 택서인지 이 젊은이가 집 딸의 진짜 배필 될 사람이니 어서 례를 이루어라!≫고 규수가 매맞는것을 보고 애타게 가슴 앞아하던 총각을 가리켰다.

이렇게 되여 규수는 자기 마음에 든 총각과 혼례를 하고 다자다녀 화목하게 살더라나.

조재우 구술 / 강신극 정리

진주문전설

푸른 산 푸른 물, 절승경개로 소문 높은 경박호를 돌아볼 때면 아름답고 유서 깊은 진주문을 빼놓으면 안된다. 호수의 허리에 십여메터 사이를 두고 대문처럼 량쪽에 솟아있는 두개의 산, 예로부터 사람들은 이 산을 진주문 또는 룡문이라고 불렀다. 그러나 수려한 경치도 경치려니와 그 속에 담겨져있는 눈물겨운 이야기와 함께 사람들은 저도 몰래 사연 깊은 옛날로 돌아가게 된다.

그것은 고구려 후예들이 세웠던 발해나라 때의 일이였다. 그때 경박호 기슭에는 동아라는 젊은이가 살고있었다. 짙은 눈섭, 부리부리한 눈, 헌칠하고 깨끗한 몸매, 그는 고기그물도 잘 치고 짐승잡이에도 남다른 솜씨가 있어 원근에 소문이 높았다. 젊은이는 몇십길 되는 깊은 물에도 자맥질해 들어가선 물밑으로 몇리씩 나가군 하였다. 일찍 세상을 뜨신 부모들은 원래 가난한 살림이라 그에게 해여진 그물 한장, 허줄한 배 한척도 남겨주지 못하였다. 그리하여 스무살이 넘도록 그는 혈혈단신 홀몸으로 구차한 나날을 보내고있었다. 그의 유일한 재산이란 학의 다리뼈로 만든 피리 하나뿐이였다. 피리는 젊은이의 떨어질수 없는 동무였다. 젊은이는 무슨 노래든지 구수하게 불줄 알았다. 그가 피리를 불 때면 물밑에서 노닐던 고기떼도, 하늘을 나는 새들도 그 자리를 뜰줄 몰랐다.

어느날 저녁이였다. 그날도 동아는 피리를 들고 호수가로 나갔다. 총각이 너럭바위에 앉아 한창 애수에 젖은 곡조를 넘기고 있는데 갑자기 호수물 밑으로부터 번쩍번쩍 빛나는 물건이 나타나더니 온 호수면을 대낮같이 밝혀놓는것이였다. 이리하여 물밑에서 넘실거리는 미역풀도, 시름없이 넘노는 붉은 잉어무리도 환히 들여다보였다. 어촌사람들은 너도나도 호수가에 달려와서 눈부신 광채를 뿜는 물건을 보고 호등(湖燈)이 켜졌다고 이구동성으로 법석 고아대였다. 절반도 넘는 호수가 대낮처럼 밝아지자 어민들은 앞장 다투어 배를 몰아온다, 그물을 메여온다 하면서 고기잡이에 열을 내고있었다.

그날부터 동아는 매일 저녁이면 피리를 들고 호수가에 나가서 피리를 불군하였다. 번마다 구성진 피리소리가 울리기만 하면 온 호수가 대낮처럼 밝아지는것이였다. 하루하루 세월이 흐름에 따라 사람들은 이것이 습관으로 되여 저녁밥만 먹으면 동아더러 ≪애야, 어서 피리를 불어다오. 우리는 고기잡이를 떠난다.≫ 하고 재촉까지 하군 하였다. 그 후에는 등불이 기슭에서 더 가까운 곳으로 점점 옮겨오는것이였다. 참, 이상한 일인데? 그날도 동아는 피리를 성수나게 불어대면서 그 빛나는 물건을 눈여겨보기 시작하였다.

그러던 어느날 저녁이였다. 젊은이는 마침내 그 등불밑에 아름다운 처녀가 앉아있는것을 발견하였다. 처녀는 물결따라 흐느적거리는 쪽배우에 앉아있었는데 머리우에 얹혀있는 진주에서 눈부신 광채가 뿜어나오지 않는가? 젊은이는 깜짝 놀라면서 한동안 그곳만을 뚫어지게 쏘아보았다. 이윽고 젊은이는 겉옷을 훌훌 벗어던지고 호수물에 뛰여들었다. 더는 앉아서 배기지 못하던 그였던것이다. 젊은이는 물속을 헤엄쳐 나가 처녀가 앉아있는 배전을 덥석 틀어잡고 기슭까지 끌고왔다. 처음으로 젊은이를 마주한 처녀는 귀밑까지 빨개지면서 몸을 빼여 호수안으로 도망치려고 하였다.

≪겁내 마시오. 나는 고기잡이를 해서 살아가는 동아라는 사람이요. 나는 딴 마음이 없소. 그저 그대와 친구로 사귀자는 뜻이요.≫ 처녀의 앞을 막아서며 동아가 말하였다.

≪저는 진주라고 불러요 저의 집은 호수가에 있는 하리성에 있어요.≫ 그제사 정신을 가다듬은 처녀가 혀아래 소리로 가늘게 대답하였다.

처녀는 젊은이의 구성진 피리소리를 듣기 위해 저녁마다 이렇게 나온다고 부언하였다. 하루라도 피리소리를 듣지 못하면 밥맛도 잃어지고 잠도 달게 자지 못한다는 처녀의 속말, 처녀의 고백을 듣고있던 동아의 마음 꿀물을 마시면 이처럼 달가? 그는 하늘로 둥둥 떠가는듯한 기분이였다.

≪처녀여, 우리 함께 살면 어때? 나는 날마다 피리를 불고 그대는 진주등불로 호수를 밝히면 동네사람들이 얼마나 좋아할가?≫

≪총각님, 그건 안돼요. 솔직히 말씀 드린다면 저는 인간이 아니고 조개가 변한 요정이래요.≫

≪그대만 마음이 있다면 인간이 아니래도 좋으니 나는 그대를 꼭 안해로 맞아 드리려 하오

≪저는 물가운데서 생활하는 수족이온데 어찌 당신과 한자리에 들리오?≫ 그 말을 듣고있던 동아가 그만 아연해지고 말았다. 자뜩 눈썹을 모으고 있는

총각의 얼굴에는 짙은 구름이 서리는것만 같았다. 총각의 침울한 얼굴을 바라보는 처녀의 마음도 갈기갈기 찢어지는듯 하였다. 총각의 가식 없는 마음씨, 불같은 정열은 마침내 처녀를 감동시키고야 말았던것이다.

《저더러 끝내 륙지에서 생활하게 하자면 딱 한가지 방법이 있어요. 저의 양아버지인 룡왕님께서 저더러 탈태환골시켜 다시 이 세상에 나타나게 하면 되지요. 그런데 룡왕님께서는 수월히 말을 들어주지 않을것이예요. 방법은 오직 한가지, 당신이 룡왕의 구룡술잔을 훔쳐내와야 해요. 그 보배는 동해 룡왕이 경박호 룡왕더러 호수물을 잘 다스리라고 선사한것이래요.》

《그 구룡술잔을 훔쳐내오는 재간이 없을가?》

《7월 15일은 저의 양부의 생신날이예요. 그날이 돼야 아버지께서는 그 술잔을 꺼낸답니다. 한밤중이면 호수우에다 잔치상을 벌리는데 그때가 구룡술잔을 훔쳐내올수 있는 절호의 기회이지요. 그런데 조심하지 않다간……》

《당신과 백년가약을 맺을진대 이 한 목숨 어이 아까우리요?》

이렇게 구룡술잔을 훔쳐내올 만단의 계책을 다 짜놓고 진주처녀는 자기집으로 돌아갔다.

어언간 칠월 십오일이 되였다. 날이 어둡자 동아는 호수가에 쪼크리고 앉아 멀리 수면을 바라 보았다. 이윽고 밤은 깊어 삼라만상은 고요한데 갑자기 호수물이 출렁출렁 하더니 네놈의 야차가 호수를 순시하러 나오는것이였다. 한참 지나더니 소복차림을 한 처녀가 나와서 호수 한복판에 팔각상을 차려놓고 이름도 다 외우지 못할 산해진미들을 벌려놓기 시작하였다. 조개처녀가 상 모서리쪽으로 구룡술잔을 꺼내 놓는데 눈부신 빛깔은 하늘의 별보다 더 반짝이였다. 이때 온몸에 금은보화로 단장한 늙은 룡이 점잖게 나오는것이였다. 그런데 좌석에 자리를 정하기도 전에 물밑으로 헤염쳐간 동아가 야광구룡술잔을 깜쪽같이 훔쳐내올줄이야. 늙다리룡이 눈치를 챘을적에는 벌써 동아가 쥐도 새도 모르게 자취를 감추었던것이다. 룡왕이 꼭두까지 성이 나서 옷소매를 휘젓자 흥성흥성 하던 연회석은 그만 흐지부지 해지고 말았다. 그 바람에 수면에는 흰눈같은 물거품이 부글부글 끓어오르고 다시 한참 지나더니 야차의 대가리 네개가 기슭으로 뿌리워져 나왔다.

하리성으로 돌아온 룡왕은 수정궁에 들어가 긴 한숨만 풀풀 쉬면서 상아로 만든 침대에 비스듬히 기대여 맥없이 앉아있는것이였다. 이 광경을 목격하던 진주처녀는 아버지가 구룡술잔 때문에 속을 썩이고있다는것을 다 알고있었으나 일부러 아버지앞에 다가서며

《아버지께서는 해마다 생신날이면 언제나 반가운 기색이였는데 오늘은 무슨 일로 이다지도 상심해 하시나이까?》 하고 물었다.

《말도 말아라. 어떤 덜된 녀석이 구룡술잔을 훔쳐갔구나.》

룡왕은 말하면서 땅이 꺼지게 한숨을 짓고는 머리를 절레절레 흔드는것이였다. 룡왕이 이렇게 한탄하면서 자라장군과 게참모를 불러다 대책을 짜기 시작했으나 얼빠진 대신들은 엇갈아 상대편의 눈치만 살필뿐 누구하나 뾰족한 궁리를 내놓는 자가 없었다.

그러던 뒤끝이였다. 궁전의 어수선한 분위기를 깨뜨리며 진주처녀가 참견해서 말하였다.

《부왕님께서 사흘 말미만 주면 소녀 불재하오나 보배를 찾으러 한번 다녀올가하나이다.》

《그건 어려운 일이다. 너같이 섬약한 계집애가 어떻게 보배술잔을 찾아온다고 그러느냐?》

《아버님, 저는 날마다 호수가에서 피리를 부는 젊은이와 낯을 익힌 적이 있어요. 그 총각에게 물어 보면 혹시라도 기슭에 살고있는 사람들중에서 보배술잔을 훔쳐간 도적을 찾을수 있을가 아뢰옵니다.》

룡왕은 별다른 수가 없었다. 할수 없이 진주처녀를 보내여 시험해보도록 하였다.

《구룡술잔을 찾아오기만 하면 무슨 요구든지 다 들어주겠다.》고 하면서 룡왕은 언약을 남겨놓았다.

진주처녀가 기슭에 올랐다. 목이 빠지게 진주처녀를 기다리고있던 참이라 젊은이는 사랑하는 처녀를 만나자 더없는 기쁨속에 갈마드는것이였다.

처녀는 총각에게 사실의 전후시말을 한마디라도 빠질세라 다 들려주었다.

《제가 돌아가면 구룡술잔을 훔쳐간 사람은 황금산 백은령도 다 마다하고 오로지 진주처녀만을 안해로 맞이하려한다고 아버지께 말씀올리겠어요. 그때 만일 부왕께서 동의하시면 내가 인차 기슭에 올라와 보배술잔을 찾아 부왕께 돌려드리고 혹시 동의하지 않으면 제가 다시 돌아와 방법을 대겠어요.》

이렇게 말을 마친 처녀가 자그마한 조개배를 타고 가벼운 물결을 일구며 하리성으로 돌아갔다.

그런데 진주처녀의 말을 듣던 룡왕이 글쎄 노발대발 할줄이야.

≪그 젊은이가 아무것이나 다 요구해도 되지만 이 요구만은 들어줄수 없는줄을 알아라, 내가 어찌 너를 보내여 한 인간의 안해로 되게 한단 말이냐?≫

≪아버지께서는 보배를 찾는 사람에게는 아무것이나 다 줄수 있다고 언녕 그런 말씀을 하시지 않았습니까? 오늘은 어찌하여 언약을 어기나이시니까? 만약시 호수를 다스리는 보배를 잃을진대 동해 룡왕님께서 책망하시면 어떻게 할 작정이십니까?≫

교룡은 이 말에는 대답이 궁하였다.

≪그래 너는 그 사람한테 시집가기를 원하느냐?≫

처녀는 분결같은 얼굴에 환한 웃음을 피우며 아미를 숙이는것이였다.

≪네가 소원하거던 마음대로 하거라.≫

부왕은 처녀를 더 남겨두는 수가 없었다. 또 진주처녀가 가야만 보배를 찾아올수 있지 않는가? 그래서 부왕은 마침내 처녀의 간절한 마음을 허락했던것이다.

≪그런데 너는 듣거라. 륙지에 나가 살자면 피와 살을 몽땅 바꾸고 뼈마저 새로운것으로 바꿔야 하니 네가 그 고통을 이겨낼수 있겠느냐?≫

≪부왕께서는 마음을 놓으세요. 그런 고통을 겪지 않고서야 어찌 인간으로 변하리까?≫하며 처녀는 굳은 결심을 보였다.

진주처녀의 몸뚱아리를 몽땅 인간으로 바꾸기 시작하였다. 늙은 룡왕은 자기가 소중히 간직해두었던 ≪진수≫를 꺼내다 진주처녀의 몸에 뿌려주었다. 처음 진수를 뿌리였을 때 처녀는 온몸을 불로 지지는듯 따가와 죽을 지경이였다. 두번째로 물을 뿌렸을 때 처녀는 온몸을 천만자루 칼날로 마구 쑤시는듯 견디기 어려웠다. 세번째로 물을 뿌리자 처녀는 아픔을 참지 못해 아치러운 신음소리를 내며 마구 딩굴어대였다. 그 바람에 호수물이 부옇게 흐려지면서 높이 아홉자되는 파도가 막 일어나는것이였다. 이때였다. 룡왕은 진주처녀의 몸을 감싸고 있던 조개껍질을 벗겨낸 다음 처녀를 마침내 륙지에로 돌려보내주었다.

드디여 동아총각은 진주처녀를 안해로 맞이하게 되였다. 결혼날 저녁, 호수가 마을에서는 전에 없던 잔치를 베풀었다. 처녀의 머리우에 얹혀있는 보배진주는 화롯불 백무지를 피워놓은것보다 더 빛을 뿌리였다. 그 밝은 불빛은 온 호수면을 대낮처럼 밝혀주었다. 흥이 난 동아총각은 온밤도와 피리를 불었다. 흥겨운 노래 가락을 듣고있는 사람들은 가슴속에 꿀물이 흘러드는듯 저마다 너울너울 팔을 움직이고 어깨를 움썩거리면서 흥을 돋구는것이였다. 어느 명절이면 이렇듯 즐겁게 놀아 보았던가? 마을분들은 남녀로소 따로 없이 나들이옷을 떨쳐입고 삼삼오오 짝을 지어 밤을 새우며 놀았다.

이때로부터 젊은 부부간은 꿀같이 달콤한 나날을 보내였다. 떨어질수 없는 원앙의 짝을 보고 사람들은 선망어린 눈길을 보내며 혀를 끌끌 차군 하였다. 매일 저녁, 동아가 구성진 노래가락을 넘기면 처녀는 진주를 들어 호수를 대낮처럼 밝혀주군 하였다. 이리하여 호수는 고기잡이가 잘 되여 백리기슭에 살고있는 마을 사람들의 살림도 날로 펴이기 시작하였다.

그런데 그 누가 상상이나 했으랴? 하루하루 세월이 흐르는 동안 동아총각이 진주처녀를 안해로 맞아 잘 살게 되였다는 소식이 그때 왕노릇을 하고있던 우라시의 귀에까지 전해질줄이야! 그자는 돈도 많고 세도가 대단한 놈이였다. 그 집 뒤주에는 쌀이 가득하고 금궤에는 돈이 얼마인지 헤아릴수 없었다. 서울장안에서 벼슬살이를 하고있다는 그 집 아들은 마을에 돌아오기만 하면 무슨 일이나 제 마음대로 처리하군 하였다. 그놈이 어찌나 세도를 부리는지 발을 한번 굴러도 호수물이 파도가 일 지경이였다. 그런데 가난뱅이 동아란 자식이 꽃떨기같은 진주처녀를 맞이하여 보배진주로 고기잡이를 잘 해 너절한 놈들이 잘 살고있다 하니 이놈은 눈에서 불이 일지경이였다. 놈은 얼굴을 잔뜩 일그러뜨리고 제 머리를 잡아뜯으면서 흰 눈자위를 번득 거리는것이였다. 진주처녀를 빼앗아 오고 보배마저 손안에 넣기 위해 꿍꿍이를 꾸미던 이놈의 속궁리를 그 누가 모르랴!

드디여 이놈이 동아를 불러오게 되였다.

《올해도 온 마을 사람들이 농사가 잘되게 하고 집짐승들도 잘 자라게 하자면 하느님께 제를 지내야하지 않느냐? 자네의 안해가 인물이 절색이고 춤도 잘춘다고 하니 이번 제에 나와서 한번 솜씨를 보이는것이 어떤가?》

놈의 승냥이같은 속심을 그 누가 모르랴? 그래서 동아가 《우리집 사람은 춤출줄 모르나이다.》하고 얼레발을 치였다.

《에익, 불칙한 놈 같으니라구. 하늘에 제를 지내는데 너 마누라를 내놓지 않다간 하느님께 죄를 지을줄 알아라!≫하고 명령이 추상같은지라 동아는 울적한 기분속에서 집으로 돌아갔다.

집으로 돌아간 동아가 우라시의 말을 곧이곧대로 전하였더니 진주처녀의 가슴에서는 마구 방망이질하는 듯하였다.≫ 그야말로 난처한 일이였다.

≪가군께서는 우라시가 부르면 진주처녀를 보시기는 어려운 일이 아니라고 전해 주세요. 다만 세가지 일을 대답하면 된다고 그래요. 첫째는 마흔아홉장의 소가죽으로 만든 땅문서를 태워버리고 붙잡아 둔 소작농들을 풀어내놓아야 하고 둘째는 마흔아홉개 창고문을 터치워 배를 곯고 있는 어민들과 농사군들에게 쌀을 나누어주며 셋째는 마흔아홉개 사냥터를 풀어놓아 마을사람들이 마음대로 사냥할수 있게 해야 한다고 말이예요. 그러나 그때 만일 성사되기만 한다면 우리 부부간도 갈라져야 할것이예요.≫

말을 마치는 안해의 눈에서는 구슬같은 눈물이 탐방탐방 쏟아져 내렸다.

이 말을 듣고있던 젊은이가 청천병력이라고 맞은듯이 펄쩍뛰였다.

≪그놈의 말을 듣다가는 한제 방아를 걸겠다. 그래도 버티고 있어 볼테니 그놈이 어찌는가 두고 보자.≫

≪가군께서는 모르고 하는 소리예요. 그렇게만 되면 나의 목숨을 빼앗기는것은 물론 당신도 이 세상에서 살수 없을테니 어찌 된단 말이예요?≫

안해가 두 볼에 흐르는 눈물을 닦으며 말을 이었다.

≪이 길밖에 없어요. 이번에 이놈에게 된맛을 보여주고 마을분들도 허리를 펴게 해줘야 하겠어요.≫

≪만약 그놈들이 당신의 요구를 다 들어 줄 때면 어쩔 작정이요?≫

≪이틀이 지난후 저녁무렵에 내가 작은 산마루에서 기다리고있을터이니 그놈더러 마중하러 오라고 일러주세요.≫

≪왜서 산에가서 기다린다고 그러오?≫

이 말을 듣고있던 진주처녀가 동아의 너른 가슴에 쓰러지였다.

≪더 묻지 말아요 저는 살았을 적에는 당신의 안해이고 죽어서도 당신의 원귀로 될터예요.≫

이튿날이였다. 우라시는 동아를 불러갔다. 동아는 안해의 요구를 그대로 전달하였다. 심보가 먹통같이 시컴한 이놈이 너른 입을 잔뜩이나 일그러뜨리며 머리를 짜고 있었다. 우선 아름다운 녀인과 보배를 손에 넣고 볼판이지. 소작인이나 량식, 사냥터를 풀어놓는다면 어디 먼곳으로 날아나 버릴텐가? 동아의 눈앞에서 땅문서를 태워버리고 노예들을 풀어놓자. 그리고 창고를 열고 배곯는 사람들더러 마음대로 쌀을 퍼가게 하자. 또한 사냥터를 열어놓고 마음대로 짐승을 잡으라고 그러자. 이렇게 우라시는 동아의 요구를 일일이 들어주었다. 그제사 젊은이는 우라시더러 다음날 저녁, 건너쪽 작은 산마루에서 진주처녀를 데려가라고 알려주었다.

다음날 어슬어슬한 저녁 무렵이였다. 처녀는 쪽배를 타고 작은 산에 도착하였다. 세찬 바람이 물갈기를 일구고 한길 되는 파도가 철석철석 기슭을 치고있었다. 가마밑굽같은 구름이 낮게 드리워 당장 소나기를 퍼부을 잡도리를 하였다.

이때 우라시가 화려하게 치장한 으리으리한 큰 배를 몰고 왔다. 산마루에서 자기를 기다리고 있는 처녀를 알아보고 놈은 너무 좋아서 웃음집이 흔들흔들 하였다.

그 바람에 놈은 배에서 미끄러져 떨어질번하였다.

≪애들아, 어서 배를 저어라!≫

놈은 처녀를 단숨에라도 끌어안지 못해 속이 달아나서 연해연신 재촉을 하였다. 그런데 진주처녀앞에 나타났던 놈은 처녀의 노기등등한 기색을 보더니 가슴이 섬찍해지고 말았다. 진주처녀가 우라시를 보더니 손가락으로 상아대질을 하면서 줄욕을 퍼붓기 시작하였다.

≪흰 꼬리를 달고 다니는 승냥이 같은 놈아, 네놈의 손에서 목숨을 잃은 젊은이가 몇이며 네놈의 손아귀에서 몸을 더럽힌 녀인이 그 얼마였느냐? 가난뱅이들을 원쑤처럼 여기던 이놈아, 오늘 너를 저 세상으로 보내줄터이니 된맛을 보아라!≫

진주처녀의 호령을 듣고있던 우라시가 그 눈치가 틀렸는지라 몸뺄 구멍수를 찾아 도망치려고 하였다. 그 찰나, 처녀가 머리에 이고 있던 보배진주를 떼여내여 손에 든 다음 허허 바다같은 호수물을 향해 소리치였다.

≪랑군님, 어디에 계십니까? 소녀는 저놈을 징벌하러 떠납니다.≫

이렇게 말을 마치던 처녀는 금빛 찬란한 보배진주를 산마루를 향해 힘껏 뿌리였다. 그 찰나 ≪꽈르릉≫ 하고 천지를 진감하는 천둥소리가 울리면서 땅이 꺼져

내려가고 산허리가 뭉턱 두쪽으로 갈라지였다. 호수물이 쏴쏴 소리치면서 새로 생긴 큰 구뎅이를 메우었다. 우라시가 굴속으로 끌리여 들어가자 뒤를 따르던 진주처녀도 자취를 감추는것이였다. 한편 우라시놈과 판가리를 해보리라 남몰래 따라왔던 동아의 그림자도 보이지 않았다. 바람은 자고 물결은 고요해지였다. 휘영청 둥근 달이 호수우에 걸리였다. 모든것은 옛날 그대로 돌아갔다. 다만 호수에는 큰 기둥같은 두개의 산이 불쑥 솟아있었다. 이것이 지금 보이는 경박호 진주문이다

오늘도 달 밝은 처량한 밤이면 은은한 피리소리가 들려오는데 호수물에 비긴 오색찬란한 노을 사이를 넘나드는 진주처녀가 너울너울 춤추는듯 하다.

리종남 정리

경박호전설

머나먼 옛날 해동성국 발해의 도읍 동경성 서남쪽에 ≪홀한하≫라 불리우는 넓고 푸른 호수가 있었는데 호수가 마을에는 마음씨 고운 늙은 어부 내외가 살고있었다.

어부 내외는 아침 일찍이 그물을 치고 저녁 늦게 그물을 거두면서 한평생 고기를 잡았건만 포악무도한 발해국의 관리들에게 날마다 고기를 바쳐야 했기에 살림은 형편없이 구차하였다.

슬하에 일점혈육이 없어 한숨만 쉬던 그들은 어느날 홀한하의 산수 좋은 곳을 찾아들다가 당을 무어놓고 백일불공을 드렸다. 아니나다를가 참 신기한 일이 생겼다. 백일불공을 다 드리고 집으로 돌아오자 늙은 안해의 몸에 태기가 있어 십삭만에 몸을 푸니 일개 여자애였다. 두 량주는 하도 기뻐 쥐면 꺼질가 펴면 날아갈가 애지중지 키웠더니 딸의 나이 십여세 되니 용모 이쁘고 재질이 뛰여난 데다가 례의범절 잘 갖추었으므로 동네의 남녀로소가 칭찬하였다.

세월은 흘러 딸의 나이 15살 먹던 해 단오명절이였다. 그날 호수가 그네터에서 분홍치마 꽃바람에 날리며 그네를 뛰던 처녀는 다홍마에 높이 앉은 소년장군을 보자 얼굴을 붉혔다.

소년장군의 이름은 대안석이라 불렀다. 그의 아버지는 한때 발해국의 대사간 직으로 있었으나 악독한 황후의 모함을 받아 궁전에서 쫓겨나 아들과 함께 은거 생활을 하고있었다. 안석은 품속에서 번쩍번쩍 빛뿌리는 신기한 금거울을 꺼내 처녀에게 주며

≪영원토록 백년가약 맺은 마음 변치말자!≫고 약속하였다. 그 금거울은 대대 손손 물려받은 세상에서 둘도 없는 보물이였다.

그런데 이상하였다. 처녀가 금거울을 가진 뒤로부터 홀제 가난한 어부 일가의 살림은 꽃펴나고 금거울이 비추는 곳에 산수가 더 아름다워진듯 싶었으며 처녀 의 얼굴은 더욱더 아름다워졌다. 바람 안새는 벽이 없다고 그 소식은 상경룡천부 에까지 전해졌다.

상경룡천부 대궐에서 얼거빠진 얼굴에 날마다 연지곤지 찍던 황후는 이 신기 한 소식을 듣자 욕심이 굴뚝같이 솟아 대뜸 어림장군에게 호려하였다.

≪듣거라. 일개 초부의 자식에게 금거울이 당한 일이냐? 당장 오늘밤으로 앗아오거라.≫

이리하여 어림장군은 백여명 라졸들을 데리고 호수가마을로 덮쳐들어 집을 불사르고 무고한 백성을 죽이면서 당장 금거울을 내놓으라고 강박하였다. 이에 분개한 대안석과 동네사공들은 저마다 병장기를 들고 호수가에서 군사들과 싸 움을 벌리였다. 물에 능한 사공들은 무연한 호수에서 원쑤들을 교묘하게 소멸하 였다.

어림장군은 라졸들이 거지반 물귀신이 되자 급히 쪽배를 몰아 도망쳤다. 그가 막 호수가에 올라 벼랑으로 톺아오를 무렵이였다. 홀연 말을 탄 소년장군이 언덕 에서 뛰여내리더니 적장을 사로잡고 두 귀와 코끝을 칼로 벤후 돌려보냈다.

피를 뒤집어쓴 어림장군이 왕궁에 이르러 황후에게 사연을 아뢰자 황후는 대노하여 어림장군을 옥형에 처하고 금군총관더러 큰 배 50척에 군사 천명을 거느리고 가서 금거울을 기어이 빼앗아오라고 명령하였다.

사흗날 아침, 금군이 호수가에 큰 배를 띄웠을제 마침 호수에는 큰 파도가

일어서 사공들은 쪽배를 타고 적들과 싸우기 매우 어려웠다.

련며칠 꼬박 싸운 어부들이 백여리 쫓겨 북쪽 호수가까지 왔을 때는 겨우 쪽배 두척밖에 남지 않았다.

《어서 금거울을 내놓아라!》

금군총관이 살기등등하여 이렇듯 웨치며 큰 배를 몰고 곧바로 쪽배를 향해 달려오자 대안석은 몸을 날려 적의 배에 뛰여올랐다. 장군의 칼날이 번쩍이는 곳에 적들의 머리 나뒹굴고 금군이 아우성소리 하늘을 진감하였다.

금군총관은 악에 받쳐 큰 칼을 휘두르며 곧바로 소년장군에게 달려들었다. 불꽃튀는 칼싸움 끝에 적장은 무예에 능통한 대안석을 도저히 이겨낼수가 없었다. 하여 막 호수에 뛰여들어 도망하려는 찰나 대안석은 칼을 들어 힘껏 적의 목을 쳤다. 그러자 적장은 목에서 피를 쏟으며 호수에 첨벙 떨어졌다.

바야흐로 대안석이 다른 배에 뛰여오르려는데 아뿔싸, 정면에서 날아오는 독화살에 장군은 가슴을 맞고 뒤번 휘청거리더니 역시 열길 호수물에 빠졌다.

사랑하는 남편이 최후를 마치는걸 본 처녀는 품속에서 금거울을 꺼내들고 검푸르른 하늘을 우러러

《유유장천아, 부심하다!》 하고 깊이 탄식하더니 그만 치마를 쓰고 금거울을 안은채 푸르른 호수에 몸을 던졌다.

이때였다. 별안간 《꽈르릉!》 하늘에서 우뢰가 울고 광풍이 더 세차게 몰아치면서 장밤 큰 폭우가 쏟아졌다. 그바람에 나머지 금군들은 산더미같은 파도에 배가 뒤집혀 한놈도 살아남지 못하고 몰살되였다.

이튿날 하늘이 맑게 개이였다. 그런데 이상하였다. 북쪽 호수가에는 천길되는 웅뎅이가 패이고 그 밑에선 큰 샘이 솟아 동으로 천리를 흘렀으며 웅뎅이의 절벽우에는 이슬을 머금은 진붉은 모란꽃이 무더기로 피여있었다.

그뒤로부터 후세사람들은 푸르른 늪에 금거울이 잠겨있다해서 호수를 《경박호》라 부르고 처녀의 혼이 모란꽃으로 변하였다해서 《모란강》이라 불렀다.

지금도 날이 맑게 개인 날 경박폭포의 큰 소를 내려다보면 천길 물속에서 마치도 공작새의 아롱다롱한 깃털인양 금빛이 사방으로 비쳐올라오는데 그것은 천여년전에 소녀가 던진 금거울이 지금도 빛을 뿌리고있기때문이라고 한다.

림승환 정리

구룡천전설

　흑룡강성 발해 뿌리석판벌 북쪽끝머리에는 남양이라는 오붓한 조선족마을이 있다. 자고로 푸른 하늘밑에 푸른 사과 아홉개의 수정샘을 끼고 있어 청나라때부터 ≪발해 제일경≫이라 불리우는 이 마을에는 ≪구룡천(九龍泉)≫이라는 전설이야기가 지금도 전해지고있다.

　산에서 호랑이 담배피우던 먼 옛날, 남양마을에서 수백리 상거한 남쪽에 일망무제한 바다가 있었는데 그때는 북해룡왕이 바다를 다스리고 있었다.

　북해룡왕 내외 천여살이 되도록 자식 하나 없어 탄식으로 세월을 보내던중 하루는 백일불공 다 드리고 궁궐에 돌아오자 늙은 왕비의 몸에 태기가 있어 열삭만에 몸을 푸니 일개 남자였다. 이에 온 바다나라가 큰 경사를 치르듯 즐거워하고 룡왕내외도 어찌나 기뻤던지 쥐면 꺼질가 펴면 날아날가 금지옥엽으로 길러가는데 아들은 오뉴월 오이 자라듯 잘도 자랐다.

　무정세월 양류파라 어느덧 룡왕은 늙고 병들어 왕위를 물려줄 나이가 되였다. 룡왕은 황제자리를 아들에게 물려주려고 세상에 이름 높은 학자를 불러다 독훈장으로 모시고 아들에게 글을 읽히였는데 총명이 과인하여 하나를 가르치면 열을 알고 열을 가르치면 백을 깨달으니 룡왕내외의 기쁨 이루 헤아릴수 없었다.

　세월은 또 흘러 공자의 나이 20살에 당진하여 취처할 나이가 되였건만 룡왕은 오로지 아들에게 왕위만 물려줄 생각으로 날마다 수정궁에 갇아두고 경서만 읽히였다. 그러니 공자의 우울한 마음 어디다 하소연할곳 없었다.

　하루는 수정궁에서 글을 외우던 공자가 하도 갑갑증이 나서 이리저리 거니는데 보니까 수정군문을 지키는 호위장 거북도감이 창을 땅바닥에 놓아둔채 갑속에 목을 옹송그리고 잠이 들어있었다.

　(에라, 이 기회에 그토록 아름답다 소문난 어화원에나 가보자꾸나!)

　이렇게 결심한 공자는 발벗발벗 거북도감을 가로타고 밖으로 나갔다. 밖으로 나가니 바다세상은 참으로 가관이였다.

　공자가 알락달락한 진주더미며 하늘하늘 춤추는 산호며 온갖 물고기들이 오락가락 하는걸 황홀히 바라보며 정처없이 걷노라니 홀연 정면에 ≪통천동(通天

洞)≫이라고 씌여진 큰 굴문이 앞을 막았다.

(통천동이라…그래, 언젠가 아버지가 수만대군을 이끌고 지상락원을 빼앗으러 갔다가 패배하여 쫓기워 왔다던 그 길목이로구나. 룡궁보다 지상락원은 백배 더 살기 좋다더니 한번 구경삼아 나가보자꾸나!)

공자는 굴문을 보자 점점 더 호기심이 나 동천동에 가로 지른 빗장을 벗기고 북쪽으로 향한 굴을 따라 헤염쳤다. 그는 굽이 끝나는 곳까지 헤염치여 한 늪우에 당도하였든데 늪우로 머리를 쑥 내민 공자는 그만 눈앞의 황홀한 경치에 찬탄하지 않을수 없었다.

글쎄 지상락원을 바라보며 은하수 흐르는 맑은 밤하늘 밑에 록수청산이 병풍처럼 둘러섰는데 늪가에 자란 오동나무밑으로 웬 사람이 사뿐사뿐 걸어오고있었다.

공자가 깜짝 놀라 물우에 머리를 반쯤 내놓고 볼라니 푸른 치마에 새노란 저고리를 입은 이팔청춘 처녀인데 얼굴은 꽃같이 아릿다워서 그만 처녀에게 홀딱 반했으나 그림의 떡이라 감히 어쩌지를 못하고 구경만 하고있었다.

이때 마침 등산으로부터 쟁반같은 달이 솟아올랐다. 처녀는 오동나무밑에가 앉더니 어깨에 메였던 거문고를 앞에 놓고 타기 시작하였다.

이윽고 노란 저고리를 입은 소녀의 옷소매자락이 거문고의 열두줄우에서 부지런히 움직이자 가을처럼 맑고 그윽한 소리가 바다우로 울려퍼지기 시작하였다. 때로는 갸날프게, 때로는 천군만마가 내닫는듯한 높은 곡조에 공자는 그만 도취되여 울기도하고 웃기도 하다가 탄복해하였다.

≪아! 수십년 바다에서 살았건만 저처럼 아릿답고 저처럼 거문고를 잘타는 녀인을 처음 보는구나!≫

밤이 깊어 공자는 돌아갈 때가 되었건만 지상의 소녀를 두고 떠나자니 참으로 애석하기 짝없었다. 하지만 부왕에게 들키우는 날이면 큰 벌을 받게 되므로 하는 수없이 통천동으로 돌아섰다.

그뒤 공자는 늘 저녁때쯤이면 거북도감이 잠을 자는 틈을 리용하여 수정궁을 벗어나 지상의 소녀를 보러 가군 했다.

그러던 어느날 저녁, 그날도 지상의 소녀는 부지런히 거문고를 타느라 여념이 없었다. 하염없이 그 모습을 지켜보던 공자는 마침내 평생을 인간세상에서 살기로 결심하고 요신술을 썼다. 그러자 늘 몸에서 번쩍이던 공자의 룡비늘은 온데간 데없이 사라지고 어엿한 머슴군아이로 변하였다. 다음 늪가로 해서 오동나무밑 으로 슬쩍슬쩍 걸어갔다.

한편 열심히 거문고만 타던 소녀는 자기에게로 걸어오는 인기척을 듣자 대뜸 머리를 쳐들어보았다. 보니 참말 세상 보기 드문 옥골선풍인데 인간세상에 이렇 듯 잘난 총각이 있었더냐싶었다. 이윽고 총각이 곁으로 와 자기를 내려다보는것 을 눈치 챈 소녀는 이마를 살짝 숙이고 곱게 빗은 삼단같은 머리태를 뒤로 넘기 며 돌아앉았다…

처녀는 이 마을의 한 농군의 무남독녀 외딸인데 16살 되도록 시집가지 않고있 는 몸이였다.

그날 밤 서로 상봉한 뒤로부터 공자는 낮이면 밭에 나가 소녀의 부모들을 도와 부지런히 일하고 저녁이면 늪가의 오동나무밑에서 소녀와 함께 거문고를 타며 인간세상의 락을 마음껏 즐기였다.

세월은 흘러 공자가 처녀를 만난지도 어언간 만 1년이 되였다. 하루는 처녀의 부모가 총각을 면전에 불러놓고

≪우린 이젠 다 늙었으니 믿을 사람이 있어야 되지 않겠느냐? 널 데릴사위로 삼으려거늘 네 마음 어떠하냐?≫ 하고 물었다. 이에 총각은 땅에 넙죽 엎드리며 쾌히 응낙하였다.

≪소자 어려서부터 부모를 잃은 몸으로 부모님께서 받아주시겠다니 이보다 더 고마울데야 어디에 있겠습니까. 의지가지없는 이 몸을 버리지 아니하오면 평생 부모로 모시겠습니다.≫

이튿날, 혼례식을 치르고 신방에 드니 초가삼간에 춘정이 무르녹았다.

한편, 공자가 수정궁을 떠난지도 어언간 몇달, 그동안 왕후는 아들을 찾다 못해 백병이 들어 자리에 드러누웠고 룡왕도 아들을 그리다 못해 상심하여 미칠 것만 같았다.

그러던 어느날, 홀연 사처로 공자를 찾아다니던 거북도감이 헐레벌떡 달려오 더니 아뢰는것이였다.

≪대왕님, 오늘 통천동으로 나가보니 글쎄 공자님께선 인간세상에서 이미 안 해를 얻고 초가집에서 살고있겠지요…≫

이에 대노한 룡왕은 수궁의 장병들더러 즉시 지상으로 나가 아들을 잡아오라고 호령하였다.

추상같은 호령이 떨어지자 징소리 북소리 크게 울리더니 수천명 룡궁장병들이 창검을 번뜩이며 련꽃늪으로 달려갔다. 그런줄 모르고 공자와 안해는 오늘밤도 오동나무밑에서 거문고를 타고있다가 홀연 호수물이 첨벙이며 수많은 룡궁장병들이 물으로 달려들자 깜짝 놀라들 했다.

《여봐라. 어서 도련님을 사로잡거라.》

거북도감이 불호령하자 새우교관과 문어교위가 졸개들을 이끌고 오더니 다짜고짜로 공자를 결박하였다. 뒤이어 거북도감이 공자를 향하여 입으로 혹 불을 내뿜자 몸에 걸렸던 옷은 불타버리고 대신 번뜩이는 비늘이 가득 달린 룡으로 변하였다. 이때에야 자기의 남편이 다름아닌 룡왕의 아들임을 알게 된 안해는 실성통곡하며 남편의 꼬리를 부여잡고 놓지 않았다.

아들이 수궁으로 결박되여오자 룡왕은 령을 내리였다.

《네 일국의 귀공자로서 바다와 륙지는 수화량극인줄 모르고있었더냐? 네 죽을 죄를 지었으나 더러운것이 피줄이라 옥에 가두니 그런줄 알어라.》

졸개들은 공자를 컴컴한 감옥에 처넣고 지상으로 통하는 통천동 굴문을 영영 막아버렸다. 그러자 지상의 백리석판은 천년에 드문 가물이 들어 마을사람들은 마실 물도 농사지을 물도 없어서 허덕이게 되였다.

한편 남편이 수정궁으로 붙잡혀간 이튿날 아침 안해는 은빛이 번쩍이는 비늘에 꼬리가 달린 룡 아홉 마리를 낳았다. 그런데 마을엔 물이 없다보니 안해에게는 젖이 없어서 자식들은 목을 빼들고 울기만 하였다.

안해는 불쌍한 아이들을 데리고 늪가에 가 통곡하였지만 남편은 돌아오지 않았고 아이들도 굶주려 하나하나 죽어갔다. 이렇게 석달열홀을 통곡하던 안해도 피눈물속에서 죽었다

그런데 이상하기 그지없었다. 마치도 천지의 조화라 할가 이듬해 봄에 안해와 아이들이 죽은 산중턱에 갑자기 수정샘 아홉개가 퐁퐁 솟더니 샘물이 메마른 련꽃늪과 거북등처럼 갈라터진 밭에 흘러들었다. 그리하여 마을사람들도 마음놓고 농사를 지으며 잘 살수 있게 되였다.

림승환 정리

[부록]
제주고씨의 시조전설
-제주고씨 영주지를 보고-

강신극

전설은 허구적력사와 경험한 력사로 엮어진 민간의 력사담이라 할수 있다. 전설속에는 력사의 진실보다 그러하기를 바라는 민간의 심리와 희망이 담겨져 있다. 그러므로 전설은 객관적으로 실재한 력사가 아니라 상상적인 내용을 가진 민간의 력사이야기이다.

이러한 상상적내용은 실지 그랬다고 믿을만한 설득력을 가지고 널리 류전되여 류전과정에서 보충 삭감되고 련마되여 그럴듯한 구비문학작품으로 완성된다.

주지하는바와 같이 우리의 시조전설은 력대 국조의 건국기원을 서술한 이야기가 허다히 많다. 이러한 시조전설은 개국전설로서만이 아니라 동시에 한 시조의 발기를 서술한 시조전설이기도하다. 우리의 시조전설은 이렇게 국조와 가계를 통합한것이 많으며 또한 특징적이라 하겠다.

시조전설은 여러 가지 류형이 있는데 하늘에서 천강한 시조가 있는가하면 알속에서 란생한 시조도 있으며 이물과의 접촉과정에서 태여난 시조가 있는가하면 땅속에서 용출한 시조도 있다.

이러한 시조들은 거진 다 나라를 세워 국조가 되었고 한씨족의 시조가 되였다.

고조선의 왕검은 천손이였으며 고구려의 고주몽은 고조선의 황제 해모수의 아들이였고 가라국의 김수로왕은 하늘에서 천강하였다 하며 박혁거세는 알에서 란생하였다 한다.

제주고시의 시조는 고을나라고 하는데 제주 고거의 고씨세보(족보)를 보면 그의 시조는 이렇게 기술되여 있다.

태고조시 제주도 주산(한라산)북초에 있는 모홍이라는 곳에서 세신민이 석혈을 뚫고 용출하였는바 이들이 바로 량을나, 고을나, 부을나 삼형제들이다. 이들은 기골이 장대하여 절세에 무쌍하였으며 피의를 입고 육식을 하며 살았다 한다. 하루는 주산에 올라가 사방을 망견하는데 바다우에 자색나는 목합이 둥실둥실 떠오더니 바다가에 와서 멈춰섰다.

세 신인이 강변에 강림하여 그 목합을 개봉하였더니 그속에는 새알같은 알이 들어있었는데 그것을 깨고 보니 그속에는 용자탈속하고 기문이 조조한 라이숙녀 셋이 들어있었다. 숙녀들이 말과 오곡종자를 금단지안에 내려놓을 때 세 신인은 이 거동을 보고 이는 필연코 하늘이 자기들에게 하사한것이라고 대희하고있는데 목합에서 조각건을 쓰고 자의를 입은 사신이 나오더니 세 신인앞에 와서 재배하며 말하는것이였다.

≪신은 동해 병랑국의 사신이온데 저의 왕님께옵서 딸 삼형제를 낳아 마땅한 곳에 택서를 하려 하였으나 불득소우하여 유감을 탄하시다가 하루는 자소각에 올라 천기를 보시니 서쪽 바다에서 자기가 승천하고 상서로운 빛이 빛이면서 절암에서 세 신인이 용출하여 개국을 원할진대 배필이 없다하시고 신에게 명하사 이 삼녀를 항려지례로 송원하라 하시며 대업을 성사하시라 하였소이다.≫

사신은 말을 끝마치더니 하늘에 뜬 흰구름을 잡아타고 간곳없이 사라졌다.

세 신인은 즉시 결신하고 하늘에 사배한후 년세차순으로 분처하고 땅 좋고 물 맑은 곳에 활을 쏘아 그 화살이 닿는 곳에 거처를 정하였는데 고을나가 차지한 곳이 제일도 제주요 량을나가 택한 곳이 제이도 대정이요 부을나가 거처한 곳이 제삼도 선의였다.

이때부터 제주도에 인간이 있게 되여 오곡을 심고 우마를 키워 날따라 번영하였다. 이로부터 900년이 지난후 족속들의 민심은 점차 고씨에게로 쏠려 그를 제주군주로 모셨는데 이것이 곧 제주고씨의 시조로 된다.

량을나와 부을나는 후에 신라에 입적하여 량(良)을 량(梁)으로 부(夫)를 부(浮)로 고쳤다.

× × ×

우리의 시조전설은 천부지모설의 영향을 많이 받아 왔다. 천부전설류형에

속하는 시조전설은 천강한 국조와 시조를 말하며 지모류에 속하는 시조전설은 땅과 물을 모체로하여 태여난 시조를 말한다.

이상의 전설에서 본 고을나 삼형제의 출생은 지모설에 속하는 시조전설이다.

이 전설을 보고 우리는 고을나의 삼형제가 석갑속에서 솟아오른 반인반신적인 인물이라는것을 알수있으며 그들은 또 하루 한시에 벽랑국(일본) 국왕이 항려지례로 송원한 평범한 인간인 공주와 배필이 되여 각각 자기의 거처를 활집으로 정하고 그중에서 고을나만이 족속들의 후대를 받는 제주군장 탐라국의 국조로 되였고 고씨의 시조가 되였다는것을 알수 있다.

이외에도 전설은 제주도에 오곡을 심고 우마를 키웠다는 기록이 있으며 부을나 량을나는 신라에 입적하여 왕족의 대우를 받고 성씨까지 고치였다는것을 알수 있다.

우리의 족보는 리조 숙종왕때인 1680년대 좌우부터 정리하는 풍토가 성행하였다.

한개 나라의 뿌리는 태초의 건국주와 련결되고 개인의 뿌리는 씨족과 련계된다. 그러므로 그 민족이 면면이 이어지는 혈통을 밝혀 체계있게 편찬한것이 즉 족보이다.

족보의 편찬자들은 자기의 시조를 신성한 인물 또는 신으로 묘사함으로써 자기 씨족을 빛내고 명문족속의 긍지와 자랑을 꾀하였다.

고을나의 삼형제가 석혈에서 용출했다는 출세년대는 고씨세보와 력사에 기록된바 없으나 세보의 여러 구절을 통해 가히 그 출세년대를 짐작할수있다.

그것은 병랑국왕이 자기 딸인 공주를 항려지례로 세 신인에게 송원하였다는 이야기 중에서 우리들은 이 시기는 모계사회가 붕괴되고 부계사회가 어느 정도로 발전된 시기라는것을 알수 있으며 고을나만이 제주의 군장이 되였다는것을 보아 이 시기는 부족형태의 공동체가 존재한 시기가 아닌가 예상된다.

여기에서 주의할것은 제주에서 오곡을 심고 우마를 키웠다는 이야기는 이 당시 제주도에서도 정전제가 실시되였다는것을 알수 있다.

그렇다면 이 시기는 수렵을 본업으로 하던 원시사회보다 훨씬 발전된 계급사회의 전시기라고 예상된다.

여기에서 지적할것은 그후 퍽 오랜 시기를 걸쳐 부을나 량을나가 신라에 입조하여 귀족이 되였다는것을 보아 이 시기는 한개의 부족공동체가 와해되고 두 계급으로 대립된 사회였다고 본다.

그렇다면 이 시조전설의 력사년대는 대체 어느때가 될가?

우리의 력사에서 단군조선의 건국기원을 기원전 2333년 이라고 하면 신라는 기원전 57년, 백제는 기원전 18년, 고구려는 기원전 37년, 삼한은 기원전 173년인 데 탐라국의 국조 제주(영주) 고씨의 시조인 고을나가 출세한 기원전 2139년 좌우가 아닌가 예상된다.

이 근거는 고을나의 제15대손인 고후가 신라에 입조하여 성주가 되였는데 고지에는 그년대를 기원전 27년(혁거세 31년)이러고 쓰고있다.

제주도의 력사는 이처럼 유구하다. 지금도 제주도 한라산 북쪽 모홍이라는 곳에는 고, 부, 량 삼형제가 용출한 삼인혈이 있으며 벼랑국 공주들이 가지고 온 말(제주마)이 있다고한다.

이처럼 전설은 진실 아닌 허설이지만 꼭 그렇겠다고 믿을수 있는 설득력을 가지고 류전되여 이속에서 반영된 사건의 실머리를 틀어잡고 더깊고 넓은것을 탐구하는데 미듬직한 과학적자료를 제공해준다.

이 시조전설은 동녕현 삼차구진 문화참의 고봉천이 소장한 제주(영주)고씨 세보를 보고 쓴 것이다.

통화외인감옥에서

리택홍 구술

1

이 이야기는1939년 통화외인감옥에서 있은 이야기다.

통화시 서북쪽 산밑에는 높은 담에 둘러싸인 삼엄한 감옥이 있었다. 이 감옥은 이른바 외국죄인을 감금하는 곳이라 하여 외인감옥이라 불렀다.

1939년2월의 어느날, 이 통화외인감옥으로 스무살쯤 되여보이는 한 젊은이가 압송되여왔다. 이 젊은이의 이름은 리택홍이다. 워낙 농사군의 아들로 집안현 고산자(지금의 집안시 영수촌) 마을에서 살던 그는 영문도 모르고 집안현 형사과에 잡혀왔댔는데 한달후에는 죄를 승인하지 않는다고 고등법원에 넘겨 이제는 통화외인감옥으로 이송되여온것이다.

어둑시그레한 감방안에 갇혀있는 리택홍은 자기가 잡혀온 죄를 아무리 생각해보았으나 도무지 모를 일이였다. 고산자마을의 류지주네 소작농으로 돼지몰이도 하고 소꼴머슴노릇도 하고 농사일도 해온 리택홍이였다. 워낙 대바르고 우락부락한 성미인지라 몇번이나 지주놈과 싸우기도 했다. 그러다보니 얻어맞거나 구류당한적도 있었다.

한번은 그가 세 꼴머슴과 함께 초지주네 산에 가서 땔나무를 하다가 발각되여 나중에는 결찰서에 붙들려가 엿새나 구류되여 실컷 얻어맞고 나온적이 있었다. 구류까지 당했으니 이 일때문에 다시 잡혀온것은 아닐것이다.

그러면 지주놈의 벼를 훔친것때문일가? 어느해 겨울 마당질할 때다. 마당질 때면 지주는 마당의 벼를도적맞힐가봐 눈에 쌍심지를 켜고 마당을 돌아다녔다. 리택홍은 마을의 몇몇 청년들과 짜고 벼를 훔치기로 하였다. 우리가 농사를 지은것이니 도적질이 아니라는 배짱에서였다. 그래 그는 마당을 순시하는 선가놈을 보고 절편떡을 대접하겠다면서 집안으로 꾀여들이고는 선가놈이 떡 먹는 사이에 마을청년 몇이 마당에 달려들어 벼마대를 메갔다. 그런데 공교롭게도 선가놈이 너무 일찍 나오는 바람에 벼마대를 메고 가던 한 청년이 그만 발각되고 말았다. 그러자 선가놈은 미친듯이 그 청년에게 달려들어 마구 때리면서 택홍이가 자기를 꾀였다고 야단쳤다. 후에 택홍의 부친과 형님이 나와 한번만 용서해달라고 사정해서야 선가놈이 가버렸다. 그러니 이일때문에 잡혀온것도 아닐것 같았다.

또 한번 작년 섣달 마을의 두 청년과 같이 되골로 나무하러 갔다가 최지주한테 들키워 싸운적이 있었다. 그때 최지주는 눈알을 부라리며 눈깔에서 먹물이 나올 줄 모르고 나무를 도적질해가는가고 야단쳤다. 이때 밸이 난 리택홍은 두 청년과 덤벼들어 최지주를 때려주었다. 이 일로 하여 그들은 이튿날로 경찰서에 불러워 가서 죽도록 얻어맞고야 풀려나왔다.

죄될것이라야 이러루한 일들인데 경찰서가 아니고 통화고등법원으로까지 압송된것을 보아서는 놈들의 잡도리가 심상치 않았다. 리택홍은 정말 억이 막혔다. 징역을 살아도 영문은 알아야지 않겠는가?

2

사흘이 지나도록 고등법원에서는 그를 데려다가 취조하지 않았다. 리택홍이 안이 달아 한숨만 톺아올리고 있는데 한칸에 갇히운 강씨라는 사나이가 하루는 그의 곁으로 다가와 앉는것이였다. 강씨는 ≪정치범≫이였다. 굵다란 짙은 눈섭 밑에 이글이글한 두 눈이 빛을 뿜는데다가 체구가 장대한 강씨는 서른이 퍼그나 넘어보였다. 그는 택홍이를 이 7호감방에 들어와 함께 있는 그날부터 친동생처럼 살뜰히 돌봐주었다. 이제는 제법 친숙한 사이가 된것이다.

≪무슨 생각을 하구있소?≫

≪정치범≫인 강씨의 물음에 택홍은 한숨을 내쉬며 대답하였다.

≪글쎄 잡혀오긴 했어도 무슨 죄로 잡혀왔는지 알수 없어 그럽니다. 암만 생각해봐두 죄될 일이 없는데요.≫

그러면서 택홍은 자기의 경력담을 들려주었다, 그러자 강씨는 껄껄 웃더니 이렇게 조용조용 이야기해주는것이였다.

《어려서부터 대바르게 자랐구만. 옳소. 사람이란 자기의 존엄을 지킬줄 알고 살아야 하오. 택홍이가 아무 죄없이 잡혀오게 된것도 지금 왜놈들과 민족반역자들이 이 땅에서 살판치고있기 때문이요. 그러니 우리가 가만있으면 죽는길밖에 없소. 왜놈을 몰아내야 우리가 활개치며 살게 될수 있소. 택홍이는 양정우장군의 말을 들어봤소? 실상 나도양정우장군의 지휘하에서 싸우다가 작년에 체포되여 여기에 갇히운것이요.》

리택홍은 양정우장군란 말에 눈이 둥그래졌다. 양정우장군이 령도하는 항일련군이 바로 왜놈과 싸우는 가난한 사람들의 군대라는것은 전에 들은적이 있었다. 또 어떤 때는 항일련군을 찾아가 같이 왜놈들과 싸울 생각도 해본 그였으나 아직까지 한번도 그런 군대를 직접 본적은 없었다. 더구나 감옥에서 항일련군의 투사와 만나게 되리라고는 실로 뜻밖이였다. 택홍은 흥분을 걷잡지 못하고 덥석 강씨의 손을 거머쥐였다.

《아저씨, 저두 항일련군에 들어가 왜놈을 무찌르겠습니다.》

그러자 강씨는 벙긋이 웃으며 말하였다.

《물론 감옥에 갇히우긴 했어도 싸울수 있소. 택홍이로 말하면 미결인데다 죄가 없으니 미구에 석방될수도 있을게구. 난 택홍이가 우리 항일사업을 위해 발벗구나서리라 믿소.》

《죽어두 일없습니다. 사람이 죽어야 한번 죽지 두번 죽겠습니까? 이러나저러나 살수 없는바에야 해보다 죽을판이지요.》

택홍이가 흥분해서 큰소리로 말하자 강씨는 입을 가리키며 말했다.

《낮게 말하오. 간수놈들이 듣겠소. 택홍이는 과연 열혈남아구만. 나도 반갑소 이제 앞으로 내가 택홍이의 도움도 많이 받아야겠는데 싸우자면 먼저 간수놈들의 환심을 사서 기회를 만들어야 하오…》

리택홍은 그러겠노라고 머리를 끄덕여보였다. 이때 간수놈이 문에 다가들어 꽥 소리를 지르는통에 그들의 담화는 잠시 중단되고 말았다.

3

이 감옥의 쌍간수는 고산자 류지주의 친척이였다. 리택홍이 고등법원으로 넘어오게 된것은 실상 ≪살인≫이라는 무함죄를 썼기때문이였다. 후에 고등법원에서는 고산자로 내려가 조사를 해보았는데 살인증거가 없었으므로 그후부터 쌍간수는 한고향사람인데다 죄없는 사람이라고 여겨 심히 단속하지 않았다.

어느날 쌍간수가 리택홍을 불러내더니 ≪죄수≫들의 머리를 깎아주라고 일렀다. 그후부터 리택홍은 ≪리발사≫가 되여 이 감방 저 감방으로 마음대로 드나들수 있어 자연히 죄인들과 친숙하게 되였다. 택홍은 놈들의 환심을 사기 위해 더 열성으로 일했다. 그는 리발을 끝내면 마당도 쓸고 나무도 패주었다. 몇달이 지나자 쌍간수는 장마당에 남새사러 나갈 때도 택홍이를 데리고 나갔다.

어느날 깊은 밤이였다. 밤이 깊자 간수들도 돌아다니지 않아 사위는 조용했다.

이때 옆에서 자던 강씨가 택홍의 어깨를 흔들어 깨우더니 이렇게 말하는것이였다.

≪택홍이, 중대한 일이 있는데 꽤 완수할수 있겠소?≫

≪무슨 일인데요?≫

≪련락임무요. 래일 쌍간수가 남새사러 데리고 나가면 글쪽지를 가지고 가오. 장마당에 가서 허줄한 옷을 입고머리에 수건을 동인 사람이 머리를 세번 쓸어넘기면 택홍이도 보면서 머리를 세번 쓸어보이오. 그러면 찾는 사람이 있을거요. 그 사람은 우리의 동지일것이니 쪽지를 그에게 넘겨주오.≫

≪예. 문제없습니다.≫

≪이건 목숨을 내걸고 하는 일이요. 알겠소?≫

≪예. 마음놓으십시오..≫

이튿날이였다. 쌍간수가 택홍이를 데리고 남새사러 나가게 되였다. 떠나기전에 택홍이는 강동지가 준 글쪽지를 죄수복 팔소매속에 끼워넣었다.

남새장마당은 사람들로 붐비였다. 택홍이는 마음의 탕개를 늦추지 않고 오가는 사람을 살폈다. 아니나다를가 붐비는 사람들가운데 허줄한 옷을 입고 머리에 수건을 질끈 동인 사람이 있었다. 쌍간수는 자주 장마당에 나가는 사람이고 택홍이는 죄수옷을 입었기에 그들이 감옥에 있는 사람들이라는것을 누구나다 알수 있었다. 택홍이는 그 허줄한옷을 입고 머리에 수건을 맨 사람을 주시하면서 머리를 세번 쓸어 넘기였다. 그 사람도 택홍이를 보더니 머리를 세번 쓸어 넘기였다. 택홍이가 또다시 머리를 세번 쓸자 그 사람이 곁으로 다가왔다. 남새를 사고난 택홍이는 사람들 눈길을 피하면서 슬쩍 그 사람에게 글쪽지를 넘겨주었다. 감옥에 돌아온후 그 정황을 강동지에게 이야기하자 그는 자못 기뻐하며 칭찬해주었다.

《택홍이, 수고했소. 이후로도 수고해야겠소.》

《문제없습니다. 일이 있으면 또 찾으십시오.》

달포가 지나서였다. 강동지는 두번째로 또 비밀 글쪽지를 택홍에게 넘겨주면서 장마당에 가면 둥글모자를 쓴 키 큰 사람이 휘파람을 세번 부는것을 주의해 들으라고 하였다.

어느날 쌍간수가 또 택홍이를 데리고 남새사러 나가게 되였다. 그는 비밀글쪽지를 운두 높은 모자속에 묘하게 끼워넣고 간수를 따라 떠났다. 남새장마당에 이른후 이윽하여 휘파람을 세번 부는 소리를 듣고 여겨보니 그는 과연 둥글모자를 쓴 키 큰 사람이였다. 그래서 택홍이도 휘파람을 세번 불었다. 그러자 그 사람이 택홍이 곁으로 걸어오는것이였다. 흔히 사복경찰들이 다니기에 예서는 비밀글쪽지를 뽑는것도 손에 땀을 쥘 일이였다. 택홍이가 사람들의 눈을 피하면서 머리긁는체하며 글쪽지를 빼내려는 찰나 쌍간수가 남새를 메고 가자고 소리질렀다. 글쪽지를 미처 넘겨주지 못했으므로 큰 일이였다. 어쩐담? 이때 택홍의 머리에는 불쑥 한 꾀가 떠올라 둥글모자를 쓴 사람에게 남새광주리를 어깨에 좀 들어놔달라고 말했다. 그러자 그 사람이 광주리를 들어올리는 순간 택홍이는 쥐도 새도 모르게 슬쩍 쪽지를 넘겨주었다.

그러던 어느날 왕간수놈이 택홍이를 불러내더니 으르딱딱거리는것이였다.

《이놈, 성냥을 어디서 나서 담배를 피웠어? 응?》

워낙 감옥에서는 담배를 피우지 못하게 했고 성냥도 주지 않았다. 그리하여 그는 단추를 실에 꿰가지고 혁대고리나 쇠고랑에 대고 쌩쌩이를 돌려 불이 일면 수수깡속대에 불붙게 하여 담배를 피우군 했던것이다. 전에 쌍간수도 담배피우는것을 못본것은 아니였으나 모른척하기가 일쑤였는데 아마 왕간수가 직일을 서면서 발견한 모양이였다.

왕간수는 택홍이가 입을 다물고 있자 성냥을 수색해내려고 택홍이의 이불이며 강동지의 이불까지 뒤졌다. 그런데 뜻밖에도 택홍이의 이불밑에서 연필꽁다리 하나가 나타났다. 보아하니 강동지가 미처 연필을 감추지 못해 밀어넣은것이 분명했다. 만약 강동지의 몸에서 연필이 나진다면 사태가 엄중해질수 있는것이다.

≪이녀석이! 연필은 왜 감춰두었어? 솔직히 말해, 어디서 났는가 말이야?≫

≪장마당에 나갔다가 거리에서 주은겁니다.≫

≪연필은 해서 뭣 할려구?≫

≪공짜루 주은물건인데 왜 건사하지 않겠습니까. 그리구 편지두 좀 쓸가 해서…≫

리택홍은 일부러 이렇게 어리숙한 대답을 하였다. 왕간수놈도 더는 끄터기를 잡을수 없었던지 택홍이를 더 따지고 묻지 않았다.

그런데 왕간수놈은 무슨 기미를 알아차렸는지 강동지를 다른 감방으로 옮겨가고 감시를 엄히 하였다.

연필꽁다리가 없어지자 강동지는 택홍이를 보고 될수록 연필을 얻어오라고 부탁하였다. 연필이 장마당에 많았지만 돈 주고 살수 없어서 그는 장마당에 갈 때마다 쓰레기통을 눈주어 살폈다. 반달이 지난 어느날 택홍은 쓰레기통에서 손가락만한 연필꽁다리 하나를 주어 강동지의 손에 슬쩍 넘겨주었다.

4

1940년 2월 23일은 양정우장군이 변절자의 밀고로 몽강현에서 장렬한 최후를 마친 날이였다.

이날 강동지는 택홍이가 머리를 깎아주는 틈을 타서글쪽지를 넘겨주며 ≪정치범≫이 갇힌 네칸에 전하라고 알려주었다.

머리를 다 깎고난 택홍은 복도로 걸어가면서 쪽지를 콩알처럼 꼬깃꼬깃 말아가지고 ≪정치범≫이 갇힌 방에 슬쩍 밀어넣었다. 세 감방에 다 밀어넣고 이제 한 감방만 전하면 그만인것이다. 택홍이가 복도를 쓸면서 마지막 글쪽지를 밀어넣으려는데 왕간수놈이 눈알을 부라리며 다가왔다. 택홍은 그놈이 낌새를 맡은것 같아 얼른 입에 넣고 삼켜버렸다.

이튿날은 양사령이 희생된 비보를 감방에 공개한 날이였다. 놈들은 자기들의 《승리》를 경축한답시고 비행기로 삐라를 뿌리고 폭죽을 터뜨렸다.

이와 동시에 감옥에서는 강동지를 비롯한 정치범들이 일제히 일어나 《일본 제국주의를 타도하자!》라고 구호를 감옥이 쩌렁쩌렁 울리도록 불렀다.

바로 이날도 택홍이는 쌍간수를 따라 장마당에 가게 되였다. 이때 강동지가 택홍에게 긴급한 련락임무를 주었다.

《택홍이, 이 임무는 긴급하오. 암호는 첫번과 같소.. 그리고 오늘은 남새를 산후 그 쌍간수를 데리고 음식점에 들어가 술을 마시오. 잘 삶아놓소..》

택홍이가 쌍간수를 따라 장마당에 가니 아닌게아니라 전번에 만났던 그 사람이 또 눈에 띄였다. 그 사람이 머리를 세번 쓸어넘기는걸 본 택홍이는 자기도 머리를 세번 쓸어넘기였다. 낯익은 그 사람이 곁으로 다가오자 그는 글쪽지를 슬쩍 넘겨주었다.

택홍이는 남새를 사놓고 쌍간수를 구슬렸다.

《오늘은 <기쁜날>인데 음식점에 들어가 술이나 한잔드는게 어떤가요?》

《너 돈 있니?》

《아! 돈말이요? 있구말구요.》

입이 헤벌쭉해진 쌍간수는 택홍이를 따라 음식점에 들어갔다. 택홍이는 술 한병과 볶은 반찬 몇가지를 사놓고 마주앉았다. 이때 머리에 수건을 맨 그 사람도 들어와서 술을 사는것이였다. 한상에 마주앉아 술을 거나하게 마셨을 때였다. 머리에 수건을 쓴 사람이 쌍간수보고 물었다.

《지금 몇시입니까?》

《열시네.》

그 사람은 택홍이에게 눈짓하며 말했다.

《열시. 열시. 정각 열시라! 참 시간이 빨리 가는데.》

쌍간수는 술에 녹초가 된지라 《열시》란 말을 세번 곱씹는 뜻을 알리 만무하였다.

《오늘은 <기쁜날>인데 많이많이 드시오.》하며 택홍이는 또 술을 권했다.

돌아온후 택홍이는 강동지에게 오늘 일을 또 자상히 회보하였다.

《열시. 열시. 정각 열시! 좋소. 택홍이 수고했소.》

감옥안에서는 오늘이 《기쁜날》이라고 저녁엔 《화식개선》을 하여 죄수들도 처음으로 입쌀밥에 돼지고기 몇점 넣은 배추국을 먹었다. 놈들은 돼지고기를 볶아놓고 술을 마셨다. 모두 술이 거나해서 정신이 오락가락했다.

밤 열시가 되자 당번 쌍간수만 남아있을 때였다. 난데없이 26호 감방에서 대판싸움이 벌어졌다. 강동지는 다른 《죄수》를 보고 욕을 퍼부으며 주먹질과 발길질을 하였다. 이때 쌍간수가 싸우는것을 보고 26호 감방에 와서 《이놈들, 왜 싸워? 주리 틀 놈들같으니라구!》하며 문을 열었다. 바로 그가 문을 열고 들어설 때 26호 감방 《죄수》들은 쌍간수의 입을 틀어막고 눈을 가리운후 결박하여 기둥에 매놓았다. 그리고 나서 도끼로 《정치범》들이 있는감방의 창살을 짓부셔놓았다.

이때 강동지는 택홍의 손을 굳게 잡고 저력있는 목소리로 말했다.

《택홍이, 나는 택홍이의 도움을 받아 오늘 탈옥하게 됐소 택홍이는 항일련군에 비밀련락을 해준 우리 대오의 비밀련락원이요. 택홍이! 택홍이는 모해입어 들어왔기에 석방될수 있소. 그러니 그냥 기다리고 있소. 우리 여섯이 줄잡고 담을 넘어간후 반시간쯤 있다가 쌍간수를 풀어놓소 자, 그러면 수고하겠소. 후일에 다시 만나자우.》

강동지는 이렇게 굳은 신념으로 손을 잡아주더니 어둠속에서 줄잡고 담을 넘어갔다. 반시간쯤 지나 택홍이가 쌍간수를 풀어놓아주자 쌍간수는 그제야 공중에 대고총 세방을 쏘며 소리질렀다. 감옥안은 삽시에 벌둥지를 헤쳐놓은것 같았다. 강동지가 갇혔던 26호 감방과 그외의 세 감방 창살이 제껴지고 《정치범》 여섯이 도망친것이였다.

그 이튿날, 간수놈이 택홍이를 불러갔다.

《바른대로 말해. 네가 비밀련락을 했지?》

《비밀련락이라니요? 난 그런건 알지도 못합니다.》

《뭐 모른다구? 이놈을 당장 끌어내다 본때를 보여라.》

말이 떨어지기 바쁘게 몇놈이 달려들어 택홍이를 고문실로 끌고 들어갔다. 담배불을 손바닥에다 놓는가 하면 또 이마를 지지기도 했으며 물을 코에다 넣기도 하고 가죽띠로 마구 후려갈기도 했다. 정신을 버리면 주사를 놓아주면서 혹형이란 혹형은 죄다 가했지만 택홍이는 끄떡하지 않았다. 놈들은 연며칠을 고문했지만 아무 실마리도 잡지 못하고 말았다.

통화외인감옥에서 한해를 보내고 또 일곱달이 지나서야 리택홍은 끝내 무죄석방을 받아 집으로 돌아오게 되였다. 그런데 놈들은 그가 감옥에서 공밥을 먹었다고 밥값 200원을 내놓아야 놔준다는것이였다. 억울하게 간히운것만 해도 분통이 터질 노릇인데 밥값까지 내라니 기막힐 노릇이였다. 그러나 그들이 판을 치는 세상에 가난한 사람들에게 무슨 수가 있으랴! 사리를 따지다가 끝내는 돈 70원을 내고 통화외인감옥을 나설수 있었다. 통화외인감옥에서의 투쟁은 그에게 있어서 혁명의 첫걸음이였다.